TERRY BROOKS

Shannara V

Buch

Die Aufgaben, die der Geist des Druiden Allanon den Nachfahren der Ohmsfords übertragen hat, erweisen sich als fast unerfüllbar. Walker Boh kommt bei der Suche nach dem schwarzen Elfenstein beinahe ums Leben, und erst als ihm Quickening, die Tochter des Königs vom Silberfluss, zu Hilfe kommt, wendet sich das Blatt. Gemeinsam ziehen sie in das Reich des Steinkönigs, um das rettende Juwel zu bergen. Doch unter ihren Begleitern befindet sich ein Verräter. Gleichzeitig begibt sich Wren Ohmsford auf die Suche nach den verschollenen Elfen. Nach langen Mühen entdeckt sie die Vermissten auf einer einsamen Insel. Doch deren neue Heimat ist in großer Gefahr, denn das Eiland wird von Dämonen heimgesucht – die Elfenkönigin und ihr Volk kämpfen ums nackte Überleben…

Ideal für Neueinsteiger: die frühen Romane aus der Shannara-Saga – erstmals komplett in Sammelbänden!

Autor

Terry Brooks wurde 1944 in Illinois geboren. Nach seinen Abstechern in die Dark Fantasy und in das Star-Wars-Universum mit der Romanfassung von »Episode I. Die dunkle Bedrohung« kehrte er zu seinen Wurzeln und zu seiner ersten großen Liebe zurück: in die Welt der Shannara-Saga. Terry Brooks lebt in Seattle und auf Hawaii und schreibt an den neuen Folgen seines weltberühmten Fantasy-Epos.

Von Terry Brooks bereits erschienen:

Die Shannara-Saga:

1. Abschnitt: Das Schwert von Shannara (23828), Der Sohn von Shannara (23829), Der Erbe von Shannara (23830) • Die Elfensteine von Shannara (23831), Der Druide von Shannara (23832), Die Dämonen von Shannara (23833) • Das Zauberlied von Shannara (23893), Der König von Shannara (23894), Die Erlösung von Shannara (23895)

2. Abschnitt: Die Kinder von Shannara (24535), Das Mädchen von Shannara (24536), Der Zauber von Shannara (24537) • Die Schatten von Shannara (11584) • Die Elfenkönigin von Shannara (24571), Die Verfolgten von Shannara (24572) • Die Reiter von Shannara (24588), Die Talismane von Shannara (24590)

Die Vorgeschichte: Der Ausgestoßene von Shannara (24717)

3. Abschnitt: Die Hexe von Shannara (24966) • Die Labyrinthe von Shannara (24178) • Die Offenbarung von Shannara (24179)

4. Abschnitt: Die Magier von Shannara 1. Das verbannte Volk

Außerdem von Terry Brooks lieferbar:

Star Wars, Episode I, Die dunkle Bedrohung. Roman zum Film von George Lucas (35243)

Weitere Bücher von Terry Brooks sind in Vorbereitung.

Terry Brooks

Shannara V

Die Schatten von Shannara

Ins Deutsche übertragen
von Angelika Weidmann

Die Elfenkönigin von Shannara
Die Verfolgten von Shannara

Ins Deutsche übertragen
von Karin König

Drei Folgen in einem Band!

BLANVALET

Die amerikanische Originalausgabe von »Die Schatten von Shannara«
erschien unter dem Titel »The Druid of Shannara«
bei Ballantine Books/Random House, New York.

Die amerikanische Originalausgabe von »Die Elfenkönigin von Shannara«
und von »Die Verfolgten von Shannara« erschien unter dem Titel
»The Elf Queen of Shannara« bei Ballantine Books/Random House, New York.

Umwelthinweis:
Alle bedruckten Materialien dieses Taschenbuches
sind chlorfrei und umweltschonend.

Der Blanvalet Verlag ist ein Unternehmen
der Verlagsgruppe Random House.

1. Auflage
Taschenbuchausgabe 1/2005

Umschlaggestaltung: Design Team München
Umschlagillustration: Agt. Schlück/Harrison
Druck: GGP Media GmbH, Pößneck
Titelnummer: 24305
V.B. · Herstellung: H.N.
Printed in Germany
ISBN 3-442-24305-X
www.blanvalet-verlag.de

Die Schatten von Shannara

Ins Deutsche übertragen
von Angelika Weidmann

NORDLAND
SCHÄDELREICH
SCHÄDEL BERG
KIERLAK WÜSTE
MESSERGEBIRGE
LETHE
MAEG SUMPF
CHARNAL-GEBIRGE
STRELEHEIM EBENE
JANNISON-PASS
OSTLAND
TAL VON RHENN
PARANOR
RABB EBENE
WESTLAND
ANAR
RABB
MERMIDON
DRACHENZÄHNE
KENNON PASS
TAL VON SHALE
KERN
STORLOCK
WOLFSKTAAG GEBIRGE
JADE-PASS
RUNNE-GEBIRGE
VARFLEET
TYRSIS
CALLAHORN
REGENBOGEN-SEE
SILBER-FLUSS
CULHAVEN
NEBEL-SUMPF
SÜDLAND
DULN-WALD
LEAH
SHADY VALE
TIEFLAND VON CLETE
TIEFLAND VON BATTLE MOUND
ANAR

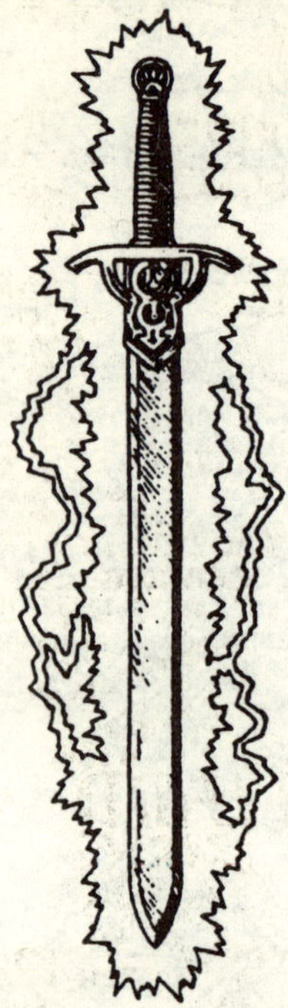

CHARNALGEBIRGE
OBERER ANAR
RABB
DUNKEL-
STREIF
TOFFERKAMM
STORLOCK
FINSTERWEIHER
ALTMOOR
HIMMELS
BRUNNEN
MANGOLD
FALL
MAELMORD
JADEPASS
ROOKER
STATION
KAMIN
RABENHORN
GEBIRGE
GRAUMARK
HOCHWARTE
WOLFSKTAAG-
GEBIRGE
DUN
FEE ARAN
OSTLAND
NOOSEPASS
CAPAAL
CILLIDELLAN
SILBERFLUSS
CULHAVEN
KEIL
UNTERER ANAR

Der König vom Silberfluß stand am Rande des Gartens, der seit der Dämmerung des Elfenzeitalters seine Sphäre war, und blickte hinaus auf die Welt der sterblichen Menschen. Was er sah, machte ihn traurig und mutlos. Überall kränkelte das Land und starb, fruchtbarer schwarzer Humus wurde zu Staub, grasbewachsene Ebenen welkten dahin, Wälder wurden zu riesigen Gebieten toten Holzes, und Seen und Flüsse versandeten und trockneten aus. Und allenthalben wurden auch die Geschöpfe, die das Land bewohnten, krank und starben, außerstande sich zu ernähren, weil die Nahrung, auf die sie angewiesen waren, zunehmend giftiger wurde. Selbst die Luft hatte begonnen, faulig zu werden.

Und währenddessen, dachte der König vom Silberfluß, *werden die Schattenwesen immer stärker.*

Seine Finger streichelten die karmesinroten Blüten der Zyklamen, die üppig zu seinen Füßen wuchsen. Große Forsythienbüsche standen gleich dahinter, Hartriegel und Kirschen ein Stück weiter, Fuchsien und Hibiskus, Rhododendron und Dahlien, Beete mit Iris, Azaleen, Gänseblümchen, Rosen und hundert andere Arten von Blumen und Blütensträuchern, die immer in Blüte standen, ein Reichtum an Farben, der sich in die Ferne erstreckte, so weit das Auge reichte. Auch Tiere waren zu sehen, große und kleine, Geschöpfe, deren Evolution zurückverfolgt werden konnte in jene längst vergangenen Zeiten, als alles in Frieden und Harmonie lebte.

In der gegenwärtigen Welt der Vier Länder und der Rassen, die sich aus Chaos und Zerstörung der Großen Kriege entwickelt hatten, war diese Zeit fast ganz vergessen. Der König vom Silberfluß war der einzige, der übriggeblieben war. Er hatte schon gelebt, als die Welt noch neu war und ihre ersten Geschöpfe gerade geboren wurden. Damals war er jung gewesen, und es hatte viele gegeben, die so waren wie er. Jetzt war er alt, und er war der Letzte seiner Art. Alles, was einmal gewesen war, mit Ausnahme der Gärten, in denen er lebte, war verschwunden. Nur die Gärten überlebten unverändert, getragen von der Elfenmagie. Das Wort hatte dem König vom Silberfluß die Gärten gegeben und ihm aufgetragen, sie zu pflegen und als Mahnmal dessen, was einmal war und was eines Tages vielleicht wieder sein würde, zu erhalten. Die Welt draußen würde sich entwickeln, wie sie mußte, doch die Gärten würden für immer bleiben, wie sie waren.

Und dennoch schrumpften sie. Es war nicht so sehr materiell, sondern spirituell. Die Grenzen der Gärten lagen unveränderlich fest, denn sie existierten auf einer Ebene, die von den Veränderungen der sterblichen Welt nicht beeinflußt wurden. Die Gärten waren eher eine Gegenwart als ein Ort. Doch diese Gegenwart wurde durch die Krankheit der Welt, an die sie gebunden war, vermindert, denn die Aufgabe der Gärten und ihres Pflegers bestand darin, jene Welt stark zu erhalten. Je vergifteter die Vier Länder wurden, desto schwerer wurde diese Aufgabe, desto schwächer die Auswirkung dieser Arbeit, und die Kraft menschlichen Glaubens und Vertrauens in ihre Existenz – die immer ein wenig schwankend gewesen war – begann, ganz und gar zu versiegen.

Der König vom Silberfluß war bekümmert darüber. Er trauerte nicht um seiner selbst willen, er stand über solchen Gefühlen. Er trauerte für die Völker der Vier Länder, die sterblichen Männer und Frauen, die Gefahr liefen, die Elfenmagie für immer zu verlieren. Die Gärten im Lande des Silberflusses waren jahrhundertelang ihre Zuflucht gewesen, und er ihr spiritueller Freund, der seine Völker beschützte. Er hatte über sie gewacht, hatte ihnen ein Gefühl von Frieden und Wohlergehen vermittelt, das die körperlichen Grenzen überstieg, und hatte das Versprechen gegeben, daß Wohlwollen und guter Wille in manchen Winkeln der Welt noch immer für alle zugänglich wären. Das war nun vorbei. Er konnte niemanden mehr schützen. Das Übel der Schattenwesen, das Gift, das sie über die Vier Länder gebracht hatten, hatte seine eigene

Kraft untergraben, bis er wahrhaftig innerhalb seiner Gärten eingesiegelt war und nicht mehr die Macht besaß, denen zu Hilfe zu kommen, die er so lange beschützt hatte.

Er starrte geraume Zeit auf die Ruinen der Welt hinaus, und Verzweiflung nahm unnachgiebig Besitz von ihm. Erinnerungen spielten Verstecken in seinem Bewußtsein. Einst hatten die Druiden die Vier Länder beschützt. Aber die Druiden waren fort. Eine Handvoll von Nachfahren des Elfenhauses von Shannara waren über Generationen die Helden der Rassen gewesen und hatten die verbliebene Elfenmagie ausgeübt. Aber sie waren alle tot.

Er verdrängte seine Verzweiflung und ersetzte sie durch Hoffnung. Die Druiden konnten wiederkommen. Und es gab neue Generationen des alten Hauses von Shannara. Der König vom Silberfluß wußte fast alles, was sich in den Vier Ländern ereignete, auch wenn er nicht dorthin gehen konnte. Allanons Schatten hatte die Aussendung der Shannara-Kinder veranlaßt, um die verlorene Magie zurückzuerobern, und vielleicht würde es ihnen auch gelingen, falls sie lange genug überleben konnten, um Mittel und Wege zu finden, es zu tun. Aber alle waren größten Gefahren ausgesetzt. Alle waren vom Tode bedroht, im Osten, Süden und Westen von den Schattenwesen, im Norden von Uhl Belk, dem Steinkönig.

Er schloß für einen Moment die alten Augen. Er wußte, was für die Rettung der Shannara-Kinder vonnöten war – ein magischer Akt, einer von solcher Kraft und so ausgeklügelt, daß nichts seinen Erfolg vereiteln konnte, einer, der die Barrieren, die ihre Feinde geschaffen hatten, überwinden und durch den Schirm aus Täuschung und Lügen hindurchbrechen würde, der alles vor den Vieren verbarg, von denen so vieles abhing.

Ja, *vier*, nicht drei. Nicht einmal Allanon verstand die Gesamtheit dessen, was sein sollte.

Er wandte sich um und ging zurück in das Herz seines Refugiums. Er ließ sich vom Gesang der Vögel, dem Duft der Blumen und der warmen Luft streicheln, und seine Sinne sogen die Farben und Düfte und Gefühle all dessen, was ihn umgab, in sich auf. Es gab praktisch nichts, was er innerhalb seiner Gärten nicht zu tun vermochte. Doch seine Magie wurde draußen gebraucht. Er wußte, was not tat. Zur Vorbereitung nahm er die Gestalt des alten Mannes an, in der er sich gelegentlich der Welt jenseits zeigte. Sein Gang wurde ein unsicheres Wanken, sein Atem keuchend, seine Augen trüb, und sein ganzer Körper schmerzte mit dem Gefühl des dahinschwindenden Lebens. Das Vogelgezwitscher verstummte, und die kleinen Tiere in seiner Nähe hasteten eilig davon. Er zwang sich, sich von allem zu lösen, in das er sich entwickelt hatte, zu dem zurückzuschrumpfen, was er hätte werden können, weil er für einen Augenblick menschliche Sterblichkeit empfinden mußte, um zu wissen, wie er jenen Teil seines Selbst geben mußte, der gebraucht wurde.

Als er in das Herz seines Besitzes gelangte, blieb er stehen. Es gab einen Teich mit allerklarstem Wasser, der von einem kleinen Bächlein genährt wurde. Ein Einhorn trank daraus. Die Erde, die den Teich umgab, war dunkel und fruchtbar. Winzige, zarte Blümchen, die keinen Namen hatten, wuchsen am Wasser; sie hatten die Farbe von frischem Schnee. Ein kleiner, filigraner Baum wuchs aus einem Flecken von violettem Gras am anderen Ufer des Teichs, seine grünen Blätter waren mit Mustern wie aus roten Spitzen überzogen. In zwei gewaltigen Felsen glitzerten Streifen farbigen Erzes im Sonnenschein.

Der König vom Silberfluß stand reglos in der Gegenwart des Lebens, das ihn umgab, und er zwang sich, mit ihm eins zu werden. Als er das getan hatte, als sich alles durch die menschliche Gestalt, die er angenommen hatte, gesponnen hatte, als sei es aus Teilen und Stücken unsichtbarer Stickerei zusammengefügt, nahm er es in sich auf. Er hob die Hände, runzlige, menschliche Haut und zerbrechliche Knochen, und rief seine Magie, und das Gefühl von Alter und Zeit, Mahnung der sterblichen Existenz, verschwand.

Erst zog der kleine Baum seine Wurzeln aus dem Boden, kam zu ihm und landete vor seinen Füßen, das Knochengerüst, auf dem er aufbauen würde. Langsam bog es sich und nahm die Form an, die er wünschte, die Blätter falteten sich eng um die Zweige, wickelten sie ein und umschlossen sie. Dann kam die Erde, unsichtbare Schaufeln hoben sie auf und klopften und formten sie an den Baum. Dann kamen die Erze für Muskeln, die Wässer für Flüssigkeiten und die Blütenblätter der kleinen Blumen als Haut. Er sammelte Seide von der Mähne des Einhorns für das Haar und schwarze Perlen für die Augen. Der Zauber wand und webte sich, und seine Schöpfung nahm langsam Gestalt an.

Als er fertig war, war das Mädchen, das vor ihm stand, in jeder außer einer Hinsicht perfekt. Es lebte noch nicht.

Er ließ seinen Blick umherwandern, dann wählte er die Taube. Er nahm sie aus der Luft und setzte sie lebend in die Brust des Mädchens, und sie wurde sein Herz. Er eilte hin und umarmte sie und hauchte ihr sein eigenes Leben ein. Dann trat er zurück und wartete. Die Brust des Mädchens hob und senkte sich, ihre Glieder begannen zu zucken. Ihre Augenlider flackerten und klappten auf, ihre kohlschwarzen Augen schauten aus ihrem zarten Gesicht. Sie war zierlich und feingliedrig, wie kunstvoll aus Papier gefaltet, geglättet und geformt, so daß die Kanten und Ecken durch Rundungen ersetzt wurden. Ihr Haar war so weiß, daß es wie Silber schimmerte, und es hatte einen Glanz, der das Vorhandensein dieses kostbaren Metalls nahelegte.

»Wer bin ich?« fragte sie mit sanfter, heller Stimme, die von kleinen Bächlein und zarten, nächtlichen Geräuschen wisperte.

»Du bist meine Tochter«, erwiderte der König vom Silberfluß und entdeckte Gefühle, die sich in ihm regten, die er seit langer Zeit verloren geglaubt hatte.

Er machte sich nicht die Mühe, ihr zu sagen, daß sie ein Elementarwesen, ein Erdkind war, das aus seiner Magie erschaffen wurde. Sie konnte mit den Instinkten, die er ihr eingegeben hatte, fühlen, was sie war. Weitere Erläuterungen waren überflüssig.

Sie tat versuchsweise einen zaghaften Schritt vorwärts, dann noch einen. Als sie sah, daß sie gehen konnte, bewegte sie sich schneller, prüfte ihre Fähigkeiten auf unterschiedliche Weise, indem sie um ihren Vater herumging und den alten Mann im Gehen scheu und behutsam betrachtete. Neugierig blickte sie sich um, nahm den Anblick, die Gerüche, die Geräusche und den Geschmack der Gärten in sich auf und entdeckte in ihnen eine Verwandtschaft, die sie sich nicht sofort erklären konnte.

»Sind diese Gärten meine Mutter?« fragte sie unvermittelt, und er sagte ihr, so sei es. »Bin ich ein Teil von euch beiden?« wollte sie wissen, und er bejahte es.

»Komm mit«, lud er sie freundlich ein.

Zusammen wandelten sie durch die Gärten und erforschten sie in der Art von Vater und Kind, betrachteten Blüten, beobachteten die flinken Bewegungen der Vögel und Tiere, studierten die weitläufigen, komplizierten Strukturen des wirren Unterholzes und die komplexen Schichten von Stein und Erde, die Muster, gewoben aus den Fäden der Existenz der Gärten. Sie war schnell und helle, interessierte sich für alles, voller Liebe und Respekt vor dem Leben. Er war zufrieden mit dem, was er sah. Er fand, er hatte sie gut gemacht.

Nach einer Weile begann er, ihr etwas von der Magie zu zeigen. Zunächst demonstrierte er die seine, nur ein ganz klein wenig, um sie nicht zu überfordern. Dann ließ er sie ihre eigene ausprobieren. Überrascht stellte sie fest, daß sie solche besaß, und war noch mehr überrascht über das, was sie bewirkte. Aber sie zögerte nicht, sie zu verwenden. Sie war ganz eifrig.

»Du hast einen Namen«, sagte er zu ihr. »Möchtest du wissen, wie du heißt?«

»Ja«, sagte sie und schaute ihn aufmerksam an.

»Du heißt Quickening. Belebung.« Er machte eine Pause. »Verstehst du, warum?«

Sie überlegte ein Weilchen. »Ja«, antwortete sie dann wieder.

Er führte sie zu einem uralten Hickorybaum, dessen Rinde sich in großen, ausgefransten Streifen vom Stamm löste. Eine kühle Brise wehte hier und duftete nach Jasmin und Begonien, und sie setzten sich auf das weiche Gras. Ein Greif kam zwischen den hohen Halmen herbei und schnupperte an der Hand des Mädchens.

»Quickening«, sagte der König. »Es gibt etwas, das du tun mußt.«

Langsam und sorgfältig erklärte er ihr, daß sie die Gärten verlassen und hinaus in die Welt der Menschen müsse. Er sagte ihr, wohin sie zu gehen und was sie zu tun hätte. Er sprach von dem Dunklen Onkel, dem Hochländer, und dem namenlosen Anderen, von den Schattenwesen, von Uhl Belk und Eldwist und von dem schwarzen Elfenstein. Und während er zu ihr sprach und ihr die Wahrheit enthüllte, wer und was sie war, fühlte er einen Schmerz in seiner Brust, der eindeutig menschlich war, ein Teil von ihm, der seit vielen Jahrhunderten untergetaucht gewesen war. Der Schmerz brachte eine Traurigkeit, die drohte, seine Stimme zum Brechen und seine Augen zum Tränen zu bringen. Einmal hielt er überrascht inne, um dagegen anzukämpfen. Es kostete ihn einige Mühe, wieder weiterzusprechen. Das Mädchen schaute ihn still an – aufmerksam, in sich gekehrt, erwartungsvoll. Sie gab keine Widerworte, und sie stellte nicht in Frage, was er ihr sagte. Sie lauschte nur und akzeptierte es.

Als er zu Ende gekommen war, stand sie auf. »Ich weiß, was von mir erwartet wird. Ich bin bereit.«

Doch der König vom Silberfluß schüttelte den Kopf. »Nein, mein Kind, das bist du nicht. Du wirst es feststellen, wenn du von hier fortgegangen bist. Ungeachtet dessen, was du bist und was du kannst, bist du doch verwundbar durch Dinge, vor denen ich dich nicht schützen kann. Sei auf der Hut und schütze dich selbst. Sei wachsam gegen alles, was du nicht verstehst.«

»Das werde ich«, erwiderte sie.

Er begleitete sie bis zum Rand der Gärten, wo die Welt der Menschen anfing, und gemeinsam schauten sie hinaus auf den um sich greifenden Ruin. Ohne zu sprechen, standen sie lange, lange Zeit so da, bis sie sagte: »Ich sehe, daß ich dort gebraucht werde.«

Er nickte bekümmert, fühlte schon ihren Verlust, obgleich sie noch gar nicht fortgegangen war. *Sie ist nur ein Elementarwesen*, dachte er und wußte gleichzeitig, daß dies nicht stimmte. Sie war viel mehr. So, als habe er sie zur Welt gebracht, war sie ein Teil von ihm.

»Auf Wiedersehen, Vater«, sagte sie plötzlich und wich von seiner Seite.

Sie verließ die Gärten und verschwand in der Welt jenseits. Sie küßte oder berührte ihn nicht zum Abschied. Sie ging einfach fort, denn das war alles, was sie zu tun wußte.

Der König vom Silberfluß wandte sich ab. Seine Anstrengungen hatten ihn erschöpft, hatten ihm seine Magie ausgesogen. Er mußte eine Weile ruhen. Schnell schlüpfte er aus seiner menschlichen Gestalt, streifte die falschen Schichten aus Haut und Knochen ab und wusch sich von ihren Erinnerungen und Gefühlen rein, um wieder zu der Elfenkreatur zu werden, die er war.

Doch das, was er für Quickening empfand, seine Tochter, das Kind aus seiner Hand, das blieb.

Walker Boh erwachte schaudernd.

Dunkler Onkel.

Eine wispernde Stimme in seinem Bewußtsein riß ihn zurück aus dem schwarzen Loch, in das er zu gleiten drohte, zerrte ihn aus dem Tintenschwarz in die grauen Randzonen des Lichts, und er schreckte so heftig auf, daß er einen Krampf in den Muskeln seiner Beine bekam. Sein Kopf schnellte hoch, seine Augen klappten auf, und er starrte blicklos vor sich hin. Sein ganzer Körper tat ihm weh, nicht enden wollende Wellen von Schmerz. Der Schmerz traf ihn wie glühendes Eisen, und in einem hilflosen Versuch, ihn zu lindern, rollte er sich ganz fest zusammen. Nur sein rechter Arm blieb ausgestreckt, ein schweres, hinderliches Ding, das nicht mehr zu ihm gehörte, für immer auf den Boden der Höhle gebannt, auf dem er lag, vom Ellenbogen an zu Stein geworden.

Die Quelle des Schmerzes war dort.

Er schloß die Augen und kämpfte, daß er aufhöre, verschwinde.

Aber ihm fehlte die Kraft, es zu befehlen, seine Magie war fast erschöpft, verschwendet in seinem Kampf gegen das Vordringen des Giftes vom Asphinx. Vor sieben Tagen war er auf der Suche nach dem schwarzen Elfenstein in die Halle der Könige gekommen, sieben Tage, seit er statt dessen die tödliche Kreatur gefunden hatte, die dort hingebracht worden war, um ihm eine Falle zu stellen.

Oh, ja, dachte er fiebernd. Eindeutig eine Falle.

Aber von wem? Von den Schattenwesen oder von jemand anderem? Wer war jetzt im Besitz des schwarzen Elfensteins?

Verzweifelt rief er sich die Ereignisse in Erinnerung, die ihn hierhergeführt hatten. Da war der Aufruf von Allanon, der schon seit dreihundert Jahren tot war, an die Erben der Shannara-Magie gewesen, seinen Neffen Par Ohmsford, seine Kusine Wren Ohmsford und ihn selbst. Sie hatten den Aufruf und einen Besuch des einstigen Druiden Cogline erhalten, der sie drängte, ihm Folge zu leisten. Sie hatten es getan. Sie hatten sich am Hadeshorn getroffen, wo Allanons Schatten ihnen erschienen war und jeden mit einer anderen Aufgabe betraut hatte. Sie alle waren dazu ausersehen, das zerstörerische Werk der Schattenwesen zu bekämpfen, die ihre eigene Magie einsetzten, um das Leben aus den Vier Ländern fortzustehlen. Walker hatte den Auftrag, Paranor zurückzugewinnen, die untergegangene Festung der Druiden, und gleichzeitig die Druiden selbst wieder zu holen. Er hatte sich dieser Aufgabe widersetzt, bis Cogline ihn noch einmal aufsuchte und ihm diesmal ein Buch der Druidengeschichte mitbrachte, in der von einem schwarzen Elfenstein die Rede war, der die Kraft besaß, Paranor wiederzufinden. Das wiederum hatte ihn zum Finsterweiher geführt, dem Seher der Geheimnisse der Welt und der sterblichen Menschen.

Sein Blick wanderte durch die Dämmerung der Höhle um ihn herum, über die Türen zu den Grüften der Könige der Vier Länder, seit Jahrhunderten tot, die Schätze, die vor den Krypten, in denen sie lagen, aufgestapelt waren, und die steinernen Wächter, die über ihre Überreste wachten. Steinaugen starrten aus reglosen Gesichtern, blicklos, achtlos. Er war mit ihren Gespenstern allein.

Er lag im Sterben.

Tränen traten ihm in die Augen, blendeten ihn, als er versuchte, sie zu unterdrücken. Was war er doch für ein Dummkopf!

Dunkler Onkel. Die Worte hallten geräuschlos, eine Erinnerung, die ihn heimsuchte und quälte. Es war die Stimme des Finsterweihers, dieses üblen, heimtückischen Geistes, der für das, was ihm widerfahren war, verantwortlich war. Es waren die Rätsel des Finsterweihers gewesen, die ihn auf der Suche nach dem schwarzen Elfenstein in die Halle der Könige geführt hatten. Der Finsterweiher mußte gewußt haben, was ihn dort erwartete – nicht der Elfenstein, sondern statt dessen der Asphinx, eine tödliche Falle, die ihn vernichten würde.

Und warum hatte er angenommen, daß es anders wäre, fragte Walker sich kleinmütig. Haßte ihn der Finsterweiher mehr als alle anderen? Hatte er sich nicht vor Walker gerühmt, daß er ihn ins Verhängnis schickte, indem er ihm gab, was er wünschte? Walker war ihm einfach aus dem Wege gegangen, um dem Geist gefällig zu sein, indem er übereifrig davonhastete, um den Tod zu finden, der ihm versprochen war, in dem naiven Glauben, er könne sich gegen jedwedes Übel, das ihm in die Quere kommen könnte, selber schützen. Erinnerst du dich, schalt er sich selbst, erinnerst du dich, wie zuversichtlich du warst?

Er wand sich, als das Gift in ihm brannte. Gut und schön. Und wo war seine Zuversicht jetzt?

Er zwang sich auf die Knie und beugte sich hinunter über die Öffnung im Höhlenboden, wo seine Hand an dem Stein festgehalten wurde. Er konnte so eben die Überreste des Asphinx sehen. Der steinerne Leib der Schlange war um seinen versteinerten Arm geringelt, beide für immer verbunden und fest mit dem Felsen des Gebirges verwachsen. Er kniff den Mund zusammen und zog den Ärmel seines Kittels zurück. Sein Arm war hart und rührte sich nicht, grau bis an den Ellenbogen. Graue Streifen arbeiteten sich langsam zu seiner Schulter hinauf. Der Prozeß war langsam, aber stetig. Sein ganzer Körper würde zu Stein werden.

Nicht, daß es einen Unterschied machte, wenn das geschah, dachte er, denn er würde ohnehin verhungern, bevor es soweit war. Oder verdursten. Oder dem Gift erliegen.

Er schob den Ärmel wieder hinunter und ließ ihn das Grauen verdekken, das aus ihm geworden war. Sieben Tage vergangen. Das bißchen Nahrung, das er mitgenommen hatte, war fast sofort aufgezehrt gewesen, und das letzte Wasser hatte er vor zwei Tagen getrunken. Seine Kraft verließ ihn jetzt schnell. Die meiste Zeit lag er im Fieberrausch, seine klaren Momente wurden immer kürzer. Zu Anfang hatte er gegen das, was geschah, angekämpft und versucht, mit Hilfe seiner Magie das Gift aus seinem Körper zu verbannen und seine Hand und seinen Arm wieder zu Fleisch und Blut zu machen. Doch seine Zauberkraft hatte vollständig versagt. Er hatte sich abgemüht, seinen Arm vom Steinboden loszubekommen, in der Hoffnung, er könnte ihn irgendwie befreien. Doch er wurde festgehalten, ein Verurteilter ohne jegliche Hoffnung auf Befreiung. Irgendwann hatte seine Erschöpfung ihn zum Schlafen gezwungen, und im Laufe der Tage hatte er immer häufiger geschlafen und war immer weiter von dem Wunsch fortgeglitten, wieder aufzuwachen.

Und nun, während er als ein Häufchen Elend und Schmerz dakniete, nur zeitweilig durch die Stimme des Finsterweihers vor dem Sterben bewahrt, erkannte er mit entsetzlicher Gewißheit, daß, falls er wieder einschliefe, es für immer wäre. Er atmete schnell ein und aus und würgte die Angst zurück. Er durfte es nicht geschehen lassen. Er durfte nicht aufgeben.

Er zwang sich zum Nachdenken. Solange er denken konnte, sagte er sich, würde er nicht einschlafen. Im Geiste verfolgte er noch einmal seine Unterhaltung mit dem Finsterweiher, hörte noch einmal die Worte des Geistes und versuchte noch einmal, ihre Bedeutung zu entziffern. Der Finsterweiher hatte die Halle der Könige nicht beim Namen genannt, als er beschrieb, wo der schwarze Elfenstein zu finden sei. Hatte Walker einfach den falschen Schluß gezogen? War er absichtlich fehlgeleitet worden? Lag irgendeine Wahrheit in dem, was man ihm gesagt hatte?

Walkers Gedanken zerstreuten sich verwirrt, und sein Verstand weigerte sich, der Anforderung nachzukommen, die er ihm stellte. Verzweifelt schloß er die Augen, und es kostete ihn ungeheure Mühe, sie wieder aufzumachen. Seine Kleider waren kalt und feucht von seinem eigenen Schweiß, und er zitterte. Sein Atem ging keuchend, seine Sicht war getrübt, und es fiel ihm zunehmend schwer zu schlucken. So viele Ablenkungen – wie sollte er da denken? Er wollte nichts als daliegen und...

Er geriet in Panik, als er fühlte, daß die Bewußtlosigkeit ihn zu verschlingen drohte. Er änderte seine Stellung und rieb seine Knie über den Stein, bis sie bluteten. Ein bißchen zusätzliche Schmerzen können mich vielleicht wachhalten, dachte er. Aber er spürte es kaum.

Er zwang seine Gedanken zum Finsterweiher zurück. Er führte sich den Geist vor Augen, wie er über sein Mißgeschick lachte und sich daran erfreute. Er hörte die spöttische Stimme nach ihm rufen. Wut gab ihm ein Quentchen Kraft. Da war etwas, an das er sich erinnern mußte, dachte er verzweifelt. Da war etwas, das der Finsterweiher ihm gesagt hatte, an das er sich erinnern mußte.

Bitte, laß mich nicht einschlafen!

Die Halle der Könige reagierte nicht auf sein Flehen. Die Statuen blieben still, desinteressiert, blind. Der Berg wartete.

Ich muß freikommen! brüllte er wortlos.

Und dann erinnerte er sich an die Visionen, genauer gesagt an die erste der drei, die der Finsterweiher ihm gezeigt hatte, die, in der er auf einer Wolke über der kleinen Gruppe, die sich aufgrund des Auftrags von Allanons Schatten am Hadeshorn versammelt hatte, stand, jene Vision, in der er gesagt hatte, daß er sich eher die Hand abhacken als die Druiden zurückbringen würde, und dann den Arm in die Höhe gehoben hatte, um zu zeigen, daß er genau das getan hatte.

Er erinnerte sich an die Vision und erkannte ihre Wahrheit.

Er verbannte voll ungläubigen Entsetzens die Reaktion, die das hervorrief, und ließ seinen Kopf sinken, bis er auf dem Steinboden der Höhle ruhte. Er weinte und fühlte, wie ihm die Tränen über die Wangen rannen und in den Augen brannten, als sie sich mit dem Schweiß vermischten. Sein Körper zuckte unter der Qual seines Wissens um den nächsten Schritt.

Nein! Nein, er würde es nicht tun.

Aber er wußte, daß er es tun mußte.

Sein Weinen wandelte sich in Gelächter, eiskalt rollte es in seinem Wahnsinn aus ihm heraus in die leere Gruft. Er wartete, bis es sich von allein erschöpfte und das Echo zu Stille verstummte. Dann schaute er wieder auf. Seine Möglichkeiten hatten sich erschöpft, sein Schicksal war besiegelt. Wenn er jetzt nicht freikam, wußte er, würde er nie mehr freikommen.

Und es gab nur einen einzigen Weg.

Er machte sich stark dafür, schirmte sich vor seinen Gefühlen ab und zog aus einer letzten Reserve seine allerletzte Kraft. Er ließ seinen Blick über den Höhlenboden wandern, bis er fand, was er brauchte. Es war ein Felsbrocken von etwa der Größe und der Form einer Beilklinge, auf einer Seite ausgezackt und hart genug, den Sturz von der Höhlendecke überstanden zu haben, wo er vier Jahrhunderte zuvor bei dem Kampf zwischen Allanon und der Schlange Valg losgeschlagen worden war. Der Stein lag fast sieben Meter entfernt, eindeutig jenseits der Reichweite eines gewöhnlichen Menschen. Doch nicht für ihn. Er sammelte ein Fragment der Magie, die ihm noch blieb, und zwang sich, standhaft zu bleiben, während er sie benutzte. Der Stein ruckte knirschend vorwärts, ein langsames Kratzen in der Stille der Höhle. Walker schwindelte von der Anstrengung, das Fieber brannte in ihm, verursachte ihm Übelkeit. Doch er ließ den Stein stetig näherrücken.

Endlich war er in Reichweite seiner freien Hand. Er ließ die Magie davonschlüpfen und brauchte eine lange Weile, um sich wieder zu erholen. Dann streckte er die Hand aus, und seine Finger packten den Stein. Langsam holte er ihn heran, fand ihn ungeheuer schwer, so schwer, daß er nicht sicher war, ob er ihn hochheben konnte, geschweige denn...

Er konnte den Gedanken nicht zu Ende denken. Er konnte sich mit dem, was er auf dem Wege war zu tun, nicht aufhalten. Er zerrte den Stein heran, bis er neben ihm lag, stützte sich fest auf seine Knie, holte tief Luft, hob den Stein über den Kopf, zögerte einen winzigen Augenblick und brachte ihn dann in einem Drang aus Furcht und Eile herunter. Er krachte auf den Stein seines Armes zwischen Handgelenk und Ellenbogen und schlug mit solcher Kraft auf, daß sein ganzer Körper davon erschüttert wurde. Der davon hervorgerufene Schmerz war so qualvoll, daß er ihn bewußtlos zu machen drohte. Er schrie, als er in Wellen über ihn schlug, er hatte das Gefühl, zerrissen zu werden, von innen nach außen. Er fiel vornüber, schnappte nach Luft, und der Beilklingenstein fiel aus seinen verkrampften Fingern.

Dann merkte er, daß sich etwas verändert hatte.

Er richtete sich auf und schaute auf seinen Arm hinunter. Der Schlag hatte sein steinernes Glied an der Stelle des Aufschlag zerschmettert. Handgelenk und Hand waren im Dämmerlicht dieses verborgenen Lochs im Höhlenboden an den Asphinx geheftet. Doch sein übriger Körper war frei.

In benommenem Staunen kniete er lange Zeit so da, starrte auf die Überreste seines Arms, auf das graudurchzogene Fleisch oberhalb des Ellenbogens und die zersplitterten Reste am Boden. Sein Arm war bleischwer und steif. Das Gift, das sich schon darin befand, wirkte weiter. Schmerz durchzuckte seinen ganzen Leib.

Aber er war frei! Himmel noch mal, er war frei!

Plötzlich rührte sich etwas in der hinteren Kammer, ein schwaches, entferntes Rascheln, als ob etwas erwacht sei. Walker Boh wurde es eiskalt in der Magengrube, als er begriff, was geschehen war. Sein Schrei hatte ihn verraten. Die hintere Kammer war der Versammlungssaal, und im Versammlungssaal hatte einst die Schlange Valg, Wächter der Toten, gelebt.

Und lebte vielleicht noch immer.

Walker stand auf, und ein plötzlicher Schwindelanfall packte ihn. Er ignorierte es, ignorierte auch Schmerz und Erschöpfung, und taumelte zu den schweren, eisenbeschlagenen Eingangstoren, durch die er hereingekommen war. Er verdrängte sämtliche Geräusche um sich herum und in seinem Inneren und konzentrierte seine ganze Anstrengung darauf, über den Höhlenboden zu der Passage dahinter zu gelangen. Falls die Schlange lebte und ihn jetzt fand, war es mit ihm zu Ende, das wußte er.

Das Glück war ihm hold. Die Schlange kam nicht zum Vorschein. Nichts kam zum Vorschein. Walker erreichte die Tür, die aus der Gruft führte, und schaffte es hinaus in die Finsternis.

Was danach geschah, war ihm nachher nie ganz klar. Irgendwie gelangte er in die Königshalle, vorbei an den Todesfeen, deren Geheul einen wahnsinnig machen konnte, vorbei an den Sphinxen, deren Blick einen in Stein zu verwandeln vermochte. Er hörte die Todesfeen brüllen, fühlte den Blick der Sphinxen brennen und spürte das Grauen der uralten Magie des Bergs, der versuchte, ihm eine Falle zu stellen und zu einem weiteren Opfer zu machen. Doch er entkam. Ein letzter Schild von Entschlossenheit schützte ihn, obwohl dem Wahnsinn nahe, auf dem Weg, ein eiserner Wille, gepaart mit Erschöpfung und Schmerz, umhüllte und bewahrte ihn. Vielleicht kam ihm auch seine Magie zur Hilfe, er hielt es für möglich. Die Magie war schließlich ein unvorhersehbares, ein ewiges Mysterium. Er trotzte sich durch die fast vollständige Dunkelheit und vorbei an phantasmagorischen Bildern und steinernen Wänden, die sich um ihn zu schließen drohten, durch Tunnel von Anblicken und Geräuschen, in denen er weder sehen noch hören konnte, und schließlich war er frei.

Er gelangte bei Tagesanbruch in die Außenwelt. Die Sonne schien blaß und kühl durch die graue, tiefhängende Wolkendecke, die von einem Gewitter der vergangenen Nacht übriggeblieben war. Den Arm unter dem Umhang verborgen wie ein verwundetes Kind, folgte er dem Bergpfad hinunter in die südlichen Ebenen. Er schaute keinmal zurück. Er konnte kaum nach vorn schauen. Er war nur auf den Beinen, weil er sich weigerte, klein beizugeben. Er konnte sich selbst kaum noch fühlen, nicht einmal die Schmerzen seiner Vergiftung. Er ging, als würde er an Fäden vorangezerrt, die an seinen Gliedmaßen festgebunden waren.

Sein schwarzes Haar wehte wild im Wind, peitschte ihm das blasse Gesicht, bis ihm die Augen tränten. Wie eine Vogelscheuche des Wahnsinns verließ er den grauen Nebel.

Dunkler Onkel, wisperte die Stimme des Finsterweihers in seinem Bewußtsein und lachte schadenfroh.

Er hatte jegliches Zeitgefühl verloren. Dem schwachen Sonnenlicht gelang es nicht, die Gewitterwolken aufzulösen, und der Tag blieb farblos und unfreundlich. Wege kamen und gingen, eine endlose Prozession von Felsen, Schluchten, Hohlwegen und Abgründen. Walker nahm das alles nicht wahr. Er wußte nur, daß er bergab ging, daß er sich abwärts aus dem Felsengebiet arbeitete, zurück in die Welt, die er so törichterweise verlassen hatte. Er wußte, daß er versuchte, sein eigenes Leben zu retten.

Es war Mittag, als er endlich die hohen Gipfel hinter sich ließ und das Tal von Shale erreichte, ein zerlumptes, zielloses Etwas von einer menschlichen Ruine, so fieberkrank und schwach, daß er halbwegs über den zersplitterten, glänzendschwarzen Fels des Talbodens stolperte, ehe er begriff, wo er war. Als er es schließlich erkannte, verließen ihn seine Kräfte. Er verwickelte sich mit seinem Mantel und stürzte, fühlte, wie die scharfen Kanten des Gesteins ihm die Haut der Hand und des Gesichts ritzten, doch er beachtete es nicht und blieb mit dem Gesicht nach unten erschöpft liegen. Nach einer Weile begann er in Richtung der stillen Wasser des Sees zu kriechen, mühsam rückte er, mit seinem versteinerten Armstumpf unter sich, stückchenweise vor. In seinem Delirium erschien es ihm logisch, daß, wenn er den Rand des Hadeshorns erreichte und seinen kaputten Arm hineintauchte, die todbringenden Wasser dem Gift, das ihn langsam umbrachte, entgegenwirken würden. Es war Unsinn, doch für Walker Boh war Wahnsinn das Maß des Lebens geworden.

Doch er versagte selbst in diesem kleinen Bestreben. Zu schwach, mehr als ein paar Meter zurückzulegen, verlor er das Bewußtsein. Das letzte, was er wahrnahm, war, wie finster es mitten am Tag war, die Welt ein Ort der Schatten.

Er schlief, und im Schlaf träumte er, daß Allanons Schatten zu ihm kam. Der Schatten tauchte aus den brennenden, kochenden Wassern des Hadeshorns, dunkel und mysteriös, als er sich aus der Unterwelt des Lebens nach dem Tode, zu dem er verbannt war, materialisierte. Er streckte Walker die Hand entgegen, hob ihn auf die Füße, durchflutete ihn mit neuer Kraft und gab seinem Denken und Sehen wieder Klarheit. Er hing geisterhaft und durchsichtig über den dunklen grünlichen Wassern – doch seine Berührung fühlte sich seltsam menschlich an.

– Dunkler Onkel. –

Als der Schatten die Worte sprach, waren sie nicht spöttisch und haßerfüllt, wie wenn der Finsterweiher sie aussprach. Sie waren ganz einfach eine Bezeichnung dessen, wer und was Walker war.

– Warum willst du den Auftrag, mit dem ich dich betraut habe, nicht erfüllen? –

Walker mühte sich aufgebracht, zu antworten, doch er konnte die Worte nicht finden.

– Du wirst dringend gebraucht, Walker. Nicht von mir, doch von den Vier Ländern und ihren Völkern, den Rassen der neuen Welt. Wenn du meinen Auftrag nicht annimmst, gibt es für sie keine Hoffnung mehr... –

Walkers Zorn war grenzenlos. Die Druiden, die es nicht mehr gab, und das verschwundene Paranor wiederbringen? Gewiß doch, dachte Walker zur Antwort. Gewiß doch, Schatten von Allanon. Ich werde meinen ruinierten Leib, meinen vergifteten Arm auf die Suche nach dem, was du haben willst, schleppen, auch wenn ich am Sterben bin und keine Hoffnung hegen kann, irgendwem zu helfen, doch ich...

– Akzeptiere es, Walker. Du akzeptierst es nicht. Gesteh dir die Wahrheit deiner selbst und deines Schicksals ein. –

Walker verstand ihn nicht.

– Verwandtschaft mit jenen, die vor dir gegangen sind, jenen, die die Bedeutung des Akzeptierens verstanden. Das ist es, was dir fehlt. –

Walker schauderte, und die Vision seines Traums wurde unterbrochen. Seine Kräfte verließen ihn. Er sackte am Ufer des Hadeshorns zusammen, fassungslos vor Angst und Verwirrung, und fühlte sich so verloren, daß es ihm unmöglich schien, je wiedergefunden werden zu können.

Hilf mir, Allanon, flehte er verzweifelt.

Der Schatten hing reglos vor ihm in der Luft, ätherisch vor dem Hintergrund winterlichen Himmels und kahler Gipfel, aufsteigend wie das Gespenst des Todes, das gekommen war, sich ein neues Opfer abzuholen. Plötzlich kam es Walker so vor, als ob Sterben das einzige war, das ihm noch blieb.

Willst du, daß ich sterbe? fragte er ungläubig.

Der Schatten sagte nichts.

Wußtest du, daß mir das zustoßen würde? Er streckte seinen Arm vor, den angesplitterten Steinstumpf und das giftdurchzogene Fleisch.

Der Schatten blieb still.

Warum willst du mir nicht helfen? heulte Walker.

– Warum willst du mir nicht helfen? –

Die Worte hallten scharf durch sein Bewußtsein, drängend und voll finsterer Entschlossenheit. Aber er sprach sie nicht. Es war Allanon.

Dann begann der Schatten plötzlich in der Luft vor ihm zu schimmern und verblaßte. Die Wasser des Hadeshorns dampften und zischten, brodelten zornig und wurden wieder still. Die Luft rundum war dunkel und dunstig, voller Gepsenster und wilder Einbildungen, ein Ort, wo Leben und Tod sich an einem Kreuzweg unbeantworteter Fragen und ungelöster Rätsel begegneten.

Walker Boh nahm sie nur einen Moment lang wahr, wußte, daß er sie nicht im Traum, sondern wachend sah, und erkannte plötzlich, daß seine Vision vielleicht gar kein Traum gewesen war.

Dann war alles fort, und er fiel in tiefe Schwärze.

Als er wieder erwachte, beugte sich jemand über ihn. Walker sah den anderen durch einen Nebel aus Fieber und Schmerzen, eine dünne, stangenförmige Gestalt in grauen Gewändern, mit einem schmalen Gesicht, schütterem Bart und Haar und einer Hakennase, der sich so nah über ihn beugte, als habe er im Sinn, ihm das letzte bißchen Leben auszusaugen.

»Walker?« flüsterte die Gestalt freundlich.

Es war Cogline. Walker schluckte gegen seine trockene Kehle an und bemühte sich aufzustehen. Das Gewicht seines Armes zerrte an ihm, zog ihn zurück, zwang ihn nieder. Die Hand des alten Mannes wühlte unter dem darüberliegenden Mantel und fand den bleischweren Stumpf. Walker hörte, wie er scharf einatmete.

»Wie... wie hast du mich gefunden?« brachte er hervor.

»Allanon«, erwiderte Cogline. Seine Stimme war rauh und gebrochen vor Zorn.

Walker seufzte. »Wie lange habe ich...?«

»Drei Tage. Ich weiß nicht, wieso du noch lebst. Du hast kein Recht dazu.«

»Gar keins«, gab Walker zu und umarmte den alten Mann impulsiv. Der vertraute Geruch des alten Mannes brachte ihm Tränen in die Augen. »Ich glaube... ich soll noch nicht sterben... noch nicht gleich.«

Cogline drückte Walker seinerseits an sich. »Nein, Walker«, sagte er, »noch nicht.«

Dann half ihm der alte Mann auf die Füße, zog ihn mit einer Kraft hoch, die Walker ihm nicht zugetraut hatte, und während er ihn aufrechthielt, zeigte er hinunter zum südlichen Ende des Tals. Es war wieder Morgendämmerung, der Sonnenaufgang wolkenlos und leuchtend golden am östlichen Horizont, die Luft still und erwartungsvoll.

»Halte dich an mir fest«, drängte Cogline, während er ihn über den zersplitterten schwarzen Fels führte. »Pferde warten auf uns und hilfreiche Hände. Halte dich fest, Walker.«

Walker klammerte sich an ihn wie an sein Leben.

Cogline brachte Walker nach Storlock. Selbst zu Pferd, mit Walker auf dem Sattel festgebunden, brauchten sie bis zum Einbruch der Nacht. Sie kamen aus den Drachenzähnen hinunter in einen sonnenerfüllten, warmen Tag, wandten sich ostwärts über die Rabbebenen, in die Ostlandwälder von Zentral-Anar zu dem legendären Dorf der Stors. Von Schmerzen gepeinigt und von Gedanken an den Tod aufgezehrt, blieb Walker fast die ganze Zeit wach. Aber er war nie sicher, wo er sich befand oder was um ihn herum geschah, war sich nur des Schaukelns seines Pferdes bewußt und Coglines ständiger Versicherungen, daß alles gut werden würde.

Er glaubte nicht, daß Cogline ihm die Wahrheit sagte.

Storlock war still, kühl und trocken im Schatten der Bäume, eine Zuflucht vor der drückenden Hitze und dem Staub der Ebenen. Hände hoben Walker aus dem Sattel, aus dem Schweißgeruch und dem Geschaukel und fort von dem Gefühl, daß er jeden Augenblick dem Tod nachgeben müsse, der auf ihn wartete. Er wußte nicht, warum er noch lebte. Er konnte sich keinen Grund dafür geben. Weiß gewandete Gestalten waren um ihn herum, stützten ihn, hielten ihn – Stors, Heilergnome aus dem Dorf. Sie waren die fortschrittlichsten Heilkundigen in den Vier Ländern. Wil Ohmsford hatte einst bei ihnen studiert und war ein Heiler geworden, der einzige Südlander, der das je getan hatte. Shea Ohmsford war nach einem Angriff im Wolfsktaag geheilt worden. Vorher war Par auch zu ihnen gebracht worden, weil er vom Gift der Werbiester in Olden Moor infiziert war. Walker hatte ihn hingebracht. Jetzt war Walker selbst an der Reihe, um gerettet zu werden. Doch Walker glaubte nicht, daß das geschehen würde.

Eine Tasse wurde an seine Lippen gehalten, und eine unbekannte Flüssigkeit sickerte seine Kehle hinunter. Fast augenblicklich ließen die Schmerzen nach, und er wurde schläfrig. Schlaf würde ihm guttun, dachte er plötzlich und zu seiner eigenen Überraschung. Schlaf war ihm willkommen. Er wurde ins Zentralhaus getragen, das Hauptpflegequartier, und in einem der Hinterzimmer auf ein Bett gelegt, wo man den Wald durch das Gewebe der Vorhänge sehen konnte, eine Wand aus dunklen Stämmen, die dort wachten. Man zog ihm die Kleider aus, wickelte ihn in Decken und gab ihm noch etwas zu trinken, eine bittere, heiße Flüssigkeit, und dann wurde er zum Schlafen allein gelassen.

Er schlief fast augenblicklich ein.

Während er schlief, ließ das Fieber nach, und er erholte sich von der Erschöpfung. Der Schmerz war noch da, doch irgendwie fern und nicht Teil von ihm. Er versank in der Wärme und Behaglichkeit seines Betts, und selbst Träume konnten den Schild seiner Rast nicht durchbrechen. Er hatte keine Visionen, die ihn peinigten, keine finsteren Gedanken, die ihn weckten. Allanon und Cogline waren vergessen. Seine Verzweiflung über den Verlust seines Arms, der Kampf, um dem Asphinx und der Halle der Könige zu entkommen, und das grauenvolle Gefühl, nicht länger Herr seines eigenen Schicksals zu sein – alles war vergessen. Er hatte Frieden.

Er wußte nicht, wie lange er schlief, denn ihm war nicht bewußt, wie die Zeit verstrich, wie die Sonne über den Himmel wanderte, wie es Nacht und Tag und wieder Nacht wurde. Als er langsam wieder aufwachte, aus der Dunkelheit seiner Rast durch eine Welt des Halbschlafs schwebte, rührten sich unerwarteterweise Erinnerungen an seine Kindheit, Fetzen seines Lebens aus den Tagen, als er lernte, mit der Enttäuschung und dem Staunen der Entdeckung zurechtzukommen, wer und was er war.

Die Erinnerungen waren klar und deutlich.

Er war noch ein Kind, als er zum ersten Mal erkannte, daß er Magie besaß. Er nannte es damals nicht Magie, er nannte es überhaupt nicht. Er hielt solche Fähigkeiten für alltäglich, dachte damals, er sei wie jedermann. Er lebte mit seinem Vater Kenner und seiner Mutter Risse in Hearthstone in Darklin Reach, und dort gab es keine anderen Kinder, mit denen er sich hätte vergleichen können. Das kam später. Seine Mutter war es, die ihm sagte, daß das, was er vermochte, ungewöhnlich war, daß es ihn von anderen Kindern unterschied. Er konnte ihr Gesicht noch immer sehen, als sie es ihm zu erklären versuchte, ihre zarten Züge ernst und konzentriert, ihre weiße Haut und ihr kohlschwarzes Haar, das sie immer zu Zöpfen geflochten trug und mit Blüten schmückte. Er konnte ihre leise, dringliche Stimme noch immer hören. Risse. Er hatte seine Mutter innig geliebt. Sie hatte selbst keine Magie besessen; sie war eine Boh, und die Magie kam von seiten seines Vaters, von den Ohmsfords. Sie hatte ihn an einem strahlenden Herbsttag, an dem die Luft von den Düften welkender Blätter und brennenden Holzes erfüllt war, vor sich hin gesetzt und hatte es ihm lächelnd und vorsichtig mitgeteilt, hatte erfolglos versucht, das Unbehagen, das sie darüber empfand, vor ihm zu verbergen.

Das war eines von den Dingen, die die Magie ihm erlaubte. Sie ließ ihn manchmal sehen, was andere fühlten – nicht bei jedem, aber fast immer bei seiner Mutter.

»Walker«, sagte sie, »die Magie macht dich zu etwas Besonderem. Sie ist eine Gabe, die du pflegen und hegen mußt. Ich weiß, daß du eines Tages etwas Wunderbares damit tun wirst.«

Ein Jahr später starb sie an einem Fieber, gegen das selbst sie mit ihren außerordentlichen Heilkräften kein Mittel hatte finden können.

Dann lebte er mit seinem Vater allein, und die »Gabe«, mit der sie ihn gesegnet geglaubt hatte, entwickelte sich schnell. Die Magie gab ihm Fähigkeiten, gab ihm Einblick. Er entdeckte, daß er oft Dinge in Leuten spürte, ohne daß man es ihm gesagt hätte – Wandel ihrer Stimmung und ihres Charakters, Emotionen, die sie geheimhalten zu können glaubten, Meinungen und Ideen, Nöte und Hoffnungen, sogar die Hintergründe ihrer Taten. Es gab immer Besuch in Hearthstone – Durchreisende, Hausierer, Händler, Holzfäller, Jäger, Trapper, sogar Fährtensucher –, und Walker wußte genau über sie Bescheid, selbst wenn sie kein Wort sagten. Er offenbarte ihnen, was er wußte, ein Spiel, das er schrecklich gerne spielte. Manche unter ihnen verängstigte es, und sein Vater befahl ihm, damit aufzuhören. Walker tat, wie ihm geheißen. Er hatte inzwischen eine neue, interessantere Fähigkeit entdeckt. Er stellte fest, daß er mit den Tieren des Waldes kommunizieren konnte, mit den Vögeln und den Fischen und selbst mit den Pflanzen. Er konnte spüren, was sie dachten und fühlten, genauso wie bei den Menschen, auch wenn ihre Gedanken und Gefühle begrenzter und rudimentärer waren. Stundenlang verschwand er zu Lernausflügen, zu vorgeschützten Abenteuern und Reisen zum Auskundschaften und Erproben. Er betrachtete sich in sehr jungen Jahren schon als Erforscher des Lebens.

Während die Zeit verstrich, wurde deutlich, daß Walkers besondere Einsicht ihm auch bei seiner Ausbildung zugute kommen würde. Er begann, in der Bibliothek seines Vaters zu lesen, sobald er gelernt hatte, wie die Buchstaben des Alphabets auf den abgenutzten Seiten von seines Vaters Büchern Wörter bildeten. Mühelos meisterte er die Mathematik. Die Naturwissenschaften verstand er intuitiv. Kaum irgend etwas mußte ihm erklärt werden. Irgendwie schien er einfach zu begreifen, wie das alles funktionierte. Geschichte wurde seine besondere Leidenschaft, seine Erinnerungsfähigkeit an Orte und Ereignisse und Leute war erstaunlich. Er begann, eigene Aufzeichnungen zu machen, alles, was er lernte, niederzuschreiben und Lehren zu kompilieren, die er eines Tages anderen weitergeben wollte.

Je älter er wurde, desto mehr schien sich die Haltung seines Vaters ihm gegenüber zu verändern. Zunächst wehrte er den Verdacht ab, überzeugt, daß er sich irrte. Doch das Gefühl blieb. Schließlich fragte er seinen Vater danach, und Kenner – ein großer, schlanker Mann mit flinken Bewegungen und großen, intelligenten Augen, einem Stotterproblem, das er mit harter Anstrengung überwunden hatte, und einer handwerklichen Begabung – gab zu, daß es stimmte. Kenner hatte selbst keine Magie. Er hatte in seiner Jugend Spuren davon gehabt, doch kurz nachdem er aus dem Jungenalter gewachsen war, waren sie verschwunden. So war es auch seinem Vater und dem Vater seines Vaters und allen Ohmsfords, von denen er Kenntnis hatte, bis zurück zu Brin gegangen. Doch bei Walker schien es nicht der Fall zu sein. Walkers Magie schien sogar immer stärker zu werden. Kenner sagte ihm, daß er fürchtete, die Fähigkeiten seines Sohnes würden ihn irgendwann überwältigen und sich zu einem Punkt entwickeln, wo er ihre Wirkung nicht mehr vorhersehen und kontrollieren könne. Doch er sagte gleichzeitig, daß sie nicht unterdrückt werden dürfe, daß Magie eine Gabe sei, deren Vorhandensein immer einen bestimmten Sinn habe.

Wenig später erzählte er Walker die Geschichte der Hintergründe der Ohmsfordmagie, von dem Druiden Allanon und dem Talmädchen Brin und von dem mysteriösen Vermächtnis, das er ihr im Sterben überantwortet hatte. Walker war zwölf Jahre alt, als er die Legende hörte. Er hatte wissen wollen, worin denn das Vermächtnis bestanden habe. Sein Vater hatte es ihm nicht sagen können. Er hatte ihm nur die Geschichte berichten können, wie es durch die Blutlinie der Ohmsfords weitergegeben wurde.

»Es manifestiert sich in dir, Walker«, sagte er. »Du deinerseits wirst es deinen Kindern weitergeben und sie den ihren, bis es eines Tages gebraucht wird. Das ist das Vermächtnis, das du geerbt hast.«

»Aber wozu taugt denn ein Vermächtnis, das keinem Zweck dient?« hatte Walker gefragt

Und Kenner hatte wiederholt: »Die Magie hat immer einen Sinn – selbst wenn wir nicht erkennen, worin er liegt.«

Knapp ein Jahr später, als Walker in seine Jugendjahre kam und seine Kindheit hinter sich ließ, offenbarte die Magie eine andere, dunkle Seite. Walker fand heraus, das sie zerstörerisch sein konnte. Manchmal, vor allem, wenn er wütend war, verwandelten sich seine Gefühle in Energie. Wenn das geschah, konnte er Dinge von der Stelle bewegen und zerbrechen, ohne sie zu berühren. Manchmal konnte er eine Art Feuer auslösen. Es war kein gewöhnliches Feuer, es brannte nicht wie gewöhnliches Feuer, und es hatte eine andere Farbe, eine Art Kobaltblau. Es wollte nicht viel von dem tun, was er versuchte, es tun zu lassen, es machte so ziemlich das, was es wollte. Er brauchte Wochen, um zu lernen, es zu kontrollieren. Er versuchte, seine Entdeckung vor seinem Vater zu verbergen, doch sein Vater erfuhr trotzdem davon, so wie er irgendwann alles über seinen Sohn herausfand. Auch wenn er wenig sagte, fühlte Walker, wie sich der Abstand zwischen ihnen vergrößerte.

Walker war auf der Schwelle zum Mannesalter, als sein Vater sich entschloß, ihn aus Hearthstone fortzubringen. Kenner Ohmsfords Gesundheitszustand hatte sich seit mehreren Jahren immer mehr verschlechtert, sein einst starker Körper war von einer zermürbenden Krankheit befallen. Er verschloß die Hütte, die von Geburt an Walkers Heim gewesen war, und brachte den Jungen nach Shady Vale, um dort bei einer anderen Ohmsford-Familie zu leben, Jaralan und Mirianna mit ihren Söhnen Par und Coll.

Der Umzug wurde zu dem schlimmsten Ereignis, das Walker Boh je zugestoßen war. Shady Vale war kaum mehr als ein kleiner Weiler, doch nach Hearthstone bedeutete es große Einschränkungen. Vorher hatte er grenzenlose Freiheit genossen, hier gab es Grenzen, denen er nicht zu entkommen vermochte. Walker war nicht daran gewöhnt, von so vielen Leuten umgeben zu sein, und er konnte sich nicht einfügen. Er sollte zur Schule gehen, doch es gab dort nichts für ihn zu lernen. Der Lehrer und die Mitschüler mißtrauten ihm; er war ein Außenseiter und benahm sich anders als sie, er wußte bei weitem zu viel, und sie entschieden sehr schnell, daß sie nichts mit ihm zu tun haben wollten. Seine Magie wurde zu einer Falle, aus der er nicht entkommen konnte. Sie manifestierte sich in allem, was er tat, und als er schließlich erkannte, daß er sie hätte geheimhalten sollen, war es längst zu spät. Er wurde mehrfach zusammengeschlagen, weil er sich nicht zur Wehr setzte. Er war gefesselt von dem Gedanken, was geschehen würde, wenn er das Feuer ausbrechen ließ.

Er war weniger als ein Jahr in dem Dorf, als sein Vater starb. Walker hatte sich damals gewünscht, er könnte auch sterben.

Er lebte weiterhin bei Jaralan und Mirianna Ohmsford, die gut zu ihm waren und Verständnis für die Schwierigkeiten zeigten, mit denen er zu kämpfen hatte, denn bei ihrem eigenen Sohn Par machten sich gerade die ersten Zeichen bemerkbar, daß er selbst seine eigene Magie besaß. Par war ein Nachkomme von Jair Ohmsford, Brins Bruder. Beide Seiten der Familie hatten in den Jahren seit Allanons Tod die Magie ihrer Ahnen weitervererbt, so daß das Erscheinen von Pars Magie nicht völlig unerwartet kam. Pars Magie war weniger unvorhersehbar und weniger kompliziert und manifestierte sich in der Hauptsache in der Fähigkeit des Jungen, lebensähnliche Bilder mit seiner Stimme zu erzeugen. Par war damals noch klein, gerade fünf oder sechs Jahre alt, und er verstand kaum, was ihm geschah. Coll war noch nicht kräftig genug, um seinen Bruder zu beschützen, also nahm Walker den Knaben schließlich unter seine Fittiche. Das schien völlig natürlich zu sein. Schließlich verstand nur Walker wirklich, was Par erlebte.

Seine Beziehung zu Par änderte alles. Sie gab ihm eine Richtung und einen Sinn jenseits der Sorge um sein eigenes Überleben. Er verbrachte viel Zeit mit Par, um ihm zu helfen, mit der Anwesenheit von Magie in seinem Körper zurechtzukommen. Er beriet ihn in ihrer Anwendung und lehrte ihn die notwendigen Vorsichtsmaßnahmen, die anzuwenden er ebenfalls lernen mußte. Er versuchte, ihn zu lehren, wie er mit der Angst und der Abneigung der Leute umgehen konnte, die es nicht verstehen wollten. Er wurde zu Pars Mentor.

Die Bewohner von Shady Vale begannen ihn »Dunkler Onkel« zu nennen. Es fing bei den Kindern an. Er war natürlich nicht Pars Onkel, er war niemandes Onkel. Aber in den Augen der Dorfleute hatte er keine klare Blutsverwandtschaft, und niemand verstand wirklich die Beziehung, die er zu Jaralan und Mirianna hatte, also bestand keine Festlegung, nach der sie ihn zuordnen konnten. »Dunkler Onkel« blieb hängen. Walker war inzwischen groß, blaßhäutig und mit schwarzem Haar wie seine Mutter und offenbar immun gegen die bräunende Wirkung der Sonne. Er sah gespensterhaft aus. Den Dorfkindern kam er wie ein Nachtgeschöpf vor, das nie das Tageslicht erblickt, und seine Beziehung zu dem Jungen Par erschien ihnen mysteriös. So wurde er der »Dunkle Onkel«, der Magie-Ratgeber, der seltsame, verlegene, in sich gekehrte junge Mann, dessen Einsicht und Verstehen ihn von jedermann absetzten.

Ungeachtet des Namens »Dunkler Onkel« verbesserte sich Walkers Stellung. Er begann zu lernen, mit Ablehnung und Mißtrauen umzugehen. Er wurde nicht mehr angegriffen. Er merkte, daß er diese Attacken durch nicht viel mehr als einen Blick oder auch nur eine gewisse Körperhaltung ablenken konnte. Er konnte die Magie dazu benutzen, sich abzuschirmen. Er merkte, daß er Vorsicht und Zurückhaltung in andere projizieren und sie damit daran hindern konnte, ihre gewalttätigen Absichten auszuführen. Er wurde sogar recht geschickt darin, Streit zwischen anderen zu stoppen. Unglücklicherweise isolierte ihn das alles noch weiter. Die Erwachsenen und älteren Jugendlichen ließen ihn ganz und gar in Ruhe, nur die kleineren Kinder wurden zaghaft freundlicher.

Walker war in Shady Vale nie glücklich. Mißtrauen und Furcht blieben bestehen, nur ungenügend versteckt unter erzwungenem Lächeln, beiläufigem Kopfnicken und Höflichkeiten der Dorfleute, die es ihm ermöglichten, unter ihnen zu leben, ohne jemals akzeptiert zu werden. Walker wußte, daß die Magie Ursache seines Problems war. Sein Vater und seine Mutter mochten es als eine erfreuliche Gabe betrachtet haben, er nicht. Und er würde es auch nie können. Für ihn war es ein Fluch, der ihn bis ins Grab verfolgen würde, dessen war er sicher.

Als Walker das Mannesalter erreicht hatte, hatte er sich entschlossen, nach Hearthstone zurückzukehren, in sein Heim, an das er sich so gerne zurückerinnerte, fort von den Leuten in Vale, fort von Mißtrauen und Verdacht, von der Fremdheit, die sie ihn fühlen ließen. Der Junge Par hatte sich gut genug angepaßt, so daß Walker sich um ihn keine Sorgen mehr machte. Zunächst war Par in Vale geboren und wurde in einer Weise akzeptiert, die für Walker ausgeschlossen war. Darüber hinaus war Pars Einstellung zur Verwendung der Magie anders als Walkers. Par zögerte nie, er wollte alles kennen, was die Magie tun konnte. Was andere dachten, betraf ihn nicht. Die beiden hatten sich einander entfremdet, je älter sie wurden. Walker wußte, daß das unvermeidlich war. Es war Zeit, daß er ging. Jaralan und Mirianna drängten ihn zu bleiben, doch sie verstanden gleichzeitig, daß er das nicht konnte.

Sieben Jahre nach seiner Ankunft verließ Walker Boh Shady Vale. Er hatte inzwischen den Namen seiner Mutter angenommen, weil er den Namen Ohmsford, der ihn so eng mit dem inzwischen verhaßten Magievermächtnis verband, nicht leiden konnte. Er ging zurück nach Darklin Reach, zurück nach Hearthstone, und er kam sich vor, wie ein in einen Käfig gesperrtes, wildes Tier, das freigelassen worden war. Er brach mit dem Leben, das er hinter sich gelassen hatte. Er beschloß, nie wieder Magie zu benutzen. Er gab sich das Versprechen, für den Rest seines Lebens der Welt der Menschen fernzubleiben.

Fast ein Jahr lang tat er genau das, was er sich vorgenommen hatte. Und dann tauchte Cogline auf, und alles wurde anders...

Aus dem Halbschlaf erwachte Walker plötzlich, und die Erinnerungen verblaßten. Er bewegte sich in seinem warmen Bett und blinzelte. Für einen Augenblick konnte er sich nicht erinnern, wo er sich befand. Das Zimmer, in dem er lag, war taghell, trotz der massigen Waldbäume direkt vor dem Fenster. Das Zimmer war klein und sauber und fast ohne Möbel. Neben dem Bett standen ein kleiner Tisch und ein Stuhl, sonst nichts. Eine Vase mit Blumen, eine Schüssel Wasser und ein paar Kleider befanden sich auf dem Tisch, die einzige Tür war geschlossen.

Storlock. Da war er. Da hatte Cogline ihn hingebracht.

Dann erinnerte er sich, was geschehen war.

Er zog seinen zerstörten Arm unter der Bettdecke hervor. Er hatte wenig Schmerzen, doch der Stein war noch immer schwer, und er hatte kein Gefühl. Vor Wut und Enttäuschung biß er sich auf die Lippe, als sein Arm freikam. Außer dem Nachlassen der Schmerzen hatte sich nichts geändert. Der steinerne Stumpf, wo sein Unterarm zerschmettert worden war, war noch immer da. Die grauen Streifen, wo das Gift sich nach oben zu seiner Schulter arbeitete, waren ebenfalls noch da.

Er schob den Arm wieder aus seinem Blickfeld. Die Stors waren nicht in der Lage gewesen, ihn zu heilen. Was auch immer die Natur des Giftes war, das der Asphinx ihm eingespritzt hatte, die Stors konnten es nicht behandeln. Und wenn die Stors es nicht behandeln konnten – die Stors, die die besten Heilkundigen in den Vier Ländern waren...

Er konnte den Gedanken nicht zu Ende denken. Er schob ihn beiseite, schloß die Augen und versuchte, wieder einzuschlafen, doch es ging nicht. Das einzige, was er sehen konnte, war, wie sein Arm unter der Wucht der Steinaxt zersplitterte.

Verzweiflung überfiel ihn, und er weinte.

Eine Stunde war verstrichen, als die Tür aufging und Cogline ins Zimmer trat, ein Eindringling, dessen Anwesenheit die Stille noch unbehaglicher machte.

»Walker«, grüßte er leise.

»Sie können mich nicht retten, nicht wahr?« fragte Walker ohne Umschweife. Seine Verzweiflung verdrängte alles andere.

Der alte Mann wurde zu einer Statue neben seinem Bett. »Du lebst, nicht wahr?« erwiderte er.

»Mach keine Wortspiele mit mir. Was immer getan worden ist, es hat das Gift nicht rausgetrieben. Ich kann es spüren. Ich mag noch leben, aber nur für den Augenblick. Sag mir, ob ich mich irre.«

Cogline machte eine Pause. »Du irrst dich nicht. Das Gift ist noch immer in dir. Selbst die Stors haben keine Mittel, es zu entfernen oder seine Ausbreitung aufzuhalten. Doch sie haben den Prozeß verlangsamt, den Schmerz gelindert und dir Zeit gegeben. Das ist mehr, als ich erwartet hätte, in Anbetracht der Art und des Umfangs der Verletzung. Wie fühlst du dich?«

Walkers Lächeln war zögernd und bitter. »So, wie man sich fühlt, wenn man im Sterben liegt natürlich. Aber auf angenehme Weise.« Sie schauten einander einen Augenblick wortlos an. Dann ging Cogline zu dem Stuhl und ließ sich darauf nieder, ein Bündel aus alten Knochen, schmerzenden Gelenken und runzliger, brauner Haut. »Erzähl mir, was dir geschehen ist, Walker«, sagte er.

Walker tat es. Er berichtete ihm, wie er die alte, ledergebundene Druidengeschichte gelesen hatte, die Cogline ihm gegeben hatte; wie er da von dem schwarzen Elfenstein erfahren und den Entschluß gefaßt hatte, den Rat des Finsterweihers einzuholen; wie er dessen Rätsel angehört und die Visionen angeschaut, wie er daraus geschlosen hatte, daß er zur Halle der Könige gehen müsse, wo er das geheime, mit Runen markierte Fach auf dem Boden der Gruft gefunden hatte und schließlich vom Asphinx gebissen und vergiftet worden war, der dort hingebracht worden war, um ihm aufzulauern.

»Um jemandem aufzulauern jedenfalls, vielleicht irgendwem«, bemerkte Cogline.

Walker sah ihn scharf an, Mißtrauen und Zorn blitzten aus seinen Augen. »Was weißt du darüber, Cogline? Spielst du jetzt die gleichen Spiele wie die Druiden? Und was ist mit Allanon? Wußte Allanon...?«

»Allanon wußte gar nichts«, unterbrach ihn Cogline und wischte den Vorwurf beiseite, ehe er ausgesprochen werden konnte. Seine alten Augen funkelten unter den zusammengezogenen Brauen. »Du hast es unternommen, die Rätsel des Finsterweihers allein zu lösen – eine törichte Entscheidung von dir. Ich habe dich wiederholt gewarnt, daß der Geist einen Weg finden würde, dich zu vernichten. Wie sollte Allanon von deiner mißlichen Lage wissen? Du unterstellst einem Mann, der seit dreihundert Jahren tot ist, zu viel. Selbst wenn er noch lebte, könnte seine Magie niemals jenen Zauber, der die Halle der Könige abschirmt, durchdringen. Sobald du im Inneren warst, warst du für ihn verloren. Und für mich auch. Erst als du wieder herauskamst und am Hadeshorn zusammenbrachst, war er wieder in der Lage, zu erkennen, was geschehen war, und mich zu rufen, um dir zu helfen. Ich kam, so schnell ich konnte, und auch das brauchte drei Tage.«

Er hob eine Hand und stieß ihn mit seinem knochigen Finger an. »Hast du dir mal die Mühe gemacht, dich zu fragen, warum du nicht tot bist? Du bist nicht tot, weil Allanon einen Weg gefunden hat, dich am Leben zu halten, zuerst, bis ich ankam, und dann, bis die Stors dich behandeln konnten! Denk mal ein bißchen daran, ehe du anfängst, so leichthin Vorwürfe auszuteilen!«

Er funkelte ihn an, und Walker funkelte zurück. Es war Walker, der als erster den Blick abwandte, zu krank im Herzen, um die Konfrontation fortzusetzen. »Mir fällt es schwer, gerade jetzt irgendwem zu glauben«, bot er jämmerlich an.

»Dir fällt es schwer, irgendwem irgendwann zu glauben«, erwiderte Cogline schnippisch und unversöhnt. »Du hast dein Herz vor langer Zeit mit Eisen gepanzert, Walker. Du hast aufgehört, an irgendwas zu glauben. Ich erinnere mich an Zeiten, als das nicht der Fall war.«

Er versank in Gedanken, und es wurde still im Zimmer. Walker mußte unwillkürlich an die Zeit denken, die der alte Mann meinte, damals, als er zum ersten Mal bei Walker erschienen war und ihm angeboten hatte, ihm Wege zu zeigen, wie er die Magie nutzen konnte. Cogline hatte recht. Damals war er voller Hoffnung gewesen.

Er mußte beinahe lachen. Das lag schon so lange zurück.

»Vielleicht kann ich meine eigene Magie dazu verwenden, das Gift aus meinem Körper zu vertreiben«, erkühnte er sich leise. »Wenn ich erst wieder in Hearthstone bin und mich erholt habe. Brin Ohmsford hatte einst so große Macht.«

Cogline senkte den Blick und schaute nachdenklich drein. Seine knochigen Hände lagen lose auf den Falten seines Gewandes. Er sah aus, als versuche er, sich zu einer Entscheidung durchzuringen.

Walker wartete ein Weilchen, dann fragte er: »Was ist aus den anderen geworden – aus Par und Coll und Wren?«

Cogline hielt seinen Blick gesenkt. »Par ist auf die Suche nach dem Schwert gegangen, der junge Coll begleitet ihn. Das Mädchen sucht nach den Elfen. Sie haben die Aufträge, die Allanon ihnen gegeben hat, angenommen.« Er schaute auf. »Und du, Walker?«

Walker starrte zu ihm auf. Er fand die Frage gleichzeitig absurd und beunruhigend, war hin- und hergerissen zwischen widerstreitenden Gefühlen von Unglauben und Ungewißheit. Einst hätte er nicht gezögert, die Antwort zu geben. Er dachte wieder an das, was Allanon ihn zu tun gebeten hatte: Bring das untergegangene Paranor und die Druiden zurück. Ein lächerliches, unmögliches Unterfangen, hatte er damals gedacht. Als alberne Spielchen hatte er es verdammt. Er wollte an solcher Dummheit nicht teilhaben, hatte er Par, Coll, Wren und den anderen der kleinen Gruppe verkündet, die mit ihm ins Tal von Shade gekommen waren. Er verachtete die Druiden wegen ihrer Manipulationen der Ohmsfords. Er würde sich nicht zu ihrer Marionette machen lassen. Er war so verwegen gewesen, so gewiß. Eher würde er sich eine Hand abhacken, als die Druiden wiederkommen sehen, hatte er verkündet.

Und der Verlust seiner Hand war der Preis, der gefordert worden war, so schien es.

Doch hatte der Verlust wirklich jeglicher Rückkehr von Paranor und den Druiden ein Ende gesetzt: Genauer gesagt, war das das, was er jetzt beabsichtigte?

Ihm war bewußt, daß Cogline ihn musterte und ungeduldig auf Walker Bohs Antwort auf seine Frage wartete. Walker hielt seinen Blick fest auf den alten Mann gerichtet, ohne ihn zu sehen. Er mußte plötzlich an die Druidengeschichte und die Legende von dem schwarzen Elfenstein denken. Wäre er nicht auf die Suche nach dem Elfenstein gegangen, hätte er seinen Arm nicht eingebüßt. Warum war er gegangen? Aus Neugierde, dachte er. Aber das war eine zu simple Antwort, und er wußte, daß es nicht so einfach war. Wie auch immer, war nicht allein die Tatsache, daß er trotz seines Protests gegangen war, ein Beweis dafür, daß er tatsächlich Allanons Auftrag angenommen hatte?

Und wenn nicht, was war es dann, was er getan hatte?

Er sah den alten Mann wieder an. »Sag mal, Cogline. Wo hast du das Buch der Druidengeschichte herbekommen? Wie hast du es gefunden? Als du es mir gebracht hast, sagtest du, daß du es aus Paranor geholt habest. Doch das stimmt gewiß nicht.«

Coglines Lächeln war dünn und ironisch. »Warum ›gewiß nicht‹, Walker?«

»Weil Paranor vor dreihundert Jahren von Allanon aus der Menschenwelt fortgeschickt worden ist. Es existiert nicht mehr.«

Coglines Gesicht runzelte sich wie zerknittertes Pergament. »Existiert nicht? Oh, doch, das tut es, Walker. Und du irrst dich. Jeder kann es erreichen, wenn er über die richtige Magie verfügt, die ihm dabei hilft. Selbst du.«

Walker zögerte plötzlich verunsichert.

»Allanon hat Paranor aus der Menschenwelt geschickt, doch es existiert nach wie vor«, sagte Cogline leise. »Es braucht nur die Magie des schwarzen Elfensteins, um es wieder herzuholen. Bis dahin bleibt es für die Vier Länder verloren. Doch es kann von denen, die die Mittel und den Mut haben, es zu versuchen, betreten werden. Es braucht Mut, Walker. Soll ich dir sagen, warum? Möchtest du die Hintergrundgeschichte meiner Reise nach Paranor hören?«

Walker zögerte wieder. Er fragte sich, ob er jemals wieder irgend etwas über die Druiden und ihre Magie hören wollte. »Ja.«

»Aber du bist nicht bereit, das, was ich dir erzählen werde, zu glauben, Walker, oder?«

»Ja.«

Der alte Mann lehnte sich vor. »Weißt du was? Ich lasse dich das selbst beurteilen.«

Er hielt inne und sammelte seine Gedanken. Das Tageslicht umrahmte ihn strahlend und zeigte die Bürden des Alters, die seine magere Gestalt zu Kanten und Höhlen geätzt und sein Haar und seinen Bart schütter gemacht hatten und die seine Hände zittern ließen, die er fest gefaltet hielt.

»Es war nach deiner Begegnung mit Allanon. Er fühlte, genau wie ich, daß du den Auftrag, der dir erteilt worden war, nicht annehmen würdest, daß du dich jeglicher Beteiligung widersetzen würdest, wenn du nicht eine gewisse Zusicherung dafür, daß es dir gelingen könnte, bekämest. Und daß du einen Grund brauchtest, um es zu wollen. Du unterscheidest dich in deiner Haltung von den anderen – du zweifelst an allem, was man dir sagt. Als du zu Allanon gekommen bist, plantest du schon im voraus, alles abzulehnen, was du hören würdest.«

Walker setzte zum Protest an, doch Cogline hob eilig die Hände und schüttelte mit dem Kopf. »Nein, Walker. Widersprich nicht. Ich kenne dich besser als du dich selbst. Hör mir jetzt einfach mal zu. Ich ging auf Allanons Bitte nach Norden, schien zu verschwinden und überließ es euch, miteinander zu debattieren, welchen Aktionskurs ihr einschlagen würdet. Deine Entscheidung lag schon im voraus fest. Du wolltest nicht tun, um was man dich bat. Und da das so war, beschloß ich, dich umzustimmen. Siehst du, Walker, ich glaube an die Träume; ich sehe die Wahrheit darin, die du noch nicht siehst. Ich wäre nicht Allanons Bote, wenn es irgendeine Möglichkeit gäbe, es zu umgehen. Meine Zeit als Druide ist seit langem abgelaufen, und ich suche nicht danach, wieder zu werden, was ich einmal war. Aber ich bin alles, was noch übrig ist, und da das so ist, werde ich tun, was ich für notwendig halte. Dich von deiner Weigerung, in die Angelegenheit verwickelt zu werden, abzubringen, erachte ich als lebensnotwendig.«

Der alte Mann zitterte vor Überzeugung, und der Blick, den er Walker schenkte, war einer, der versuchte, ihm Wahrheiten mitzuteilen, die er nicht aussprechen konnte.

»Ich ging, wie gesagt nach Norden, Walker. Ich verließ das Tal von Shale, überquerte die Drachenzähne und gelangte in das Tal des Druidenturms. Von Paranor sind nurmehr ein paar verfallene Nebengebäude auf einer kahlen Anhöhe übrig. Die Wälder umschließen noch immer die Stelle, wo es einst stand, doch in der Erde will nichts wachsen, nicht einmal der kleinste Grashalm. Die Dornenhecke, die die Burg einst schützte, ist verschwunden. Alles ist verschwunden – als habe ein Riese sich hinuntergebeugt und alles aufgeklaubt.

Ich stand dort kurz vor der Dämmerung und schaute auf die Leere, führte mir vor Augen, was dort einmal gewesen war. Ich konnte die Gegenwart der Burg spüren. Ich konnte sie beinahe aus den Schatten lauern sehen, wie sie sich vor dem dunkel werdenden östlichen Himmel erhob. Ich konnte fast die Form ihrer steinernen Türme und Mauern ausmachen. Ich wartete, denn Allanon wußte, was gebraucht wurde und wann die Zeit gekommen war.«

Die alten Augen starrten in die Ferne. »Ich schlief, als ich müde wurde, und Allanon erschien mir im Traum, wie er es jetzt mit allen von uns tut. Er bestätigte mir, daß Paranor tatsächlich noch immer dort sei, durch Zauber in eine andere Zeit an einen anderen Ort versetzt, doch trotzdem gleichzeitig dort. Er fragte mich, ob ich hineingehen und ein bestimmtes Buch mit der Druidengeschichte herausholen wolle, in dem die Mittel und Wege, mit denen Paranor den Vier Ländern wiedergebracht werden könne, beschrieben seien. Und er fragte, ob ich das Buch zu dir bringen würde.«

Er zögerte, überlegte, ob er noch mehr enthüllen sollte, und sagte dann einfach: »Ich stimmte zu. Da streckte er den Arm aus und nahm mich bei der Hand. Er hob mich von mir selbst fort, meinen Geist aus meinem Körper. Er hüllte mich in seine Magie. Ich wurde zeitweilig etwas anderes als der Mann, der ich bin – aber ich weiß nicht einmal jetzt, was dieses Etwas war. Er erklärte mir, was ich zu tun hätte. Ich ging allein an die Stelle, wo einst die Mauern der Burg gestanden hatten, schloß meine Augen, so daß sie mich nicht täuschen konnten, und tastete in Welten, die jenseits unserer eigenen liegen, nach der Form, die einst gewesen war. Ich stellte fest, daß ich das tun konnte. Stell dir mein Erstaunen vor, als Paranors Mauern sich plötzlich unter meinen Fingern materialisierten. Ich wagte einen schnellen Blick, doch es war nichts zu sehen. Ich mußte wieder von vorn beginnen. Selbst als Geist konnte ich die Magie nicht durchdringen, wenn ich ihre Regeln brach. Diesmal hielt ich meine Augen fest geschlossen, tastete wieder nach den Mauern, entdeckte die verborgene Falltür im Fundament, drückte auf den Riegel, der das Schloß aufschnappen ließ, und trat ein.«

Cogline preßte die Lippen zusammen. »Dann durfte ich die Augen öffnen und mich umschauen. Walker, es war das alte Paranor, eine großartige, weitläufige Festung mit Türmen, die in den Nebel hinaufragten, und Befestigungsmauern, die in ewige Ferne reichten. Es kam mir endlos vor, als ich die Treppen hinaufstieg und durch die Säle wanderte. Ich war wie eine Ratte im Labyrinth. Die Burg roch und schmeckte nach Tod. Die Luft hatte eine seltsam grünliche Färbung, alles war davon umhüllt. Hätte ich versucht, in meinen Körper aus Fleisch und Blut zurückzukehren, wäre ich auf der Stelle zerstört worden. Ich konnte fühlen, wie der Zauber noch immer an der Arbeit war und die steinernen Flure nach irgendwelchen Lebenszeichen absuchte. Die Öfen, die einst von den Feuern im Erdkern gespeist wurden, waren stumm, und Paranor war kalt und leblos. Als ich in die oberen Säle gelangte, fand ich Haufen von Knochen, grotesk und mißgebildet, die Überreste der Mordgeister und Gnomen, die Allanon dort eingefangen hatte, als er die Magie angerufen hatte, um Paranor zu verzaubern. Nichts lebte in der Druidenfestung außer mir selbst.«

Er schwieg ein Weilchen in Erinnerungen versunken. »Ich suchte das Gewölbe auf, wo die Druidengeschichte versteckt war. Ich hatte ein Gespür dafür, wo sie war, unterstützt zum Teil durch die Zeit, die ich in Paranor studiert hatte, zum Teil durch Allanons Magie. Ich suchte die Bibliothek auf, durch die man in das Gewölbe gelangte und stellte dabei fest, daß ich Dinge berühren konnte, als sei ich noch immer ein Geschöpf aus Substanz und nicht aus Geist. Ich tastete an den staubigen, abgenutzten Bücherregalen entlang, bis ich den Riegel fand, der die Türen öffnete, die hineinführten. Sie schwangen weit auf, und der Zauber wich vor mir zurück. Ich trat ein, fand die Druidengeschichte und nahm den Band, der gebraucht wurde, von seinem Ruheplatz.«

Coglines Blick wanderte durch den sonnendurchfluteten Raum und suchte Visionen, die Walker verborgen waren. »Dann ging ich wieder. Ich nahm denselben Weg zurück, auf dem ich gekommen war, ein Geist aus der Vergangenheit wie jene, die dort gestorben waren, spürte das Frösteln ihres Todes und die unmittelbare Nähe meines eigenen. Im Halbschlaf stieg ich die Treppen hinunter und ging die Flure entlang und fühlte und sah gleichzeitig das Grauen dessen, was jetzt die Festung der Druiden beherrschte. Solche Kraft, Walker! Der Zauber, den Allanon heraufbeschwor, war auch jetzt noch schreckenerregend. Ich flüchtete davor, als ich fortging – nicht zu Fuß, verstehst du, sondern im Geiste. Ich war zu Tode verängstigt!«

Die Augen schwenkten zurück. »Also entkam ich. Und als ich erwachte, war ich im Besitz des Buches, das ich zu holen gesandt worden war, und brachte es zu dir.«

Er verstummte und wartete geduldig, während Walker seine Geschichte überdachte. Walkers Blick war in die Ferne gerichtet. »Es ist also möglich? Man kann Paranor also betreten, obwohl es in den Vier Ländern nicht mehr existiert?«

Cogline schüttelte langsam den Kopf. »Nicht die gewöhnlichen Menschen.« Er runzelte die Stirn. »Aber du vielleicht. Mit der Hilfe des schwarzen Elfensteins.«

»Mag sein«, stimmte Walker düster zu. »Was für eine Magie besitzt der Elfenstein?«

»Ich weiß nicht mehr darüber als du«, erwiderte Cogline ruhig.

»Nicht einmal, wo man ihn finden kann? Oder wer ihn hat?«

Cogline schüttelte den Kopf. »Gar nichts.«

»Gar nichts.« Walkers Stimme klang bitter. Er hielt die Augen eine Weile gegen das, was er fühlte, geschlossen. Als er sie öffnete, war er resigniert. »So sieht die Sache für mich aus. Du erwartest von mir, daß ich Allanons Auftrag, das verschwundene Paranor zurückzuholen und die Druiden wiederzubringen, annehme. Ich kann das nur tun, wenn ich mir zunächst den schwarzen Elfenstein beschaffe. Doch weder du noch ich wissen, wo er sich befindet oder wer ihn hat. Und außerdem bin ich von dem Gift des Asphinx infiziert und werde langsam in Stein verwandelt. Ich liege im Sterben! Und selbst wenn ich überzeugt wäre...« Seine Stimme krächzte, und er schüttelte den Kopf. »Siehst du das denn nicht? Die Zeit reicht nicht aus!«

Cogline schaute aus dem Fenster und kauerte sich in seinen Gewändern zusammen. »Und wenn sie doch reichte?«

Walkers Lachen klang hohl, seine Stimme müde. »Cogline, ich weiß es nicht.«

Der alte Mann erhob sich. Er schaute lange Zeit auf Walker hinunter, ohne etwas zu sagen. »Doch, du weißt es«, erklärte er dann und faltete seine Hände. »Walker, du beharrst auf deiner Weigerung, die Wahrheit dessen, was sein soll, zu akzeptieren. Du erkennst diese Wahrheit tief in deinem Herzen, doch du willst sie nicht beachten. Woran liegt das?«

Walker starrte ihn wortlos an.

Cogline zuckte mit den Achseln. »Das ist alles, was ich zu sagen habe. Ruhe dich aus, Walker. In ein oder zwei Tagen wirst du weit genug wiederhergestellt sein, daß du fortgehen kannst. Die Stors haben alles getan, was sie können; deine Heilung, falls es eine gibt, muß aus einer anderen Quelle kommen. Ich werde dich nach Hearthstone zurückbringen.«

»Ich werde mich selbst heilen«, flüsterte Walker. Seine Stimme klang plötzlich dringlich, voller Verzweiflung und Wut gleichzeitig.

Cogline reagierte nicht. Er raffte nur seine Gewänder zusammen und verließ das Zimmer. Die Tür schloß sich leise hinter ihm.

»Das werde ich«, schwor Walker Boh.

Morgan Leah brauchte fast drei Tage, nachdem er mit Padishar Creel und den Überlebenden der Widerstandsbewegung aufgebrochen war, um über die leeren Weiten der Drachenzähne zu der waldgeschützten Zwergengemeinde Culhaven zu gelangen. Am ersten Tag brausten Gewitter durch die Berge. Wolkenbrüche prasselten auf Bergkuppen und Hänge, verwandelten die Wege zu Schlamm und Morast und hüllten das ganze Land in Nebel und graue Wolken. Am zweiten Tag zogen die Gewitter ab, und die Sonne brach durch die Wolkendecke und begann, den Boden zu trocknen. Der dritte Tag brachte den Sommer zurück, die Luft war warm und duftete nach Blumen und frischem Gras, die Landschaft war hell und farbenfroh unter dem kalten, vom Wind durchwehten Himmel, und man hörte die langsamen, trägen Geräusche von wildlebenden Tieren aus geschützten Winkeln, wo sie sich ihr Heim eingerichtet hatten.

Morgans Laune besserte sich mit dem Wetter. Beim Aufbruch war er sehr niedergeschlagen gewesen. Steff war tot, gestorben in den Katakomben des Jut, und Morgan litt unter unterschwelligen Schuldgefühlen in dem unbegründeten, doch hartnäckigen Glauben, er hätte etwas tun können, um es zu verhindern. Er wußte natürlich nicht, was. Teel war es, die Steff und beinahe auch ihn getötet hatte. Weder Steff noch er hatten bis zum allerletzten Moment gewußt, daß Teel etwas anderes war, als sie zu sein vorgab, daß sie nicht das Mädchen war, in das der Zwerg sich verliebt hatte, sondern ein Schattenwesen, das ausschließlich in der Absicht, sie zu vernichten, mit ihnen in die Berge gezogen war. Morgan hatte einen stillen Verdacht gehegt, doch hatte ihm jeglicher Beweis dafür gefehlt, bis zu dem Augenblick, als sie sich zu erkennen gab, und dann war es zu spät gewesen. Seine Freunde, die Talbewohner Par und Coll Ohmsford, waren verschwunden, nachdem sie dem Grauen der Grube in Tyrsis entkommen waren, und wurden seither nicht mehr gesehen. Der Jut, die Feste der Mitglieder der Bewegung, war in die Hände der Föderation gefallen, und Padishar Creel und seine Geächteten waren nach Norden in die Berge vertrieben worden. Das Schwert von Shannara war noch immer nicht gefunden. Wochen der Suche nach dem Talisman, Wochen, in denen sie sich abgemüht hatten, das Rätsel seines Verstecks zu erschließen, Wochen haarsträubender Konfrontationen mit und Entkommen vor der Föderation und den Schattenwesen, Wochen ständiger Anstrengungen und Enttäuschungen hatten absolut nichts erbracht.

Doch Morgan Leah war zäh, und nachdem er einen Tag oder zwei über das, was vergangen und unabänderlich war, gebrütet hatte, hob sich eine Stimmung wieder. Immerhin war er jetzt so etwas wie ein Veteran in dem Kampf gegen die Unterdrücker seiner Heimat. Vorher war er kaum mehr als ein Störfaktor für die Handvoll von Föderationsoffizieren gewesen, die die Angelegenheiten des Hochlands regierten, und in Wirklichkeit hatte er nie irgend etwas getan, das den Ausgang größerer Ereignisse in den Vier Ländern beeinträchtigt hätte. Er war nur ein minimales Risiko eingegangen, und die Ergebnisse seiner Bestrebungen waren dementsprechend minimal gewesen. Aber in den vergangenen Wochen war er zum Hadeshorn gereist, um dort Allanons Schatten zu begegnen, und er hatte sich der Suche nach dem verlorenen Schwert von Shannara angeschlossen, hatte sowohl gegen die Föderation als auch gegen die Schattenwesen gekämpft, und er hatte Padishar Creel und seinen Geächteten das Leben gerettet, indem er sie vor Teel gewarnt hatte, ehe sie einen letzten Verrat begehen konnte. Er wußte, daß er endlich etwas getan hatte, das von Wert und Bedeutung war.

Und er war dabei, noch etwas zu tun.

Er hatte Steff ein Versprechen gegeben. Als sein Freund im Sterben lag, hatte Morgan geschworen, daß er nach Culhaven ins Waisenhaus gehen würde, wo Steff aufgewachsen war, um Großmutter Elise und Tante Jilt zu warnen, daß sie in Gefahr schwebten. Elise und Jilt – die einzigen Eltern, die Steff je gekannt hatte, die einzigen Verwandten, die er zurückließ – durften nicht im Stich gelassen werden. Wenn Teel Steff verraten hatte, hatte sie auch sie verraten. Morgan würde ihnen helfen, heil zu entkommen.

Es gab dem Hochländer ein neues Ziel, und das half ihm mehr als alles andere, seine Depression zu überwinden. Er hatte seine Reise ernüchtert angetreten. Er hatte getrödelt, niedergeschlagen vom Wetter und seiner Stimmung. Im Laufe des dritten Tages hatte er beides abgeschüttelt. Seine Entschlossenheit gab ihm Auftrieb. Er würde Elise und Jilt aus Culhaven fort und irgendwo in Sicherheit bringen. Er würde nach Tyrsis zurückkehren und die Talbewohner suchen. Er würde die Suche nach dem verlorenen Schwert von Shannara fortsetzen. Er würde ein Mittel finden, Leah und die Gesamtheit der Vier Länder sowohl von den Schattenwesen als auch von der Föderation zu befreien. Er war am Leben, und alles war möglich. Er pfiff im Gehen vor sich hin, ließ sich das Gesicht von der Sonne wärmen und verbannte Selbstzweifel und Mutlosigkeit. Es war an der Zeit, die Dinge in die Hand zu nehmen.

Hin und wieder wanderten seine Gedanken zu der verlorenen Magie des Schwerts von Leah. Er trug noch immer die Reste der zersplitterten Klinge in der Behelfsscheide, die er dafür hergestellt und um die Taille gebunden hatte. Er dachte an die Kraft, die es ihm gegeben hatte, und daran, wie er sich nach dem Fehlen dieser Kraft fühlte – so, als könne er niemals mehr vollständig sein ohne sie. Doch ein kleiner Teil der Magie lebte in der Waffe noch fort; es war ihm gelungen, sie in den Katakomben des Jut wiederzubeleben, als er Teel vernichtete. Es hatte gerade ausgereicht, sein Leben zu retten.

Tief in seinem Inneren, wo er es verbergen konnte und die Unwahrscheinlichkeit nicht zugeben mußte, hegte er den Glauben, daß eines Tages die Magie des Schwertes von Leah wieder die seine wäre.

Es war später Nachmittag des dritten Reisetages, als er aus den Wäldern des Anar tauchte und Culhaven erreichte. Das Zwergendorf war schäbig und verkommen, Refugium jener nun, die entweder zu alt oder noch zu jung waren, um von den Föderationsautoritäten geholt und in die Bergwerke gebracht oder auf dem Markt als Sklaven verkauft zu werden. Culhaven hatte einst zu den gepflegtesten Gemeinden gehört und war jetzt nur noch eine verfallene Ansammlung von Gebäuden und Leuten, die wenig Zeichen von Pflege und Liebe aufwiesen. Der Wald wuchs direkt bis an die äußersten Gebäude heran, Unkraut überwucherte die Gärten, die Straßen verrotteten und erstickten unter Gestrüpp. Holzwände verfaulten unter abblätternder Farbe, Ziegel und Schindeln waren zersprungen und gesplittert, und Blenden um Fenster und Türen hingen schief in den Angeln. Augen lugten aus den Schatten und verfolgten den Hochländer, als er den Ort betrat. Er konnte fühlen, wie die Leute ihn hinter Fenstern und Türen verborgen anstarrten. Die wenigen Zwerge, denen er begegnete, wichen seinem Blick aus und wandten sich hastig ab. Ohne seinen Schritt zu verlangsamen, ging er weiter, und sein Zorn entzündete sich erneut bei dem Gedanken, was man diesen Leuten angetan hatte. Alles bis auf ihr nacktes Leben war ihnen genommen, und ihr Leben selbst war nichtig geworden.

Er erwog noch einmal, wie Par Ohmsford es getan hatte, als sie das letzte Mal hier gewesen waren, was damit bezweckt werden sollte.

Er hielt sich von den Hauptstraßen fern und nahm nur die Nebenpfade, nicht erpicht darauf, irgendwelche Aufmerksamkeit auf sich zu lenken. Er war Südländer und daher frei, im Ostland zu kommen und zu gehen, wie und wohin ihm beliebte, doch er identifizierte sich in keiner Weise mit der Föderationsbesatzung und zog es vor, ihnen überhaupt fernzubleiben. Selbst wenn nichts von dem, was den Zwergen zugestoßen war, auf seine Kappe ging, schämte er sich über das, was er in Culhaven sah, erneut für das, was und wer er war. Eine Förderationspatrouille kam an ihm vorbei, und die Soldaten nickten ihm freundlich zu. Er konnte nichts anderes tun, als zurückzunicken

Als er sich dem Waisenhaus näherte, steigerte die Erwartung dessen, was er dort vorfinden würde, seine Wahrnehmungen. Besorgnis stritt mit Zuversicht. Und wenn er zu spät kam? Er schob diese Möglichkeit beiseite. Es gab keinen Grund anzunehmen, daß es so sei. Teel würde es nicht riskiert haben, ihre Verkleidung aufs Spiel zu setzen, indem sie überstürzt handelte. Sie würde mit großer Wahrscheinlichkeit abwarten, bis sie sicher sein konnte, daß es keine Rolle mehr spielte.

Die Schatten wurden länger, und die Sonne verschwand hinter den Bäumen im Westen. Die Luft kühlte ab, und der Schweiß auf Morgans Rücken trocknete unter dem Kittel. Die Tagesgeräusche verwandelten sich in erwartungsvolles Schweigen. Morgan schaute auf seine Hände, fixierte seinen Blick auf das unregelmäßige Muster weißer Narben, die im Zickzack seine gebräunte Haut zeichneten. Kampfwunden hatte er seit Tyrsis und Jut am ganzen Leib. Er biß die Zähne zusammen. Kleinigkeiten, dachte er. Die in seinem Inneren gingen tiefer.

Er erhaschte einen Blick auf ein Zwergenkind, das ihn aus dem Schutz einer niedrigen Steinmauer mit intensiven, schwarzen Augen anschaute. Das Kind war mager und zerlumpt. Seine Augen verfolgten ihn eine Weile und verschwanden dann.

Morgan eilte, plötzlich wieder beunruhigt, schnell weiter. Er sah das Dach des Waisenhauses auftauchen, die erste der Mauern, ein Fenster ganz oben, eine Dachluke. Er bog um eine Kurve in der Zufahrt und wurde langsamer. Er wußte im gleichen Augenblick, daß etwas nicht stimmte. Der Garten des Waisenhauses war leer. Das Gras war nicht gemäht. Es gab keine Spielsachen und keine Kinder. Er kämpfte gegen die Panik an, die ihn zu übermannen drohte. Die Fenster des alten Gebäudes waren dunkel. Nirgendwo war ein Zeichen von irgendwem.

Er erreichte das Tor zum Vorgarten und blieb stehen. Alles war still.

Er hatte sich geirrt. Er kam doch zu spät.

Er tat einen Schritt und blieb wieder stehen. Sein Blick wanderte über das finstere alte Haus, und er fragte sich, ob er vielleicht in irgendeine Art Falle tappen würde. Lange Zeit stand er da und beobachtete. Aber er entdeckte keinerlei Lebenszeichen. Und es gab keinen Grund anzunehmen, daß irgendwer ihn hier erwarten würde, entschied er.

Er ging durch das Tor, stieg die Eingangsstufen hinauf und stieß die Haustüre auf. Drinnen war es dunkel, und er wartete, bis seine Augen sich angepaßt hatten. Dann trat er ein. Langsam ging er durch das ganze Haus, suchte jedes Zimmer eins nach dem anderen ab und kam wieder heraus. Alles war mit Staub überzogen. Es war geraume Zeit her, seit hier jemand gewohnt hatte. Jedenfalls lebte jetzt niemand mehr hier.

Was war dann aus den beiden alten Zwergendamen geworden?

Er setzte sich auf die Eingangsstufen und ließ seine große Gestalt gegen das Geländer sacken. Die Föderation hatte sie. Es gab keine andere Erklärung. Elise und Jilt hätten ihr Heim niemals verlassen, es sei denn, sie wären dazu gezwungen worden. Und sie würden niemals die Kinder im Stich lassen, die in ihrer Obhut standen. Außerdem waren alle ihre Kleider noch in den Truhen und Schränken, die Kinderspielsachen, das Bettzeug, alles. Er hatte es bei seiner Suche gesehen. Das Haus war nicht verschlossen worden, wie es sich gehörte. Viel zuviel war in Unordnung. Nichts war so, wie es wäre, wenn die beiden alten Damen eine Wahl gehabt hätten.

Bitterkeit erfüllte ihn. Steff hatte sich auf ihn verlassen; er konnte jetzt nicht aufgeben. Er mußte Elise und Jilt finden. Aber wo? Und wer in Culhaven konnte ihm sagen, was er wissen mußte? Niemand wußte etwas, vermutete er. Die Zwerge würden ihm gewiß nicht trauen – nicht einem Südländer. Er konnte fragen, bis die Sonne im Osten auf und im Westen wieder unterging.

Lange Zeit saß er so da und dachte nach, und es begann zu dämmern. Nach einer Weile wurde ihm bewußt, daß ein kleines Kind ihn vom Eingangstor her beobachtete, dasselbe, das ihn oben an der Straße angestarrt hatte. Schließlich fragte er: »Kannst du mir sagen, was aus den beiden alten Damen geworden ist, die hier gewohnt haben?«

Der Junge verschwand auf der Stelle. Er war so schnell verschwunden, daß es aussah, als sei er vom Erdboden verschluckt worden. Morgan seufzte. Das war zu erwarten gewesen. Er streckte seine Beine. Er würde die Informationen, die er brauchte, von den Föderationsautoritäten herausbekommen müssen. Das war gefährlich, besonders, falls

Teel ihnen nicht nur von Elise und Jilt, sondern auch von ihm berichtet hatte – und es bestand kein Grund zu der Annahme, daß sie das unterlassen hätte. Sie mußte die alten Damen verraten haben, noch ehe die Gruppe die Reise nordwärts nach Darklin Reach angetreten hatte. Die Föderation mußte Elise und Jilt abgeholt haben, sobald Teel das Dorf verlassen hatte. Teel hatte sich keine Sorgen darüber gemacht, daß Steff oder Morgan oder die Talbewohner es erfahren würden. Schließlich sollten sie alle tot sein, ehe es bedeutsam wurde.

Morgan war danach zumute, jemanden oder etwas zu zerschlagen. Teel hatte sie alle verraten. Par und Coll waren verloren. Steff war tot. Und nun diese beiden alten Damen, die nie jemandem etwas zuleide getan hatten...

»He, Mister«, rief eine Stimme.

Er schaute ruckartig auf; der Junge war wieder am Tor. Ein älterer Junge stand neben ihm. Es war der zweite Junge, der sprach, ein stämmiger Bursche mit borstigem, rotem Haar. »Föderationssoldaten haben die alten Damen vor mehreren Wochen weggeholt und in die Arbeitshäuser gebracht. Hier wohnt jetzt keiner mehr.«

Dann waren sie fort, wie vom Erdboden verschluckt wie zuvor. Morgan starrte hinter ihnen her. Sagte der Junge die Wahrheit? Der Hochländer entschied, daß es so war. Gut und schön. Jetzt hatte er eine Kleinigkeit in der Hand, von der er ausgehen konnte. Er wußte, wo er mit der Suche beginnen konnte.

Er stand auf, ging die Auffahrt hinunter und durch das Tor. Er folgte der verrotteten Straße, die sich durch die Dämmerung zum Zentrum des Dorfes schlängelte. Die Wohnhäuser gingen in Läden und Geschäfte über, die Straße verbreiterte sich und teilte sich in mehrere Richtungen. Morgan umging das Geschäftszentrum und beobachtete, wie der Himmel dunkel wurde und die Sterne erschienen. Fackeln beleuchteten die Hauptstraße, doch auf den Gassen und Pfaden, denen er folgte, fehlten sie. Stimmen wisperten in der Stille, undeutliche Geräusche, die keinen Sinn ergaben, murmelnd, als fürchteten die Sprecher, verstanden zu werden. Die Häuser änderten ihren Charakter, wurden gepflegt und sauber, die Gärten gestutzt und gehegt. Föderationshäuser, dachte Morgan, den Zwergen gestohlen – von den Opfern bedient. Er hielt seine Bitterkeit in Schach und konzentrierte sich auf die Aufgabe, die vor ihm lag. Er wußte, wo die Arbeitshäuser lagen und welchen Zweck sie erfüllten. Die Frauen, die dorthin gebracht wurden, waren zu alt, um als Sklaven verkauft zu werden, doch kräftig genug, um Knechtarbeit wie Waschen und Flicken und dergleichen zu erledigen. Die Frauen waren den Föderationsbaracken zugewiesen und gezwungen, den Bedürfnissen der Garnison zu genügen. Wenn jener Junge die Wahrheit gesagt hatte, dann war es das, was Elise und Jilt zu tun hatten.

Morgan erreichte die Arbeitshäuser wenige Minuten später. Fünf davon standen parallel zueinander, niedrige, lange Gebäude mit Fenstern auf beiden Seiten und Türen an jedem Ende. Die Frauen, die darin arbeiteten, wohnten gleichzeitig auch dort. Pritschen, Decken, Waschschüsseln und Nachttöpfe wurden ihnen zur Verfügung gestellt und nachts unter den Arbeitstischen hervorgezogen. Steff hatte Morgan einmal zu einem Fenster geführt, und er hatte hineingeschaut. Einmal hatte ihm gereicht.

Morgan stand im Schatten eines Lagerschuppens auf der anderen Seite und durchdachte gründlich, was er tun würde. Wachen standen vor allen Eingängen und patrouillierten über die Wege und Flächen. Die Frauen in den Arbeitshäusern waren Gefangene. Es war ihnen nicht erlaubt, die Gebäude aus irgendeinem Grund zu verlassen, es sei denn wegen Krankheit oder Tod oder auch einer wohlwollenderen Form von Freistellung – wobei letzteres so gut wie nie vorkam. Sie durften hin und wieder Besuch empfangen und wurden dabei streng überwacht. Morgan erinnerte sich nicht mehr, wann Besuchszeit war. Außerdem spielte das auch keine Rolle. Es machte ihn wütend, wenn er daran dachte, daß Elise und Jilt an so einem Ort gefangengehalten wurden. Steff hätte nicht gezögert, sie zu befreien, und er auch nicht.

Aber wie sollte er hineinkommen? Und wie sollte er Elise und Jilt herausbringen, wenn er einmal drin war?

Es war hoffnungslos. Es gab keine Möglichkeit, sich ungesehen den

Arbeitshäusern zu nähern und sowieso keine Möglichkeit, zu wissen, in welchem der fünf Gebäude die beiden alten Damen gefangengehalten wurden. Er mußte wesentlich mehr herausfinden, ehe er daran denken konnte, einen Rettungsversuch zu unternehmen. Es war nicht zum ersten Mal, seit er die Drachenzähne verlassen hatte, daß er wünschte, Steff wäre bei ihm, um ihn zu beraten.

Schließlich gab er es auf. Er ging hinunter ins Dorfzentrum, nahm ein Zimmer in einem der Gasthäuser, die Händler und Geschäftsleute aus dem Südland beherbergten, nahm ein Bad, um den Dreck abzuwaschen, wusch auch seine Kleider und ging zu Bett. Er lag wach und dachte an Elise und Jilt, bis der Schlaf ihn schließlich übermannte.

Als er am nächsten Morgen erwachte, wußte er, was er zu tun hatte, um sie zu retten.

Er kleidete sich an, frühstückte im Speisesaal des Gasthauses und machte sich auf. Was er vorhatte, war riskant, aber dagegen war nichts zu machen. Nachdem er ein paar Nachforschungen angestellt hatte, wußte er die Namen der Kneipen, die von den Föderationssoldaten am meisten besucht wurden. Es gab drei davon, und alle drei lagen an der gleichen Straße nahe dem Markt. Er fand sie, wählte die wahrscheinlichste aus – es war ein dämmriger Saal, »Hoher Stiefel« genannt – trat ein, suchte sich einen Tisch in der Nähe der Bar, bestellte ein Bier und wartete. Obwohl es noch früh am Tag war, kamen schon vereinzelt Soldaten herein, Männer von der Nachtschicht, die noch nicht ins Bett gehen wollten. Eifrig unterhielten sie sich über das Garnisonsleben und scherten sich wenig darum, wer ihnen lauschen mochte. Morgan hörte aufmerksam zu. Von Zeit zu Zeit schaute er gerade lange genug auf, um eine freundliche Frage zu stellen. Manchmal gab er Kommentare von sich. Und hier und da bestellte er ein Bier für jemanden. Aber vor allem wartete er ab.

Ein großer Teil der Gespräche drehte sich um ein Mädchen, von dem das Gerücht ging, sie sei die Tochter des Königs vom Silberfluß. Sie war reichlich mysteriös aus dem Silberflußland aufgetaucht, südwestlich unterhalb des Regenbogensees, und war auf dem Weg nach Osten. Wo immer sie hinkam, in Dörfern oder Städten, die sie durchquerte, vollbrachte sie Wunder. Nie hatte es solche Magie gegeben, wurde behauptet. Sie war jetzt auf dem Weg nach Culhaven.

Die übrigen Kneipengespräche drehten sich um Klagen über die Art, wie die Föderationsarmee von den Offizieren dirigiert wurde. Da es sich um niedrigrangige Soldaten handelte, die sich beklagten, war die Art ihrer Unterhaltungen nicht weiter verwunderlich. Dies war der Teil, dem Morgan mit Interesse lauschte. Der Tag verstrich träge; es war schwül und stickig in dem Saal, und nur das kühle Bier und die Gespräche verhinderten die Langeweile. Föderationssoldaten kamen und gingen, doch Morgan blieb, wo er war, als fast unsichtbare Erscheinung nippte er an seinem Glas und lauschte. Er hatte zunächst gedacht, er würde von der einen Kneipe in die nächste ziehen, doch es wurde sehr bald deutlich, daß er alles, was er wissen mußte, erfahren würde, wenn er im »Hohen Stiefel« blieb.

Im Laufe des Nachmittags wußte er, was er wissen wollte. Es wurde Zeit zu handeln. Er stand auf und ging über die Straße in die zweite der Kneipen, genannt »Froschteich«, der passendste Name für das Lokal, den man sich denken kann. Er ließ sich hinter einem grünen, stoffbespannten Tisch nieder, der im Dämmerlicht dastand wie ein Seerosenblatt in einem dunklen Teich und hielt nach einem Opfer Ausschau. Er fand es fast sofort, einen Mann von ungefähr seiner Größe, niederer Soldat ohne besonderen Rang, der allein trank und in irgendwelche privaten Gedanken so versunken war, daß er den Kopf so weit gesenkt hielt, daß er fast den Tresen berührte. Eine Stunde verstrich, dann noch eine. Morgan wartete geduldig, bis der Soldat sein letztes Glas leergetrunken hatte, sich aufrichtete und schließlich durch die Türen nach draußen torkelte. Dann folgte er ihm.

Der Tag war fast vorüber, und das Tageslicht wurde grau mit dem herannahenden Abend. Der Soldat schlurfte unsicher die Straße hinunter, an Gruppen von anderen Soldaten und durchreisenden Händlern vorbei in Richtung der Baracken. Morgan wußte, wo er hinging, und schlüpfte an ihm vorbei, um ihm den Weg abzuschneiden. Als der Soldat neben einer Schmiede um eine Ecke kam, fing er ihn ab. Scheinbar stieß er rein zufällig mit ihm zusammen, doch er schlug so kräftig zu, daß der Mann bewußtlos war, noch ehe er zu Boden ging. Morgan ließ ihn fallen, murmelte etwas in gespielter Entrüstung und hob den Kerl dann auf und schwang ihn sich über eine Schulter. Der Schmied und seine Arbeiter und ein paar Passanten schauten herüber, und Morgan verkündete ziemlich gereizt, daß er den Kerl wohl oder übel in sein Quartier würde schleppen müssen. Dann stolzierte er mit vorgetäuschtem Widerwillen davon.

Er schleppte den bewußtlosen Soldaten ein paar Häuser weiter zu einer Scheune und schlüpfte hinein. Niemand sah ihn hineingehen. Dort im Finstern zog er dem Mann die Uniform aus, fesselte und knebelte ihn sorgfältig und zerrte ihn hinter einen Stapel Hafersäcke. Er zog die Uniform an, klopfte sie sauber, strich die Falten glatt und stopfte seine eigenen Kleider in einen Sack, den er mitgebracht hatte. Dann schnallte er sich die Waffen um und trat wieder hinaus.

Und beeilte sich. Das Gelingen seines Plans hing von der Wahl des richtigen Zeitpunkts ab. Er mußte das Verwaltungszentrum der Arbeitshäuser direkt nach dem Wachwechsel erreichen. Der in den Kneipen verbrachte Tag hatte ihm alle Informationen über Leute, Orte und Arbeitsweise gebracht, die er nötig hatte, er brauchte seine Kenntnisse nur in Anwendung zu bringen. Die abendlichen Schatten breiteten sich schon über das Waldland und verschlangen die restlichen sonnigen Flecken. Die Straßen begannen sich zu leeren, Soldaten, Händler und Bürger strebten heimwärts zum abendlichen Mahl. Morgan hielt Abstand, achtete darauf, höher gestellte Offiziere im Vorbeigehen zu grüßen und alles in seiner Macht Stehende zu tun, keine Aufmerksamkeit auf sich zu lenken. Er gab sich einen entschlossenen Ausdruck und eine Haltung, die dazu angetan war, andere in Schach zu halten. Er wurde zu einem ziemlich hart aussehenden, pflichtbewußten Föderationssoldaten – einem von jenen, denen man sich lieber nicht ohne triftigen Grund näherte, einem, den man besser nicht verärgerte. Es schien zu klappen, man ließ ihn in Ruhe.

Die Arbeitshäuser waren erleuchtet, als er sich ihnen näherte, das Tagwerk kam zu seinem Ende. Das Abendessen in Form von Suppe und Brot wurde von den Wächtern hineingetragen. Die Essensgerüche wehten durch die Luft – nicht besonders appetitanregend. Morgan überquerte die Zufahrt zu den Vorratsscheunen und tat so, als überprüfe er etwas. Die Minuten verstrichen, und die Dunkelheit kam näher.

Genau bei Sonnenuntergang war Wachwechsel. Neue Wachen traten an die Stelle der alten auf den Straßen und an den Türen der Arbeitshäuser. Morgan hielt seinen Blick auf das Verwaltungszentrum fixiert. Der Tagesoffizier gab seinen Platz für seinen nächtlichen Partner frei. Ein Adjutant übernahm den Empfangstresen. Zwei Männer im Dienst – das war alles. Morgan gab allen ein paar Minuten Zeit, sich einzurichten, dann holte er tief Luft und trat aus den Schatten hervor.

Er ging schnurstracks ins Zentrum, trat ein und präsentierte sich am Empfangsschalter. »Da bin ich wieder«, verkündete er.

Der Adjutant schaute ihn ausdruckslos an.

»Wegen der alten Damen«, fügte Morgan hinzu. Er machte eine Pause. »Hat man Sie nicht informiert?«

Der Adjutant schüttelte den Kopf. »Ich bin eben erst...«

»Aber da müßte ein Auslieferungsbefehl von vor weniger als einer Stunde auf Ihrem Tisch liegen«, fauchte Morgan. »Haben Sie ihn nicht?«

»Hm, nein...« Der Adjutant wühlte auf seinem Schreibtisch herum und schob Aktenstapel hin und her.

»Unterschrieben von Major Assomal.«

Der Adjutant erstarrte. Er wußte, wer Major Assomal war. Es gab in der ganzen in Culhaven stationierten Garnison keinen Soldaten, der ihn nicht kannte. Morgan hatte in der Kneipe von dem Major erfahren. Assomal war der gefürchtetste und verhaßteste Föderationsoffizier der Besatzungsarmee. Niemand wollte mit ihm zu tun haben, wenn er es irgendwie vermeiden konnte.

Der Adjutant erhob sich eilig. »Ich gehe den Wachoffizier holen«, stammelte er.

Er verschwand im Nebenbüro und kam wenige Augenblicke mit seinem Vorgesetzten zurück. Der Kapitän war sichtlich erregt. Morgan salutierte mit genau der richtigen Dosis Verachtung.

»Um was handelt es sich?« fragte der Kapitän, doch die Frage klang eher wie ein Flehen.

Morgan verschränkte die Hände hinter dem Rücken und reckte sich auf. Sein Herz klopfte heftig. »Major Assomal wünscht die Dienste von zwei Zwergenfrauen, die sich zur Zeit in den Arbeitshäusern befinden. Ich habe sie heute auf seinen Wunsch persönlich ausgewählt. Ich bin fortgegangen, damit die Papiere ausgefüllt werden können, und jetzt bin ich wieder da. Doch mir scheint, die Papiere sind noch nicht fertiggestellt worden.«

Der Wachkapitän war ein bleicher Mann mit einem runden Gesicht, der aussah, als habe er den größten Teil seiner Dienstzeit hinter einem Schreibtisch absolviert. »Ich weiß davon nichts«, knurrte er verdrießlich.

Morgan zuckte mit den Achseln. »Na gut. Soll ich Major Assomal diese Nachricht überbringen, Kapitän?«

Der Mann erblaßte. »Nein, nein, das wollte ich damit nicht sagen. Die Sache ist, daß ich...« Er atmete scharf aus. »Das ist sehr unangenehm.«

»Insbesondere, weil Major Assomal mich jeden Moment zurückerwartet.« Morgan hielt inne. »Mit den Zwerginnen«, fügte er hinzu.

Der Wachkapitän warf die Hände in die Luft. »Also gut! Was spielt es für eine Rolle! Ich werde sie selbst unterzeichnen! Lassen Sie sie herschaffen und die Angelegenheit hinter uns bringen!«

Er klappte das Namensregister auf, während Morgan ihm über die Schulter schaute, und stellte fest, daß Elise und Jilt im Arbeitshaus Nummer vier untergebracht waren. Hastig füllte er einen Entlassungsschein für die Arbeitshauswache aus. Als er den Adjutanten losschicken wollte, um die alten Damen zu holen, bestand Morgan darauf, daß er selbst mitginge.

»Nur, um sicher zu sein, daß es keine weiteren Mißverständnisse mehr gibt, Kapitän«, erklärte er. »Immerhin muß ich gegenüber Major Assomal dafür geradestehen.«

Der Wachkapitän widersprach nicht, weil ihm offensichtlich daran lag, die Angelegenheit so schnell wie möglich zu erledigen, und Morgan ging mit dem Adjutanten hinaus. Die Nacht war still und angenehm warm. Morgan war es fast fröhlich zumute. Sein Plan, Risiko hin oder her, schien zu klappen. Sie überquerten das Gelände zum Gebäude vier, präsentierten den Wachen, die vor der Tür postiert waren, den Entlassungsbefehl und warteten, bis sie ihn durchgelesen hatten. Dann schlossen die Wachen die Türen auf und winkten sie hinein. Morgan und der Adjutant stießen die schweren Holztüren auf und traten ein.

Das Arbeitshaus war vollgestopft mit Arbeitstischen und Leibern. Es roch nach Schweiß und verbrauchter Luft. Staub lag überall, die Lampen beleuchteten die schmutzigen, ungetünchten Wände. Die Zwergenfrauen kauerten auf dem Fußboden, hielten Suppenschüsseln und Brotstücke in der Hand und beendeten ihr Abendessen. Köpfe und Augen drehte sich hastig zu den beiden Föderationssoldaten und wandten sich ebenso hastig wieder ab. Morgan entging der unmißverständliche Ausdruck von Angst und Abscheu nicht.

»Rufen Sie sie auf«, befahl er dem Adjutanten.

Der Adjutant tat, wie geheißen. Seine Stimme hallte durch den kellerartigen Saal, und am hinteren Ende rappelten sich zwei gebeugte Gestalten auf die Füße.

»Und jetzt warten Sie draußen auf mich«, forderte Morgan.

Der Adjutant zögerte und verschwand dann durch die Tür. Morgan wartete ungeduldig, bis Elise und Jilt sich mühsam den Weg zwischen den Leibern, Bänken und Pritschen hindurch bis zu der Stelle, an der er stand, gebahnt hatten. Er konnte sie kaum wiedererkennen. Ihre Kleider waren zerlumpt. Elises feines, graues Haar war ungepflegt und sah aus, als sei es ausgefranst. Jilts Vogelgesicht war verbissen und spitz. Sie waren mehr als nur vom Alter gebeugt, und sie bewegten sich so langsam, als verursache es ihnen Schmerzen, auch nur zu laufen.

Sie traten mit gesenktem Blick vor ihn und blieben stehen.

»Elise«, sagte er leise. »Jilt.«

Sie schauten langsam auf, und ihre Augen weiteten sich. Jilt hielt den Atem an. »Morgan!« flüsterte Elise erstaunt. »Junge, bist du es?«

Er beugte sich schnell hinunter und nahm sie in die Arme und drückte sie an sich. Sie sackten in seine Arme wie Stoffpuppen, die keine eigene Kraft besitzen, und er hörte, wie sie beide zu weinen begannen. Hinter ihnen starrten die anderen Zwergenfrauen sie verwirrt an.

Morgan stellte die beiden Greisinnen sanft auf die Füße. »Hört genau zu«, sagte er leise. »Wir haben wenig Zeit. Ich habe den Wachkapitän ausgetrickst, so daß er euch in meine Obhut entläßt, aber er kann mir auf die Schliche kommen, wenn wir ihm die Gelegenheit dazu geben, also müssen wir uns sputen. Gibt es einen Ort, wo ihr euch verstecken könnt? Wo man euch nicht findet?«

Jilt nickte mit entschlossener Miene. »Der Widerstand wird uns verstecken. Wir haben noch immer Freunde.«

»Morgan, wo ist Steff?« unterbrach Elise.

Der Hochländer zwang sich, ihrem fragenden Blick standzuhalten. »Es tut mir leid, Elise. Steff ist tot. Er wurde im Kampf gegen die Föderation in den Drachenzähnen getötet.« Er sah den Schmerz in ihren Augen. »Teel ist ebenfalls tot. Sie war es, die Steff getötet hat. Sie war leider nicht, was wir alle angenommen hatten. Sie war ein Schattenwesen, ein Geschöpf finsterer Magie, das mit der Föderation im Bunde stand. Sie hat auch euch verraten.«

»Oh, Steff«, flüsterte Elise geistesabwesend. Sie weinte wieder.

»Die Soldaten haben uns gleich nach eurer Abreise geholt«, berichtete Jilt zornig. »Sie haben die Kinder fortgebracht und uns in diesen Käfig gesperrt. Ich wußte, daß irgend etwas schiefgegangen war. Ich dachte, sie hätten euch ebenfalls erwischt. Verdammt, Morgan, dieses Mädchen war wie eine von uns!«

»Ich weiß, Jilt«, erwiderte er in Erinnerung daran, wie es gewesen war. »Es ist schwierig geworden zu erkennen, wem man trauen kann. Wie ist es mit den Zwergen, bei denen ihr euch verstecken wollt? Sind sie vertrauenswürdig? Seid ihr sicher, daß ihr dort in Sicherheit seid?«

»Einigermaßen« erwiderte Jilt. »Hör auf zu weinen, Elise«, sagte sie und tätschelte liebevoll die Hand der anderen. »Wir müssen tun, was Morgan gesagt hat, und sehen, daß wir von hier fortkommen, solange wir die Gelegenheit dazu haben.«

Elise nickte und wischte sich die Tränen ab. Morgan richtete sich wieder auf und strich den beiden über das graue Haar. »Denkt dran, ihr kennt mich nicht. Ihr steht nur unter meiner Verantwortung, bis wir von hier fort sind. Und wenn irgend etwas schiefgeht und wir getrennt werden, geht an einen sicheren Ort. Ich habe Steff das Versprechen gegeben, daß ich dafür sorgen würde. Sorgt also dafür, daß ich mein Versprechen nicht breche, ja?«

»In Ordnung, Morgan«, sagte Elise.

Dann gingen sie hinaus, Morgan voran und die beiden Greisinnen hinter ihm her. Der Adjutant stand starr allein auf einer Seite, und die Wachen sahen gelangweilt aus. Mit den Zwergenfrauen im Schlepp kehrten Morgan und der Adjutant zum Verwaltungszentrum zurück. Der Wachkapitän erwartete sie ungeduldig, die versprochenen Entlassungspapiere in der Hand. Er reichte sie Morgan über den Empfangstresen hinweg zur Unterschrift, schob sie dann dem Adjutanten zu und stakste in sein Büro zurück. Der Adjutant schaute Morgan unbehaglich an.

Morgan gratulierte sich im stillen für seinen Erfolg. »Major Assomal wird schon warten«, sagte er.

Er wandte sich um und war gerade dabei, Elise und Jilt nach draußen zu bugsieren, als die Tür direkt vor ihrer Nase aufging und ein neuer Föderationsoffizier auftauchte. Dieser hier trug die gekreuzten Streifen eines Divisionskommandanten.

»Kommandant Soldt!« Der Adjutant sprang auf die Füße und salutierte zackig.

Morgan erstarrte. Kommandant Soldt war mit der Überwachung der inhaftierten Zwerge beauftragt, der höchstrangige Offizier der ganzen Garnison. Was er um diese Zeit im Zentrum zu suchen hatte, stand jedem frei, sich auszudenken, aber es bedeutete jedenfalls für die Durchführung von Morgans Plan nichts Gutes.

Der Hochländer salutierte.

»Was soll das alles?« fragte Soldt mit einem Seitenblick auf Elise und Jilt. »Was haben die hier außerhalb ihrer Quartiere zu suchen?«

»Nur ein Auslieferungsantrag, Kommandant«, erwiderte der Adjutant. »Von Major Assomal.«

»Assomal?« Soldt runzelte die Stirn. »Er ist im Feld. Was will er dort mit Zwergen...« Er schaute zu Morgan. »Ich kenne Sie nicht, Soldat. Zeigen Sie mir Ihre Papiere.«

Morgan schlug so kräftig zu, wie er konnte. Soldt stürzte und blieb reglos liegen. Morgan stürmte augenblicklich auf den Adjutanten zu, der schreiend zurückwich. Morgan erwischte ihn und rammte seinen Schädel gegen das Pult. Der Wachkapitän erschien im richtigen Moment, um ein paar schnelle Schläge ins Gesicht zu erhalten. Er taumelte in sein Büro zurück und ging zu Boden.

»Raus hier!« flüsterte Morgan Elise und Jilt zu.

Sie rannten aus dem Verwaltungszentrum in die Nacht hinaus. Morgan schaute schnell um sich und atmete erleichtert auf. Die Wachen waren noch immer auf ihren Posten. Niemand hatte den Kampf gehört. Er führte die alten Damen schnell die Straße hinunter von den Arbeitshäusern fort. Eine Patrouille tauchte vor ihnen auf. Morgan verlangsamte seine Schritte und ging mit ehrfurchtgebietender Haltung vor seinen Schützlingen her. Die Patrouille bog ab, ehe sie sie erreichten, und verschwand in der Dunkelheit.

Dann begann jemand hinter ihnen um Hilfe zu rufen. Morgan zerrte die alten Damen in eine Seitengasse und scheuchte sie bis zum anderen Ende. Die Rufe vervielfältigten sich jetzt, und man hörte rennende Schritte. Pfeifen schrillten, und eine Sirene heulte auf.

»Gleich haben wir sie alle auf dem Hals«, murmelte Morgan vor sich hin.

Sie gelangten an die nächste Querstraße und bogen ein. Das Geschrei war auf allen Seiten um sie herum. Er zog die alten Damen in einen dämmrigen Hauseingang und wartete. An beiden Enden der Straße tauchten Soldaten auf und suchten nach ihnen. Morgans Rettungspläne waren zunichte. Er ballte die Hände zu Fäusten. Was auch immer passierte, er konnte nicht zulassen, daß die Föderation Elise und Jilt wieder einfing.

Er beugte sich zu ihnen hinunter. »Ich muß sie weglocken«, flüsterte er dringlich. »Bleibt hier, bis sie hinter mir her sind, dann rennt los. Sobald ihr euch versteckt habt, bleibt dort – egal was passiert.«

»Morgan, und du?« Elise packte seinen Arm.

»Macht euch um mich keine Sorgen. Tut nur, was ich euch gesagt habe. Kommt nicht nach mir suchen. Ich werde euch finden, wenn diese ganze Angelegenheit überstanden ist. Auf Wiedersehen, Elise. Auf Wiedersehen, Jilt.«

Er ignorierte ihr Flehen, er solle bleiben, umarmte und küßte sie hastig und stürmte auf die Straße hinaus. Er rannte, bis er den ersten Suchtrupp sah, und schrie ihnen zu: »Da drüben sind sie!«

Die Soldaten kamen hinter ihm hergerannt, als er in eine Seitenstraße einbog und sie von Elise und Jilt wegführte. Er riß das Breitschwert, das er auf den Rücken geschnallt trug, aus seiner Scheide. Als er die Seitenstraße verließ, entdeckte er einen weiteren Trupp und rief sie ebenfalls hinter sich her, indem er vage nach vorn zeigte. Für sie war er nur ein anderer Soldat – jedenfalls für den Augenblick noch. Wenn er sie vor sich manövrieren konnte, wäre es ihm vielleicht möglich, ebenfalls zu entkommen.

»Die Scheune da vorn!« schrie er, als der erste Trupp ihn einholte. »Da sind sie drin!«

Die Soldaten stürmten an ihm vorbei, erst der erste Trupp, dann der zweite. Morgan wendete und stürmte in entgegengesetzter Richtung davon. Als er um die Ecke eines Nahrungsspeichers bog, rannte er direkt in die Arme eines dritten Trupps.

»Sie sind in…«

Er hielt abrupt inne. Der Wachkapitän stand vor ihm und brüllte, als er ihn erkannte.

Morgan versuchte zu fliehen, doch die Soldaten waren im Nu über ihm. Er verteidigte sich tapfer, aber er hatte keinen Platz zum Manövrieren. Seine Angreifer rückten näher und zwangen ihn zu Boden. Schläge prasselten auf ihn nieder.

Es klappt nicht so, wie ich mir das vorgestellt hatte, dachte er trübsinnig, und dann wurde alles schwarz.

Drei Tage danach gelangte jene, von der man sagte, sie sei die Tochter des Königs vom Silberfluß, nach Culhaven. Die Nachricht von ihrer Ankunft kam einen halben Tag vor ihr an, und als sie die Außenbezirke des Dorfs erreichte, reihten sich die Leute über eine Meile weit zu beiden Seiten der Straße, die in den Ort führte. Von überall her waren sie herbeigeeilt – aus dem Dorf selbst, aus den umliegenden Gemeinden sowohl aus dem Ostland als auch aus dem Südland, von den Gehöften und aus den Hütten der Ebenen und aus den tiefen Wäldern und sogar aus den Bergen im Norden. Da waren Zwerge und Menschen und eine Handvoll Gnome beider Geschlechter und jeden Alters. Sie waren zerlumpt und arm und bis zu diesem Moment ohne jede Hoffnung. Sie drängten sich erwartungsvoll am Straßenrand; einige waren aus reiner Neugierde gekommen, die meisten jedoch aus ihrer Not, irgend etwas zu finden, woran sie wieder glauben konnten.

Die Geschichten über das Mädchen waren voller Wunder. Sie war im Herzen des Silberflußlandes in der Nähe des Regenbogensees aufgetaucht, ein Wundergeschöpf, das einfach so aus der Erde gehüpft war. Sie machte in jedem Dorf, in jeder Stadt, auf jeder Farm, bei jeder Hütte halt und vollbrachte Wunder. Es hieß, sie heile das Land. Sie verwandele geschwärzte, welke Stiele in frische Sprößlinge. Sie lasse mit einer leisen Berührung Blumen erblühen, Früchte wachsen und Ernte reifen. Sie erwecke die Erde vom Tode zu neuem Leben. Selbst dort, wo die Krankheit am schlimmsten wüte, gewinne sie die Oberhand. Sie habe eine besondere Zuneigung zu dem Land, eine Verwandtschaft, die direkt aus den Händen ihres Vaters stamme, aus der legendären Herrschaft des Königs vom Silberfluß. Seit Jahren hatte man geglaubt, daß der Geisterherr mit dem Ausklang des magischen Zeitalters gestorben sei. Jetzt wußte man, daß dies nicht der Fall war; zum Beweis hatte er seine Tochter zu ihnen gesandt. Die Leute des Silberflußlandes sollten ihr altes Leben wiederbekommen. So behaupteten die Geschichten.

Niemand war erpichter darauf, die Wahrheit hinter diesen Gerüchten zu erfahren, als Pe Ell.

Es war Mittag, und er hatte seit Sonnenaufgang im Schatten des hohen, alten, borkigen Hickorybaumes auf einem Hügel am äußersten Stadtrand auf das Mädchen gewartet, sobald die Kunde, heute sei der Tag, an dem sie ankomme, ihn erreicht hatte. Er konnte sehr gut warten, sehr geduldig, und die Zeit war für ihn schnell verstrichen, während er mit den anderen in der ständig wachsenden Menge stand und beobachtete, wie die Sonne langsam in den Sommerhimmel stieg und die Tageshitze sich breitmachte. Die Gespräche um ihn herum waren vielfältig gewesen und ohne Zurückhaltung, und er lauschte aufmerksam. Da waren Geschichten darüber, was das Mädchen getan haben sollte, und darüber, was man glaubte, was sie tun würde. Es gab Spekulationen und Urteile. Die Zwerge waren am inbrünstigsten in ihrem Glauben – oder dem Fehlen eines solchen. Manche sagten, sie sei die Erlöserin ihres Volkes; manche meinten, sie sei nichts anderes als eine Südlandpuppe. Stimmen hoben sich zu Geschrei, stritten und verstummten. Auseinandersetzungen wehten durch die stille, feuchte Luft wie kleine Dampfexplosionen aus einem Geysir. Launen flammten auf und kühlten sich wieder. Pe Ell hörte zu und sagte gar nichts.

»Sie kommt her, um die Föderationssoldaten zu vertreiben und uns unser Land zurückzugeben, ein Land, das dem König vom Silberfluß am Herzen liegt! Sie kommt, uns zu befreien!«

»Bah, Alte, du redest Unfug! Es gibt keinen Beweis dafür, daß sie ist, was sie zu sein vorgibt. Was weißt du darüber, was sie tun kann und was nicht?«

»Ich weiß, was ich weiß. Ich fühle, was sein wird.«

»Ha! Die Schmerzen in deinen Gelenken sind es, die du fühlst, sonst nichts! Du glaubst, was du glauben willst, nicht, was ist. Die Wahrheit ist, daß wir nicht mehr von dem Mädchen wissen, als wir wissen, was der morgige Tag bringen wird. Es ist sinnlos, uns irgendwelche Hoffnungen zu machen!«

»Es ist noch sinnloser, sich keine zu machen!«

Und so fort, hin und her, eine endlose Folge von Argumenten und Gegenargumenten, die nichts weiter brachten, als der Zeit verstreichen zu helfen. Pe Ell seufzte innerlich. Er stritt sich selten. Er hatte selten Grund dazu.

Als es endlich hieß, sie nähere sich, verstummten die Gespräche und Auseinandersetzungen zu Gemurmel und Geflüster. Und als sie wirklich auftauchte, erstarb auch das Murmeln und das Flüstern. Eine seltsame Stille breitete sich über die Volksmenge am Straßenrand, die unterstellte, daß das Mädchen entweder ganz und gar nicht das war, was sie erwartet hatten, oder auch eine ganze Menge mehr.

Sie kam mitten auf der Straße entlang, umgeben von dem Möchtegerngefolge, das sich ihr auf ihrem Weg nach Osten angeschlossen hatte, eine überwiegend zerlumpte Menge mit zerfetzten Kleidern und heiteren Gesichtern. Ihre eigenen Gewänder waren grob und schlecht genäht, doch sie strahlte etwas Atemberaubendes aus. Sie war klein und zierlich und so erlesen von Gestalt, als wäre sie nicht ganz wirklich. Ihr Haar war lang und silbern, glänzend wie Wasser, wenn es im Mondschein schimmert. Ihre Züge waren perfekt. Sie ging allein in einer Horde von Leibern, die sich um sie drängten und stießen und sich doch nicht nah an sie heranwagten. Sie schien zwischen ihnen zu schweben. Stimmen riefen dringlich nach ihr, doch sie sah aus, als sei sie sich nicht bewußt, daß überhaupt jemand in ihrer Nähe war.

Dann kam sie an Pe Ell vorbei und drehte sich absichtsvoll um und schaute ihn an. Pe Ell schauderte vor Überraschung. Das Gewicht dieses Blicks – oder vielleicht nur sein Erleben dieses Blicks – reichte, um ihn aus dem Gleichgewicht zu bringen. Ihre schwarzen Augen wandten sich sofort wieder ab, und sie ging weiter wie ein leuchtender Sonnenstrahl, der ihn für einen Moment geblendet hatte. Pe Ell starrte ihr nach. Er wußte jetzt, was sie mit ihm gemacht hatte, was mit ihm in diesem kurzen Moment geschehen war, als ihre Blicke sich begegneten. Es war, als habe sie in sein Bewußtsein und in sein Herz geschaut und darin gelesen. Es war, als habe sie mit diesem einzigen Blick alles erfahren, was man von ihm wissen konnte.

Er empfand sie als das wundervollste Geschöpf, das er in seinem ganzen Leben gesehen hatte.

Sie bog in die Straße ein, die in den eigentlichen Dorfkern führte, die Menge folgte ihr, und Pe Ell schloß sich ihnen an. Er war ein großer, schlanker Mann, so schlank, daß er mager aussah. Seine Knochen standen hervor, und Muskeln und Haut umspannten sie so stramm, daß es aussah, als könnte er leicht zerbrechen. Nichts war der Wahrheit ferner. Er war so hart wie Eisen. Er hatte ein langes, schmales Gesicht mit einer Adlernase, eine breite Stirn mit hohen Brauen über haselnußbraunen Augen, die einen mit entwaffnender Offenheit anschauten. Wenn er lächelte, was er oft tat, verzog sein Mund sich ein wenig schief. Sein braunes Haar war kurz geschnitten, ziemlich borstig und wild. Sein Gang war ein bißchen schlaksig wie bei einem hochaufgeschossenen Knaben oder einer einherstolzierenden Katze. Seine Hände waren schlank und feingliedrig. Er trug gewöhnliche Waldkleider aus grobem, in verschiedenen Grün- und Braunschattierungen gefärbtem Tuch, ausgetretene, geschnürte Lederstiefel und einen kurzen Mantel mit Taschen.

Er trug keine sichtbaren Waffen. Sein Stiehl war direkt unter seiner rechten Hüfte an den Schenkel geschnürt. Das Messer steckte unter seinen locker sitzenden Hosen, wo man es nicht sehen, aber leicht durch einen Schlitz in der Hosentasche erreichen konnte.

Er fühlte die magische Wärme seiner Klinge.

Als er schneller ging, um das Mädchen einzuholen, traten die Leute zur Seite – entweder wegen seines Gesichtsausdrucks oder wegen seiner Art, sich zu bewegen, oder wegen der unsichtbaren Mauer, die sie um ihn spürten. Er mochte nicht berührt werden, und jedermann schien das instinktiv zu wissen. Wie immer wich man ihm aus. Er ging an ihnen vorbei wie ein Schatten, der hinter dem Licht herjagt, behielt dabei das Mädchen im Auge und überlegte. Sie hatte ihn nicht grundlos angeschaut, und das beschäftigte ihn. Er war nicht sicher gewesen, wie sie wohl sein würde, was für Gefühle es in ihm auslösen würde, wenn er sie zum ersten Mal sah – aber er hatte absolut nicht erwartet, daß es so sein könnte. Es überraschte ihn, gefiel ihm, und gleichzeitig machte es ihm ein bißchen Sorge. Er mochte Sachen nicht, die er nicht unter Kontrolle hatte, und er hatte den Verdacht, daß es jedermann schwerfallen würde, sie unter Kontrolle zu bekommen.

Er war natürlich nicht einfach jedermann.

Die Menge hatte zu singen angefangen, ein altes Lied, das davon erzählte, wie die Erde mit der neuen Ernte wiedergeboren wurde, von der Nahrung aus den Feldern, die auf den Tisch der Leute gelangte, die dafür gearbeitet hatten. Ein Lob auf die Jahreszeiten, auf Regen und Sonne, auf das Geschenk des Lebens. Ein Gesang für den König vom Silberfluß. Die Stimmen wurden stetig lauter und inbrünstiger. Das Mädchen schien sie nicht zu hören. Sie wandelte durch den Gesang und das Geschrei, ohne darauf zu reagieren, vorbei an den ersten Häusern am Dorfrand und den größeren Läden, die das Herz des Geschäftszentrums darstellten. Föderationssoldaten tauchten auf und versuchten, den Verkehr zu lenken, der vorwärtsdrängte. Es waren zu wenige, und sie waren nicht gut genug vorbereitet, dachte Pe Ell. Offenbar hatten sie das Ausmaß der Reaktion der Bevölkerung auf die Ankunft des Mädchens gewaltig unterschätzt.

Die Zwerge himmelten sie an wie im Fieber. Es war, als habe man ihnen das Leben wiedergegeben, das man ihnen geraubt hatte. Ein seit vielen Jahren gebrochenes, unterjochtes Volk, für das es reichlich wenig Grund zur Hoffnung gegeben hatte. Doch dieses Mädchen schien zu sein, worauf sie gewartet hatten. Es war mehr als die Geschichten, mehr als die Gerüchte, wer sie sei und was sie zu tun imstande sei. Sie war anders als alle, die er je gesehen hatte. Sie war aus einem bestimmten Grund hergekommen. Sie würde etwas *tun*.

Das Geschäftsleben von Culhaven erstarb, als das gesamte Dorf, Unterdrücker und Unterdrückte gleichermaßen, erkannte, was geschah, und Teil des Geschehens wurde. Pe Ell hatte die Vorstellung einer Woge, die draußen auf dem Meer Kraft sammelt, wächst und schließlich die gewaltige Wassermenge, die ihr das Leben gegeben hat, weit überragt. So war es mit diesem Mädchen. Es war, als ob alle anderen Ereignisse neben diesem hier zu existieren aufhörten. Alles außer ihr verblaßte und verlor jede Bedeutung. Pe Ell lächelte. Es war das allerwunderbarste Gefühl.

Die Woge rollte über das Dorf, an Läden und Geschäften vorbei, an den Sklavenmärkten, den Arbeitshäusern, den schäbigen Heimen der Zwerge und den gepflegten Villen der Föderationsoffiziere, die Hauptstraße hinunter und wieder hinaus. Niemand schien erraten zu können, wohin sie rollte. Niemand außer dem Mädchen, denn sie führte und dirigierte irgendwie mitten in dem Strudel aus Leibern die ganze Woge ganz nach ihrem Belieben. Das Geschrei und der Gesang gingen unverdrossen weiter, frohsinnig und verzückt. Pe Ell staunte.

Und dann blieb das Mädchen stehen. Die Menge wurde langsamer, wirbelte um sie herum und wurde still. Sie stand am Fuß des schwarz gewordenen Hanges, wo einst die Meadegärten geblüht hatten. Sie hob das Gesicht zu der scharfen Linie des kahlen Hügelkamms, so, als schaue sie jenseits zu einem Ort, den niemand außer ihr sehen konnte. Wenige in der Menge schauten in die gleiche Richtung wie sie; die meisten starrten sie einfach nur an. Es waren Hunderte inzwischen, und alle warteten auf das, was sie tun würde.

Dann ging sie langsam und zielbewußt den Hang hinauf. Die Menge folgte ihr nicht, fühlte vielleicht, daß sie zurückbleiben sollte, erriet aus einer kleinen Geste oder einem Blick, daß sie warten solle. Sie teilte sich für sie, ein Meer aus erwartungsvollen Gesichtern. Ein paar Hände streckten sich nach ihr aus, doch keiner gelang es, sie zu berühren.

Pe Ell drängte sich durch die Menge, bis er in der vordersten Reihe stand, weniger als zehn Schritte von dem Mädchen entfernt. Auch wenn er sich zielstrebig dorthinbegeben hatte, wußte er noch nicht, was er tun wollte.

Eine Gruppe von Soldaten, angeführt von einem Offizier mit den gekreuzten Schulterstreifen eines Föderationskommandanten, schnitt dem Mädchen den Weg ab. Ein unfreundliches Murmeln erhob sich aus der Menge.

»Sie dürfen hier nicht sein«, verkündete der Kommandant mit klarer, fester Stimme. »Niemand darf hier sein. Sie müssen wieder hinuntergehen.«

Das Mädchen schaute ihn an und wartete.

»Dies ist verbotener Boden, junges Fräulein«, fuhr der Kommandant fort mit der Attitüde eines Höhergestellten gegenüber einem Niederen, mit der er Autorität demonstrieren wollte. »Niemand hat die Erlaubnis, diesen Boden zu betreten. Eine Proklamation des Koalitionsrats der Föderationsregierung, die ich zu vertreten die Ehre habe, verbietet es. Verstehen Sie mich?«

Das Mädchen antwortete nicht.

»Wenn Sie nicht sofort umkehren und freiwillig gehen, sehe ich mich gezwungen...«

Das Mädchen machte eine Geste, und im gleichen Augenblick waren die Beine des Mannes von daumendicken Wurzeln umwickelt. Die Soldaten, die ihn begleitet hatten, wichen entsetzt zurück, als sich die Speere, die sie in den Händen hielten, in knorrige Holzstücke verwandelten, die ihnen zwischen den Fingern zerbröselten. Das Mädchen ging an ihnen vorbei, ohne hinzuschauen. Die dröhnende Stimme des Kommandanten wurde zu einem verängstigten Wimmern und ging im Gemurmel der Menge unter.

Pe Ell lächelte grimmig. Magie! Das Mädchen verfügte über wahre Magie! Die Geschichten waren also wahr. Das war mehr, als er hatte hoffen können. Ob sie wirklich die Tochter des Königs vom Silberfluß war?

Die Soldaten hielten sich von ihr zurück, weil sie die Macht, die sie offensichtlich besaß, nicht herausfordern wollten. Ein paar niedere Offiziere versuchten, ein paar Befehle zu erteilen, aber niemand wußte nach dem, was dem Kommandanten widerfahren war, so recht, was zu tun sei. Pe Ell schaute sich schnell um. Offenbar gab es in dem Dorf keine Sucher. In Abwesenheit von Suchern würde niemand handeln.

Das Mädchen stieg über die kahle, abgebrannte Oberfläche des Hanges zum Gipfel hinauf, und ihre Schritte bewegten kaum die trokkene Erde, auf der sie ging. Die Sonne glühte unerbittlich aus dem Mittagshimmel und verwandelte den kahlen Boden in einen Brennofen. Das Mädchen schien es nicht zu bemerken. Ihr Gesicht blieb ruhig, während sie durch die Hitze schritt.

Pe Ell starrte sie an und fühlte, wie er an den Rand eines gewaltigen Abgrunds gezogen wurde. Er wußte, daß dahinter etwas unvorstellbar Unmögliches steckte.

Was wird sie tun?

Sie erreichte die Anhöhe und blieb stehen. Ihre schlanke, ätherische Gestalt hob sich vor dem Himmel ab. Sie hielt einen Moment inne, als suche sie etwas in der Luft um sie herum, ein unsichtbares Etwas, das zu ihr sprechen würde. Dann kniete sie sich hin. Sie ließ sich auf die verbrannte Erde des Hügels nieder und vergrub ihre Hände darin. Sie senkte den Kopf, und ihr Haar fiel ihr wie ein Schleier aus silbrigem Licht über die Schultern.

Die Welt um sie herum verstummte vollständig.

Dann begann die Erde zu zittern und zu beben, und ein Donnern rollte aus den Tiefen. Die Menge wich staunend zurück. Männer suchten ihr Gleichgewicht zu halten, Frauen schnappten sich ihre Kinder, und Schreie und Rufe wurden laut. Pe Ell trat einen Schritt vor. Er hatte keine Angst. Das war es, worauf er gewartet hatte, und nichts konnte ihn vertreiben.

Dann schien Licht aus dem Hügel zu strahlen, ein Glühen, das das Sonnenlicht fahl erscheinen ließ. Geysire sprangen aus dem Boden, kleine Eruptionen, die himmelwärts spritzten und Pe Ell und die Nächststehenden mit Erde und Schlamm besprühten. Der Boden wankte, als erwache ein eingegrabener Riese aus seinem Schlaf, und riesige Brocken flogen aus dem Boden wie die Knochen von des Riesen Schultern. Die versengte Oberfläche des Hügels begann sich selbst umzuwenden und zu verschwinden. Frische Erde kam herauf und deckte sie zu, fruchtbare, glänzende Erde, die die Luft mit einem kräftigen Geruch anfüllte. Starke Wurzeln ringelten sich schlangengleich hervor, wanden und drehten sich in Antwort auf das Donnergetöse. Grüne Sprossen begannen sich zu entfalten.

Und inmitten all dessen kniete das Mädchen. Ihr Körper unter den losen Gewändern war starr, und sie hatte ihre Arme bis zu den Ellbogen in der Erde vergraben. Ihr Gesicht war nicht zu sehen.

In der Menge hatten sich viele hingekniet. Manche beteten zu den Mächten der Magie, von denen man einst geglaubt hatte, daß sie das Schicksal der Menschen kontrollierten, manche nur, um sich gegen die Erdstöße zu schützen, die inzwischen so gewaltig geworden waren, daß auch die kräftigsten Bäume gerüttelt wurden. Erregung durchwallte Pe Ell und ließ ihn erröten. Er wollte zu dem Mädchen laufen, es umarmen und fühlen, was in ihr geschah, die Kraft mit ihr teilen.

Felsbrocken knirschten und dröhnten, als sie sich selbst zurechtrückten und die Form des Hanges umgestalteten. Terrassenmauern schichteten sich aus den Feldsteinen auf. Moos und Efeu füllten die Spalten. Pfade wanden sich von einem Niveau zum nächsten in sanfter Neigung. Bäume erschienen, Wurzeln wurden kleine Schößlinge, die Schößlinge ihrerseits wurden dicker und verzweigten sich, durchlebten Dutzende von Jahreszeiten des Wachstums in wenigen Minuten. Blätter knospten und entfalteten sich, als suchten sie gierig das Sonnenlicht. Gras und Buschwerk breiteten sich über die kahle Erde und verwandelten die verkohlte Oberfläche in üppiges Grün. Und Blumen! Pe Ell schrie auf in der Stille seines Bewußtseins. Überall waren Blumen, sie erblühten in den leuchtendsten Farben, die ihn zu blenden drohten. Blau und rot und gelb und lila – alle Schattierungen und Tönungen des Regenbogenspektrums überzogen den Hang.

Dann verstummte das Dröhnen, und die darauf folgende Stille wurde von Vogelgezwitscher gebrochen. Pe Ell warf einen Blick auf die Menge. Die meisten waren noch immer auf den Knien, mit weit aufgerissenen Augen und staunend verzückten Gesichtern. Viele weinten.

Dann wandte er sich wieder dem Mädchen zu. In wenigen Minuten hatte sie den ganzen Hang umgewandelt. Sie hatte ein ganzes Jahrhundert von Verheerung und Vernachlässigung, von absichtlichem Roden und Abbrennen und Einebnen ungeschehen gemacht und den Zwergen von Culhaven das Symbol dessen, wer und was sie waren, zurückgegeben. Sie hatte ihnen die Meadegärten wiedergegeben.

Sie kniete noch immer mit gesenktem Kopf am Boden. Als sie aufstand, konnte sie sich kaum halten. Sie hatte ihre ganze Kraft zur Wiedererstehung der Gärten verausgabt; sie schien nichts mehr übrig zu haben. Schwach schwankte sie mit schlaff herunterhängenden Armen, und ihr hübsches Gesicht war gezeichnet und verhärmt, und ihr silbriges Haar feucht und zerzaust. Pe Ell spürte ihren Blick wieder auf sich gerichtet, und diesmal zögerte er nicht. Hurtig eilte er den Hang hinauf, sprang über Steine und Gebüsch und ließ die Pfade außer acht, als wären sie Hindernisse. Er fühlte, wie die Menge ihm nachdrängte, hörte ihre Stimmen aufschreien, doch sie bedeuteten ihm nichts, und er schaute sich nicht um. Er erreichte das Mädchen, als sie fiel, und fing sie auf. Sanft hielt er sie in den Armen, als habe er ein wildes Geschöpf gefangen, beschützend und besitzergreifend zur selben Zeit.

Ihre Augen schauten in die seinen, er sah ihre Intensität und ihr Leuchten und die Gefühlstiefe, die darin zum Ausdruck kam. In diesem Augenblick war er an sie in einer Weise gebunden, die er nicht zu beschreiben vermochte. »Bring mich an einen Ort, wo ich ruhen kann«, flüsterte sie.

Die Menge umringte sie jetzt, und er konnte sich ihrem aufgeregten Geschnatter nicht entziehen. Ein Meer von Gesichtern drängte in die Nähe. Er sagte etwas zu den Nächststehenden, um sie zu beruhigen, daß das Mädchen nur erschöpft sei, und er hörte, wie seine Worte von Mund zu Mund weitergegeben wurden. Er erhaschte einen Blick der Föderationssoldaten am Rande der Menge, doch sie zogen es weise vor, sich fern zu halten. Mit dem Mädchen auf dem Arm ging er los. Er staunte, wie wenig sie wog. Es ist nichts an ihr dran, dachte er. Und alles.

Eine kleine Gruppe von Zwergen trat ihm entgegen und forderte ihn auf, ihnen zu folgen und die Tochter des Königs vom Silberfluß in ihr Haus zu bringen, damit sie sich dort ausruhe. Pe Ell ließ sich von ihnen führen. Ein Haus war für den Moment so gut wie jedes andere. Die Augen der Menge folgten ihnen, doch sie begann sich schon zu zerstreuen und in das Paradies der Gärten zu schwärmen und sich an ihrer Schönheit zu ergötzen. Gesang erschallte wieder, sanfte Lieder, die das Mädchen priesen und ihm dankten, lyrisch und süß.

Pe Ell, das schlafende Mädchen auf den Armen, ging den Hügel hinunter, verließ die Meadegärten und betrat wieder das Dorf Culhaven. Sie hatte sich in seine Obhut begeben. Sie hatte sich unter seinen Schutz gestellt. Welche Ironie.

Schließlich war er hergeschickt worden, um sie zu töten.

Pe Ell trug die Tochter des Königs vom Silberfluß in das Haus der Zwerge, die angeboten hatten, sie zu beherbergen. Die Familie bestand aus dem Mann, seiner Frau, ihrer verwitweten Tochter und zwei kleinen Enkelkindern. Ihre Kate aus Stein stand am Ostrand des Dorfes, geschützt von einer Eiche und einer Blutulme, nicht weit von der Mauer des Waldes und in der Nähe des Flußkanals. Es war ruhig dort, isoliert vom eigentlichen Dorf, und als sie ankamen, hatte sich der größte Teil der Menge zerstreut. Ein paar hatten beschlossen zu bleiben und am Rand des Grundstücks ein Lager aufzuschlagen. Die meisten davon gehörten zu denen, die dem Mädchen aus dem Süden gefolgt waren, Eiferer, die beschlossen hatten, daß sie ihre Retterin sei.

Aber sie war nicht für sie bestimmt, das wußte Pe Ell. Sie gehörte jetzt ihm.

Mit der Hilfe der Familie legte er das Mädchen in ein Bett in einem kleinen Hinterzimmer, wo der Mann und die Frau schliefen. Der

Mann, die Frau und die verwitwete Tochter gingen wieder hinaus, um etwas für jene zu essen zu bereiten, die sich entschlossen hatten, Wache über das Mädchen zu halten. Doch Pe Ell blieb. Er setzte sich auf einen Stuhl neben das Bett und beobachtete ihren Schlaf. Eine Weile blieben auch die Kinder dabei, neugierig, was geschehen würde. Doch irgendwann verloren sie das Interesse, und er war allein. Das Tageslicht schwand, und es wurde dunkel und still, und er saß da und wartete geduldig auf ihr Erwachen. Er betrachtete ihre schlafende Gestalt, die Kurve ihrer Hüften und Schultern, die sanfte Rundung ihres Rückens. Sie war so ein winziges Geschöpf, nur ein wenig Fleisch und Knochen unter der Decke, ein winziger Lebensfunken. Er staunte über die Beschaffenheit ihrer Haut, die Färbung, die Makellosigkeit. Sie hätte von einem großen Künstler gestaltet sein können, dessen Kunstfertigkeit und Genie ein einmaliges Meisterwerk geschaffen hatten.

Draußen wurden Feuer entfacht, und Stimmen drangen durch das verhangene Fenster. Nächtliche Geräusche füllten die Stille zwischen den Gesprächen, Vogelgesang und das Summen von Insekten erhoben sich über das ferne Rauschen des Flusses. Pe Ell war nicht müde und empfand keinen Bedarf nach Schlaf.

Er nutzte statt dessen die Zeit zum Nachdenken.

Vor einer Woche war er zur Südwache zu einer Unterredung mit Felsen-Dall gerufen worden. Er war gegangen, weil ihm gerade danach war, nicht, weil es nötig war. Er langweilte sich und hoffte, der Erste Sucher könnte ihm etwas Interessantes zu tun geben, ihm eine Herausforderung bescheren. Für Pe Ells Empfinden war das das einzig Bedeutsame bei Felsen-Dall. Das übrige, was der Erste Sucher mit seinem Leben und dem anderer anfing, interessierte ihn nicht. Er machte sich natürlich keinerlei Illusionen. Er wußte, was Felsen-Dall war. Es war ihm einfach egal.

Er brauchte zwei Tage für die Reise. Er ritt aus dem zerklüfteten Hügelland unterhalb des Battlemound Tieflands, wo er sich niedergelassen hatte, nordwärts und gelangte bei Sonnenuntergang des zweiten Tages zur Südwache. Er stieg vom Pferd, als er noch außer Sichtweite der Wachen war, und näherte sich zu Fuß. Es wäre nicht nötig gewesen; er hätte ohne weiteres offen vorreiten können und wäre sofort vorgelassen worden, aber ihm gefiel es, nach Belieben und ungesehen kommen und gehen zu können. Es gefiel ihm, seine Fähigkeiten zu zeigen.

Vor allem den Schattenwesen.

Pe Ell war wie sie, als er in den schwarzen Monolithen kam, scheinbar durch die Sprünge im Stein drang, eine Erscheinung aus der Finsternis. Ungesehen und ungehört ging er an den Wachen vorbei, so unsichtbar für sie wie die Luft, die sie atmeten. Südwache war still und dunkel, die Mauern glatt und poliert, die Flure leer. Es vermittelte den Eindruck einer guterhaltenen Gruft. Nur die Toten gehörten hierher oder jene, die mit dem Tod Handel trieben. Er durchquerte die Katakomben, spürte das Pulsieren der in der Erde gefangenen Magie, hörte, wie sie in dem Bemühen, sich zu befreien, wisperte. Ein schlafender Riese, den Felsen-Dall und seine Schattenwesen zu zähmen gedachten, wie Pe Ell wußte. Sie hüteten ihr Geheimnis wohl, doch vor ihm konnte man keine Geheimnisse bewahren.

Als er fast den hohen Turm erreicht hatte, wo Felsen-Dall wartete, tötete er einen von denen, die Wache hielten, ein Schattenwesen, aber das spielte keine Rolle. Er tat es, weil er dazu in der Lage war und weil er Lust dazu hatte. Er verschmolz mit der schwarzen Steinmauer und wartete, bis das Geschöpf an ihm vorbeikam, angelockt von einem kleinen Geräusch, das er verursacht hatte. Dann zog er den Stiehl aus der Scheide unter seiner Hose und schnitt seinem Opfer geräuschlos den Lebensfaden ab. Der Wachmann starb in seinen Armen, sein Schatten stieg wie schwarzer Rauch vor ihm auf, während der Leib zu Asche zerfiel. Pe Ell schaute zu, wie die erstaunten Augen brachen. Er ließ die leere Uniform liegen, damit man sie finden würde.

Er lächelte, während er durch die Schatten glitt. Er tötete schon seit langer Zeit, und er beherrschte es sehr gut. Er hatte diese Begabung sehr früh in seinem Leben erkannt, seine Fähigkeit, selbst das wachsamste Opfer aufzufinden und zu zerstören, sein Gefühl, wie ihr Schutz niedergebrochen werden konnte. Der Tod machte den meisten Leuten angst, doch nicht Pe Ell. Pe Ell wurde von ihm angezogen. Der Tod war der Zwillingsbruder des Lebens und der interessantere von den beiden. Er war geheimnisvoll, unbekannt, mysteriös. Er war unvermeidlich und für immer, wenn er kam. Er war eine dunkle Festung mit unendlich vielen Kammern, die darauf warteten, erforscht zu werden. Die meisten Leute betraten sie nur einmal, und das auch nur, weil sie keine andere Wahl hatten. Pe Ell wollte bei jeder Gelegenheit eintreten können, und die Möglichkeit, dies zu tun, gaben ihm die, die er tötete. Jedesmal, wenn er jemanden sterben sah, entdeckte er ein neues Gemach, sah er einen anderen Teil des Geheimnisses. Er wurde wiedergeboren.

Hoch oben im Turm traf er auf zwei Wächter, die vor einer verschlossenen Tür postiert waren. Sie bemerkten ihn nicht, als er sich näherte. Pe Ell lauschte. Er konnte nichts hören, doch er konnte spüren, daß jemand in dem Raum hinter der Tür gefangengehalten wurde. Er überlegte einen Augenblick, ob er herausfinden sollte, wer es war. Aber das hieße, daß er danach fragen müßte, was er niemals tun würde, oder die Wachen töten müßte, wozu er keine Lust hatte. Er ging weiter.

Pe Ell stieg die verdunkelten Treppen hinauf in die Spitze der Südwache und betrat einen Saal mit unregelmäßigen Kammern, die wie Gänge in einem Labyrinth miteinander verbunden waren. Es gab keine Türen, nur Türöffnungen. Es gab keine Wachen. Pe Ell schlüpfte hinein, ein geräuschloser Teil der Nacht. Draußen war es inzwischen dunkel, vollständig schwarz, weil Wolken den Himmel zudeckten und die Welt darunter undurchdringlich machten. Pe Ell durchquerte mehrere der Kammern, lauschte und wartete.

Dann blieb er unvermittelt stehen, richtete sich auf und wandte sich um.

Felsen-Dall trat aus der Finsternis, von der er ein Teil war. Pe Ell lächelte. Felsen-Dall konnte sich ebenfalls gut unsichtbar machen.

»Wie viele hast du umgebracht?« fragte der Erste Sucher mit seiner wispernden, leisen Stimme.

»Einen«, erwiderte Pe Ell. Ein Lächeln zuckte in seinen Mundwinkeln. »Vielleicht werde ich noch einen töten, wenn ich hinausgehe.«

Dalls Augen schimmerten in einem eigentümlichen Rot. »Eines Tages wirst du dieses Spiel einmal zu oft gespielt haben. Eines Tages wirst du aus Versehen dem Tod in die Quere kommen, und er wird *dich* schnappen statt deines Opfers.«

Pe Ell zuckte mit den Achseln. Sein eigener Tod bekümmerte ihn nicht. Er wußte, daß er kommen würde. Wenn es soweit war, würde ihm sein Gesicht vertraut sein, eins, das er sein Leben lang gekannt hatte. Für die meisten gab es die Vergangenheit, die Gegenwart und die Zukunft. Nicht für Pe Ell. Die Vergangenheit war nichts als Erinnerungen, und Erinnerungen waren abgestandene Mahnungen an das, was verloren war. Die Zukunft war ein vages Versprechen – Träume und Rauchwölkchen. Mit beiden konnte er nichts anfangen. Nur die Gegenwart zählte, denn die Gegenwart war das Hier und Jetzt dessen, was man war, die Ereignisse des Lebens, die Unmittelbarkeit des Todes, und man konnte sie kontrollieren, wie es weder für die Vergangenheit noch für die Zukunft möglich war. Pe Ell glaubte an Kontrolle. Die Gegenwart war eine sich stetig weiterentwickelnde Kette von Augenblikken, die das Leben und Sterben schmiedeten, und man war immer da, um sie kommen zu sehen.

Ein Fenster öffnete sich in die Nacht jenseits eines Tisches mit zwei Stühlen, und Pe Ell ließ sich auf dem einen nieder. Felsen-Dall gesellte sich dazu. Eine Weile saßen sie schweigend da, und jeder schaute den anderen an, doch sah noch etwas mehr. Sie kannten sich schon seit über zwanzig Jahren. Ihre Begegnung war ein Zufall gewesen. Felsen-Dall war damals Jungmitglied eines Polizeikomitees des Koalitionsrates und schon zutiefst verstrickt in die Gift verspritzende Politik der Föderation. Er war grausam und ehrgeizig und, kaum aus den Kinderschuhen herausgewachsen, schon jemand zum Fürchten. Er war natürlich ein Schattenwesen, aber nur wenige wußten das. Pe Ell, beinahe gleich alt, war ein Mörder, der damals schon über zwanzig Morde auf dem Gewissen hatte. Sie waren sich in den Schlafquartieren eines Mannes begegnet, den Felsen-Dall zu beseitigen gekommen war, ein Mann, nach dessen Position in der Südlandregierung er trachtete und dessen Einmischungen er lange genug geduldet hatte. Pe Ell war als erster dort angelangt, geschickt von einem anderen der vielen Feinde dieses Mannes. Sie hatten sich über der Leiche des Mannes schweigend gegenübergestanden, und die Nachtschatten hüllten sie beide in die gleiche Düsterkeit, die ihr Leben widerspiegelte, und sie hatten eine Verwandtschaft gefühlt. Beide verfügten über Magie. Keiner war, was er zu sein schien. Beide waren rücksichtslos unmoralisch. Keiner hatte Angst vor dem anderen. Draußen summte und klirrte und fauchte die Südlandstadt Wayfort unter den Intrigen von Männern, deren Ehrgeiz größer war als ihr eigener, doch deren Fähigkeiten weit geringer waren. Sie schauten einander in die Augen und erkannten ihre Möglichkeiten.

Sie gründeten eine unwiderrufliche Partnerschaft. Pe Ell war die Waffe, Felsen-Dall die Hand, die sich ihrer bediente. Jeder diente dem anderen zu seinem eigenen Genuß; es gab keine Beschränkung und kein Band. Jeder nahm, was er brauchte, und gab, was gefordert war – doch keiner identifizierte sich mit dem anderen oder verstand, was der andere davon hatte. Felsen-Dall war der Schattenwesenführer, dessen Pläne ein unangetastetes Geheimnis waren. Pe Ell war der Mörder, dessen Tätigkeit seine absonderliche Leidenschaft blieb. Pe Ell nahm die Einladung an, wenn die Aufgabe spannend genug war. Sie labten sich genüßlich am Tod anderer.

»Wer ist das, den du da unten gefangenhältst?« fragte Pe Ell plötzlich und brach damit das Schweigen, beendete den Sturm der Erinnerungen.

Felsen-Dall neigte den Kopf ein wenig, eine knochige Maske, die sein Gesicht wie einen fleischlosen Schädel aussehen ließ. »Einen Südländer, einen Talbewohner. Einen von zwei Brüdern mit dem Namen Ohmsford. Der andere Bruder glaubt, daß ich diesen hier umgebracht habe. Ich habe dafür gesorgt, daß er das glaubt. Ich hatte es so geplant.« Der große Mann schien mit sich selbst zufrieden zu sein. »Wenn es Zeit dafür ist, werde ich dafür sorgen, daß die beiden sich wiederfinden.«

»Dein eigenes Spiel, wie mir scheint.«

»Ein Spiel mit sehr hohem Einsatz, einem Einsatz, der Magie von unvorstellbaren Ausmaßen mit einschließt – Magie, die größer ist als deine oder meine oder die von irgendwem sonst. Grenzenlose Kraft.«

Pe Ell antwortete nicht. Er fühlte das Gewicht des Stiehls an seinem Schenkel, die Wärme seiner Magie. Es fiel ihm schwer, sich eine stärkere Magie vorzustellen – unmöglich, sich eine nützlichere auszumalen. Der Stiehl war die perfekte Waffe, eine Klinge, die alles durchtrennen konnte. Nichts hielt ihm stand. Eisen, Stein, die undurchdringlichste aller Verteidigungen – alles war nutzlos dagegen. Niemand war davor sicher. Sogar die Schattenwesen waren anfechtbar, sogar sie konnten damit zerstört werden. Das hatte er vor Jahren herausgefunden, als einer von ihnen wie eine schleichende Katze in sein Schlafzimmer gekommen war und versucht hatte, ihn umzubringen. Er hatte geglaubt, ihn schlafend zu finden, doch Pe Ell war immer wach. Er hatte das schwarze Ding ohne Schwierigkeiten getötet.

Später war ihm der Gedanke gekommen, daß das Schattenwesen von Felsen-Dall geschickt worden sein mochte, um ihn zu testen. Er hatte sich mit dieser Möglichkeit nicht lange aufgehalten. Es spielte keine Rolle. Der Stiehl machte ihn unbesiegbar.

Das Schicksal hatte ihm diese Waffe gegeben, dachte er. Er wußte nicht, wer den Stiehl hergestellt hatte, aber er war für ihn bestimmt. Er war zwölf Jahre alt gewesen, als er ihn fand, auf einer Reise mit einem Mann, der behauptete, sein Onkel zu sein – ein schroffer, verbitterter Trunkenbold mit der Neigung, alles, was kleiner und schwächer war als er, zu verprügeln –, auf einer Reise durch das Tiefland von Battlemound nach Norden in eine endlose Folge von Städten und Dörfern, die sie aufsuchten, damit der Onkel sein Diebesgut verhökern konnte. Sie kampierten in einem trostlosen, leeren Gestrüppgelände am Rande der Schwarzen Eichen, einem Grenzgebiet zwischen den Sirenen und den Waldwölfen, und der Onkel hatte ihn wieder einmal für irgendeine eingebildete Untat geschlagen und war mit der Flasche in der Hand eingeschlafen. Pe Ell machten die Prügel nichts mehr aus; er hatte sie ertragen, seit er mit vier Jahren zum Waisen geworden und von seinem Onkel aufgenommen worden war. Er erinnerte sich kaum mehr daran, wie es war, nicht mißhandelt zu werden. Was ihm etwas ausmachte, war die Art und Weise, wie der Onkel es in diesen Tagen tat – als wollte er mit jedem Schlag testen, wieviel der Junge aushalten konnte. Pe Ell hatte begonnen zu vermuten, daß die Grenze erreicht war.

Er ging in der einfallenden Dämmerung davon, um allein zu sein, schlenderte die leeren Hänge hinunter, trottete über trostlose Anhöhen und wartete, daß die Schmerzen von den Striemen und Beulen nachließen. Die Talmulde war nicht weit, nur ein paar hundert Meter entfernt, und die Höhle in ihrer Sohle zog ihn an wie ein Magnet. Er spürte ihre Existenz in einer Weise, die er nicht zu erklären vermochte, nicht einmal später. Verborgen unter Gestrüpp und halb unter lockerem Geröll begraben öffnete sich ein schwarzer, geheimnisvoller Schlund in der Erde. Pe Ell ging ohne zu zögern hinein. Selbst damals gab es nicht vieles, das ihm angst machte. Seine Augen waren immer ausgezeichnet gewesen, und ein Minimum an Licht reichte ihm, um seinen Weg zu finden.

Er drang in die Höhle ein bis zu der Stelle, wo die Knochen herumlagen – jahrhundertealte Menschenknochen, verstreut, als habe man sie auseinandergetreten. Der Stiehl lag dazwischen. Seine Klinge leuchtete silbern in der Dunkelheit, pulsierte vor Leben, und sein Name war in den Griff geritzt. Pe Ell hob ihn auf und fühlte seine Wärme. Ein Talisman aus einem anderen Zeitalter, eine Waffe von großer Kraft – er wußte augenblicklich, daß sie magisch war und daß ihr nichts widerstehen konnte.

Er zögerte nicht. Er verließ die Höhle, kehrte ins Lager zurück und schnitt seinem Onkel die Kehle durch. Vorher weckte er ihn, damit er wußte, wer ihn umbrachte. Sein Onkel war der erste Mensch, den er tötete.

Das alles lag schon lange zurück.

»Es gibt da ein Mädchen«, sagte Felsen-Dall plötzlich und schwieg wieder.

Pe Ells Blick schwenkte wieder zurück auf das grobknochige Gesicht des anderen, das sich vor der Nacht abzeichnete. Er sah die karmesinroten Augen leuchten.

Der Erste Sucher ließ seinen Atem zwischen den Lippen herauszischen. »Man sagt, sie verfüge über Magie, sie könne das Land verändern, indem sie es einfach berührt, sie vertreibe Befall und Krankheit und lasse ausgewachsene Blumen aus dem schlechtesten Boden sprießen. Man sagt, sie sei die Tochter des Königs vom Silberfluß.«

Pe Ell lächelte. »Und ist sie das?«

Felsen-Dall nickte. »Ja, sie ist das, was die Geschichten behaupten. Ich weiß nicht, mit welchem Auftrag sie geschickt worden ist. Sie reist ostwärts in Richtung Culhaven zu den Zwergen. Es sieht aus, als habe sie etwas Bestimmtes im Sinn. Ich will, daß du herausfindest, was das ist, und sie dann tötest.«

Pe Ell räkelte sich genüßlich und beeilte sich nicht mit seiner Antwort. »Warum bringst du sie nicht selber um?«

Felsen-Dall schüttelte den Kopf. »Nein. Die Tochter des Königs vom Silberfluß ist für uns tabu. Außerdem würde sie ein Schattenwesen sofort erkennen. Feengeschöpfe sind einander verwandt, und die Verwandschaft vereitelt jede Tarnung. Es muß jemand anderes sein als einer von uns, jemand, der ihr nah genug kommen kann, jemand, den sie nicht verdächtigt.«

»Jemand.« Pe Ells schiefes Lächeln verhärtete sich. »Es gibt haufenweise Jemands, Dall. Schick einen anderen. Du hast ganze Armeen von blindlings gehorsamen Halsabschneidern, die nur zu glücklich wären, ein Mädchen zu beseitigen, das töricht genug ist, zu zeigen, daß sie über Magie verfügt. Dieses Geschäft interessiert mich nicht.«

»Bist du sicher, Pe Ell?«

Pe Ell seufzte innerlich. Jetzt geht das Feilschen los, dachte er. Er stand auf und lehnte seinen gertenschlanken Leib über den Tisch, so daß er das Gesicht des anderen klar sehen konnte. »Ich habe dich oft genug sagen gehört, wie sehr ich für dich wie ein Schattenwesen wirke. Wir sind uns sehr ähnlich, erzählst du mir. Wir üben Magie aus, gegen die es keinen Schutz gibt. Wir verfügen über Einsicht in den Sinn des Lebens, die anderen abgeht. Wir teilen gemeinsame Instinkte und Fähigkeiten. Wir riechen, schmecken und fühlen gleich. Wir sind zwei Seiten der gleichen Münze. Und so weiter und so fort. Also dann, Dall, wenn das so ist und du nicht lügst, würde ich doch von diesem Mädchen genauso schnell wie du erkannt werden, oder? Daher hat es keinen Sinn, mich hinzuschicken.«

»Du mußt es tun.«

»Muß ich wirklich?«

»Deine Magie ist nicht angeboren. Sie ist getrennt und unabhängig von dir und von dem, was du bist. Selbst wenn das Mädchen sie spürt, weiß sie nicht, wer du bist. Sie wird die Gefahr, die du für sie bedeutest, nicht erkennen. Du wirst in der Lage sein, zu tun, was zu tun ist.«

Pe Ell zuckte mit den Achseln. »Wie gesagt, die Sache interessiert mich nicht.«

»Weil du meinst, sie bedeutet keine Herausforderung?«

Pe Ell schwieg und setzte sich langsam wieder hin. »Ja. Weil es keine Herausforderung ist.«

Felsen-Dall lehnte sich in seinem Stuhl zurück, und sein Gesicht verschmolz mit dem Schatten. »Dieses Mädchen ist nicht einfach ein Geschöpf aus Fleisch und Blut; sie wird nicht leicht zu überwältigen sein. Sie besitzt gewaltige Magie, und ihre Magie wird sie beschützen. Es braucht noch stärkere Magie, um sie zu töten. Gewöhnliche Menschen mit gewöhnlichen Waffen haben keine Chance. Meine Legionen von Halsabschneidern, wie du sie so verächtlich nennst, sind wertlos. Föderationssoldaten können sich ihr nähern, doch sie können ihr nichts anhaben. Schattenwesen können ihr noch nicht einmal nahe kommen. Und selbst wenn sie das könnten, nehme ich an, würde es keinen Unterschied machen. Verstehst du, was ich dir sage, Pe Ell?«

Pe Ell antwortete nicht. Er schloß die Augen und konnte fühlen, wie Felsen-Dall ihn anschaute.

»Dieses Mädchen ist gefährlich, Pe Ell, und um so gefährlicher, weil sie offensichtlich geschickt worden ist, um etwas von Bedeutung zu erreichen, und ich weiß nicht, was es ist. Ich muß es herausfinden, und ich muß es verhindern. Es wird beides nicht leicht zu erledigen sein. Es mag sogar deine Fähigkeiten übersteigen.«

Pe Ell neigte nachdenklich den Kopf. »Glaubst du das im Ernst?«

»Möglich.«

Pe Ell war blitzschnell aufgesprungen, hatte den Stiehl aus der Scheide gezogen und hielt die Spitze der Klinge knapp vor Felsen-Dalls Nase. Pe Ells Lächeln war furchteinflößend. »Wirklich?«

Felsen-Dall zuckte nicht, er zuckte nicht einmal mit der Wimper. »Tu, was ich dir sage, Pe Ell. Geh nach Culhaven. Such das Mädchen und finde heraus, was sie vorhat. Dann bring sie um.«

Pe Ell fragte sich, ob er Felsen-Dall umbringen sollte. Er hatte schon früher daran gedacht. Es ziemlich ernsthaft in Betracht gezogen. In letzter Zeit erschien ihm dieser Gedanke einigermaßen faszinierend. Er empfand keinerlei Loyalität zu dem Mann. Er war ihm so oder so nicht wichtig, abgesehen von den Gelegenheiten, die er ihm bot, und selbst die befriedigten ihn längst nicht mehr so wie früher. Er war der ständigen Versuche des anderen, ihn zu manipulieren, müde. Ihm behagte ihr Abkommen nicht mehr. Warum dem nicht ein Ende setzen?

Der Stiehl schwankte. Die Sache war natürlich, daß es keinen wirklichen Grund dafür gab. Felsen-Dall zu töten brachte überhaupt nichts, es sei denn, er war erpicht darauf, die Geheimnisse zu entdecken, die sich ihm im Augenblick des Todes des Ersten Suchers enthüllten. Das könnte sich als interessant erweisen. Andererseits brauchte man nichts zu übereilen. Es war besser, die Vorfreude darauf noch ein Weilchen auszukosten. Abwarten war besser.

Er steckte den Stiehl blitzschnell wieder in die Scheide und wich zurück. Für einen kurzen Moment hatte er das Gefühl, er habe eine Gelegenheit verpaßt, aber das war töricht. Felsen-Dall konnte ihn nicht abhalten. Das Leben des Ersten Suchers gehörte ihm, wann immer er es sich holen wollte.

Er schaute Felsen-Dall eine Weile an, dann spreizte er die Hände. »Ich werde es tun.«

Er drehte sich um und schickte sich an zu gehen. Felsen-Dall rief hinter ihm her: »Laß dich warnen, Pe Ell. Dieses Mädchen ist dir mehr als ebenbürtig. Treib keine Spielchen mit ihr. Sobald du ihre Absichten kennst, bring sie schleunigst um.«

Pe Ell antwortete nicht. Er schlüpfte aus dem Zimmer und verschmolz wieder mit den Schatten der Festung, desinteressiert an allem, was Felsen-Dall denken oder wünschen mochte. Es reichte, daß er sich einverstanden erklärt hatte, zu tun, worum das Schattenwesen ihn gebeten hatte. Wie er es ausführte, ging nur ihn selbst etwas an.

Er verließ die Südwache, um nach Culhaven zu gehen. Er tötete keine der Wachen auf dem Weg. Er fand, es sei der Mühe nicht wert.

Mitternacht rückte näher. Er war des Denkens müde und schlummerte in seinem Stuhl, während die Stunden verstrichen. Es war nicht lange vor Tagesanbruch, als das Mädchen erwachte. In der Kate war es still, die Zwergenfamilie schlief. Die Lagerfeuer draußen waren niedergebrannt, und das letzte Gesprächsgeflüster war verstummt. Pe Ell wachte sofort auf, als das Mädchen sich regte. Sie schlug die Augen auf und fixierte ihn. Lange Zeit starrte sie ihn an, ohne etwas zu sagen, dann setzte sie sich langsam auf.

»Ich heiße Quickening«, sagte sie.

»Ich bin Pe Ell«, erwiderte er.

Sie faßte nach seiner Hand und nahm sie in die ihre. Ihre Finger waren so leicht wie Federn, als sie seine Haut berührten. Dann schauderte sie und wich zurück.

»Ich bin die Tochter des Königs vom Silberfluß«, sagte sie und schwang ihre Beine vom Bett und saß ihm gegenüber. Sie strich sich das zerzauste Silberhaar zurück. Pe Ell war fasziniert von ihrer Schönheit, doch sie schien sich dessen nicht im geringsten bewußt zu sein. »Ich brauche deine Hilfe«, sagte sie. »Ich bin aus den Gärten meines Vaters gekommen, um einen Talisman zu suchen. Wirst du mit mir reisen und ihn suchen?«

Die Bitte kam so unerwartet, daß Pe Ell zunächst nicht antwortete, sondern das Mädchen nur anstarrte. »Warum wählst du mich aus?« fragte er schließlich verwirrt.

»Weil du etwas Besonderes bist«, gab sie zurück.

Das war genau die richtige Antwort, und Pe Ell war überrascht, daß sie genug wußte, um sie zu geben, daß sie fühlen konnte, was er hören wollte. Dann dachte er an Felsen-Dalls Warnung und wappnete sich. »Was für einen Talisman suchen wir denn?«

Ihr Blick blieb fest auf ihn gerichtet. »Einen magischen, einen mit so viel magischer Kraft, daß er sogar jener der Schattenwesen überlegen ist.«

Pe Ell blinzelte. Quickening war so schön, doch ihre Schönheit war eine Maske, die ihn ablenkte und verwirrte. Er fühlte sich plötzlich all seines Schutzes beraubt, bis in die tiefsten Winkel entblößt. Sie erkannte ihn als das, was er war. Sie sah alles.

In diesem Moment hätte er sie beinahe getötet. Was ihn aufhielt, war, wie wahrhaft verletzlich sie war. Trotz ihrer Magie, die in der Tat außergewöhnlich war, Magie, die einen kahlen, wüsten Hügel in etwas zurückverwandeln konnte, was vermutlich nicht mehr als eine Erinnerung der allerältesten der Zwerge sein konnte. Dennoch fehlte ihr jeglicher Schutz gegen eine Mordwaffe wie den Stiehl. Er spürte, daß es so war. Sie war schutzlos, sollte er beschließen, sie zu töten.

In diesem Wissen entschied er, es nicht zu tun. Noch nicht.

»Schattenwesen«, wiederholte er leise.

»Fürchtest du sie?« fragte sie ihn.

»Nein.«

»Und die Magie?«

Pe Ell atmete langsam ein. Seine hageren Züge zogen sich zusammen, als er sich zu ihr beugte. »Was weißt du von mir?« fragte er, und seine Augen suchten die ihren.

Sie schaute nicht weg. »Ich weiß, daß ich dich brauche. Daß du keine Angst haben wirst, zu tun, was getan werden muß.«

Pe Ell kam es vor, als hätten ihre Worte mehr als nur eine Bedeutung, aber er war seiner Sache nicht sicher.

»Kommst du mit?« fragte sie noch einmal.

Töte sie schnell, hatte Felsen-Dall gesagt. Finde heraus, was sie vorhat, und töte sie. Pe Ell schaute durch das Hüttenfenster in die Nacht hinaus, lauschte auf das Rauschen des nahen Flusses und des Windes, sanft und fern. Er hatte sich nie besonders um den Rat anderer gekümmert. Der war meistens eigennützig und überflüssig für einen Mann, dessen Leben von seiner eigenen Urteilsfähigkeit abhing. Außerdem war an diesem Geschäft einiges mehr, als Felsen-Dall ihm enthüllt hatte. Es gab Geheimnisse, die darauf warteten, aufgedeckt zu werden. Vielleicht war der Talisman, den das Mädchen suchte, etwas, das sogar der Erste Sucher fürchtete. Pe Ell lächelte. Und wenn ihm dieser Talisman in die Hände fiele? Wäre das nicht interessant?

Er schaute sie wieder an. Er konnte sie jederzeit töten.

»Ich werde mit dir gehen«, sagte er.

Sie stand plötzlich auf, streckte die Hände aus, faßte die seinen und zog ihn gleichzeitig hoch. »Da sind noch zwei, die mitkommen müssen, zwei wie du, die gebraucht werden«, sagte sie. »Einer von ihnen ist hier in Culhaven. Ich will, daß du ihn herholst.«

Pe Ell runzelte die Stirn. Er hatte schon beschlossen, sie von jenen Dummköpfen, die da draußen lagerten, diesen fehlgeleiteten Leuten, die an Wunder und an das Schicksal glaubten und die ihm nur in die Quere kamen, zu entfernen. Quickening gehörte ihm ganz allein. Er schüttelte den Kopf. »Nein.«

Sie trat näher, ihre kohlschwarzen Augen waren seltsam ausdruckslos. »Ohne sie können wir nicht erfolgreich sein. Ohne sie ist der Talisman unerreichbar. Sonst brauchen wir niemanden, aber die beiden müssen mitkommen.«

Sie sprach mit solcher Bestimmtheit, daß er außerstande war, ihr zu widersprechen. Sie war offenbar überzeugt, daß das, was sie sagte, stimmte. Vielleicht war es so, dachte er, sie wußte im Augenblick besser als er, was sie vorhatte.

»Nur zwei?« fragte er. »Sonst keiner? Niemand von denen da draußen?«

Sie nickte wortlos.

»Also gut«, willigte er ein. Zwei Männer konnten ihm keine Probleme machen und seine Pläne durchkreuzen. Er konnte das Mädchen noch immer töten, wenn er wollte. »Einer ist hier im Dorf, sagtest du. Wo soll ich ihn suchen?«

Zum ersten Mal, seit sie erwacht war, wandte sie sich ab, so daß er sie nicht sehen konnte.

»Im Föderationsgefängnis«, sagte sie.

Morgan Leah.

So hieß der Mann, den Pe Ell ausfindig machen und zu der Tochter des Königs vom Silberfluß bringen sollte.

Die Straßen von Culhaven waren leergefegt. Nur ein paar Heimatlose kauerten in den Nischen und Einfahrten der Läden, formlose, zerlumpte Bündel, die die Nacht abwarteten. Pe Ell beachtete sie nicht auf seinem Weg ins Ortszentrum zu den Föderationsgefängnissen. Die Morgendämmerung war noch mindestens zwei Stunden entfernt; er hatte mehr als genug Zeit, das Nötige zu tun. Er hätte diese Befreiungsangelegenheit auf eine andere Nacht verschieben können, doch er sah keinen Grund dafür. Je eher dieser Kerl gefunden wurde, desto schneller waren sie alle unterwegs. Er hatte das Mädchen noch nicht gefragt, wohin sie gehen würden. Das spielte keine Rolle.

Er hielt sich im Schatten, während er sich vorwärtsschlich und dabei über die widersprüchliche Wirkung, die sie auf ihn hatte, nachgrübelte. Er war gleichzeitig erregt und abgestoßen. Sie versuchte, in ihm das Gefühl zu erzeugen, ein Mann zu sein, der dabei ist, sich selbst wiederzuentdecken und sich gleichzeitig wie ein Idiot vorzukommen. Felsen-Dall würde vermutlich für letzteres plädieren und sagen, er spiele das allergefährlichste aller Spiele, er lasse sich an der Nase herumführen und bilde sich dabei ein, das Kommando zu haben. Aber Felsen-Dall hatte kein Herz, keine Seele und keinen Sinn für die Poesie von Leben und Tod. Er scherte sich um nichts und niemanden – nur um die Macht, über die er verfügte oder abzusichern suchte. Er war ein Schattenwesen, und Schattenwesen waren leere Dinger. Wie auch immer Felsen-Dall die Sache sah, Pe Ell glich ihm weit weniger, als der Erste Sucher meinte. Pe Ell wußte um die rauhe Wirklichkeit des Daseins, die praktische Notwendigkeit, am Leben zu bleiben und sich abzusichern; doch er hatte auch einen Sinn für die Schönheiten der Dinge, insbesondere angesichts des Todes. Der Tod besaß große Schönheit. Felsen-Dall sah darin nur Vernichtung. Aber wenn Pe Ell tötete, so tat er es, um erneut die Grazie und die Symmetrie zu entdecken, die den Tod zu dem wunderbarsten Ereignis des Lebens machten.

Er war überzeugt, daß der Tod von Quickening von atemberaubender Schönheit sein würde. Es würde ganz etwas anderes sein als alle Morde, die er je begangen hatte.

Er würde es also nicht übereilen, die unwiderrufliche Tatsache nicht überstürzen. Er würde sich Zeit lassen und es auskosten. Die Gefühle, die sie in ihm auslöste, würden den Handlungsablauf, den er sich vorgenommen hatte, nicht verändern oder gegenteilig beeinflussen. Er verachtete sich nicht dafür, daß er so empfand; das war ein Teil seines Wesens, eine Bestätigung seiner Menschlichkeit. Felsen-Dall und seine Schattenwesen hatten keine Ahnung von solchen Gefühlen; sie waren so gefühlskalt wie Stein. Nicht so Pe Ell. Absolut nicht.

Er schlich an den Arbeitshäusern vorbei und mied die Lichter der Anlage und die Wache haltenden Föderationssoldaten. Der umliegende Wald war still und schlief, eine schwarze Leere, in der Geräusche körperlos und irgendwie furchteinflößend wurden. Pe Ell wurde Teil dieser Leere und fühlte sich wohl in ihrer Hülle, während er sich geräuschlos fortbewegte. Er konnte sehen und hören, was niemand sonst wahrnahm; es war immer so gewesen. Er spürte, was im Dunkeln lebte, selbst wenn es sich vor ihm verbarg. Die Schattenwesen waren so; doch selbst sie konnten sich nicht wie er einpassen.

An einer beleuchteten Kreuzung machte er halt und vergewisserte sich, daß die Luft rein war. Es gab überall Patrouillen.

Er stellte sich Quickening im Schein einer einzelnen Straßenlaterne vor. Ein Kind, eine Frau, ein magisches Wesen – sie war all das und noch viel mehr. Sie war die Verkörperung der allerschönsten Dinge des Landes – eine sonnige Bergschlucht, ein tosender Wasserfall, ein blauer Mittagshimmel, ein Farbenkaleidoskop des Regenbogens, ein endloser Sternenhimmel bei Nacht über einer kahlen Ebene. Sie war ein Geschöpf aus Fleisch und Blut, ein Menschenwesen, und dennoch war sie auch Teil der Erde, aus frisch umgepflügtem Boden, aus Bergströmen, aus großen alten Felsen, die nichts anderem als der Zeit nachgeben. Sie war ihm ein Rätsel, doch er fühlte Dinge in ihr, die widersinnig und gleichzeitig miteinander vereinbar waren. Wie war das möglich? Was war sie, außer dem, was sie zu sein vorgab?

Er bewegte sich schnell durch das Licht und verschmolz wieder mit den Schatten. Er wußte die Antwort nicht, aber er war entschlossen, sie zu finden.

Der eckige, dunkle Kasten der Gefängnisse ragte vor ihm auf. Pe Ell nahm sich einen Augenblick Zeit, seine Alternativen zu überdenken. Er kannte die Anlage der Föderationsgefängnisse von Culhaven; er war ein- oder zweimal drinnen gewesen, auch wenn das außer Felsen-Dall niemand wußte. Sogar im Gefängnis gab es Männer, die umgebracht werden mußten. Aber das war für heute nacht nicht vorgesehen. Zugegeben, er hatte in Betracht gezogen, diesen Mann, den er befreien sollte, diesen Morgan Leah, zu ermorden. Das wäre eine Möglichkeit, das Mädchen daran zu hindern, darauf zu bestehen, daß er sie bei der Suche nach dem Talisman begleitete. Jetzt diesen und später den anderen umlegen, das wäre damit das Ende dieser Angelegenheit. Er könnte lügen darüber, wie es geschehen wäre, doch das Mädchen mochte die Wahrheit ahnen oder erraten. Sie vertraute ihm. Warum sollte er das aufs Spiel setzen? Außerdem hatte sie vielleicht recht, vielleicht wurden diese Männer gebraucht, um den Talisman zu beschaffen. Er wußte noch nicht genug über das, was sie vorhatte. Es war besser abzuwarten.

Er ließ seine schlanke Gestalt in der Steinmauer verschwinden, an der er nachdenklich lehnte. Er konnte das Gefängnis einfach direkt betreten, dem Kommandanten sein Schattenwesen-Abzeichen unter die Nase halten und die Freilassung des Mannes verlangen, ohne daß es irgendein Aufhebens machte. Aber das hieß, daß er sich zeigen mußte, und er zog es vor, das nicht zu tun. Niemand kannte ihn außer Felsen-Dall. Er war der private Mörder des Ersten Suchers. Keiner der anderen Schattenwesen ahnte von seiner Existenz, keiner hatte ihn je zu Gesicht bekommen. Jene, die ihm begegnet waren, Schattenwesen und andere, waren alle tot. Er war für jedermann ein Geheimnis, und er zog es vor, es dabei zu belassen. Es war besser, den Mann in der üblichen Weise herauszuholen, leise, heimlich und allein.

Pe Ell lächelte sein schiefes Lächeln. Den Mann jetzt retten, um ihn später umzubringen. Was für eine verrückte Welt.

Er kam aus der Wand und schlich durch die Finsternis zu den Gefängnissen.

Morgan Leah schlief nicht. Er lag in eine Decke gewickelt in seiner Zelle auf einer Strohpritsche und dachte nach. Er hatte den größten Teil der Nacht wachgelegen, zu rastlos zum Schlafen, von Sorgen und Kummer und einem nagenden Gefühl der Aussichtslosigkeit geplagt, das er nicht verbannen konnte. Die Zelle war erdrückend, kaum dreieinhalb Meter im Quadrat, dafür aber über sechs Meter hoch, mit einer mehrere Zentimeter dicken Eisentür und einem einzigen, vergitterten Fenster so hoch oben, daß er es nicht erreichen konnte, um hinauszuschauen, nicht einmal, wenn er in die Höhe sprang. Die Zelle war nicht gereinigt worden, seit man ihn hineingeworfen hatte, und folglich stank es. Sein Essen wurde ihm zweimal am Tag durch einen Schlitz unten in der Tür zugeschoben. Auf die gleiche Weise bekam er Wasser zum Trinken, doch keines zum Waschen. Er war jetzt seit fast einer Woche eingesperrt, und er hatte niemanden zu Gesicht bekommen. Er kam langsam zu der Überzeugung, daß es auch in Zukunft so bleiben würde.

Das waren düstere Aussichten. Als sie ihn geschnappt hatten, war er sicher gewesen, daß sie es eilig hätten, mit allen ihnen zur Verfügung stehenden Mitteln herauszufinden, warum er sich solche gewaltigen Schwierigkeiten aufgehalst hatte, um die beiden alten Zwergendamen zu befreien. Er hatte einen Föderationsoffizier zusammengeschlagen und vielleicht sogar getötet. Er hatte eine Föderationsuniform gestohlen, um einen Föderationssoldaten zu verkörpern, hatte den Namen eines Föderationsmajors benutzt, um sich Eintritt in die Arbeitshäuser zu verschaffen, hatte den Föderationsoffizier im Dienst getäuscht und hatte die Föderationsarmee im ganzen wie einen Haufen von Tölpeln aussehen lassen. Das alles, um zwei alte Damen zu befreien. Ein ausgetrickstes, mißbrauchtes Föderationskommando mußte doch wissen wollen, warum. Sie mußten ihm doch die Demütigung und den Schaden, die er ihnen zugefügt hatte, heimzahlen wollen. Und doch hatte man ihn allein gelassen.

Er spielte im Geiste die Möglichkeiten durch. Es war unwahrscheinlich, daß er unbegrenzt ignoriert werden, daß er hier in dieser Zelle gehalten werden würde, bis man ihn einfach vergessen hatte. Major Assomal war, wie er erfahren hatte, im Feld. Vielleicht warteten sie auf seine Rückkehr, um mit dem Verhör zu beginnen. Aber wäre Kommandant Soldt geduldig genug, bis dahin zu warten, nach dem, was man ihm angetan hatte? Oder war er tot? Hatte Morgan ihn am Ende getötet? Oder warteten sie auf jemand anderen?

Morgan seufzte. Jemand anderer. Immer wieder kam er zu dem unausweichlichen Schluß. Sie warteten auf Felsen-Dall.

Er wußte, daß es das sein mußte. Teel hatte Elise und Jilt der Föderation, aber insbesondere den Schattenwesen verraten. Felsen-Dall mußte über ihre Verbindung zu Par und Coll Ohmsford und allen, die auf die Suche nach dem Schwert von Shannara gegangen waren, unterrichtet sein. Wenn jemand kam, um sie zu befreien, würde er gewiß davon in Kenntnis gesetzt werden – und würde nachschauen kommen, wen sie da erwischt hatten.

Behutsam drehte Morgan sich auf die andere Seite mit dem Rücken zur Wand und starrte ins Dunkel. Er hatte nicht mehr so starke Schmerzen wie in den ersten Tagen; die Spuren der Schläge begannen zu heilen.

Er hatte Glück, daß er nichts gebrochen hatte – er hatte überhaupt Glück, daß er noch am Leben war.

Oder vielleicht auch kein Glück, korrigierte er seinen Gedanken, je nachdem, wie man es betrachtete. Seine Glückssträhne, so schien es, war abgelaufen. Er dachte einen Moment an Par und Coll und bedauerte, daß er nicht zu ihnen gehen und nach ihnen schauen konnte, wie er es versprochen hatte. Was würde ohne ihn aus den beiden werden? Was war ihnen in seiner Abwesenheit widerfahren? Er fragte sich, ob Damson Rhee sie nach ihrer Flucht aus dem Schlund von Tyrsis versteckt hatte. Er fragte sich, ob Padishar Creel herausgefunden hatte, wo sie waren.

Er stellte sich tausend Fragen, und für keine fand er eine Antwort.

Am meisten fragte er sich, wie lange man ihn am Leben halten würde.

Er rollte sich wieder auf den Rücken und dachte daran, wie anders die Dinge für ihn hätten sein können. In einem anderen Zeitalter wäre er Prinz von Leah gewesen und hätte eines Tages über sein Heimatland regiert. Aber die Föderation hatte vor mehr als zweihundert Jahren der Monarchie ein Ende gesetzt, und heute regierte seine Familie über gar nichts. Er schloß die Augen und versuchte, alle Gedanken an das, was hätte sein können, zu vertreiben, weil er dort keinen Trost fand. Er hatte noch immer Hoffnung, und sein Geist war intakt, trotz all der Widerwärtigkeiten; seine Spannkraft, die ihm durch so vieles geholfen hatte, war noch immer da. Er hatte nicht die Absicht aufzugeben. Es gab immer einen Weg.

Er wünschte nur, er wüßte, welchen.

Er döste ein wenig ein und verlor sich in einem Strom von Einbildungen, die in einer Welle von Gesichtern und Stimmen durcheinander strudelten und ihn mit unzusammenhängenden, falschen Verbindungen narrten, Lügen über Dinge, die es nie gab und nie geben würde.

Er versank in Schlaf.

Dann legte sich eine Hand auf seinen Mund und erstickte seinen Überraschungsschrei. Eine zweite Hand drückte ihn nieder. Er strampelte, doch der Griff, der ihn hielt, war nicht zu brechen.

»Still jetzt«, flüsterte eine Stimme. »Pssst!«

Morgan wurde still. Ein adlergesichtiger Mann in Föderationsuniform beugte sich über ihn und starrte ihm fest in die Augen. Die Hände ließen locker, und der Mann setzte sich zurück. Ein Lächeln zuckte um seine Mundwinkel, und Lachfältchen durchfurchten sein schmales Gesicht.

»Wer bist du?« fragte Morgan leise.

»Jemand, der dich hier rausbringen kann, wenn du klug genug bist, zu tun, was ich dir sage, Morgan Leah.«

»Du kennst meinen Namen?«

Die Lachfältchen vertieften sich. »Gut geraten. Ich bin natürlich ganz zufällig hier reingekommen. Kannst du mir den Ausgang zeigen?«

Morgan starrte ihn an. Es war ein großer, schlaksiger Kerl, der aussah wie ein Mann, der wußte, was er tat. Sein Lächeln schien festgenagelt zu sein und hatte überhaupt nichts Freundliches. Morgan schlug die Decke beiseite und stand auf, wobei ihm auffiel, wie der andere zurückwich und immer den gleichen Abstand zwischen ihnen hielt. Vorsichtig, dachte Morgan, wie eine Katze.

»Gehörst du zu der Bewegung?« fragte er den Mann.

»Ich gehöre zu mir selbst. Zieh das an.«

Er warf Morgan ein Bündel Kleider zu. Als der Hochländer sie auseinanderfaltete, erkannte er eine Föderationsuniform. Der Fremde verschwand für einen Augenblick wieder im Finsteren und tauchte kurz darauf mit einem großen Bündel auf der Schulter wieder auf. Er warf seine Bürde grunzend auf die Pritsche. Morgan fuhr zusammen, als er begriff, daß es eine Leiche war. Der Fremde nahm die Decke und drapierte sie über den Toten, so daß es aussah, als schliefe er.

»Auf diese Weise brauchen sie länger, um zu merken, daß du fort bist«, flüsterte er mit diesem frostigen Lächeln.

Morgan wandte sich ab und zog sich, so schnell er konnte, an. Als er fertig war, winkte ihm der andere Mann ungeduldig, dann schlichen sie zusammen durch die offene Zellentür.

Der Korridor war eng und leer. Lampen beleuchteten ihn nur

schwach. Morgan hatte nichts von den Gefängnissen gesehen, als sie ihn hergebracht hatten, denn er war von den Schlägen noch immer bewußtlos gewesen und kannte den Weg nicht. Wachsam folgte er dem Fremden durch den Gang zwischen Mauern aus Steinblöcken an Reihen von Zellentüren wie der seinen vorbei, die alle verschlossen und verriegelt waren. Sie begegneten niemandem.

Als sie die erste Wachstation erreichten, fanden sie auch die leer. Offenbar hatte dort niemand Dienst. Der Fremde eilte in den Korridor dahinter, doch Morgan erhaschte durch eine halbgeöffnete Tür auf einer Seite einen Blick auf glänzende Metallklingen. Er verlangsamte seine Schritte und lugte hinein. Waffengestelle zierten alle Wände des kleinen Raumes. Er dachte plötzlich an das Schwert von Leah und wollte nicht ohne es fortgehen.

»Warte einen Moment!« flüsterte er hinter dem Mann her.

Der Fremde drehte sich um. Eilig drückte Morgan gegen die Tür, die sich nur widerwillig öffnen ließ, weil etwas im Weg lag. Morgan stemmte sich dagegen, bis der Spalt groß genug war. Drinnen lag gegen die Tür gesackt ein weiterer Toter. Morgan schluckte gegen das Gefühl an, das ihn überkam, und durchsuchte die Gestelle nach dem Schwert von Leah.

Er fand es fast sofort. Es steckte noch in seiner Behelfsscheide und hing an einem Nagel hinter einem Ständer mit Speeren. Hastig legte er die Waffe an, nahm sich noch ein Breitschwert und ging wieder hinaus.

Der Fremde wartete. »Keine weiteren Verzögerungen«, sagte er scharf. »Der Wachwechsel ist gleich nach Sonnenaufgang. Es ist schon fast soweit.«

Morgan nickte. Sie folgten einem weiteren Gang, stiegen eine von Holzbalken getragene Hintertreppe hinunter, die quietschte und knarrte, und gelangten in einen Hof. Der Fremde kannte den Weg ganz genau. Es gab keine Wachen, bis sie einen Posten direkt an der Mauer erreichten, und selbst dann wurden sie nicht angerufen. Sie schritten durch die Gefängnistore nach draußen, als der erste schwache Lichtschimmer am Horizont aufzutauchen begann.

Der Fremde führte Morgan ein Stück weit die Straße hinunter und dann durch eine Hintertür in eine Scheune, wo es so finster war, daß der Hochländer sich den Weg ertasten mußte. Sobald sie im Inneren waren, machte der Fremde eine Lampe an. Er wühlte unter einem Stapel leerer Futtersäcke und zog für jeden andere Kleider hervor, die gleiche Waldarbeiterkluft, wie sie die meisten Ostlandarbeiter trugen. Wortlos zogen sie sich um und stopften die abgelegten Föderationsuniformen unter die Säcke.

Der Fremde winkte Morgan hinter sich her, und sie traten hinaus in das erste Licht des neuen Tages.

»Du bist Hochländer, nicht wahr?« fragte der Fremde unvermittelt, während sie ostwärts durch das erwachende Dorf gingen.

Morgan nickte.

»Morgan Leah. Wie das Land. Deine Familie hat einst über die Hochländer regiert, oder?«

»Ja«, erwiderte Morgan. Sein Gefährte war jetzt etwas entspannter, und seine langen Schritte waren locker und ohne Hast, auch wenn seine Augen nicht aufhörten, sich zu bewegen. »Aber die Monarchie existiert schon seit vielen Jahren nicht mehr.«

Sie überquerten eine schmale Brücke über einen abwasserverseuchten Nebenfluß des Silberflusses. Eine alte Frau mit einem Kind auf dem Arm kam an ihnen vorbei. Beide sahen hungrig aus. Morgan schaute sie an. Der Fremde nicht.

»Mein Name ist Pe Ell«, sagte er. Er reichte ihm nicht die Hand.

»Wohin gehen wir?« wollte Morgan von ihm wissen.

Die Mundwinkel des anderen zuckten ein wenig nach oben. »Wirst du schon sehen.« Dann fügte er hinzu: »Zu der Dame, die mich beauftragt hat, dich zu retten.«

Morgan dachte sofort an Elise und Jilt. Aber woher sollten die beiden so jemanden wie Pe Ell kennen? Der Mann hatte schon gesagt, er gehöre nicht der Freiheitsbewegung an; und es war unwahrscheinlich, daß er mit dem Zwergenwiderstand alliiert war. Pe Ell, dachte Morgan, gehörte genau, wie er gesagt hatte, zu sich selbst.

Aber wer war dann die Dame, in deren Auftrag er gekommen war?

Sie folgten den Wegen, die sich zwischen den Zwergenkaten und Hütten am Rande von Culhaven entlangschlängelten, verfallenden Stein- und Brettergebilden, die über den Köpfen ihrer Bewohner verrotteten. Morgan konnte das Rauschen des Silberflusses näher kommen hören. Die Häuser wurden seltener, der Baumbestand dichter, und bald waren kaum noch welche zu sehen. Zwerge schauten mißtrauisch von ihrer Gartenarbeit auf. Falls Pe Ell es bemerkte, so zeigte er es jedenfalls nicht.

Die Sonne brach in immer breiteren Strahlen durch die Bäume, als sie schließlich ihr Ziel, eine gepflegte kleine Kate, erreichten. Um die herum war ein zerlumpter Haufen, der am Rande des Grundstücks gelagert hatte, dabei, das Frühstück zu beenden und das Schlafzeug zusammenzurollen. Die Männer flüsterten untereinander und schauten Pe Ell dabei fest und lange an. Pe Ell ging wortlos an ihnen vorbei, Morgan hinter ihm. Sie gingen die Stufen zur Eingangstür hinauf und traten ins Haus. Eine Zwergenfamilie saß um einen kleinen Tisch herum und begrüßte sie mit Kopfnicken und kurzem Willkommensgruß. Pe Ell reagierte kaum. Er führte Morgan in den hinteren Teil des Hauses in ein kleines Schlafzimmer und machte sorgfältig die Tür hinter sich zu.

Ein Mädchen saß auf dem Bettrand.

»Danke, Pe Ell«, sagte sie und stand auf.

Morgan Leah starrte sie an. Das Mädchen war umwerfend schön, mit zarten, vollkommenen Zügen und den schwärzesten Augen, die der Hochländer je gesehen hatte. Sie hatte langes, silbriges Haar, das schimmerte wie eingefangenes Licht, und eine Sanftheit, die zum Beschützen einlud. Sie trug einfache Kleider – eine Jacke, Hosen, die mit einem breiten Ledergürtel gehalten wurden, und Stiefel – doch die Kleider konnten auch nicht annähernd die Grazie und Sinnlichkeit ihres Körpers verbergen.

»Morgan Leah«, flüsterte das Mädchen.

Morgan blinzelte, als ihm plötzlich bewußt wurde, daß er sie anstarrte. Er errötete.

»Ich heiße Quickening«, sagte das Mädchen. »Mein Vater ist der König vom Silberfluß. Er hat mich aus seinen Gärten in die Welt der Menschen gesandt, um einen Talisman zu suchen. Ich bitte dich, mir dabei zu helfen.«

Morgan setzte zur Antwort an und hielt inne, weil er nicht wußte, was er sagen sollte. Er warf einen Blick auf Pe Ell, doch die Augen des anderen waren auf das Mädchen gerichtet. Pe Ell war ebenso fasziniert wie er.

Quickening trat zu ihm, und die Röte seines Gesichts und Halses erfaßte heiß seinen ganzen Leib. Sie streckte die Hände aus und legte sie ihm sanft auf beide Seiten des Gesichts. Er hatte noch nie eine solche Berührung gefühlt. Er dachte, er würde alles dafür geben, das noch einmal zu erleben.

»Schließ die Augen, Morgan Leah«, flüsterte sie.

Er stellte keine Fragen, er tat einfach, was sie ihm sagte. Er war augenblicklich voller Frieden. Er konnte Stimmen hören, die sich irgendwo draußen unterhielten, das Rauschen des nahen Flusses, das Wispern des Windes, Vogelgezwitscher und das Kratzen einer Gartenharke. Dann drückten Quickenings Finger ein wenig fester auf seine Haut, und alles verschwand in einem Farbenstrudel.

Morgan Leah schwebte, als würde er von einem Traum davongetragen. Diesige Helligkeit umgab ihn, doch nichts war deutlich zu erkennen. Dann klärte die Helligkeit sich auf, und die Bilder begannen. Er sah, wie Quickening auf einer Straße, die von jubelnden, rufenden Männern, Frauen und Kindern gesäumt war, nach Culhaven gelangte. Er sah, wie sie durch die wachsende Menge von Zwergen, Südländern und Gnomen zu dem kahlen Hügelgelände ging, wo einst die Meadegärten geblüht hatten. Es war, als würde er Teil jener Volksmenge, als stünde er unter jenen, die gekommen waren, um zu sehen, was das Mädchen tun würde. Er empfand selbst ihre Erwartungen und ihre Hoffnung. Dann stieg sie den Hügel hinan, grub ihre Hände in die versengte Erde und ließ ihren wunderbaren Zauber wirken. Vor seinen Augen wandelte sich die Erde, die Meadegärten erstanden aufs neue.

Farben, Düfte und Geschmäcker ihres Wunders füllten die Luft, und Morgan empfand ein Stechen von unendlicher Süße in seiner Brust. Er fing an zu weinen.

Die Bilder verblaßten. Er fand sich wieder in der Kate, fühlte, wie ihre Finger ihn losließen, und rieb sich mit dem Handrücken heftig über die Augen, als er sie aufschlug. Sie schaute ihn an.

»War das Wirklichkeit?« fragte er. Seine Stimme war belegt, trotz seiner Entschlossenheit, sie fest klingen zu lassen. »Ist das tatsächlich geschehen? Es stimmt, nicht wahr?«

»Ja«, erwiderte sie.

»Du hast die Gärten wiedergebracht. Warum?«

Sie lächelte leicht und süß. »Weil die Zwerge etwas brauchen, woran sie wieder glauben können. Weil sie sterben.«

Morgan holte tief Luft. »Kannst du sie retten, Quickening?«

»Nein, Morgan Leah«, antwortete sie zu seiner Enttäuschung. »Das kann ich nicht.« Sie wandte sich einen Moment in den Schatten des Zimmers. »Du wirst es vielleicht eines Tages tun können. Doch im Augenblick mußt du mit mir kommen.«

Der Hochländer zögerte unsicher. »Wohin?«

Sie hob ihr exquisites Gesicht wieder ins Licht. »Nach Norden, Morgan Leah. Nach Darklin Reach. Um Walker Boh zu suchen.«

Pe Ell stand abseits in dem kleinen Schlafzimmer, für den Augenblick vergessen. Ihm gefiel nicht, was er sah. Ihm gefiel die Art und Weise nicht, in der sie den Hochländer berührte, noch die Art und Weise, wie der Hochländer darauf reagierte. Ihn hatte sie nicht so berührt. Es störte ihn auch, daß sie den Namen des Hochländers kannte. Auch den Namen des anderen. Seinen hatte sie nicht gekannt.

Da wandte sie sich an ihn und bezog ihn in die Unterhaltung mit Morgan Leah mit ein, erklärte ihnen beiden, daß sie nach Norden reisen und den dritten Mann suchen müßten. Sobald sie ihn gefunden hätten, würden sie sich auf die Suche nach dem Talisman begeben, den sie zu finden ausgesandt war. Sie sagte ihnen nicht, was der Talisman war, und keiner von ihnen fragte danach. Es lag an der merkwürdigen Wirkung, die sie auf beide hatte, sagte sich Pe Ell, daß sie nichts von dem, was sie ihnen sagte, in Frage stellten. Sie glaubten ihr. Pe Ell hatte das noch nie getan. Aber er wußte instinktiv, daß dieses Mädchen, dieses Kind des Königs vom Silberflusses, dieses Geschöpf wunderbaren Zaubers, nicht log. Er hielt sie für unfähig zu lügen.

»Ich brauche dich«, sagte sie wieder zu dem Hochländer.

Er schaute zu Pe Ell. »Gehst du auch mit?«

Die Art, wie er die Frage stellte, gefiel Pe Ell. In der Stimme des Hochländers klang Besorgnis mit. Vielleicht sogar Angst. Er lächelte geheimnisvoll und nickte. Natürlich, Hochländer, aber nur, um euch beide zu töten, wenn ich Lust dazu habe, dachte er.

Der Hochländer wandte sich wieder dem Mädchen zu und begann, ihr irgend etwas über zwei alte Zwergendamen zu erklären, die er aus den Arbeitshäusern befreit habe, und daß er herausfinden müsse, ob sie sich in Sicherheit befänden, weil er einem Freund ein Versprechen gegeben habe. Er starrte das Mädchen dabei an, als ob ihr Anblick ihm Leben geben würde. Pe Ell schüttelte den Kopf. Dieser hier stellte jedenfalls keine Bedrohung für ihn dar. Er konnte sich nicht vorstellen, warum das Mädchen meinte, er würde für die Wiederbeschaffung dieses mysteriösen Talismans unbedingt gebraucht.

Quickening sagte dem Hochländer, daß sich unter den Leuten, die mit ihr zu der Kate gekommen waren, jemand befinde, der in der Lage sei, herauszufinden, was aus den Zwergendamen geworden sei. Der würde sich darum kümmern, daß sie wohlauf seien. Sie wolle ihn sofort darum bitten.

»In dem Fall werde ich mit dir kommen, wenn du mich wirklich brauchst«, versprach ihr Morgan Leah.

Pe Ell wandte sich ab. Der Hochländer kam mit, weil er keine andere Wahl hatte, denn das Mädchen hatte ihn gefangen. Er konnte es in den Augen des jungen Mannes lesen. Pe Ell verstand dieses Gefühl. Er empfand auch ein bißchen davon. Der einzige Unterschied zwischen ihnen bestand in dem, was sie daraus machen würden.

Pe Ell fragte sich wieder, wie es wohl wäre, wenn er das Mädchen schließlich tötete. Er fragte sich, was er in ihren Augen entdecken würde.

Quickening führte Morgan zu ihrem Bett, damit er sich ausruhe. Pe Ell verließ schweigend das Zimmer und die Kate. Draußen stand er mit geschlossenen Augen da und ließ die Sonne sein Gesicht wärmen.

Coll Ohmsford war schon seit acht Tagen als Gefangener in der Südwache, ehe er herausfand, wer ihn eingesperrt hatte. Seine Zelle war seine ganze Welt, ein Raum von sechs Metern im Quadrat, hoch oben in dem schwarzen Granitturm, eine Stein- und Mörtelgruft mit einer einzigen Metalltür, die sich niemals öffnete, einem Fenster, das mit Metallläden verschlossen war, einer Schlafmatte, einer Holzbank, einem kleinen Tisch und zwei Stühlen. Licht drang bei Tag in schmalen, grauen Streifen durch die Läden und schwand bei Nacht. Er konnte durch die schmalen Schlitze in den Läden schauen und das blaue Wasser des Regenbogensees und das grüne Dach der Bäume sehen. Hin und wieder erhaschte er einen Blick auf einen fliegenden Vogel, Kraniche, Möwen und Seeschwalben, und er konnte ihre einsamen Rufe hören.

Manchmal konnte er auch den Wind aus dem Runnegebirge durch die Schluchten, die den Mermidon zerfurchten, heulen hören. Einoder zweimal hatte ein Wolf geheult.

Hin und wieder roch er Küchendüfte, doch sie schienen nie von der Nahrung zu stammen, die man ihm gab. Sein Essen kam durch eine Klappe in der Eisentür als eine geheimnisvolle Lieferung, die keinen erkennbaren Ursprung hatte. Er aß die Nahrung, und die Teller blieben, wo er sie neben der Tür aufstapelte. Aus der Tiefe der Burg drang ein stetiges Brummen, eine Art Vibration, die zunächst an eine gewaltige Maschinerie denken ließ, und ihm später eher wie ein Erdbeben vorkam. Es wurde von den Steinen des Turms getragen, und wenn Coll seine Hände gegen die Wände legte, fühlte er, wie der Stein zitterte. Alles war warm, die Wände, der Boden, die Tür, das Fenster, Stein, Mörtel und Metall. Er wußte nicht, wie das möglich war, da die Nächte manchmal so kalt waren, daß die Luft beißend wurde, aber es war so. Manchmal glaubte er, jenseits der Tür Schritte zu hören – nicht, wenn das Essen geliefert wurde, sondern zu anderen Zeiten, wenn alles still und sonst nur das Summen von Insekten zu hören war. Die Schritte näherten sich nicht, sondern gingen vorbei, ohne sich zu verlangsamen. Auch schienen sie keinen erkennbaren Ursprung zu haben; sie konnten sowohl von unten oder oben oder draußen kommen.

Er konnte fühlen, daß er beobachtet wurde, nicht sehr oft, aber oft genug, um es zu merken. Er konnte fühlen, wie jemand ihn fixierte, ihn studierte, vielleicht auf etwas wartete. Er konnte nicht feststellen, von wo die Augen schauten; es fühlte sich an, als seien sie überall. Manchmal hörte er Atmen, aber wenn er zu lauschen versuchte, konnte er nur seinen eigenen Atem hören.

Er verbrachte die meiste Zeit mit Nachdenken, denn es gab wenig anderes zu tun. Er konnte essen und schlafen, er konnte in seiner Zelle auf und ab gehen, und er konnte durch die Spalten in den Fensterläden schauen. Er konnte lauschen, er konnte die Luft schmecken und riechen. Aber Denken war am besten, fand er, eine Beschäftigung, die seinen Verstand wach und frei erhielt. Seine Gedanken wenigstens waren keine Gefangenen. Die Isolation drohte ihn manchmal zu überwältigen, denn er war von allem und jedem abgeschnitten, ohne daß er einen Grund oder einen Zweck darin erkennen konnte, und zwar von Fängern, die sich sorgfältig versteckt hielten. Er machte sich so große Sorgen um Par, daß er manchmal beinahe weinen mußte. Es war, als habe die Welt ihn vergessen und sei an ihm vorübergegangen. Dinge ereigneten sich ohne ihn, vielleicht war alles, was er gekannt hatte, verändert. Die Zeit verfloß in langsamer Folge von Sekunden, Minuten, Stunden und schließlich Tagen. Er war in Schatten und Zwielicht und fast vollständiger Stille verloren, seine Existenz entbehrte jeglicher Bedeutung.

Das Denken hielt ihn aufrecht.

Er dachte ständig darüber nach, wie er entkommen könnte. Tür und Fenster waren solide im Stein des Festungsturms verankert, und Wände und Boden waren dick und undurchdringlich. Er versuchte auf die zu lauschen, die draußen patrouillierten, doch der Versuch erwies sich als ergebnislos. Er versuchte, einen Blick auf jene zu werfen, die ihm seine Mahlzeiten lieferten, doch sie ließen sich niemals sehen. Ein Entkommen schien ausgeschlossen.

Er dachte auch daran, was er tun könnte, um jemanden draußen wissen zu lassen, daß er sich hier befand. Er konnte einen Fetzen Stoff oder einen Papierschnipsel mit einer daraufgekritzelten Nachricht durch die Schlitze im Fensterladen zwängen, aber wozu? Der Wind würde es voraussichtlich auf den See oder ins Gebirge tragen, und niemand würde es je finden. Oder zumindest nicht rechtzeitig genug, daß es irgendeinen Unterschied machte. Er dachte, er könnte auch schreien, aber er wußte, daß er sich so hoch oben befand, daß man ihn nie hören würde. Er lugte ständig aufs Land hinaus, solange es Tag war, doch er sah nie einen einzigen Menschen. Er hatte das Gefühl, vollständig allein zu sein.

Schließlich lenkte er seine Gedanken darauf, sich vorzustellen, was jenseits seiner Zellentür vor sich ging. Er versuchte, seinen Verstand zu benutzen, und als das nicht klappte, versuchte er es mit seiner Phantasie. Seine Fänger nahmen unterschiedliche Identitäten und Verhaltensmuster an. Verschwörungen und Komplotte wurden lebendig, ausgestaltet mit den Einzelheiten ihrer Verbindung zu ihm. Par und Morgan, Padishar Creel und Damson Rhee, Zwerge, Elfen und Südländer kamen allesamt zum schwarzen Turm, um ihn zu befreien. Tapfere Retter machten sich auf. Doch alle Versuche schlugen fehl. Keiner kam bis zu ihm durch. Irgendwann gaben sie alle auf. Jenseits der Mauern der Südwache nahm das Leben sorglos seinen Lauf.

Nach einer Woche dieser einsamen Existenz fing Coll Ohmsford an zu verzagen.

Und dann, am achten Tag seiner Gefangenschaft, erschien Felsen-Dall.

Es war später Nachmittag, grau und regnerisch, die Gewitterwolken hingen tief und schwer, Blitze zuckten in Spinnwebmustern über den Himmel, der Donner grollte in langgezogenem, dröhnendem Getöse aus der Finsternis. Die Sommerluft war geschwängert mit Gerüchen, die von der Feuchtigkeit verursacht worden waren, und in Colls Zelle war es kalt. Er stand nahe am Fenster, lugte durch die Spalten der Läden und lauschte auf das Tosen des Mermidon, der unten durch die Felsschluchten schäumte.

Als er hörte, wie das Schloß seiner Zellentür geöffnet wurde, drehte er sich nicht gleich um, überzeugt, daß er sich getäuscht haben mußte. Dann sah er, wie die Tür sich zu öffnen begann, erhaschte die Bewegung aus dem Augenwinkel und wirbelte herum.

Eine verhüllte Gestalt erschien, groß und dunkel und abweisend, ohne Gesicht und Gliedmaßen, wie ein Geist der Nacht. Colls erster Gedanke galt den Schattenwesen, und er kauerte sich schutzsuchend hin, tastete in der plötzlich eng gewordenen Zelle verzweifelt nach einer Waffe, mit der er sich verteidigen könnte.

»Fürchte dich nicht, Talbewohner«, sagte der Geist mit einer seltsam vertrauten Flüsterstimme. »Du bist hier nicht in Gefahr.«

Der Geist schloß die Tür hinter sich und trat in das dämmrige Licht der Zelle. Coll sah nacheinander den weißen Wolfsschädel auf dem schwarzen Umhang, die linke Hand mit dem Handschuh bis zum Ellbogen und dann das grobknochige, schmale Gesicht mit dem unverkennbaren roten Bart.

Felsen-Dall.

Augenblicklich dachte Coll an die Umstände seiner Gefangennahme. Er war mit Par, Damson und dem Maulwurf durch die Tunnel unter Tyrsis in den verlassenen Palast der Könige der alten Stadt gegangen, und von dort aus waren die Ohmsfordbrüder auf der Suche nach dem Schwert von Shannara allein in die Grube gestiegen. Er hatte vor dem Gewölbe, in dem sich das Schwert befinden sollte, Wache gestanden, während sein Bruder hineinging. Seither hatte er Par nicht wiedergesehen. Er war von hinten gepackt, bewußtlos gemacht und fortgezaubert worden. Bis zu diesem Augenblick hatte er nicht gewußt, wer dafür verantwortlich war. Es schien einleuchtend, daß es Felsen-Dall war, der Mann, der vor Wochen nach Varfleet gekommen war und sie seither durch alle Vier Länder verfolgt hatte.

Der Erste Sucher trat auf Coll zu und blieb kurz vor ihm stehen. Sein schroffes Gesicht war ruhig und beschwichtigend. »Hast du dich ausgeruht?«

»Was für eine dumme Frage«, antwortete Coll, ohne nachzudenken. »Wo ist mein Bruder?«

Felsen-Dall zuckte mit den Achseln. »Ich weiß es nicht. Als ich ihn zum letzten Mal sah, trug er das Schwert von Shannara aus dem Gewölbe.«

Coll starrte ihn an. »Du warst dort – drinnen?«

»Ja.«

»Und du hast Par das Schwert von Shannara mitnehmen lassen? Hast ihn einfach damit fortgehen lassen?«

»Warum nicht? Es gehört ihm.«

»Du willst mir weismachen«, sagte Coll vorsichtig, »daß es dir egal ist, ob er im Besitz des Schwertes ist? Daß dir das unwichtig ist?«

»Nicht so, wie du denkst.«

Coll ließ eine Pause entstehen. »Du hast Par also gehen lassen und hast mich gefangengenommen. Ist das richtig?«

»Ja.«

Coll schüttelte den Kopf. »Warum?«

»Um dich zu schützen.«

Coll lachte. »Wovor? Freiheit der Wahl?«

»Vor deinem Bruder.«

»Vor Par? Du mußt mich für den größten Trottel halten, den es je gegeben hat!«

Der große Mann faltete die Arme vor seiner Brust. »Um ehrlich zu sein, steckt mehr dahinter als nur dein Schutz. Du bist auch noch aus einem anderen Grund mein Gefangener. Früher oder später wird dein Bruder nach dir suchen. Wenn er das tut, werde ich eine weitere Gelegenheit haben, mit ihm zu reden. Wenn ich dich hier festhalte, gibt mir das die Gewißheit, daß mir diese Gelegenheit geboten wird.«

»Was wirklich geschehen ist«, fauchte Coll ärgerlich, »ist, daß du mich erwischt hast, während Par entkommen ist! Er fand das Schwert von Shannara und entschlüpfte dir irgendwie, und jetzt benutzt du mich als Köder, um ihn in die Falle zu locken. Nun, das wird nicht klappen. Par ist zu klug dafür.«

Felsen-Dall schüttelte den Kopf. »Wenn ich dich am Eingang zu dem Gewölbe habe fangen können, wie soll es deinem Bruder dann gelungen sein, zu entkommen? Beantworte mir das.« Er wartete einen Augenblick, dann ging er zu dem Tisch und ließ sich auf einem der Stühle nieder. »Ich werde dir die Wahrheit sagen, Coll Ohmsford, wenn du mir die Gelegenheit dazu gewährst. Willst du?«

Coll studierte wortlos einen Augenblick lang das Gesicht des anderen, dann zuckte er mit den Schultern. Was hatte er zu verlieren? Er blieb, wo er war, stehend und den Abstand zwischen ihnen messend.

Felsen-Dall nickte. »Laß uns mit den Schattenwesen beginnen. Die Schattenwesen sind keine Monster, keine Gespenster, deren einziges Ziel darin besteht, die Rassen zu zerstören, deren bloße Anwesenheit die Vier Länder krank gemacht hat. Sie sind zum größten Teil Opfer. Es sind Männer, Frauen und Kinder, die über ein gewisses Maß an Elfenmagie verfügen. Sie sind das Ergebnis vieler Generationen menschlicher Evolution, in denen die Magie mitgespielt hat. Die Föderation jagt sie wie Tiere. Du hast die armen Geschöpfe gesehen, die dort in der Grube gefangen sind. Weißt du, wer sie sind? Es sind Schattenwesen, die die Föderation gefangengenommen und bis zum Wahnsinn hat aushungern lassen, was sie so verändert hat, daß sie jetzt schlimmer sind als Tiere. Du hast auf deiner Reise nach Culhaven auch die Waldfrau und den Riesen gesehen. Was sie sind, ist nicht ihre Schuld.«

Die behandschuhte Hand hob sich schnell, als Coll zu sprechen ansetzen wollte. »Talbewohner, höre mich zu Ende an. Du fragst dich, woher ich so viel über dich weiß. Ich werde es dir erklären, wenn du geduldig bist.«

Die Hand senkte sich wieder. »Ich wurde Erster Sucher, um die Schattenwesen zu verfolgen – nicht um ihnen ein Leid zuzufügen oder sie gefangen zu setzen, sondern um sie zu warnen und in Sicherheit zu bringen. Deshalb bin ich zu euch nach Varfleet gekommen – um dafür zu sorgen, daß du und dein Bruder beschützt wurden. Ich bekam keine Gelegenheit dazu. Ich habe seither nach dir gesucht, um dir zu erklären, was ich weiß. Ich dachte, du würdest vielleicht nach Vale zurückkehren, und stellte also deine Eltern unter meinen Schutz. Ich glaubte, daß du, wenn ich dich zuerst erreichte, ehe die Föderation dich auf irgendeine andere Weise ausfindig machte, in Sicherheit wärest.«

»Ich glaube dir kein Wort«, warf Coll eisig dazwischen.

Felsen-Dall achtete nicht darauf. »Talbewohner, man hat dich von Anfang an belogen. Dieser alte Mann, der sich Cogline nennt, hat dir gesagt, die Schattenwesen seien deine Feinde. Der Schatten von Allanon warnte dich am Hadeshorn im Tal von Shale und sagte, die Schattenwesen müßten vernichtet werden. Man riet dir, die verlorenen Zauber der Alten Welt wiederzufinden. Das Schwert von Shannara zu finden. Die Elfensteine zu finden. Das verlorene Paranor zu finden und die Druiden zurückzubringen. Doch wurde dir gesagt, was das alles erbringen würde? Natürlich nicht. Denn die Wahrheit ist, daß du es nicht wissen darfst. Denn wenn du es wüßtest, würdest du die Angelegenheit auf der Stelle fallenlassen. Die Druiden scheren sich einen Dreck um dich und deinesgleichen, und haben es immer getan. Ihr einziges Interesse liegt darin, die Macht wiederzuerlangen, die sie verloren, als Allanon starb. Wenn du sie zurückholst und ihre Magie wiederherstellst, werden sie erneut das Schicksal der Rassen kontrollieren. Darum geht es ihnen, Coll Ohmsford. Die Föderation hilft ihnen, ohne es zu ahnen. Die Schattenwesen sind die idealen Opfer, über die beide herfallen können. Dein Onkel erkannte die Wahrheit. Er sah, daß Allanon ihn zu manipulieren versuchte und im Sinn hatte, ihn in eine Aufgabe zu verwickeln, die niemandem dienen würde. Er warnte euch alle. Er weigerte sich, sich an dem Wahnsinn der Druiden zu beteiligen. Er hatte recht. Die Gefahr ist weit größer, als dir klar ist.«

Er beugte sich vor. »Das alles habe ich deinem Bruder erzählt, als er wegen des Schwertes in das Gewölbe kam. Ich wartete dort auf ihn – ich hatte übrigens schon mehrere Tage dort gewartet. Ich wußte, daß er wiederkommen würde, um das Schwert zu holen. Er mußte es tun, er konnte nicht anders. Das ist, was die Magie euch antut. Ich weiß es. Auch ich habe Magie.«

Er stand plötzlich auf, und Coll wich erschreckt zurück. Der schwarzgekleidete Körper begann im Zwielicht zu schimmern, als wäre er durchscheinend. Dann schien er sich aufzulösen, und Coll hörte sich stöhnen. Die dunkle Gestalt eines Schattenwesens mit glühenden, roten Augen hob sich langsam aus Felsen-Dalls Körper, blieb einen Augenblick in der Luft hängen und tauchte dann wieder zurück.

Der Erste Sucher lächelte kalt. »Siehst du, ich bin ein Schattenwesen. Alle Sucher sind Schattenwesen. Was für eine Ironie, nicht wahr? Die Föderation weiß es nicht. Sie halten uns für gewöhnliche Menschen, weiter nichts, Menschen, die ihren perversen Interessen dienen, die so wie sie versuchen, das Land von Magie zu befreien. Sie sind Dummköpfe. Magie ist nicht der Feind der Menschen. Sie sind es. Und die Druiden. Und jeder, der Männer und Frauen daran hindern will, zu sein, was und wer sie sind.«

Wie ein Dolch zeigte ein Finger auf Coll. »Ich habe deinem Bruder das alles erzählt, und ich habe ihm noch etwas gesagt. Ich habe ihm gesagt, daß auch er ein Schattenwesen ist. Ah, du glaubst mir noch immer nicht, nicht wahr? Aber hör mir zu. Par Ohmsford ist in Wahrheit ein Schattenwesen, gleich, ob ihr es zugeben wollt oder nicht. Desgleichen Walker Boh. Und jeder, der über wahre Magie verfügt. Das ist es, was wir alle sind, alle von uns – Schattenwesen. Wir sind gesunde, vernunftbegabte und in den meisten Fällen normale Männer, Frauen und Kinder, bis wir von Idioten wie der Föderation gehetzt und gefangen und zum Wahnsinn getrieben werden. Dann überwältigt uns die Magie, und wir werden zu Tieren wie die Waldfrau und der Riese, wie diese Geschöpfe in der Grube.«

Coll schüttelte den Kopf. »Nein. Das ist alles gelogen.«

»Wie kommt es dann, daß ich so viel über dich weiß? Was meinst du?« beharrte Felsen-Dall mit sogar jetzt noch nervtötend ruhiger Stimme. »Ich weiß alles über deine Flucht südwärts den Mermidon hinunter, deine Begegnungen mit der Waldfrau und dem alten Mann; wie du dem Hochländer begegnet bist und ihn überredet hast, sich euch anzuschließen; wie du nach Culhaven gereist bist, dann nach Hearthstone und schließlich zum Hadeshorn. Ich weiß von den Zwergen und von Walker Boh. Ich weiß von deiner Kusine Wren Omsford. Ich weiß von den Geächteten und von Padishar Creel und dem Mädchen und all den anderen. Ich wußte, wann du in die Grube hinuntersteigen würdest, und ich habe versucht, dich aufzuhalten. Ich wußte, daß du wiederkommen würdest, und ich habe dort auf dich gewartet. Wie kann ich das wissen, Talbewohner? Sag es mir.«

»Ein Spion im Lager der Geächteten«, antwortete Coll plötzlich verunsichert.

»Wer denn?«

Coll zögerte. »Ich weiß es nicht.«

»Dann werde ich es dir sagen. Der Spion war dein Bruder.«

Coll starrte ihn an.

»Dein Bruder, auch wenn er es nicht gemerkt hat. Par ist ein Schattenwesen, und ich weiß manchmal, was andere Schattenwesen denken. Wenn sie ihre Magie einsetzen, reagiert die meine. Sie offenbart mir ihre Gedanken. Als dein Bruder das Zauberlied benutzt hat, ließ es mich wissen, was er dachte. So habe ich dich gefunden. Aber Pars Magie alarmierte auch andere. Feinde. Daher kam es, daß der Gnawl dich im Wolfsktaag verfolgt hat, und die Spinnengnome in Hearthstone. Denk nach, Talbewohner! Alles, was dir widerfahren ist, hast du selbst verursacht. Es war nicht meine Absicht, dir in Tyrsis ein Leid anzutun. Es war Pars Entscheidung, in die Grube hinunterzugehen, die dir Kummer brachte. Ich habe euch das Schwert von Shannara nicht vorenthalten. Ja, ich habe es versteckt – aber nur, um Par zu zwingen, zu mir zu kommen, damit ich ihn warnen konnte.«

Coll streckte sich. »Was willst du damit sagen?«

Felsen-Dalls blasse Augen schauten ihn eindringlich an. »Ich habe dir gesagt, daß ich dich aus dem einfachen Grund hierhergebracht habe, weil ich dich vor deinem Bruder schützen wollte. Das entspricht der Wahrheit. Die Magie eines Schattenwesen ist so zweischneidig wie ein Schwert. Du hast das vermutlich selber oft gemerkt. Sie kann ein Segen sein oder auch ein Fluch. Sie kann helfend wirken oder verletzen. Aber es ist noch viel komplizierter als das. Ein Schattenwesen kann von der Belastung, die der Einsatz der Magie verlangt, angegriffen werden, vor allem, wenn es bedroht oder verfolgt wird. Die Magie kann kampflustig werden und entkommen. Erinnerst du dich an die Kreaturen in der Grube? Erinnerst du dich an jene, denen du auf deinen Reisen begegnet bist? Was meinst du, was ihnen widerfahren ist? Dein Bruder besitzt das Zauberlied als seine Magie. Doch das Zauberlied ist nur eine dünne Schicht, die das, was darunter liegt, verdeckt – Magie, die viel mächtiger ist, als dein Bruder ahnt. Sie fängt an, stärker zu werden, während er fortläuft und sich versteckt und versucht, sich in Sicherheit zu bringen. Wenn ich ihn nicht rechtzeitig erreiche, wenn er weiterhin meine Warnungen in den Wind schlägt, wird diese Magie ihn verschlingen.«

Es folgte eine lange Stille. Coll dachte schweigend nach. Er erinnerte sich daran, daß Par ihm gesagt hatte, er glaube, die Magie des Zauberliedes vermöge weit mehr als nur die Erzeugung von Bildern; daß er fühlen könne, wie sie freigesetzt werden wollte. Er erinnerte sich daran, wie sie reagiert hatte, als sie zum ersten Mal in die Grube gestiegen waren, wie sie Licht in die Dämmerung gestrahlt und die Schriftrolle in dem Gewölbe beleuchtet hatte. Er dachte an die dort gefangenen Kreaturen, die zu Monstern und Dämonen geworden waren.

Er fragte sich nur für einen Augenblick, ob Felsen-Dall ihm vielleicht die Wahrheit sagte.

Der Erste Sucher trat einen Schritt auf ihn zu und blieb stehen. »Denk darüber nach, Coll Ohmsford«, schlug er leise vor. Er stand groß und dunkel im Dämmerlicht und war furchteinflößend anzuschauen. Aber seine Stimme klang beruhigend. »Durchdenke es. Du hast genug Zeit dazu. Ich habe die Absicht, dich hierzubehalten, bis dein Bruder dich suchen kommt oder seine Magie benutzt. So oder so muß ich ihn finden und warnen. Ich muß euch beide und jene, mit denen ihr eventuell in Kontakt kommt, beschützen. Hilf mir. Wir müssen deinen Bruder finden. Wir müssen es versuchen. Ich weiß, daß du mir jetzt nicht glaubst, doch das wird sich ändern.«

Coll schüttelte den Kopf. »Das glaube ich nicht.«

Draußen grollte ein ferner Donner und verlor sich im Prasseln des Regens. »So viele Lügen sind dir von anderen erzählt worden«, sagte Felsen-Dall. »Mit der Zeit wirst du es einsehen.«

Er ging zur Zellentür und blieb noch einmal stehen. »Du bist lange genug in dieses Zimmer gesperrt gewesen. Während des Tages kannst du hinausgehen. Du brauchst nur an die Tür zu klopfen, wenn du hinaus möchtest. Geh hinunter in den Übungshof und trainiere mit den Waffen. Jemand wird dort sein, der dir helfen wird. Du mußt lernen, dich besser zu verteidigen. Aber begehe keinen Fehler. Du darfst nicht fort. Nachts wirst du wieder eingesperrt. Ich wünschte, es könnte anders sein, aber das geht leider nicht. Zu vieles steht auf dem Spiel.«

Er machte eine Pause. »Ich habe einen kurzen Besuch zu machen, eine Reise von ein paar Tagen. Jemand anderes braucht meine Aufmerksamkeit. Wenn ich zurückkomme, werden wir uns wieder unterhalten.«

Er musterte Coll eine Weile, als schätze er ihn irgendwie ab, dann wandte er sich um und ging hinaus. Coll schaute ihm nach, dann trat er wieder an das verschlossene Fenster und lugte in den Regen hinaus.

Er schlief schlecht in jener Nacht, geplagt von Träumen von finsteren Gestalten, die das Gesicht seines Bruders trugen, und wenn er wach wurde, quälte ihn, was man ihm gesagt hatte. *Unsinn*, war sein erster Gedanke. *Lügen.* Aber sein Instinkt sagte ihm, daß zumindest ein Teil davon der Wahrheit entsprach – und das wiederum unterstellte die unerfreuliche Möglichkeit, daß es alles stimmen konnte. Par ein Schattenwesen. Die Magie eine Waffe, die ihn zerstören konnte. Beide von finsteren Mächten jenseits ihres Verständnisses bedroht.

Er wußte nicht mehr, was er glauben sollte.

Als er aufwachte, klopfte er an die Tür. Ein Sucher in schwarzem Umhang ließ ihn hinaus und führte ihn hinunter in den Übungshof. Ein anderer, ein grober Kerl mit kahl rasiertem Schädel und Narben und Knoten überall bot ihm an, mit ihm zu kämpfen. Mit gepolsterten Keulen trainierten sie den ganzen Morgen. Coll schwitzte und strengte sich an. Es tat gut, den Körper wieder zu benutzen.

Später, als er wieder allein in der Zelle war, hellte der Nachmittag sich auf. Die Wolken wurden dünner, und die Sonne brach im fernen Süden hindurch. Er überdachte seine neue Lage. Er war noch immer ein Gefangener, aber es war nicht mehr ganz so schlimm. Er war nicht mehr in eine einzige Zelle eingesperrt. Man hatte ihm die Gelegenheit gegeben, stark und fit zu bleiben. Er fühlte sich nicht bedroht.

Ob Felsen-Dall Rätselspielchen mit ihm trieb, blieb natürlich abzuwarten. Wie auch immer, der Erste Sucher hatte einen Fehler begangen. Er hatte Coll Ohmsford die Gelegenheit gegeben, die Südwache zu erkunden.

Und damit die Gelegenheit, einen Fluchtweg zu finden.

Walker Boh schmachtete in Hearthstone in einem bei weitem scheußlicheren Gefängnis als jenem, in dem Morgan Leah festgehalten wurde. Er war mit dem eisernen Vorsatz, seine Krankheit zu heilen, aus Storlock zurückgekommen; er wollte das Gift, das der Asphinx ihm eingespritzt hatte, aus seinem Körper treiben und sich gesund machen, was nicht einmal den Stors gelungen war. Innerhalb einer Woche hatte er sich völlig verändert, war mutlos und bitter geworden und hatte Angst, daß seine Hoffnungen vergeblich seien, daß er sich am Ende nicht würde selber retten können. Seine Tage zogen sich endlos lang und heiß dahin, während er in Gedanken verloren durch das Tal wanderte und verzweifelt darüber nachgrübelte, welchen Zauber es brauchte, um die Ausbreitung des Giftes aufzuhalten. Während der Nächte brütete er weiter, die dunklen Stunden vergingen mit den vergeblichen Versuchen, seine Ideen auszuführen.

Nichts wirkte.

Er versuchte alles. Er begann mit einer Reihe von Bewußtseinssteuerungen, dem inneren Ausloten seiner eigenen Zauberkraft, das dazu angetan sein sollte, die Ausbreitung des Giftes aufzuhalten, zu brechen, rückgängig zu machen oder wenigstens zu verlangsamen. Nichts davon geschah. Er kanalisierte seine Magie in Form eines Angriffs, das innere Äquivalent des Feuers, das er manchmal zum Schutz und zur Verteidigung heraufbeschwor. Die Kanalisierung schien keine taugliche Quelle zu finden, die Magie verstreute sich und verlor ihre Macht. Er probierte die Beschwörungen und Zauberformeln, die er im Laufe der Jahre gesammelt hatte, sowohl jene, die ihm angeboren waren, als auch jene, die man ihn gelehrt hatte. Alle versagten. Schließlich griff er auf die Chemikalien und Pulver zurück, auf die Cogline sich verlassen hatte, die Wissenschaften der Alten Welt, die auf die Neue überkommen waren. Er attackierte die Steinruine seines Arms und versuchte, sie bis zum Fleisch abzubrennen und auszuglühen. Er versuchte Heilmixturen, die von der Haut absorbiert wurden und in den Stein dringen sollten. Er wandte elektrische und magnetische Felder an. Er probierte Antitoxine. Auch das alles versagte. Das Gift war zu stark. Es konnte nicht neutralisiert werden. Es breitete sich weiterhin in seinem Körper aus und brachte ihn langsam um.

Ondit blieb fast ohne Unterbrechung an seiner Seite, folgte ihm geräuschlos auf seinen langen Tageswanderungen, streckte sich in der Dunkelheit seines Zimmers neben ihm aus, während er sich vergeblich abmühte, die Magie in einer Weise anzuwenden, die ihm zu überleben gestattete. Die riesige Moorkatze schien zu spüren, was mit Walker geschah; sie beobachtete ihn, als fürchte sie, er könne jeden Moment verschwinden, als könne sie ihn irgendwie vor dieser unsichtbaren Bedrohung beschützen, indem sie ihn nicht aus den Augen ließe. Die leuchtenden gelben Augen waren immer da, beobachteten ihn mit Klugheit und Sorge, und Walker ertappte sich dabei, wie er voller Hoffnung hineinstarrte und nach den Antworten suchte, die er nirgendwo sonst zu finden vermochte.

Auch Cogline tat alles in seiner Macht Stehende, um Walker in seinem Ringen zu unterstützen. Wie die Moorkatze hielt er Wache, wenn auch aus größerer Distanz, weil er fürchtete, Walker würde es nicht tolerieren, wenn er zu nah käme oder zu lange bliebe. Zwischen den beiden bestand noch immer ein Antagonismus, der nicht zu überwinden war. Es fiel ihnen schwer, mehr als für ein paar Minuten zusammen zu sein. Cogline gab Rat, wo er konnte, mischte Pulver und Arzneien auf Walkers Bitte, verschrieb Salben und Heilmittel und schlug Formen von Zaubern vor, von denen er glaubte, sie könnten helfen. Vor allem aber gab er das bißchen Trost, das er vermitteln konnte, daß ein Gegenmittel gefunden werden würde.

Walker war dankbar für diesen Trost, auch wenn er es dem anderen niemals eingestehen würde. Er hatte seinem eigenen Tod nie viele Gedanken gewidmet, war immer überzeugt gewesen, daß es noch lange hin sei und er, wenn es soweit wäre, dafür vorbereitet sei. Er stellte jetzt fest, daß er sich in beidem geirrt hatte. Er war zornig und verängstigt und verwirrt; seine Gefühle stürzten in ihm durcheinander wie übriggebliebene Steine einer ausgeleerten Ladung in einem fahrenden Lastkarren. Er kämpfte um sein Gleichgewicht, den Glauben an sich selbst, ein winziges Fünkchen Hoffnung, doch ohne die unterstützende Gegenwart von Cogline wäre er verloren gewesen. Gesicht und Stimme des alten Mannes, seine Gesten, seine besonderen Eigenheiten, die ihm alle so vertraut waren, boten ihm Halt an dem Abgrund, an den Walker Boh sich klammerte, und bewahrten ihn davor, ganz und gar in die Tiefe zu stürzen. Er kannte Cogline seit langer Zeit, und in Abwesenheit von Par und Coll und in geringerem Maße auch von Wren stellte Cogline seine einzige Verbindung zur Vergangenheit dar – eine Vergangenheit, die er zuerst verspottet, verachtet und schließlich ganz und gar verleugnet hatte, und die er jetzt verzweifelt zurückzugewinnen versuchte, denn sie war die einzige Verbindung zur Verwendung der Magie, die ihn retten konnte. Wenn er es nicht so eilig gehabt hätte, sie zu verleugnen, ihren Einfluß loszuwerden, wenn er sich mehr Zeit genommen hätte, sie zu begreifen, von ihr zu lernen, sie zu meistern und sie für seine Bedürfnisse zu nutzen, dann hätte er jetzt vielleicht nicht so hart zu ringen, um am Leben zu bleiben.

Doch die Vergangenheit ist nicht wiedergutzumachen. Trotzdem konnte er einen gewissen Trost aus der ständigen Gegenwart des alten Mannes ziehen, der ihm all sein Verständnis der Magie vermittelt hatte. Jetzt, da seine Zukunft so erschreckend ungewiß geworden war, entdeckte er ein seltsames, zwingendes Bedürfnis, nach jenen Dingen zu greifen, die ihm aus der Vergangenheit geblieben waren. Und von denen war Cogline das nächstliegende.

Cogline war im zweiten Jahr seines einsamen Lebens in Hearthstone zu ihm gekommen. Risse war damals schon fünfzehn Jahre tot und Kenner fünf. Er war seither auf sich selbst angewiesen, trotz der Bemühungen von Jaralan und Mirianna Ohmsford, ihn zu einem Mitglied ihrer Familie zu machen, ein von allen Ausgestoßener, denn seine Magie erlaubte ihm nichts anderes. Während sie im Älterwerden bei allen Ohmsfords seit Brin verschwunden war, so war das bei ihm nicht der Fall. Sie wurde statt dessen stärker, drängender, unkontrollierbarer. Es war schon schlimm genug gewesen, als er in Shady Vale lebte, in Hearthstone wurde es unerträglich. Sie zeigte sich auf neue Weise – unerwünschte Empfindungen, befremdliche Vorahnungen, überscharfe Sinneswahrnehmungen und erschreckende Demonstrationen roher Gewalt, die ihn zu zerschmettern drohten. Er schien sie nicht meistern zu können. Er verstand sie einfach nicht und konnte daher auch keinen Weg finden, ihre Funktionsweise zu entziffern. Am besten blieb er allein, niemand wäre in seiner Umgebung sicher gewesen. Er spürte, wie ihm seine geistige Gesundheit entglitt.

Cogline veränderte alles. Eines Nachmittags tauchte er zwischen den Bäumen aus dem Nebel, der zur Neige des Herbstes vom Wolfsktaag herunterrollte, ein kleiner, alter Mann in Gewändern, die locker um seine magere Gestalt hingen, wild zerzaustem Haar und scharfen, klugen Augen. Ondit war bei ihm, ihre massige, unbeirrbare schwarze Anwesenheit schien die Veränderung, die in das Leben des Dunklen Onkels kommen würde, anzukündigen. Cogline berichtete Walker die Geschichte seines Lebens von der Zeit von Bremen und dem Druidenrat bis in die Gegenwart – tausend Jahre. Es war ein aufrichtiger Bericht, der nicht darum bat, akzeptiert zu werden, er forderte es. Seltsamerweise fügte Walker sich. Er fühlte, daß diese wilde, unwahrscheinliche Geschichte der Wahrheit entsprach. Er kannte die Geschichten über Cogline aus Brin Ohmsfords Zeiten, und dieser alte Mann war ganz genauso, wie die Geschichten ihn beschrieben hatten.

»Ich schlief den Druidenschlaf«, erläuterte Cogline an einem Punkt, »sonst wäre ich schon früher gekommen. Ich hatte nicht erwartet, daß es schon Zeit war, doch die Magie, die in dir steckt und die mit deinem Eintritt ins Mannesalter erwacht ist, sagte mir, daß es soweit ist. Allanon hatte es so geplant, als er Brin das Vermächtnis übergab; es würde eine Zeit kommen, wo die Magie wieder gebraucht würde, und einer unter den Ohmsfords würde sie zu befehligen haben. Ich meine, du bist vielleicht dazu bestimmt, derjenige zu sein, Walker. Wenn das so ist, wirst du meine Hilfe brauchen, um zu verstehen, wie die Magie funktioniert.«

Walker war voll böser Vorahnungen, doch er erkannte, daß der alte Mann in der Lage sein mochte, ihm zu zeigen, wie er seine Zauberkraft unter Kontrolle bringen konnte. Diese Kontrolle brauchte er dringend. Er war bereit, es darauf ankommen zu lassen, ob Cogline sie ihn lehren konnte.

Cogline blieb fast drei Jahre bei ihm. Er offenbarte Walker als Lehrer dem Schüler die Überlieferungen der Druiden, die Schlüssel, die die Türen des Verstehens öffnen würden. Er lehrte ihn die Weisen von Bremen und Allanon, wie man sich nach innen wendet, um sich die rohe Kraft der Magie nutzbar zu machen, wie man sein Bewußtsein strukturierte, so daß die Kraft kanalisiert werden konnte und nicht aufs Geratewohl losging. Walker verfügte schon über ein paar Kenntnisse; er hatte viele Jahre mit der Magie gelebt und etwas von der Selbstverleugnung und den Schranken gelernt, die nötig waren, um ihre Forderungen zu überleben. Cogline baute auf diesem Wissen auf, drang in Bereiche vor, die Walker nicht hatte antasten wollen, lehrte ihn Methoden, die er nicht für möglich gehalten hatte. Langsam und schrittweise stellte Walker fest, daß die Magie sein Leben nicht mehr regierte; Unvorhersehbarkeit wurde durch Selbstkontrolle ersetzt. Walker begann sich selbst zu meistern.

Cogline unterrichtete ihn auch in den Wissenschaften der Alten Welt, lehrte ihn auch die Chemikalien und Mixturen, die er im Laufe der Jahre entwickelt und benutzt hatte, die Pulver, die sich durch Metall brannten und wie Feuer explodierten, und die Lösungen, die die Form sowohl von Flüssigkeiten als auch von festen Körpern veränderten. Neue Türen öffneten sich für Walker; er entdeckte eine ganz andere Form von Kraft. Seine Neugierde war so groß, daß er anfing, eine Verbindung von beiden – der Alten und der Neuen Welt – zu erforschen, eine Verschmelzung von Wissenschaft und Magie, die bislang noch niemand erfolgreich versucht hatte. Er ging langsam und vorsichtig vor, entschlossen, nicht zu einem der Opfer zu werden, die die Macht im Laufe der Zeit gefordert hatte, von den Menschen der Alten Welt, die die Großen Kriege ausgelöst hatten, bis hin zu dem Druiden Brone, seinen Schädelträgern und den Mordgeistern, die die Kriege der Rassen entzündet hatten.

Und dann begann er aus irgendeinem Grunde anders darüber zu denken. Vielleicht lag es an der Begeisterung, die ihn überkam, wenn er die Magie befehligte. Vielleicht war es das unersättliche Bedürfnis, mehr zu erfahren. Was auch immer der Grund war, er gelangte zu der Überzeugung, daß eine vollständige Beherrschung der Magie nicht möglich war, daß die Kraft, gleich, wie sorgfältig er sich gegen ihre schädlichen Wirkungen schützen mochte, ihn eines Tages überwältigen würde. Über Nacht wendete sich seine Haltung ins Gegenteil. Er versuchte, vor ihr zurückzuweichen, sie abzuschütteln. Er steckte in einem gewaltigen Dilemma; er versuchte, sich von der Magie zu distanzieren, doch das war ausgeschlossen, denn sie stellte einen wesentlichen Teil von ihm dar. Cogline sah, was vor sich ging, und versuchte, ihn zur Vernunft zu bringen. Walker weigerte sich, ihm zuzuhören, und fragte sich plötzlich, warum Cogline überhaupt zu ihm gekommen war. Ein Versuch war im Gange, ihn zu manipulieren, eine Druidenverschwörung, die bis zu den Zeiten von Shea Ohmsford zurückverfolgt werden konnte. Er wollte damit nichts zu tun haben. Er stritt mit Cogline, dann kämpfte er. Schließlich ging Cogline fort.

Er kam im Laufe der Jahre natürlich zurück. Aber Walker wollte keine weiteren Instruktionen über den Einsatz der Magie mehr hören, weil er fürchtete, daß zusätzliche Kenntnisse zu einer Unterwanderung seiner mühsam errungenen Kontrolle führen könnten, daß eine Steigerung zur Besitznahme führen könnte. Lieber verließ er sich auf das Verständnis, über das er verfügte, begrenzt, aber zu handhaben, und hielt sich von den Rassen fern, wie er es von Anfang an vorgehabt hatte. Cogline konnte kommen und gehen, sie konnten ihre unbequeme Allianz aufrechterhalten, aber er würde sich den Druiden oder einstigen Druiden oder irgendwem sonst nicht überlassen. Er wollte bis zum Ende sein eigener Herr bleiben.

Und jetzt war das Ende gekommen, und er war sich des Wegs, den er gewählt hatte, nicht mehr so sicher. Der Tod war nahe und wollte ihn, und hätte er sich nicht so von der Magie distanziert, hätte er ihn vielleicht ein wenig hinauszögern können. Sich diese Möglichkeit einzugestehen, verlangte, daß er eine bittere Dosis Stolz herunterschluckte. Es war hart, sich selbst neu einschätzen zu müssen, aber es war unvermeidlich. Walker Boh hatte in seinem ganzen Leben nie die Wahrheit gescheut, und er weigerte sich, jetzt damit anzufangen.

In der zweiten Woche nach seiner Rückkehr aus Storlock, als er in den frühen Abendstunden am Feuer saß und die Schmerzen seiner Krankheit ihn ständig an die Dinge mahnten, die unerledigt geblieben waren, sagte er zu Cogline, der irgendwo im Hintergrund in seinen Büchern herumwühlte, die er zu seinem eigenen Gebrauch in der Kate aufbewahrte: »Komm, setz dich zu mir, alter Mann.«

Er sagte es freundlich und traurig, und Cogline kam ohne zu widersprechen und setzte sich neben ihn. Gemeinsam starrten sie in den hellen Feuerschein.

»Ich sterbe«, sagte Walker nach einer Weile. »Ich habe alles versucht, um das Gift auszutreiben, und nichts hat gewirkt. Sogar meine Magie hat versagt. Und deine Wissenschaft. Wir müssen akzeptieren, was das bedeutet. Ich habe die Absicht, weiterhin alles zu versuchen, um es zu verhindern, aber es sieht so aus, als würde ich nicht überleben.« Er preßte seinen störrischen Arm gegen den Körper, ein steinernes Gewicht, das ihn unnachgiebig nach unten zog. »Es gibt Dinge, die ich dir sagen muß, bevor ich sterbe.«

Cogline wandte sich zu ihm um und wollte etwas sagen, doch Walker schüttelte den Kopf. »Ich habe mich selbst ohne einen triftigen Grund gegen dich verhärtet. Ich war unfreundlich zu dir, während du mehr als freundlich zu mir warst. Es tut mir sehr leid.«

Er schaute den alten Mann an. »Ich hatte Angst vor dem, was die Magie mir antun könnte, wenn ich mich ihr weiterhin hingeben würde; ich habe noch immer davor Angst. Ich denke nicht völlig anders. Ich glaube noch immer, daß die Druiden die Ohmsfords für ihre eigenen Absichten ausnutzen, daß sie uns sagen, was sie uns wissen lassen wollen, und uns steuern, wie es ihnen behagt. Es fällt mir schwer zu akzeptieren, ihr Handlanger zu sein. Doch ich habe mich geirrt, als ich dich als einen von ihnen angesehen habe. Deine Absichten waren nicht die ihren. Du hast deine eigenen.«

»Soweit irgendwelche Absichten die meinen sind und nicht vom Schicksal und den Umständen abhängen«, sagte Cogline mit trauriger Miene. »Wir verwenden so viele Worte, um zu beschreiben, was mit uns geschieht, und alles läuft auf dasselbe hinaus. Wir leben unser Leben, wie uns bestimmt ist, es zu leben – mit einer gewissen Entscheidungsfreiheit und ein paar Zufällen, doch vor allem als Ergebnis dessen, was wir sind.« Er schüttelte den Kopf. »Wer kann denn behaupten, daß ich freier von den Druiden und ihren Manipulationen bin als du, Walker? Allanon kam genauso zu mir, wie er zu dir, dem jungen Par und zu

Wren gekommen ist, und hat mich zu dem seinen gemacht. Ich kann nicht behaupten, daß es anders wäre.«

Walker nickte. »Dennoch, ich bin grob zu dir gewesen, und ich wünschte, das wäre nicht geschehen. Ich wollte, daß du der Feind bist, weil du aus Fleisch und Blut bist und nicht ein toter Druide oder ein unsichtbarer Zauber, und ich konnte auf dich einschlagen. Ich wollte dich als die Ursache für meine Angst betrachten. Es machte es mir leichter, wenn ich dich so sah.«

Cogline zuckte mit den Schultern. »Entschuldige dich nicht. Die Magie ist eine für jeden unterschiedliche Last, die er zu tragen hat, doch für dich um so mehr.« Er machte eine Pause. »Ich glaube, du wirst niemals von ihr freikommen.«

»Außer im Tod«, erwiderte Walker.

»Falls der Tod dich so schnell ereilt, wie du glaubst.« Die alten Augen zwinkerten. »Würde Allanon einen Plan machen, der sich so leicht durchkreuzen läßt? Würde er das Risiko eingehen, daß seine ganze Arbeit umsonst wäre, falls du so bald sterben würdest?«

Walker zögerte. »Selbst Druiden können sich in ihrem Urteil irren.«

»In seinem Urteil?«

»Vielleicht war der Zeitpunkt falsch gewählt. Jemand anderer als ich war bestimmt, die Magie über die Jugend hinaus zu besitzen. Ich bin der falsche Träger. Cogline, was kann mich denn noch retten? Was ist denn noch unversucht geblieben?«

Der alte Mann schüttelte den Kopf. »Ich weiß es nicht, Walker. Aber ich spüre, daß da noch etwas ist.«

Dann schwiegen sie. Ondit lag ausgestreckt vor dem Feuer, hob den Kopf und schaute Walker an, dann ließ er ihn wieder sinken. Das Holz knisterte laut, und eine Rauchfahne schwebte durchs Zimmer.

»Du glaubst also, die Druiden sind mit mir noch nicht fertig?« sagte Walker schließlich. »Du meinst, sie lassen mich mein Leben nicht aufgeben?«

Cogline antwortete nicht sogleich. »Ich glaube«, sagte er nach einer Weile, »daß du bestimmen wirst, was aus dir wird, Walker. Das habe ich immer geglaubt. Was dir fehlt, ist die Fähigkeit zu erkennen, was du zu tun hast. Oder zumindest, es zu akzeptieren.«

Walker spürte, wie ein kalter Schauder ihn durchlief. Die Worte des alten Mannes wiederholten, was Allanon gesagt hatte. Er wußte, was sie bedeuteten. Daß er zugeben mußte, daß Brin Ohmsfords Vermächtnis für ihn gedacht war, daß er die Rüstung der Magie anlegen und hinaus in den Kampf ziehen mußte – wie ein unbesiegbarer Krieger, der aus alter Zeit herübergekommen war. Daß er die Schattenwesen vernichten mußte.

Als sterbender Mann?

Wie?

Wieder herrschte Schweigen. Diesmal brach er es nicht.

Drei Tage später verschlimmerte sich Walkers Zustand. Die Heilmittel der Stors und die Verschreibungen von Cogline gaben plötzlich dem Angriff des Giftes nach. Walker erwachte fiebrig und krank, konnte sich kaum erheben. Er frühstückte, ging auf die Veranda hinaus, um die Sonnenwärme zu genießen, und brach zusammen.

Er erinnerte sich nur noch bruchstückhaft an das, was danach geschah. Cogline brachte ihn wieder ins Bett und machte ihm kalte Umschläge, während das Fieber des Gifts in ihm wütete, ein unlöschbares Feuer. Er nahm Flüssigkeit zu sich, aber er konnte nichts essen. Er träumte ohne Unterlaß. Ein endloser Wahn von häßlichen, angsteinflößenden Geschöpfen, die vor ihm paradierten und ihn bedrohten, während er hilflos dastand und langsam seinen Verstand zu verlieren drohte. Er kämpfte dagegen an, so gut er es vermochte, doch ihm fehlten die nötigen Waffen. Was immer er auffuhr, die Monster hielten stand. Schließlich gab er auf und überließ sich ihnen und fiel in schwarzen Schlaf.

Von Zeit zu Zeit erwachte er, und jedesmal war Cogline da. Wieder einmal war es die tröstliche Gegenwart des alten Mannes, die ihn rettete, ein Lebensfaden, an den er sich klammerte, der ihn aus dem Vergessen zurückholte, in das er sonst geschwemmt worden wäre. Die knorrigen Hände streckten sich ihm entgegen; manchmal packten sie ihn, als wollten sie ihn festhalten, manchmal streichelten sie ihn, als wäre er ein trostbedürftiges Kind. Die vertraute Stimme beschwichtigte ihn, sprach Worte, die keinen Sinn ergaben, aber voller Wärme waren. Er fühlte den anderen neben sich, immer in der Nähe, darauf wartend, daß er erwache.

»Du bist nicht zum Sterben bestimmt, Walker Boh«, meinte er mehr als einmal zu hören, obwohl er sich dessen nicht sicher war.

Manchmal sah er, wie sich das Gesicht des alten Mannes über ihn beugte, die ledrige, runzlige, gezeichnete Haut, das schüttere, graue Haar, der zerzauste Bart, die Augen leuchtend und verständnisvoll. Er konnte ihn riechen, einen Waldbaum mit einem alten Stamm und alten Gliedern, doch mit Blättern so frisch und jung wie der Frühling. Wenn die Krankheit ihn zu überwältigen drohte, war der alte Mann da, um ihm Halt zu geben. Es war der alte Mann, dem zuliebe er nicht aufgab, dem zuliebe er gegen die Wirkung des Giftes ankämpfte und sich erholen wollte.

Am vierten Tag erwachte er gegen Mittag und nahm ein wenig Suppe zu sich. Das Gift war zeitweilig aufgehalten worden, die Arzneien und Mittel und Walkers Überlebenswille hatten noch einmal die Oberhand gewonnen. Walker zwang sich, den Schaden an seinem zerschmetterten Arm zu untersuchen. Das Gift war weiter vorgedrungen. Sein Arm war fast bis zur Schulter zu Stein geworden.

In jener Nacht weinte er aus Wut und Verzweiflung. Bevor er einschlief, wurde ihm bewußt, daß Cogline sich über ihn beugte, eine zerbrechliche Gestalt vor der endlosen, unerforschlichen Finsternis, die ihm leise sagte, daß alles gut werden würde.

Er erwachte während der trägen, ziellosen Stunden zwischen Mitternacht und Morgendämmerung, wenn die Zeit ihren Weg verloren zu haben scheint. Es war sein Instinkt, der ihn weckte, ein Gefühl, daß irgend etwas ganz und gar nicht in Ordnung war. Er rappelte sich hoch und stützte sich schwach und verwirrt auf den Ellenbogen, ohne in der

Lage zu sein, die Ursache seiner Besorgnis festzustellen. Ein seltsames, undefinierbares Geräusch stieg aus der nächtlichen Stille, ein Summen irgendeiner Aktivität irgendwo draußen, das von Schlaf und Krankheit undeutlich gemacht wurde. Sein Atem ging unregelmäßig, als er sich aufsetzte. Er schauderte unter seinen Bettüchern in der frostigen Luft.

Grelles Licht flammte plötzlich auf, sichtbar durch einen Spalt in den Vorhängen vor dem Fenster.

Er hörte Stimmen. Nein, dachte er ängstlich. Keine Stimmen, kehlige, unmenschliche Töne.

Es kostete ihn alle seine Kraft, um vom Bett bis zum Fenster zu kriechen. Fieber und Erschöpfung ließen ihn nur langsam und mühevoll vorankommen. Er verhielt sich ruhig, war sich bewußt, daß Vorsicht geboten war, daß er sich nicht sehen lassen durfte. Die Geräusche draußen wurden lauter, und ein ekelerregender Verwesungsgeruch hatte sich über alles gelegt.

Tastend fand er das Fenstersims und zog sich daran hoch, bis er mit den Augen auf gleicher Höhe war.

Was er durch den Spalt in den Vorhängen sah, ließ seinen Magen zu Eis erstarren.

Cogline erwachte, als Ondit ihn mit der Schnauze anstupste, grob und drängend, und der alte Mann fuhr sofort hoch. Er war erst lange nach Mitternacht eingeschlafen, nachdem er sich in seinen Büchern der Wissenschaften der Alten Welt vergraben und wieder einmal versucht hatte, ein Mittel zu entdecken, das Walker Bohs Leben retten könnte. Irgendwann war er in seinem Stuhl beim Feuer eingeschlafen. Das Buch, das er studiert hatte, lag noch immer aufgeschlagen auf seinem Schoß, als Ondit ihn weckte.

»Verflixt noch mal, Katze«, murmelte er.

Sein erster Gedanke war, daß etwas mit Walker nicht stimmte. Dann hörte er die Geräusche, die zwar noch schwach waren, aber lauter wurden. Knurren und Brummen und Fauchen. Tierlaute. Und ohne sich zu bemühen, ihr Kommen zu verbergen.

Er stand auf und wischte sich den Schlaf aus den Augen. Eine Lampe brannte auf dem Eßtisch, das Feuer war erloschen. Cogline zog seine Gewänder fest um sich und schlurfte voller Unbehagen zur Tür, um herauszufinden, was da los war. Ondit lief vor ihm her, das Fell auf ihrem Rücken gesträubt, fletschte sie die Zähne. Was immer sich dort draußen näherte, der Moorkatze behagte es ganz und gar nicht.

Cogline machte die Türe auf und trat auf die überdachte Veranda vor der Hütte. Der Himmel war klar. Mondlicht flutete zwischen den Bäumen hindurch und tauchte das Tal in weißes Leuchten. Die Luft war kühl und machte Cogline hellwach. Am Rand der Veranda blieb er stehen. Dutzende von winzigen, roten Lichterpaaren blinkten ihn aus den Schatten des Waldes an. Wie eine unendliche Schar zarter, roter Blüten schimmerten sie in der Finsternis. Sie schienen überall zu sein, rund um die Hütte und die Lichtung herum.

Cogline blinzelte, um sie besser erkennen zu können. Und dann begriff er, daß es Augen waren.

Er fuhr zusammen, als sich zwischen den Augen etwas rührte. Es war ein Mann in einer schwarzen Uniform mit den silbernen Insignien eines Wolfsschädels auf der Brust. Cogline sah ihn ganz deutlich, als er ins Mondlicht trat, groß und grobknochig, mit einem zerfurchten, ausgehöhlten Gesicht und leblosen Augen.

Felsen-Dall, dachte er, und ein Schwindelgefühl packte ihn.

»Alter Mann«, sagte der andere, und seine Stimme war ein krächzendes Flüstern.

Cogline antwortete nicht. Er starrte den anderen fest an und zwang sich, nicht nach rechts zu schauen, zu dem offenen Fenster von Walkers Schlafzimmer, wo Walker schlief. Angst und Zorn wüteten in ihm, und eine innere Stimme schrie ihm zu, um sein Leben zu rennen, zu fliehen. Schnell, warnte sie. Wecke Walker auf. Hilf ihm, zu entkommen!

Aber er wußte, daß es dafür längst zu spät war.

Er wußte schon seit einiger Zeit, daß es so sein würde.

»Wir sind deinetwegen gekommen, alter Mann«, krächzte Felsen-Dall, »meine Freunde und ich.« Er winkte, und die Geschöpfe, die ihn begleiteten, rückten eines nach dem anderen ins Licht, allesamt Horrorgestalten, Schattenwesen. Manche waren mißgestaltete Kreaturen wie die Waldfrau, die er vor ein paar Wochen von dem Lager von Par und Coll Ohmsford vertrieben hatte; manche sahen aus wie Hunde oder Wölfe, auf allen vieren, pelzig und mit zu Tierschnauzen verzerrten Gesichtern mit Zähnen und Krallen. Die Laute, die sie von sich gaben, ließen keinen Zweifel darüber, daß sie gierig auf Futter waren.

»Versager«, sagte ihr Anführer. »Menschen, die sich über ihre Schwächen nicht haben erheben können. Sie dienen jetzt einem besseren Zweck.« Er trat einen Schritt vor. »Du bist der letzte, alter Mann – der letzte, der sich mir in den Weg stellt. Alle Shannara-Kinder sind fort, von der Erde gewischt. Du bist der letzte, der übrigbleibt, ein armer, ehemaliger Druide, der niemanden mehr hat, der ihn retten kann.«

Die Runzeln, die Coglines Gesicht zeichneten, vertieften sich. »Ist das so?« fragte er. »Alle getötet hast du?« Felsen-Dall starrte ihn an. Kaum denkbar, entschied Cogline auf der Stelle. In Wahrheit hat er nicht einen umgebracht, will nur, daß ich das glaube. »Und du bist den ganzen Weg hierhergekommen, um es mir zu berichten, ja?«

»Ich bin hergekommen, um dir ein Ende zu setzen«, erwiderte Felsen-Dall.

Nun, da hast du es, dachte der alte Mann. Was immer der Erste Sucher mit den Shannara-Kindern angestellt hatte, es war nicht genug; er war jetzt auch hinter Cogline her, vielleicht, weil er die leichtere Beute abgab. Der alte Mann mußte beinahe lächeln. Wenn man bedachte, daß es alles hierauf hinauslief. Nun, nicht, daß er es nicht längst gewußt hätte. Allanon hatte ihn vor Wochen gewarnt, warnte ihn übrigens schon, als er ihn aufforderte, die Druidengeschichte aus Paranor zu besorgen. Oh, er hatte Walker natürlich nichts davon gesagt. Er hatte daran gedacht, doch er hatte es nicht getan. Es schien einfach keinen triftigen Grund dafür zu geben. *Wisse dies, Cogline*, hatte der Schatten prophetisch und mit tiefer Stimme erklärt. *Ich habe die Zeichen der Unterwelt gelesen; deine Zeit in dieser Welt ist beinahe abgelaufen. Der*

Tod ist dir auf den Fersen, und er ist ein unerbittlicher Jäger: Wenn du das nächste Mal Felsen-Dall zu Gesicht bekommst, wird er dich gefunden haben. Wenn dieser Augenblick gekommen ist, nimm Walker Boh die Druidengeschichte wieder ab und halte sie fest, als sei sie dein Leben. Lasse sie nicht los. Gib sie nicht auf. Denk daran, Cogline.

Denk daran.

Cogline ordnete seine Gedanken. Die Druidengeschichte ruhte in einer Nische in dem steinernen Kamin in der Hütte, wo Walker sie versteckt hatte.

Denk daran.

Er seufzte müde und resigniert. Er hatte natürlich Fragen gestellt, doch der Schatten hatte keine Antworten gegeben. Typisch Allanon. Es reichte offenbar, daß Cogline wußte, was auf ihn zukam. Es war nicht nötig, daß er die Einzelheiten kannte.

Ondit knurrte. Ihr Fell stand rundum zu Berge. Sie kauerte schützend vor dem alten Mann, und Cogline wußte, daß es unmöglich sein würde, die große Katze zu retten. Ondit würde ihn niemals verlassen. Er schüttelte den Kopf. Nun. Eine seltsame Ruhe nahm von ihm Besitz. Seine Gedanken waren ziemlich klar. Die Schattenwesen waren seinetwegen gekommen. Sie wußten nichts davon, daß Walker Boh hier war. Und dabei wollte er es auch belassen.

Er runzelte die Stirn. Würde ihm die Druidengeschichte, falls es ihm gelang, sie an sich zu nehmen, dabei helfen?

Seine Augen trafen die von Felsen-Dall. Diesmal erschien tatsächlich ein Lächeln auf seinem Gesicht. »Ich glaube, ihr seid zu wenige, um die Arbeit zu erledigen«, sagte er.

Sein Arm schwang in die Höhe, Silberstaub flog auf den Ersten Sucher und entflammte, als er auftraf. Felsen-Dall schrie auf vor Wut und taumelte zurück. Die Kreaturen, die mit ihm waren, griffen an. Von allen Seiten stürmten sie auf Cogline zu, doch Ondit stellte sich ihnen entgegen, stoppte sie am Rand der Veranda und riß die vordersten in Stücke. Cogline warf Händevoll des Silberstaubs auf seine Angreifer, und reihenweise gingen sie in Flammen auf. Die Schattenwesen kreischten und jaulten und stolperten übereinander, als sie erst anzugreifen und dann zu entkommen suchten. Leichen flogen wild durch den Mondschein und füllten die Lichtung mit brennenden Gliedmaßen. Sie fingen an, aufeinander loszugehen. Sie starben zu Dutzenden. *Leichte Beute, das haben sie sich so gedacht!* Cogline genoß eine wilde, perverse Freude, als er seine Gewänder zurückschlug und die Nacht in grellem Gleißen aufleuchten ließ.

Einen unmöglichen Augenblick lang hielt er es für möglich, daß er überleben würde.

Aber dann tauchte Felsen-Dall wieder auf; zu mächtig, um mit Coglines kleiner Zauberkraft überwältigt zu werden, peitschte er mit seinem eigenen Feuer die Kreaturen an, die er befehligte, seine Hunde und Wölfe und Halbmenschen, seine beinahe verstandeslosen Gehilfen. Die Schattenwesen, die von ihm terrorisiert wurden, griffen mit neuem Haß und neuer Wut wieder an. Diesmal ließen sie sich nicht zurückschlagen. Ondit zerfetzte die erste Welle, riesig und behende zwischen ihren kleineren Gestalten, und dann fielen sie alle über ihn her, ein Wirbelsturm aus Zähnen und Krallen. Cogline konnte nichts tun, um der Katze zu Hilfe zu kommen; selbst als der Silberstaub mitten zwischen ihnen explodierte, ließen die Schattenwesen nicht locker. Ondit verlor langsam an Boden.

Verzweifelt setzte Cogline den letzten Rest seines Pulvers ein und warf es auf den Boden, so daß eine Flammenwand entstand, die dem Vordringen der Biester für einen kurzen Moment Einhalt gebot. Pfeilschnell rannte er in die Hütte und riß die Druidengeschichte aus dem Versteck.

Jetzt werden wir sehen.

Kaum war er wieder an die Tür gelangt, als die Schattenwesen die Feuerwand durchbrachen und sich auf ihn stürzten. Er hörte Felsen-Dall, der sie anstachelte. Er fühlte, wie Ondit sich schützend an ihn drückte. Es gab keinen Ausweg, und es war sinnlos, eine Flucht zu versuchen. So blieb er einfach stehen, drückte das Buch an seine Brust wie eine Vogelscheuche in zerrissenen Gewändern vor einem Wirbelsturm.

Seine Angreifer kamen näher. Als ihre Hände ihn berührten, als sein Körper jeden Augenblick in Fetzen gerissen werden würde, fühlte er die Runenzeichen auf dem Buch zu Leben erwachen. Grelles, weißes Feuer brach hervor, und alles im Umkreis von fünfzehn Metern wurde verbrannt.

Jetzt bist du dran, Walker, war Coglines letzter Gedanke.

Dann verschwand er in den Flammen.

Die letzte Explosion schleuderte Walker von dem verhangenen Fenster fort, kurz bevor es von den Flammen erfaßt wurde. Trotzdem waren sein Gesicht und seine Hand angeschwärzt, und seine Kleider qualmten. Als Haufen lag er da, während das Feuer über die Decke seines Zimmers leckte. Er achtete nicht darauf, ihm war inzwischen egal, was geschah. Er war nicht in der Lage gewesen, Cogline und Ondit zu Hilfe zu eilen, zu schwach, den Zauber anzurufen, zu schwach sogar, um auch nur aufzustehen und sich mit ihnen gegen die Schattenwesen zu stellen, zu schwach, irgend etwas anderes zu tun als sich an das Fenstersims zu klammern und zuzuschauen.

Zwecklos! Er schrie das Wort tonlos im Geiste. Wut und Kummer schüttelten ihn.

Verzweifelt rappelte er sich auf die Knie und spähte durch die Flammen hinaus. Cogline und Ondit waren verschwunden. Felsen-Dall und die übriggebliebenen Schattenwesen zogen sich in den Wald zurück. Er starrte einen Moment hinter ihnen her, dann verließ ihn seine Kraft, und er brach wieder zusammen.

Zwecklos!

Die Feuerhitze wurde immer unerträglicher. Balken krachten herunter, und glühende Splitter versengten seine Haut. Sein Körper zuckte unter den Schmerzen, sein steinerner Arm zerrte ihn wie ein Anker auf den hölzernen Boden. Sein Schicksal war besiegelt, erkannte er. Niemand würde zu ihm kommen. Niemand wußte überhaupt, daß er hier war. Der alte Mann und die große Moorkatze hatten seine Gegenwart sogar vor den Schattenwesen verborgen; sie hatten ihr Leben dafür gegeben...

Er schauderte, als ihm das Bild von Felsen-Dalls Gesicht in den Sinn kam. Die leblosen Augen schauten ihn abschätzend an.

Er entschied, daß er nicht sterben wollte.

Fast ohne sich dessen bewußt zu sein, begann er zu kriechen.

Quickening fand ihn zwei Tage später. Pe Ell und Morgan waren dabei, angezogen von dem Geheimnis, wer und was sie war, ihrem Versprechen, daß sie gebraucht würden, um den Talisman zu finden, den zu suchen sie geschickt worden war, angezogen durch Neugier, durch Leidenschaft und ein Dutzend anderer Gründe, die sie nicht zu nennen vermochten. Sie hatten die Reise von Culhaven nach Norden in drei Tagen zurückgelegt. Zu Fuß waren sie dem Rabb gefolgt, wo er an den Anar grenzte, weit genug westlich des Wolfsktaags mit den finsteren Geschöpfen, die dort hausten. Geheimnistuerei schien das letzte zu sein, das Quickening am Herzen lag. Sie hatte beschlossen, bei Tag zu reisen, und hatte jenen, die ihr gerne gefolgt wären, gesagt, daß sie zurückbleiben und ihr Werk vollenden müßten, die Gesundheit des Landes wiederherzustellen, und sie waren den ganzen Weg bis zum Waldrand durch die offenen Ebenen gezogen. Morgan Leah war zwar erleichtert, daß er sich nicht mehr in den Wolfsktaag wagen mußte, aber er war sicher, Föderationspatrouillen am Rabb würden versuchen, sie aufzuhalten. Seltsamerweise geschah das nicht. Sie kamen zwar mehr als einmal in Sicht und näherten sich, doch bevor die Patrouillen ganz herangekommen waren, drehten sie plötzlich ab. Es war fast, als hätten sie beschlossen, sie hätten sich geirrt – als hätten sie beschlossen, sie hätten am Ende gar nichts gesehen.

Es fing schon an zu dämmern, als die drei schließlich in Hearthstone anlangten, die Männer mit wunden Füßen, verschwitzt und ein bißchen mürrisch über das Tempo, das das Mädchen angegeben hatte und das sie offenbar ohne jede Mühe einhalten konnte. Sie waren an Storlock vorbei über den Jadepaß den Chard Rush hinunter nach Darklin Reach gekommen. Die Sonne näherte sich schnell den Berggipfeln hinter ihnen, und der Himmel vor ihnen war klar und hell. Eine dicke, schwarze Rauchsäule stieg darin auf wie eine Schlange. Sie sahen den Rauch lange bevor sie seine Ursache ausmachen konnten. Sie sahen ihn in den dunkler werdenden östlichen Himmel steigen und sich langsam auflösen, und Morgan Leah fing an, sich Sorgen zu machen. Quickening sagte nichts, doch dem Hochländer kam es so vor, als sei ihr Gesicht angespannt. Als sie schließlich den Rand des Tales erreichten und keinerlei Zweifel mehr blieben, wirkte das Gesicht des Mädchens erschöpft.

Sie folgten dem Rauch zu den Ruinen der Hütte. Verkohlter Schutt war alles, was noch übrig war. Das Feuer, das dort gewütet hatte, war so heiß gewesen, daß es an manchen Stellen noch immer brannte. Holz und Asche glühten leuchtend rot und sandten den schwarzen Rauch in den Himmel. Die Lichtung rundum war versengt und leblos, und riesige Klumpen Erde waren weggeplatzt. Es sah aus, als hätten sich zwei gewaltige Armeen auf einem Feld von hundert Metern eine Schlacht geliefert. Nichts Erkennbares war übrig. Fetzen und Teile von etwas, das vielleicht einst Menschen gewesen waren, lagen überall verstreut, aber es war unmöglich mit Bestimmtheit festzustellen. Sogar Pe Ell, der sonst so sorgsam darauf achtete, seine Gedanken nicht zu verraten, stand da und starrte.

»Die Schattenwesen waren hier«, sagte Quickening, und das veranlaßte beide Männer, sofort losgehen zu wollen, um den Wald hinter ihnen abzusuchen, doch sie fügte hinzu: »Aber sie sind fort und werden nicht wiederkommen.«

Unter der Anleitung des Mädchens suchten sie die Lichtung nach Walker Boh ab. Morgans Herz sank. Er hatte gehofft, daß Walker nicht hier sei, daß der Angriff der Schattenwesen einen anderen Grund gehabt hätte. Niemand konnte das überlebt haben, dachte er. Er beobachtete, wie Pe Ell lustlos gegen Schutthaufen trat, eindeutig nur halbherzig bei der Sache. Morgan mochte den Mann nicht. Er traute ihm nicht, und er verstand ihn nicht. Trotz der Tatsache, daß Pe Ell ihn aus dem Föderationsgefängnis befreit hatte, konnte Morgan sich nicht dazu bringen, irgendwelche Freundschaftsgefühle für ihn zu hegen. Pe Ell hatte ihn auf Quickenings Bitte gerettet; er hätte keinen Finger krumm gemacht, wenn das Mädchen ihn nicht darum gebeten hätte. Soviel hatte er Morgan schon wissen lassen, es hatte ihm viel daran gelegen, es ihm zu sagen. Wer er war, blieb ein Geheimnis, und der Hochländer war sicher, daß nichts Gutes aus seiner Anwesenheit hier entspringen konnte. Selbst jetzt, als er über die verkohlte Lichtung streifte, sah er aus wie eine Katze auf der Suche nach etwas zum Spielen.

Quickening fand Walker Boh wenige Augenblicke später und rief die beiden anderen eilig hinzu. Wie sie herausfand, wo er sich versteckt hatte, konnte man nur vermuten. Er war bewußtlos und lag tief in die Erde eingegraben. Pe Ell und Morgan gruben ihn aus und stellten dabei fest, daß er offenbar in einem unterirdischen Tunnel, der von der Hütte zum Waldrand führte, steckengeblieben war. Obwohl der Tunnel vermutlich bei dem Schattenwesenangriff eingestürzt war, hatte er genug Luft bekommen, um zu überleben. Sie brachten ihn an das schwächer werdende Tageslicht, und Morgan sah die Überreste seines Arms, der Unterarm war ganz weg, und ein steinerner Stumpf ragte aus der Schulter. Walker atmete nur schwach, seine Haut war bleich und ausgemergelt. Zuerst glaubte der Hochländer, er lebe gar nicht mehr.

Behutsam legten sie ihn auf den Boden und wischten ihm den Schmutz vom Gesicht. Quickening kniete sich neben ihn und nahm seine Hand in ihre Hände. Sie hielt sie einen Moment lang fest, und er schlug die Augen auf. Morgan wich zurück. So hatte er Walkers Blick noch nie gesehen; es war erschreckend, ihn anzuschauen, finsterer Wahnsinn stand darin.

»Laßt mich nicht sterben«, flüsterte der Dunkle Onkel rauh.

Das Mädchen berührte sein Gesicht, und er schlief auf der Stelle ein. Morgan holte tief Luft und atmete langsam wieder aus. Walker Boh bat nicht aus Angst um Hilfe; es war Wut.

In jener Nacht schlugen sie ihr Lager neben den Ruinen der Hütte im

Schutze der Bäume auf, als das Tageslicht der Dunkelheit wich. Quikkening ließ sie neben der Stelle, wo Walker Boh schlafend lag, ein Feuer entzünden, und sie setzte sich neben ihn und rührte sich nicht. Manchmal nahm sie seine Hand, manchmal streichelte sie ihn. Morgan und Pe Ell waren vergessen. Sie schien sie nicht zu brauchen und auch nicht zu wollen, daß sie sich einmischten, also entfachte der Hochländer ein zweites Feuer ein Stückchen weiter weg und bereitete ein Nachtmahl aus den Vorräten, die sie mitgebracht hatten – Brot, getrocknetes Fleisch, Käse und Obst. Er bot dem Mädchen etwas an, doch sie schüttelte den Kopf und er zog sich zurück. Er aß allein. Pe Ell nahm sein Essen und verschwand in die Dunkelheit.

Nach einer Weile streckte Quickening sich neben Walker Boh aus und schlief eng an ihn geschmiegt ein. Morgan beobachtete es mit steinernem Gesicht, und eine Welle von Eifersucht, daß der Dunkle Onkel ihr so nah sein durfte, überrollte ihn. Er musterte ihr Gesicht im Feuerschein, die Kurve ihres Körpers, ihre Sanftheit. Sie war so schön. Er konnte die Wirkung, die sie auf ihn hatte, nicht erklären; er hielt sich für außerstande, ihr irgend etwas auszuschlagen. Nicht, daß er die Hoffnung hegte, sie empfände für ihn, was er für sie empfand – oder daß sie überhaupt etwas für ihn übrig hätte. Es war die Sehnsucht, die sie in ihm erweckte. Er hätte nicht mit ihr gehen dürfen, nachdem er aus dem Gefängnis entkommen war und sich vergewissert hatte, daß Elise und Jilt in Sicherheit waren. Er hätte den Talbewohnern Par und Coll Ohmsford folgen sollen. Er hatte sich mehr als einmal vorgenommen, während er in der Finsternis und dem Dreck jener Föderationsgefängniszelle lag, daß er das täte, wenn er je freikommen sollte. Und dennoch war er jetzt hier im tiefsten Anar hinter einem Mädchen her, das nach einem Talisman suchte, von dem sie behauptete, daß es ihn gab, den sie jedoch nie genauer benannt hatte, in Gesellschaft dieses rätselhaften Pe Ell und nun auch noch von Walker Boh. Es verblüffte ihn, doch er stellte es nicht in Frage. Er war hier, weil er hier sein wollte. Er war hier, weil er sich in dem Augenblick, als er Quickening zum ersten Mal sah, hoffnungslos in sie verliebt hatte.

Er betrachtete sie, bis es schmerzte. Dann zwang er sich, den Blick abzuwenden. Er war überrascht, als er Pe Ell am Waldrand stehen sah, der sie ebenfalls betrachtete.

Ein Weilchen später war er wieder überrascht, als der Mann herüberkam und sich neben ihn ans Feuer setzte. Pe Ell tat so, als sei es die natürlichste Sache der Welt, als hätten die beiden Männer nie Abstand voneinander gehalten, als wären sie Gefährten und nicht Fremde. Mit schmalem Gesicht, mager wie der Schatten eines Drahtes, war er kaum mehr als einen Anhäufung von Linien und Kanten, die in der Dunkelheit zu verschwinden drohten. Mit gekreuzten Beinen saß er da, die magere Gestalt entspannt, zusammengekauert, und ein kleines Lächeln spielte um seinen Mund, als er Morgan die Stirn runzeln sah. »Du traust mir nicht«, sagte er. »Das solltest du auch nicht.«

»Warum nicht?« fragte Morgan.

»Weil du mich nicht kennst, und man traut niemandem, den man nicht kennt. Und den meisten, die man kennt, traut man besser auch nicht. So ist es einfach. Sag mal, Hochländer, was meinst du, warum ich hier bin?«

»Keine Ahnung.«

»Ich weiß es selber nicht. Und ich wäre bereit zu wetten, daß es dir genauso geht. Wir sind hier, du und ich, weil das Mädchen uns sagt, daß sie uns braucht, aber wir wissen nicht wirklich, was sie meint. Wir bringen es einfach nicht fertig, nein zu sagen.« Pe Ell schien sich gleichzeitig selbst die Situation zu erklären, während er zu Morgan sprach. Er sah kurz in Quickenings Richtung und nickte. »Sie ist hinreißend, nicht wahr? Wie kann man jemandem etwas abschlagen, der so aussieht? Aber da ist noch mehr, denn sie hat auch etwas in sich, etwas Besonderes, sogar in dieser Welt. Sie hat Magie, die stärkste Art von Magie. Sie bringt Totes wieder zum Leben – wie die Gärten, wie den da drüben.«

Er schaute Morgan wieder an, »Wir alle wollen diese Magie berühren, wollen über sie damit in Berührung kommen. Das ist, was ich glaube. Vielleicht gelingt es uns, wenn wir Glück haben. Aber wenn die Schattenwesen in diese Angelegenheit verwickelt sind, wenn die Dinge, mit denen wir uns abzugeben haben, so schlimm sind, na, dann werden wir uns um einander kümmern müssen. Du brauchst mir also nicht zu trauen, und ich nicht dir – vielleicht sollten wir das nicht –, aber wir müssen einander Rückendeckung geben. Meinst du nicht auch?«

Morgan war nicht sicher, ob er das auch meinte, aber er nickte trotzdem. Was er meinte, war, daß Pe Ell nicht von der Sorte zu sein schien, der sich darauf verließ, daß irgendwer ihm Rückendeckung gäbe. Oder gar seinerseits irgend jemandem Rückendeckung geben würde.

»Weißt du, was ich bin?« fragte Pe Ell leise, den Blick ins Feuer gerichtet. »Ich bin ein Handwerker. Ich kann Orte betreten und verlassen, ohne daß man mich bemerkt. Ich kann Sachen wegrücken, die sich nicht bewegen lassen wollen. Ich lasse Leute verschwinden.« Er schaute auf. »Ich verfüge über ein wenig Magie. Du auch, nicht wahr?«

Morgan schüttelte den Kopf, er war auf der Hut. »Da drüben ist der Mann mit der Magie«, bot er mit einer Geste in Walker Bohs Richtung an.

Pe Ell lächelte zweifelnd. »Schien ihm mit den Schattenwesen nicht allzuviel gebracht zu haben.«

»Vielleicht hat es ihm das Leben gerettet.«

»Haarscharf, wie es scheint. Und was soll er uns nützen, mit seinem Arm?« Pe Ell faltete die Hände. »Sag mal. Was kann er mit seiner Magie denn anfangen?«

Morgan gefiel diese Frage nicht. »Er kann eine Menge von dem, was du kannst. Frag ihn selbst, wenn's ihm besser geht.«

»Falls es ihm je besser geht.« Pe Ell erhob sich geschmeidig und ohne jede Anstrengung, so daß Morgan überrascht war. Schnell, dachte der Hochländer. Viel schneller als ich. Der andere schaute ihn an. »Ich fühle die Magie in dir, Hochländer. Ich möchte, daß du mir mal davon erzählst. Später, wenn wir ein bißchen länger zusammen gereist sind, wenn wir einander ein bißchen besser kennen. Wenn du mir vertraust.«

Er verzog sich in den Schatten am Rande des Feuers, breitete seine Decke auf dem Boden aus und rollte sich hinein. Er schlief fast augenblicklich ein.

Morgan saß da und starrte eine Weile zu ihm hinüber. Es dürfte einige Zeit dauern, bis er dem da vertrauen würde, dachte er. Pe Ell lächelte zwar leicht, aber es sah so aus, als sei nur sein Mund an diesem Akt beteiligt. Morgan überdachte, was der Mann von sich selber gesagt hatte, und versuchte, einen Sinn darin zu finden. Ich kann Orte betreten und verlassen, ohne daß man mich bemerkt? Ich kann Sachen wegrükken, die sich nicht bewegen lassen wollen? Ich lasse Leute verschwinden? Was war das für ein zweideutiges Gerede?

Das Feuer brannte herunter, und alle um ihn herum schliefen. Morgan dachte an die Vergangenheit, an seine Freunde, die tot oder verschollen waren, an den unaufhaltbaren Lauf der Ereignisse, die ihn mitschwemmten. Und vor allem dachte er über das Mädchen nach, das behauptete, die Tochter des Königs vom Silberfluß zu sein. Quickening.

Was würde sie von ihm verlangen?

Was würde er zu geben in der Lage sein?

Walker Boh erwachte bei Sonnenaufgang, tauchte aus dem schwarzen Abgrund der Bewußtlosigkeit. Er schlug die Augen auf und sah das Mädchen, das auf ihn hinunterblickte. Ihre Hände lagen auf seinem Gesicht. Ihre Finger fühlten sich kühl und sanft auf seiner Haut an, und es war, als hebe sie ihn mit ebensowenig Anstrengung hoch, wie es braucht, um eine Feder zu heben.

»Walker Boh.« Freundlich nannte sie ihn beim Namen.

Sie kam ihm seltsam bekannt vor, obwohl er sicher war, daß er sie noch nie gesehen hatte. Er versuchte zu sprechen, doch er konnte nicht. Irgend etwas hinderte ihn daran, ein Staunen über ihre exquisite Schönheit, über die Gefühle, die sie in ihm weckte. Er empfand sie wie die Erde, voll fremdartiger Magie, die gleichzeitig einfach und komplex war, ein Gefäß von Elementen, Erde, Luft und Wasser, Teil von allem, das Leben gibt. Er sah sie anders als Morgan Leah und Pe Ell, doch das konnte er noch nicht wissen. Er fühlte sich nicht als Liebhaber oder als Beschützer zu ihr hingezogen, er hatte nicht den Wunsch, sie zu besitzen. Statt dessen bestand eine Zuneigung zwischen ihnen, die Leidenschaft und Sehnsucht transzendierte. Ein Band unmittelbaren Verstehens einte sie, wie Gefühle es niemals konnten. Walker erkannte das Vorhandensein dieses Bandes, auch ohne es beschreiben zu können. Dieses Mädchen war etwas von dem, was er sein Leben lang zu sein sich abgemüht hatte. Dieses Mädchen war ein Spiegel seiner Träume.

»Schau mich an«, sagte sie.

Er fixierte sie mit den Augen. Sie nahm ihre Finger von seinem Gesicht und bewegte sie zu den zersplitterten Resten seines Armes, zu dem steinernen Stumpf, der leblos aus seiner Schulter ragte. Ihre Finger tasteten sich unter seine Kleidung, strichen über seine Haut und wanderten zu der Stelle, wo die Haut sich zu Stein verhärtete. Er zuckte unter ihrer Berührung zusammen, wollte nicht, daß sie die Krankheit in ihm fühlte oder die Zerstörung seines Fleisches entdeckte. Doch ihre Finger harrten aus, ihre Augen schauten nicht weg.

Und dann stöhnte er auf, als alles in weißglühendem Schmerz unterging. Für einen Moment sah er die Halle der Könige wieder, die Gruften der Toten, die Steinplatte mit den Runen, das schwarze Loch darunter und die schnelle Bewegung des Asphinx, als er zubiß. Danach schwebte er, und nur noch ihre Augen waren da, schwarz und unendlich, die ihn auf einer Welle süßer Erleichterung trugen. Der Schmerz schwand, entfleuchte als roter Dunst aus seinem Körper und löste sich in der Luft auf. Er fühlte, wie ihm ein Gewicht abgenommen wurde, und er fand Frieden.

Er mochte anschließend etwas geschlafen haben, aber er war nicht sicher. Als er die Augen wieder aufschlug, war das Mädchen neben ihm und schaute ihn an, und das Dämmerlicht war fahl und fern hinter den Baumwipfeln. Er schluckte gegen die Trockenheit in Mund und Kehle an, und sie gab ihm Wasser aus einem Balg. Ihm wurde bewußt, daß Morgan Leah ihn mit offenem Mund anstarrte, sein schmales, gebräuntes Gesicht eine Maske des Unglaubens. Neben ihm stand ein anderer Mann, den er nicht kannte, mit hartem, spöttischem Gesicht. Sie waren beide dagewesen, als das Mädchen ihn fand, erinnerte er sich. Was sahen sie jetzt, das sie so sehr erstaunte?

Dann merkte er, daß etwas anders war. Sein Arm fühlte sich leichter an, freier. Er hatte keine Schmerzen. Mit dem bißchen Kraft, das er hatte, hob er den Kopf und schaute an sich hinunter. Seine Kleider waren von seiner Schulter gezogen worden und enthüllten rosige, geheilte Haut, wo der steinerne Stumpf entfernt worden war.

Sein Arm war fort.

Und damit auch das Gift des Asphinx.

Was fühlte er? Seine Emotionen überschlugen sich. Er starrte das Mädchen an und versuchte erfolglos, etwas zu sagen.

Sie sah auf ihn hinunter, ernst und makellos. »Ich bin Quickening, sagte sie. »Ich bin die Tochter des Königs vom Silberfluß. Schau mir in die Augen, damit du mich kennenlernst.«

Er tat wie geheißen, und sie rührte ihn an. Er sah, was Morgan Leah vor ihm gesehen und was Pe Ell miterlebt hatte – Quickenings Ankunft in Culhaven, die Wiederherstellung der Meade-Gärten aus Schutt und Asche. Er fühlte das Wunder und wußte instinktiv, daß sie war, was sie behauptete. Sie verfügte über Magie jenseits aller Vorstellung, Magie, die die bedauernswertesten Ruinen des Lebens retten konnte. Als die Bilder aufhörten, verblüffte ihn wieder dieses unerklärliche Verwandtschaftsgefühl, das er zu ihr hatte.

»Du bist wieder gesund, Walker Boh«, sagte sie. »Die Krankheit wird dir nicht mehr zu schaffen machen. Schlaf jetzt, denn ich brauche dich dringend.«

Sie berührte ihn, und er versank in Schlaf.

Am Mittag wachte er wieder auf, mit einem Bärenhunger und trockener Kehle vor Durst. Quickening war da und gab ihm zu essen und Wasser und half ihm beim Aufsetzen. Er fühlte sich wieder stärker, eher wieder wie der Mann, der er vor seiner Begegnung mit dem Asphinx gewesen war, seit Wochen zum ersten Mal wieder fähig, klar zu denken. Seine Erleichterung, von dem Gift des Asphinx befreit zu sein, das heißt, überhaupt noch am Leben zu sein, lag im Widerstreit mit seiner Wut über das, was Felsen-Dall und die Schattenwesen mit Cogline und Ondit gemacht hatten. Nichts als ein alter Mann und eine lästige Katze, hatte er sie genannt. Er schaute über die Lichtung, auf die Spuren der Zerstörung. Das Mädchen fragte ihn nicht, was passiert war; sie berührte ihn nur und wußte Bescheid. Sämtliche Bilder der tragischen Ereignisse jener Nacht überschwemmten ihn mit einer Flut von Erinnerungen, daß er schauderte und den Tränen nahe war. Sie berührte ihn wieder, um ihn zu trösten und zu beruhigen, aber er weinte nicht. Er erlaubte es sich nicht. Er behielt seinen Kummer für sich, eingemauert hinter seiner Entschlossenheit, die Schuldigen zu finden und zu vernichten.

Quickening sprach zu ihm, fern von Morgan Leah und dem, den sie Pe Ell nannte: »Du darfst deinen Gefühlen nicht nachgeben, Walker Boh. Wenn du die Schattenwesen jetzt verfolgst, werden sie dich vernichten. Dir fehlt die Weisheit und die Kraft, um sie zu überwältigen. Beides kannst du nur durch mich erlangen.«

Und dann, ehe er antworten konnte, rief sie die beiden anderen herüber, ließ sie sich dazusetzen und sagte: »Ich werde euch jetzt sagen, wozu ich euch brauche.« Sie schaute einen nach dem anderen an und dann schien ihr Blick in die Ferne zu wandern. »Vor langer Zeit, in einem Zeitalter vor der Menschheit, vor den Feenkriegen, vor allem, was ihr kennt, gab es viele wie meinen Vater. Sie waren die ersten der Feengeschöpfe, denen das Wort das Leben gegeben hatte und die Herrschaft über das Land. Sie hatten die Aufgabe, zu bewahren und zu schützen, und solange sie konnten, taten sie es. Doch die Welt wandelte sich mit dem Verblassen der Feengeschöpfe und dem Aufstieg der Menschheit. Die Evolution der Welt ließ fast alles verschwinden, das am Anfang bestanden hatte, einschließlich jener von der Art meines Vaters. Einer nach dem anderen verstarb, ging unter im Laufe der Zeit mit den Veränderungen der Welt. Die Großen Kriege zerstörten viele von ihnen. Die Kriege der Rassen vernichteten noch mehr. Schließlich gab es nur noch meinen Vater, inzwischen eine Legende, den Feenlord, den sie den König vom Silberfluß nennen.«

Sie hob das Gesicht. »Nur, daß mein Vater nicht allein war, wie er glaubte. Es gab einen anderen. Selbst mein Vater wußte zunächst nichts von ihm. Er glaubte, daß alle seine Verwandten vor langer Zeit ausgestorben seien und er allein überlebt habe. Mein Vater irrte sich. Ein anderer wie er lebte noch, hatte sich so sehr verändert, daß er inzwischen nicht mehr wiederzuerkennen war. Alle frühen Feengeschöpfe bezogen ihre Magie aus den Elementen des Landes. Die Kraft meines Vaters stammte von den Flüssen und Seen, von den Wassern, die die Erde nähren. Er legte seine Gärten an, um sie zu füttern, ihnen Leben zu geben und daraus Leben zu beziehen. Sein Bruder, jener, von dem er nicht wußte, daß er ebenfalls überlebt hatte, holte seine Magie aus dem Gestein der Erde. Während mein Vater Kraft in Flüssigkeit und Wandel fand, fand sein Bruder Kraft in Beständigkeit und Unwandelbarkeit.«

Sie machte eine Pause. »Sein Name ist Uhl Belk. Er ist der Steinkönig. In alter Zeit hatte er keinen Namen, keiner der Verwandten meines Vaters hatte einen. Namen wurden nicht gebraucht. Mein Vater bekam seinen Namen von den Leuten des Landes; er hatte sie nicht darum gebeten. Uhl Belk nahm seinen Namen aus Angst an. Er nahm ihn an, weil er glaubte, daß er nur mit einem Namen sicher sein konnte zu überleben. Ein Name bedeutete Fortdauer, glaubte er. Um ihn herum wandelte sich die Welt, das Alte starb aus und gab den Platz für Neues frei. Er konnte nicht hinnehmen, daß er sich ändern sollte, denn wie das Gestein, von dem er seine Kraft bezog, war er unnachgiebig. Um zu überleben, bettete er sich tiefer auf die Weise, die ihn so lange erhalten hatte, grub sich in die Erde, von der er abhing. Er versteckte sich, als die Großen Kriege fast alles vernichteten. Er versteckte sich wieder, als die Kriege der Rassen das gleiche zu tun drohten. Er nahm seinen Namen an und hüllte sich in Stein. Wie für meinen Vater war seine Welt zu fast nichts geschrumpft, ein winziges bißchen Existenz war alles, was seine Magie beschützen konnte. Er klammerte sich verzweifelt daran, während die Kriege der Menschheit durch die Jahrhunderte wüteten, und er wartete, daß ein gewisses Maß an Vernunft wiederkehren würde.

Doch im Gegensatz zu meinem Vater vernachlässigte Uhl Belk den Auftrag, den das Wort ihm gegeben hatte. Im Kampf um sein Überleben verlor er den eigentlichen Sinn seines Daseins aus den Augen; er gelangte zu der Überzeugung, daß allein die Existenz, koste es, was es wolle, bedeutsam sei. Sein Auftrag, das Land zu erhalten und zu beschützen, war vergessen, sein Versprechen, sich für das Leben des Landes einzusetzen, hatte keine Bedeutung mehr. Er hegte und pflegte seine Magie mit einem einzigen Gedanken im Kopf – daß er dafür sorgen würde, so stark zu werden, daß seine Existenz niemals wieder von irgend etwas oder irgendwem bedroht würde.«

Quickening senkte den Blick, und als sie wieder aufschaute, waren ihre Augen voller Staunen. »Uhl Belk ist der Herrscher von Eldwist, einem Landstreifen weit im Nordosten jenseits des Charnalgebirges, wo das Ostland am Gezeitenstrom-Ozean endet. Nachdem er sich jahrhundertelang versteckt gehalten hat, kommt er nun hervor und fordert die Welt der Menschen für sich. Er tut dies mit seiner Magie, deren Kraft weiter zunimmt, sobald er sie benutzt. Er setzt sie wahllos gegen das Land ein – den Boden, das Wasser, die Bäume, die Geschöpfe, die ihre Nahrung daraus beziehen. Er verwandelt alles zu Stein und bezieht daraus Magie, die ihn noch stärker macht. Das gesamte Eldwist ist Stein, und das Land rundum fängt ebenfalls an zu versteinern. Der Gezeitenstrom hält ihn zur Zeit in Schach, denn er ist gewaltig, und selbst Uhl Belks Magie reicht noch nicht aus, einen Ozean zu überwältigen. Doch Eldwist ist an seiner Spitze mit dem Ostland verbunden, und nichts verhindert die Ausbreitung des Gifts nach Süden. Außer meinem Vater.«

»Und den Schattenwesen«, fügte Morgan Leah hinzu.

»Nein, Morgan«, sagte sie, und es entging keinem von ihnen, daß sie ihn allein beim Vornamen nannte. »Die Schattenwesen sind nicht Uhl Belks Feinde. Allein mein Vater versucht, die Vier Länder zu erhalten. Die Schattenwesen wie der Steinkönig würden die Länder gern umgestaltet sehen, so daß sie nicht wiederzuerkennen wären – öde und jeglichen Lebens beraubt. Die Schattenwesen und Uhl Belk lassen einander in Ruhe, denn sie haben nichts voneinander zu befürchten. Das kann sich eines Tages ändern, aber dann wird es für keinen von uns mehr eine Rolle spielen.«

Sie sah Walker an. »Denk an deinen Arm, Walker Boh. Das Gift, das ihn dir genommen hat, stammt von Uhl Belk. Der Asphinx gehört zu ihm. Alles Lebendige, das vom Steinkönig oder einem seiner Geschöpfe berührt wird, wird wie dein Arm – hart und leblos. Das ist die Quelle von Uhl Belks Macht, diese Beständigkeit, diese Unwandelbarkeit.«

»Und warum wollte er mich vergiften?« fragte Walker.

Ein Sonnenstrahl traf ihr Silberhaar und ließ es hell aufleuchten. Sie schüttelte die Sonne ab. »Er stahl einen Druidentalisman aus der Halle der Könige, und er wollte sichergehen, daß, wer auch immer den Diebstahl bemerkte, sterben müsse, ehe er etwas unternehmen konnte. Du hattest einfach das Pech, derjenige zu sein. Als die Druiden noch lebten, waren sie stark genug, Uhl Belk die Stirn zu bieten. Er wartete, bis sie alle fort waren, um erst dann wieder hervorzukommen. Sein einziger Feind ist jetzt mein Vater.«

Ihre dunklen Augen schwenkten auf Pe Ell. »Uhl Belk möchte das Land aufzehren, und um das tun zu können, muß er meinen Vater vernichten. Mein Vater hat mich ausgesandt, das zu verhindern. Ich kann es ohne eure Hilfe nicht tun. Ihr müßt mit mir nach Norden nach Eldwist kommen. Sobald wir dort sind, müssen wir den Talisman, den der Steinkönig den Druiden aus der Halle der Könige gestohlen hat, finden und zurückholen. Dieser Talisman wird der schwarze Elfenstein genannt. Solange Uhl Belk im Besitz des Elfensteins ist, ist er unbesiegbar. Wir müssen ihn ihm wegnehmen.«

Pe Ells langes, schmales Gesicht zeigte keinerlei Ausdruck. »Und wie sollen wir das anfangen?« fragte er.

»Ihr werdet einen Weg finden«, sagte das Mädchen und schaute einen nach dem anderen an. »Mein Vater sagte, das würdet ihr, ihr wäret im Besitz der nötigen Mittel. Aber ihr werdet alle drei gebraucht, um es zu tun. Jeder von euch besitzt die Magie, die erforderlich ist; wir haben nicht darüber gesprochen, doch es ist so. Alle drei Magien sind vonnöten. Ihr müßt alle drei mitkommen.«

»Alle drei.« Pe Ell sah zweifelnd auf Walker und Morgan. »Und was kann der schwarze Elfenstein? Was für eine Art von Magie hat er?«

Walker lehnte sich vor, um ihre Antwort zu hören, und Quickenings Augen richteten sich auf ihn. »Er nimmt die Kraft anderer Magien fort. Er verschlingt sie und macht sie sich zu eigen.«

Verblüfftes Schweigen breitete sich aus. Walker hatte noch nie von einer solchen Magie gehört. Er dachte an die Worte in der Druidengeschichte, die Cogline ihm gebracht hatte, die Worte, die beschrieben, wie Paranor wiederhergestellt werden konnte:

> *Einmal fortgeschafft, soll Paranor für die Welt der Menschen für alle Zeit verloren sein, versiegelt und uneinnehmbar unter dem Bann. Ein einziger Zauber besitzt die Macht, es zurückzuholen – dieser einzigartige Elfenstein von schwarzer Farbe, der von dem Feenvolk der Alten Welt in der Art und Weise aller Elfensteine erstellt wurde, und der dennoch in einem einzigen Stein allein die nötigen Eigenschaften von Herz, Verstand und Körper in sich vereint. Wer auch immer den Grund und das Recht dazu hat, soll ihn zu seinem wahren, vorbestimmten Zweck verwenden.*

Er hatte sich den Wortlaut eingeprägt, bevor er das Buch in einer Nische über dem Kamin der Hütte versteckte und zur Halle der Könige aufbrach. Der Text erläuterte etwas darüber, wie der schwarze Elfenstein verwendet werden konnte, um Paranor wiedererstehen zu lassen. Wenn Druidenmagie es versiegelt hatte, würde der schwarze Elfenstein diese Magie zunichte machen und die Feste wiederherstellen. Walker runzelte die Stirn. Das erschien verdammt einfach. Schlimmer noch, die Kraft einer solchen Magie ließ vermuten, daß nichts sie schlagen konnte, wenn sie einmal zum Einsatz käme. Warum würden die Druiden das Risiko eingehen, daß etwas so Mächtiges in die Hände eines Feindes von der Art von Uhl Belk fiele?

Andererseits hatten sie vermutlich alles getan, um ihn zu schützen. So gut wie niemand konnte ihn aus der Halle der Könige entfernen. Oder überhaupt wissen, daß er sich dort befand. Woher wußte es dann also der Steinkönig, fragte er sich.

»Wenn der schwarze Elfenstein andere Magie fortnehmen kann«, unterbrach Pe Ell plötzlich Walkers Gedanken, »wie kann irgend etwas ihn überwinden? Unsere eigene Magie, irgendeine Magie, ist doch dann machtlos dagegen.«

»Vor allem meine, denn ich besitze keine«, ließ Morgan sich plötzlich vernehmen, und alle schauten ihn an. »Jedenfalls keine, die der Rede wert wäre.«

»Kannst du uns irgendwie gegen den Steinkönig helfen?« fragte Walker. »Kannst du deine Magie in irgendeiner Form einsetzen?«

»Nein«, erwiderte das Mädchen, und sie starrten sie schweigend an. »Meine Magie ist nutzlos, bis ihr den schwarzen Elfenstein von Uhl Belk zurückgewonnen habt. Auch darf er nicht herausfinden, wer ich bin. Wenn er das täte, würde er mir ein schnelles Ende bereiten. Ich werde mit euch kommen und euch beraten, wenn ich kann. Ich werde helfen, falls das möglich ist. Aber ich darf meine Magie nicht einsetzen – nicht das mindeste bißchen, nicht für den kürzesten Augenblick.«

»Aber du meinst, wir könnten das?« fragte Pe Ell ungläubig.

»Der Steinkönig wird eure Magie für unbedeutend halten. Er wird sich von euch nicht bedroht fühlen.«

Pe Ell machte ein so finsteres Gesicht, daß Walker für einen Augenblick von seiner Frage, was Quickening ihnen vorenthielt, abgelenkt wurde. Er war jetzt sicher, daß sie ihnen etwas verschwieg. Nicht, daß sie sie anlog, das glaubte er nicht. Aber da war eindeutig etwas, das sie ihnen nicht sagte. Das Problem war, daß er nicht die geringste Ahnung hatte, was das sein könnte.

»Es gibt noch einen Grund, warum ihr mir helfen solltet«, sagte sie. »Alles ist möglich, wenn ihr mitkommt. Walker Boh. Ich habe das Gift aus deinem Körper entfernt und dich gesund gemacht. Ich habe deinen Arm geheilt, aber ich bin nicht in der Lage, dich wieder heil und ganz zu machen. Komm mit mir auf die Suche nach dem schwarzen Elfenstein, dann wirst du einen Weg finden, deine Ganzheit wiederzugewinnen. Morgan Leah. Du kannst die Magie deines zerbrochenen Schwertes wiederherstellen. Komm mit. Pe Ell. Du trachtest nach stärkerer

Magie, als sie die Schattenwesen haben. Komm mit. Mein Vater sagt, daß ihr zusammen alle Schlüssel besitzt, die alle diese Geheimnisse erschließen. Mein Vater weiß, was möglich ist. Er würde nicht lügen.«

Sie hob ihr Gesicht. »Die Vier Länder und ihre Völker werden von den Schattenwesen bedroht; doch nicht mehr, als von Uhl Belk. Die Mittel, die eine Bedrohung beenden, werden sich durch die Beendigung der anderen finden. Der schwarze Elfenstein ist der Talisman, der beide enden kann. Ich weiß, daß ihr das noch nicht verstehen könnt; ich weiß, daß ich es euch nicht erklären kann. Ich weiß nicht, wie es euch bei dieser Suche ergehen wird. Aber ich werde mit euch gehen, mit euch leben oder sterben, erfolgreich sein oder versagen. Wir werden durch das, was geschehen wird, für immer verbunden sein.«

So, wie wir irgendwie schon jetzt verbunden sind, dachte Walker und wunderte sich erneut über das Gefühl, das nach wie vor da war.

Stille kristallisierte sich um sie herum. Niemand wollte seine Schale brechen. Da waren Fragen, die noch nicht gestellt, Antworten, die noch nicht gegeben waren; da waren Zweifel und Vorbehalte und Ängste, die es zu überwinden galt. Ihnen allen war vor kaum einer Woche eine Zukunft gegeben worden, die sich nun als dunkler, ungewisser Pfad vor ihnen auftat, der sie führen würde, wohin es ihm beliebte. Uhl Belk, der Steinkönig, wartete am Ende dieses Pfads, und sie waren bereit, ihn aufzusuchen. Es war längst beschlossene Sache. Ohne daß irgendwer etwas gesagt hätte, war es entschieden. Das war die Macht von Quickenings Zauber, der Magie, die sie auf des Leben anderer ausübte, einer Magie, die nicht nur Leben von Totgeglaubtem wiedererweckte, sondern auch Hoffnungen und Träume in den Lebenden freisetzte.

So war es auch jetzt.

Morgan Leah dachte darüber nach, wie es wäre, wenn er das Schwert von Leah wiederbekäme. Er erinnerte sich daran, wie es sich anfühlte, als er seine Magie befehligen konnte. Pe Ell malte sich aus, wie es wohl wäre, wenn er im Besitz einer Waffe wäre, gegen die niemand etwas ausrichten konnte. Er erinnerte sich, wie es war, wenn er den Stiehl benutzte. Er fragte sich, ob es wohl genauso wäre.

Nur Walker Boh dachte weniger an sich selbst als an den schwarzen Elfenstein. Er blieb der Schlüssel zu all den verschlossenen Türen. Konnte Paranor wiedererstellt, konnten die Druiden zurückgebracht werden? Allanons Auftrag an ihn, Teil dessen, was getan werden mußte, sollten die Schattenwesen vernichtet werden. Und nun, zum ersten Mal, seit er die Träume gehabt hatte, wünschte er sie vernichtet. Mehr noch, er wollte derjenige sein, der es tat.

Er schaute in Quickenings schwarze Augen, und es war, als könne sie seine Gedanken lesen. Ein Druidentrick. Eine Feengabe.

Und plötzlich erinnerte er sich voller Schrecken, wo er sie schon einmal gesehen hatte.

Später in der Nacht ging er zu ihr, um es ihr zu sagen. Er brauchte lange, bis er sich dazu durchrang. Es wäre leichter gewesen, nichts zu sagen, denn wenn er davon sprach, riskierte er, seine Freundschaft mit ihr und seine Teilnahme an der Reise nach Eldwist aufs Spiel zu setzen. Aber zu schweigen wäre einer Lüge gleichgekommen, und dazu konnte er sich nicht entschließen. Er wartete, bis Morgan und Pe Ell eingeschlafen waren, bis die Nacht in Schwärze gehüllt war und die Zeit nur noch langsam vorankroch. Dann erhob er sich geräuschlos von seiner Decke, noch immer steif und mit Schmerzen von seiner Krankheit, und überquerte die feuerbeschienene Lichtung zu der Stelle, wo sie ihn erwartete.

Als er an der Ruine der Hütte vorbeikam, schaute er hinüber. Früher am Abend, als es noch hell war, hatte er die schwelende Asche nach Resten der Druidengeschichte durchsucht. Er hatte nichts gefunden.

Quickening schlief nicht. Er wußte, daß sie nicht schlafen würde. Sie saß im Schatten einer gewaltigen Kiefer, wo die Bäume, die die Lichtung umgaben, am weitesten von den Schlafenden entfernt waren. Er war noch immer schwach und konnte nicht weit gehen, doch er wollte nicht mit ihr sprechen, wo die beiden anderen ihn hören könnten. Sie schien dies zu fühlen; als er sich näherte, ging sie wortlos mit ihm tiefer in den Wald. Als sie in sicherem Abstand waren, verlangsamte sie ihre Schritte und schaute ihn an.

»Was möchtest du mir sagen, Walker Boh?« fragte sie und zog ihn hinunter auf den kühlen Waldboden.

Er brauchte eine Weile, ehe er zu sprechen begann. Er fühlte wieder die seltsame Verwandtschaft zu ihr, ohne bislang zu verstehen, warum, und das brachte ihn beinahe dazu, sich anders zu besinnen. Er fürchtete sich vor den Worten, die zu sagen er gekommen war, und vor der Reaktion, die sie auslösen würden.

»Quickening«, sagte er schließlich, und als der Klang ihres Namens über seine Lippen kam, ließ ihn das erneut innehalten. Dann riß er sich zusammen. »Cogline gab mir einen Band der Druidengeschichte, bevor er starb. Das Buch wurde vom Feuer zerstört. In dem Buch stand eine Passage, die besagte, daß der schwarze Elfenstein ein Druidenzauber sei und die Macht besitze, das untergegangene Paranor wieder erstehen zu lassen. Das war die Aufgabe, mit der mich der Schatten Allanons betraute, als ich ihn vor ein paar Wochen am Hadeshorn getroffen habe – den Vier Ländern Paranor und die Druiden wiederzubringen. Es war ein Auftrag, den anzunehmen Cogline mich drängte. Er brachte mir die Druidengeschichte, um mich davon zu überzeugen, daß es durchführbar ist.«

»Ich weiß das«, sagte sie leise.

Ihre schwarzen Augen drohten ihn zu verschlingen, und er zwang sich wegzuschauen. »Ich habe daran gezweifelt«, fuhr er fort, und es fiel ihm immer schwerer. »Ich zweifelte an seinen Absichten, wußte nicht, warum er mir das erzählte, beschuldigte ihn, den Interessen der Druiden zu dienen. Ich wollte mit keinem von ihnen etwas zu tun haben. Aber meine Neugier auf den schwarzen Elfenstein brachte mich dazu, der Sache trotzdem nachzugehen, sogar, nachdem Cogline fortgegangen war. Ich beschloß herauszufinden, wo der Elfenstein versteckt war. Ich ging zum Finsterweiher.«

Er schaute wieder zu ihr auf und hielt seinen Blick beständig. »Mir wurden drei Visionen gezeigt. Alle drei handelten von mir. In der ersten stand ich vor den anderen der Gruppe, die zum Treffen mit Allanon zum Hadeshorn gereist waren, und verkündete, daß ich mir eher eine

Hand abhacken, als die Druiden wiederzubringen helfen würde. Die Vision verspottete meine Worte und zeigte mich schon ohne meine Hand. Und nun ist sie wirklich weg. Nicht nur die Hand, der ganze Arm.«

Seine Stimme bebte. »Die dritte Vision hat in diesem Zusammenhang keine Bedeutung, doch in der zweiten stand ich am Rande eines Abgrundes, von dem aus man über die Welt schauen konnte. Ein Mädchen war bei mir. Sie verlor das Gleichgewicht und faßte nach mir. Als sie das tat, stieß ich sie fort, und sie stürzte in die Tiefe. Dieses Mädchen warst du, Quickening.«

Er wartete auf ihre Reaktion. Schweigen füllte den Raum zwischen ihnen, bis Walker das Gefühl hatte, nichts trenne sie mehr. Quickening sagte nichts. Sie hielt den Blick auf ihn gerichtet, und ihr Gesicht war bar jeden Ausdrucks.

»Du kennst doch den Finsterweiher!« rief er schließlich voller Entrüstung.

Dann sah er sie blinzeln und erkannte, daß sie an etwas völlig anderes gedacht hatte. »Er ist ein verbannter Geist«, sagte sie.

»Einer, der in Rätseln spricht und lügt und doch ein gewisses Maß an Wahrheit sagt, die er in irreleitender Weise verbrämt. Er tat es bei meiner ersten Vision. Mein Arm ist weg. Ich will nicht, daß dir das gleiche geschieht.«

Ein Anflug von Lächeln huschte über ihr Gesicht, eine Spur von Bewegung ihrer Mundwinkel. »Du wirst mir nichts zuleide tun, Walker Boh. Fürchtest du, daß du es wirst tun müssen?«

»Die Vision«, wiederholte er.

»Eine Vision, weiter nichts«, unterbrach sie ihn. »Visionen sind ebensosehr Illusion wie Wahrheit. Visionen zeigen uns Möglichkeiten und nicht Realität. Wir sind nicht an sie gefesselt, sie steuern nicht, was geschehen wird. Insbesondere solche von einer Kreatur wie dem Finsterweiher. Er neckt mit Falschheit, er täuscht. Fürchtest du ihn, Walker Boh? Nein, nicht du. Und ich auch nicht. Mein Vater sagt mir, was geschehen wird, und das reicht. Du wirst mir kein Leid antun.«

Walkers Gesicht fühlte sich verkniffen und angespannt an. »Er kann sich irren in dem, was er sagt; er mag nicht alles sehen, was sein wird.«

Quickening schüttelte den Kopf, streckte ihre schmale Hand aus und legte sie auf seine. »Du wirst auf dieser Reise mein Beschützer sein, Walker Boh – ihr alle drei, solange es nötig ist. Mach dir keine Sorgen. Ich werde bei euch sicher sein.«

Walker schüttelte den Kopf. »Ich könnte hierbleiben...«

Ihre Hand legte sich hastig auf seine Lippen und berührte sie, als müsse sie neues Gift fortwischen. »Nein.« Das Wort war wie aus Eisen gegossen. »Ich werde in Sicherheit sein, wenn du bei mir bist, ich laufe nur Gefahr, wenn du es nicht bist. Du mußt mitkommen.«

Er sah sie zweifelnd an. »Kannst du mir irgend etwas darüber sagen, was ich zu tun haben werde?«

Sie schüttelte den Kopf.

»Oder über die Mittel, wie ich Uhl Belk den schwarzen Elfenstein abnehmen soll?«

Wieder verneinte sie mit Bestimmtheit.

»Oder wenigstens, wie ich dich beschützen soll, wo ich doch nur einen Arm habe und...?«

»Nein.«

Er sackte zusammen, fühlte sich plötzlich schrecklich erschöpft. Finsternis hüllte ihn als Decke aus Zweifeln und Unentschlossenheit mit erstickenden Falten ein. »Ich bin ein halber Mann«, flüsterte er. »Ich habe das Vertrauen in mich verloren, in die Versprechen, die ich mir selbst gegeben, die Aufgaben, die ich mir gestellt habe. Ich bin von Druidenträumen und -aufträgen, an die ich nicht glaube, herumgezerrt worden. Ich habe meine beiden engsten Freunde verloren, mein Haus und meine Wertvorstellungen. Ich war der Stärkste von jenen, die Allanon aufsuchten, der, auf den die anderen sich verließen. Jetzt bin ich der Schwächste, kaum in der Lage, mich auf den Beinen zu halten. Ich kann die Visionen des Finsterweihers nicht so schnell abtun wie du. Ich bin zu oft zu Unrecht vertrauensvoll gewesen. Jetzt muß ich einfach alles in Frage stellen.«

»Walker Boh«, sagte sie.

Er schaute sie fragend an, während sie ihm auf die Füße half. »Du wirst wieder stark sein – allerdings nur, wenn du daran glaubst.«

Sie war so nah, daß er ihre Wärme durch die kühle Nachtluft zu ihm strahlen fühlte. »Du bist wie ich«, sagte sie ruhig. »Du hast es schon gespürt, doch du kannst noch nicht begreifen, warum das so ist. Es ist so, denn wir sind in erster Linie Geschöpfe der Magie, die wir befehligen. Die Magie definiert uns, formt uns und macht uns zu dem, was wir sind. Für uns beide ist es ein angeborenes Recht, dem wir nicht entkommen können. Du willst mich beschützen, indem du mir von der Vision berichtest, und indem du die Gefahr, die deine Gegenwart bedeuten könnte, bannst, falls deine Vision sich bewahrheiten sollte. Aber, Walker Boh, wir sind in einer Weise verbunden, daß wir allen Visionen zum Trotz nicht getrennt überleben können. Fühlst du das nicht? Wir müssen diesen Faden des Wegs aufnehmen, der uns nach Eldwist, zu Uhl Belk und dem schwarzen Elfenstein führt, und wir müssen ihm bis zum Ende folgen. Visionen von dem, was sein könnte, dürfen uns nicht von diesem Weg abbringen. Wir dürfen keine Angst um unsere Zukunft haben.«

Sie machte eine Pause. »Magie, Walker Boh. Magie bestimmt den Sinn meines Lebens, die Magie, die mein Vater mir gab. Kannst du behaupten, daß es für dich anders ist?«

Es war nicht eine Frage, die sie ihm stellte, sondern die Feststellung einer Tatsache, eine unanfechtbare Wahrheit. Er holte tief Luft. »Nein«, gab er zu, »das kann ich nicht.«

»Wir können es weder verleugnen noch davor weglaufen, nicht wahr?«

»Ja.«

»Dies haben wir miteinander gemein – dies und unterschiedliche Aufträge, den schwarzen Elfenstein zu finden und die Vier Länder zu retten, deinen von Allanons Schatten, meinen von meinem Vater. Darüber hinaus ist alles unwichtig. Alle Wege führen zu dem Druidentalisman.« Sie hob ihr Gesicht in das schwache Licht, das vom sternenübersäten Himmel durch die Bäume fiel. »Wir müssen uns zusammen auf die Suche danach machen, Walker Boh.«

Sie war so überzeugt, war sich dessen, was sie sagte, so sicher. Walker fing ihren Blick auf, war noch immer voll Zweifel und Ängste, doch gleichzeitig fühlte er sich von ihrer Zielstrebigkeit und ihrer Willenskraft getröstet. Beides hatte er einst in gleichem Maße besessen. Es machte ihn beschämt und zornig, daß es nicht mehr so war. Er erinnerte sich an Par Ohmsfords Entschlossenheit zu tun, was richtig war, eine Anwendung für seine Gabe der Magie zu suchen. Er dachte an sein unausgesprochenes Versprechen, das er Cogline und Ondit gegeben hatte. Er war noch immer auf der Hut vor der Vision des Finsterweihers, aber Quickening hatte recht. Es durfte ihn nicht von seiner Aufgabe abhalten.

Er schaute sie an und nickte. Ein gewisses Maß an Entschlossenheit kehrte zurück. »Wir werden nicht mehr von der Vision des Finsterweihers sprechen«, versprach er.

»Nicht, ehe es nötig ist«, erwiderte sie.

Sie nahm seinen Arm und führte ihn durch den dunklen Wald zurück zu seinem Schlafplatz.

Par Ohmsford kam langsam wieder zu Kräften. Zwei Wochen verstrichen, während er in dem unterirdischen Bau des Maulwurfs darniederlag, ein hageres, regloses Skelett, in alte Leintücher gehüllt, von einer Mischung aus Schatten und Kerzenlicht gesprenkelt und umgeben von den fremden, unbeweglichen Gesichtern der Adoptivkinder des Maulwurfs. Zeit hatte zunächst keine Bedeutung, denn er war für alles, das auch nur entfernt mit der Realität zu tun hatte, verloren. Dann schwand der Wahn, und er kam langsam wieder zu sich. Tage und Nächte nahmen Gestalt an. Damson Rhee und der Maulwurf wurden erkennbar. Die Schemen von Dunkelheit und Licht verdichteten sich und ließen ihn die Formen und Strukturen der unterirdischen Räume erkennen, in denen er ruhte. Die ausgestopften Hüllen erschienen ihm wieder vertraut, Knopfnasen und Augen, genähte Münder, abgetragene Stoffglieder und Leiber. Er konnte ihnen Namen geben. Wörter bekamen wieder Sinn. Es gab Nahrung, und es gab Schlaf.

Vor allem aber gab es Erinnerungen. Sie verfolgten ihn im Schlaf und im Wachen gleichermaßen, Gespenster, die auf der Klippe seiner Gedanken lauerten und darauf gierten, ihn zu stechen und zu beißen. Erinnerungen an die Grube, die Schattenwesen, Felsen-Dall und das Schwert von Shannara, doch vor allem an Coll.

Er konnte es sich nicht verzeihen. Coll war seinetwegen tot – nicht, weil er ihm den fatalen Stoß versetzt hätte, den tödlichen Schlag seiner Wunschliedmagie, nicht, weil er seinen Bruder nicht vor den Horden von Schattenwesen, die in der Grube lungerten, angemessen zu beschützen versucht hätte, während er sich mit Felsen-Dall abgab, nicht wegen alldem, sondern weil er von Anfang an, seit sie vor den Suchern aus Varfleet geflüchtet waren, ausschließlich an sich selbst gedacht hatte. Sein Drang, die Wahrheit über das Wunschlied, das Schwert von Shannara, den Auftrag von Allanon, den Sinn der Magie herauszufinden – das war alles, was ihn interessiert hatte. Er hatte alles geopfert, um diese Wahrheit zu entdecken, und am Ende hatte das Opfer seinen eigenen Bruder mit eingeschlossen.

Damson Rhee, die instinktiv seine Qualen und ihre Ursache erkannte, gab sich mächtig Mühe, ihn vom Gegenteil zu überzeugen.

»Er wollte dort mit dir zusammen sein, Par«, pflegte sie ihm wieder und wieder sagen. Sie beugte sich über ihn, und ihr rotes Haar fiel ihr über die schmalen Schultern, während sie mit sanfter, freundlicher Stimme auf ihn einsprach. »Es war sein eigener Wille. Er liebte dich so, daß es anders nicht sein konnte. Du hast dein Bestes getan, um ihn daran zu hindern mitzukommen, ihn nicht in Gefahr zu bringen. Aber Coll war jemand, der keine Kompromisse einging. Er hatte einen Sinn für das Richtige und Unausweichliche. Er war entschlossen, dich vor den Gefahren zu schützen, von denen ihr beide wußtet, daß sie euch erwarteten. Es gab sein Leben für deine Sicherheit, siehst du das nicht? Versuch nicht, dieses Opfer zu entwerten, indem du darauf bestehst, es sei deine Schuld. Er hatte die Wahl, und er hat sie getroffen. Er war starrköpfig, und du hättest ihn nicht umstimmen können, selbst wenn du es noch heftiger versucht hättest, als du ohnehin getan hast. Er wußte Bescheid, Par. Er verstand den Sinn und die Notwendigkeit deines Tuns. Vorher hast du geglaubt, daß es so ist, und du mußt es jetzt auch glauben. Coll glaubte es. Laß seinen Tod nicht umsonst gewesen sein.«

Aber das war genau das, was er fürchtete, und diese Furcht verfolgte ihn in seinen finstersten Gedanken. Was hatte denn seines Bruders Tod eingebracht? Was hatte er dagegen aufzuweisen? Das Schwert von Shannara? Ja, er hatte die legendäre Klinge seiner elfenblütigen Vorfahren in seinem Besitz, den Talisman, den zu suchen der Schatten Allanons ihn ausgesandt hatte. Und wozu war das gut? Es hatte als Waffe gegen Felsen-Dall jämmerlich versagt, selbst nachdem der Erste Sucher sich als Schattenwesen zu erkennen gegeben hatte. Wenn das Schwert eine notwendige Waffe war, wie Allanon behauptet hatte, warum hatte es dann seinen größten Feind nicht zerstört? Und schlimmer noch, falls man Dall Glauben schenken durfte, hätte er das Schwert von Shannara erhalten, wenn er ganz einfach darum gebeten hätte. Ihr entsetzlicher, vernichtender Abstieg in die Grube wäre also überflüssig gewesen – und damit Colls Tod.

Und außerdem sinnlos, wenn Felsen-Dall in einer anderen Sache recht hatte – daß Par so wie auch Dall ein Schattenwesen war. Denn wenn Par tatsächlich genau das war, wogegen sie kämpften, um die Vier Länder zu schützen...

Wenn Coll gestorben war, um ein Schattenwesen zu schützen...

Undenkbar? Er war sich seiner Sache nicht mehr so sicher.

So plagten ihn die Erinnerungen, bitter und grauenhaft, und er wurde in einem Wirbel von Verständnislosigkeit und Wut herumgeschleudert. Er kämpfte sich durch diesen Morast, strampelte, um nicht unterzugehen, um zu atmen, zu überleben. Das Fieber verschwand, die Öde seiner Gefühle hellte sich auf, die scharfen Kanten glätteten sich, und der Schmerz im Herzen und im Körper vernarbte und heilte.

Nach Ablauf der zwei Wochen stand er auf, entschlossen, nicht mehr herumzuliegen, und wanderte durch die dunkle Behausung des Maulwurfs. Er wusch sich in der Schüssel, zog sich an und nahm seine Mahlzeiten am Tisch ein. Er durchstreifte den Bau von einem Ende zum anderen, von einem Gang zum nächsten, tastete sich durch seine Schwäche. Die Erinnerungen verdrängte er, hielt sie sorgfältig in Schach. Vor allem einfach dadurch, daß er sich bewegte. Wenn er etwas tat, irgend etwas, dann half ihm das, sich nicht mehr mit dem, was vorüber und vorbei war, aufzuhalten. Er schnupperte nach den Gerüchen in der eingesperrten Luft. Er studierte die Zusammensetzung des brüchigen Mobiliars, der unterschiedlichen Abfälle aus der Oberwelt und der Wände und Böden der Höhle selbst. Seine Entschlossenheit erhärtete sich. Er lebte noch, und es gab einen Grund dafür. Er bewegte sich im Kerzenschein hin und her, ein Geist, der von einer inneren Vision getrieben wird.

Selbst wenn er zu müde war, weiter herumzuwandern, sträubte er sich dagegen, sich auszuruhen. Er verbrachte Stunden auf der Bettkante sitzend und untersuchte das Schwert von Shannara, grübelte über sein Geheimnis nach.

Warum hatte es ihm nicht gehorcht, als er Felsen-Dall mit der Klinge berührte?

»Ist es möglich«, fragte Damson ihn einmal vorsichtig, »daß du irgendwie getäuscht worden bist und dies gar nicht das Schwert von Shannara ist?«

Er dachte sorgfältig nach, ehe er antwortete. »Als ich es in dem Gewölbe sah, Damson, und als ich es dann berührte, wußte ich, daß es das Schwert ist. Ich war mir dessen sicher. Ich habe seine Geschichte so oft gesungen, es so oft dargestellt. Ich hatte nicht den geringsten Zweifel.« Er schüttelte langsam den Kopf. »Und ich habe noch immer das Gefühl, daß es so ist.«

Sie nickte. Sie saß neben ihm auf dem Bett, hatte die Beine untergeschlagen, und ihre grünen Augen schauten ihn konzentriert an. »Aber deine Erwartung, daß du es finden würdest, mag dein Urteil getrübt haben, Par. Du hast es vielleicht so sehr gewollt, daß du dich hast täuschen lassen.«

»Das kann sein, ja«, gab er zu. »Damals. Aber jetzt auch noch? Schau dir die Klinge an. Schau hier. Der Griff ist abgewetzt, gealtert – doch die Klinge glänzt wie neu. Wie Morgans Schwert – die Magie schützt es. Und sieh hier die Gravierung der Fackel mit der Flamme...«

Sein Enthusiasmus verlor sich in einem Seufzer. Er sah den Zweifel in ihren Augen. »Doch es funktioniert nicht, das ist wahr. Es tut überhaupt nichts. Ich halte es, und es fühlt sich richtig an, so, wie es sein sollte – und es tut überhaupt nichts, gibt nichts zurück, läßt mich auch nicht die leiseste Spur seiner Zauberkraft spüren. Wie kann es also das Schwert sein?«

»Gegenzauber«, sagte der Maulwurf feierlich. Er kauerte in einer Ecke des Zimmers in ihrer Nähe, fast unsichtbar im Schatten. »Eine Maske, die verbirgt.« Er verzerrte sein Gesicht und veränderte sein Aussehen.

Par schaute ihn an und nickte. »Irgendeine Art von Verschleierung. Ja, Maulwurf, das wäre möglich. Ich habe an diese Möglichkeit auch schon gedacht. Aber welche Zauberkraft wäre stark genug, die Magie des Schwertes von Shannara zu unterdrücken? Wie können die Schattenwesen eine solche Magie produzieren? Und wenn sie es können, warum benutzen sie sie dann nicht einfach, um die Klinge zu zerstören? Und müßte ich nicht in der Lage sein, jeglichen Gegenzauber zu brechen, wenn ich der rechtmäßige Träger des Schwertes bin?«

Der Maulwurf betrachtete ihn feierlich, ohne etwas zu sagen. Damson gab keine Antwort.

»Ich begreife es nicht«, flüsterte er leise. »Ich verstehe nicht, was los ist.«

Er wunderte sich auch darüber, wie willig Felsen-Dall ihn mit dem Schwert hatte abziehen lassen. Wenn es tatsächlich die Waffe war, die es sein sollte, die Waffe, die die Schattenwesen vernichten konnte, dann hätte Dall mit Sicherheit nicht zugelassen, daß Par Ohmsford es in Besitz nahm. Und dennoch hatte er es dem Talbewohner ohne Widerrede gegeben, fast sogar aufgedrängt. Und hatte ihm dazu gesagt, daß alles, was man ihm über die Schattenwesen und das Schwert erzählt habe, Lügen seien.

Und dann hatte er es tatsächlich auch noch bewiesen, indem er demonstrierte, daß das Schwert ihm nichts anhaben konnte.

Par irrte durch die Maulwurfbehausung, hielt die Klinge in der Hand, steckte sie in die Scheide, holte sie hervor, balancierte sie und mühte sich, die Magie, die darin schlummerte, anzurufen. Doch das Geheimnis des Schwertes von Shannara blieb ihm weiterhin verschlossen.

Damson verließ hin und wieder ihr unterirdisches Versteck und ging hinauf auf die Straßen von Tyrsis. Es war merkwürdig, sich vorzustellen, daß über ihren Köpfen eine ganze Stadt existierte, gleich außerhalb von Sicht und Gehör, mit Leuten und Gebäuden, Sonnenschein und frischer Luft. Par sehnte sich danach, mit ihr zu gehen, doch sie riet ihm weise ab. Er war noch nicht wieder kräftig genug für ein solches Unterfangen, und die Föderation fahndete nach wie vor nach ihm.

Eine Woche nachdem Par das Krankenlager verlassen und allein herumzuwandern begonnen hatte, kam Damson mit beunruhigenden Neuigkeiten zurück.

»Vor ein paar Wochen«, berichtete sie, »hat die Föderation den Jut geortet. Ein Spion im Lager der Geächteten hatte sie offenbar verraten. Eine Armee aus Tyrsis wurde ausgesandt, in den Parma Key einzudringen und sie zu belagern. Die Belagerung war erfolgreich. Der Jut fiel. Er wurde etwa zu der Zeit eingenommen, Par, als du aus der Grube entkamst.« Sie unterbrach sich. »Jeder, der dort gefunden wurde, wurde getötet.«

Par hielt den Atem an. »Jeder?«

»So behauptet jedenfalls die Föderation. Die Bewegung, so heißt es, ist vernichtet.«

Eine Weile herrschte Schweigen. Sie saßen an dem langen Eßtisch des

Maulwurfs, umgeben von den stimmlosen, blinden Kindern, mit Schüsseln und Tellern vor sich. Es war ein Nachmittagsritual geworden.

»Noch etwas Tee, liebe Damson?« fragte der Maulwurf leise. Sein pelziges Gesicht ragte über den Tischrand. Sie nickte, ohne ihren Blick von Par zu wenden.

Par runzelte die Stirn. »Die Sache scheint dich nicht sonderlich zu beunruhigen«, bemerkte er schließlich.

»Ich finde es merkwürdig, daß die Nachricht von diesem Sieg Wochen gebraucht haben soll, bis sie die Stadt erreichte.«

»Es stimmt also nicht?«

Sie biß auf einen Keks, den der Maulwurf angeboten hatte, und kaute daran. »Es mag stimmen, daß der Jut eingenommen worden ist. Aber ich kenne Padishar Creel. Es kommt mir unwahrscheinlich vor, daß er sich in seinem eigenen Unterschlupf fangen läßt. Dazu ist er viel zu schlau. Was mir Freunde der Bewegung, mit denen ich mich unterhalten habe, gesagt haben, scheint eher wahrscheinlich: Sie berichteten, daß Frontsoldaten der Armee zugaben, so gut wie keinen, höchstens ein paar Dutzend getötet zu haben, und die waren schon tot, als eine Bresche in den Jut geschlagen wurde. Was ist also aus den anderen geworden? Es waren dreihundert Mann in dem Lager. Und außerdem, wenn die Föderation Padishar Creel tatsächlich hätte, würde sie seinen Schädel zum Beweis auf das Stadttor spießen.«

»Aber es gibt keine Nachricht von Padishar?«

Sie schüttelte den Kopf.

»Und keinerlei Nachrichten von Morgan oder Steff oder einem der anderen?«

Sie schüttelte erneut den Kopf. »Sie sind verschwunden.«

»So.« Er ließ das Wort im Raum hängen.

Sie lächelte kläglich. Schweigend tranken sie ihren Tee.

Am nächsten Tag fühlte Par sich stärker und entschlossener und verkündete wieder, daß er nach oben nach Tyrsis gehen wolle. Er war lange genug untergetaucht; er mußte wieder einmal etwas von seiner eigenen Welt zu sehen bekommen. Er brauchte Sonne auf seiner Haut und frische Luft zum Atmen. Und außerdem wurde nichts erreicht, solange er sich versteckt hielt. Es war an der Zeit, daß er etwas *tat*.

Damson war strikt dagegen und wies darauf hin, daß er noch nicht vollständig wiederhergestellt und es äußerst gefährlich für ihn sei, irgendwohin zu gehen. Die Föderation wußte jetzt, wer er war, seine Beschreibung fand sich überall. Nachdem er aus der Grube entkommen war, hatten Sucher begonnen, die unteren Regionen des alten Palastes abzusuchen, und hatten dabei die Tunnel entdeckt, die ins Innere führten. Auch jetzt noch durchsuchten sie die Tunnel. Es gab kilometerweise Tunnel und Abwasserkanäle zu durchforschen, doch das Risiko der Entdeckung war nicht von der Hand zu weisen. Im Augenblick war es besser, sich still zu verhalten.

Am Ende einigten sie sich auf einen Kompromiß. Par durfte in die nächstgelegenen Tunnel gehen, solange er in Begleitung von Damson oder dem Maulwurf blieb. Er würde nicht an die Oberfläche steigen, auch nicht für einen kurzen Moment. Er würde gehen, wohin man ihm sagte, und tun, was man ihm riet. Aber wenigstens konnte er sein Krankenzimmer verlassen. Par willigte ein.

Mit Eifer begann er seine Erkundungen, studierte die Anlage der Tunnel, während er Damson und dem Maulwurf folgte, und merkte sie sich genau. Am ersten Tag ermüdete er schnell und mußte bald umkehren. Am nächsten Tag war er kräftiger, und es wurde immer besser. Langsam verstand er, wie die Tunnel und Kanäle miteinander verwoben waren – so weit, daß er glaubte, er könne den Weg an die Oberfläche allein finden, sollte sich die Notwendigkeit dafür ergeben. Der Maulwurf lehrte ihn sorgfältig, beobachtete ihn mit seinen aufmerksamen, glänzenden Augen und nickte befriedigt. Damson blieb ihm ganz nah, ihre Hände berührten ihn ständig, so als wollte sie ihn vor Gefahren schützen. Er lächelte innerlich über ihre Fürsorglichkeit.

Eine Woche verstrich. Es ging ihm immer besser, er war fast vollständig wiederhergestellt. Mehr als ein Monat war vergangen, seit er unter die Stadt Tyrsis getragen und versteckt worden war. Er dachte ständig ans Fortgehen, daran, daß er die Fäden seines Lebens wieder aufgreifen würde.

Und gleichzeitig fragte er sich, wo er anfangen sollte.

Am Ende wurde die Entscheidung für ihn getroffen.

Es war am späten Nachmittag, zehn Tage nachdem er mit seinen Erkundungen der Tunnel um die Behausung des Maulwurfs begonnen hatte. Er saß auf seiner Bettkante und untersuchte wieder einmal das Schwert von Shannara. Damson war in die Stadt hinaufgegangen, um zu sehen, ob sie Neuigkeiten von Padishar und der Föderation erfahren könnte. Der Maulwurf huschte wie ein Schatten von Zimmer zu Zimmer, ordnete, glättete und hantierte mit seinen Habseligkeiten. Die Zeit für den Tee war gekommen und verstrichen, ohne daß das Mädchen wiedergekommen wäre, und der Maulwurf war beunruhigt. Par hätte sich ebenfalls gesorgt, wenn er sich erlaubt hätte, darüber nachzugrübeln, aber er war mit etwas anderem beschäftigt. Seine Erinnerungen an die Ereignisse im Zusammenhang mit der Entdeckung des Schwertes von Shannara und Colls Tod waren noch immer unvollständig, die Bruchstücke fügten sich nur unregelmäßig zu einem vollständigen Bild zusammen, während er sich erholte. Hin und wieder fiel ihm ein neues Detail ein. So war es auch jetzt.

Es hatte etwas mit dem Wunschlied zu tun. Er erinnerte sich nur zu gut, wie der Zauber sich in ihm aufgebaut hatte, fast ohne sein Zutun, als Coll – das Ding, das wie Coll ausgesehen hatte – ihn bedrohte. Und als dann Coll fort war und die anderen Schattenwesen in der Grube hinter ihm herkamen, hatte das Zauberlied ihm ein flammendes Schwert gegeben, eine Waffe, wie sie die Magie noch nie produziert hatte. Damit hatte er die Schattenwesen ohne jede Mühe vernichtet. Für einen Moment war er wie besessen gewesen, erfüllt von Wut und Wahnsinn, jenseits jeglicher Vernunft. Er erinnerte sich, wie sich das angefühlt hatte. Aber da war noch etwas, etwas, das er bislang völlig vergessen hatte. Nachdem die Schattenwesen vernichtet waren, hatte er sich gebückt, um das Schwert von Shannara aufzuheben, das ihm aus der Hand gefallen war, und das Schwert hatte ihn verbrannt – hatte seine Hand wie Feuer versengt. Und im gleichen Augenblick war seine eigene Magie erstorben, und er war nicht in der Lage gewesen, sie erneut aufzuwecken.

Warum hatte das Schwert von Shannara das getan? Was war passiert, um eine solche Reaktion auszulösen?

Darüber grübelte er nach und versuchte es, mit dem wenigen, das er über das Geheimnis des Schwertes von Shannara wußte, in Einklang zu bringen, als Damson durch den Eingang zu dem unterirdischen Refugium des Maulwurfs gestürmt kam. Ihr langes Haar war zerzaust, ihr Atem ging schnell und verängstigt.

»Föderationssoldaten!« rief sie, eilte zu Par und zerrte ihn auf die Füße. »Dutzende von ihnen jagen durch die Kanäle. Eine Razzia! Nicht beim Palast, sondern hier. Ich bin knapp vor ihnen hergeschlüpft. Ich weiß nicht, ob uns jemand verraten hat oder ob ich gesehen worden bin. Aber sie haben den Eingang gefunden und sie kommen!« Sie hielt inne, um sich zu fassen. »Wenn wir hierbleiben, finden sie uns. Wir müssen sofort hinaus.«

Par schwang sich das Schwert von Shannara über die Schulter und stopfte seine wenigen Habseligkeiten in einen Beutel. Seine Gedanken waren verwirrt. Er hatte es eilig gehabt, aufzubrechen, doch nicht in dieser Weise.

»Maulwurf!« rief Damson, und das pelzige Kerlchen kam schnell herbeigetrippelt. »Du mußt verschwinden. Sie werden dich auch finden.«

Doch der Maulwurf schüttelte feierlich den Kopf. Mit ruhiger Stimme sagte er: »Nein, bezaubernde Damson. Dies ist mein Heim. Ich bleibe hier.«

Damson kniete sich hastig neben ihn. »Das kannst du nicht machen, Maulwurf. Du gerätst in schreckliche Gefahr. Diese Männer werden dir etwas zuleide tun.«

Par eilte dazu. »Komm mit, Maulwurf. Bitte. Es ist unsere Schuld, daß du bedroht wirst.«

Der Maulwurf musterte ihn spöttisch. »Ich habe dich aus freiem Willen hergebracht. Ich habe dich freiwillig gepflegt. Ich tat es für Damson – aber gleichzeitig auch für mich selbst. Ich mag dich. Ich mag, wie du… die liebliche Damson fühlen machst.«

Par sah aus dem Augenwinkel, wie Damson errötete, und hielt seinen Blick auf den Maulwurf gerichtet. »Das ist jetzt unwichtig. Was wichtig ist, ist, daß wir deine Freunde sind, und Freunde kümmern sich umeinander. Du mußt mit uns kommen.«

»Ich will nicht in die Oberwelt zurückkehren«, beharrte der Maulwurf ruhig. »Dies ist mein Heim. Ich muß mich darum kümmern. Und was soll aus meinen Kindern werden? Was soll aus Chalt und der kleinen Lida und Westra und Everlind werden? Wollt ihr, daß ich sie hier lasse?«

»Nimm sie mit, wenn es sein muß!« Par begann zu verzweifeln.

»Wir werden dir helfen, ein neues Heim zu finden«, fügte Damson schnell hinzu.

Doch der Maulwurf schüttelte störrisch den Kopf. »Die Welt dort oben will mit niemandem von uns zu schaffen haben. Wir gehören dort nicht hin, liebliche Damson. Wir gehören hier unten hin. Macht euch um uns keine Sorgen. Wir kennen diese Tunnel. Es gibt Verstecke, wo man uns nie finden kann. Dorthin werden wir gehen, wenn es sein muß.« Er machte eine Pause. »Ihr könntet mitkommen. Ihr wäret dort in Sicherheit.«

Damson erhob sich stirnrunzelnd. »Es ist genug, wenn ihr in Sicherheit seid, Maulwurf. Wir haben schon genug Gefahr über euer Leben gebracht. Versprich mir nur, daß du jetzt in eines dieser Verstecke gehst. Nimm deine Kinder mit und bleibt dort, bis diese Jagd vorüber ist und die Tunnel wieder sicher sind. Versprich es mir.«

Der Maulwurf nickte. »Ich verspreche es, süße Damson.«

Damson sammelte in aller Eile ihre eigenen Habseligkeiten zusammen und gesellte sich dann zu Par am Eingang. Der Maulwurf schaute sie aus dem Schatten an, kaum mehr als ein glitzerndes Augenpaar inmitten des Durcheinanders von Abfällen im schwachen Kerzenschein.

Damson schulterte ihr Gepäck. »Auf Wiedersehen, Maulwurf«, rief sie leise, ging zu ihm und bückte sich, um ihn zu umarmen. Als sie zu Par zurückkehrte, weinte sie.

»Ich verdanke dir mein Leben, Maulwurf«, sagte Par. »Ich danke dir für alles, was du für mich getan hast.«

Eine kleine Hand hob sich zu einem schwachen Winken.

»Denk an dein Versprechen!« rief Damson beinahe zornig. »Versteck dich!«

Dann schlüpften sie lautlos durch den Eingang in den dahinter liegenden Tunnel. Damson hatte keine Lampe dabei, sondern holte einen dieser seltsamen Steine hervor, die glimmten, wenn sie sie mit der Hand anwärmte. Sein schwaches, sicheres Licht führte sie, wenn sie die Finger öffnete, um die Richtung zu finden. Dann schloß sie sie wieder, damit sie nicht entdeckt würden. Sie bewegten sich eilig von der Behausung des Maulwurfs fort, einen Tunnel entlang, dann in einen anderen und dann eine Metalleiter hinauf und in einen Schacht.

Irgendwo aus der Ferne hörten sie knirschende Stiefel.

Damson führte Par von dem Geräusch fort durch einen feuchten, glitschigen Tunnel. Die Temperatur stieg schon an, und die Luft füllte sich mit Abwassergerüchen. Ratten huschten durch die dunklen Nischen, und Wasser tropfte aus den Spalten im Fels. Sie setzten ihren Weg durch das Labyrinth stetig fort. Einmal hörten sie Stimmen, undeutlich, unklar. Damson achtete nicht darauf.

Sie gelangten an einen Zusammenfluß mehrerer Abwasserkanäle, einen ringförmigen Schacht, in dem sich das Wasser sammelte. Eine zentrale Sammelstelle, dachte Par. Er atmete schwer, seine Kräfte schwanden schon bei dieser ungewohnten Anstrengung. Bein- und Rückenmuskeln schmerzten ihn, und er streckte sich vorsichtig, um sie zu entlasten.

Damson schaute sich nach ihm um. Besorgnis spiegelte sich in ihrem Blick. Sie zögerte, dann führte sie ihn weiter.

Wieder waren Stimmen zu hören, näher diesmal und aus mehr als nur einer Richtung. Hinter ihnen flackerte Licht auf. Damson führte Par eine weitere Leiter hinauf in einen Tunnel, der so eng war, daß sie kriechen mußten. Feuchtigkeit und Dreck drangen in Pars Kleider und klebten sie an seine Haut. Er zwang sich, durch den Mund zu atmen, und nur, wenn er die Luft nicht länger anhalten konnte.

Sie gelangten an einen größeren Tunnel, der in der Mitte eine Rinne hatte, wo das Abwasser entlangfloß, so daß auf beiden Seiten Gehsteige entstanden. Zwei kleinere Tunnel kreuzten ihn. In beiden flackerte Licht. Damson hastete weiter. Sie bogen um eine Kurve, und dort fanden sie ebenfalls Licht. Damson blieb stehen und schob Par gegen die Tunnelwand.

Als sie ihn anschaute, war ein Anflug von Verzweiflung in ihrem Blick. »Der einzige Ausgang liegt vor uns«, flüsterte sie, den Mund ganz nah an seinem Ohr. »Wenn wir zurückgehen, laufen wir in die Falle.«

Sie trat zurück, um seine Reaktion zu sehen. Er schaute an ihr vorbei zu den Lichtern, die sich jetzt schnell näherten, und er hörte das Trampeln von Stiefeln und die ersten Anzeichen von Stimmen. Angst wallte in ihm auf und drohte ihn zu überschwemmen. Er fühlte sich so, als sei die Föderation schon immer auf der Jagd nach ihm gewesen, als würde diese Jagd nie ein Ende nehmen. Er war so oft der Gefangennahme entgangen. Es ging so nicht weiter. Früher oder später würde das Glück ihn verlassen. Er hatte die Grube und die Schattenwesen nur haarscharf überlebt. Er war ausgelaugt und tief im Herzen krank und wollte nichts als in Ruhe gelassen werden. Aber die Föderation würde ihn niemals in Ruhe lassen. Der Teufelskreis hatte kein Ende.

Für einen Augenblick übermannte ihn Verzweiflung. Dann mußte er plötzlich an Coll denken. Er erinnerte sich an seinen Schwur, daß er irgendwen für das zahlen lassen würde, was seinem Bruder widerfahren war. Wut trat augenblicklich an die Stelle der Verzweiflung. Nein, er würde sich nicht fangen lassen, schwor er sich im stillen. Er würde Felsen-Dall nicht in die Hände fallen.

Einen Moment dachte er daran, den Zauber anzurufen, der ihm in der Grube geholfen hatte; jenes Flammenschwert herbeizurufen, das seine Feinde zerstückeln würde. Er unterdrückte den Impuls. Es war zu mächtig, um sich so bald und mit noch immer so begrenztem Verständnis damit zu konfrontieren. List war hier vonnöten, nicht rohe Gewalt. Er erinnerte sich plötzlich, wie er der Föderation in jener Nacht im Volkspark entkommen war. Er zog Damson hinter sich her in eine dunkle Nische in der Tunnelwand bei der Abzweigung. Mit dem Mädchen in die Dunkelheit gekauert, legte er einen Finger an die Lippen und signalisierte ihr, sie solle sich still verhalten.

Die Föderationssoldaten näherten sich. Fünf starke Lampen lieferten ihnen genug Licht für ihre Suche, das Metall ihrer Waffen glänzte. Par holte tief Luft und tauchte in sich selbst hinein. Er hatte nur einen Versuch frei. Einen einzigen.

Er wartete, bis sie beinahe auf ihrer Höhe waren, dann setzte er das Wunschlied ein. Er ging kein Risiko ein und kontrollierte sorgfältig, was es auslösen würde. Er warf ein Netz getuschelter Warnungen über die Soldaten, einen Hinweis auf etwas, das das Abwasser weiter vorn aufwühlte, eine schemenhafte Bewegung. Er durchtränkte sie mit dem Drang, sich zu sputen, wenn sie es erwischen wollten.

Die Soldaten fingen fast gleichzeitig an zu rennen und hasteten an ihnen vorbei, ohne zu schauen. Der Talbewohner und das Mädchen drückten sich an die Tunnelwand und hielten den Atem an. Einen Augenblick später waren die Soldaten fort.

Langsam kamen Damson und Par wieder auf die Füße. Dann streckte Damson die Arme aus und umarmte den Talbewohner impulsiv. »Du bist wieder gesund, Par Ohmsford«, flüsterte sie und küßte ihn. »Hier entlang. Wir sind beinahe frei.«

Sie eilten den Gang entlang, überquerten einen Zufluß und gelangten in eine trockene Rinne. Die Lampen und Stiefel und Stimmen waren in der Ferne verklungen. Eine Leiter führte nach oben. Damson stieg voran, hielt oben inne und drückte eine Falltüre auf. Zwielicht drang durch den Spalt. Sie lauschte, lugte hindurch und stieg dann hinaus. Par folgte ihr.

Sie standen in einem Bretterverschlag. Eine Tür führte nach draußen. Damson öffnete sie vorsichtig und trat mit Par im Gefolge hinaus.

Um sie herum erhob sich die Stadt Tyrsis. Festungsmauern, spiralige Türme, zusammengewürfelte Gebäude aus Stein und Holz. Die Luft war geschwängert von Gerüchen und Geräuschen. Es war früher Abend, und die Stadtbewohner befanden sich auf dem Heimweg. Das Leben war langsam und träge in der windstillen Sommerhitze. Über ihnen wandelte sich der Himmel in schwarzen Samt, und Sterne übersäten ihn wie verstreute Kristallsplitter. Ein wundervoll heller Vollmond strahlte kaltes Licht über die Welt.

Par Ohmsford lächelte. Die Schmerzen waren vergessen, die Ängste für den Augenblick zurückgelassen. Er rückte das Gewicht des Schwertes von Shannara auf seiner Schulter zurecht. Es war gut, am Leben zu sein.

Damson nahm seine Hand und drückte sie sanft.

Zusammen bogen sie in eine Straße ein und verschwanden in der Nacht.

Quickening blieb mit ihrer kleinen Gruppe mehrere Tage in Hearthstone, damit Walker Boh wieder zu Kräften kommen konnte. Er erholte sich schnell. Der Heilungsprozeß wurde gleichermaßen von den kleinen Berührungen und dem häufigen Lächeln des Mädchens, von ihrer bloßen Gegenwart, wie von der Hand der Natur beschleunigt. Magie war überall um sie herum, eine unsichtbare Aura umgab sie, die alles berührte, mit dem sie in Kontakt kam, und die alles mit einer Geschwindigkeit und einer Gründlichkeit erneuerte und wiederherstellte, die einfach verblüffend waren. Walker wurde fast über Nacht wieder kräftig, die Wirkung des Giftes gehörte der Erinnerung an, und bis zu einem gewissen Grade gesellte sich der Schmerz über den Verlust von Cogline und Ondit dazu. Die Besessenheit schwand aus seinem Blick, und er war in der Lage, seine Wut und seine Angst in einer kleinen, dunklen Ecke seines Bewußtseins einzusperren, wo sie ihn nicht behelligen würden und doch nicht in Vergessenheit gerieten, wenn die Zeit gekommen wäre, sich daran zu erinnern. Seine Entschlossenheit kehrte zurück, sein Selbstvertrauen, sein Zielbewußtsein und seine Entschiedenheit, und er glich eher wieder dem Dunklen Onkel alter Zeiten. Seine eigene Magie half ihm bei seiner Genesung, doch es war Quickening, die mit einer Wärme, die die Sonne in den Schatten stellte, in jedem Augenblick den Anstoß dazu gab.

Sie tat noch mehr. Die Lichtung, auf der die Hütte gestanden hatte, wurde von ihren Wunden und Brandspuren gereinigt, und die Zeugnisse des Kampfes mit den Schattenwesen schwanden langsam. Gras und Blumen erblühten und füllten die Öde, Farbkleckse und duftende Polster trösteten und taten wohl. Sogar die Ruinen der Hütte wandelten sich zu Staub und schwanden schließlich ganz. Es war, als ob sie, wenn immer sie wollte, die Welt erneuern könnte.

Morgan Leah begann sich mit Walker zu unterhalten, wenn Pe Ell nicht in der Nähe war. Der Hochländer fühlte sich nach wie vor nicht wohl und gestand Walker, daß er nicht sicher sei, wer der andere wirklich war und warum Quickening ihn mitgebracht hatte. Morgan war erwachsen geworden, seit Walker ihn zum letzten Mal gesehen hatte. Dreist und selbstgefällig war er gewesen, als er zum ersten Mal nach Hearthstone gekommen war. Jetzt erschien er ihm wie ein gebändigter, kontrollierter, achtsamer Mann, dem es jedoch nicht an Mut fehlte, ein richtiger Mann. Walker mochte ihn lieber so, und er glaubte, daß die Ereignisse, die ihn von den Ohmsfords getrennt und nach Culhaven gebracht hatten, viel zu seiner Reifung beigetragen hatten. Der Hochländer hatte ihm berichtet, was Par und Coll widerfahren war, wie sie sich Padishar Creel und der Bewegung angeschlossen hatten, von ihrer Reise nach Tyrsis und dem Versuch, das Schwert von Shannara aus der Grube zu holen, ihren Kämpfen mit den Schattenwesen, ihrer Trennung und ihrem getrennten Entkommen. Er berichtete Walker von dem Überfall der Föderation auf den Jut, von Teels Verrat, ihrem Tod und der Flucht von Steff und dem Geächteten nach Norden.

»Sie hat uns alle verraten, Walker«, erklärte Morgan zum Schluß seines Berichts. »Sie verpetzte Elise und Jilt in Culhaven, die Zwerge, die mit dem Widerstand zusammenarbeiten, von denen sie wußte, einfach jeden. Sie muß auch Cogline angezeigt haben.«

Doch Walker glaubte das nicht. Die Schattenwesen hatten über Cogline und Hearthstone Bescheid gewußt, seit Par vor ein paar Monaten von Spinnengnomen gekidnappt worden war. Die Schattenwesen hätten jederzeit kommen können, um Cogline zu holen, und sie hatten sich erst jetzt dazu entschlossen. Felsen-Dall hatte, bevor er Cogline tötete, gesagt, daß der alte Mann der letzte sei, der sich den Schattenwesen in den Weg stellte, und das hieß, daß er Cogline für eine Bedrohung hielt. Wie Felsen-Dall sie gefunden hatte, bereitete ihm weniger Sorgen als die Behauptung des Ersten Suchers, daß die Shannara-Kinder alle tot seien. Was Walker anging irrte er sich offenkundig, aber wie stand es um Par und Wren, die anderen, die von Allanons Schatten auf die Suche nach den verlorenen, verschwundenen Gegenständen geschickt worden waren, die angeblich die Vier Länder retten würden? Irrte Felsen-Dall sich auch in ihrem Fall, oder hatten sie das gleiche Schicksal erlitten wie Cogline? Er hatte keine Möglichkeit, die Wahrheit herauszufinden, und er behielt seine Gedanken für sich. Es gab keinerlei Veranlassung, Morgan Leah etwas zu sagen, der ohnehin schon mit den eingebildeten Konsequenzen seiner Entscheidung, Quickening zu folgen, zu schaffen hatte.

»Ich weiß, daß ich nicht hier sein dürfte«, vertraute er Walker eines Nachmittags an. Sie saßen im Schatten einer alten Eiche, lauschten auf die Singvögel und schauten ihnen zu, wie sie über ihnen herumflitzten. »Ich habe mein Steff gegebenes Versprechen gehalten und für die Sicherheit von Elise und Jilt gesorgt. Aber jetzt! Wie steht es mit meinem Versprechen an Coll und Par, daß ich sie beschützen würde? Ich dürfte nicht hier sein. Ich müßte nach Tyrsis zurückgehen und sie suchen.«

Doch Walker erwiderte: »Nein, Hochländer, das müßtest du nicht. Was könntest du denn tun, selbst wenn du sie fändest? Was könntest du denn gegen die Schattenwesen ausrichten? Hier hast du die Gelegenheit, etwas weit Wichtigeres zu tun – etwas Notwendiges, wenn Quikkening recht hat. Und vielleicht findest du auch Mittel und Wege, die Magie deines Schwertes wiederherzustellen, so wie ich vielleicht Mittel und Wege finden werde, meinen Arm wiederherzustellen. Geringe Hoffnungen für unsereinen mit pragmatischem Geist, aber dennoch Hoffnungen. Wir fühlen ihr Bedürfnis, Hochländer, und wir reagieren darauf; wir sind ihre Kinder, nicht wahr? Ich glaube, wir können solche Gefühle nicht so einfach abtun. Jedenfalls gehören wir im Augenblick an ihre Seite.«

Zu dieser Überzeugung war er gelangt, seit er Quickening in dem mitternächtlichen Gespräch von der Vision des Finsterweihers und seiner Furcht, daß sie sich bewahrheiten könne, berichtet hatte. Ihre beharrliche Bestimmtheit, daß dies nicht der Fall sein würde, hatte ihn umgestimmt. Morgan Leah war nicht weniger durch und durch gefesselt, von ihrer Schönheit hypnotisiert, durch sein Sehnen angekettet, in einer Weise zu ihr hingezogen, die er nicht im mindesten verstehen und dennoch nicht ableugnen konnte. Für jeden der drei war Quickenings Anziehungskraft anders. Bei Morgan war es physisch, er war fasziniert von ihrem Aussehen und ihren Bewegungen, von der Vollkommenheit ihres Gesichts und ihres Körpers, der Lieblichkeit, die alles übertraf, das er je gekannt oder auch nur geahnt hatte. Bei Walker war es vergeistigter, ein Gefühl der Verwandtschaft, das dem gemeinsamen Erbe der Magie entsprang, ein Verständnis ihrer Denk- und Handlungsweise, die darauf beruhte, ein Band, das sie wie eine gemeinsame Kette aneinander fesselte, wobei jedes Kettenglied die geteilte Erfahrung des Denkens darstellte, die aus dem Zauber der Magie erwuchs.

Pe Ells Absichten waren am schwierigsten zu bestimmen. Er bezeichnete sich selbst als Künstler in Taschenspielerei und im Entkommen, doch er war eindeutig mehr als das; daß er extrem gefährlich war, war für keinen ein Geheimnis, doch er hielt jegliches Wissen über sich selbst sorgfältig verborgen. Er sprach nur selten mit einem von ihnen, einschließlich sogar Quickening, obgleich er ebenso zu ihr hingezogen war wie Walker oder Morgan und sich ebenso aufmerksam um sie kümmerte wie sie. Aber Pe Ell war eher zu ihr hingezogen, wie man sich zu seinen Besitztümern hingezogen fühlt, als zu einer Geliebten oder einer verwandten Seele. Er verhielt sich Quickening gegenüber, wie ein Handwerker zu etwas steht, das er geschaffen hat und als Zeichen seiner Fähigkeiten vorzeigt. Walker hatte Schwierigkeiten, seine Attitüde zu verstehen, denn Pe Ell war in der gleichen Weise wie die beiden anderen mitgenommen worden und hatte nichts zu dem beigetragen, wer oder was Quickening war. Doch das Gefühl, daß Pe Ell das Mädchen als sein Eigentum betrachtete und daß er, wenn die Zeit gekommen wäre, versuchen würde, sie zu besitzen, blieb bestehen.

Die Tage der Woche rollten vorbei, bis Quickening schließlich entschied, daß Walker soweit wiederhergestellt war, daß er reisen konnte. Da verließen die vier Hearthstone. Sie reisten zu Fuß, denn das Land erlaubte nichts Besseres; sie zogen nordwärts durch Darklin Reach und den Wald von Anar, am westlichen Rand des Toffer Ridge zum Rabb, überquerten ihn, wo er schmaler wurde, und reisten in Richtung der Charnalberge. Sie kamen nur langsam voran, denn das Land war dicht bewaldet, erstickt unter Gestrüpp, von Schluchten und Klippen zerklüftet, und sie waren immer wieder gezwungen, ihre Marschrichtung zu verändern, um passierbares Gelände zu finden. Das Wetter war jedoch gut, warme Sonnentage mit sanfter Brise, ein später Sommer, wo die Stunden träge verstrichen und jeder neue Tag willkommen und endlos erschien. Selbst so weit im Norden war das Land krank, die Erde und ihr Leben welk und vergiftet, wenn auch noch nicht so weit fortgeschritten wie im mittleren Teil der Vier Länder, und die Gerüche, die Anblicke und die Geräusche waren meist frisch und neu und noch nicht angefault. Die Flüsse waren klar, die Wälder grün, und das Leben darin schien von der zunehmenden Finsternis, mit der die Schattenwesen alles zu überziehen drohten, noch nicht erfaßt.

Nachts kampierten sie in Waldlichtungen bei einem Teich oder Fluß, die frisches Wasser lieferten und oft auch Fisch für eine Mahlzeit, und hin und wieder gab es Gespräche unter den Männern, sogar mit Pe Ell. Quickening war es, die sich zurückhielt, die abseits blieb, wenn die Tagesreise vorüber war, die sich in die Schatten zurückzog, fern von dem Lagerfeuer und der Gegenwart der drei Männer. Nicht, daß sie sie geringschätzte oder sich vor ihnen verbarg; es war eher, weil sie allein sein mußte. Ziemlich zu Beginn ihrer Reise begann eine Mauer zu wachsen, die sie in der ersten Nacht unterwegs errichtete und später nicht einriß. Ihre drei Begleiter stellten keine Fragen, doch sie beobachteten sie und einander ununterbrochen und warteten, was sich ereignen würde. Als nichts geschah, begann jeder, durch die erzwungene Trennung von ihr, sich in Gegenwart der beiden anderen zu entspannen und zu reden. Morgan hätte so oder so zu reden angefangen. Er war ein junger Mann, der Geschichten und die Gesellschaft anderer genoß. Anders Pe Ell und Walker, die beide von Natur aus und aus Erfahrung vorsichtig und zurückhaltend waren. Gespräche wurden oft zu Schlachtfeldern zwischen den beiden, wo beide versuchten, die Geheimnisse, die der andere zu verbergen suchte, zu entschleiern, und keiner von ihnen war bereit, irgend etwas von sich preiszugeben. Sie benutzten ihre Gespräche als Schirm und achteten sorgfältig darauf, daß die Konversation fern von allem blieb, was wichtig war.

Alle drei spekulierten hin und wieder, wohin sie gehen und was sie tun würden, wenn sie einmal dort wären. Diese Gespräche endeten jedesmal sehr bald. Keiner von ihnen wollte darüber reden, welche Magie er beherrschte, obgleich Morgan und Walker schon eine gewisse Vorstellung von der Kraft des anderen besaßen, und niemand wollte irgendeinen Schlachtplan vorstellen, wie der Talisman zu erringen sei. Sie umstrichen einander wie Säbelfechter, testeten Stärken und Schwachstellen, täuschten einander mit Fragen und Vorschlägen und versuchten herauszufinden, welche Sorte von Eisen die anderen beschützte. Walker und Pe Ell machten nur geringe Fortschritte miteinander, und während eindeutig klar war, daß Morgan wegen der Magie im Schwert von Leah dabei war, war es unmöglich, etwas Wesentliches darüber zu erfahren, da die Waffe zerbrochen war. Vor allem Pe Ell stellte wieder und wieder Fragen darüber, was das Schwert von Leah zu tun imstande sei, welche Art von Materialien es durchdringen könne, und wieviel

Kraft es eigentlich enthalte. Morgan setzte alle seine beachtlichen Talente ein, um gleichzeitig charmant und verwirrend zu bleiben und den Eindruck zu vermitteln, daß das Schwert alles und nichts zu tun imstande sei. Irgendwann ließ Pe Ell ihn in Ruhe.

Das Ende der ersten Reisewoche brachte sie nördlich des Anar zu dem Vorgebirge des Charnals, durch das sie tagelang im Schatten der Berge zogen, während sie sich den Weg nach Nordosten in Richtung des Gezeitenstroms bahnten. Inzwischen hatten sie das Land, das ihnen vertraut war, hinter sich gelassen. Weder Morgan noch Pe Ell waren je nördlich des Oberen Anar gewesen, und Walker hatte bisher nur die tieferen Regionen des Anar besucht. Wie auch immer, es war Quickening, die sie führte, offenbar unbeeindruckt von der Tatsache, daß sie das Land noch weniger kannte als sie. Sie gehorchte einer inneren Stimme, die keiner von ihnen hören konnte, Instinkten, die keiner von ihnen fühlte. Sie gab zu, daß sie nicht genau wußte, wohin sie gingen, daß sie für den Augenblick genau genug fühlte, wohin sie sie zu führen hatte, doch daß sie irgendwann das Gebirge zu überwinden hätten, und daß sie dann nicht mehr weiter wüßte, da die Berge sich für sie als unergründlich zeigen würden. Eldwist lag jenseits des Charnalgebirges, und sie würden Hilfe brauchen, um es zu finden.

»Verfügst du über die Magie dafür, Walker?« neckte Pe Ell, als sie geendet hatte, doch Walker lächelte nur und stellte sich die gleiche Frage.

Als die zweite Woche zu Ende ging, holte der Regen sie ein und folgte ihnen unerbittlich in die dritte Woche, durchnäßte gleichermaßen ihren Pfad, ihr Gepäck, ihre Kleidung und ihre Gemüter. Wolken türmten sich über ihren Köpfen entlang der Gipfellinie und weigerten sich dunkel und hartnäckig zu weichen. Donner grollte, und Blitze zuckten über die Gebirgswände, als spielten Riesen Schattentheater mit ihren Händen. So weit im Norden gab es nicht viele Reisende; die wenigen, denen sie begegneten, waren überwiegend Trolle. Wenige sprachen überhaupt, und die, die es taten, hatten kaum etwas Nützliches zu sagen. Es gab mehrere Pässe, die über das Gebirge führten, ein oder zwei Tagreisen entfernt, und alle nahmen ihren Anfang in einer Stadt hoch in den Vorbergen mit dem Namen Rampling Steep. Ja, einige der Pässe führten weit nach Osten zum Gezeitenstrom. Nein, von Eldwist hatten sie noch nie reden gehört.

»Da fragt man sich, ob es wirklich existiert«, murmelte Pe Ell in seiner ständigen Rolle des Aufstachlers; ein Lächeln verzerrte sein schmales Gesicht, das kalt, leer und ohne jeden Humor war. »Gibt einem zu denken.«

In jener Nacht, zwei Tage, bevor ihre dritte Reisewoche zu Ende ging, brachte er das Thema in einer Weise zur Sprache, die keinen Zweifel über seine Gefühle aufkommen ließ. Der Regen fiel noch immer als grauer Vorhang, der die Gemüter frösteln machte und die Geduld auf die Folter spannte.

»Diese Stadt, Rampling Steep«, begann er, und in seiner Stimme klang eine Schärfe mit, die sie im Zwielicht alle aufhorchen ließ. »Von dort aus haben wir keinerlei Anhaltspunkte mehr, wo wir hingehen, nicht wahr?« Er stellte Quickening die Frage, die nicht darauf einging. »Danach sind wir verloren, und das gefällt mir nicht. Vielleicht wäre es an der Zeit, etwas Genaueres über die Angelegenheit zu erfahren.«

»Was willst du wissen, Pe Ell?« fragte das Mädchen ruhig und gelassen.

»Du hast uns über das, was uns bevorsteht, nicht genug gesagt«, erwiderte er. »Ich meine, das solltest du. Jetzt.«

Sie schüttelte den Kopf. »Du erwartest Antworten, die ich nicht zu geben vermag. Ich muß sie ebenfalls herausfinden.«

»Das glaube ich dir nicht.« Er schüttelte unterstreichend den Kopf. Seine Stimme war leise und hart. Morgan Leah schaute ihn mit unverhohlener Gereiztheit an, und Walker Boh sprang auf die Füße. »Ich weiß etwas von Leuten, sogar solchen, die über Magie verfügen wie du, und ich kann erkennen, wenn sie mir alles sagen, was sie wissen, und wenn sie etwas verbergen. Das tust du. Du solltest es lieber nicht tun.«

»Sonst machst du kehrt und gehst zurück?« forderte Morgan ihn scharf heraus.

Pe Ell sah ihn ausdruckslos an.

»Warum tust du das nicht, Pe Ell? Sag doch, warum nicht?«

Pe Ell erhob sich. Sein Blick war scheinbar desinteressiert und leer. Morgan stand gleichzeitig auf. Aber Quickening trat schnell zwischen die beiden, trennte sie voneinander, so, als sei das ganz zufällig, als wolle sie nur Pe Ell genau anschauen. Sie stand klein und verwundbar vor ihm, ihr Silberhaar fiel nach hinten, als sie das Gesicht hob, um ihn anzuschauen. Er runzelte die Stirn und sah einen Augenblick lang aus, als fühle er sich von ihr bedroht und könnte zuschlagen. Gertenschlank und nervig wich er schlangengleich zurück. Aber sie rührte sich nicht, weder auf ihn zu noch von ihm weg, und langsam lockerte sich seine Anspannung.

»Du mußt mir trauen«, ermahnte sie ihn leise, sprach zu ihm, als sei er der einzige andere lebende Mensch in der Welt, hielt ihn mit ihrer Stimme, der Intensität ihrer schwarzen Augen, der Nähe ihres Leibes in Bann. »Was man über Uhl Belk und Eldwist wissen muß, habe ich dir gesagt. Was man über den schwarzen Elfenstein wissen muß, habe ich dir gesagt. Jedenfalls wenigstens alles, was ich selber weiß. Ja, es gibt Dinge, die ich euch vorenthalte, so wie du mir Dinge vorenthältst. Das ist so unter lebendigen Geschöpfen, Pe Ell. Du kannst mir meine Geheimnisse nicht verübeln, solange du deine eigenen für dich behältst. Ich verberge nichts vor dir, das dir schaden könnte. Das ist alles, was ich tun kann.«

Der schlanke Mann starrte wortlos auf sie hinunter, alles blieb hinter seinen Augen verschlossen, wo seine Gedanken heftig arbeiteten.

»Wenn wir nach Rampling Steep kommen, werden wir Hilfe suchen, um den Weg zu finden«, fuhr sie fort. Ihre Stimme war nach wie vor kaum mehr als ein Flüstern, doch glockenklar und bestimmt. »Eldwist wird bekannt sein und jemand wird uns den Weg zeigen.«

Und zu der großen Überraschung sowohl von Walker und Morgan Leah nickte Pe Ell nur und ging fort. In jener Nacht sprach er mit keinem von ihnen mehr. Es war, als habe er vergessen, daß sie existierten.

Am nächsten Tag gelangten sie zu einer breiten Straße, die nach Westen ins Vorgebirge führte, und sie bogen darauf ein. Die Straße wand sich schlangengleich ins Licht und dann in den Schatten, als die Sonne hinter dem Charnalgebirge versank. Die Nacht brach herein, und sie kampierten unter den Sternen, dem ersten klaren Himmel seit Tagen. Beim Abendessen sprachen sie ruhig miteinander, ein gewisses Gleichgewicht war mit dem Aufhören des Regens wiederhergestellt. Die Ereignisse des Vorabends wurden mit keinem Wort erwähnt. Pe Ell schien mit dem, was Quickening ihm gesagt hatte, zufrieden zu sein, obwohl sie ihm so gut wie gar nichts gesagt hatte. Es lag an der Art, wie sie mit ihm gesprochen hatte, dachte Walker. Es lag an der Art, wie sie ihre Magie einsetzte, um Mißtrauen und Ärger abzuwenden.

Früh am nächsten Morgen brachen sie wieder auf. Die Sonne schien hell und warm. Am späten Nachmittag waren sie hoch hinauf ins Vorgebirge gestiegen, nahe an den Fuß des Gebirges. Bei Sonnenuntergang erreichten sie die Stadt Rampling Steep.

Bis dahin war es schon fast dunkel, nur ein schwacher Schimmer hinter den Bergen im Westen färbte den Horizont in goldenen und silbernen Schattierungen. Rampling Steep kauerte in einem tiefen, schattigen Loch, einer flachen Senke am Fuß der Gipfel, wo die Waldbäume sich verdünnten und als isolierte Gruppen zwischen den Klippen der Gebirgsfelsen verstreut standen. Die Gebäude der Stadt waren ein kümmerlicher Haufen, baufällige Konstruktionen aus Steinfundamenten und hölzernen Wänden und Dächern, Fenster und Türen mit Läden verschlossen wie die Augen verängstigter Kinder. Eine einzige Straße schlängelte sich zwischen ihnen entlang, als suche sie nach einem Ausweg. Die Häuser kauerten sich zu beiden Seiten, nur eine Handvoll Scheunen und Katen standen etwas höher oben wie achtlose Wachposten. Alles brauchte dringend Reparaturen. Bretter der Wände waren zerbrochen oder hingen lose, Dachschindeln waren heruntergerutscht, Vordächer standen schief. Licht schimmerte durch Spalten und Schlitze. Pferdegespanne standen nah vor den Häusern, jedes sah noch elender aus als das vorangegangene, und dunkle Gestalten auf zwei Beinen huschten zwischen ihnen herum wie Geister.

Im Näherkommen erkannte Walker, daß die Gestalten vor allem Trolle waren, große, ungeschlachte Figuren im Zwielicht, in deren borkigen Gesichtern nichts zu lesen stand. Einige schauten auf, als die vier die Straße entlangkamen, doch keiner sprach sie an oder schaute ein zweites Mal hin. Stimmengewirr drang zu ihnen, Grunzen und Gemurmel und Gelächter, das die verfallenen Wände nicht aufhalten konnten. Doch trotz der Gespräche und des Gelächters und der Leute vermittelte Rampling Steep einen leeren Eindruck, so als sei es seit geraumer Zeit von den Lebenden verlassen worden.

Quickening führte sie die Straße hinunter, ohne stehenzubleiben, ihrer Sache so sicher, wie sie es von Anfang an gewesen war. Morgan folgte einen Schritt hinter ihr, blieb in der Nähe, blieb wachsam und beschützend, auch wenn es wahrscheinlich nicht nötig gewesen wäre. Pe Ell war nach rechts ausgewichen und hielt Abstand, Walker folgte.

Im Zentrum von Rampling Steep gab es eine Reihe von Kneipen, und es sah so aus, als habe sich die gesamte Bevölkerung dort versammelt. Aus manchen klang Musik, und Männer torkelten und schwankten in gesichtsloser Anonymität durch die Türen ein und aus. Auch ein paar Frauen kamen vorbei, sie sahen hart und abgearbeitet aus. Rampling Steep schien eher eine Endstation zu sein als ein Anfang.

Quickening führte sie in die erste der Kneipen und fragte den Inhaber, ob er jemanden kenne, der sie durch das Gebirge nach Eldwist führen könne. Sie stellte die Frage, als sei es das Natürlichste auf der Welt. Sie bemerkte die Erregung nicht, die ihre Gegenwart auslöste, die Blicke, die von überall auf sie gerichtet waren, die Gier, die in vielen der auf sie fixierten Augenpaare stand, oder sie schien sie jedenfalls nicht zu bemerken. Vielleicht, dachte Walker, als er sie beobachtete, hat es einfach keine Bedeutung für sie. Er sah, daß sich keiner näherte und niemand bedrohlich wurde. Morgan stand beschützend hinter ihr, das Gesicht der unfreundlichen, geilen Gesellschaft zugewandt – als ob er etwas ausrichten könnte, falls die Meute etwas zu unternehmen beschloß – doch es war nicht der Hochländer, der sie davon abhielt, auch nicht Walker und nicht einmal der abweisende Pe Ell. Es war das Mädchen, diese verblüffende Erscheinung, die wie ein Produkt wilder Phantasie nicht gestört werden durfte, aus Angst, sie würde sich als Einbildung herausstellen. Die in dem Bierhaus versammelten Männer musterten sie; diese Meute von Männern mit wildem Blick konnte es nicht ganz glauben und war auch nicht willens, sich einen Irrtum eingestehen zu müssen.

In der ersten Kneipe konnten sie nichts erfahren, so zogen sie in die nächste. Niemand folgte ihnen. Das Schauspiel der ersten wiederholte sich in dieser, die kleiner und enger war, die Luft geschwängert mit Pfeifenrauch und dem Geruch von Leibern. Trolle, Gnome, Zwerge und Menschen bewohnten Rampling Steep. Alle sprachen und tranken miteinander, als sei es die natürliche Ordnung der Dinge, als habe das, was im Rest der Vier Länder geschah, hier keine Gültigkeit. Walker studierte leidenschaftslos ihre Gesichter, und wenn ihre Gesichter ihm nichts mitteilten, ihre Augen, und er fand sie verschlossen und furchtsam, die Gesichter und die Augen von Leuten, die mit Mühsal und Enttäuschung lebten, dies jedoch ignorierten, weil sie sonst nicht würden überleben können. Manche wirkten gefährlich, ein paar sogar verzweifelt. Doch das Leben in Rampling Steep gehorchte einer Ordnung, wie das fast überall der Fall ist, und es geschah nicht viel, das diese Ordnung störte. Fremde kamen und gingen, sogar solche, die so umwerfend waren wie Quickening, und das Leben ging trotzdem weiter. Quickening war so etwas wie eine Sternschnuppe – es gab sie hin und wieder, und wenn man Glück hatte, sah man sie, aber man unternahm deswegen nichts, um sein Leben zu verändern.

Sie zogen weiter in ein drittes Bierhaus und in ein viertes. Überall waren die Antworten auf Quickenings Fragen die gleichen. Niemand wußte etwas über Eldwist und Uhl Belk, und niemand wollte etwas wissen. Es gab vielleicht acht Trinkhäuser an der Straße. Die meisten boten Betten im Oberstock und Vorräte aus dahinterliegenden Lagern an. Einige waren gleichzeitig Handels- oder Tauschstationen. Rampling Steep war die einzige Stadt im Umkreis von mehreren Tagesreisen in allen Richtungen im unteren Teil des Charnalgebirges, und es lag an der Kreuzung der Wege, die aus dem Gebirge herunterführten, so daß viel Verkehr hindurchkam, vor allem Trapper und Händler, doch auch andere. In allen Bierhäusern waren Durchreisende oder zeitweilig Ansässige auf dem Weg von oder nach irgendwo versammelt. Die Gespräche aller Art handelten von Geschäft und Politik, von bereisten Straßen und gesehenen Wundern, von Leuten und Orten aller Vier Länder. Walker lauschte, ohne den Anschein zu erwecken, und er meinte, Pe Ell tue das gleiche.

In dem fünften Bierhaus, das sie aufsuchten – Walker hatte nicht einmal auf seinen Namen geachtet –, erhielten sie endlich die Information, die sie suchten. Der Wirt war ein großer, rotgesichtiger Kerl mit Narben im Gesicht und beflissenem Lächeln. Er musterte Quickening in einer Weise, die Walker unbehaglich war. Dann schlug er vor, das Mädchen solle für ein paar Tage ein Zimmer mit ihm teilen, nur um zu sehen, ob sie die Stadt nicht gern genug mochte, um zu bleiben. Morgan Leah funkelte zornig mit den Augen, doch Quickening schirmte ihn durch eine leichte Drehung ihres Körpers ab, gab den dreisten Blick des Wirts zurück und erklärte, sie sei nicht daran interessiert. Der Wirt drängte nicht. Statt dessen, und zu aller Überraschung angesichts des Korbs, den er gerade bekommen hatte, sagte er ihr, daß der Mann, den sie suchte, ein Stück weiter die Straße hinunter in der Gehäuteten Katze zu finden sei. Sein Name, sagte er, laute Horner Dees.

Sie traten wieder in die Nacht hinaus, und der Wirt sah aus, als sei er ganz und gar nicht sicher, was er da gerade getan hatte. Der Blick sagte alles. Quickening hatte diese Gabe; es war die Essenz ihrer Magie. Sie konnte einen umstimmen, ehe man es begriff. Sie konnte einen dazu bringen, sich in einer Weise preiszugeben, die man niemals beabsichtigt hatte. Sie konnte einen dazu bringen, ihr gefallen zu wollen. Es war etwas, das eine schöne Frau einen Mann veranlassen konnte zu tun, doch bei Quickening war es viel mehr als nur ihre Schönheit, die einen entwaffnete. Es war das Wesen, das in ihr steckte, der Elementargeist, der menschlich aussah, aber weit mehr war, eine Verkörperung der Magie, von der Walker glaubte, sie reflektiere ihren Vater, der sie geschaffen hatte. Er kannte die Geschichten über den König vom Silberfluß. Wenn man ihm begegnete, sagte man ihm, was er wissen wollte, und man konnte sich nicht verstellen. Seine Gegenwart reichte aus, einen *wollen* zu lassen, es ihm zu sagen. Walker hatte gesehen, wie Morgan und Pe Ell und die Männer in den Kneipen auf sie reagierten. Und er ebenso. Sie war wirklich durch und durch das Kind ihres Vaters.

Sie fanden die Gehäutete Katze am Ortsausgang im Schatten mehrerer gewaltiger alter Korkeichen. Es war ein großes, ausladendes Gebäude, das allein durch die Bewegungen der Männer und Frauen im Inneren in allen Fugen knirschte und quietschte, und das nur aus Starrsinnigkeit zusammenzuhalten schien. Es war voll wie die anderen, doch es gab mehr Raum zum Füllen und entlang der Wände hatte man Nischen und Abtrennungen errichtet, um es weniger scheunenartig wirken zu lassen. Lampen standen verstreut herum wie Freunde, die einander im Dämmerlicht zublinzelten, und die Kunden drängten sich an der Theke und saßen an langen Tischen. Als sie eintraten, drehten sich die Köpfe nach ihnen um, wie sie sich in den anderen Kneipen umgeschaut hatten, die Blicke folgten ihnen. Quickening suchte den Wirt auf, der sie anhörte und auf das hintere Ende des Saales zeigte. Dort saß ein Mann allein in einer schattigen Nische am Tisch, gebeugt und gesichtslos, fern der Menge und der Lichter.

Die vier gingen zu ihm und blieben vor seinem Tisch stehen.

»Horner Dees«, sagte Quickening mit ihrer Seidenstimme.

Grobe Hände setzten den Bierkrug langsam von den bärtigen Lippen zurück auf den Tisch, und ein breites, zerzaustes Gesicht hob sich ihnen entgegen. Der Mann war riesig, ein großer, alter Bär von einem Kerl, der seine besten Jahre hinter sich hatte. Er war über und über behaart, auf den Unterarmen, den Handrücken, am Hals und auf der Brust, auf dem Kopf und im Gesicht, so überwachsen, daß abgesehen von seiner Nase und seinen Augen seine Züge fast vollständig zugedeckt waren. Es war unmöglich, sein Alter zu schätzen, doch das Haar war silbergrau und die Haut darunter runzlig, gebräunt und gesprenkelt, seine Finger knorrig wie alte Wurzeln.

»Mag sein«, brummte er unwillig. Seine Stimme schien aus der Höhle eines Riesen zu dröhnen. Seine Augen waren fest auf das Mädchen gerichtet.

»Ich heiße Quickening«, sagte sie. »Das hier sind meine Gefährten. Wir suchen einen Ort namens Eldwist und einen Mann namens Uhl Belk. Man sagte uns, daß du beide kennst.«

»Man hat euch was Falsches gesagt.«

»Kannst du uns hinbringen?« fragte sie, ohne auf seine Worte einzugehen.

»Ich habe doch gesagt...«

»Kannst du uns hinbringen?« wiederholte sie.

Der große Mann starrte sie an, ohne etwas zu sagen, ohne sich zu rühren, ohne einen Hinweis auf seine Gedanken. Er war wie ein gewaltiger Felsblock, der Wetter und Erosion über sich hatte ergehen lassen und sie nur als eine vorüberwehende Brise betrachtet hatte. »Wer bist du?« fragte er schließlich. »Wer, abgesehen von deinem Namen?«

Quickening zögerte nicht. »Ich bin die Tochter des Königs vom Silberfluß. Kennst du ihn, Horner Dees?«

Er nickte bedächtig. »Ja, ich kenne ihn. Und vielleicht bist du, wer zu sein du vorgibst. Vielleicht bin ich derjenige, für den du mich hältst. Vielleicht kenne ich sogar Eldwist und Uhl Belk. Vielleicht bin ich der einzige, der sie kennt – der einzige, der noch lebt, um dir darüber zu erzählen. Vielleicht kann ich sogar tun, was du erbittest, und dich hinbringen. Aber ich sehe keinen Grund dazu. Setzt euch.«

Er zeigte auf eine Reihe leerer Stühle, und die vier ließen sich ihm gegenüber am Tisch nieder. Er musterte die Männer einen nach dem anderen, dann richtete er seinen Blick wieder auf das Mädchen. »Ihr seht nicht aus wie Leute, die nicht wissen, was sie tun. Warum wollt ihr Uhl Belk aufsuchen?«

Quickenings schwarze Augen waren unergründlich und intensiv. »Uhl Belk stahl etwas, das ihm nicht zusteht. Es muß zurückgeholt werden.«

Horner Dees schnaubte höhnisch. »Ihr wollt es zurückstehlen, ja?

Oder ihn einfach bitten, es zurückzugeben? Wißt ihr etwas über Belk? Ich ja.«

»Er stahl einen Talisman der Druiden.«

Dees zögerte. Sein bärtiges Gesicht verzog sich, während er auf etwas Eingebildetem kaute. »Mädchen, niemand, der nach Eldwist geht, kommt wieder heraus. Niemand außer mir, und ich hatte ganz einfach Glück. Es gibt Dinge dort, gegen die nichts ankommt. Belk ist ein Überbleibsel aus einem anderen Zeitalter, voll finsterer Magie und Bosheit. Du wirst ihm nichts wegnehmen, und er wird euch nichts geben.«

»Meine Begleiter sind stärker als Uhl Belk«, erwiderte Quickening. »Auch sie haben Magie, und die wird seine überwinden. Mein Vater sagt, daß es so sein wird. Diese drei«, und sie nannte ihre Namen, »werden erfolgreich sein.«

Während sie die Namen aussprach, ließ Horner Dees seinen Blick von einem zum anderen gleiten und musterte schnell ihre Gesichter. Er verweilte nur einmal – so kurz, daß Walker zunächst nicht sicher war, ob er überhaupt innegehalten hatte – auf Pe Ell.

»Es sind Menschen«, sagte er dann. »Uhl Belk ist mehr als das. Man kann ihn nicht töten wie einen gewöhnlichen Menschen. Ihr werdet ihn vermutlich nicht einmal finden. Er wird euch finden, und dann ist es zu spät.« Er schnippte mit den Fingern und lehnte sich zurück.

Quickening musterte ihn über den Tisch hinweg, dann streckte sie impulsiv die Hand aus und legte sie auf die hölzerne Tischplatte. Eine Span löste sich, rollte sich auf, bildete einen schlanken Stiel, bekam Blätter und erblühte schließlich mit zarten, blauen Glockenblümchen. Quickenings Lächeln war so magisch wie ihre Berührung. »Zeig uns den Weg nach Eldwist, Horner Dees«, sagte sie.

Der alte Mann befeuchtete seine Lippen. »Es braucht mehr als Blümchen, um Uhl Belk beizukommen«, meinte er.

»Vielleicht nicht«, flüsterte sie, und Walker hatte den Eindruck, daß sie für einen Augenblick ganz woanders war. »Hättest du nicht Lust, mit uns zu kommen und es mit eigenen Augen zu sehen?«

Dees schüttelte den Kopf. »Ich bin nicht so alt geworden, indem ich mich töricht benommen habe«, erklärte er. Er überlegte einen Moment, dann beugte er sich wieder vor. »Es ist zehn Jahre her, seit ich nach Eldwist gegangen bin. Ich entdeckte es geraume Zeit vorher, aber ich wußte, daß es gefährlich war, und wollte nicht alleine gehen. Aber ich dachte immer wieder daran und fragte mich, was dort wohl sein mochte, denn es ist meine Art, Sachen auf den Grund zu gehen. Ich bin Fährtensucher gewesen, Soldat, Jäger, alles, was es so gibt, und alles diente am Ende dazu, herauszufinden, was was ist. Ich dachte also dauernd über Eldwist nach, fragte mich, was es dort in allen diesen Gebäuden, all diesem Stein, wo das Auge auch hinblickt, wohl gäbe. Am Ende ging ich wieder hin, weil es mir unerträglich war, nicht Bescheid zu wissen. Ich nahm ein Dutzend Männer mit. Dreizehn sollten uns Glück bringen. Wir dachten, wir würden dort etwas von Wert finden, an einem so geheimen, uralten Ort. Wir wußten, wie er hieß; im Hochland hatte es Legenden darüber gegeben, drüben, auf der anderen Seite des Gebirges, wo einige von uns gewesen waren. Die Trolle kennen es. Es ist eine Halbinsel – nur eine schmale Landzunge, nichts als Felsen, die in den Gezeitenstrom hinausragen. Eines Morgens gingen wir hin, alle dreizehn. Voller Leben. Bei Anbruch des nächsten Tages waren die anderen zwölf tot, und ich rannte wie ein verängstigtes Reh davon!«

Er ließ die Schultern hängen. »Ihr wollt dort nicht hingehen«, sagte er. »Ihr wollt nichts mit Eldwist und Uhl Belk zu tun haben.«

Er hob seinen Krug auf, leerte ihn und setzte ihn lautstark wieder ab. Das Geräusch ließ den Wirt sofort herbeikommen, einen neuen Bierkrug in der Hand, und ebenso schnell wieder verschwinden. Dees schaute ihn nicht ein einziges Mal an, sein Blick war noch immer auf Quickening gerichtet. Es ging schon auf Mitternacht zu, doch nur wenige der Bierhauskunden waren fortgegangen. Sie hockten in Gruppen zusammen, wie sie es seit Sonnenuntergang getan hatten, manche sogar schon länger, ihre Unterhaltungen waren flüssiger und weniger zusammenhängend, ihre Haltung entspannter. Die Zeit war ihnen für den Moment unwichtig geworden, sie waren die Opfer aller Arten von Hader und Mißgeschick, Flüchtlinge, die sich im Schutz ihres Rausches und ihrer zufälligen Gemeinsamkeit zusammendrängten. Dees gehörte heute nicht zu ihnen; Walker Boh zweifelte, ob er das je tat.

Quickening rührte sich. »Horner Dees.« Sie sagte seinen Namen, als untersuche sie ihn, ein junges Mädchen, das die Identität eines alten Mannes testet. »Wenn du nichts unternimmst, wird Uhl Belk dich holen kommen.«

Zum ersten Mal sah Dees erschreckt drein.

»Irgendwann wird er kommen«, fuhr Quickening mit freundlicher, trauriger Stimme fort. »Er weitet sein Königreich über seine Grenzen hinweg aus, und im Lauf der Zeit wächst es immer schneller. Wenn er nicht aufgehalten wird, wenn seine Macht nicht eingeschränkt wird, wird er dich früher oder später erreichen.«

»Dann bin ich lange tot«, sagte der alte Mann, aber er klang nicht überzeugt.

Quickening lächelte wieder ihr magisches Lächeln, vollkommen und wundersam. »Es gibt Geheimnisse, die du niemals lösen wirst, weil du keine Gelegenheit dazu bekommst«, sagte sie. »Bei Uhl Belk ist das nicht der Fall. Du bist ein Mann, der sein Leben lang Dingen auf den Grund gegangen ist. Willst du damit jetzt aufhören? Wie willst du wissen, wer von uns in bezug auf Uhl Belk recht hat, wenn du nicht mit uns gehst? Tu es, Horner Dees. Zeig uns den Weg nach Eldwist. Reise mit uns.«

Dees schwieg lange und dachte nach. Dann sagte er: »Ich würde gerne glauben, daß dieses Monster durch irgend etwas überwunden werden kann...« Er schüttelte den Kopf. »Ich weiß nicht.«

»Mußt du es denn vorher wissen?« fragte das Mädchen leise.

Dees runzelte die Stirn, dann lächelte er ein breites, zahnlückiges Grinsen, das sein wettergegerbtes Gesicht in tiefe Runzeln kräuselte. »Das war mir nie wichtig«, sagte er lachend. Dann verschwand das Lächeln. »Es ist eine schwere Reise, von der hier die Rede ist, nicht ein Spaziergang die Straße entlang. Die Pässe sind zu allen Jahreszeiten hart, und wenn wir einmal drüben sind, sind wir auf uns selbst angewiesen. Dort gibt's keinerlei Hilfe. Nichts als Trolle, und die scheren sich einen Dreck um Fremde. Dort müssen wir uns selber helfen. Um die Wahrheit zu sagen, keiner von euch sieht stark genug aus, um das zu bewältigen.«

»Wir sind vielleicht stärker, als du denkst«, sagte Morgan Leah leise.

Dees musterte ihn kritisch. »Das werdet ihr sein müssen«, sagte er, »ein ganzes Stück stärker.« Dann seufzte er. »Tja nu. Soweit kommt es also, was? Ich alter Mann soll also noch einmal in die Ferne ziehen.« Er kicherte leise und schaute dann wieder zu Quickening. »Du hast so eine Art, das muß ich schon sagen. Kannst reden, daß eine Nuß aus ihrer Schale schlüpft. Selbst eine harte, alte Nuß wie ich. Tja, tja.«

Er schob seinen Stuhl zurück und stand auf. Er wirkte im Stehen noch größer, als man im Sitzen vermutet hätte, wie eine zerfurchte Mauer, die selbst nach Jahren der Verwitterung nicht stürzen will. Er stand gebeugt und ergraut vor ihnen, seine kräftigen Arme hingen lokker herunter, und er kniff die Augen zusammen, als würde er geblendet.

»Also gut, ich führe euch«, verkündete er und lehnte sich dabei vor, um seiner Entscheidung Nachdruck zu verleihen. Er sprach leise und gleichmütig. »Ich führe euch, weil es stimmt, daß ich noch nicht alles gesehen und die Antworten noch nicht alle gefunden habe, und wozu ist das Leben gut, wenn man es nicht weiter versucht – auch wenn ich nicht glaube, daß es reicht, es zu versuchen. Bei Sonnenaufgang treffen wir uns wieder hier, und ich gebe euch eine Liste, was ihr braucht und wo ihr es bekommt. Ihr sorgt dafür, alles zusammenzutragen, ich übernehme die Organisation. Wir versuchen's mal. Wer weiß? Vielleicht schafft es auch der eine oder andere von uns wieder zurück.«

Er hielt inne und schaute sie an, als sehe er sie zum ersten Mal. Ein Anflug von Lachen begleitete seine Worte, als er sagte: »Wäre es nicht ein guter Witz, wenn sich herausstellte, daß ihr wirklich die stärkere Magie besitzt als Belk?«

Dann kam er hinter dem Tisch hervor, watschelte durch den Saal zur Tür und verschwand in der Nacht.

Horner Dees hielt Wort und traf sie am frühen Morgen, um die Vorbereitungen für die Reise zu leiten, die sie über das Charnalgebirge nach Eldwist führen würde. Er erwartete sie an der Tür der Herberge, in der sie sich für die Nacht eingemietet hatten, einem knarrenden zweistöckigen Rasthaus, das in früheren Zeiten einmal eine Residenz und dann ein Laden gewesen war. Er gab sich nicht damit ab, ihnen zu erklären, wie er sie gefunden hatte, sondern lieferte ihnen eine Liste von Dingen, die sie brauchen würden, und Anweisungen, wo sie sie erhalten konnten. Er wirkte noch zerzauster und bärenhafter als am Vorabend, breiter als die Tür, vor der er stand, und vornübergebeugt wie eine aufgeplusterte Urwaldstaude. Er murrte und brummte, und seine Anweisungen klangen, als litte er darunter, am Vorabend zu viel getrunken zu haben. Pe Ell hielt ihn für einen unnützen Trunkenbold, und Morgan Leah fand ihn ganz einfach höchst unangenehm. Da sie sehen konnten, daß Quickening es von ihnen erwartete, nahmen sie die Anweisungen wortlos entgegen. Aber Walker Boh sah etwas anderes. Zuerst hatte er sich in der vergangenen Nacht wegen Dees genug Sorgen gemacht, um Quickening beiseite zu nehmen, nachdem der alte Mann fortgegangen war, und ihr anzudeuten, daß er vielleicht doch nicht der Mann wäre, nach dem sie suchten. Was wußten sie schließlich über Dees außer dem, was er ihnen erzählt hatte? Falls er tatsächlich nach Eldwist gekommen war, dann lag das zehn Jahre zurück. Und wenn er inzwischen den Weg vergessen hatte? Wenn er sich gerade so weit erinnerte, daß sie sich hoffnungslos verirrten? Aber Quickening hatte ihn in der ihr eigenen Weise beruhigt und allen Zweifel darüber beiseite geräumt, ob Horner Dees tatsächlich der Mann sei, den sie brauchten. Als er dem alten Fährtensucher jetzt zuhörte, war er geneigt, ihr zuzustimmen. Walker hatte in seinem Leben eine ganze Menge Reisen gemacht, und er wußte etwas von den Vorbereitungen, die vonnöten waren. Es war klar, daß auch Dees es wußte. Bei all seinem groben Gerede und seinem ergrauten Aussehen wußte Horner Dees ganz genau, was er tat.

Die Zeit der Vorbereitungen verstrich schnell. Walker, Morgan und Pe Ell trugen Nahrungsmittel, Bettzeug, Planen, Seile, Klettergeräte, Kochgeschirr, Kleidung und Erste-Hilfe-Ausstattung zusammen, die Dees sie zu kaufen geschickt hatte. Dees seinerseits besorgte Packtiere, zottige Maultiere, die das schwere Gepäck tragen würden und die Gebirgsstürme ertrugen. Alles wurde zu einem alten Stall am nördlichen Ortsausgang von Rampling Steep gebracht, einem Gebäude, das Dees als Behausung zu dienen schien. Er bewohnte die Werkzeugkammer, und wenn er nicht gerade Befehle austeilte oder ihre Bemühungen, sie auszuführen, überwachte, zog er sich dorthin zurück.

Quickening war noch zurückgezogener. Wenn sie nicht bei ihnen war, was sehr selten vorkam, hatten sie keine Ahnung, wo sie steckte. Sie wirkte wie eine dahinziehende Wolke, eher ein Schatten als ein Lebewesen. Sie mochte aus der Stadt in den Wald wandern, wo sie sich wohler fühlte. Sie mochte sich auch einfach nur verstecken. Wo immer sie hinging, sie verschwand so vollständig wie die Sonne am Tagesende, und sie vermißten sie ebensosehr. Erst wenn sie wiederkam, fühlten sie sich wieder erwärmt. Sie sprach jeden Tag mit ihnen, immer einzeln, nie zusammen. Sie gab ihnen ein wenig von sich selbst, kleine Aufmunterungen, die sie nicht recht zu definieren imstande waren, aber auch nicht fehlzudeuten. Wäre sie jemand anderer gewesen, hätten sie sie verdächtigt, Spielchen mit ihnen zu treiben. Doch sie war Quickening, die Tochter des Königs vom Silberfluß, und in ihrem Leben gab es weder die Zeit noch den Wunsch noch die Notwendigkeit für Spiele. Sie stand weit über einem solchen Verhalten, und obgleich sie sie nicht ganz verstanden und fühlten, daß sie sie vielleicht nie verstehen würden, so waren sie doch überzeugt, daß in ihr keinerlei Täuschung oder Verrat war. Ihre Anwesenheit allein hielt sie zusammen, band sie an sie, so daß sie sich nicht abwandten. Sie strahlte, ein Geschöpf von überwältigendem Leuchten, so magisch, daß sie von ihr so gefesselt waren wie von einem Regenbogen. Sie brachte sie dazu, überall nach ihr Ausschau zu halten. Sie warteten darauf, daß sie erschien, und wenn sie es tat, fanden sie sich erneut in ihrem Bann. Sie warteten darauf, daß sie mit ihnen sprach, sie berührte, ja sogar nur auf einen kleinen Blick von ihr. Sie spann sie in den Strudel ihrer Existenz, und selbst wenn sie sich verzaubert fühlten, sehnten sie sich danach, daß es weiterginge. Sie beobachteten einander wie Habichte, waren sich ihrer jeweiligen Rollen in ihren Plänen nicht gewiß, wußten nicht, wozu sie gebraucht würden und wozu sie nötig waren. Sie kämpften darum, etwas von ihr zu erfahren, das nur ihnen allein gehörte, und sie maßen die Zeit, die sie mit ihr verbrachten, als wäre es goldener Staub.

Und dennoch waren sie nicht frei von Zweifeln und Befürchtungen. In ihren tiefsten, geheimsten Gedanken sorgten sie sich – ob es weise von ihr war, sie ausgewählt zu haben, ob ihre Neugier auf das Unterfangen, an dem teilzunehmen sie eingewilligt hatten, und ob ihr Wunsch, ihr nahe zu sein, ausreichende Gründe waren, weiterzumachen.

Pe Ells Grübeleien waren die intensivsten. Er hatte sich in erster Linie auf diese Reise begeben, weil das Mädchen ihn faszinierte, weil sie anders war als jene, die zu töten er je ausgeschickt worden war, weil er so viel wie möglich über sie in Erfahrung bringen wollte, ehe er den Stiehl benutzte, und auch, weil er herausfinden wollte, ob dieser Talisman, von dem sie sprach, dieser schwarze Elfenstein, so mächtig war, wie sie glaubte, und ob er ihn sich würde aneignen können. Es hatte ihn gestört, als sie darauf bestand, den dreisten Hochländer und den großen, bleichen Einarmigen mitzunehmen. Ihm wäre es lieber gewesen, wenn sie beide allein gegangen wären, weil er davon überzeugt war, daß sie außer ihm niemanden brauchte. Dennoch hatte er den Mund gehalten und war geduldig geblieben, überzeugt, daß die beiden anderen kein Problem für ihn darstellen würden.

Aber jetzt war da auch noch Horner Dees im Weg, und irgend etwas an diesem alten Mann beunruhigte Pe Ell. Es war seltsam, daß Dees ihm so zu schaffen machte; er wirkte wie ein nutzloser, alter Tölpel. Die Ursache seines Unbehagens, nahm er an, war die Tatsache, daß sie zu zahlreich wurden. Wie viele wollte das Mädchen denn noch in die kleine Reisegesellschaft aufnehmen? Demnächst würde er an jeder Ecke über Krüppel und Taugenichtse stolpern, von denen keiner die kleine Anstrengung wert war, die es kosten würde, ihn zu beseitigen. Pe Ell war ein Einzelgänger; er mochte Gruppen nicht. Doch das Mädchen fuhr fort, ihre Zahl zu vergrößern, und das alles für ein reichlich unklares Ziel. Ihre Magie schien fast grenzenlos; sie vermochte Dinge, die kein anderer konnte, nicht einmal er. Er war davon überzeugt, daß ihre Magie, trotz der Behauptung des Gegenteils, ausreichen würde, sie nach Eldwist zu führen. Dort angekommen, brauchte sie niemand anderen als ihn. Was hatte es also für einen Sinn, die anderen mitzunehmen?

Zwei Nächte zuvor, ehe der Regen aufgehört hatte, hatte Pe Ell sie aus Enttäuschung und Unzufriedenheit zur Rede gestellt und versucht, ihr die Wahrheit über die Sache abzunötigen. Quickening hatte ihn irgendwie abgelenkt, hatte ihn beruhigt und ihm seine Entschlossenheit, sie zu demaskieren, irgendwie genommen. Die Erfahrung, mit welcher Leichtigkeit sie ihn manipuliert hatte, hatte ihn verblüfft, und während einiger Zeit hatte er daran gedacht, sie einfach zu töten und die Sache damit zu erledigen. Er hatte ihre Absichten in Erfahrung gebracht, nicht wahr? Warum also nicht tun, wie Felsen-Dall geraten hatte, die Sache damit erledigt sein lassen, den schwarzen Elfenstein vergessen und diese Dummköpfe ohne ihn danach jagen lassen? Er hatte beschlossen zu warten. Jetzt war er froh darüber. Denn während er die störende Gegenwart Dees und der anderen überdachte, war es ihm, als verstünde er langsam ihren Zweck. Quickening hatte sie als Ablenkung mitgenommen, weiter nichts. Was für Dienste konnten sie schließlich anbieten? Die Kraft des einen steckte in einem zerbrochenen Schwert, die des anderen in einem verstümmelten Körper. Was waren solche dürftigen Zauber im Vergleich zu seinem Stiehl? War er nicht der Mörder, der Meistertöter, der, dessen Magie alles niederstrecken konnte? Das war mit größter Wahrscheinlichkeit der Grund, warum sie sie mitgenommen hatte. Sie hatte es nie geäußert, aber er wußte, daß es so war. Felsen-Dall hatte sich geirrt, als er meinte, sie würde nicht erkennen, wer er war. Quickening, mit ihrer außerordentlichen Einsicht und Intuition, konnte eine so offensichtliche Wahrheit nicht entgehen. Deshalb hatte sie ihn natürlich mitgenommen – deshalb hatte sie ihn vor allen anderen angesprochen. Sie brauchte ihn, damit er Belk tötete; er war der einzige, der dazu in der Lage war. Sie brauchte die Magie des Stiehls. Die anderen, einschließlich Dees, waren nichts als das Anmachholz, das ins Feuer geworfen werden sollte. Am Ende war sie ganz allein auf ihn angewiesen.

Morgan Leah, falls Pe Ell sich die Mühe gemacht hätte, ihn zu fragen, hätte vielleicht zugestimmt. Er war der Jüngste und trotz seiner kecken Art der Unsicherste. Er war noch immer eher ein Junge als ein erwachsener Mann, eine Tatsache, die er sich gezwungenermaßen selbst eingestehen mußte, wenn auch keinem anderen. Er war weniger weit herumgekommen und hatte weniger geleistet. Er wußte über praktisch alles weniger gut Bescheid. Den größten Teil seines Lebens hatte er im Hochland von Leah verbracht, und auch wenn er den Föderationsoffizieren die Besetzung seiner Heimat, die sie zu regieren suchten, einigermaßen unerfreulich gestaltet hatte, so hatte er doch darüber hinaus wenig Beachtenswertes geleistet. Er war hoffnungslos in Quickening verliebt, und er hatte ihr nichts anzubieten. Das Schwert von Leah war die Waffe, die sie für ihre Suche nach dem schwarzen Elfenstein brauchte, der Talisman, der Uhl Belk besiegen konnte. Doch das Schwert hatte den größten Teil seiner Magie eingebüßt, als es an der runengeschmückten Tür, die aus der Grube führte, zersplitterte. Was davon übrig war, war unzureichend und – schlimmer noch – unzuverlässig. Und ohne das Schwert sah er nicht, wie er in dieser Angelegenheit von Nutzen sein könnte. Vielleicht hatte Quickening recht, wenn sie meinte, er könne die Magie des Schwertes wiedererlangen, wenn er mit ihr ginge. Aber was würde geschehen, wenn sie bedroht würde, ehe das geschah? Wer von ihnen würde sie beschützen? Er hatte nur ein zerbrochenes Schwert. Walker Boh schien ohne seinen Arm weit weniger großartig als zuvor – ein Mann auf der Suche nach sich selbst. Horner Dees war alt und ergraut. Nur Pe Ell mit seiner nach wie vor geheimnisvollen Magie und seiner rätselhaften Art schien in der Lage, die Tochter des Königs vom Silberfluß zu verteidigen.

Trotzdem war Morgan entschlossen, die Suche fortzusetzen. Er war sich nicht ganz sicher über die Gründe. Vielleicht war es Stolz, vielleicht eine starrsinnige Weigerung, sich selbst aufzugeben. Was immer es war, es hielt eine leise Hoffnung am Leben, daß er sich irgendwie diesem wundersamen, merkwürdigen Mädchen, in das er sich verliebt hatte, als nützlich erweisen könnte, daß er irgendwie imstande wäre, sie vor allem zu beschützen, was immer sie bedrohte, und daß er mit Zeit und Geduld herausfinden würde, wie er die Magie des Schwertes von Leah wiederherstellen könnte. Er erledigte fleißig die Aufgaben, die Horner Dees ihm zur Ausrüstung der kleinen Mannschaft für die Reise nach Norden stellte, und war meistens eifriger als die anderen. Er dachte ständig an Quickening, spielte mit Bildern von ihr in seinem Bewußtsein. Sie war ein Geschenk, das wußte er. Sie war die Erfüllung all dessen, was er erträumt hatte. Es war mehr als nur die Tatsache, daß sie hinreißend war, mehr als nur ihr Anblick oder ihre Berührung, oder daß sie ihn aus dem Föderationsgefängnis befreit oder den Zwergen von Culhaven die Meadegärten wiedergegeben hatte. Es war das, was er zwischen ihnen beiden fühlte, ein unantastbares Band, das sich von dem, das sie mit den anderen verband, unterschied. Es war da, wenn sie mit ihm sprach, wenn sie ihn beim Vornamen nannte, was sie bei den anderen nicht tat. Es lag in der Weise, wie sie ihn anschaute. Es war etwas unglaublich Kostbares.

Er faßte den Entschluß, es nicht aufzugeben, was immer es war, als was immer es sich herausstellen würde. Es wurde, zu seiner Überraschung und sogar zu seiner großen Freude, das Wichtigste in seinem Leben.

Auch Walker Boh hatte etwas in der Hand, aber es war nicht so leicht zu bestimmen. Entsprechend Morgans Entschlossenheit zu lieben, und Pe Ells, zu töten, gab es eine Verbindung, die ihn mit Quickening verkettete. Da war diese seltsame Verwandtschaft zwischen ihnen, diese Gemeinsamkeit von Magie, die ihnen den Einblick ineinander gab und die kein anderer besaß. Wie der Hochländer und der Mörder glaubte auch er, daß ihre Beziehung anders war als die der anderen, persönlicher und bedeutsamer, dauerhafter. Er fühlte nicht Liebe zu ihr wie

Morgan, er wollte sie nicht besitzen wie Pe Ell. Ihm lag daran, ihre Magie zu verstehen, denn wenn ihm das gelänge, so würde er, davon war er überzeugt, endlich auch seine eigene begreifen.

Das Dilemma lag darin, festzulegen, ob es eine gute Idee war oder nicht. Es reichte nicht, daß sein Bedürfnis unwiderstehlich war. Der Tod von Cogline und Ondit hatte das bewirkt. Er wußte, daß er die Magie verstehen mußte, wenn er die Schattenwesen vernichten wollte. Aber er hatte noch immer Angst vor einem solchen Wissen. Die Magie verlangte immer ihren Preis. Er war fasziniert davon, seit er entdeckte, daß er sie besaß – und hatte gleichzeitig Angst davor. Angst und Neugier hatten ihn sein Leben lang hin und her gerissen. So war es gewesen, als sein Vater ihm von seinem Erbe berichtet hatte, als er sich erfolglos abgemüht hatte, bei den Leuten von Shady Vale zu Hause zu sein, als Cogline zu ihm gekommen war und ihm angeboten hatte, ihn zu lehren, wie die Magie funktionierte, und als er aus der Druidengeschichte von der Existenz des schwarzen Elfensteins erfahren und begriffen hatte, daß die Aufgabe, die Allanons Schatten ihm anvertraut hatte, erfüllt werden konnte. Und jetzt war es wieder so.

Er hatte sich eine Weile Sorgen gemacht, daß er die Magie gänzlich verloren habe, daß sie durch das Gift des Asphinx zerstört worden sei. Doch mit der Genesung seines Körpers war auch sein Geist wiederhergestellt, und damit das Bewußtsein, daß seine Magie überlebt hatte. Er hatte sie unterwegs mit Kleinigkeiten getestet. Er wußte, daß sie da war, wenn zum Beispiel etwas in seinem Inneren auf Quickenings Gegenwart reagierte und auf ihre Wirkung auf andere, darauf, wie sie ihre eigene Magie einsetzte, um Morgan und Pe Ell und ihn selbst an sich zu binden. Sie war auch spürbar in der Weise, wie er Dinge fühlte. Er hatte das Zögern in dem Blick, den Horner Dees Pe Ell gewidmet hatte, bemerkt. Er konnte die Beziehungen zwischen den Mitgliedern der Gruppe und Quickening wahrnehmen, er hatte ein Gespür für die Gefühle, die unter der Oberfläche der Blicke und Worte lagen, die sie austauschten. Manchmal hatte er Einsichten, Vorahnungen. Es gab keinen Zweifel. Die Magie war noch immer da.

Doch sie war geschwächt und nicht mehr die furchteinflößende Waffe, die sie einst gewesen war. Das gab Walker Luft. Es war eine Gelegenheit, sich ihrem Einfluß zu entziehen, dem Schatten, den sie auf sein Leben warf, dem Vermächtnis von Brin Ohmsford und den Druiden, allem, was ihn zum Dunklen Onkel gemacht hatte. Wenn er es nicht auf die Probe stellte, gäbe es auch kein Unheil. Die Magie würde schlummern, glaubte er, wenn sie nicht aufgestört wurde. Wenn er sie in Ruhe ließ, mochte er sich vielleicht losbrechen können.

Doch ohne sie würden auch die Schattenwesen ungeschoren bleiben. Und was hatte es für einen Sinn, diese Reise nach Eldwist zu unternehmen und Uhl Belk herauszufordern, wenn er nicht die Absicht hatte, die Magie zu benutzen? Welchem Zweck sollte der schwarze Elfenstein dienen?

So strich jeder in seinem selbstgemachten Käfig herum, Walker Boh und Morgan Leah und Pe Ell, mißtrauische Katzen mit scharfen Augen und hungrigem Blick, jeder begierig auf das, was er in den kommenden Tagen tun würde, und gleichzeitig noch immer zu sehr voller Fragen, um sicher zu sein. Sie leisteten sich gegenseitig Gesellschaft, ohne sich näherzukommen. Vorräte wurden zusammengetragen und eingepackt, und die Zeit verging wie im Fluge. Horner Dees schien zufrieden, doch er war der einzige. Die drei anderen kämpften gegen die Zwänge ihrer Ungewißheit, Ungeduld und Zweifel an, trotz ihrer Entschlossenheit, es anders sein zu lassen, und nichts, was sie taten oder dachten, schaffte ihnen Erleichterung. Finsternis lag vor ihnen, baute sich wie eine Gewitterwolke auf, und sie konnten nicht sehen, was sie dahinter erwartete. Sie sahen, wie sie sich vor ihnen auftürmte wie eine Mauer, ein Zusammentreffen von Ereignis und Umständen, eine Explosion von Magie und roher Gewalt, eine Offenbarung von Bedürfnis und Absicht. Schwarz und undurchdringlich und bereit, sie zu verschlingen.

Und wenn dies geschah, ahnten sie, würde nicht jeder von ihnen überleben.

Drei Tage später verließen sie Rampling Steep. Sie brachen bei Sonnenaufgang auf, der Himmel dick verhangen mit Wolken, die sich an den Gipfeln rieben und das Licht nicht durchließen. Es roch nach Regen, und der Wind blies scharf und kalt vom Gebirge herunter. Die Stadt schlief noch, als sie hinauszogen, wie ein verängstigtes Tier gegen die Finsternis geduckt, verschlossen und reglos. Ein paar vergessene Öllampen glimmten vor Türen und schimmerten durch Spalten in den Fensterläden, doch die Leute rührten sich nicht. Walker Boh warf einen Blick zurück auf die Ansammlung farbloser Häuser, die ihn an Kassiaschoten erinnerten, hohl und verlassen und faszinierend häßlich.

Mittags begann es zu regnen, und es regnete eine ganze Woche lang. Manchmal wurde es zu einem Nieseln, doch es hörte nie ganz auf. Die Wolken blieben über ihren Köpfen wie festgenagelt, Donner grollten und Blitze zuckten in der Ferne. Sie waren naß, sie froren und sie konnten nichts tun, um ihr Unbehagen zu lindern. Das Vorgebirge war weiter unten bewaldet, doch höher oben war es kahl. Der Wind fegte ungehindert über sie hinweg, und ohne die Sonnenwärme blieb er frostig und kalt. Horner Dees gab einen stetigen Schritt vor, doch die Gruppe kam zu Fuß und mit den Maultieren im Schlepp nicht schnell voran. Nachts schliefen sie im Schutz der Planen, die den Regen abhielten, und sie konnten sich ihrer nassen Kleider entledigen und in Decken hüllen. Doch es gab kein Holz für ein Feuer, und die Nässe blieb. Sie wachten jeden Morgen steif und durchkühlt auf, aßen etwas, weil es nötig war, und drängten weiter.

Nach mehreren Tagen verließen sie die Vorberge, gelangten in das eigentliche Gebirge, und der Weg wurde ungewisser. Die Spur, der sie gefolgt waren, zunächst breit und deutlich zu erkennen, verschwand vollständig. Dees führte sie in ein Labyrinth aus Graten und Schluchten, an Rändern breiter Steilhänge entlang und um massige Felsformationen herum, die die Gebäude von Rampling Steep wie Zwerge hätten erscheinen lassen. Der Abhang wurde gefährlich steil, und sie mußten an jeder Biegung sorgfältig aufpassen, wohin sie ihre Füße setzten. Die Wolken drückten sich tiefer, füllten die Luft mit einer durchdringenden

Feuchtigkeit und umschlängelten die Felsen wie riesige, substanzlose Würmer, deren Haut aus feuchtem Dampf bestand. Donner krachte, und es war, als befänden sie sich mittendrin. Der Regen prasselte ohne Unterlaß. Sie verloren jegliche Sicht auf das, was hinter ihnen lag, und sie konnten nicht erkennen, was vor ihnen wartete.

Ohne Dees' Führung hätten sie sich hoffnungslos verirrt. Das Charnalgebirge verschluckte sie wie ein Ozean einen Kiesel. Alles sah gleich aus. Klippen bildeten unüberwindliche Mauern unter Regen und Nebel, Schluchten stürzten in bodenlose, schwarze Leere, und die Berge dehnten sich als scheinbar unendliche Anhäufung von schneebedeckten Gipfeln, soweit das Auge reichte. Es war so kalt, daß ihnen die Haut gefühllos wurde. Manchmal wandelte sich der Regen in Graupeln oder gar Schnee. Sie hüllten sich in große Umhänge und schwere Stiefel und stapften weiter. Durch all dies hindurch blieb Horner Dees standhaft und sicher, und sie lernten schnell, sich auf seine gewaltige, struppige Gegenwart zu verlassen. Er war im Gebirge zu Hause, zufrieden, trotz des widerwärtigen Klimas und des schwierigen Geländes im Einklang mit sich und der Welt. Er summte vor sich hin, verloren in Träumereien von anderen Zeiten und Orten. Hin und wieder blieb er stehen, um auf etwas hinzuweisen, das ihnen sonst entgangen wäre – es lag ihm daran, daß sie nichts verpaßten. Daß er das Charnalgebirge kannte, war von Anfang an klar; daß er es liebte, wurde sehr bald unübersehbar. Er sprach offen über diese Liebe, über die Mischung aus Wildheit und Heiterkeit, die er hier fand, über die Weite und die Beständigkeit. Seine tiefe Stimme brummte und wankte, als würde sie von Sturm und Wind geschüttelt. Er erzählte, wie das Leben im Charnalgebirge einst gewesen war, und er gab in seinen Geschichten einen Teil von sich selbst preis.

Er konnte sie jedoch nicht bekehren – außer vielleicht Quickening, die sich wie üblich nicht ansehen ließ, was sie dachte. Die drei anderen knurrten nur hier und da und bewahrten im übrigen ein wohlbedachtes Schweigen, während sie einen hoffnungslosen Kampf fochten, die Unbequemlichkeit zu ignorieren. Das Gebirge würde niemals ihre Heimat sein; das Gebirge war nichts als ein Hindernis, das sie überwinden mußten. Sie mühten sich stoisch und warteten darauf, daß die Reise ein Ende nähme.

Das tat sie nicht. Statt dessen ging sie weiter, als wäre sie ein verirrter Hund auf der Suche nach seinem Herrn, den Geruch fest im Sinn, doch abgelenkt von anderen Gerüchen. Der Regen ließ nach und hörte schließlich auf, doch die Luft blieb eisig, der Wind peitschte sie nach wie vor, und das Gebirge zog sich hin. Die Männer, das Mädchen und die Tiere stapften weiter, geschüttelt und gerüttelt vom Wetter und dem Gelände. Als die zweite Woche zur Hälfte um war, sagte Dees, daß sie jetzt den Abstieg begännen, doch nichts ließ erkennen, ob es tatächlich der Fall war, nichts an den Felsen und dem Gestrüpp um sie herum wies darauf hin. Wo auch immer sie hinschauten, das Charnalgebirge war noch immer überall.

Nach zwölf Tagen gerieten sie hoch oben auf einem Paß in einen Schneesturm und kamen beinahe ums Leben. Der Sturm kam so unerwartet, daß selbst Dees von ihm überrascht wurde. Hastig seilte er sie aneinander, und da auf dem Paß kein Schutz zu finden war, mußten sie weiterziehen. Die Luft wurde undurchdringlich weiß und alles rundum verschwand. Füße und Hände erstarrten ihnen. Die Maultiere gerieten in Panik, als ein Teil des Hanges ins Rutschen geriet, schrien und stolperten an den verzweifelten Menschen vorbei, bis sie überrollt wurden, abstürzten und verloren waren. Nur eines konnte gerettet werden, und es trug keine Nahrungsmittel.

Sie fanden einen Unterschlupf, überlebten den Sturm und zogen weiter. Selbst Dees, der sich als der ausdauerndste von ihnen erwiesen hatte, begann zu ermüden. Das übriggebliebene Maultier mußte am nächsten Tag notgeschlachtet werden, nachdem es in eine schneebedeckte Spalte geraten war und sich ein Bein gebrochen hatte. Die Wetterausrüstung war verlorengegangen, und sie hatten nur noch ihre Rücksäcke, in denen sich ein paar magere Nahrungsmittel und etwas Wasser, ein paar Seile und nicht viel anderes befanden.

In jener Nacht sackte die Temperatur ab, und sie wären erfroren, hätte Dees nicht etwas Holz für ein Feuer gefunden. Sie hockten die ganze Nacht eng zusammengekauert, drückten sich nah an die Flammen, rieben sich Hände und Füße, redeten, um wach zu bleiben, weil sie fürchteten, daß sie sonst im Schlaf sterben würden. Es war ein seltsames Bild, wie die fünf zwischen den Felsen eng zusammengekauert neben dem kleinen Feuer hockten, nach wie vor auf der Hut voreinander, jeder sich selbst beschützend, und gezwungen, Raum, Zeit und Umstände miteinander zu teilen. Es waren nicht die Worte, die sie verrieten, nicht so sehr, was sie sagten, sondern wie und wann und warum. Es brachte sie einander auf merkwürdige Weise näher, verband sie, wie kaum etwas anderes es vermocht hätte, und obgleich die Nähe eher körperlich als emotional war und sowieso sehr begrenzt, so entstand dennoch ein Gefühl von Gemeinsamkeit, das bis dahin gefehlt hatte.

Danach wurde das Wetter besser, die Wolkendecke brach auf, die Sonne erwärmte die Luft, und Schnee und Regen hörten endlich auf. Die Berge weiteten sich vor ihnen, und jetzt gab es keine Zweifel mehr, daß sie den Abstieg begonnen hatten. Es gab wieder Bäume, zunächst vereinzelt, dann ganze Haine und schließlich Wälder, soweit das Auge reichte bis hinunter in ferne Täler. Sie waren in der Lage, zu fischen und zu jagen, in warmen Baumnischen zu schlafen und trocken und ausgeruht zu erwachen. Die Stimmung besserte sich.

Fünfzehn Tage nachdem sie Rampling Steep verlassen hatten, gelangten sie schließlich zu den Stacheln.

Lange Zeit standen sie auf einer Klippe und schauten ins Tal hinunter. Es war beinahe Mittag, und die Luft duftete süß. Ein breites, tiefes Tal lag im Schatten von Bergen, die es zu beiden Seiten umsäumten. Es war trichterförmig, nach Süden weitete es sich, und im Norden war es eng und verschwand zwischen fernen Hügeln. Bäume standen dicht und üppig am Talboden, doch in der Mitte zog sich eine schroffe Felsenkette entlang, und die Bäume dort hatten bei einem Eissturm ihr Laub verloren, und ihre Stämme und Äste ragten kahl in die Höhe wie das gesträubte Nackenfell eines in die Enge getriebenen Tieres.

Wie Stacheln, dachte Morgan Leah.

Er schaute zu Horner Dees hinüber. »Was gibt's dort unten?« fragte er. Seine Haltung gegenüber dem alten Fährtensucher hatte sich im Laufe der vergangenen zwei Wochen verändert. Er hielt ihn nicht mehr für einen unangenehmen, alten Mann. Er hatte länger dazu gebraucht als Walker Boh, aber er mußte schließlich auch anerkennen, daß Dees durch und durch Profi war, besser als irgend jemand, dem der Hochländer bislang begegnet war. Morgan wäre gern auch nur halb so gut gewesen. Er hatte angefangen, auf das, was der alte Mann tat und sagte, zu achten.

Dees zuckte mit den Schultern. »Ich weiß es nicht. Es ist zehn Jahre her, seit ich hier langgekommen bin.« Dees seinerseits gefiel Morgans Enthusiasmus und seine Arbeitswilligkeit. Er mochte es, daß Morgan sich nicht fürchtete, etwas zu lernen. Nachdenklich runzelte er die Stirn, als er den Blick des anderen erwiderte. »Ich bin nur vorsichtig, Hochländer.«

Sie betrachteten das Tal eine Weile.

»Da unten ist etwas«, sagte Pe Ell leise.

Keiner widersprach ihm. Pe Ell war der Zurückhaltendste von ihnen geblieben, doch sie kannten ihn inzwischen gut genug, um seinem Instinkt zu trauen.

»Wir müssen hier hinuntergehen«, sagte Dees schließlich, »oder auf dieser oder der anderen Seite dem Gebirge folgen. Wenn wir das tun, verlieren wir eine ganze Woche.«

Für geraume Zeit fuhren sie fort, schweigend das Gelände zu betrachten, und jeder überdachte die Angelegenheit für sich, bis Horner Dees schließlich sagte: »Laßt uns weitergehen.«

Sie begannen den Abstieg und entdeckten einen Pfad, der direkt nach unten in die Mitte des Tals zu dem kahlen Riff führte. Sie bewegten sich leise, Dees ging voran, gefolgt von Quickening; Morgan, Walker und Pe Ell bildeten die Nachhut. Sie verließen den sonnenbeschienenen Teil, gelangten in den Schatten, und die Luft wurde kühl. Das Tal kam ihnen entgegen und verschlang sie für eine Weile. Dann führte der Pfad sie auf das Felsenriff, und sie kamen zu den kahlen Bäumen. Morgan untersuchte die leblosen Skelette, die Schwärzung der Rinde, die verwelkten Blätter und Knospen, wo es noch welche gab, und wandte sich instinktiv zu Walker. Der Dunkle Onkel hob sein blasses Gesicht und starrte ihn mit seinen kalten Augen an. Sie dachten beide das gleiche. Die Stacheln waren von derselben Krankheit befallen wie das übrige Land. Auch hier waren die Schattenwesen am Werk. Sie überquerten den sonnigen Streifen, wo die Sonne durch eine Lücke zwischen den Gipfeln schien, und stiegen wieder abwärts in eine Niederung. Es war ungewöhnlich still hier, eine Stille, die die Geräusche ihrer Schritte zu verstärken schien, während sie vordrangen. Morgan war zunehmend nervös geworden. Er dachte an seine Begegnung mit den Schattenwesen auf der Reise nach Culhaven mit den Ohmsfords. Seine Nase prüfte die Luft nach dem ranzigen Gestank, der ihre Gegenwart anzeigen würde, und er lauschte auf die winzigsten Geräusche. Dees ging zielstrebig weiter, Quickenings langes Haar wehte silbrig hinter ihr her. Keiner der beiden zeigte auch nur einen Anflug von Zögern. Doch sie standen alle unter Spannung, Morgan spürte es.

Sie stiegen aus der Niederung wieder zum offenen Riff hinauf. Eine Weile waren sie hoch genug über den Bäumen, so daß Morgan das Tal von einem Ende bis zum anderen überblicken konnte. Sie hatten schon mehr als den halben Weg zurückgelegt und näherten sich dem schmalen Ende des Trichters, wo die Berge sich teilten und die Bäume zu dem dahinterliegenden Hügelland hin spärlicher wurden. Morgans Nervosität löste sich langsam, und er mußte an zu Hause denken, an das Hochland von Leah, an die Landschaft, wo er aufgewachsen war. Er vermißte das Hochland, stellte er fest – viel mehr, als er erwartet hätte. Es war eine Sache, sich zu sagen, daß seine Heimat ihm nicht mehr gehörte, da die Föderation sie besetzte; es war etwas anderes, sich selbst dazu zu bringen, es auch zu glauben. Wie Par Ohmsford lebte er mit der Hoffnung, daß sich die Dinge eines Tages wieder ändern würden.

Der Pfad führte wieder abwärts und eine weitere Niederung tat sich auf, diese hier voller Gestrüpp und Unterholz, das die Lücken zwischen den inzwischen abgestorbenen Bäumen ausgefüllt hatte. Sie gingen hinein, bahnten sich den Weg durch Dornsträucher und Klebranken zu dem freieren Gelände, wo der Pfad sich weiterschlängelte. Die Niederung lag in tiefem Schatten, und das Licht kroch langsam westwärts. Die Wälder rundum bildeten eine Mauer dunklen Schweigens.

Sie waren gerade auf eine Lichtung in der Mitte der Niederung gelangt, als Quickening plötzlich stehenblieb. »Seid still!« warnte sie.

Sie gehorchten augenblicklich, schauten erst zu ihr und dann auf das Gestrüpp rundum. Etwas regte sich. Gestalten lösten sich langsam aus ihren Verstecken und bewegten sich ins Licht. Hunderte von ihnen – kleine, stämmige Gestalten mit haarigen, knorrigen Gliedmaßen und knochigen Gesichtern. Sie sahen aus, als seien sie aus dem Gestrüpp herausgewachsen, so sehr glichen sie der Vegetation, und nur die kurzen Hosen und die Waffen schienen den Unterschied auszumachen. Die Waffen waren furchterregend – kurze Speere und seltsam geformte Wurfgeräte mit rasierklingenscharfen Kanten. Die Geschöpfe hielten sie drohend in die Höhe, während sie sich näherten.

»Urdas«, sagte Dees leise. »Rührt euch nicht.«

Niemand muckste, nicht einmal Pe Ell, der sich in sehr ähnlicher Weise duckte wie die Kreaturen, die ihn bedrohten.

»Wer sind sie?« fragte Morgan und schob sich beschützend vor Quickening.

»Gnome«, erwiderte Dees. »Mit ein bißchen Trollblut dabei. Keiner kennt die genaue Mischung. Man findet sie nirgendwo südlich des Charnalgebirges. Sie sind Nordländer wie die Trolle. Stammesgruppen wie die Gnome. Äußerst gefährlich.«

Die Urdas waren jetzt rund um sie herum, so daß an Flucht nicht zu denken war. Sie hatten kräftige, muskulöse Körper mit kurzen, starken Beinen und langen Armen, und ihre Gesichter waren starr und ausdruckslos. Morgan versuchte, in ihren gelben Augen zu lesen, was sie dachten, doch es gelang ihm nicht.

Dann bemerkte er, daß sie alle auf Quickening schauten.

»Was sollen wir tun?« flüsterte er Dees besorgt zu.

Dees schüttelte den Kopf.

Die Urdas näherten sich auf wenige Meter und blieben stehen. Sie drohten nicht, sie sagten nichts. Sie standen nur da, musterten Quickening und warteten.

Was erwarten sie? dachte Morgan.

Fast im selben Augenblick teilte sich das Gestrüpp, und ein goldblonder Mann trat hervor. Sofort ließen sich die Urdas auf ein Knie sinken und beugten ehrfurchtsvoll die Köpfe. Der goldblonde Mann schaute die fünf belagerten Mitglieder der umzingelten Gruppe an und lächelte.

»Der König ist gekommen«, sagte er strahlend. »Lang lebe der König.«

Würdet ihr bitte eure Waffen niederlegen?« rief ihnen der Mann fröhlich zu. »Legt sie einfach vor euch auf den Boden. Keine Angst. Ihr könnt sie gleich wieder aufheben.«

Er begann zu singen:

»Freiwillig gegeben ist nicht aufgegeben,
es wird euch wiedergegeben
in Liebe und Vertrauen eines anderen.«

Die fünf aus Rampling Steep starrten ihn an.

»Bitte«, sagte er. »Es macht die Sache leichter, wenn ihr es tut.«

Dees schaute seine Gefährten an, zuckte mit den Achseln und tat, um was man ihn gebeten hatte. Walker und Quickening besaßen keine Waffen. Morgan zögerte. Pe Ell rührte sich überhaupt nicht.

»Es soll nur zeigen, daß ihr mit freundlicher Absicht gekommen seid«, fuhr der Mann aufmunternd fort. »Wenn ihr eure Waffen nicht niederlegt, erlauben mir meine Untertanen nicht, mich euch zu nähern. Ich müßte euch von hier aus zubrüllen.«

Dann sang er wieder:

> *»Wo immer wir gehen, wo immer wir stehen,*
> *müßt' ich schreien statt zu reden.«*

Morgan fügte sich nach einem strengen Blick von Dees. Es war schwer zu sagen, was Pe Ell getan hätte, wenn Quickening sich nicht zu ihm umgedreht und geflüstert hätte: »Tu, was er sagt.« Selbst dann zögerte Pe Ell noch, ehe er sein Breitschwert losschnallte. Sein Gesichtsausdruck ließ keinen Zweifel übrig. Morgan wäre jede Wette eingegangen, daß Pe Ell abgesehen von dem Breitschwert noch eine weitere Waffe bei sich hatte.

»So ist es besser«, verkündete der Fremdling. »Und jetzt tretet einen Schritt zurück. So!« Er winkte, und die Urdas erhoben sich rasch auf die Füße. Er war ein mittelgroßer Mann mit schnellen, energischen Bewegungen und einem glattrasierten hübschen Gesicht unter seinem langen, goldblonden Haar. Seine blauen Augen zwinkerten. Er gestikulierte zu den Urdas und dann auf die Waffen am Boden. Die merkwürdig aussehenden Geschöpfe murmelten zustimmend und nickten mit den Köpfen. Er sang wieder etwas, das die Urdas zu kennen schienen. Seine Stimme war voll und wohltönend, und sein hübsches Gesicht strahlte. Als er geendet hatte, teilte sich der Kreis und ließ ihn hindurchtreten. Er trat direkt vor Quickening, verbeugte sich tief vor ihr, nahm ihre Hand in die seine und küßte sie. »Meine Lady«, sagte er.

Dann sang er:

> *»Fünf Wanderer querten Feld und Fluß*
> *und weite Wälder im Osten.*
> *Sie querten Chasnals Berge,*
> *zum Nordland kamen sie.*
> *Tralali, tralala, tralali.*

Fünf Wanderer kamen von weither,
kamen ins Urdaland.
Sie trotzten den Gefahren der Stacheln
zu König Carisman.
Tralala, tralali, tralala.«

Er verbeugte sich wieder vor Quickening. »So werde ich genannt, Lady. Und du?«

Quickening stellte sich und ihre Gefährten vor. Es schien sie nicht zu beunruhigen, wenn er sie erführe. »Bist du tatsächlich ein König?« fragte sie.

Carisman strahlte. »O ja, Lady. Ich bin König der Urdas, Herr über alle, die du hier versammelt siehst, und noch viele, viele mehr. Um ehrlich zu sein, ich habe mir diesen Job nicht ausgesucht, er wurde mir sozusagen aufgezwungen. Aber kommt nun. Wir haben reichlich Zeit, diese Geschichte später zu erzählen. Nehmt eure Waffen – behutsam natürlich. Wir dürfen meine Untertanen nicht mißtrauisch machen, sie beschützen mich eifrig. Ich lade euch in meinen Palast ein, und wir werden reden und Wein trinken und exotische Früchte und Fische verspeisen. Kommt jetzt, kommt, es soll ein königliches Fest werden!«

Dees versuchte etwas zu sagen, doch Carisman war so schnell wie eine Feder, die vom Wind getragen wird, verschwunden; tanzend und irgendein neues Lied singend winkte er ihnen zu folgen. Der Fährtensucher, Morgan und Pe Ell nahmen ihre Waffen wieder an sich, und zusammen mit Quickening und Walker folgten sie ihm. Urdas umzingelten sie von allen Seiten, sie drängten sie nicht, doch sie blieben unbehaglich nah. Die seltsamen Kreaturen sprachen nicht, sondern machten sich nur Zeichen, und ihre Blicke huschten zwischen Carisman und den Reisenden fragend und wachsam hin und her. Morgan erwiderte den Blick jener, die ihm am nächsten waren, und versuchte ein Lächeln. Sie lächelten nicht zurück.

Sie stiegen von den Stacheln hinunter in das bewaldete Tal westlich des Riffs, wo die Schatten am tiefsten waren. Ein schmaler Pfad schlängelte sich zwischen den Bäumen hindurch, Carisman ging singend vorneweg, und die Prozession folgte ihm gehorsam. Morgan war im Laufe seines Lebens schon einigen seltsamen Gestalten begegnet, aber Carisman erschien ihm noch seltsamer als die meisten. Er konnte nicht umhin, sich zu fragen, warum irgendwer, selbst die Urdas, einen Kerl wie ihn zu ihrem König machten.

Dees war einen Schritt zurückgefallen, um neben ihm zu gehen, und er fragte den alten Fährtensucher danach. »Wie gesagt, ein Stammesvolk. Abergläubisch wie die meisten Gnome. Glauben an Geister und Gespenster und anderen Unsinn.«

»Und Carisman?« wollte Morgan wissen.

Dees schüttelte den Kopf. »Ich gebe zu, ich habe keine Ahnung. Die Urdas wollen gewöhnlich nichts mit Fremden zu tun haben. Dieser hier wirkt so albern wie ein unreifer Bengel, aber offensichtlich ist es ihm irgendwie gelungen, ihren Respekt zu gewinnen. Ich habe noch nie von ihm gehört. Ich glaube nicht, daß bislang irgendwer von ihm gehört hat.«

Morgan warf einen Blick über die Köpfe der Urdas auf den vorneweg stolzierenden Carisman. »Er wirkt reichlich harmlos.«

»Ist er wahrscheinlich auch«, knurrte Dees. »Aber wie auch immer, seinetwegen mußt du dir keine Sorgen machen.«

Sie zogen westwärts in Richtung der hohen Bergmauer. Das Tageslicht schwand jetzt schnell, die Dämmerung breitete sich aus, bis das ganze Waldland davon erfaßt war. Morgan und Dees tauschten Kommentare miteinander aus, doch die drei anderen behielten ihre Gedanken für sich. Pe Ell und Walker waren kaum erkennbare Schatten, Quickening ein heller Sonnenstrahl. Die Urdas waren überall um sie herum, verschwanden im dichten Gestrüpp, tauchten wieder auf, vor ihnen, hinter ihnen und zu beiden Seiten. Carisman hatte sie als Gäste bezeichnet, doch Morgan wurde das Gefühl nicht los, daß sie in Wahrheit Gefangene waren.

Nach geraumer Zeit endete der Pfad auf einer Lichtung, beim Dorf der Urdas. Ein Palisadenzaun schützte es vor Eindringlingen, und die

Tore wurden jetzt geöffnet, um die Jäger und jene, die sie wie eine Herde mitbrachten, einzulassen. Drinnen wartete ein Meer von Frauen, Kindern und alten Leuten. Alle starrten mit knochigen Gesichtern und murmelten mit leisen Stimmen miteinander. Das Dorf bestand aus kleinen Hütten und seitlich offenen Unterständen um ein Gebäude aus verfugten Balken und einem Schindeldach herum. Bäume wuchsen innerhalb der Palisaden, überschatteten das Dorf und bildeten Säulenträger für Baumwege und Flaschenzüge. Es gab verstreute Brunnen und Räucherhütten zur Fleischkonservierung. Die Urdas besaßen, so schien es, zumindest gewisse Fertigkeiten.

Die fünf aus Rampling Steep wurden zu dem Hauptgebäude auf eine Plattform geführt, auf der ein roh gezimmerter, mit frischen Blumengirlanden geschmückter Stuhl bereitstand. Carisman ließ sich zeremoniell darauf nieder und lud seine Gäste ein, neben ihm auf Matten Platz zu nehmen. Morgan und die anderen taten wie geheißen und hielten wachsam die Urdas im Auge, die sich in großer Zahl auf dem Boden unter der Plattform lagerten. Als sich alle hingesetzt hatten, stand Carisman auf und sang wieder, diesmal in einer Sprache, die Morgan nicht verstand. Als er geendet hatte, erschienen mehrere Urdafrauen und reichten Platten mit Nahrung herum.

Carisman setzte sich. »Ich muß singen, um sie dazu zu kriegen, irgend etwas zu tun«, vertraute er ihnen an. »Manchmal ist das mühsam.«

»Was tust du denn eigentlich hier?« fragte Horner Dees ohne Umschweife. »Wo kommst du her?«

»Ach«, sagte Carisman mit einem Seufzer.

Er sang:

»Ein junger Reimschmied aus Rampling,
der fand, es sei an der Zeit.
Er wanderte nordwärts,
in Richtung der Stacheln
zu den Urdas, die ihn zum König machten!«

Er zog eine Grimasse. »Nicht besonders gelungen, fürchte ich. Ich versuch's noch mal.«

Er sang:

»Kommt her, meine Freunde, komm, Lady, komm nah.
So viel zu entdecken, so viel zu verstehn,
Land zu bereisen, Leute zu sehn,
Wunder zu schauen und Leben zu proben.
So viel zu erfahren. So viel kann gescheh'n.

Kommt her, meine Freunde, komm, Lady, komm nah.
Ein Reimschmied muß singen, um fliegen zu können.
Sucht singend die Wahrheit,
sucht Kern und Beweis,
den Sinn unsres Lebens, den Zweck unsres Seins.

Kommt her, meine Freunde, komm, Lady, komm nah.
Das Leben, es lebt im Fluß und im Himmel,
in Wald und Gebirge weit in der Fremde,
bei fröhlichen Wesen, die tanzen und springen,
und Freude beschert denen mein Singen.

»Das war schon wesentlich besser, nicht wahr?« fragte er sie, und seine blauen Augen hüpften von einem Gesicht zum anderen und warteten eifrig auf Beifall.

»Ein Reimeschmied bist du also, hm?« brummte Horner Dess. »Und aus Rampling Steep?«

»Nun, auf dem Weg über Rampling Steep. Ich habe dort vor einigen Jahren ein oder zwei Tage haltgemacht.« Carisman schaute ein wenig einfältig drein. »Das Singen wirkt, also benutze ich es.« Seine Miene hellte sich auf. »Aber ein Reimeschmied, ja. Mein ganzes Leben. Ich bin zum Singen begabt, und ich bin klug genug, es zu nutzen. Ich bin begabt.«

»Aber warum bist du hier, Carisman?« drängte Quickening.

Carisman schmolz dahin. »Lady, der Zufall hat mich an diesen Ort und zu dieser Zeit und sogar zu der Begegnung mit dir gebracht. Ich habe den größten Teil der Vier Länder durchwandert und nach Liedern gesucht, die meiner Musik Flügel verleihen. Ich habe eine Rastlosigkeit in mir, die mich an keinem Ort lange verweilen läßt. Ich hätte oft genug Gelegenheit gehabt, es zu tun, und es gab sogar Damen, die mich gerne bei sich behalten hätten – auch wenn keine so schön war wie du. Aber ich zog immer weiter. Ich wanderte zunächst nach Westen, dann nach Osten und schließlich nach Norden. Ich gelangte nach Rampling Steep und fragte mich, was wohl dahinter liegen mochte. Schließlich machte ich mich auf den Weg über das Gebirge, um es herauszufinden.«

»Und hast überlebt?«

»Haarscharf. Ich habe ein Gespür für Dinge; ich nehme an, das liegt an meiner Musik. Ich war gut vorbereitet, denn ich war auch zuvor schon durch rauhes Land gereist. Ich fand den Weg, indem ich auf mein Herz lauschte. Ich hatte Glück, daß das Wetter mir hold war. Als ich schließlich herübergekommen war – erschöpft und nahe am Verhungern, das gebe ich zu –, fanden mich die Urdas. Weil ich nicht wußte, was ich sonst tun sollte, sang ich ihnen etwas vor. Sie waren von meiner Musik verzaubert und machten mich zu ihrem König.«

»Verzaubert von Limericks und holprigen Reimen?« Dees weigerte sich, seine Skepsis aufzugeben. »Eine gewagte Behauptung, Carisman.«

Carisman grinste jungenhaft. »Oh, ich behaupte nicht, besser zu sein als irgendwer sonst.«

Er sang wieder:

»So hoch auch der Thron, erhaben und hehr,
was draufsitzt, sieht aus wie irgendwer.«

Er schob die Angelegenheit beiseite. »Jetzt eßt erst einmal etwas. Ihr müßt sehr hungrig sein nach eurer Reise. Es gibt so viel zu essen und zu trinken, wie ihr wollt. Und erzählt mir, was euch hergeführt hat. Niemand aus dem Südland kommt so weit nach Norden – nicht einmal die Fallensteller. Ich bekomme niemanden zu Gesicht, außer Trollen und Gnomen. Was führt euch her?«

Quickening berichtete ihm, daß sie auf der Suche nach einem Talisman seien. Das war mehr, als Morgan verraten hätte, doch es schien Carisman wenig zu interessieren. Er fragte nicht einmal, was für ein Talisman es sei und wozu sie ihn brauchten. Er wollte nur wissen, ob Quikkening ihm ein paar neue Lieder beibringen könne. Carisman war schnell und intelligent, doch sein Interesse war weltfremd und sehr begrenzt. Er war wie ein Kind, neugierig, leicht abzulenken und voller Staunen über die Welt. Er schien die Anerkennung wahrhaftig zu brauchen. Quickening war am entgegenkommendsten, also konzentrierte er seine Aufmerksamkeit auf sie und schloß die anderen im Gespräch eher stillschweigend mit ein. Morgan hörte mit halbem Ohr zu, während er aß, und bemerkte dann, daß Walker überhaupt nicht hinhörte, sondern die Urdas unterhalb der Plattform beobachtete. Morgan begann sie seinerseits zu beobachten. Nach einer Weile fiel ihm auf, daß sie sich deutlich in Gruppen zusammengesetzt hatten und daß die zuvorderst sitzende Gruppe aus jüngeren und älteren Männern bestand, denen alle anderen Ehrfurcht zollten. Häuptlinge, dachte Morgan sofort. Sie redeten eindringlich miteinander, warfen hin und wieder einen Blick zu den sechs auf der Plattform, ignorierten sie sonst jedoch. Irgend etwas wurde beschlossen, ohne Carisman.

Morgan wurde nervös.

Die Mahlzeit endete, und die leeren Teller wurden abgetragen. Dann begannen die Urdas anhaltend zu klatschen, und Carisman erhob sich mit einem Seufzer. Er begann wieder zu singen, doch diesmal war das Lied anders. Diesmal war es ausgefeilt und kompliziert, ein sorgfältig gewobenes Musikstück voller Nuancen und Subtilitäten, die die Melodie variierten. Carismans Stimme füllte die Luft, sie ergriff und trug alles davon, was den Sinnen im Wege stand, tauchte hinein in den Körper und umschlang und liebkoste das Herz. Morgan war verwundert. Er war noch nie so ergriffen worden – nicht einmal von der Musik des

Wunschliedes. Par Ohmsford konnte in seinem Lied das Gefühl und den Sinn der Geschichte erwecken, doch Carisman berührte die Seele.

Als der Sänger geendet hatte, herrschte absolute Stille. Langsam setzte er sich wieder, für einen Augenblick nach innen gekehrt, noch immer gefangen in dem, was er gesungen hatte. Dann fingen die Urdas an, zum Applaus mit den Händen auf ihre Knie zu trommeln.

»Das war wundervoll, Carisman«, sagte Quickening.

»Vielen Dank, Lady«, erwiederte er, wieder verlegen. »Mein Talent ist größer als nur Limericks, nicht wahr.«

Das silberhaarige Mädchen schaute plötzlich Walker an. »Hat es dir gefallen, Walker Boh?«

Sein blasses Gesicht neigte sich nachdenklich. »Es macht mich wundern, warum jemand mit solchen Fähigkeiten sie mit so wenigen teilen will.« Seine dunklen Augen fixierten Carisman.

Der Reimeschmied wand sich unbehaglich. »Nun.« Die Worte schienen plötzlich nicht über seine Lippen kommen zu wollen.

»Insbesondere, weil du selbst gesagt hast, daß du von einer Rastlosigkeit bist, die dir nicht gestattet, an einem Ort zu bleiben. Und doch bleibst du hier unter den Urdas.«

Carisman schaute auf seine Hände.

»Sie lassen dich nicht gehen, nicht wahr?« sagte Walker ruhig.

Carisman sah aus, als wolle er im Erdboden versinken. »Ja«, gab er widerstrebend zu. »Ungeachtet der Tatsache, daß ich ihr König bin, bleibe ich ihr Gefangener. Ich darf König sein, solange ich meine Lieder singe. Die Urdas behalten mich hier, weil sie glauben, daß mein Gesang magisch sei.«

»Und das ist er«, murmelte Quickening so leise, daß nur Morgan, der neben ihr saß, es hören konnte.

»Und wie ist es mit uns?« fragte Dees scharf. Er richtete sich drohend auf. »Sind wir ebenfalls Gefangene? Hast du uns als Gäste oder als Gefangene hergebracht, König Carisman? Oder hast du in dieser Angelegenheit überhaupt etwas zu bestimmen?«

»Oh, nein!« rief der Sänger deutlich bestürzt. »Ich meine, ja, ich habe in der Angelegenheit etwas zu sagen. Und nein, ihr seid keine Gefangenen. Ich muß nur mit dem Rat sprechen, mit jenen Männern, die dort unten zusammensitzen.« Er zeigte auf die Gruppe, die Morgan und Walker beobachtet hatten. Dann zögerte er, als er Pe Ells finsteren Blick sah, und stand hastig auf. »Ich werde sofort mit ihnen sprechen. Ihr sollt nicht länger hierbleiben, als euer Wunsch ist, das verspreche ich. Lady, glaubt mir, bitte, Freunde.«

Er eilte von der Plattform, kniete sich neben die Mitglieder des Urdarates und sprach ernst auf sie ein. Die fünf, die darauf warteten zu erfahren, ob sie Gefangene oder Gäste seien, schauten einander an.

»Ich glaube kaum, daß er irgendwas tun kann, um uns zu helfen«, murmelte Horner Dees.

Pe Ell rückte näher. »Wenn ich ihm ein Messer an die Kehle halte, werden sie uns ganz schnell ziehen lassen.«

»Oder auf der Stelle umbringen«, fauchte Dees.

»Laßt es ihn versuchen«, sagte Walker Boh, der die Versammlung ganz ruhig betrachtete. Sein Gesicht verriet nichts.

»Ja«, stimmte Quickening ihm leise zu. »Geduld.«

Danach saßen sie schweigend da, bis Carisman sich von der Gruppe des Rats trennte und wieder auf die Plattform zurückkam. Sein Gesichtsausdruck sagte ihnen alles. »Ich... ich muß euch bitten, über Nacht zu bleiben«, sagte er und hatte Mühe, die Worte über die Lippen zu bringen, durch und durch unbehaglich. »Der Rat wünscht... hm... die Angelegenheit noch zu debattieren. Nur eine Formsache, müßt ihr verstehen. Ich bitte nur um etwas mehr Zeit...«

Er verstummte. Er hatte sich so weit wie möglich von Pe Ell entfernt aufgestellt. Morgan hielt den Atem an. Er glaubte nicht, daß die Entfernung zwischen den beiden dem Reimeschmied viel Sicherheit gewährte. Er ertappte sich dabei, wie er sich nahezu fasziniert fragte, was Pe Ell tun würde, was er angesichts einer so großen Übermacht überhaupt tun *konnte*.

Diesmal sollte er es nicht herausfinden. Quickening lächelte beruhigend und sagte: »Wir werden warten.«

Sie wurden in eine der größeren Hütten gebracht, und man gab ihnen Matten und Decken zum Schlafen. Die Tür wurde hinter ihnen zugemacht, aber nicht verschlossen. Morgan glaubte nicht, daß das irgendeinen Unterschied machte. Die Hütte stand in der Mitte des Dorfes, und das Dorf war von Palisaden umzäunt und voller Urdas. Er hatte Dees während des Abendessens über die seltsamen Geschöpfe ausgefragt. Dees hatte ihm berichtet, daß sie ein Jägerstamm waren. Ihre Waffen waren dazu angelegt, auch das flinkeste Wild zu erlegen. Zweibeinige Flüchtlinge würden kein großes Problem darstellen.

Pe Ell stand an einer der Lehmwände der Hütte und schaute durch einen Spalt. »Sie werden uns nicht gehen lassen«, sagte er. Niemand sprach. »Egal, was dieser Spielzeugkönig sagt, sie werden versuchen, uns festzuhalten. Wir sollten lieber in dieser Nacht noch verschwinden.«

Dees ließ sich schwer gegen eine Wand sinken. »Du sagst das so, als ob Flucht im Bereich der Möglichkeiten wäre.«

Pe Ell wandte sich um. »Ich kann fliehen, wann immer es mir beliebt. Mich hält kein Gefängnis.«

Er sagte das mit solcher Selbstverständlichkeit, daß ihn alle außer Quickening überrascht anstarrten. Quickening schaute in die Ferne. »In diesen Liedern ist Magie«, sagte sie.

Morgan erinnerte sich, daß sie so etwas schon vorher gesagt hatte. »Echte Magie?« fragte er.

»Ähnlich genug,um den Namen zu verdienen. Ich verstehe ihren Ursprung nicht; ich weiß nicht einmal, was sie ausrichten kann. Aber eine Form von Magie ist es trotzdem. Er ist mehr als ein gewöhnlicher Sänger.«

»Ja«, stimmte Per Ell zu. »Er ist ein Idiot.«

»Das könnten wir auch von dir sagen, wenn du darauf bestehst, daß wir ohne ihn hier wegkommen«, schnaubte Horner Dees.

Pe Ell wirbelte zu ihm herum. In seinem Gesicht stand so heftiger Zorn, daß Dees schneller auf die Füße kam, als Morgan ihm zugetraut hätte. Walker Boh, eine dunkle Gestalt auf der anderen Seite des Raumes, drehte sich langsam um. Pe Ell schien seine Möglichkeiten zu kalkulieren, dann stolzierte er auf Quickening zu, die neben Morgan stand und ihn anschaute. Der Hochländer konnte nichts tun. Pe Ell tat ihn mit einem kaum erkennbaren Blick ab und wandte sich an das Mädchen.

»Wozu brauchen wir die anderen?« zischte er zornig. »Ich bin mitgekommen, weil du mich darum gebeten hast. Ich hätte es auch genausogut lassen können.«

»Das weiß ich«, sagte sie.

»Du weißt, was ich bin.« Sein hageres Habichtgesicht beugte sich näher, sein Körper war angespannt. »Du weißt, daß ich über die Magie verfüge, die du brauchst. Ich habe alle Magie, die du brauchst. Vergiß die anderen. Laß uns alleine gehen.«

Um ihn herum schien es, als habe sich das Zimmer in Stein verwandelt, die anderen waren wie zu Statuen erstarrt, die nur beobachten, aber nicht handeln können. Morgan Leahs Hand rückte ein paar Millimeter in Richtung seines Schwertes und hielt dann inne. Er wäre niemals schnell genug, das wußte er. Pe Ell würde ihn töten, noch ehe er sein Schwert gezogen hätte.

Quickening wirkte völlig furchtlos. »Es ist noch nicht Zeit für dich und mich, Pe Ell«, flüsterte sie mit beruhigender, ungerührter Stimme. Ihre Augen suchten seinen Blick. »Du mußt warten, bis es soweit ist.«

Morgan verstand nicht, was sie damit meinte, und er war einigermaßen sicher, daß es Pe Ell ebenso erging. Sein hageres Gesicht verzerrte sich, seine harten Augen zuckten. Er schien eine Entscheidung zu treffen.

»Mein Vater allein hat die Gabe, in die Zukunft zu schauen«, sagte Quickening leise. »Er hat vorhergesehen, daß ich euer aller Hilfe brauchen werde, wenn wir Uhl Belk finden. So soll es sein – auch wenn du dir wünschst, daß es anders sei, Pe Ell. Trotzdem.«

Pe Ell schüttelte langsam den Kopf. »Nein, Mädchen. Du irrst dich. Es wird sein, wie ich es will. So wie immer.« Er musterte sie eine Weile und zuckte dann mit den Achseln. »Wie auch immer, was macht es schon? Noch einen Tag, eine Woche, es kommt alles auf dasselbe heraus. Nimm die anderen mit, wenn du willst. Für den Moment jedenfalls.«

Er wandte sich ab und zog sich in eine dunkle Ecke zurück.

Die anderen schauten schweigend zu.

Die Nacht fiel ein, und das Urdadorf wurde still. Die Einwohner gingen schlafen. Die fünf aus Rampling Steep legten sich in ihrem Unterschlupf nieder, getrennt voneinander durch ihre privaten Grübeleien. Horner Dees schlief. Walker Boh lag als undeutliches Bündel reglos da. Morgan Leah saß in der Nühe von Quickening, keiner der beiden sagte etwas, die Augen gegen das fahle Mondlicht, das hereindrang, geschlossen.

Pe Ell beobachtete sie alle und wütete im stillen gegen die Umstände und seine eigene Dummheit.

Was war bloß in ihn gefahren, fragte er sich mürrisch. So aus der Haut zu fahren und damit die Ausführung dessen, was zu erfüllen er mitgekommen war, aufs Spiel zu setzen. Er hielt sich immer unter Kontrolle. *Immer!* Nur diesmal nicht. Nicht, wenn er sich von Enttäuschung und Ungeduld dazu hinreißen ließ, das Mädchen mit allen ihren kostbaren Schützlingen zu bedrohen wie ein ungezogener Schuljunge.

Er hatte sich wieder beruhigt und war in der Lage, zu analysieren, was er getan hatte, seine Gefühle zu sichten und seine Fehler zu erkennen. Von beiden gab es viele. Und das Mädchen war dafür verantwortlich, das ihn jedesmal wieder auf den Boden zurückbrachte, das war ihm klar. Sie war der Fluch seines Lebens, ein Ärgernis und ein Reiz, die in entgegengesetzter Richtung an ihm zerrten, ein Geschöpf aus Schönheit, Leben und Magie, das er nie würde verstehen können, bis der Moment gekommen wäre, in dem er sie tötete. Sein Verlangen, es endlich zu tun, wuchs mit jedem Tag, und es fiel ihm immer schwerer, sich in Schranken zu halten. Doch dazu war er gezwungen, wenn er in den Besitz des schwarzen Elfensteins gelangen wollte. Die Schwierigkeit lag darin, Mittel und Wege zu finden, seinem Verlangen bis dahin zu widerstehen. Sie entzündete ihn, entflammte ihn und ließ ihn innerlich verknäuelt wie aus dünnem Draht zurück. Alles, was ihm selbstverständlich und unkompliziert vorkam, erschien ihr als das glatte Gegenteil. Sie bestand darauf, daß diese Dummköpfe mitkamen – der Einarmige, der Hochländer und der alte Fährtensucher. *Nichtsnutze! Überflüssiger Ballast!* Wie lange würde er sie noch ertragen müssen?

Er fühlte, wie der Ärger wieder in ihm aufzuschwellen begann. *Geduld.* Ihr Wort, nicht seines – aber er tat besser daran, es an sich auszuprobieren.

Er lauschte auf die Geräusche der Urdas draußen, mehr als ein Dutzend Wächter, die im Dunkel um die Hütte herum lauerten. Er konnte sie nicht sehen, doch er spürte ihre Gegenwart. Sein Instinkt sagte ihm, daß sie dort waren. Bislang noch kein Zeichen von dem Sänger – aber das spielte keine Rolle. Die Urdas würden sie nicht gehen lassen.

So viele Ablenkungen von dem, was einzig wichtig war!

Seine scharfen Augen richteten sich eine Weile auf Dees. Dieser Alte. Er war der Schlimmste in dem Haufen, der, der am schwierigsten zu durchschauen war. Er hatte so etwas an sich…

Er fing sich wieder. Geduld. Abwarten. Die Ereignisse würde zweifellos fortfahren, ihn zu provozieren, die Geduld zu verlieren, aber er mußte durchhalten. Er mußte die Kontrolle bewahren.

Nur war das hier so schwer. Dies war nicht sein Land, es war nicht sein Volk, und die Vertrautheit mit Land und Leuten, mit Verhalten und Sitten, auf die er immer mit Selbstverständlichkeit hatte bauen können, fehlte hier. Er bewegte sich auf einer Klippe, die er nie zuvor gesehen hatte, und das Gelände war heimtückisch.

Vielleicht würde es sich diesmal als unmöglich erweisen, die Kontrolle zu bewahren.

Er schüttelte mißmutig den Kopf. Dieser Gedanke blieb und ließ sich nicht vertreiben.

Mitternacht war verstrichen, als Carisman wieder erschien.

Quickening weckte Morgan, indem sie ihn mit der Hand an der Wange berührte. Er sprang auf und sah, daß die anderen schon aufgestanden waren. Die Tür ging auf, und der Sänger schlüpfte herein.

»Ah, ihr seid wach. Gut.« Er ging sofort zu Quickening hinüber, zögerte zu sprechen, war in ihrer Gegenwart verunsichert wie ein Junge, der etwas beichten muß, das er lieber für sich behalten hätte.

»Was hat der Rat beschlossen, Carisman«, spornte Quickening ihn freundlich an, faßte seinen Arm und zog ihn herum, so das er sie anschauen mußte.

Der Sänger schüttelte den Kopf, »Lady, das Beste und das Schlimmste, muß ich leider sagen.« Er schaute die anderen an. »Ihr seid allesamt frei fortzugehen, wann immer ihr wollt.« Dann wandte er sich wieder zu Quickening. »Außer dir.«

Morgan fiel augenblicklich wieder ein, in welcher Weise die Urdas Quickening angeschaut hatten, und erinnerte sich, wie fasziniert sie von ihr gewesen waren. »Wieso?« fragte er hitzig. »Warum wird sie nicht auch freigelassen?«

Carisman schluckte. »Meine Untertanen finden sie wunderschön. Sie glauben, sie könne magisch sein, so wie ich. Sie... sie wollen, daß sie mich heiratet.«

»Na hör mal! Was ist denn das für eine wilde Geschichte?« fauchte Horner Dees, und sein borstiges Gesicht verzerrte sich ungläubig.

Morgan packte Carisman am Kittelkragen. »Ich habe genau gesehen, wie du sie anschaust, Sänger! Das war deine Idee!«

»Nein, wirklich nicht! Ich schwöre es!« rief er verzweifelt mit entsetztem Gesicht. »So etwas würde ich nie tun. Die Urdas...«

»Den Urdas ist es völlig egal...«

»Laß ihn los, Morgan«, unterbrach Quickening mit leiser, ungerührter Stimme. »Er sagt die Wahrheit. Er kann nichts dafür.«

Pe Ell schnellte hervor wie die Schneide eines Messers. »Spielt keine Rolle, wer dafür verantwortlich ist.« Er fixierte Carisman. »Sie kommt mit uns.«

Carisman wurde bleich, und er schaute verängstigt von einem zum anderen. »Sie werden sie nicht gehen lassen«, flüsterte er und senkte den Blick. »Und wenn sie sie nicht lassen, dann wird sie da enden, wo ich bin.«

Er begann zu singen:

»Es war einmal vor langer Zeit ein wunderschönes Mädchen.
Sie wanderte durch Wald und Feld,
zu Hause in der ganzen Welt.
Ein mächt'ger Herr verliebte sich und wollte sie zum Weibe.
Sie wollt' ihn nicht, er nahm sie heim,
in seinen Turm sperrt' er sie ein.
Sie grämte sich und trauerte
um das verlor'ne Leben.
Für ihre Freiheit wollte sie
ihr Hab und Gut hergeben.
Ein Kobold hörte ihren Eid und öffnete den Zwinger.
Mitnichten ließ er sie dann frei,
ihr Flehen war ihm einerlei,
er nannte sie sein eigen.

Und die Moral von der Geschicht':
Willst' alles geben, was du hast,
dann bleibt dir vielleicht gar nichts.«

Horner Dees warf voller Entrüstung die Hände in die Luft. »Was soll das denn heißen, Carisman?« schnaubte er.

»Daß deine Wünsche dich zerstören können. Daß du, wenn du alles willst, alles verlieren kannst.« Es war Walker Boh, der geantwortet hatte. »Carisman hatte geglaubt, daß er, wenn er König würde, Freiheit fände. Statt dessen fand er Fesseln.«

»Ja«, seufzte der Sänger, und seine feinen Gesichtszüge waren voller Kummer. »Ich gehöre hier genausowenig her wie Quickening. Wenn ihr sie mitnehmt, wenn ihr geht, müßt ihr mich auch mitnehmen!«

»Nein!« rief Pe Ell sofort.

»Lady«, bettelte der Sänger. »Bitte. Ich bin jetzt schon seit fast fünf Jahren hier – nicht nur ein paar Jährchen, wie ich behauptet habe. Ich sitze so fest wie das Mädchen in meinem Lied. Wenn ihr mich nicht mitnehmt, werde ich bis zu meinem Lebensende hier gefangen bleiben.«

Quickening schüttelte den Kopf. »Es ist gefährlich, wo wir hingehen. Weit gefährlicher als hier. Du würdest ein großes Risiko eingehen.«

Carismans Stimme zitterte. »Das ist egal! Ich will frei sein!«

»Nein!« wiederholte Pe Ell und bewegte sich wie eine Katze. »Denk nach, Mädchen! Noch so einen Dummkopf, der uns im Weg ist? Warum nicht gleich eine ganze Armee davon? Idioten!«

Morgan Leah war es jetzt leid, dauernd als Idiot bezeichnet zu werden, und wollte es gerade äußern, doch Walker Boh packte ihn fest am Arm und schüttelte den Kopf. Morgan runzelte zornig die Stirn, doch er gab nach.

»Was weißt du über das Land im Norden, Carisman?« fragte Horner Dees plötzlich. »Warst du schon mal dort?«

Carisman schüttelte den Kopf. »Nein. Es spielt keine Rolle, was dort ist. Es ist jedenfalls weg von hier.« Seine Augen blitzen listig. »Außerdem müßt ihr mich mitnehmen. Ihr könnt nicht weg, wenn ich euch nicht zeige, wie.«

Das wirkte. Alle drehten sich zu ihm um. »Was meinst du damit?« fragte Dees mißtrauisch.

»Ich meine, daß ihr ohne meine Hilfe ein dutzendmal und mehr ums Leben kommt«, erwiderte der Sänger.

Er begann zu singen:

»Stock und Stein bricht euch die Bein',
wenn's nicht die Speere sind,
Fallen lauern ungesehn.
Nur ich kann euch bewahren.
Diddelduh, diddeldah, diddeldeih.«

Pe Ell war ihm an die Kehle gesprungen, ehe irgendwer Zeit hatte, ihn daran zu hindern. »Du sagst uns alles, was du weißt, bevor ich dich umbringe!« drohte er wütend.

Aber Carisman hielt stand, sogar in der Lage, in der er sich befand, mit den harten Augen direkt vor den seinen. »Niemals«, keuchte er. »Es sei denn... ihr seid bereit... mich mitzunehmen.«

Sein Gesicht verlor jegliche Farbe, als Pe Ells Hände fester zupackten. Morgan und Horner Dees sahen sich unentschlossen an und schauten dann zu Quickening, gegen ihren Willen abwartend. Es war Walker Boh, der eingriff. Er trat hinter Pe Ell und berührte ihn in einer Weise, die sie nicht sehen konnten. Der hagere Mann sprang zurück. Sein Gesicht war starr vor Verblüffung. Walker nutzte den Augenblick, sein Arm packte Carisman und zog ihn beiseite.

Pe Ell schnellte herum, kalte Wut in den Augen. Morgan war sicher, daß er Walker angreifen würde, und das konnte nicht gutgehen. Doch Pe Ell überraschte ihn. Statt loszuschlagen, starrte er Walker nur an und wandte sich dann ab. Sein Gesicht war eine ausdruckslose Maske.

»Carisman«, sagte Quickening und lenkte damit die Aufmerksamkeit auf sich. »Kennst du einen Weg, der uns hier herausführt?«

Carisman nickte. Er mußte schlucken, ehe er antworten konnte. »Ja, Lady.«

»Wirst du ihn uns zeigen?«

»Wenn ihr bereit seid, mich mitzunehmen, ja.« Er feilschte jetzt, aber er wirkte zuversichtlich.

»Würde es dir reichen, wenn wir dir helfen würden, das Dorf zu verlassen?«

»Nein, Lady. Ich würde mich verirren, und sie würden mich wieder zurückholen. Ich muß mit euch gehen, wo immer ihr hinwollt – weit weg von hier. Vielleicht«, fügte er fröhlich hinzu, »kann ich euch sogar nützlich sein.«

Wenn die Schweine fliegen lernen, dachte Morgan gnadenlos.

Quickening schien unentschlossen, was gar nicht ihre Art war. Sie schaute Horner Dees fragend an.

»Er hat recht, was die Urdas angeht, die ihn zurückholen würden«, stimmte der alte Fährtensucher zu. »Und uns ebenfalls, wenn wir nicht schnell genug sind. Oder schlau genug.«

Morgan bemerkte, wie Pe Ell und Walker aus entgegengesetzten Ekken der Hütte einander anfunkelten – grausame, finstere Geister aus zwei entgegengesetzten Welten, die sich schweigend und drohend anstarrten. Wer von den beiden würde eine Konfrontation überleben? Und wie konnte ihre Gruppe überleben, solange die beiden so quer miteinander standen?

Und dann kam ihm plötzlich ein Gedanke. »Deine Magie, Quickening!« platzte er impulsiv heraus. »Deine Magie kann uns helfen, zu entkommen. Du kannst alles, was auf der Erde wächst, kontrollieren. Das reicht, um die Urdas zu bezwingen. Mit oder ohne Carisman bleibt uns deine Magie!«

Doch Quickening schüttelte den Kopf, und für einen Augenblick schien es, als würde sie sich gleich auflösen. »Nein, Morgan. Wir haben das Charnalgebirge überquert und das Land von Uhl Belk erreicht. Ich darf meine Magie nicht mehr einsetzen, bis wir den Talisman gefunden haben. Der Steinkönig darf nicht entdecken, wer ich bin. Wenn ich meine Magie benutze, erfährt er es.«

Es wurde still in der Hütte. »Wer ist der Steinkönig?« fragte Carisman, und alle Blicke richteten sich auf ihn.

»Ich meine, wir nehmen ihn mit«, sagte Horner Dees unverblümt und zur Sache wie immer. Seine massige Gestalt schob sich herum. »Falls er uns tatsächlich hier rausführen kann, heißt das.«

»Nehmen wir ihn mit«, willigte Morgan ein. Dann grinste er. »Mir gefällt die Vorstellung, einen König in unseren Reihen zu haben – auch wenn er nichts als Lieder zu erfinden weiß.«

Quickening schaute die schweigenden Gegner hinter ihrem Rücken an. Pe Ell zuckte desinteressiert mit den Achseln. Walker Boh sagte gar nichts.

»Wir nehmen dich mit, Carisman«, sagte Quickening, »auch wenn ich nicht daran zu denken wage, was diese Entscheidung dich kosten kann.«

Carisman schüttelte eifrig den Kopf. »Kein Preis ist zu hoch, Lady, ich schwöre es.« Der Sänger strahlte.

Quickening ging zur Tür. »Die Nacht neigt sich ihrem Ende zu. Laßt uns eilen.«

Carisman hob die Hand. »Nicht dort entlang, Lady.«

Quickening wandte sich um. »Gibt es einen anderen Weg?«

»Allerdings.« Er grinste schelmisch. »Ich stehe zufällig darauf.«

Die Stachelfelsen und das umliegende Land waren von Urdastämmen und anderen Gnomen- und Trollrassen besiedelt. Da sie alle ständig im Krieg miteinander lagen, hatten sie ihre Dörfer befestigt. Im Laufe der Zeit hatten sie viele harte Lektionen gelernt, und eine davon war, daß eine Einfriedung mehr als nur einen Ausgang brauchte. Carismans Leute hatten unter dem Dorf Stollen angelegt, die durch verborgene Falltüren in die Wälder rundum führten. Wenn das Dorf durch eine andauernde Belagerung oder ein zahlenmäßig überlegenes Heer bedroht wurde, blieb den Bewohnern noch immer ein Fluchtweg offen.

Einer der Eingänge zu den Tunneln lag unter dem Boden der Hütte, in denen sich die fünf aus Rampling Steep befanden. Carisman zeigte ihnen, wo er lag, fast einen halben Meter unter dem Lehmboden, und im Laufe der Zeit so fest verschlossen, daß Horner Dees und Morgan alle Kräfte brauchten, um ihn freizulegen. Er war offensichtlich nie benutzt worden und möglicherweise sogar in Vergessenheit geraten. Wie auch immer, es war ein Ausgang, und die Gruppe zögerte nicht, ihn zu benutzen.

»Ich wäre glücklicher, wenn wir ein Licht hätten«, murmelte Dees, als er in die Dunkelheit hinunterschaute.

»Hier«, flüsterte Walker Boh ungeduldig und trat neben ihn. Er ließ sich in das schwarze Loch gleiten, wo die Tunnelwände sein Tun abschirmten, und machte ein Schnalzgeräusch mit seinen Fingern. Seine Hand begann zu leuchten, eine helle Aura, die keine sichtbare Quelle besaß. Dem Dunklen Onkel ist wenigstens ein bißchen von seiner Magie geblieben, dachte Morgan Leah.

»Carisman, gibt es hier unten mehr als nur einen Gang?« Walkers Stimme klang hohl. Der Sänger nickte. »Dann bleib in meiner Nähe und zeig mir, wo es langgeht.«

Einer nach dem anderen ließen sie sich in das Loch gleiten, Carisman direkt hinter Walker, gefolgt von Quickening, Morgan und Dees. Pe Ell bildete die Nachhut. Es war finster in dem Tunnel, trotz Walkers Licht, und die Luft war stickig. Der Stollen führte zunächst geradeaus, dann verzweigte er sich in drei Richtungen. Carisman führte sie nach rechts. Dann verzweigte er sich wieder, und sie gingen nach links. Sie waren weit genug gegangen, dachte Morgan. Sie mußten sich schon außerhalb der Palisaden befinden. Der Tunnel führte noch immer weiter. Baumwurzeln waren durch die Tunnelwände gedrungen, und ihr Gewirr machte das Vorwärtskommen schwierig. An manchen Stellen war das Wurzelwerk so dicht, daß sie es durchschlagen mußten, um zu passieren. Ihr Tun wirbelte so viel Staub und Erde auf, daß das Atmen beschwerlich wurde. Morgan vergrub das Gesicht in den Ärmel seines Kittels und gestattete sich nicht, darüber nachzudenken, was geschehen würde, wenn die Tunnelwände einstürzten.

Nach endlos erscheinender Zeit wurden sie langsamer und blieben schließlich stehen. »Ja, hier ist es«, hörte er Carisman zu Walker sagen. Er lauschte, wie die beiden sich mühten, die Falltüre zu öffnen. Sie arbeiteten schweigend, stöhnten und stemmten und bewegten sich in der Enge. Morgan und die anderen hockten sich hin und warteten.

Das Freilegen der Falltüre dauerte fast ebensolang wie der ganze Weg durch den Tunnel. Als sie schließlich aufklappte, strömte frische Luft herein, und die sechs kletterten in die Nacht hinaus. Sie befanden sich in einer dicht bewaldeten Senke, und die Bäume standen so eng beieinander, daß ihr Geäst den Himmel fast vollständig abschirmte.

Wortlos standen sie eine Weile da und sogen die frische Luft ein. Dann drängte Dees herbei. »Wo geht es zu den Stacheln?« fragte er Carisman ungeduldig.

Carisman wies die Richtung, und Dees wollte sofort losgehen, doch Pe Ell packte ihn am Arm und riß ihn zurück. »Warte!« warnte er. »Dort sind mit Sicherheit Wachposten!«

Er warf dem alten Fährtensucher einen vernichtenden Blick zu, machte den anderen Zeichen, zu warten und verschwand in der Finsternis. Morgan ließ sich gegen den Stamm einer riesigen Kiefer sinken, und die anderen wurden zu undeutlichen Schatten hinter den struppigen Ästen. Er schloß müde die Augen. Es schien Tage her zu sein, seit er richtig geruht hatte. Er dachte, wie gut es täte, ein wenig zu schlafen.

Aber eine Berührung an seiner Schulter weckte ihn gleich wieder auf. »Ruhig, Hochländer«, flüsterte Walker Boh. Der große Mann ließ sich neben Morgan nieder, und seine dunklen Augen suchten Morgans. »Du bewegst dich auf gefährlichem Boden in diesen Tagen, Morgan Leah. Du solltest besser aufpassen, wo du hintrittst.«

Morgan blinzelte. »Was meinst du damit?«

Walker neigte sein Gesicht ein wenig, und Morgan sah, wie Anspannung und Belastung seine Züge verzerrten. »Pe Ell. Bleib ihm fern. Provoziere ihn nicht, fordere ihn nicht heraus. Halte dich so fern von ihm, wie du kannst. Wenn er will, schlägt er schneller zu als eine Schlange.«

Er flüsterte, seine Stimme klang rauh, und die Überzeugung, die darin lag, ließ Morgan schaudern. Eine spröde Todesbotschaft. Morgan schluckte gegen seine Gefühle an und nickte. »Wer ist er, Walker? Weißt du es?«

Der Dunkle Onkel schaute weg und dann wieder zu Morgan. »Manchmal kann ich Dinge durch eine Berührung fühlen. Manchmal kann ich die Geheimnisse eines anderen erfahren, indem ich nur an ihm entlangstreiche. Das geschah, als ich Carisman von Pe Ell wegzog. Er hat getötet. Viele Male. Er hat es absichtsvoll getan, nicht in Selbstverteidigung. Er genießt es. Ich nehme an, er ist ein Meuchelmörder.«

Seine bleiche Hand hielt den erschreckten Morgan fest. »Hör zu. Er hat unter seinen Kleidern eine Waffe von immenser Kraft verborgen. Seine Waffe ist magisch. Die benutzt er zum Morden.«

»Magisch?« Morgans Stimme zitterte vor Überraschung, trotz seines

Bemühens, sie ruhig klingen zu lassen. Die Gedanken rasten durch sein Bewußtsein. »Weiß Quickening das?«

»Sie hat ihn ausgewählt, Hochländer. Sie hat uns alle erwählt. Sie hat uns gesagt, daß wir Magie besitzen, daß unsere Magie gebraucht würde. Natürlich weiß sie es.«

Morgan war entsetzt. »Sie hat absichtlich einen Meuchelmörder mitgenommen? Will sie den schwarzen Elfenstein auf diese Weise wiederbekommen?«

Walker schaute Morgan fest an. »Ich glaube nicht«, sagte er schließlich. »Aber ich bin nicht sicher.«

Morgan ließ sich ungläubig zurücksinken. »Walker, was tun wir hier? Warum hat sie uns mitgenommen?« Walker antwortete nicht. »Ich weiß beim allerbesten Willen nicht, warum ich mich bereit erklärt habe, mitzukommen. Oder vielleicht doch. Ich fühle mich zu ihr hingezogen, ich gebe es zu. Ich bin von ihr völlig bezaubert. Aber was ist das für ein Grund? Ich dürfte nicht hier sein. Ich sollte in Tyrsis sein und nach Par und Coll suchen.«

»Die Diskussion haben wir doch schon geführt«, erinnerte Walker ihn freundlich.

»Ich weiß. Aber ich frage mich noch immer. Vor allem jetzt. Pe Ell ist ein Mörder; was haben wir mit so einem Mann zu schaffen? Hält Quikkening uns alle für seinesgleichen? Glaubt sie, wir seien alle Mörder? Ist es das, wozu sie uns braucht? Ich kann es nicht fassen!«

»Morgan.« Walker sprach seinen Namen aus, um ihn zu beruhigen, dann lehnte er sich ebenfalls an den Baumstamm, bis ihre Köpfe sich beinahe berührten. Etwas an der Krümmung seines Körpers erinnerte Morgan daran, wie gebrochen der Dunkle Onkel gewesen war, als sie ihn in den Ruinen der Hütte in Hearthstone gefunden hatten. »Hinter der Sache steckt mehr, als dir bekannt ist«, flüsterte Walker. »Oder mir. Ich kann Dinge fühlen, aber ich kann sie nicht klar erkennen. Quickening hat ein Ziel, das weiter reicht, als was sie uns kundgibt. Sie ist die Tochter des Königs vom Silberfluß – vergiß das nicht. Sie hat geheimes Wissen. Sie verfügt über Magie, die alles übertrifft, was ich je gesehen habe. Aber sie ist gleichzeitig auch verwundbar. Sie muß bei diesem Unterfangen einen wohlbedachten Pfad beschreiten. Ich nehme an, wir sind unter anderem dazu da, dafür zu sorgen, daß sie diesen Pfad einhalten kann.«

Morgan dachte ein Weilchen darüber nach und nickte. Er lauschte in die nächtliche Stille und starrte unter den tiefhängenden Kiefernästen hindurch auf die schattigen Gestalten dahinter, vor allem auf Quickenings schlanke, ätherische Figur, ein schmales Etwas von Bewegung, das von der Nacht durch eine leichte Verschiebung des Lichts verschluckt werden konnte.

Walkers Stimme klang gepreßt. »Ich habe eine Vision von ihr gehabt – die grauenhafteste aller Visionen, die ich je hatte. Die Vision sagte mir, daß sie sterben wird. Ich warnte sie davor, ehe wir Hearthstone verließen, ich sagte ihr, daß ich vielleicht nicht mitkommen sollte. Aber sie bestand darauf. Also kam ich mit.« Er schaute hinüber. »Das gilt für uns alle gleichermaßen. Wir sind mitgegangen, weil wir wissen, daß es sein muß. Versuch nicht zu verstehen, warum das so ist, Morgan. Nimm es einfach als gegeben hin.«

Morgan seufzte, verloren im Wirrwarr seiner Gedanken und Gefühle, in seiner Sehnsucht nach Dingen, die niemals sein konnten, einer Vergangenheit, die für immer verloren war, und einer Zukunft, die er nicht bestimmen konnte. Er dachte daran, wie weit die Dinge gekommen waren, seit ihn die Ohmsfords in Leah aufgesucht hatten, und wie anders jetzt alles geworden war.

Walker Boh erhob sich. Seine Bewegung raschelte in der Stille. »Denk an das, was ich dir gesagt habe, Hochländer. Halt dich von Pe Ell fern.«

Er schob sich durch den Vorhang von Ästen und ging fort, ohne sich umzudrehen. Morgan starrte ihm nach.

Pe Ell blieb lange weg. Als er zurückkam, sprach er nur zu Horner Dees. »Die Luft ist rein, Alter«, berichtete er leise. »Auf geht's.«

Wortlos verließen sie die Senke und folgten Carisman, der sie wieder zu dem Steilhang führte, eine schweigende Prozession von Geistern in der Nacht. Keiner kam ihnen in die Quere, und Morgan war sicher, daß es auch so bleiben würde. Pe Ell hatte dafür gesorgt.

Es war noch immer dunkel, als die Stacheln wieder in Sicht kamen. Sie bestiegen den Steilhang und wandten sich nach Norden. Dees gab einen schnellen Schritt vor. Der Weg war frei, der Grat kahl und vom Mond beschienen, außer dort, wo die skelettartigen Bäume mit den spindeligen Schatten ihrer Stämme und Äste ein Spinnwebmuster auf den Boden warfen. Sie folgten den Stacheln durch das enge Talende und steuerten die dahinterliegenden Hügel an. Tagesanbruch war nicht mehr fern, ein schwacher Schimmer am östlichen Horizont. Dees wurde noch schneller. Keiner brauchte zu fragen, warum.

Als die Sonne über die Berggipfel stieg, waren sie weit genug gekommen, daß sie das Tal nicht mehr sehen konnten. Sie stießen auf einen Fluß mit klarem Wasser und machten halt, um zu trinken. Schweiß rann ihnen über die Gesichter, und ihr Atem ging heftig.

»Seht dort«, sagte Horner Dees. Eine Kette spitzer Berge zeichnete sich vor dem Himmel ab. »Das ist der Nordrand des Charnalgebirges, die letzte Bergkette, über die wir müssen. Es gibt ein Dutzend Pässe, die darüberführen, und die Urdas können nicht wissen, welchen wir nehmen. Überall sind Felsen, und es ist schwer, irgendwelche Spuren zu verfolgen.«

»Für dich vielleicht«, sagte Pe Ell unfreundlich. »Nicht unbedingt für sie.«

»Sie werden ihre Berge nicht verlassen.« Dees ignorierte ihn. »Sobald wir drüben sind, sind wir vor ihnen in Sicherheit.«

Sie rafften sich wieder auf und zogen weiter. Die Sonne stieg in den wolkenlosen Himmel, ein gleißender, weißer Feuerball, der die Erde in einen Brennofen verwandelte. Soweit Morgan sich erinnern konnte, war es der heißeste Tag, seit er Culhaven verlassen hatte. Die Hügel gingen in Gebirge über, die Bäume wurden spärlicher und wichen Gestrüpp und Buschwerk. Einmal glaubte Dees, weit hinter ihnen im Wald eine Bewegung bemerkt zu haben, und einmal hörten sie ein Jaulen, von dem Carisman behauptete, es sei ein Urdahorn. Aber der Mittag ging vorüber, und es gab keine Anzeichen einer Verfolgung.

Dann stiegen Wolken von Westen her auf, eine drohende schwarze Gewitterwand. Morgan schlug nach den Mücken, die sein schweißnasses Gesicht umsurrten. Das Gewitter würde nicht lange auf sich warten lassen.

Im Laufe des Nachmittags machten sie wieder halt, erschöpft von ihrer Flucht und inzwischen auch hungrig. Viel zu essen gab es nicht, nur ein paar Wurzeln, etwas wildes Gemüse und frisches Wasser. Horner Dees zog los,um den weiteren Weg auszukundschaften, und Pe Ell beschloß, ein Stück zurück zu einem Felsvorsprung zu gehen, von dem aus er das Gebiet hinter ihnen überschauen konnte. Walker setzte sich ein wenig abseits. Carisman sprach mit Quickening über seine Musik und forderte ihre gesamte Aufmerksamkeit. Morgan musterte die hübschen Züge des Sängers, seinen blonden Schopf, seine ungehemmten Gesten, und war verdrossen. Um seine Gefühle nicht zu zeigen, zog sich der Hochländer in den Schatten einer dürren Kiefer zurück und schaute in eine andere Richtung.

Donner grollte in der Ferne, und die Wolken rückten auf das Gebirge zu. Der Himmel war eine seltsame Mischung aus Sonnenschein und Finsternis. Die Hitze war noch immer erdrückend und lastete wie eine erstickende Decke über der Erde, Morgan vergrub sein Gesicht in den Händen und schloß die Augen.

Sowohl Horner Dees als auch Pe Ell kamen bald zurück. Der erstere verkündete, daß der Paß, der sie über den letzten Ausläufer des Charnalgebirges bringen würde, eine knappe Stunde entfernt sei. Pe Ell berichtete, daß die Urdas in großer Zahl hinter ihnen her seien.

»Mehr als hundert«, gab er an und fixierte sie dabei mit seinen harten, unlesbaren Augen. »Uns direkt auf den Fersen.«

Sie brachen augenblicklich wieder auf und marschierten noch schneller weiter. Ein Gefühl der Dringlichkeit trieb sie voran, das vorher nicht dagewesen war. Niemand hatte damit gerechnet, daß die Urdas sie so schnell einholen würden, jedenfalls nicht, bevor sie über den Paß waren. Wenn sie gezwungen waren, sich hier einem Kampf zu stellen, war das ihr Ende, das wußten sie.

Sie kämpften sich in die Felsen hinauf, stolperten durch riesige Geröllfelder, stiegen durch enge Schluchten, suchten Halt auf dem lockeren Gestein, das nachzugeben und sie in bodenlose, ausgezackte Spalten mißzureißen drohte. Die Wolken türmten sich über den Berggipfeln und füllten den Himmel jetzt von einem Horizont zum anderen. Dicke Regentropfen klatschten auf den Boden und auf ihre erhitzte Haut. Finsternis legte sich über alles, ein bedrohliches Schwarz, in dem der Donner widerhallte, der über die kahlen, leblosen Felsen rollte. Der Abend rückte näher, und Morgan war sicher, daß der Einbruch der Nacht sie im Gebirge überfallen würde, doch er zwang sich weiterzugehen. Er schaute nach vorne zu Carisman, der in noch schlechterer Verfassung war als er selbst. Er stolperte und stürzte immer wieder, und sein Atem ging schwer. Morgan überwand seine eigene Erschöpfung, holte den anderen ein, legte einen Arm um ihn und half ihm beim Gehen.

Sie hatten gerade die Paßhöhe erreicht, zu der Dees sie geführt hatte, als die Urdas in Sicht kamen. Die struppigen, zerlumpten Geschöpfe tauchten zwischen den Felsen hinter ihnen auf. Sie waren zwar noch immer etwa eine Meile entfernt, doch sie stürmten wie die Wilden schreiend und rufend vorwärts, schwangen ihre Waffen mit dem unmißverständlichen Versprechen, sie zu benutzen, wenn sie sie einholten. Die Gruppe zögerte nur einen ganz kurzen Augenblick und flüchtete dann in den Paß.

Der Paß war ein Einschnitt, der sich aufwärts in die Klippen schlitzte, ein schmaler Durchgang voller Windungen und Biegungen. Die Gruppe stieg hinein und schlängelte sich vorwärts. Es regnete jetzt ernsthaft, statt der vereinzelten Tropfen goß es in Strömen. Der Boden wurde glitschig, und kleine Bäche bildeten sich und schwemmten die Erde unter ihren Füßen weg. Sie tauchten aus dem Schutz der Klippen und gelangten auf einen kahlen Abhang, der nach links in einen steilwandigen Hohlweg mündete, der so schwarz war wie die Nacht. Windböen peitschten in heftigen Stößen über die Bergflanke und schleuderten ihnen aufgewirbelten Sand ins Gesicht. Morgan ließ Carisman los und zog sich schützend seinen Umhang über den Kopf.

Es kostete sie ungeheure Anstrengung, den Hohlweg zu erreichen. Der Wind peitschte so heftig auf sie ein, daß sie nur mühsam vorankamen. Als sie die dunkle Mündung erreichten, tauchten die Urdas wieder auf, sehr nah diesmal. Sie hatten diese letzte Meile allzuschnell zurückgelegt. Pfeile, Lanzen und Wurfgeschosse zischten durch die Luft und trafen ungemütlich nahe auf. Hastig stürmte die Gruppe in den Hohlweg und den Schutz seiner Steilwände.

Hier prasselte der Regen in Sturzbächen nieder, und das Licht war fast völlig verdunkelt. Zackige Felsvorsprünge ragten aus dem Boden und den Wänden des engen Korridors und schrammten sie, als sie hindurchstürmten. Die Zeit schien im heulenden Wind und dem grollenden Donner stillzustehen, und es sah aus, als kämen sie nie hindurch. Morgan eilte vor, um in Quickenings Nähe zu sein, entschlossen, sie zu beschützen.

Als sie endlich den Hohlweg hinter sich hatten, fanden sie sich auf einem Sims wieder, der auf halber Höhe an einer hohen Steilwand entlanglief und in eine Schlucht abfiel, in der die Wasser des Rabb schäumten und gischteten. Dees führte sie ohne zu zögern auf dem Sims entlang und rief ihnen etwas zu, das sie ermutigen sollte, im brausenden Sturm jedoch verlorenging. Im Gänsemarsch folgten sie dem abbröckelnden Steig, Dees vorneweg, gefolgt von Carisman, Quickening, Morgan und Walker Boh. Pe Ell bildete den Schluß. Es regnete in Strömen, der Wind zauste sie, und das Tosen des Flusses bildete eine undurchdringliche Mauer aus Lärm.

Als die ersten Urdas den Ausgang des Hohlwegs erreichten, bemerkte es niemand. Erst als die ersten Wurfgeschosse um die fliehende Gruppe herum gegen die Felsen prasselten, wurden sie ihrer gewahr. Ein Pfeil streifte Pe Ells Schulter, und er wirbelte herum, doch er strebte weiter und verlor den Halt nicht. Die anderen beschleunigten noch ihre Schritte und versuchten verzweifelt, die Entfernung zu ihren Verfolgern zu vergrößern, hasteten den schmalen Steig entlang, und ihre Stiefel glitschten und schlidderten atemberaubend. Morgan warf einen Blick über die Schulter und sah, wie Walker Boh sich umdrehte, den Arm gestikulierend hob und etwas in den Sturm schleuderte. Pfeile und Lanzen, die in ihre Richtung geschleudert worden waren, fielen harmlos herunter. Die Urdas wichen verängstigt vor der Magie des Dunklen Onkels in den Hohlweg zurück.

Vor ihnen verbreiterte sich der Sims etwas und führte steiler abwärts. Die gegenüberliegende Seite des Gebirges kam in Sicht, ein bewaldetes Hügelland, das sich bis zum Horizont erstreckte und in einer Wand von Wolken und Regen verschwand. Unten toste der Rabb, schlängelte sich durch die Schlucht und brauste ostwärts zwischen den Felsen hindurch. Der Steig folgte seinem Lauf mehr als fünfzehn Meter über seinem Ufer, und der kahle Fels wich Erdreich und Gestrüpp.

Morgan schaute sich ein letztes Mal um und stellte fest, daß die Urdas ihnen nicht mehr folgten. Entweder hatte Walker sie weggescheucht oder Horner Dees hatte recht behalten, daß sie ihr Gebirge nicht verlassen würden.

Er drehte sich wieder nach vorn.

Im nächsten Moment wurde die ganze Klippe erschüttert, und ein Teil davon gab dem stetigen Aufprall von Sturm und Regen nach. Der Steig vor ihm, ein ganzes Stück aus Erde und Fels, sackte in die Tiefe und riß Quickening mit sich. Sie fiel gegen den Abhang zurück und versuchte, sich irgendwo festzuklammern. Doch sie fand keinen Halt und begann in einer Lawine von Geröll und Gestein auf den Fluß zuzurutschen. Carisman, der direkt vor ihr ging, wäre beinahe ebenfalls abgestürzt, doch es gelang ihm, sich weit genug nach vorn zu werfen, und er bekam die Wurzeln eines Gebirgsstrauchs zu fassen und konnte sich retten.

Morgan war gleich dahinter. Er sah, daß Quickening sich nicht selber helfen konnte und daß er sie nicht zu fassen bekommen konnte. Er zögerte keine Sekunde. Er sprang von dem abbröckelnden Steig in die Lücke, stolperte den Berghang hinter ihr her, und die Stimmen seiner

Gefährten waren schon nicht mehr zu hören. Mit heftigem Aufplatschen stürzte er in den Rabb, tauchte unter, kam wieder an die Oberfläche und schnappte nach Luft von dem Kälteschock. Er sah blitzartig Quickenings Silberhaar wenige Meter entfernt in weißem Schaum auftauchen, schwamm zu ihr und packte sie.

Dann wurden sie beide von der Strömung ergriffen und fortgeschwemmt.

Alles, was Morgan tun konnte, war, sich und Quickening in dem reißenden Fluß über Wasser zu halten, und während er versucht haben könnte, ans Ufer zu schwimmen, wenn er allein gewesen wäre, so dachte er jetzt gar nicht daran. Quickening war wach und in der Lage, seine Bemühungen ein wenig zu unterstützen, doch es war vor allem Morgans Kraft, die sie von Felsen und tiefen Strudeln fernhielt, von denen sie in die Tiefe gerissen worden wären. Doch der Fluß trug sie ziemlich dorthin, wo er wollte. Er war vom Regen angeschwollen und über die Ufer getreten, und weißer Schaum spritzte auf. Das Gewitter wütete noch immer, Donner rollte durch die Bergschlucht, Blitze zuckten über den schwarzen Himmel, und der Regen prasselte hernieder. Der Steilhang, von dem sie gestürzt waren, schwand fast sofort außer Sicht, und mit ihm ihre Gefährten. Der Rabb wand und schlängelte sich zwischen den Felsen entlang, und sie hatten sehr bald die Orientierung verloren.

Nach einer Weile schwamm ein Baum, der in den Fluß gestürzt war, vorbei, und sie bekamen ihn zu fassen und konnten sich von ihm tragen lassen. Es erlaubte ihnen, sich ein bißchen zu verschnaufen, während sie sich nebeneinander an den glitschigen Stamm klammerten und taten, was sie konnten, um sich vor den Felsblöcken zu schützen. Dabei suchten sie den Fluß und die Ufer nach Möglichkeiten ab, sich an Land zu retten. Sie versuchten gar nicht erst zu sprechen, sie waren zu erschöpft, und das Getöse hätte vermutlich ihre Worte ohnehin übertönt. Sie tauschten nur Blicke und konzentrierten sich darauf, zusammenzubleiben.

Irgendwann wurde der Fluß breiter, wo er aus dem Felsengebirge in das nördlich liegende Hügelland floß und sich in ein waldumgrenztes Becken leerte, von dem aus sein Flußbett ihn nach Süden führte. In der Mitte befand sich eine Insel, und der Stamm, auf dem sie ritten, blieb hüpfend und sich drehend an ihrem Ufer hängen. Morgan und Quickening rissen sich von ihrem Behelfsfloß los und stolperten erschöpft an Land. Außer Atem, die Kleider zerfetzt, krochen sie durch das Gras in den Schutz der Bäume, eine Gruppe von Hartholzkiefern, überragt von zwei riesigen, alten Ulmen. Wasser strudelte in Bächen um sie herum, während sie sich mühselig über das regengepeitschte Inselufer kämpften, und der Wind pfiff ihnen in den Ohren. Ein Blitz traf das Festlandufer mit ohrenbetäubendem Krach nicht weit entfernt, und sie drückten sich platt auf den Boden, während der Donner vorbeirollte.

Schließlich erreichten sie die Bäume und stellten dankbar fest, daß es unter dem Blätterdach relativ trocken und windgeschützt war. Sie taumelten zum Fuß der größten Ulme und brachen zusammen, streckten sich nebeneinander auf dem Boden aus und rangen nach Luft. Ohne sich zu rühren, blieben sie eine Weile so liegen, um wieder zu Kräften zu kommen. Dann schauten sie einander lange an und einigten sich wortlos, sich aufzusetzen und an die rauhe Rinde der Ulme zu lehnen, wo sie Schulter an Schulter sitzen blieben und in den Regen hinausstarrten.

»Bist du in Ordnung?« fragte Morgan sie. »Quickening?«

Es war das erste, was überhaupt gesprochen wurde. Sie nickte schweigend. Morgan untersuchte sich selbst auf Wunden, fand keine, seufzte und lehnte sich zurück – erleichtert, müde, kalt und unbeschreiblich hungrig und durstig, obwohl er völlig durchweicht war. Aber es gab nichts zu essen oder trinken, und es hatte keinen Sinn, darüber nachzudenken.

Er schaute wieder zu ihr hinüber. »Ich nehme an, du kannst kein Feuer machen, oder?« Sie schüttelte den Kopf. »Darfst keinerlei Magie benutzen, hm? Nun ja. Wo steckt denn Walker Boh, wenn man ihn braucht?« Er versuchte, unbeschwert zu klingen, doch es mißlang. Er seufzte.

Sie legte ihre Hand auf die seine, und es wärmte ihn trotz seines Unbehagens. Er hob den Arm, legte ihn um ihre Schultern und zog sie näher. Es gab ihnen beiden ein kleines bißchen Geborgenheit. Ihr Silberhaar war an seiner Wange und ihr Duft in seiner Nase, eine Mischung aus Erde und Wald und noch etwas, das süß und unwiderstehlich roch.

»Sie werden uns nicht finden, bevor das Gewitter vorüber ist«, sagte sie.

Morgan nickte. »Wenn überhaupt. Es gibt keinen Weg, dem sie folgen können. Nur den Fluß.« Er runzelte die Stirn. »Wo sind wir überhaupt? Nördlich oder südlich von der Stelle, wo wir in den Fluß gestürzt sind?«

»Nordöstlich«, erklärte sie.

»Das weißt du?«

Sie nickte. Er konnte fühlen, wie sie atmete, die leise Bewegung dicht an seinem Körper. Er fror, doch sie so nah zu haben, machte das beinahe wieder wett. Er schloß die Augen.

»Du hättest nicht hinter mir herspringen sollen«, sagte sie plötzlich. Sie klang unbehaglich. »Ich wäre zurechtgekommen.«

Er versuchte vergebens, ein Gähnen zu unterdrücken. »Ich war fällig für ein Bad.«

»Du hättest dich verletzen können, Morgan.«

»Nicht ich. Ich habe schon Angriffe von Schattenwesen, Föderationssoldaten, Schleichern und anderem solchem Geschmeiß überlebt und sogleich wieder vergessen. Ein Sturz in einen Fluß kann mir nichts anhaben.«

Der Wind pfiff scharf, heulte durch die Bäume, und sie schauten himmelwärts und lauschten. Als das Geheul verklang, konnten sie wieder das Rauschen des Flusses hören, der gegen das Ufer donnerte.

Morgan kauerte sich in seinen nassen Kleidern zusammen. »Wenn das Gewitter endlich vorüber ist, können wir ans Festland schwimmen, diese Insel verlassen. Im Augenblick ist der Fluß zu aufgewühlt, um es jetzt zu versuchen. Und wir sind viel zu erschöpft. Aber wir sind hier in Sicherheit. Nur ein bißchen naß.«

Morgan stellte fest, daß er nur redete, um irgend etwas zu tun, und schwieg wieder. Quickening reagierte nicht. Er konnte beinahe fühlen, wie sie nachdachte, aber er hatte keinerlei Anhaltspunkte, worüber. Er schloß die Augen wieder. Er fragte sich, was aus den anderen geworden sein mochte. War es ihnen gelungen, den Steig heil bis nach unten zu gehen, oder hatte das Abrutschen des Simses dazu geführt, daß Walker und Pe Ell oben auf dem Steilhang festsaßen? Er versuchte, sich den Dunklen Onkel und den Mörder zusammen in derselben Falle vorzustellen, aber es gelang ihm nicht.

Es begann jetzt zu dunkeln, die Dämmerung vertrieb das bißchen Licht, das noch da war, und Schatten breiteten sich in wachsenden schwarzen Flecken über die Insel. Der Regen ließ ein wenig nach, der Donner und das Heulen des Windes verschwanden in der Ferne, und das Gewitter zog vorüber. Die Luft hatte sich nicht so abgekühlt, wie Morgan erwartet hatte, sondern sie wurde wieder wärmer, angereichert mit dem Geruch von Erde und Feuchtigkeit. Um so besser, dachte er. Es war ihnen ohnehin ziemlich kalt. Er stellte sich vor, wie es sich anfühlen würde, wieder warm und trocken zu sein, in seiner Jagdhütte im Hochland zu sein, mit einer heißen Suppe vor dem Feuer auf dem Boden zu sitzen und sich mit den Ohmsfords Lügengeschichten zu erzählen.

Oder vielleicht lieber mit Quickening, ohne etwas zu sagen, denn es wäre überflüssig zu reden. Es reichte, zusammenzusein, sich zu berühren…

Der Schmerz, den er empfand, füllte ihn gleichzeitig mit Sehnsucht und Furcht. Morgan wünschte, daß er ihm erhalten bliebe, daß er immer da sei, und gleichzeitig verstand er ihn nicht, und er war sicher, daß er von ihm verraten werden würde.

»Bist du wach?« fragte er, plötzlich begierig, den Klang ihrer Stimme zu hören.

»Ja«, erwiderte sie.

Er holte tief Luft und atmete langsam aus. »Ich habe darüber nachgedacht, warum ich hier bin«, sagte er. »Ich frage mich danach, seit ich Culhaven verlassen habe. Ich verfüge über keine Magie mehr – so gut wie keine. Und alles, was ich je hatte, steckte im Schwert von Leah, das nun zerbrochen ist. Was an Magie übrig ist, ist nicht der Rede wert und wird dir kaum von großem Nutzen sein. Also bin ich es nur, und ich...« Er hielt inne. »Ich weiß halt einfach nicht, was du von mir erwartest, nehme ich an.«

»Nichts«, entgegnete sie leise.

»Nichts?« Er konnte nicht verhehlen, wie ungläubig er war.

»Nur, was du zu geben bereit und fähig bist«, erklärte sie.

»Aber ich dachte, der König vom Silberfluß hätte gesagt...« Er hielt inne. »Ich dachte, dein Vater hätte gesagt, daß ich gebraucht würde. War das nicht, was du gesagt hast? Daß er dir mitgeteilt hat, daß wir gebraucht würden, wir alle?«

»Er hat mir nicht gesagt, was ihr tun sollt, Morgan. Er sagte mir, ich solle euch mit auf die Suche nach dem Talisman nehmen, und daß ihr dann wüßtet, was zu tun sei, du und wir alle.« Sie rückte ein Stück von ihm ab und drehte sich um, um ihn anzuschauen. »Wenn ich dir mehr sagen könnte, dann würde ich das tun.«

Er runzelte die Stirn, frustriert über ihre ausweichende Art zu antworten und über seine Ungewißheit. »Wirklich?«

Sie lächelte beinahe. Sogar vom Regen durchnäßt und vom Flußwasser verdreckt, war sie die allerschönste Frau, die er je gesehen hatte. Er versuchte etwas zu sagen, doch er brachte kein Wort über die Lippen. Er saß nur stumm da und starrte sie an.

»Morgan«, sagte sie leise. »Mein Vater sieht Dinge, die allen anderen verborgen sind. Er sagte mir, was ich wissen muß, und ich habe genug Vertrauen zu ihm, um zu glauben, daß das, was er mir gesagt hat, genug ist. Du bist hier, weil ich dich brauche. Es hat etwas mit der Magie deines Schwertes zu tun. Mein Vater sagte mir, was ich dir wiederholt habe, daß du die Gelegenheit haben wirst, dein Schwert wieder heilzumachen. Und dann wird es uns beiden vielleicht in einer Weise dienen, die wir nicht vorhersehen können.«

»Und Pe Ell?« drängte er, entschlossen, alles zu erfahren.

»Pe Ell?«

»Walker sagt, er sei ein Meuchelmörder – und daß auch er eine magische Waffe besitze – eine Waffe, die tötet.«

Sie musterte ihn lange, ehe sie antwortete. »Das ist richtig.«

»Und auch er wird gebraucht?«

»Morgan.« Sie sprach seinen Namen wie eine Ermahnung aus.

»Sag es mir. Bitte.«

Sie senkte ihr edles Gesicht in den Schatten und hob es dann wieder. Ihre perfekten Züge waren voller Traurigkeit. »Pe Ell wird gebraucht. Seine Aufgabe, genau wie die deine, muß sich erweisen.«

Morgan zögerte, weil er zu entscheiden versuchte, was er als nächstes fragen sollte. Er wollte dringend die Wahrheit erfahren und fürchtete gleichzeitig, ihre Gunst zu verlieren, wenn er sich auf ein Gebiet wagte, wo er nicht willkommen war.

Sein Gesicht war angespannt. »Mir gefällt der Gedanke nicht, daß ich aus den gleichen Gründen ausgewählt wurde wie Pe Ell«, murmelte er schließlich. »Ich bin nicht wie er.«

»Das weiß ich«, sagte sie. Sie zögerte, als kämpfe sie mit einem inneren Dämonen. »Ich glaube, daß jeder von euch – einschließlich Walker Boh – aus einem anderen Grund hier ist, daß jedem eine andere Aufgabe gestellt ist. Das fühle ich.«

Er nickte, nur zu gern bereit, ihr zu glauben, und außerstande, ihr nicht zu glauben. »Ich wünschte nur, ich wüßte mehr.«

Sie berührte seine Wange mit den Fingern, ließ sie hinunter bis an sein Kinn und über den Hals streichen und zog sie dann zurück. »Es wird alles gut werden«, sagte sie.

Dann lehnte sie sich wieder gegen den Baumstamm und kuschelte sich an ihn, und er fühlte, wie seine Enttäuschungen und Zweifel zu schwinden begannen. Er ließ sie fahren, ohne dagegen anzukämpfen, zufrieden, das Mädchen im Arm zu halten. Es war inzwischen dunkel geworden, das Tageslicht war im Westen untergegangen, und die Nacht breitete sich über das Land. Das Gewitter war nach Osten abgezogen, und vom Regen war nur ein Nebel zurückgeblieben. Die Wolkendecke war noch immer ungebrochen, doch es donnerte nicht mehr, und Stille hatte sich wie eine Decke über das Land gebreitet wie über ein Kind, das schlafen gelegt wird. Unsichtbar sprudelte und gluckerte noch immer der Rabb, sein dumpfes Rauschen war jetzt langsamer und gemäßigter und lullte sie ein. Morgan spähte in die Nacht, ohne etwas zu sehen; die Dunkelheit hatte sich wie ein undurchsichtiger Vorhang über alles gelegt, ihn eingehüllt und sich wie eine Decke um ihn gewickelt. Er sog die klare Luft ein und ließ seinen Gedanken freien Lauf.

»Ich könnte etwas Eßbares vertragen«, überlegte er nach einiger Zeit. »Falls wir hier etwas finden.«

Ohne etwas zu sagen, erhob sich Quickening, nahm seine Hände in die ihren und zog ihn hinter sich her. Zusammen wanderten sie in der Finsternis durch das nasse Gras. Sie konnte weit mehr sehen als er und führte ihn mit einer Sicherheit, der er sich widerspruchslos fügte. Bald fand sie Wurzeln und Beeren, die sie verzehren konnten, und eine Pflanze, die, in der richtigen Weise aufgeschnitten, frisches Wasser lieferte. Sie aßen und tranken, was sie fanden, wortlos und still nebeneinandergekauert. Als sie geendet hatten, nahm sie ihn mit ans Ufer, wo sie schweigend auf die dunklen, vor dem finsteren Festland mysteriös schimmernden Wasser des Rabb schauten.

Eine sanfte Brise strich Morgan über das Gesicht und trug den Duft von Blüten und Gräsern mit. Seine Kleider waren noch immer naß, aber er fror nicht mehr. Die Luft war lau, und er fühlte sich seltsam leicht.

»So ist es manchmal im Hochland«, erzählte er ihr. »Warm und voll von dem Geruch von Erde nach einem Sommergewitter, die Nächte so lang, daß man meint und hofft, sie würden nie enden.« Er lachte. »In solchen Nächten saß ich oft mit Par und Coll Ohmsford zusammen. Ich erzählte ihnen, daß man, wenn man es sich nur innig genug wünschte... mit der Dunkelheit verschmelzen könnte wie eine Schneeflocke auf der Haut, einfach darin verschwinden und so lange bleiben, wie man will.«

Er lugte zu ihr hinüber, um ihre Reaktion zu sehen. Sie saß noch immer neben ihm, in Gedanken verloren. Er zog die Knie an die Brust und schlang seine Arme darum. Ein Teil von ihm wäre gern mit dieser Nacht verschmolzen, so daß sie für immer dauerte, hätte sie mitnehmen mögen, fort aus der Welt um sie herum. Es war ein dummer Wunsch.

»Morgan«, sagte sie schließlich. »Ich beneide dich um deine Vergangenheit. Ich habe keine.«

Er lächelte. »Natürlich hast...«

»Nein«, unterbrach sie ihn. »Ich bin ein Elementargeist. Weißt du, was das bedeutet? Ich bin kein Mensch. Ich wurde durch Zauber erschaffen. Ich wurde aus der Erde der Gärten gemacht. Die Hand meines Vaters formte mich. Ich wurde voll ausgewachsen geboren, als eine Frau, die niemals ein Kind war. Meine Aufgabe wurde von meinem Vater bestimmt, und ich habe keinen Einfluß darauf, worin diese Aufgabe besteht. Das betrübt mich nicht, denn ich weiß es nicht besser. Doch mein Instinkt, meine menschlichen Gefühle verraten mir, daß es mehr gibt, und ich wünschte, daß es mein wäre, so wie es dein ist. Ich fühle den Genuß, den deine Erinnerungen dir bereiten. Ich fühle die Freude.«

Morgan war sprachlos. Er hatte gewußt, daß sie magisch war, daß sie über magische Fähigkeiten verfügte, aber es war ihm nie in den Sinn gekommen, daß sie kein... Er fing sich. Daß sie was nicht wäre? So wirklich, wie sie war? So menschlich? Aber sie war es doch, oder? Ungeachtet dessen, für was sie sich hielt. Sie fühlte und schaute und sprach und handelte wie ein Mensch. Was gab es denn sonst? Ihr Vater hatte sie nach dem Bild des Menschen gestaltet. Reichte das nicht? Sein Blick strich über sie. Ihm war es genug, stellte er fest. Mehr als genug.

Er streichelte ihre Hand. »Ich gebe zu, daß ich nichts darüber weiß, wie du gemacht wurdest, Quickening. Ich weiß auch nichts über Elementargeister. Aber du bist ein Mensch. Davon bin ich überzeugt. Ich wüßte es, wenn du das nicht wärest. Und was die Vergangenheit angeht, die Vergangenheit ist nichts als Erinnerungen, die du sammelst, und das ist etwas, das du im Augenblick gerade tust, du sammelst Erinnerungen – auch wenn es nicht die angenehmsten sind.«

»Leah«, sagte sie.

Er hielt ihrem Blick stand. Dann beugte er sich zu ihr und küßte sie. Nur eine leichte Berührung ihrer Lippen. Dann richtete er sich wieder auf. Sie schaute ihn aus ihren dunklen, durchdringenden Augen an. Angst spiegelte sich darin, und es entging ihm nicht.

»Was fürchtest du?« fragte er.

Sie schüttelte den Kopf. »Die Gefühle, die du in mir weckst.«

Er merkte, daß er sich auf gefährlichen Boden wagte, aber er ließ sich trotzdem nicht zurückhalten. »Du hast mich vorhin gefragt, warum ich hinter dir hergekommen bin, als du gestürzt bist. Die Wahrheit ist, daß ich nicht anders konnte. Ich liebe dich.«

Ihr Gesicht verlor jeglichen Ausdruck. »Du darfst mich nicht lieben«, flüsterte sie.

Er lächelte traurig. »Ich fürchte, ich bin da machtlos. Dagegen kann ich nichts tun.«

Sie schaute ihn lange an, dann erschauderte sie. »Und ich kann ebensowenig gegen das tun, was ich für dich empfinde. Aber du bist dir deiner Gefühle wenigstens gewiß, meine verwirren mich nur. Ich muß den Auftrag meines Vaters ausführen, und meine Gefühle für dich, und deine für mich, dürfen dem nicht in die Quere kommen.«

»Das brauchen sie auch nicht«, sagte er, nahm wieder ihre Hände in die seinen, diesmal mit mehr Bestimmtheit. »Sie können einfach dasein.«

Ihr Silberhaar glänzte, als sie den Kopf schüttelte. »Ich glaube nicht. Nicht Gefühle von dieser Art.«

Er küßte sie wieder, und diesmal erwiderte sie den Kuß. Er atmete sie ein, als wäre sie eine Blüte. Er war sich seiner Gefühle in seinem ganzen Leben noch nie so sicher gewesen wie mit ihr.

Sie unterbrach den Kuß und wandte sich ab. »Morgan«, sagte sie, und es klang wie ein Flehen.

Sie erhoben sich und gingen zurück in den Schutz der Bäume, zu der Ulme, unter der sie zuvor das Gewitter abgewartet hatten, und ließen sich wieder an ihrem Stamm nieder. Sie hielten sich aneinander fest wie Kinder, die verängstigt und allein sind und Schutz vor den namenlosen Schrecken suchen, die gleich außerhalb ihres Bewußtseins lauern, ihre Träume heimsuchen und ihren Schlaf bedrohen.

»Als ich die Gärten meiner Geburt verließ, sagte mir mein Vater, daß es Dinge gebe, vor denen er mich nicht bewahren kann«, flüsterte sie. Ihr Gesicht war nah an Morgans Wange, sanft und weich, und ihr Atem war warm. »Er meinte damit nicht die Gefahren, die mich erwarteten – Uhl Belk oder die Lebewesen, die in Eldwist hausen, nicht einmal die Schattenwesen. Er sprach hiervon.«

Morgan strich ihr zärtlich über das Haar. »Es gibt nicht viel, das dich gegen deine Gefühle beschützen kann.«

»Ich kann sie verdrängen«, erwiderte sie.

Er nickte. »Wenn es sein muß. Aber ich muß dir sagen, daß ich nicht fähig bin, meine Gefühle zu verdrängen. Selbst wenn mein Leben davon abhinge, wäre ich dazu nicht imstande. Und es spielt dabei keine Rolle, wer oder was du bist. Elementargeist oder sonst irgend etwas. Mir ist unwichtig, wer dich gemacht hat und warum. Ich liebe dich, Quickening. Ich glaube, ich liebe dich, seit ich dich zum ersten Mal gesehen habe, seit den ersten Worten, die du gesprochen hast. Ich kann es nicht ändern, gleich, was du sonst von mir verlangst. Ich will es nicht einmal versuchen.«

Sie drehte sich in seinen Armen um und hob ihm ihr Gesicht entgegen. Dann küßte sie ihn und küßte ihn, bis alles um sie herum verschwand.

Als sie am nächsten Morgen erwachten, stieg die Sonne gerade über den Horizont eines wolkenlosen, blauen Himmels. Vögel zwitscherten, und die Luft war warm und süß. Sie erhoben sich, wanderten ans Flußufer und fanden den Rabb wieder träge und friedlich dahinfließen.

Morgan Leah schaute Quickening an, die Linie ihres Körpers, die wilde Silbermähne, die Sanftheit ihrer Züge, und ein breites, unwillkürliches Lächeln erhellte sein Gesicht. »Ich liebe dich«, flüsterte er.

Sie lächelte zurück. »Und ich liebe dich, Morgan Leah. Ich werde in meinem ganzen Leben niemanden so lieben, wie ich dich liebe.«

Sie sprangen in den Fluß. Sie waren gut ausgeruht und schwammen mühelos zum Festland hinüber. Als sie das andere Ufer erreichten, blieben sie einen Moment stehen und schauten zu ihrer Insel zurück. Morgan kämpfte gegen eine Welle von Traurigkeit an, die in ihm aufstieg. Die Insel und ihre Einsamkeit und die vergangene Nacht waren für ihn verloren und blieben nur als Erinnerung zurück. Sie gingen wieder in die Welt des Uhl Belk und des schwarzen Elfensteins.

Sie folgten dem Ufer flußaufwärts nach Süden während mehrerer Stunden, ehe sie die anderen fanden. Es war Carisman, der sie als erster erspähte, als er am Rand eines steilen Uferfelsens entlangging, und beglückt benachrichtigte er die anderen. Dann stürmte er mit fliegendem Haar und gerötetem Gesicht den Hang hinunter. Die letzten Meter rutschte er auf der Kehrseite, sprang auf und hüpfte ihnen entgegen. Er warf sich Quickening zu Füßen und fing an zu singen:

»Die verlorenen Schäflein sind wiedergefunden,
gerettet die Lämmchen vor Wölfen und Wunden.
Sie irrten weitum, doch sie fanden zurück,
jetzt bleiben sie hier, sie sind unser Glück.
Tralala, tralala, tralala.«

Es war ein albernes Lied, doch Morgan mußte unwillkürlich lächeln. Wenig später kamen auch die anderen herbei, der hagere Pe Ell, dessen düstere Wut, Quickening verloren zu haben, der Erleichterung darüber, daß sie wieder da war, wich; der bärenhafte Horner Dees, der brummig die Sache als erledigt abtun wollte, und der rätselhafte Walker Boh, dessen Gesicht eine unergründliche Maske war, als er Morgan zu der Rettung gratulierte. Und währenddessen tanzte und sang ein überschwenglicher Carisman und füllte die Umgebung mit seiner Musik.

Nachdem die Begrüßungen schließlich erledigt waren, machten sie sich wieder auf den Weg. Sie verließen das Charnalgebirge und zogen in das Waldland im Norden. Irgendwo weit vor ihnen wartete Eldwist. Die Sonne stieg in den Himmel und hing dort, wärmte und beleuchtete das Land, als sei sie entschlosen, sämtliche Spuren des gestrigen Gewitters zu verwischen.

Morgan ging neben Quickening. Achtsam suchten sie den Weg zwischen verdampfenden Pfützen und Rinnsalen. Sie sagten nichts. Sie schauten einander nicht einmal an. Nach einer Weile fühlte er, wie sie seine Hand in die ihre nahm.

Bei ihrer Berührung durchflutete ihn die Erinnerung.

Fünf Tage lang wanderten sie nordwärts durch das Land jenseits der Charnalberge, ein grünes, sanftes Hügelland mit hohem Gras und Feldern voller Wildblumen, hin und wieder kleinen Wäldern mit Kiefern, Espen und Fichten. Bäche und Flüsse schlängelten sich in Meandern silberner Bänder von den Bergen herunter, bildeten Seen, die wie Spiegel in der Sonne glänzten und kühlende Brisen aussandten. Es war leichter, hier zu reisen als im Gebirge. Das Gelände war weit weniger steil, der Boden sicher und das Wetter mild. Die Tage waren sonnig, die Nächte lau und voll von süßen Düften. Der Himmel streckte sich weit und tief und blau von einem Horizont zum anderen. Es regnete nur einmal, einen sanften, freundlichen Regen, der die Bäume und das Gras anfeuchtete und fast unbemerkt vorüberging. Die Stimmung der Gruppe war gut: Ihre Schritte waren kraftvoll und schnell. Die Sorgen um das, was ihnen bevorstand, wurden von neuer Zuversicht und einem gewissen Wohlbefinden gedämpft. Die Zweifel steckten halbvergessen in den dunklen Tiefen ihres Bewußtseins. Die Stunden meißelten an den launischen Temperamenten mit gemächlicher, stetiger Präzision, als würden sie von dem Werkzeug eines Steinmetzen geebnet und geformt, bis alle scharfen Kanten verschwanden und nur noch die glatte Oberfläche angenehmer Gesellschaft übrigblieb.

Selbst Walker Boh und Pe Ell hielten einen unausgesprochenen Waffenstillstand. Niemand konnte behaupten, daß sie auch nur die geringste Neigung dazu hätten, miteinander Freundschaft zu schließen, doch sie hielten freundlich Abstand zueinander, und beide zeigten ein wohleinstudiertes Desinteresse aneinander. Für den Rest der Gruppe war Unveränderlichkeit die Verhaltensnorm. Horner Dees blieb mürrisch und barsch, Carisman unterhielt sie mit Geschichten und Liedern, und Morgan und Quickening spielten und fochten mit Blicken und Gesten in einem Liebestanz, der allen außer ihnen ein Mysterium blieb. Bei allen, außer vielleicht Carisman, gab es eine Unterströmung von Vorsicht und Verschwiegenheit. Carisman schien unfähig, mehr als nur ein Gesicht zu zeigen. Doch die übrigen waren in ihren dunklen Momenten vorsichtig und sehr darauf bedacht, ihre Zweifel und Befürchtungen in Schach zu halten, in der Hoffnung, daß sich eine Mischung aus Glück und Entschlossenheit als ausreichend erweisen würde, sie heil bis ans Ende ihrer Reise zu bringen.

Den Anfang von diesem Ende brachte der nächste Tag mit einer schrittweisen Veränderung der Landschaft. Das Grün, das die Wälder und Hügel im Süden geschmückt hatte, verblaßte zu Grau. Blumen wurden immer seltener, das Gras welk und trocken. Bäume, die voll üppigen Laubs sein sollten, waren verkümmert und kahl. Vögel, die nur eine Meile weiter südlich in großer, bunter Schar gesungen hatten und umhergeflogen waren, fehlten ebenso wie das Kleinwild oder größere, huf- oder hörnertragende Tiere. Es war, als habe eine Dürre das Land heimgesucht und alles Leben vernichtet.

Am späten Morgen standen sie auf dem Kamm einer Erhebung und schauten über das trostlose Land, das sich vor ihnen auftat.

»Schattenwesen«, erklärte Morgan finster.

Doch Quickening schüttelte ihre Silbermähne und erwiderte: »Uhl Belk.«

Mittags wurde es schlimmer, und noch schlimmer bei Einbruch der Nacht. Sämtliche Spuren von Gras und Blättern waren verschwunden. Selbst die winzigsten Kräuter weigerten sich, hier zu wachsen. Stämme reckten ihre skelettartigen Glieder in den Himmel, als flehten sie um Hilfe und Schutz. Das Land schien so gründlich verwüstet, daß nichts mehr zu wachsen wagte, eine weite Wildnis, die leer und kahl und freudlos geworden war. Staubwolken wirbelten unter ihren Schritten auf, als sie über den toten Boden stapften, wie der vergiftete Atem der Erde. Nichts regte sich um sie herum, über ihnen, unter ihnen – keine Tiere, keine Vögel, nicht einmal Insekten. Es gab kein Wasser. Der Erde entströmte ein metallischer, schaler Geruch. Wolken sammelten sich wieder, erst nur vereinzelt, dann immer dichter, bis eine undurchdringliche Wolkendecke wie ein Leichentuch über dem Land lag.

In jener Nacht lagerten sie in einem Wald aus toten Bäumen, wo die Luft so still war, daß sie einander atmen hören konnten. Das Holz wollte nicht brennen, und so hatten sie kein Feuer. Licht von einer Mischung von Elementen im Boden spiegelte sich an der dichten Wolkendecke und warf die Schatten der Bäume als Netzwerk über ihre zusammengekauerten Gestalten.

»Morgen bei Einbruch der Nacht sind wir da«, sagte Horner Dees, als sie einander in der Stille gegenübersaßen. »Eldwist.«

Finstere Blicke waren die einzige Antwort.

Von da an war Uhl Belks Anwesenheit nicht mehr zu übersehen. Er lauerte in ihrer Nähe in der einfallenden Dämmerung, schlief bei ihnen in jener Nacht und wanderte mit ihnen, als sie am nächsten Tag aufbrachen. Sie atmeten seinen Atem, seine Stille war die ihre. Sie fühlten, wie er sie heranwinkte, wie er sich nach ihnen ausstreckte, um sie aufzulesen. Niemand sprach es aus, aber Uhl Belk war da.

Gegen Mittag war das Land zu Stein erstarrt. Es war ganz und gar krank, welk und leblos geworden, und jeglicher Farbe außer Grau beraubt. Alles war perfekt konserviert wie eine riesige Skulptur. Bäume und ihre Äste, Gestrüpp und Gräser, Felsen und Erde – alles war, so weit das Auge reichte, zu Stein geworden. Es war eine öde, frostige

Landschaft, die trotz ihrer Kälte eine merkwürdig anziehende Schönheit ausstrahlte. Die Gruppe aus Rampling Steep war verzückt. Vielleicht war es die Solidität, die sie anzog, das Gefühl, daß hier etwas Dauerhaftes, Beständiges und irgendwie perfekt Gestaltetes vor ihnen lag. Die Verheerungen der Zeit, der Wechsel der Jahreszeiten, die eingreifendsten Bemühungen des Menschen – es war, als ob nichts von alledem hier etwas ausrichten könnte.

Horner Dees nickte, und sie gingen weiter.

Dunst hing über ihnen, als sie über diesen Teppich erstarrter Zeit wanderten, und nur unter Mühen konnten sie nach mehreren Stunden etwas anderes in der Ferne schimmern sehen. Es war eine weite Wasserfläche, so grau wie das Land, über das sie wanderten, die mit dieser Öde verschmolz, eine Kulisse, die sich so trostlos mit Himmel und Erde verband, als wäre der Übergang ohne Bedeutung.

Sie hatten den Gezeitenstrom erreicht.

Zwei Berggipfel kamen in Sicht, gezackte Felsspiralen, die sich starr vor dem Horizont abzeichneten. Es stand außer Frage, daß die Gipfel ihr Ziel darstellten.

Ab und zu rumpelte die Erde unter ihnen unheilverkündend, und ein Beben erschütterte sie, als wäre das Land ein Teppich, den ein Riese schüttelte. Das Beben hatte keine erkennbare Ursache, aber Horner Dees wußte etwas. Morgan erkannte es an der Art, wie er sein bärtiges Kinn gegen seine Brust preßte und Angst in seinem Blick lag.

Nach einiger Zeit verengte sich das Land zu beiden Seiten, und der Gezeitenstrom rückte näher. Sie folgten einem immer schmaler werdenden Felsenstreifen, der sie direkt zu den Zwillingsbergen führte auf einer Rampe, die möglicherweise im Meer endete. Die Temperatur sank, und die Luftfeuchtigkeit bildete Tröpfchen auf ihrer Haut. Ihre Stiefel waren seltsam geräuschlos auf dem harten Fels, während sie stetig weiter in den Dunst trotteten. Bald waren sie nur noch eine Reihe von Schemen in der einfallenden Dämmerung. Dees marschierte vorneweg, alt, massig und beständig. Morgan folgte mit Quickening. Das Gesicht des großen Hochländers war von Besorgnis gezeichnet, Quickenings dagegen glatt und ruhig. Der hübsche Carisman summte vor sich hin, während sein Blick so schnell herumhuschte wie ein Vogel. Walker Boh glitt blaß und nach innen gekehrt in seinem weiten Umhang hinter ihnen her. Pe Ell bildete den Schluß, seine Jägeraugen sahen alles.

Vor ihnen spaltete sich die Rampe in einem Steilabbruch, aus dem seltsame Felsformationen ins Licht ragten. Es hätten irgendwelche Skulpturen sein können, außer daß sie keinerlei bekannte Form hatten. Wie Säulen, die im Laufe von Jahrtausenden von der zornigen Hand des Wetters zerschlagen worden waren, bauchten und winkelten sie sich zu bizarren Bildern, wahnhaften Visionen eines Verrückten. Die Gruppe ging zwischen ihnen entlang, furchtsam eilten sie in ihrem Schatten voran.

Schließlich erreichten sie die Felsengipfel. Zwischen den beiden war eine Kluft, ein tiefer, enger Spalt, der den Eindruck erweckte, als sei er das Ergebnis einer gewaltigen Naturkatastrophe, die entzweigespalten hatte, was einst ein einziger Berg gewesen war. Die beiden Spitzen türmten sich zu beiden Seiten, Felsspiralen, die in die Wolken hinaufragten, als wollten sie sie festnageln. Der Himmel war trüb und dunstig, und die Wogen des Gezeitenstroms brachen und donnerten gegen die Felsenufer.

Horner Dees ging voraus, und die anderen folgten, bis sie alle von den Schatten umgeben waren. Die Luft war eisig und still in der Kluft, nur die fernen Rufe von Seevögeln hallten schrill durch die Luft. Was für Geschöpfe außer dem Meeresgetier konnten in dieser Umgebung wohl leben, fragte sich Morgan Leah unbehaglich. Er zog sein Schwert. Sein ganzer Körper war gespannt, und er spähte angestrengt um sich, suchte nach einem Zeichen der Gefahr, deren Drohen er spürte. Dees ging gebeugt wie ein Tier auf Jagd, und die drei hinter dem Hochländer waren wie Geister ohne Substanz. Nur Quickening schien unbeeinträchtigt, mit hocherhobenem Kopf wanderten ihre Augen wachsam über den Fels, den Himmel und das Grau, das alles umhüllte.

Morgan schluckte gegen die Trockenheit in seiner Kehle an. *Was ist das, was uns hier erwartet?*

Die Wände der Kluft schienen sich über ihren Köpfen zu berühren, und für einige Zeit befanden sie sich in völliger Finsternis. Nur der schmale Lichtschlitz vor ihnen ließ erkennen, daß sie nicht in einer Gruft eingeschlossen waren. Dann verbreiterte sich der Spalt wieder, und es wurde heller. Die Kluft öffnete sich auf ein Tal, das zwischen den beiden Gipfeln eingebettet lag. Flach, zerfurcht, erstickt unter den Überresten von Bäumen und Gestrüpp, mit Felsbrocken vielfach größer als ein Mann, war es eine häßliche Anhäufung vom Abfall der Natur und dem Müll der Zeit. Überall lagen Skelette in riesigen Haufen, alle Größen und Formen, zerschmettert und zerbrochen, so daß man nicht mehr erkennen konnte, was es für Geschöpfe gewesen sein mochten.

Horner Dees ließ sie anhalten. »Das ist die Knochensenke«, sagte er leise. »Das Tor nach Eldwist. Dort drüben jenseits der Senke zwischen den Gipfeln beginnt Eldwist.«

Die anderen drängten herbei, um besser sehen zu können. Walker Boh erstarrte. »Da unten ist etwas.«

Dees nickte. »Vor zehn Jahren hab' ich das auf die unsanfte Art herausgefunden«, sagte er. »Es ist ein Koden. Der Wachhund des Steinkönigs. Siehst du ihn?«

Sie spähten, doch sie sahen nichts, nicht einmal Pe Ell. Dees ließ sich schwerfällig auf einem Felsbrocken nieder. »Ihr werdet ihn nicht sehen. Nicht, bevor er euch erwischt hat. Und dann spielt es keine Rolle mehr, nicht wahr? Ihr könntet alle die armen Kreaturen da unten fragen, wenn sie noch Zungen hätten und lebten, um sie zu benutzen.«

Morgan stieß mit seinem Stiefel an einen toten Ast, während er zuhörte. Das Holz war schwer und gab nicht nach. Stein. Morgan schaute es an, als verstehe er es zum ersten Mal. Stein. Alles unter ihren Füßen, alles um sie herum, alles so weit das Auge reichte – alles war aus Stein.

»Koden sind eine Bärenart«, berichtete Dees. »Riesige Kerle, die oben in den kalten Regionen im Norden der Gebirge leben. Sie bleiben ziemlich unter sich. So oder so sehr unberechenbar. Aber dieser hier?« Er nickte geheimnisvoll. »Er ist ein Monster.«

»Riesig?« fragte Morgan.

»Ein *Monster*«, betonte Dees. »Nicht nur von der Größe her, Hochländer. Dieses Ding ist kein Koden mehr. Man kann noch erkennen, was es eigentlich sein sollte, aber nur so gerade eben. Belk hat irgendwas mit ihm gemacht. Blind gemacht, zum einen. Er kann nichts sehen. Aber seine Ohren sind so scharf, daß er eine Nadel fallen hört.«

»Dann weiß er also, daß wir hier sind«, vermutete Walker und trat an Dees vorbei, um einen besseren Blick in die Senke zu werfen. Seine Augen waren dunkel und nachdenklich.

»Schon seit geraumer Zeit, nehme ich an. Er wartet da unten darauf, daß wir versuchen durchzugehen.«

»Falls er überhaupt noch da ist«, sagte Pe Ell. »Es ist schon lange her, seit du hier warst, Alter. Inzwischen mag er tot und verschwunden sein.«

Dees schaute ihn mitleidig an. »Warum gehst du nicht runter und schaust mal nach?«

Pe Ell schenkte ihm ein schiefes, frostiges Lächeln.

Der alte Fährtensucher wandte sich ab und ließ seinen Blick wieder über sie Senke wandern. »Zehn Jahre sind es her, seit ich ihn gesehen habe, und ich kann ihn noch immer nicht vergessen«, flüsterte er. Er schüttelte sein ergrautes Haupt. »So was furchtbares wie ihn vergißt man nicht.«

»Vielleicht hat Pe Ell recht; vielleicht ist er inzwischen tot«, schlug Morgan hoffnungsvoll vor. Er schaute Quickening an, deren Blick auf Walker fixiert war.

»Nicht dieses Ding.« Dees war sich sicher.

»Nun, warum können wir ihn dann nicht sehen, wenn er so riesig und so scheußlich ist?« fragte Carisman und lugte dabei vorsichtig über Morgans Schulter.

Dees kicherte. Seine Augen verengten sich. »Man kann ihn nicht sehen, weil er genauso aussieht wie alles andere da unten – wie Stein, ganz grau und hart, nur ein weiterer Felsbrocken. Schaut selbst. Einer von diesen Brocken, einer von diesen Findlingen, etwas, das nach nichts aussieht – das ist er. Liegt einfach nur da, absolut reglos. Und wartet.«

»Und wartet«, wiederholte Carisman.

Er begann zu singen:

»Drunten im Tal, im steinigen Karst,
im Gebein seiner Opfer,
liegt der Koden und wacht.
Er lauert in seinem steinernen Horst,
bis sein er dich macht.«

»Sei still, Sänger«, warnte Pe Ell mit drohendem Unterton in der Stimme. Dann wandte er sich stirnrunzelnd an Dees. »Du bist an ihm vorbeigekommen, wenn wir glauben, was du uns erzählst. Wie hast du das gemacht?«

Dees lachte laut auf. »Ich hatte einfach Schwein! Ich hatte zwölf Mann bei mir, und wir gingen hinunter, Dummköpfe alle miteinander. Er konnte uns nicht alle kriegen, nicht, nachdem wir angefangen hatten zu rennen. Nein, er mußte sich mit dreien zufriedengeben. Das war auf dem Hinweg. Auf dem Rückweg kriegte er nur einen. Aber da waren wir nur noch zu zweit. Ich war derjenige, den er verpaßt hat.«

Pe Ell starrte ihn ausdruckslos an. »Wie du gesagt hast, Alter – Schwein gehabt.«

Dees stand auf, so bärenhaft wie irgendein Koden, den Morgan sich vorstellen konnte, mürrisch und abweisend. Er stellte sich vor Pe Ell, als wollte er ihn angreifen. »Es gibt viele Sorten von Glück«, sagte er. »Manches hast du, manches machst du dir selbst. Manches hast du bei dir, manches sammelst du unterwegs auf. Ihr werdet alle Sorten brauchen, um nach Eldwist und wieder hinauszugelangen. Der Koden ist etwas, wovon du in deinen schlimmsten Nächten nicht träumen wolltest. Aber eins kann ich dir sagen. Wenn du gesehen hast, was da unten sonst noch ist, jenseits der Knochensenke, dann brauchst du dir wegen des Kodens keine Sorgen mehr zu machen. Denn die Träume, die dich danach heimsuchen werden, handeln von anderen Sachen!«

Pe Ells Achselzucken war verächtlich und ablehnend. »Träume sind was für alte Männer, Horner Dees.«

Dees funkelte ihn an. »Mutige Worte für den Augenblick.«

»Ich kann ihn sehen«, sagte Walker Boh plötzlich.

Seine Stimme war leise, fast nur ein Flüstern, aber es brachte die anderen sofort zum Schweigen. Sie drehten sich nach ihm um. Der Dunkle Onkel starrte hinaus auf die Trostlosigkeit der Knochensenke. Ihm war offenbar nicht bewußt geworden, daß er etwas gesagt hatte.

»Den Koden?« fragte Dees barsch. Er trat einen Schritt näher.

»Wo?« fragte Pe Ell.

Walkers Geste war undeutlich. Morgan schaute trotzdem in die Richtung, doch er konnte nichts erkennen. Er sah die anderen an. Keiner von ihnen schien etwas sehen zu können. Doch Walker Boh achtete nicht auf sie. Er schien eher auf etwas zu lauschen.

»Wenn du ihn wirklich sehen kannst, dann zeig ihn mir«, sagte Pe Ell schließlich mit sorgsam neutral klingender Stimme.

Walker reagierte nicht. Er fuhr fort, hinunterzustarren. »Es fühlte sich an...«

»Walker?« flüsterte Quickening und berührte seinen Arm.

Sein bleiches Antlitz wandte sich endlich von der Senke ab, und seine dunklen Augen fanden die ihren. »Ich muß ihn finden«, sagte er. Dann schaute er einen nach dem anderen an. »Wartet hier, bis ich euch rufe.«

Morgan wollte protestieren, doch etwas im Blick des Dunklen Onkels ließ ihn innehalten.

Statt dessen beobachtete er zusammen mit den übrigen, wie Walker Boh allein in die Knochensenke stieg.

Es war ein stiller Tag, kein Windhauch regte sich, und nichts bewegte sich in der karstigen Weite der Senke, mit Ausnahme von Walker Boh. Er überquerte leise die zersplitterten Steine wie ein Gespenst, das keinen Laut macht und keine Spur hinterläßt. In den letzten Wochen war es mehrfach vorgekommen, daß er sich als ziemlich genau das gefühlt hatte. Er wäre fast an dem Gift des Asphinx zugrunde gegangen, dann erneut bei dem Angriff der Schattenwesen in Hearthstone. Ein Teil von ihm war sicherlich zusammen mit seinem Arm gestorben, ein weiterer Teil beim Versagen seiner Magie, seine Krankheit zu heilen. Ein Teil von ihm war mit Cogline gestorben. Auf dieser Reise war er leer und verloren gewesen, zum Mitgehen gedrängt von seinem Zorn auf die Schattenwesen, der Furcht, allein zu sein, und dem Wunsch, das Geheimnis von Uhl Belk und dem schwarzen Elfenstein zu lüften. Nicht einmal Quickening, trotz ihrer Bemühungen, ihm physisch wie seelisch zur Hilfe zu kommen, war stark genug gewesen, ihn sich selbst wiederzugeben. Er war ein hohles Gehäuse all dessen, was und wer er sein sollte, beraubt, und zu diesem Unternehmen in der schwachen Hoffnung bereit, daß es ihm helfen könnte, seine Aufgabe in dieser Welt zu erkennen.

Und nun glaubte Walker Boh in diesem weiten, trostlosen Tal, wo Ängste und Zweifel und Schwächen am schneidendsten zu fühlen waren, er habe eine Chance, wieder lebendig zu werden.

Es war die Gegenwart des Kodens, die seine Hoffnung anstachelte. Bis jetzt war die Magie merkwürdig still in ihm gewesen, ein erschöpftes, müdes Ding, das mehrfach versagt hatte und schließlich aufgegeben zu haben schien. Sicherlich, sie war noch dagewesen, als er bedroht wurde, um die Urdas abzuschrecken, die zu nah gekommen waren, und ihre Wurfgeschosse abzulenken. Doch das war eine ärmliche, magere Sache im Vergleich zu dem, was er einst damit hatte ausrichten können. Was war aus dem Einfühlungsvermögen mit anderen Lebewesen geworden, daß sie ihm gestattet hatte? Was aus seinem Gefühl für Emotionen und Gedanken? Und was aus dem Wissen, daß ihm immer zugefallen zu sein schien? Was aus den flüchtigen Einblicken auf das, was kommen würde? All das hatte ihn verlassen, war so gewiß entschwunden wie seine alte Welt, wie sein Leben mit Cogline und Ondit in Hearthstone. Einst hatte er sich gewünscht, es wäre so, hatte gewünscht, die Magie würde ihn freigeben und verschwinden, er würde in Frieden sein und ein Mensch wie jeder andere. Doch im Laufe dieser Reise, als sein Verständnis, wer und was er war, durch den Tod von Cogline und Ondit und durch seine eigene körperliche und seelische Verheerung noch gesteigert worden war, war ihm immer klarer geworden, daß dieser Wunsch töricht gewesen war. Er konnte niemals wie andere Menschen sein, und er hätte ohne die Magie nie den Frieden. Er konnte nicht ändern, wer und was er war. Cogline hatte es gewußt und versucht, ihm klarzumachen. Auf dieser Reise hatte er erkannt, daß es stimmte.

Er brauchte die Magie.

Ihn verlangte danach.

Jetzt würde er prüfen, ob er sie noch immer sein eigen nennen konnte. Er hatte die Nähe des Kodens gefühlt, noch ehe Pe Ell sie wahrgenommen hatte. Er hatte gefühlt, was er war, ehe Horner Dees ihn beschrieben hatte. Zwischen den umherliegenden Felsbrocken, zusammengekauert und still, hatte er ihn angerührt, wie andere Geschöpfe es getan hatten, wenn er in die Nähe gekommen war. Er konnte fühlen, wie der Koden nach ihm rief. Walker Boh war nicht sicher, weshalb er das tat, doch er wußte, daß er darauf eingehen mußte. Es war mehr als nur die Not der Kreatur, auf die er reagierte; es war auch seine eigene.

Er ging geradewegs durch das Gewirr von Felsbrocken und versteinertem Holz zu der Stelle, wo der Koden wartete. Er hatte sich nicht gerührt, nicht einmal einen Zentimeter, seit die Gruppe angekommen war. Aber Walker wußte trotzdem, wo er versteckt lag, denn seine Nähe hatte die Magie wiedererweckt. Es war eine unerwartete, aufregende und seltsam beruhigende Erfahrung, die Kraft in seinem Inneren zum Leben erwachen zu fühlen, zu erkennen, daß sie nicht verloren war, wie er angenommen hatte, sondern nur versteckt.

Oder unterdrückt, wies er sich barsch zurecht. Er hatte sich wirklich mit aller Kraft bemüht, abzuleugnen, daß sie existierte.

Nebel ringelte sich zwischen den Felsen hindurch, weiße Tentakel, die seltsame Formen und Muster vor dem grauen Land bildeten. Weit in der Ferne jenseits der Berggipfel und des Tales, das sie umschlossen, konnte Walker die Ozeanwellen gegen das Ufer donnern hören, ein dumpfes Dröhnen, das durch die Stille hallte. Er verlangsamte seine Schritte. Der Koden war direkt vor ihm, und er konnte seine Furcht, ins

Verderben gelockt zu werden, sich mit seiner Magie nicht schützen zu können und ums Leben zu kommen, nicht ganz unterdrücken. Würde es etwas ausmachen, wenn er umkäme, fragte er sich plötzlich. Er schob den Gedanken beiseite. In seinem Inneren konnte er die Magie fühlen, heiß wie ein frisch geschürtes Feuer.

Zwischen zwei Findlingsblöcken hindurch gelangte er in eine Vertiefung, und der Koden erhob sich katzenschnell vor ihm. Er schien sich aus dem Boden zu materialisieren, als habe sich der Staub plötzlich zusammengefügt, um ihm Gestalt zu geben. Er war riesig und alt und grau, dreimal so groß wie Walker, mit gewaltigen, zottigen Gliedmaßen und gezackten, gelben Krallen, die sich um den Felsen klammerten. Er richtete sich auf den Hinterläufen auf, um sich ihm zu zeigen, und sein verzerrtes Maul öffnete sich und legte eine Reihe gleißender Zähne frei. Seine blinden, weißen Augen schauten auf ihn hinunter. Walker blieb standhaft, sein Leben hing an einem seidenen Faden, den ein kleiner Hieb einer der riesigen Pranken zerreißen konnte. Walker erkannte, daß Kopf und Körper des Koden durch irgendeinen finsteren Zauber verzerrt worden waren, um das Wesen grotesker erscheinen zu lassen, und daß die Symmetrie seiner Gestalt, die einst seiner Kraft Grazie verliehen hatte, zerstört worden war.

Sprich zu mir, dachte Walker Boh.

Der Koden klapperte mit den Augendeckeln und ließ sich dann auf alle viere fallen, so daß sich seine Schnauze nur wenige Zentimeter vor Walkers Gesicht befand. Der Dunkle Onkel zwang sich, dem leeren Blick der Kreatur standzuhalten. Er konnte seinen heißen, fauligen Atem fühlen.

Sag es mir, dachte er.

Einen kurzen Moment lang war er überzeugt, daß er sterben würde, daß die Magie ihn ganz und gar betrogen hatte, daß der Koden die Pranke heben und ihn niederschlagen würde. Er erwartete die Klauen, erwartete sein Ende. Dann hörte er, wie das Wesen ihm antwortete, hörte die gutturalen Töne seiner eigenen Sprache, verzerrt und verformt von der Magie.

Hilf mir, sagte der Koden.

Wärme durchflutete Walker. Leben kehrte in einer Weise in ihn zurück, die er nicht beschreiben konnte, so, als wäre er wiedergeboren und könnte wieder an sich selbst glauben. Ein Anflug von Lächeln huschte über sein Gesicht. Die Magie war noch immer die seine.

Langsam streckte er seinen gesunden Arm aus und berührte die Schnauze des Kodens, fühlte mit seinen Fingerspitzen mehr als nur seine rauhe Haut und sein borstiges Fell, er fand auch den Geist des Geschöpfs, der darin gefangen war. Der Dunkle Onkel las mit dieser Berührung seine Geschichte und fühlte seinen Schmerz. Er trat näher, um seinen massigen, geschundenen Leib zu untersuchen. Er hatte keine Angst mehr vor seiner Größe oder seiner Häßlichkeit oder seiner zerstörerischen Gewalt. Es war ein Gefangener, erkannte er – verschreckt, zornig, verwundert und verzweifelt wie alle Gefangenen –, der nichts anderes wollte als seine Freiheit.

»Ich werde dafür sorgen«, flüsterte Walker Boh.

Er versuchte herauszufinden, wie der Koden gefesselt war, doch er sah nichts. Wo waren die Ketten, die ihn banden? Er ging um das Tier herum, prüfte die Beschaffenheit und das Gewicht von Luft und Boden. Der riesige Kopf drehte sich ihm nach, versuchte, ihm zu folgen, die blinden Augen starrten hinter ihm her. Walker vollendete den Kreis und blieb stirnrunzelnd wieder stehen. Er hatte die unsichtbaren magischen Stricke gefunden, die der Steinkönig gemacht hatte, und er wußte, was nötig war, um die Kreatur zu befreien. Der Koden war ein Gefangener seiner Mutation. Er würde wieder in einen Bären zurückverwandelt werden müssen, in das, was er vorher gewesen war, und er mußte von Uhl Belks Berührung gereinigt werden. Doch Walker verfügte nicht über die Magie, die dazu nötig war. Nur Quickening besaß die Kraft dazu, die Magie, die stark genug war, die Meadegärten aus der Asche der Vergangenheit wiedererstehen zu lassen, wiederherzustellen, was einst war. Doch sie hatte bereits gesagt, daß sie ihre Magie nicht einsetzen durfte, ehe sie den schwarzen Elfenstein zurückgewonnen hatten. Walker stand da, schaute den Koden hilflos an und versuchte zu entscheiden, ob er irgend etwas tun konnte. Das Tier drehte sich zu ihm um. Seine riesige, zerlumpte Gestalt schimmerte staubig vor dem grauen Hintergrund.

Walker streckte noch einmal seine Hand aus und ließ seine Finger auf der Schnauze des Kodens ruhen. Seine Gedanken formten sich zu Worten. *Laß uns durch, und wir werden einen Weg finden, dich zu befreien.*

Der Koden starrte ihn aus dem Gefängnis seines geschundenen Leibes an, seine toten Augen waren hart und leer. *Geht*, sagte er.

Walker hob seine Hand nur so lange, wie er brauchte, um seinen Gefährten ein Zeichen zu geben, dann legte er sie wieder zurück. Die anderen näherten sich zögernd. Quickening ging voran, gefolgt von Morgan Leah, Horner Dees, Carisman und Pe Ell. Er beobachtete kommentarlos, wie sie vorbeigingen, hielt seinen Arm ausgestreckt und seine Hand ruhig. Er sah, was in ihren Augen zu lesen stand. Es war eine seltsame Mischung von Gefühlen. Nur in Quickenings Blick lag Verstehen, die anderen zeigten Furcht, Scheu und ungläubiges Staunen. Dann waren sie vorüber. Sie verließen die Knochensenke und betraten die Kluft zwischen den Felsen dahinter, blieben stehen und warteten auf ihn.

Walker zog seine Hand zurück und sah, wie der Koden zu zittern begann. Sein Maul stand weit offen, und er schien tonlos zu schreien. Dann wirbelte er herum und hastete zwischen die Felsblöcke.

»Ich werde es nicht vergessen«, rief Walker ihm nach.

Er fühlte eine Leere, die ihn erschaudern ließ. Er zog sich den Umhang fester und verließ die Senke.

Morgan und die anderen, mit Ausnahme von Quickening, fragten Walker Boh, als er bei ihnen angekommen war, was passiert sei. Wie war es ihm gelungen, den Koden zu bezaubern, so daß sie vorbeigehen konnten? Doch der Dunkle Onkel verweigerte die Antworten auf ihre Fragen. Er sagte nur, daß das Tier ein Gefangener der Magie des Steinkönigs sei und befreit werden müsse. Daß er ihm das versprochen habe.

»Da du es bist, der das Versprechen gegeben hat, kannst du dich auch darum kümmern, es zu halten«, verkündete Pe Ell gereizt und hatte es eilig, die Angelegenheit mit dem Koden fallenzulassen, da die Gefahr jetzt vorbei war.

»Wir werden genug Mühe haben, uns selbst vor der Magie des Steinkönigs zu bewahren«, stimmte Horner Dees ihm zu.

Carisman hüpfte schon voraus, und Morgan fand sich plötzlich Walker Boh gegenüber, ohne eine Antwort geben zu können. Quickening war es, die statt dessen sprach. »Wenn du ihm dein Versprechen gegeben hast, Walker Boh, dann muß es gehalten werden.« Sie sagte allerdings nicht, wie.

Sie wandten sich von der Knochensenke ab und betraten die Kluft zwischen den beiden Bergen, die auf den Gezeitenstrom zuführte. Der Durchgang war schattig und im schwindenden Nachmittagslicht dunkel. Ein eisiger, scharfer Wind blies von den Klippen herunter und trieb sie wie die Hand eines Riesen erbarmungslos vor sich her. Die Sonne hatte sich dem westlichen Horizont genähert, gefangen in einem Wolkennetz, das ihr Licht goldrot färbte. Der Geruch von Salzwasser, Fisch und Seetang füllte scharf und beißend die Luft.

Morgan Leah schaute ein- oder zweimal hinter sich zu Walker Boh, noch immer erstaunt, wie es ihm gelungen war, den Koden davon abzuhalten, sie anzugreifen, sondern geradewegs auf ihn zuzugehen, wie er es getan hatte, ohne daß ihm etwas geschah. Er erinnerte sich an die Geschichten über den Dunklen Onkel, über den Mann, der er gewesen war, ehe der Asphinx ihn gebissen hatte und bevor Cogline und Ondit ums Leben gekommen waren. Über den Mann, der Par Ohmsford gelehrt hatte, sich nicht vor der Macht der Elfenmagie zu fürchten. Bis jetzt hatte er geglaubt, Walker Boh sei bei dem Schattenwesenüberfall auf Hearthstone verkrüppelt worden. Nachdenklich schürzte er die Lippen. Vielleicht hatte er sich geirrt. Und wenn er sich in Walker Bohs Fall geirrt hatte, warum dann nicht auch in seinem eigenen? Vielleicht konnte das Schwert von Leah wieder geheilt und seine eigene Magie wiederhergestellt werden? Vielleicht hatten sie alle eine Chance, wie Quickening gesagt hatte.

Der Hohlweg öffnete sich plötzlich vor ihnen, die Schatten, von denen sie umgeben waren, erhellten sich zu einem grauen, diesigen Licht, und sie lugten durch ein schmales Fenster in den Klippen. Unten dehnte sich der Gezeitenstrom ins Endlose, seine schaumgekrönten Wogen rollten gegen das Ufer. Die Gruppe ging weiter, wieder in den Schatten. Der Weg, dem sie folgten, fiel jetzt ab und schlängelte und wand sich durch die Felsen. Der Nebel und das Sprühwasser des Ozeans machten ihn glitschig und trügerisch. Die Wände spalteten sich wieder, diesmal zu zerklüfteten Steinsäulen, zwischen denen hindurch das Meer und der Himmel zu sehen waren. Unter ihren Füßen war der Fels locker, und es fühlte sich an, als sei alles nahe davor einzustürzen.

Dann machte der Weg eine Biegung und fiel so steil ab, daß sie gezwungen waren, sitzend hinunterzurutschen. Dann gelangten sie in einen engen Korridor, der sich bis zu einem Tunnel schlängelte. Sie mußte sich ducken, um hindurchzugehen, denn aus den Tunnelwänden ragten spitze Felszacken. Am anderen Ende gelangten sie auf einen Sims, der himmelwärts führte, entdeckten einen Pfad und kletterten hinauf, bis er vor einer Art Befestigungswall aus Steinquadern endete.

Sie standen am Rand des Walls und schauten nach unten. Morgan drehte sich der Magen um. Von der Stelle, auf der sie standen, fiel das Land steil zu einer schmalen Landenge ab, die ins Meer hinausragte. Mit der Landenge verbunden war eine Halbinsel, breit und ausgezackt an den Rändern, ganz und gar aus Klippen, an denen sich die Wellen des Gezeitenstroms ohne Unterlaß brachen. Oben auf den Klippen thronte eine Stadt aus hohen, steinernen Gebäuden. Die Bauwerke stammten nicht aus dieser Zeit, sondern aus der Alten Welt, aus dem Zeitalter, bevor die Großen Kriege die Ordnung der Dinge zerstörten und die neuen Rassen entstanden. Sie türmten sich hoch in den Himmel hinauf, glatt und symmetrisch, mit Reihen von Fenstern, die schwarz in das graue Licht gähnten. Alles stand eng beieinander, so daß die Stadt aussah wie ein Wald Steinobelisken, der aus dem Fels gewachsen war. Seevögel kreisten um die Gebäude, und ihre klagenden Schreie schallten durch das schwindende Licht.

»Eldwist«, verkündete Horner Dees.

Weit im Westen tauchte die Sonne ins Wasser des Ozeans, verlor ihre Helligkeit und ihre Farben mit dem Einbrechen der Nacht, das rotgoldene Licht verblaßte silbrig. Der Wind heulte hinter ihnen von den Klippen herunter in stetigem Crescendo, und es fühlte sich an, als würde selbst die Zinne, auf der sie standen, geschüttelt. Sie drängten sich gegen seine Wucht zusammen und beobachteten fasziniert, wie Eldwist mit dem Einbruch der Nacht schattenschwarz wurde. Der Wind heulte auch durch die Stadt, durch die Straßenschluchten, über die Klippen. Morgan schauderte bei dem Geräusch. Eldwist war leer und tot. Nur der Stein war da, hart und unnachgiebig, unwandelbar und fest.

Horner Dees rief durch das Brausen des Sturms nach ihnen, als er sich abwandte. Er führte sie zurück zu einer Stelle, wo Stufen in die Steilwand gehauen worden waren, die in die Stadt hinunterführten. Die Stufen liefen die Wand entlang, winkelten sich durch Spalten und Nischen und wanden sich immer tiefer in den Schatten. Die Nacht fiel ein, während sie hinunterstiegen, die Sonne war hinter dem Horizont verschwunden, und Sterne blinkten am Himmel auf, der klar und wolkenlos war. Der Mond spiegelte sich auf dem Gezeitenstrom, und Morgan konnte die schroffen, hoch aufragenden Spitzen der Stadt sehen, die sich aus den Felsen erhoben. Nebel wehte in langen Schleiern um die Stadt, und Eldwist bekam ein unwirkliches Aussehen – als tauche es aus den Legenden auf. Die Seevögel flogen davon, ihre Schreie verklangen. Bald war nur noch das Dröhnen der Brecher zu hören, die gegen die Felsenküste rollten.

Am Fuß der Treppe fanden sie eine Nische in den Felsen. Horner Dees ließ sie anhalten. »Es hat keinen Sinn, daß wir weiterzugehen versuchen«, erklärte er mit müder Stimme. Der Wind erreichte sie hier nicht, so daß er mit normaler Lautstärke sprechen konnte. »Zu gefährlich während der Nacht. Dort unten ist ein Schleicher...«

»Ein Schleicher!« Morgan, der gerade etwas Gras und Gestrüpp untersucht hatte, das perfekt erhalten und versteinert war, schaute abrupt auf.

»Ja, Hochländer«, fuhr Dees fort. »Ein Ding, das nach Einbruch der Dunkelheit durch die Straßen fegt und alles einsammelt, das lebt...«

Ein Rumpeln im Erdinnern unterbrach seine Rede. Die Quelle dieses Rumpelns war Eldwist, und sie schauten sich hastig um. Die Stadt hob sich schwarz vor dem Nachthimmel ab, nur hier und da spiegelte sich Licht auf dem Stein. Sie wirkte größer und unnahbarer von hier unten, dachte Morgan, während er sie betrachtete. Noch unzugänglicher...

Etwas Riesiges tauchte aus den dunklen Winkeln auf, die er gerade betrachtete, etwas von so gewaltiger Größe, daß es für einen Augenblick die Illusion weckte, es sei sogar größer als die Bauwerke. Es erhob sich zwischen den Monolithen, als wäre es mit ihnen verwandt, massig und schwer, doch gleichzeitig lang und sehnig wie eine Schlange, als wären Steinblöcke für einen Moment flüssig geworden, um sich neu zu formen und zu gestalten. Dann klappten die Kiefer auf – Morgan konnte den gezackten Zahnkranz im Mondlicht aufblitzen sehen –, und sie hörten einen grauenerregenden Schrei wie ein ersticktes Husten. Die Erde bebte unter diesem Schrei, und die Mitglieder der Gruppe aus Rampling Steep kauerten sich schutzsuchend nieder – alle außer Quikkening, die aufrecht stehen blieb, als sei sie allein stark genug, diesem Alptraum standzuhalten.

Eine Sekunde später war es verschwunden, versank so schnell und geschmeidig, wie es gekommen war, nur das Rumpeln seines Auftauchens hallte noch nach.

»Das war kein Schleicher«, flüsterte Morgan.

»Und vor zehn Jahren gab es das noch nicht«, flüsterte ein erblaßter Horner Dees zurück. »Darauf kann ich wetten.«

»Nein«, sagte Quickening und wandte ihnen nun ihr Gesicht zu. Ihre Gefährten kamen langsam wieder auf die Füße. »Es ist neu geboren«, sagte sie, »nicht einmal fünf Jahre alt. Es ist noch ein Baby.«

»Ein Baby!« rief Morgan ungläubig aus.

Quickening nickte. »Ja, Morgan Leah. Es heißt Malmschlund.« Sie lächelte traurig. »Es ist Uhl Belks Kind.«

Die sechs Gefährten aus Rampling Steep verbrachten den Rest der Nacht im Schutz der Felsnische, schweigend in der Dunkelheit zusammengekauert, verborgen vor dem Malmschlund und was sonst an Schrecken in Eldwist wartete. Sie machten kein Feuer – es gab ja kein Holz –, und sie aßen sparsam von ihrer mageren Nahrung. Essen und Trinken würde in den kommenden Tagen zu einem Problem werden, weil in diesem Land aus Stein von beidem nur wenig zu finden war. Fisch würde der Hauptbestandteil ihrer Ernährung werden; ein kleiner Regenwasserbach, der hinter ihnen die Felsen herunterplätscherte, würde ihren Durst löschen. Wenn die Fische schwer zu fangen waren oder der Bach eintrocknete, wären sie in ernsten Schwierigkeiten.

Keiner von ihnen fand viel Schlaf nach dem Erscheinen des Malmschlunds. Lange Zeit versuchten sie es nicht einmal. Ihr Unbehagen war offenkundig, während sie die Nacht abwarteten. Quickening nutzte die Zeit, den anderen kundzutun, was sie über das Kind des Steinkönigs wußte. »Mein Vater erzählte mir von dem Malmschlund, als er mich aus den Gärten sandte«, begann sie. Ihre schwarzen Augen waren in die Ferne gerichtet, ihr Silberhaar schimmerte im Mondlicht. Sie saßen im Halbkreis, den Rücken an die Felswand gelehnt, und schauten hin und wieder furchtsam zu den abweisenden Schatten der Stadt. Alles war still. Der Malmschlund war ebenso mysteriös verschwunden, wie er aufgetaucht war, die Seevögel schliefen in ihren Horsten, und der Wind hatte sich gelegt.

Quickening sprach leise. »So wie ich das Kind des Königs vom Silberfluß bin, ist der Malmschlund das Kind von Uhl Belk. Beide sind wir durch Magie gemacht, beide, um unseren Vätern zu dienen. Wir sind Elementarwesen, Geschöpfe der Erde, geboren aus dem Boden, nicht aus dem Leib einer Frau. Wir sind weitgehend gleich, der Malmschlund und ich.«

Das war eine so abwegige Vorstellung, daß Morgan Leah große Mühe hatte, nicht zu widersprechen. Er hielt sich nur deshalb zurück, weil durch das Aussprechen eines Einwandes nichts zu gewinnen war und von dem Verlauf des eigentlichen Berichts abgelenkt worden wäre.

»Der Malmschlund wurde zu einem einzigen Zweck geschaffen«, fuhr Quickening fort. »Eldwist ist eine Stadt der Alten Welt, die der Zerstörung durch die Großen Kriege entgangen ist. Die Stadt und das Land, auf der sie steht, sind das Königreich Uhl Belks, seine Zuflucht, seine Festung gegen jeglichen Übergriff von der Welt draußen. Für einige Zeit war das ausreichend. Er war zufrieden damit, sich in seinem Gestein zu verkriechen und von allem anderen fernzuhalten. Doch sein Hunger nach Macht und seine Angst, sie zu verlieren, quälten ihn ohne Unterlaß. Schließlich gewannen sie die Oberhand. Er kam zu der Überzeugung, daß, wenn er die Welt außerhalb von Eldwist nicht veränderte, sie ihn irgendwann verändern würde. Er beschloß, sein Königreich nach Süden auszudehnen. Doch um das zu tun, mußte er den Schutz von Eldwist verlassen, und das war ausgeschlossen. Wie bei meinem Vater wird seine Magie schwächer, je weiter er sich von ihrer Quelle entfernt. Uhl Belk weigerte sich, ein solches Risiko einzugehen. Statt dessen schuf er den Malmschlund und sandte sein Kind statt seiner hinaus.«

»Der Malmschlund«, flüsterte sie, »sah einst aus wie ich. Er hatte Menschengestalt und bewegte sich wie ich. Er besaß einen Teil der Magie seines Vaters wie ich. Doch während ich die Kraft erhielt, das Land zu heilen, erhielt der Malmschlund die Kraft, es in Stein zu verwandeln. Seine bloße Berührung war alles, was es brauchte. Durch Berührung nährte er sich von der Erde und allem, was darauf wuchs, und alles wurde zu Stein.

Doch Uhl Belk wurde ungeduldig mit seinem Kind, denn die Versteinerung des umliegenden Landes ging ihm nicht schnell genug. Umschlossen vom Gezeitenstrom, den seine Magie nicht angreifen kann, saß er auf seinem Stückchen Land in der Falle, und nur die schmale Landenge bot ihm den Weg nach Süden, und nur der Malmschlund konnte diesen Zugang ausweiten. Der Steinkönig flößte seinem Kinde immer größere Mengen seiner eigenen Magie ein, gierig auf schnellere, weitreichendere Ergebnisse. Der Malmschlund fing als Folge der immer größeren Machtzugaben an, seine Gestalt zu verändern und sich in etwas zu transformieren, das dem, was sein Vater wünschte, angemessener war. Er wurde maulwurfartig. Er begann, Stollen in den Boden zu graben und stellte fest, daß der Wandel von unten her schneller ging als von oben. Er wuchs, während er fraß, und veränderte sich weiter. Er wurde zu einem Wühlwurm von gigantischen Ausmaßen.«

Sie machte eine Pause. Dann fuhr sie fort: »Und er verlor den Verstand. Zu viel Macht, zu schnell eingeflößt, machte ihn wahnsinnig. Aus dem denkenden, vernünftigen Geschöpf wurde ein so vernunftloses Wesen, das nichts anderes als Fressen konnte. Es ging nach Süden und grub sich tiefer und tiefer. Das Land wandelte sich schnell, doch der Malmschlund veränderte sich noch schneller. Und eines Tages verlor Uhl Belk alle Kontrolle über sein Kind.«

Sie schaute hinüber auf die dunkle Silhouette der Stadt und dann wieder auf ihre Gefährten. »Der Malmschlund begann seinen Vater zu verfolgen, wenn er sich nicht gerade durch das Land fraß. Ihm war die Macht bewußt geworden, die der Steinkönig besaß, und er war gierig darauf, sie an sich zu reißen. Uhl Belk begriff, daß er ein zweischneidiges Schwert erschaffen hatte. Auf der einen Seite untergrub der Malmschlund die Vier Länder und verwandelte sie zu Stein. Auf der anderen untergrub er auch Eldwist und suchte nach einem Weg, ihn zu zerstören. Der Malmschlund war so stark geworden, daß Vater und Sohn sich die Waage hielten. Der Steinkönig lief Gefahr, von seiner eigenen Waffe besiegt zu werden.«

»Konnte er nicht einfach seinen Sohn zurückverwandeln?« fragte Carisman mit weit aufgerissenen Augen.

Quickening schüttelte den Kopf. »Nicht mehr, als er daran dachte, etwas zu ändern. Da war es zu spät. Der Malmschlund wollte sich nicht verändern lassen – auch wenn, wie mein Vater mir sagte, ein Teil von ihm erkannte, was für ein Horrorwesen er geworden war, und sich nach Erlösung sehnte. Doch offenbar war dieser Teil zu schwach, um sich durchzusetzen.«

»Und so wühlt er unter der Erde und bejammert sein Schicksal«, murmelte der Sänger.

Er begann zu singen:

> *»Gestaltet wie ein Menschenkind,*
> *dem Steinkönig zu dienen,*
> *wühlt Malmschlund sich durch Feld und Land.*
> *Geschaffen von des Vaters Hand,*
> *wurde ein Monster aus dem Kind,*
> *ohn' Hoffnung, frei zu fliehen.*
> *Er jagt.«*

»Er jagt allerdings« wiederholte Morgan Leah. »Uns jagt er voraussichtlich auch bald.«

Quickening schüttelte den Kopf. »Er merkt nicht einmal, daß es uns gibt, Morgan. Wir sind zu klein und viel zu unbedeutend, um seine Aufmerksamkeit zu erwecken. Bis zu dem Augenblick, in dem wir unsere Magie benutzen, heißt das. Dann merkt er es.«

Es herrschte nachdenkliche Stille. »Was tat er, als wir ihn vorhin sahen?« fragte Horner Dees schließlich.

»Schrie seine Gefühle heraus – seine Wut, seine Enttäuschung, seinen Haß und seinen Wahnsinn.« Sie machte eine Pause. »Seinen Schmerz.«

»Genau wie der Koden ist er ein Gefangener von des Steinkönigs Magie«, sagte Walker Boh. Seine scharfen Augen fixierten das Mädchen. »Und irgendwie ist es Uhl Belk gelungen, jene Magie in seinem Besitz zu halten, nicht wahr?«

»Er ist in den Besitz des schwarzen Elfensteines gelangt«, erwiderte sie. »Er verließ Eldwist gerade lange genug, um ihn aus der Halle der Könige zu stehlen und durch den Asphinx zu ersetzen. Er trug ihn in seine Feste zurück und setzte ihn gegen sein Kind ein. Der Besitz der Elfenmagie ließ die Waage der Kraft wieder zu Uhl Belks Gunsten ausschlagen. Nicht einmal der Malmschlund ist stark genug gegen den Stein.«

»Ein Zauber, der die Kraft anderer Zauber zunichte machen kann«, zitierte Pe Ell nachdenklich. »Ein Zauber, der sie zu seinem eigenen Vorteil umkehren kann.«

»Der Malmschlund bedroht seinen Vater noch immer, doch den Elfenstein kann er nicht besiegen. Er lebt noch, weil Uhl Belk will, daß er weiterhin das Land frißt, daß er fortfährt, alles Lebende in Stein zu verwandeln. Der Malmschlund ist ein nützlicher, wenn auch gefährlicher Sklave. Bei Nacht gräbt er Tunnel in den Boden. Bei Tag schläft er. Wie der Koden ist er blind – durch die Magie und durch die Natur seiner Tätigkeit – gräbt in der Finsternis und sieht selten das Licht.« Sie schaute wieder zur Stadt hinüber. »Er wird vermutlich nie erfahren, daß wir hier sind, wenn wir uns in acht nehmen.«

»Also haben wir nichts anderes zu tun, als den Elfenstein zu stehlen«, lächelte Pe Ell. »Den Elfenstein stehlen, und Vater und Sohn einander auffressen lassen. Nicht weiter kompliziert, oder?« Er sah Quickening scharf an. »Oder?«

Sie begegnete seinem Blick, ohne mit der Wimper zu zucken, doch sie gab ihm keine Antwort. Pe Ells Lächeln wurde eisig, als er sich in den Schatten zurücklehnte.

Eine Weile herrschte angespanntes Schweigen, dann wandte sich Morgan Leah an Horner Dees: »Was ist mit diesem Schleicher, von dem du gesprochen hast?«

Auch Dees schaute mürrisch drein. Er beugte sich schwerfällig nach vorn, und seine Augen verengten sich mißtrauisch. »Vielleicht kann das Mädchen dir mehr darüber sagen«, antwortete er leise. »Ich habe das Gefühl, sie weiß noch eine ganze Menge mehr und sagt es uns nicht.«

Quickenings Gesicht zeigte keinerlei Ausdruck, kalt und perfekt sah sie den alten Fährtensucher an. »Ich weiß, was mein Vater mir erzählt hat, Horner Dees – sonst nichts.«

»König vom Silberfluß, Herr der Gärten des Lebens«, knurrte Pe Ell aus dem Schatten. »Hüter finsterer Geheimnisse.«

»Wie du gesagt hast, gibt es einen Schleicher in der Stadt Eldwist«, fuhr Quickening fort. Sie ignorierte Pe Ell, und ihr Blick war auf Dees gerichtet. »Uhl Belk nennt ihn den Kratzer. Der Kratzer ist schon seit vielen Jahren dort, ein Straßenkehrer für Lebewesen, der den Bedürfnissen seines Herrn dient. Er kommt in der Dunkelheit heraus und reinigt die Straßen und Gehsteige der Stadt. Wir werden uns sehr vor ihm hüten müssen, wenn wir hineingehen.«

»Ich hab' ihn bei der Arbeit gesehen«, knurrte Dees. »Vor zehn Jahren nahm er ein halbes Dutzend von uns beim ersten Durchgang, und zwei weitere kurz darauf. Er ist groß und schnell.« Er erinnerte sich jetzt, und sein Zorn auf Quickening schien sich aufzulösen. Zweifelnd schüttelte er den Kopf. »Ich weiß nicht, er stöbert dich auf, findet dich und bringt dich um. Wenn's sein muß, geht er auch in die Gebäude. Tat er damals jedenfalls.«

»Dann wäre es also ratsam, den schwarzen Elfenstein so schnell wie möglich zu finden, nicht wahr?« flüsterte Pe Ell.

Dann verstummten sie, und nach einer Weile zog sich einer nach dem anderen in die Schatten zurück. Den Rest der Nacht versuchten sie zu schlafen. Morgan döste ein, doch nie lange. Walker saß am Felsrand und betrachtete die Stadt, als der Hochländer einnickte, und saß noch immer dort, als er wieder aufwachte. Sie waren alle müde und erschöpft – alle außer Quickening. Sie stand frisch und schön im schwachen Licht des Sonnenaufgangs, so hinreißend wie bei ihrer ersten Begegnung. Morgan störte das irgendwie. Sie war in dieser Hinsicht gewiß mehr als gewöhnlich. Er beobachtete sie und schaute schnell weg, als sie sich zu ihm umdrehte, weil er fürchtete, ertappt zu werden. Es störte ihn, daß es zwischen ihnen doch Unterschiede geben könnte, und schlimmer noch, daß diese Unterschiede beträchtlich sein könnten.

Sie frühstückten ebenso lustlos, wie sie am Vorabend zu Abend gegessen hatten. Das Land hatte eine öde, bedrohliche Ausstrahlung und beobachtete sie aus verborgenen Augen. Nebel hing über der Halbinsel, stieg von den Klippen, auf denen die Stadt ruhte, bis hinauf zu den Spitzen der höchsten Türme und ließ den Eindruck entstehen, Eldwist stünde in den Wolken. Die Seevögel waren wieder da, Möwen, Taucher und Seeschwalben, und segelten rufend über den schwarzen Wassern des Gezeitenstroms. Mit der Morgendämmerung war die Luft feucht geworden, und Wassertröpfchen perlten auf der Haut der sechs Gefährten.

Nachdem Dees sie vor dem gewarnt hatte, was ihnen bevorstand, sammelten sie Regenwasser aus Pfützen hoch in den Felsen, verpackten die wenigen Nahrungsmittel, die ihnen blieben, gegen die Nässe und machten sich auf, die Landenge zu überqueren.

Sie brauchten länger, als sie gedacht hatten. Die Entfernung war nicht groß, aber der Weg war trügerisch. Der Felsen war kreuz und quer von Spalten durchzogen, die Oberfläche durch frühere Umwälzungen aufgebrochen, feucht und glitschig unter ihren Füßen vom Sprühwasser der stetigen Wellenbrecher des Ozeans. Der Wind blies in scharfen Böen und schleuderte ihnen eisiges Wasser ins Gesicht. Sie kamen nur langsam voran. Die Sonne hing als diesiger weißer Ball hinter niedrigen Wolken, und das Land vor ihnen war voller Schatten. Eldwist erhob sich vor ihnen, eine Ansammlung undeutlicher Formen, dunkel, abweisend und still. Sie sahen die Stadt größer werden, als sie sich näherten, hoch in den dunklen Himmel ragen, und der Wind heulte durch die Straßenschluchten.

Manchmal fühlten sie ein Beben unter ihren Füßen, weit entfernt, doch bedrohlich vertraut. Offenbar schlief der Malmschlund doch nicht immer während der Tagesstunden.

Mittag rückte näher. Die Landenge, die an manchen Stellen so schmal war, daß sie zu beiden Seiten in dunkle strudelnde Hexenkessel abfielen, verbreiterte sich schließlich zu der Halbinsel und den Außenbezirken der Stadt. Vor ihnen erhoben sich die Klippen, auf denen Eldwist erbaut worden war, und die Gruppe war gezwungen, auf ein breites Schanzwerk zu klettern. Sie folgten einem gewundenen Pfad zwischen riesigen Steinblöcken hindurch, der voller Geröll war und sie ständig stolpern und ausrutschen ließ, doch sie strebten entschlossen weiter.

Sie brauchten fast zwei Stunden, bis sie schließlich oben angekommen waren. Die Sonne neigte sich schon deutlich dem westlichen Horizont zu.

Sie machten eine Verschnaufpause am Stadtrand am Ende einer gepflasterten Straße, die zwischen hochaufragenden Gebäuden mit hohlen Fensterlöchern verlief und sich stetig verengte, bis sie sich in nebligen Schatten verlor. Morgan Leah hatte noch nie eine Stadt wie diese gesehen. Die Gebäude waren alle aus Stein, glatt und ebenmäßig und symmetrisch angeordnet wie die Felder auf einem Schachbrett. Steinsplitter lagen über die Straße verstreut, doch unter dem Geröll konnte er die harte, glatte Oberfläche erkennen. Es sah aus, als führe sie immer weiter, als habe sie kein Ende, ein langer, enger Korridor, der erst verschwand, wo der Nebel zu dicht wurde, als daß das Auge ihn durchdringen konnte.

Sie gingen darauf entlang, langsam und vorsichtig, lauschend und beobachtend wie Katzen auf der Pirsch. Andere Straßen kreuzten zwischen den Gebäuden und verschwanden ihrerseits rechts und links im Schatten. Es gab keine schützenden Mauern um Eldwist herum, keine Wachtürme oder Befestigungsmauern oder Stadttore, nur die Bauwerke und die Straßen, die an ihnen entlangführten. Nichts schien hier zu leben. Straßen und Häuser kamen und gingen, während sie tiefer hineindrangen, und die einzigen Geräusche stammten vom Ozean, den Seevögeln und dem Wind. Die Vögel flogen über ihren Köpfen herum, die einzigen Anzeichen irgendeiner Bewegung, kreisten um die Gebäude, segelten die Straßen hinunter über die Querstraßen und die Laufstege. Manche hockten in Nestern auf den Fenstersimsen über ihren Köpfen. Nach einer Weile sah Morgan, daß einige von denen, die er in ihren Nestern hockend geglaubt hatte, versteinert waren.

Ein großer Teil des Schutts, der überall herumlag, war einst etwas anderes als Stein gewesen. Seltsame Pfosten standen an allen Straßenekken, und es ließ sich vermuten, daß es einst irgendwelche Laternen gewesen sein mochten. Das Skelett eines riesigen Wagens lehnte umgekippt an einer Hausmauer, eine Maschine, deren Gebein von ihrem Fleisch entblößt worden war. Motorteile, die Zeit und Wetter überdauert hatten, lagen überall verstreut, Lenkräder und Zylinder, Schwungräder und Tanks. Alles war zu Stein geworden. Es gab nichts Gewachsenes, weder Bäume noch Sträucher, nicht einmal den winzigsten Grashalm.

Sie schauten in einige der Häuser und fanden die Räume kellerartig und leer. Treppen führten in das steinerne Gehäuse hinauf, und sie stiegen in einem bis ganz nach oben, um von dort aus einen Ausblick über Eldwist zu haben und sich zu orientierten. Viel ließ sich auch von dort oben nicht erkennen, nicht einmal, wo die Stadt begann und endete. Wolken und Nebel verhüllten alles und ließen in dem wirbelnden grauen Nebelmeer nur hier und da einen Blick auf Fassaden und Dächer zu.

Sie sichteten allerdings eine merkwürdige Kuppel im Zentrum von Eldwist, eine Konstruktion, die sich von den großen Obelisken, die sonst das Stadtbild prägten, unterschied, und sie beschlossen, sie als nächstes zu erforschen.

Doch als sie wieder unten auf der Straße angelangt waren, verloren sie ihre Orientierung und gingen in die falsche Richtung. Sie marschierten fast eine Stunde lang, bis ihnen klar wurde, daß sie einen Fehler gemacht hatten, und waren gezwungen, in einem anderen Haus die Treppen hinaufzusteigen, um ihren Standort zu bestimmen.

Währenddessen ging die Sonne unter. Keiner von ihnen hatte darauf geachtet, wie schnell das Tageslicht schwand.

Als sie wieder unten ankamen, waren sie überrascht, die Stadt im Finstern vorzufinden.

»Wir sollten lieber sofort ein Versteck suchen«, warnte Horner Dees und schaute sich unbehaglich um. »Der Kratzer wird bald hervorkommen, falls er es nicht schon getan hat. Und wenn er uns ungeschützt findet...«

Er brauchte den Gedanken nicht zu Ende auszusprechen. Sie starrten einander einen Moment wortlos an. Keiner von ihnen hatte sich die Mühe gemacht, Ausschau nach einen Unterschlupf für die Nacht zu halten.

Dann meinte Walker Boh: »Ein paar Straßen zurück war ein kleineres Gebäude ohne Fenster in den Untergeschossen und mit einer kleinen Tür, einem Labyrinth von Fluren und Zimmern im Inneren – wie ein Kaninchenbau.«

»Das muß es tun«, murmelte Pe Ell und machte sich schon auf den Weg.

Sie gingen wieder zurück. Es war inzwischen so dunkel geworden, daß sie Schwierigkeiten hatten, den Weg zu finden. Die Gebäudemauern ragten zu beiden Seiten hoch auf, vom dichter werdenden Nebel noch solider gemacht. Die Seevögel waren wieder zu ihren Schlafplätzen geflogen und die Geräusche von Ozean und Wind zu einem fernen Rauschen abgeflaut. Die Stadt war unangenehm still.

Unter ihnen rumpelte und bebte die steinerne Hülse der Erde.

»Irgend etwas ist aufgewacht und hungrig«, murmelte Pe Ell und lächelte Carisman kalt an.

Der Sänger kicherte nervös. Sein hübsches Gesicht war weiß und angespannt.

Er begann zu singen:

»Verschwinde, beeil dich, lauf schnell nach Haus,
schlüpf unter die Decke, komm nicht mehr heraus.
Verbirg dich geschwind vor den Dingen der Nacht,
und bleib dort verborgen, bis der Morgen erwacht.«

Sie gingen über eine Querstraße, die von fahlem Mondlicht überflutet war, das eine Lücke in der Wolkendecke gefunden hatte und wie weißes Feuer herunterströmte. Pe Ell blieb abrupt stehen, ließ die anderen ebenfalls anhalten, lauschte, schüttelte den Kopf und ging weiter. Das Rumpeln unter ihnen kam und ging, manchmal ganz nah, manchmal fern, es entstand niemals an einer bestimmten Stelle, sondern schien überall rundum zu sein. Morgan Leah schaute angestrengt um sich, durch den Nebel und die Schatten. War das die gleiche Straße, die sie zuvor entlanggekommen waren? Sie sah irgendwie anders aus...

Plötzlich knackte es laut. Pe Ell, der noch immer vorneweg ging, sprang zurück und stieß mit Horner Dees und Quickening zusammen, die direkt hinter ihm waren, und beide stürzten übereinander, wenige Zentimeter vom Rand eines gähnenden Lochs, daß sich in der Straße aufgetan hatte.

»Zurück an die Hausmauer!« rief er, sprang auf die Füße, riß gleichzeitig Quickening mit hoch und floh mit ihr von dem Rand der Einbruchstelle.

Die anderen waren nur einen Schritt hinter ihnen. Ein anderer Teil der Straße brach ein, diesmal hinter ihnen, und sackte laut krachend in die Finsternis. Das Rumpeln unter ihnen steigerte sich ohrenbetäubend, und sie konnten hören, wie sich etwas Gigantisches unter ihnen bewegte. Morgan quetschte sich tief in eine Mauernische und unterdrückte einen Angstschrei. Der Malmschlund! Horner Dees war neben ihm, sein bärtiges Gesicht abgewandt. Das Donnern des Monsters, das sich unter ihnen bewegte, steigerte sich noch und wurde dann wieder leiser. Wenige Sekunden später war es fort.

Die Mitglieder der kleinen Gruppe kamen mit bleichen Gesichtern und weit aufgerissenen Augen einer nach dem anderen wieder aus ihren Verstecken. Vorsichtig betraten sie die Straße und fuhren heftig zusammen, als sich die Löcher in der Straße wieder schlossen. Die eingestürzten Teile hoben sich wieder an ihren Platz.

»Falltüren!« zischte Pe Ell. Furcht und Abscheu standen in seinem Gesicht. Morgan erhaschte einen Blick auf etwas Weißes in seiner Hand, irgendeine Art Messer aus glänzendem Metall. Dann war es wieder verschwunden.

Pe Ell ließ Quickening los, wandte sich von ihnen ab und ging wieder die Straße hinunter, diesmal jedoch auf dem Gehsteig nahe der Hausmauern. Wortlos folgten ihm die anderen. Ihre Blicke huschten wachsam umher. Im Gänsemarsch hasteten sie den Gehsteig entlang, überquerten eine Seitenstraße und eilten weiter. Das Donnern war wieder zu hören, doch diesmal weit entfernt. Die Straßen um sie herum waren wieder still und leer.

Morgan Leah zitterte noch. Die Falltüren waren entweder dazu eingerichtet, Eindringlinge zu fangen, oder dem Malmschlund den Zugang in die Stadt zu ermöglichen. Vermutlich beides. Er schluckte gegen die Trockenheit in seiner Kehle an. Sie waren unvorsichtig gewesen. Sie mußten wirklich besser aufpassen.

Eine dichte Nebelwand versperrte den Weg nach vorn. Pe Ell zögerte, als sie sich ihr näherten, und blieb dann stehen. Er sah sich nach Walker Boh um, den Blick hart und durchdringend. Eine wortlose Verständigung fand zwischen ihnen statt, ein Blickaustausch, der Morgan beinahe animalisch vorkam. Walker schaute nach rechts. Pe Ell zögerte einen Moment, dann wandte er sich in die Richtung.

Sie gingen jetzt langsamer weiter und lauschten wieder in die Stille. Der Nebel war überall, fiel aus den Wolken, stieg aus den Steinen auf von überall her und hüllte sie ein. Sie hielten die Arme ausgestreckt, um an den Mauern entlangzustreichen. Pe Ell untersuchte ihren Weg sorgfältig. Ihm war jetzt klar, daß die Stadt voll von solchen Fallen sein mußte und daß irgendein Teil des Steinpflasters ohne Vorwarnung unter ihnen nachgeben konnte.

Vor ihnen lichtete sich der Nebel etwas.

Morgan glaubte etwas gehört zu haben, dann entschied er, daß er es nicht gehört, sondern gespürt hatte. Aber was?

Sie tauchten aus dem Gebäudeschatten, und dort wartete die Antwort. Der Kratzer stand mitten auf der Straße, ein riesiges, breitbeiniges Metallmonster mit Dutzenden von Tentakeln und Fühlern, Zangen, die aus seinem Maul ragten, und einem Peitschenschwanz. Es war ein Schleicher wie jener, dem die Geächteten von der Bewegung beim Jut begegnet waren, aus Fleisch und Metall, ein hybrider Alptraum zwischen Maschine und Insekt. Nur, daß dieser hier viel größer war.

Und viel schneller. Er stürmte auf sie zu und hatte sie schon fast erreicht, ehe sie reagierten. Auf seinen breit abgewinkelten Beinen bewegte er sich wie ein Tausendfüßler. Die Tentakel peitschten, und das Metall, das über den Stein kratzte, machte ein Geräusch, das einem eine Gänsehaut verursachte. Die Tentakel bekamen Dees und Carisman zu fassen und wickelten sich um die beiden, als sie zu fliehen versuchten. Pe Ell stieß Quickening über den Gehsteig in einen Hauseingang, tat so, als würde er das Monster angreifen und rannte davon. Morgan zog sein Schwert und hätte es angegriffen. Der Gedanke, daß Quickening in Gefahr war, ließ ihn alle Vernunft verlieren. Doch Walker Boh bekam ihn zu fassen und schleuderte ihn zurück an die Hausmauer.

»Geh da rein!« rief der Dunkle Onkel und zeigte auf ein paar massive Steintore, die offen standen.

Dann schlug Walker Boh seinen Umhang zurück, und sein gesunder Arm kam zum Vorschein. Der Kratzer hatte ihn fast erreicht, als Walker den Arm senkte und ein weißes Feuer aufflammte. Morgan wich geblendet an die Mauer zurück. Er hörte einen schrillen Schrei und erkannte, daß er von dem Kratzer stammte. Sein Sehvermögen kehrte langsam zurück. Er sah die Kreatur wild mit den Metallarmen fuchteln und erhaschte einen Blick auf Carisman und Dees, die davonrannten. Dann wurde er hart gepackt und nach hinten in den offenen Toreingang gerissen.

Es war Pe Ell, der ihn hereingezerrt hatte. Quickening war schon dort. Das weiße Licht von Walkers Magie leuchtete draußen noch immer, und sie hörten, wie der Kratzer gegen das Gebäude schlug. Sein Angriff war so gewaltig, daß Steinsplitter in alle Richtungen spritzten. Walker kam in Sicht, Carisman und Dees rannten vor ihm her, benommen, aber befreit. Sie stolperten über den Boden, stürzten und sprangen sofort wieder auf, als der Kratzer die riesigen Steintüren aus den Angeln riß, die steinerne Einfassung auseinanderbrach und hereinstürmte.

Hinter ihnen führte eine breite Steintreppe nach oben, und sie rannten darauf zu. Der Kratzer kam hinterher. Er torkelte etwas. Wenn Walkers Magie auch nicht viel gebracht hatte, so hatte sie das Biest jedenfalls zeitweilig verwirrt. Es fuchtelte wild mit den Tentakeln nach seiner Beute. Die sechs rasten die Treppe hinauf. Wie ein Peitschenhieb flog ein Arm vor ihnen über die Treppe, doch Pe Ells seltsames Messer tauchte auf, schlug gegen den Arm und verletzte ihn. Der Arm zog sich zurück. Sie rasten hinauf, sprangen von einem Treppenabsatz zum nächsten, ohne sich umzuschauen.

Schließlich, zehn Stockwerke höher, brachte Walker sie zum Anhalten. Hinter ihnen war es still. Sie standen keuchend aneinandergedrängt und lauschten.

»Vielleicht hat er aufgegeben«, flüsterte Carisman voller Hoffnung.

»Nicht dieses Vieh«, widersprach Horner Dees, nach Atem ringend. »Der gibt nie auf. Ich habe gesehen, was er zu tun in der Lage ist.«

Pe Ell drängte sich vor. »Wenn du so viel darüber weißt, dann sag uns doch, was er hier tun kann!« spottete er.

Dees schüttelte heftig seinen bärenhaften Kopf. »Ich weiß es nicht. Beim letzten Mal sind wir nie bis in die Häuser gelangt.« Dann erschauderte er. »Teufel noch mal! Ich kann diese Arme noch immer fühlen, wie sie sich um mich geringelt haben!« Er warf einen Seitenblick auf Quickening. »Ich hätte mich niemals überreden lassen sollen, wieder herzukommen!«

»Psssst!« Walker Boh stand mit leicht geneigtem Kopf auf dem obersten Treppenabsatz. »Da ist irgendwas...«, setzte er an und hielt inne.

Pe Ell war augenblicklich neben ihm und beugte sich über das Treppengeländer. »Draußen ist er!« knurrte er und schnellte herum.

Das einst verglaste Gitterwerk zerbarst, und der Kratzer brach hindurch. Morgan war entsetzt. Während sie im Treppenhaus nach ihm Ausschau gehalten hatten, war er an der Fassade heraufgeklettert!

Zum zweiten Mal erwischte er sie beinahe. Tentakel peitschten über den engen Treppenabsatz und warfen sie fast alle um, doch Pe Ell war zu schnell. Sein seltsames Messer materialisierte sich in seiner Hand und zerschlitzte den nächstgelegenen Fangarm. Der Kratzer zuckte zurück und wollte sich auf ihn stürzen, aber das Manöver hatte Walker Boh Zeit zum Handeln gegeben. Er hatte eine Handvoll von Coglines schwarzem Pulver hervorgeholt und schleuderte es dem Biest entgegen. Es explodierte zu Feuer.

Die Gruppe jagte weiter die Treppen hinauf – eine Etage, zwei, drei. Hinter ihnen schlug der Kratzer gegen die Flammen an. Dann wurde es still. Er war nicht mehr zu hören, aber sie wußten alle, wo er war. Im ganzen Treppenhaus waren auf jeder Etage Öffnungen, wo im Laufe der Zeit die Fenster herausgefallen waren. Der Kratzer konnte durch irgendeines hindurch wieder angreifen. Er würde sie weiterhin verfolgen, und früher oder später würde er sie erwischen.

»Wir müssen ihm standhalten und kämpfen!« brüllte Morgan den anderen zu und zog sein Breitschwert.

»Wenn wir das tun, werden wir alle sterben, Hochländer!« brüllte Horner Dees zurück. Da unterbrach Pe Ell, sprang vor und schaute sie an. »Die Treppen runter mit euch! Sofort! Bleibt zusammen und ich sorg dafür, daß ihr heil rauskommt!«

Niemand widersprach, nicht einmal Walker. Sie hasteten die Treppen wieder hinunter, zwei oder drei Stufen auf einmal nehmend, und hielten ein Auge auf die Fensteröffnungen auf jeder Etage. Zwei Stockwerke tiefer erhaschten sie einen Blick auf den Kratzer, der sich gerade an dem Fenstersims hochzog. Tentakel schnellten hervor, ohne sie zu erreichen. Während sie nach unten stürmten, hörten sie, wie sich das gewaltige Biest vom Stein abstieß und hinter ihnen herkam.

Noch drei Etagen tiefer, noch immer hoch über dem Erdgeschoß, ließ Pe Ell sie wieder anhalten. »Hier! Hier ist es!« Er trieb sie einen langen Flur mit hoher Decke entlang. Hinter ihnen erreichte der Kratzer den Treppenabsatz und setzte schnell watschelnd die Verfolgung fort. Das Geschöpf schien länger zu werden und seine Körperform zu verändern, um sich den baulichen Gegebenheiten besser anzupassen, während es sich näherte. Morgan war außer sich vor Entsetzen. Dieser Schleicher konnte sich jeder Situation anpassen. Enge Durchgänge oder hohe Fassaden reichten nicht, um ihn aufzuhalten.

Der Flur endete in einen überdachten Laufsteg, der zu einem Nachbargebäude führte. »Macht, daß ihr so schnell wie möglich rüberkommt!« fauchte Pe Ell sie an.

Sie taten wie geheißen, doch der Hochländer hielt ein Entkommen auf diesem Wege für ausgeschlossen. So eng dieser Durchgang auch sein mochte, den Kratzer würde das nicht hindern.

Er gelangte ans andere Ende und drehte sich um. Pe Ell kniete am vorderen Ende des Durchgangs, wo es mit dem Gebäude verbunden war, und sägte mit seinem seltsamen Messer an der steinernen Verankerung. Morgan starrte ihn fassungslos an. Hatte Pe Ell den Verstand verloren? Glaubte er tatsächlich, sein Messer – irgendein Messer – könnte den Stein zerschneiden? Der Kratzer hatte ihn fast erreicht, als Pe Ell wieder aufsprang und mit der Behendigkeit einer Katze über den Laufsteg rannte. Er war bei ihnen angelangt, als der Kratzer ins Blickfeld kam und sich inzwischen schlangengleich durch die enge Tunnelöffnung zwängte.

Und dann geschah das Unmögliche. Die Verankerung, an der Pe Ell herumgesägt hatte, knackte und brach durch. Der ganze Laufsteg kippte nach unten, blieb einen Moment so hängen und stürzte dann unter dem Gewicht des Kratzers in die Tiefe. Er krachte auf die Straße und zersplitterte in tausend Stücke. Staub und Gesteinsbrocken wirbelten auf und vermischten sich mit dem Nebel und der Nacht.

Die sechs aus Rampling Steep starrten nach unten und warteten. Dann hörten sie etwas – ein Knirschen, das Geräusch von Metall, das über Stein kratzt.

»Er ist nicht tot!« flüsterte Dees voller Entsetzen.

Hastig zogen sie sich von der Öffnung zurück, schlüpften eine andere Treppe hinunter ins Erdgeschoß, verließen das Gebäude durch eine Tür am anderen Ende und gelangten auf die Straße. Pe Ell und Walker gingen voran. Sie konnten hören, daß der Schleicher die Suche nach ihnen wieder aufgenommen hatte.

Fünf Blocks weiter gelangten sie an das Bauwerk, das Walker Boh gesucht hatte, einen gedrungenen, praktisch fensterlosen Bunker. Sie traten ein, wobei sie sich ängstlich umdrehten und schauten, wo sie waren. Es war tatsächlich wie ein Kaninchenbau, ein Labyrinth aus Zimmern und Fluren mit mehreren Treppenhäusern und einem halben Dutzend Eingängen. Sie gingen ins vierte Geschoß hinauf und ließen sich in einem zentralen Raum weit von den Fenstern entfernt nieder.

Die Minuten verstrichen, und der Kratzer erschien nicht. Eine Stunde verstrich. Sie aßen ein kaltes Mahl und lehnten sich zurück. Keiner schlief.

Sie saßen schweigend da. Ihr Atmen war das einzige Geräusch.

Als der Morgen zu grauen begann, wurde Morgan Leah rastlos. Er mußte ständig an Pe Ells Messer denken – das Messer, das Stein zu schneiden vermochte. Das Messer faszinierte ihn. So wie Pe Ells Teilnahme an diesem Unterfangen war es ein ungelöstes Rätsel. Ungeachtet Walkers Warnung, sich von dem Mann fernzuhalten, beschloß er, zu sehen, was er herausfinden konnte. Er stand auf und ging in die dunkle Ecke, wo der andere mit dem Rücken an der Wand saß. Er konnte sehen, wie Pe Ells Augen ihn beobachteten, als er sich näherte.

»Was willst du?« fragte Pe Ell eisig.

Morgan hockte sich vor den anderen hin und zögerte. »Ich war neugierig wegen deines Messers«, gab er schließlich zu.

Ihre Stimmen waren ein kaum wahrnehmbares Flüstern in der Stille. In dem dunklen Raum konnte sie keiner hören.

Pe Ells Lächeln war kalt. »Ach, wirklich?«

»Wir haben gesehen, was es geleistet hat.«

Pe Ell hatte sein Messer schon gezogen und hielt die Klinge wenige Zentimeter vor Morgans Nase. Morgan hielt den Atem an und rührte sich nicht. »Das einzige, was du darüber zu wissen brauchst«, erklärte Pe Ell, »ist, daß es dich töten kann, ehe du mit der Wimper gezuckt hast. Dich. Deinen einarmigen Freund. Jeden.«

Morgan schluckte heftig. »Selbst den Steinkönig?« Er zwang die Frage heraus, verärgert über sich selbst, weil er Angst hatte.

Die Klinge verschwand wieder. »Ich werde dir was sagen. Das Mädchen behauptet, du hättest Magie. Ich glaube das nicht. Du hast überhaupt nichts. Der Einarmige ist der einzige von euch, der Magie hat, und seine Magie taugt einen Dreck! Sie tötet nicht. *Er* tötet nicht. Ich sehe es in seinen Augen. Keiner von euch hat in dieser Angelegenheit etwas zu bieten, ob ihr es wahrhaben wollt oder nicht. Ihr seid nichts als ein Haufen Idioten.«

Er stieß Morgan mit dem Finger an. »Komm mir nicht in die Quere, Hochländer. Keiner von euch. Und erwartet nicht, daß ich euch wieder rette, wenn der Schleicher euch das nächste Mal jagt. Ich habe euch allesamt satt.« Er zog seinen Finger zurück. »Und jetzt hau ab.«

Morgan zog sich wortlos zurück. Er warf einen kurzen Blick auf Walker, beschämt, daß er seine Warnung nicht befolgt hatte. Es war unmöglich festzustellen, ob der Dunkle Onkel ihn beobachtet hatte oder nicht. Dees und Carisman schliefen. Quickening war ein gesichtsloser, kaum wahrnehmbarer Schatten.

Morgan setzte sich mit gekreuzten Beinen abseits in eine Ecke und kochte innerlich. Er hatte nichts erfahren. Er hatte sich nur selbst gedemütigt. Er preßte die Lippen zusammen. Eines Tages würde er sein Schwert wieder benutzen können. Eines Tages würde er ein Mittel finden und es wieder heil machen, seine Magie wiedererstehen lassen – genau wie Quickening vorausgesagt hatte.

Und dann würde er sich Pe Ell vornehmen. Das schwor er sich.

Bei Tagesanbruch kam die Gruppe aus ihrem Versteck. Wolken bedeckten den Himmel über Eldwist von einem Horizont zum anderen, der Morgen war grau und trüb. Ein fahles Aufhellen der feuchten, diesigen Luft war alles, was die Morgendämmerung zustande brachte, und die Schatten der Nacht zogen sich nur in die Nischen und Winkel der Stadt zurück und warteten dort auf die Rückkehr ihrer Meisterin.

Es gab keine Anzeichen des Kratzers. Die sechs aus Rampling Steep durchforschten aufmerksam die Düsternis. Um sie herum ragten die Häuser massiv und still in die Höhe. Die Straßen erstreckten sich als steinerne Schluchten in alle Richtungen. Die einzigen Geräusche waren das Heulen des Windes, das Donnern der Ozeanbrecher und die Schreie der hoch fliegenden Seevögel. Sie waren die einzige Bewegung in dieser Stille.

»Als wäre er nie hiergewesen«, murmelte Horner Dees, als er sich an Morgan Leah vorbeidrängte. »Als wäre das alles nur ein Traum gewesen.«

Sie machten sich wieder auf die Suche nach Uhl Belk. Regen, der nach Meer schmeckte und roch, begann durch den dichten Nebelvorhang zu rieseln, und sie waren in wenigen Minuten durchnäßt. Nasser Glanz legte sich über die steinernen Gehsteige und Straßen, die Hauswände, den Schutt und das Geröll, ein Belag, der die Düsternis und die Schatten widerspiegelte und mit dem Licht spielte. Der Wind blies in scharfen Stößen, fegte aus versteckten Ecken und Seitenstraßen, jagte mit lustvollem Pfeifen durch die Straßenschluchten endlos hinter sich selber her. Der Morgen rückte vor, ein langsames Knirschen der Zahnräder einer riesigen Maschine, das man nur im Geist hören und im Erlahmen des Elans fühlen konnte.

Sie fanden nicht die geringste Spur des Steinkönigs. Die Stadt war weitläufig und voller Verstecke. Selbst wenn sie sechzig statt nur sechs gewesen wären, konnte eine gründliche Suche Wochen in Anspruch nehmen. Keiner von ihnen wußte, wo sie nach Uhl Belk Ausschau halten sollten, schlimmer noch, niemand wußte, wie er überhaupt aussah. Nicht einmal Quickening konnte weiterhelfen. Ihr Vater hatte ihr nicht gesagt, wie des Steinkönigs Erscheinung sein mochte. Sah er aus wie sie? Hatte er menschliche Gestalt? War er groß oder klein? Morgan stellte diese Fragen, während sie nah an den Hausmauern entlang durch die Düsternis trotteten. Keiner wußte es. Sie suchten ein Gespenst.

Mittag verstrich. Häuser und Straßen kamen und gingen in endloser Prozession von Obelisken und glänzend schwarzen Bändern. Der Regen ließ erst etwas nach und wurde dann stärker. Donner grollte über ihren Köpfen, träge und drohend. Die sechs nahmen in dem dämmrigen Eingang eines der Gebäude ein kaltes Mahl ein und tranken etwas Wasser, während der Regen zum Wolkenbruch wurde, der die Straßen mehrere Zentimeter hoch überflutete. Sie lugten hinaus und schauten zu, wie sich das Wasser in Bächen sammelte und in steinernen Abflußgittern verschwand.

Als der Regen schließlich nachließ, machten sie sich wieder auf den Weg und gelangten nach kurzer Zeit zu dem merkwürdigen Kuppelbau, den sie am Vortag von dem obersten Stockwerk eines Hauses entdeckt hatten. Er stand zwischen den steinernen Türmen wie eine riesige Muschel. Die Oberfläche war abgenutzt, voller Kerben und Risse. Sie gingen darum herum, suchten nach einem Eingang und fanden keinen. Es gab keine Türen, keine Treppen, keine Fenster, es gab überhaupt keine Öffnungen.

Es gab Nischen und Alkoven und Einbuchtungen verschiedener Größen und Formen, die das Ganze wie eine Skulptur wirken ließen, aber keinen Ein- oder Ausgang. Es gab auch keine Leitern oder Fußstützen, die ihnen erlaubt hätten, hinaufzuklettern. Es war ihnen unmöglich festzustellen, wozu es gedient hatte. Es stand da in der Düsternis und trotzte ihnen.

Das gestrige Debakel saß ihnen noch in den Knochen, und sie kehrten rechtzeitig in ihren Unterschlupf zurück. Sie hatten sich nicht viel zu sagen, saßen in der zunehmenden Dunkelheit jeder für sich, jeder mit seinen eigenen Gedanken beschäftigt.

Im Laufe jenes Tages war keinerlei Zeichen vom Malmschlund oder dem Kratzer zu sehen gewesen. Der Einbruch der Nacht brachte beide wieder hervor. Zuerst hörten sie den Kratzer, das Knirschen seiner Metallbeine auf dem Straßenpflaster unter ihnen, das ohne anzuhalten vorbeiging, während sie alle den Atem anhielten. Der Malmschlund kam später, das Geräusch seines Näherkommens zunächst ein dumpfes Rumpeln, das schnell zum Getöse anwuchs. Das Monster brach hervor und heulte auf, während es in die Nacht stieg. Es war unbehaglich nahe; das Gebäude, in dem sie sich befanden, erbebte unter seinem Schrei. Und dann verschwand es so schnell, wie es gekommen war. Niemand unternahm den Versuch, einen Blick darauf zu erhaschen. Jeder verhielt sich mucksmäuschenstill.

Sie schliefen besser in dieser Nacht, vielleicht, weil sie sich an die nächtlichen Geräusche der Stadt gewöhnt hatten, vielleicht auch nur, weil sie so erschöpft waren. Sie stellten eine Wache auf und lösten sich dabei ab. Nichts geschah.

Während der drei folgenden Tage setzten sie ihre Suche fort. Nebel,

Dunst und Regen verfolgten sie, hartnäckig und unwillkommen, und die Stadt suchte ihre Träume heim. Eldwist war ein Steinwald voller Schatten und Geheimnisse, ihre hochaufragenden Gebäude die Bäume, die sie umzingelten und einsperrten. Doch im Gegensatz zu den grünen, lebendigen Wäldern in den südlich gelegenen Ländern war die Stadt leer und tot. Das Mädchen und die Männer empfanden keinerlei Verbindung zu Eldwist; sie waren Störenfriede, unerwünscht und allein. Alles in dieser Welt, in der sie jagten, war hart und unnachgiebig. Es gab keine erkennbaren Zeichen, keine vertrauten Markierungen und keine Veränderungen in Farbe, Form oder Geruch, die ihnen auch nur einen winzigen Fingerzeig geben konnten. Es gab nur das Rätsel des Steins.

Es begann, eine Wirkung auf die kleine Gruppe zu haben, trotz ihrer Entschlossenheit. Die Gespräche wurden knapper, die Stimmung gereizter, und die Ungewißheit, was sie tun sollten, wuchs. Horner Dees wurde noch schweigsamer und mürrischer, seine Fähigkeiten als Fährtensucher waren nutzlos, und seine Erfahrungen von vor zehn Jahren reichten hier nicht weiter. Pe Ell hielt sich weiterhin auf Distanz, seine Augen mißtrauisch, seine Bewegungen verstohlen und angespannt wie die einer Katze am Rande des Dschungels, entschlossen, sich nicht unterkriegen zu lassen. Carisman gab das Singen fast vollständig auf. Morgan Leah schrak beim leisesten Geräusch zusammen und war in Gedanken mit der Magie beschäftigt, die er verlor, als das Schwert von Leah zersplitterte. Walker Boh war ein stimmloses Gespenst; bleich und zurückhaltend glitt er durch die Düsternis, als könnte er jeden Moment einfach vergehen.

Sogar Quickening hatte sich verändert. Es war kaum wahrnehmbar, eine leichte Trübung ihrer exquisiten Schönheit, eine merkwürdige Schattierung in ihrer Stimme und ihren Bewegungen und eine gewisse Müdigkeit in ihren Augen. Morgan, der das Mädchen ständig beobachtete, glaubte, er allein könne es wahrnehmen.

Doch als sie einmal eine Pause im Schatten einer Wagenruine machten, ließ sich Walker Boh neben dem Hochländer nieder und flüsterte:

»Diese Stadt frißt uns auf, Morgan Leah. Kannst du es fühlen? Sie besitzt ein Leben über unser Verstehen hinaus, eine Ausdehnung des Willens des Steinkönigs, die an uns zehrt. Die Magie ist allenthalben. Wenn wir Uhl Belk nicht bald finden, laufen wir Gefahr, ganz und gar verschlungen zu werden. Siehst du das? Selbst Quickening ist davon angegriffen.«

Und das war sie allerdings. Walker zog sich wieder zurück, und Morgan war seinen eigenen düsteren Gedanken darüber überlassen, in was für eine Lage sie geraten waren. Diese ganze Anstrengung, um bis an diesen Ort zu gelangen, und alles schien umsonst gewesen zu sein. Es zehrte an ihrem Leben, ihrer Energie, ihrer Entschlossenheit und ihrem Willen. Er dachte daran, mit Quickening darüber zu sprechen, doch dann entschloß er sich, es bleiben zu lassen. Sie wußte, was im Gange war. Sie wußte es immer. Wenn es an der Zeit war, etwas zu unternehmen, dann würde sie das tun.

Doch es war Walker Boh, der als erster handelte. Der vierte Tag ihrer Suche nach dem Steinkönig war in der gleichen Weise vorübergegangen wie die drei davor, ohne daß einer von ihnen auch nur die winzigste Spur ihrer Jagdbeute gefunden hätte. Sie kauerten im Schatten ihres neuesten Unterschlupfs; Pe Ell hatte darauf bestanden, daß sie das Gebäude wechselten, um zu verhindern, daß der Kratzer sie entdeckte, der noch immer jede Nacht Jagd auf sie machte. Seit sie in Eldwist angekommen waren, hatten sie keine warme Mahlzeit mehr zu sich genommen oder die Wärme eines Feuers genossen, und ihre Trinkwasservorräte gingen zur Neige. Entmutigt und mit wunden Füßen saßen sie schweigend in der Patsche.

»Wir müssen die Tunnel unter der Stadt durchsuchen«, sagte plötzlich der Dunkle Onkel mit leiser, kalter Stimme.

Die anderen schauten auf. »Was für Tunnel?« fragte Carisman müde. Der Sänger, der weniger fit war als die anderen, verlor deutlich an Kraft.

»Diejenigen, die die Felsen unter den Häusern durchlöchern«, erwiderte Walker. »Es gibt viele davon. Ich habe die Treppen gesehen, die von den Straßen aus nach unten führen.«

Der bärbeißige Horner Dees schüttelte den Kopf. »Vergiß nicht, der Malmschlund ist da unten.«

»Ja. Irgendwo. Aber er ist ein riesiger, blinder Wurm. Wenn wir vorsichtig sind, wird er nicht einmal merken, daß wir da sind. Und wenn der Malmschlund sich unter der Erde versteckt, dann versteckt sich der Steinkönig vielleicht ebenfalls fort.«

Morgan nickte. »Warum nicht? Vielleicht sind beides Würmer. Vielleicht sind sie beide blind. Vielleicht mag keiner von ihnen das Licht. Der Himmel weiß, daß es davon wenig genug da unten gibt. Ich meine, das ist eine gute Idee.«

»Ja«, stimmte Quickening zu, ohne einen von ihnen anzuschauen.

Pe Ell regte sich im Schatten und sagte nichts. Die anderen murmelten ihre Zustimmung. In der Finsternis ihres Unterschlupfs wurde es schnell wieder still.

In jener Nacht schlief Quickening neben Morgan, was sie seit ihrer Ankunft in Eldwist nicht mehr getan hatte. Unerwartet kam sie und kuschelte sich an ihn, als fürchte sie, etwas könne sie fortstehlen kommen. Morgan legte seinen Arm um sie und hielt sie fest und lauschte auf ihren Atem, fühlte das Pulsieren ihres Körpers nah an seinem. Sie sprach nicht. Nach einer Weile schlief er mit ihr im Arm ein. Als er erwachte, war sie wieder fort.

Bei Tagesanbruch verließen sie ihren Unterschlupf und stiegen in die Katakomben unter der Stadt. Ein Treppenschacht unter einem Haus neben dem, wo sie sich eingenistet hatten, führte sie auf die erste Ebene. Weitere Treppen führten tiefer in den Fels, wanden sich in schwarzen Löchern im Stein ins Leere. Die Tunnel der ersten Ebene waren aus Steinquadern errichtet, und Schienen auf versteinerten Bohlen verliefen in dunkle Ferne. Alles war zu Stein verwandelt. Es gab kein Licht unter der Stadt. Walker Boh benutzte eines von Coglines Pulvern, mit dem er einen Steinkeil bestrich, der feuerähnlich leuchtete. Sie folgten den Schienen, die sich ins Finstere wanden. Die Schienen führten an Bahnsteigen entlang, wo es weitere Treppen nach oben und unten gab, und die Tunnel verzweigten sich in verschiedene Richtungen. Die Luft roch modrig, und loses Gestein knirschte unter ihren Schritten. Nach einer Weile stießen sie auf einen riesigen, umgekippten Wagen mit Rädern, die in die Schienen paßten, doch zerbrochen und zersplittert und durch die magische Transformation mit der Achse und dem Fahrgestell verschmolzen waren. Einst war dieser Wagen auf den Schienen gerollt, angetrieben durch rätselhafte Energie, und hatte die Menschen der Alten Welt von einem Gebäude zum anderen, von einer Straße zur anderen transportiert. Die Gruppe blieb einen Moment stehen und betrachtete das Wrack, um dann weiterzueilen.

Unterwegs fanden sie weitere Wagen, einmal einen ganzen Saal voll davon, manche noch immer auf den Schienen, manche umgestürzt und zersplittert. Unidentifizierbare Schutthaufen säumten die Schienen sowie Brocken und Teile von ehemaligen Eisenbänken auf den Bahnsteigen, an denen sie vorbeikamen. Hin und wieder stiegen sie zu den Straßen der Stadt hinauf, um sich zu orientieren und dann unterirdisch weiterzugehen. Tief unten, weit entfernt von ihnen, konnten sie das Rumpeln des Malmschlunds hören. Und noch weiter unten das Rauschen des Ozeans.

Nachdem sie viele Stunden lang das Tunnelnetzwerk erforscht hatten, ohne irgendeinen Hinweis auf den Steinkönig zu finden, ließ Pe Ell sie anhalten. »Wir verschwenden unsere Zeit«, sagte er. »Auf dieser Ebene werden wir nichts finden. Wir müssen tiefer hinunter.«

Walker Boh schaute zu Quickening hinüber und nickte dann. Morgan erhaschte einen Blick auf die Gesichter von Carisman und Horner Dees und sagte sich, daß er wohl den gleichen Ausdruck zeigte.

Sie stiegen durch einen gewundenen Treppenschacht zum nächsten Niveau hinunter in ein Labyrinth aus Abflußkanälen. Die Kanäle waren leer und trocken, doch es bestand kein Zweifel an ihrer ursprünglichen Funktion. Die Röhren, aus denen sie bestanden, waren mehr als sechs Meter hoch. Wie alles andere, waren auch sie versteinert. Sie folgten ihnen, und Walkers Befehlsfackel warf einen silbrigen Schimmer in die Schwärze, und ihre Schritte hallten dröhnend durch die Stille. Nicht mehr als hundert Meter von der Stelle entfernt, wo sie die Kanalisation betreten hatten, war ein riesiges Loch in die Seitenwände der Röhre gerissen worden. Sie waren zerfetzt, als bestünden sie aus Papier. Etwas von gewaltiger Größe hatte sich durch den Fels gegraben, so riesig, daß die Kanalröhre nicht mehr als ein Strohhalm in seinem Weg gewesen war.

Aus der schwarzen Leere des gegrabenen Tunnels schallte das Rumpeln des Malmschlunds. Hastig überquerten sie die geröllübersäte Öffnung und gingen weiter.

Zwei Stunden lang wanderten sie durch das Kanalsystem unter der Stadt und fahndeten vergeblich nach dem Versteck des Steinkönigs. Sie folgten den Windungen und Kurven und hatten bald jegliche Orientierung verloren. Von diesem Niveau führten weniger Treppen nach oben, und viele von ihnen waren nichts als Leitern an den Wänden der Abflüsse. Sie stießen einige Male auf die Grabtunnel des Malmschlunds, gähnende Öffnungen, die nach oben in die Stadt führten und dann wieder nach unten verschwanden, schwarze Löcher, die groß genug waren, ganze Gebäude zu verschlucken. Morgan starrte in jene Kluften, machte sich bewußt, daß der Fels der ganzen Halbinsel davon durchzogen sein mußte, und wunderte sich, daß die Stadt nicht einfach einstürzte.

Kurz nach Mittag machten sie halt, um zu rasten und etwas zu essen. Sie fanden eine Treppe, die zum ersten Niveau hinaufführte, und kletterten auf einen der verlassenen Bahnsteige, wo ein paar versteinerte Bänke standen. Dort ließen sie sich nieder. Walkers Fackel steckte in einem Geröllhaufen und warf ihr Licht wie einen Heiligenschein auf sie. Wortlos starrten sie in die Schatten.

Morgan war vor den anderen fertig und ging zu einer Stelle, wo ein schmaler Lichtstrahl durch einen Treppenschacht, der zu den Straßen der Stadt führte, hereinfiel. Er setzte sich hin und starrte nach oben, dachte an bessere Zeiten und Plätze und fragte sich verzagt, ob er sie wohl je wieder erleben würde.

Carisman kam herüber und setzte sich neben ihn. »Es wäre schön, mal wieder die Sonne zu sehen«, sagte der Sänger nachdenklich und lächelte schwach, als Morgan ihn anschaute. »Wenigstens für einen kleinen Augenblick.«

Er fing zu singen an:

»Finsternis für Katzen ist, für Fleder- und and're Mäuse,
für uns nicht, die den Sonnenschein so über alles lieben.
In Eldwist ist es kalt und trüb, nur steinernes Gehäuse.
Ach, fort von hier ins Sonnenlicht. Wo ist es nur geblieben?«

Er grinste reichlich traurig. »Ist das nicht ein gräßlicher Knittelvers? Wahrscheinlich das schlechteste Lied, das ich je komponiert habe.«

»Woher kommst du, Carisman?« fragte Morgan. »Ich meine, vor den Urdas und Rampling Steep. Wo bist zu Hause?«

Carisman schüttelte den Kopf. »Irgendwo, überall. Ich bin zu Hause, wo ich gerade bin, und ich bin fast überall gewesen. Seit ich laufen kann, bin ich herumgereist.«

»Hast du eine Familie?«

»Nein. Nicht daß ich wüßte.« Carisman zog die Knie vor die Brust und umfaßte sie mit den Armen. »Wenn ich hier ums Leben komme, gibt es niemanden, der sich fragt, was aus mir geworden ist.«

»Du wirst nicht sterben«, fauchte Morgan ihn an. »Keiner von uns, wenn wir aufpassen.« Die Eindringlichkeit von Carismans Blick war ihm unbehaglich. »Ich habe eine Familie. Vater und Mutter drüben im Hochland. Und zwei jüngere Brüder. Ich habe sie seit Wochen nicht gesehen.«

Carismans hübsches Gesicht hellte sich auf. »Ich habe vor ein paar Jahren das Hochland bereist. Es ist ein wunderschönes Land, die Hügel ganz purpurn und silbrig im Morgenlicht, fast rot, wenn die Sonne untergeht. Es war ruhig dort oben, so still, daß man die Vögel aus weiter Ferne singen hören konnte.« Er wiegte sich hin und her. »Ich hätte glücklich sein können, wenn ich dort geblieben wäre.«

Morgan musterte ihn eine Weile, beobachtete, wie er ins Leere starrte, gefangen in einer inneren Vision. »Ich habe vor, zurückzugehen, wenn wir diese Angelegenheit hier hinter uns haben«, sagte er. »Warum kommst du nicht mit zu mir nach Hause?«

Carisman sah ihn aufmerksam an. »Ginge das? Ich käme gerne mit.«

Morgan nickte. »Abgemacht. Aber kein Wort mehr über das Sterben.«

Sie schwiegen eine Weile, bis Carisman weitersprach. »Weißt du, daß das, was für mich einer Familie am nächsten kam, die Urdas waren? Trotz der Tatsache, daß ich ihr Gefangener war, kümmerten sie sich um mich. Ich bedeutete ihnen etwas. Und sie mir. Wie eine Familie. Seltsam.«

Morgan dachte an seine Familie, seine Eltern, seine Brüder. Er erinnerte sich an ihre Gesichter, den Klang ihrer Stimmen, die Art, wie sie sich bewegten. Das brachte ihn dazu, an die Talbewohner zu denken, an Par und Coll. Wo waren sie? Dann dachte er an Steff, der nun schon seit einigen Wochen tot war, der schon zu einer Erinnerung wurde, mit der Geschichte seiner Vergangenheit verschmolz. Er dachte an das Versprechen, das er seinem Freund gegeben hatte – daß er, wenn er die Magie finden würde, die den Zwergen in ihrem Kampf um Freiheit helfen konnte, sie gegen die Föderation und gegen die Schattenwesen einsetzen würde. Wilde Entschlossenheit durchströmte ihn und löste sich wieder. Vielleicht erwies sich der schwarze Elfenstein als die Waffe, die er brauchte. Wenn der Stein andere Magien zunichte machen konnte, wenn er tatsächlich stark genug war, das untergegangene Paranor zurückzubringen, indem er dem Zauberbann entgegenwirkte...

»Sie mochten die Musik, verstehst du, aber es war mehr als nur das«, fuhr Carisman fort. »Ich glaube, sie mochten mich selbst auch. Sie waren ein bißchen wie Kinder, die einen Vater brauchen. Sie wollten alles über die Welt außerhalb ihres Tales erfahren, über die Vier Länder und die Völker, die dort leben. Die meisten waren nie über die Grenze der Stachelberge hinausgekommen. Ich war schon überall gewesen.«

»Nur hier noch nicht«, sagte Morgan lächelnd.

Aber Carisman schaute woandershin. »Ich wünschte, ich wäre nie hierhergekommen«, sagte er.

Die Gruppe setzte ihre Erkundungen des Abwassersystems von Eldwist fort und fanden es nach wie vor bar jeglichen Lebens. Sie fanden nichts – nicht die kleinste Wühlmaus, keine Fledermaus, nicht einmal die Insekten, die sonst unter der Erde gedeihen. Und keinerlei Anzeichen von Uhl Belk. Da war nur das Gestein, das bewies, daß er hiergewesen war. Sie wanderten während mehrerer Stunden und begannen dann den Rückweg. Das Tageslicht würde in kurzer Zeit verlöschen, und sie hatten nicht die Absicht, draußen zu sein, wenn der Kratzer seine nächtlichen Säuberungsaktionen begann.

»Es ist möglich, daß er nicht in die unterirdischen Tunnel kommt«, überlegte Walker Boh.

Aber keiner hatte Lust, das herauszufinden. Sie folgten den gewundenen Katakomben, überquerten wieder die Grablöcher des Malmschlunds und drängten unverdrossen weiter durch die Finsternis. Grunzen und Schnaufen waren die einzigen Geräusche. Ihre Gesichter waren von der Anspannung gezeichnet, in ihren Augen spiegelten sich ihre Entmutigung und ihre Unzufriedenheit. Niemand sagte etwas. Was sie dachten, brauchte keine Worte.

Plötzlich ließ Walker sie anhalten und zeigte ins Finstere. Da war eine Öffnung in dem Tunnel, die ihnen zuvor entgangen war, kleiner als die Kanalröhren und fast unsichtbar in der Dunkelheit. Walker kauerte sich nieder, um hineinzuschauen, dann verschwand er.

Kurz darauf kam er wieder. »Dort gibt es eine Höhle und einen Treppenschacht nach unten«, berichtete er. »Es sieht so aus, als ob es weiter unten noch ein Tunnelnetz gibt.« Sie folgten ihm in die darunter liegende Höhle, eine Kammer, deren Wände und Boden mit Splittern übersät und von tiefen Rissen durchzogen waren. Sie fanden den Treppenschacht und schauten in die Finsternis hinunter. Es war unmöglich, irgend etwas zu erkennen. Sie tauschten unbehagliche Blicke miteinander. Wortlos ging Walker zu der Treppe, und, die Behelfsfackel in der Hand, begann er, die Stufen hinunterzusteigen. Nach einem kurzen Zögern folgten ihm die anderen schließlich.

Die Stufen führten tief hinunter, ausgetreten und glitschig. Der Geruch des Ozeans war hier gegenwärtig, und sie konnten das Tröpfeln von Seewasser in der Dunkelheit hören. Als sie unten angekommen waren, fanden sie sich in der Mitte eines breiten, hohen Tunnels wieder, in dem sich der Felsen kristallisiert hatte und dicke steinerne Eiszapfen von der Decke ragten, von denen Wasser in schwarze Pfützen tropfte. Walker wandte sich nach rechts, und sie gingen weiter. Die Feuchtigkeit machte die Luft eisigkalt, und die sechs zogen ihre Umhänge fester um sich. Ihre Schritte hallten durch den steinernen Korridor und brachen die Stille.

Dann war da plötzlich noch etwas, eine Art Quietschen, das Morgan an das Geräusch eines rostigen Eisenriegels erinnerte, der nach langer Zeit aufgeschoben wurde. Sie blieben alle gleichzeitig stehen und standen im silbrigen Schein der Fackel und lauschten. Das Quietschen dauerte an; es kam von irgendwo hinter ihnen.

»Kommt«, befahl Walker barsch und eilte voraus. Die anderen hasteten hinter ihm her, angespornt von der ungewohnten Dringlichkeit in seiner Stimme. Walker hatte in dem Geräusch etwas erkannt, das ihnen entgangen war. Morgan schaute beim Laufen über seine Schulter zurück. Was war dort hinten?

Sie überquerten ein seichtes Wasserrinnsal, das aus einem Riß in der Wand quoll, und Walker drehte sich um und winkte die anderen vorbei. Das Quietschen war inzwischen ohrenbetäubend laut geworden und kam immer näher. Der Dunkle Onkel reichte Morgan die Fackel und schleuderte etwas ins Dunkel. Weißes Feuer leuchtete auf, und der Tunnel dahinter war plötzlich hell erleuchtet.

Morgan riß entsetzt die Augen auf. Überall waren Ratten, eine wuselnde, strampelnde Herde pelziger Leiber. Aber diese Ratten waren Riesen, drei- oder viermal so groß wie normale Ratten, ganz Krallen und Zähne. Ihre Augen waren weiß und blind wie alles, was die Gefährten in Eldwist gesehen hatten, und ihr Fell war naß vom Seewasser. Sie sahen gefräßig aus. Und wahnsinnig. Sie strömten zwischen den Felsen hervor und steuerten auf die Männer und das Mädchen los.

»Haut ab!« schrie Walker und riß Morgan die Fackel aus der Hand.

Und sie rannten durch die Dunkelheit, verfolgt von dem Quietschen, das in Wellen anschwoll, und mühten sich, im Lichtkreis der Fackel zu bleiben, während sie versuchten, dem Horror auf ihren Fersen zu entkommen. Der Tunnel stieg an und senkte sich wieder, und Splitter ragten aus den Wänden. Immer wieder stürzten sie, rappelten sich auf und rannten weiter.

Eine Leiter! war alles, woran Morgan denken konnte. *Wir brauchen eine Leiter!*

Aber es gab keine. Es gab nichts als Felswände, Wasserrinnen und Seewasserpfützen. Und sie selbst in der Falle.

Und dann dröhnte von irgendwo weiter vorn ein neues Geräusch, das Donnern der Brecher gegen die Küste, das Branden der Wogen gegen das Land.

Sie stürmten aus der Finsternis des Tunnels in ein fahles, silbriges Licht und blieben abrupt stehen. Vor ihnen fiel der Fels steil zum Gezeitenstrom ab. Unten brodelte der Ozean, brach sich an den Felsen, schäumte weiß auf und sprühte sie naß. Sie befanden sich in einer Höhe von solchen Ausmaßen, daß die äußersten Enden in Nebel und Schatten untergingen. Tageslicht drang durch Ritzen im Fels, wo der Ozean die Wand hatte bersten lassen. Weitere Tunnel endeten ebenfalls in der Höhe, schwarze Löcher sowohl zur Rechten als auch zur Linken. Alle waren unerreichbar. Die Steilwände an beiden Seiten waren unerklimmbar. Der Abgrund vor ihnen fiel steil in die brodelnde See. Der einzig mögliche Weg war der, den sie gekommen waren.

Durch das Rattenheer.

Die Ratten hatten sie inzwischen beinahe erreicht, ihr Gequietsche übertönte sogar das Tosen der Meereswellen, ihre Leiber füllten die untere Tunnelhälfte, während sie sich mit Krallen und Zähnen aneinander vorbeidrängten. Morgan riß sein Breitschwert aus der Scheide und wußte schon, während er das tat, wie nutzlos die Waffe sein würde. Pe Ell hatte sich von den anderen abgesetzt und war auf die Seite gegangen. Er hielt sein seltsames Silbermesser in der Hand. Dees und Carisman kauerten am Rand des Abgrunds, als wollten sie springen.

Quickening trat neben Morgan, ihr schönes Gesicht seltsam ruhig, und legte ihm die Hand fest auf den Arm.

Dann warf Walker Boh seine Fackel beiseite und schleuderte eine Handvoll des schwarzen Pulvers auf das Rattenheer. Feuer explodierte überall, und die vorderste Reihe verbrannte. Doch dahinter waren Hunderte von ihnen, Tausende dieser dunklen Leiber. Krallen klammerten sich wild an die Felsen und suchten Halt. Zähne und blinde Augen glänzten. Die Ratten rückten immer näher.

»Walker!« rief Morgan verzweifelt und schob Quickening hinter seinen Rücken.

Doch es war weder der Dunkle Onkel, der auf Morgans Schrei reagierte, noch Pe Ell oder Horner Dees. Nicht einmal Quickening. Es war Carisman, der Sänger.

Er sprang vor, drängte sich an Morgan und Quickening vorbei und war neben Walker, als die Ratten gerade durch die Tunnelöffnung auf das schmale Sims stürmten. Er erhob seine sonderbare Stimme und begann zu singen. Es war ein Lied, das ganz anders war, als was sie bislang von ihm gehört hatten; es kratzte, wie wenn Metall über Stein streift, und knirschte wie berstendes Holz. Es übertönte das Tosen der Ozeanwellen und das Quietschen der Ratten und füllte die ganze Höhle mit ihrem Klang.

»Kommt hierher!« rief Quickening den anderen zu.

Die Gruppe kam sofort, einschließlich Pe Ell, und sie drückten sich aneinander, während der Reimeschmied sang. Die Ratten ergossen sich aus dem Tunnel und quollen wie eine Woge aus strampelnden Leibern auf sie zu. Doch dann spaltete sich die Woge und strömte zu beiden Seiten an dem Sänger vorbei, ohne einen von ihnen zu berühren. Irgend etwas an Carismans Gesang lenkte sie ab.

Sie zogen als wabernde Masse zu beiden Seiten an ihm vorbei. Sie strampelten sich vorwärts, ohne auf irgend etwas zu achten, und es war nicht zu erkennen, ob sie flohen oder gerufen wurden. Und sie stürzten ins Meer.

Wenige Augenblicke später war auch die letzte von ihnen verschwunden. Carisman verstummte und taumelte dann in Morgans Arme. Der Hochländer fing ihn auf, und Quickening betupfte sein Gesicht mit einem Zipfel ihres Ärmels, den sie in kaltes Seewasser getaucht hatte. Die anderen schauten atemlos zu, prüften mißtrauisch die dunkle Tunnelöffnung, den leeren Fels, die Brandung des Ozeans.

»Es hat gewirkt«, flüsterte Carisman überrascht, als er die Augen wieder aufschlug. »Habt ihr das gesehen? Es hat gewirkt!« Er rappelte sich hoch und nahm Quickening jubelnd in die Arme. »Ich habe darüber einmal was gelesen oder vielleicht auch davon gehört, aber ich hätte nie gedacht, daß ich... ich meine, ich habe so was noch nie versucht! Niemals! Das war ein Katzenlied, Lady! Ein Katzengesang! Ich wußte nicht, was ich sonst tun sollte, also habe ich diesen grauenvollen Biestern vorgegaukelt, wir wären Riesenkatzen!«

Alle starrten ihn ungläubig an. Erst jetzt wußte Morgan Leah zu schätzen, wie wahrhaft wunderbar ihre Rettung gewesen war.

Mit der Vernichtung der Ratten waren sie in der Lage, durch den Tunnel, der sie in die unterirdische Höhle gebracht hatte, zurückzugehen, wieder in das Abwassernetz von Eldwist zu klettern, von dort in die Tunnel darüber, um schließlich wieder auf die Straßen der Stadt zu gelangen. Es begann schon dunkel zu werden, und sie hasteten eilig durch die einbrechende Dämmerung in den Schutz ihres Nachtquartiers. Sie schafften es im allerletzten Moment. Der Kratzer erschien fast sofort vor den Mauern des Gebäudes, seine Panzerbeine kratzten über den Stein, und er suchte noch immer nach ihnen. Sie saßen schweigend im Dunkeln und lauschten, bis er schließlich abzog. Walker meinte, das Geschöpf könne ihre Spur mit seinem Geruchssinn verfolgen. Nur der Regen und die vielen Spuren, die sie hinterlassen hatten, verwirrten ihn. Früher oder später würde er sie finden.

Erschöpft und angeschlagen und erschüttert von den Erlebnissen verzehrten sie ihr Nachtmahl schweigend und zogen sich schnell zum Schlafen zurück.

Am nächsten Morgen verkündete Pe Ell, der seit ihrer Flucht aus den Tunneln in eine so finstere Laune verfallen war, daß keiner sich ihm zu nähern wagte, er mache sich alleine auf.

»Wir sind zu viele, die da rumstolpern, um je irgendwas zu finden«, erklärte er mit ruhiger, ausdrucksloser Stimme und undurchdringlichem Gesicht. Er sprach zu Quickening, so als zähle nur sie. »Falls es tatsächlich einen Steinkönig gibt, dann weiß er inzwischen, daß wir hier sind. Es ist seine Stadt; wenn er will, kann er sich unauffindbar verstekken. Der einzige Weg, ihn zu finden, ist, indem man ihn erwischt, wenn er nicht damit rechnet, sich anschleicht und ihn überrascht. Das ist ausgeschlossen, wenn wir weiterhin wie eine Hundemeute hinter ihm herjagen.«

Morgan setzte zum Widerspruch an, doch Walkers Finger schlossen sich mit eisernem Griff um seinen Arm.

Pe Ell schaute um sich. »Ihr könnt meinetwegen weiter rumpoltern, wenn ihr wollt. Aber ohne mich. Ich habe genug Zeit mit eurer Herde verbracht. Ich hätte von Anfang an alleine losziehen sollen, dann wäre diese Angelegenheit längst erledigt.« Er wandte sich wieder zu Quickening. »Wenn ich Uhl Belk und den schwarzen Elfenstein gefunden habe, komme ich dich holen.« Er hielt inne und schaute ihr fest in die Augen. »Falls du noch am Leben bist.«

Er stolzierte verächtlich an ihnen vorbei und verschwand. Seine Stiefel hallten dumpf aus dem Treppenhaus, dann wurde es still.

Horner Dees spuckte aus. »Den sind wir los«, murmelte er.

»Aber er hat recht«, sagte Walker Boh, und alle drehten sich zu ihm um. »In einem Punkt zumindest. Wir müssen uns in Gruppen aufteilen, wenn diese Suche Erfolg haben soll. Die Stadt ist zu groß, und wir sind zu leicht zu umgehen, wenn wir zusammenbleiben.«

»Also zwei Gruppen«, stimmte Dees zu und nickte. »Niemand darf allein losziehen.«

»Pe Ell schien sich nicht zu scheuen, allein loszugehen«, bemerkte Morgan.

»Der ist wie ein Raubtier, daran besteht kein Zweifel«, erwiderte Dees. Er sah Quickening nachdenklich an. »Was hältst du davon, Mädchen? Hat er irgendeine Chance, Belk und den Elfenstein allein zu finden?«

Aber Quickening sagte nur: »Er wird wiederkommen.«

Sie setzten sich hin, um eine Strategie auszuhecken, um die Stadt von einem Ende bis zum anderen methodisch abzusuchen. Von ihrem Unterschlupf aus erstreckte sich Eldwist vor allem nach Norden, also wurde beschlossen, die Stadt in zwei Hälften zu teilen, und daß eine Gruppe den Osten, die andere den Westen übernehmen sollte. Die Suche sollte sich auf die Häuser und die Straßen konzentrieren, nicht die Tunnel. Wenn sie überirdisch nichts fänden, würden sie weitersehen.

»Pe Ell mag sich irren, wenn er sagt, daß der Steinkönig längst wissen muß, daß wir hier sind«, sagte Quickening zum Abschluß. Sie hob ihre schlanken Finger mit der Behendigkeit eines Vogels. »Wir sind in seinen Augen unbedeutend, und er hat uns vielleicht nicht einmal bemerkt. Dafür hat er den Kratzer. Und ansonsten füllt der Malmschlund seine Zeit.«

»Wie verteilen wir uns?« fragte Carisman.

»Du kommst mit mir«, antwortete Quickening sofort, »und Walker Boh.«

Morgan war überrascht. Er hatte erwartet, daß sie ihn wählen würde. Seine Enttäuschung traf ihn tief. Er setzte an, um ihrer Entscheidung zu widersprechen, doch ihre schwarzen Augen fixierten ihn mit solcher Eindringlichkeit, daß er sofort verstummte. Welche Gründe sie auch immer für ihre Entscheidung hatte, sie wollte sie nicht in Frage gestellt sehen.

»Damit bleiben wir zwei übrig, Hochländer«, brummte Horner Dees und schlug Morgan mit seiner schweren Hand auf die Schulter. »Meinst du, wir können Pe Ell enttäuschen und mit heiler Haut davonkommen?«

Sein unerwartetes Lachen war so ansteckend, daß Morgan lächeln mußte. »Wetten, daß?« gab er zurück.

Sie sammelten ihre Habe zusammen und gingen auf die Straße hinunter. Es war düster und nebelig zwischen den Gebäuden, dicke Wolken hingen tief am Himmel. Die Luft war feucht und frostig, und ihr Atem bildete weiße Fahnen. Sie wünschten einander Glück und gingen in verschiedene Richtungen davon, Morgan und Dees nach Westen, Quickening, Walker und Carisman nach Osten.

»Paß auf dich auf, Morgan«, flüsterte Quickening. Ihr edles Gesicht lag halb im Schatten unter ihrer Silbermähne. Sie berührte ihn sanft an der Schulter und eilte dann hinter Walker Boh her.

»Wir gehen auf die Jagd, tralali, tralala!« sang Carisman fröhlich, als sie verschwanden.

Es begann zu nieseln. Morgan und Horner Dees stapften mit gesenkten Köpfen, die Umhänge fest um die Schultern gezogen, voran. Sie hatten sich darauf geeinigt, der Straße bis zum Ende zu folgen, bis zum Stadtrand, und dann der Küste entlang nach Norden zu gehen. Im Stadtkern war wenig genug zu finden gewesen, vielleicht gab es weiter draußen etwas – insbesondere, wenn die Magie des Steinkönigs gegen Wasser nichts ausrichten konnte. Sie hielten sich auf den Gehsteigen und prüften aufmerksam die finsteren Schluchten der Seitenstraßen, die sie überquerten. Regenwasser sammelte sich auf der steinernen Haut der Stadt in dunkel schimmernden Pfützen und Rinnsalen. Seevögel warteten in Spalten und Nischen den Regen ab. In den Schatten rührte sich nichts.

Im Laufe des frühen Vormittags erreichten sie den Gezeitenstrom, das Land endete mit Klippen, die tief ins Meer abfielen. Felsbrocken ragten aus den schäumenden Wellen, erodiert und zerklüftet. Wogen brachen sich an den Klippen, ihr Tosen mischte sich mit dem Heulen des Sturms. Morgan und Dees zogen sich wieder in den Schutz der äußeren Bauwerke zurück. Regen und Sprühwasser hatten sie schnell durchweicht, und sie schlotterten unter ihren nassen Kleidern. Zwei Stunden lang folgten sie der westlichen Stadtgrenze, ohne etwas zu finden. Gegen Mittag, als sie anhielten, um etwas zu essen, waren sie mürrisch und erschöpft.

»Hier draußen gibt's nichts, Hochländer«, bemerkte Dees, während er auf einem Stück getrockneten Rindfleischs kaute – seinem letzten Stück. »Nur das Meer und den Wind und diese verfluchten Vögel, die schreien und rufen wie verrückte Weiber.«

Morgan nickte, ohne zu antworten. Er fragte sich, ob er imstande wäre, einen dieser Seevögel zu essen, wenn es sein mußte. Ihre Nahrungsreserven waren fast aufgebraucht. Bald wären sie gezwungen zu jagen. Was außer den Vögeln gab es denn? Fisch, entschied er. Die Vögel sahen zu mager und zäh aus.

»Vermißt du das Hochland?« fragte Dees ihn plötzlich.

»Manchmal.« Er dachte an seine Heimat. »Immerzu.«

»Ich auch, und ich habe es seit Jahren nicht mehr gesehen. Es ist das schönste Stück Arbeit, das die Natur je hervorgebracht hat. Ich mochte, wie ich mich dort fühlte, wenn ich dort war.«

»Carisman sagte, auch er sei gern dort gewesen. Er sagte, er liebte die Stille dort.«

»Die Stille. Ja, ich erinnere mich, wie friedlich es auf jenen Hügeln ist.« Sie hatten Schutz in einem dämmrigen Hauseingang gefunden. Der große Mann rückte von einer wachsenden Pfütze ab, wo das Wasser, das an den Wänden herunterrieselte, sich auf den Stufen sammelte, während sie mit dem Rücken an der Wand saßen und in den Regen hinausschauten.

Er beugte sich vor. »Ich will dir was sagen«, meinte er leise. »Ich kenne diesen Kerl, diesen Pe Ell.«

Morgan schaute ihn neugierig an. »Woher?«

»Von früher. Lange her. Fast zwanzig Jahre. Er war fast noch ein Kind damals; ich war schon alt.« Dees kicherte. »Und was für ein Kind. Schon damals ein Killer. Von Anfang an ein Mörder – als sei er dazu geboren und könne nie etwas anderes sein.« Er schüttelte sein ergrautes Haupt. »Ich kannte ihn. Ich wußte, daß es gefährlich war, ihm in die Quere zu kommen.«

»Und bist du das?«

»Ihm in die Quere gekommen? Ich? Nein, nicht ich. Ich weiß sehr genau, wem ich mich stelle und wem ich aus dem Weg gehe. Hab' ich immer gewußt. Darum bin ich noch am Leben. Pe Ell gehört zu der Sorte, die, wenn sie dich mal auf dem Kieker haben, nicht nachlassen, bis du tot bist. Er läßt einfach nicht locker.« Er zeigte auf Morgan. »Eins solltest du begreifen. Ich weiß nicht, was er hier tut. Ich weiß nicht, warum das Mädchen ihn mitgenommen hat. Aber er ist für keinen von euch ein Freund. Weißt du, was er ist? Er ist ein Mörder der Föderation. Ihr bester übrigens. Er ist Felsen-Dalls Liebling.«

Morgan erstarrte. Alles Blut wich aus seinem Gesicht. »Das kann doch nicht wahr sein!«

»Kann und ist«, sagte Dees nachdrücklich, »es sei denn, es hat sich was geändert, und das bezweifle ich.«

Morgan schüttelte ungläubig den Kopf. »Woher weißt du das alles, Horner Dees?«

Horner Dees grinste ein breites, hämisches Grinsen. »Seltsame Sache das. Ich erinnere mich an ihn, auch wenn er sich nicht mehr an mich erinnert. Ich kann es in seinen Augen lesen. Er versucht zu erfahren, was es ist, das ich weiß und er nicht. Hast du nicht bemerkt, wie er mich mustert? Versucht, es rauszufinden. Ist zu lange her, nehme ich an. Er hat zu viele Menschen ermordet, hat zu viele Gesichter in seiner Vergangenheit, um sich an alle erinnern zu können. Ich habe nicht so viele Gespenster, über die ich mich sorgen muß.« Er machte eine Pause. »Die Wahrheit ist, Hochländer, daß ich selbst einer von ihnen war.«

»Einer von ihnen?« fragte Morgan leise.

Der andere stieß ein scharfes Lachen aus, das wie ein Bellen klang. »Ich war bei der Föderation! Ich habe für sie spioniert!«

Im gleichen Moment schlug Morgan Leahs Bild von Horner Dees um. Der große, bärenhafte Kerl war nicht länger ein mürrischer, alter Fährtensucher, dessen beste Zeiten hinter ihm lagen; er war nicht einmal mehr ein Freund. Morgan wich zurück und erkannte dann, daß es keine Fluchtmöglichkeit gab. Er faßte nach seinem Breitschwert.

»Hochländer!« fauchte Dees und ließ ihn erstarren. Der große Mann ballte eine Faust und entspannte sich wieder. »Wie gesagt, das ist lange her. Ich bin schon seit zwanzig Jahren nicht mehr dabei. Setz dich ruhig wieder hin. Von mir hast du nichts zu befürchten.«

Er legte die Hände mit den Handflächen nach oben auf den Schoß. »So jedenfalls habe ich das Hochland kennengelernt, ob du's glaubst oder nicht – im Dienst der Föderation. Ich war Zwergenrebellen auf der Spur, beim Regenbogensee und beim Silberflußland. Hab' nicht viel gefunden. Zwerge sind wie Füchse; sie verschwinden im Nu, wenn sie wissen, daß man sie jagt.« Er lächelte in unerwarteter Weise. »Hab' mich auch nicht besonders angestrengt. War ein sinnloses Unterfangen.«

Morgan ließ den Griff seines Breitschwerts los und setzte sich wieder hin.

»Jedenfalls war ich lange genug dabei, um herauszufinden, wer Pe Ell ist«, fuhr der andere fort. Sein Blick war jetzt sorgenvoll in die Ferne gerichtet. »Damals wußte ich so ziemlich alles, was vorging. Felsen-Dall wollte mich zum Sucher machen. Kannst du dir das vorstellen? Mich? Ich hielt diesen Wolfschädelkram für Kokolores. Aber ich erfuhr von Pe Ell, während Dall mich bearbeitete. Sah ihn einmal kommen und gehen, ohne daß er es wußte. Dall sorgte dafür, daß ich es sah, denn er liebte es, einen mit Pe Ell zu beeindrucken. Es war so was wie ein Spiel zwischen den beiden, jeder versuchte, den anderen vorzuführen. Wie auch immer, ich sah ihn und hörte, was er tat. Und ein paar andere hörten auch Sachen über ihn. Jeder wußte sich von ihm fernzuhalten.«

Er seufzte. »Nicht lange danach hab' ich mich von dem Haufen abgesetzt. Bin abgehauen, als es niemand sah, ging durch das Ostland nach Norden und wanderte herum, bis ich nach Rampling Steep kam und beschloß, dort zu leben. Fern von dem Wahnsinn im Süden, der Föderation, den Suchern, allem.«

»Allem?« wiederholte Morgan zweifelnd. »Sogar den Schattenwesen?«

Dees blinzelte. »Was weißt du über die Schattenwesen, Morgan Leah?«

Morgan lehnte sich vor. Der Wind hatte Nebel in Horners Gesicht geblasen, das feucht glänzte. Wassertropfen hingen in seinem Haar und seinem Bart. »Eins will ich vorher von dir wissen: Warum erzählst du mir das alles?«

Horner Dees Lächeln war ungewöhnlich freundlich. »Weil ich will, daß du über Pe Ell unterrichtet bist, und das kannst du nur sein, wenn du über mich Bescheid weißt. Ich mag dich, Hochländer. Du erinnerst mich ein bißchen an mich selbst, als ich dein Alter hatte – unbekümmert und dickköpfig und furchtlos. Ich will nicht, daß es Geheimnisse über mich gibt, die auf die falsche Weise ans Tageslicht kommen. Zum Beispiel, wenn Pe Ell sich erinnern sollte, wer ich bin. Ich möchte dich als Freund und Verbündeten haben. Ich traue sonst keinem der anderen.«

Morgan musterte ihn eine Weile wortlos. »Mit einem anderen würdest du vielleicht besser fahren.«

»Darauf laß' ich's ankommen. Nun, wie ist das also? Ich habe deine Frage beantwortet. Jetzt sag du mir, wie du von den Schattenwesen erfahren hast.«

Morgan zog die Knie vor die Brust und legte die Arme darum, während er nachdachte. »Mein bester Freund«, sagte er schließlich, »war ein Zwerg namens Steff. Er gehörte zum Widerstand. Die Frau, die er liebte, war ein Schattenwesen, und sie brachte ihn um. Dann habe ich sie getötet.«

Hornes Dees zog seine Brauen fragend in die Höhe. »Ich meinte verstanden zu haben, daß nur Magie diese Wesen töten kann.«

Morgan bückte sich und zog das zersplitterte Ende des Schwerts von Leah hervor. »In diesem Schwert war einst Magie«, erläuterte er. »Allanon selbst hat sie hineingegeben – vor dreihundert Jahren. Ich zerbrach es im Kampf mit den Schattenwesen in Tyrsis, bevor das alles losging. Dennoch war noch genug Magie übrig, um Steff zu rächen und mich selbst zu retten.« Er prüfte die Klinge nachdenklich, steckte sie in die Scheide zurück und wartete vergeblich, seine Wärme zu fühlen, dann schaute er Dees wieder an. »Vielleicht ist noch immer ein wenig davon da. Wie auch immer, das ist der Grund, warum Quickening mich mitgenommen hat. Dieses Schwert. Sie sagte, es bestünde eine Chance, daß es wiederhergestellt werde.«

Horners Dees runzelte die Stirn. »Wirst du es dann gegen Belk einsetzen?«

»Keine Ahnung«, gab Morgan zu. »Ich weiß nichts, als daß es wieder heilgemacht werden kann.« Er schob das Schwert wieder unter seine Kleider. »Versprechungen«, sagte er und seufzte.

»Sie scheint zu jenen zu gehören, die ihre Versprechen halten«, bemerkte der Alte nach einigem Nachdenken. »Magie, um Magie zu finden. Magie, um andere Magie zu übertrumpfen. Wir gegen den Steinkönig.« Er schüttelte den Kopf. »Das ist mir zu kompliziert. Sorg nur dafür, daß du an das denkst, was ich dir über Pe Ell gesagt habe. Du darfst ihm nicht den Rücken kehren. Und du darfst genausowenig gegen ihn vorgehen. Überlaß das mir.«

»Dir?« rief Morgan überrascht aus.

»Genau. Mir. Oder Walker Boh. Einarmig oder nicht, er ist Pe Ell gewachsen, oder ich habe ihn völlig fehleingeschätzt. Du konzentrierst dich darauf, dafür zu sorgen, daß dem Mädchen nichts passiert.« Er machte eine Pause. »Das dürfte dir nicht schwerfallen, wenn man bedenkt, was ihr füreinander empfindet.«

Morgan errötete gegen seinen Willen. »Ich bin es vor allem, der etwas empfindet«, murmelte er verlegen.

»Sie ist das hübscheste Ding, das ich je gesehen habe«, sagte der alte Mann und lächelte über Morgans Verlegenheit. »Ich weiß nicht, was sie ist, Mensch oder Elementarwesen oder was, aber sie kann dich glatt vom Sockel zaubern. Wenn sie dich anschaut mit ihrem sanften Gesicht, und wenn sie so redet, wie sie das tut, dann bist du bereit, alles für sie zu tun. Ich kann ein Lied davon singen. Ich wollte nie wieder hierherkommen, und hier bin ich. Sie hat uns allesamt um den Finger gewickelt.«

Morgan nickte. »Sogar Pe Ell. Er ist ebenso in ihrem Bann wie wir alle.«

Doch Dees schüttelte den Kopf. »Ich bin mir nicht so sicher, Hochländer. Schau bei der nächsten Gelegenheit mal ganz genau hin. Er ist in ihrem Bann und ist es auch nicht. Mit dem da geht sie haarscharf bis an die Grenze. Er kann sich so schnell umdrehen wie eine Katze. Darum sag' ich dir, du sollst auf sie aufpassen. Denk daran, was er ist. Er ist nicht hier, um uns irgendeinen Gefallen zu tun. Er ist um seiner selbst willen hier. Früher oder später wird er rückfällig werden.«

»Das nehme ich auch an«, gab Morgan zu.

Dees grinste zufrieden. »Aber so ohne weiteres wird ihm das nun nicht gelingen, nicht wahr? Weil wir ihn im Auge behalten werden.«

Sie packten ihre Sachen zusammen, zogen die Umhänge gegen das Wetter fest um die Schultern und traten wieder hinaus in den Regen. Sie folgten während des Nachmittags weiterhin der Küste, erreichten die Nordspitze der Halbinsel, ohne etwas zu finden, und gingen wieder zurück in die Stadt. Der Regen hörte endlich auf, und ein feiner Nebel hing wie Rauch vor dem Grau des Himmels und der Gebäude. Die Luft wärmte sich auf. Schatten gähnten aus Seitengassen und Nischen wie erwachende Geister, und Dampf stieg vom Straßenpflaster auf.

Von irgendwo unter dem Boden tönte das Rumpeln des Malmschlunds, ein fernes Donnern, das die Erde beben ließ.

»Ich beginne langsam zu glauben, daß wir überhaupt nichts finden werden«, brummte Horner Dees irgendwann.

Sie folgten den düsteren Straßenschluchten und durchsuchten den Dunst, der über allem lag, Tore und Fenster, die offenstanden wie Mäuler, die Nahrung suchen, glatte, glänzende Wege und Durchgänge. Überall lag die Stadt verlassen und tot, bar jeglichen Lebens, voller hohler, leerer Geräusche. Sie ummauerte sie mit ihren Steinen und ihrer Stille; sie umschloß sie mit solcher Unnachgiebigkeit, daß es ihnen trotz der Erinnerungen und besseren Wissens so vorkam, als sei die ganze Welt rundum untergegangen und nur Eldwist allein übriggeblieben.

Als der Abend näherrückte, wurden sie müde; die Unveränderlichkeit ihrer Umgebung stumpfte ihre Sinne ab und nagte an ihrer Widerstandskraft. Sie fingen an, ein wenig abzuschweifen, gingen näher am Rand des Gehsteigs, schauten öfter an den Steinmauern hoch und gaben sich dem gefährlichen und bohrenden Wunsch hin, daß etwas – *irgendwas* – geschehen würde. Ihr Überdruß war bedenklich, das Gefühl, die Dinge um sie herum weder beeinflussen noch verändern zu können, machte sie wahnsinnig. Sie waren jetzt schon seit fast einer Woche in Eldwist. Wieviel länger würden sie noch zu bleiben gezwungen sein?

Vor ihnen endete die Straße. Sie bogen um die Ecke des Gebäudes, an dem sie entlanggingen, und entdeckten, daß die Straße sich zu einem Platz erweiterte. In der Mitte des Platzes war eine seltsame Vertiefung mit Stufen, die von allen Seiten in eine Mulde führten, aus der eine Statue emporragte, eine geflügelte Figur, an deren Leib Bänder und Fähnchen hingen. Fast ohne zu denken bogen sie auf den Platz, verleitet von dem Anblick, der so anders war als alles, was sie bislang gesehen hatten. Ein *Park*, dachten sie wortlos. Was hatte der hier zu suchen?

Sie hatten die Straße zur Hälfte überquert, als sie den Riegel schnappen hörten, der die Falltüre unter ihren Füßen sicherte.

Sie hatten keine Gelegenheit, sich in Sicherheit zu bringen. Sie standen in der Mitte der Tür, als sie unter ihnen nachgab, und sie stürzten ins Leere. Sie fielen lange, dann rammten sie eine steile Rinne und rutschten kopfüber weiter hinunter. Die Rinne war rauh, die Oberfläche mit lockerem Geröll übersät, das ihnen Hände und Gesicht zerschrammte. Verzweifelt versuchten sie sich, ohne die Schmerzen zu beachten, festzukrallen, um ihre Geschwindigkeit zu bremsen. Mit den Stiefeln und den Knien stemmten sie sich gegen die Rinne und suchten mit Händen und Fingern Halt. Die Rinne wurde breiter und weniger steil. Sie rutschten nicht mehr und blieben mit ausgestreckten Armen und Beinen liegen.

Morgan hob vorsichtig den Kopf und schaute sich um. Er lag mit dem Kopf nach unten auf einer Steinplatte, die zu beiden Seiten so weit in die Schatten reichte, daß er die Enden nicht sehen konnte. Lockeres Gestein bedeckte sie wie ein Teppich, und einiges kullerte noch immer hinunter. Ein schwacher Lichtschimmer von irgendwo in der Höhe versuchte vergeblich, die Finsternis zu durchdringen, und war so schwach, daß er kaum bis zu Morgan reichte. Morgan zwang sich, nach unten zu schauen. Horner Dees lag ungefähr sechs Meter weiter unten auf dem Rücken, Arme und Beine ausgestreckt, und rührte sich nicht. Noch weiter unten gähnte ein Loch von undurchdringlicher Schwärze wie ein riesiges, hungriges Maul.

Morgan schluckte gegen den Staub in seiner Kehle an. »Horner?« krächzte er mühsam.

»Hier«, klang es rauh zurück.

»Bist du heil geblieben?«

»Nichts gebrochen, glaube ich«, grunzte er.

Morgan nahm sich Zeit, die Umgebung anzuschauen. Alles, was er sehen konnte, war die Rutsche, der schwache Lichtschacht von oben und der Abgrund unten. »Kannst du dich bewegen?« rief er leise hinunter.

Eine Weile herrschte Stille, dann hörte man Geröll durchs Dunkel prasseln. »Nein«, kam die Antwort. »Ich bin zu fett und zu alt, Hochländer. Wenn ich versuche, zu dir raufzukommen, gerate ich wieder ins Rutschen, und dann kann ich nicht mehr stoppen.«

Morgan hörte die Anspannung in seiner Stimme. Dees lag hilflos auf dem lockeren Gestein wie ein Blatt auf Glasscherben; auch nur die kleinste Bewegung würde ihn ins Leere abgleiten lassen.

Und mich auch, wenn ich mich zu bewegen versuche, dachte der Hochländer düster.

Und doch mußte er es versuchen.

Er holte tief Luft und hob langsam seine Hand bis an den Mund. Eine Geröllawine polterte abwärts, doch sein Körper blieb auf der Rutschbahn liegen. Er strich sich den Dreck von den Lippen und schloß die Augen, um nachzudenken. In seinem Rucksack war ein Seil, dünn, aber stark, eine Rolle von ungefähr fünfzehn Metern. Er machte die Augen wieder auf. Würde er etwas finden, woran er es befestigen konnte, um sich daran hochzuziehen?

Ein vertrautes Rumpeln erschütterte die Erde, es kam von unten und brachte die Geröllschicht um ihn herum ins Rutschen, so daß kleine Lawinen in den Abgrund rutschten. Ein gewaltiges Keuchen und dann ein langer Seufzer, als würde eine riesige Menge Luft ausgestoßen.

Morgan äugte nach unten, eiskalt bis auf die Knochen. Sein Atem ging in kurzen, hektischen Stößen, und er mußte einen fast unbezähmbaren Drang unterdrücken, so schnell wie möglich fortzuklettern. Der Malmschlund. So nahe. Er war über jede Vorstellung hinaus riesig; der kurze Blick, den er darauf geworfen hatten, reichte, um ihm das zu sagen. Es war unmöglich abzuschätzen, wieviel davon dort unten war, wo er anfing und aufhörte und wie weit er reichte.

Morgan klammerte sich an den Fels, bis ihm die Hände schmerzten, und kämpfte gegen Angst und Übelkeit an. Er mußte hier raus! Er mußte eine Möglichkeit finden!

Fast ohne zu denken, schob er seine Hand unter den Bauch und begann, die Überreste des Schwertes von Leah herauszugraben. Es war ein langwieriger, qualvoller Prozeß, denn er konnte sich nicht aufrichten, ohne fürchten zu müssen, daß er wieder ins Rutschen käme. Und jetzt wollte er das noch weit weniger riskieren.

»Versuch nicht, dich zu bewegen, Horner!« rief er leise mit trockener, rauher Stimme. »Bleib, wo du bist!«

Es kam keine Antwort. Morgan zog das Schwert von Leah zentimeterweise aus der Scheide und unter seinem Leib hervor und brachte es auf die Höhe seines Gesichts. Die polierte Metalloberfläche der zerbrochenen Klinge glänzte im fahlen Licht hell auf. Er hob sie mit einer Hand über seinen Kopf, dann schob er vorsichtig die andere Hand hinauf, bis er den Griff fest mit beiden Händen packen konnte. Mit dem ausgezackten Ende der Klinge nach unten, begann er den Stein zu ritzen. Er spürte, wie es sich in die Steinplatte fraß.

Bitte! flehte er.

Er rammte das Schwert von Leah in den Stein und zog sich hoch. Die Klinge hielt, und er brachte sein Gesicht bis auf die Höhe des Griffs. Geröll löste sich unter ihm und kullerte und rutschte ins Leere. Der Malmschlund rührte sich nicht.

Morgan zog die Klinge heraus, hob sie hoch, rammte sie weiter oben wieder in den Stein und brachte sich mit all seiner Kraft wieder ein Stück höher. Er schloß die Augen und blieb keuchend liegen. Er fühlte, wie ihn eine Hitzewelle durchflutete. Die Magie? Schnell schlug er die Augen auf und betrachtete die Schwertklinge. Nichts.

Mit einer Hand hielt er sich fest, mit der anderen suchte er das Seil und einen Enterhaken in seinem Sack. Ein paar Kochgeräte und eine Decke kamen dabei mit heraus und rutschten ein Stück nach unten. Ohne darauf zu achten schlang der Hochländer das Seil um seine Taille und verknotete es.

»Horner!« flüsterte er.

Der alte Fährtensucher schaute auf, und Morgan warf ihm das Seilende zu. Es landete quer über seinem Leib, und er packte es mit beiden Händen. Augenblicklich geriet er ins Rutschen, bis er sich direkt unter Morgan befand. Dann straffte sich das Seil und hielt ihn auf. Der Ruck erschütterte Morgan und drohte, ihn mitzuzerren, doch er hielt sich mit beiden Händen am Schwert von Leah fest, und die Klinge hielt stand.

»Kletter zu mir rauf!« flüsterte er barsch.

Horner Dees begann, sich an dem Seil hochzuziehen, mühsam und qualvoll eine Hand über die andere setzend. Als er an den Kochgeräten und der Decke, die aus Morgans Rucksack gefallen waren, vorbeikam, stieß er dagegen, und sie polterten in einer Geröllawine weiter nach unten.

Diesmal hustete der Malmschlund und wachte auf.

Er grunzte und schnaufte, und die Töne hallten durch die Steinhöhle. Er richtete sich auf, sein enormer Leib krachte gegen die Felswände seines Schlaftunnels und ließ die Erde heftig zittern. Er rollte und streckte sich und begann sich vorwärts zu bewegen. Morgan umklammerte den Griff seines Schwerts. Dees hing an dem dünnen Seil, und beide bissen die Zähne gegen die gewaltige Belastung ihrer Muskeln und Knochen zusammen. Der Malmschlund schüttelte sich, und der Fährtensucher und der Hochländer konnten ein spritzendes Geräusch hören und dann das Zischen von Dampf.

Der Malmschlund glitt in die Dunkelheit davon, und der Krach, den er verursachte, entfernte sich. Morgan und Dees schauten vorsichtig nach unten.

In dem fahlen Lichtschimmer war ein merkwürdiger grünlicher Fleck zu erkennen, der mehrere Meter unterhalb von Dees vom unteren Ende der Steinrutsche heraufwuchs. Er glitzerte dunkel und qualmte wie ein Buschfeuer. Sie beobachteten, wie er die Decke erreichte, die aus Morgans Rucksack gefallen war. Als er sie berührte, verwandelte sich die grobe Wolle augenblicklich in Stein.

Horner Dees fing sofort in wilder Hast an, auf dem losen Geröll der Rutsche weiter nach oben zu klettern. Als er beinahe auf Morgans Höhe angekommen war, stoppte ihn der Hochländer, ließ ihn das Seil lockern und begann seinerseits wieder die Schwertklinge in den Fels zu rammen, sich daran hochzuziehen – einrammen, hochziehen, einrammen, hochziehen, wieder und wieder.

So fuhren sie während einer endlos erscheinenden Weile fort. Das Tageslicht winkte ihnen, lockte sie wie ein Leuchtturm an die Oberfläche der Stadt in Sicherheit. Schweiß rann Morgan über Gesicht und Leib, und bald war er völlig durchnäßt. Sein Atem ging schwer, und sein ganzer Körper schmerzte. Es wurde so schlimm, daß er dachte, er müsse aufgeben. Aber er durfte nicht aufgeben. Unten rückte der schleimige Fleck immer weiter vor, das Gift, das der Malmschlund ausgeschieden hatte und das alles auf seinem Weg versteinerte. Zuerst die Wolldecke, dann die Küchengeräte, die hinuntergefallen waren. Bald waren nur noch Morgan und Horner Dees übrig.

Und es rückte immer näher.

Sie kämpften sich weiter, hievten sich Stückchen für Stückchen hinauf. Morgans Bewußtsein verschloß sich gegen alles Denken, wie mit einem eisernen Deckel eine Truhe voll unnützen Plunders, und seine ganze Anstrengung konzentrierte sich auf den Aufstieg. Während er arbeitete, fühlte er noch einmal, wie die Hitze ihn durchflutete, stärker diesmal, beharrlicher. Er fühlte, wie sie sich in seinem Inneren drehte wie ein Bohrer, sich im Kern seines Seins drillte und drehte. Es reichte vom Kopf zu den Füßen und wieder zurück, von den Fingern bis zu den Zehenspitzen, durch Muskeln und Knochen und Blut, bis er nichts anderes mehr wußte. Irgendwann – er wußte nicht mehr genau, wann es war – sah er das Schwert von Leah an, und es leuchtete so hell wie der Tag, das weiße Feuer der Magie glühte durch die Schatten. *Sie ist noch da*, dachte er in wilder Entschlossenheit. *Sie ist noch mein!*

Und dann war da plötzlich eine Leiter, Sprossen ragten aus der Wand der Rutsche über ihm, führten aus der Dunkelheit ihrer Falle in das schwächer werdende Tageslicht der Stadt. Das Licht, das er sah, drang durch einen schmalen Luftschacht. Er strampelte darauf zu, einrammen, hochzerren, loslassen, wieder und wieder. Er hörte, wie Horner von unten her nach ihm rief, seine rauhe Stimme klang fast wie ein Schluchzen. Er schaute lange genug nach unten, um zu sehen, daß das Gift des Malmschlundes bis auf wenige Zentimeter zu den Stiefeln des alten Fährtensuchers herangekrochen war. Impulsiv faßte er mit einer Hand das Seil, und mit einer Kraft, von der er nicht wußte, daß er sie besaß, zog er Horner Dees an dem Seil herauf. Der andere strampelte auf ihn zu, sein bärtiges Gesicht unter einer Maske aus Schweiß und Staub. Morgan ließ das Seil los und packte die unterste Sprosse der Leiter. Dees kletterte weiter, indem er seine Stiefel in das lose Geröll grub. Das Tageslicht schwand jetzt schnell, war schon grau geworden, wich schon der Dunkelheit. In der Tiefe erschütterte das Brüllen des Malmschlunds die Erde.

Dann waren sie beide auf der Leiter, strampelten sich mit Händen und Füßen hinauf, die Leiber dicht an den Stein gepreßt. Morgan steckte das Schwert von Leah wieder sicher in seine Scheide. *Nach wie vor magisch!*

Sie brachen aus dem Lichtschacht auf die Straße und sackten erschöpft auf den Gehsteig. Gemeinsam krochen sie in den Eingang des nächststehenden Hauses und brachen in dem kühlen Schatten zusammen.

»Ich wußte… ich hatte recht… als ich dich zum Freund wollte«, keuchte Horner Dees.

Er streckte die Hand aus, dieser bärenstarke Mann, und zog den Hochländer an sich. Morgan Leah konnte fühlen, wie er zitterte.

Pe Ell verbrachte den Tag schlafend. Nachdem er Quickening und die anderen aus Rampling Steep verlassen hatte, ging er direkt zu einem Gebäude kaum einen Block entfernt, das er zwei Tage zuvor für sich ausgewählt hatte. Er bog um die Hausecke, sah zu, daß er nicht gesehen werden konnte, falls irgendwer ihn beobachtete, trat durch eine Seitentür, stieg die Treppe zum ersten Stockwerk hinauf, folgte dem Flur zur Vorderseite des Gebäudes und betrat einen großen, hell erleuchteten Raum mit Fenstern, die vom Boden bis fast zur Decke reichten und den Blick auf die Straße und die gegenüberliegenden Häuser erlaubte. In einem von denen versteckten sich seine ehemaligen Gefährten. Er gestattete sich ein kleines Lächeln. Was waren sie doch für ein Haufen von Idioten.

Pe Ell hatte einen Plan. Er glaubte wie Quickening, daß sich der Steinkönig irgendwo in der Stadt versteckte. Er glaubte nicht, daß die anderen der Gruppe ihn finden würden, selbst wenn sie bis zum nächsten Sommer nach ihm suchten. Nur er war dazu fähig. Pe Ell war ein Jäger mit Instinkt und mit Erfahrung; die anderen waren etwas Geringeres – jeder in unterschiedlicher Weise, aber hoffnungslos. Er hatte nicht gelogen, als er ihnen sagte, er sei ohne sie besser dran. So war es. Horner Dees war ein Fährtensucher, aber die Fähigkeiten eines Fährtensuchers waren in einer Stadt aus Stein nutzlos. Carisman und Morgan Leah besaßen keine Fähigkeiten, die der Rede wert gewesen wären. Quickening weigerte sich, ihre Magie zu benutzen – vielleicht aus gutem Grund, auch wenn er noch nicht wirklich überzeugt davon war. Der einzige, der ihm hätte nützlich sein können, war Walker Boh. Doch dieser Einarmige war sein gefährlichster Gegner, und er hatte keine Lust, ständig auf der Hut sein zu müssen.

Sein Plan war simpel. Der Schlüssel zum Auffinden von Uhl Belk war der Kratzer. Der Schleicher war des Steinkönigs Haustier, ein riesiger Wachhund, der die Stadt von Eindringlingen sauberhielt. Nachts ließ er ihn frei, und er machte die Straßen und Häuser sauber. Aber nur nachts, nie am Tag. Warum war das so? fragte sich Pe Ell. Und die Antwort lag auf der Hand. Weil alles, was dem Steinkönig diente, freiwillig oder nicht, nicht sehen konnte. Er jagte mit Hilfe seiner anderen Sinne. Die Nacht war sein natürlicher Verbündeter. Tageslicht konnte ihn womöglich sogar behindern.

Und wohin verkroch er sich während des Tages, fragte Pe Ell weiter. Wieder schien die Antwort auf der Hand zu liegen. Wie jedes Haustier ging er zu seinem Herrn und Meister zurück. Das hieß, daß, wenn es Pe Ell gelang, dem Kratzer in seinen Tagesunterschlupf zu folgen, eine große Wahrscheinlichkeit bestand, dann auch den Steinkönig ausfindig machen zu können.

Pe Ell glaubte, daß er es schaffen konnte. Die Nacht war auch sein Verbündeter; er hatte fast immer in der Dunkelheit gejagt. Seine eigenen Sinne waren so scharf wie die des Schleichers. Er konnte den Kratzer ebensoleicht jagen wie der Katzer ihn. Der Kratzer war ein Monster, es war sinnlos zu glauben, er habe eine Chance gegen solch ein Biest in einer direkten Konfrontation, selbst mit der Unterstützung des Stiehls. Aber Pe Ell konnte ein Schatten sein, wenn er wollte, und dann konnte ihm nichts etwas anhaben. Er würde sein Glück versuchen, er würde mit dem Kratzer Katz und Maus spielen. Pe Ell fühlte vieles, doch Angst gehörte nicht dazu. Er hatte einen gesunden Respekt vor dem Schleicher, aber er fürchtete ihn nicht. Schließlich war er der Klügere von den beiden.

Wenn es Nacht würde, wollte er es beweisen.

Also verschlief er die Tagesstunden, direkt unter dem Fenster außer Sicht hingestreckt, wo er das fahle Sonnenlicht auf seiner Haut fühlen und die Geräusche von irgendwem oder irgendwas hören konnte, das unten auf der Straße vorbeikam.

Als es dunkel wurde, die Luft feucht und kühl, erhob er sich, glitt die Treppen hinunter und durch die Tür hinaus. Lange blieb er in der Dämmerung stehen und lauschte. Er hatte die anderen von ihrer Tagesjagd nicht zurückkommen hören; das war merkwürdig. Vielleicht waren sie durch eine andere Tür in ihren Unterschlupf gegangen, doch er war sicher, daß er sie auch dann gehört hätte. Er zog kurz in Betracht, sich hineinzustehlen und schnell nachzuschauen, doch gab den Gedanken gleich wieder auf. Was ihnen widerfuhr, hatte nichts mit ihm zu tun. Selbst Quickening war nicht mehr so wichtig. Jetzt, da er nicht in ihrer Nähe war, stellte er fest, daß er weit weniger unter ihrem Bann stand. Sie war einfach ein Mädchen, das zu töten er ausgesandt worden war, und er würde sie töten, falls sie noch am Leben war, wenn er von seiner nächtlichen Jagd zurückkam.

Er würde sie alle töten.

Die Schreie der Seevögel klangen fern und klagend durch die Abendstille, leises Wimmern, vom Meereswind getragen. Er konnte das dumpfe Donnern der Brecher gegen Eldwists Küste und das ferne Rumpeln des Malmschlunds irgendwo tief unter der Stadt vernehmen.

Den Schleicher hörte er nicht.

Er wartete, bis es vollständig dunkel geworden war, bis der Himmel sich mit Wolken und Nebel bedeckt hatte und die Finsternis sich über die Gebäude legte und ihre Schattenmuster darum spann. Er hatte inzwischen alle nächtlichen Geräusche gehört und identifiziert; sie waren ihm so vertraut wie das Klopfen seines eigenen Pulses. Er machte sich auf, nichts als ein weiterer Schatten in der Nacht. Wachsam und flink huschte er von Schatten zu Schatten die Straße hinunter. Außer seinem Stiehl trug er keine Waffe bei sich, und der Stiehl war sicher in seinem Futteral unter der Hose verborgen. Die einzigen Waffen, die er im Augenblick brauchte, waren Instinkt und List.

Er gelangte an eine Straßenkreuzung, wo er sich zum Warten in einen dunklen Eingang zu einer Tunneltreppe kauern und alles im Umfeld von zwei Blocks überschauen konnte. Er lehnte sich an den steinernen Mittelpfeiler und wartete.

Seine Gedanken wanderten zu dem Mädchen.

Quickening, die Tochter des Königs vom Silberfluß – sie war ihm ein Rätsel, das ihn verrückt machte; sie erweckte so viele widersprüchliche Gefühle in ihm, die er kaum auseinandersortieren konnte. Es wäre besser gewesen, wenn er sie einfach alle beiseite gefegt und getan hätte, was

Felsen-Dall ihm aufgetragen hatte – sie umbringen. Aber er konnte sich nicht so recht dazu entschließen. Es war mehr als nur Trotz gegen Dall und seine ständigen Versuche, ihn für die Sache der Schattenwesen zu benutzen, mehr als nur seine Entschlossenheit, die Angelegenheit auf seine eigene Weise anzugehen. Es waren die Zweifel und das Zögern, die sie in ihm weckte, das Gefühl, daß er irgendwie die Dinge nicht ganz so unter Kontrolle hatte, wie er glaubte, daß *sie* Dinge über ihn wußte, die ihm nicht bekannt waren. Geheimnisse – sie hütete so viele davon. Wenn er sie tötete, wären die Geheimnisse für immer verloren.

Er sah sie vor seinem geistigen Auge, wie er es auf ihrer Reise nach Norden so viele Nächte lang getan hatte. Er konnte sich ihre perfekten Züge bildlich vorstellen, die Art und Weise, wie die Bewegungen des Lichts auf ihrem Gesicht und ihrem Körper jeden Aspekt noch faszinierender machten als den vorherigen. Er konnte die Musik ihrer Stimme hören. Er konnte ihre Berührung fühlen. Sie war wirklich und gleichzeitig unwirklich: Sie selbst gab zu, ein Elementarwesen zu sein, ein Produkt von Magie und dennoch gleichzeitig Mensch. Pe Ell war ein Mann, dessen Respekt vor dem Leben seit langem durch sein Morden abgestorben war. Er war ein Berufsmörder, der nie versagt hatte. Niederlagen kannte er nicht. Er war eine Mauer, in die keine Bresche geschlagen werden konnte; niemand konnte sich ihm nähern, es sei denn, er ließ sich in kurzen Momenten dazu herab, ihre Gegenwart zu tolerieren.

Aber Quickening – dieses seltsame, zerbrechliche Mädchen – stellte dies alles in Frage. Sie hatte das Zeug dazu, alles, was er war, zu ruinieren und ihn am Ende zu zerstören, davon war er überzeugt. Er wußte nicht wie, aber er glaubte es. Sie hatte die Macht, ihn zu vernichten. Er müßte also erpicht darauf sein, sie zu töten, wie Felsen-Dall ihm aufgetragen hatte. Statt dessen war er neugierig. Bis jetzt war er noch nie jemandem begegnet, bei dem er das Gefühl gehabt hatte, er stelle eine Bedrohung für ihn dar. Er wollte sich dieser Bedrohung entledigen; doch er wollte sie zuerst nah an sich herankommen lassen.

Er starrte auf die Straßen von Eldwist hinaus, durch die Schluchten zwischen den stillen, hohen Gebäuden und in die Tunnel endloser Finsternis, unbekümmert über die scheinbare Unvereinbarkeit seiner Wünsche. Die Schatten erfaßten und umfingen ihn. Er war hier ebenso zu Hause, wie er es in der Südwache gewesen war, er war ein Teil der Nacht, der Leere, der Einsamkeit, der Gegenwart des Todes, der Abwesenheit von Leben. Wie gering doch der Unterschied zwischen Uhl Belk und den Schattenwesen war, stellte er fest.

Er entspannte sich. Er gehörte in die Anonymität der Dunkelheit. *Sie* und jene, die bei ihr waren, brauchten das Licht.

Er dachte eine Weile an die anderen. Es war ein Zeitvertreib. Er stellte sich jeden einzelnen vor, wie er es mit Quickening getan hatte, und erwog das Potential eines jeden, für ihn eine Bedrohung darzustellen.

Carisman. Den Sänger schaltete er sofort wieder aus.

Horner Dees. Was war es nur, was ihn an diesem alten Mann so störte? Er haßte die Art und Weise, wie dieser bärenhafte Fährtensucher ihn anschaute, als sehe er durch seine Haut und seine Knochen hindurch. Er dachte eine Weile darüber nach, dann ließ er es fallen. Dees war verbraucht. Er besaß keine Magie.

Morgan Leah. Er mochte den Hochländer nicht, weil er eindeutig Quickenings Favorit war. Vielleicht liebte sie ihn auf ihre Weise sogar, auch wenn er zweifelte, daß sie zu echten Gefühlen fähig war – nicht sie – nicht das Elementarwesen, die Tochter des Königs vom Silberfluß. Sie benutzte ihn einfach nur, wie sie sie alle benutzte. Sie hatte ihre eigenen Gründe, die sie sorgfältig für sich behielt. Der Hochländer war jung und unbesonnen und würde vermutlich den Tod finden, ehe er ein echtes Problem darstellte.

Also blieb nur Walker Boh.

Wie jedesmal, wenn es um Walker Boh ging, nahm Pe Ell sich Zeit für seine Erwägungen. Walker Boh war ein Rätsel. Er hatte Magie, aber er schien sich dabei nicht wohl zu fühlen. Quickening hatte ihn praktisch von den Toten auferweckt, doch er wirkte völlig desinteressiert am Leben. Er war mit seinen eigenen Angelegenheiten beschäftigt, mit

Dingen, die er tief in seinem Innersten verborgen hielt, mit Geheimnissen, die so rätselhaft waren wie die des Mädchens. Walker Boh hatte ein Gefühl für die Dinge, die Pe Ell immer wieder überraschten; vielleicht konnte er sogar in die Zukunft schauen. Vor ein paar Jahren hatte Pe Ell von einem Mann gehört, der im Ostland lebte und mit den Tieren sprechen und die Veränderungen des Landes lesen konnte, ehe sie eintraten. War er das vielleicht? Man bezeichnete ihn als einen höchst gefährlichen Gegner, die Gnome fürchteten ihn sehr.

Pe Ell beugte sich langsam vor und faltete die Hände. Vor dem Einarmigen mußte er sich besonders in acht nehmen, das war ihm klar. Pe Ell hatte keine Angst vor Walker Boh, aber Walker Boh hatte auch keine Angst vor ihm.

Noch nicht.

Die Minuten verstrichen, die Nacht schritt voran, und die Straßen blieben still und leer. Pe Ell wartete geduldig. Er wußte, daß der Kratzer irgendwann kommen würde, wie er es jede Nacht getan hatte, um ihr Versteck zu suchen und sie zu finden, entschlossen, sie zu vernichten. Heute nacht würde er keine Ausnahme machen.

Pe Ell erlaubte es sich, eine Weile die Implikationen zu betrachten, die im Besitz einer Magie wie der des schwarzen Elfensteins lagen – einer Magie, die jegliche andere Magie zunichte machte. Was würde er damit anfangen? Seine scharfen, ziselierten Züge runzelten sich amüsiert. Er würde sie erst einmal gegen Felsen-Dall benutzen. Er würde sie einsetzen, um Dalls eigene Magie aufzuheben. Er würde sich in die Südwache schleichen, den Ersten Sucher ausfindig machen und ihm ein Ende bereiten. Felsen-Dall war inzwischen eher lästig als nützlich; Pe Ell hatte keine Lust mehr, ihn zu ertragen. Es war an der Zeit, ihre Partnerschaft ein für allemal zu beenden. Anschließend würde er den Talisman gegen die übrigen Schattenwesen einsetzen, sich vielleicht zu ihrem Führer machen. Außer, daß er eigentlich nichts mit ihnen zu tun haben wollte. Vielleicht war es besser, sie einfach allesamt zu eliminieren – zumindest alle die, die er erwischen konnte. Er lächelte erwartungsvoll. Das wäre eine interessante Aufgabe.

Er lehnte sich zufrieden in den Schatten seines Verstecks zurück. Er würde natürlich erst lernen müssen, die Magie des schwarzen Elfensteins zu handhaben. Ob sich das als schwierig erweisen würde? Wäre er darauf angewiesen, daß Quickening ihn instruierte? Würde er dafür sorgen müssen, daß sie ein bißchen länger am Leben blieb? Er schauderte erwartungsvoll. Die Lösung würde sich ergeben, wenn es soweit war. Zunächst mußte er sich ganz darauf konzentrieren, in den Besitz des Elfensteins zu gelangen.

Fast eine ganze Stunde verstrich, bis er endlich den Kratzer näher kommen hörte. Der Schleicher kam von Osten. Seine metallenen Füße schabten leise über den Stein, während er durch die Finsternis glitt. Er kam direkt in Pe Ells Richtung, und der Mörder sank in die Dunkelheit des Treppenhauses zurück, bis seine Augen auf Straßenhöhe waren. Von hier aus wirkte das Biest riesig, sein gewaltiger Leib schaukelte auf den eisengepanzerten Beinen, sein Peitschenschwanz war eingerollt und bereit, jederzeit zuzuschlagen, seine Tentakel tasteten wie Fühler durch die feuchte Luft. Seine Körperwärme ließ Dampf von seinem Eisenpanzer aufsteigen, die Luftfeuchtigkeit kondensierte sich und tropfte auf den Boden. Er ließ seine Tentakel in Eingänge und Fenster, durch die Rinnen unter den Gehsteigen, in die Abflüsse und die Wracks der versteinerten, umgekippten Wagen schlängeln. Einen Augenblick lang glaubte Pe Ell, das Biest hätte ihn entdeckt, doch dann lenkte irgend etwas die Aufmerksamkeit des Schleichers ab, und er stampfte vorbei und verschwand in der Nacht.

Pe Ell wartete, bis er ihn kaum noch hören konnte, dann schlüpfte er aus seinem Versteck und nahm die Verfolgung auf.

Er folgte dem Kratzer die ganze Nacht durch die Straßen, die Gassen, durch die Eingangshallen und Säle riesiger, alter Häuser und entlang der Klippen, die im Westen und Norden die Stadt eingrenzten. Der Kratzer ging überallhin, ein Tier auf der Jagd und ständig in Bewegung. Pe Ell schlich die ganze Zeit hinter ihm her. Meistens konnte er ihn nur hören, nicht sehen. Er mußte sorgsam darauf achten, ihm nicht zu nahe zu kommen, denn sonst würde die Kreatur seine Anwesenheit wahrnehmen und ihn zu erwischen versuchen. Pe Ell machte sich selbst zu einem Teil der Schatten, nur ein weiteres Objekt in der endlosen steinernen Landschaft, ein Ding aus Rauch und Nichts, das nicht einmal der Kratzer entdecken konnte. Er hielt sich auf den Gehsteigen nahe an den Hausmauern, mied die Straßen mit ihren Falltüren und hielt sich fern von allen offenen Plätzen. Er hastete nicht, hielt seine Schritte gleichmäßig. Katz und Maus zu spielen erforderte eine Menge Geduld.

Und dann gegen Morgen verschwand der Kratzer plötzlich. Wenige Minuten zuvor hatte er ihn noch gesehen, als er im Zentrum der Stadt eine Straße hinunterwatschelte, ziemlich nah an dem Gebäude, wo sich die anderen versteckten. Er konnte seine Beine und Tentakel rasseln, seinen Leib sich drehen hören, und dann nichts mehr. Stille. Vorsichtig folgte er einer Gasse, bis sie in eine Straße einmündete. Noch immer im Schatten der Gasse spähte er hinaus. Links verlief die Straße in der Finsternis zwischen zwei Reihen glatt und abweisend in den Himmel ragender Häuser entlang. Zur Rechten gabelte sich die Straße und führte zu zwei turmhohen Gebäuden mit weitläufigen, dunklen Vorhallen, die in völliger Finsternis untergingen.

Pe Ell suchte die Straße in beiden Richtungen ab, lauschte wieder und begann zu kochen. Wie konnte er ihn so plötzlich verlieren? Wie konnte das Biest so einfach verschwinden?

Ihm wurde bewußt, daß die Luft sich aufhellte, daß die Sonne bald in die Welt hinter den Wolken, dem Nebel und der Düsterkeit von Eldwist tauchen würde. Der Tag brach an. Der Kratzer würde sich jetzt verstecken. Vielleicht hatte er es schon getan. Pe Ell runzelte die Stirn und spähte in die undurchdringlichen Schatten des Hauses auf der anderen Straßenseite. War dort wohl sein Unterschlupf?

Er wollte gerade sein eigenes Versteck verlassen, als sein Instinkt, dem er so uneingeschränkt traute, ihn warnte. Der Kratzer versteckte sich wirklich, aber nicht aus dem Grund, den er zunächst angenommen hatte. Er versteckte sich, um eine Falle aufzustellen. Er wußte, daß die Eindringlinge noch immer in der Stadt frei herumliefen, irgendwo in der Nähe. Er wußte, daß er sie töten mußte, denn sonst würden sie ihn töten. Also hatte er auf den Verdacht hin, daß sie ihm gefolgt wären, eine Falle aufgestellt. Er wartete jetzt ab, ob irgendwas hineintappte.

Pe Ell fühlte, wie eine Welle kalter Entschlossenheit ihn durchströmte, und er wich in den Schatten der Gasse zurück. Katz und Maus, etwas anderes war das nicht. Er lächelte und wartete.

Endlose Minuten verstrichen in völliger Stille. Pe Ell wartete nach wie vor.

Und dann tauchte unvermittelt der Kratzer aus dem Dunkel eines Hauses auf der gegenüberliegenden Straßenseite zur Linken hervor, tänzelte beinahe graziös in Sicht. Pe Ell hielt den Atem an, als das Monster die Luft prüfte und sich langsam dabei drehte. Zufrieden ging es schließlich weiter. Pe Ell atmete langsam aus und folgte ihm.

Es wurde immer heller, und die Nachtluft wandelte sich in einen grauen Schimmer, der die Feuchtigkeit reflektierte, so daß es noch schwieriger wurde, auszumachen, was weiter vorn geschah. Aber Pe Ell ließ sich nicht aufhalten. Er verließ sich darauf, daß sein Gehör ihn vor irgendwelchen Gefahren warnen würde, der Geräusche des sich entfernenden Kratzers ständig bewußt. Das Biest sorgte sich jetzt nicht mehr um etwaige Verfolger. Seine nächtliche Arbeit war erledigt. Es war auf dem Heimweg.

Zum Unterschlupf des Steinkönigs, dachte Pe Ell, zum ersten Mal ungeduldig, seit die Jagd angefangen hatte.

Er holte den Kratzer ein, als dieser vor einem Gebäude mit glatter Oberfläche und einem zehn Meter hohen und doppelt so breiten, dunklen Alkoven langsamer wurde. Der Kratzer tastete mit einem seiner Fühler über den Stein an der Spitze des Alkovens, und die Wand schwang sich geräuschlos beiseite. Ohne sich umzuschauen, schlüpfte der Kratzer durch die Öffnung. Sobald er im Inneren war, schwang die Wand wieder an Ort und Stelle.

Jetzt hab ich dich! dachte Pe Ell grimmig.

Trotzdem blieb er noch fast eine Stunde dort, wo er war, und wartete ab, ob noch irgend etwas geschehen würde, und um sicherzugehen, daß dies nicht eine weitere Falle war. Als er sich vergewissert hatte, daß es ungefährlich war, kam er hervor und huschte über den Gehsteig an den Häusern entlang, bis er vor dem versteckten Eingang stand.

Er nahm sich lange Zeit, ihn zu untersuchen. Die Steinfassade war glatt und eben. Er konnte die Nahtstellen der Öffnung in dem Alkoven erkennen, doch er hätte die Tür nie gesehen, wenn er nicht gewußt hätte, daß sie dort war. Weit oben über seinem Kopf, zwischen den grauen Steinen kaum erkennbar, entdeckte er eine Art Hebel. Ein Riegel, dachte er triumphierend. Ein Eingang.

Er blieb noch eine Weile dort und dachte nach. Dann machte er sich auf und suchte in den gegenüberliegenden Häusern nach einem Versteck. Sobald er sich versteckt hatte, wollte er sich hinsetzen und darüber nachdenken, wie er diesen Hebel bewegen würde. Danach wollte er erst einmal schlafen, bis es dunkel wurde. Dann würde er abwarten, bis der Kratzer herauskam.

Und dann würde er hineingehen.

Nacht lag über dem Westland als feuchtes, windstilles Leichentuch, die Tageshitze hielt sich mit eigensinnigem Trotz, lange nachdem der feurige Sonnenball hinter dem Horizont verschwunden war. Die Dunkelheit verweigerte auch nur das winzigste Maß an Erleichterung, keinen kühlenden Windhauch, kein Absinken der Temperatur. Die Schwüle des Tages wurzelte störrisch im Boden und wollte sich nicht vertreiben lassen. Wie ein Drache atmete sie Feuer aus ihrem unterirdischen Versteck. Insekten summten und flatterten in gezackten Bögen umher. Die Bäume ließen ihre Blätter hängen wie von der Hitze erschöpfte Riesen. Der Mond kroch über den südlichen Horizont, eine silbrig schimmernde Sichel im Dunst. Die einzigen Geräusche, die die Stille brachen, waren jene, die aus den Kehlen gejagter Kreaturen drangen, bevor ihre Jäger sie für immer zum Schweigen brachten.

Selbst in den heißesten aller Nächte hörte das Spiel von Leben und Tod nicht auf.

Wren Ohmsford und der große Fahrende Garth ließen ihre Pferde in den ausgetretenen Pfad einbiegen, der in die Stadt Grimpen Ward führte. Sie hatten eine Woche gebraucht, um von Tirfing hierher zu reisen. Sie hatten nur den Fahrenden bekannte Pässe über den Irrybis gewählt, waren den Wegen des Wilderun nach Norden und Westen gefolgt, hatten den trügerischen Shroudslip wohlweislich gemieden und waren endlich über den Whistle Ridge hinunter in den verruchten Sumpf des verrufensten Kaffs des Westlandes gelangt.

Wenn man nirgendwo mehr hinflüchten und untertauchen konnte, so sagte man, dann gab es noch immer Grimpen Ward. Diebe, Halsabschneider und Halunken aller Art fanden in dieser Gesetzlosenstadt Zuflucht. Umgeben von den Mauern des Irrybis- und des Rock-Spur-Gebirges, verschluckt von dem undurchdringlichen Dschungel des Wilderun, bot Grimpen Ward Aussteigern aller Art ein Refugium.

Doch es war gleichzeitig auch eine tödliche Falle, der nur wenige entkamen, eine Schlangengrube, wo jeder jedem als Beute diente, da es niemand anderen gab. Sie verschlangen sich gegenseitig mit skrupelloser Gleichgültigkeit und entartetem Vergnügen, aus einem wilden Bedürfnis heraus und aus Langeweile. Von jenen, die nach Grimpen Ward kamen, um ihr Leben zu retten, wurden die meisten enttäuscht.

Zwischen den Bäumen kam die Stadt in Sicht, und Garth und Wren wurden langsamer. Licht schien durch das Fensterglas schwarz verdreckter Häuser, die Fensterläden hingen schief in den Angeln, Mauern und Dächer waren so arg von Zeit und Vernachlässigung mitgenommen, daß sie aussahen, als wollten sie jeden Moment einstürzen. Türen standen in der fruchtlosen Hoffnung, etwas von der im Inneren gefangenen Hitze zu vertreiben, halb offen. Gelächter brach schneidend in die Stille des Waldes, grob, gezwungen, verzweifelt. Gläser klangen, und manche zersprangen dabei. Hin und wieder ertönte ein Schrei, einsam und körperlos.

Wren schaute Garth an und signalisierte: *Wir verstecken die Pferde hier.* Garth nickte. Sie lenkten ihre Reittiere zwischen die Bäume und ritten ein Stück von der Straße fort, bis sie eine geeignete Lichtung fanden, und banden die Pferde in einem Birkenhain an.

»Leise«, flüsterte Wren und bewegte dabei ihre Finger.

Sie bahnten sich den Weg zurück zur Straße und gingen weiter hinunter. Staub wirbelte unter ihren Stiefeln auf und legte sich als dunkle Schicht über ihre Gesichter. Sie waren den ganzen Tag geritten, eine langwierige Reise durch die unerträgliche Hitze, bei der sie die Pferde nicht antreiben konnten, ohne ihre Gesundheit zu gefährden. Der Wilderun war ein Morast mitsommerlicher Feuchtigkeit und Fäulnis, das Holz des Waldes verdörrte zu Stroh, der Boden war weich und gab trügerisch nach, die Flüsse und Trinkwasserteiche waren ausgetrocknet oder vergiftet, und die Luft wie in einem Hochofen ließ alles verdörren und vertrocknen. Wie unerträglich die Hitze auch in anderen Teilen der Vier Länder sein mochte, hier war sie immer doppelt so schlimm. Der Wilderun war ein stagnierender, ungastlicher Pfuhl, der seit langem als ein Ort betrachtet wurde, an dem die Ausgestoßenen der Vier Länder willkommen waren.

Banden von Fahrenden kamen häufig zum Feilschen und Tauschen nach Grimpen Ward. Die Fahrenden waren selbst Außenseiter der Gesellschaft und an die Merkwürdigkeiten und die Betrügereien der Menschen gewöhnt, überall sonst gebrandmarkte Geächtete und Unruhestifter, fühlten sie sich hier ganz zu Hause. Und doch reisten sie in engen Familienverbänden und verließen sich auf die Kraft der großen Zahl, der Sicherheit wegen. Selten wagten sie sich allein nach Grimpen Ward, wie Wren und Garth es jetzt taten.

Das zufällige Zusammentreffen mit einer kleinen Münzhändlerfamilie hatte das Mädchen und ihren riesigen Beschützer davon überzeugt, diese Chance wahrzunehmen. Gleich am Tag nach Garths erfolglosem Versuch, ihren Schatten zu verfolgen und in die Falle zu locken, waren sie einem alten Mann mit seinen Söhnen und ihren Frauen begegnet, die nach Norden über die Pässe von einer Reise in die Grube zurückkamen. Sie aßen mit ihnen und erzählten sich gegenseitig Geschichten, und

Wren fragte einfach nur aus Gewohnheit, ob einer von ihnen etwas über das Schicksal der Westlandelfen wüßte. Der alte Mann hatte lächelnd seine zerbröckelten Zähne gezeigt und genickt.

»Ich selber nicht, Mädchen«, hatte er heiser gekrächzt und dabei an seiner Pfeife gekaut, die er rauchte, und seine grauen Augen gegen das Licht zugekniffen. »Aber in der Eisernen Feder in Grimpen Ward, da ist eine Alte, die was weiß. Die Aggershag nennt man sie. Hab' nicht selbst mit ihr gesprochen, weil ich nicht in die Bierhäuser im Ward geh', aber man sagt, die Alte kennt die Geschichte. Eine Seherin, sagt man. Wunderlich wie die Sünde, vielleicht irre.« Er beugte sich in den Schein des Feuers. »Sie benutzen sie irgendwie. Sind eine Bande heimtückischer Schlangen. Lassen sich von ihr die Geheimnisse verraten, um den anderen das Geld zu klauen.« Er schüttelte den Kopf. »Wir haben uns da rausgehalten.«

Später, als die Familie schlief und sie allein waren, hatten Wren und Garth es besprochen. Die Gründe, dem Wilderun fernzubleiben, waren nur zu klar, aber es gab auch Gründe hinzugehen. Zum einen war da die Angelegenheit mit ihrem Schatten. Er war noch immer da, irgendwo außer Sicht und nicht zu fassen, sorgfältig versteckt wie die Drohung des einsetzenden Winters. Sie konnten ihn nicht erwischen, und trotz ihrer Bemühungen und Fähigkeiten konnten sie ihn auch nicht abschütteln. Er klebte an ihnen wie Spinnweben, wehte unsichtbar hinter ihnen her. Der Wilderun, überlegten sie, mochte weniger nach seinem Geschmack sein und mochte ihn, mit ein wenig Glück, zu Schaden kommen lassen.

Und zum anderen war da natürlich die unbestreitbare Tatsache, daß Wren, seit sie angefangen hatte, nach den Elfen zu fragen, zum allerersten Mal eine positive Antwort bekommen hatte. Es schien unvernünftig, der Sache nicht auf den Grund zu gehen.

So waren sie in den Wilderun gelangt, nur sie beide, allen Widerwärtigkeiten zum Trotz, entschlossen herauszufinden, welche Erkenntnisse ein Besuch in Grimpen Ward ihnen bringen würde. Jetzt, nach einer Woche des Reisens, würden sie es erfahren.

Sie steuerten auf das Stadtzentrum zu, ihre Augen huschten schnell, aber aufmerksam umher. Sie kamen an vielen Bierhäusern vorbei, doch sie fanden keine Eiserne Feder. Männer torkelten an ihnen vorbei und auch ein paar Frauen; alle wirkten zäh und hart und stanken nach Bier und Schweiß. Geschrei und Gelächter wurden lauter, und sogar Garth schien zu spüren, wie ungestüm und wild sie waren. Sein grobes Gesicht war grimmig und finster. Mehrere der Männer näherten sich Wren, betrunken und stumpf, geil auf Geld oder Lust, blind für die Gefahr, die sich in Garths Augen spiegelte. Der große Fahrende scheuchte sie davon.

An einer Straßenkreuzung entdeckte Wren eine Gruppe von Fahrenden, die am Ende der unbeleuchteten Straße auf dem Rückweg zu ihren Wagen waren. Sie rief sie an und fragte, ob sie die Eiserne Feder kannten. Einer schnitt eine Grimasse und wies in eine Richtung. Die Bande eilte ohne Kommentar davon. Wren und Garth gingen weiter.

Sie fanden die Kneipe im Zentrum von Grimpen Ward, ein ausladendes, baufälliges Gebäude aus zersplitterten Brettern und rostigen Nägeln. Der Verandavorbau war grell rot und blau angestrichen. Breite Doppeltüren standen offen und waren mit Stricken angebunden. Im Inneren drängten sich Männer an der langen Theke und auf Bretterbänken vor langen Tischen, sangen und tranken. Wren und Garth traten ein und spähten durch den heißen, rauchigen Dunst. Ein paar Köpfe drehten sich nach ihnen um; Augen starrten sie einen Moment an und wandten sich wieder ab. Keiner wollte Garths Blick begegnen. Wren drängte sich bis an die Theke und bestellte zwei Bier. Der Wirt, ein schmalgesichtiger Mann mit sicheren Händen, stellte die Krüge vor sie hin und wartete auf das Geld.

»Kennst du eine Frau namens Aggershad?« fragte Wren ihn.

Ausdruckslos schüttelte der Mann den Kopf, nahm sein Geld in Empfang und ging weg. Wren beobachtete, wie er stehenblieb und einem anderen Mann etwas zuflüsterte. Der Mann verschwand. Wren nippte an ihrem Bier, fand es unangenehm warm, ging an der Theke entlang und wiederholte ihre Frage. Niemand kannte Aggershag. Einer grinste geil und machte ein unzweideutiges Angebot. Dann sah er Garth und verkrümelte sich. Wren ging weiter. Ein zweiter Mann faßte nach ihr, und sie stieß seinen Arm beiseite. Als er wieder nach ihr fassen wollte, schlug sie ihm so heftig ins Gesicht, daß er das Bewußtsein verlor. Sie machte einen Bogen um ihn und hatte es eilig, diese Geschichte hinter sich zu bringen. Es wurde gefährlich, selbst mit Garth als Beschützer.

Am Ende der Theke blieb sie stehen. Ganz hinten am Ende des dunklen Saals saß eine Gruppe von Männern an einem Tisch. Einer von ihnen winkte ihr zu, wartete ab, ob sie ihn gesehen hatte, und winkte noch einmal. Sie zögerte und drängte sich dann mit Garth im Gefolge durch die Menge. Sie erreichte den Tisch und blieb außerhalb der direkten Reichweite vor den Männern, die dort saßen, stehen. Sie waren ein rauher Haufen – dreckig, unrasiert, mit teigigen Gesichtern und gefährlichen Frettchenaugen. Schwitzende Bierkrüge standen vor ihnen.

Der Mann, der sie herangewinkt hatte, fragte: »Wen suchst du, Mädchen?«

»Eine Seherin namens Aggershag«, erwiderte sie und wartete. Sie war sicher, daß er längst wußte, wen sie suchte und wo die Frau zu finden war.

»Was willst du von ihr?«

»Ich will sie nach den Elfen fragen.«

»Elfen gibt es nicht«, höhnte der Mann.

Wren wartete.

Der Mann beugte sich vor. Er hatte grobe Züge, und seine Augen waren bar jeglichen Gefühls. »Nimm mal an, ich würde mich entschließen, dir zu helfen. Würdest du dann auch was für mich tun?« Der Mann musterte sie eine Weile und grinste dann anmaßend. »Nicht das. Ich will nur, daß du für mich mit ihr redest, sie was fragst. An deinen Kleidern seh' ich, was du bist. Du bist eine Fahrende. Und weißt du was? Die Aggershag ist auch eine Fahrende.« Er machte eine Pause. »Wußtest du nicht, was? Nun, sie hat keine Lust, mit uns zu reden, aber bei dir mag das anders sein, einer von ihresgleichen.« Sein Blick war hart und finster auf sie gerichtet. Er hatte die Maske abgelegt, das Spiel war im Gange. »Wenn ich dich zu ihr bringe, mußt du ihr ein oder zwei Fragen für mich stellen. Ist das ein Angebot?«

Wren wußte längst, daß der Mann sie umbringen wollte. Es war nur eine Frage, wie und wann er und seine Freunde es versuchen würden. Aber sie wußte auch, daß er vielleicht wirklich in der Lage war, sie zu Aggershag zu bringen. Sie wog die Risiken und den möglichen Gewinn gegeneinander ab. »Einverstanden«, sagte sie schließlich. »Aber mein Freund kommt mit.«

»Wie du willst«, grinste der Mann. »Natürlich kommen meine Freunde auch mit. Zur Sicherheit. Wir gehen alle.«

Wren schaute den Mann abschätzend an. Stämmig gebaut, muskulös, ein erfahrener Halsabschneider. Schnell signalisierte sie Garth etwas zu, wobei sie ihre Gesten vor den Männern am Tisch abschirmte. Garth nickte. Sie wandte sich wieder zum Tisch. »Ich bin bereit.«

Der Sprecher erhob sich, die anderen, ein gieriger, geil aussehender Haufen, ebenfalls. Es gab keinen Zweifel über ihr Vorhaben. Der Sprecher schlenderte an der Rückwand des Saals zum Ausgang. Wren folgte ihm wachsam und vorsichtig. Garth war einen Schritt hinter ihr, die anderen Männer von dem Tisch folgten. Sie gingen durch die Tür in einen leeren Flur und gelangten an einen Hinterausgang. Die Geräusche des Bierhauses verstummten abrupt, als sich die Tür hinter ihnen schloß.

»Ich will wissen«, sagte der Mann über seine Schulter hinweg, »wie sie die Spielkarten liest, wie sie das macht. Wie sie die Würfel lesen kann. Ich will wissen, wie sie sehen kann, was die Spieler denken.« Er grinste. »Was für dich, Mädchen, und was für mich. Ich muß schließlich auch leben.«

Er blieb unvermittelt vor einer Nebentür stehen, und Wren straffte sich. Aber der Mann achtete nicht auf sie, sondern langte in seine Tasche und holte einen Schlüssel hervor. Er schob ihn ins Schloß und drehte ihn um. Das Schloß öffnete sich mit einem Klick, und die Tür schwang auf. Der Mann tastete im Inneren herum und brachte eine Öllampe zum Vorschein, die er anzündete und Wren überreichte.

»Sie ist im Keller«, erklärte er und deutete durch die Tür. »Da halten wir sie im Moment. Sprich mit ihr. Nimm deinen Freund mit, wenn du willst. Wir warten hier.« Sein Lächeln war hart und unfreundlich. »Aber komm ja nicht wieder rauf, ohne mir was mitzubringen, dafür, daß ich dir geholfen habe. Verstanden?«

Die anderen Männer hatten sich hinter ihnen zusammengedrängt, und ihr Gestank füllte den engen Flur. Wren konnte ihren röchelnden Atem hören.

Sie trat vor den Sprecher und näherte ihr Gesicht auf wenige Zentimeter dem seinen. »Ich denke, daß Garth hier bei euch bleiben wird.« Sie hielt seinem Blick stand. »Für alle Fälle.«

Er zuckte unbehaglich mit den Schultern. Wren nickte Garth zu, wies auf die Tür mit der Treppe und auf die Männergruppe. Dann hielt sie die Lampe vor sich und stieg die Treppe hinunter.

Es war kein schöner Abstieg. Die Treppe verlief an einer mit Brettern verkleideten Lehmwand entlang, der Geruch von Erde lag schwer in der Luft. Es war kühler hier, wenn auch nur ein kleines bißchen. Insekten huschten um ihre Füße. Spinnweben streiften ihr Gesicht. Die Treppe knickte an einer weiteren Wand entlang und endete. Vor ihr lag im Lampenlicht der Keller.

Eine alte Frau kauerte an der gegenüberliegenden Wand, kaum sichtbar in der Finsternis. Ihr Leib war eine vertrocknete Hülle, ihr Gesicht war zu einem Netz aus Linien und Runzeln verschrumpelt. Zerzaustes, weißes Haar fiel ihr über die gebrechlichen Schultern, und ihre knorrigen Hände lagen gefaltet auf ihrem Schoß. Sie trug ein Stoffhemd und alte Stiefel. Wren näherte sich und kniete sich neben sie. Die Alte hob den Kopf, und Wren sah ihre milchigen, starren Augen. Die alte Frau war blind.

Wren stellte die Öllampe auf den Boden neben sie. »Bist du die Seherin, die man Aggershag nennt, altes Mütterchen?« fragte sie leise.

Die toten Augen blinzelten, und eine dünne Stimme krächzte: »Wer will das wissen? Sag mir deinen Namen.«

»Mein Name ist Wren Ohmsford.«

Der weißhaarige Kopf neigte sich in Richtung der Treppe und der Tür darüber. »Gehörst du zu denen?«

Wren schüttelte den Kopf. »Ich bin allein, mit einem Gefährten. Wir sind beide Fahrende.«

Die Alte hob ihre Hände und berührte Wrens Gesicht, erforschte ihre Züge, und die alten Hände strichen über die Haut des Mädchens wie trockene Blätter. Wren bewegte sich nicht. Die Alte zog die Hände wieder zurück.

»Du bist eine Elfe.«

»Ich habe Elfenblut.«

»Eine Elfe!« Die Stimme der alten Frau war rauh und eindringlich, ein Fauchen in der Stille des Bierhauskellers. Das runzlige Gesicht neigte sich zur Seite, als denke sie nach. »Ich bin Aggershag. Ich bin die Seherin der Zukunft und was sie enthält, die Wahrsagerin. Was willst du von mir?«

Wren schaukelte ein wenig auf ihren Stiefelabsätzen hin und her. »Ich suche die Westlandelfen. Ich erfuhr vor einer Woche, daß du wissen könntest, wo sie zu finden sind – falls es sie noch gibt.«

Die Aggershag kicherte leise. »Oh, es gibt sie noch. Allerdings. Aber sie zeigen sich nicht jedem – niemandem seit vielen Jahren. Ist es so wichtig für dich, Elfenmädchen, sie zu sehen? Suchst du sie, weil du ein Bedürfnis nach Deinesgleichen hast?« Die milchigen Augen starrten blind auf Wrens Gesicht. »Nein, nicht du. Trotz deines Blutes bist du in erste Linie eine Fahrende, und eine Fahrende hat Bedürfnis nach niemandem. Du lebst das Leben eines Wanderers, frei, jeden Weg zu wählen, den du willst, und du siehst deine Ehre darin.« Sie grinste, nahezu zahnlos. »Warum also?«

»Weil es ein Auftrag ist, der mir erteilt wurde – ein Auftrag, den anzunehmen ich mich bereiterklärt habe«, antwortete Wren vorsichtig.

»Ein Auftrag also!« Die Falten und Runzeln im Gesicht der Alten vertieften sich. »Beug dich näher, Elfenmädchen.«

Wren zögerte und lehnte sich dann zaghaft vor. Die Aggershag hob wieder ihre Hände und betastete noch einmal Wrens Gesicht, dann strichen sie über ihren Hals und ihren Körper. Als die alte Frau die Bluse auf der Brust des Mädchen berührte, riß sie die Hände zurück, als habe sie sich verbrannt. »Magie!« keuchte sie.

Wren schrak zusammen. Dann packte sie impulsiv die Handgelenke der Alten. »Was für eine Magie? Was meinst du damit?«

Aber die Aggershag schüttelte heftig den Kopf, kniff die Lippen zusammen und ließ den Kopf auf ihre eingefallene Brust sinken. Wren hielt sie noch einen Moment fest und ließ sie dann los.

»Elfenmädchen«, flüsterte dann die alte Frau. »Wer hat dich auf die Suche nach den Westlandelfen geschickt?«

Wren holte tief Luft gegen ihre Furcht. »Allanons Schatten«, erwiderte sie dann.

Der alte Kopf richtete sich mit einem heftigen Ruck wieder auf. »Allanon!« Sie stieß den Namen wie einen Fluch aus. »So! Ein Druidenauftrag also, wie? Nun gut. Hör mir also zu. Geh nach Süden durch den Wilderun, überquere das Irribysgebirge und folge der Küste der Blauen Spalte. Wenn du zu den Rock-Höhlen gelangst, entzünde ein Feuer und halte es drei Tage und drei Nächte am Brennen. Jemand wird kommen und dir helfen. Verstanden?«

»Ja«, antwortete Wren und fragte sich gleichzeitig, ob das wirklich der Fall war. Rock-Höhlen hatte die alte Frau gesagt? Waren das nicht irgendwelche riesigen Küstenvögel?

»Hüte dich, Elfenmädchen«, warnte die Alte und hob ihre magere Hand. »Ich sehe Gefahren, harte Zeiten, Verrat und unvorstellbare Übel auf dich zukommen. Meine Visionen sind in meinem Kopf, Wahrheiten, die mich mit ihrem Wahnsinn heimsuchen. Hör auf mich. Folge deinem eigenen Verstand, Mädchen. Traue niemandem!«

Sie gestikulierte wild und ließ sich dann wieder zusammensinken, ihre blinden Augen starr und hart. Wren schaute an ihrem Körper hinunter und erschrak. Das abgetragene Kleid der Frau war von ihren Stiefeln geglitten und ließ eine eiserne Kette sehen, die an ihre Beine geklammert worden waren.

Wren nahm die Hände der Alten in die ihren. »Altes Mütterchen«, sagte sie freundlich. »Ich möchte dich von hier befreien. Mein Freund und ich können dir helfen, wenn du es uns erlaubst. Es gibt keinen Grund, warum du hier als Gefangene bleiben solltest.«

»Gefangen? Ha!« Die Aggershag beugte sich vor und fletschte ihre Zähne wie ein drohendes Tier. »Wie ich aussehe und was ich bin, sind zwei verschiedene Dinge!«

»Aber die Kette...«

»Hält mich nicht eine Sekunde länger als ich will!« Ein boshaftes Lächeln verzerrte das runzlige Gesicht. »Diese Männer, diese Dummköpfe – sie haben mich gewaltsam geholt und in diesen Keller gekettet und erwarten, daß ich ihre Wetten für sie mache!« Sie senkte ihre Stimme. »Es sind kleine, gierige Gemüter, und alles, was sie interessiert, ist der Reichtum anderer. Ich könnte ihnen geben, was sie wollen; ich könnte ihre Wetten für sie machen und fortgehen. Aber es ist ein Spiel, das mir Spaß macht. Ich mag ihre Hänseleien. Ich mag den Klang ihres Gequengels. Ich erlaube ihnen, mich eine Weile festzuhalten, weil es mich amüsiert. Und wenn es mich nicht mehr unterhält, Elfenmädchen, wenn ich ihrer müde werde und beschließe, wieder freizukommen, nun, dann... das hier!«

Ihre knochigen Hände befreiten sich, drehten sich heftig vor Wrens Augen und verwandelten sich in sich windende, zischende Schlangen mit gefletschten Zähnen und hervorschnellenden, gespaltenen Zungen. Wren sprang zurück und hielt sich die Hände schützend vors Gesicht. Als sie wieder hinschaute, waren die Schlangen verschwunden.

Sie schluckte gegen ihre Angst an. »Waren... waren die echt?« fragte sie gequetscht mit gerötetem, erhitztem Gesicht.

Die Aggershag lächelte unheilverkündend. »Geh jetzt«, flüsterte sie. »Nimm, was ich dir gesagt habe, und nutz es, wie du willst. Und paß gut auf dich auf, Elfenmädchen. Hüte dich.«

Wren zögerte, abwägend, ob sie Antworten auf den Ansturm von Fragen erbitten sollte, die ihr durch den Kopf gingen. Sie entschied sich dagegen, nahm die Öllampe und erhob sich. »Auf Wiedersehen, altes Mütterchen«, sagte sie.

Sie ging zurück durch die Finsternis, kniff die Augen gegen das Licht der Öllampe zusammen, um die Treppe zu finden, fühlte, wie der Blick der Aggershag ihr folgte. Flink stieg sie die Treppe hinauf und schlüpfte wieder durch die Tür in den Bierhausflur.

Garth erwartete sie. Er stand der Männergruppe gegenüber, die ihnen aus dem Wirtssaal gefolgt waren. Die Geräusche des Schanksaals drangen durch die geschlossene Tür, gedämpft und heiser. Die Augen der Männer glänzten. Sie konnte ihre Gier fühlen.

»Was hat die Alte gesagt?« schnauzte der Anführer sie an.

Wren hob die Öllampe in die Höhe und schüttelte den Kopf. »Gar nichts. Sie weiß nichts über die Elfen, und falls doch, dann behält sie es für sich. Und was die Spiele angeht, auch darüber sagt sie kein Wort.« Sie machte eine Pause. »Mir scheint sie überhaupt keine Seherin zu sein. Ich glaube, sie spinnt einfach nur.«

Zorn funkelte in den Augen des Mannes. »Was für eine schlechte Lügnerin du bist, Mädchen.«

Wren verzog keine Miene. »Ich geb' dir einen guten Rat, Halsabschneider. Laßt sie gehen. Es könnte dir das Leben retten.«

Der andere hatte plötzlich ein Messer in der Hand, eine metallene Klinge blitzte aus dem Nichts auf. »Aber nicht deines...«

Er sprach nicht zu Ende, denn Wren hatte schon die Öllampe auf den Boden vor seine Füße geschmettert, das Glas zersplitterte, das Öl spritzte über die Holzbretter, und Flammen explodierten rundum. Das Feuer erfaßte die hölzernen Bohlen und Wände. Der Sprecher fing Feuer, schrie auf und taumelte in die Arme seiner verblüfften Gefährten. Garth und Wren flüchteten in die andere Richtung und erreichten die Hintertür in wenigen Sekunden. Garth rammte mit der Schulter dagegen, und die Holztür flog aus den Angeln, als wäre sie aus Papier. Das Mädchen und der große Fahrensmann stürmten durch die Öffnung in die Nacht hinaus, und wütendes Gebrüll und Angstgeschrei klangen hinter ihnen her. Sie jagten zwischen den Gebäuden der Stadt entlang, schnell und leise, und erreichten kurz darauf wieder die Hauptstraße von Grimpen Ward.

Dann verlangsamten sie ihre Schritte, schauten sich um und lauschten. Nichts. Das Geschrei und Gelächter der nächstgelegenen Bierhäuser übertönte, was dahinter lag. Sie sahen kein Zeichen von Feuer. Und keine Anzeichen einer Verfolgung.

Nebeneinander wanderten Wren und Garth die Straße, auf der sie gekommen waren, zurück, ruhig und ohne Hast schlenderten sie zwischen den Nachtschwärmern durch die Hitze und die Finsternis.

»Wir gehen nach Süden zur Blauen Spalte«, verkündete Wren in der Fingersprache, als sie den Stadtrand erreichten.

Garth nickte ohne Kommentar.

Dann verschwanden sie in der Nacht.

Nachdem Walker Boh, Quickening und Carisman sich von Morgan und Horner Dees getrennt hatten, legten sie nur ein kurzes Stück ostwärts durch die dunklen Straßen von Eldwist zurück und machten Halt. Walker und das Mädchen schauten einander an. Keiner hatte etwas über anhalten gesagt; es war, als hätten sie gegenseitig ihre Gedanken gelesen. Carisman schaute verwirrt von einem zum anderen.

»Du weißt, wo sich der Steinkönig verbirgt«, sagte Quickening. Sie ließ es wie eine Feststellung von Tatsachen klingen.

»Ich glaube ja«, erwiderte Walker. Er starrte in die unergründlichen schwarzen Augen und wunderte sich über die Zuversicht, die er darin fand. »Hast du das geahnt, als du beschlossen hast, mit mir zu kommen?«

Sie nickte. »Wenn er gefunden wird, muß ich dabeisein.«

Sie gab keine Erklärungen ihrer Gründe, und Walker fragte nicht danach. Er schaute in die Ferne, versuchte vergeblich, die Dunkelheit zu durchdringen, jenseits von Nebel und Finsternis etwas von dem zu finden, was von ihm erwartet wurde. Aber dort war natürlich nichts zu finden. Die Antworten auf seine Fragen lagen irgendwo in seinem Inneren.

»Ich glaube, der Steinkönig versteckt sich unter der Kuppel«, sagte er leise. »Ich hatte den Verdacht schon, als wir vor ein paar Tagen dort waren. Es scheint keinen Zugang zu geben, doch als ich den Stein berührte und an den Mauern entlangging, fühlte ich Leben. Da war etwas, das ich nicht erklären konnte. Und dann gestern, als wir in jener unterirdischen Höhle festsaßen, fühlte ich es wieder – nur daß es diesmal über uns war. Als wir aus den Tunneln auftauchten, habe ich kurz ein paar Berechnungen angestellt. Die Kuppel steht direkt über jenen Höhlen.«

Er verstummte für einen Augenblick und sah sich um. »Die Stadt Eldwist ist das Werk ihres Schöpfers. Uhl Belk hat diese Stadt der Alten Welt zu seiner eigenen gemacht, alles, was nicht schon aus Stein war, zu Stein verwandelt und seine Domäne symmetrisch ausgebreitet, soweit das Land es erlaubt. Die Kuppel steht genau in der Mitte, die Nabe eines Rades aus Straßen und Häusern, Mauern und Ruinen.«

Sein bleiches Gesicht wandte sich ihr zu. »Uhl Belk ist dort.«

Er konnte förmlich sehen, wie ihre Augen lebhaft aufleuchteten. »Dann müssen wir ihn besuchen gehen«, sagte sie.

Sie machten sich wieder auf, folgten dem Gehsteig bis zum Ende des Häuserblocks und bogen dann scharf nach Norden. Walker ging voran, hielt sich sorgfältig von den Straßen fern und blieb nahe der Hausmauern, außerhalb der freien Flächen und fern der Falltüren. Weder er noch Quickening sagten etwas; Carisman summte leise vor sich hin. Sie prüften die Düsternis wie Habichte, lauschten auf unbekannte Geräusche und witterten wachsam in die feuchte, abgestandene Luft. Ein kurzer Regenguß überraschte sie und hinterließ sie mit triefenden Umhängen und Kapuzen und eiskalten Füßen in ihren nassen Stiefeln.

Walker Boh dachte an zu Hause. Er hatte das in letzter Zeit immer häufiger getan, getrieben von dem ständigen, unnachgiebigen Druck, eingeengt zu sein von dem Stein und der Düsterkeit der Stadt, auf der Suche nach etwas, das einst erfreulich und heilsam gewesen war. Eine Zeitlang hatte er alle Gedanken an Hearthstone zu verbannen versucht;

die Erinnerungen daran verletzten ihn wie zerbrochenes Glas. Die Hütte, die er zu seinem Heim erkoren hatte, war im Kampf mit den Schattenwesen niedergebrannt. Cogline und Ondit hatten dort ihr Leben gelassen. Er war selbst haarscharf am Tod vorbeigekommen, und es hatte ihn seinen Arm gekostet. Er hatte sich einst für unverwundbar durch Übergriffe von der Außenwelt gehalten. Er war eitel und dumm genug gewesen, zu prahlen, daß das, was außerhalb von Hearthstone lag, keine Gefahr für ihn darstellte. Er hatte die Träume, die Allanon ihm aus der Geisterwelt gesandt hatte, abgewehrt, die drängenden Bitten um seine Hilfe, die Par Ohmsford an ihn gerichtet hatte, und schließlich auch den Auftrag, auf die Suche nach Paranor und den Druiden zu gehen. Er hatte sich hinter eingebildeten Mauern verschanzt und sich in Sicherheit geglaubt. Als jene Mauern einzustürzen begannen, hatte er herausgefunden, daß sie nicht ersetzt werden konnten, daß die Dinge, die er für gesichert gehalten hatte, verloren waren.

Doch es gab auch ältere Erinnerungen an Hearthstone, die die jüngeren Tragödien überdauerten. Da waren alle jene Jahre, als er in Frieden in dem Tal gelebt hatte, die Zeiten, als die Außenwelt nicht eingriff und er Zeit für alles hatte. Da waren der Duft der Blumen, der Bäume, der frischen Quellen, das Zwitschern der Vögel im Frühling, das Summen der Insekten im Sommer, das Aroma der Dämmerung an einem klaren Herbsttag; das Gefühl von friedvoller Heiterkeit bei jedem Sonnenuntergang und dem Hereinbrechen der Nacht. Er konnte jenseits der Ereignisse der letzten Wochen Frieden in diesen Erinnerungen finden. Er tat es jetzt, denn sie waren alles, was ihm blieb.

Doch auch seine stärksten Erinnerungen boten ihm nur zeitweilige Zuflucht. Die herben Unvermeidlichkeiten der Gegenwart drängten sich ihm auf und ließen sich nicht verbannen. Für kurze Momente konnte er in die Vergangenheit fliehen, in die Welt, die ihn eine Weile geborgen hatte, ehe die Flut der Ereignisse, die er in törichter Weise zu ignorieren versucht hatte, ihn fortspülte. Flucht mochte das Gemüt stärken und besänftigen, doch nur vorübergehend. Seine Gedanken schlüpften fort aus den Erinnerungen, und er mußte erkennen, daß die

Vergangenheit für immer unwiederbringlich verloren und die Gegenwart für immer greifbar war. Er rang mit seinem Leben, erkannte er. Er war hilflos preisgegeben, ein Schiffbrüchiger, der inmitten der Trümmer seiner Verwirrung und Zweifel darum kämpfte, über Wasser zu bleiben. Er fühlte fast schon, wie er zu sinken begann.

Sie erreichten die Kuppel im Laufe des Vormittags und begannen ihre Erkundungen. Sie blieben zusammen, sie wollten sich nicht trennen, für den Fall, daß der Steinkönig tatsächlich im Inneren wartete. Sie fingen an, die Oberfläche der Kuppel zu untersuchen, gingen um das ganze Gebäude herum, tasteten die Wände ab und erforschten sogar den Boden, auf dem sie stand. Das Bauwerk war perfekt gestaltet, auch wenn die gealterte Schale gesprungen und gesplittert war. Der Scheitelpunkt ragte fast hundert Meter in die Höhe, und der Durchmesser betrug mehr als hundert Meter. Einbuchtungen wie Daumenabdrücke einer Riesenhand zierten den Gipfel wie Blütenblätter, unterteilt von steinernen Bändern, die bis ans Fundament verliefen. Nischen und Alkoven zerklüfteten das Erdgeschoß, doch sie boten keinen Eingang, führten nirgendwohin. Gehauene Muster schmückten den Stein, doch die meisten waren im Laufe der Zeit vollständig abgenutzt und nicht mehr deutbar, Runen einer Welt, die längst vergangen war.

»Ich kann noch immer etwas fühlen«, sagte Walker Boh, blieb stehen und zog seinen Umhang fester um seine Schultern. Er schaute in den Himmel hinauf. Es regnete wieder, ein langsames, aber stetiges Nieseln. »Dort drinnen ist etwas. Irgend etwas.«

Quickening stand neben ihm. »Magie«, flüsterte sie.

Er starrte sie an, überrascht, wie schnell sie eine Wahrheit erkannt hatte, die ihm entgangen war. »Das ist es«, murmelte er. Er streckte die Hand aus und suchte. »Überall, im Stein selbst.«

»Er ist hier«, flüsterte Quickening.

Carisman kam herbei und strich prüfend über die Mauer. Er runzelte die Stirn. »Warum reagiert er nicht? Sollte er nicht längst herausgekommen sein, um zu sehen, was wir wollen?«

»Vielleicht weiß er gar nicht, daß wir hier sind. Vielleicht ist es ihm auch egal.« Quickening sah fragend zu ihm auf. »Vielleicht schläft er auch.«

Carisman legte nachdenklich die Stirn in Falten. »Dann braucht es vielleicht ein Lied, um ihn aufzuwecken!«

Er begann zu singen:

»Erwache, wach auf, alter König aus Stein.
Komm doch heraus, ach, komm doch hervor,
Wir warten auf dich, sind müde und klein,
sind bar aller Hoffnung, ach, öffne das Tor.

Erwache, wach auf, alter König aus Stein,
Du brauchst nichts zu fürchten, wir bringen dir nichts.
Nicht mehr und nicht minder
als endlichen Geist, das Maß meines Lieds.

Erwache, wach auf, alter König aus Stein.
Gesehen hast du den Ablauf der Zeit,
uns sterbliche Wesen laß nehmen Anteil
an Wahrheit und Rätseln der ganzen Menschheit.«

Als er geendet hatte, schaute er erwartungsvoll auf die große steinerne Kuppel. Es kam keine Antwort. Er schaute Quickening und Walker an und zuckte mit den Schultern. »Ist vielleicht nicht die Art von Musik, die ihm behagt. Ich werde mir etwas anderes ausdenken.«

Sie verließen die Kuppel und begaben sich in den Schutz eines nahe gelegenen Hauseingangs. Sie ließen sich mit dem Rücken zur Wand nieder, so daß sie auf die Kuppel schauen konnten, und holten aus ihren Rucksäcken etwas altes Brot und ein paar getrocknete Früchte zum Mittagessen. Sie aßen schweigend und schauten aus dem Schatten in den grauen Regen hinaus.

»Wir haben fast nichts mehr zu essen«, sagte Walker nach einer Weile. »Und das Wasser wird auch knapp. Wir werden bald etwas unternehmen müssen.«

Carisman strahlte. »Ich werde uns Fische fangen. Ich war mal ein ausgezeichneter Fischer – auch wenn ich es nur aus Vergnügen gemacht habe. Es war ein angenehmer Zeitvertreib, bei dem ich komponieren konnte. Sag mal, Walker Boh, was hast du eigentlich gemacht, ehe du nach Norden gekommen bist?«

Walker zögerte, überrascht von der Frage und unvorbereitet für die Antwort. Was hatte er eigentlich gemacht, fragte er sich. »Ich war Verwalter«, entschied er schließlich.

»Von was?« drängte Carisman neugierig.

»Von einer Hütte und dem umliegenden Land«, sagte er leise und voller Erinnerungen.

»Von einem ganzen Tal und allem, was darauf lebte«, ergänzte Quikkening und lenkte Carismans Aufmerksamkeit auf sich. »Walker Boh beschützte das Leben in der Weise der Elfen alter Zeiten. Er gab von sich selbst, um das Land zu befruchten.«

Walker starrte sie an, wieder völlig überrascht. »Es war ein kläglicher Versuch«, schränkte er verlegen ein.

»Ich erlaube dir nicht, darüber zu urteilen«, erwiderte das Mädchen. »Es ist die Aufgabe anderer, festzustellen, wie erfolgreich du in deiner Arbeit warst. Du bist zu hart in deiner Kritik, und dir fehlt die nötige Distanz, um fair und unparteiisch zu sein.« Sie hielt inne und musterte ihn. »Ich bin überzeugt, daß man urteilen wird, daß du alles getan hast, was du konntest.«

Beide wußten sie, was sie damit meinte, und ihre Worte erwärmten ihn in seltsamer Weise. Wieder empfand er dieses Gefühl der Verwandtschaft zwischen ihnen beiden. Er nickte, ohne etwas zu entgegnen, und aß weiter.

Nachdem sie ihre Mahlzeit beendet hatten, erhoben sie sich und standen erneut vor der Kuppel und überlegten, was sie als nächstes versuchen würden.

»Vielleicht läßt sich von oben etwas sehen«, schlug Quickening vor. »Eine Öffnung in der Spitze der Kuppel oder vielleicht eine Abweichung im Stein, die auf einen Eingang hindeutet.«

Walker schaute sich um. Weniger als einen Block entfernt stand ein verziertes Gebäude mit einem Glockenturm, von dem aus man gut auf die Kuppel hinunterschauen konnte. Vorsichtig gingen sie hinüber, ständig auf der Hut vor den Falltüren, und erreichten den Eingang. Skulpturen geflügelter Engel und gewandeter Figuren schmückten Wände und Decken. Wachsam schlichen sie ins Innere. Der Mittelsaal war weitläufig, die Fensterscheiben längst zerfallen, die Ausstattung zu Staub zerbröckelt. Sie fanden die Treppe, die auf den Glockenturm führte, und begannen hinaufzusteigen. An manchen Stellen waren die Stufen abgestürzt, und nur die Verankerung war übriggeblieben. Sie balancierten über die Löcher und stiegen unermüdlich weiter. Sie ließen eine Etage nach der anderen unter sich, jede mit Löchern im Boden und übersät mit Schutt, und alles war versteinert und im Zustand des Verfalls perfekt erhalten.

Ohne weitere Schwierigkeiten gelangten sie auf die oberste Etage des Glockenturms und traten an die Fenster. Die Stadt Eldwist erstreckte sich nach allen Seiten, dunstig und grau, und schon füllte sie sich mit den Schatten des zur Neige gehenden Tages und dem Herannahen der Nacht. Der Regen hatte etwas nachgelassen, und die Häuser erhoben sich wie steinerne Wächter über die Halbinsel. Die Wolken hatten sich ein wenig gelichtet, und die geschieferte Wasseroberfläche des Gezeitenstroms und die zerklüfteten Klippen des Festlandes jenseits der Landenge waren durch Lücken in den langen Ketten steinerner Mauern zu sehen.

Die Kuppel stand direkt unter ihnen, von oben ebenso verschlossen und undurchschaubar, wie sie es von unten gewesen war. Es war nichts zu erkennen, kein Zeichen einer Öffnung, kein Hinweis auf einen Eingang. Dennoch betrachteten sie sie eine Weile in der Hoffnung, irgend etwas zu entdecken, das ihnen entgangen war.

Während sie mitten in ihrer Betrachtung waren, erschreckte sie plötzlich ein Hornsignal.

»Urdas!« schrie Carisman.

Walker und Quickening schauten einander erstaunt an, doch Carisman war schon an das Südfenster des Turms gesprungen und spähte in Richtung der Landenge und der Klippen, die hinunterführten.

»Das müssen sie sein, es ist ihr Signal!« rief er aufgeregt und beunruhigt. Er überschattete seine Augen gegen das blendende Licht, das sich auf dem nassen Stein spiegelte. »Dort! Seht ihr sie?«

Walker und Quickening rannten zu ihm. Der Sänger zeigte auf die Stelle, wo die Stufen von der Aussichtsplattform die Klippen hinunterführten und im Nebel kaum zu erkennen waren. Man konnte auf der Treppe eine Bewegung ausmachen, kleine, gebeugte Gestalten, tief gebückt, als wollten sie sich selbst vor den Schatten verstecken. »Urdas«, erkannte Walker, und sie kamen herunter.

»Was denken sie sich eigentlich!« rief Carisman sichtlich bestürzt. »Sie können doch nicht herkommen!«

Die Urdas wurden von einer Nebelwolke verschluckt. Carisman wirbelte zu seinen Gefährten herum. »Wenn sie nicht aufgehalten werden, werden sie alle getötet!« rief er verzweifelt aus.

»Du bist nicht mehr für sie verantwortlich, Carisman«, beschwichtigte ihn Walker Boh sanft. »Du bist nicht mehr ihr König.«

Carisman war nicht überzeugt. »Es sind Kinder, Walker! Sie haben keine Ahnung, was hier unten lebt. Der Kratzer oder der Malmschlund werden sie vernichten. Ich kann mir nicht vorstellen, wie sie überhaupt am Koden vorbeigekommen sind...«

»Genauso wie Horner Dees vor zehn Jahren«, unterbrach ihn Walker. »Indem sie Leben geopfert haben. Und trotzdem streben sie weiter. Offenbar machen sie sich nicht so viel Sorgen um sich selbst wie du um sie.«

Carisman wandte sich aufgeregt an Quickening. »Lady, du hast gesehen, wie sie reagieren. Was wissen sie schon vom Steinkönig und seiner Magie? Wenn sie nicht aufgehalten werden...«

Quickening faßte seine Arme und hielt sie fest. »Nein, Carisman. Walker Boh hat recht. Die Urdas sind jetzt eine Gefahr für dich.«

Aber Carisman schüttelte energisch den Kopf. »Nein Lady, für mich niemals. Sie waren meine Familie, ehe ich sie im Stich gelassen habe.«

»Du warst ihr Gefangener!«

»Sie haben sich um mich gekümmert und mich in der einzigen Weise beschützt, die sie kennen. Lady, was soll ich tun? Sie sind hergekommen, um mich zu suchen! Warum sollten sie sonst ein solches Risiko eingehen? Ich glaube, sie haben sich noch nie so weit von ihrer Heimat entfernt. Sie sind hier, weil sie glauben, ihr habt mich entführt. Darf ich sie ein zweites Mal im Stich lassen, und diesmal, damit sie für einen Fehler sterben, den zu begehen ich sie hindern kann?« Carisman befreite sich vorsichtig. »Ich muß zu ihnen gehen. Ich muß sie warnen.«

»Carisman…«

Der Sänger war schon bis an die Glockenturmtreppe zurückgewichen. »Ich bin mein ganzes Leben lang ein Waisenkind des Sturms gewesen, bin von einer Insel zur nächsten geweht worden, niemals hatte ich eine Familie oder ein Heim, war ständig auf der Suche nach einem Ort, wo ich zu Hause war, nach jemandem, zu dem ich gehörte. Die Urdas gaben mir von beidem, so wenig es euch auch erscheinen mag. Ich kann sie nicht einfach sterben lassen.«

Er drehte sich um und eilte die Treppen hinunter. Quickening und Walker wechselten wortlos einen Blick und hasteten hinter ihm her.

Unten auf der Straße holten sie ihn ein. »Dann begleiten wir dich also«, sagte Walker.

Carisman schnellte herum. »Nein, Walker, nein! Ihr dürft euch vor ihnen nicht sehen lassen! Wenn sie euch entdecken, glauben sie vielleicht, daß ihr mich bedroht – vielleicht sogar, daß ich euer Gefangener bin! Sie können angreifen, und ihr könntet verletzt werden! Nein! Laßt mich mit ihnen verhandeln. Ich kenne sie, ich weiß, wie ich mit ihnen reden muß. Ich kann ihnen erklären, was geschehen ist, und sie bewegen, umzukehren, ehe es zu spät ist.« Sein hübsches Gesicht war sorgenvoll verzerrt. »Bitte, Walker? Lady, bitte?«

Mehr gab es dazu nicht zu sagen. Carisman hatte sich entschlossen, und er ließ nicht zu, daß sie ihn umzustimmen versuchten. Als letztes Zugeständnis verlangen sie, daß er ihnen erlaube, ihn wenigstens so weit zu begleiten, wie die Vernunft es zuließ, um sicher zu sein, daß sie in der

Nähe wären, falls es Schwierigkeiten gab. Carisman sträubte sich, wenigstens dem zuzustimmen, besorgt, daß er sie von ihrer Arbeit abhielt, die doch viel wichtiger war, und daß er ihre Suche nach dem Steinkönig verzögerte. Sowohl Quickening als auch Walker weigerten sich, darüber zu diskutieren. Schweigend gingen sie im Gänsemarsch die Gehsteige entlang, die Straßenschluchten hinunter nach Süden. Er wolle die Urdas am südlichen Stadtrand treffen, erklärte Carisman, strich seine blonde Mähne zurück und wappnete sich für die Begegnung. Walker fand ihn seltsam und heroisch zugleich, eine merkwürdige Parodie von einem Mann, der sich nach der Wirklichkeit sehnt und dennoch nicht fähig ist, sie zu erfassen. »Bedenke, was du tun willst«, bat er den Sänger inständig. Doch Carismans Antwortlächeln war fröhlich, betörend und voller Zuversicht. Er hatte alles Denken erledigt, zu dem er bereit war.

Als sie sich dem Stadtrand näherten und die felsigen Flächen der Landenge zwischen den Gebäuden sichtbar wurden, ließ Carisman sie anhalten.

»Wartet hier auf mich«, erklärte er ihnen mit Bestimmtheit. »Zeigt euch nicht, ihr würdet die Urdas nur erschrecken. Gebt mir ein bißchen Zeit. Ich bin sicher, daß ich es ihnen verständlich machen kann. Wie gesagt, meine Freunde – sie sind wie Kinder.«

Er drückte ihnen die Hände zum Abschied und ging davon. Einmal drehte er sich um, um sicher zu sein, daß sie taten, was er gesagt hatte, dann winkte er ihnen zu. Sein hübsches Gesicht lächelte und war voller Zuversicht. Sie sahen zu, wie der Nebel ihn umwehte, ihn einholte und schließlich verschluckte.

Walker sah sich die Häuser in ihrer Nähe an, wählte ein passendes aus und steuerte Quickening darauf zu. Sie traten ein, stiegen die Treppe zum obersten Stockwerk hinauf und fanden ein Zimmer mit einer Reihe von Fenstern nach Süden. Von dort aus konnten sie sehen, wie die Urdas sich näherten. Die knorrigen Gestalten waren über die Landenge verteilt und bewegten sich vorsichtig an den Spalten und Klüften entlang. Es waren ihrer vielleicht zwanzig, und mehrere von ihnen waren sichtlich verletzt.

Sie schauten zu, bis die Urdas den Stadtrand erreichten und dann im Schatten der Häuser verschwanden.

Walker schüttelte den Kopf. »Ich wünschte, wir hätten dem nicht zugestimmt. Carisman ist selbst fast ein Kind. Ich kann nicht umhin zu denken, daß er besser nicht mit uns gekommen wäre.«

»Es war sein Wunsch, mitzukommen«, erinnerte Quickening ihn. Ihr Gesicht war ins Licht gekehrt. »Er wollte frei sein, Walker Boh. Mit uns mitzukommen, selbst hierher, war besser, als zurückzubleiben.«

Walker warf einen letzten Blick aus dem Fenster. Die Steine der Landenge und die Straßen unten glänzten feucht. Es war leer und still. Er konnte das ferne Tosen des Ozeans hören, die Schreie der Seevögel und das Rauschen des Winds an den Klippen. Er fühlte sich einsam.

»Ich frage mich manchmal, wie viele von der Sorte von Carisman es gibt«, sagte er schließlich mit leiser Stimme. »Waisen, wie er sich selbst bezeichnete. Wie viele streunen durchs Land, vom Föderationsgesetz zu Ausgestoßenen gemacht, ihre Magie nicht die Gabe, als die sie gedacht war, sondern ein Fluch, den sie verheimlichen müssen, um ihr Leben zu bewahren.«

Quickening setzte sich mit dem Rücken gegen die Wand und musterte ihn. »Eine ganze Menge, Walker Boh. Wie Carisman. Und wie du selbst.«

Er ließ sich neben ihr nieder, zog sich seinen Umhang fest um die Schultern und hob sein Gesicht ins Licht. »Ich hatte dabei nicht an mich gedacht.«

»Dann mußt du das tun«, sagte sie einfach. »Du mußt es erkennen.«

Er starrte sie an. »Erkennen? Was denn?«

»Die Möglichkeiten deines Lebens. Die Gründe, warum du bist, was du bist. Wärest du ein Elementarwesen, würdest du es verstehen. Mir wurde das Leben mit einem bestimmten Ziel gegeben. Es ist undenkbar und wäre entsetzlich, ohne dieses Ziel zu existieren. Geht dir das nicht so?«

Walker fühlte, wie sein Gesicht sich anspannte. »Ich habe ein Ziel in meinem Leben.«

Ihr Lächeln war unerwartet und verblüffend. »Nein, Walker Boh, das hast du nicht. Du hast jeden Sinn für ein Ziel von dir gewiesen und dich selbst zweifach zu einem Außenseiter gemacht – zum ersten, weil du mit dem Erbe von Brin Ohmsfords Magie geboren wurdest, und zweitens, weil dir ihr Vermächtnis zugefallen ist. Du verleugnest, wer und was du bist. Als ich deinen Arm heilte, habe ich dein Leben gelesen. Sag mir, es ist nicht so.«

Er holte tief Luft. »Woher kommt es, daß ich das Gefühl habe, wir seien uns so ähnlich? Es ist weder Liebe noch Freundschaft. Es ist etwas dazwischen. Bin ich irgendwie mit dir verbunden?«

»Unsere Magie, Walker Boh.«

»Nein«, widersprach er eilig. »Es ist mehr als das.«

Ihr hübsches Gesicht zeigte keine Spur der Emotion, die in ihren Augen aufflackerte. »Es ist das, was wir zu tun hergekommen sind.«

»Den Steinkönig zu finden und ihm den gestohlenen schwarzen Elfenstein wieder wegzunehmen. Irgendwie.« Walker nickte feierlich. »Und für mich, meinen Arm zurückzugewinnen. Und für Morgan Leah, die Magie des Schwertes von Leah zurückzugewinnen. Alles irgendwie. Ich habe deine Erklärungen angehört. Stimmt es, daß dir nicht gesagt wurde, wie das alles erfüllt werden soll? Oder gibt es Geheimnisse, die du uns vorenthältst, wie Pe Ell dir vorwirft?«

»Walker Boh«, sagte sie leise. »Du drehst meine Frage zu deiner eigenen um und verlangst von mir, was ich von dir erbitten wollte. Beide halten wir einen Teil der Wahrheit zurück. Lange kann das nicht mehr so weiter gehen. Ich schlage dir einen Handel vor. Wenn du bereit bist, dich deiner Wahrheit zu stellen, werde ich mich der meinen stellen.«

Walker versuchte sie zu verstehen. »Ich fürchte die Magie nicht mehr, mit der ich zur Welt gekommen bin«, sagte er und betrachtete ihre Gesichtszüge, die Linien und Kurven und Winkel, als könne sie verschwinden, ehe er Zeit gehabt hätte, sie sich einzuprägen. »Mein Neffe Par Ohmsford ermahnte mich einmal, daß die Magie eine Gabe, nicht ein Fluch sei. Ich wies es von mir. Ich hatte Angst vor den Folgen, die der Besitz der Magie mit sich brachte. Ich fürchtete...«

Er fing sich mit eisernem Griff, der sich augenblicklich um seine Kehle und seine Gedanken legte. Der Schatten von etwas Entsetzlichem hatte sich ihm gezeigt, ein Schatten, der ihm im Laufe der Jahre vertraut geworden war. Er hatte kein Gesicht, doch er sprach mit den Stimmen von Allanon und Cogline und seinem Vater und sogar seiner eigenen. Er wisperte von Geschichte und Bedürfnissen und Gesetzen der Menschheit. Heftig stieß er ihn fort.

Quickening lehnte sich vor und berührte sein Gesicht mit zarten Fingern.

»Ich fürchte nur, daß du fortfährst, dich selbst zu verleugnen«, flüsterte sie, »bis es zu spät ist.«

»Quickening...«

Ihr Finger legten sich auf seine Lippen und hießen ihn schweigen. »Das Leben hat eine Ordnung für all die verschiedenen Ereignisse und Geschehnisse und alles, was wir in der uns gegebenen Zeit tun. Wir können diese Ordnung verstehen, wenn wir es uns erlauben, wenn uns das Wissen nicht erschreckt. Wissen allein reicht nicht, wenn wir nicht gleichzeitig dieses Wissen akzeptieren. Irgendwer kann dir das Wissen vermitteln, Walker Boh, doch du allein kannst lernen, es zu akzeptieren. Das muß von innen kommen. Deshalb hat mein Vater mich ausgesandt, dich und Pe Ell und Morgan Leah nach Eldwist zu bringen; deshalb wird die Kombination eurer Magie den schwarzen Elfenstein befreien und den Heilprozeß der Vier Länder einleiten. Ich weiß, daß dies geschehen wird. Wenn die Zeit gekommen ist, werde ich wissen, wie. Aber ich muß bereit sein, die Wahrheit zu akzeptieren, wenn das geschieht. Und das gleiche gilt für dich.«

»Ich werde...«

»Nein, du wirst nicht bereit sein, Walker«, kam sie ihm zuvor, »wenn du weiterhin Wahrheiten leugnest, die du längst kennst. Das ist, was du dir klarmachen mußt. Sprich jetzt nicht mehr davon. Denk nur über das nach, was ich dir gesagt habe.«

Sie wandte sich ab. Es war keine Abfuhr, sie meinte es nicht so. Es war nichts als ein Abbrechen, ein Beenden des Gesprächs, nicht um ihn zu strafen, sondern um ihm den Freiraum zu geben, sich selbst zu erforschen. Er saß da und starrte sie eine Weile an, dann wurde er nachdenklich. Er überließ sich den Bildern, die ihre Worte heraufbeschworen. Er dachte an andere Stimmen zu anderen Zeiten, an die Welt, aus der er kam, mit ihren falschen Wertvorstellungen, ihren Ängsten vor dem Unbekannten, ihrer Unterwerfung unter eine Regelung und Gesetze, die sie nicht verstehen wollte. *Bring die Druiden und Paranor zurück*, hatte Allanon ihm aufgetragen. Würde das eine Veränderung auslösen, die Welt, die Vier Länder in das zurückzuverwandeln, was sie einst waren? Und würde das die Dinge verbessern? Er zweifelte daran, doch er stellte fest, daß seine Zweifel eher in dem Mangel an Verstehen wurzelten als in seinen Ängsten. Was mußte er tun? Er mußte den schwarzen Elfenstein zurückerobern, ihn nach Paranor tragen und irgendwie, auf irgendeine Weise, die Feste wiederbringen. Doch was würde damit erreicht werden? Cogline war fort. Alle Druiden waren fort. Es blieb niemand...

Außer ihm selbst.

Nein! Er schrie das Wort beinahe heraus. Es trug das Gesicht von dem, was er fürchtete, das, wogegen er so hart ankämpfte, um es sich vom Leib zu halten. Es war die erschreckende Möglichkeit, die an den Rändern seines selbstauferlegten Schutzschilds kratzte und krallte, solange er denken konnte.

Er würde die Sache der Druiden nicht übernehmen!

Doch er war Brin Ohmsfords letzter Nachkomme. Er war der Träger des Vermächtnisses, das ihr von Allanon überantwortet worden war. *Nicht in deinem Leben. Bewahr es sicher für kommende Generationen. Eines Tages wird es wieder gebraucht werden.* Worte aus der fernen Vergangenheit, gesprochen vom Schatten des Druiden nach seinem Tod, quälend, unerfüllt.

Ich habe die Magie nicht! jammerte er verzweifelt. *Warum muß ich es sein? Warum?*

Aber er kannte die Antwort längst. Notwendigkeit. Weil die Notwendigkeit bestand. Es war die Antwort, die Allanon allen Ohmsfords gegeben hatte, jedem von ihnen, Jahr um Jahr, Generation um Generation. Immer.

Er rang mit dem Gespenst seines Schicksals in der Stille seiner Gedanken. Die Augenblicke zogen sich in die Länge. Schließlich hörte er Quickening sagen: »Es wird dunkel, Walker Boh.«

Er blickte auf und sah, daß das Tageslicht der Dämmerung zu weichen begann. Er stand auf und schaute nach Süden. Die Landenge war leer. Kein Zeichen von den Urdas.

»Es hat zu lange gedauert«, sagte er und ging zur Treppe.

Eilig stiegen sie hinunter, verließen das Haus und folgten dem Gehsteig zum südlichen Stadtrand. Schatten breiteten sich schon über alles, das Licht wich zum westlichen Horizont zurück. Die Seevögel waren in ihre Horste zurückgekehrt, und das Brausen des Ozeans war zu einem fernen Stöhnen abgeklungen. Der Stein unter ihren Stiefeln hallte leise mit jedem Schritt, als wispere er von Geheimnissen, um die Stille zu brechen.

Sie erreichten den Stadtrand und wurden langsamer, bewegten sich nur behutsam vorwärts und spähten in die Dämmerung auf der Suche nach Zeichen möglicher Gefahren. Sie fanden keinerlei Bewegung. Der Nebel ringelte seine feuchten Ranken durch gähnende Fenster und in Abflußgitter, und überall war das Gefühl einer verborgenen Gegenwart. Vor ihnen erstreckten sich die Felsen der Landenge ins Dunkel, zerklüftet und leblos.

Sie traten zwischen den Hausmauern hervor und blieben stehen.

Carismans Körper lag zusammengesunken an einer Felssäule, festgenagelt von einem Dutzend Speeren. Er war schon seit geraumer Zeit tot, sein Blut vom Regen fortgewaschen.

Es sah aus, als seien die Urdas den Weg, den sie gekommen waren, wieder zurückgegangen.

Sie hatten Carismans Kopf mitgenommen.

Selbst Kinder können gefährlich sein, dachte Walker Boh traurig. Er faßte nach Quickenings Hand und hielt sie fest. Er versuchte sich vorzustellen, was Carisman gedacht haben mochte, als er erkannte, daß seine Familie ihn verstoßen hatte. Er versuchte sich einzureden, daß er nichts hätte tun können, um es zu verhindern.

Quickening rückte nah an ihn heran. Sie standen wortlos da und starrten auf den toten Sänger. Dann wandten sie sich um und gingen in die Stadt zurück.

In jener Nacht kehrten sie nicht in ihr gewohntes Versteck zurück; es war schon fast dunkel, als sie die Landenge hinter sich ließen, und die Entfernung zurück durch die Stadt war zu groß, um sie sicher zurückzulegen. Sie fanden statt dessen gleich in der Nähe ein niedriges Gebäude mit gewundenen, engen Fluren und mit Zimmern, die an beiden Enden Türen hatten und damit einen Ausweg boten, falls der Kratzer auftauchen sollte. Sie ließen sich tief im steinernen Inneren des Hauses nieder, wo es so dunkel war, daß sie einander auf Armeslänge kaum sehen konnten, aßen eine Abendmahlzeit aus getrockneten Früchten und Gemüsen und versuchten, Carismans Geist aus ihrer Gegenwart zu verbannen. Der tote Sänger tauchte in Erinnerungen auf, in ungesagten Worten und im fernen, leisen Brausen der Ozeanwellen. Sein Gesicht erblühte in den Schatten, die sie warfen, und seine Stimme flüsterte im Geräusch ihres Atems. Walker Boh betrachtete Quickening, ohne sie zu sehen; seine Gedanken galten Carisman und wie er den Sänger hatte gehen lassen, als er ihn hätte hindern können. Als Quickening seinen Arm berührte, war ihm der Druck ihrer Finger kaum bewußt. Als sie mit ihrer Berührung in seinen Gedanken las, merkte er es nicht. Er fühlte sich ausgehöhlt und leer und unerträglich einsam.

Später, als sie schlief, wurde er sich ihrer wieder bewußt. Seine Selbstanklagen hatten sich erschöpft, sein Kummer war eingetrocknet; Carismans Schatten war verbannt, an den Ort und in die Zeit verwiesen, in die er gehörte. Walker saß in der Finsternis, der Stein von Wänden, Decke und Boden erdrückte ihn, die Stille war wie ein Laken, das ihn zu ersticken drohte, und die Zeit das Instrument, mit dem er das Herannahen seines eigenen Todes maß. War der Tod jetzt für irgendeinen von ihnen noch fern? Er betrachtete das Mädchen, das neben ihm schlief, beobachtete, wie sich ihre Brust hob und senkte, wie sie auf der Seite lag, das Gesicht von der Armbeuge getragen, ihr Silberhaar zurückgefächert und leuchtend. Er beobachtete den langsamen, stetigen Puls an ihrem schlanken Hals, sah die Vertiefungen ihres Gesichts und folgte der Form ihres Körpers unter dem Schutz ihrer Kleider, die seine Perfektion nicht zu verhehlen vermochten. Bei aller magischen Kraft war sie ein zerbrechliches Stück Leben, und er konnte das Gefühl nicht loswerden, daß sie trotz des Vertrauens in ihren Vater und der Sicherheit, mit der sie sie nach Norden geführt hatte, in Gefahr schwebte. Das Gefühl war vage und schwer zu fassen, doch es entstammte seinen Instinkten und seinem Vorherwissen, geboren aus der Magie, die er von Brin Ohmsford geerbt hatte, Magie, die noch immer in ihm ebbte und flutete, je nachdem, wie die Gezeiten seines Glaubens an sich selbst stiegen und fielen. Er konnte es nicht ignorieren, Quickening war in Gefahr, und er wußte nicht, wie er sie retten sollte.

Es war tiefe Nacht, und noch immer schlief er nicht. Sie alle befanden sich natürlich in Gefahr. Was er als Risiko für die Tochter des Königs vom Silberfluß wahrnahm, war möglicherweise nichts anderes als die Gefahr, die er für sie alle witterte. Carisman hatte es schon erwischt.

Irgendwann würde es auch Quickening erwischen. Vielleicht war es nicht so sehr Quickenings Tod, den er fürchtete, sondern, daß sie sterben könnte, ehe sie ihre Geheimnisse offenbart hatte. Es waren ihrer viele, vermutete er. Daß sie sie so vollständig versteckte, machte ihn wütend. Er war überrascht über den Ärger, den diese Erkenntnis hervorrief. Quickening hatte ihn mit seinen finstersten Ängsten konfrontiert und ihn dann mit ihnen allein gelassen. Sein ganzes Leben war von der Befürchtung überschattet gewesen, daß Allanons mysteriöses Vermächtnis an die Ohmsfords, das Brin vor über dreihundert Jahren übertragen, das ungenutzt von Generation zu Generation weitergereicht worden war, irgendwie von ihm erfüllt werden müßte. Er hatte mit diesem Gespenst seit seiner Kindheit gelebt, wie seine ganze Familie seines Vorhandenseins bewußt, und hatte es als ein Gespenst betrachtet, das sich nicht verbannen ließ, sondern im Laufe der Jahre nur noch an Substanz zunahm. Die Magie der Ohmsfords lebte in ihm, wie sie nicht in seinen Ahnen gelebt hatte. Allanons Träume waren nur zu ihm gekommen. Cogline hatte ihn zu seinem Schüler gemacht und ihn die Geschichte seiner Kunst und der Sache der Druiden gelehrt. Allanon hatte ihm aufgetragen, auf die Suche nach den Druiden und dem verlorenen Paranor zu gehen.

Ihn schauderte. Jeder Schritt brachte ihn dem Unvermeidlichen näher. Das Vermächtnis war für ihn bestimmt. Das Phantom, das ihn in all diesen Jahren heimgesucht hatte, hatte sein schreckliches Gesicht enthüllt.

Er mußte den schwarzen Elfenstein nehmen und Paranor wiederbringen.

Er sollte der nächste Druide werden.

Er hätte über die Verrücktheit dieser Vorstellung lachen können, wenn sie ihm nicht solche Angst eingejagt hätte. Er verachtete die Druiden für das, was sie den Ohmsfords angetan hatten; er sah sie als finstere, ihren eigenen Zwecken dienende Manipulatoren. Er hatte sein Leben lang versucht, sich von ihrem Fluch zu befreien. Aber es war nicht nur das – Allanon war fort – der letzte der wahren Druiden. Cogline war fort – der letzte, der ihre Kunst studiert hatte. Er war allein; wer sollte ihn lehren, was ein Druide wissen mußte? Sollte er sich das Studium der Magie irgendwie aus den Fingern saugen? Sollte er sich selber unterrichten? Und wie viele Jahre würde das dauern? Wie viele Jahrhunderte? Wenn es die Magie der Druiden brauchte, um die Schattenwesen zu bekämpfen, dann konnte eine solche Magie nicht so ohne weiteres aus der Geschichte und den Büchern bezogen werden, aus denen alle vorangegangenen Druiden gelernt hatten. Die Zeit ließ es nicht zu.

Er biß die Zähne zusammen. Es war töricht zu glauben, er könne ein Druide werden, selbst wenn er dazu bereit wäre, selbst wenn er es wünschte, selbst wenn das Gespenst, das er während all dieser Jahre so gefürchtet hatte, sich als er selbst herausstellen sollte.

Töricht!

Walkers Augen glänzten, als er die Schatten des Zimmers nach einem Ausweg aus seiner Verzweiflung absuchte. Wo waren die Antworten, die er brauchte? Verhehlte Quickening ihm diese Antworten? Waren sie ein Teil jener Wahrheiten, die sie zurückhielt? Wußte sie, was aus ihm werden würde? Er streckte den Arm aus, weil er sie wachrütteln wollte. Dann zog er ihn schnell wieder zurück. Nein, sagte er sich. Ihr Wissen war so begrenzt und unvollständig wie seines. Bei Quickening war es eher ein Erfühlen von Möglichkeiten, ein Ahnen, was sein könnte, ein Vorherwissen wie sein eigenes. Es war mit ein Grund, warum er sich mit ihr verwandt fühlte. Er zwang seine Gedanken zur Ruhe und sein Bewußtsein, sich zu öffnen, und er schaute auf sie hinunter, als wollte er sie mit den Augen verschlingen. Er fühlte, wie etwas Warmes und Großmütiges ihn anrührte, ihr Schlaf, ungefragt und offenbar. Er erinnerte ihn an den seiner Mutter, als er noch klein war und ihren Trost und ihren Zuspruch brauchte. Sie war in gewisser Weise eine Wiedergabe seines eigenen Ichs. Sie öffnete ihn für die Möglichkeiten, was er sein könnte. Er sah die Farben seines Lebens, die Muster, die gewoben, und die Strukturen, die erprobt werden könnten. Er war der Stoff, der zugeschnitten und geformt werden mußte, doch ihm fehlten die Werkzeuge und die Kenntnisse. Quickening tat, was sie konnte, um ihm beides zu geben.

Danach schlief er eine Weile, noch immer an die Wand gelehnt, Arme und Beine eng an den Körper gefaltet, den Kopf nach vorn in seinen Umhang geneigt. Als er wieder aufwachte, schaute Quickening ihn an. Wortlos musterten sie einander eine Weile, jeder forschte in den Augen des anderen, suchte, die Fragen des anderen darin zu lesen.

»Du hast Angst, Walker Boh«, sagte das Mädchen schließlich.

Walker lächelte beinahe. »Ja, Quickening. Ich habe immer schon Angst gehabt. Angst hiervor – vor dem, was jetzt geschieht – mein Leben lang. Ich bin davor weggerannt, habe mich davor versteckt, es fortgewünscht, gefleht, es möge verschwinden. Ich habe gekämpft, es einzudämmen. Eine strenge und unnachgiebige Kontrolle über mein Leben auszuüben schien die Technik, die am besten wirkte. Wenn ich mein eigenes Schicksal diktierte, konnte es keine Gewalt über mich haben. Die Vergangenheit habe ich anderen überlassen, die Gegenwart gehörte mir.«

Er streckte behutsam die Beine aus. »Die Druiden haben in das Leben so vieler Ohmsfords, der Kinder von Shannara über viele Generationen, eingegriffen. Wir sind von ihnen ausgenutzt worden; wir sind benutzt worden, ihrer Sache zu dienen. Sie haben uns verändert. Sie haben uns zu Sklaven der Magie gemacht, statt einfach nur zu Trägern. Sie haben die Struktur unseres Bewußtseins, unseres Körpers und unseres Geistes verändert; sie haben uns zerrüttet. Und sie sind noch immer nicht befriedigt. Schau, was sie jetzt von uns erwarten! Schau, was von mir erwartet wird! Ich soll aus der Sklavenrolle schlüpfen und Meister werden. Ich soll den schwarzen Elfenstein übernehmen – eine Magie, die ich nicht einmal beginne zu verstehen. Ich soll sie einsetzen, um das verlorene Paranor zurückzuholen. Und nicht einmal damit ist es genug. Ich soll auch die Druiden zurückbringen. Aber es gibt keine Druiden mehr. Es gibt nur mich. Und wenn es nur mich gibt, dann...«

Die Worte blieben ihm im Hals stecken. Seine Entschlossenheit geriet ins Wanken. Seine Geduld verließ ihn. Sein Zorn kam zurück, ein rohes, bitteres Echo in der Stille.

»Sag es mir!« flehte er.

»Aber ich weiß es doch nicht«, flüsterte sie.

»Du mußt!«

»Walker...«

Er hatte Tränen in den Augen. »Ich kann nicht sein, was Allanon will, daß ich sei – was er von mir verlangt! Ich kann es nicht!« Er sog schnell und hastig die Luft ein, um sich zu fangen. »Siehst du das, Quikkening? Wenn ich die Druiden wiederbringen soll, indem ich einer werde, wenn ich das muß, weil es keinen anderen Weg gibt, damit die Rassen die Schattenwesen überleben können, muß ich dann sein, wie sie einst waren? Muß ich die Kontrolle über das Leben jener übernehmen, denen ich zu helfen behaupte, jener anderen, die Ohmsfords sind, Par und Coll und Wren? Und für wie viele zukünftige Generationen? Wenn ich ein Druide bin, muß ich das tun? Kann ich etwas anderes tun?«

»Walker Boh.« Sie sagte seinen Namen leise und eindringlich. »Du wirst sein, was du sein mußt, doch du wirst immer noch du selber sein. Du bist nicht in einem Spinnennetz von Druidenmagie gefangen, die dein Leben vorherbestimmt hat, eines und nur das eine zu sein. Es gibt immer eine Wahl. Immer.«

Er hatte plötzlich das Gefühl, daß sie von etwas völlig anderem sprach. Ihr edles Gesicht war angespannt unter einem inneren Aufruhr. Sie hielt inne, um sich zu entspannen, die Falten und Runzeln zu glätten. »Du fürchtest dein Schicksal, ohne zu wissen, was es sein wird. Du bist gelähmt durch Zweifel und Befürchtungen, die du dir selber machst. Vieles ist dir widerfahren, Dunkler Onkel, und genug, um jedermann zweifeln zu machen. Du hast geliebte Menschen verloren, deine Heimat, einen Teil deines Körpers und deines Geistes. Du hast gesehen, wie das Gespenst einer Kindheitsangst Gestalt angenommen hat und zu einer Bedrohung geworden ist, die real ist. Du bist fern von allem, was dir vertraut ist. Aber du darfst nicht verzweifeln.«

Sein Blick war verquält. »Aber ich tue es, Quickening. Ich habe den Halt verloren. Ich fühle, wie ich vollständig untergehe.«

Sie nahm seine Hand. »Dann halt dich an mir fest, Walker Boh. Und erlaube mir, mich an dir festzuhalten. Wenn wir uns gegenseitig Halt geben, werden wir nicht abgleiten.«

Sie rückte neben ihn und legte ihm den Kopf auf die Brust. Ihr Silberhaar breitete sich über seinen Umhang. Sie sagte nichts, ruhte nur dort, hielt noch immer seine Hand fest, und ihre Wärme mischte sich mit der seinen. Er senkte sein Kinn auf ihr Haar und schloß die Augen.

Dann schlief er, und er hatte keine Träume und schreckte auch nicht plötzlich aus dem Schlaf. Nur ein sanftes Wiegen weicher, unsichtbarer Fäden, die ihn sicher hielten. Das Gefühl des Abgleitens verschwand, so wie sie es versprochen hatte. Er wurde nicht mehr von ungewissen, beunruhigenden Visionen geplagt; er wurde in Frieden gelassen. Ruhe umfing ihn, besänftigend und tröstend. Es waren die Hände einer Frau, und die Frau war Quickening.

Bei Tagesanbruch erwachte er, erhob sich von dem kalten Steinboden, und seine Augen gewöhnten sich an das magere graue Licht. Jenseits des Irrgartens aus Zimmern und Fluren, die ihn von der Außenwelt abschirmten, konnte er das leise Trommeln des Regens hören. Quickening war fort. Er fand sie an einer Fensterfront auf der Nordseite. Sie starrte in den Dunst hinaus. Die steinernen Häuser und Straßen glänzten naß, spiegelten ihr eigenes Bild als groteske Parodie, reflektierten ihre Leblosigkeit. Eldwist grüßte den neuen Tag als blinde, starre Leiche. Reihen von Häusern, Bänder von Straßen erstreckten sich in die Ferne, ein symmetrisches Konstruktionsmuster, glatt und hart und bar jeden Lebens. Walker trat neben Quickening und fühlte, wie sich die Beklemmung der Stadt über ihn legte.

Ihre Augen suchten seinen Blick. Ihre Silbermähne war das einzig Helle in der Düsternis. »Ich habe dich so fest gehalten, wie ich konnte, Walker Boh«, sagte sie. »War es ausreichend?«

Er brauchte eine Weile, bis er antwortete. Der Stumpf seines verlorenen Arms schmerzte, seine Gelenke waren steif und reagierten langsam. Er kam sich vor wie eine große Muschel, in der sein Geist zu der Größe eines Kieselsteins zusammengeschrumpft war. Und dennoch war er seltsam gefaßt.

»Ich muß an Carisman denken«, sagte er schließlich, »entschlossen, um jeden Preis frei zu sein. Auch ich wäre gern frei. Von meinen Ängsten und Zweifeln. Von mir selbst. Von dem, was ich werden könnte. Und das ist ausgeschlossen, bis ich das Geheimnis des schwarzen Elfensteins und die Wahrheit hinter den Träumen von Allanons Schatten gelöst habe.«

Quickenings Anflug von Lächeln überraschte ihn. »Auch ich wäre gern frei«, sagte sie leise. Sie schien es dringend erklären zu wollen, doch sie schaute schnell weg. »Wir müssen Uhl Belk finden«, sagte sie statt dessen.

Sie verließen ihren Unterschlupf und traten in den Regen hinaus. Sie folgten den schweigenden Straßen von Eldwist nach Norden durch Schatten und Dämmerlicht, gebückt unter dem Schutz ihrer Umhänge, verloren in ihren eigenen Gedanken.

»Eldwist ist wie eine Stadt mitten im Winter«, sagte Quickening, »die auf den Frühling wartet. Sie ist von Stein bedeckt, wie andere Teile der Erde von Schnee bedeckt sind. Kannst du ihre Geduld fühlen? Samen stecken im Boden, und wenn der Schnee schmilzt, können diese Samen zum Keimen gebracht werden.«

Walker wußte nicht so recht, was sie meinte. »In Eldwist gibt es nichts als Stein, Quickening. Er reicht bis in die Tiefe und von einem Ende der Halbinsel zum anderen. Es gibt hier keinen Samen, nichts von den Wäldern und Feldern, keine Bäume, keine Blumen, kein Gras. Nur Uhl Belk und die Monster, die ihm dienen. Und uns.«

»Eldwist ist eine Lüge«, sagte sie.

»Wessen Lüge?« fragte er. Doch sie gab keine Antwort.

Fast eine Stunde lang folgten sie der Straße, hielten sich wohlweislich auf dem Gehsteig und lauschten auf die Geräusche, falls irgend etwas sich bewegte. Doch außer dem stetigen Prasseln des Regens herrschte absolute Stille. Sogar der Malmschlund schlief, so schien es, sogar die Seevögel. Regenwasser sammelte sich in Pfützen und zu Bächen, floß in reißendem Strömen strudelnd und spritzend die Abwasserrinnen entlang und schwemmte den Staub und den Sand in die Gullis, die der Wind in die Stadt getragen hatte. Die Gebäude wachten als stumme, unbeteiligte, gefühllose Zeugen. Wolken und Nebel vermischten sich und senkten sich über sie und bis zum Boden. Die Umgebung begann zu verschwinden, zuerst die Türme, dann ganze Mauern und dann Teile der Straße selbst. Walker und Quickening fühlten eine Veränderung der Welt, so, als sei etwas losgelassen worden. Trugbilder kamen zum Spielen hervor, dunkle Schatten, die aus dem Boden stiegen, um am Rande ihres Sichtfelds zu tanzen, nie ganz wirklich, nie ganz durchgeformt. Augen beobachteten sie, spähten aus der Höhe hinunter, starrten aus dem Boden herauf. Finger streiften ihre Haut, Regentropfen,

Nebelschwaden und noch irgend etwas. Walker ließ sich eins werden mit dem, was er fühlte, ein alter Trick, ein Verschmelzen des Selbst mit den äußeren Empfindungen, um ein winziges Maß an Einblick in den Ursprung des Ungesehenen zu gewinnen. Nach geraumer Zeit fühlte er etwas, ein finsteres, brütendes, uraltes Ding von gewaltiger Kraft. Er konnte es atmen hören. Er konnte beinahe seine Augen sehen.

Eine Gestalt tauchte vor ihnen aus dem Nebel, mit Umhang und Kapuze wie sie selbst und beunruhigend nah. Walker stellte sich vor Quikkening und blieb stehen. Die Gestalt hielt ebenfalls an. Wortlos standen sie einander gegenüber. Dann verschoben sich die Wolken und veränderten den Einfall des Lichts, die Schatten gestalteten sich um, und eine Stimme rief unsicher: »Quickening?«

Walker Boh atmete auf. Es war Morgan Leah.

Sie schüttelten sich die Hände zur Begrüßung. Quickening umarmte den durchnäßten, zerzausten Hochländer und küßte leidenschaftlich sein Gesicht ab. Walker schaute zu, ohne etwas zu sagen, längst der Zuneigung der beiden zueinander gewahr, und doch überrascht, daß Quickening es zuließ. Er sah, wie sie die Augen schloß, als Morgan sie im Arm hielt, und glaubte zu verstehen. Sie erlaubte sich zu fühlen, denn es war alles noch neu für sie. Sie war nicht älter als die Zeit seit ihrer Erschaffung, und selbst wenn ihr Vater ihr menschliche Gefühle eingegeben hatte, so hatte sie sie doch bisher noch nicht selber erlebt. Walker empfand eine seltsame Traurigkeit für sie. Sie gab sich so schreckliche Mühe zu leben.

»Walker.« Morgan kam auf ihn zu, einen Arm noch immer um das Mädchen geschlungen. »Ich habe überall gesucht. Ich dachte, euch sei auch etwas zugestoßen.«

Er berichtete ihnen, was Horner Dees und ihm widerfahren war, wie sie durch die Falltüre auf die Rutsche gestürzt waren und zu ihrem Entsetzen mit dem schlafenden Malmschlund direkt unter sich konfrontiert gewesen waren. Seine Augen waren wild und leuchtend, als er beschrieb, wie es ihm irgendwie gelungen war, die Magie des Schwertes von Leah, die er für verloren gehalten hatte, noch einmal freizusetzen.

Mit ihrer Hilfe waren sie entkommen. Für die Nacht hatten sie Zuflucht in der Nähe gesucht, und bei Tagesanbruch waren sie an die Stelle zurückgekehrt, wo sie die Gefährten verlassen hatten. Doch sie hatten das Gebäude leer gefunden und keinerlei Hinweis darauf, daß irgendwer zurückgekommen war. In Sorge um Quickening – um sie alle, beeilte er sich, hinzuzufügen – hatte er Dees zurückgelassen, um auf sie zu warten, und war allein auf die Suche gegangen.

»Horner Dees war bereit, ebenfalls mitzukommen, aber ich habe es nicht zugelassen. Die Wahrheit ist, daß er sich nie wieder bewegen würde, wenn das möglich wäre – zumindest bis es Zeit ist, von hier fortzugehen.« Der Hochländer grinste breit. »Er hat die Nase voll von Eldwist und den Falltüren; er wünscht sich in das Bierhaus in Rampling Steep zurück!« Dann hielt er inne und schaute suchend an ihnen vorbei. »Wo ist Carisman?«

Jetzt waren sie an der Reihe, und Quickening berichtete mit ruhiger und seltsam tröstender Stimme die Ereignisse, die zum Tod des Sängers geführt hatten. Aber Morgan Leahs Gesicht war dennoch von Kummer und Zorn gezeichnet, als sie endete.

»Er hat nie irgendwas begriffen, nicht wahr?« sagte der Hochländer; die Emotion, die er im Inneren zurückhielt, drohte ihn zu ersticken. »Er verstand es einfach nie! Er glaubte, seine Musik sei ein Heilmittel für alles! So ein Unsinn!«

Er schaute einen Moment weg, um seinen Ausdruck zu verbergen, stützte die Hände herausfordernd in die Hüften, als ob Starrsinn irgend etwas an dem Geschehenen ändern könnte. »Wo gehen wir jetzt hin?« fragte er schließlich.

Walker schaute zu Quickening. »Wir glauben, daß Uhl Belk sich in der Kuppel verbirgt«, sagte das Mädchen. »Wir waren dabei, einen Eingang zu suchen, als die Urdas auftauchten. Wir sind auf dem Weg dorthin, um die Suche fortzusetzen.«

Morgan drehte sich um, sein Gesicht wieder gefaßt. »Dann komme ich mit. Horner ist besser dran, wenn er bleibt, wo er ist. Am Abend können wir dann wieder zu ihm gehen.« Der Blick, den er ihnen zuwarf, wirkte beinahe herausfordernd. »So sollte es ohnehin sein. Nur wir drei.«

»Komm mit, wenn du möchtest«, willigte Quickening ein und Walker nickte ohne Kommentar.

Sie machten sich wieder auf, drei vom Regen durchnäßte Gestalten, verloren in Nebel und Schatten. Walker ging voran, ein magerer, weißgesichtiger Geist in der Düsternis und der Anführer, weil Quickening einen Schritt hinter ihm blieb, um bei Morgan zu sein. Er krümmte seine schmalen Schultern gegen das Wetter, spürte den beißenden Wind, der in Böen fegte, und fühlte, wie die Leere in seinem Inneren ihn zu verschlingen drohte. Er fühlte in diese Leere und versuchte, einen Teil seiner Magie zu erfassen, eine Kraft, auf die er sich verlassen könnte. Sie entzog sich ihm wie eine Schlange auf der Flucht. Er spähte nach vorn durch den dünnen Regenschleier und beobachtete die Schatten, die hinter dem Licht herjagten. Das Gespenst seines Schicksals lauerte auf ihn, ein schwacher Schimmer in einer Pfütze, ein Nebelfetzen in einem Eingang, ein Dunkeln des Steins, wo die Nässe wie ein Spiegel wirkte. Und immer trug es Allanons Gesicht.

Die Straße endete, und die dunkle Wölbung der Kuppel erhob sich vor ihnen wie die Schale eines schlafenden Krebses. Die drei traten vom Gehsteig und standen vor dem Bauwerk, winzig vor seiner Größe. Walker starrte wortlos auf die Kuppel. Ihm war bewußt, das Quickening und Morgan auf ihn warteten, bewußt, daß auch etwas anderes auf ihn wartete. *Es*. Die Präsenz, die er zuvor wahrgenommen hatte, war wieder da, hier stärker, bereiter, sicherer. Und beobachtend. Walker rührte sich nicht. Er fühlte Augen von überall her auf sich gerichtet, als gäbe es keinen Ort, an den er ungesehen fliehen könnte. Der Stein der Stadt trug ihn, doch vermochte sich auch ohne Vorwarnung um ihn schließen und ihm sein Leben herausquetschen. Die Präsenz wollte, daß er das wußte. Sie wollte, daß er wußte, wie unbedeutend er war, wie unnütz seine Suche und wie überflüssig sein Leben. Es fiel über ihn her, drückte auf ihn nieder wie der Nebel und der Regen. Geh nach Hause, hörte er es sagen. Geh, solange du es noch kannst.

Er ging nicht. Er trat nicht einmal zurück. Er war in seinem Leben oft genug bedroht worden, hatte genügend Finsteres gesehen, das durchs Land streifte, um zu erkennen, wann er getestet wurde. Es war nicht ein Versuch, ihn zu zerschmettern; es war hänselnd und vorgetäuscht, als sei es dazu gedacht, den gegenteiligen Effekt zu erzielen. Geh nicht wirklich fort, schien es zu sagen. Aber denk daran, daß man es dir geraten hat.

Walker Boh trat vor eine Stelle, wo die Wand zwischen den Steinbändern am breitesten war. Der Tod strich an ihm vorbei, ein leichtes Sprühen, von Regen und Wind getragen. Es war absurd, doch er fühlte Cogline dicht neben sich. Der Geist des alten Mannes war aus der Asche von Hearthstone auferstanden und gekommen, um seinen Schüler beim Praktizieren des Handwerks, das er ihn gelehrt hatte, zu beobachten, gekommen vielleicht, um zu urteilen, wie gut er es handhabte. Du wirst nie frei sein von der Magie, hörte Walker ihn sagen. Er betrachtete eine Weile die zerklüftete, verwitterte Oberfläche der Mauer, beobachtete das Regenwasser, das sich in unregelmäßigen, silbrigen Rinnsalen, glitzernd wie Quickenings Haarsträhnen, nach unten schlängelte. Noch einmal tauchte er in sein Inneres nach der Magie, und diesmal bekam er sie zu fassen. Er zog ihre Kraft um sich wie eine Rüstung, panzerte sich mit ihr, als wolle er der steinernen Mauer ebenbürtig sein, und dann streckte er seine Hand aus und drückte mit den Fingern gegen den Stein.

Er fühlte, wie die Magie in ihm aufstieg, wie sie heiß wie Feuer aus seiner Brust in seinen Arm flutete, in seine Finger, in...

Es gab ein Beben, und der Stein vor ihm wich, zuckte zurück, als sei es menschliches Fleisch, das gebrannt wurde. Es gab ein langgezogenes, dumpfes Knirschen, das Geräusch von Stein, der über Stein schabt, und einen schrillen Schrei, als sei Leben dazwischengeklemmt. Quickening kauerte sich nieder wie ein erschreckter Vogel, ihr Silberhaar nach hinten geworfen, ihre Augen leuchtend und seltsam lebhaft. Morgan Leah zog in einer einzigen, schnellen Geste sein Breitschwert, das er über den Rücken geschnallt trug.

Die Mauer vor ihnen öffnete sich – nicht wie eine Tür, die aufschwang, oder ein Paneel, das sich hob, sondern wie ein Lappen, der entzweigerissen wird. Sie öffnete sich weit vom Fundament bis zum Scheitel wie ein Maul, das gefüttert werden will. Als die Öffnung sieben Meter breit war, stoppte sie, unbeweglich, mit einem glatten steinernen Rahmen, der aussah, als sei er schon immer dort gewesen und gehöre eindeutig hierher.

Ein Eingang, dachte Walker Boh. Genau das, was sie gesucht hatten.

Quickening und Morgan Leah standen erwartungsvoll neben ihm. Er sah keinen der beiden an. Er hielt seinen Blick in die Öffnung gerichtet, in die Finsternis und das Meer undurchdringlicher Schatten. Er suchte und lauschte, doch nichts gab sich preis.

Doch wußte er, was dort wartete.

Carismans Stimme sang leise in seinem Geiste. *Komm nur herein, sagte die Spinne zur Fliege.*

Mit dem Mädchen und dem Hochländer an seiner Seite nahm er die Einladung an.

Schatten umfingen sie fast augenblicklich, Schichten von Finsternis, die wenige Meter innerhalb der Kuppel begannen und alles, was jenseits lag, vollständig umhüllten. Unter Walkers Führung wurden sie langsamer, warteten, daß ihre Augen sich gewöhnten, und lauschten dem hohlen Echo ihrer Schritte, das in der Ferne verklang. Dann blieb nur noch das Geräusch ihres Atems. Hinter ihnen bildete das fahle, graue Tageslicht einen dünnen Faden, der sie mit der Außenwelt verband, und kurz darauf war auch er zerrissen. Wieder schabte Stein auf Stein, und die Öffnung, die ihnen den Eintritt erlaubt hatte, verschloß sich wieder. Niemand rührte sich, um es zu verhindern; sie hatten es in der Tat alle drei erwartet. In der darauffolgenden Stille standen sie zusammen, jeder der beruhigenden Gegenwart der anderen gewahr, jeder bemüht, irgendein Geräusch zu vernehmen, das eine Bewegung verraten hätte, jeder wartend, daß ein Mindestmaß an Sicht zurückkam. Das Gefühl von Leere war absolut. Das Innere der Kuppel fühlte sich an wie ein gigantisches Grab, in dem sich seit Jahrhunderten nichts Lebendes mehr bewegt hatte. Die Luft roch abgestanden und modrig ohne irgendwelche vertrauten Gerüche, und es war kalt, ein eisiger Frost, der durch Mund und Nase drang und sich sofort bis in die Magengrube fortsetzte und dort blieb. Sie begannen fast augenblicklich zu zittern. Selbst in der undurchdringlichen Finsternis kam es Walker Boh vor, als könne er die Wolken seines Atems sehen.

Die Sekunden verstrichen, Herzschläge in der ungebrochenen Stille. Die drei Gefährten wartete geduldig. Irgend etwas würde geschehen. Irgendwer würde erscheinen, es sei denn, sie seien in die Kuppel gelockt worden, um getötet zu werden, spekulierte Walker in der Stille seiner Gedanken. Aber er glaubte nicht, daß das der Fall sei. Nein, er glaubte nicht mehr wie zu Beginn, daß irgendeine Anstrengung gemacht würde, sie zu eliminieren. Der Charakter ihrer Beziehung zu Eldwist legte bei näherer Betrachtung nahe, daß die Stadt sich auf unpersönliche Weise von Eindringlingen befreite, doch daß sie keine besonderen Anstrengungen machte, falls das nicht sofort klappte. Eldwist verließ sich nicht auf Geschwindigkeit, es baute auf das Gesetz der Wahrscheinlichkeit. Früher oder später würden Eindringlinge einen Fehler machen. Sie würden unvorsichtig werden, und entweder die Falltüren oder der Kratzer würde sie erledigen. Walker war zu wetten bereit, daß Quickening mit ihrer Annahme, der Steinkönig sei sich ihrer Anwesenheit in der Stadt nicht einmal bewußt gewesen, recht gehabt hatte – und selbst wenn er es gewußt hatte, so hatte er sich nicht darum geschert. Erst als Walker Magie gegen die Mauern seiner Behausung eingesetzt hatte, hatte er sich aufgerafft. Nicht einmal das Einsetzen von Magie gegen den Kratzer hatte ihn interessiert. Aber nun, glaubte Walker, war er neugierig geworden, und das war der Grund, warum sie hereingelassen worden waren...

Walker riß sich zusammen. Ihm war etwas entgangen. Nichts würde geschehen, wenn sie einfach nur dort in der Finsternis stehenblieben, nichts, wenn sie den ganzen Tag und auch den nächsten einfach nur warteten. Der Steinkönig hatte sie aus einem bestimmten Grund hereingelassen. Er hatte sie eingelassen, um zu sehen, was sie tun würden.

Oder vielleicht auch, was sie tun *konnten*.

Er streckte seinen Arm aus und faßte erst Morgan und dann Quickening an und beugte ihre Köpfe sanft an seinen eigenen. »Was immer geschieht, Quickening«, flüsterte er dem Mädchen zu, so leise, daß seine Stimme fast nicht zu hören war. »Denk daran, daß du geschworen hast, nichts zu tun, das erkennen lassen könnte, daß du über irgendwelche Magie verfügst.«

Dann ließ er sie los, trat zur Seite, hob die Hand, schnippte mit den Fingern und ließ eine silberne Flamme aufleuchten.

Sie schauten sich um. Sie befanden sich in einem Gang, der ein kleines Stück weit zu einer Öffnung führte. Die Flamme in die Höhe haltend, führte Walker sie voran. Als sie das Ende des Ganges erreichten, löschte er die Flamme, rief seine Magie ein zweites Mal an und sandte ein silbriges Feuerwerk in die Finsternis.

Walker atmete heftig ein. Der Lichterregen sprühte ins Unbekannte, brannte durch die Schatten, jagte sie vor sich her und stieg in die Höhe, bis alles rundum erhellt war. Sie standen am Eingang zu einer weitläufigen Rotunde, einer Arena, von Reihe über Reihe von Sitzen umgeben, die sich nach oben ins Dunkel fortsetzten. Die Decke der Kuppel wölbte sich über ihren Köpfen, ihre steinernen Sparren bogen sich von ihrem Scheitel hinauf, und ein Geländer umfaßte die Arena. Die Arena und die Ränge waren wie die Sparren aus Stein, alt und abgenutzt von der Zeit, hart und glatt vor der Dunkelheit, die sie einhüllte. Mehrere Gänge, ähnlich dem, durch den sie gekommen waren, öffneten sich zwischen den Rängen, schwarze Löcher, die ins Schwarze führten.

Genau in der Mitte der Arena stand eine steinerne Statue, ein in Gedanken versunkener Mann, roh gehauen und kaum als solcher erkennbar.

Walker wartete ab, bis das Licht sich niedergelassen hatte und alles aufhellte. Die Kuppel war weit und leer, still, abgesehen von ihren Schritten, scheinbar ohne jegliches Leben außer dem ihren. Aus dem Augenwinkel sah er, wie Morgan vorwärtsstürmen wollte, und er streckte eilig die Hand aus, um ihn zurückzuhalten. Quickening trat hinzu und faßte den Hochländer schützend am Arm. Walker ließ seinen Blick durch die Arena gleiten, über die schwarzen Tunnellöcher, die Ränge, die sie umrahmten, die Sparren und die Kuppeldecke und dann wieder die Arena. Als er wieder bei der Statue angekommen war, hielt er still. Nichts rührte sich. Doch etwas war da. Er konnte es fühlen, stärker als vorher, die gleiche Präsenz, die er wahrgenommen hatte, als sie noch draußen waren.

Langsam und vorsichtig trat er vor. Morgan und Quickening folgten ihm. Er hatte im Augenblick das Kommando, und Quickenings Unterwerfung war irgendwie ein Eingeständnis ihrer Not. Sie durfte ihre Magie nicht einsetzen. Sie mußte sich auf ihn verlassen. Er empfand eine ungeahnte Willenskraft aufgrund der Tatsache, daß sie sich von ihm abhängig gemacht hatte. Da war jetzt keine Zeit für ein Abgleiten, für Selbstzweifel oder für die Ungewißheit, wer oder was er zu sein bestimmt war. Eine wilde Entschlußkraft loderte in ihm auf. Es war besser so, erkannte er, besser, das Kommando zu haben, die Verantwortung für das zu tragen, was geschehen würde. So war es immer gewesen. Und in diesem Augenblick erkannte er zum ersten Mal in seinem Leben, daß es auch immer so sein würde.

Die Statue ragte direkt über ihnen in die Höhe, ein massiver Steinblock, der dem Licht, das Walker heraufbeschworen hatte, um die Dunkelheit zu vertreiben, zu trotzen schien. Der Denker war von ihnen abgewandt, eine knorrige, plumpe Gestalt, halb kniend, halb sitzend, einen Arm über den Bauch gelegt, der andere war zu einer Faust geballt und stützte das Kinn. Es mochte die Absicht bestanden haben, daß er einen Umhang übergeworfen hatte, oder er mochte einfach von Haaren bedeckt sein; es war unmöglich, es zu unterscheiden. Es gab keine Inschrift auf dem Sockel, auf dem er ruhte; überhaupt war es ein seltsamer Sockel, der mit den Beinen der Statue verbunden war, als sei der Stein vor langer Zeit einfach zusammengeschmolzen.

Sie erreichten die Statue und begannen, sie zu umkreisen. Das Gesicht kam langsam in Sicht. Es war das Gesicht eines Monsters, verwüstet und zernarbt, eine Masse aus Knoten und Wucherungen, völlig mißgestaltet wie eine halbvollendete und dann aufgegebene Skulptur. Steinerne Augen glotzten starr unter grimmigen Brauen hervor. Grauen stand in dem Ausdruck des Monsters geschrieben; Dämonen waren in seinen Zügen gefangen, die sich nie mehr entfernen ließen. Walker wandte sich unbehaglich ab und spähte prüfend in die Schatten der Kuppel. Stille blinzelte ihm entgegen.

Plötzlich blieb Quickening stehen, erstarrte auf der Stelle wie ein erschrecktes Reh. »Walker«, hauchte sie leise.

Sie schaute zu der Statue hinauf. Walker schnellte herum wie eine Katze und folgte ihrem Blick.

Die Augen der Statue hatten sich ihm zugewandt und fixierten ihn.

Er hörte das metallene Geräusch von Morgans Klinge, als sie aus der Scheide glitt.

Der ungestalte Kopf der Statue begann sich zu bewegen, der Stein knirschte gespenstisch, er brach nicht und splitterte auch nicht, sondern gestaltete sich um, als wäre er gleichzeitig fest und flüssig. Das Knirschen hallte durch die hohle Schale der Kuppel wie das Donnern von Felsbrocken in einer Lawine. Die Arme bewegten sich, dann die Schultern. Der Torso schwenkte herum, der Stein knirschte und malmte, bis Walker die Härchen im Nacken steil zu Berge standen.

Dann begann er zu sprechen. Der Mund öffnete sich, und Stein rieb auf Stein.

–Wer seid ihr–

Walker antwortete nicht. So erstaunt war er über das, was er sah, daß er keine Antwort zustande brachte. Er stand nur völlig verblüfft da. Die Statue lebte, ein steinernes Ding, grauenvoll gestaltet von der Hand eines Wahnsinnigen, bar jeglichen Fleisches und ohne Blut, und dennoch irgendwie lebendig.

Im nächsten Moment begriff er, wen er vor sich hatte, und selbst dann brachte er den Namen der Kreatur nicht über die Lippen. Es war Quickening, die das Wort ergriff.

»Uhl Belk«, flüsterte sie.

– Wer bist du –

Quickening trat vor und sah winzig und unbedeutend aus im Schatten des Steinkönigs, ihr Silberhaar nach hinten gestrichen.

»Ich heiße Quickening«, gab sie zur Antwort. Ihre Stimme, erstaunlich stark und ruhig, hallte durch die Stille. »Und dies sind meine Gefährten Walker Boh und Morgan Leah. Wir sind nach Eldwist gekommen, um dich zu bitten, den schwarzen Elfenstein zurückzugeben.«

Der Kopf drehte sich leicht, der Stein knirschte und malmte.

– Der schwarze Elfenstein ist mein Eigentum –

Es entstand eine lange Pause, ehe der Steinkönig wieder sprach.

– Wer bist du –

»Ich bin niemand.«

– Verfügst du über Magie gegen mich –

»Nein.«

– Und die anderen. Haben sie Magie –

»Nur ein wenig. Morgan Leah besaß einst ein Schwert, das ihm die Druiden gegeben hatten und das die Magie des Hadeshorns enthielt. Doch es ist zerbrochen, die Klinge zersplittert und die Magie verloren. Walker Boh besaß einst die Magie, die er von seinen Vorfahren ererbt hatte, von den Elfen aus dem Hause Shannara. Doch er verlor den größten Teil dieser Magie, als er Schaden an seinem Arm und an seinem Geist erlitt. Er muß sie erst wiedergewinnen. Nein, sie verfügen über keine Magie, die dir Schaden zufügen könnte.«

Walker Boh war so erstaunt, daß er kaum zu glauben wagte, was er da hörte. In wenigen Sekunden hatte Quickening sie vollständig bloßgestellt. Sie hatte nicht nur offenbart, mit welcher Absicht sie hierhergekommen waren, sondern auch, daß sie jeglicher Möglichkeit entbehrten, den Stein gewaltsam in ihren Besitz zu bekommen. Sie hatte eingestanden, daß sie gegenüber dieser Geisterkreatur absolut machtlos waren, daß sie nicht imstande waren, ihn zu zwingen, ihrem Begehren nachzugeben. Sie hatte sogar jeglicher Möglichkeit zu bluffen einen Riegel vorgeschoben. Was dachte sie sich eigentlich dabei?

Uhl Belk stellte sich offenbar die gleiche Frage.

– Ich soll den schwarzen Elfenstein hergeben, nur weil du mich darum bittest, soll ihn drei Sterblichen mit begrenzter Lebenserwartung überlassen, einem Mädchen ohne Magie, einem Einarmigen und einem Fechter mit einer zerbrochenen Klinge –

»Es muß sein, Uhl Belk.«

– Ich bestimme im Königreich von Eldwist, was sein muß; ich bin das Gesetz und die Macht, die das Gesetz durchsetzt; es gibt kein anderes Recht als meines und daher auch kein Muß als meines; wer würde es wagen, mir zu widersprechen; keiner von euch; ihr seid so unbedeutend wie der Staub, der über meine Haut weht und ins Meer gespült wird –

Er machte eine Pause.

– Der schwarze Elfenstein gehört mir –

Quickening antwortete diesmal nicht, sondern starrte nur in die vernarbten Augen des Steinkönigs. Uhl Belks massige Gestalt bewegte sich wieder, verschob sich, als sei er von Treibsand bedrängt, der Stein knirschte standhaft, ein Rad der Zeit und der Gewißheit mit einer Haut aus Dauer.

– Du –

Er zeigte mit ausgestrecktem Finger auf Walker.

– Der Asphinx hat ein Stück von dir genommen; ich kann seinen Gestank an deinem Körper riechen; trotzdem lebst du irgendwie noch; bist du ein Druide –

»Nein«, widersprach Quickening sofort. »Er ist ein Bote der Druiden, hergesandt, den schwarzen Elfenstein zurückzuholen. Seine Elfenmagie rettete ihn vor dem Gift des Asphinx. Sein Anspruch auf den Elfenstein ist rechtmäßig, er wurde ihm von den Druiden verliehen.«

– Die Druiden sind alle tot –

Wieder sagte Quickening nichts, wartete auf den Steinkönig, stand furchtlos unter ihm. Eine plötzliche Bewegung seines Armes, und sie wäre zermalmt worden. Sie schien unbekümmert. Walker warf einen schnellen Blick auf Morgan, doch die Augen des Hochländers waren auf das Gesicht von Uhl Belk gerichtet, gebannt von seiner Häßlichkeit, hypnotisiert von der Gewalt, die er dort sah. Er fragte sich, was man von ihm erwartete. Irgendwas? Er fragte sich plötzlich, was er hier überhaupt zu suchen hatte.

Dann sprach der Steinkönig wieder, ein träges Raspeln in der Stille.

– Ich lebe schon immer, und ich werde leben, wenn ihr längst zu Staub zerfallen seid; ich wurde erschaffen von dem Wort, und ich habe alle jene überlebt, denen mit mir zusammen das Leben gegeben wurde, bis auf einen, und auch der wird bald gegangen sein; ich schere mich kein bißchen um die Welt, in der ich existiere, außer um die Erhaltung dessen, was mir als Domäne zugeteilt wurde – ewiger Stein. Es ist der Stein, der allem trotzt, der unwandelbar und beständig ist und daher so nahe der Vollendung wie Leben nur sein kann; ich bin der Steinmetz der Welt und der Architekt dessen, was sein wird; ich setze alle nötigen Mittel ein, um dafür zu sorgen, daß meine Aufgabe erfüllt wird; daher nahm ich den schwarzen Elfenstein und machte ihn zu meinem Eigentum –

Die Kuppel hallte von seinen Worten wider, und dann verklang das Echo, und es wurde still. Die Schatten wuchsen schon. Walkers Licht begann langsam zu verlöschen. Walker fühlte die Aussichtslosigkeit ihres Unterfangens. Morgans Schwertarm hing schlaff an seiner Seite; was hatte es für einen Sinn, mit einer eisernen Waffe gegen etwas so Uraltes und Unwandelbares angehen zu wollen? Nur Quickening schien zu glauben, daß es noch irgendwelche Hoffnung gab.

– Die Druiden waren nichts im Vergleich zu mir; ihre Vorsichtsmaßnahmen, ihre Magie zu verstecken und zu schützen, waren sinnlos; ich hinterließ den Asphinx, um meiner Verachtung für ihre Absichten Ausdruck zu verleihen; sie glaubten an die Gesetze von Natur und Evolution, törichte Überbringer des Glaubens an Wandel; sie starben und hinterließen gar nichts; Stein ist das einzige Element des Körpers der

Erde, das überdauert, und ich werde in diesem Stein bis in alle Ewigkeit leben –

»Beständig«, flüsterte Quickening.

– Ja –

»Ewig.«

– Ja –

»Doch wie steht es mit deinem Auftrag, Uhl Belk? Was ist damit? Du hast das zu sein verachtet, als was du erschaffen wurdest – eine ausgleichende Kraft, ein Erhalter der Welt, so wie sie erschaffen wurde.« Ihre Stimme war leise und eindringlich, webte ein Netz aus Bildern, die in der toten Luft vor ihr Gestalt anzunehmen und zu schimmern schienen. »Man hat mir deine Geschichte erzählt. Dir wurde das Leben gegeben, damit du Leben beschützt; das war der Auftrag, den das Wort dir gab. Stein bewahrt nichts Lebendes. Dir war nicht aufgetragen zu transformieren, dennoch hast du eigenmächtig alles umgestürzt, hast Lebendiges in Stein verwandelt – dies alles, um eine Ausweitung dessen zu schaffen, was und wer du bist. Und schau, was das aus dir gemacht hat.«

Sie wappnete sich gegen den Zorn, der sich schon auf der Stirn des Steinkönigs ankündigte. »Gib den schwarzen Elfenstein wieder her, Uhl Belk. Laß uns dir helfen, wieder frei zu werden.«

Die gewaltige Steinkreatur bewegte sich auf seinem Felsenlager, seine Gelenke knirschten, die Geräusche krachten durch die Arena, als antwortete eine unsichtbare Zuschauermenge. Uhl Belk sprach mit einem neuen, furchteinflößenden Unterton.

– Du bist mehr, als du zu sein vorgibst; ich lasse mich nicht täuschen; doch es spielt keine Rolle; mir ist egal, wer oder was du bist oder was du willst; ich habe dich vorgelassen, um dich zu prüfen; die Magie, mit der du mich angerührt hast, machte mich aufmerksam und neugierig, wer du sein mochtest; aber ich brauche nichts von dir; ich brauche nichts von irgendeinem lebendigen Ding; ich bin vollständig; stelle mich dir als das Land vor, auf dem du gehst, und dich selbst als den winzigsten aller Flöhe, der auf mir lebt; wenn du lästig wirst, werde ich dich auf der

Stelle eliminieren; wenn du den heutigen Tag überlebst, so wirst du voraussichtlich den nächsten nicht überleben –

Er runzelte die gewaltige Stirn, und sein knotiges Gesicht formte neue Kluften und Falten.

– Was bin ich, wenn nicht die Gesamtheit deiner Existenz; schau um dich, und ich bin alles, was du siehst; schau, wo auch immer in Eldwist du stehst, und ich bin alles, was du berührst; ich habe mich selbst so gemacht; ich habe mich eins gemacht mit dem Land, das ich erschaffe; ich bin frei von allem anderen und werde es immer sein –

Plötzlich ging Walker Boh ein Licht auf. Uhl Belk war kein Lebewesen im üblichen Sinne. Er war nicht einmal ein Geist wie der König vom Silberfluß. Uhl Belk war mehr als die Statue, die vor ihnen kauerte. Er war alles, auf dem sie gingen; er war das gesamte Königreich von Eldwist. Der Stein war seine Haut, hatte er gesagt – ein Stück seines lebendigen Ichs. Er hatte einen Weg gefunden, sich selbst in alles, was er erschuf, einzuflößen, und damit eine Beständigkeit zu gewährleisten, die ihm nichts anderes bieten konnte.

Doch das hieß gleichzeitig, daß er ein Gefangener war. Deshalb war er nicht aufgestanden, um sie zu begrüßen oder sie zu jagen oder in irgendeiner Weise selbst in das, was sie taten, einzugreifen. Das war der Grund, warum seine Beine tief in den Stein gesunken waren. Er war jenseits von Bewegung. Bewegung war etwas für niedere Geschöpfe. Er hatte sich zu etwas Großartigem entwickelt; er war seine eigene Welt geworden. Und die hielt ihn gefangen.

»Aber du bist nicht frei, oder?« fragte Quickening mutig. »Wenn du frei wärest, würdest du uns den schwarzen Elfenstein geben, denn dann würdest du ihn nicht wirklich brauchen.« Ihre Stimme war hart und beharrlich. »Aber das kannst du nicht riskieren, Uhl Belk, nicht wahr? Du brauchst den schwarzen Elfenstein, um am Leben zu bleiben. Ohne ihn würde der Malmschlund dich kriegen.«

– Nein –

»Ohne ihn würde der Malmschlund dich zerstören.«

– Nein –

»Ohne ihn...«

– Nein –

Eine steinerne Faust krachte nieder, haarscharf an dem Mädchen vorbei, zerschmetterte den Boden neben ihr und ließ ausgezackte Risse hundert Meter weit in alle Richtungen entstehen. Der Steinkönig bebte.

»Der Malmschlund ist dein Kind, Uhl Belk«, fuhr Quickening fort, aufrecht vor ihm stehend, als sei sie diejenige, die die Größe und die Macht hatte, und nicht der Steinkönig. »Aber dein Kind gehorcht dir nicht.«

– Du weißt gar nichts; der Malmschlund ist eine Ausdehnung meiner selbst wie alles in Eldwist; er hat kein Leben außer dem, welches ich ihm gebe; er dient meinen Absichten und keinen anderen, indem er das angrenzende Land und alles, was darauf wächst, in Stein verwandelt, die Beständigkeit meiner selbst –

Die schwarzen Augen des Mädchens glänzten. »Und der schwarze Elfenstein?«

In der Stimme des Steinkönigs schwang eine seltsame Mischung von Gefühlen mit, die sich nicht identifizieren lassen wollten.

– Der schwarze Elfenstein ermöglicht –

Das riesige Maul schloß sich knirschend, und der Steinkönig kauerte sich zusammen, faltete die Gliedmaßen um den Leib, als würden sie zu einem einzigen Felsblock.

»Ermöglicht?« hauchte Quickening leise.

Die toten, leeren Augen hoben sich.

– Schau –

Das Wort klang wie ein Splittern von des Steinkönigs Seele. Fels knirschte und malmte wieder, und die Kuppelwand hinter ihnen teilte sich. Graues, diesiges Tageslicht drang herein, als flüchte es vor dem gleichförmigen Regenvorhang, der draußen niederging. Wolken und Nebel trieben vorbei, wanden und schlängelten sich um die Gebäude, die sich im Hintergrund auftürmten, umhüllten sie wie eine Versammlung erstarrter Riesen, die geduldig Wache hielten. Ein grauenvoller Klagelaut drang aus dem Mund des Steinkönigs und füllte die Leere der

Stadt mit dem Klang eines Blechs, das im Wind vibriert. Er stieg an und verklang schnell, doch sein Echo schien nie mehr aufhören zu wollen.

– Schau –

Sie hörten den Malmschlund, ehe sie ihn sahen. Sein Kommen kündigte sich mit einem Rumpeln tief unter den Straßen der Stadt an und wurde stetig lauter, je näher die Kreatur rückte, ein dumpfes Grollen, das sich zu wildem Getöse steigerte, alles erschütterte und die drei aus Rampling Steep in die Knie zwang. Der Malmschlund brach durch den Stein – Uhl Belks Haut – stieß direkt vor der Kuppel ein riesiges Loch in den Boden, und sie starrten mit weit aufgerissenen Augen fassungslos durch die Öffnung. Sie sahen, wie der Steinkönig vor Schmerz zusammenzuckte. Der Malmschlund stieg auf, ein Koloß von ungeheuren Ausmaßen, der sogar die Gebäude spielzeugklein erscheinen ließ, wand sich wie eine Schlange, eine widerwärtige Kreuzung zwischen einem Regenwurm und einer Giftschlange, schleimige Flüssigkeit quoll aus seinem pechschwarzen, steinverkrusteten Leib, ohne Augen, ohnen Kopf, sein Maul ein Saugschlund, der zuerst den Regen und dann auch die Luft zu trinken schien. Er füllte die Kuppelöffnung wie eine finstere Woge, die alles zu überrollen drohte.

Walker Boh überlief es eiskalt in fassungslosem Entsetzen. Der Malmschlund war nicht real; es war unmöglich, sich ein solches Wesen überhaupt auch nur auszudenken. Zum ersten Mal in seinem Leben wollte er fortrennen. Er sah Morgan Leah zurücktaumeln und auf die Knie fallen. Er sah Quickening erstarren. Er fühlte, wie seine eigene Kraft ihn verließ, und konnte sich kaum aufrechthalten. Der Malmschlund krümmte sich vor dem Himmel, eine riesige, rückgratlose, schwarze, schleimige Masse, der nichts standhalten konnte.

Doch der Steinkönig schwankte nicht. Er hob eine knotige Faust, die, mit der er sein Kinn gestützt und damit den Eindruck einer Statue vermittelt hatte, und langsam öffneten sich die Finger. Licht sprang hervor – doch es war ein Licht, wie es keiner von ihnen je gesehen hatte. Es strahlte zunächst in alle Richtungen, doch es erhellte nicht wie gewöhnliches Licht, sondern ließ alles, was es berührte, dunkel werden.

Das ist kein Licht, stellte Walker Boh fest und kämpfte gegen die Flut von Empfindungen an, die ihn zu überwältigen drohten. *Das ist das Fehlen von Licht*!

Dann spreizte der Steinkönig die Finger weit, und sie konnten sehen, was er in der Hand hielt. Es war ein perfekt geformter Edelstein, so schwarz und undurchdringlich wie die Nacht. Der Stein glitzerte mit den dünnen Strahlen des sich darin spiegelnden, grauen Tageslichts und ließ auch nicht die mindeste Spur davon ins Innere dringen. Er sah winzig aus in Uhl Belks gewaltiger Steinhand, doch die Dunkelheit, die er ausstrahlte, reichte bis in die hintersten Ecken der Kuppel, in ihre verborgensten Winkel, und umhüllte die Gesamtheit des von Walker ausgesandten Leuchtens, so daß innerhalb von Sekunden das einzige Licht durch den Spalt in der steinernen Haut der Kuppel einfiel.

Walker Boh fühlte, wie seine eigene Magie sich in ihm erkennend rührte.

Sie hatten den schwarzen Elfenstein gefunden.

Da stieß Uhl Belk einen Schrei aus, der sogar das Getöse des Malmschlunds, von Wind und Regen und Ozeanbrechern übertönte, und er streckte den schwarzen Elfenstein vor sich. Die Schwärze sammelte sich und bündelte sich zu einem einzigen Strahl, der hervorschoß und den Malmschlund traf. Der Malmschlund wehrte sich nicht. Er hing einfach dort. Wie festgenagelt. Ein Schaudern durchlief ihn – schmerzhaft und lustvoll gleichzeitig, geschüttelt von Gefühlen, die die Menschen, die vor ihm kauerten, nur ahnen konnten. Er wand sich, und die Schwärze wirbelte zur Antwort. Die Schwärze breitete sich aus, weitete sich, flutete über und wieder zurück, bis sie auch den Steinkönig umhüllte. Sie konnten ihn aufstöhnen hören, dann schluchzen, wieder mit Gefühlen, die in verschleierter Weise gemischt waren, nicht klar definiert und auch nicht so gedacht. Die Magie des Elfensteins vereinte sie, Vater und Sohn, jeder ein Monster, verbunden durch ein substanzloses Schloß, das sie fester verband als eine eiserne Kette.

Was geht vor? fragte sich Walker Boh. *Was macht die Magie mit ihnen?*

Dann schwand das Nichtlicht; wie ein Schattenstreifen, der verklang, löste es sich langsam wie ein Tintenklecks, der durch ein weißes Netz sickert, bis das Tageslicht wiederkehrte und die Verbindung zwischen dem Steinkönig und dem Malmschlund verschwunden war. Der Malmschlund versank, triefte in die Erde zurück. Das Loch, das er gestoßen hatte, verschloß sich wieder hinter ihm, der Stein rückte an seinen Platz zurück, glatt und hart wie zuvor, und hinterließ die Straße so intakt, als sei nichts geschehen. Der Regen spülte sämtliche Spuren der Kreatur, den grünlichen Giftschleim, den sein Körper ausgeschieden hatte, davon.

Uhl Belks Finger schlossen sich wieder um den schwarzen Elfenstein, seine Augenlider schlossen sich, und sein Gesicht hatte sich in einer Weise verändert, die Walker nicht zu beschreiben in der Lage war, als hätte er es irgendwie neugemacht, neu geschaffen. Er sah noch furchteinflößender aus als zuvor, seine Züge noch weniger menschlich, noch mehr ein Teil des Felsgesteins, das ihn umgab. Er zog den Elfenstein zurück und drückte ihn fest an seinen Leib. Seine Stimme donnerte.

– Seht ihr –

Sie sahen es nicht. Nicht einmal Quickening. Die Verwirrung in ihren dunklen Augen war offenkundig. Schweigend standen sie alle drei vor dem Steinkönig und fühlten sich winzig und unsicher.

»Was ist dir widerfahren, Uhl Belk?« fragte das Mädchen schließlich.

Regen prasselte hernieder, der Wind fegte durch die Kuppelöffnung.

– Geht –

Der gigantische, zerklüftete Schädel begann sich abzuwenden. Der Stein knirschte bedrohlich.

»Du mußt uns den schwarzen Elfenstein geben!« rief Quickening.

– Der schwarze Elfenstein gehört mir –

»Die Schattenwesen werden ihn dir nehmen – wie du ihn den Druiden genommen hast!«

Uhl Belks Stimme klang müde und desinteressiert.

– Die Schattenwesen sind Kinder; ihr seid alle Kinder, ihr geht mich nichts an; nichts, was ihr tut, kann mir schaden oder mich berühren; schaut mich an; ich bin so alt wie die Welt, und ich werde so lange überdauern wie sie; ihr werdet mit dem Zwinkern eines Auges nicht mehr sein; verlaßt meine Stadt; wenn ihr bleibt, wenn ihr wieder herkommt, wenn ihr mich in irgendeiner Weise stört, rufe ich den Kratzer, um euch zu beseitigen, und ihr werdet auf der Stelle weggefegt –

Der Fußboden unter ihnen begann zu beben, ein Rütteln, das sie rücklings zu der Öffnung in der Mauer stolpern ließ. Der Steinkönig hatte gezuckt, wie ein Tier es tut, das ein lästiges Insekt abschütteln will. Walker Boh stand auf, half Quickening auf die Füße und winkte Morgan zu. Sie gewannen nichts, wenn sie hierblieben. Heute würden sie den schwarzen Elfenstein nicht bekommen – wenn überhaupt je. Uhl Belk war ein weit über alle Kreaturen entwickeltes Geschöpf. Er hatte recht; was konnten sie tun, das ihm schaden oder ihn berühren würde?

Doch Quickening schien nicht überzeugt. »Du bist es, der weggefegt werden wird!« schrie sie, während sie durch die Öffnung in der Mauer auf die Straße zurückwichen. Sie zitterte. »Hör auf mich, Uhl Belk!«

Das zerklüftete Gesicht war wieder in den Schatten gekehrt, die massigen Schultern gebeugt, die Denkerposition wieder eingenommen. Es kam keine Antwort.

Sie standen draußen im Regen und sahen zu, wie die Wand sich wieder verschloß, die Fugen sich versiegelten und die Öffnung verschwand, als sei sie nie dort gewesen. Nach wenigen Augenblicken war die Kuppel wieder so unzugänglich wie zuvor.

Morgan trat neben Quickening und legte ihr die Hände auf die Schultern. Das Mädchen schien ihn nicht wahrzunehmen, als sei sie selbst aus Stein. Der Hochländer beugte sich zu ihr und flüsterte auf sie ein.

Walker Boh entfernte sich von ihnen. Als er allein war, drehte er sich noch einmal um und betrachtete Uhl Belks Heim. Ein Feuer brannte in ihm, und gleichzeitig fühlte er sich unbeteiligt. Er war da und doch nicht da. Walker wurde klar, daß er sich selbst nicht mehr kannte. Er war ein Rätsel, das er nicht zu lösen verstand. Seine Gedanken spannten sich wie ein strammes Seil. Der Steinkönig war ein Feind, den keiner von ihnen besiegen konnte. Er war nicht einfach der Herrscher einer Stadt; er war die Stadt selbst. Uhl Belk war Eldwist geworden. Er war eine ganze Welt, und niemand konnte eine ganze Welt verändern. Allanon nicht und Cogline nicht und alle Druiden zusammen auch nicht.

Regen strömte ihm über das Gesicht. Niemand.

Aber er wußte schon, daß er es versuchen würde.

Pe Ell hatte sich zweimal umbesonnen, ehe er die Angelegenheit beschloß. Jetzt schlich er die dunkel werdende Straße entlang und duckte sich, die bösen Vorahnungen sorgfältig verstaut, in den Eingang des Gebäudes, in dem die anderen sich versteckt hatten. Regen triefte von seinem Umhang, tropfte auf die Stufen und zeichnete eine regelmäßige Spur. Auf dem Treppenabsatz blieb er stehen und lauschte, hörte nichts und ging weiter. Die anderen waren vermutlich noch immer unterwegs auf der Suche. Ob sie nun da waren oder nicht, machte für ihn keinen Unterschied. Früher oder später würden sie wiederkommen. Er konnte warten.

Er ging einen Korridor entlang, ohne sich die Mühe zu machen, sein Kommen zu verheimlichen, und trat durch die Tür zu ihrem Unterschlupf. Auf den ersten Blick schien das Zimmer leer, doch seine Instinkte warnten ihn augenblicklich, daß er beobachtet wurde, und er blieb auf halbem Wege stehen. Schatten bildeten seltsame Muster in dem Raum, zufällige Überschneidungen wie streunende Kinder, die vom Wetter hineingescheucht worden waren. Draußen prasselte der Regen, während Pe Ell reglos wartete.

Dann erschien Horner Dees, tauchte geräuschlos aus dem Schatten einer Tür auf der einen Seite auf, und bewegte sich mit einer Behendigkeit und Grazie, die man seiner mächtigen Gestalt nicht zugetraut hätte. Er war voller Schrammen und Blutergüsse, und seine Kleider waren zerfetzt. Er sah aus, als sei er einem wilden Tier in die Fänge geraten. Er fixierte Pe Ell mit seinem düsteren Blick, so mißtrauisch und grob wie immer, ein alternder Bär angesichts eines wohlbekannten Feindes.

»Du überraschst mich immer wieder«, sagte Pe Ell und meinte es auch. Dieser unbequeme Alte machte ihn nach wie vor neugierig.

Dees blieb stehen, bewahrte Abstand. »Dachte, wir hätten dich zum letzten Mal gesehen«, knurrte er.

»Ach, wirklich?« Pe Ell lächelte entwaffnend, dann durchquerte er das Zimmer zu einer Behelfsschüssel, in der Früchte trockneten. Er griff eine heraus und biß hinein. Sie schmeckte bitter, aber sie war eßbar. »Wo sind die anderen?«

»Unterwegs«, gab Dees zur Antwort. »Was schert es dich?«

Pe Ell legte seinen nassen Umgang ab und setzte sich. »Nicht im geringsten. Was ist dir widerfahren?«

»Ich bin in ein Loch gestürzt. So, und was willst du?«

Pe Ell lächelte weiter. »Ein bißchen Hilfe.«

Es war schwer zu sagen, ob Horner Dees überrascht war oder nicht; es gelang ihm, seinem Gesicht nichts ansehen zu lassen, doch er schien für den Augenblick um eine Antwort verlegen. Er duckte sich ein bißchen, als mache er sich auf einen Angriff gefaßt, musterte Pe Ell wortlos und schüttelte dann den Kopf.

»Ich kenne dich, Pe Ell«, sagte er leise. »Ich erinnere mich an dich aus alter Zeit, aus den Tagen, als du gerade anfingst. Ich war damals bei der Föderation, als Fährtensucher, und ich kannte dich. Felsen-Dall hatte auch mit mir Pläne; aber ich entschied mich dagegen. Ich sah dich ein- oder zweimal, sah dich kommen und gehen, hörte Gerüchte über dich.« Er machte eine Pause. »Ich wollte nur, daß du das weißt.«

Pe Ell aß die Frucht zu Ende und warf das Kerngehäuse fort. Er war nicht sicher, was er über diese unerwartete Enthüllung denken sollte. Aber er sagte sich, daß es nicht wirklich eine Rolle spielte. Wenigstens hatte er jetzt eine Ahnung, was ihn an Dees so beunruhigt hatte.

»Ich erinnere mich nicht an dich«, sagte er nach einer Weile. »Aber das ist auch egal.« Er drehte sein scharfgeschnittenes Gesicht aus dem Licht. »Nur, daß wir uns recht verstehen, Felsen-Dalls Pläne mit mir funktionierten auch nicht ganz so, wie er erwartet hatte. Ich tue, was ich will. Habe ich immer getan.«

Dees nickte. »Du bringst Leute um.«

Pe Ell zuckte mit den Schultern. »Manchmal. Hast du Angst?«

Der alte Mann schüttelte den Kopf. »Nicht vor dir.«

»Gut. Wenn damit dieses Thema erledigt ist, laß uns zu dem anderen zurückkommen. Ich brauche ein bißchen Hilfe. Wärest du bereit?«

Horner Dees setzte sich mit einem Grunzen hin und starrte Pe Ell wortlos an; offenbar erwog er den Vorschlag. Pe Ell war das recht. Er hatte die Angelegenheit sorgfältig durchdacht, bevor er wieder herkam, hatte das Für und Wider seines Plans, allein in den Unterschlupf des Kratzers zu gehen oder Unterstützung zu erbitten, um herauszufinden, ob sich der Steinkönig dort verbarg oder nicht, gründlich durchdacht. Er hatte nichts zu verbergen, keine Absicht zu täuschen. Es war immer am besten, direkt und geradeheraus zu sein, wenn es möglich war.

Dees regte sich. »Ich traue dir nicht.«

Pe Ell lachte tonlos. »Ich habe dem Hochländer neulich gesagt, er sei ein Idiot, wenn er mir traute. Mir ist egal, ob du mir traust. Ich bitte dich nicht um dein Vertrauen, sondern um Hilfe.«

Dees war gegen seinen Willen neugierig. »Was für Hilfe?«

Pe Ell versteckte seine Befriedigung. »In der vergangenen Nacht bin ich dem Kratzer zu seinem Bau gefolgt. Ich sah ihn hingehen, wo er sich verbirgt. Ich glaube, es ist ziemlich wahrscheinlich, daß dort, wo der Kratzer sich versteckt, auch der Steinkönig sein Versteck hat. Wenn der Kratzer heute nacht losgeht, um durch die Straßen zu patrouillieren, habe ich die Absicht, mal nachzuschauen.«

Er rückte näher, um Dees in den Kreis seiner Vertraulichkeit zu bringen. »Es gibt einen Riegel an der Tür, durch die der Kratzer kommt. Wenn ich den betätige, müßte ich hineingehen können. Das Problem ist, was passiert, wenn die Tür hinter mir wieder zugeht? Wie komme ich dann wieder raus?«

Dees rieb sich sein bärtiges Kinn, wühlte in dem dichten Bart, als jucke es ihn. »Du willst also, daß dir jemand Rückendeckung gibt.«

»Ich glaube, daß ist vernünftig. Ich hatte vorgehabt, allein hineinzugehen, den Steinkönig aufzusuchen, ihn zu töten, wenn nötig, und den Stein zu nehmen. Das habe ich noch immer vor, aber ich will nicht Sorge haben müssen, daß der Kratzer sich von hinten anschleicht, wenn ich ihm den Rücken kehre.«

»Du willst also, daß ich für dich Wache halte.«

»Angst?«

»Das fragst du dauernd. Statt dessen müßte ich dich das fragen. Warum solltest du mir trauen? Ich kann dich nicht leiden, Pe Ell. Mir wäre es nur recht, wenn der Kratzer dich kriegte. Das macht mich zu einem schlechten Kandidaten für diesen Job, meinst du nicht?«

Pe Ell streckte seine Beine aus und lehnte seinen mageren Körper zurück gegen die Wand. »Nicht unbedingt. Du brauchst mich nicht zu mögen. Ich brauche dich nicht zu mögen. Und ich mag dich nicht. Aber wir wollen beide das gleiche – den schwarzen Elfenstein. Wir wollen dem Mädchen helfen. Es sieht nicht so aus, als ob einer von uns allein viel erreichen könnte – auch wenn ich größere Chancen habe als du. Der Punkt ist, wenn du mir dein Wort gibst, für mich Wache zu schieben, nehme ich an, daß du das dann auch tun wirst. Weil dir dein Wort was bedeutet, oder?«

Dees lachte trocken. »Erzähl mir doch nicht, daß ausgerechnet du an mein Ehrgefühl appellierst. Ich glaube nicht, daß ich das verdauen könnte.«

Pe Ell lächelte nicht mehr. »Ich habe meinen eigenen Ehrenkodex, Alter, und der ist mir ebenso wichtig wie dir der deine. Wenn ich mein Wort gebe, halte ich es. Das ist mehr, als die meisten von sich behaupten können. Ich sage dir, daß ich auf dich aufpassen werde, wenn du auf mich aufpaßt – nur bis dieses Geschäft erledigt ist. Danach sind wir wieder jeder für sich selbst verantwortlich.« Er legte den Kopf zur Seite. »Die Zeit rennt. Wir müssen bei Sonnenuntergang an Ort und Stelle sein. Kommst du mit oder nicht?«

Horner Dees nahm sich Zeit für die Antwort. Pe Ell wäre überrascht und mißtrauisch gewesen, hätte er es nicht getan. Was immer Dees auch sonst sein mochte, er war ein ehrlicher Mann, und Pe Ell war überzeugt, daß er sich auf kein Abkommen einlassen würde, dem er nicht entsprechen konnte. Pe Ell vertraute Dees; er hätte den alten Mann nicht um Rückendeckung gebeten, wenn er es nicht täte. Und außerdem hielt er Dees für fähig, fähiger als alle anderen. Er war nicht unerfahren wie der Hochländer oder leichtsinnig wie Carisman. Noch war er so unberechenbar wie Walker Boh. Dees war nicht mehr und nicht weniger, als was er zu sein schien.

»Ich habe den Hochländer über dich aufgeklärt«, erklärte Dees und schaute ihn dabei an. »Inzwischen wird er es den anderen gesagt haben.«

Pe Ell zuckte wieder einmal mit den Schultern. »Das ist mir egal.« Und das war es auch.

Dees lehnte seine massige Gestalt nach vorn und blinzelte in das fahle graue Licht. »Wenn wir den Stein in die Hand bekommen, einer oder der andere, bringen wir ihn dem Mädchen. Dein Wort darauf.«

Pe Ell lächelte gegen seinen Willen. »Du würdest mein Wort akzeptieren, Alter?«

Dees Züge waren hart und bestimmt. »Wenn du es brichst, verlaß dich drauf, daß ich dafür sorgen werde, daß du es bereust.«

Pe Ell glaubte ihm. Horner Dees mochte alt und verbraucht sein, verwittert aussehen und die Spuren der Zeit tragen, er blieb ein gefährlicher Gegner. Ein Fährtensucher, ein Mann des Waldes und ein Jäger. Er hatte sich lange am Leben gehalten. In einem direkten Kampf mochte er Pe Ell nicht gewachsen sein, doch es gab andere Wege, einen Mann zu töten. Pe Ell lächelte innerlich. Wer wußte das besser als er?

Pe Ell streckte die Hand aus und wartete, bis der alte Mann sie nahm. »Wir haben ein Abkommen«, sagte er. Ihre Hände schlossen sich für einen Augenblick fest umeinander und lösten sich dann wieder. Pe Ell sprang geschmeidig wie eine Katze auf die Füße.

»Auf geht's.«

Sie verließen das Zimmer und stiegen, Pe Ell voran, die Treppen hinunter. Draußen dämmerte es schon. Sie krümmten ihre Schultern unter den Umhängen gegen den Regen und machten sich auf den Weg. Pe Ells Gedanken wanderten zu seinem Handel. Es war einfach, ihn abzuschließen. Er würde dem Mädchen den Elfenstein geben, denn wenn er es nicht tat, riskierte er, sie ganz zu verlieren und für alle Ewigkeit von ihnen allen verfolgt zu werden.

Laß deine Feinde niemals am Leben, denn sonst verfolgen sie dich, dachte er.

Bring sie lieber alle um, sobald du die Gelegenheit dazu hast.

Das Tageslicht schwand schnell, als Walker, Morgan und Quickening sich schließlich dem Gebäude näherten, das Horner Dees und Pe Ell weniger als eine Stunde zuvor verlassen hatten. Der stetige Regen bildete einen dunklen Vorhang, der die großen, düsteren Häuser der Stadt einhüllte, den Himmel, die Berge und das Meer versteckte. Morgan hatte seinen Arm schützend um die Schultern des Mädchens gelegt und seinen Kopf zu ihr hinuntergebeugt, zwei undeutliche Kapuzengestalten im Nebel. Walker hielt sich abseits, ließ die beiden miteinander allein. Er sah, wie sich Quickening an den Hochländer lehnte. Sie schien seine Umarmung willkommen zu heißen, eine ganz untypische Reaktion. Irgend etwas war bei der Konfrontation mit dem Steinkönig mit ihr geschehen, das ihm entgangen war, und er begann erst jetzt zu begreifen, was es war.

Am Ende des Gehsteigs überflutete ein breiter Regenwasserstrom einen Abfluß und bildete einen tiefen See, und Walker war gezwungen, einen Bogen darum zu machen. Er führte noch immer an, seine Gestalt von Regen und Dämmerung verdunkelt. Ein Gespenst vielleicht, dachte er. Nein, korrigierte er sich, ein Finsterweiher. Er hatte schon lange nicht mehr an den Finsterweiher gedacht. Die Erinnerung war zu schmerzlich, um sie aus dem Winkel seines Bewußtseins, wohin er sie verbannt hatte, hervorkommen zu lassen. Der Finsterweiher mit seinen verschrobenen Rätseln war es gewesen, der ihn zur Halle der Könige und seiner Begegnung mit dem Asphinx geführt hatte. Es war der Finsterweiher, der ihn seinen Arm gekostet hatte, seinen Geist und etwas, das er einmal war. Verwundet an Leib und Seele – so sah er sich selbst. Der Finsterweiher würde frohlocken, wenn er es wüßte.

Er hob für einen Moment das Gesicht und ließ den Regen darüberrinnen und seine Haut kühlen. Er hatte es nicht für möglich gehalten, daß ihm in so nassem Wetter so heiß sein könnte.

Es war natürlich die Vision des Finsterweihers, die ihn verfolgte – die drei düsteren, rätselhaften Zukunftsvisionen, die nicht notwendigerweise korrekt sein mußten, Lügen, die zu Halbwahrheiten verdreht waren, von Lügen überschattete Wahrheiten und dennoch wirklich. Die erste hatte sich schon erfüllt; er hatte geschworen, er würde sich lieber eine Hand abhacken, als sich der Sache der Druiden zu verschreiben, und das war ganz genau das, was er getan hatte. Und dann hatte er sich trotzdem der Sache verschrieben. Ironisch, poetisch, beängstigend.

Die zweite Vision handelte von Quickening. Die dritte...

Seine gesunde Hand ballte sich zur Faust. Die Wahrheit war, daß er nie über die zweite hinaus nachgedacht hatte. Quickening. Auf irgendeine Weise würde er sie im Stich lassen. Sie würde sich um Hilfe bittend an ihn wenden, und er hätte die Möglichkeit, sie vor dem Fallen zu retten, und er würde sie sterben lassen. Er würde dort stehen und zuschauen, wie sie in einen finsteren Abgrund stürzte. Das war die Vision des Finsterweihers. Das war es, was sich bewahrheiten würde, falls er nicht ein Mittel fände, es zu verhindern.

Es war ihm allerdings nicht gelungen zu verhindern, daß die erste wahr wurde.

Abscheu erfüllte ihn, und er verbannte die Erinnerung an den Finsterweiher wieder in den fernen Winkel, aus dem sie hervorgekommen war. Der Finsterweiher, ermahnte er sich, war an und für sich schon eine Lüge. Aber war er selbst in dem Fall dann nicht auch eine Lüge? War er nicht genau das geworden? Er, der er so entschlossen gewesen war, sich aus den Machenschaften der Druiden herauszuhalten, so willig, jegliche Anwendung der Magie auszuschließen, mit Ausnahme derjenigen, die seinem eigenen, begrenzten Glauben diente, so überzeugt, er könnte der Meister seines eigenen Schicksals sein? Er hatte sich selbst wiederholt belogen, sich bewußt selbst getäuscht, alles mögliche vorgegeben und sein Leben zu einer Karikatur gemacht. Er steckte tief in seinen eigenen Fehleinschätzungen und Vorwänden. Er tat das, was er geschworen hatte, niemals zu tun – die Arbeit der Druiden, die Wiederherstellung ihrer Magie, die Erfüllung ihres Willens. Schlimmer noch, er hatte sich auf einen Handlungsablauf eingelassen, der nur zu seiner Vernichtung führen konnte – eine Konfrontation mit dem Steinkönig, um den schwarzen Elfenstein zu bekommen. Warum? Er klammerte sich an dieses Handlungsschema, als sei es das einzige, das ihn vor dem Untergang retten könnte, die einzige Möglichkeit, die ihm bliebe.

Das war es sicherlich nicht.

Er spähte durch die Nässe in die Stadt und stellte wieder einmal fest, wie sehr er den Wald von Hearthstone vermißte. Es war nicht nur der Stein der Stadt, ihre harte, erdrückende Stimmung, ihr ständiger Nebel und Regen. In Eldwist gab es keine Farben, nichts, was seinen Blick saubergewaschen, sein Gemüt aufgehellt und erwärmt hätte. Es gab nur Schattierungen von Grau, verschwommene Schatten, die sich übereinanderlagerten. Walker kam sich vor, als sei er selbst irgendwie ein Spiegel der Stadt. Vielleicht war Uhl Belk dabei, ihn umzuwandeln, so wie er das Land verwandelt hatte, vielleicht entzog er ihm gerade alle Farben seines Lebens und reduzierte ihn zu etwas ebenso Hartem und Leblosem wie Stein. Wie weit konnte der Steinkönig reichen? fragte er sich. Wie tief in seine Seele? Gab es irgendeine Grenze? Konnte er seine Arme bis nach Darkling Reach und Hearthstone ausstrecken? Konnte er ein Menschenherz finden? Im Laufe der Zeit voraussichtlich. Und Zeit galt einer Kreatur, die schon so lange lebte, überhaupt nichts.

Sie gingen hinüber zum Vordereingang ihres nächtlichen Refugiums und begannen, die Treppe hinaufzusteigen. Da Walker voranging, sah er die Wasserflecken auf den Steinstufen, die von seinen eigenen Tropfspuren für die anderen unkenntlich gemacht wurden. Jemand war kürzlich hereingekommen und wieder hinausgegangen. Horner Dees?

Aber Dees sollte eigentlich die ganze Zeit dort sein und auf ihre Rückkehr warten.

Sie durchquerten das Labyrinth aus Räumen und Fluren und betraten das Zimmer, das ihnen als Hauptquartier diente. Das Zimmer war leer. Walker ließ seinen Blick von den feuchten Flecken über die Schatten der Türen in allen Wänden wandern; er lauschte angestrengt auf irgendwelche Geräusche. Dann ging er hinüber an eine Stelle, wo jemand gesessen und gegessen hatte.

Sein Instinkt reagierte unerwartet.

Er konnte Pe Ell förmlich riechen.

»Horner? Wo bist du?« Morgan spähte in andere Zimmer und Korridore und rief dabei nach dem alten Fährtensucher. Walker begegnete Quickenings Blick und sagte nichts. Der Hochländer verschwand für einen Augenblick und kam dann zurück. »Er sagte, er würde hier auf uns warten. Ich verstehe das nicht.«

»Wahrscheinlich hat er es sich anders überlegt«, gab Walker ruhig zu bedenken.

Morgan sah nicht überzeugt aus. »Ich glaube, ich mache mal eine Runde.«

Er verließ das Zimmer durch die Tür, durch die sie gerade hereingekommen waren, und ließ den Dunklen Onkel und die Tochter des Königs vom Silberfluß allein zurück.

»Pe Ell war hier«, sagte sie, ihre schwarzen Augen fest auf die seinen gerichtet.

Er ließ sich vom Feuer ihres Blicks wärmen; er empfand dieses vertraute Gefühl von Verwandtschaft, von geteilter Magie. »Ich habe nicht den Eindruck, daß es einen Kampf gegeben hat«, sagte er. »Kein Blut, kein Durcheinander.«

Quickening nickte nüchtern und wartete ab. Als er nicht weitersprach, kam sie auf ihn zu und blieb vor ihm stehen. »Was denkst du, Walker Boh?« fragte sie, Sorge im Blick. »Worüber hast du auf dem ganzen Weg hierher nachgedacht, so in dich selbst versunken?«

Sie streckte die Hände aus und faßte nach seinem Arm und hielt ihn fest. Sie hob das Gesicht, ihr Silberhaar fiel nach hinten, und ihr edles Gesicht wurde in das graue Licht getaucht. »Sag mir's.«

Er fühlte sich bloßgelegt, ein dünnes, verknittertes, geschlagenes bißchen Leben mit kaum genug Kraft, sich vor dem endgültigen Zusammenbruch zu bewahren. Der Schmerz reichte von seinem verwundeten Arm bis in sein Herz, gleichzeitig körperlich und seelisch, eine alles überrollende Woge, die ihn fortzuschwemmen drohte.

»Quickening«, sagte er leise, und der Klang ihres Namens schien ihn zu beruhigen. »Ich dachte, daß du menschlicher bist, als du dir eingestehen willst.«

Sie war sichtlich überrascht.

Er lächelte traurig, ironisch. »Ich bin vielleicht kein Kenner solcher Sachen, weniger empfänglich, als ich sein sollte, ein Flüchtling, der als Junge ohne Freunde herangewachsen ist und zuviel allein gelebt hat. Aber ich erkenne etwas von mir selbst in dir. Du hast Angst vor den Gefühlen, die du in dir selbst entdeckt hast. Du gibst zu, daß du die menschlichen Emotionen besitzt, mit denen dein Vater dich ausgestattet hat, als er dich erschuf, doch du weigerst dich, das, was du wahrnimmst, als ihre Konsequenzen zu akzeptieren. Du liebst den Hochländer – doch du versuchst es zu verstecken. Du verdrängst es. Du verachtest Pe Ell – doch du verführst ihn wie ein Köder einen Fisch. Du ringst mit deinen Emotionen, du weigerst dich, sie zuzugeben. Du kämpfst so hart darum, dich vor deinen Gefühlen zu verstecken.«

Ihre Augen suchten die seinen. »Ich lerne noch immer.«

»Widerwillig. Als du dem Steinkönig gegenübertratst, hattest du es eilig, ihm den Grund deines Kommens mitzuteilen. Du sagtest ihm alles; du hast nichts versteckt. Nicht den geringsten Versuch einer Täuschung oder List. Doch als Uhl Belk deine Bitte abschlug – was du sicherlich schon vorher wußtest –, wurdest du zornig, beinahe...« Er suchte nach dem passenden Wort. »Beinahe rasend«, sagte er dann. »Das war das erste Mal, seit ich dich kenne, daß du dir gestattet hast, deine Gefühle offen zu zeigen, ohne dich darum zu kümmern, wer dich dabei sieht.«

Er sah ein Flackern des Verstehens in ihren Augen. »Dein Zorn war echt, Quickening. Er war Ausdruck deines Kummers. Ich glaube, du wolltest, daß Uhl Belk dir den schwarzen Elfenstein gibt, weil du überzeugt bist, daß etwas geschehen wird, wenn er es nicht tut. Ist das so?«

Sie zögerte, hin und her gerissen, dann atmete sie langsam und gequält aus. »Ja.«

»Du glaubst, daß wir den Elfenstein erlangen werden. Ich weiß, daß du es glaubst. Du glaubst es, weil dein Vater gesagt hat, daß es so sein wird.«

»Ja.«

»Aber du glaubst auch, wie er dir gesagt hat, daß es die Magie jener braucht, die du mitgenommen hast, um ihn zu bekommen. Keine Worte, keine Überredungskünste werden Uhl Belk dazu bringen, ihn herzugeben. Und dennoch meintest du, du müßtest es versuchen.«

Ihre Augen wurden feucht. »Ich habe Angst...«, sagte sie mit erstickter Stimme.

Er beugte sich näher. »Wovor? Sag es mir.«

Morgan Leah erschien in der Tür. Er blieb stehen, wartete, daß Walker Boh sich von Quickening entfernte, und kam dann herein. »Nichts«, sagte er. »Keine Spur von Horner. Inzwischen ist es dunkel, und der Kratzer dürfte wieder unterwegs sein. Ich werde die Suche auf morgen verschieben müssen.« Er trat neben sie. »Gibt es irgendein Problem?« fragte er leise.

»Nein«, sagte Quickening.

»Ja«, sagte Walker.

Morgan riß die Augen auf. »Worum geht es?«

Walker Boh fühlte, wie sich die Schatten des Zimmers zusammenzogen, als sei die Dunkelheit plötzlich hereingekommen, um sie dort einzufangen. Der Hochländer, der Dunkle Onkel und das Mädchen standen da und schauten einander an. Es war, als seien sie an einen Scheideweg gelangt, als müßten sie nun einen Pfad wählen, von dem es kein Zurück mehr gab, als müßten sie eine Entscheidung treffen, vor der sie nicht ausweichen konnten.

»Der Steinkönig...«, begann Quickening.

»Wir gehen zurück, um den schwarzen Elfenstein zu holen«, sagte Walker Boh.

Kaum mehr als einen Kilometer entfernt wartete Horner Dees an einem Fenster im zweiten Stock eines Hauses gegenüber dem Unterschlupf des Kratzers darauf, daß der Schleicher auftauchte. Sie waren schon geraume Zeit auf ihrem Posten, hatten sich sorgfältig im Schatten versteckt und warteten mit der Geduld erfahrener Jäger. Der Regen hatte endlich aufgehört und sich in Nebel umgewandelt, als die Luft kühler und ruhiger wurde. Feiner Dampf stieg in Fetzen vom Stein der Straßen auf und ringelte sich schlangengleich empor. Von irgendwo tief unter der Erde drang das ferne Rumpeln des erwachenden Malmschlunds.

Pe Ell dachte an die Menschen, die er ermordet hatte. Es war seltsam, aber er konnte sich nicht mehr erinnern, wer sie waren. Eine Zeitlang hatte er sie noch gezählt, zuerst aus Neugier, später aus Gewohnheit, aber irgendwann waren es ihrer so viele und über so lange Zeit, daß er einfach den Überblick verlor. Zu Anfang waren die Gesichter noch klar gewesen, dann hatten sie angefangen, miteinander zu verschwimmen und dann ganz und gar zu verblassen. Jetzt kam es ihm vor, als könne er sich nur noch an den ersten und den letzten genau erinnern.

Die Tatsache, daß seine Opfer jegliche Identität eingebüßt hatten, war beunruhigend. Es legte nahe, daß er dabei war, die Schärfe seines Verstandes zu verlieren, die er für seine Arbeit brauchte. Es wies darauf hin, daß er das Interesse zu verlieren begann.

Er starrte in die schwarze Nacht hinaus, und eine ungewohnte Müdigkeit überfiel ihn.

Gereizt zwang er die Müdigkeit fort. Es würde anders sein, versprach er sich, wenn er das Mädchen tötete. Er mochte die Gesichter jener anderen aus Rampling Steep vergessen, den Einarmigen, den Hochländer, den Sänger und diesen alten Fährtensucher, schließlich war es nichts als eine Notwendigkeit, sie umzubringen. Aber Quickening würde er nie vergessen. Sie zu töten war eine Frage von Stolz. Sogar jetzt konnte er sie sich so genau vorstellen, als sitze sie neben ihm, die sanften Kurven der Haut über ihren Knochen, die Neigung ihres Kopfes, wenn sie zu ihm sprach, die Art und Weise, wie ihre Augen ihn aufsaugten, die Gesten ihrer Hände, wenn sie sich bewegte. Sie war ohne Zweifel das wundersamste Geschöpf, bezaubernd in einer Weise, die jeglicher Beschreibung trotzte. Sie besaß die Magie des Königs vom Silberfluß, so alt wie das Leben selbst. Er wollte diese Magie schlürfen, wenn er sie tötete; er hielt das für durchführbar. Und sobald er das getan hätte, wäre sie ein Teil von ihm, lebte in seinem Inneren, eine stärkere Präsenz als die unauslöschlichste aller Erinnerungen, die sich in ihm offenbaren würde, wie nichts anderes es könnte.

Neben ihm bewegte Horner Dees sich leise, um seine verkrampften Muskeln zu lockern. Pe Ell war noch immer tief in seine eigenen Gedanken versunken und schaute nicht hinüber. Er hielt seinen Blick starr auf die glatte Oberfläche des versteckten Eingangs auf der anderen Straßenseite gerichtet. Die Schatten, die ihn umhüllten, blieben still und reglos.

Was würde wohl geschehen, wenn er die Klinge des Stiehls in ihren Körper rammte, überlegte er. Was würde er in diesen bodenlos schwarzen Augen lesen? Was würde er fühlen? Die Vorfreude auf diesen Augenblick brannte wie Feuer in ihm. Er hatte seit einiger Zeit nicht mehr an ihre Ermordung gedacht, weil ihm keine andere Wahl blieb, als abzuwarten und die Dinge ihren Lauf nehmen zu lassen, wenn er sich den schwarzen Elfenstein sichern wollte. Doch jetzt war der Augenblick nicht mehr fern, glaubte er. Sobald er in den Unterschlupf des Kratzers eingedrungen wäre, das Versteck des Steinkönigs gefunden, sich den Besitz des schwarzen Elfensteins gesichert und Horner Dees beiseite geschafft hätte...

Er zuckte zusammen.

Trotz seiner Bereitschaft erschrak er, als sich gegenüber die Steinplatte hob und der Kratzer erschien. Schnell verdrängte er alle weiteren Gedanken an Quickening. Der dunkle Leib des Schleichers glitzerte, wo die dünnen Lichtstrahlen der Sterne, die es geschafft hatten, durch die Wolkendecke zu dringen, sich auf den Panzerplatten spiegelten. Das Monster trat aus der Öffnung und blieb dann stehen, als sei es auf etwas aufmerksam geworden. Die Fühler wedelten prüfend durch die Luft, der Peitschenschwanz zuckte. Die zwei Männer duckten sich noch tiefer in den Schatten ihres Verstecks. Der Schleicher verweilte noch einen Moment reglos, dann schien er befriedigt, drehte sich um und betätigte den Riegel über seinem Kopf. Die Steinplatte glitt geräuschlos an ihren Platz. Der Kratzer wandte sich um und watschelte in den Nebel und die Finsternis davon, seine eisernen Beine schlurften über den Boden wie lockere Ketten.

Pe Ell wartete, um sicherzugehen, daß das Biest wirklich fort war, dann winkte er Horner Dees, ihm zu folgen. Gemeinsam glitten sie auf die Straße hinaus, überquerten sie und blieben vor dem Unterschlupf des Kratzers stehen. Dees holte ein Seil mit einem Kletterhaken hervor und schleuderte ihn über einen steinernen Vorsprung über die Geheimtür. Der Anker traf mit einem dumpfen Klirren auf und hielt. Dees prüfte das Seil, nickte und reichte Pe Ell das Ende. Pe Ell kletterte mühelos hinauf, bis er auf der Höhe des Riegels angekommen war. Er betätigte ihn, und das Paneel begann sich zu heben. Pe Ell ließ sich flink zu Boden gleiten, und mit Horner Dees an seiner Seite beobachtete er, wie der finstere Keller des Gebäudes in Sicht kam.

Vorsichtig schlichen sie hinein.

Hinter dem Eingang herrschte tiefste Finsternis. Fahles graues Licht fiel von den höher gelegenen Fenstern durch Löcher in den verrotteten Fußböden und beleuchtete kleine Flecken in der Schwärze. Kein Geräusch war von drinnen zu hören. Nichts rührte sich.

Pe Ell drehte sich zu Dees. »Überwach du die Straße«, flüsterte er. »Pfeif, wenn was ist.«

Er schlüpfte in die Finsternis, verschmolz damit so selbstverständlich, als wäre er ein Teil der Schatten. Er war sofort in seinem Element, und seine Augen und Ohren paßten sich an die Umgebung an. Die Mauern des Gebäudes waren nackt und verwittert, an manchen Stellen feucht, wo das Wasser durch die Fugen gesickert und über den Stein geronnen war, hoch und starr in dem schwachen Licht. Pe Ell bewegte sich vorsichtig weiter und wartete darauf, daß irgend etwas sich bemerkbar machen würde. Er fühlte nichts. Das Haus wirkte völlig leer.

Etwas knirschte unter seinen Stiefeln und erschreckte ihn. Er spähte in die Schwärze hinunter. Knochen lagen über den Boden verstreut, Hunderte von Knochen, Überreste von Geschöpften, die der Kratzer bei seinen nächtlichen Reinigungszügen eingesammelt und in seinen Bau gebracht hatte, um sie zu fressen.

Vom Eingang führte ein breiter Flur in eine große Halle und endete dort. Keine Türen, keine Gänge. Die Halle war einmal ein Innenhof gewesen und ragte bald hundert Meter zu einer gewölbten Decke, die von seltsamen Lichtmustern und dem langsamen Vorüberziehen der Wolken gesprenkelt war. In der Halle war es still. Pe Ell sah sich unglücklich um. Er wußte sofort, daß es hier nichts zu entdecken gab – weder den Steinkönig noch den schwarzen Elfenstein. Er hatte sich geirrt. Wut und Enttäuschung stiegen in ihm auf und zwangen ihn, seine Suche fortzusetzen, obwohl er wußte, daß es sinnlos war. Er machte sich daran, die gegenüberliegende Wand zu untersuchen, ließ seinen Blick in der verzweifelten Hoffnung, irgend etwas zu finden, über die Mörtelfugen wandern, über den Boden, die Wände und hinauf bis zur Decke.

Da pfiff Horner Dees.

Fast gleichzeitig hörte Pe Ell das leise Kratzen von Metall auf Stein.

Er wirbelte auf dem Absatz herum und stürmte durch die dunkle Halle zurück. Der Kratzer war wiedergekommen. Es gab keine andere Erklärung dafür, als daß er sie entdeckt hatte. Aber wie? Hektisch kämpfte er gegen die Verwirrung an. Der Kratzer war blind, er verließ sich auf seine anderen Sinne. Gesehen konnte er sie nicht haben. Vielleicht gewittert? Pe Ell wußte die Antwort im gleichen Augenblick. Ihr Geruch vor dem Eingang hatte ihn alarmiert, darum war er dort stehengeblieben. Er hatte so getan, als ginge er fort, wartete und kam wieder.

Pe Ell kochte vor Zorn über seine eigene Dummheit. Wenn er nicht machte, daß er sofort hier rauskam, saß er in der Falle.

Er stürmte in den düsteren Eingang und stellte fest, daß es zu spät war. Durch die offene Tür sah er, wie der Kratzer eben um die Hausecke gegenüber bog und so schnell ihn seine Beine tragen konnten zu seinem Bau watschelte. Das Seil und Horner Dees waren verschwunden. Pe Ell verschmolz mit dem Schatten an der dunkelsten Stelle der Wand und glitt geräuschlos vorwärts. Er mußte den Eingang erreichen, ehe der Schleicher den Riegel betätigte. Wenn es ihm mißlang, saß er in der Falle. Selbst der Stiehl würde ihn da nicht retten können.

Der Kratzer stampfte mit knirschenden Krallen durch die Öffnung, seine Tentakel peitschten gegen die Steinmauern, und er begann, das Innere zu untersuchen. Pe Ell zog den Stiehl aus der Scheide und kauerte sich ins Dunkel. Er mußte schnell sein. Er war seltsam ruhig, so wie vor einem Mord. Er beobachtete, wie das Monster die Öffnung ausfüllte und hereinkam.

Er sprang sofort los und rannte. Der Kratzer entdeckte ihn sofort, seine Instinkte noch schärfer als Pe Ells. Ein Tentakel schlug aus und erwischte ihn wenige Zentimeter vor dem Ausgang. Der Stiehl schnellte hervor und zerschlitzte die Fessel. Der Mörder war wieder frei. Der Kratzer schnellte keuchend herum. Pe Ell versuchte zu fliehen, doch da waren schlängelnde Arme überall.

Da schoß der Ankerhaken aus der Dunkelheit hinter dem vorwärtsstürmenden Schleicher, und das Seil wickelte sich um seine Beine. Das Seil straffte sich, und das Monster wurde nach hinten gerissen. Es strampelte mit allen Gliedern und versuchte sich festzukrallen. Für einen Augenblick war seine Aufmerksamkeit abgelenkt. Der Augenblick reichte. Im Bruchteil einer Sekunde war Pe Ell an ihm vorbei und rannte so schnell er konnte auf die Straße. Horner Dees rannte fast gleichzeitig neben ihm her, seine Bärengestalt hatte Mühe bei der Anstrengung. Hinter ihnen hörten sie das Seil reißen und den Kratzer die Verfolgung aufnehmen.

»Hier!« bellte Dees und zerrte Pe Ell nach links in einen Eingang.

Sie jagten hinein, mehrere Treppen hinauf, einen Flur entlang und hinaus auf eine Brücke, die zu einem anderen Haus führte. Der Schleicher polterte hinterher und zerschmetterte dabei alles, was ihm in den

Weg kam. Die Männer rasten in das Gebäude am anderen Ende der Brücke, wieder mehrere Treppen hinunter und auf die Straße zurück. Die Geräusche ihres Verfolgers wurden leiser. Sie verlangsamten ihren Lauf, bogen um eine Ecke und spähten vorsichtig die leere Straße hinunter. Dann folgten sie dem Gehsteig mehrere Häuserblöcke weit nach Süden zu einer Gruppe kleinerer Gebäude, die einen guten Unterschlupf boten, und krochen hinein. Sicher drinnen angekommen, ließen sie sich erschöpft nebeneinander niedersinken, den Rücken an die Wand gelehnt, und atmeten heftig.

»Ich dachte, du wärst abgehauen«, keuchte Pe Ell.

Dees grunzte und schüttelte den Kopf. »Wäre ich gern, aber ich hatte dir mein Wort gegeben. Was machen wir jetzt?«

Pe Ell dampfte vor Schweiß, doch tief innen baute sich eine kalte Wut auf. Er konnte den Tentakel des Kratzers um seinen Leib noch immer fühlen. Er empfand einen solchen Ekel, daß er sich kaum daran hindern konnte, laut herauszubrüllen.

Noch nie war er dem Tod so nah gewesen.

Er drehte sich zu Horner Dees um und sah, wie sich das grobe, bärtige Gesicht runzelte und die Augen glitzerten. Pe Ells Stimme war frostig vor Zorn. »Du kannst tun, was du willst, Alter«, flüsterte er. »Aber ich gehe zurück und bring' das Viech um.«

Morgan Leah war entsetzt. »Was soll das heißen, wir gehen wieder zurück?« wollte er von Walker Boh wissen. Er war nicht einfach entrüstet, er war zutiefst erschrocken. »Wer gibt dir das Recht, irgendeine Entscheidung zu treffen, Walker? Quickening hat die Führung in diesem Unternehmen, nicht du!«

»Morgan«, sagte das Mädchen. Sie versuchte, seine Hand zu nehmen, doch er wich hastig zurück.

»Nein. Ich will das klarstellen. Was geht hier vor? Ich gehe für einen Augenblick aus dem Zimmer, nur um zu sehen, ob Horner nicht... und als ich zurückkomme, finde ich euch nah genug, um...« Die Worte blieben ihm im Hals stecken, sein Gesicht lief rot an, als ihm das, was er sagen wollte, in vollem Umfang bewußt wurde.

»Morgan, hör mich an«, fuhr Quickening fort. »Wir müssen den schwarzen Elfenstein zurückerobern. Wir müssen.«

Der Hochländer ballte seine Hände hilflos zu Fäusten. Ihm war bewußt, wie albern er aussah, wie jung. Mit großer Anstrengung versuchte er, seine Selbstkontrolle zurückzugewinnen. »Wenn wir wieder dorthin zurückgehen, Quickening, werden wir getötet. Vorher wußten wir nicht, mit was wir es zu tun haben, jetzt wissen wir es. Uhl Belk ist zu viel für uns. Wir haben es alle gesehen – etwas, das nur noch ganz entfernt menschlich ist, steingepanzert und in der Lage, uns beiseite zu fegen, als wären wir gar nichts. Er ist Teil des Landes selbst! Wie sollen wir gegen so etwas ankommen? Er wird uns mit Haut und Haaren verschlingen, ehe wir auch nur in seine Nähe gekommen sind!«

Er zwang sich dazu, ruhiger zu atmen. »Und das nur, wenn er nicht erst einmal den Kratzer oder den Malmschlund ruft. Wir kommen schon gegen *die* nicht an, geschweige denn gegen *ihn*. Überleg doch mal, ja? Was ist, wenn er den Elfenstein gegen uns einsetzt? Was machen wir dann? Was machen wir? So oder so – du ohne jede Magie, die du benutzen kannst, ich mit meinem zerbrochenen Schwert, das den größten Teil seiner Magie verloren hat, und Walker mit... ich weiß nicht, was? Was, Walker? Was bist du?«

Der Dunkle Onkel war von dem Angriff nicht erschüttert, sein bleiches Gesicht zeigte keinen Ausdruck, und seine Augen richteten sich fest und ruhig auf den Hochländer. »Ich bin, was ich immer war, Morgan Leah.«

»Mit einem Arm weniger!« fauchte Morgan und bereute es sofort. »Nein, entschuldige, das wollte ich nicht sagen.«

Morgan wandte sich einen Moment verlegen ab, dann sah er wieder auf. »Schaut uns doch mal an«, flüsterte er. »Wir sind so gerade eben noch am Leben. Wir sind den ganzen Weg bis ans Ende der Welt gekommen, und das hat uns beinahe ganz geschafft. Carisman ist schon tot. Horner Dees vielleicht auch. Wir sind am Ende. Wir sehen aus wie Vogelscheuchen, haben uns seit Wochen nicht gewaschen, es sei denn, ihr wollt den Regen als Dusche bezeichnen. Unsere Kleider hängen in Fetzen. Wir flüchten und verstecken uns jetzt schon so lange, daß wir nicht mehr wissen, wie man kämpft. Wir hocken in dieser grauen, trostlosen Welt, wo alles, was wir zu sehen kriegen, Stein und Regen und Nebel ist. Ich hasse diesen Ort. Ich will wieder Gras und Bäume und Leben sehen. Ich will nicht hier sterben. Und ich will vor allem nicht grundlos sterben! Und genau das wird geschehen, wenn wir den Steinkönig wieder aufsuchen. Sagt doch, was haben wir für eine Chance?«

Zu seiner Überraschung erwiderte Walker Boh: »Eine bessere Chance, als du glaubst. Setz dich einen Moment hin und hör zu.«

Morgan zögerte einen Moment, Mißtrauen in den Augen. Dann ließ er sich langsam nieder. Sein Zorn und seine Verbitterung waren für den Augenblick erschöpft. Er ließ zu, daß Quickening sich neben ihn setzte und ihren Arm um ihn legte. Er ließ zu, daß die Wärme ihres Körpers in ihn drang.

Walker Boh schlug die Beine übereinander und zog seinen dunklen Umhang fest um seine Schultern. »Es stimmt, daß wir aussehen wie Bettler von der Straße einer Südlandschaft, daß wir nichts haben, womit wir Uhl Belk drohen können, daß wir für ihn so unbedeutend sind wie die winzigsten Insekten, die auf dem Boden herumkriechen. Aber dieser Anschein mag eine Illusion sein, die wir ausnutzen können. Es mag uns die Chance geben, die wir brauchen, um ihn zu besiegen. Verächtlich macht er sich unseretwegen keine Sorgen. Es ist durchaus möglich, daß er uns schon wieder vergessen hat. Er hält sich für unverwundbar. Vielleicht können wir das gegen ihn benutzen.«

Seine dunklen Augen waren ernst und konzentriert. »Er ist nicht, was er zu sein glaubt, Hochländer. Er hat sich über das Geistwesen, als das er geboren wurde, hinausentwickelt. Ich glaube sogar, er hat sich über den König vom Silberfluß hinausentwickelt. Aber seine Entwicklung ist nicht eine natürliche. Seine Entwicklung wurde durch den Einsatz des schwarzen Elfensteins bewirkt. Es mag ironisch klingen, aber die Druiden schützten ihre Magie besser, als Uhl Belk klar ist. Er glaubt, er habe ihn mit Leichtigkeit gestohlen und könne ihn unbedenklich benutzen. Aber er irrt sich. Indem er die Magie des Elfensteins anruft, zerstört er sich selbst.«

Morgan Leah schaute ihn mit weit aufgerissenen Augen an. »Was meinst du damit?«

»Hör ihn an, Morgan«, bat Quickening. Erwartungsvoll beugte sie sich näher.

»Ich hatte bis heute nicht begriffen, wozu der schwarze Elfenstein gedacht war«, fuhr Walker Boh eifrig mit seinen Erklärungen fort. »Cogline gab mir die Druidengeschichte und trug mir auf, sie zu lesen. Ich erfuhr von der Existenz des schwarzen Elfensteins, und daß seine Aufgabe darin bestand, Paranor von dem Zauberbann zu befreien und in die Welt der Menschen zurückzubringen. Von Quickening erfuhr ich, daß die Magie des schwarzen Elfensteins konzipiert war, die Wirkungen anderer Magien aufzuheben – auf diese Weise konnte der Zauber, der Paranor verbannt hatte, zunichte gemacht werden. Was für eine Kraft, Hochländer! Wie konnte es eine solche Kraft geben? Ich fragte mich immer wieder, ob das überhaupt möglich war, und wenn, warum dann die Druiden – die in solchen Dingen so ungeheuer vorsichtig waren – keine besseren Vorkehrungen getroffen hatten, um seinen Mißbrauch zu verhindern. Schließlich war der schwarze Elfenstein die einzige Magie, die ihre Feste wiederherstellen und den Prozeß einleiten konnte, der sie wieder an die Macht brachte. Würden sie sich diese Magie so ohne weiteres wegnehmen lassen? Würden sie zulassen, daß jemand anderer sie benutzte, insbesondere eine so mächtige Kreatur wie Uhl Belk?

Ich wußte natürlich, daß sie das nicht tun würden. Aber wie konnten sie es verhindern? Heute fand ich die Antwort auf diese Frage. Ich sah den Steinkönig den Malmschlund herbeirufen; ich beobachtete, was sich zwischen Vater und Sohn abspielte. Habt ihr es gesehen? Als Uhl

Belk die Macht des Steins anrief, entstand eine Verbindung zwischen den beiden, ein Zusammenschluß. Es schien beiden Leben zu geben. Es war deutlich suchterzeugend; sie ergötzten sich daran. Die Magie des schwarzen Elfensteins war stärker als ihre eigene in dem Moment, in dem sie freigesetzt wurde. Sie war so stark, daß sie dem, was sie ihnen antat, nicht widerstehen konnten; im Gegenteil, sie genossen es.«

Er machte eine Pause. Dann senkte er seine Stimme zu einem vorsichtigen Flüstern. Die Schatten in dem Zimmer umhüllten sie wie Verschwörer. »Ich bin überzeugt, daß es das ist, was geschehen muß, wenn die Magie angerufen wird. Ja, sie hebt jede andere Magie auf, gegen die sie gerichtet wird, so, wie die Druidengeschichte berichtet. So, wie Quickening von ihrem Vater erfahren hat. Sie fordert die andere Magie heraus und raubt ihr die Kraft. Aber es muß noch mehr sein. Sie kann die Magie nicht einfach verschwinden lassen. Sie kann sie nicht einfach in Luft auflösen. Irgend etwas muß mit dieser Magie geschehen. Die Naturgesetze verlangen es. Ich glaube, was sie tut, ist, daß sie die andere Magie absorbiert und auf den Benutzer des Steins überträgt. Wenn Uhl Belk den schwarzen Elfenstein auf den Malmschlund richtet, nimmt er seinem Kind die Magie und eignet sie sich an; er nimmt das Gift, das das Land und seine Bewohner versteinert, und verwandelt auch sich selbst. Deshalb hat er sich so entwickelt. Und was vielleicht noch wichtiger ist: Jedesmal, wenn er einen Teil von des Malmschlunds Magie aufsaugt, kommt Uhl Belk für eine kurze Zeit dem Sohn, den er erschaffen hat, nah. Wenn er den schwarzen Elfenstein benutzt, um an der Magie des Malmschlunds teilzuhaben, entsteht ein Band zwischen ihnen, das sie anders nicht erleben könnten. Sie hassen und fürchten einander, aber sie brauchen einander auch. Sie nähren sich aneinander, ein Nehmen und Geben, das nur der schwarze Elfenstein ermöglichen kann. Es ist das einzige, das einer Vater-Sohn-Beziehung nahekommt. Es ist das einzige, was sie verbindet.«

Er beugte sich nach vorn. »Aber es bringt Uhl Belk um. Es macht ihn vollständig zu Stein. Im Laufe der Zeit wird er in dem Stein verschwinden, der ihn umgibt. Er wird werden wie irgendeine Statue – leblos. Er tut sich das selbst an und merkt es nicht einmal. So wirkt der Elfenstein; darum war es ihm so leicht, ihn zu stehlen. Die Druiden scherte das nicht. Sie wußten, daß wer auch immer ihn benutzt, eines Tages die Konsequenzen tragen muß. Magie kann nicht ohne Folgen absorbiert werden. Uhl Belk ist süchtig auf diese Magie. Er ist auf dieses Gefühl der Transformation angewiesen, darauf, seinem steinernen Leib, dem Land, seinem Königreich und sich selbst immer mehr hinzuzufügen. Selbst wenn er es versuchte, er könnte nicht mehr aufhören.«

»Aber was soll uns das nutzen?« fragte Morgan ungeduldig. Er beugte sich neugierig vor, gefesselt von den Möglichkeiten, die Walkers Erläuterungen aufdeckten. »Selbst wenn du recht hast, was macht das für einen Unterschied? Du willst doch nicht vorschlagen, daß wir einfach abwarten, bis Uhl Belk sich umgebracht hat, oder?«

Walker schüttelte den Kopf. »Darauf können wir nicht warten. Der Prozeß kann Jahre in Anspruch nehmen. Aber Uhl Belk ist nicht so unverwundbar, wie er glaubt. Er hat sich weitgehend von dem schwarzen Elfenstein abhängig gemacht, eingepuppt in seine steinerne Festung; selbst weitgehend zu Stein geworden, interessiert er sich nicht so sehr für das, was um ihn vorgeht, als für die Nahrung, die es braucht, damit seine Mutation fortschreitet. Er ist weitgehend unbeweglich. Habt ihr ihn beobachtet, als er sich zu rühren versuchte? Er kann seine Position nicht schnell verändern, er ist mit dem Fels des Bodens verschweißt. Seine Magie ist alt und außer Gebrauch; der größte Teil seiner Tätigkeit hat damit zu tun, sich durch die Verwendung des Steins zu ernähren. Die Angst, den schwarzen Elfenstein zu verlieren, seiner Nahrungsquelle beraubt, und dem fragwürdigen Wohlwollen seines verrückten Sprößlings ausgeliefert zu sein, bestimmen all sein Denken. Er hat sich in seiner Besessenheit selbst verstümmelt. Das gibt uns eine Chance, ihn zu besiegen.«

Morgan betrachtete Walkers Gesicht eine lange Weile, überdachte die Angelegenheit trotz seines Widerwillens, daran zu glauben, daß irgendeine Erfolgschance bestand, und war sich bewußt, daß Quickenings Augen die ganze Zeit auf ihn gerichtet waren. Er hatte immer an

Walker Bohs Fähigkeit geglaubt, Dinge vernünftig zu durchdenken, wenn andere dazu nicht in der Lage waren. Er war derjenige gewesen, der Par und Coll Ohmsford geraten hatte, ihren Onkel aufzusuchen, als sie wegen der von Allanon gesandten Träume Rat brauchten. Er hatte Angst vor dem, was der Dunkle Onkel vorschlug, doch er war nicht so dumm, es vollständig abzulehnen.

»Alls, was du sagst, mag ja zutreffen, Walker«, sagte er schließlich, »aber eines hast du dabei vergessen. Wir müssen ja irgendwie in den Kuppelbau gelangen, damit wir überhaupt erst eine Gelegenheit bekommen, Uhl Belk zu besiegen. Und er wird uns nicht ein zweites Mal einladen. Das hat er schon klar und deutlich gesagt. Und da wir mit unseren eigenen Mitteln nicht hineingelangen konnten, wie sollen wir ihm denn nahe genug kommen, um irgendwas zu unternehmen?«

Walker faltete nachdenklich die Hände. »Uhl Belk hat einen Fehler begangen, als er uns in die Kuppel kommen ließ. Ich war in der Lage, Dinge zu erspüren, die mir vorher verborgen gewesen waren, solange ich gezwungen war, draußen zu bleiben. Ich war in der Lage, die Natur seiner Festung zu erahnen. Er hat sich über jener Höhle niedergelassen, in der uns die Ratten bei unserer Durchsuchung der Tunnel unter der Stadt in die Enge getrieben hatten. Er hat den Gezeitenstrom zwischen sich und die unterirdische Behausung des Malmschlunds plaziert. Aber er hat sich dabei verrechnet. Der ständige Wechsel der Gezeiten haben Teile des Steins, auf dem er ruht, abgenutzt und erodiert.«

Der Dunkle Onkel kniff die Augen zu Schlitzen zusammen. »Es gibt eine Öffnung, die den Zugang zu der Kuppel von unten her erlaubt.«

Ein anderes Augenpaar verengte sich zu Schlitzen, diese hier ungläubig, als Horner Dees die Implikationen von Pe Ells Worten in der dunklen Stille des Hauses abwog, wo die beiden Männer sich verkrochen hatten. »Umbringen willst du das Viech?« fragte er schließlich. Er konnte nicht umhin, die Worte des anderen zu wiederholen. »Warum denn das?«

»Weil es da draußen ist!« fauchte Pe Ell ungeduldig, als ob das eine Erklärung wäre.

Er starrte den Fährtensucher herausfordernd an, ob er es wagen würde, etwas zu entgegnen. Als Dees nicht antwortete, beugte Pe Ell sich vor. »Wie lange sind wir jetzt in dieser Stadt, Alter – eine Woche, zwei? Ich weiß es nicht einmal mehr. Mir kommt es wie eine Ewigkeit vor! Aber eines weiß ich. Seit wir angekommen sind, jagt uns dieses Vieh. Jede Nacht. Wo wir auch hingehen! Der Kratzer fegt die Straßen, beseitigt den Müll. Ich habe die Nase voll davon!«

Er war starr vor Wut und kämpfte gegen die Erinnerung an diesen eisernen Arm, der ihn umwickelt hatte, an; er hatte Mühe, seinen Ekel unter Kontrolle zu halten. Wenn er mordete, dann war das schnell und sauber. Kein langsames Quetschen, kein Ersticken und Erwürgen. Und niemals hatte ihn etwas angerührt. Nichts war ihm nah gekommen.

Bis jetzt.

Und daß er den Steinkönig nicht im Unterschlupf des Kratzers gefunden hatte, verbesserte seine Laune auch nicht. Er hatte fest damit gerechnet, Uhl Belk und den schwarzen Elfenstein dort zu finden. Statt dessen hatte er es geschafft, beinahe selbst getötet zu werden.

Sein messerscharfes Gesicht war hart und entschlossen. »Ich will mich nicht mehr jagen lassen. Ein Schleicher kann sterben wie irgendwer.« Er machte eine Pause. »Überleg mal. Wenn er tot ist, läßt sich der Steinkönig vielleicht blicken. Vielleicht kommt er raus, um nachzuschauen, was seinen Wachhund getötet hat. Und dann haben wir ihn!«

Horner Dees sah nicht überzeugt aus. »Du denkst um die Ecke rum.«

Pe Ell errötete. »Hast du wieder Angst, Alter?«

»Natürlich. Aber das tut nichts zur Sache. Du bist ein professioneller Killer, ein Berufsmörder. Du tötest nicht ohne Grund und niemals, wenn die Chancen nicht zu deinen Gunsten stehen. Und das kann ich hier nicht sehen.«

»Dann schaust du nicht genau genug hin!« Pe Ell war wütend. »Der Grund ist klar! Hast du nicht zugehört? Es muß nicht um Geld gehen, und es muß auch nicht ein Auftrag von irgendwem sein! Willst du Uhl Belk finden, oder nicht? Und was die Chancen angeht, da sorge ich schon dafür, daß sie zu meinen Gunsten stehen!«

Pe Ell stand auf und wandte sich einen Augenblick lang ab. Er sollte sich nicht darum scheren, was dieser Alte dachte; es sollte überhaupt keine Rolle spielen. Aber irgendwie tat es das, und er weigerte sich, Dees die Befriedigung zu gestatten, daß er sich vertan hatte. Es war ihm ein Greuel zuzugeben, daß Horner Dees ihm das Leben gerettet hatte, nicht einmal, daß er ihm geholfen hatte, zu entkommen. Der Alte war ihm ein Dorn im Auge, den er dringend loswerden mußte. Dees war wie ein Gespenst aus seiner Vergangenheit aufgetaucht, aus einer Zeit, die er längst vergessen und begraben geglaubt hatte. Kein Lebender sollte wissen, wer er war oder was er getan hatte, mit Ausnahme von Felsen-Dall. Niemand durfte in der Lage sein, über ihn zu reden.

Er merkte plötzlich, daß er Horner Dees ebenso dringend umbringen wollte wie den Kratzer.

Außer, daß der Kratzer momentan das dringendere Problem war.

Er drehte sich wieder dem alten Fährtensucher zu. »Ich habe genug Zeit mit dir vergeudet«, fauchte er. »Geh zu den anderen zurück. Ich brauche deine Hilfe nicht.«

Horner Dees zuckte mit den Schultern. »Habe ich auch nicht angeboten.«

Pe Ell wandte sich zum Gehen.

»Bloß aus Neugier«, rief Dees hinter ihm her und erhob sich ebenfalls, »wie willst du ihn denn umbringen?«

»Was geht dich das an?« rief Pe Ell über die Schulter.

»Einen Plan hast du doch nicht, oder?«

Pe Ell blieb in der Tür stehen. Ein überwältigender Drang, diesem lästigen Dees auf der Stelle ein Ende zu bereiten, überfiel ihn. Warum sollte er noch länger warten? Die anderen würden es nie erfahren. Seine Hand schob sich in den Schlitz seines Hosenbeins und schloß sich um den Griff des Stiehls.

»Tatsache ist«, sagte Horner Dees, »daß du den Kratzer nicht töten kannst, selbst wenn du nah genug rankommst, um dein Messer zu benutzen.«

Pe Ells Hand ließ wieder los. »Was meinst du damit?«

»Ich meine, daß selbst, wenn du dem Vieh auflauerst, sagen wir mal, daß du dich von oben auf ihn stürzt oder dich von unten heranschleichst – nicht wahrscheinlich, aber nehmen wir's mal an –, kannst du es noch immer nicht schnell genug erledigen.« Seine scharfen Augen glänzten. »Oh, du kannst ein oder zwei Tentakel abschneiden, vielleicht sogar ein Bein, oder ihm ein Auge ausstechen. Aber das bringt ihn nicht um. Wohin stichst du ihn, damit er stirbt, Pe Ell? Weißt du es? Ich nicht. Ehe du einen zweiten Stich landest, hat der Kratzer dich. Das Vieh verletzen? Ein Schleicher heilt sich selbst auf der Stelle wieder, findet ein paar Blechstücke und repariert, was kaputt ist.«

Pe Ell lächelte – böse, zynisch, kalt. »Ich werde einen Weg finden.«

Dees nickte. »Klar doch.« Er machte absichtlich eine Pause, verlagerte sein Gewicht von einem Fuß auf den anderen. In der Dunkelheit wirkte seine Bärengestalt wie ein Stück der Wand, das sich löste. »Aber nicht ohne einen Plan.«

Pe Ell schaute angeekelt weg, schüttelte den Kopf und sah ihn wieder an. Er hatte schon zu viel Zeit damit verbracht, in dieser trostlosen Stadt herumzutrotten, dieser feuchten, steinernen Gruft. Er hatte schon zu lange gekämpft, um zu verhindern, daß sie ihn verschlang. Und das, gepaart mit Quickenings Magie, der er schon so lange ausgesetzt war, hatte seine Instinkte untergraben, ihn abgestumpft und die Klarheit seiner Gedanken getrübt. Er war an einen Punkt gelangt, wo das einzige, das zählte, sein Bedürfnis war, wieder dorthin zurückzukehren, von wo er gekommen war, in die Welt außerhalb von Eldwist und zu dem Leben, das er so vollständig unter Kontrolle gehabt hatte.

Aber nicht ohne den schwarzen Elfenstein. Er würde ihn nicht aufgeben.

Und nicht ohne Quickenings Leben. Das würde er auch nicht aufgeben.

In der Zwischenzeit versuchte Horner Dees, ihm irgendwas mitzuteilen. Es konnte nichts schaden, ihn anzuhören. Er machte sich ganz still in seinem Inneren – alles, bis hin zu seinem Denken. »Du hast selbst einen Plan, nicht wahr?« flüsterte er.

»Möglich.«

»Ich höre.«

»Vielleicht ist da was dran, was du gesagt hast. Den Kratzer umbringen. Vielleicht lockt das den Steinkönig aus seinem Versteck. Irgendwas muß versucht werden.« Das Zugeständnis kam nur widerwillig.

»Ich höre noch immer.«

»Es braucht uns alle beide. Gleiche Abmachung wie zuvor. Wir passen aufeinander auf, bis die Sache getan ist. Dann sorgt wieder jeder für sich selbst. Dein Wort drauf.«

»Das hast du.«

Horner Dees schlurfte herbei, bis er direkt vor Pe Ell stand, näher, als Pe Ell lieb war. Er schnaufte, als sei er meilenweit gerannt, grinste unter seinem zottigen Bart und ballte seine knorrigen Hände zu Fäusten.

»Ich meine«, sagte er leise, »wir müssen den Kratzer in ein tiefes Loch werfen.«

Morgan Leah musterte Walker Boh wortlos eine Weile, dann schüttelte er den Kopf. Er war überrascht, wie ruhig seine Stimme klang. »Das kann nicht klappen. Du hast selbst gesagt, daß der Steinkönig nicht nur eine bewegliche Statue ist; er hat sich selbst zu einem Bestandteil des Landes gemacht. Er ist alles in Eldwist. Du hast gesehen, was er gemacht hat, als er uns schließlich in die Kuppel ließ, und dann danach, als er den Malmschlund herbeibefahl. Er spaltete einfach die Felswand. Seine eigene Haut, Walker. Meinst du, er merkt es nicht, wenn wir von unten her durch die gleiche Haut zu klettern versuchen? Meinst du nicht, daß er das fühlen kann? Was meinst du, was dann mit uns passiert? Schmatz!«

Er machte ein schnalzendes Geräusch mit seinen Handflächen. Sein Gesicht war dunkelrot angelaufen, und er merkte, daß er zitterte.

Walkers Ausdruck änderte sich nicht. »Was du sagst, ist möglich, aber nicht wahrscheinlich. Uhl Belk ist das Herz und die Seele des Landes, das er schuf, aber er ist auch, genau wie das Land, etwas Steinernes. Stein fühlt nichts, empfindet nichts. Uhl Belk hätte nicht einmal gemerkt, daß wir hier sind, wenn er sich auf seine äußeren Sinne verlassen müßte. Es war unsere Magie, die ihn aufmerksam gemacht hat. Es mag sein, daß genug Menschliches von ihm übrig ist, um Eindringlinge zu bemerken, aber er verläßt sich vor allem auf den Kratzer. Wenn wir es vermeiden können, Magie zu benutzen, dann können wir in die Kuppel gelangen, ohne daß er von unserer Anwesenheit weiß.«

Morgan setzte zum Widerspruch an, doch dann unterbrach er sich. Quickening umklammerte seinen Arm so fest, daß es ihn schmerzte. »Morgan«, flüsterte sie drängend. »Wir können es schaffen. Walker Boh hat recht. Das ist unsere Chance.«

»Unsere Chance?« Morgan schaute auf sie hinunter und mühte sich, sein Gleichgewicht zu bewahren, als ihre dunklen Augen ihn zu ertränken drohten, und er fand sie wieder unwiderstehlich schön. »Unsere Chance, was zu tun, Quickening?« Er zwang sich, seinen Blick von ihr zu wenden und schaute Walker an. »Angenommen, du hast recht mit alledem, und wir können tatsächlich in die Kuppel gelangen, ohne daß Belk es merkt. Was ändert das? Was sollen wir dann tun? Unsere angeschlagene Magie benutzen, alle drei – ein unbewaffnetes Mädchen, ein Einarmiger und ein Mann mit einem halben Schwert? Sind wir nicht genau da, wo wir waren, als wir dieses Gespräch angefangen haben?«

Er ignorierte Quickenings Hände, die an seinen Armen zogen. »Ich will dir nichts vormachen, Walker. Du weißt, was ich denke. Du weißt es von jedem. Ich habe große Angst. Ich gebe es zu. Wenn das Schwert von Leah wieder heil wäre, könnte ich eine Chance gegen so was wie Uhl Belk haben. Aber das ist nicht der Fall. Ich verfüge nicht über irgendeine angeborene Magie wie du oder Par. Ich habe nur mich selbst. Ich habe bislang überlebt, indem ich meine Grenzen akzeptiert habe. Nur so war es möglich, die Föderationsoffiziere zu bekämpfen, die meine Heimat besetzt haben; nur so war es möglich, etwas so viel Größeres und Stärkeres zu überleben. Man muß seine Kämpfe sorgfältig auswählen. Der Steinkönig ist ein Monster, das Monster befehligt, und ich sehe nicht, wie wir drei irgend etwas gegen ihn ausrichten können.«

Quickening schüttelte den Kopf. »Morgan...«

»Nein«, unterbrach er sie hastig, unfähig, sich selbst jetzt aufzuhalten. »Sag jetzt nichts. Hör mich bitte an. Ich habe alles getan, was du wolltest. Ich habe andere Verantworungen aufgegeben, die ich hätte wahrnehmen müssen, um mit dir nach Norden auf die Suche nach Eldwist und Uhl Belk zu kommen. Ich bin mitgekommen, um den schwarzen Elfenstein zu finden. Ich will, daß du erfolgreich erledigst, was dein Vater dir aufgetragen hat. Aber ich habe keine Ahnung, wie das geschehen soll, Quickening. Weißt du es? Kannst du es mir sagen?«

Sie stellte sich vor ihn hin und hob ihr Gesicht zu ihm auf. »Ich kann dir sagen, daß es geschehen wird. Mein Vater hat mir gesagt, daß es so sein wird.«

»Ich weiß, mit Hilfe meiner Magie und der von Walker und Pe Ell. Also, was ist mit Pe Ell? Sollte er nicht mitkommen? Brauchen wir ihn nicht, wenn wir was erreichen wollen?«

Sie zögerte, ehe sie antwortete. »Nein. Pe Ells Magie wird erst später gebraucht.«

»Später. Und deine eigene?«

»Ich habe keine Magie, bis ihr den Elfenstein erobert habt.«

»Es bleibt also an Walker und mir hängen.«

»Ja.«

»Irgendwie.«

»Ja.«

Walker trat ungeduldig hinzu, sein bleiches Gesicht hart und entschlossen. »Das langt, Hochländer. Du tust so, als handle es sich um irgendeinen mystischen Prozeß, der göttliche Fügung oder die Weisheit der Toten verlangte. Es gibt nichts Mysteriöses an dem, was man uns zu tun bittet. Der Steinkönig ist im Besitz des schwarzen Elfensteins; er muß dazu gebracht werden, ihn herzugeben. Wir müssen uns durch den Boden nach oben in die Kuppel schleichen und ihn überraschen. Wir müssen einen Weg finden, ihn zu erschrecken, ihn zu verblüffen, etwas, das ihn veranlaßt, den Stein loszulassen, und ihn ihm dann wegschnappen. Wir müssen nicht mit ihm kämpfen, wir brauchen ihn nicht zu erschlagen. Es handelt sich nicht um einen Wettstreit der Kräfte; es ist ein Wettstreit des Willens. Und der Klugheit. Wir müssen klüger sein als er.«

Die Augen des Dunklen Onkels glühten. »Wir sind nicht den ganzen Weg hierhergekommen, Morgan Leah, um jetzt einfach umzukehren und wieder zu verschwinden. Wir wußten, daß man uns keine Antworten auf unsere Fragen geben würde, daß wir selbst herausfinden müssen, wie wir alles, was nötig ist, erledigen. Das haben wir getan. Wir müssen es nur noch einmal tun. Wenn wir es nicht tun, ist der Elfenstein für uns verloren. Und damit auch die Vier Länder. Damit haben die Schattenwesen gesiegt. Cogline und Ondit sind umsonst gestorben. Dein Freund Steff ist umsonst gestorben. Willst du das? Ist das deine Absicht? Ist es das, Morgan Leah?«

Morgan drängte sich an Quickening vorbei und packte Walkers Umhang. Walker packte ihn seinerseits. Einen Augenblick lang hielten sie sich einander wortlos fest, Morgans Gesicht wutverzerrt, Walker glatt und konzentriert.

»Ich habe auch Angst, Hochländer«, sagte Walker Boh leise. »Meine Ängste gehen weit über das hinaus, was hier von uns erwartet wird. Ich bin von Allanons Schatten beauftragt worden, den schwarzen Elfenstein zu benutzen, um Paranor und die Druiden zurückzubringen. Wenn die Anwendung des Elfensteins auf den Malmschlund Uhl Belk zu Stein verwandelt, was wird dann seine Anwendung auf das verschwundene Paranor an mir ausrichten?«

Eine lange, leere Stille entstand, in der die Frage drohend in der Finsternis des Zimmers hing. Dann flüsterte Walker: »Es spielt keine Rolle, verstehst du? Ich muß es herausfinden.«

Morgan ließ Walkers Umhang aus seinen Fingern gleiten und trat langsam einen Schritt zurück. »Warum machen wir das?« flüsterte er zur Antwort. »Warum?«

Walker Boh lächelte beinahe. »Du weißt, warum, Morgan Leah. Weil kein anderer da ist.«

Morgan lachte gegen seinen Willen. »Tapfere Soldaten? Oder unverbesserliche Idioten?«

»Wahrscheinlich beides. Und vielleicht sind wir einfach halsstarrig.«

»Das scheint mir auch.« Morgan seufzte traurig, verdrängte die erdrückende Düsternis und kämpfte gegen das Gefühl von Ausweglosigkeit an. »Ich meine aber, es müßten mehr Antworten da sein, als wir haben.«

Walker nickte. »Durchaus. Aber statt dessen gibt es nur Gründe, und mit denen werden wir uns begnügen müssen.«

Morgan jagten die Erinnerungen durchs Bewußtsein, an seine vermißten und toten Freunde, an seinen Kampf, am Leben zu bleiben, und an die Myriaden von Ereignissen, die ihn aus seiner Heimat im Hochland bis an dieses äußerste Ende der Welt gebracht hatten. So viel war geschehen, und das meiste außerhalb seiner Kontrolle. Er fühlte sich klein und hilflos angesichts dieser Ereignisse, ein winziges Fetzchen Müll, das im Meer schwamm, getragen von den Gezeiten und ihren Launen. Er war krank und erschöpft; er brauchte eine Lösung. Vielleicht war nur der Tod eine angemessene Lösung.

»Laß mich mit ihm reden«, hörte er Quickening sagen.

Allein knieten sie einander gegenüber in der Mitte des Zimmers, umgeben von Schatten, ihre Gesichter so nah, daß Morgan sein Spiegelbild in ihren Augen sehen konnte. Walker war verschwunden. Quickening streckte die Hände nach ihm aus und ließ ihre Finger auf seinem Gesicht ruhen, strich über die Linien seiner Züge.

»Ich liebe dich, Morgan Leah«, wisperte sie. »Ich will, daß du das weißt. Es klingt seltsam, mich so etwas sagen zu hören. Ich hätte nie geglaubt, daß ich dazu in der Lage wäre. Ich habe meine eigenen Ängste, anders als deine oder Walker Bohs. Ich habe Angst, zu lebendig zu sein.«

Sie beugte sich vor und küßte ihn. »Verstehst du, was ich meine, wenn ich das sage? Ein Elementarwesen erhält sein Leben nicht aus der Liebe zwischen einem Mann und einer Frau, sondern aus den Notwendigkeiten der Magie. Ich wurde erschaffen, um einem Ziel zu dienen, dem Ziel meines Vaters, und ich wurde ermahnt, mich vor Dingen in acht zu nehmen, die mich ablenken könnten. Doch was könnte mich mehr ablenken, Morgan Leah, als meine Liebe zu dir? Ich kann diese Liebe nicht erklären. Ich verstehe sie nicht. Sie kommt aus jenem Teil von mir, der Mensch ist, und bricht allen meinen Bemühungen, sie abzuleugnen, zum Trotz hervor. Was soll ich tun? Ich sage mir, daß ich sie außer acht lassen muß. Sie ist ... gefährlich. Aber ich kann sie nicht aufgeben; denn sie zu fühlen, gibt mir Leben. Sie macht mich zu mehr als einem Ding aus Erde und Wasser, mehr als einem bißchen zu Leben erwecktem Lehm. Sie macht mich wirklich.«

Er küßte sie auch, innig und entschlossen, erschreckt über das, was sie ihm sagte, über den Klang ihrer Worte und die Implikationen, die darin steckten. Er wollte mehr nicht hören.

Sie befreite sich. »Du mußt mich anhören, Morgan. Ich hatte vor, mich an meines Vaters Weg zu halten und nicht abzuweichen. Sein Rat schien vernünftig. Aber ich stelle jetzt fest, daß ich mich nicht daran halten kann. Ich muß dich lieben. Es spielt keine Rolle, was von jedem von uns erwartet wird; wir sind nicht lebendig, wenn wir nicht auf unsere Gefühle reagieren. Darum werde ich dich so lieben, wie ich es vermag; ich fürchte mich nicht mehr vor dem, was daraus folgen kann.«

»Quickening ...«

»Aber«, fügte sie hastig hinzu. »Der Weg liegt dennoch klar vor uns, und wir müssen ihm folgen, du und ich. Wir haben gesehen, wohin er führt, und wir müssen ihn bis zum Ende gehen. Der Steinkönig muß überwunden werden. Der schwarze Elfenstein muß zurückgeholt werden. Du und ich und Walker Boh, wir müssen dafür sorgen, daß dies geschieht. Wir müssen, Morgan. Wir müssen.«

Er nickte, während sie sprach, hilflos angesichts ihrer Beharrlichkeit. Seine Liebe zu ihr war so stark, daß er alles getan hätte, was sie erbat, auch gegen die schwerwiegendsten Vorbehalte. Tränen traten ihm in die Augen, aber er unterdrückte sie, vergrub sein Gesicht an ihrer Schulter und umarmte sie innig. Mit den Fingern fuhr er durch ihr Silberhaar und strich ihr über den Nacken. Er fühlte, wie ihre schlanken Arme ihn umfingen und wie sie am ganzen Leib zitterte.

»Ich weiß«, sagte er leise.

Dann mußte er an Steff denken, der von der Hand des Mädchens starb, das er geliebt hatte, weil er sie für etwas gehalten hatte, das sie nicht war. Würde es ihm wohl auch so ergehen? Und er dachte auch an das Versprechen, das er seinem Freund einst gegeben hatte, ein Versprechen, das sie alle gegeben hatten, Par und Coll und er, daß, falls einer von ihnen eine Magie fände, die helfen würde, die Zwerge zu befreien, dann würden sie alles tun, um sie zu gewinnen und dafür zu sorgen, daß sie benutzt würde. Der schwarze Elfenstein besaß sicherlich eine solche Magie.

Er fühlte, wie Ruhe ihn erfaßte und den Zorn und die Befürchtungen, die Zweifel und die Ungewißheiten vertrieb. Der Weg lag tatsächlich klar vor ihm, und er hatte nie eine andere Wahl gehabt, als ihm zu folgen.

»Wir werden es schaffen«, flüsterte er und fühlte, wie ihre Tränen seine Wange netzten.

Walker stand in der Dunkelheit des Nebenzimmers, schaute zu, wie die Liebenden sich umarmten und fühlte, wie ihr Zusammensein nach ihm faßte wie nach der winzigen Hand eines verirrten Kindes. Er wandte sich ab. Eine solche Liebe gab es für ihn nicht. Er empfand Kummer für einen Augenblick und wischte ihn hastig beiseite. Seine Zukunft war ein winziger Lichtblick von Gewißheit in der Finsternis der Gegenwart. Manchmal enthüllte sein Vorauswissen eine schneidend scharfe Ecke.

Geräuschlos bewegte er sich durch das Gebäude, bis er ein offenes Fenster hoch über der Straße erreichte, und schaute hinaus in das Getümmel von Nebel und Dunkelheit. Eldwist war eine Welt aus steinernen Labyrinthen, Mauern und Schluchten, die ihn durch einen erbarmungslosen, nassen Vorhang anstarrten. Es war hart und gewiß und sinnlos, und es erinnerte ihn an die Richtung, die sein Leben genommen hatte.

Doch jetzt schien sein Leben endlich mehr als nur das zu werden. Ein Rätsel jedoch blieb. Der Hochländer hatte es angerührt, war daran vorbeigestrichen, als er zu begreifen versuchte, wie es möglich war, daß sie gegenüber einem Wesen von der Macht des Uhl Belk bestehen könnten. Das Rätsel hatte sie vom Beginn dieser Reise an begleitet, ständig präsent und nicht gewillt, sich lüften zu lassen. Dieses Rätsel war Quickening selbst. Die Tochter des Königs vom Silberfluß, erschaffen aus den Elementen des Gartens, magisch zum Leben erweckt – sie war ein Rätsel aus Worten einer anderen Sprache. Sie war ausgesandt, sie nach Eldwist zu führen. Aber hätte eine Aufforderung den Zweck nicht ebenso erfüllt? Statt dessen hatte der König vom Silberfluß ein lebendes, atmendes Wunder, ein Wesen von unglaublicher Schönheit geschickt. Warum? Sie war aus einem Grund hier, und es war ein Grund, der jenseits dessen lag, was sie enthüllte.

Walker Boh fühlte eine dunkle Stelle in seinem Inneren bei den Möglichkeiten erschaudern.

Was war es, das Quickening wirklich zu tun ausgesandt worden war?

Bei Tagesanbruch verließen die drei ihr Versteck und gingen auf die Straßen hinunter. Der Regen hatte aufgehört, die Wolken waren über die Dächer der Häuser gestiegen, und das Licht war grau und stählern. Stille umhüllte das Gebein von Eldwist wie ein Leichentuch; es war völlig windstill, leer und frei von Nebel. Aus der Ferne war dumpf das Murmeln des Ozeans zu hören. Ihre Schritte hallten dumpf, und ihr Echo stieg wie ein Wispern in den Himmel. Erfolglos suchten sie nach Leben in der Stadt. Weder ein Zeichen von Horner Dees noch von Pe Ell. Der Kratzer hatte sich in seinem Bau verkrochen. Der Malmschlund schlief unter der Erde. Und in seiner kuppeltragenden Festung erwartete sie Uhl Belk für die unvermeidliche, finstere Konfrontation.

Aber Walker Boh war dennoch im Frieden mit sich selbst.

Er schritt vor Morgan und Quickening einher, überrascht über die

Tiefe seiner Ruhe. Er hatte sich so verausgabt in dem Kampf, den Sinn und das Ziel seines Lebens zu verstehen und zu kontrollieren, hin- und hergerissen zwischen dem Zwillingsgespenst seines Erbes und seines Schicksals. Jetzt war das alles in den Hintergrund gerückt. Zeit und Ereignisse hatten ihn zu diesem Augenblick geführt, einem unerbittlichen Strudel, der den Sinn seines Lebens für ihn entscheiden würde. Die Begegnung mit dem Steinkönig würde darüber entscheiden, wer und was er war. Entweder war er des Auftrags würdig, den Allanons Schatten ihm gegeben hatte, oder er war es nicht. Entweder war er dazu bestimmt, in den Besitz des schwarzen Elfensteins zu gelangen und Paranor und die Druiden zurückzubringen, oder er war es nicht. Entweder würde er Uhl Belk überleben, oder auch nicht. Er stellte nicht mehr in Frage, daß seine Zweifel einer Entschlossenheit weichen mußten; er erlaubte sich nicht mehr, sich mit »Was, wenn's« abzugeben, die ihn so lange geplagt hatten. Die Umstände hatten ihn an diesen Ort geführt, und das war genug. Gleich, ob er überlebte oder den Tod fand, er wäre endlich frei von der Vergangenheit. War die Shannara-Magie in ihm lebendig und trotz des Verlustes seines Armes an das Asphinxgift stark genug, um dem Zorn des Steinkönigs standzuhalten? War das Vermächtnis, das Allanon Brin Ohmsford übertragen hatte, für ihn bestimmt? Er würde es erfahren. Wissen, dachte er mit unleugbarer Ironie, war immer befreiend.

Morgan Leah war weniger gewiß.

Ein halbes Dutzend Schritte hinter ihm klammerte sich der Hochländer an Quickenings Hand, eine zerbrechliche Schale, in der Ängste und Befürchtungen wie gefangene Fliegen umhersummten. Im Gegensatz zu Walker Boh wußte er schon viel zuviel. Er wußte, daß Walker nicht mehr der Dunkle Onkel von früher war, daß der Mythos seiner Unbesiegbarkeit gleichzeitig mit seinem Arm in Scherben gegangen war und daß er von der gleichen Welle von Prophezeiungen und Versprechungen getragen wurde, wie sie alle. Er wußte, daß er selber noch unfähiger war, ein Mann ohne eine intakte Waffe und einer Magie beraubt, die ihn bei früheren Auseinandersetzungen mit weit geringeren Gegnern nur um Haaresbreite gerettet hatte. Er wußte, daß alles von ihnen beiden allein abhing, daß Quickening nicht eingreifen konnte, daß sie ihr Schicksal teilen, aber nicht beeinflussen konnte. Er konnte behaupten, daß er verstand, warum sie den schwarzen Elfenstein brauchte, warum sie den Versprechungen ihres Vaters glaubte und darauf vertraute – er konnte es beim Namen nennen. Er konnte beten, daß sie das, was sie da unternahmen, irgendwie überleben würden, daß ein Wunder sie retten würde. Aber die Ängste und Befürchtungen ließen sich durch Worte und Gebete nicht vertreiben; sie ließen sich mit falschen Hoffnungen nicht beschwichtigen. Sie flohen in seinem Inneren wie aufgeschrecktes Wild, und er konnte sein Herz zur Antwort auf ihre Flucht heftig pochen hören.

Was würde er tun, fragte er sich verzweifelt, wenn der Steinkönig diese toten Augen auf ihn richtete? Wo sollte er die Kraft hernehmen?

Heimlich warf er einen Seitenblick auf Quickening, auf die Linien und Schatten ihres Gesichts und den dunklen, beruhigenden Glanz in ihren Augen.

Doch Quickening ging neben ihm, ohne es zu merken.

Sie folgten den leeren Straßen zum Herzen der Stadt, schlichen wie Katzen mit dem Rücken zu den Hausmauern entlang der steinernen Bänder der Gehsteige. Sie konnten den Boden unter sich beinahe von dem Leben des Steinkönigs pulsieren fühlen; konnten fast das Geräusch seines Atems in der Stille hören. Eine alte Gottheit, ein Geist, ein Wesen von unbegreiflicher Macht – sie konnten seine Augen auf sich gerichtet fühlen. Die Minuten verstrichen, Straßen und Gebäude kamen und gingen mit einer Gleichförmigkeit, die von Zeitaltern wisperte, die gekommen und gegangen waren, von Leben von dem ihren, das diesen Weg gegangen war, ohne Spuren zu hinterlassen. Eine erdrückende Gewißheit erfaßte sie, eine wortlose Stimme, ein kaum erinnertes Gesicht, eine federleichte Berührung, alles dazu angetan, sie von der Aussichtslosigkeit ihres Unterfangens zu überzeugen. Sie fühlten seine Gegenwart und reagierten jeder auf seine Weise, jeder mit der ihm zur Verfügung stehenden Abwehr. Keiner kehrte um. Keiner gab nach.

Aneinander gebunden durch ihre Entschlossenheit, diesem Alptraum ein Ende zu setzen, gingen sie weiter.

Im Osten hellte sich das fahle Dämmerlicht zu frostigem Silbernebel auf, der sich mit den Wolken paarte und die Stadt kristallen machte.

Kurz darauf sahen sie die Kuppel zum ersten Mal, und Walker Boh drängte sich in den Schatten des Hauses, an dem sie entlanggingen, als fürchte er, die Kuppel könne sie sehen. Er führte sie den Gehsteig zurück und eine Nebenstraße entlang, hinüber und eine andere hinunter; im Zickzack schlängelten sie sich durch das Labyrinth. Sie schlichen durch die Feuchtigkeit wie ein Wasserrinnsal, das immer das niedrigste Niveau sucht und nie langsamer wird. Ihr Weg führte sie in Mäandern, doch die Kuppel rückte hinter den Mauern, die sie abschirmte, immer näher.

Schließlich blieb Walker stehen und hob den Kopf aus der Kapuze seines Umhangs, als schnuppere er die Luft. Er war nach innen gekehrt, lotete in der Finsternis seines Bewußtseins die Magie aus, die ihn führen würde, so seine Augen nicht sehen konnten. Dann ging er wieder weiter, führte sie über eine Straße, durch eine kleine Gasse und weitere Straßen hinunter zu einem Gebäude mit einem Eingang zu einem breiten Treppenhaus. Sie stiegen die dunklen Treppen hinunter in einen höhlenartigen Keller, wo Dutzende der Waggons der Alten Welt auf ihren versteinerten Schienen ruhten. Die massiven, steinernen Wagen, vom Zahn der Zeit zerbrochen und zerklüftet, gaben dem Keller das Aussehen eines Gebeinhauses. Licht fiel in dünnen Streifen über die Skelette, und Staubwolken dekorierten die Luft mit feinem Dunst.

Die Treppen führten weiter in die Tiefe, und die drei stiegen hinunter. Sie gelangten in einen Vorraum mit einem runden Portal am gegenüberliegenden Ende, gingen zögernd hindurch und befanden sich wieder im Abwassersystem der Stadt. Die Kanäle führten in drei Richtungen in die Finsternis – Katakomben, in Schweigen gehüllt und mit dem Geruch toter Dinge geschwängert. Walker hob seine Hand und silbernes Licht strahlte aus seinen Fingern. Er blieb wieder stehen, als untersuche er die Luft. Dann führte er sie nach links.

Der Tunnel verschluckte sie mühelos mit seinen undurchdringlichen, steinernen Wänden, die sie für immer festzuhalten drohten. Die Stille war ein heimlicher, unsichtbarer Beobachter. Der Malmschlund war nicht zu hören – kein Gerumpel, nicht einmal das Beben seines Atems. Eldwist fühlte sich wieder an wie ein Grab, vom Leben verlassen, eine Heimat der Toten. Sie gingen im Gänsemarsch hintereinander, Walker vorneweg, dann Quickening und hinter ihr Morgan. Kein Wort wurde gewechselt, kein Blick. Sie hielten die Augen auf das Licht gerichtet, das Walker in die Höhe hielt, auf den Tunnelboden, auf dem sie gingen, und auf die Bewegungen ihrer eigenen Schritte.

Walker wurde langsamer. Seine leuchtende Hand bewegte sich erst zu der einen, dann zur anderen Seite. Ein schwacher Schein erfaßte die Umrisse einer dunklen Öffnung in der linken Wand mit einer Treppe dahinter.

Wieder stiegen sie tiefer, folgten den feuchten, glitschigen, groben Stufen durch ein Wurmloch in der Erde. Sie rochen jetzt den Gezeitenstrom, hörten sein fernes Donnern gegen Eldwists Küste. Sie lauschten aufmerksam auf das Quieken der Ratten, doch sie hörten nichts. Als sie das untere Ende der Treppe erreichten, führte Walker sie nach rechts durch einen engen Spalt, gespickt mit messerscharfen, von der Natur und der Zeit geschliffenen steinernen Vorsprüngen. Langsam und vorsichtig bewegten sie sich nah beieinander, um innerhalb des Lichtkegels zu bleiben, hindurch. Nässe überzog die Wände mit dunklen Flecken. Im Licht bewegte sich etwas, flitzte davon. Morgan erhaschte einen Blick darauf. Meeresgetier, erkannte er überrascht. Kleine, schwarze Krebse. Waren sie tief genug unter Uhl Belk, daß solche Tiere hier leben konnten? Waren sie nah genug am Wasser?

Dann gelangten sie wieder in die unterirdische Höhle unter der Stadt. Sie standen auf dem Felsvorsprung zwischen den Felswänden, und unter ihnen schäumten der Ozean wild um die Klippen. Nebel wirbelte durch die Höhle und füllte auch die hintersten Winkel mit einem weißen Schleier. Tageslicht hellte die Schatten auf, wo die Felsen gespalten waren, und erzeugten kleine, fast farblose Regenbögen vor dem Nebel.

Der Vorsprung verlief in beide Richtungen. Walker Boh untersuchte beide Seiten, erfühlte jene Gegenwart, von der er wußte, daß sie da wäre, spürte den Puls ihrer Magie. Seine Augen hoben sich auf das Ungesehene. Uhl Belk.

»Hier entlang«, sagte er leise und wandte sich nach links.

Dann ertönte das Donnern des erwachenden Malmschlunds, und ganz Eldwist bebte heftig.

Der Plan war einfach, aber einfache Pläne waren meistens auch jene, die am besten klappten. Das einzige Problem bei diesem hier, dachte Pe Ell, als er im Schatten des Hauses gegenüber von der Behausung des Kratzers stand, daß er derjenige war, der das ganze Risiko zu tragen hatte, während Horner Dees sich in Sicherheit befand.

Aber der Plan stammte natürlich von dem Alten.

Wie Quickening, Walker und Morgan waren sie bei Tagesanbruch aus ihrem Refugium auf die Straße hinuntergeschlichen und hatten den freudlosen Tag mit zusammengekniffenen Augen und mißtrauischem Stirnrunzeln begrüßt. Nach einem kurzen Blickaustausch hatten sie sich aufgemacht, waren zunächst zu der Behausung des Kratzers gegangen und hatten dann die Strecke festgelegt, der entlang Pe Ell den Schleicher locken würde. Als Dees sicher war, daß Pe Ell sie sich gut eingepägt hatte, installierten sie die Ausrüstung für den alten Mann, prüften die Hebelwirkung des Behelfsflaschenzugs und trennten sich.

Pe Ell ging wieder zurück zum Bau des Kratzers, und dort stand er nun und wartete.

List und Schnelligkeit würde er brauchen, zuerst das eine, dann das andere, und nicht zu viel von beidem – Werkzeuge eines Mörders.

Er lauschte lange in die Stille, schätzte die Entfernung, die er zurücklegen mußte, und maß seinen Fluchtweg ab. Diesmal würde ihm keiner zu Hilfe kommen, wenn etwas schiefging. Sein schmales Gesicht wandte sich hierhin und dorthin, hob sich in den Geruch von Meer und Steinen, schärfte sich gegen den Nebel und wachte über die Instinkte, die ihm sagten, daß der Schleicher noch wach war.

Er lächelte sein kaltes, leeres Lächeln. Die Wut war verflogen. Die Aussicht auf das Morden beruhigte ihn wie Quickenings Berührung, tröstete ihn und schenkte ihm Frieden. Er war still und im reinen mit sich selbst; alles war bereit und an Ort und Stelle, so scharf wie die Klinge des Stiehls und ebenso gewiß.

Geräuschlos überquerte er die Straße zum Eingang in den Bau. Das Seil mit dem Ankerhaken hielt er fest in der Hand. Vor der Tür schleuderte er den Haken wieder über den gleichen steinernen Vorsprung, den er am Vorabend benutzt hatte. Mit einem scharfen Klirren landete der Haken und hielt. Pe Ell wich zurück und wartete. Doch die Tür blieb verschlossen. Der Kratzer hatte ihn entweder nicht gehört, oder er bereitete sich auf das, was als nächstes geschehen würde vor. Pe Ell hatte gehofft, daß das Geräusch des Hakens das Vieh herauslocken und ihm die Mühe des Kletterns ersparen würde. Aber er wußte, daß das zu viel verlangt war.

Er holte tief Luft. Das war der Augenblick, in dem der Plan wirklich gefährlich zu werden begann.

Er packte das Seil, das von dem Ankerhaken baumelte, und begann zu klettern. Er war schnell und stark genug, daß er nur seine Hände brauchte. Oben angekommen, packte er den Hebel, der den versteckten Eingang zu dem Unterschlupf betätigte, drückte heftig darauf und ließ sich behende wie eine Katze an dem Seil zu Boden gleiten. Die Tür öffnete sich schon, als er unten anlangte. Ein leises Geräusch drang von drinnen, und er sprang augenblicklich zurück. Ein Tentakel erwischte ihn um Haaresbreite, pfiff an seinem Kopf vorbei. Der Kratzer hatte sich schon in Bewegung gesetzt, watschelte als Bündel wedelnder Tentakel vorwärts.

Sobald sich die Tür vollständig geöffnet hatte, preschte der Schleicher wild fuchtelnd und ohne sich um die Tatsache zu scheren, daß es schon Tag war, heraus. Wütend über Pe Ells Störung, setzte er augenblicklich zur Verfolgung an. Der Mörder jagte direkt vor dem wildgewordenen Biest her in die Schatten der Gasse auf der anderen Straßenseite. Der Schleicher folgte schneller, als Pe Ell erwartet hatte. Ihm kam der Verdacht, daß er seine Chance falsch eingeschätzt haben könnte. Aber er hatte jetzt keine Zeit, die Angelegenheit zu überdenken, und die Zweifel wichen einer wilden Entschlossenheit, die ihn vorwärtstrieb.

Er raste die Gasse entlang und auf die angrenzende Straße hinaus, kam schliddernd zum Stillstand. Vorsicht vor den Falltüren, dachte er. Paß auf, daß du nicht selbst von einer erwischt wirst. Denn das war, was sie für den Kratzer geplant hatten, der alte Mann und er. Einen langen Sturz in ein tiefes Loch – einen Sturz in Eldwists Eingeweide. Wenn er lange genug am Leben blieb.

Der Kratzer schoß durch die Tür des Hauses neben ihm, wählte jetzt seine eigene Route und überrumpelte ihn beinahe. Um Haaresbreite entkam er den Tentakeln, entwischte, ehe das Vieh ihn packen konnte. Er flitzte um die Hausecke, der Kratzer dicht hinter ihm. Sein Eisenpanzer klirrte und schepperte, klapperte und quietschte. Pe Ell konnte seine Größe hinter sich aufragen fühlen wie eine Lawine, die gleich losbricht. Er durchquerte ein Gebäude und noch eines und gelangte wieder auf eine Straße. Nicht mehr weit, nur noch zwei Blocks. Und das Monster? Er drehte sich suchend um. Er konnte es herannahen hören, aber das Geräusch schien aus allen Richtungen gleichzeitig zu kommen. Wo...?

Aus dem Schatten eines dunklen Eingangs schoß der Schleicher hervor und schlug mit seinen eisernen Armen wenige Zentimeter neben Pe Ell auf den Boden, und der Mörder sprang davon. Pe Ell brüllte vor Wut und Entsetzen.

So schnell!

Er wollte sich umwenden und kämpfen, wollte das Monster auf das kalte Eisen des Stiehls reagieren sehen, wenn er seinen Leib in Streifen zerschnitt. Er wollte *fühlen*, wie der Schleicher starb. Aber er rannte statt dessen wieder weiter, jagte über die Steinwege der Stadt, die Straßen hinunter an den Hausmauern entlang, durch Schatten und graues Licht, ein Hauch von etwas, das schwärzer war als die Nacht. Tentakel knisterten und peitschten hinter ihm her, fingen sich in Türen und Fensterrahmen, fetzten sie auseinander und ließen Staub und Steinsplitter aufstieben. Der massige Leib raste auf metallenen Beinen donnernd über den Stein. Der Kratzer schien immer schneller zu werden. Falls das Tageslicht ihn störte, falls seine Blindheit ihn behinderte, so war davon jetzt nichts zu merken. Pe Ell konnte seine wilde Wut fühlen, als wäre sie greifbar.

Die Verfolgungsjagd führte eine weitere Straße entlang und um eine letzte Ecke. Pe Ell fühlte, daß er an Vorsprung verlor. Vor ihm endete die Straße vor einem versteinerten Park mit Stufen, die in ein Becken mit einer geflügelten Statue in der Mitte führten – und davor eine Falle, die gleiche Falle, in die der Hochländer und der alte Mann ein paar Tage zuvor gestürzt waren.

Horner Dees wartete an das Seil gebunden am Rand der versteckten Tür als Köder für die Falle. Pe Ell sprang seitlich auf den Gehsteig und beschleunigte, als der Kratzer hinter ihm mit peitschenden Tentakeln um die Ecke bog. Er rannte an Horner Dees vorbei, erhaschte einen Blick auf sein rauhes, unter dem dichten Bart bleiches Gesicht, und sprang zu der Mauer, wo die Seile für den Flaschenzug bereitlagen. Er zog sie stramm, und Horner Dees wurde über der Falle in die Höhe gerissen. Pe Ell hörte den Schleicher die Straße entlangtrampeln, und er hörte Horner Dees schreien. Der Kratzer entdeckte den alten Mann, veränderte seine Richtung leicht und stürmte auf ihn zu. Dees strampelte gegen seinen Willen, als der Moloch mit quietschenden Eisenscharnieren auf ihn zudonnerte.

Dann löste sich die Falltüre und das Monster begann abzustürzen. Es schlidderte wild und scheppernd die Steinrampe hinunter. Es war so begierig gewesen, den Fährtensucher zu schnappen, daß es die Falle vergessen hatte. Jetzt hatte es den Schleicher erwischt, und er rutschte hinunter und außer Sicht. Pe Ell schrie entzückt auf.

Doch plötzlich kamen die Tentakel zum Vorschein und klammerten sich an steinerne Vorsprünge – eine Ecke der Stufen des Beckens, ein Stück einer halb eingestürzten Mauer, was immer sie fanden. Und das Vieh rutschte nicht mehr. Staub stieg auf und verdunkelte alles. Pe Ell zögerte, vergaß einen Augenblick lang an dem Seilzug zu ziehen, der Dees festhielt. Dann hörte er den alten Mann brüllen. Er riß heftig an den Seilen, doch sie rührten sich nicht. Etwas zog am anderen Ende, etwas, das weit mehr Kraft hatte als er. Er hatte zu lange gewartet. Der Kratzer hatte Horner Dees.

Pe Ell zauderte nie. Er dachte nicht an sein Versprechen; sein Wort zu halten, war ihm nie wichtig erschienen. Er reagierte nur. Er ließ die Seile fallen, sprang von der Mauer und raste durch das steinerne Becken auf die Straße. Er sah den alten Fährtensucher mit Händen und Füßen um sich schlagend, einen Fangarm um seinen stämmigen Leib gewikkelt, über den Stein zum Rand des Lochs rutschen. Er erreichte Horner Dees gerade in dem Moment, in dem der alte Mann im Loch verschwinden würde. Mit einem Hieb des Stiehls wurde der Fangarm durchtrennt, ein zweiter zerschnitt die Seile des Flaschenzugs.

»Hau ab!« brüllte Pe Ell und stieß den kräftigen Mann vorwärts.

Ein Tentakel schlängelte sich näher und versuchte, ihm die Arme zu fesseln. Er wand sich, die Klinge des Stiehls glühte mit magischer Kraft, und der Fangarm fiel ab. Pe Ell raste nach links und zerschnitt die Tentakel, die den Kratzer festhielten. Staubwolken stiegen in die Luft und vermischten sich mit dem Dunst, bis man kaum noch etwas erkennen konnte. Pe Ell folgte seinem Instinkt. Er huschte und sprang zwischen dem Gewirr von Tentakeln herum, und zerhackte einen nach dem anderen. Dann hörte er ein Knirschen, und das Monster begann wieder abzurutschen.

Noch einmal fuchtelten die Tentakel wild in der Luft herum, dann war der Kratzer verschwunden. Er stürzte von der Rutsche und hinunter in den Abgrund. Pe Ell unterdrückte seine Erleichterung und raste wieder zurück, um Dees zu suchen. Er fand ihn, wie er erschöpft an den Stufen des Beckens entlangkroch. »Steh auf!« brüllte er, riß ihn auf die Füße und stieß ihn vorwärts.

Hinter ihnen zerbarst der Boden, und Steinbrocken flogen hoch in die Luft. Die beiden Männer stolperten und fielen und schauten sich um.

Der letzte Akt von Horners Plan kam zur Erfüllung.

Aus den Tiefen von Eldwist stieg wütend der Malmschlund, der von dem Aufprall des Kratzers geweckt worden war. Der monströse Wurm brüllte und schüttelte sich, als er sich himmelwärts hob. Sein zerklüfteter, schuppiger Schlangenleib glänzte und war so gigantisch, daß er das graue Tageslicht verdüsterte. Der Kratzer hing ihm aus dem Maul, verwandelte sich langsam zu Stein unter der Berührung des Gifts, sein Strampeln wurde schwächer. Der Malmschlund hielt ihn einen Augenblick lang fest, dann schleuderte er ihn fort, wie es ein Hund mit einer Ratte tun würde. Der Kratzer flog durch die Luft und prallte gegen eine Hauswand. Die Mauer stürzte unter dem Aufprall ein, und der Kratzer zerbarst in Stücke.

Der Malmschlund ließ sich wieder unter die Erde gleiten, und sein Getöse verklang. Die Staubwolken legten sich langsam, und es wurde wieder heller.

Impulsiv packte Pe Ell die Hand von Horner Dees und drückte sie. Ihr Keuchen war das einzige Geräusch, das in der darauffolgenden Stille zu hören war.

Unter der Erde, in der Höhle unter der Kuppelfestung des Steinkönigs, verklang das Getöse des erwachten Malmschlunds und wich dem Branden des Ozeans gegen Eldwists Felsenriffs. Morgan Leah hob sein sonnengebräuntes Gesicht und spähte durch den Dunst.

»Was war das?« flüsterte er.

Walker Boh schüttelte den Kopf. Er wußte die Antwort nicht. Er konnte das Beben der Erde noch fühlen, das Echo von des Monsters Wut. Irgend etwas hatte es aufgeschreckt – das war nicht sein normales Erwachen. Die Reaktion der Kreatur war anders gewesen, als auf den Befehl des Steinkönigs, ungeduldiger, heftiger.

»Schläft er wieder?« drängte der Hochländer ängstlich, besorgt, in der Falle zu sitzen.

»Ja.«

»Und er?« Morgan zeigte in den Dunst. »Weiß *er* davon?«

Uhl Belk. Walker prüfte durch Schichten von Felsen hindurch, was wohl im Gange war. Aber er war zu weit weg, der Stein zu dicht, um mit seiner Magie hindurchdringen zu können. Es ginge nur, wenn er ihn damit berührte, doch wenn er das täte, würde der Steinkönig alarmiert werden.

»Er ruht noch immer«, antwortete Quickening unerwartet. Sie trat neben ihn, ihr Gesicht glatt und ruhig, ihre Augen in die Ferne gerichtet. Der Wind zauste ihr Silberhaar und wehte es ihr ins Gesicht. Sie stemmte sich dagegen. »Keine Sorge, Morgan. Er hat keine Veränderung bemerkt.«

Doch Walker spürte es, was immer es war, genau wie das Mädchen. Kaum wahrnehmbar bislang, doch die Wirkungen begannen anzuschwellen. Es war etwas jenseits des Verstreichens von Zeit, der Erosion von Fels und Stein. Der Wind wisperte es, die Erde hallte davon wider, und die Luft atmete es. Als Kinder der Magie hatten sowohl die Tochter des Königs vom Silberfluß als auch der Dunkle Onkel sein Kräuseln gefühlt. Nur der Hochländer merkte es nicht.

Walker Boh wurde plötzlich von unerwarteter Eile erfaßt. Die Zeit raste davon.

»Wir müssen uns sputen«, sagte er und machte sich wieder auf den Weg. »Schnell jetzt. Kommt.«

Er führte sie nach links über den glitschigen, unebenen Felsrand. Mit dem Rücken zur Wand tasteten sie sich vorsichtig auf dem an manchen Stellen nur wenige Zentimeter breiten Sims entlang. Die Meereswellen sprühten sie mit jedem neuen Brecher naß. Jenseits der Stelle, wo sie sich befanden, erstreckte sich die Höhle in die Ferne wie eine weite, verborgene Welt, und es war, als könnten sie die Augen ihrer unsichtbaren Bewohner auf sich gerichtet fühlen.

Der Felsvorsprung endete vor einem Stollen, der in die Finsternis führte. Walker Boh hob sein magisches Silberlicht, und eine Treppe wurde sichtbar, die sich aufwärts in den Fels spiralte.

Walker begann hinaufzusteigen. Morgan und Quickening folgten ihm wie Schatten.

Als Junge hatte Morgan Leah oft in den kristallgespickten Höhlen östlich der Stadt gespielt. Die Höhlen waren Jahrhunderte zuvor entstanden und von unzähligen Generationen erforscht und schließlich vergessen worden, der steinerne Boden war abgetreten und glatt von vielen Füßen und verstrichener Zeit. Sie hatten die Großen Kriege, die Kriege der Rassen, das Eindringen von Lebewesen aller Art und selbst das Feuer der Erde überstanden, das direkt darunter glimmte. Die Höhlen waren strahlend leuchtende Löcher, die Decken dicht mit Stalaktiten behangen, klare Wassertümpel und dunkle Senklöcher im Boden. Ihre Kammern waren durch ein Netz enger, gewundener Stollen miteinander verbunden. Es war gefährlich, in die Höhlen zu gehen, das Risiko, sich zu verirren, war sehr groß. Aber für einen abenteuerlustigen Hochlandjungen wie Morgan Leah war die Aussicht auf Gefahr nichts als eine Verlockung.

Er entdeckte die Höhlen, als er noch sehr klein war, kaum alt genug, um allein herumzustrolchen. Ein halbes Dutzend Jungen waren dabei, als er den Eingang entdeckte, aber er war als einziger mutig genug, sich hineinzutrauen. An jenem Tag ging er nur ein kleines Stück weit, mehr als nur ein bißchen eingeschüchtert; es erschien ihm eine sehr reale Möglichkeit, daß die Stollen bis in die Mitte der Erde führten. Doch es war auch der Reiz dieser Möglichkeit, der ihn schließlich zurücklockte, und nach kurzer Zeit wagte er sich tiefer hinein. Er verheimlichte seinen Eltern seine Unternehmungen wie alle Jungen; es gab schon so genug Verbote und Einschränkungen in jenen Tagen. Er spielte, er sei ein Forscher, der ganze Welten entdeckte, die jenen, die er zurückgelassen hatte, völlig unbekannt waren. Seine Phantasie kannte keine Grenzen, wenn er in der Höhle war; er konnte irgendwer oder irgend etwas sein. Oft ging er allein hinein, weil er die Freiheit genoß, wenn die anderen Jungen nicht dabeiwaren und seinen Rollenspielen Grenzen setzten. Allein schon ihre bloße Anwesenheit schränkte seinen Spielraum in einer Weise ein, die er nicht immer zu akzeptieren bereit war.

Es war genau ein Jahr nach seiner wundervollen Entdeckung, daß er allein in der Höhle war und sich verirrte. Er spielte wie immer, achtete nicht auf seinen Weg, und plötzlich wußte er nicht mehr, wo er war. Der Tunnel, dem er folgte, war ihm nicht vertraut; die Höhlen, auf die er stieß, sahen fremd aus; die Atmosphäre wurde plötzlich feindselig und kalt. Es kostete ihn geraume Zeit, bis er sich eingestand, daß er sich tatsächlich verirrt hatte und nicht einfach nur verwirrt war, und dann blieb er einfach stehen und wartete. Er hatte zunächst keine Ahnung, worauf er wartete, aber nach einiger Zeit wurde es klar. Er wartete darauf, verschlungen zu werden. Die Höhlen waren lebendig geworden, ein schlafendes Tier, das schließlich aufgewacht war, um dem Jungen ein Ende zu bereiten, der sich anmaßte, mit ihm herumzuspielen. Morgan sollte sich sein ganzes Leben lang daran erinnern, wie ihm in diesem Augenblick zumute war. Er würde sich an die Verzweiflung erinnern, als die Höhlen plötzlich von unbelebtem Fels zu einem lebenden, atmenden, sehenden Wesen wurden, das ihn rundum schlangenähnlich umfing und abwartete, wohin er zu flüchten versuchen würde. Morgan floh nicht. Er wappnete sich gegen die Bestie, gegen die Art und Weise, wie sie sich über ihn beugte. Er zog das Messer, das er bei sich trug, hielt es vor sich hin, entschlossen, seine Haut teuer zu verkaufen. Langsam und ohne daß es ihm bewußt wurde, wurde er wieder zu der Gestalt, die zu sein er vorher viele Stunden lang gespielt hatte. Er wurde jemand anderes. Irgendwie rettete ihn das. Das Tier wich zurück. Herausfordernd ging er weiter, und währenddessen schwand die Fremdheit langsam wieder. Er erkannte vertraute Ecken, hier eine Kristallisierung, dort eine Tunnelnische, hier etwas, dort noch etwas, und plötzlich wußte er wieder, wo er sich befand.

Als er aus der Höhle kam, war es Nacht geworden. Er war mehrere Stunden lang in der Höhle herumgeirrt – doch es kam ihm vor, als sei es nur ein Augenblick gewesen. Er ging nach Hause und dachte, daß die Höhlen viele verschiedene Verkleidungen annehmen konnten, aber daß man, wenn man genau genug hinschaute, immer das Gesicht, das sich dahinter verbarg, erkennen konnte.

Damals war er noch ein Junge gewesen. Jetzt war er ein erwachsener Mann, und der Glauben seiner Kindheit war ihm längst entglitten. Er hatte zu viel von der Wirklichkeit gesehen. Er kannte zu viele harte Wahrheiten.

Doch während er die Treppen hinaufstieg, die sich zwischen den Felswänden der Höhlen unter Eldwist nach oben schlängelten, war er erstaunt über die Ähnlichkeit zwischen dem, was er jetzt empfand und dem, was er damals empfunden hatte. Beide Male steckte er in einem steinernen Irrgarten, aus dem das Entkommen ungewiß war. Und dann das Gefühl, daß Leben – Uhl Belk – in dem Gestein wohnte und in der Stille pulsierte. Und das Gefühl, von einem Tier beobachtet zu werden, das erwacht war und abwartete, in welche Richtung er zu fliehen versuchen würde. Das Gewicht dieses Wesens erdrückte ihn, ein Ding von solchen Dimensionen, daß es nicht mit bekannten Maßstäben gemessen werden konnte. Eine Halbinsel, eine Stadt, und dahinter eine ganze Welt – das war Eldwist, und Eldwist war Uhl Belk. Morgan Leah suchte vergeblich nach der Verkleidung, die ihn als Junge an der Nase herumgeführt hatte, nach dem Gesicht, das er damals dahinter verborgen geglaubt hatte. Wenn er es nicht fand, fürchtete er, würde er nie wieder frei sein.

Schweigend stiegen sie die Treppe hinauf, die drei letzten, die von jenen aus Rampling Steep übrig waren, um dem Steinkönig die Stirn zu bieten. Morgan war es so kalt, daß er zitterte, und die Kälte, die er fühlte, war nicht nur die frostige Höhlenluft. Er konnte den Schweiß über seinen Rücken rinnen fühlen, und seine Gedanken rasten voraus. Was würde er tun, wenn die Treppe endete und sie sich in der Kuppel befanden? Sein Schwert ziehen? Das aus gewöhnlichem Metall, das wenigstens heil war? Jenes Ding, das fast unsterblich war, damit angreifen? Seinen zersplitterten Talisman ziehen, eine zerbrochene Klinge? Damit angreifen? Was nur? Was war es, was zu tun von ihm erwartet wurde?

Er beobachtete Quickening, die vor ihm herging, klein und zart vor Walker Bohs silbernem Lichtschein, ein zerbrechliches Etwas aus

Fleisch und Blut, das mit einem einzigen Streich von Uhl Belks steinernen Hand wieder in jene Elemente zerschmettert werden konnte, aus denen sie geschaffen worden war. Quickening fort – er versuchte es sich auszumalen. Ängste überfielen ihn erneut wie Pfeile, die ihn schmerzhaft durchbohrten. Warum tat sie das bloß? Warum versuchte sie es überhaupt?

Walker glitt auf den feuchten Steinen aus und stöhnte vor Schmerzen, als er sich das Knie anschlug. Sie warteten, bis er sich wieder aufgerichtet hatte, und Morgan erwartete, daß Uhl Belk sich rührte. Jäger und Gejagte – aber wer war was? Er wünschte, Steff stünde ihm zur Seite. Er sehnte sich nach Par Ohmsford oder Padishar Creel. Er wünschte irgendeinen von ihnen oder sie alle herbei. Aber das war sinnlos. Keiner von ihnen war hier, keiner würde kommen. Er war allein.

Mit dem Mädchen, das er liebte, und die nicht helfen konnte.

Und mit Walker Boh.

Ein Hoffnungsfunken flammte unerwartet in dem Hochländer auf. Walker Boh. Er starrte auf dessen verhüllte Gestalt, die sie anführte, einarmig und aus der Halle der Könige entkommen, aus der Asche von Hearthstone auferstanden. Eine Katze mit vielen Leben, dachte er. Der Dunkle Onkel von früher, vielleicht nicht mehr die unbesiegbare Gestalt der Legenden, aber ein Wunder trotzdem, fähig, den Druiden, den Geistern und den Schattenwesen die Stirn zu bieten und weiterzuleben. Nach Eldwist gekommen, um ein von Allanons Schatten vorausgesagtes Schicksal zu erfüllen oder zu sterben – das war es, was Walker Boh zu tun gewählt hatte. Walker, der bis jetzt alles überlebt hatte, ermahnte Morgan sich selbst, war nicht ein Mann, der so ohne weiteres getötet wurde.

Es war also vielleicht nicht vorgesehen, daß der Dunkle Onkel diesmal getötet würde. Und vielleicht – sehr vielleicht – färbte ein wenig von dieser Unsterblichkeit auch auf ihn ab.

Vorne wurde Walker langsamer. Er schnippte mit den Fingern, und das silbrige Licht erlosch. Schweigend standen sie im Dunkel und warteten, lauschten. Die Dunkelheit büßte an Undurchdringlichkeit ein, als ihre Augen sich gewöhnten, und ihre Umgebung nahm langsam Gestalt an – Stufen, Decke und Boden und dahinter eine Öffnung.

Sie hatten das Ende ihrer Kletterpartie erreicht.

Dennoch ließ Walker sie reglos warten, wo sie waren. Gerade als Morgan glaubte, er hielte es nicht länger aus, machten sie sich wieder auf, langsam und vorsichtig bewegten sie sich Schritt für Schritt schattengleich durch die Finsternis. Sie gelangten an einen Korridor und folgten ihm unsichtbar und leise, abgesehen von ihren Gedanken, die, so kam es Morgan vor, nackt und schreiend und von grellem Licht beschienen dahingen.

Am Ende des Korridors blieben sie wieder stehen, noch immer in seinem schützenden Schatten. Morgan trat einen Schritt vor und riskierte einen ängstlichen Blick.

Vor ihnen öffnete sich die Kuppel des Steinkönigs. Die Tribünen, die die Arena umgaben, erstreckten sich, von symmetrischen Treppen durchbrochen, als halb überschattetes, halb beleuchtetes Stilleben bis an die Decke, und die obersten Ränge waren nurmehr als vage Andeutungen vor dem gealterten Stein auszumachen. Unten war die Arena flach und glatt und ohne jegliche Bewegung. Die gigantische Gestalt von Uhl Belk hockte in ihrem Zentrum, abgewandt, so daß nur ein Teil seines groben Gesichts zu sehen war.

Morgan Leah hielt den Atem an. Die Stille der Kuppel schien Warnungen zu flüstern, die in seinem Schädel dröhnten.

Walker Boh trat zur Seite, bis er neben ihm war, und beugte sein blasses Gesicht an sein Ohr. »Geh du links herum. Ich gehe nach rechts. Halte dich bereit, wenn ich zuschlage. Ich werde versuchen, ihn dazu zu bringen, den Stein fallen zu lassen. Schnapp ihn dir und dann lauf los. Schau dich nicht um. Zögere nicht. Bleib unter gar keinen Umständen stehen.« Er packte ihn am Handgelenk und hielt ihn fest. »Sei flink, Hochländer. Sei schnell.«

Morgan nickte wortlos. Für einen Moment trafen Quickenings schwarze Augen die seinen. Er konnte nicht lesen, was er darin sah.

Und dann war Walker schon aus dem Korridor in die Arena geschlüpft und bewegte sich zu seiner Rechten vor den Tribünen durch das Dämmerlicht. Morgan folgte und wandte sich nach links. Er verdrängte seine Angst und überantwortete sich dem Befehl des Dunklen Onkels. Wie ein Geist schlich er über den Stein, schnell und sicher, und fand erstaunlicherweise Zuversicht in der einfachen Tatsache, daß er sich bewegte. Doch seine Furcht blieb, ein in die Enge getriebenes Tier unter seiner Haut. Schatten schienen ihn zu umkreisen, und die Stille der Kuppel zischte ihn in seinem Bewußtsein an wie eine stimmlose Schlange. Er fixierte seinen Blick auf die mächtige Gestalt in der Mitte der Arena und suchte nach den Anzeichen auch nur der winzigsten Bewegung. Nichts rührte sich. Uhl Belk war behauener Stein, still und unbeweglich. Schnell jetzt, dachte Morgan. Schnell wie das Licht. Er sah Walker auf der gegenüberliegenden Seite der Arena, eine schlanke, heimliche Gestalt, im Dämmerlicht fast nicht zu erkennen. Nur noch wenige Augenblicke, dachte er. Und dann...

Quickening.

Er merkte plötzlich, daß er in seinem Eifer, Walker zu gehorchen, das Mädchen vergessen hatte. Wo war sie? Er blieb abrupt stehen, schaute sich vergeblich nach ihr um, suchte die Tribünen, die Tunnel und die Schatten, die über allem lagen, ab. Er fühlte, wie sich in seiner Brust etwas verkrampfte. Quickening!

Dann entdeckte er sie – nicht sicher versteckt oder weit hinter ihm, nein, völlig offen trat sie aus dem Korridor in die Arena direkt vor die gigantische Gestalt von Uhl Belk. Ihm blieb der Atem im Hals stecken. Was machte sie denn?

Quickening!

Sein Schrei war lautlos, doch der Steinkönig schien ihn gehört zu haben. Er reagierte mit einem kaum hörbaren Grunzen, regte sich, richtete sich auf und begann, sich umzuwenden...

Gleißendes weißes Licht leuchtete grell auf, so blendend, daß auch Morgan sich abwenden mußte. Es war, als sei die Sonne durch die Wolkendecke gebrochen, durch den grauen Dunst, selbst durch den Stein, um die hier gefangene Luft in Brand zu stecken. Morgan sah Walker Boh, der seinen Arm unter dem schwarzen Umhang hervorstreckte, und die Magie, die aus seinen Fingerspitzen zischte. Uhl Belk heulte überrascht auf, sein massiger Leib bebte, und er hob die Arme, um seine Augen zu schützen, seine steinernen Gelenke knirschten unter der Anstrengung.

In dem Augenblick sprang Walker Boh wie ein Schatten ins Licht und stürzte auf den Steinkönig zu, der schwerfällig gegen die schmerzende Helligkeit mit den Augen funkelte. Wieder hob Walker den Arm. Ein ganzer Beutel von Coglines flüchtigem Pulver flog auf den Steinkönig und explodierte. Teile seines zerklüfteten Leibes zersplitterten zu Scherben. Der Arm, dessen Faust den schwarzen Elfenstein umklammerte, stand in Flammen.

Doch er hielt den Talisman fest.

Und plötzlich stellte Morgan Leah fest, daß er sich nicht mehr rühren konnte. Er war auf der Stelle erstarrt, wo er stand. Genau wie damals im Jut, als der Schleicher im Schutz der Dunkelheit die Höhe erreicht hatte und die Geächteten der Bewegung seinem Angriff entgegentraten, war er gelähmt. Alle seine Ängste und Zweifel, all seine Befürchtungen und sein Entsetzen überfielen ihn. Sie packten ihn mit ihren Klauen und bannten ihn so unerbittlich, als sei er in Ketten gelegt. Was sollte er tun? Wie konnte er eingreifen? Seine Magie war verloren, seine Schwertklinge zersplittert. Hilflos sah er zu, wie Uhl Belk sich umdrehte, um Walker Bohs Angriff abzuwehren und seine Magie wegzufegen. Der Dunkle Onkel griff erneut an, doch diesmal war der Steinkönig vorbereitet, der Überraschungseffekt fehlte, und der Steinkönig zuckte nicht einmal. Schon begann die Helligkeit von Walkers falscher Sonne zu verblassen, und das graue Licht der Kuppel kehrte zurück.

Walker Bohs Worte hallten bohrend in Morgans Ohren.

Sei flink Hochländer. Sei schnell.

Morgan kämpfte gegen seine Erstarrung an und riß das Breitschwert, daß er auf den Rücken geschnallt trug, aus der Scheide. Aber seine Finger weigerten sich, es festzuhalten, seine Hände wollten ihm nicht gehorchen. Das Breitschwert entglitt ihm und fiel mit hohlem Scheppern auf den Boden der Arena.

Der Atem des Steinkönigs zischte, als sich seine riesige Hand nach Walker Boh ausstreckte, um ihm das Leben herauszuquetschen. Der Dunkle Onkel war ihm zu nah gekommen; er hatte keine Chance zu entwischen. Und da war er plötzlich verschwunden, erschien zuerst doppelt wieder, dann vierfach und dann unzählige Male mehr – Jair Ohmsfords Lieblingstrick vor dreihundert Jahren. Der Steinkönig schnappte nach den Bildern, und die Bilder verflogen bei seiner Berührung. Der wahre Walker Boh sprang das Monster an, schleuderte ihm wieder Feuer ins Gesicht und sprang behende zurück.

Der Steinkönig brüllte wütend, packte sich ins Gesicht und schüttelte sich wie ein Tier, das lästige Fliegen loswerden will. Die ganze Arena erbebte. Risse bildeten Zickzacklinien im Boden, die Tribünen krachten und stürzten ein, Staub und Geröll regneten von der Decke. Morgan verlor den Halt und fiel heftig auf den harten Boden.

Der Schmerz löste die lähmenden Ketten.

Der Steinkönig hob seine Faust, und die Finger seiner Hand begannen sich zu öffnen. Das Unlicht des Elfensteins sickerte hindurch und saugte den Rest von Walker Bohs schwindender Magie auf. Der Dunkle Onkel schleuderte einen Feuerschein auf, um das Vordringen der Magie zu bremsen, doch das Unlicht hüllte ihn in eine Woge von Schwärze. Walker stolperte zurück in die Schatten, verfolgt von dem Unlicht, behindert von den Spalten und Rissen im Stein.

In wenigen Sekunden wäre er in der Falle.

Da fing Quickening Feuer.

Anders ließ es sich nicht beschreiben. Morgan sah es geschehen und traute seinen Augen nicht. Die Tochter des Königs vom Silberfluß stand inzwischen weniger als sieben Meter von Uhl Belk entfernt, exponiert und ungeschützt in seinem Schatten, und stieg wie ein Geist, wie ein Wesen aus Luft, in die Höhe, bis sie auf dem gleichen Niveau war wie der Kopf des Riesen, und ging in Flammen auf.

Das Feuer war golden und rein, sein Leuchten eine Hülle aus Licht, das von ihrem Körper und ihren Gliedern ausstrahlte und sie wie von der Mittagssonne beschienen aussehen ließ. Sie war in diesem Moment noch viel schöner, als Morgan sie je gesehen hatte, strahlend und makellos und unfaßbar bezaubernd. Ihr Silberhaar wehte und fächerte im Feuer, und ihre Augen glänzten schwarz vor dem Gold. Sie schwebte dort, wundersame, unerklärliche, lebendig gewordene Magie.

Sie versucht ihn abzulenken, stellte Morgan ungläubig fest. *Sie verrät sich selbst, gibt zu erkennen, wer sie ist, nur, um ihn von uns abzulenken!*

Der Steinkönig drehte sich zu dem unerwartet aufflammenden Licht. Sein ohnehin zerklüftetes Gesicht verzerrte sich, bis er wirklich nicht mehr zu erkennen war. Bei ihrem Anblick klappte sein Mund auf, und aus seiner Stimme klang tiefe Angst.

– Du –

Uhl Belk vergaß Walker Boh. Er vergaß die Magie des Dunklen Onkels. Er vergaß alles außer dem flammenden Mädchen. Mit grausigem Knirschen seiner Gelenke strampelte er, um sie zu erreichen, stemmte sich gegen den steinernen Boden, an dem er festgeschweißt war, griff vergeblich nach ihr und hob dann in seiner Verzweiflung die Hand mit dem schwarzen Elfenstein gegen sie. Seine Stimme wuchs von einem grausigen Stöhnen zu wildem Gebrüll. Die Erde erbebte unter der Wucht seiner Not.

Da endlich handelte Morgan, verzweifelt, ja, ohne jede Hoffnung. Er sprang auf die Füße, und den Blick starr auf Quickening und das Monster, das sie zu zerstören suchte, gerichtet, griff er an. Er ging ohne Gedanken, ohne Vernunft, getrieben von der Notwendigkeit und gepanzert mit einer Entschlossenheit, die er sich niemals zugetraut hätte. Er stürmte in den Tumult aus Staub und Geröll, sprang über Spalten und Löcher, als würde er von den Herbststürmen seiner Heimat getragen. Seine Hand griff an die Taille und zog die zersplitterte Klinge seiner Vorfahren, das zerbrochene Schwert von Leah.

Es war ihm nicht bewußt, doch das Schwert leuchtete weiß mit Magie.

Er stieß den Kampfschrei seiner Heimat aus: »Leah! Leah!«

Er erreichte den Steinkönig in dem Moment, als dieser seine Anwesenheit bemerkte und seine harten, leeren Augen zu ihm wandte. Er sprang mit einem Satz auf das gigantische Knie und rammte die zersplitterte Klinge des Schwertes von Leah tief in den steinernen Arm, der den schwarzen Elfenstein hielt.

Uhl Belk schrie auf, nicht vor Überraschung oder Wut diesmal, sondern vor entsetzlichen Schmerzen. Weißes Feuer zischte aus der zerstörten Klinge in den Körper des Steinkönigs, Flammenbündel, die tief eindrangen und brannten. Morgan stach wieder zu und wieder. Die steinernen Hände zitterten, und das getroffene Monster erschauderte.

Der schwarze Elfenstein entglitt seinen Fingern.

Augenblicklich riß Morgan sein Schwert aus dem Stein und kletterte nach unten, um ihn aufzuheben. Doch der verwundete Arm des Steinkönigs versperrte ihm den Weg, schwenkte herum und traf ihn wie ein Hammer. Morgan duckte sich, um dem Schlag auszuweichen, doch er traf ihn dennoch. Mit Armen und Beinen strampelnd wurde er rücklings fortgeschleudert. Mit Mühe gelang es ihm, seine Waffe festzuhalten. Er erhaschte einen Blick auf Quickening, ein seltsam klares Bild. Ihr Gesicht strahlte, obgleich das Feuer ihrer Magie verblaßt war. Er sah eine dunkle Bewegung, als Walker Boh aus den Schatten neben ihr auftauchte. Dann traf er gegen die Mauer. Die Wucht des Aufpralls preßte ihm die Luft aus den Lungen und erschütterte seine Gelenke, so daß er dachte, er hätte sich sämtliche Knochen gebrochen. Dennoch weigerte er sich, sich geschlagen zu geben. Er rappelte sich wieder auf, benommen und angeschlagen, aber entschlossen, nicht aufzugeben.

Aber es gab nichts mehr zu tun. Der Kampf war zu Ende. Walker Boh hatte den Elfenstein in seinem Besitz. Er stand vor dem Steinkönig und hob drohend die Hand, die den Druidentalisman fest umklammerte. Quickening stand neben ihm, wieder sie selbst, die Magie, die sie angerufen hatte, war wieder verklungen. Als Morgan langsam wieder klar sah und sein Gleichgewicht wiederfand, hatte er noch immer das Bild von ihr, wie sie lichterloh zu brennen schien, im Sinn. Entgegen ihrem Schwur hatte sie die Magie benutzt, hatte sich Uhl Belk zu erkennen gegeben und alles riskiert, um ihnen das Leben zu retten.

Fragen wisperten in ihm, heimtückische Schurken.

Hatte sie gewußt, daß er kommen würde, um sie zu retten?

Hatte sie gewußt, was sein Schwert tun würde?

Im Inneren der Kuppel machte sich mit dem Verklingen der Magie die Dämmerung wieder breit und hüllte Uhl Belks gigantische Gestalt in Schatten. Der Steinkönig saß zusammengesunken in einer wirbelnden Staubwolke, als sei er von der Hitze seiner Anstrengung, sich zu verteidigen, geschmolzen, noch immer untrennbar mit dem Stein von Eldwist verwachsen, was ihm seine Niederlage beschert hatte. Trotz aller seiner Versuche, sich zu befreien, hatte er nicht aufstehen und loskommen können. Indem er sich als wesentliche Substanz mit seinem Königreich verschmolzen hatte, hatte er sich weitgehend unbeweglich gemacht. Sein Gesicht war zur Unkenntlichkeit verzerrt, und in seiner Stimme klangen Grauen und Wahnsinn, als er sprach.

– Gebt mir den Elfenstein zurück –

Die drei aus Rampling Steep starrten zu ihm hinauf, und keiner schien die Worte zu finden, um zu sprechen.

»Nein, Uhl Belk«, sagte Walker Boh schließlich. Die Anstrengung des Kampfes ließ sich in seiner Stimme noch hören. »Der Elfenstein hat dir nie zugestanden. Du wirst ihn nicht zurückbekommen.«

– Dann werde ich ihn euch wegnehmen –

»Du kannst dich von dort, wo du bist, nicht fortbewegen. Du hast diesen Kampf verloren, und damit den Elfenstein. Denke nicht daran, zu versuchen, ihn zurückzustehlen.«

– Er gehört mir –

Der Dunkle Onkel gab nicht nach. »Er gehört den Druiden.«

Eine Staubwolke sprühte aus dem verwüsteten Gesicht, als die Kreatur einen zischenden Seufzer der Verzweiflung ausstieß.

– Es gibt keine Druiden –

Die Drohung verklang mit knirschendem Echo. Walker Boh antwortete nicht. Sein Gesicht war von Gefühlen gezeichnet, die ihn von innen her zu zerreißen schienen. Der Steinkönig hob mit dramatischer Geste seinen Arm.

– Gib mir den schwarzen Elfenstein zurück, Sterblicher, oder ich befehle Eldwist, dir dein Leben auszuquetschen; gib den Talisman augenblicklich her, oder du wirst vernichtet –

»Wenn du mich oder meine Gefährten angreifst«, sagte Walker Boh, »dann werde ich die Magie des Elfensteins gegen diese Stadt wenden! Ich werde so viel Kraft anrufen, um die steinerne Hülle, die sie erhält, zu zerschmettern und sie und dich in Staub zu verwandeln! Unterlaß deine Drohungen, Uhl Belk! Du hast die Macht nicht länger!«

Dann folgte tiefe Stille. Der Steinkönig ballte seine Hand zur Faust, und es knirschte.

– Du kannst mir keine Befehle erteilen, Sterblicher, niemand kann das –

Walker antwortete sofort. »Laß uns gehen, Uhl Belk. Den schwarzen Elfenstein hast du verloren.«

Die Statue reckte sich stöhnend auf, und seine Stimme war erstickt vom Weinen.

– Er wird mich angreifen; der Malmschlund wird kommen; mein Sohn, das Monster, das ich erschaffen habe, wird kommen, und ich werde gezwungen sein, ihn zu vernichten; nur der schwarze Elfenstein hielt ihn in Schach; er wird mich alt und müde und zu schwach glauben, um mich gegen seine Gier zu verteidigen; er wird kommen und versuchen, mich zu verschlingen –

Seine harten, leblosen Augen waren auf Quickening gerichtet.

– Kind des Königs vom Silberfluß, Tochter dessen, der einst mein Bruder war, bedenke, was du tust; du drohst, mich für immer zu schwächen, wenn du mir den Stein nimmst; das Leben des Malmschlunds liegt mir nicht weniger am Herzen als deines deinem Vater; ohne ihn kann sich mein Land nicht ausweiten, kann meine Aufgabe nicht erfüllt werden; wer bist du, daß du so eilig nimmst, was mein ist; bist du wirklich blind für all das, was ich geschaffen habe; in dem Stein meines Landes ist eine unwandelbare Schönheit, die die Gärten deines

Vaters nie erreichen werden; Welten mögen kommen und gehen, doch Eldwist wird bestehen; es wäre besser, wenn alle Welten so wären; dein Vater glaubt sich im Recht, wenn er tut, was er tut, doch seine Sicht der Dinge ist nicht klarer als die meine; es ist mir nicht gegeben, die Dinge anders zu sehen, als das Wort mir aufgetragen hat –

»Du zerstörst, was du berührst, Uhl Belk«, flüsterte das Mädchen.

– Und du nicht; dein Vater nicht; alle jene, die nach der Natur leben, nicht; kannst du behaupten, es sei anders –

Quickenings zarte Gestalt trat einen Schritt näher auf den Riesen zu, und das Licht, das zuvor von ihr ausgestrahlt war, flammte wieder auf.

»Es ist etwas anderes, das Leben zu hegen und zu pflegen oder es umzuwandeln«, sagte sie. »Deine Aufgabe war es, zu hegen, als man dir den Auftrag erteilte. Du hast vergessen, wie man das macht.«

Die Hand des Steinkönigs wedelte die Lichtpartikel ab, die aus ihrem Körper strahlten, ein unbewußter Versuch, sich dagegen abzuschirmen. Doch dann zog er seine Hand heftig zurück und schnappte unter Qualen nach Luft.

– Nein –

Es klang wie ein Angstschrei. Er reckte sich auf, gefangen in einem unsichtbaren Netz, das ihn umfing und festhielt.

– Oh, Kind; ich sehe dich jetzt; ich glaubte, mit dem Malmschlund ein unglaubliches Monster geschaffen zu haben; aber dein Vater hat mit dir Schlimmeres vollbracht –

Seine Stimme klang rauh, erstickt, als könne er die Worte nicht hervorbringen.

– Kind des Wandels und der Evolution, du bist die unaufhaltsame, quecksilbrige Bewegung des Wassers selbst; ich sehe, wozu du in Wahrheit ausgesandt worden bist; ich bin schon zu lange versteinert, so daß es mir entgangen ist; ich hätte es merken müssen, als du das erste Mal herkamst, daß du der Wahnsinn bist; ich bin in der Beständigkeit, die ich suchte, gefangen und war so blind wie jene, die mir dienen; das Ende meines Lebens steht in meiner eigenen Handschrift vor mir geschrieben –

»Uhl Belk.« Quickening flüsterte seinen Namen wie ein Gebet.

– Wie kannst du geben, was von dir gefordert wird, nachdem du von so vielem gekostet hast –

Morgan verstand nicht, was der Steinkönig meinte. Er schaute zu Quickening und fuhr überrascht zusammen. Ihr Gesicht war schuldbewußt verzerrt, ein Spiegel der verborgenen Geheimnisse, die er immer vermutet, aber nie hatte glauben wollen.

Die Stimme des Steinkönigs war ein leises Zischen.

– Verlasse mich, Kind; geh in die Welt zurück und tue, was getan werden muß, um unser aller Schicksal zu besiegeln; dein Sieg über mich muß dir hohl und bitter erscheinen, wenn der Preis, den du dafür zahlen mußt, so teuer ist –

Auch Walker Boh hatte die Augen weit aufgerissen und die Stirn gerunzelt. Auch er schien nicht zu verstehen, was Uhl Belk damit meinte. Morgan setzte an, um Quickening zu fragen, was eigentlich vor sich ginge, doch dann zögerte er unsicher.

Plötzlich riß Uhl Belk mit scharfem Krachen den Kopf hoch.

– Horch –

Die Erde begann zu zittern, ein leises Donnern, das aus der Tiefe drang und langsam immer lauter wurde. Morgan Leah hatte das Geräusch schon gehört.

– Er kommt –

Der Malmschlund.

Walker begann zurückzuweichen und brüllte Quickening und Morgan zu, sie sollten ihm folgen. Er schrie zu dem Steinkönig: »Laß uns hinaus, Uhl Belk, wenn du dich selber retten willst! Tu es jetzt! Schnell!«

Walker hob den Arm und drohte mit der Faust, die den schwarzen Elfenstein hielt. Uhl Belk schien es kaum wahrzunehmen. Sein Gesicht war noch eingefallener, noch mitgenommener denn je, eine Parodie menschlicher Züge, das Gesicht eines Monsters, das über alle Maßen häßlich geworden war. Die Stimme des Riesen zischte wie die einer Schlange durch das Getöse des herannahenden Malmschlunds.

– Flieht, ihr Dummköpfe –

Kein Zorn klang in seiner Stimme mit – nur Enttäuschung und Leere. Und noch etwas, dachte Morgan Leah verwundert. Hoffnung klang darin, ein Fünkchen Hoffnung, ein Verstehen jenseits des Verständnisses des Hochländers, die Aussicht auf eine Möglichkeit, die alles andere überstieg.

Ein Segment der massiven Kuppelwand spaltete sich knirschend und krachend direkt hinter ihnen, und graues Tageslicht drang herein.

– Flieht –

Morgan Leah stürmte augenblicklich auf die Öffnung zu, gejagt von Dämonen, die er lieber nicht sehen wollte. Er fühlte mehr als er sah, daß der Steinkönig ihm nachschaute. Quickening und Walker kamen hinterdrein. Sie erreichten die Öffnung und stürmten hinaus in den grauen Tag auf der Flucht vor der rasenden Wut des herannahenden Malmschlunds.

Es war, als sei der Malmschlund wahnsinnig geworden.

Zweimal zuvor hatten die drei Fliehenden die Ankunft des Monsters gesehen, einmal war es aufgetaucht, als sie vom Berg aus auf die Stadt geschaut hatten, und einmal, als Uhl Belk es herbeigerufen hatte. Und es war kein Tag vergangen, seit sie in Eldwist waren, daß sie nicht das Rumpeln des Geschöpfs in den Tunneln unter der Stadt gehört hätten, wenn es bei Einbruch der Nacht erwachte und in der Dunkelheit auf Jagd ging. Und jedesmal war seinem Herannahen das unverwechselbare, dumpfe Dröhnen vorausgegangen. Jedesmal hatte die Stadt gebebt.

Aber so wie jetzt war es noch nie gewesen.

Die Stadt Eldwist war wie ein Tier, das sich aus einem bösen Traum wachschüttelt. Türme und Gebäude schwankten und zitterten, und lockere Steine und Splitter prasselten in dichten Staubwolken zu Boden. Die Straßen drohten sich aufzuwölben, der Stein bekam Risse und Spalten, Falltüren brachen ein, als ihre Riegel sich lösten, Verankerungen und Stützen zerbarsten. Ganze Treppenfluchten, die in die Tunnel hinunterführten, stürzten ein und verschwanden unter den Trümmern, und Brückenstege zwischen Häusern krachten herunter. Vor grauem Dunst und Wolken schimmerte Eldwist wie eine vergehende Fata Morgana.

Walker Boh raste aus der Kuppel des Steinkönigs und erreichte kaum den nächstgelegenen Gehsteig, als er von der Erschütterung umgeworfen wurde. Er drückte den Arm gegen die Brust, um den schwarzen Elfenstein nicht zu verlieren, und fing den Sturz mit der Schulter auf, einen heftigen Schlag, und er rutschte weiter und krachte mit solcher Wucht gegen die Mauer eines Hauses, daß ihm die Luft wegblieb. Einen Augenblick war er wie betäubt, Sterne tanzten vor seinen Augen. Als er wieder klar sehen konnte, entdeckte er Quickening und Morgan auf dem Boden liegen. Auch sie hatte es von den Füßen gerissen.

Mühsam rappelte er sich wieder auf und brüllte ihnen zu, sie sollten ihm folgen. Während er wartete, daß sie wieder aufstanden, jagten ihm die Gedanken durch den Sinn. Er hatte Uhl Belk mit dem schwarzen Elfenstein gedroht und gesagt, er würde seine Magie gegen die Stadt einsetzen, wenn sie nicht freigelassen würden. Das war eine leere Drohung. Er konnte den Elfenstein so nicht einsetzen, ohne sich selbst zu zerstören. Sie hatten Glück, daß Uhl Belk nicht wußte, wie die Druidenmagie funktionierte. Aber auch so waren sie noch nicht frei. Was sollten sie tun, wenn der Malmschlund hinter ihnen herkam? Und es stand zu erwarten, daß er das tun würde. Die Magie des schwarzen Elfensteins hatte ein Band zwischen Vater und Sohn, Geisterlord und Monster geschaffen, und Walker Boh hatte dieses Band zerrissen. Der Malmschlund spürte es schon; er war daraufhin erwacht. Sobald er entdeckte, daß der Elfenstein verschwunden war, daß der Steinkönig ihn nicht mehr in seinem Besitz hatte, was würde das Biest dann hindern, die Verfolgung aufzunehmen?

Walker Boh zog eine Grimasse. Es stand völlig außer Frage, wie diese Jagd enden würde. Er konnte den schwarzen Elfenstein ebensowenig gegen den Malmschlund benutzen.

Ein Steinblock, groß genug, um ihn unter sich zu begraben, krachte wenige Meter vor ihm auf die Straße und schleuderte den Dunklen Onkel ein zweites Mal zu Boden, Quickening hetzte vorbei, ihr schönes Gesicht seltsam verzerrt, und raste weiter. Morgan tauchte auf, bückte sich, als er neben Walker war, und half ihm wieder auf die Beine. Zusammen rannten sie weiter, schlugen Bögen um die wachsenden Schutthaufen, übersprangen Spalten und Risse.

»Wo sollen wir hin?« rief der Hochländer und zog den Kopf ein.

Walker machte eine unbestimmte Geste. »Raus aus der Stadt, runter von der Halbinsel, zurück auf den Berg!«

»Und Horner Dees?«

Walker hatte den Fährtensucher völlig vergessen. Er schüttelte den Kopf. »Wenn wir ihn finden, nehmen wir ihn mit! Aber wir können nicht nach ihm suchen! Wir haben keine Zeit!« Er verstaute den Elfenstein in der Tasche seines Kittels und packte im Laufen Morgans Arm. »Hochländer, bleib bei Quickening. Die Sache ist noch nicht ausgestanden! Sie schwebt in Gefahr!«

Morgans Augen leuchteten weiß aus seinem dreckverschmierten Gesicht. »Welche Gefahr, Walker? Weißt du etwas? Was meinte Uhl Belk vorhin, als er ihren Sieg als hohl bezeichnete, und mit dem Preis, den sie zu zahlen hätte? Was meinte er?«

Walker schüttelte wortlos den Kopf. Er wußte es nicht – aber er hatte gleichzeitig das Gefühl, er müßte es wissen, er übersehe etwas Offensichtliches, vergesse etwas Wichtiges. Vor ihnen schnappte ein Falltürriegel, und ein gähnendes Loch öffnete sich im Pflaster. Er riß den Hochländer gerade noch rechtzeitig zurück und schleuderte ihn auf den Gehsteig. Das Gebrüll des Malmschlunds war etwas leiser geworden, als sie sich weiter von der Kuppelfestung des Steinkönigs entfernten.

»Lauf hinter ihr her, Hochländer!« rief Walker und stieß ihn vorwärts. »Und halte nach Dees Ausschau! Wir treffen uns in dem Haus, wo wir uns vor dem Kratzer versteckt haben!« Er warf einen kurzen Blick über die Schulter zurück, dann rief er: »Sei vorsichtig! Paß auf dich auf!«

Aber Morgan war schon davongerannt.

Pe Ell und Horner Dees hatten soeben das Haus erreicht, zu dem die anderen jetzt flüchteten, als das Erdbeben begann. Nachdem sie den Kampf mit dem Kratzer hinter sich hatten, waren sie auf der Suche nach den anderen Mitgliedern der Gruppe aus Rampling Steep hierhergekommen, jeder aus seinen persönlichen Gründen, die keiner der beiden mit dem anderen teilte. Der Waffenstillstand zwischen ihnen war mit der Zerstörung des Kratzers beendet, und sie beobachteten einander jetzt wachsam und mißtrauisch.

Erstaunt schnellten sie herum, als das Getöse begann, dröhnender und deutlicher als je zuvor. Die ganze Stadt bebte.

»Irgend etwas ist geschehen«, schnaufte Horner Dees. »Irgend etwas Gewaltiges.«

»Er ist wieder aufgewacht«, rief Pe Ell voller Abscheu. Als sie den Malmschlund verlassen hatten, war er in die Erde zurückgeschlüpft und still geworden.

Die Straße, auf die sie schauten, bebte unter der Wucht der Kreatur.

Pe Ell zeigte auf das Haus. »Schau oben nach, ob jemand da ist.«

Dees ging, ohne zu widersprechen. Pe Ell stand wie angewurzelt da, während die Stadt in den Grundfesten erschüttert wurde. Er war streng und hart mit sich selbst, der Kampf mit dem Kratzer steckte ihm noch in den Knochen und pulsierte in ihm wie sein eigenes Blut. Die Dinge kamen langsam in Ordnung; er fühlte, wie die Ereignisse sich zusammenfügten, wie die Schicksalsfäden der fünf aus Rampling Steep sich verflochten. Bald war alles überstanden. Bald war es vorbei.

Horner Dees tauchte im Hauseingang auf. »Keiner da.«

»Dann warte hier, bis sie kommen«, knurrte Pe Ell und eilte davon. »Ich werde im Stadtzentrum nachschauen.«

»Pe Ell!«

Das scharfgeschnittene Gesicht wandte sich um. »Keine Sorge, Alter. Ich komme wieder.« *Vielleicht*, fügte er im stillen hinzu.

Er eilte davon und ließ den alternden Fährtensucher umsonst hinter ihm herrufen. Genug von Horner Dees, dachte er verbittert. Es fraß noch immer an ihm, daß er den Alten vor dem Kratzer gerettet hatte, daß er instinktiv gehandelt hatte, statt nachzudenken, daß er sein Leben riskiert hatte, um einem Mann das Leben zu retten, den er ohnehin fest entschlossen war zu ermorden.

Andererseits war er dabei, seine Pläne für Dees und die anderen Idioten, die mit Quickening gekommen waren, zu verändern. Er konnte fühlen, wie diese Pläne sich jetzt in erfreulicher Weise entwickelten. Es war alles so viel klarer, wenn er sich regte. Es war gut und schön, ein Ereignis zu planen, doch Umstände und Notwendigkeiten veränderten sich, die Ereignisse nahmen nicht immer den erwarteten Lauf und kamen nicht immer in der vorhergesehenen Weise zustande. Pe Ell revidierte seine frühere Überzeugung, daß das Umbringen seiner Gefährten unumgänglich sei. Quickening mußte natürlich sterben. Er hatte Felsen-Dall versprochen, daß er sie töten würde. Quickenings Los war unabänderlich. Aber wozu sich die Mühe machen, die anderen zu töten? Wozu die Anstrengung, es sei denn, sie kamen ihm bei seinen Plänen mit dem Mädchen in die Quere? Falls es ihm irgendwie gelang, in den Besitz des schwarzen Elfensteins zu gelangen, konnten sie ihm keinerlei Schaden zufügen. Und selbst wenn er gezwungen wäre, jenen Teil seines Plans aufzugeben – und jetzt sah es so aus, als müsse er das –, dann stellten weder der alte Fährtensucher oder der Einarmige, noch der Hochländer und der Sänger eine Bedrohung für ihn dar. Selbst wenn sie Eldwist verließen und ihn verfolgten, hatte er wenig zu fürchten. Wie sollten sie ihn finden? Und was konnten sie tun, wenn sie ihn fanden?

Nein, er brauchte sie nicht umzubringen – aber er würde es tun, fügte er im stillen hinzu, falls sich eine passende Gelegenheit bot.

Die Erde bebte noch immer, ein dumpfes, tiefes Grollen, der Protest über das Kommen des Monsterwurms. Pe Ell rannte durch die leeren, schuttübersäten Straßen, hierhin und dorthin, an den Häusern entlang, deren Mauern von gefährlichen Rissen und Spalten durchzogen waren. Seine scharfen Augen suchten die Schatten nach einer Bewegung ab, nach jenen, die mit hierhergekommen waren, oder vielleicht auch nach einem Zeichen des versteckten Steinkönigs. Pe Ell hatte den schwarzen Elfenstein noch nicht ganz aufgegeben. Es bestand noch immer eine Chance, sagte er sich. Alles floß zusammen wie in einem Strudel. Er fühlte es…

Aus dem Dunst vor ihm kam Quickening mit fliegendem Silberhaar gerannt, ihr gertenschlanker Leib wie ein quecksilbriger Schatten. Pe Ell machte einen Satz und bekam sie mit einem Arm an der Taille zu fassen, ehe sie begriff, wie ihr geschah. Überrascht schnappte sie nach Luft, wurde steif und klammerte sich dann an ihn.

»Pe Ell«, hauchte sie.

Etwas an der Art, wie sie seinen Namen aussprach, überraschte ihn. Ein gewisses Maß von Angst, vermischt mit Erleichterung, eine seltsame Kombination von Entsetzen und Befriedigung. Instinktiv packte er sie fester, doch sie versuchte nicht, sich zu befreien.

»Wo sind die anderen?« fragte er.

»Sie kommen nach, sind Uhl Belk und dem Malmschlund entkommen.« Ihre schwarzen Augen fixierten ihn. »Es ist Zeit, Eldwist zu verlassen, Pe Ell. Wir haben den Steinkönig gefunden und ihm den schwarzen Elfenstein abgenommen – Morgan, Walker Boh und ich.«

Pe Ell hatte Mühe, ruhig zu bleiben. »Dann sind wir tatsächlich hier fertig.« Er schaute an ihr vorbei in den Dunst. »Wer hat den Elfenstein jetzt?«

»Walker Boh«, beichtete sie ihm.

Pe Ell biß die Zähne zusammen. Ausgerechnet Walker Boh. Natürlich. Er mußte es sein. Wieviel einfacher wäre es, wenn das Mädchen den Stein hätte. Dann könnte er sie jetzt umbringen, den Stein nehmen und verschwinden, ehe irgendwer wußte, was geschehen war. Der Einarmige schien ihm an jeder Ecke im Weg zu stehen, eine schattenhafte

Präsenz, der er irgendwie nicht entkommen konnte. Was brauchte es, um ihn loszuwerden?

Er wußte natürlich, was es brauchte. Seine ursprünglichen Pläne rückten wieder in den Vordergrund.

»Quickening!« rief eine Stimme.

Es war der Hochländer. Pe Ell zögerte kurz und traf dann eine Entscheidung. Er preßte Quickening die Hand auf den Mund und zerrte sie in den Schatten. Zu seiner Überraschung sträubte sich das Mädchen nicht. Sie war leicht und nachgiebig und fast schwerelos in seinem Arm. Es war das erste Mal, daß er sie berührte, seit er sie aus den Meadegärten getragen hatte. Die Gefühle, die sie in ihm weckte, waren beunruhigend sanft und wohltuend, und er unterdrückte sie unwillig. Das kommt später, sagte er sich, wenn ich den Stiehl benutze...

Morgan Leah kam in Sicht, trabte den Gehsteig entlang und rief nach dem Mädchen. Pe Ell hielt Quickening fest und sah zu, wie der Hochländer vorbeirannte. Im nächsten Moment war er verschwunden.

Pe Ell nahm die Hand von ihrem Mund, und sie drehte sich um und schaute ihn an. In ihren Augen standen weder Überraschung noch Furcht; nur Resignation. »Unsere Zeit ist fast gekommen, Pe Ell«, flüsterte sie.

Ein Funken Zweifel nagte an seiner Zuversicht. Sie schaute ihn in ihrer seltsamen Art an, als wäre er für sie transparent, als wisse sie alles über ihn. Aber wenn sie alles wüßte, stünde sie nicht so ruhig hier. Sie würde zu fliehen versuchen, hinter dem Hochländer herrufen oder sonst irgend etwas tun, um sich in Sicherheit zu bringen.

Das Getöse unter der Stadt schwoll an und wurde dann wieder ein wenig schwächer, eine Warnung vor der langsamen, unausweichlichen Lawine, die auf sie zurollte.

»Zeit für was?« brachte Pe Ell zögernd heraus, unfähig, sich von ihrem Blick abzuwenden.

Sie gab keine Antwort. Statt dessen schaute sie an ihm vorbei, ihre schwarzen Augen suchten etwas. Er drehte sich um und folgte ihrem Blick. Walker Bohs dunkle Gestalt löste sich aus dem staubig düsteren, grauen Dunst.

Im Gegensatz zu dem Hochländer hatte er sie gesehen.

Pe Ell riß das Mädchen vor sich, zog den Stiehl, dessen Klinge magisch strahlte, aus dem Versteck. Der einarmige Mann wurde sichtbar langsamer, doch dann näherte er sich wieder.

»Bleib mir vom Leib, Walker Boh«, drohte er. Walker blieb stehen. »Wir kennen einander gut genug, um zu wissen, wozu wir fähig sind. Unnötig, es zu testen. Es ist besser, wir trennen uns jetzt und gehen jeder unserer Wege. Aber gib mir erst den Stein.«

Der große Mann stand reglos da, scheinbar leblos, die Augen starr auf den Mörder und seine Geisel gerichtet. Er schien etwas abzuwägen.

Pe Ell lächelte zynisch. »Sei nicht so töricht zu glauben, du könntest schneller sein als ich.«

»Möglicherweise sind wir beide nicht schnell genug, um diesen Tag zu überleben. Der Malmschlund kommt.«

»Wenn er kommt, bin ich längst weg. Gib mir den schwarzen Elfenstein.«

»Wenn ich das tue, ist dir das dann genug?« fragte der andere ruhig. Er schaute Pe Ell fest in die Augen, als versuche er, darin zu lesen.

Wie das Mädchen, dachte Pe Ell. Zwei von der gleichen Sorte. »Gib ihn her«, kommandierte er, ohne auf die Frage einzugehen.

»Gib Quickening frei.«

Pe Ell schüttelte den Kopf. »Wenn ich in Sicherheit bin. Dann verspreche ich, sie freizulassen.« *Frei für immer.*

Sie starrten einander eine Weile hart und unerbittlich an, ungesagte Versprechen und finstere Visionen grausiger Möglichkeiten standen darin. Dann langte Walker Boh in seine Tasche und holte den Stein hervor. Er hielt ihn auf der Handfläche vor sich, dunkel und glänzend. Ein Anflug von Lächeln spielte um Pe Ells Mundwinkel. Der Elfenstein war schwarz wie die Nacht, undurchsichtig und ohne Tiefe und absolut makellos. Er hatte dergleichen noch nie gesehen. Fast spürte er, wie die Magie darin pulsierte.

»Gib ihn her«, wiederholte er.

Walker Boh faßte sich an den Gürtel und holte einen Lederbeutel hervor, der mit leuchtendblauen Runen markiert war. Behutsam manövrierte er mit seiner einzigen Hand den Stein in den Beutel und zog die Verschlußschnüre stramm. Dann schaute er Pe Ell an. »Du darfst den schwarzen Elfenstein nicht benutzen, Pe Ell«, sagte er. »Wenn du es versuchst, wird seine Magie dich zerstören.«

»Das Leben ist voller Gefahren«, erwiderte Pe Ell. Staub wirbelte durch die Luft um sie herum, getragen von einer leichten Meeresbrise. Der Stein der Stadt schimmerte, erschüttert von fernem Rumpeln und eingehüllt in Nebel und Wolken. »Wirf ihn her«, befahl er. »Vorsichtig.«

Mit dem Arm, dessen Hand den Stiehl umklammerte, hielt er Quikkening fest. Das Mädchen rührte sich nicht. Sie wartete untätig, den schlanken Leib gegen ihn gepreßt und so passiv, als schlafe sie. Walker hatte den Beutel mit dem schwarzen Elfenstein in der Hand und warf ihn Pe Ell gut gezielt zu. Pe Ell fing ihn auf, schob ihn sich in den Gürtel und sicherte ihn mit den Schnüren an seiner Gürtelschnalle.

»Die Magie steht jenen zu, die keine Angst haben, sie zu benutzen«, erklärte er lächelnd und wich dabei vorsichtig zurück. »Und jenen, die sie in ihrem Besitz zu halten verstehen.«

Walker Boh stand reglos wie ein Fels auf der bebenden Erde inmitten der wirbelnden Staubwolken. »Hüte dich, Pe Ell. Du riskierst alles.«

»Folge mir nicht, Walker Boh«, warnte Pe Ell düster. »Es ist besser für dich, wenn du hier bleibst und dich mit dem Malmschlund abgibst.«

Pe Ell hielt Quickening fest im Arm und entfernte sich über den Gehsteig, bis der andere durch Dunst und Nebel nicht mehr zu erkennen war.

Walker Boh blieb unbewegt stehen und starrte hinter Pe Ell und Quikkening her. Er fragte sich, warum er den schwarzen Elfenstein so ohne weiteres hergegeben hatte. Er hatte beschlossen, es nicht zu tun und sich darauf vorbereitet, Pe Ell anzugreifen, dem Mädchen zu Hilfe zu kommen – bis er ihr in die Augen schaute und dort etwas sah, das ihn zurückhielt. Auch jetzt war er nicht sicher, was er dort eigentlich gesehen hatte. Entschlossenheit, Resignation, eine persönliche Einsicht, die seine eigene überstieg – etwas. Was immer es war, es hatte ihn so erfolgreich umgestimmt, als habe sie Magie benutzt.

Er senkte den Kopf, und seine dunklen Augen verengten sich.

Hatte sie, fragte er sich, ihre Magie benutzt?

Er stand gedankenverloren da. Regentropfen befeuchteten sein Gesicht. Es hatte wieder zu nieseln begonnen. Er schaute auf, als er sich erinnerte, wo er war, und was er zu tun hatte, und er hörte wieder das Gedonner des Malmschlunds unter der Stadt, fühlte die Erschütterung seines Herannahens.

Coglines Stimme war ein Wispern in seinen Ohren. Sie ermahnte ihn freundlich, zu erkennen, wer er war. Bisher hatte er es immer in Frage gestellt. Jetzt glaubte er es zu wissen.

Er rief seine Magie an, fühlte, wie sie mühelos in ihm aufstieg, erstarkt seit dem Kampf mit dem Steinkönig, als habe ihn diese Konfrontation von Zwängen befreit, mit denen er sich selbst eingeschränkt hatte. Sie sammelte sich im Zentrum seines Seins, wirbelte wie ein gewaltiger Wind. Die Runen auf dem Beutel, in dem der schwarze Elfenstein steckte, würde ihn leiten. Mit einer kaum wahrnehmbaren Bewegung seines Kopfes ließ er sie losfliegen, um Pe Ell zu suchen.

Dann folgte er.

Pe Ell rannte. Er zerrte Quickening hinter sich her. Sie folgte, ohne Widerstand zu leisten, lief gehorsam, um mit ihm Schritt zu halten, sagte nichts, fragte nichts, den Blick ruhig in die Ferne gerichtet. Er schaute sie einmal kurz an und drehte sich dann schnell wieder um. Was er in jenen dunklen Augen sah, irritierte ihn. Sie sah etwas, das er nicht sehen konnte, etwas Altes, Unwandelbares, einen Teil ihrer Vergangenheit oder ihrer Zukunft – er war nicht sicher, was von beidem. Sie war ihm noch immer ein Rätsel, das eine Geheimnis, das er nicht hatte lüften können. Aber das würde er jetzt bald tun, schwor er sich. Der Stiehl würde ihm den Schlüssel zu dem geben, was sie verhehlte. Wenn sie ihr Leben aushauchte, würde sie sich entblößen. Dann gab es keine Geheimnisse mehr. Die Magie ließ das nicht zu. Genau wie bei allen anderen, die er getötet hatte, gab es nichts als die Wahrheit.

Er fühlte die ersten Regentropfen auf seinem erhitzten Gesicht.

Er rannte nach rechts in eine Querstraße in eine andere Richtung als die, in die Morgan Leah gelaufen war und der Walker Boh folgen würde. Es gab keinen Grund, ihnen eine Chance zu lassen, ihn zu finden. Er würde schleunigst die Stadt verlassen, die Landenge zu der Treppe überqueren und die Anhöhe mit dem Ausblick erreichen, und dann, wenn er Ruhe und genügend Privatheit hätte, um den Augenblick voll auskosten zu können, würde er sie töten. Vorfreude wallte in ihm auf. Quickening, die Tochter des Königs vom Silberfluß, die allerwunderbarste magische Kreatur, wäre für immer sein.

Aber ein Funken von Zweifel brannte nach wie vor in ihm. Was war es nur, das ihn so störte? Er suchte nach der Antwort und blieb einen Moment stehen, als er sich ihre Worte in Erinnerung rief, daß die Magie von allen dreien – dem Hochländer, Walker Bohs und seiner eigenen – vonnöten sei. Alle drei würden gebraucht, hatte der König vom Silberfluß verkündet. Darum hatte sie sie rekrutiert, hatte sie überredet mitzukommen, und hatte sie trotz allen Mißtrauens und Widerstrebens zusammengehalten. Aber Walker Boh und der Hochländer hatten Uhl Belks Versteck allein gefunden und ihm den schwarzen Elfenstein abgenommen. Er hatte nichts getan – außer daß er den Kratzer vernichtet hatte. War es das, wozu seine Magie gedacht gewesen war? War das der Grund für seine Teilnahme? Irgendwie erschien ihm das nicht plausibel. Irgendwie mußte da noch mehr dahinterstecken.

Pe Ell schlüpfte durch Eldwists Dunst des späten Morgens, hielt das Mädchen dabei eng an sich gedrückt und dachte darüber nach, daß diese ganze Reise ein Puzzle mit zu vielen fehlenden Teilen gewesen war. Sie waren hergekommen, um den Steinkönig zu suchen – doch es waren die anderen, nicht Pe Ell, die ihn gefunden hatten. Sie waren gekommen, um den schwarzen Elfenstein zu holen – doch es waren die anderen, nicht Pe Ell, denen es gelungen war. Die Magie des Stiehls war die mörderischste von allen Magien – doch welchem Zweck hatte sie gedient?

Unbehagen stahl sich in sein Bewußtsein wie ein Dieb und untergrub seine Freude, beides zu haben – Quickening und den Stein.

Irgend etwas stimmte nicht, und er wußte nicht, was es war. Er müßte das Gefühl haben, alles sei unter seiner Kontrolle, aber es war nicht so.

Sie schwenkten zurück auf eine nach Süden führende Straße, glitten zwischen den Häusern entlang wie zwei verstohlene Schatten, die durch den Dunst zum Licht flüchteten. Pe Ell verlangsamte ihren Lauf. Er fing an zu ermüden. Er spähte durch den dünnen Regenschleier und blinzelte unsicher. War dies der Weg, den er hatte einschlagen wollen? Irgendwie schien es ihm nicht richtig. Er schaute erst nach links, dann nach rechts. War das nicht genau die Straße, die er eigentlich hatte vermeiden wollen? Er war verwirrt und fühlte Quickenings Blick, aber er weigerte sich, ihm zu begegnen.

Er führte sie eine weitere Straße entlang, und sie gelangten auf einen breiten Platz, der von einer von Bänken gesäumten Vertiefung beherrscht wurde. Die Bänke waren verfallen und einige waren umgekippt, und Reste von Pfosten, an denen einst Fahnen geweht hatten, standen rundum. Er steuerte geradewegs nach links auf einen überwölbten Durchgang zwischen den Häusern zu, um die Straße dahinter zu erreichen, als er seinen Namen rufen hörte. Er schnellte herum, riß das Mädchen vor sich und hielt ihr die Klinge des Stiehls an die Kehle.

Morgan Leah stand auf der anderen Seite des Platzes. Pe Ell riß die Augen auf. Wie hatte der Hochländer ihn finden können? Er hatte einfach nur Glück gehabt, sagte er sich hastig. Weiter nichts. Entsetzen paarte sich mit Wut. Was immer für ein Unglück aus dieser Begegnung resultieren würde – ihn sollte es nicht treffen.

Der Hochländer schien nicht zu wissen, was im Gange war. »Was machst du da, Pe Ell?« rief er durch den Wald abgebrochener Pfosten herüber.

»Was mir gefällt!« gab Pe Ell zurück, und seine Stimme klang zu seiner eigenen Überraschung erschöpft. »Hau ab, Hochländer. Ich habe nicht die Absicht, dir etwas anzutun. Ich habe bekommen, was ich haben wollte. Dein einarmiger Freund hat mir den Elfenstein gegeben –

hier in dem Beutel an meinem Gürtel! Ich habe die Absicht, ihn zu behalten! Wenn du willst, daß das Mädchen ungeschoren bleibt, dann mach, daß du wegkommst!«

Aber Morgan Leah rührte sich nicht. Er stand da, erschöpft und ausgemergelt, kaum mehr als ein Kind, und wirkte gleichzeitig verloren und unentschlossen. Aber er weigerte sich aufzugeben. »Laß sie los, Pe Ell. Tu ihr nichts an.«

Seine Bitte war verschwendet, doch Pe Ell brachte ein müdes Nicken zustande. »Hau ab, Hochländer. Quickening bleibt bei mir.«

Morgen Leah schien zunächst zu zögern, dann kam er näher. Zum ersten Mal, seit Pe Ell Quickening festhielt, fühlte er, wie sie sich versteifte. Sie machte sich Sorgen um den Hochländer, erkannte er. Ihre Sorge stimmte ihn wütend. Er riß sie zurück, hielt ihr wieder den Stiehl an die Kehle und rief dem jungen Mann zu, er solle stehenbleiben.

Und da tauchte plötzlich auch Walker Boh aus dem Schatten auf, gleich neben Morgan Leah. Er trat ohne Hast hinzu, packte den Hochländer am Arm und zog ihn zurück. Morgan wehrte sich, aber selbst mit nur einem Arm war der andere stärker.

»Überleg dir gut, was du tust, Pe Ell!« rief Walker Boh, und seine Stimme klang jetzt wütend.

Wie hatte der große Mann ihn so schnell einholen können? Pe Ell überfiel ein gewisses Unbehagen, das Gefühl, daß alles aus unerfindlichen Gründen irgendwie schiefging. Er müßte diesen Wahnsinn inzwischen längst hinter sich haben und in Sicherheit sein. Er müßte Zeit haben, seinen Sieg auszukosten, mit dem Mädchen zu sprechen, ehe er den Stiehl ansetzte, sehen, wieviel er von ihrer Magie erfahren konnte. Statt dessen wurde er gnadenlos von jenen Männern belästigt, die er zu verschonen beschlossen hatte. Schlimmer noch, er schwebte in Gefahr, selbst in eine Falle zu geraten.

»Bleibt mir vom Leib!« brüllte er. Er begann, seine Selbstkontrolle zu verlieren, und seine Wut ging mit ihm durch. »Ihr setzt das Leben des Mädchens aufs Spiel, wenn ihr mich weiterhin verfolgt! Laßt mich gehen, oder sie muß sterben!«

»Laß sie los!« rief der verzweifelte Hochländer wieder. Er hatte sich auf die Knie fallen lassen. Der Einarmige hielt seinen Arm noch immer fest.

Hinter Pe Ell, noch immer zu weit weg, als daß es einen Unterschied gemacht hätte, näherte sich Horner Dees. Der Mörder war jetzt von seinen Feinden umzingelt. Zum ersten Mal in seinem Leben saß er in der Klemme, und er fühlte, wie ein Anflug von Panik sich ausbreitete. Er riß Quickening herum, um dem stämmigen Fährtensucher entgegenzutreten. »Geh mir aus dem Weg, Alter!« bellte er.

Aber Horner Dees schüttelte nur den Kopf. »Ich denke nicht daran, Pe Ell. Ich bin oft genug vor dir zurückgewichen. Auch ich habe in dieser Sache etwas zu verlieren. Ich habe mindestens ebensoviel aufs Spiel gesetzt wie du. Außerdem hast du nichts geleistet, um zu verdienen, was du verlangst. Du versuchst es einfach nur zu stehlen. Wir wissen, wer und was du bist, allesamt. Tu, was Morgan Leah dir sagt. Laß das Mädchen frei.«

Walker Boh hob seine Stimme. »Pe Ell, wenn die Schattenwesen dich beauftragt haben, den schwarzen Elfenstein zu stehlen, dann nimm ihn und verschwinde. Wir werden dich nicht hindern.«

»Die Schattenwesen!« spottete Pe Ell und mühte sich, seine Wut im Zaum zu halten. »Die Schattenwesen bedeuten mir gar nichts. Ich tue für sie, was mir paßt, und mehr nicht. Meinst du, ich sei ihretwegen den ganzen Weg hierhergekommen? Da irrst du dich gewaltig!«

»Dann behalte den Elfenstein für dich selbst, wenn es sein muß.«

Jetzt ging die Wut mit ihm durch. Seine Vorsicht tauchte in einem roten Nebel unter. »Wenn es sein muß! Natürlich muß es sein! Aber der Elfenstein ist nicht der eigentliche Grund, warum ich hergekommen bin!«

»Was ist es dann, Pe Ell?« fragte Walker scharf.

»Sie ist es!« Pe Ell riß Quickening wieder herum und hob ihr hübsches Gesicht über die Spitze seiner Klinge. »Schau sie an, Walker Boh, und erzähl mir, daß du sie nicht begehrst! Kannst du nicht, oder? Deine Gefühle, meine, die des Hochländers – sie sind alle gleich! Ihretwegen haben wir diese Reise gemacht, wegen der Art, wie sie uns anschaut, und wegen der Gefühle, die sie in uns weckt, wegen der Art, wie sie uns mit ihrer Magie umgarnt hat! Denk an die Geheimnisse, die sie hütet! Ich habe diese Reise getan, um herauszufinden, was sie ist, um sie zu besitzen. Sie ist von Anfang an für mich bestimmt, und wenn ich hier fertig bin, wird sie mir auf immer gehören! Ja, die Schattenwesen haben mich geschickt, aber es war meine Entscheidung, herzukommen – meine eigene Entscheidung, nachdem ich sah, was sie mir geben kann! Begreifst du's nicht? Ich bin nur nach Eldwist gekommen, um sie zu töten!«

Es wurde augenblicklich still. Das Beben und Donnern ebbte zu einem fernen, undeutlichen Stöhnen ab, und die Worte des Mörders standen klar und deutlich in der Luft. Der Stein der Stadt fing sie auf und ließ ihr Echo zwischen den Mauern spielen – ein endlos langer Widerhall des Grauens.

»Ich muß herausfinden, was sie ist«, wisperte Pe Ell in dem jetzt überflüssigen Versuch, etwas zu erklären, doch unfähig, irgend etwas anderes zu tun, verwundert, daß er so töricht gewesen war, so viel preiszugeben, wissend, daß sie ihn jetzt nie mehr entkommen lassen würden. Hatte er tatsächlich die Kontrolle so sehr verloren? »Ich muß sie töten«, wiederholte er rauh und verbiestert. »So funktioniert die Magie. Sie enthüllt alle Wahrheiten. Indem sie Leben nimmt, gibt sie Leben. Mir. Sobald der Mord vollzogen ist, wird Quickening mein sein. Für immer.«

Keiner sagte etwas. Das Geständnis des Mörders machte sie sprachlos. Schließlich sagte Morgan Leah langsam und bedächtig: »Sei nicht dumm, Pe Ell. Du kannst uns nicht allen entkommen. Gib sie frei.«

Was dann passierte, war nie ganz klar. Es gab eine Art Explosion von zersplittertem Gestein, als der Malmschlund irgendwo in der Stadt nahe der Kuppel, in der der Steinkönig sich versteckte, aus dem Boden hervorbrach und zwischen den Häusern himmelwärts schoß. Das Monster stieg vor dem diesigen Nebel wie ein aufgedunsener Wurm in die Höhe und schnaufte, als schnappe es nach Luft, als sei ihm der Atem weggeblieben. Pe Ell schrak zusammen, fühlte, wie der Boden so heftig bebte, als würde ganz Eldwist auseinandergerissen.

In dem Augenblick befreite sich Quickening, schlüpfte aus seiner Umklammerung, als sei sie nichts als Luft. Sie wandte sich zu ihm um, rannte nicht davon, sondern blieb direkt vor ihm stehen, und ihre Hände packten den Arm, der den Stiehl umklammerte. Ihre schwarzen Augen fesselten ihn, als sei er in Ketten gelegt. Er konnte sich nicht bewegen; er stand nur wie angewurzelt da. Er sah die Symmetrie ihres Gesichts und ihres Körpers, als nehme er sie zum ersten Mal wahr; er bewunderte ihre Perfektion, ihre Schönheit, die nicht nur an der Oberfläche ihrer wunderbaren Gestalt lag, sondern bis in die tiefsten Tiefen reichte. Er fühlte, wie sie sich auf ihn zu bewegte – oder war er es? Was geschah? Er sah, wie sich ihr Mund voller Überraschung, Schmerz und Erleichterung öffnete.

Da schaute er hinunter und sah, daß der Stiehl bis zum Heft in ihrem Leib steckte, daß die Klinge in ihren Körper gedrungen war. Er konnte sich nicht erinnern, sie erstochen zu haben, aber irgendwie war es geschehen. Verwirrung und Fassungslosigkeit übermannten ihn. Wie war das passiert? Was war mit seinem Plan, sie zu töten, wo und wann er wollte? Was war mit seiner Absicht, den Augenblick ihres Sterbens voll auszukosten? Er schaute hastig in ihre Augen, hoffend, er könne einen Blick auf das erhaschen, was dort gefangen war und jetzt freigesetzt würde, begierig, ihre Magie einzufangen. Er schaute, und was er sah, erfüllte ihn mit Grauen.

Pe Ell schrie. Und als wolle er verbergen, was er entdeckt hatte, stach er wieder und wieder zu, jedesmal mit dem vergeblichen, wahnsinnigen Versuch zu leugnen, was er sah. Quickenings Körper zuckte jedesmal, doch ihr Blick blieb fest, und die Visionen, die aus ihren Augen strahlten, blieben unverändert.

Pe Ell verstand schließlich, und mit dem Verstehen kam das Entsetzen, gegen das er sich nicht wehren konnte. Seine Gedanken brachen zusammen und stürzten in einen Sumpf der Verzweiflung. Er riß sich von dem Mädchen los und sah zu, wie sie langsam zu Boden sank, ohne daß ihre Augen ihn losließen. Er war sich bewußt, daß Morgan wütend brüllte, daß Walker Boh herbeigerannt kam und daß Horner Dees von hinten auf ihn zuraste. Sie waren unwichtig. Nur das Mädchen zählte. Er wich zurück, zitterte unter einer Kälte, die ihn an Ort und Stelle festzufrieren drohte. Alles, was er erhofft hatte, war ihm genommen worden. Alles, was er sich ersehnt hatte, war verloren.

Was habe ich getan?

Er wirbelte herum und begann zu rennen. Die eisige Kälte wurde plötzlich zu Feuer, aber die Worte summten in seinem Kopf herum, ein Hornissennest mit spitzen, gierigen Stacheln.

Was habe ich getan?

Er schoß mit einer Geschwindigkeit, die aus Angst und Verzweiflung geboren war, an Horner Dees vorbei, und er war so schnell an ihm vorbei, daß der alte Fährtensucher keine Gelegenheit hatte, ihn abzufangen. Die steinerne Straße bebte und wackelte und war glitschig vom Regen, doch nichts konnte seine Flucht mehr bremsen. Diesiggraues Dämmerlicht umfing ihn wie ein freudloser Umhang, und er schrumpfte zu einer winzigen Gestalt zwischen den alten Häusern der Stadt zusammen, ein Fünkchen Leben, gefangen in einem Netz von Magie, weit älter und weit grausamer als seine eigene. Er sah Quickenings Gesicht vor sich. Er fühlte ihren Blick, als der Stiehl in ihren Körper drang. Er hörte ihren Seufzer der Erleichterung.

Pe Ell flüchtete aus Eldwist wie ein Besessener.

Morgan Leah war als erster bei Quickening. Er riß sich mit einer Kraft los, die den Einarmigen überraschte, rannte über den Platz, als sie auf den Stein stürzte, und fing sie auf, noch ehe sie am Boden war. Kniend hielt er sie im Arm, drückte ihr aschfahles Gesicht an seine Brust und flüsterte wieder und wieder ihren Namen.

Walker Boh und Horner Dees eilten aus entgegengesetzten Richtungen herbei, beugten sich einen Moment über sie und tauschten dann einen ernüchternden Blick. Die ganze Vorderseite von Quickenings Hemd war mit ihrem Blut durchtränkt.

Walker kniff die Augen zusammen und spähte durch den Dunst in die Richtung, in die Pe Ell verschwunden war. Der Mörder war schon nicht mehr zu sehen. Er floh durch das Labyrinth aus Häusern und Straßen zurück zu der Landenge und den Klippen dahinter. Walker dachte an den Ausdruck, den er in seinem Blick gesehen hatte – Entsetzen, Ungläubigkeit und Wut. Quickening zu töten hatte ihm eindeutig nicht das gegeben, was er erwartet hatte.

»Walker!«

Morgans Stimme war ein verzweifeltes Flehen. Walker schaute ihn an. »Hilf ihr, Walker. Sie stirbt!«

Walker schaute auf das Blut in ihren Kleidern, auf den gebrochenen, zusammengesunkenen Körper, auf das schöne Gesicht, über das sich ihr Silberhaar wie ein Schleier gebreitet hatte. *Sie stirbt*. Er flüsterte die Worte tonlos im Geiste, wunderte sich erst, daß so etwas möglich war, und dann, daß er nicht schon viel früher die Unvermeidlichkeit erkannt hatte. Er starrte auf das Mädchen, so hilflos und unglücklich wie der Hochländer, doch gleichzeitig begann ihm ein Schimmer von Verstehen zu dämmern, warum es geschah.

»Walker, tu etwas!« wiederholte Morgan drängend, verzweifelt.

»Hochländer«, sagte Horner Dees und legte ihm freundlich die Hand auf die Schulter. »Was soll er denn tun?«

»Was wohl! Seine Magie benutzen! Ihr die gleiche Chance geben, die sie ihm gegeben hat!«

Walker kniete sich neben ihn. »Ich kann es nicht, Morgan«, sagte er leise und ruhig. »Ich habe die Magie nicht, die sie braucht.« Er befühlte ihren Hals und suchte nach dem Puls. Er fand ihn, schwach und unregelmäßig. Er sah sie atmen. »Sie muß tun, was sie kann, um sich selber zu retten.«

Morgan warf ihm einen kurzen Blick zu, dann begann er wieder, auf

Quickening einzureden, drängte sie, aufzuwachen und zu ihm zu sprechen. Seine Worte waren verzweifelt, hastig und dringlich. Das Mädchen regte sich schwach.

Walker sah Horner Dees an. Der alte Mann schüttelte langsam den Kopf.

Da schlug Quickening die Augen auf. Sie waren klar und erschreckt und voller Schmerz. »Morgan«, flüsterte sie. »Nimm mich auf den Arm. Trag mich aus der Stadt.«

Morgan hielt es zwar nicht für klug, doch er widersprach nicht. Er hob sie ohne Anstrengung auf und trug sie, als wäre sie schwerelos. Er hielt sie nah an sich gedrückt, gab ihr seine Wärme und flüsterte beim Gehen ohne Unterlaß auf sie ein. Walker und Dees folgten schweigend. Sie überquerten den Platz und folgten der Straße, über die Pe Ell geflüchtet war. »Halte dich auf den Gehsteigen«, warnte Walker, und Morgan folgte seinem Rat.

Sie waren erst ein kurzes Stück gegangen, als die Erde wieder zu beben begann. Ganz Eldwist wurde geschüttelt, die Häuser krachten und bildeten Risse, und Steinsplitter und Staub prasselten hernieder. Walker warf einen Blick über die Schulter zum Stadtzentrum zurück. Der Malmschlund bewegte sich wieder. Was immer seine Begegnung mit Uhl Belk ergeben hatte, er hatte eindeutig eine neue Strategie beschlossen. Vielleicht hatte er seinem Vater ein Ende bereitet. Vielleicht hatte er einfach beschlossen, daß der schwarze Elfenstein wichtiger war. Wie auch immer, er kam direkt in ihre Richtung. Statt seine unterirdischen Tunnel zu benutzen, raste er durch die Straßen von Eldwist. Mauern barsten und stürzten ein. Das Gift seines Körpers spritzte wild herum. Die Luft um ihn herum dampfte und schimmerte.

Die verbliebenen Mitglieder der Gruppe aus Rampling Steep begannen südwärts zu der Landenge zu rennen. Sie hatten Mühe, ihr Gleichgewicht zu halten, denn der Boden unter ihnen wackelte und bebte. Überall schnappten von den Erschütterungen entriegelte Falltüren auf, und der Schutt einstürzender Mauern übersäte die Straßen. Hinter ihnen schnaufte und grunzte der Malmschlund und kam immer näher.

Obwohl Morgan Quickening auf den Armen trug, gab er ein rasendes Tempo an, und weder Walker noch Horner Dees konnten es einhalten. Als sie den Stadtrand erreichten, war der alte Fährtensucher schon fünfzig Schritte zurückgefallen. Keuchend schlingerte seine stämmige Gestalt hinter ihnen her. Walker rannte zwischen ihnen, seine Beine waren schwer und schwach und seine Brust zog sich schmerzhaft zusammen. Er rief hinter Morgan her, er solle etwas langsamer laufen, aber der Hochländer war taub für ihn. Seine ganze Aufmerksamkeit war auf das Mädchen konzentriert. Walker schaute sich zu Dees um, sah das Beben der Gebäude, an denen der Malmschlund vorbeiraste, der schon wieder ein Stück näher herangekommen war und dessen Schatten sich vor dem grauen Himmel abzeichnete. Walker glaubte nicht, daß sie ihm entkommen würden. Er konnte nicht umhin zu denken, durch welche Ironie des Schicksals sie für etwas sterben würden, das sie gar nicht mehr in ihrem Besitz hatten.

Während ihrer Flucht zog die Zeit sich unendlich in die Länge, reduziert auf das Trommeln ihrer Stiefel auf dem Stein. Die Wellen brachen sich an den Ufern der Landenge zu beiden Seiten, und die Gischt sprühte über ihre erhitzten Gesichter. Der Fels wurde glitschig, und sie stolperten und rutschten immer wieder aus. Die Wolken wurden finster, und es fing wieder an zu regnen. Walker dachte wieder an den Ausdruck in Pe Ells Gesicht, als er Quickening erstochen hatte. Er überdachte seine frühere Annahme. Was er dort gesehen hatte, war Verblüffung gewesen. Pe Ell war noch nicht bereit gewesen, sie sterben zu lassen. Hatte er überhaupt vorgehabt, den Stiehl zu benutzen? Irgend etwas an den Gesten der beiden im Augenblick vor dem Dolchstich war seltsam. Warum war Quickening nicht einfach fortgerannt? Sie hatte sich doch von ihm befreit, aber sie war zu ihm zurückgekehrt. In die Klinge? Absichtlich? Hatte sie mehr getan, als nur dazustehen und zu warten? Hatte sie sich tatsächlich in Pe Ells Klinge gestürzt?

Seine wirren Gedanken schienen zu kristallisieren und zu Eis zu erstarren. Himmel noch mal! War das der Grund, warum Pe Ell aufgefordert worden war, mitzukommen? Pe Ell, der Mörder mit der magischen

Waffe, einer Magie, der nichts standhalten konnte – war das der Grund für seine Teilnahme?

Weiter vorn hatte Morgan Leah den Fuß der Klippen und den Pfad, der von der Landenge hinaufführte, erreicht. Ohne langsamer zu werden, begann er den Aufstieg.

Hinter ihnen tauchte der Malmschlund auf. Sein gewaltiger Schädel brach zwischen den Häuserruinen hervor, witterte und schoß dann weiter voran. Er schleimte sich zwischen den Mauern der Stadt hindurch, als hätte er keine Knochen. Sein unförmiger Leib füllte die ganze Landenge. Der riesige Koloß schob sich immer näher.

Walker stolperte den Pfad auf die Klippen hinauf, Horner Dees war noch immer ein Stück weiter hinter ihm. Er verdrängte seine Gedanken an Pe Ell und Quickening. Sie erschienen ihm allzu abwegig. Warum sollte Quickening wollen, daß Pe Ell sie tötete? Warum sollte sie sterben wollen? Er sah keine Veranlassung dafür. Er versuchte, sich auf das zu konzentrieren, was er tun konnte, um den Malmschlund aufzuhalten. Er warf wieder einen Blick zurück und sah das massige, schneckenartige Tier über den Fels robben. Konnte er die Landenge unter ihm einstürzen lassen? Nein, der Felsen war zu tief. Die Klippen auf ihn drauf? Nein, er würde sich einfach darunter durchwinden. Wasser würde ihn behindern, aber alles Wasser war hinter ihnen im Gezeitenstrom. Keine von Walkers Magien, nicht einmal Coglines, waren stark genug, den Malmschlund aufzuhalten. Flucht war ihre einzige Chance, und lange würden sie nicht mehr davonlaufen können.

Er gelangte auf die Höhe der Klippen, wo Morgan Leah wartete. Der Hochländer kniete um Atem ringend auf dem Felsvorsprung, von dem aus man die Landenge und Eldwist überblickte. Er beugte sich über Quickening, die mit offenen, wachen Augen in seinen Armen lag. Walker eilte zu ihnen. Quickenings Gesicht war kreidebleich.

Morgan Leah schaute zu ihm auf. »Sie will ihre Magie nicht benutzen«, wisperte er fassungslos.

Walker kniete sich neben sie. »Rette dich selbst, Quickening. Es steht in deiner Macht.«

Sie schüttelte den Kopf. Ihre schwarzen Augen glänzten, als sie Morgans Blick suchten. »Hör mich an«, sagte sie leise und mit ruhiger Stimme. »Ich liebe dich. Ich werde dich immer lieben, und ich werde bei dir sein. Vergiß es nicht. Und vergiß auch nicht, daß ich die Dinge ändern würde, wenn ich es könnte. Leg mich jetzt nieder und steh auf.«

Morgan schüttelte den Kopf. »Nein, ich will bei dir bleiben...«

Sie berührte seine Wange mit der Hand, und er verstummte. Wortlos legte er sie auf den Boden und trat zurück. Tränen rannen ihm über das Gesicht.

»Nimm dein Schwert, Morgan, und steche es in den Boden. Jetzt.«

Morgan zog das Schwert von Leah, packte es mit beiden Händen und rammte es in den Felsen. Seine Hände hielten es einen Augenblick lang fest, dann ließen sie los.

Er schaute langsam auf. »Stirb nicht, Quickening«, flehte er.

»Vergiß mich nicht«, flüsterte sie.

Horner Dees kam keuchend herbeigestolpert. »Was ist los?« fragte er mit leiser, rauher Stimme und beugte sein bärtiges Gesicht näher. »Was tut sie?«

Walker schüttelte den Kopf. Ihre schwarzen Augen suchten seinen Blick. »Walker!« rief sie ihn.

Er ging zu ihr, hörte, wie der Malmschlund immer näher kam, dachte, daß sie schnell weiter mußten und fragte sich, so wie Horner Dees, was sie im Sinn hatte. Er kniete neben ihr nieder.

»Hilf mir auf«, sagte sie hastig, als versuche sie zu sprechen, solange sie noch konnte. »Bring mich an den Klippenrand.«

Walker stellte keine Fragen. Er legte seinen Arm um ihre Taille und richtete sie auf. Sie schwankte schwach, und ihr zitternder Leib stützte sich gegen ihn. Er hörte, wie Morgan protestierte, aber ein kurzer Blick des Mädchens ließ ihn schweigen. Walker stützte sie, damit sie nicht hinfiel, und führte sie langsam bis an den Rand des Abgrunds. Dort blieben sie stehen. Unter ihnen kroch der Malmschlund über die Landenge, ein obszöner Fleischwurm mit zuckendem Leib und heraustriefendem Gift. Er hatte schon die halbe Strecke zurückgelegt. Sein gewaltiger Körper dampfte, und seine Giftspur reichte bis in die Stadt zurück. Eldwists Umrisse standen unregelmäßig vor dem Horizont, Türme waren abgebrochen, Häuser zerspalten, Mauern eingestürzt. Staub und Nebel bildeten einen Schleier unter dem Regen.

Die Kuppel, unter der der Steinkönig hauste, war intakt.

Quickening drehte sich um und wandte ihm ihr Gesicht zu. Für einen Moment war sie noch einmal wunderschön und so lebendig wie damals, als sie Walker von den Toten zurückgeholt hatte, als sie sein Leben wiederhergestellt und das Gift des Asphinx aus seinem Körper vertrieben hatte. Walker hielt den Atem an, als er sie so sah, und blinzelte gegen die Illusion an. Ihre dunklen Augen fixierten ihn.

»Dunkler Onkel«, wisperte sie. »Wenn du diesen Ort verläßt, wenn du zurück in die Welt der Vier Länder kehrst, nimm die Lektionen, die du hier gelernt hast, mit dir. Kämpfe nicht gegen dich selbst an oder gegen das, was du sein könntest. Ziehe nur in Betracht, welche Alternative du hast. Nichts ist vorherbestimmt, Walker. Du kannst immer wählen.«

Dann streckte sie die Hand aus, und ihre kühlen Finger legten sich auf seine Wange. Bilder durchfluteten ihn, ihre Gedanken, ihre Erinnerungen und ihr Wissen. Im Zeitraum eines Augenblicks gab sie sich selbst vollständig preis, ließ ihn all die Geheimnisse, die sie so sorgfältig gehütet hatte, sehen, die Wahrheit, wer und was sie war. Er schrie auf, als habe er sich verbrannt, tief getroffen von dem, was er sah. Er drückte sie fest an sich und verbarg sein bleiches Gesicht verzweifelt in ihrem Haar.

Sowohl Morgan als auch Horner Dees kamen herbeigerannt, doch Walker rief ihnen zu, sie sollten dort bleiben, wo sie waren. Sie blieben zögernd und unsicher stehen. Walker war noch immer halb abgewandt und hielt Quickening an sich gedrückt. Sein Gesicht war eine Maske eiserner Konzentration. Er verstand es jetzt. Er verstand alles.

»Walker.« Sie sagte wieder seinen Namen. Ihre Hand strich ein letztes Mal über sein Gesicht, und ein einziges Bild wurde sichtbar.

Es war die zweite Vision des Finsterweihers.

Sie hob die Lider. »Laß mich fallen«, sagte sie leise.

Er sah die Vision ganz deutlich, sich selbst oben auf den Klippen, die Vier Länder, die sich hinter ihm erstreckten, und Quickening an seiner Seite, ihre schwarzen Augen, die ihn flehentlich anschauten, als er sie fortstieß.

Hier. Jetzt. Die Vision wurde Wirklichkeit.

Er begann den Kopf zu schütteln, doch ihr Blick ließ ihn innehalten. Sie schaute ihn mit solcher Intensität an, daß es wie eine Drohung war.

»Adieu, Walker«, flüsterte sie.

Er ließ sie los. Für einen kleinen Moment hielt er sie noch im Ring seiner Arme, dann stieß er sie in den Abgrund. Es war fast, als sei jemand anderer verantwortlich, jemand, der in ihm versteckt war, ein Wesen, dem mit Vernunft nicht beizukommen war. Er hörte Horner Dees entsetzt aufstöhnen. Er hörte Morgan fassungslos schreien. Sie stürzten sich auf ihn und packten ihn grob, während Quickening in die Tiefe stürzte. Sie schauten ihr nach, ein winziges Bündel aus Kleidern und Silberhaar, das hinter ihr herwehte. Sie sahen sie leuchten.

Da begann sie unglaublicherweise sich aufzulösen. Es fing an den Rändern an, wie ausfransender Stoff, kleine Fetzen flatterten davon. Die drei standen stumm und ergriffen am Rande des Abgrunds und schauten ihr nach. In wenigen Sekunden war sie nicht mehr, ihr Körper zu Staub zerfallen, der glitzerte und leuchtete, als er vom Wind erfaßt wurde.

Tiefer unten blieb der Malmschlund stehen und hob den Kopf. Vielleicht wußte er, was geschehen würde, vielleicht verstand er es sogar. Er versuchte nicht zu fliehen, sondern wartete geduldig, bis der Staub, der einst Quickening gewesen war, sich auf ihn legte. Dann durchfuhr ihn ein Schauder, er schrie einmal auf, und dann begann er zu schrumpfen. Es ging sehr schnell, sein Leib wurde welk und runzlig und schrumpfte, bis nichts mehr übrig war.

Dann verteilte sich der Staub über die Landenge; der Felsen verwandelte sich, Moos und Gras übergrünten ihn. Sprößlinge schossen empor, grün und voll strotzenden Lebens. Der Staub schwebte weiter, erreichte die Halbinsel und Eldwist, und die Verwandlung setzte sich fort. Jahrhunderte von Uhl Belks finsterer Unterdrückung wurden in wenigen Augenblicken aufgehoben. Der Stein der Stadt zerbarst – Mauern, Türme, Straßen und Tunnel stürzten zusammen. Alles fügte sich der Macht von Quickenings Magie, so wie es die Meadegärten von Culhaven getan hatten. Alles, was gewesen war, ehe der Steinkönig die Veränderung erzwungen hatte, erwachte wieder zu Leben. Felsen verschoben sich und nahmen eine andere Gestalt an. Bäume schossen empor, die knorrigen Äste dicht besetzt mit Sommerlaub, das vor dem Grau vom Himmel und Wasser leuchtete. Flecken mit Wildblumen blühten auf, nicht so üppig wie in Culhaven, denn dies hier war immer ein rauher Ort gewesen, doch in vereinzelten Büscheln, saftig und voller Leben. Seegras und Gestrüpp wucherte zwischen den Felsen und gab dem Land seinen Küstencharakter zurück. Auch die Luft belebte sich wieder, füllte sich mit den Düften lebender Natur. Der steinerne, tote Panzer des Landes rückte in ferne Erinnerung. Langsam und knirschend versank Eldwist, wurde von der Erde verschlungen und verschwand wieder in die Vergangenheit, aus der es geboren war.

Als die Verwandlung vollständig war, blieb von Eldwist nur noch die Kuppel, unter der der Steinkönig sich vergraben hatte – eine einsame graue Insel inmitten eines grünen Landes.

»Wir hätten absolut nichts tun können, um sie zu retten, Morgan«, erklärte Walker Boh leise und beugte sich nah zu dem niedergeschmetterten Hochländer, um sicher zu sein, daß er ihn hören konnte. »Quickening kam nach Eldwist, um zu sterben.«

Sie kauerten zusammen am Rande der Klippen, Horner Dees neben ihnen, sprachen mit gedämpfter Stimme, als wäre die Stille, die sich nach Quickenings Verwandlung über das Land gelegt hatte, aus Glas, das zerbrechen könnte. Weit in der Ferne waren hin und wieder schwach die Brecher des Gezeitenstroms und vereinzelte Schreie der Seevögel zu hören. Die Magie war inzwischen die Klippen heraufgekommen und an ihnen vorbei weiter vorgedrungen, reinigte das Gestein von dem Gift des Malmschlunds und gab dem Land neues Leben. Eine leichte Brise zupfte an den Wolken, zerbrach die Wolkendecke hier und da, und die Sonne lugte vorsichtig hindurch.

Morgan nickte wortlos. Er hielt den Kopf gesenkt, sein Gesicht war angespannt.

Walker schaute Horner Dees an, der aufmunternd nickte. »Sie hat es mich alles sehen lassen, Hochländer, kurz bevor sie starb. Sie wollte, daß ich es weiß, damit ich es dir sagen kann. Sie berührte mein Gesicht, als wir über dem Abgrund standen und auf Eldwist schauten, und alles wurde mir kundgetan. All die Geheimnisse, die sie vor uns hütete. Alle ihre sorgfältig bewahrten Rätsel.«

Er rückte noch ein Stück näher. »Ihr Vater erschuf sie, um Uhl Belks Magie entgegenzuwirken. Er machte sie aus den Elementen der Gärten, in denen er lebt, aus seinen stärksten Zaubern. Er schickte sie nach Eldwist zum Sterben. In gewissen Sinne schickte er einen Teil seiner selbst. Er hatte tatsächlich keine andere Wahl. Nichts Geringeres wäre stark genug gewesen, um den Steinkönig in seinem eigenen Herrschaftsbereich zu überwinden. Und Uhl Belk mußte besiegt werden, denn er würde Eldwist niemals verlassen – konnte es, genauer gesagt, nicht verlassen, auch wenn er das nicht wußte. Er war längst ein Gefangener seiner eigenen Magie. Der Malmschlund war zu Uhl Belks Botschafter geworden, ausgesandt, den Rest der Vier Länder in Stein zu verwandeln. Aber wenn der König vom Silberfluß abgewartet hätte, bis das Monster nahe genug herangekommen wäre, dann wäre es schon viel zu groß gewesen, um noch aufgehalten zu werden.«

Er legte Morgan die Hand auf die Schulter und fühlte, wie der junge Mann zusammenzuckte. »Sie hat jeden von uns mit einer bestimmten Absicht ausgewählt, Hochländer – genau wie sie gesagt hat. Du und ich waren auserkoren, den schwarzen Elfenstein zurückzugewinnen, den Belk aus der Halle der Könige gestohlen hatte. Das Problem, dem Quickening gegenüberstand, war natürlich, daß ihre Magie nicht wirken konnte, solange Uhl Belk die Kontrolle über den Elfenstein hatte. Solange er die Druidenmagie einsetzen konnte, konnte er ihre Magie aufsaugen und die notwendige Transformation verhindern. Wenn er erkannt hätte, wer sie war, hätte er es auf der Stelle getan. Er hätte sie zu Stein verwandelt. Aus diesem Grund durfte sie ihre Magie bis zum letzten Moment nicht benutzen.«

»Sie hat aber doch die Meadegärten durch eine simple Berührung des Bodens verwandelt!« protestierte Morgan verärgert und trotzig.

»Die Meadegärten, ja. Aber Eldwist war bei weitem zu monströs, um so einfach umgewandelt zu werden. Durch eine simple Berührung hätte sie es nicht tun können. Sie mußte sich selbst in den Fels einfließen lassen, sich zu einem Teil des Landes machen.« Walker seufzte. »Und deshalb wählte sie Pe Ell. Der König vom Silberfluß muß gewußt oder wenigstens geahnt haben, daß die Schattenwesen jemanden aussenden würden, Quickening an dem Vorhaben zu hindern. Es war kein Geheimnis, wer sie war oder wie sie Dinge verwandeln konnte. Sie stellte eine sehr reale Bedrohung dar. Sie mußte beseitigt werden. Ein Schattenwesen, so sieht es jetzt aus, hatte die nötigen Mittel dazu nicht. Also wurde statt dessen Pe Ell geschickt. Pe Ell glaubte, seine Absicht sei ein Geheimnis; er glaubte, daß Quickening zu ermorden seine eigene Idee gewesen sei. Das war es nicht. In keinem Moment. Es war die ihre, von Anfang an. Deswegen wählte sie ihn aus, denn ihr Vater hatte ihr aufgetragen, es zu tun, den Mann und die Waffe mit nach Eldwist zu nehmen, die imstande waren, den Schutz ihrer Magie zu durchbrechen und es ihr zu ermöglichen, sich zu transformieren.«

»Und wieso konnte sie sich nicht einfach durch ihren Willen transformieren?«

»Sie war lebendig, Morgan – so menschlich wie du und ich. Sie war ein Elementarwesen, aber eines in menschlicher Gestalt. Ich glaube, etwas anderes konnte sie nicht sein. Sie mußte sterben, um ihre Magie auf Eldwist wirken zu lassen. Keine gewöhnliche Waffe konnte sie töten; ihr Körper war gefeit gegen gewöhnliche Waffen. Es brauchte Magie, die der ihren entsprach, die Magie einer Waffe wie der Stiehl – und die Hände und die Mentalität eines Mörders wie Pe Ell.«

Walker lächelte kurz und bitter. »Sie forderte uns auf, ihr zu helfen –

weil sie dazu beauftragt war und wir gebraucht wurden, um einem Zweck zu dienen, ja – aber auch, weil sie an uns glaubte. Wenn wir versagt hätten, irgendeiner von uns, einschließlich Pe Ell, wenn wir nicht getan hätten, wozu sie uns fähig wußte, dann hätte Uhl Belk gesiegt. Der Malmschlund wäre weiter vorgedrungen und Uhl Belks Königreich hätte sich weiter ausgedehnt. Kombiniert mit dem Ansturm der Schattenwesen wäre alles verloren gewesen.«

Morgan streckte sich und schaute endlich auf. »Sie hätte es uns sagen sollen, Walker. Sie hätte uns wissen lassen sollen, was sie vorhatte.«

Walker schüttelte freundlich den Kopf. »Nein, Morgan. Genau das konnte sie nicht tun. Wir hätten nicht so gehandelt, wie wir es getan haben, wenn wir die Wahrheit gewußt hätten. Du warst in sie verliebt, Hochländer. Sie wußte, was das hieß.«

Morgan starrte ihn einen Moment mit zusammengekniffenem Mund an, dann nickte er widerstrebend. »Du hast recht. Sie wußte es.«

»Es gab keinen anderen Weg. Sie mußte das Ziel ihres Herkommens verheimlichen.«

»Ich weiß, ich weiß.« Morgan atmete schwer und unregelmäßig. »Aber es tut trotzdem weh. Ich kann beinahe glauben, sie sei gar nicht fort, sie finde einen Weg, irgendwie zurückzukehren.« Er holte tief Luft. »Ich brauche sie.«

Dann schwiegen sie, starrten jeder in eine andere Richtung und gaben sich Erinnerungen hin. Walker zog kurz in Betracht, dem Hochländer von der Vision des Finsterweihers zu erzählen und zu berichten, daß er mit Quickening darüber gesprochen hatte, und sie ihn trotzdem mitgenommen hatte; daß sie von Anfang an gewußt haben mußte, wie alles enden würde, und dennoch gekommen war, um die Absicht, mit der ihr Vater sie erschaffen hatte, zu erfüllen. Aber er ließ es bleiben. Der Hochländer hatte genug über versteckte Pläne und Geheimnisse erfahren. Es gab nichts zu gewinnen, indem man ihm noch mehr erzählte.

»Was, meint ihr, ist wohl aus Uhl Belk geworden?« brach Horner Dees mit seiner rauhen Stimme das Schweigen. »Ist er wohl noch da unten in seiner Kuppel? Lebt er wohl noch?«

Sie schauten alle gleichzeitig über den Klippenrand auf den letzten Zeugen von Eldwist inmitten des neuentstandenen Grüns der Halbinsel, rundum verschlossen und verschwiegen.

»Ich vermute, eine Feenkreatur wie Uhl Belk stirbt nicht so leicht«, antwortete Walker leise und nachdenklich. »Aber Quickening hält ihn sicher in seiner Muschel gefangen, und das Land wird sich in absehbarer Zeit nicht wieder nach seinem Geschmack verändern.« Er machte eine Pause. »Ich glaube, wenn Uhl Belk das erkennt, kann es sein, daß er den Verstand verliert.«

Morgan beugte sich vor und berührte ein Grasbüschel, als suche er nach etwas. Seine Finger streiften sanft über die Halme. Walker beobachtete ihn einen Moment, dann erhob er sich. Sein Körper schmerzte, und sein Gemüt war dunkel und mürrisch. Ihn hungerte nach richtiger Nahrung, und sein Durst schien unstillbar. Seine eigene Odyssee sollte erst beginnen, eine Reise zurück durch die Vier Länder auf der Suche nach Pe Ell und dem gestohlenen schwarzen Elfenstein; eine zweite Konfrontation, um festzustellen, wer ihn haben soll, und, wenn er das alles überlebte, eine Reise, das verschwundene Paranor und die Druiden zurückzubringen...

Die Gedanken drohten ihn zu überwältigen und ihm seine letzte Kraft zu nehmen. Er schob sie beiseite.

»Komm, Hochländer«, drängte Horner Dees und faßte Morgan bei den Schultern. »Sie ist fort. Sei froh, daß wir sie so lange haben durften. Sie war nicht für diese Welt gemacht. Sie diente einem höheren Ziel. Tröste dich mit der Tatsache, daß sie dich geliebt hat. Das ist keine Kleinigkeit.«

Die großen Hände packten ihn fest, und Morgan ließ sich auf die Beine helfen. Er nickte, ohne den Alten anzuschauen. Als er schließlich aufblickte, waren seine Augen hart und entschlossen. »Ich werde Pe Ell verfolgen.«

»Wir verfolgen ihn alle, Morgan Leah«, fauchte Horner Dees. »Allesamt. Der entkommt uns nicht.«

Sie warfen einen letzten Blick von der Anhöhe, dann drehten sie sich um und steuerten auf den Hohlweg zu, der ins Gebirge führte. Sie waren erst ein paar Schritte gegangen, als Morgan plötzlich stehenblieb. Ihm war etwas eingefallen. Er schaute hinüber, wo er das Schwert von Leah zurückgelassen hatte. Es steckte noch immer im Felsen, die zersplitterte Klinge unsichtbar in den Boden gegraben. Morgan zögerte einen Moment, fast, als zöge er in Betracht, die Waffe dort zu lassen, wo sie war, sie ein für alle Male aufzugeben. Dann ging er hin und packte den Griff. Langsam begann er daran zu ziehen. Und zog weiter und weiter, als er erwartete.

Die Klinge kam hervor. Morgan Leah riß die Augen auf. Das Schwert von Leah war nicht mehr zerbrochen. Es war so vollkommen wie an jenem Tag, als sein Vater es ihm gab.

»Hochländer!« stieß Horner Dees staunend aus.

»Sie sprach die Wahrheit«, flüsterte Morgan und ließ seine Finger über die glänzende Oberfläche der Klinge streichen. Ungläubig schaute er Walker an. »Wie?«

»Ihre Magie«, erwiderte Walker und lächelte über den Ausdruck auf dem Gesicht des anderen. »Sie wurde wieder zu den Elementen der Erde, die ihr Vater benutzte, um sie zu erschaffen, und dazu gehören auch die Metalle, aus denen das Schwert von Leah geschmiedet wurde. Sie hat deinen Talisman neu gemacht, wie sie dieses Land neu gemacht hat. Es war ihre letzte Tat, Hochländer. Ein Liebesakt.«

Morgans graue Augen leuchteten. »In gewissem Sinn ist sie dann bei mir, nicht wahr? Und sie wird bei mir sein, solange ich das Schwert in meinem Besitz habe.« Er holte tief Luft. »Glaubst du, das Schwert hat auch seine magische Kraft wieder, Walker?«

»Ich glaube, die Magie kommt von dir. Ich glaube, sie stammte immer von dir.«

Morgan musterte ihn eine Weile, dann nickte er langsam. Er schob das Schwert behutsam in seinen Gürtel. »Ich habe mein Schwert wieder, aber da ist noch immer die Sache mit deinem Arm. Was ist damit? Sie sagte, daß du, so wie die Klinge, wieder heil und ganz gemacht würdest.«

Walker dachte nach, dann schürzte er die Lippen. »Allerdings.« Er streckte die Hand aus und drehte Morgan sanft zu dem Hohlweg. »Ich fange an zu glauben, Hochländer«, sagte er leise, »daß sie, als sie davon sprach, heil und ganz zu werden, nicht meinen Arm, sondern etwas ganz anderes meinte.«

Hinter ihnen flutete das Sonnenlicht über den Gezeitenstrom.

Ihre Augen!

Sie starrten Pe Ell aus den hohlen Fensterlöchern der Häuser von Eldwist an, und als er die Stadt hinter sich gelassen hatte, lugten sie aus den Spalten und Klüften des Felsgesteins auf der Landenge, und als er bei den Klippen war, spähten sie hinter den nebelumwehten Findlingen neben dem Pfad, der nach oben führte, hervor. Wohin er auch rannte, ihre Augen folgten ihm.

Was habe ich getan?

Die Verzweiflung fraß ihn auf. Er hatte das Mädchen getötet, wie er vorgehabt hatte; er hatte den schwarzen Elfenstein in seinem Besitz. Alles war genauso gekommen, wie es geplant gewesen war. Mit Ausnahme der Tatsache, daß es nie sein Plan gewesen war – sondern von Anfang an der ihre. Das war es, was er in ihren Augen gesehen hatte, die Wahrheit, weshalb er hier war und wozu er bestimmt worden war. Sie hatte ihn nicht nach Eldwist gebracht, damit er dem Steinkönig entgegentreten und den schwarzen Elfenstein erobern sollte; sie hatte ihn mitgenommen, damit er sie tötete.

Himmel noch mal, damit er sie tötete!

Blindlings rannte er, stolperte, raffte sich wieder auf, zerrissen von der Erkenntnis, wie sie ihn benutzt hatte.

Er hatte nie die Kontrolle gehabt. Er hatte sich nur eingebildet, sie zu haben. Alle seine Mühen waren verschwendet. Sie hatte ihn vom ersten Moment an manipuliert – als sie ihn in Culhaven auswählte und ganz genau wußte, wer und was er war, als sie ihn überredete, mitzukommen und ihn dabei in dem Glauben ließ, er komme aus eigenem Willen, und indem sie ihn sorgfältig von den anderen fernhielt, ihn hierhin und dorthin schickte, wie ihre Absichten es verlangten. Sie hatte ihn benutzt! Warum? Warum hatte sie das getan? Die Frage brannte wie Feuer? Warum hatte sie sterben wollen?

Das Feuer wurde zu eisiger Kälte, als er sah, daß ihm ihre Augen von rechts und links und überallher zuzwinkerten. War es am Ende überhaupt seine Entscheidung gewesen, sie zu erstechen? Er konnte sich nicht erinnern, bewußt die Entscheidung getroffen zu haben. Es war beinahe so, als habe sie sich selbst in die Klinge gestürzt – oder seine Hand dazu gebracht, sich diese wenigen, nötigen Zentimeter weit zu bewegen. Pe Ell war die ganze Zeit die Marionette der Tochter des Königs vom Silberfluß gewesen; vielleicht hatte sie auch an den Fäden gezogen, die ihn ein letztes Mal hatten handeln lassen – und dann öffnete sie ihm ihre Augen, so daß ihm alle ihre Geheimnisse offenbart wurden.

Er taumelte zu Boden, als er das obere Ende des Klippenpfads erreichte, warf sich nach links in eine Nische zwischen den Felsen, kauerte sich zusammen und begrub sein hageres, verstörtes Gesicht in den Armen. Er wünschte, er könnte sich verstecken, könnte verschwinden. Wutentbrannt knirschte er mit den Zähnen. Er hoffte, sie sei tot! Er hoffte, sie wären alle tot! Tränen rannen ihm übers Gesicht, Zorn und Verzweiflung wüteten in ihm, kehrten sein Inneres nach außen. Niemand hatte ihm das je angetan. Er konnte nicht ertragen, was er empfand! Er konnte es nicht dulden!

Nach kurzer Zeit, vielleicht auch etwas länger, schaute er wieder auf, weil ihm plötzlich bewußt wurde, daß er in Gefahr schwebte. Die anderen würden ihn verfolgen. Sollen sie doch kommen, dachte er wild. Aber nein, er war noch nicht bereit, ihnen entgegenzutreten. Er konnte kaum klar denken. Er brauchte Zeit, um sich wieder zu fangen.

Er zwang sich wieder auf die Füße. Alles, was ihm zu tun in den Sinn kam, war rennen und immer wieder rennen.

Er erreichte den Hohlweg, der von den Klippen und dem Blick auf die verhaßte Stadt wegführte. Er konnte fühlen, wie die Erde erschüttert wurde, und er hörte das Rumpeln des Malmschlunds. Regen prasselte auf ihn nieder, und grauer Nebel senkte sich über ihn, bis man meinte, die Wolken lagerten direkt auf dem Land. Pe Ell drückte den Lederbeutel mit den Runenzeichen und seinem kostbaren Inhalt fest an seine Brust. Der Stiehl ruhte wieder in der Scheide an seiner Hüfte. Er fühlte die Magie bis in seine Hände brennen, an seinem Körper, heißer, als er sie je gefühlt hatte, ein Feuer, das vielleicht nie mehr gelöscht werden konnte. Was hatte ihm das Mädchen angetan? Was hatte sie getan?

Er stürzte und konnte eine Weile lang nicht wieder aufstehen. Alle Kraft hatte ihn verlassen. Er schaute auf seine Hände, sah das Blut, das an ihnen klebte. Ihr Blut.

Ihr Gesicht blitzte vor ihm aus dem grauen Dunst auf, leuchtend und sprühend, ihr Silberhaar zurückgeworfen, ihre schwarzen Augen...

Quickening!

Es gelang ihm mit Mühe, wieder auf die Füße zu kommen, und dann rannte er weiter, rutschte und stolperte und kämpfte gegen die Visionen an, versuchte, seine Fassung zurückzugewinnen, seine Selbstkontrolle. Aber nichts wollte an seinen Platz rücken, alles torkelte kunterbunt durcheinander, und Wahnsinn raste in ihm wie ein freigelassener Wachhund. Er hatte sie getötet, ja. Aber sie hatte ihn dazu veranlaßt, es zu tun! Alle die Gefühle für sie waren von Anfang an falsch gewesen, nichts als ihr Werk, sie hatte ihn verdreht!

Vor ihm öffnete sich die Knochensenke, leer und steinig. Er wurde nicht langsamer. Er rannte weiter.

Irgend etwas geschah hinter ihm. Er konnte eine Veränderung der Erschütterungen wahrnehmen, ein Drehen des Windes. Er konnte fühlen, wie sich etwas Kaltes tief in seinem Inneren ausbreitete. *Magie!* Eine Stimme flüsterte bohrend, heimtückisch. *Quickening kommt dich holen!* Aber Quickening war doch tot! Er schrie laut auf, verfolgt von Dämonen, die alle ihr Gesicht trugen.

Er stolperte und fiel mitten in einen Haufen bleicher Knochen, raffte sich wieder auf die Knie und erkannte plötzlich, wo er sich befand.

Die Zeit blieb für Pe Ell stehen, und ein furchteinflößender Augenblick der Erkenntnis erblühte in ihm.

Der Koden!

Und dann hatte er ihn. Seine zottigen Glieder umfingen ihn, sein Körper roch nach Alter und Verwesung. Er konnte das Pfeifen seines Atems an seinem Ohr hören, konnte die Hitze seines Gesichts spüren. Die Nähe des Monsters war erstickend. Er strampelte, um es zu sehen, und stellte fest, daß er unfähig dazu war. Es war da und gleichzeitig nicht da. War es irgendwie unsichtbar geworden? Er versuchte, den Griff des Stiehls zu fassen, aber seine Finger wollten nicht reagieren.

Wie war das möglich?

Plötzlich wußte er, daß es kein Entkommen mehr gab. Und er war nur gelinde überrascht festzustellen, daß es ihm ziemlich egal war.

Im nächsten Augenblick war er tot.

Weniger als eine Stunde später gelangten die letzten drei Überlebenden der Gruppe aus Rampling Steep zur Knochensenke und fanden Pe Ells Leiche. Er lag auf halbem Wege, ausgespreizt und ungeschützt auf der Erde, den leblosen Blick in den Himmel gerichtet. Eine Hand umklammerte den Lederbeutel mit den blauen Runen, der den schwarzen Elfenstein enthielt. Der Stiehl steckte noch in der Scheide.

Walker Boh schaute sich neugierig um. Quickenings Magie hatte sich über die Knochensenke hinaus ausgebreitet und so verwandelt, daß sie nicht mehr wiederzuerkennen war. Sägegras und Springkraut wucherte in Büscheln überall und polsterte die harte Oberfläche des Gesteins. Gelbe und purpurne Wildblumen neigten sich der Sonne entgegen, und die Knochen der Toten waren im Erdboden verschwunden. Alles, was übriggeblieben war, war Pe Ell.

»Nicht die geringste Wunde«, murmelte Horner Dees. Sein zerklüftetes Gesicht war noch runzliger, und seine Stimme war voller Staunen. Er trat näher, beugte sich hinunter, um genauer hinzuschauen, und richtete sich wieder auf. »Vielleicht der Hals gebrochen. Rippen eingedrückt. Irgend so was. Aber nichts, was ich so sehen könnte. Etwas Blut an seinen Händen, aber das stammt von dem Mädchen. Und schaut doch mal. Spuren vom Koden überall. Er muß ihn erwischt haben. Aber an seiner Leiche sind keine Zeichen. Wie gefällt euch das?«

Nirgendwo war ein Hinweis darauf, daß der Koden noch da war. Er war fort, verschwunden, als habe es ihn nie gegeben. Walker prüfte die Luft, testete die Stille, schloß die Augen, um zu prüfen, ob er den Koden in seinem Bewußtsein finden könnte. Nein. Quickenings Magie hatte ihn befreit. Sobald die Ketten, die ihn fesselten, zerbrochen waren, war er in seine eigene Welt zurückgekehrt, wieder er selbst, nichts als ein Bär. Und die Erinnerungen an das, was ihm angetan worden war, verblaßten schon. Walker fühlte, wie sich tiefe Befriedigung in ihm ausbreitete. Am Ende hatte er sein Versprechen halten können.

»Schaut euch doch mal seine Augen an«, sagte Horner Dees. »Seht mal, wieviel Angst darin steht. Er starb nicht als glücklicher Mann, was immer es war, das ihn getötet hat. Er starb voller Angst.«

»Es muß der Koden gewesen sein«, beharrte Morgan Leah. Er hielt sich von der Leiche fern, wollte sich ihr nicht nähern.

Dees musterte ihn kritisch: »Meinst du? Wie denn? Was hat er gemacht? Ihn zu Tode umarmt? Muß ziemlich schnell gegangen sein, wenn es das war. Sein komisches Messer steckt noch immer in der Scheide. Schau dir's an, Hochländer. Was siehst du?«

Morgan kam widerwillig näher. »Nichts«, gab er zu.

»Wie ich gesagt habe«, schnaufte Dees. »Soll ich ihn umdrehen, damit du die andere Seite sehen kannst?«

Morgan schüttelte den Kopf. »Nein.« Er betrachtete Pe Ells Gesicht eine Weile, ohne etwas zu sagen. »Es spielt keine Rolle.« Dann schaute er auf und suchte Walkers Blick. »Ich weiß nicht, was ich davon halten soll. Ist das nicht seltsam? Ich wünschte ihn tot, aber ich wollte derjenige sein, der ihn tötete. Ich weiß, es ist egal, wer ihn umgebracht hat oder wie es geschehen ist, aber irgendwie fühle ich mich betrogen. Als wäre mir die Chance gestohlen worden, die Dinge auszugleichen.«

»Ich glaube nicht, daß es so ist, Morgan«, erwiderte der Dunkle Onkel leise. »Ich glaube, diese Chance war dir nie zugedacht.«

Der Hochländer und der alte Fährtensucher schauten ihn überrascht an. »Was willst du damit sagen?« knurrte Dees.

Walker zuckte mit den Achseln. »Wäre ich der König vom Silberfluß und gezwungen, das Leben meines Kindes der Klinge eines Meuchelmörders zu opfern, dann würde ich dafür sorgen, daß der Mörder nicht mit heiler Haut davonkommt.« Er schaute von einem zum anderen. »Vielleicht sollte die Magie, die Quickening in ihrem Körper trug, mehr als nur einer Sache dienen. Vielleicht tat sie das.«

Es entstand ein langes Schweigen, während die drei diese Möglichkeit erwogen. »Das Blut an seinen Händen vielleicht?« sagte Horner Dees nach einiger Zeit. »Als wäre es Gift?« Er schüttelte den Kopf. »Erscheint ebenso wahrscheinlich wie irgendwas anderes.«

Walker Boh bückte sich und befreite den Beutel mit dem schwarzen Elfenstein vorsichtig aus Pe Ells starren Fingern. Er wischte ihn sauber, hielt ihn einen Moment auf der Handfläche und dachte bei sich, welche Ironie des Schicksals es war, daß der Elfenstein dem Mörder nichts genützt hatte. So viel Mühe, um in den Besitz seiner Magie zu gelangen, und alles umsonst. Quickening hatte es gewußt. Der König vom Silberfluß hatte es gewußt. Wenn Pe Ell es auch gewußt hätte, hätte er das Mädchen auf der Stelle getötet und damit der Sache ein für alle Male ein Ende gesetzt. Oder wäre er dennoch geblieben, so gefangen von ihr, daß er selbst dann nicht hätte entkommen können? Walker Boh war sich nicht sicher.

»Und was ist hiermit?« Horner Dees löste den Stiehl von Pe Ells Hüfte. »Was machen wir hiermit?«

»In den Ozean werfen«, gab Morgan sofort zurück. »Oder in das tiefste Loch, das du finden kannst.«

Walker kam es vor, als höre er jemand anderen sprechen, als ob die Worte ihm in unangenehmer Weise nicht unbekannt seien. Dann merkte er, daß er an sich selbst dachte und sich an das erinnerte, was er gesagt hatte, als Cogline ihm die Druidengeschichte aus Paranor gebracht hatte. Andere Zeiten, andere Magie, dachte er, aber die Gefahren blieben immer die gleichen.

»Morgan«, sagte er, und der junge Mann drehte sich zu ihm um. »Wenn wir es fortwerfen, riskieren wir, daß es wiedergefunden wird – vielleicht von jemandem, der so verderbt und übel ist wie Pe Ell. Vielleicht von jemandem, der noch schlimmer ist. Die Waffe muß irgendwo eingeschlossen werden, wo niemand sie mehr erreichen kann.« Er wandte sich an Horner Dees. »Wenn du sie mir überlassen willst, dann werde ich dafür sorgen, daß das geschieht.«

Ohne sich zu rühren, standen sie eine Weile da, drei erschöpfte, zerlumpte Gestalten in einem Gelände zerborstenen Gesteins und frischen Grüns, und maßen einander ab. Dees warf einmal einen Blick auf Morgan, dann reichte er Walker das Messer. »Ich nehme an, wir können uns darauf verlassen, daß du dein Wort so gut hältst wie sonst irgendwer«, meinte er.

Walker verstaute den Stiehl und den Elfenstein in den tiefen Taschen seines Umhangs und hoffte, daß es so sei.

Für den Rest des Tages wanderten sie nach Süden und verbrachten ihre erste Nacht fern von Eldwist auf einer kargen, mit Gestrüpp bewachsenen Ebene. Einen Tag zuvor war die Ebene noch ein Teil von Uhl Belks Königreich gewesen, infiziert vom Gift des Malmschlunds, ein zerklüfteter steinerner Teppich. Selbst mit nichts als dem Gestrüpp zu ihrem Schmuck, wirkte die Ebene wohltuend üppig nach der Leblosigkeit der Stadt. Es gab nach wie vor nicht viel zu essen, ein paar Wurzeln und Wildgemüse, doch es gab wieder frisches Wasser, der Himmel war voller Sterne und die Luft sauber und frisch. Sie entfachten ein Feuer und saßen bis spät in die Nacht davor, sprachen leise über ihre Empfindungen und verbrachten lange Zeit schweigend mit ihren Erinnerungen an das Geschehene.

Als der Morgen anbrach, erwachten sie mit der Sonne im Gesicht, ganz einfach dankbar, noch am Leben zu sein.

Sie zogen wieder durch die hohen Wälder auf das Carnalgebirge zu.

Horner Dees führte sie einen anderen Weg diesmal, östlich an den Stacheln vorbei und sorgfältig das Gebiet von Carismans Stamm der Urdas meidend. Das Wetter blieb mild, selbst im Gebirge, und weder Stürme noch Lawinen verursachten ihnen weitere Probleme. Nahrung war wieder in Hülle und Fülle zu finden, und sie kamen langsam wieder zu Kräften. Auch ein Wohlgefühl stellte sich langsam wieder ein, und die grausamsten der Erinnerungen verblaßten ein wenig.

Morgan Leah sprach häufig von Quickening. Es schien ihm gut zu tun, von ihr zu reden, und sowohl Walker als auch Horner Dees ermutigten ihn dazu. Manchmal redete der Hochländer, als wäre sie noch am Leben, berührte dabei das Schwert von Leah und gestikulierte zurück zu dem Land, das sie hinter sich ließen. Sie war dort, behauptete er beharrlich, und es war besser, daß sie dort war, als ganz und gar verschwunden. Manchmal konnte er ihre Gegenwart fühlen, dessen war er sicher. Er lächelte und scherzte und kam langsam wieder zu sich.

Horner Dees wurde fast ebensoschnell wieder der alte; der geplagte Ausdruck verschwand aus seinem Blick, die Anspannung seines Gesichts löste sich, die Schroffheit seiner Stimme verlor ihre Schärfe, und zum ersten Mal seit Wochen tauchte seine Liebe zu den Bergen wieder in seinen Gesprächen auf.

Walker Boh erholte sich langsamer. Er steckte in einem eisernen Panzer fatalistischer Resignation, die seine Gefühle fast gänzlich umschlossen hielt. Er hatte seinen Arm in der Halle der Könige verloren. Er hatte Cogline und Ondit in Hearthstone verloren. Er hatte unzählige Male beinahe sein Leben verloren. Carisman war tot. Quickening hatte recht gehabt. Es gab immer Alternativen. Aber die Wahl wurde manchmal für einen getroffen, ob man es wollte oder nicht. Er mochte vorgehabt haben, sich nicht in die Machenschaften der Druiden verstricken zu lassen und sein Leben von Brin Ohmsford und ihrem Vermächtnis der Magie abzuwenden. Aber die Umstände und das Gewissen machten es einfach unmöglich. Sein Schicksal war mit Fäden gewoben, die Hunderte, ja Tausende von Jahren zurückreichten, und er konnte sich nicht von ihnen befreien, jedenfalls nicht vollständig. Er hatte die Sache immer wieder durchdacht, seit er sich in jener Nacht in Eldwist bereiterklärt hatte, mit Quickening in den Unterschlupf des Steinkönigs zurückzukehren und den schwarzen Elfenstein zu holen. Er wußte in dem Augenblick, daß er, indem er sich dazu bereit erklärte, den Talisman, falls sie Erfolg hätten, in die Vier Länder tragen und versuchen würde, das verschwundene Paranor und die Druiden zurückzubringen – ganz wie Allanon ihm aufgetragen hatte.

Er wußte, ohne die Worte auszusprechen, was das bedeutete.

Triff die Wahl, die du willst, hatte Quickening ihm geraten.

Aber welche Alternativen blieben ihm denn? Er hatte schon vor langer Zeit beschlossen, nach dem schwarzen Elfenstein zu suchen – vielleicht seit dem Moment, als er von seiner Existenz in der Druidengeschichte las; gewiß seit Coglines Tod. Er hatte ebenfalls entschieden, herauszufinden, was seine Magie leisten würde – und das bedeutete, daß er Allanons Behauptung, Paranor und die Druiden könnten zurückgebracht werden, testete. Er konnte sich sagen, daß er die Sache bis zu dem Moment erwogen hätte, als die Stadt Eldwist ihr Ende fand. Aber er wußte, daß die Wahrheit anders war. Er wußte ebensogut, daß Paranor, wenn die Magie des schwarzen Elfensteins alldem entsprach, was versprochen war, wenn sie wirkte, wie er glaubte, wiederhergestellt werden würde. Und wenn das geschah, würden die Druiden in die Vier Länder zurückkommen.

Durch ihn.

Mit ihm angefangen.

Und diese Tatsache gab ihm die einzige Wahl, die ihm blieb, jene, die zu treffen Quickening von ihm gewollt hatte – die Wahl, wer er sein würde. Wenn es stimmte, daß Paranor wiederhergestellt werden konnte und er der erste Druide sein mußte, der die Festung übernahm, dann mußte er dafür sorgen, daß er sich in dem Prozeß nicht selbst verlor. Er mußte dafür sorgen, daß Walker Boh überlebte – sein Herz, seine Ideen, seine Überzeugungen, seine Zweifel – alles, was er war und glaubte. Er mußte alles tun, nicht genau zu dem zu werden, dem zu entrinnen er so hart gekämpft hatte. Mit anderen Worten, er durfte nicht ein Allanon werden. Er durfte nicht wie die Druiden der alten Zeit werden – Manipulatoren, Ausbeuter, finstere, heimlichtuerische Verschwörer und Verschleierer von Wahrheiten. Wenn die Druiden zurückkommen mußten, um die Rassen zu erhalten, um ihr Überleben gegen die finsteren Mächte der Welt, Schattenwesen oder was immer, zu gewährleisten, dann mußte er sie zu dem machen, was sie sein sollten – eine bessere Sorte von Menschen, Lehrer und Verteiler der Macht der Magie.

Diese Wahl konnte er noch immer treffen – eine Wahl, die er treffen mußte, wenn er seinen gesunden Verstand bewahren wollte.

Sie brauchten fast zwei Wochen bis Rampling Steep, wählten die längeren, aber sichereren Wege, vermieden alle Risiken, verkrochen sich, wenn es dunkel wurde, und zogen weiter, wenn es wieder hell war. Sie erreichten die Gebirgsstadt gegen Mittag. Der Himmel war von grauen Wolkenschleiern überdeckt, die ein Sommerregen zurückgelassen hatte und die an hastig zerzupfte Baumwollflocken denken ließen. Es war ein warmer, feuchter Tag, und die Häuser der Stadt glänzten wie nasse, fette Kröten, die zwischen den Steinen hockten. Die drei Reisenden näherten sich der Stadt wie Fremde, sahen sie mit neuen Augen, die erste Stadt seit Eldwist. Gleichzeitig verlangsamten sie alle drei ihre Schritte, als sie die Hauptstraße erreichten, die zwischen den Tavernen, Scheunen und Läden entlangführte. Sie blieben stehen und schauten noch einmal auf die Berge zurück, von denen sie gekommen waren, und beobachteten für ein Weilchen, wie das Wasser des Gewitterregens in Sturzbächen von den Felsen plätscherte, und lauschten auf das ferne Rauschen.

»Zeit zum Abschied«, verkündete Horner Dees unvermittelt und streckte Morgan seine Hand hin.

Morgan riß die Augen auf. Kein Wort war bisher darüber gefallen, daß er sich von ihnen trennen würde. »Du kommst nicht mit?«

Der alte Fährtensucher schnaubte. »Ich bin froh, daß ich noch lebe, Hochländer. Jetzt willst du, daß ich mit nach Süden gehe? Wie weit erwartest du, daß ich die Dinge treiben soll?«

»Ich meine nicht...«, stammelte Morgan.

»Die Sache ist«, unterbrach ihn der andere mit einer kurzen Bewegung seiner großen Hand, »ich hätte gar nicht mitgehen sollen. Es war das Mädchen, das mich überredet hat. Konnte es ihr nicht abschlagen. Und vielleicht war es auch das Gefühl, daß ich was zurückgelassen hatte, als ich vor zehn Jahren vor dem Steinkönig und seinen Monstern davongerannt bin. Ich mußte noch mal hingehen und es wiederfinden. Und da bin ich nun. Der einzige Mensch, der Eldwist und Uhl Belk zweimal entkommen ist. Mir scheint, das ist genug für einen alten Mann.«

»Du wärest herzlich willkommen, wenn du mit uns gehen wolltest, Horner Dees«, versicherte ihm an Morgans Statt Walker Boh. »Du bist weniger alt, als du behauptest, und doppelt so fähig. Der Hochländer und seine Freunde könnten deine Erfahrungen brauchen.«

»Ja, Horner«, stimmte Morgan eilig zu. »Wie ist das mit den Schattenwesen? Wir brauchen deine Hilfe, um gegen sie zu kämpfen. Komm doch mit.«

Aber der alte Fährtensucher schüttelte starrsinnig seinen Bärenkopf. »Ich werde dich vermissen, Hochländer. Ich verdanke dir mein Leben. Ich schaue dich an und sehe den Sohn, den ich unter anderen Umständen vielleicht hätte haben können. Na, ist das nicht ein Geständnis? Aber ich habe in meinem Leben genug Aufregung gehabt, und ich bin nicht scharf auf mehr. Ich sehne mich nach der Ruhe und der Dunkelheit der Bierhäuser. Ich brauche die Annehmlichkeiten meines eigenen Heims.« Er streckte wieder die Hand aus. »Aber wer sagt denn, daß sich das nicht wieder ändern kann? Also, ein andermal vielleicht.«

Morgan ergriff die Hand. »Jederzeit, Horner.« Dann ließ er die Hand los und umarmte den alten Mann. Horner Dees drückte ihn an sich.

Danach ging die Reise schnell, die Zeit verstrich fast magisch, die Tage und Nächte verflossen wie Quecksilber. Walker und Morgan gelangten aus den Charnalbergen in das Vorgebirge im Süden und folgten ihnen dann westwärts zum Rabb. Sie überquerten den Nordarm des

Flusses und gelangten in das offene Grasland, das sich bis zu den fernen Gipfeln der Drachenzähne erstreckte. Die Tage waren lang und heiß, die Sonne brannte aus einem wolkenlosen Himmel, kaum hatten sie das unbeständige Wetter des Gebirges hinter sich gelassen. Die Sonne ging früh auf und ging spät unter. Selbst die Nächte waren warm und hell. Die beiden begegneten nur wenigen Reisenden und keiner einzigen Föderationspatrouille. Das Land war zunehmend von der Schattenwesenkrankheit befallen, dunkle Flecken, die die Verbreitung der Krankheit andeuteten, aber es gab keine Zeichen der Überträger.

Am Ende der Woche erreichten der Dunkle Onkel und der Hochländer den südlichen Zugang zum Jannissonpaß. Es war schon fast Mittag, und der Paß erstreckte sich vor ihnen durch die Verbindung der felsigen Drachenzähne mit dem Charnalgebirge, ein breiter, leerer Korridor, der nordwärts nach Streleheim führte. Hier hatte Padishar Creel gehofft, die Truppen der Südlandbewegung, des Zwergenwiderstandes und der Trolle von Axhind und seines Kelctischen Vogels Rock zu vereinigen, um die Armeen der Föderation zu bebämpfen und zu besiegen. Der Wind wehte sanft über die Ebene und über den Paß; sonst regte sich nichts.

Morgan schaute sich trübsinnig und resigniert um. Walker stand schweigend eine Weile neben ihm, dann legte er ihm die Hand auf die Schulter. »Wohin nun, Hochländer?« fragte er leise.

Morgan zuckte mit den Schultern und lächelte tapfer. »Nach Süden, denke ich, nach Varfleet. Ich werde versuchen, Kontakt mit Padishar aufzunehmen. Ich hoffe, daß er Par und Coll gefunden hat. Wenn das nicht der Fall ist, werde ich selber nach den Talbewohnern suchen gehen.« Er hielt inne und musterte das harte, bleiche Gesicht des anderen. »Ich kann mir denken, wo du hingehen wirst.«

Walker nickte. »Paranor suchen.«

Morgan holte tief Luft. »Ich weiß, daß du genau das nicht tun wolltest, Walker.«

»Allerdings.«

»Ich kann mitgehen, wenn du willst.«

»Nein, Hochländer, du hast genug für andere getan. Es ist Zeit, daß du etwas für dich selbst tust.«

Morgan nickte. »Nun, ich habe keine Angst, falls du das denkst. Ich habe die Magie des Schwertes von Leah wieder. Ich könnte etwas nützen.«

Walkers Finger drückten Morgans Schulter kräftig und ließen dann los. »Ich glaube nicht, daß irgendwer mir helfen kann, wo ich hingehe. Ich glaube, ich werde mir selbst helfen müssen, so gut ich kann. Der Elfenstein wird vermutlich mein bester Schutz sein.« Er seufzte. »Seltsam, wie die Dinge sich entwickeln. Ohne Quickening würde keiner von uns tun, was er tut, oder sein, was er ist, nicht wahr? Sie hat uns beiden ein neues Ziel, ein neues Gesicht und vielleicht sogar neue Kraft gegeben. Vergiß nicht, was sie für dich aufgegeben hat, Morgan. Sie liebte dich. Und ich glaube, daß sie dich – in welcher Weise auch immer sie kann – immer lieben wird.«

»Ich weiß.«

»Horner Dees sagte, daß du ihm das Leben gerettet hast. Du hast auch meines gerettet. Hättest du nicht das Schwert benutzt, so zersplittert, wie es war, hätte Uhl Belk mich getötet. Ich glaube, Par und Col Ohmsford können sich keinen besseren Beschützer wünschen. Geh sie suchen. Sorg dafür, daß sie wohlauf sind. Hilf ihnen, wo immer du kannst.«

»Das werde ich.«

Sie schüttelten sich die Hände, hielten sie einen Moment fest und schauten sich in die Augen.

»Sei vorsichtig, Walker«, sagte Morgan.

Walker lächelte schwach und ein wenig ironisch. »Bis zum nächsten Mal, Morgan Leah.«

Dann drehte Walker sich um und machte sich auf den Weg über den Paß. Er gelangte aus der Sonne in den Schatten der Felsen und schaute nicht mehr zurück.

Für den Rest des Tages und auch noch den ganzen nächsten zog Walker Boh westwärts über die Streleheimebenen, entlang der dunklen, alten, von den Drachenzähnen umgebenen Wälder im Süden. Am dritten Tag schlug er den Weg in den schattigen Wald ein und ließ die Ebene und den Sonnenschein hinter sich. Die Bäume standen da wie riesige, hohe Wachposten, die darauf warteten, in den Kampf geschickt zu werden, ihre dicken Stämme kameradschaftlich dicht beieinander, und die Äste zu einem Baldachin verflochten. Es waren die Wälder, die vor vierhundert Jahren die Druidenfestung vor der übrigen Welt abgeschirmt hatten. Zu Shea Ohmsfords Zeiten waren Wölfe zur Bewachung eingesetzt worden. Und selbst später hatte es noch eine Dornenhecke gegeben, die niemand außer Allanon persönlich überwinden konnte. Die Wölfe waren nicht mehr da, auch die Dornenhecke war verschwunden und sogar die Festung selbst. Nur die Bäume waren geblieben, in tiefes, allgegenwärtiges Schweigen gehüllt.

Walker folgte den Pfaden, als wäre er ein Schatten, glitt lautlos zwischen den Stämmen über den Teppich toter Nadeln, verloren in der Trübsal seiner wachsenden Unentschlossenheit. Die Gedanken an das, was er auf dem Wege zu tun war, waren wirr und nervenzehrend, und die Ungewißheit, die er sorgfältig überwunden zu haben glaubte, suchte ihn erneut heim. Sein ganzes Leben lang hatte er sich bemüht, Brin Ohmsfords Vermächtnis zu entkommen; und jetzt beeilte er sich freiwillig, es zu umarmen. Die Entscheidung, es zu tun, hatte lange gebraucht, und er hatte sie oft in Frage gestellt. Sie war das Ereignis einer seltsamen Mischung aus Umständen, Gewissen und Überlegung. Er hatte so viel darüber nachgedacht, wie er imstande war, und er war überzeugt, daß er die richtige Wahl getroffen hatte. Und dennoch war die Aussicht auf die Konsequenzen beängstigend, und je näher der Moment rückte, da er sie erkennen würde, desto mehr nahmen die bösen Vorahnungen überhand.

Als er schließlich im Herzen des Waldes bei der Anhöhe, auf der Paranor einst gethront hatte, ankam, waren seine Gefühle in wildem Aufruhr. Lange Zeit stand er da und starrte zu den wenigen Steinblöcken hinauf, die von den Außenmauern übriggeblieben waren, auf die roten Streifen, die der Sonnenuntergang mit heißem, schwindendem Leuchten über die Hügelkuppe warf. Im Schein des verblassenden Lichts konnte er sich vorstellen, daß es möglich wäre, Paranor vor der hereinbrechenden Nacht in die Höhe ragen zu sehen, seine Zinnen scharf umrissen, mit Türmen, die wie Speere in das Blau des Himmels stachen. Er konnte die ungeheure Größe der Präsenz der Festung, die trotzende Masse ihrer Steine fühlen. Er konnte das Leben ihrer Magie anrühren, die auf ihre Wiedergeburt wartete.

Er machte ein Feuer, saß davor und wartete auf den Einbruch der Nacht. Als es vollständig dunkel war, stand er auf und ging an den Fuß des Hügels zurück. Über ihm glitzerten die Sterne, und die Wälder rundum waren voller nächtlicher Geräusche. Er fühlte sich fremd und einsam. Er starrte noch einmal auf die Hügelkuppe hinauf und suchte von innen her mit seiner Magie einen Hinweis auf das zu finden, was dort wartete. Nichts gab sich zu erkennen. Dennoch war die Festung dort; er konnte ihre Gegenwart in einer Weise fühlen, die er nicht zu erklären imstande war. Die Tatsache, daß seine Magie versagte, das zu bekräftigen, was er ohnehin wußte, verursachte ihm zusätzliches Unbehagen. Bring das verlorene Paranor und die Druiden zurück, hatte Allanon gesagt. Was würde es brauchen, um es zu tun? Was, über den bloßen Besitz des schwarzen Elfensteins hinaus? Es brauchte noch mehr, das wußte er. Da mußte noch mehr sein.

Er schlief ein paar Stunden, obwohl der Schlaf nicht leicht kommen wollte, eine schwache Notwendigkeit gegen das Gewisper seiner Ängste. Er lag lange wach, seine Entschlossenheit entglitt ihm, zersetzte sich und bekam Risse. Die Fallen eines lebenslänglichen Mißtrauens verstrickten ihn, befreiten sich aus den Winkeln, in die er sie verbannt hatte, und drohten, erneut die Oberhand zu gewinnen. Er zwang sich, an Quickening zu denken. Wie mußte es für sie gewesen sein, da sie doch wußte, was ihr bevorstand? Welche Ängste sie ausgestanden haben mußte! Und doch opferte sie sich selbst, weil es nötig war, um dem Land das Leben zurückzugeben. Es gab ihm Kraft, wenn er an ihren

Mut dachte, und nach einer Weile ließ das Gewisper nach, und er schlief ein.

Der Tag brach schon an, als er wieder erwachte. Er wusch sich und aß eilig etwas, hölzern und nervös im Schatten dessen, was ihn erwartete. Als er fertig war, ging er wieder zum Fuß des Hügels und schaute hinauf. Die Sonne war hinter ihm und schien auf die kahle Kuppe des Hügels. Nichts hatte sich verändert. Kein Hinweis auf das, was einst war oder was sein könnte, ließ sich entdecken. Paranor war und blieb in der Zeit, im Raum und in der Legende verschollen.

Walker wandte sich ab und kehrte wieder zum Waldrand zurück, in sichere Entfernung von der Anhöhe. Er faßte in die Tasche seines Umhangs und holte den Beutel mit dem schwarzen Elfenstein hervor. Er starrte darauf und fühlte das Gewicht der magischen Kraft in seiner Hand. Sein Körper war steif und müde, sein fehlender Arm schmerzte. Seine Kehle war so trocken wie Herbstblätter. Er merkte, wie die Unsicherheiten und Zweifel und Ängste wieder aufstiegen und sich zu einer Woge zusammenballten, die ihn fortzuschwemmen drohte.

Hastig ließ er den Elfenstein aus dem Beutel auf seine Handfläche gleiten.

Er schloß die Hand augenblicklich, zu furchtsam, in sein dunkles Licht zu schauen. Sein Kopf arbeitete rasend. Ein Stein, einer für alles, einer für Herz, Geist und Körper – so gemacht, glaubte er, weil er die Antithese aller anderen Elfensteine darstellte; ein Stein, von den Geschöpfen der Alten Welt der Feen geschaffen und mit einer Magie ausgestattet, die verschlang, statt auszustrahlen, die absorbierte, statt etwas freizusetzen. Die Elfensteine, die Allanon Shea Ohmsford gegeben hatte, waren ein Talisman, der seinen Besitzer gegen jegliche finstere Magie beschützte, die ihm drohen mochte. Aber der schwarze Elfenstein war aus einem völlig anderen Grund geschaffen worden – nicht zur Verteidigung, sondern zur Befähigung. Er war für einen einzigen Zweck gedacht – um der Magie entgegenzuwirken, die die Druidenfeste hatte verschwinden lassen, und um damit das verlorene Paranor aus der Vergessenheit zurückzuholen. Er würde das vollbringen, indem er jene Magie aufzehrte – und sie in den Körper dessen, der den Stein besaß, übertrug – ihn selbst. Was das bei ihm bewirken würde, konnte Walker sich nur ausmalen. Er wußte, daß der Schutz des Steins gegen Mißbrauch in der Tatsache lag, daß er in der gleichen Weise wirkte, gleich, wer ihn handhabte und zu welchem Zweck. Das war es, was Uhl Belk zerstört hatte. Seine Aufnahme der Magie des Malmschlunds hatte ihn zu Stein gemacht. Walkers eigenes Schicksal mochte ähnlich sein, glaubte er – wenn auch komplexer. Aber wie? Wenn das Benutzen des schwarzen Elfensteins Paranor wiederherstellte, was waren dann die Folgen, wenn die Magie, die die Festung verbannt hatte, auf ihn übertragen würde?

Wer auch immer den Grund und das Recht dazu hat, soll ihn zu seinem wahren, vorbestimmten Zweck verwenden.

Er selbst. Aber warum? Weil Allanon bestimmt hat, daß es so sei? Hatte Allanon die Wahrheit gesprochen? Oder nur einen Teil der Wahrheit? Oder spielte er wieder irgendwelche Spielchen? Was sollte Walker Boh glauben?

Er stand da, einsam und unentschlossen und furchtsam, und er fragte sich, was ihn dazu gebracht hatte. Er sah, daß seine Hand zu zittern begann.

Und dann durchbrach plötzlich das Gewisper in Strömen seine Abwehr und wurde zu Geschrei.

Nein!

Fast ohne zu denken hob er den schwarzen Elfenstein in die Höhe und öffnete die Hand.

Der Elfenstein entflammte sofort zu Leben; seine Magie kitzelte heftig auf seiner Haut. Schwarzes Licht – das Unlicht, die verschlingende Finsternis. *Wer auch immer.* Er sah, wie sich das Licht vor ihm sammelte, sich aus sich selbst aufbaute. *Den Grund und Recht dazu besitzt.* Der Rückschlag der Magie zischte durch ihn hindurch, zerfetzte Zweifel und Furcht, ließ Gewisper und Schreie verstummen, füllte ihn mit unvorstellbarer Macht. *Soll ihn zu seinem wahren, vorbestimmten Zweck verwenden.*

Jetzt!

Er ließ das schwarze Licht vorwärtsströmen, ein gewaltiger Tunnel grub sich durch die Luft, verschluckte alles auf seinem Weg, verschlang Substanz und Raum und Zeit. Es prallte gegen die Kuppe des kahlen Hügels, und Walker wurde zurückgeworfen, als habe ihn der Schlag einer unsichtbaren Faust getroffen. Aber er stürzte nicht. Die Magie zischte durch ihn hindurch, stützte ihn, umgab ihn mit einem Panzer. Das schwarze Licht breitete sich vor dem Himmel aus wie Malfarbe, stieg auf, verbreitete sich, schwenkte hierhin und dorthin, zerteilte sich selbst, als folge es Tunneln und Rinnen, durch die es fließen mußte. Es begann, Form anzunehmen. Walker rang nach Luft. Das Licht des schwarzen Elfensteins begann die Umrisse einer gewaltigen Festung herauszuätzen, ihre Wälle und Zinnen, Burgfriede und Türme. Mauern erhoben sich, und Tore zeichneten sich ab. Das Licht breitete sich über den Himmel aus, und das Sonnenlicht wurde verdeckt. Schatten fielen von der Burg, und er fühlte, wie er selbst darin verschwand.

Irgend etwas begann sich in ihm zu verändern. Er wurde ausgesaugt. Nein, er wurde eher aufgefüllt! Etwas, die Magie, strömte hindurch. *Die andere*, dachte er, schwach unter ihrem Aufprall, hilflos, und plötzlich erschrocken. Es war die Magie, die Paranor festgehalten hatte und nun in den Elfenstein gesaugt wurde.

Und in ihn.

Er knirschte mit den Zähnen, und sein Körper versteifte sich. *Ich werde nicht nachgeben.*

Das schwarze Licht durchflutete den leeren Raum des Bildes über der Hügelkuppe, färbte es, gab ihm zuerst Substanz und dann Leben – Paranor, die Druidenfeste, zurück in die Welt der Menschen gekommen, wiedergekehrt aus dem dunklen Halbraum, der sie während all der Jahre verborgen hatte. Sie erhob sich in den Himmel, riesig und abweisend. Der schwarze Elfenstein verblaßte in Walkers Hand. Das Unlicht wurde schwächer und verlosch.

Walker fiel auf die Knie, geschüttelt von Empfindungen, die er nicht benennen konnte, verstört durch die Magie, die er absorbiert hatte und die ihn durchströmte, als wäre es sein eigenes Blut. Er schloß die Augen und schlug sie langsam wieder auf. Er sah sich selbst in einem Dunst schimmern, der seine klaren Umrisse fortstahl. Ungläubig schaute er an sich hinunter, dann wurde ihm eiskalt. Er war nicht mehr wirklich da! Er war zu seinem Gespenst geworden!

Er verdrängte sein Entsetzen und stand wieder auf, seine Hand umklammerte noch immer den schwarzen Elfenstein. Er beobachtete sich selbst, als wäre er jemand anderes, beobachtete das Schimmern seines Körpers und seiner Glieder und die überlappenden Schattierungen, die den Anschein erweckten, er sei in einzelne Teile zerlegt. *Himmel, was ist mit mir geschehen!* Er taumelte vorwärts, stolperte den Hügel hinauf zu der Kuppe, weil er nicht wußte, was er sonst tun sollte. Er mußte Paranor erreichen. Er mußte hineingelangen.

Der Aufstieg war lang und mühsam, und als er die eisernen Tore der Festung erreichte, rang er nach Atem. Sein Körper bewegte sich als eine Fülle von Bildern, jedes ein bißchen außerhalb der anderen. Aber er konnte atmen wie ein normaler Mensch; und er konnte fühlen wie zuvor. Das machte ihm Mut, und er eilte durch Paranors Tore. Der Stein der Festung war nur allzu wirklich, hart und rauh anzufühlen – dennoch gleichzeitig auf eine Art abweisend, die er nicht sofort benennen konnte. Die Tore öffneten sich, als er sich dagegen lehnte, als besäße er die Kraft von tausend Männern und könnte alles bezwingen, das sich ihm entgegenstellte.

Vorsichtig trat er ein. Schatten hüllten ihn ein. Er stand in der Finsternis, und ein Wispern von Tod war überall.

Dann bewegte sich etwas im Dunkel, löste sich und nahm Gestalt an – eine vierbeinige Erscheinung, schwerfällig und bedrohlich. Es war eine Moorkatze, pechschwarz mit leuchtendgelben Augen, da und nicht da, genau wie Walker selbst.

Walker erstarrte. Die Moorkatze sah genauso aus wie...

Hinter der Katze kam ein Mann zum Vorschein, alt und gebeugt, ein durchscheinender Geist, der schimmerte. Als der Mann näher kam, wurden seine Züge erkennbar.

»Endlich bist du da, Walker«, flüsterte er mit eifriger, hohler Stimme.

Der Dunkle Onkel fühlte, wie sich die letzten Überreste seines Zwiespalts auflösten.

Der Mann war Cogline.

Der König vom Silberfluß stand in seinem Garten, seinem Heiligtum, und sah zu, wie die Sonne mit dem westlichen Horizont verschmolz. Ein klarer Bach plätscherte über die Felsen zu seinen Füßen in einen Teich, aus dem ein Einhorn trank; eine sanfte Brise strich durch das Jungfernhaar und trug den Duft von Flieder und Jonquillen herüber, die Bäume raschelten, ihre Blätter leuchteten grün, und Vögel sangen zufriedene Lieder zum Tagesende, während sie sich niederließen für die herannahende Nacht.

So soll es also jetzt sein.

Die Augen, die alles sehen können, hatten den Tod seines Kindes und die Transformation des Landes des Steinkönigs mitangesehen. Den Malmschlund gab es nicht mehr. Die Stadt Eldwist war wieder in die Erde gegangen, zu den Elementen geworden, aus denen sie geschaffen war, und das Land war wieder grün und fruchtbar. Die Magie seines Kindes war tief eingewurzelt, ein Fluß, der unsichtbar um die einsame Kuppel floß, in der Uhl Belk gefangen saß. Es würde lange dauern, bis sein Bruder wieder ans Licht kommen konnte.

Schillernde Libellen surrten an ihm vorbei und verschwanden im Abendlicht.

Anderswo ging der Kampf gegen die Schattenwesen weiter. Walker Boh hatte die Magie des schwarzen Elfensteins angerufen, wie Allanon ihm aufgetragen hatte, und die Druidenfeste war aus den Nebeln, die sie drei Jahrhunderte lang versteckt hatten, wieder aufgetaucht. Was, fragte sich der König vom Silberfluß, wird der Dunkle Onkel wohl von dem halten, was er dort vorfindet? Im Westen, wo einst die Elfen gelebt hatten, setzte Wren Ohmsford ihre Suche fort, um herauszufinden, was aus ihnen geworden war – und, wichtiger noch, auch wenn sie es noch nicht wußte, was aus ihr selbst werden würde. Sie hatte jetzt die Elfensteine, die ihr helfen würden; sie würde sie brauchen. Im Norden mühten sich die Brüder Par und Coll Ohmsford, zueinander zu finden und die Geheimnisse des Schwertes von Shannara und der Schattenwesenmagie zu lüften. Es gab jene, die helfen würden, und jene, die sie verraten würden, und alle die Räder des Glücks, die Allanon in Gang gesetzt hatte, konnten noch immer aufgehalten werden.

Der König vom Silberfluß stand auf, ließ sich in den Teich gleiten, genoß das kühle Naß und ließ sich eins werden mit dem Fließen. Dann stieg er heraus und wandelte über die Wege seines Gartens, zwischen Wacholderbüschen und Schierling hindurch auf ein Hügelchen mit Tausendgüldenkraut und Glockenblumen, deren Blütenblätter im Abendlicht goldene Ränder hatten. Dort blieb er wieder stehen und schaute in die jenseitige Welt hinaus.

Seine Tochter hatte ihre Sache gut gemacht, sinnierte er.

Aber der Gedanke war seltsam leer und trüb. Er hatte ein Elementarwesen hinausgeschickt, seinen Zielen zu dienen. Sie war nicht für ihn gewesen – eine Tocher nur dem Namen nach, ein Kind nur aufgrund der Benennung. Sie war nur eine begrenzte Realität, und er hatte nie die Absicht gehabt, sie irgend etwas anderes sein zu lassen.

Und doch vermißte er sie. Als er sie formte, als er ihr sein Leben einhauchte, war er ihr zu nah gekommen. Die menschlichen Gefühle, die sie füreinander gehabt hatten, würden nicht so schnell vergehen wie ihre menschliche Gestalt. Sie sollte ihm nichts bedeuten, jetzt, da sie fort war. Doch ihre Abwesenheit hinterließ eine Leere, die er nicht füllen zu können schien.

Quickening.

Ein Kind der Elemente und der Magie, sagte er sich. Er würde heute das gleiche wieder tun – aber vielleicht nicht so bereitwillig. Da war etwas in der Art der Geschöpfe der sterblichen Rassen, das über das Vergehen des Fleisches hinaus bestehen blieb und entzückte. Ein Nachhall ihrer Gefühle blieb. Er konnte noch immer ihre Stimme hören, ihr Gesicht sehen, die Berührung ihrer Finger spüren. Sie war fort, und doch war sie geblieben.

Warum war das so?

Er saß da, während die Dunkelheit ihn umfing, und wunderte sich über sich selbst.

Hier endet das Buch. Der Folgeband Die Elfenkönigin von Shannara *wird mehr von den Geheimnissen von Cogline und Paranor enthüllen und von Wren Ohmsfords Bemühungen berichten, herauszufinden, was aus den Westlandelfen geworden ist.*

Die Elfenkönigin von Shannara

Ins Deutsche übertragen
von Karin König

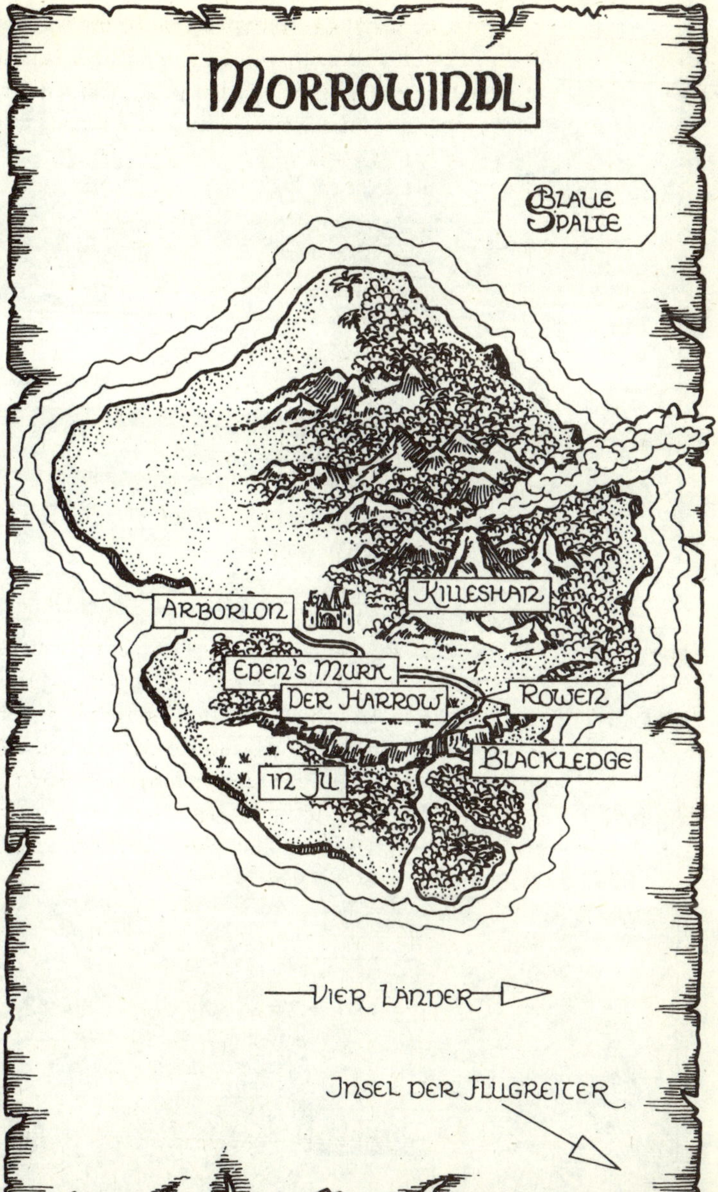

Morrowindl
Blaue Spalte
Killeshan
Arborlon
Eden's Murk
Der Harrow
Rowen
Blackledge
In Ju
Vier Länder
Insel der Flugreiter

GEBIET von KERHALT
NORDLAND
SCHÄDELBERG
KENSROWE GEBIRGE
KIERLAK-WÜSTE
MESSERGEBIRGE
SARANDANON
EBENE von STRELEHEIM
INNISBORE
ARBORLON
PARANOR
TAL von RHENN
WESTLAND
KEEP DES DRUIDEN
ROCK SPUR GEBIRGE
PYKON
DRACHENZÄHNE
MERMIDON
GRIMPEN WARD
KENNON PASS
KERN
WILDERUN
HOLLOWS
VARFLEET
CALLAHORN
TYRSIS
IRRYBIS GEBIRGE
TIRFING
REGENBOGENSEE
BLAUE SPALTE
MYRIANSEE
WALD von DULN
WING HOVE
LEAH
SHADY VALE
SÜDLAND
TIEFLAND VON CLETE

Malgsumpf
Charnal Gebirge
Morrowindl
Blaue Spalte
Killeshan
Arborlon
Lethe
Oberer Anar
Jannisson Pass
Ostland
Ebene von Rabb
Rabb
Altmoor
Darklin Reach
Maelmord
Himmels brunnen
Grimpond See
Storlock
Jadepass
Hearth Stone
Graumark
Wolfsktaag Gebirge
Rooker-Station
Dunn See Aran
Noose Pass
Rabenhorn Gebirge
Silberfluss
Culhaven
Cillidellan See
Nebelsumpf
Wald von Anar
Wedge
Capaal
Unterer Anar
Tiefland von Battlemound

Für Diane,
die vermißt wird

1

FEUER.

Es blakte in den Öllampen, die entfernt und einsam in den Fenstern und über den Eingängen zu den Wohnstätten ihres Volkes hingen. Es flackerte und zischte, während es an den Pechfackeln leckte, die die Straßenkreuzungen und Tore beleuchteten. Es schimmerte rotglühend zwischen den belaubten Zweigen der uralten Eiche und des Walnußbaumes hindurch, wo verglaste Laternen die Alleen säumten. Als Teile flackernden Lichtes wirkten die Flammen wie kleine Lebewesen, die die Nacht aufzuspüren und zu verschlingen drohten.

Wie auch uns, dachte sie.

Wie die Elfen.

Ihr Blick wanderte hoch, hinüber zu den Gebäuden und Mauern der Stadt, und dann dorthin, wo Killeshan Dampf ausstieß.

Feuer.

Es glühte rötlich aus dem zerklüfteten Schlund des Vulkans heraus, die spiegelglatte Fläche seines flüssigen Kerns spiegelte sich in den Wolken des Vog – vulkanischer Asche –, der in düsteren Gruppen über den leeren Himmel zog. Killeshan ragte drohend darüber auf, riesig und unbändig, ein Phänomen der Natur, dem zu widerstehen keine Elfenmagie erhoffen konnte. Schon seit Wochen war das Poltern nun schon aus den Tiefen der Erde zu hören, unbefriedigt, entschlossen, Zeichen des Drucks, der immer größer wurde und schließlich Befreiung fordern würde.

Unterdessen grub die Lava Höhlen und Tunnel durch die Risse und Spalten der Wälle, die sie umgaben, und floß in langen, windungsreichen Rinnsalen hinab in die Wasser des Ozeans. Der Dschungel und die Wesen, die darin lebten, blieben verbrannt zurück. Eines nicht mehr fernen Tages, das wußte sie, würden die Nebenabflüsse nicht mehr ausreichen, und Killeshan würde in einer Feuersbrunst ausbrechen, die sie alle zerstören würde.

Wenn dann überhaupt noch jemand von ihnen übrig war.

Sie stand am Rande der Gärten des Lebens, nahe der Stelle, wo der Ellcrys wuchs. Der uralte Baum strebte himmelwärts, als wolle er sich durch den Vog kämpfen und die saubere Luft einatmen, die darüber versiegelt lag. Seine silbernen Zweige schimmerten schwach im Licht der Laternen und Fackeln, und scharlachrote Blätter reflektierten das dunklere Glühen des Vulkans. Verstreute Funken tanzten in seltsamen Mustern zwischen den Bäumen hindurch, als wollten sie ein Bild formen. Sie beobachtete, wie die Bilder auftauchten und verblaßten, ein Spiegel ihrer Gedanken und der Traurigkeit, die sie zu überwältigen drohte.

Was soll ich tun? dachte sie. *Welche Wahl bleibt mir?*

Keine, wie sie wußte. Keine. Sie konnte nur warten.

Sie war Ellenroh Elessedil, die Königin der Elfen, und alles, was sie tun konnte, war warten.

Sie umklammerte fest den Ruhkstab und schaute mit verzweifeltem Gesicht gen Himmel. Diese Nacht waren keine Sterne und kein Mond zu sehen. Seit Wochen war von beidem wenig zu sehen gewesen, nur der Vog war allgegenwärtig, dick und undurchdringlich, ein Leichentuch, das nur darauf wartete, sich auf sie zu senken, ihre Körper zu bedecken, sie alle zu umschließen und für immer einzuhüllen.

Sie stand wie erstarrt da, als ein heißer Windzug über sie hinwegblies und das edle Leinen ihrer Kleidung kräuselte. Sie war groß und langbeinig, und ihr Körper war kantig. Ihre Gesichtsknochen standen hervor und formten Züge, die man sofort wiedererkennen würde. Ihre Wangenknochen waren hochliegend, ihre Stirn breit und ihr Kiefer scharf geschnitten und glatt unter einem breiten, dünnen Mund. Ihre Haut war fest über ihr Gesicht gespannt, was ihr das Aussehen einer Skulptur verlieh. Flachsblondes Haar fiel in dichten, ungebändigten Locken auf ihre Schultern. Ihre Augen waren von einem seltsamen, stechenden Blau und schienen beständig Dinge zu sehen, die für andere nicht gleich erkennbar waren. Sie wirkte jung für ihre über fünfzig Jahre. Wenn sie lächelte, und das geschah oft, brachte sie auch die Gesichter anderer fast mühelos zum Lächeln.

Doch jetzt lächelte sie nicht. Es war spät, weit nach Mitternacht, und ihre Sorgen waren wie eine Kette, die sie gefangen hielt. Sie hatte nicht schlafen können und war in die Gärten gekommen, um spazierenzugehen, in die Nacht zu lauschen, allein zu sein mit ihren Gedanken und zu versuchen, ein winzig kleines Stück Frieden zu finden. Aber der Frieden entzog sich ihr immer wieder, und ihre Gedanken waren kleine Dämonen, die sie verspotteten und sie neckten. Die Nacht war eine große, hungrige, schwarze Wolke, die geduldig auf den Moment wartete, wo sie schließlich ihre schwachen Lebenslichter auslöschen würde.

Feuer, erneut. Feuer, das Leben gab, und Feuer, das es wieder nahm. Das Bild drängte sich ihr heimtückisch immer wieder auf.

Sie wandte sich abrupt um und begann durch die Gärten zu wandern. Cort folgte ihr, sie spürte seine schweigende, unsichtbare Präsenz. Wenn sie sich die Mühe machte, ihn zu erkennen, würde er verschwunden sein. Sie konnte ihn sich im Geiste vorstellen, den kleinen stämmigen Jungen mit seiner unglaublichen Schnelligkeit und Kraft. Er war Mitglied der Leibgarde, der Beschützer der Elfenherrscher, eine jener Waffen, die sie verteidigten, eines jener Leben, die zur Erhaltung ihrer eigenen geopfert worden waren. Cort war ihr Schatten, und wenn nicht Cort, dann Dal. Der eine oder der andere war immer da und beschützte sie. Während sie den Weg entlangging, glitten ihre Gedanken schnell dahin, einer nach dem anderen. Sie spürte die Unebenheiten des Bodens durch den dünnen Stoff ihrer Schuhe. Arborlon, die Stadt der Elfen, ihre Heimat, die vor mehr als hundert Jahren aus dem Westland fortgebracht worden war – hierher, an diesen …

Sie ließ den Gedanken in der Luft hängen. Ihr fehlten die Worte, ihn zu Ende zu bringen.

Elfenmagie, aus der Feenzeit wieder heraufbeschworen, schützte die Stadt, aber die Magie begann nachzulassen. Die ineinander verschmelzenden Wohlgerüche der Blumen des Gartens wurden dort, wo sie über die äußere Grenze des Keel hinaus drangen, von den beißenden Gerüchen der Killeshan-Gase überlagert. Nachtvögel sangen zart in den Bäumen und Sträuchern, aber selbst hier wurden ihre Gesänge von den gutturalen Klängen der dunklen Wesen überlagert, die hinter den Mauern der Stadt in den Dschungeln und Sümpfen lauerten. Die den Keel bedrängten und abwarteten.

Die Monster.

Der Pfad, dem sie folgte, endete am nördlichsten Rand der Gärten auf einem Vorgebirge, das über ihrem Heim aufragte. Die Palastfenster waren dunkel, denn alle schliefen. Alle außer ihr. Darunter lag die Stadt, Ansammlungen von Häusern und Geschäften, die sich unter den Schutz des Keel duckten wie ängstliche Tiere, die sich in ihre Höhlen kauern. Nichts bewegte sich, als ob die Angst jede Bewegung unmöglich machte, als ob man sich durch Bewegung verraten könnte. Sie schüttelte traurig den Kopf. Arborlon war eine Insel, die von Feinden umgeben war. Dahinter, im Osten, ragte Killeshan über der Stadt empor, ein großer zerklüfteter Berg, der während der Jahrhunderte bei jedem Ausbruch durch das Lavagestein neu geformt worden war, ein bis vor zwanzig Jahren untätiger, jetzt aber lebendiger und unruhiger Vulkan. Im Norden und im Süden lauerte dicht und undurchdringlich der Dschungel, der sich in einem Gewirr von Grün bis zu den Küsten des Meeres hin erstreckte. Westlich, unterhalb der Hügel, auf denen Arborlon ruhte, lag der Rowen und dahinter die Wand des Blackledge. Nichts davon gehörte den Elfen. Einst hatte ihnen die ganze Welt gehört, vor der Ankunft der Menschen. Einst hatte es keinen Ort gegeben, den sie nicht hatten besuchen können. Selbst zu Zeiten des Druiden Allanon, vor fast genau dreihundert Jahren, hatte das ganze Westland noch ihnen gehört. Jetzt waren sie auf diesen kleinen Raum beschränkt, von allen Seiten bedrängt, gefangen hinter der Mauer ihrer schwindenden Magie. Sie alle, alle, die übriggebliebenen waren, wie in einer Falle gefangen.

Sie schaute hinaus in die Dunkelheit jenseits des Keel und stellte sich im Geiste vor, was dort wartete. Sie überdachte einen Augenblick lang die Ironie des Ganzen – die Elfen waren zu

Opfern ihrer eigenen Magie geworden, zu Opfern ihrer eigenen klugen, in die Irre führenden Pläne und von Ängsten, die niemals hätten beachtet werden dürfen. Wie hatten sie so dumm sein können?

Weit unterhalb der Stelle, an der sie stand, fast am Ende des Keel, wo er unter die gehärtete Lava irgendeines früheren Ausbruchs reichte, war ein plötzliches Aufflackern von Licht zusehen – ein Aufflammen, dem eine schnelle, gleißende Explosion folgte. Und ein Schrei. Es waren kurze Rufe zu hören und dann Stille. Ein weiterer Versuch, die Mauern zu überwinden, und ein weiterer Tod. Es war ein allnächtliches Vorkommnis, jetzt, wo die Lebewesen mutiger wurden und die Magie weiter nachließ.

Sie schaute sich um. Sie sah, wie sich die obersten Zweige des Ellcrys über die Bäume der Gärten erhoben, wie ein lebender Baldachin. Der Baum hatte die Elfen so lange vor so vielem beschützt. Er hatte erneuert und wiederhergestellt. Er hatte Frieden vermittelt. Aber nun konnte er sie nicht mehr beschützen, nicht gegen das, was sie jetzt bedrohte.

Nicht gegen sich selbst.

Sie ergriff trotzig den Rukhstab und fühlte die Magie darin wogen. Es war ein Gefühl der Wärme an ihrer Handfläche und ihren Fingern. Der Stab war dick und knorrig und auf hellen Glanz poliert. Er war aus schwarzem Walnußholz gehauen und mit der Magie ihres Volkes getränkt. An seiner Spitze befand sich der Loden, weiße Helligkeit vor der Dunkelheit der Nacht. Sie konnte sich selbst in seinen Facetten gespiegelt sehen. Sie konnte sich selbst hineinreichen sehen. Der Rukhstab hatte den Herrschern von Arborlon mehr als ein Jahrhundert lang Kraft gegeben.

Aber auch der Stab konnte die Elfen nicht mehr beschützen.

»Cort?« rief sie leise.

Der Leibgardist materialisierte sich neben ihr.

»Bleibt einen Moment bei mir stehen«, sagte sie.

Sie schauten schweigend über die Stadt. Die Königin fühlte sich unsagbar allein. Ihr Volk war von der Auslöschung bedroht. Sie sollte etwas tun. Irgend etwas. Was, wenn sich die Träume irrten? Was, wenn die Visionen von Eowen Cerise trogen? Das war selbstverständlich noch nie geschehen, aber es stand so vieles auf dem Spiel! Ihr Mund verhärtete sich ärgerlich. Sie mußte glauben. Es war entscheidend, daß sie glaubte. Die Visionen würden wahr werden. Wie versprochen würde das Mädchen zu ihnen kommen. Blut ihres Blutes. Das Mädchen würde erscheinen.

Aber würde das genügen?

Sie schüttelte die Frage ab. Sie durfte sie nicht zulassen. Sie durfte ihre Verzweiflung nicht zulassen.

Sie wandte sich um und ging rasch durch die Gärten zurück zu dem Weg, der wieder hinabführte. Cort blieb einen Moment bei ihr und verschwand dann in die Schatten. Sie sah ihn nicht gehen. Ihre Gedanken waren auf die Zukunft gerichtet, auf die Vorhersagen Eowens und auf das Schicksal des Elfenvolkes. Sie war davon überzeugt, daß ihr Volk überleben würde. Sie würde auf das Mädchen warten, so lange sie konnte, so lange die Magie die Feinde fernhielt. Sie würde darum beten, daß sich Eowens Visionen bewahrheiteten.

Sie war Ellenroh Elessedil, die Königin der Elfen, und sie würde tun, was sie tun mußte.

Feuer.

Es brannte auch in ihr.

Eingehüllt in die Rüstung ihres Wissens ging sie in den geruhsamen Stunden des frühen Morgens hinunter und hinaus aus den Gärten des Lebens, um sich zur Ruhe zu begeben.

2

Wren Ohmsford gähnte. Sie saß auf einer Klippe und sah über die Blaue Spalte, den Rücken an den glatten Stamm einer uralten Weide gelehnt. Das Meer erstreckte sich vor ihr, ein schimmerndes Kaleidoskop von Farben am Rande des Horizonts, wo der Sonnenuntergang das Wasser mit roten und goldenen und purpurfarbenen Spritzern zierte und tiefhängende Wolken seltsame Muster vor dem dunkler werdenden Himmel bildeten. Ein Halbdunkel breitete sich geruhsam aus, ein Grauwerden des Lichts, das Wispern einer Abendbrise vom Wasser her, ein ruhiges Herabsinken. Grillen begannen zu zirpen, und flimmernd kamen Glühwürmchen in Sicht.

Wren zog die Knie bis zur Brust hoch, denn sie kämpfte darum, aufrecht sitzen zu bleiben, da sie sich in Wirklichkeit viel lieber hingelegt hätte. Sie hatte jetzt schon fast zwei Tage lang nicht geschlafen, und die Müdigkeit holte sie allmählich ein. Es war schattig und kühl auf diesem Platz unter dem Baldachin der Weide, und es wäre leicht gewesen, loszulassen, hinabzusinken, sich neben ihrer Rinde zusammenzurollen und zu entgleiten. Ihre Augen schlossen sich unfreiwillig bei diesem Gedanken, wurden aber dann sofort wieder aufgerissen. Sie konnte nicht schlafen, solange Garth nicht zurückgekehrt war, das wußte sie. Sie mußte wachsam bleiben.

Sie erhob sich und verließ den Rand der Klippe. Sie spürte die Brise auf ihrem Gesicht und ließ die Wohlgerüche des Meeres ihre Sinne erfüllen. Kraniche und Möwen glitten über das Wasser und stießen herab, anmutig und träge in ihrem Flug. Weit draußen, zu weit, als daß man es deutlich hätte sehen können, zerteilte irgendein großer Fisch mit kraftvollem Schwung das Wasser und verschwand. Sie ließ ihren Blick wandern. Ohne Unterbrechung führte die Küstenlinie von der Stelle, wo sie stand, soweit, wie sie sehen konnte: zerklüftete, baumbestandene Klippen, von den starren, weißbehüteten Bergen des Rock Spur im Norden und dem Irrybis im Süden gestützt. Eine Reihe felsiger Strände trennte die Klippen vom Wasser, am Flutsaum waren sie mit Treibholz und Muscheln und Strängen von Meeresalgen übersät.

Jenseits der Strände war nur die leere Weite der Blauen Spalte. Ich bin bis ans Ende der bekannten Welt gereist, dachte sie bekümmert, und noch immer dauerte die Suche nach den Elfen an.

Eine Eule schrie in den tiefen Wäldern hinter ihr und brachte sie dazu, sich umzuwenden. Sie spähte vorsichtig umher, ob sich etwas bewegte, suchte nach einem Hinweis auf eine Störung und fand keinen. Es gab auch kein Zeichen auf Garth. Er war noch immer draußen auf Spurensuche...

Sie schlenderte zurück zu der verglimmenden Asche der Kohlen und trat die Überreste mit ihrem Stiefel aus. Garth hatte jede Art offenen Feuers verboten, bis er sich versichert hatte, daß sie in Ruhe gelassen wurden. Er war den ganzen Tag gereizt und mißtrauisch gewesen, beunruhigt durch etwas, das keiner von ihnen sehen konnte. Ihn quälte ein Gefühl, daß irgend etwas nicht richtig sei. Wren neigte dazu, seine Unruhe seinem Mangel an Schlaf zuzuschreiben. Andererseits waren Garths Vorahnungen selten falsch gewesen. Wenn er beunruhigt war, dann spürte sie es, ohne ihn fragen zu müssen.

Sie wünschte, er würde zurückkehren.

Inmitten der Bäume hinter der Klippe befand sich ein Teich, und sie ging hin, kniete sich nieder und benetzte ihr Gesicht mit Wasser. Die Oberfläche des Teichs kräuselte sich bei der Berührung durch ihre Hände und glättete sich wieder. Sie konnte sich selbst auf dem Wasser gespiegelt sehen, als sich die Verzerrung auflöste, bis ihr Bild fast einem Spiegelbild entsprach. Sie starrte darauf hinab – auf ein kaum erwachsenes Mädchen, mit entschieden elfischen Zügen, mit scharf gespitzten Ohren, schrägstehenden Brauen, einem schmalen Gesicht mit hohen Wangenknochen und nußbrauner Haut. Sie sah haselnußbraune Augen, die selten stillstanden, ein halbes Lächeln, das zeigte, daß sie sich einen ganz persönlichen Spaß machte, und aschblondes Haar, das kurz geschnitten und stark gelockt war. Es war eine Gespanntheit in ihr, so dachte sie – eine Anspannung, die nicht vergehen würde, unabhängig davon, wie sehr auch immer sie sich darum bemühen würde.

Sie wippte auf ihren Fersen und erlaubte sich noch ein leichtes

Lächeln, während sie entschied, daß sie das, was sie sah, genug mochte, um noch ein wenig länger damit zu leben.

Sie faltete die Hände im Schoß und senkte den Kopf. Die Suche nach den Elfen – wie lange dauerte sie nun schon? Wie lange war es her, daß der alte Mann – der behauptete, Cogline zu sein – zu ihr gekommen war und von den Träumen gesprochen hatte? Wochen? Aber wie viele? Sie hatte das Zeitgefühl verloren. Der alte Mann hatte von den Träumen gewußt und sie aufgefordert, selbst die dahinter liegende Wahrheit herauszufinden. Und sie hatte beschlossen, seine Herausforderung anzunehmen, zum Hadeshorn im Tal von Shale zu gehen und den Schatten Allanons zu treffen. Warum sollte ich dies nicht tun, hatte sie sich gesagt. Vielleicht würde sie etwas darüber erfahren, woher sie kam, über ihre Eltern, die sie nie gekannt hatte, oder über ihre Geschichte.

Seltsam. Bis der alte Mann aufgetaucht war, war sie an ihrer Herkunft nicht interessiert gewesen. Sie hatte sich selbst davon überzeugt, daß dies nicht wichtig sei. Aber etwas an der Art, in der er zu ihr sprach, an den Worten, die er gebrauchte, irgend etwas hatte sie verändert.

Sie streckte die Hand aus, um voller Befangenheit den Lederbeutel an ihrem Hals zu betasten und fühlte die harten Linien der bemalten Steine, der Elfensteine, ihrem einzigen Verbindungsglied zur Vergangenheit. Woher kamen sie? Warum hatte man sie ihr gegeben?

Elfenzüge, Ohmsfordblut und das Herz und das Können einer Fahrenden – das alles gehörte ihr. Aber wie war sie dazu gekommen?

Wer war sie?

Sie hatte es am Hadeshorn nicht herausgefunden. Allanon war gekommen, wie versprochen, dunkel und drohend sogar im Tod. Aber er hatte ihr nichts gesagt. Statt dessen hatte er ihr eine Aufgabe aufgetragen – hatte jedem von ihnen eine Aufgabe aufgetragen, den Kindern von Shannara, wie er sie nannte, Par und Walker und ihr selbst. Aber ihre Aufgabe? Sie schüttelte bei dieser

Erinnerung den Kopf. Sie sollte die Elfen suchen, sie finden und zurückbringen in die Welt der Menschen. Die Elfen, die über hundert Jahre lang von niemandem gesehen worden waren, von denen die meisten glaubten, sie hätten überhaupt nie existiert und die für ein Kindermärchen gehalten wurden – die sollte sie finden.

Sie hatte zunächst nicht suchen wollen. Sie war verwirrt gewesen durch das, was sie gehört hatte und was es an Gefühlen in ihr auslöste, nicht gewillt, sich einzulassen oder sich selbst für etwas zu opfern, das sie nicht verstand und das ihr gleichgültig war. Sie hatte die anderen verlassen und war mit Garth als ihrem einzigen Begleiter wieder zurück ins Westland gegangen. Sie hatte vorgehabt, ihr Leben als Fahrende wiederaufzunehmen. Die Schattenwesen waren nicht ihre Sorge. Die Probleme der Rassen waren nicht ihre eigenen. Aber die Ermahnung des Druiden war ihr nicht aus dem Sinn gegangen, und fast ohne es zu merken, hatte sie dennoch mit ihrer Suche begonnen. Es hatte mit Fragen angefangen, die sie hier und dort stellte. Hatte jemand gehört, ob es wirklich Elfen gab? Hatte jemand sie überhaupt je gesehen? Wußte jemand, wo man sie finden konnte? Es waren Fragen, die sie zunächst mühelos stellte, ganz nebenbei, aber im Laufe der Zeit mit wachsender Neugier und schließlich fast mit Dringlichkeit.

Was, wenn Allanon recht hatte? Was, wenn die Elfen noch immer irgendwo da draußen waren? Was, wenn nur sie besaßen, was gegen die Schattenwesenplage half?

Aber die Antworten auf ihre Fragen waren alle gleich gewesen. Niemand wußte etwas von den Elfen. Niemand kümmerte sich darum.

Und dann hatte es angefangen, daß etwas ihnen folgte – jemand oder etwas, ihr Schatten, wie sie es schließlich nannten, ein Wesen, das klug genug war, ihnen trotz all ihrer Vorsichtsmaßnahmen zu folgen, und listig genug, dabei nicht erwischt zu werden. Zweimal hatten sie vorgehabt, es zu fangen, waren aber gescheitert. Mehrere Male hatten sie versucht, denselben Weg zurückzugehen, um hinter das Wesen zu gelangen, und konnten es nicht. Sie hatten niemals sein Gesicht gesehen, niemals auch nur einen flüchtigen Blick darauf erhascht. Sie hatten keine Vorstellung davon, wer oder was es war.

Es war noch immer bei ihnen gewesen, als sie den Wilderun betraten und nach Grimpen Ward hinuntergingen. Dort hatten sie zwei Nächte zuvor die Addershag gefunden. Ein Fahrender hatte ihnen von der alten Frau erzählt, einer Seherin, wie es hieß, die Geheimnisse kannte und etwas von den Elfen wissen könnte. Sie hatten sie im Keller eines Wirtshauses gefunden, angekettet und gefangen von einer Gruppe von Männern, die aus ihrer Gabe Geld schlagen wollten. Wren hatte die Männer dazu gebracht, sie mit der alten Frau sprechen zu lassen, einem Lebewesen, das weitaus gefährlicher und listiger war, als die Männer je vermutet hätten, die sie gefangen hielten.

Die Erinnerung an dieses Treffen war noch immer lebendig und erschreckend.

Der Leib der alten Frau war eine trockene Hülle, ihr Gesicht zu einem Netz aus Linien und Runzeln geschrumpft. Zerzaustes, weißes Haar fiel über die gebrechlichen Schultern. Wren näherte sich und kniete sich neben sie. Die Alte hob den Kopf, und Wren sah ihre milchigen, starren Augen.

»Bist du die Seherin, die man Addershag nennt, altes Mütterchen?« fragte Wren leise.

Die toten Augen blinzelten, und eine dünne Stimme krächzte. »Wer will das wissen? Sag mir deinen Namen.«

»Mein Name ist Wren Ohmsford.«

Die Alte hob ihre Hände und berührte Wrens Gesicht und erforschte ihre Züge. Die alten Hände strichen über die Haut des Mädchens wie trockene Blätter. Schließlich zog die Alte die Hände wieder zurück.

»Du bist ein Elf.«

»Ich habe Elfenblut.«

»Ein Elf.« Die Stimme der alten Frau war rauh und eindringlich, ein Zischen in der Stille des Bierhauskellers. Das runzlige

Gesicht neigte sich zur Seite, als denke sie nach. »Ich bin die Addershag. Was willst du von mir?«

Wren schaukelte ein wenig auf ihren Stiefelabsätzen hin und her. »Ich suche die Westlandelfen. Ich erfuhr vor einer Woche, daß du wissen könntest, wo sie zu finden sind – falls es sie noch gibt.«

Die Addershag kicherte. »Oh, es gibt sie noch. Allerdings. Aber sie zeigen sich nicht jedem – seit vielen Jahren überhaupt niemandem. Ist es so wichtig für dich, sie zu sehen, Elfenmädchen? Suchst du sie, weil du ein Bedürfnis nach deinesgleichen hast?« Die milchigen Augen starrten blind auf Wrens Gesicht. »Nein, du nicht. Warum dann?«

»Weil es ein Auftrag ist, der mir erteilt wurde – ein Auftrag, den anzunehmen ich mich bereiterklärt habe«, antwortete Wren vorsichtig.

»Ein Auftrag also!« Die Falten und Runzeln im Gesicht der Alten vertieften sich. »Beug dich näher, Elfenmädchen.«

Wren zögerte und lehnte sich dann zaghaft vor. Die Addershag hob wieder ihre Hände und betastete noch einmal Wrens Gesicht, dann strich sie über ihren Hals und ihren Körper. Als die alte Frau die Bluse auf der Brust des Mädchens berührte, riß sie die Hände zurück, als habe sie sich verbrannt. »Magie!« keuchte sie.

Wren schrak zusammen. Dann packte sie impulsiv die Handgelenke der Alten. »Welche Magie? Was meinst du damit?«

Aber die Addershag schüttelte heftig den Kopf, kniff die Lippen zusammen und ließ den Kopf auf ihre eingefallene Brust sinken. Wren hielt sie noch einen Moment fest und ließ sie dann los.

»Elfenmädchen«, flüsterte die alte Frau. »Wer hat dich auf die Suche nach den Westlandelfen geschickt?«

Wren atmete tief ein, um ihre Angst zu bezwingen. »Der Schatten Allanons«, erwiderte sie dann.

Der Kopf der Alten richtete sich mit einem heftigen Ruck wieder auf. »Allanon!« Sie stieß den Namen wie einen Fluch aus. »So! Ein Druidenauftrag also, wie? Nun gut. Hör mir also zu. Geh nach Süden durch den Wilderun, überquere das Irrybisge-

birge und folge der Küste der Blauen Spalte. Wenn du zu den Rock-Höhlen gelangt bist, entzünde ein Feuer und lasse es drei Tage und drei Nächte ununterbrochen brennen. Jemand wird kommen und dir helfen. Verstanden?«

»Ja«, antwortete Wren und fragte sich gleichzeitig, ob das wirklich der Fall sein würde.

»Hüte dich, Elfenmädchen«, warnte die Alte und hob ihre magere Hand. »Ich sehe Gefahren, harte Zeiten, Verrat und unvorstellbar Böses auf dich zukommen. Visionen sind in meinem Kopf, Wahrheiten, die mich mit ihrem Wahnsinn heimsuchen. Hör auf mich. Folge deinem eigenen Verstand, Mädchen. Traue niemandem!«

Traue niemandem!

Wren hatte die alte Frau schließlich verlassen, denn sie war gedrängt worden zu gehen, obwohl sie angeboten hatte, zu bleiben und zu helfen. Sie war zu Garth zurückgekehrt, und dann hatten die Männer versucht, sie zu töten, weil das natürlich die ganze Zeit ihre Absicht gewesen war. Ihr Versuch war fehlgeschlagen, und sie hatten für ihre Dummheit bezahlt – vielleicht inzwischen mit ihrem Leben, wenn die Addershag ihrer müde geworden war.

Nachdem Wren und Garth unbehelligt aus Grimpen Ward herausgekommen waren, hatten sie sich nach Süden gewandt, den Anweisungen der alten Seherin folgend, noch immer auf der Suche nach den verschwundenen Elfen. Sie waren zwei Tage ohne Unterbrechung gereist. Sie waren bemüht gewesen, soviel Wegstrecke wie möglich zwischen sich und Grimpen Ward zu legen, und auch erpicht darauf, einen weiteren Versuch zu unternehmen, ihren Schatten abzuschütteln. Wren hatte etwas eher an diesem Tag gedacht, daß es ihnen vielleicht schon gelungen sei. Garth war sich nicht so sicher gewesen. Seine Unruhe verging nicht. Daher war er, als sie für die Nacht haltgemacht hatten, weil sie letztendlich schlafen und ihre Kräfte wieder auffrischen mußten, noch einmal denselben Weg zurückgegangen. Vielleicht würde er etwas entdecken, was die Angelegenheit klären könnte, hatte er gesagt. Vielleicht auch nicht. Aber er wollte es versuchen.

Das war Garth. Nie irgend etwas dem Zufall überlassen.

Hinter ihr, in den Wäldern, scharrte eines der Pferde unruhig, doch es beruhigte sich bald wieder. Garth hatte die Tiere hinter den Bäumen versteckt, bevor er gegangen war. Wren wartete einen Moment, um sicher zu sein, daß alles still war, stand dann wieder auf und ging erneut hinüber zu der Weide. Sie verlor sich in den tiefen Schatten, die von deren Baldachin gebildet wurden, und ließ sich erneut entspannt gegen den breiten Stamm sinken. Weit im Westen, wo Wasser und Himmel aufeinander trafen, war das Licht zu einem silbernen Schimmern verblaßt.

Magie, hatte die Addershag gesagt. Wie konnte das sein?

Wenn es noch Elfen gab und wenn sie sie finden konnte, würden die ihr sagen, was die alte Frau ihr nicht hatte erklären können?

Sie lehnte sich zurück, schloß für einen Moment die Augen und fühlte, wie sie davonglitt, und ließ es geschehen.

Als sie wieder aufschreckte, hatte die Nacht die Dämmerung aufgesaugt, die Dunkelheit lag rundum, außer dort, wo Mond und Sterne einen Weg durch das Blattwerk fanden und alles in einen Silberglanz hüllten. Das Lagerfeuer war kalt geworden, und sie zitterte in der Kälte, die die Küstenluft erfüllte. Sie erhob sich, ging hinüber zu ihrem Gepäck, nahm ihren Reiseumhang heraus und schlang ihn wärmend um sich. Dann kehrte sie unter den Baum zurück und ließ sich erneut nieder.

Du bist eingeschlafen, schalt sie sich selbst. *Was würde Garth sagen, wenn er das herausfinden würde?*

Danach blieb sie wach, bis er zurückkam. Es war fast Mitternacht. Die Welt um sie herum war ruhig geworden bis auf das einschläfernde Rauschen der Meereswogen, die unter ihr auf den Strand aufliefen. Garth tauchte lautlos auf, und doch hatte sie gespürt, daß er kam, bevor sie ihn sah. Aber das bereitete ihr nur geringe Befriedigung. Er trat unter den Bäumen hervor und kam direkt auf die Stelle zu, wo sie sich verborgen hielt, regungslos in der Nacht, ein Teil der alten Weide. Er setzte sich vor sie, groß und dunkel, gesichtslos in den Schatten. Dann hob er seine großen Hände und begann in der Zeichensprache zu reden. Seine Finger bewegten sich rasch.

Ihr Schatten war noch immer irgendwo hinter ihnen und folgte ihnen.

Wren spürte Kälte in ihrem Bauch, und sie schlang ihre Arme fest um sich.

»Hast du es gesehen?« fragte sie und machte entsprechende Zeichen.

Nein.

»Weißt du schon, was es ist?«

Nein.

»Nichts? Überhaupt nichts davon?«

Er schüttelte den Kopf. Es verwirrte sie, daß sie es zugelassen hatte, daß sich ihre Enttäuschung so offensichtlich in ihrer Stimme widerspiegelte. Sie wäre gern so ruhig, wie er es war, würde gern so klar denken können, wie er es ihr beigebracht hatte. Sie wollte eine gute Schülerin sein.

Sie legte ihm eine Hand auf die Schulter und drückte sie. »Greift es uns schon an, Garth? Oder wartet es noch ab?«

Es wartet noch ab, signalisierte er.

Er zuckte die Achseln, sein schroffes, bärtiges Gesicht war ausdruckslos, beherrscht. Sein Jägerblick. Wren kannte diesen Blick. Er erschien immer dann, wenn Garth sich bedroht fühlte, eine Maske, die verdecken sollte, was in ihm vorging.

Es wartet noch ab, wiederholte sie still für sich selbst. Warum? Wofür?

Garth erhob sich, schlenderte zu seinem Gepäck hinüber, zog ein großes Stück Käse und etwas zu trinken heraus und setzte sich. Wren ging zu ihm, um ihm Gesellschaft zu leisten. Er aß und trank, ohne sie anzusehen. Statt dessen schaute er hinaus in die schwarze Weite der Blauen Spalte und schien alles andere vergessen zu haben. Wren betrachtete ihn nachdenklich. Er war ein Riese von einem Mann, stark wie ein Bär, schnell wie eine Katze, erfahren im Jagen und Spurenlesen, erfahren im Überleben, wie sie sonst niemanden kannte. Er war ihr Beschützer und Lehrer, seit sie ein kleines Mädchen war. Nachdem sie ins Westland zurückgebracht worden war, war sie nach ihrem kurzen Aufenthalt bei der Ohmsfordfamilie der Obhut der Fahrenden überantwortet worden und damit Garth. Wie war das alles gekommen? fragte sie sich erneut. Ihr Vater war ein Ohmsford gewesen, ihre Mutter eine Fahrende, doch sie konnte sich an beide nicht erinnern. Warum hatte man sie zu den Fahrenden zurückgebracht, anstatt ihr zu erlauben, bei den Ohmsfords zu bleiben? Wer hatte diese Entscheidung getroffen? Es war niemals richtig erklärt worden. Garth behauptete, es nicht zu wissen. Garth behauptete, er wisse nur, was andere ihm gesagt hätten, und das sei wenig, denn seine einzige Anweisung, der Auftrag, den er übernommen habe, sei, daß er für sie zu sorgen habe. Er hatte dies getan, indem er ihr sein Wissen vermittelt und sie in den Fähigkeiten, die er beherrschte, unterwiesen hatte und sie in allem so gut werden ließ, wie er selbst es war. Er hatte hart daran gearbeitet, dafür zu sorgen, daß sie ihre Lektionen lernte. Das war ihr gelungen. Was auch immer Wren Ohmsford wissen mochte, sie wußte als Wichtigstes und Entscheidendes, wie man am Leben blieb. Garth hatte dies sichergestellt. Aber es war keine Ausbildung, wie sie normalerweise ein Kind eines Fahrenden erhielt – besonders ein Mädchen –, und Wren hatte das von Anfang an gewußt. Daher vermutete sie, daß Garth mehr wußte, als er sagte. Nach einiger Zeit war sie sogar überzeugt davon.

Doch Garth wollte nichts preisgeben, wenn sie das Thema auch noch so dringlich zur Sprache brachte. Er schüttelte einfach den Kopf und signalisierte ihr, daß sie besondere Fähigkeiten brauche, daß sie eine Waise und allein sei und daß sie stärker und klüger sein müsse als andere. Er sagte es, aber er weigerte sich, das zu erklären.

Sie bemerkte, daß er seine Mahlzeit beendet hatte und sie beobachtete. Sein verwittertes, bärtiges Gesicht wurde nicht mehr von Schatten verdeckt. Sie konnte die Umrisse seiner Züge klar erkennen und in ihnen lesen. Sie sah, daß sich seine Augenbrauen vor Anteilnahme furchten. Sie sah Freundlichkeit, die sich in seinen Augen spiegelte. Sie spürte Entschlossenheit rundum. Es war seltsam, dachte sie, aber er war immer in der Lage gewesen, ihr mit einem einzigen Blick mehr zu übermitteln, als andere mit einem Wortschwall übermitteln konnten.

»Ich mag es nicht, auf diese Art gejagt zu werden«, sagte sie in der Zeichensprache. »Ich hasse dies Abwarten, um herauszufinden, was geschieht.«

Er nickte, seine dunklen Augen verrieten Angespanntheit.

»Es hat etwas mit den Elfen zu tun«, fuhr sie impulsiv fort. »Ich weiß nicht, warum ich das Gefühl habe, daß es so ist, aber es ist so. Ich bin mir sicher.«

Dann werden wir bald etwas erfahren, antwortete er.

»Wenn wir zu den Rock-Höhlen kommen«, stimmte sie zu. »Ja. Denn dann werden wir wissen, ob die Addershag die Wahrheit gesagt hat, ob dort wirklich noch Elfen sind.«

Und was uns folgt, wird es vielleicht auch wissen wollen.

Ihr Lächeln war angespannt. Sie betrachteten einander einen Moment lang stumm und ergründeten, was sie in den Augen des anderen sahen, und dachten darüber nach, was vor ihnen liegen könnte.

Schließlich erhob sich Garth und deutete auf den Wald. Sie nahmen ihr Gespräch auf und gingen zurück zu der Weide. Nachdem sie sich am Fuße ihres Stammes niedergelassen hatten, breiteten sie ihre Schlafmatten aus und wickelten sich in ihre Umhänge. Trotz ihrer Müdigkeit bot Wren an, die erste Wache zu übernehmen, und Garth war einverstanden. Er rollte sich in seinem Umhang zusammen, legte sich dann neben sie und war innerhalb von Sekunden eingeschlafen.

Wren lauschte seinem ruhiger werdenden Atem und richtete ihre Aufmerksamkeit dann auf die nächtlichen Geräusche hinter ihnen. Es blieb ruhig auf der Klippe, die Vögel und Insekten waren still geworden, der Wind war nur noch ein Flüstern und der Ozean ein besänftigendes, entferntes Murmeln. Was auch immer ihnen dort draußen folgte, schien weit entfernt. Doch das war eine Täuschung, warnte sie sich selbst und wurde noch wachsamer.

Sie berührte den Beutel auf ihrer Brust, der angeblich Elfensteine enthielt. Er war ihr Talisman, dachte sie, ein Zauber, der Böses abwehrte, der vor Gefahren schützte und sie sicher durch alle Herausforderungen bringen würde, die ihnen begegnen würden. Drei bemalte Steine, die Symbole einer Magie, die einst allgegenwärtig, jetzt aber verloren war wie die Elfen, wie ihre Vergangenheit. Sie fragte sich, ob irgend etwas davon wiedergefunden werden könnte.

Oder auch, ob es das sollte.

Sie lehnte sich gegen den Stamm der Weide zurück, starrte hinaus in die Nacht und suchte vergeblich nach einer Antwort.

3

Bei Sonnenaufgang des nächsten Tages nahmen Wren und Garth ihre Reise Richtung Süden und ihre Suche nach den Höhlen der Rocks wieder auf. Es war eine Reise, die viel Vertrauen verlangte, denn während sie Teile der Küstenlinie bereisten, hatten sie beide keine Höhlen gesehen, die groß genug gewesen wären, um das zu sein, wonach sie suchten. Und sie hatten auch niemals einen Rock gesehen. Beide hatten sie Geschichten über die legendären Vögel gehört – Lebewesen mit breiten Flügeln, die einst Menschen getragen hatten. Aber die Geschichten waren eben nur Geschichten, Erzählungen an den Lagerfeuern, die die Zeit vertrieben und Bilder von Dingen heraufbeschworen, die es vielleicht gegeben hatte, aber wahrscheinlich wohl doch nie. Es wurde natürlich erzählt, sie seien gesehen worden, wie das bei jedem Märchenmonster üblich ist. Aber keine dieser Aussagen war zuverlässig. Wie die Elfen hatten sich auch die Rocks offensichtlich den Blicken entzogen.

Und dennoch, es mußte keine Rocks geben, damit es auch Elfen gab. Die Hinweise der Addershag könnten sich in jedem Fall als richtig erweisen. Sie mußten nur die Höhlen entdecken, ob mit Rocks oder ohne, das Signalfeuer entfachen und drei Tage warten. Dann würden sie die Wahrheit erfahren. Es war sehr gut möglich, daß die Wahrheit sie enttäuschen würde, natürlich, aber da sie beide diese Möglichkeit sahen und akzeptierten, gab es keinen Grund, nicht weiterzumachen. Ihr einziges Eingeständnis der Mühsal, die ihr Vorhaben für sie bedeutete, war, daß sie entschieden das Gespräch darüber vermieden.

Der Tag zog klar und frisch herauf, der Himmel war wolkenlos und blau, der Sonnenaufgang eine helle Woge über dem östlichen Horizont, von dem sich die Berge als starres, gezacktes Relief abhoben. Die Luft war von den verschiedenen Gerüchen des Meeres und des Waldes erfüllt, und der Gesang von Staren und Spottdrosseln stieg aus den Bäumen empor. Der Sonnenschein vertrieb schnell die Kühle der Nacht und wärmte das unter ihm liegende Land. Hitze breitete sich aus, dicht und drükkend, wo sie von den Bergen aufgehalten wurde, und sengend über den Ebenen und Hügeln, wo sie das Gras immer mehr zu einem staubigen Braun verbrannte, wie schon den ganzen Sommer über. An der Küste jedoch blieb es kühl und angenehm, da eine ständige Brise vom Wasser her blies. Wren und Garth hielten ihre Pferde in Bewegung und folgten den engen, gewundenen Pfaden, die an den den östlichen Bergen vorgelagerten Klippen und Stränden entlangführten. Sie hatten es nicht eilig. Sie hatten soviel Zeit, wie sie brauchten, um an ihr Ziel zu gelangen.

Es war genug Zeit, um beim Durchqueren dieses unbekannten Landes vorsichtig zu sein – genug Zeit, ein Auge auf ihren Schatten zu haben, falls er ihnen noch immer folgte.

Aber sie waren entschlossen, auch darüber nicht zu sprechen.

Diese Entscheidung, nicht darüber zu sprechen, hielt Wren jedoch nicht davon ab, darüber nachzudenken. Sie bemerkte, daß sie während des Rittes darüber nachsann, was dort hinter ihnen sein könnte. Sie ließ ihre Gedanken frei wandern, während sie über die Weite der Blauen Spalte hinwegschaute und ihr Pferd seinen Weg suchen ließ. Ihre schlimmste Ahnung warnte sie, daß das, was ihnen folgte, etwas Ähnliches sein könnte, wie das, was Par und Coll auf ihrer Reise von Culhaven nach Hearthstone gefolgt war, als sie Walker Boh suchten – ein Wesen wie der Gnawl. Aber konnte selbst ein Gnawl ihnen so vollständig aus dem Weg gehen, wie es ihrem Schatten bisher gelungen war? Konnte etwas, das seinem Wesen nach ein Tier war, sie wieder und wieder finden, wo sie doch so sehr bemüht gewesen waren, ihm zu entkommen? Es war eigentlich wahrscheinlicher, daß das, was ihnen folgte, ein Mensch war – mit der Verschlagenheit und Intelligenz und den Fähigkeiten eines Menschen. Ein Sucher vielleicht – gesandt von Felsen-Dall, einem Fährtensucher mit außergewöhnlichen Fähigkeiten, oder auch ein gedungener Mörder, obwohl der mehr als das sein müßte, um ihnen so erfolgreich auf den Fersen bleiben zu können.

Es war auch denkbar, dachte sie, daß es überhaupt kein Feind war, der da hinter ihnen war, sondern etwas anderes. »Freund« war wohl kaum das richtige Wort, vermutete sie, aber vielleicht jemand, der ein Ziel verfolgte, das dem ihren ähnlich war, jemand, der ein Interesse an den Elfen hatte, jemand, der...

Sie verwarf den Gedanken. Schließlich war da jemand, der darauf bestand, im Verborgenen zu bleiben, obwohl er wußte, daß Garth und sie entdeckt hatten, daß sie verfolgt wurden. Jemand, der fortfuhr, ganz bewußt mit ihnen Katz und Maus zu spielen.

Ihr schlimmster Verdacht tauchte wieder auf und verdrängte alle anderen Möglichkeiten.

Um die Mittagszeit hatten sie den nördlichen Rand des Irrybis erreicht. Die Berge teilten sich in zwei Richtungen, die hohe Bergkette verlief nach Osten, parallel zu dem im Norden liegenden Rock Spur, und umschloß den Wilderun, die niedrige Bergkette an der Küstenlinie entlang, der sie auf ihrem Weg nach Süden folgten. Der an der Küste gelegene Teil des Irrybis war dicht bewaldet und weniger gewaltig, in Stufen an der Blauen Spalte entlang angelegt, Täler und Grate schützend und Pässe bildend, die die Hügel im Inland mit den Stränden verbanden. Dennoch kamen sie langsamer voran, weil die Wege kaum noch zu erkennen waren und auf langen Strecken oft völlig verschwanden. Manchmal ragten die Berge direkt am Wasser auf und fielen in abschüssigen, unpassierbaren Klippen ab, so daß Wren und Garth vorsichtig zurückreiten mußten, um einen anderen Weg zu suchen. Auch große Holzhaufen blockierten ihren Weg und zwangen sie, um sie herum zu gehen. Sie stellten fest, daß sie sich von den Stränden entfernten und sich den Bergpässen näherten, wo das Land offener und zugänglicher war. Sie arbeiteten sich langsam voran, während sie zusahen, wie die Sonne gen Westen trieb und schließlich im Meer versank.

Die Nacht verging ohne Zwischenfälle und bei Tagesanbruch waren sie bereits wieder auf den Beinen und machten sich auf den Weg.

Die Morgenkälte wich erneut der Mittagshitze. Die Meeresbrise, die den Tag zuvor für Kühlung gesorgt hatte, war auf den Pässen weniger spürbar, und Wren stellte fest, daß sie stark schwitzte. Sie schob ihr zerzaustes Haar zurück, band sich ein Tuch um den Kopf, schüttete sich Wasser ins Gesicht und zwang sich, an etwas anderes zu denken. Erinnerungen an ihre Kindheit in Shady Vale stiegen in ihr hoch und sie versuchte erneut, sich daran zu erinnern, wie ihre Eltern gewesen waren. Wie schon so oft stellte sie fest, daß sie es nicht konnte. Denn das, woran sie sich erinnerte, war vage und bruchstückhaft – Teile von Unterhaltungen, kleine Augenblicke oder Wörter oder aus dem Zusammenhang gerissene Sätze. Alles, was sie sich in Erinnerung rief, konnte genauso gut etwas mit Pars Eltern zu tun haben wie mit ihren eigenen. Hing es mit ihren Eltern zusammen – oder hing es mit Jaralan und Mirianna Ohmsford zusammen? Hatte sie ihre Eltern jemals richtig gekannt? Waren sie jemals mit ihr in Shady Vale gewesen? Man hatte ihr das erzählt. Man hatte ihr erzählt, sie wären gestorben. Sie konnte sich jedoch nicht daran erinnern. Warum nur? Warum war ihr nichts über sie in Erinnerung geblieben?

Sie schaute zurück zu Garth, und ihre Verwirrung spiegelte sich in ihren Augen. Rasch sah sie wieder woanders hin, denn sie wollte nichts erklären müssen.

Mittags machten sie eine Pause, um zu essen, und ritten dann weiter. Wren fragte Garth nach ihrem Schatten. Folgte er noch immer? Spürte er etwas? Garth zuckte die Achseln und signalisierte, daß er nicht mehr sicher war und sich in diesem Punkt selbst nicht traute. Wren runzelte die Stirn, aber Garth wollte nicht mehr sagen. Sein dunkles Gesicht war undurchdringlich.

Der Nachmittag verging, während sie einen Grat überquerten, über den vor einem Jahr ein wütendes Waldfeuer hinweggefegt war. Das hatte das Land so eingeebnet, daß nur noch die geschwärzten Stümpfe des alten Bewuchses und die ersten grünen Sprößlinge des neuen zu sehen waren. Von der obersten Kante des Grates konnte Wren meilenweit über das Land hinter ihnen zurückschauen, ohne daß ihr Blick irgendwo aufgehalten wurde. Es gab nichts, wo sich ihr Schatten hätte verstecken können, keinen Weg, den er ungesehen hätte nehmen können. Wren hielt sorgfältig Ausschau nach ihm und sah nichts.

Und doch wollte das Gefühl, daß er noch immer dort hinter ihnen war, sie nicht verlassen.

Beim Einbruch der Nacht gelangten sie wieder an den Rand einer hohen, engen Klippe, die steil zum Meer hin abfiel. Unterhalb des Pfades, den sie entlangritten, krachten und donnerten die Wasser der Blauen Spalte gegen die Klippen, und Meeresvögel kreisten und schrien über dem weißen Schaum. Sie schlugen ihr Lager in einem Erlenhain auf, in der Nähe eines Flusses, der aus den Gebirgsfelsen herabrann und sie mit Trinkwasser versorgte. Zu Wrens Überraschung entfachte Garth ein Feuer, so daß sie eine warme Mahlzeit zubereiten konnten. Als Wren ihn fragend anschaute, hob der hochgewachsene Fahrende den Kopf und bedeutete ihr, daß ihr Schatten, sofern er ihnen immer noch folgte, auch weiterhin abwarten würde. Sie hatten noch nichts zu befürchten. Wren war nicht so sicher, aber Garth schien zuversichtlich, so daß sie das Thema fallenließ.

In dieser Nacht träumte sie von ihrer Mutter, der Mutter, an die sie sich nicht erinnern konnte und von der sie nicht wußte, ob sie sie jemals gekannt hatte. Im Traum hatte ihre Mutter keinen Namen. Sie war eine kleine, wendige Frau mit demselben aschblonden Haar, wie Wren es hatte, und den haselnußbraunen Augen. Ihr Gesicht war warm und offen und besorgt. Ihre Mutter sagte zu ihr: *»Erinnere dich an mich.«* Wren konnte sich aber nicht an sie erinnern. Sie hatte nichts, was sie an ihre Mutter erinnert hätte. Und doch wiederholte sie die Worte immer und immer wieder. *Erinnere dich an mich. Erinnere dich an mich.*

Als Wren aufwachte, blieb ihr das Bild vom Gesicht ihrer Mutter und der Klang ihrer Worte. Garth schien nicht zu bemerken, wie aufgewühlt sie war. Sie zogen sich an, frühstückten, packten ihre Sachen und ritten erneut los – und die Erinnerung an den Traum blieb. Wren begann sich zu fragen, ob der Traum die Wiederbelebung einer Wahrheit sein konnte, die sie über die Jahre irgendwie in sich verschlossen gehalten hatte. Vielleicht war es wirklich ihre Mutter gewesen, von der sie geträumt hatte, das Gesicht ihrer Mutter, an das sie sich nach all den Jahren erinnert hatte. Sie zögerte, es zu glauben, es widerstrebte ihr aber gleichzeitig auch, diese Möglichkeit von sich zu weisen.

Sie ritt schweigend weiter und versuchte vergeblich, sich klarzuwerden, welche Möglichkeit sie am Ende mehr verletzen würde.

Der frühe Morgen kam und ging, und die Hitze wurde drükkend. Als die Sonne hinter den Berggipfeln aufstieg, erstarb die Brise vom Meer vollständig. Die Luft wurde bleischwer. Wren und Garth führten ihre Pferde, um ihnen eine Verschnaufpause zu verschaffen, und folgten der Klippe, bis sie vollständig verschwand und sie sich auf einem felsigen Pfad wiederfanden, der zu einer riesigen Ansammlung von Felsen hinaufführte. Schweiß perlte und trocknete auf ihrer Haut, während sie wanderten, und ihre Füße wurden müde und wund. Die Meeresvögel verschwanden. Sie hatten ihre Rastplätze aufgesucht und warteten auf die

Kühle des Abends, um sich dann wieder hervorzuwagen und erneut zu fischen. Das Land wurde still, wie auch sein verborgenes Leben. Als einziger Laut war das träge Aufschlagen der Wellen der Blauen Spalte auf die felsigen Strände zu hören. Weit draußen am Horizont begannen sich dunkel und bedrohlich Wolken zusammenzuballen. Wren schaute zu Garth. Vor Einbruch der Nacht würde ein Sturm aufkommen.

Der Pfad, dem sie folgten, schlängelte sich weiter aufwärts zu den Gipfeln der Klippen. Die Bäume wurden immer spärlicher, zuerst die Fichten und Tannen und Zedern, dann auch die kleinen, biegsamen Erlen. Der Fels lag nackt und offen unter der Sonne und strahlte die Hitze in dichten, schwerfälligen Wogen wieder ab. Vor Wrens Augen begann die Umgebung zu verschwimmen, und sie machte eine Pause, um ihr Stoffstirnband zu tränken. Garth wandte sich um und wartete ruhig auf sie. Als sie nickte, setzten sie ihren Weg eilig fort. Sie waren bemüht, diese anstrengende Kletterpartie hinter sich zu bringen.

Es war fast Mittag, als sie es schließlich geschafft hatten. Die Sonne stand direkt über ihnen, weißglühend und brennend. Die Wolken, die sich zuvor zusammengeballt hatten, zogen schnell landeinwärts, und es lag eine greifbare Ruhe in der Luft. Als sie am Ende des Pfades angelangt waren, schauten Wren und Garth sich prüfend um. Sie standen am Rande einer Gebirgsebene, die von schweren Gräsern zugewachsen und mit Reihen gekrümmter, windgebeugter, tannenähnlicher Bäume bestanden war. Die Ebene verlief zwischen hohen Gebirgszügen und dem Meer nach Süden, so weit das Auge reichte, eine weite, ungleichmäßige Ansammlung von Niederungen, über der dicht und unbeweglich schwüle Luft hing.

Wren und Garth schauten sich erschöpft an und begannen dann, die Ebene zu durchqueren. Über ihnen schoben sich die sturmbeladenen Wolken langsam vor die Sonne. Schließlich verhüllten sie diese vollständig, und eine schwache Brise kam auf. Die Hitze nahm ab, und Schatten begannen das Land zu überziehen, rastlose Wanderer durch das anhaltende Hitzeflimmern.

Wren ließ das Stirnband in ihre Tasche gleiten und wartete darauf, daß ihr Körper abkühlte.

Sie entdeckten das Tal danach: einen tiefen Einschnitt in der Ebene, der versteckt lag, bis man fast darüber stand. Das Tal war fast eine halbe Meile breit, wettergeschützt durch eine Reihe wulstähnlicher Hügel im Osten und eine Erhöhung der Klippen im Westen sowie durch dichte Baumgruppen, die es von Wand zu Wand ausfüllten. Flüsse rannen durch das Tal. Sogar von oberhalb des Randes aus konnte Wren das Gurgeln hören, das an den Felsen entlang in Rinnen hinablief. Sie folgte Garth, der sie führte, in das Tal, fasziniert von der Aussicht, was sie dort vielleicht finden würden. Nach kurzer Zeit kamen sie auf eine Lichtung. Die Lichtung war dicht mit Gräsern und kleinen Bäumen bestanden, zeigte aber keinen alten Bewuchs. Ein schneller Blick zeigte ihnen die Überreste von Steinfundamenten, die unter dem Gestrüpp verborgen lagen. Der alte Bewuchs war entfernt worden, um Platz für Behausungen zu schaffen. Hier hatten einst Menschen gelebt – viele Menschen.

Wren schaute sich nachdenklich um. War es das, was sie suchten? Sie schüttelte den Kopf. Es gab keine Höhlen – zumindest nicht hier, aber...

Sie überlegte nicht weiter, sondern machte Garth eilig ein Zeichen, bestieg ihr Pferd und ritt auf die Klippen im Westen zu.

Sie ritten aus dem Tal heraus zu den Felsen, die es vom Meer trennten. Die Felsen waren fast baumlos, aber Gestrüpp und Gräser wuchsen aus jedem Riß und jedem Spalt. Wren steuerte auf den höchsten Punkt zu, der wie ein Sims über die Klippen und das Meer hinausragte. Als sie oben waren, stieg sie ab. Sie ließ ihr Pferd zurück und ging zu Fuß weiter. Der Felsen war hier nackt, eine weite Landsenke, auf der anscheinend nichts wachsen konnte. Sie betrachtete sie einen Moment. Sie erinnerte sie an eine Feuergrube, von den Flammen blankgefegt und gereinigt. Sie vermied es, Garth anzuschauen, sondern trat an den Rand. Der Wind blies jetzt beständig und fuhr ihr in plötzlichen Böen ins Gesicht, als sie hinabschaute. Garth trat leise neben sie. Die

Klippen fielen steil ab. Gestrüpp wuchs in dichten Inseln aus den Felsen heraus. Kleine blaue und gelbe Blumen blühten. Sie wirkten seltsam fehl am Platze. Weit unten rollte das Meer auf einer schmalen, leeren Küstenlinie aus. Wellen türmten sich auf, als der Sturm herannahte, und verwandelten sich in weißen Schaum, als sie sich an den Felsen brachen.

Wren betrachtete das Gefälle lange Zeit. Die zunehmende Dunkelheit machte es schwer, alles deutlich zu sehen. Schatten überlagerten die Sicht, und die Bewegung der Wolken trieb das Licht über die Felsen.

Die Fahrende runzelte die Stirn. Irgend etwas stimmte nicht mit dem, worauf sie schaute. Irgend etwas war falsch. Sie konnte nicht sagen, was es war. Sie ließ sich auf die Fersen nieder und wartete auf eine Antwort.

Schließlich wußte sie es. Es gab nirgends Meeresvögel – nicht einen einzigen.

Sie überlegte, was das bedeuten könnte, wandte sich dann Garth zu und signalisierte ihm, er solle warten. Sie erhob sich und ging zu ihrem Pferd zurück, entnahm ihrem Gepäck ein Seil und kehrte zurück. Garth beobachtete sie neugierig. Sie machte schnelle, aufgeregte Handzeichen. Sie wollte, daß er sie über den Rand hinunterließ. Sie wollte sehen, was dort unten war.

Schweigend banden sie ein Seilende als Schlinge unter Wrens Arme und das andere Ende um einen Vorsprung nahe am Rand der Klippe. Wren prüfte die Knoten und nickte. Garth stützte sich ab und begann das Mädchen langsam über den Rand hinabzulassen. Wren stieg vorsichtig ab, wobei sie jeden Halt für ihre Füße und Hände nutzte. Garth war für sie bald nicht mehr zu sehen, und sie begann wie vereinbart am Seil zu ziehen, um ihm zu signalisieren, was sie wollte.

Der Wind bedrängte sie. Er wurde nun stärker und zog ärgerlich an ihrem Körper. Sie klammerte sich an die Klippe, um nicht hinabgeweht zu werden. Die Wolken verdeckten den Himmel über ihr vollständig und türmten sich übereinander auf. Ein paar vereinzelte Regentropfen fielen.

Sie biß die Zähne zusammen. Die Aussicht, im Freien festzusitzen, wenn der Sturm losbrach, gefiel ihr nicht. Sie mußte ihre Entdeckungstour beenden und schnell wieder hinaufklettern.

Sie duckte sich in ein Gestrüpp. Dornen zerkratzten ihre Arme und Beine, und sie schob sie ärgerlich beiseite. Durch das Gestrüpp arbeitete sie sich abwärts. Als sie über die Schulter sah, konnte sie etwas erkennen, was vorher nicht zu sehen gewesen war, eine Dunkelheit vor der Felswand, eine Einsenkung. Sie kämpfte gegen ihre Erregung an. Dabei signalisierte sie Garth, ihr mehr Seil zu geben, und stieg schnell an den Felsen hinab. Die Dunkelheit wurde dichter. Sie dehnte sich weiter aus, als sie geglaubt hatte, ein großes, schwarzes Loch in der Felswand. Wren spähte durch die Dunkelheit. Sie konnte nicht sehen, was darin lag, aber da waren noch andere, dort, weiter seitlich, auch noch zwei davon, und dort ein weiteres, halb vom Gestrüpp verborgen, vom Fels versteckt… *Höhlen!*

Sie signalisierte, daß sie mehr Seil brauchte.

Es gab nach, und sie glitt langsam auf die nächstgelegene Öffnung zu, gelangte schnell in deren Schwärze und sah sich blinzelnd um…

Auf einmal hörte sie das Geräusch, ein Rauschen direkt unter ihr und darin. Es erschreckte sie, und einen Moment lang erschauerte sie. Sie spähte erneut hinab. Schatten umhüllten alles, Schichten von Dunkelheit. Sie konnte nichts sehen. Der Wind blies scharf und erstickte andere Geräusche.

Hatte sie sich geirrt?

Sie ließ sich unsicher einige Fuß weiter hinab.

Dort, etwas…

Sie zog wild an dem Seil, um ihren Absturz aufzuhalten, denn sie hing nur Zentimeter über der dunklen Öffnung.

Der Rock brach unter ihr hervor, explodierte aus der Schwärze heraus, als sei er von einem Katapult abgeschossen worden. Er schien den Himmel auszufüllen, die Flügel weit vor den grauen Wassern der Blauen Spalte, über die Schatten und die Wolken ausgebreitet. Er flog so nahe an ihr vorbei, daß sein Körper ihre Füße streifte und sie herumwarf wie ein Stück Stoff. Sie rollte sich instinktiv zu einer Kugel zusammen, schlug an dem Seil, ihrem Lebensfaden jetzt, gegen die rauhe Oberfläche des Felsens und hatte Mühe, einen Aufschrei zu unterdrücken, wobei sie die ganze Zeit über betete, daß der Vogel sie nicht sehen möge. Der Rock erhob sich in die Lüfte, vergaß ihre Gegenwart oder kümmerte sich nicht darum, ein goldfarbener Körper mit einem feuerfarbenen Kopf. Er sah wild und gefährlich aus, sein Gefieder war struppig, die Flügel gezeichnet und mit Narben übersät. Er stieg hoch in den sturmerfüllten Himmel im Westen und verschwand.

Darum gibt es hier keine Meeresvögel, bestätigte sich Wren benommen in ihrem Schreck.

Sie hing längere Zeit wie betäubt an der Wand der Klippe, wartete, bis sie sicher sein konnte, daß der Rock nicht zurückkehren würde, zog dann vorsichtig am Seil und ließ sich von Garth in Sicherheit bringen.

Kurz nachdem sie den Rand der Klippen wieder erreicht hatte, begann es zu regnen. Garth wickelte sie in seinen Umhang und brachte sie hastig zurück zum Tal, wo sie in einem Tannenhain vorläufig Schutz fanden. Dort entfachte er ein Feuer und bereitete eine Suppe zu, um sie zu wärmen. Sie fror noch lange Zeit und zitterte bei der Erinnerung daran, wie hilflos sie dort gehangen hatte, während der Rock unter ihr vorbeigestrichen war, nahe genug, um sie fortzureißen und sie zu töten. Ihr Denken drehte sich um nichts anderes. Sie hatte beabsichtigt, bei ihrem Abstieg die Höhlen der Rocks zu finden. Sie hätte sich aber niemals träumen lassen, daß sie auch die Rocks finden würde.

Nachdem sie sich weit genug erholt hatte, daß sie sich wieder bewegen konnte, nachdem die Suppe die Kälte aus ihrem Inneren vertrieben hatte, begann sie sich mit Garth zu unterhalten.

»Wenn es Rocks gibt, könnte es auch Elfen geben«, sagte sie, und ihre Hände übersetzten ihre Worte. »Was glaubst du?«

Garth verzog das Gesicht. *Ich denke, du wärest fast getötet worden.*

»Ich weiß«, gab sie zerknirscht zu. »Können wir das jetzt weglassen? Ich fühle mich auch so ziemlich dumm.«

Gut, zeigte er gleichmütig an.

»Wenn die Addershag recht hatte, was die Höhlen der Rocks angeht, denkst du nicht auch, daß sie dann mit ziemlich großer Wahrscheinlichkeit auch mit dem recht hat, was sie über die Elfen sagte?« Wren sann weiter nach. »Ich glaube schon. Sicher wird jemand kommen, wenn wir ein Signalfeuer entzünden. Direkt auf diesem Sims. In dieser Senke. Dort sind schon früher Feuer entfacht worden. Das hast du doch auch gesehen. Vielleicht war dieses Tal einmal die Heimat der Elfen. Vielleicht ist es das noch immer. Morgen werden wir dieses Signalfeuer entfachen und abwarten, was geschieht.«

Sie ignorierte sein Achselzucken und lehnte sich bequem zurück, ihre Decken eng um sich gewickelt, die Augen strahlend vor Entschlossenheit. Der Zwischenfall mit dem Rock begann bereits in die hinteren Winkel ihres Bewußtseins zu sinken.

Sie schlief bis weit nach Mitternacht und übernahm die Spätwache, denn Garth hatte sie nicht wecken wollen. Sie war für den Rest der Nacht munter und sinnierte, was kommen mochte. Der Regen hörte auf, und bei Tagesanbruch kam die Sommerhitze zurück, dampfend und dicht. Sie suchten trockenes Holz, brachen Äste ab, die klein genug waren, daß sie sie aufladen konnten, bauten einen Schlitten und benutzten die Pferde, um das Holz an den Rand der Klippe zu ziehen. Sie arbeiteten rastlos in der Hitze, blieben aber dennoch bemüht, sich selbst und ihre Tiere nicht zu überanstrengen. Sie machten oft halt und tranken viel Wasser, um einen Hitzschlag zu vermeiden.

Der Tag blieb klar und schwül, der Regen eine entfernte Erinnerung. Eine gelegentliche Brise blies vom Wasser landeinwärts, konnte ihnen aber kaum Kühlung bringen. Das Meer erstreckte sich vom Land als glatte Fläche wie Glas fort und wirkte von der Höhe der Klippen aus flach und hart wie Eisen.

Sie sahen nichts mehr von den Rocks. Garth meinte, sie seien wohl Nachtvögel, Jäger, die den Schutz der Dunkelheit bevorzugten, bevor sie sich hinauswagten. Ein- oder zweimal glaubte Wren ihren Schrei gehört zu haben, schwach und gedämpft. Sie hätte gern gewußt, wie viele in den Höhlen hausten und ob sie Junge hatten. Aber ihr Zusammenprall mit dem riesigen Vogel war ihr genug, wenn ihre Neugier auch unbefriedigt blieb.

Sie errichteten ihr Signalfeuer in der Senke auf dem Felsvorsprung, der über die Blaue Spalte hinausragte. Als der Sonnenuntergang einsetzte, benutzt Garth seinen Feuerstein, um das Anmachholz zu entzünden, und bald brannten auch die größeren Holzstücke. Die Flammen stiegen himmelwärts, ein roter und goldener Glanz vor dem schwächer werdenden Licht, der in der Stille knisterte. Wren sah sich zufrieden um. Von dieser Höhe aus konnte das Feuer in allen Richtungen auf Meilen gesehen werden. Wenn dort draußen jemand Ausschau hielt, würde er es sehen.

Sie aßen schweigend zu Abend, saßen nahe bei dem Signalfeuer, schauten auf die Flammen und waren mit ihren Gedanken ganz woanders. Wren bemerkte, daß sie über ihre Cousins, Par und Coll, nachdachte und über Walker Boh. Sie fragte sich, ob sie wie sie dazu überredet worden waren, Aufträge von Allanon anzunehmen. Finde das Schwert von Shannara, hatte der Schatten Par befohlen. Finde die Druiden und das verlorene Paranor, hatte er Walker befohlen. Und ihr hatte er befohlen, die vermißten Elfen zu finden. Wenn sie es nicht taten oder wenn es einem von ihnen mißlänge, dann würde die Vision einer öden und leeren Welt, die er ihnen gezeigt hatte, wahr werden, und die menschlichen Rassen würden zum Spielzeug der Schattenwesen werden. Ihr mageres Gesicht straffte sich, und sie strich gedankenverloren eine Locke zurück, die sich gelöst hatte. Die Schattenwesen – was waren sie? Cogline hatte von ihnen gesprochen, überlegte sie, ohne wirklich etwas zu enthüllen. Die Geschichte, die er ihnen in jener Nacht am Hadeshorn erzählt hatte, war überraschend ungenau gewesen. Lebewesen formten sich in der Leere, die durch das Vergehen der Magie nach Allanons Tod entstanden war. Lebewesen, die aus verirrter Magie geboren worden waren. Was bedeutete das?

Sie beendete ihre Mahlzeit, erhob sich und trat hinaus an den Rand der Klippe. Die Nacht war klar und der Himmel von Tausenden von Sternen erfüllt, deren Licht auf der Oberfläche des Ozeans schimmerte und einen glitzernden Teppich aus Silber zurückließ. Wren verlor sich eine Weile in dieser Schönheit, wärmte sich in der Abendkühle und vergaß für kurze Zeit ihre dunklen Gedanken. Als sie wieder zu sich selbst fand, wünschte sie, sie wüßte genauer, was vor ihr lag. Ihre einst sehr sichere, planvolle Existenz war erstaunlich phantastisch geworden.

Sie ging zurück zum Feuer und zu Garth. Der große Mann breitete die Schlafdecken aus, die sie vom Tal heraufgebracht hatten. Sie würden beim Feuer schlafen und es unterhalten, bis die drei Tage verstrichen waren oder bis jemand kam. Die Pferde waren hinter ihnen am Ende des Tals zwischen den Bäumen angepflockt. Solange es nicht regnete, würden sie lieber im Freien schlafen.

Garth bot an, die erste Wache zu übernehmen, und Wren war einverstanden. Sie wickelte sich am Rande der Feuerwärme in ihre Decken und legte sich hin. Sie beobachtete, wie die Flammen vor der Dunkelheit tanzten, verlor sich in ihre hypnotisierenden Bewegungen und ließ sich treiben. Sie dachte erneut an ihre Mutter, an deren Gesicht und ihre Stimme im Traum und fragte sich, ob irgend etwas davon real war.

Erinnere dich an mich.

Warum konnte sie es nicht?

Sie grübelte noch immer darüber nach, als sie schließlich einschlief.

Sie erwachte von Garths Hand auf ihrer Schulter. Er hatte sie über die Jahre Hunderte von Malen geweckt, und sie hatte gelernt, allein von seiner Berührung her sagen zu können, was er empfand. Seine jetzige Berührung sagte ihr, daß er besorgt war.

Sie rollte sich sofort auf die Füße, und der Schlaf war vergessen. Es war noch früh, soviel konnte sie nach einem schnellen Blick auf den nächtlichen Himmel sagen. Das Feuer brannte noch immer neben ihnen, sein Schein war unvermindert hell. Garth sah vom Feuer fort in die Nacht, zum Tal zurück, dem Geräusch entgegen, das sich näherte. Wren konnte es kommen hören – ein Kratzen, ein Klicken, das Geräusch von Klauen auf dem Fels. Was auch immer dort draußen war, es versuchte nicht, sein Kommen zu verbergen.

Garth wandte sich zu ihr um und signalisierte, daß bis vor wenigen Augenblicken alles völlig ruhig gewesen war. Ihr Besucher mußte zunächst auf Katzenpfoten herangeschlichen sein und dann seine Meinung geändert haben. Wren stellte nicht in Frage, was ihr gesagt wurde. Garth hörte mit seiner Nase und seinen Händen und vor allem mit seinen Instinkten. Obwohl er taub war, hörte er besser als sie. *Ein Rock*?, überlegte sie kurz und erinnerte sich seiner klauenähnlichen Füße. Garth schüttelte den Kopf. *Dann war es vielleicht, was auch immer gemäß dem Versprechen der Addershag kommen sollte*? Garth antwortete nicht. Er brauchte es nicht. Was sich näherte, war etwas anderes, etwas Gefährliches...

Ihre Augen trafen sich, und plötzlich wußte sie es.

Es war ihr Schatten, der schließlich kam, um sich ihnen zu zeigen.

Das Kratzen wurde lauter, anhaltender, als würde sich das, was sich da näherte, vorwärts ziehen. Wren und Garth traten einige Schritte vom Feuer zurück und versuchten ein wenig von dem Licht zwischen sich und ihren Besucher und ein wenig Dunkelheit hinter sich zu bringen.

Wren tastete nach dem langen Messer an ihrer Taille. Keine allzu gute Waffe. Garth ergriff seinen gehärteten, viereckigen Knüppel. Sie wünschte, sie hätte daran gedacht, den ihren mitzunehmen, aber sie hatte ihn bei den Pferden gelassen.

Und dann schob sich ein mißgestaltetes Gesicht ins Licht, das aus der Dunkelheit herankroch, als befreie es sich aus etwas. Ein muskulöser Körper folgte. Wren spürte Kälte, die sich in ihrer Magengrube ausbreitete. Was vor ihr stand, war nicht wirklich. Es sah aus wie ein riesiger Wolf mit gesträubten, grauen Haaren, einer dunklen Schnauze und Augen, die im Licht des Feuers glitzerten. Aber es war auch auf groteske Art menschlich. Es hatte die Arme eines Menschen, mit Händen und Fingern, obwohl auch dort überall Haare wuchsen und die Finger in Klauen endeten und mißgebildet und dick voller Schwielen waren. Der Kopf hatte etwas von einem Menschen und war auch so geformt – als habe ihn jemand mit einer Wolfsmaske zusammengefügt und wie Ton bearbeitet, um ihn passend zu machen.

Das Lebewesen hatte sich zum Feuer hin bewegt und dann wieder davon weg. Seine harten Augen fixierten sie.

Das also war ihr Schatten. Wren atmete tief ein. Das also war das Lebewesen, das sie durch das ganze Westland so unermüdlich verfolgt hatte, das Lebewesen, das ihnen wochenlang gefolgt war. Es hatte sich die ganze Zeit verborgen gehalten. Warum zeigte es sich jetzt?

Sie beobachtete, wie sich seine Schnauze öffnete und lange Reihen gekrümmter Zähne sichtbar wurden. Die glitzernden Augen schienen sich zu erhellen. Es gab keinen Laut von sich, als es vor ihnen stand.

Es zeigt sich jetzt, weil es beschlossen hat, uns zu töten, erkannte Wren und hatte plötzlich Angst.

Garth warf ihr einen schnellen Blick zu, einen Blick, der alles sagte. Er machte sich keine Illusionen darüber, was jetzt geschehen würde. Er machte einen Schritt auf die Bestie zu.

Die griff ihn sofort mit einem Sprung an, der sie mit dem großen Fahrenden zusammenprallen ließ, bevor er sich sammeln konnte. Garth warf den Kopf gerade rechtzeitig genug zurück, damit er ihm nicht von den Schultern gerissen wurde, wirbelte den Knüppel herum und schleuderte seinen Angreifer zur Seite. Das Wolfswesen landete mit einem Grunzen, gewann in einem Gewirr von Klauenfüßen wieder Halt und wirbelte mit gefletschten Zähnen herum. Es griff Garth ein zweites Mal an, ignorierte Wren jedoch vollständig. Dieses Mal war Garth vorbereitet und stieß das Ende des schweren, viereckigen Knüppels in den gekrümmten Körper. Wren hörte das Geräusch brechender Knochen. Das Wolfswesen taumelte davon, kam wieder auf die Füße und begann sich zu drehen. Es schenkte Wren weiterhin keine Beachtung, abgesehen davon, daß es sich vergewisserte, was sie tat. Es hatte offensichtlich beschlossen, daß Garth die größere Bedrohung war und zuerst beseitigt werden müßte.

Was bist du? wollte Wren rufen. *Welche Art Wesen?*

Die Bestie prallte erneut auf Garth gegen den wartenden Knüppel. Schmerz schien sie nicht zu stören. Garth schleuderte sie von sich, doch sie griff mit gebleckten Zähnen sofort wieder an. Und wieder griff sie an, eines um das andere Mal, und nichts, was Garth tat, schien sie zu bremsen. Wren duckte sich und beobachtete das Geschehen hilflos, weil sie nicht eingreifen konnte, ohne ihren Freund zu gefährden. Das Wolfswesen bot ihr keine Angriffsfläche und ließ ihr keine Gelegenheit, ebenfalls anzugreifen. Und es war so flink, daß es nie länger als einen Augenblick am Boden war, und es bewegte sich mit einer geschmeidigen Anmut, die sowohl an die Behendigkeit eines Menschen als auch an die eines Tieres erinnerte. Noch nie hatte sich ein Wolf auf diese Weise bewegt, dessen war sich Wren gewiß.

Der Kampf ging weiter. Beide Gegner waren verwundet. Aber während bei Garth Blut aus den Schnitten strömte, die er erlitten hatte, schienen die Verletzungen des Wolfswesens fast sofort zu verheilen. Seine gebrochenen Rippen hätten es behindern und seine Bewegungen hemmen müssen, aber sie taten es nicht. Das Blut in seinen Wunden verschwand in Sekunden. Seine Verletzungen schienen es nicht zu beunruhigen, fast als ob...

Und plötzlich erinnerte sich Wren an die Geschichte, die Par ihr von den Schattenwesen erzählt hatte, denen er und Coll und Morgan Leah während ihrer Reise nach Culhaven begegnet waren – jenem fürchterlichen Menschending, das seine abgetrennten Arme wieder befestigt hatte, als habe es keinen Schmerz empfunden.

Dieses Wolfswesen war ein Schattenwesen!

Diese Erkenntnis trieb sie, fast ohne zu denken, vorwärts. Sie griff das Wesen mit ihrem gezogenen, langen Messer an, wütend und entschlossen, während sie auf es zusprang. Es wandte sich um, und ein Flackern der Überraschung spiegelte sich in seinen harten Augen und lenkte es vorübergehend von dem Mann ab. Sie erreichte es zur gleichen Zeit wie Garth, so daß sie die Bestie zwischen sich gefangen hatten. Garths Knüppel hämmerte auf deren Schädel ein, und er zersplitterte bei der Macht des Aufpralls. Wrens Klinge bohrte sich in die behaarte Brust und glitt leicht hinein. Das Wesen sprang auf und zurück und gab zum ersten Mal einen Laut von sich. Es schrie, den Schmerzensschrei einer Frau. Dann wirbelte es abrupt herum, warf sich auf Wren und drückte sie zu Boden. Es war unglaublich kräftig. Sie taumelte zurück und stieß mit den Füßen aufwärts, während sie die gefletschten Zähne daran zu hindern versuchte, ihr das Gesicht zu zerfleischen. Die Wucht des Wolfswesens rettete sie, denn sie beförderte es kopfüber in die Dunkelheit. Wren rappelte sich hoch. Das lange Messer war fort, noch immer im Körper der Bestie versenkt. Garths Knüppel war zerschmettert. Er packte bereits sein kurzes Schwert.

Das Wolfswesen kam zurück ins Licht. Es bewegte sich ohne Schmerzen, ohne Anstrengung, die Zähne in einem furchterregenden Grinsen entblößt.

Das Wolfswesen.

Das Schattenwesen.

Wren wußte plötzlich, daß sie nicht fähig sein würden, es zu töten – sondern daß sie getötet werden würden.

Sie trat schnell zurück neben Garth. Sie war jetzt wahnsinnig vor Angst und hatte Mühe, ihren Verstand beisammen zu halten. Er zog sein langes Messer und gab es ihr. Sie konnte das abgerissene Geräusch seines Atems hören. Sie konnte sich nicht dazu überwinden, ihn anzusehen.

Das Schattenwesen griff sie erneut an und prallte mit einem Sprung auf sie. Im letzten Moment drehte es zu Garth ab. Der große Fahrende begegnete seinem Stoß und erwiderte ihn, aber die Wucht des Angriffs riß ihn von den Füßen. Sofort war das Schattenwesen über ihm und knurrte. Garth drängte mit seinem Schwert die Wolfsschnauze zurück. Er war stärker als jeder andere Mann, den Wren je gekannt hatte. Aber nicht stärker als dieses Monster. Sie konnte bereits sehen, daß seine Kraft nachließ.

Garth!

Sie warf sich auf das Wolfswesen und stieß das lange Messer in seinen Körper. Es schien nichts davon zu bemerken. Sie klammerte sich an die Bestie und bemühte sich, sie wegzuziehen. Darunter konnte sie Garths dunkles Gesicht erkennen, schweißgetränkt und hart. Sie schrie vor Wut.

Dann schüttelte sich das Schattenwesen, und sie wurde abgeworfen. Sie blieb verrenkt liegen, ohne Waffe und hilflos. Sie zog sich auf die Knie und merkte plötzlich, daß sie von der Hitze des Feuers brannte. Das Brennen – wie lange war es schon da? – hatte sich auf ihrer Brust verstärkt. Sie untersuchte ihren Körper, denn sie glaubte, irgendwie Feuer gefangen zu haben. Nein, da waren keine Flammen, wie sie feststellte, nichts außer...

Ihre Finger zuckten zurück, als sie auf den kleinen Lederbeutel mit den bemalten Steinen stießen. Das Brennen war dort!

Sie riß den Beutel los und schüttete die Steine, fast ohne darüber nachzudenken, in ihre Handfläche.

Sofort explodierten sie in einem erschreckenden Licht, das sie benommen machte. Sie bemerkte, daß sie sie nicht loslassen konnte. Die Farbe, die die Steine bedeckt hatte, verschwand, und die Steine wurden... Sie konnte es nicht über sich bringen, das Wort zu denken, und es war auch keine Zeit, überhaupt zu denken. Das Licht flackerte und sammelte sich zu einer Art Lebewesen. Jenseits der Lichtung sah sie den wolfsähnlichen Kopf des Schattenwesens hochschrecken. Sie sah das Glitzern in seinen Augen. Sie und Garth hatten vielleicht noch eine Chance zu überleben, wenn...

Sie handelte instinktiv, als sie das Licht mit einem einzigen

Gedanken vorwärts schießen ließ. Es warf sich mit erschreckender Schnelligkeit nach vorne und prallte in das Schattenwesen. Es wurde von Garth fortgeschleudert, drehte sich und schrie. Das Licht wickelte sich um das Wolfswesen herum. Feuer war überall, es versengte und verbrannte es schließlich. Wren streckte ihre Hand aus und dirigierte das Feuer. Die Magie erschreckte sie, aber sie bezwang ihre Panik. Macht durchpulste sie, düster und heiter, beides zugleich. Das Schattenwesen wehrte sich, rang mit dem Licht und kämpfte darum, wieder freizukommen. Es gelang ihm nicht. Wren schrie triumphierend auf, als das Schattenwesen starb. Sie beobachtete, wie es explodierte, sich zu Staub verwandelte und verschwand.

Dann verschwand auch das Licht, und sie war mit Garth allein.

4

Wren arbeitete flink, als sie Garths Wunden versorgte. Er hatte keine Knochenbrüche erlitten, aber eine Reihe tiefer Fleischwunden an den Unterarmen und der Brust und war von Kopf bis Fuß zerschnitten und mit blauen Flecken übersät. Er hatte sich auf den Boden zurückgelegt, während sie über ihm kniete und die Heilsalben und Kräuter auftrug, die die Fahrenden überallhin mitnahmen. Sein dunkles Gesicht war ruhig: Eisen-Garth. Der riesige, muskulöse Körper zuckte ein- oder zweimal zusammen, als sie die Wunden säuberte und verband, nähte und umwickelte, aber das war alles. Sein Gesicht und seine Augen zeigten nichts von der Erschütterung und dem Schmerz, die er auszuhalten hatte.

Einen Augenblick lang traten ihr Tränen in die Augen, und sie senkte den Kopf, damit er es nicht sah. Er war ihr engster Freund, und sie hatte ihn fast verloren.

Wenn da nicht die Elfensteine gewesen wären...

Und es waren Elfensteine. Wirkliche Elfensteine.

Denk nicht darüber nach!

Sie konzentrierte sich noch mehr auf das, was sie tat, und drängte ihre besorgten, erschreckten Gedanken beiseite. Das Signalfeuer brannte noch immer, die Flammen stiegen in der Dunkelheit auf, und das Holz krachte, als es von der Hitze gespalten wurde. Sie arbeitete schweigend und konnte doch alles um sich herum hören – das Knistern des Feuers, das Anrollen der Wellen auf den Strand, das Summen von Insekten weit hinten im Tal und das Zischen ihres eigenen Atems. Es war, als wären alle Nachtgeräusche hundertfach verstärkt – als befände sie sich in einer riesigen, leeren Schlucht, in der selbst das leiseste Flüstern ein Echo hatte.

Sie beendete ihre Arbeit und fühlte sich einen Moment schwach, ein Schwarm Bilder verschwamm vor ihren Augen. Sie sah erneut das Wolfswesen, das Schattenwesen, nur aus Zähnen und Klauen und borstigem Haar bestehend. Sie sah Garth, wie er in den Kampf mit dem Monster verstrickt war. Sie sah sich selbst, wie sie herbeieilte, um ihm zu helfen, ein nutzloser Versuch. Sie sah den Feuerschein sich über sie alle ausbreiten wie Blut. Sie sah die Elfensteine zum Leben erwachen und weiß leuchten, eine uralte Macht, die die Nacht mit ihrem Strahlen erfüllte, sah sie hervorschießen, das Schattenwesen vernichten und es in Brand setzen, während es vergeblich darum kämpfte freizukommen...

Sie versuchte, sich zu erheben und fiel zurück. Garth, der sich irgendwie auf die Knie erhoben hatte, fing sie in seinen Armen auf und bettete sie auf den Boden. Er hielt sie einen Moment umfangen und wiegte sie, wie er ein Kind gewiegt hätte, und sie ließ es zu, ihr Gesicht an seiner Brust verborgen. Dann stieß sie sich sanft ab und atmete langsam und tief ein, um sich zu beruhigen. Sie erhob sich, ging zu ihren Umhängen hinüber und brachte sie zu der Stelle zurück, wo Garth wartete. Sie wickelten sich gegen die Nachtkälte darin ein, saßen dann da und schauten sich wortlos an.

Schließlich hob Wren ihre Hände und begann in der Zeichensprache zu sprechen. »Wußtest du von den Elfensteinen?« fragte sie.

Garth schaute sie offen an. *Nein.*

»Nicht, daß sie echt waren, nicht, was sie bewirken konnten, nichts?«

Nein.

Sie betrachtete sein Gesicht einen Moment lang regungslos. Dann griff sie in ihre Tunika und zog den Lederbeutel heraus, der um ihren Hals hing. Sie hatte die Elfensteine wieder hineingleiten lassen, nachdem sie Garth geholfen hatte. Sie fragte sich, ob sie sich wohl wieder verwandelt hatten, ob sie wieder zu den bemalten Steinen geworden waren, die sie zuvor gewesen waren. Sie fragte sich sogar, ob sie sich etwa bei all dem geirrt hatte, was sie gesehen hatte. Sie stellte den Beutel auf den Kopf und schüttelte ihn über ihrer Handfläche aus.

Drei hellblaue Steine fielen heraus, keine bemalten Steine mehr, sondern glitzernde Elfensteine – die Elfensteine, die Shea Ohmsford vor über fünfhundert Jahren von Allanon erhalten hatte und die seitdem der Ohmsfordfamilie gehört hatten. Sie betrachtete sie, von ihrer Schönheit überwältigt und voller Ehrfurcht, daß sie sie in Händen hielt. Sie zitterte bei der Erinnerung an ihre Macht.

»Garth«, flüsterte sie. Sie legte die Elfensteine in ihren Schoß. Ihre Finger bewegten sich. »Du mußt doch etwas wissen. Du mußt. Ich bin deiner Obhut übergeben worden, Garth. Ich hatte die Elfensteine damals schon. Sag es mir. Woher kamen sie wirklich?«

Das weißt du bereits. Deine Eltern haben sie dir gegeben.

Meine Eltern. Sie fühlte ein Aufwallen des Schmerzes und der Enttäuschung. »Erzähl mir von ihnen. Alles. Es gibt Geheimnisse, Garth. Es hat immer Geheimnisse gegeben. Ich muß es jetzt wissen. Erzähl es mir.«

Garths dunkles Gesicht wurde starr, während er zögerte und ihr dann signalisierte, daß ihre Mutter eine Fahrende und ihr Vater ein Ohmsford gewesen sei. Sie hatten Wren zu den Fahrenden gebracht, als sie noch ein Baby war. Man hatte ihm erzählt, daß sie ihr als letzte Handlung, bevor sie fortgingen, den Lederbeutel mit den bemalten Steinen um den Hals gelegt hatten.

»Du hast meine Mutter nicht gesehen. Oder meinen Vater?«

Garth schüttelte den Kopf. Er war fort, als sie kamen, und als er zurückkam, waren sie schon wieder gegangen. Sie kamen niemals zurück. Wren wurde nach Shady Vale gebracht, um bei Jaralan und Mirianna Ohmsford zu leben. Als sie fünf Jahre alt war, nahmen die Fahrenden sie wieder auf. Das war die Vereinbarung, die sie mit den Ohmsfords getroffen hatten. Darauf hatten ihre Eltern bestanden.

»Aber warum?« unterbrach Wren ihn verwirrt.

Garth wußte es nicht. Man hatte ihm auch niemals gesagt, wer den Handel im Namen der Fahrenden abgeschlossen hatte. Sie war von einem der Ältesten der Familie seiner Obhut übergeben worden, von einem Mann, der kurz darauf gestorben war. Niemand hatte ihm jemals erklärt, warum er sie so ausbilden sollte, wie er es tat – sondern nur, was getan werden sollte. Sie sollte schneller, stärker, klüger und lebensfähiger werden als jeder andere. Garth sollte sie soweit bringen.

Wren setzte sich bedrückt zurück. Was Garth ihr erzählte, wußte sie bereits alles. Er hatte es ihr alles schon zuvor erzählt. Ihr Kiefer spannte sich ärgerlich an. Da mußte noch mehr sein, etwas, das ihr zu der Erkenntnis verhelfen konnte, woher sie kam und warum sie die Elfensteine trug.

»Garth«, versuchte sie es erneut und jetzt eindringlich. »Gibt es etwas, was du mir nicht erzählt hast? Etwas über meine Mutter? Ich habe von ihr geträumt, weißt du. Ich habe ihr Gesicht gesehen. Sag mir, was du vor mir verbirgst!«

Der große Mann zeigte keinerlei Regung, aber in seinen Augen war Schmerz erkennbar. Wren hätte gern die Hand ausgestreckt, um ihn zu beruhigen, aber der Drang, alles wissen zu wollen, hielt sie davon ab. Garth sah sie lange Zeit wortlos an. Dann machten seine Finger kurz Zeichen.

Ich kann dir nichts sagen, was du nicht selbst erkennen kannst.

Sie zuckte zusammen. »Was meinst du?«

Du hast Elfenzüge, Wren. Mehr als jeder andere Ohmsford. Warum, glaubst du, ist das so?

Sie schüttelte den Kopf, denn sie vermochte nicht zu antworten.

Seine Brauen zogen sich zusammen. *Es kommt daher, daß deine Eltern beide Elfen waren.*

Wren sah ihn ungläubig an. Sie hatte keinerlei Erinnerung daran, daß ihre Eltern wie Elfen ausgesehen hatten, und sie hatte sich selbst immer für eine einfache Fahrende gehalten.

»Woher weißt du das?« fragte sie verblüfft.

Es wurde mir von jemandem erzählt, der sie gesehen hat. Man hat mir auch erzählt, daß es für dich gefährlich wäre, das zu wissen.

»Dennoch hast du es mir jetzt erzählt?«

Garth zuckte die Achseln, als wollte er sagen: »Welchen Unterschied macht das nach dem, was geschehen ist, jetzt noch? Um wie vieles gefährlicher kann es für dich sein, es zu wissen?« Wren nickte. Ihre Mutter eine Fahrende. Ihr Vater ein Ohmsford. Aber beide Elfen. Wie konnte das sein? Fahrende waren keine Elfen.

»Bist du sicher?« fragte sie noch einmal. »Elfen, keine Menschen mit Elfenblut, sondern Elfen?«

Garth nickte fest und signalisierte: *Das wurde sehr deutlich ausgesprochen.*

Jedem außer mir, dachte sie. Wieso waren ihre Eltern Elfen geworden? Keiner der Ohmsfords war ein Elf gewesen, sondern sie stammten höchstens von den Elfen ab und hatten nur einen geringen Prozentsatz Elfenblut. Bedeutete es, daß ihre Eltern bei den Elfen gelebt hatten? Bedeutete es, daß sie von ihnen abstammten, und war das auch der Grund dafür, daß Allanon sie auf die Suche nach den Elfen geschickt hatte? Weil sie eben selbst ein Elf war?

Sie schaute fort, einen Moment lang überwältigt von ihren Überlegungen. Sie sah wieder das Gesicht ihrer Mutter, wie sie es in ihrem Traum gesehen hatte – das Gesicht eines Mädchens von der Rasse der Menschen, nicht der Elfen. Der Teil von ihr, der zu den Elfen gehörte, diese andersartigen Züge, waren nicht sehr deutlich gewesen. Oder hatte sie sie einfach nicht erkannt? Was war mit ihrem Vater? Eigenartig, dachte sie. Er war bei ihren Überlegungen, was gewesen sein könnte, anscheinend niemals sehr wichtig gewesen, niemals sehr real, und sie wußte nicht, warum. Er hatte für sie kein Gesicht. Er war unsichtbar.

Sie sah wieder Garth an. Er wartete geduldig. »Du wußtest nicht, daß die bemalten Steine Elfensteine waren?« fragte sie ein letztes Mal. »Du wußtest nichts darüber, was sie waren?«

Nichts.

Was, wenn sie sie weggeworfen hätte? fragte sie sich erschreckt. Was wäre dann aus den Plänen ihrer Eltern – wie auch immer sie aussahen – geworden? Aber sie kannte die Antwort auf diese Frage. Sie hätte die bemalten Steine niemals weggegeben, ihre einzige Verbindung zur Vergangenheit, die einzige Erinnerung an ihre Eltern, die sie hatte. Hatten sie sich darauf verlassen? Warum hatten sie ihr zuerst die Elfensteine gegeben? Um sie zu schützen? Vor was? Vor Schattenwesen? Vor Schlimmerem? Vor etwas, das noch nicht einmal existiert hatte, als sie geboren wurde?

»Warum, glaubst du, haben sie mir die Elfensteine gegeben?« fragte sie Garth vollkommen verwirrt.

Garth senkte einen Moment den Blick und schaute dann wieder auf. Sein großer Körper bewegte sich nervös. Er signalisierte. *Vielleicht, um dich auf der Suche nach den Elfen zu beschützen.*

Wren sah ihn offen an. Sie hatte diese Möglichkeit noch nicht erwogen. Aber wie hatten ihre Eltern wissen können, daß sie die Elfen suchen würde? Oder hatten sie ganz einfach gewußt, daß sie sich eines Tages von allein aufmachen würde, ihr Erbe ausfindig zu machen, daß sie darauf bestehen würde, zu erfahren, woher sie kam und wer ihre Leute waren?

»Garth, ich verstehe nicht«, gestand sie ihm. »Was bedeutet das alles?«

Aber der große Mann schüttelte nur den Kopf und sah traurig vor sich hin.

Sie schauten weiter in die Nacht hinaus, der eine dösend, während der andere wach blieb, bis die Dämmerung schließlich den östlichen Himmel erhellte. Garth schlief dann noch bis zum Mittag, denn seine Kräfte waren erschöpft. Wren saß da und dachte darüber nach, was sich aus ihrer Entdeckung ergab. Es waren die Elfensteine von Shea Ohmsford, sagte sie sich. Sie hatte deren Beschreibung oft genug gehört und Sagen über ihre Geschichte. Sie gehörten dem, dem sie gegeben wurden, wer auch immer es war, und sie waren der Ohmsfordfamilie gegeben – und dann vermutlich wieder verloren – worden. Aber vielleicht auch nicht. Vielleicht hatte man sie ihnen einfach zu einem bestimmten Zeitpunkt fortgenommen. Das war möglich. Es hatte nach Brin und Jair viele Ohmsfords gegeben und eine Zeitspanne von dreihundert Jahren, in denen die Magie verlorengegangen sein konnte – sogar eine so persönliche und mächtige Magie wie die der Elfensteine. Es hatte eine Zeit gegeben, in der sie niemand hatte benutzen können, erinnerte sie sich. Nur jene, die genügend Elfenblut in sich hatten, konnten die Magie ungestraft beschwören. Will Ohmsford war auf diese Weise vernichtet worden. Dadurch, daß er die Steine gebrauchte, war er gezwungen worden, einen Teil ihrer Magie in sich aufzunehmen. Als seine Kinder geboren wurden, Brin und Jair, hatte sich die Magie in das Wunschlied verwandelt. Also hatte vielleicht einer der Ohmsfords beschlossen, die Elfensteine zu jenen zurückzubringen, die sie ohne Gefahr gebrauchen konnten – zu den Elfen. Hatten sie dadurch den Weg zu ihren Eltern gefunden?

Die Fragen blieben, überwältigend, beständig und ohne Antwort. Was hatte Cogline zu ihr gesagt, als er sie im Tirfing gefunden und dazu überredet hatte, mit ihm zum Hadeshorn zu kommen, um Allanon zu treffen? *Es ist nicht annähernd so wichtig zu wissen, was du bist, als zu wissen, was du sein könntest.* Sie begann zu verstehen, daß dies möglicherweise auf eine Art wahr werden konnte, die sie sich niemals hätte vorstellen können.

Garth stand mittags auf und aß den Gemüseeintopf und das frische Brot, das sie bereitgestellt hatte. Er war steif und wund, und seine Kräfte waren noch nicht wiederhergestellt. Dennoch hielt er eine Erkundungstour in dieser Gegend für notwendig, um sicherzugehen, daß kein weiteres Wolfswesen in der Nähe war. Wren hatte diese Möglichkeit noch nicht erwogen. Sie beide hatten ihren Angreifer als Schattenwesen erkannt – als ein Wesen, das einst ein Mensch gewesen war und dann zum Teil ein Tier geworden war, ein Wesen, das verfolgen und jagen konnte, das sich verbergen und heranpirschen konnte und das genauso gut denken konnte wie sie und ohne Gewissensbisse tötete. Kein Wunder, daß es ihnen so problemlos gefolgt war. Sie hatte angenommen, es sei allein gekommen. Das war eine Annahme, die für sie gefährlich werden konnte. Also erklärte sie, daß sie gehen würde. Es ging ihr im Moment besser als ihm, und sie hatte die Elfensteine. Sie würde beschützt werden.

Sie sagte ihm nicht, wie sehr die Elfenmagie sie erschreckte und wie schwer es ihr fallen würde, sie erneut anzurufen.

Während sie die Gegend südlich und östlich nach Fußspuren, Zeichen oder außergewöhnlichen Merkmalen absuchte, wobei sie sich vor allem auf ihren Instinkt verließ, der sie vor jedweder Gefahr warnen würde, dachte sie darüber nach, was es bedeutete, solche Magie zu besitzen. Sie erinnerte sich daran, wie Par sie wegen ihrer Träume geneckt und erklärt hatte, sie habe sicher dasselbe Elfenblut wie er und vielleicht einen Teil der Magie. Sie hatte gelacht. Sie habe nur ihre bemalten Steine, hatte sie gesagt. Und ihr fiel wieder ein, wie die Addershag ihre Brust berührt hatte, wo die Elfensteine in ihrem Lederbeutel hingen, und wie sie unerwartet »Magie!« geschrien hatte. Damals hatte sie nicht einmal an die bemalten Steine gedacht. Ihr ganzes Leben lang hatte sie das Ohmsfordvermächtnis gekannt und die Magie, die zu ihnen als den Erben des Elfenhauses von Shannara gehörte. Doch sie hatte niemals daran gedacht, selbst von der Magie Gebrauch machen zu können. Sie hatte es sich nicht einmal gewünscht. Nun gehörte sie ihr, wie auch die Elfensteine ihr gehörten, und was sollte sie dagegen tun? Sie wollte die Verantwortung nicht, die die Steine oder ihre Magie ihr antrugen. Sie wollte das Vermächtnis nicht. Es war ein Mühlstein, der sie hinabziehen würde. Sie war eine Fahrende, frei geboren und erzogen, und das war es, was sie kannte und was für sie ein angenehmes Leben ausmachte – nichts von all dem anderen. Sie hatte ihr Elfenaussehen akzeptiert, ohne danach zu fragen, was es bedeuten könnte. Es war ein Teil von ihr, aber ein geringerer Teil, der absolut nicht zu dem Teil in ihr gehörte, der die Fahrende ausmachte. Sie fühlte sich, als sei sie bei der Entdeckung der Elfensteine von innen nach außen gekehrt worden, als habe ihr die Magie, als sie in ihr Leben getreten war, ihre Lebenskraft genommen und sie verändert. Sie mochte das Gefühl nicht. Sie war nicht begierig darauf, in jemand anderen verwandelt zu werden.

Sie grübelte den ganzen Tag lang über ihr Unbehagen nach und war noch zu keinem Ergebnis gekommen, als sie zum Lager zurückkehrte. Das Signalfeuer war ein deutlich sichtbares Zeichen, und sie folgte seinem Glühen, bis sie dort ankam, wo Garth wartete. Er hatte sich Sorgen um sie gemacht – sie konnte es in seinen Augen sehen. Aber er sagte nichts, reichte ihr Essen und ein Getränk und lehnte sich dann zurück, um sie schweigend beim Essen zu beobachten. Sie erzählte ihm, sie habe keine Spuren anderer Schattenwesen entdeckt. Sie erzählte ihm nicht, daß sie begann, ganz anders über die ganze Sache zu denken. Sie hatte sich schon zuvor gefragt, ganz am Anfang einmal, als sie sich gerade erst entschlossen hatte, etwas über ihre Herkunft herauszufinden, was wohl geschehen würde, wenn ihr nicht gefiel, was sie entdeckte. Sie hatte diese Möglichkeit ausgeschlossen. Doch jetzt befürchtete sie, einen sehr großen Fehler gemacht zu haben.

Auch die zweite Nacht verging ohne Zwischenfälle. Sie hielten das Signalfeuer beständig am Brennen, indem sie neues Holz auflegten, wenn das alte verglüht war, und warteten geduldig. Ein weiterer Tag begann und endete, und noch immer erschien niemand. Sie suchten den Himmel und das Land von Horizont zu Horizont ab, aber es war kein Zeichen von irgend jemandem zu entdecken. Bei Einbruch der Nacht waren sie beide gereizt. Garths oberflächliche Wunden waren bereits geheilt, und die tieferen begannen sich zu schließen. Er schlich um das Lager herum wie ein gefangenes Tier und führte wiederholt nutzlose Tätigkeiten aus, um nicht einfach dasitzen zu müssen. Wren blieb sitzen, um nicht herumschleichen zu müssen. Sie schliefen, so oft es ging, ruhten sich aus, weil es notwendig war und weil die Zeit verging. Wren stellte fest, daß sie an der Addershag zu zweifeln, die Worte der alten Frau in Frage zu stellen begann. Wie lange war die Addershag schon von jenen Männern gefangengehalten worden, angekettet und eingesperrt in jenem Keller? Vielleicht war sie verwirrt. Aber sie hatte nicht schwach oder verwirrt geklungen. Sie hatte gefährlich geklungen. Und was war mit dem Schattenwesen, das ihnen durch das ganze Westland gefolgt war? All die Wochen hatte es sich verborgen gehalten und war ihnen nur in einiger Entfernung gefolgt. Es hatte sich erst gezeigt, nachdem sie das Signalfeuer entfacht hatten. Da war es hervorgekommen, um sie zu vernichten. War es nicht vernünftig, anzunehmen, daß sein Erscheinen durch das hervorgebracht worden war, was es sie hatte tun sehen, daß es das Signalfeuer als Bedrohung angesehen hatte, die beseitigt werden mußte? Warum sonst hatte es ausgerechnet in diesem Moment angegriffen?

Also gib nicht auf, sagte sich Wren immer wieder, und die Worte waren eine Litanei der Hoffnung, um ihr Vertrauen aufrechtzuerhalten. *Gib nicht auf.*

Die dritte Nacht schleppte sich dahin und ließ Minuten zu Stunden werden. Sie wechselten sich häufig mit Wachehalten ab, weil sie inzwischen beide nicht mehr lange schlafen konnten, ohne aufzuwachen. Sehr oft hielten sie zusammen Wache – unruhig, besorgt, ängstlich. Sie speisten das Feuer mit totem Holz und beobachteten, wie es vor der Dunkelheit tanzte. Sie schauten in den schwarzen Raum über der Blauen Spalte hinaus. Sie erforschten die Geräusche der Nacht und ihre wirren Gedanken.

Nichts geschah. Niemand kam.

Es war fast Morgen, als Wren während der letzten Stunde ihrer

Wache gegen ihren Willen einige Zeit einschlief. Sie saß noch immer aufrecht, mit gekreuzten Beinen, die Arme um die Knie geschlungen, aber ihr Kopf fiel vornüber. Es waren anscheinend nur Augenblicke verstrichen, als sie wieder hochschreckte. Sie sah sich verwirrt um. Garth schlief ein paar Meter entfernt, eingewickelt in seinen großen Umhang. Das Feuer brannte weiterhin munter. Das Land war in eine Decke aus Schatten und Dämmerung gehüllt, die Frostspitzen zierten. Der Sonnenaufgang war nur als schwaches silbernes Leuchten am Rand der Berge im Osten zu sehen. Ein Gewirr von Sternen erhellte noch immer den Himmel im Westen, obwohl der Mond schon lange verschwunden war. Wren gähnte und stand auf. Wolken trieben vom Ozean aufs Land, tiefhängend und dunkel...

Sie stutzte. Es gab da noch etwas anderes, wie sie erkannte, etwas Schwärzeres und Schnelleres, das sich aus der Dunkelheit heraus auf die Klippen zubewegte und direkt auf sie zu schoß. Sie blinzelte, um sicherzugehen, trat dann eilig zurück und griff nach Garth. Der große Fahrende war sofort auf den Beinen. Zusammen schauten sie über die Spalte hinaus und beobachteten, wie das schwarze Ding Gestalt annahm. Wie sie nach einigen weiteren Sekunden erkannten, war es ein Rock, der seinen Weg zum Feuer nahm wie eine von Flammen angelockte Motte. Er strich über die Klippe und schwebte wieder zurück, sein Umriß war kaum sichtbar in dem schwachen Licht. Er flog zweimal über sie hinweg, wandte sich jedesmal um und kreuzte hin und her, als erkunde er, was unter ihm lag. Wren und Garth beobachteten ihn schweigend. Sie waren unfähig, etwas zu tun.

Schließlich schoß der Rock auf sie zu. Sein wuchtiger Körper pfiff über ihre Köpfe hinweg, so nah, daß er sie mit seinen großen Klauen hätte aufgreifen können, wenn er es gewollt hätte. Wren und Garth preßten sich an die Felsen und beobachteten, wie sich der große Vogel ruhig am Rand der Klippen niederließ, ein Riese mit einem schwarzen Körper, einem Kopf so scharlachrot wie Feuer und Flügeln, die noch größer waren als die des Tieres, dem Wren vor wenigen Tagen knapp entkommen war.

Wren und Garth kamen wieder auf die Füße und klopften sich die Kleidung ab.

Ein Mann, der von den Riemen eines Lederharnischs gehalten wurde, saß rittlings auf dem Rock. Sie beobachteten, wie er die Riemen löste und sanft zu Boden glitt. Er stand neben dem Vogel und beobachtete sie einen Moment lang. Dann kam er auf sie zu. Er war klein und gebeugt und trug eine Tunika, Hosen, Stiefel und Handschuhe aus Leder. Er ging mit merkwürdig rollendem Gang, als fühle er sich nicht allzu wohl bei seiner Aufgabe. Seine Gesichtszüge waren Elfenzüge, schmal und scharfgeschnitten, und sein Gesicht war tief zerfurcht. Er trug keinen Bart, sein braunes Haar war kurz geschnitten und von grauen Fäden durchzogen. Wilde, schwarze Augen blinzelten sie mit erschrekkender Behendigkeit an.

Er blieb in ungefähr zwölf Fuß Entfernung stehen.

»Habt Ihr dieses Feuer entfacht?« fragte er. Seine Stimme war schrill und etwas rauh.

»Ja«, antwortete Wren.

»Warum habt Ihr das getan?«

»Weil man es mir befohlen hat.«

»Tatsächlich? Wer, wenn Euch meine Frage nichts ausmacht?«

»Es macht mir nichts aus. Die Addershag hat mir befohlen, es zu entzünden.«

Die Augen blinzelten doppelt so schnell. »Wer?«

»Eine alte Frau, eine Seherin, mit der ich in Grimpen Ward gesprochen habe. Sie wird die Addershag genannt.«

Der kleine Mann grunzte. »Grimpen Ward. Ach! Niemand, der alle seine Sinne beisammen hat, geht dorthin.« Er preßte die Lippen zusammen. »Nun, warum hat diese Addershag Euch befohlen, das Feuer zu entfachen, hm?«

Wren seufzte ungeduldig. Sie hatte drei Tage lang darauf gewartet, daß jemand käme, und sie wollte unbedingt herausfinden, ob dieser gebeugte kleine Kerl derjenige war, den sie erwartet hatte oder nicht. »Habt Ihr einen Namen?«

Das Stirnrunzeln vertiefte sich. »Vielleicht. Warum sagt Ihr mir nicht zuerst Euren?«

Wren stützte ihre Hände herausfordernd in die Hüften. »Mein Name ist Wren Ohmsford. Dies ist mein Freund Garth. Wir sind Fahrende.«

»Aha, tatsächlich? Fahrende seid Ihr?« Der kleine Mann kicherte, als amüsiere er sich über einen ganz persönlichen Scherz. »Ihr habt auch ein wenig Elfenblut in Euch, wie es scheint.«

»Ihr auch«, erwiderte sie. »Wie heißt Ihr?«

»Tiger Ty«, sagte der andere. »Zumindest nennt mich jeder so. Gut, Fräulein Wren. Wir haben uns einander vorgestellt und uns begrüßt. Was tut Ihr hier draußen, einmal abgesehen von dieser Addershag oder wem auch immer? Warum habt Ihr dieses Feuer entfacht?«

Wren lächelte. »Vielleicht, um Euch und Euren Vogel hierher zu bringen, wenn Ihr derjenige seid, der uns zu den Elfen führen kann.«

Tiger Ty grunzte und spuckte aus. »Dieser Vogel ist ein Rock, liebes Fräulein Wren. Er heißt Spirit. Er ist der beste von allen. Und es gibt keine Elfen. Das weiß jeder.«

Wren nickte. »Nicht jeder. Einige glauben, daß es Elfen gibt. Ich wurde ausgesandt, um zu überprüfen, ob das stimmt. Könnt Ihr und Spirit mir helfen?«

Es folgte ein langes Schweigen. Tiger Ty verzog sein Gesicht immer wieder anders, so daß es ein dutzendmal einen neuen Ausdruck bekam. »Ein großer Kerl, Euer Freund Garth, nicht wahr? Ich sehe, daß Ihr ihm mit Euren Händen vermittelt, was wir sagen. Ich wette, er hört besser als wir, ei der Daus.« Er machte eine Pause. »Wer seid Ihr denn, mein Fräulein, daß Ihr Euch darum Gedanken macht, ob es Elfen gibt oder nicht?«

Sie sagte es ihm, denn sie war sich jetzt sicher, daß er derjenige war, für den das Signalfeuer gedacht gewesen war, und daß er nur vorsichtig war mit dem, was er offenbarte, bis er herausgefunden hatte, mit wem er es zu tun hatte. Sie enthüllte ihre Herkunft und offenbarte, daß sie das Kind einer Elfe und eines Fahrenden war, das Verbindung zu seiner Herkunft suchte. Sie berichtete von ihrem Treffen mit dem Schatten Allanons und von der von dem Druiden gestellten Aufgabe, die vermißten Elfen zu suchen und herauszufinden, was mit ihnen geschehen war. Sie erzählte von der Hoffnung, sie in die Welt der Menschen zurückbringen zu können, damit sie teilhaben konnten an dem Kampf gegen die Schattenwesen.

Sie sagte nichts über die Elfensteine. Sie war noch nicht bereit, ihm in dieser Hinsicht zu trauen.

Tiger Ty bewegte sich unruhig, während sie sprach, und sein Gesicht verzog sich wieder besorgt in einem Dutzend verschiedener Grimassen. Er schien Garth nicht zu beachten, sondern konzentrierte sich offenbar ganz auf Wren. Er trug keine Waffen außer einem langen Messer, aber mit Spirit als Wächter benötigte er auch keine. Der Rock war eindeutig sein Beschützer.

»Wir sollten uns setzen«, sagte Tiger Ty, als sie geendet hatte, und zog seine Lederhandschuhe aus. »Habt Ihr etwas zu essen?«

Sie setzten sich neben das jetzt in Vergessenheit geratene Signalfeuer, und Wren brachte einige getrocknete Früchte, ein kleines Brot und etwas Bier zum Vorschein. Sie aßen und tranken schweigend. Wren und Garth tauschten gelegentlich Blicke aus. Tiger Ty ignorierte sie beide, so sehr genoß er das Essen.

Als sie fertig waren, lächelte Tiger Ty zum ersten Mal. »Ein guter Beginn des heutigen Tages, mein Fräulein. Vielen Dank.«

Wren nickte. »Das ist in Ordnung. Nun erzählt. War unser Feuer für Euch gedacht?«

Das ledrige Gesicht legte sich in Falten. »Nun, das kommt darauf an, wißt Ihr. Ich muß Euch eines fragen: Wißt Ihr denn etwas über Flugreiter?«

Wren schüttelte verneinend den Kopf.

»Denn das ist es, was ich bin, müßt Ihr wissen«, erklärte der andere. »Ein Flugreiter. Einer, der die Himmelsstraßen befliegt, ein Wächter der Westlandküste. Spirit ist mein Rock. Er wurde von meinem Vater abgerichtet und mir überlassen, als ich alt genug war. Eines Tages wird er meinem Sohn gehören, wenn sich mein Sohn beweist. Das ist jetzt allerdings noch fraglich. Der dumme Junge fliegt ständig zu Orten, an denen er nichts zu suchen hat. Er hört nicht auf das, was ich ihm sage. Hitzig. Wie dem auch sei, Flugreiter fliegen mit ihren Rocks schon seit Hunderten von Jahren über die Blaue Spalte. Dieser spezielle Platz hier und dort hinten das Tal waren einst unsere Heimat. Er wurde Wing Hove genannt. Das war zur Zeit des Druiden Allanon. Ihr seht, daß ich ein paar Dinge weiß.«

»Kennt Ihr den Namen Ohmsford?« fragte Wren aufgeregt.

»Es gab vor mehreren hundert Jahren, als die Elfen gegen Dämonen kämpften, die aus dem Schrecklichen entkommen waren, eine Geschichte über einen Ohmsford. Es heißt, daß auch die Flugreiter an jenem Krieg beteiligt waren. Jedenfalls gab es einen Ohmsford, wie man mir gesagt hat. Verwandte von Euch?«

»Ja«, sagte sie. »Vor zwölf Generationen.«

Er nickte nachdenklich. »Das also seid Ihr? Ein Kind des Hauses Shannara?«

Wren nickte. »Ich vermute, daß ich deshalb ausgesandt wurde, die Elfen zu finden, Tiger Ty.«

Tiger Ty schaute sie zweifelnd an. »Flugreiter sind Elfen, wißt Ihr«, sagte er vorsichtig. »Aber wir sind nicht die Elfen, die Ihr sucht. Die Elfen, die Ihr sucht, sind Landelfen, keine Himmelselfen. Versteht Ihr den Unterschied?«

Sie schüttelte den Kopf nicht noch einmal. Er erklärte ihr dann, daß die Bewohner des Wing Hove Himmelselfen waren, und er vermutete, daß jene Elfen ein gesondertes Volk gewesen seien. Die Mehrheit der Elfen wurden Landelfen genannt, weil sie nicht die Rocks befehligen und daher auch nicht fliegen konnten.

»Deshalb haben sie uns nicht mit sich genommen, als sie fortgingen«, schloß er mit zusammengezogenen Augenbrauen. »Deshalb wären wir ohnehin nicht mit ihnen gegangen.«

Wren spürte, daß sich ihr Puls beschleunigte. »Dann gibt es also noch immer Elfen, nicht wahr? Wo sind sie, Tiger Ty?«

Der gebeugte, kleine Mann blinzelte und hob sein ledriges Gesicht. »Ich weiß nicht, ob ich Euch das sagen sollte«, meinte er. »Ich weiß nicht, ob ich überhaupt mit Euch sprechen sollte. Ihr könntet sein, wer Ihr zu sein behauptet. Aber Ihr könntet es auch nicht sein. Selbst wenn Ihr es seid, solltet Ihr vielleicht nichts über die Elfen erfahren. Der Druide Allanon hat Euch gesandt, sagt Ihr? Er hat Euch aufgetragen, die Elfen zu finden und zurückzubringen? Ein großer Auftrag, wenn Ihr mich fragt.«

»Ich könnte Hilfe dabei gebrauchen«, gab Wren zu. »Was würdet Ihr verlieren, wenn Ihr sie mir gewähren würdet, Tiger Ty?«

Er beendete seine Grübeleien und lehnte sich nachdenklich zurück.

»Nun ja, da habt Ihr recht, mein Fräulein«, erwiderte er und nickte zustimmend und wieder mit sich selbst im reinen. »Abgesehen davon mag ich irgendwie, was ich in Euch sehe. Mein Sohn könnte ein wenig von dem gebrauchen, was Ihr habt. Andererseits hat er davon vielleicht schon zuviel! Hmm!«

Er wandte ruckartig den Kopf, und seine scharfen Augen fixierten sie. »Dort draußen«, sagte er und deutete zur Blauen Spalte. »Dort sind sie, diejenigen, die übriggeblieben sind.« Er machte eine Pause und runzelte die Stirn. »Es ist eine lange Geschichte, also hört gut zu, denn ich werde mich nicht wiederholen. Ihr auch, großer Bursche.« Er deutete mit einem drohenden Finger auf Garth.

Dann atmete er tief ein und setzte sich zurück. »Vor langer Zeit, vor mehr als hundert Jahren, hielten die Landelfen ein Konzil ab und beschlossen, aus dem Westland auszuwandern. Fragt mich nicht, warum. Ich maße mir nicht an, das zu wissen. Überwiegend der Föderation wegen, vermute ich. Die sich in alles einmischte, alles übernahm und erklärte, alles, was jemals gewesen war oder jemals sein würde, gehöre ihr. Und die alles auf die

Magie schob und sagte, es sei alles der Fehler der Elfen. Ein Haufen Unsinn. Auf jeden Fall mochten die Landelfen dies nicht und beschlossen zu gehen. Das Problem war, wohin sie gehen sollten. Es war nicht so, daß ein ganzes Volk einfach irgendwohin gehen konnte, ohne jemanden aufzustören, der bereits dort wohnte. Ostland, Südland, Nordland – überall dasselbe. Also fragten sie uns. Himmelselfen kommen weiter herum als die meisten und sehen Orte, von denen andere noch nicht einmal wissen, daß sie existieren. Also erzählten wir ihnen, daß es ein paar Inseln dort draußen in der Blauen Spalte gab, auf denen niemand lebte, und sie dachten darüber nach, sprachen darüber, flogen mit Flugreitern auf den Rocks einige Male hinaus und trafen eine Entscheidung. Sie suchten sich einen Sammelplatz, bauten Boote, Hunderte davon, ganz heimlich – und zogen fort.«

»Alle?«

»Jeder einzelne von ihnen, wurde mir gesagt. Sie segelten davon.«

»Um auf den Inseln zu leben?« fragte Wren ungläubig.

»Auf einer Insel.« Tiger Ty hielt einen einzigen Finger hoch, um seine Worte zu unterstreichen. »Morrowindl.«

»Das war ihr Name? Morrowindl?«

Der andere nickte. »Die größte aller Inseln mit mehr als zweihundert Meilen im Durchmesser, ideal für Landwirtschaft und für Dinge, wie sie die Sarandanon bereits anpflanzten. Obst, Gemüse, Bäume, gute Erde, Schutz – alles war da. Auch zum Jagen war sie gut. Die Landelfen hatten die Vorstellung, sie könnten hinüberziehen, sich aus der alten Welt zurückziehen und in einer neuen Welt erneut beginnen. Sie wollten sich erneut vollständig isolieren und die anderen Rassen machen lassen, was die wollten. Und sie wollten auch ihre Magie wiedererlangen – das war ein Teil davon.«

Er räusperte sich. »Wie ich bereits sagte, war das vor langer Zeit. Nach einiger Zeit wanderten auch wir aus. Nicht so weit, versteht Ihr – nur auf die dem Land vorgelagerten Inseln, gerade weit genug fort, um der Verfolgung durch die Föderation zu entgehen. Elfen sind für sie Elfen. Wir hatten genug von dieser Denkungsart. Wir waren natürlich nicht so viele, die fortzogen, nicht so viele wie die Landelfen. Wir benötigten weniger Raum und konnten uns auf den kleineren Inseln ansiedeln. Dort sind wir noch immer, mein Fräulein. Dort draußen, ein paar Meilen vor der Küste. Wir kommen nur zurück zum Festland, wenn es nötig ist – wie zum Beispiel, wenn jemand ein Signalfeuer entfacht. Diese Vereinbarung haben wir getroffen.«

»Vereinbarung mit wem?«

»Mit den Landelfen. Einige Angehörige der Rassen, die zurückgeblieben sind, wußten, daß man das Feuer entfachen muß, wenn man uns zu sprechen wünscht. Auch einige der Elfen kamen über die Jahre zurück. Da wußten dann noch einige mehr von dem Feuer. Aber die meisten sind seitdem gestorben. Diese Addershag – ich weiß nicht, wie sie es herausgefunden hat.«

»Laßt uns das einen Moment zurückstellen, Tiger Ty«, bat Wren mit einer beschwichtigenden Geste. »Beendet zuerst Eure Geschichte über die Landelfen. Was geschah mit ihnen? Ihr sagtet, sie seien vor über hundert Jahren ausgewandert. Was wurde danach aus ihnen?«

Tiger Ty zuckte die Achseln. »Sie siedelten, bauten Häuser, gründeten Familien und waren glücklich. Alles wurde so, wie sie es sich vorgestellt hatten – zunächst. Vor ungefähr zwanzig Jahren allerdings begannen die Probleme. Es war nicht leicht zu sagen, was das eigentliche Problem war. Sie wollten es nicht mit uns besprechen. Wir sahen sie nur ab und zu, wißt Ihr. Wir hatten noch immer nicht viel miteinander zu tun, selbst nachdem wir auch ausgewandert waren. Wie dem auch sei, alles auf Morrowindl begann sich zu ändern. Es begann mit Killeshan, dem Vulkan. Er hatte Hunderte von Jahren geschlafen und erwachte plötzlich wieder zum Leben. Er begann zu rauchen, zu spucken und brach ein- oder zweimal aus. Vogwolken – Ihr wißt schon, vulkanische Asche – begannen den Himmel zu verdunkeln. Die Luft, das Land, das Wasser darum herum – alles wurde anders.« Er machte eine Pause, und ein grimmiger Blick veränderte seinen

Gesichtsausdruck. »Auch sie wurden anders – die Landelfen. Sie wollten es nicht zugeben, aber wir sahen, daß sich etwas verändert hatte. Man konnte es an ihrem Verhalten erkennen, wenn wir in der Nähe waren. Sie wurden heimlichtuerisch mit allem. Sie waren bis an die Zähne bewaffnet, wo auch immer sie hingingen. Und seltsame Lebewesen begannen auf der Insel zu erscheinen, monströse Wesen, Wesen, die niemals zuvor dort gewesen waren. Sie erschienen einfach so, aus dem Nichts. Und das Land begann zu kränkeln und sich zu verändern wie alles andere.«

Er seufzte. »Die Landelfen begannen dann wegzusterben, einige auf einmal, nach einer Weile dann immer mehr. Sie hatten einst über die ganze Insel verteilt gelebt. Das wurde geändert, und sie zogen in ihre Stadt, alle zusammengedrängt wie Ratten auf einem sinkenden Schiff. Sie bauten Befestigungen und verstärkten sie mit Magie. Mit alter Magie, wißt Ihr, aus der alten Zeit und auf die alte Art zurückgeholt. Die Himmelselfen wollten nichts damit zu tun haben, und wir haben die Magie niemals auf solch eine Art wie sie gebraucht.«

Er lehnte sich zurück. »Vor zehn Jahren verschwanden sie vollständig.«

Wren erschrak. »Sie verschwanden?«

»Sie verschwanden. Sie sind wohl noch immer auf Morrowindl, im Geist. Aber wo nur? Die Insel war da längst ein Durcheinander aus Asche und Nebel und dampfender Hitze. Sie hatte sich so vollständig verändert, daß sie ein völlig anderer Ort hätte sein können.« Sein Stirnrunzeln vertiefte sich. »Wir sind nicht hingelangt und konnten daher nicht herausfinden, was geschehen war. Ich habe ein halbes Dutzend Flugreiter ausgeschickt. Nicht einer kam zurück. Nicht einmal die Vögel. Und niemand kam heraus. Niemand, mein Fräulein. In all diesen Jahren niemand.«

Wren schwieg einen Moment und dachte nach. Die Sonne war inzwischen aufgegangen. Warmes Licht fiel in Kaskaden von der Spitze des Irrybis hinab, und der wolkenlose Morgenhimmel war hell und freundlich. Seevögel flogen in großen Kreisen über die Blaue Spalte und fischten. Spirit hatte sich auf den Rand der Klippe gekauert und hatte sie scheinbar vergessen. Der Rock war zu einer Statue geworden. Nur seine scharfen, suchenden Augen zeigten Leben.

»Falls es also noch Elfen gibt«, sagte Wren schließlich, »Landelfen, meine ich, dann sind sie noch immer irgendwo auf Morrowindl. Seid Ihr Euch dessen sicher, Tiger Ty?«

Der Flugreiter zuckte die Achseln. »So sicher, wie man sein kann. Ich denke, sie könnten auch woandershin verschwunden sein, aber es ist seltsam, daß sie uns dann nicht verständigt haben.«

Wren atmete tief ein. »Könnt Ihr uns nach Morrowindl bringen?« fragte sie.

Es war eine impulsive Frage, geboren aus der wilden und phantastischen Entschlossenheit, die Wahrheit zu entdecken, die anscheinend nicht nur für sie, sondern auch für alle anderen im Verborgenen lag. Sie erkannte, daß sie selbstsüchtig dachte. Sie hatte nicht einmal daran gedacht, Garth nach seiner Meinung zu fragen. Sie hatte es nicht einmal für nötig gehalten, sich daran zu erinnern, wie schwer er bei dem Kampf mit dem Schattenwesen verletzt worden war. Sie konnte ihn jetzt nicht ansehen. Sie hielt die Augen fest auf Tiger Ty gerichtet.

Es war völlig klar, was er von der Idee hielt. Der kleine Mann runzelte wild die Stirn. »Ich *könnte* euch nach Morrowindl bringen«, sagte er. »Aber ich werde es nicht tun.«

»Ich muß wissen, ob es dort noch Elfen gibt«, drängte sie und versuchte, ihre Stimme ruhig zu halten. Erst jetzt riskierte sie einen kurzen Blick zu Garth. Das Gesicht des Fahrenden verriet nicht, was er dachte. »Ich muß herausfinden, ob sie in die Welt der Menschen zurückgebracht werden können. Das war Allanons Auftrag an mich, und ich glaube, ich halte ihn für wichtig genug, um ihn auszuführen.«

»Wieder Allanon!« schnappte Tiger Ty aufgebracht. »Ihr würdet Euer Leben riskieren für das Wort eines Schattens? Habt Ihr überhaupt eine Vorstellung davon, wie Morrowindl aussieht? Nein, natürlich nicht! Warum frage ich überhaupt? Ihr habt kein Wort von dem verstanden, was ich gesagt habe, nicht wahr? Ihr glaubt, Ihr könnt einfach dort hingehen, Euch umschauen und wieder weggehen? Das aber könnt Ihr nicht! Ihr würdet keine zwanzig Fuß weit kommen – Ihr oder Euer großer Freund! Diese ganze Insel ist eine Todesfalle! Sumpf und Dschungel, Vog, der alles erstickt, Killeshan, der Feuer spuckt. Und die Wesen, die dort leben, die Monster? Welche Chance glaubt Ihr gegen sie zu haben? Wenn kein Flugreiter mit seinem Rock landen und wieder herauskommen kann, dann könnt Ihr das auch nicht. Bei Dämons Blut!«

»Vielleicht ist es so«, stimmte Wren zu. »Aber ich muß es versuchen.« Sie schaute erneut zu Garth hinüber, der ihr kurz Zeichen machte, nicht als Tadel, sondern zur Warnung. *Bist du sicher?* Sie nickte heftig und sagte zu Tiger Ty: »Wollt Ihr nicht wissen, was mit ihnen geschehen ist? Was ist, wenn sie Hilfe brauchen?«

»Was, wenn es so ist?« grollte er. »Was sollen die Himmelselfen tun? Wir sind nur eine Handvoll. Es gab Tausende von Landelfen. Wenn sie mit dem, was dort ist, nicht umgehen konnten, welche Chance hätten wir dann? Oder Ihr, Fräulein Retterin?«

»Werdet Ihr uns hinbringen?« wiederholte sie.

»Nein, das werde ich nicht! Vergeßt die ganze Angelegenheit!« Er stand verärgert auf.

»Sehr gut. Dann werden wir ein Boot bauen und Morrowindl auf diesem Weg erreichen.«

»Ein Boot bauen! Was wißt Ihr denn vom Bootebauen! Oder auch vom Segeln!« Tiger Ty war erzürnt. »Von allen einfältigen, dickschädeligen...!«

Er stürmte davon, hinüber zu Spirit, blieb dann stehen und stampfte mit dem Fuß auf die Erde, wirbelte herum und kam wieder zurück. Sein gefurchtes Gesicht war karmesinrot, die Hände hatte er zu Fäusten geballt.

»Ihr wollt es also wirklich tun, nicht wahr?« fragte er. »Ob ich Euch nun helfe oder nicht?«

»Ich muß es«, antwortete sie ruhig.

»Aber Ihr seid einfach... Ihr seid nur...« sprudelte er los, anscheinend unfähig, den Gedanken zu Ende zu bringen.

Sie wußte, was er sagen wollte, und es gefiel ihr nicht. »Ich bin stärker, als Ihr denkt«, sagte sie zu ihm. Ihre Stimme hatte jetzt einen harten Unterton. »Ich habe keine Angst.«

Tiger Ty sah sie lange und streng an, sah dann kurz zu Garth hinüber und warf die Hände in die Luft. »Also gut!« Er warf ihr einen wütenden Blick zu. »Ich werde Euch hinbringen! Nur bis zum Strand, versteht Ihr, denn im Gegensatz zu Euch habe ich Angst und bin dagegen, meinen oder Spirits Hals zu riskieren, nur um Eure Neugier zu befriedigen!«

Sie begegnete seinem Blick gelassen. »Dies hat nichts damit zu tun, daß ich meine Neugier befriedigen will, Tiger Ty. Das wißt Ihr.«

Er kauerte sich vor sie hin, sein sonnengebräuntes Gesicht nur Zentimeter von ihrem eigenen entfernt. »Vielleicht. Aber hört zu. Versprecht mir, daß Ihr das Ganze noch einmal überdenkt, sobald Ihr seht, womit Ihr es zu tun habt. Denn trotz der Tatsache, daß Euch ein wenig gesunder Menschenverstand fehlt, mag ich Euch, und ich würde nicht gerne zusehen, wenn Euch etwas Schreckliches passiert. Es wird nicht so kommen, wie Ihr denkt. Das werdet Ihr bald genug merken. Also versprecht mir das. Einverstanden?«

Wren nickte bedächtig. »Einverstanden.«

Tiger Ty erhob sich, die Hände auf den Hüften, unverändert herausfordernd. »Dann kommt«, murrte er. »Wir wollen es hinter uns bringen.«

5

Tiger Ty wollte rasch fortkommen, aber er mußte fast eine Stunde warten, während Wren und Garth ins Tal zurückgingen, um ihre Ausrüstung und die Waffen einzusammeln, die sie auf ihrer Reise mit sich nehmen wollten, und ihre Pferde zu versorgen. Die Pferde waren angepflockt, aber Garth ließ sie jetzt frei, so daß sie ungehindert grasen und trinken konnten. Das Tal bot genug Gras und Wasser zum Überleben, und die Pferde waren darauf abgerichtet, nicht fortzulaufen. Wren sah ihre Vorräte durch und wählte aus, was sie brauchen würden und tragen konnten. Die meisten der Vorräte waren zu unhandlich, und sie versteckte sie für ihre Rückkehr.

Wenn sie überhaupt zurückkehren würden, dachte sie düster.

Was hatte sie getan? Ihre Gedanken drehten sich wirbelnd, so ungeheuer war die Verpflichtung, die sie da gerade einging, und das veranlaßte sie, sich zu fragen, wenn auch nur in ihren geheimsten Gedanken, ob sie wohl Grund dazu haben würde, ihr Ungestüm zu bedauern.

Als sie wieder oben auf den Klippen anlangten, wartete Tiger Ty bereits ungeduldig. Er befahl Spirit, sich aufzustellen, und half Wren und Garth, auf den Riesenvogel zu klettern und sich mit den Riemen des Harnischs auf ihren Plätzen festzubinden. Es gab Fußschlaufen, verknotete Handgriffe und einen Taillengurt. Das alles diente dazu, sie auf ihrem Platz zu halten. Der Flugreiter verbrachte einige Zeit damit, ihnen zu erklären, wie der Rock beim Flug reagieren würde und wie sie sich beim Fliegen fühlen würden. Er gab jedem von ihnen ein Stück einer bitteren Wurzel zum Kauen und erklärte ihnen, daß sie dadurch keine Übelkeit verspüren würden.

»Nicht, daß zwei so erfahrene, mit dem Leben der Fahrenden vertraute Veteranen durch derlei Dinge zu beunruhigen wären«, spottete er und brachte ein Grinsen zustande, das noch schlimmer war als sein Stirnrunzeln.

Er kletterte auch auf den Rock und machte es sich vor ihnen bequem, zog seine schweren Handschuhe an, stieß ohne Vorwarnung einen Schrei aus und schlug Spirit auf den Hals. Der Riesenvogel kreischte zur Erwiderung, breitete seine Flügel aus und erhob sich in die Lüfte. Sie überflogen den Rand der Klippen, tauchten scharf abwärts, nutzten eine Luftströmung und erhoben sich himmelwärts. Wren spürte ihren Magen schlingern. Sie schloß die Augen, als er ihr zu schaffen machte, öffnete sie aber bald wieder und wurde sich bewußt, daß Tiger Ty sie über seine Schulter hinweg ansah und kicherte. Sie lächelte tapfer zurück. Spirit schwebte im Gleitflug über die Blaue Spalte, seine Flügel bewegten sich kaum und er überließ alles dem Wind. Die Küstenlinie hinter ihnen wurde klein und verlor schnell ihre Konturen. Bald war sie nicht mehr als eine dünne, dunkle Linie vor dem Horizont.

Die Zeit verrann. Sie sahen nichts unter sich außer verstreute, felsige Eilande und gelegentlich das Aufplatschen eines großen Fisches. Seevögel wirbelten umher und tauchten als kleine weiße Blitze durch die Luft, und Wolken zogen wie Streifen Gaze über den westlichen Horizont. Der Ozean erstreckte sich endlos, eine weite blaue Oberfläche, die mit Streifen schäumender, ewig in Richtung entfernter Strände rollender Wellenkämme besetzt war. Nach einiger Zeit verlor Wren ihr anfängliches Unbehagen und entspannte sich. Garth hatte größere Anpassungsschwierigkeiten. Er saß dicht hinter ihr, und wann immer sie zu ihm zurückschaute, sah sie sein dunkles Gesicht angespannt und seine Hände um die Halteriemen geklammert. Wren hörte auf, ihn anzusehen, und konzentrierte sich auf den Ozean, der unter ihnen vorbeiflog.

Wenig später begann sie auch über Morrowindl und die Elfen nachzudenken. Tiger Ty schien niemand zu sein, der die Gefahren übertrieb, die sie erwarten würden, wenn sie tatsächlich herausfinden wollte, was mit den Elfen geschehen war. Er hatte auch recht, daß ihre Entdeckung wenig Sinn haben würde, wenn sie nicht überlebte. Wer sollte sie dann nutzen? Was genau hatte sie eigentlich vor? Angenommen, die Elfen waren noch immer dort auf Morrowindl? Angenommen, sie lebten? Wenn zehn Jahre lang niemand hinein oder hinaus gekommen war, wie sollte es dann etwas ändern, wenn sie dort auftauchte? Warum sollten die Elfen, wie auch immer ihre gegenwärtigen Lebensumstände sein mochten, über den Vorschlag nachdenken, mit dem Allanon sie geschickt hatte – den Vorschlag, ihr Leben außerhalb der Vier Länder aufzugeben und zurückzukehren?

Sie hatte natürlich keine Antworten auf diese Fragen. Und es war sinnlos, Antworten suchen zu wollen. Sie hatte ihre Entscheidung bisher allein nach ihrem Instinkt getroffen – vorrangig nach den Elfen zu forschen, die Addershag in Grimpen Ward aufzusuchen, ihren Anweisungen zu folgen und Tiger Ty davon zu überzeugen, daß er sie nach Morrowindl brachte. Jetzt mußte sie sich fragen, ob ihr Instinkt sie irregeleitet hatte. Garth war bei ihr geblieben, eigentlich ohne Diskussion, aber Garth tat dies vielleicht aus Loyalität oder aus Freundschaft. Er mochte fest entschlossen sein, sich dieser Sache anzunehmen, aber das bedeutete nicht, daß er sich bei dem, was sie taten, auch nur einen Deut besser fühlte als sie selbst. Sie überschaute die leere Weite der Blauen Spalte und fühlte sich klein und verletzlich. Morrowindl war eine Insel inmitten des Ozeans, ein kleiner Fleck Erde inmitten all des Wassers. Wenn sie und Garth erst einmal dort waren, würden sie von allem abgeschnitten sein, was ihnen vertraut war. Ohne die Hilfe des Rock oder eines Bootes gab es sicher keine Möglichkeit, die Insel wieder zu verlassen, und es war auch ungewiß, ob jemand dort sein würde, der ihnen helfen konnte. Vielleicht waren dort keine Elfen mehr. Vielleicht waren dort nur die Monster.

Monster. Sie dachte kurz über die Frage nach, welche Art Monster dort wohl sein würden. Tiger Ty hatte versäumt, sie ihnen zu beschreiben. Waren sie so gefährlich wie die Schattenwesen? Wenn das so war, würde das erklären, warum die Elfen verschwunden waren. Eine größere Anzahl dieser Monster hätte sie fangen oder sogar zerstören können, vermutete sie. Aber wie hatten die Elfen so etwas geschehen lassen können? Und wenn die Monster sie nicht gefangen hatten, warum blieben die Elfen dann noch immer auf Morrowindl? Warum war nicht zumindest einer von ihnen von dort aufgebrochen, um Hilfe zu holen?

Wieder gab es so viele Fragen. Sie schloß die Augen und verbannte sie aus ihren Gedanken.

Es war fast Mittag, als sie über eine Gruppe kleiner Inseln hinwegflogen, die wie im Meere schwimmende Smaragde wirkten, strahlend grün vor dem Blau. Spirit kreiste unter Tiger Tys Führung einen Moment und stieß dann zu der größten der Inseln hinab, wobei er eine schmale, mit Gras bewachsene Klippe als Landeplatz auswählte. Als der große Vogel gelandet war, lösten seine Reiter ihre Sicherheitsgurte und kletterten hinab. Wren und Garth waren bereits steif und wund, und es dauerte einige Augenblicke, bis ihre Beine ihnen wieder gehorchten. Wren rieb sich die schmerzenden Gelenke und sah sich um. Die Insel schien aus einem dunklen, porösen Gestein zu bestehen, auf dem eine Vegetation wuchs, wie sie auch auf fruchtbarer Erde zu finden war. Das Gestein lag überall und knirschte, als sie darüber gingen. Wren beugte sich hinab, hob ein Stück auf und bemerkte, daß es erstaunlich leicht war.

»Lavagestein«, sagte Tiger Ty mit einem Grunzen, als er ihren überraschten Gesichtsausdruck sah. »All diese Inseln sind Teil einer Inselkette, die irgendwann in der Vergangenheit, vor Hunderten oder vielleicht Tausenden von Jahren, durch Vulkane entstanden ist.« Er machte eine Pause, zog eine Grimasse und streckte die Hand aus. »Die Inseln, auf denen die Himmelselfen leben, liegen genau südlich. Natürlich werden wir dort nicht hingehen, Ihr versteht. Ich möchte nicht, daß jemandem auffällt, daß ich Euch nach Morrowindl bringe. Ich möchte nicht, daß sie erfahren, wie dumm ich bin.«

Er ging zu einer grasbewachsenen Kuppe hinüber und setzte sich. Nachdem er seine Handschuhe und seine Stiefel ausgezogen hatte, begann er seine Füße zu massieren. »Wir werden gleich etwas essen und trinken«, grummelte er.

Wren sagte nichts. Garth hatte sich in voller Länge im Gras ausgestreckt und hielt die Augen geschlossen. Er ist glücklich, wieder auf der Erde zu sein, dachte sie. Sie legte den Gesteinsbrocken, den sie untersucht hatte, hin und ging zu Tiger Ty hinüber.

»Ihr habt von Monstern auf Morrowindl gesprochen«, sagte sie kurz darauf. Eine leichte Brise zerzauste ihr Haar und blies ihr die Locken ins Gesicht. »Könnt Ihr mir etwas über sie erzählen?«

Die scharfen Augen sahen sie fest an. »Es gibt dort alle Arten, mein Fräulein. Große und kleine, vierbeinige und zweibeinige, fliegende, kriechende und einherstolzierende. Es gibt jene mit Haaren, jene mit Schuppen und jene mit Haut. Einige entspringen den schlimmsten Alpträumen. Einige, so sagt man, sind keine Lebewesen. Sie jagen in Rudeln. Jedenfalls einige von ihnen. Einige graben sich in die Erde und warten.« Er schüttelte seinen ergrauten Kopf. »Ich habe selbst erst eines oder zwei davon gesehen. Die meisten sind mir nur beschrieben worden. Aber sie sind dort, das ist ziemlich sicher.« Er machte eine Pause und überlegte. »Es ist recht seltsam, nicht wahr, daß es so viele verschiedene Arten gibt? Und es ist auch seltsam, daß zuerst überhaupt keine Monster dort waren und dann so plötzlich die ersten aufgetaucht sind.«

»Ihr glaubt also, daß die Elfen etwas damit zu tun hatten.« Wie sie es sagte, war es eine Feststellung.

Tiger Ty schürzte nachdenklich die Lippen. »Ich mußte einfach zu dem Schluß kommen. Es muß etwas mit ihrer Magie zu tun haben – ihrer Rückkehr zu den alten Riten. Sie haben es allerdings nicht gesagt und es nicht im mindesten zugegeben, die wenigen, mit denen ich gesprochen habe. Das war vor zehn Jahren. Vielleicht ist es auch noch länger her. Sie behaupteten, das alles habe etwas mit dem Vulkan zu tun und mit den Veränderungen der Erde und des Klimas. Stellt Euch das vor!«

Er lächelte entwaffnend. »So sieht es aus, wißt Ihr. Niemand wird Euch die Wahrheit sagen. Jeder will Geheimnisse bewahren.« Er machte eine Pause und rieb sein Kinn. »Nehmt Euch doch selbst. Ihr seid auch so ein Beispiel. Ich glaube nicht, daß Ihr mir erzählen werdet, was dort hinten am Wing Hove geschehen ist, nicht wahr, während ihr darauf gewartet habt, daß ich Euer Feuer entdecke?« Er beobachtete Wrens Gesicht. »Seht Ihr, ich bemerke Dinge ziemlich schnell. Mir entgeht so leicht nichts. Wie zum Beispiel, daß Euer großer Freund dort drüben so schwer bandagiert ist. Zerkratzt und von einem Kampf gezeichnet, der erst kürzlich stattgefunden hat. Ein harter Kampf. Auch Ihr selbst tragt einige Male. Und da war eine dunkle Stelle auf den Felsen, so wie sie durch ein sehr heißes Feuer entsteht. Sie war nicht dort, wo das Signalfeuer normalerweise brennt, und sie war neu. Und der Fels war an ein oder zwei Stellen ziemlich schlimm zerkratzt. Von schleifendem Metall, vermute ich. Oder von Klauen.«

Wren mußte wider Willen lächeln. Sie betrachtete Tiger Ty mit plötzlicher Bewunderung. »Ihr habt recht – Euch entgeht wirklich nicht viel. Es gab einen Kampf, Tiger Ty. Irgend etwas war uns seit Wochen gefolgt, ein Wesen, das wir Schattenwesen genannt haben. Es griff uns an, als wir das Signalfeuer entfachten. Wir haben es vernichtet.«

»Ach wirklich?« murmelte der kleine Mann spöttisch. »Nur Ihr beide? Ein Schattenwesen. Ich weiß ein wenig über Schattenwesen. Soweit ich weiß, ist immer etwas Besonderes nötig, um eines dieser Wesen zu vernichten. Feuer vielleicht. Von der Art, die der Elfenmagie entspringt. Das würde auch den Brandfleck auf den Felsen erklären, nicht wahr?«

Er wartete. Wren nickte langsam. »Vielleicht.«

Tiger Ty lehnte sich vor. »Ihr seid irgendwie wie die anderen, nicht wahr, mein Fräulein. Ihr seid eine Ohmsford wie die anderen. Ihr verfügt wahrscheinlich auch über die Magie.«

Er sagte es vorsichtig, formulierte es als Vermutung, und dabei spiegelte sich in seinen Augen eine Neugier, die vorher nicht zu sehen gewesen war. Er hatte natürlich wieder recht. Sie verfügte über die Magie, eine Erfahrung, über die sie, seit sie sie entdeckt hatte, bewußt nicht nachdachte, denn sonst wäre sie in gewisser Weise für ihren Besitz und Gebrauch verantwortlich. Sie sagte sich immer wieder, daß die Elfensteine nicht wirklich ihr gehörten, sondern daß sie sie lediglich hütete, und noch dazu, ohne es zu wollen. Ja, sie hatten Garth das Leben gerettet. Und ihr eigenes. Und natürlich war sie dankbar. Aber ihre Magie war gefährlich. Jeder wußte das. Sie hatte ihr ganzes Leben lang gelernt, selbstgenügsam zu sein, sich auf ihre Instinkte und ihre Ausbildung zu verlassen und nie zu vergessen, daß das Überleben überwiegend von ihren eigenen Fähigkeiten und Gedanken abhing. Sie wollte nicht auf die Magie der Elfensteine vertrauen und damit ihre Erziehung untergraben.

Tiger Ty sah sie noch immer an und wartete darauf, daß sie antwortete. Wren erwiderte seinen Blick unerschrocken und antwortete nicht.

»Nun«, sagte er schließlich und zuckte die Achseln. »Wir sollten etwas essen.«

Die Inseln waren üppig mit Obstbäumen bestanden, und sie erhielten eine sättigende Mahlzeit aus dem, was sie ernteten. Danach tranken sie aus einem Süßwasserfluß, den sie landeinwärts fanden. Überall blühten Blumen, und es gab dicke Büsche voller Blüten. Die Farben leuchteten durch das Grün, und ihre Düfte wurden bei jeder Bewegung durch die Luft getragen. Es gab Palmen, Akazien, Banyans und jenen Baum, der Gingko genannt wurde. Fremdartige Vögel, deren Gefieder in Regenbogenfarben leuchtete, spähten aus den stacheligen Zweigen dorniger Bäume herab. Tiger Ty beschrieb ihnen alles, während sie umhergingen, zeigte ihnen alles, benannte und erklärte es. Wren schaute sich staunend um und erlaubte ihrem Blick nicht, irgendwo länger als einige Sekunden zu verweilen, weil sie Angst hatte, dafür etwas anderes zu verpassen. Sie hatte noch niemals solche Schönheit gesehen, solchen Überfluß unglaublich wundervoller Lebewesen. Es war überwältigend.

»War Morrowindl wie die Insel hier?« fragte sie Tiger Ty irgendwann.

Er schaute sie kurz an. »Einst«, erwiderte er. Mehr erfuhr sie nicht.

Sie kletterten bald darauf wieder auf Spirits Rücken und setzten ihren Flug fort. Es war jetzt leichter, ein wenig vertrauter, und sogar Garth schien eine Möglichkeit gefunden zu haben, die Reise für sich erträglich zu gestalten. Sie flogen in Richtung Nordwesten, von der Sonne fort, die über ihnen vorbeizog. Es gab andere Inseln, klein und meist felsig, obwohl alle zumindest teilweise bewachsen waren. Die Luft streichelte warm und sanft ihre Haut, und die Sonne brannte aus einem wolkenlosen Himmel herab und ließ die Blaue Spalte erstrahlen, bis sie funkelte. Sie sahen große Meerestiere, die Tiger Ty Wale nannte und von denen er behauptete, sie seien die größten Lebewesen im Meer. Es gab Vögel in allen Größen und Formen. Es gab Fische, die in Gruppen, die er als Schulen bezeichnete, schwammen und in Formation aus dem Wasser heraussprangen, silberne Körper, die einen Bogen vor der Sonne bildeten. Wren lernte ungeheuer viel auf dieser Reise, und sie versenkte sich in ihre Lektionen.

»So etwas habe ich noch nie gesehen!« rief sie Tiger Ty enthusiastisch zu.

»Wartet, bis wir Morrowindl erreichen«, brummte er zurück.

Am Nachmittag flogen sie ein zweites Mal zu einer kurzen Rast hinab und wählten dafür eine einsame Insel mit weiten, weißen Sandstränden und kleinen Buchten, die so flach waren, daß das Wasser helltürkis wirkte. Wren fiel auf, daß Spirit den ganzen Tag nichts gefressen hatte, und fragte danach. Tiger Ty sagte, Rock fresse Fleisch und jage es selbst. Er brauche nur einmal in sieben Tagen Nahrung.

»Ein sehr selbstgenügsamer Vogel, der Rock«, sagte der Flugreiter mit unverhüllter Bewunderung. »Er verlangt nicht viel mehr, als in Ruhe gelassen zu werden. Das ist mehr, als man von den meisten Menschen sagen kann.«

Sie setzten ihre Reise schweigend fort, denn sowohl Wren als auch Garth begannen zu ermüden. Sie waren steif von der

Anstrengung, den ganzen Tag über in derselben Haltung sitzen zu müssen, erschöpft von der ständigen, schaukelnden Bewegung des Fluges, und ihre verkrampften Finger schmerzten vom Umklammern der geknüpften Handgriffe. Das Wasser der Blauen Spalte floß beständig unter ihnen vorbei, eine endlose Bewegung von Wellen. Sie konnten das Festland schon seit Stunden nicht mehr ausmachen, dagegen schien sich das Meer endlos zu erstrecken. Wren fühlte sich dadurch klein werden, von seinem Ausmaß reduziert zu etwas so Unbedeutendem, daß sie zu verschwinden drohte. Das anfängliche Gefühl der Verlassenheit hatte mit jeder Stunde, die verstrich, beständig zugenommen, und sie fühlte zum ersten Mal Zweifel aufkommen, ob sie ihre Heimat jemals wiedersehen würde.

Die Sonne versank schon fast, als sie schließlich in Sichtweite an Morrowindl herankamen. Die Sonne war im Westen zum Rande des Horizonts hinabgeglitten, ihr Licht war milde geworden und hatte sich von Weiß zu einem hellen Orange gewandelt. Ein purpur- und silberfarbener Streifen säumte eine lange Reihe seltsam geformter Wolken, die über den Himmel promenierten wie fremdartige Tiere. Vor diesem Panorama hob sich die Insel als Silhouette ab, dunkel umwölkt und drohend. Sie war bedeutend größer als jede andere Landfläche, auf die sie bisher gestoßen waren, und erhob sich vor ihnen wie eine Mauer, als sie näher kamen. Der Killeshan hob seinen gezackten Schlund himmelwärts, Dampf sickerte aus seiner Kehle, und seine Hänge waren bedeckt von einer dicken Decke aus Nebel und Asche, hinter der sie für Hunderte von Fuß verschwanden, bis sie an einer Küstenlinie wieder sichtbar wurden, die aus felsigen Vorsprüngen und zerklüfteten Klippen bestand. Wellen krachten gegen die Felsen, weiße Schaumkessel, deren Gischt himmelwärts stob.

Spirit flog näher heran und stieß auf das Leichentuch aus Vog hinab. Gestank erfüllte die Luft und der Geruch von Schwefel drang dort aus der Erde herauf, wo das Feuer des Vulkans Fels zu Asche verbrannte. Durch die Wolken und den Nebel konnten sie Täler und Grate, Pässe und Schluchten sehen, die alle dicht bewaldet waren: einen dichten, beengenden Dschungel. Tiger Ty schaute über die Schulter zurück und machte ihnen Zeichen. Sie würden die Insel umrunden. Spirit wandte sich auf sein Kommando nach rechts. Das Nordende der Insel war in strömendem Regen verschwunden, in einem Monsun, der alles überflutete und riesige Wasserfälle bildete, die von mehreren Tausend Fuß Höhe die Klippen hinabstürzten. Im Westen dagegen war die Insel so karg wie eine Wüste. Es war nur Lavagestein zu sehen mit einigen verstreut stehenden, strahlend blühenden Sträuchern und verkrüppelten, knorrigen, windgepeitschten Bäumen. Im Süden und Osten bestand die Insel aus einer Vielzahl einzelner Felsformationen und aus Stränden mit schwarzem Sand, wo die Küstenlinie mit dem Wasser der Blauen Spalte zusammentraf, bevor sie sich erhob, um im Dschungel und im Nebel zu verschwinden.

Wren starrte angestrengt auf Morrowindl hinab. Es war ein bedrohlicher, wenig gastfreundlicher Ort, ein scharfer Kontrast zu den anderen Inseln, die sie gesehen hatten. Wolkentürme trafen aufeinander und brachen auseinander. Jede Seite der Insel bot unterschiedliche Bedingungen. Die Insel insgesamt war schattig und bewölkt, als sei Killeshan ein Dämon, der Feuer atmet und sich in einen Umhang gewickelt hat, der aus seinem eigenen erstickenden Atem besteht.

Tiger Ty dirigierte Spirit noch ein letztes Mal um die Insel herum und befahl ihm dann, er solle landen. Der Rock setzte am Rande eines breiten Strandes mit schwarzem Sand vorsichtig auf, seine Klauen bohrten sich in das geborstene Lavagestein, und er legte widerstrebend seine Flügel an. Dabei wandte der Riesenvogel sein Gesicht dem Dschungel zu, und seine spähenden Augen suchten den Nebel zu durchdringen.

Tiger Ty wies sie an, sie sollten absteigen. Sie lösten ihre Harnischriemen und glitten zu Boden. Wren schaute landeinwärts. Die Insel aus Felsen, Bäumen und Nebel erhob sich vor ihnen. Sie konnten die Sonne nicht mehr sehen. Schatten und Halblicht lag über allem.

Der Flugreiter sah das Mädchen an. »Ich vermute, Ihr wollt es immer noch? Starrsinnig wie eh und je?«

Sie nickte schweigend, denn sie wollte im Moment nicht reden.

»Dann hört zu. Und überlegt Euch, ob Ihr Eure Meinung noch ändern wollt, während Ihr das tut. Ich habe Euch aus gutem Grund alle vier Seiten von Morrowindl gezeigt. Im Norden regnet es ständig, jeden Tag, jede Stunde des Tages. Manchmal regnet es stark, manchmal nieselt es. Aber das Wasser ist überall. Sumpf und Teiche, Wasserfälle und Rinnsaale. Wenn Ihr nicht schwimmen könnt, ertrinkt Ihr. Und es gibt ohnehin unendlich viele Wesen, die Euch dort hinabziehen wollen.«

Er machte eine Geste. »Im Westen gibt es nur Wüste. Das habt Ihr gesehen. Nichts als offenes Land, heiß und trocken und öde. Ihr denkt wahrscheinlich, Ihr könntet es bis zur Spitze des Berges durchwandern. Das Dumme ist nur, daß Ihr keine Meile weit kommt, ohne den Wesen über den Weg zu laufen, die unter den Felsen leben. Ihr würdet sie jedoch gar nicht sehen. Sie würden Euch erwischen, bevor Ihr denken könnt. Es gibt Tausende von ihnen, in allen Größen und Formen, die meisten davon mit einem Gift, das Euch schnell töten kann. Nichts und niemand gelangt dort hindurch.«

Das Stirnrunzeln von Tiger Ty vertiefte die Linien seines zerfurchten Gesichtes noch weiter. »Also bleiben der Süden und der Osten, die zufälligerweise ziemlich ähnlich sind. Felsen und Dschungel und Vog und viele unerfreuliche Wesen, die darin leben. Wenn Ihr erst einmal diesen Strand verlassen habt, seid Ihr bis zu Eurer Rückkehr nicht mehr sicher. Ich habe Euch schon einmal gesagt, daß das Inland eine Todesfalle ist. Ich sage es Euch noch einmal, falls Ihr es nicht gehört habt.«

»Mein Fräulein«, sagte er weich. »Tut es nicht. Ihr habt keine Chance.«

Sie streckte impulsiv die Hand aus und nahm seine knorrigen Hände in ihre eigenen. »Garth und ich werden aufeinander aufpassen«, versprach sie. »Das tun wir schon seit langer Zeit.«

Er schüttelte den Kopf. »Das wird nicht genügen.«

Sie festigte ihren Griff. »Wie weit müssen wir ziehen, um die Elfen zu finden? Könnt Ihr uns das ungefähr sagen?«

Er entzog ihr seine Hände und deutete landeinwärts. »Ihre Stadt, wenn es sie noch gibt, liegt auf halbem Weg auf dem Berghang in einer Nische, die vor den Lavaströmen geschützt ist. Die meisten der Ströme verlaufen nach Osten, und einige davon graben Tunnel unter den Fels zum Meer. Von hier aus sind es vielleicht dreißig Meilen. Ich kann jetzt nicht mehr sagen, wie das Land dort drinnen beschaffen ist. Zehn Jahre verändern vieles.«

»Wir werden unseren Weg finden«, sagte sie. Sie atmete tief ein, um sich selbst zu beruhigen, und bemerkte, wie nutzlos dieser Versuch war. Sie schaute zu Garth, der in ihr versteinertes Gesicht blickte. Dann sah sie erneut Tiger Ty an. »Ich muß Euch noch etwas fragen. Werdet Ihr hierher zurückkommen? Werdet Ihr uns genügend Zeit für unsere Suche geben und dann zurückkommen?«

Tiger Ty verschränkte die Arme. Sein ledriges Gesicht sah sowohl traurig als auch unnachgiebig aus. »Ich werde kommen, mein Fräulein. Ich werde drei Wochen warten – genug Zeit für Euch, hineinzugelangen und wieder herauszukommen. Dann werde ich vier Wochen lang einmal pro Woche nach Euch Ausschau halten.« Er schüttelte den Kopf. »Aber ich muß Euch sagen, daß ich das für Zeitverschwendung halte. Ihr werdet nicht zurückkommen. Ich werde Euch niemals wiedersehen.«

Sie lächelte tapfer. »Ich werde einen Weg finden, Tiger Ty.«

Die Augen des Flugreiters verengten sich. »Nur einen Weg. Ihr solltet lieber boshafter und stärker sein als alles, was Euch über den Weg läuft. Und...« Er stupste sie mit seinem knochigen Finger an. »...Ihr solltet lieber darauf vorbereitet sein, Eure Magie zu gebrauchen!«

Er wandte sich abrupt um und stolzierte zu dem wartenden Spirit hinüber. Ohne innezuhalten zog er sich an den Harnischriemen hinauf und nahm seinen Platz ein. Als er seine Sicherheitsgurte befestigt hatte, schaute er zu ihnen zurück.

»Versucht nicht, bei Nacht hineinzugehen«, riet er. »Reist zumindest am ersten Tag im Hellen. Laßt Killeshans Krater zu Eurer Rechten, wenn Ihr aufsteigt.« Er hob die Hände. »Bei Dämons Blut! Ihr seid im Begriff, etwas ganz Dummes zu tun!«

»Vergeßt uns nicht, Tiger Ty!« rief Wren als Antwort.

Der Flugreiter sah sie einen Augenblick stirnrunzelnd an und stieß Spirit dann leicht in die Seite. Der Rock erhob sich in die Luft, seine Flügel breiteten sich vor dem Wind aus, und er stieg langsam auf und wandte sich gen Süden. Innerhalb von Sekunden war der Riesenvogel zu nicht mehr geworden als einem Fleck im verblassenden Licht.

Wren und Garth standen schweigend auf dem leeren Strand und sahen ihm nach, bis der Fleck verschwunden war.

6

Sie blieben in dieser Nacht am Strand, womit sie dem Rat Tiger Tys folgten, zu warten, bis der Tag begann. Erst dann wollten sie landeinwärts starten. Sie wählten einen Platz ungefähr eine Viertelmeile nördlich von der Stelle, an der der Flugreiter sie abgesetzt hatte, um ihr Lager aufzuschlagen. Es war eine weite, offene Fläche mit schwarzem Sand, an der die Gezeitenlinie mehr als Hundert Fuß vom Rand des Dschungels entfernt endete. Die Dämmerung war bereits hereingebrochen, die Sonne war unter dem Horizont verschwunden, und ihr schwächer werdendes Licht wurde zu einem schwachen Schimmer über den Meereswogen. Als die Dunkelheit herabsank, überflutete hellsilbernes Licht vom Mond und den Sternen den leeren Strand. Es wurde vom Sand zurückgestrahlt, als seien dort Diamanten ausgestreut, und erhellte die Küstenlinie, so weit das Auge sehen konnte. Daher beschlossen sie auch gleich, kein Feuer zu entfachen. Weder Licht noch Hitze wurden benötigt. Von der Stelle auf dem offenen Strand aus, wo sie sich jetzt befanden, konnten sie sehen, wenn sich etwas zu nähern versuchte, und die Luft war warm und mild. Ein Feuer würde nur die Aufmerksamkeit auf sie ziehen, und das wollten sie nicht.

Sie aßen eine kalte Mahlzeit aus getrocknetem Fleisch, Brot und Käse und spülten alles mit Bier hinunter. Sie saßen dem Dschungel gegenüber, mit dem Rücken zum Meer, und lauschten und beobachteten. Morrowindl verlor seine Konturen, als die Nacht hereinbrach, die Linien des Dschungels und der Klippen und der Wüste verschwanden in der Dunkelheit, bis die Insel schließlich kaum mehr als eine Silhouette vor dem Himmel war. Schließlich verschwand sogar diese, und alles, was blieb, war ein beständiges Gewirr von Lauten. Die waren größtenteils nicht unterscheidbar, schwach und unterdrückt, verstreute Rufe und Heulen und Summen von Vögeln und Insekten und Tieren, die alle in der Schutz bietenden Dunkelheit verborgen waren. Das Wasser der Blauen Spalte lief in stetigem Rhythmus auf die Strände der Insel hinauf, wusch sie aus und zog sich wieder zurück, ein langsames und beständiges Plätschern. Eine Brise kam auf, sanft und wohlriechend, und sie vertrieb die letzten Reste der Hitze des Tages.

Nachdem sie ihre Mahlzeit beendet hatten, starrten sie eine Weile schweigend hinaus – auf den Himmel und den Strand und das Meer, auf nichts.

Bereits jetzt erreichte Morrowindl, daß sich Wren unbehaglich fühlte. Sogar jetzt, eingehüllt in Dunkelheit, unsichtbar und schlafend, wirkte die Insel bedrohlich. Sie stellte sie sich in Gedanken vor: Killeshan, der sich mit seinem zerklüfteten, geöffneten Schlund gen Himmel erhob, und die dschungelbewachsenen Hänge, turmhohen Klippen und öden Wüsten. Die Insel wie ein angeketteter Gigant, der in Vog und Nebel eingehüllt war und wartete. Sie konnte seinen Atem auf ihrem Gesicht spüren, begierig und hungrig. Sie konnte ihn zur Begrüßung zischen hören.

Sie konnte fühlen, wie er sie beobachtete.

Es ängstigte sie mehr, als sie zugeben wollte, und sie konnte ihre Angst nicht völlig unterdrücken. Sie war ein heimtückischer Schatten, der durch die Gänge ihrer Gedanken kroch und Worte flüsterte, deren Bedeutung unverständlich, deren Absicht aber eindeutig war. Sie fühlte sich ganz eigentümlich, all ihrer Fähigkeiten und ihres Könnens beraubt, als sei alles in dem Moment, in dem sie angekommen war, von ihr abgestreift worden. Sogar ihre Instinkte schienen durcheinander geraten zu sein. Sie konnte es nicht erklären. Es ergab keinen Sinn. Es war nichts geschehen, und doch war sie hier, mit zerrissenem Selbstvertrauen, das wie Stroh verstreut war. Eine andere Frau hätte vielleicht Trost in der Tatsache gefunden, daß sie die legendären Elfensteine besaß – aber nicht Wren. Die Magie war ihr fremd. Für sie war sie eine Sache, der man mißtrauen sollte. Sie gehörte einer Vergangenheit an, von der sie nur gehört hatte, einer Geschichte, die Generationen lang verloren gewesen war. Sie gehörte jemand anderem, jemandem, den sie nicht kannte. Die Elfensteine, dachte sie düster, hatten nichts mit ihr zu tun.

Die Worte weckten ein Gefühl von Kälte in ihrer Magengrube. Natürlich waren sie eine Lüge.

Sie legte die Hände vors Gesicht und verbarg sich so. Zweifel krochen von allen Seiten auf sie zu, und obwohl es jetzt sinnlos war, fragte sie sich kurz, ob ihre Entscheidung, nach Morrowindl zu kommen, nicht falsch gewesen war.

Schließlich nahm sie die Hände herunter und beugte sich vor, bis sie in der Dunkelheit Garths bärtiges Gesicht deutlich sehen konnte. Der große Mann beobachtete unbewegt, wie sie ihre Hände hob und zu gestikulieren begann.

»Glaubst du, ich habe einen Fehler gemacht, als ich darauf bestanden habe, daß wir herkommen?« fragte sie ihn.

Er betrachtete sie einen Moment und schüttelte dann den Kopf. *Es ist niemals ein Fehler, etwas zu tun, was man für notwendig hält.*

»Ich habe es für notwendig gehalten.«

Ich weiß.

»Aber ich bin nicht nur hergekommen, um herauszufinden,

ob die Elfen noch am Leben sind«, sagte sie in der Zeichensprache. »Ich kam auch, um etwas über meine Eltern herauszufinden, um zu erfahren, wer sie waren und was aus ihnen geworden ist.«

Er nickte schweigend.

»Ich brauchte mich nicht zu sorgen, weißt du«, versuchte sie ihm weiter zu erklären. »Es war nicht notwendig, etwas anders zu machen. Ich war eine Fahrende, und das war genug. Sogar noch, nachdem Cogline uns gefunden hatte und wir ostwärts zum Hadeshorn zogen und den Schatten Allanons trafen. Und sogar noch, als ich begann, nach den Elfen zu fragen. In der Hoffnung, etwas über ihr Schicksal zu erfahren, habe ich noch nicht an meine Eltern gedacht. Ich hatte keine Vorstellung davon, wohin das alles führen würde. Ich ging einfach weiter, stellte meine Fragen und erfuhr schließlich von der Addershag und dann von dem Signalfeuer. Ich folgte einfach einem Weg und war neugierig, wohin er führte.«

Sie machte eine Pause. »Aber die Elfensteine, Garth – das war etwas, womit ich nicht gerechnet hatte. Als ich entdeckte, daß sie wirklich waren – daß es die Elfensteine von Shea und Will Ohmsford waren –, änderte sich alles. So viel Macht – und sie gehörten meinen Eltern. Warum? Wieso hatten meine Eltern sie? Was bezweckten sie damit, sie mir zu geben? Das verstehst du, nicht wahr? Ich werde niemals Antworten bekommen, außer wenn ich herausfinde, wer meine Eltern waren.«

Garth signalisierte. *Ich verstehe. Ich wäre nicht hier bei dir, wenn ich es nicht täte.*

»Das weiß ich«, flüsterte sie, und ihre Kehle wurde eng. »Ich wollte es dich nur sagen hören.«

Sie schwiegen einen Moment und wandten die Augen ab. Irgend etwas Großes platschte weit draußen auf dem Wasser auf. Das Geräusch hallte einen Moment wider und verklang dann. Wren stieß ihren Schuh in den rauhen Sand.

»Garth«, signalisierte sie und lenkte seinen Blick auf sich. »Gibt es irgend etwas über meine Eltern, was du mir nicht gesagt hast?«

Garth sagte nichts. Sein Gesicht war ausdruckslos.

»*Denn wenn da etwas ist*«, signalisierte sie, »*mußt du es mir jetzt sagen. Du kannst mich diese Suche nicht fortsetzen lassen, ohne daß ich es weiß.*«

Garth bewegte sich und ließ den Kopf in Schatten versinken. Als er ihn wieder hob, begannen seine Finger, die Zeichen zu formen. *Ich würde dir nichts vorenthalten, was nicht nötig wäre. Ich enthalte dir jetzt nichts über deine Eltern vor. Was ich weiß, habe ich dir gesagt. Glaube mir.*

»Das tue ich«, bestätigte sie ruhig. Und doch beunruhigte sie die Antwort. Enthielt er ihr vielleicht doch noch etwas anderes vor, weil er es für notwendig hielt? Hatte sie das Recht, zu fordern, daß auch sie erfuhr, was das war?

Sie schüttelte den Kopf. Er würde sie niemals verletzen. Das war das Wichtigste. Nicht Garth.

Wir werden die Wahrheit über deine Eltern herausfinden, signalisierte er plötzlich. *Ich verspreche es.*

Sie streckte kurz die Hand aus, um seine Hände zu ergreifen, und ließ sie dann wieder los. »Garth«, sagte sie, »du bist der beste Freund, den ich jemals haben werde.«

Sie hielt dann Wache, während er schlief, und fühlte sich durch seine Worte getröstet. Jetzt war sie wieder sicher, daß sie trotz allem nicht allein war, daß sie ihr Ziel gemeinsam angehen würden. Verborgen in der Dunkelheit brütete Morrowindl weiter vor sich hin. Aber sie war jetzt nicht mehr so eingeschüchtert. Ihr Entschluß wurde fester, ihr Ziel deutlich. Es würde so sein, wie es schon so viele Jahre war – sie und Garth gegen alles, was immer sie erwartete. Das würde genügen.

Als Garth um Mitternacht erwachte, begab sie sich schnell zur Ruhe.

Der Sonnenaufgang ließ den Himmel in hellem Silber erstrahlen, aber Morrowindl war eine schwarze Mauer, die dieses Licht ausschloß. Die Insel stand zwischen der Dämmerung auf der einen Seite und Wren und Garth auf der anderen, als wollte sie die Fahrenden für immer in ihre Schatten einschließen. Der Strand war ruhig und leer, eine schwarze Linie, die sich in die Ferne erstreckte wie ein ausgebreiteter Streifen Trauerflor. Felsen und Klippen ragten aus dem grünen Gewirr des Dschungels heraus und stießen hervor wie gefangene Tiere, die zu atmen versuchen. Killeshan stieß in stummem Schweigen himmelwärts, und Rauch entstieg aus den Rissen in seiner Lavafelshaut. Weit entfernt im Norden enthüllte ein Blick auf die Wüstenseite der Insel eine harte, gebrochene Oberfläche, über der eine Decke aus schwefelhaltigem Nebel lag, auf der sich nichts bewegte.

Die Fahrende und ihr Begleiter wuschen sich und aßen ein eiliges Frühstück. Sie waren bestrebt, schnell fortzukommen. Die Tageshitze war bereits spürbar und verdrängte die Meeresbrisen über dem Wasser. Seevögel glitten und schossen darin entlang und hielten nach Nahrung Ausschau. Krabben trippelten vorsichtig in den Felsen herum und suchten in Rissen und Spalten nach Schutz. Rundherum erwachte die Insel.

Wren und Garth schulterten ihr Gepäck, überprüften ihre Waffen, sahen sich kurz an und starteten landeinwärts.

Der Strand endete in einem kleinen Flecken hohen Grases, der dann wieder einem Wald aus turmhohen Akazien Platz machte. Die Stämme der uralten Bäume hoben sich wie Säulen himmelwärts, wo sie sich in der Höhe verloren, was ihnen das Aussehen einer Mauer gab. Der Boden des Waldes war karg und strauchlos. Stürme und Fluten hatten alles fortgewaschen, nur die riesigen Bäume waren geblieben. Innerhalb der Akazien war alles ruhig. Die Sonne im Osten war noch wolkenverhangen, und Schatten lagen über allem. Wren und Garth gingen langsam, aber stetig vorwärts und waren für jede Art von Gefahr gewappnet. Sie traten aus den Akazien heraus und auf ein Wäldchen aus Bambuspflanzen zu. Sie gingen an dessen Rand entlang, bis sie einen Durchgang durch das Gesträuch fanden. Sie benutzten ihre kurzen Schwerter, um sich ihren Weg hindurch zu bahnen. Von da aus gingen sie an einer Wiese entlang weiter, auf der das Gras brusthoch stand und Wildblumen in vielerlei Farben inmitten des Grüns wuchsen. Vor ihnen stieg der Wald die Hänge des Killeshan empor, Bäume und Sträucher überzogen die seltsamen Formationen von Lavagestein, und alles verschwand schließlich im Vog.

Der erste Tag verging ohne Zwischenfälle. Sie reisten durch offenes Land, wann immer es möglich war, und wählten einen Weg, der ihnen erlaubte, zu sehen, worauf sie gingen. In dieser Nacht schlugen sie ihr Lager auf einer Wiese auf und machten es sich auf erhöhtem Untergrund bequem, so daß sie wieder eine klare Sicht in alle Richtungen hatten. Der zweite Tag verging auf die gleiche Weise wie der erste. Sie kamen gut voran, indem sie Flüsse und Ströme nutzten und Senken und kleinere Erhebungen ohne Schwierigkeiten überwanden. Es gab keinerlei Hinweise auf die Monster, vor denen Tiger Ty sie gewarnt hatte. Es gab buntgefärbte Schlangen und Spinnen, die mit ziemlicher Sicherheit giftig waren, aber die Fahrenden hatten bereits in anderen Teilen der Welt mit deren Vettern zu tun gehabt und wußten genug von ihnen, um jeden Kontakt zu vermeiden. Sie hörten das Fauchen von Moorkatzen, sahen aber keine. Ein- oder zweimal flogen Raubvögel über sie hinweg, aber nach mehrmaligem flüchtigen Kreisen schossen die Jäger auf der Suche nach leichterer Beute davon. Es regnete häufig und schwer, aber niemals sehr lange, und die einzige Gefahr war, von einer unerwarteten Sturzflut in einem trockenen Flußbett überrascht zu werden oder in neu gebildete Senkgruben zu fallen. Außerdem kühlte der Regen sie ab.

Die ganze Zeit über kamen die in Dunst halb verborgenen Hänge des Killeshan näher, ein Versprechen von zukünftigen, härteren Herausforderungen.

Der dritte Tag begann auf die gleiche Art wie die beiden vorherigen, schattig und ruhig und brütend. Die Sonne ging auf und war kurz durch die Bäume vor ihnen zu sehen, ein warmes und einladendes Lichtzeichen. Doch dann verschwand sie plötzlich, als sich die unteren Ränder des Vog noch weiter hinabzogen. Der Dunst war dünn und zunächst wenig beunruhigend, nicht viel mehr als eine Verdichtung der Luft, ein Ermatten des Lichts. Aber langsam begann er dichter zu werden, sich zusammenzuballen und alles auszuschließen, was mehr als dreißig Fuß von ihrem jeweiligen Standort entfernt war. Das Land wurde rauher, als die Ebenen der Küstenlinie und die grasbewachsenen Ausläufer Hügeln und Abhängen wichen und das Lavagestein bröckelig und lose wurde. Der Untergrund wurde unsicher, und sie verlangsamten ihren Schritt.

Sie aßen besorgt und schweigend eilig zu Mittag und gingen dann vorsichtig weiter. Sie banden oberhalb der Stiefelschafte und unter den Knien dicke Felle um ihre Beine, um vor Schlangen geschützt zu sein. Sie legten ihre schweren Umhänge an und zogen sie fest um sich. Die Hitze der niedrigeren Hügel fehlte hier, und die Luft – von der sie geglaubt hatten, sie würde wärmer werden, je mehr sie sich Killeshan näherten – wurde kalt. Garth übernahm entschlossen die Führung und schirmte Wren somit ab. Schatten bewegten sich überall um sie herum durch den Dunst, Wesen ohne Gestalt und Form, die aber dennoch da waren. Die vertrauten Geräusche von Vögeln und Insekten erstarben zu erwartungsvoller Stille. Die Dämmerung sank früh herab. Es war wie ein Abfließen von Licht. Und dann begann der Regen als stetige Wand zu fallen.

Sie errichteten ihr Lager am Fuße einer uralten Koaakazie am Rande einer kleinen Lichtung. Den Rücken gegen den Baum gelehnt, aßen sie ihr Abendessen und beobachteten, wie sich das Licht von Rauchfarben zu Holzkohlenfarben verdunkelte. Der Regen verringerte sich zu einem zeitweise unterbrochenen Tröpfeln, und der Dunst begann den Berghang in tastenden Ranken hinabzukriechen. Der Wald verwandelte sich hier bereits in Dschungel, die Bäume waren dicht mit Weinranken bewachsen und umwickelt, der Untergrund war feucht und weich und nachgiebig. Schnecken und Käfer krochen durch das Unterholz und über vermoderte Baumstämme. Der Boden unter der Koaakazie war trocken, aber die Feuchtigkeit der Luft schien überall einzudringen. Es gab keine Möglichkeit, ein Feuer zu entfachen. Wren und Garth kauerten sich in ihre Umhänge und drängten sich enger zusammen. Die Nacht senkte sich um sie herum und übergoß die Welt mit Tintenschwärze.

Wren bot an, die erste Wache zu übernehmen, denn sie war zu gereizt, um zu schlafen. Garth stimmte wortlos zu. Er zog die Knie an, legte seinen Kopf auf die gekreuzten Arme und war gleich darauf eingeschlafen.

Wren saß da und starrte in die Finsternis. Die Bäume und der Dunst schlossen alles Licht vom Mond und von den Sternen aus, und selbst nachdem ihre Augen sich angepaßt hatten, war es ihr nicht möglich, weiter als zwölf Fuß zu sehen. Schatten zogen am Rande ihres Gesichtskreises vorbei, kurz, schnell und undeutlich. Geräusche schossen aus dem Dunst hervor, forderten sie heraus und neckten sie – der schrille Schrei von Nachtvögeln, das Zirpen von Insekten, Kratzen und Rascheln, Schnüffeln und Fauchen. Das leise Husten jagender Katzen erklang von irgendwo in weiter Ferne. Sie konnte schwach den Schwefelrauch Killeshans riechen, der durch die Luft zog und sich mit dem dichteren, wohlriechenden Geruch des Dschungels vermischte. Rund um sie herum erwachte eine unsichtbare Welt.

Soll sie doch, dachte sie trotzig.

Die Luft wurde still, als auch das Tröpfeln aufhörte und nur der Nebel übrigblieb. Die Zeit verrann. Die Geräusche wurden leiser und weicher und vermittelten das Gefühl, daß alles dort draußen in der Finsternis wartete, daß alles beobachtete. Sie erkannte, daß die Schatten am Rande des herankriechenden Dunstes verblaßt waren. Garth schnarchte leise. Sie bewegte ihren verkrampften Körper, versuchte aber nicht, aufzustehen. Sie mochte das Gefühl des Baumes an ihrem Rücken und die Sicherheit von Garths Nähe. Sie haßte das Gefühl, das die Insel in ihr hervorrief – preisgegeben, verletzlich, ungeschützt zu sein. Es war das Ungewohnte, sagte sie sich. Es war die fehlende Vertrautheit mit dieser Insel, die Isolation von ihrem eigenen Land, die Erinnerung an Tiger Tys Warnung, daß es hier Monster gebe. Es würde dauern, bis sie sich daran gewöhnt hätte...

Sie ließ den Gedanken unvollendet, als sie die Silhouette von etwas Großem am Rande des Dunstes auftauchen sah. Es ging kurzzeitig aufrecht auf zwei Beinen, ließ sich dann aber auf alle Viere nieder. Es blieb stehen, und sie wußte, daß es sie ansah. In ihrem Nacken kribbelte es, und sie führte ihre Hand hinab, bis sich ihre Finger um das lange Messer an ihrer Taille schlossen.

Sie wartete.

Das Wesen, das sie beobachtete, rührte sich nicht. Es schien mit ihr zu warten.

Dann sah sie einen weiteren Schatten auftauchen, der dem ersten ähnelte. Und einen weiteren. Und einen vierten. Sie versammelten sich in der Dunkelheit und verharrten dort ruhig, während ihre Augen schimmerten. Wren atmete langsam und tief durch. Sie überlegte, ob sie Garth wecken sollte, sagte sich aber immer wieder, daß sie noch eine Minute warten wollte, gerade lange genug, um zu sehen, was geschehen würde.

Aber nichts geschah. Die Minuten krochen dahin, und die Schatten blieben, wo sie waren. Wren fragte sich, wie viele wohl dort draußen waren. Dann fragte sie sich, ob sie auch hinter ihr waren, wo sie sie nicht sehen konnte, und heranschlichen, bis sie nahe genug waren, um...

Sie wandte sich schnell um und schaute. Dort war nichts. Zumindest nicht innerhalb ihres begrenzten Sichtkreises.

Sie wandte sich wieder um. Sie wußte plötzlich, daß die Wesen warteten, um zu sehen, was sie tun würde, daß sie auskundschaften wollten, wie gefährlich sie sein könnte. Wenn sie lange genug sitzen bliebe, würden sie ungeduldig werden und beschließen, sie zu testen. Sie fragte sich, wieviel Zeit sie hatte. Sie fragte sich, was nötig wäre, um sie zu entmutigen. Wenn die Monster hier schon bei ihnen waren, nur drei Nächte vom Strand entfernt, dann würden sie von jetzt ab jede Nacht auf ihrem Weg landeinwärts da sein, sie beobachten und warten. Und es würden weitere kommen. Es mußte so sein.

Wrens Blut pulste genauso schnell durch sie hindurch wie ihre Gedanken. Gemeinsam waren Garth und sie den meisten Wesen gewachsen. Aber sie konnten es sich nicht leisten, gegen alles zu kämpfen, was ihnen begegnete.

Die Schatten hatten begonnen, sich wieder zu bewegen. Sie waren ruhelos. Sie hörte Murmeln, nicht eigentlich Worte, aber etwas Ähnliches. Sie konnte rund um sich herum Bewegung spüren, etwas anderes als die Schatten, Wesen, die sie nicht sehen konnte. Die Bewohner des Dschungels hatten sie entdeckt und versammelten sich. Sie hörte ein Grollen, leise und drohend. Neben ihr bewegte sich Garth im Schlaf und wandte sich ab.

Wrens Gesicht fühlte sich heiß an.

Tu etwas, flüsterte sie sich selbst zu. *Du mußt etwas tun.*

Sie wußte, ohne hinzusehen, daß die Schatten jetzt auch hinter ihr waren.

Sie fühlte ein Brennen an ihrer Brust.

Fast ohne es zu wissen, griff sie in ihre Tunika und nahm den Lederbeutel mit den Elfensteinen heraus. Schnell, ohne wirklich darüber nachzudenken, was sie tat, schüttete sie die Steine in ihre Hand und schloß schnell die Finger darüber. Sie konnte spüren, daß die Schatten sie beobachteten.

Nur eine Andeutung dessen, was sie vermögen, sagte sie sich. *Das sollte genügen.*

Sie streckte ihre Hand vor und öffnete leicht die Finger. Das blaue Licht der Elfensteine glänzte. Es sammelte sich und sein kaltes Feuer strebte in dünnen Streifen vorwärts, um die Dunkelheit zu durchdringen.

Sofort waren die Schatten verschwunden. Sie verschwanden so schnell und so vollständig, als wären sie nie dagewesen. Die Geräusche verstummten im Gebüsch. Die Welt um sie wurde leer, und sie und Garth waren alles, was darin zurückgeblieben war.

Sie schloß ihre Finger wieder und zog die Hand zurück. Die Schatten, was auch immer sie waren, wußten etwas von Elfenmagie.

Ihr Instinkt hatte ihr gesagt, daß es so sein würde.

Sie wurde von einer plötzlichen Bitterkeit erfüllt. Die Elfensteine waren kein Teil ihres Lebens. Darauf hatte sie bestanden. O nein – sie gehörten nicht zu ihrem Leben. Sie gehörten jemand anders, nicht ihr. Wie schnell sie sich das gesagt hatte. Und wie schnell sie auf sie zurückgriff, wenn sie sich bedroht fühlte!

Sie ließ die Steine in ihren Behälter zurückgleiten und schob ihn wieder in ihre Tunika. Die Nacht war friedlich und still, der Dunst war bar jeder Bewegung. Die Wesen, die auf Morrowindl lebten, waren jetzt auf der Suche nach leichterer Beute.

Es war nach Mitternacht, als sie Garth weckte. Es war nichts mehr erschienen, um sie zu bedrohen. Sie erzählte Garth nicht, was geschehen war. Sie wickelte sich in ihren Umhang und lehnte sich an ihn.

Das war lange, bevor sie einschlief.

In der Morgendämmerung machten sie sich erneut auf den Weg. Der Vog lag dicht über den Hängen des Killeshan, und das Licht war dünn und grau. Feuchtigkeit erfüllte die Luft. Sie sickerte durch den Boden, auf dem sie gingen, durchdrang die Kleidung, die sie trugen, und ließ sie erschauern. Nach einiger Zeit begann die Sonne durch den Dunst zu scheinen, und ein Teil der Kälte wurde vertrieben. Ihre Reise ging langsam und mühevoll voran, das Land war uneben und zerklüftet, eine Reihe von Senken und Graten war unter dem wuchernden Dschungel verschwunden. Die Stille der letzten Nacht blieb bestehen, eine düstere Stille, die das Paar aussonderte und Fäden des Unbehagens um sie herum spann.

Am Rande ihres Sichtkreises blieben die Schatten spürbar. Sie waren dort, verstohlen, vorsichtig, eine Versammlung eiliger und formloser Geister, die dort waren, bis man nach ihnen schaute, und dann verschwanden. Garth schien ihre Gegenwart nicht zu bemerken, aber Wren wußte, daß dieser Eindruck täuschte. Wenn sie von Zeit zu Zeit einen verstohlenen Blick auf sein dunkles Gesicht warf, konnte sie die Ruhe sehen, die sich in seinen Augen zeigte. Sie wunderte sich, daß ihr großer Freund alles so vollständig ausschließen konnte. Ihre eigenen Augen suchten unaufhörlich den Nebel ab, denn sogar jetzt war sie sich noch immer nicht sicher, wie sehr die Wesen, die sich dort verbargen, die Elfensteine fürchteten, wie lange die Magie sie in Schach halten würde. Ihre Finger irrten unentwegt über ihre Tunika und den darunter liegenden Lederbeutel, um sich zu vergewissern, daß ihr Schutz noch immer da war.

Der Tag ging langsam zu Ende. Sie kamen durch Wälder aus Koaakazien und Banyans, die alt waren und von Moos und Weinranken struppig, an Berghängen entlang, an denen das Lavagestein gesprungen und in lose Brocken zerbrochen war, die zerbarsten und davonrollten, wenn sie versuchten, einen Halt zu finden. Sie stiegen in Schluchten hinab, in denen das Gestrüpp dornig war, und bahnten sich ihren Weg durch Täler, über die sich schwere Wolken als undurchdringliche Decke aus Grau gelegt hatten. Dabei kletterten sie unaufhörlich weiter und bahnten sich ihren Weg die Hänge des Killeshan hinauf, wobei sie durch Löcher im Vog kurze Blicke auf den Vulkan werfen konnten, dessen Gipfel fortstrebte und niemals näher zu kommen schien.

Sie begannen mehr und mehr die Gefahren der Insel zu erkennen. Es gab bestimmte Pflanzen, bunt gefärbt und kompliziert geformt, die Fallen waren, die alles fingen, was in ihre Reichweite kam. Es gab Senkgruben, die einen im Handumdrehen verschlingen konnten, wenn man so unglücklich war, hineinzutreten. Es gab fremdartige Tiere, die sich kurz zeigten und dann wieder verschwanden, Jäger, schuppig und mit Stacheln versehen, mit Klauen und scharfen Zähnen. Es zeigten sich keine Monster, aber Wren vermutete, daß sie da waren, sie beobachteten und warteten, denn sie hörte die Geister ihnen aus dem Dunst zuflüstern.

Die Nacht kam, und sie schliefen, und dieses Mal näherten sich die Schatten nicht, sondern hielten sich sorgfältig versteckt. Eine Moorkatze schlich heran, und Garth blies auf einem dicken Grashalm, so daß ein Pfeifgeräusch entstand, das die große Katze aber anscheinend nicht kümmerte, und dann verklang. Wren träumte von ihrer Heimat, vom Westland, als sie noch jung war und alles neu um sie herum, und sie erwachte mit deutlichen und strahlenden Erinnerungen.

»Garth, ich habe die Elfensteine erneut gebraucht«, teilte sie ihm beim Frühstück mit, während sie sich beide gegen die düstere Kälte zusammenkauerten. »Vor zwei Nächten, als die Schatten das erste Mal auftauchten.«

Ich weiß, erwiderte er, und seine Augen suchten ihre, während er sprach. *Ich war wach.*

»Wieviel hast du gesehen?« flüsterte sie und schüttelte ungläubig den Kopf.

Genug. Die Magie ängstigt dich, nicht wahr?

Sie lächelte sinnend. »Alles, was wir tun, ängstigt mich.«

Sie gingen durch die Stille der Dämmerung, in Gedanken versunken. Das Land vor ihnen wurde flacher, und der Dschungel wich von ihnen zurück. Der Vog war hier dichter und lag beständig und unbeweglich vor ihnen. Die Luft war ruhig. Sie überquerten einen offenen Platz und fanden sich am Rande eines Sumpfes wieder. Vorsichtig gingen sie an seinem schilfbewachsenen Rand entlang und suchten nach festerem Untergrund. Als sie ihn fanden, kamen sie weiter voran. Der Sumpf blieb. Immer wieder waren sie gezwungen, die Richtung zu wechseln und nach einem sicheren Übergang zu suchen. Der Sumpf war ein dumpfer, flacher Schimmer von Feuchtigkeit, der sich über Unmengen von Gras und Unkräutern erstreckte. Bäume reckten sich daraus hervor wie die Beine ertrunkener Riesen. Fliegende Insekten summten glitzernd und irisierend darüber hinweg. Garth braute eine übelriechende Salbe, einen Schutz gegen Bisse und Stiche, mit der sie ihre Gesichter und Arme bedeckten. Schlangen glitten durch den Schlamm. Spinnen krabbelten überall herum, einige davon größer als Garths Faust. Spinnweben und Moos und Weinranken hingen von Zweigen und Gestrüpp herab und drohten mit tödlicher Umklammerung. Fledermäuse flogen durch das domhohe Laubgewölbe der Bäume, und ihr Kreischen klang schrill und bedrohlich.

Irgendwann stießen sie auf ein riesiges Spinnennetz, das über ihnen versteckt hing und wie eine Falle angebracht war, die auf alles, was darunter vorbeiging, fallen würde. Weniger erfahrene Jäger hätten es vielleicht nicht bemerkt und wären gefangen worden, aber Garth erspähte die Falle sofort. Die Fäden des Spinnennetzes waren so dick wie Wrens Finger und so durchsichtig, daß sie fast unsichtbar waren, wenn man sie nicht suchte. Sie klopfte mit einem Schilfstengel auf einen der Fäden, und der Schilfstengel blieb sofort haften. Wren und Garth spähten lange Zeit vorsichtig umher, ohne sich zu bewegen. Wer oder was auch immer dieses Netz gesponnen hatte, sie wollten ihm auf keinen Fall begegnen.

Schließlich waren sie beruhigt, daß der Netzbauer nicht in der Nähe war, und eilten weiter.

Es war fast Mittag, als sie das kratzende Geräusch hörten. Sie verlangsamten ihren Schritt und blieben schließlich stehen. Das Geräusch klang rauh und furchtbar, viel zu laut für die Stille des Sumpfs. Es übertönte alles. Es kam von links, wo die Schatten über einem Dickicht aus Büschen mit strahlend roten Blüten lagen. Unter Garths Führung gingen sie rechts an den Büschen vorbei und folgten einem Grat mit festem Untergrund zu einer Lichtung, die von Koaakazien begrenzt wurde. Sie bewegten sich leise vorwärts und lauschten, wo das kratzende Geräusch herkam. Fast augenblicklich sahen sie Fäden eines durchsichtigen Netzes, die sich von den Baumspitzen zur Erde zogen. Die Fäden vibrierten, als aus dem Gestrüpp heraus etwas dagegenstieß. Es war leicht zu erkennen, was geschehen war. Garth winkte Wren zu, und sie gingen vorsichtig weiter.

Bei den Koaakazien blieben sie erneut stehen. Eine Reihe von Fallen waren zwischen den Bäumen aufgestellt worden, eine große und mehrere kleine. Eine der kleineren Fallen hatte ihren Zweck erreicht. Das kratzende Geräusch kam von einem Wesen, das sie umschlossen hielt, während es versuchte, sich freizukämpfen. Das Wesen war ganz anders als alles, was Wren oder Garth jemals gesehen hatten. So groß wie ein kleiner Jagdhund, schien es so etwas wie eine Mischung aus einem Stachelschwein und einer Katze zu sein. Der Körper war mit schwarz und braun geringelten Stacheln bedeckt und wurde von vier kurzen, dicken Beinen getragen, während der quadratische Kopf, der halslos zwischen seinen Schultern kauerte, Haare wie Katzenfell und auch den stumpfen Umriß einer Katze aufwies. Runzlige Pfoten endeten in mächtigen, klauenartigen Fingern, die sich in den Boden gruben, und sein stummeliger, stachelbewehrter Schwanz schwang in dem wilden Versuch hin und her, die Fäden des Netzes zu zerreißen, in die das Wesen eingewickelt war.

All seine Versuche waren vergeblich. Je heftiger es um sich schlug, um so mehr Fäden wickelten es ein. Schließlich hielt das Wesen inne und hob seinen Kopf. Erst jetzt bemerkte es sie. Wren war überrascht über die Augen dieses Wesens. Sie hatten Lider und Wimpern und waren strahlend blau. Es waren nicht die Augen eines Tieres. Es waren die Augen, die ihren eigenen glichen.

Der Körper des Wesens erschlaffte. Es war offenbar erschöpft von seinem Kampf. Die Stacheln lagen jetzt glatt an, und die fremdartigen Augen blinzelten.

»Pffft!« Das Wesen fauchte – ganz ähnlich wie eine Katze, an die es zumindest zum Teil erinnerte. »Ich glaube nicht, daß ihr in Erwägung zieht, mir zu helfen«, krächzte das Wesen leise. »Immerhin trägst du einen Teil – arrggh – Verantwortung für meine mißliche Lage.«

Wren sah es an und schaute dann schnell hinüber zu Garth, der zum ersten Mal genauso überrascht schien wie sie. Wieso konnte dieses Wesen sprechen? Sie wandte sich wieder um. »Was meinst du damit, daß ich einen Teil der Verantwortung trage?«

»Rrrowwwggg. Ich meine, du bist ein Elf, nicht wahr?«

»Nun, nein, tatsächlich bin ich das nicht. Ich bin...« Sie zögerte. Sie hätte fast gesagt, sie sei eine Fahrende. Aber die Wahrheit war, daß sie zumindest zum Teil ein Elf war. Hatte das Wesen sie nicht dadurch erkannt – durch ihr Elfenaussehen? Sie runzelte die Stirn. Woher wußte es überhaupt etwas von Elfen?

»Wer bist du?« fragte sie.

Das Wesen taxierte sie einen Moment schweigend, ohne daß die blauen Augen blinzelten. Als es sprach, war seine Stimme ein tiefes Grollen. »Stresa.«

»Stresa«, wiederholte sie. »Ist das dein Name?«

Das Wesen nickte.

»Mein Name ist Wren. Und das ist mein Freund Garth.«

»Hssttt. Du bist ein Elf«, wiederholte Stresa, und das Gesicht der Katze verzog sich. »Aber du stammst nicht von Morrowindl.«

»Nein«, erwiderte sie. Sie stemmte verwirrt die Hände in die Hüften. »Woher weißt du das?«

Die blauen Augen blinzelten leicht. »Du erkennst mich nicht. Du weißt nicht, was ich bin. Grrrrr. Wenn du auf Morrowindl leben würdest, wüßtest du es.«

Wren nickte. »Also, was bist du?«

»Eine Stachelkatze – oder besser ein Stachelkater«, antwortete das Wesen. Es knurrte tief in seiner Kehle. »So werden wir genannt, die wenigen von uns, die übriggeblieben sind. Ein Teil hiervon, ein Teil davon, aber überwiegend ganz etwas anderes. Puurrft.«

»Und woher weißt du etwas von Elfen? Leben hier denn noch welche?«

Der Stachelkater betrachtete sie kühl. Geduldig wartete er in seiner Falle. »Wenn du mir hilfst freizukommen«, erwiderte er, und seine Stimme war ein tiefes Schnurren, »werde ich deine Fragen beantworten.«

Wren zögerte unentschlossen.

»Ffffft! Du solltest dich lieber beeilen«, riet er. »Bevor der Wisteron kommt.«

Der Wisteron? Wren sah Garth an und bedeutete ihm, er solle überdenken, was Stresa gesagt hatte. Garth antwortete kurz.

Wren wandte sich wieder dem Wesen in der Falle zu. »Woher sollen wir wissen, daß du uns nicht verletzen wirst?« fragte sie den Stachelkater.

»Harrr. Wenn du nicht von Morrowindl stammst und von weit her gekommen bist, dann bist du gefährlicher als ich«, antwortete er, kam so nahe, wie er konnte und lachte. »Beeile dich endlich. Benutzt eure langen Messer, um das Netz zu zerschneiden. Nur mit der Schneide. Haltet die flache Seite der Klinge in die entgegengesetzte Richtung.« Das seltsame Wesen hielt inne, und Wren sah zum ersten Mal Anzeichen von Verzweiflung in seinen Augen. »Es ist nicht viel Zeit. Wenn ihr mir helft – grrrrr –, kann ich euch als Gegenleistung vielleicht auch helfen.«

Wren gab Garth ein Zeichen, und sie gingen hinüber zu der Stelle, wo der Stachelkater gefangen war. Dabei gaben sie sich große Mühe, keine der noch funktionierenden Fallen zu berühren. Sie arbeiteten schnell, durchschnitten die Fäden, die das Wesen umhüllten, und traten zurück. Stresa stieg munter über das heruntergefallene Netz und eilte an ihnen vorbei auf festen Untergrund. Er spreizte seine Stacheln und schüttelte sich heftig. Sowohl Wren als auch Garth wichen bei seiner plötzlichen Bewegung zurück, aber es flogen ihnen keine Stacheln entgegen. Der Stachelkater schüttelte nur die Reste des Netzes von sich, die an seinem Körper klebten. Er begann sich zu putzen und hielt erst inne, als er sich daran erinnerte, daß sie ihn beobachteten.

»Danke«, sagte er mit seiner leisen, ruhigen Stimme. »Wenn ihr mich nicht befreit hättet, wäre ich gestorben. Grrrrrr. Der Wisteron hätte mich gefressen.«

»Der Wisteron?« fragte Wren.

Der Stachelkater legte seine Stacheln an und überhörte ihre Frage. »Ihr solltet selbst auch längst schon tot sein«, erklärte er. Das Katzengesicht legte sich erneut in Falten. »Pfffft!« fauchte er. »Entweder hattet ihr großes Glück, oder ihr besitzt den Schutz der Magie. Was ist es?«

Wren zögerte einen Moment, bevor sie antwortete. »Du hast versprochen, meine Fragen zu beantworten, Stresa. Erzähle mir von den Elfen.«

Der Stachelkater kauerte sich zusammen und setzte sich. Er war größer, als er in der Falle gewirkt hatte, wirklich eher so groß wie ein Hund als wie eine Katze oder ein Stachelschwein, wonach er sonst aussah. »Die Elfen«, sagte er, und das Grollen mischte sich wieder in seine Stimme, »leben landeinwärts, hoch oben auf den Hängen des Killeshan in der Stadt Arborlon – grrrrr –, da halten die Dämonen sie gefangen.«

»Dämonen?« fragte Wren und dachte sofort an jene, die vom Ellcrys im Schrecklichen eingeschlossen worden waren. Sie waren zu Zeiten Will Ohmsfords schon einmal ausgebrochen. War das wieder geschehen? »Wie sehen diese Dämonen aus?« fragte sie gepreßt.

»Ssssttt! Wie viele verschiedene Wesen. Welchen Unterschied macht das? Der Punkt ist der, daß die Elfen sie gemacht haben und sie jetzt nicht wieder loswerden können. Pfffft! Zu schlimm für die Elfen. Die Magie des Keel versagt allmählich. Es wird nicht lange dauern, bis alles vorbei ist.«

Der Stachelkater wartete, während Wren die Neuigkeiten zu verarbeiten suchte. Es gab noch immer zu vieles, was sie nicht verstand. »Die Elfen haben die Dämonen *gemacht*?« wiederholte sie verwirrt.

»Vor Jahren. Als sie es nicht besser wußten.«

»Aber... woraus haben sie sie denn gemacht?«

Stresas Zunge fuhr heraus, dunkel violett vor seinem braunen Gesicht. »Warum seid ihr überhaupt hierher gekommen – grrrrr? Warum sucht ihr nach den Elfen?«

Wren spürte Garths Hand auf ihrer Schulter, die sie mahnte, daß Vorsicht geboten sei. Sie wandte sich um und sah, daß er in den Dschungel zeigte.

»Hssttt, ja, ich höre es auch«, verkündete Stresa und erhob sich eilig. »Der Wisteron. Er beginnt seine Jagd. Als erstes wird er seine Fallen nach Nahrung untersuchen. Wir müssen schnell von hier fort. Wenn er erst einmal entdeckt hat, daß ich entkommen bin, wird er mich suchen.« Der Stachelkater schüttelte seine Stacheln. »Da ihr euren Weg anscheinend nicht kennt, solltet ihr mir lieber folgen.«

Er lief sofort los. Wren beeilte sich, Schritt zu halten, Garth folgte. »Warte einen Moment! Welche Art Lebewesen ist dieser Wisteron?« fragte sie.

»Es ist besser für euch, wenn ihr es niemals erfahrt«, erwiderte Stresa geheimnisvoll, und alle seine Stacheln standen hoch. »Dieser Sumpf wird der In Ju genannt. Der Wisteron hat hier seine Heimat. Der In Ju erstreckt sich ganz zum Blackledge – und das ist ein riesiges Gebiet. Phffffft.«

Er watschelte davon und bewegte sich dabei weitaus schneller, als Wren erwartet hatte. »Ich verstehe immer noch nicht, wieso du soviel über die Elfen weißt«, sagte sie und hastete hinter ihm her. »Oder wie es kommt, daß du überhaupt sprechen kannst. Kann alles auf Morrowindl sprechen?«

Stresa schaute zurück. Sein Katzenblick war scharf und wissend. »Rrraaaaa – habe ich vergessen, dir das zu sagen? Der Grund dafür, daß ich sprechen kann, ist der, daß die Elfen auch mich gemacht haben. Hssssstt.« Der Stachelkater wandte sich ab. »Genug gefragt im Moment. Es ist besser, wenn wir eine Weile ruhig sind.«

Er lief schnell in den Wald, so leise wie Rauch, so daß Wren und Garth nichts anderes blieb, als ihm zu folgen, während er über ihre Verwirrung und ihren Unglauben nachdachte.

7

Sie flohen eilig und leise durch den In Ju. Der Stachelkater führte sie. Sein bräunlicher Körper watschelte vor ihnen durch Gebüsch und Gräser, unter Dornengestrüpp hindurch und über Baumstämme, als sei alles dasselbe, ein einziges Hindernis, das zu überwinden jeweils denselben Kraftaufwand erforderte. Wren und Garth folgten, wobei sie gezwungen waren, den schwierigeren Boden zu umgehen, ihren Weg sorgfältiger zu wählen und den Boden zu prüfen, bevor sie darauf traten. Es gelang ihnen nur, Schritt zu halten, weil Stresa geistesgegenwärtig genug war, sich hin und wieder nach ihnen umzusehen und zu warten, bis sie aufgeschlossen hatten.

Keiner von ihnen sprach, während sie vorwärts eilten, aber sie alle lauschten sorgfältig darauf, ob Geräusche verrieten, daß der Wisteron sie verfolgte.

Der Dschungel wurde dunkler, und überall tauchten Spinnweben auf. Viele erwiesen sich als Überbleibsel von Fallen, die schon vor langer Zeit zerrissen oder zerfallen waren, aber genauso viele bildeten Auslöser für Netze, die zwischen den Baumspitzen, über das Gestrüpp und sogar über Vertiefungen im Boden gespannt waren. Die Spinnweben waren durchsichtig und unsichtbar, außer dort, wo sie an Blättern oder Erde hafteten und Farbe oder Umriß bekamen, und selbst dann waren sie nur schwer zu entdecken. Wren gab es bald auf, nach etwas anderem zu suchen, sondern konzentrierte sich ausschließlich auf die gefährlichen Netze. Eine Spinne kann sicher Netze wie diese spinnen, dachte sie bei sich, und stellte sich den Wisteron in Gedanken als solche vor.

Ihre Flucht dauerte erst wenige Minuten, als sie ihn schließlich herannahen hörte. Das Geräusch drang deutlich bis zu ihnen – Gestrüpp und Buschwerk zerbrach, Zweige von Bäumen schnellten zurück, Rinde kratzte, und Wasser platschte und schäumte. Der Wisteron war groß, und er machte keine Anstalten, sein Kommen zu verbergen. Es klang, als walze ein Moloch unerbittlich und unentrinnbar alles nieder. Der In Ju erinnerte an eine gewaltige, grüne Kathedrale, der ihre Stille ausgetrieben worden war. Wren war plötzlich sehr ängstlich.

Sie passierten eine ausgedehnte Lichtung, auf der sich ein See gebildet hatte, der sie zum Richtungswechsel zwang. Nach einem Moment des Zögerns gingen sie unmittelbar an einer niedrigen Bodenwelle entlang, auf der eine dichte Dornenhecke wuchs. Stresa bohrte sich hindurch, ohne die Stacheln zu bemerken. Wren und Garth folgten, wobei sie tapfer die Kratzer und Schnitte ignorierten, die sie sich zuzogen, denn die Geräusche des Wisteron hinter ihnen begannen lauter zu werden.

Dann plötzlich verschwanden alle Geräusche.

Stresa blieb sofort stehen und gefror an seinem Platz. Die Fahrenden taten es ihm gleich. Wren lauschte bewegungslos. Garth legte seine Hände auf die Erde. Alles war ruhig. Die Bäume ragten über ihnen auf, ohne daß sich ein Blatt regte, das diesige Halblicht wirkte wie ein Vorhang aus Gaze. Das einzige Geräusch war ein Rascheln des Windes… obwohl es nicht windig war. Wren fror. Die Luft war so ruhig wie der Tod. Sie schaute schnell zu Stresa. Der Stachelkater schaute aufwärts.

Der Wisteron bewegte sich zwischen den Bäumen hindurch.

Garth stand wieder aufrecht und hatte sein langes Messer gezogen. Wren suchte den Baldachin aus Blättern und Zweigen über sich in dem wilden und nutzlosen Versuch ab, etwas zu erkennen. Das Rascheln war näher und erkennbar, nicht mehr nur das Flüstern des Windes in den Blättern, sondern die Bewegung von etwas Großem.

Stresa begann zu laufen. Er sah aus wie ein seltsam geformter Klumpen stacheliger Erde, der auf ein Wäldchen mit Koaakazien zustrebte, irgendwie lautlos, aber auch wild. Wren und Garth folgten ihm unaufgefordert und fraglos. Wren schwitzte heftig unter ihrer Kleidung, und ihr Körper schmerzte von der Anstrengung, sich ruhig zu verhalten. Sie ging geduckt vorwärts und hatte jetzt Angst, zurückzuschauen, hinaufzuschauen oder irgendwo anders hinzuschauen als vorwärts, wo der Stachelkater vorwärts eilte. Das Rascheln von Blättern summte in ihren Ohren. Laut war das Zurückschnappen von Zweigen zu hören. Vögel schossen durch den Wald wie plötzliche Farbflecke und Bewegungen unter einem Baldachin und waren im Handumdrehen verschwunden. Der Dschungel schimmerte feucht und kalt um sie herum, ein stiller Ort, wo nur sie sich bewegten. Die Koaakazien erhoben sich über ihnen, massive Stämme mit meterlangen, moosigen Weinranken, große, ehrwürdige Giganten, die schon vor sehr langer Zeit Wurzeln geschlagen hatten.

Wren schrak unvermittelt zusammen. An ihrer Brust hatten die Elfensteine im Verborgenen zu brennen begonnen.

Nicht schon wieder, dachte sie verzweifelt, *ich werde die Magie nicht schon wieder gebrauchen*, aber sie wußte im selben Moment, in dem sie das dachte, daß sie es doch tun würde.

Sie erreichten den Schutz der Koaakazien, drängten sich hastig weiter hinein, hinunter in einen Saal, der aus Baumstämmen und Schatten gebildet wurde. Wren schaute hinauf und suchte nach Fallen. Es waren keine zu sehen. Sie beobachtete, wie Stresa in eine bestimmte Richtung auf eine Ansammlung von Gestrüpp zueilte und hineindrängte. Garth und sie folgten, wobei sie gebeugt gehen mußten, um einen Weg zwischen den Zweigen zu finden, und trugen ihre Bündel auf dem Rücken, die sie fest umklammerten, um kein Geräusch zu machen.

Zusammengekauert in der Dunkelheit und schwer atmend knieten sie auf dem Dschungelboden und warteten. Die Minuten verstrichen. Die belaubten Zweige ihres Schutzraumes dämpften alle Geräusche von außen, so daß sie das Rascheln nicht mehr hören konnten. Es war eng in ihrem Versteck, und der Geruch von vermodertem Holz stieg von der Erde auf. Wren fühlte sich gefangen. Es wäre besser, draußen im Freien zu sein, wo sie davonlaufen konnten, wo sie etwas sehen konnten. Sie spürte den plötzlichen Drang, sofort aufzuspringen. Dann aber sah sie Garth an, sah die Ruhe auf dem Gesicht des großen Mannes und blieb. Stresa hatte sich zum Eingang zurückgezogen, flach auf die Erde gedrückt, den Kopf keck hervorgestreckt, die kurzen Katzenohren aufgerichtet.

Wren kauerte sich neben das Wesen und spähte hinaus.

Die Stacheln des Stachelkaters sträubten sich.

Im gleichen Augenblick sah sie den Wisteron. Er war noch immer in den Bäumen, so weit von der Stelle entfernt, an der sie sich versteckt hatten, daß er kaum mehr war als ein Schatten vor der Wand aus Vog. Dennoch war kein Irrtum möglich. Er kroch durch die Zweige wie ein riesiger Geist... Nein, verbesserte sie sich. Er kroch nicht. Er pirschte sich an. Nicht wie eine Katze, sondern wie etwas weitaus Überzeugteres, weitaus Entschlosseneres. Er stahl auf seinem Weg das Leben aus der Luft, er war ein

Schatten, der Geräusche und Bewegungen verschlang. Er hatte vier Beine und einen Schwanz, und er benutzte alle fünf, um die Zweige der Bäume zu ergreifen und sich vorwärts zu hangeln. Er war vielleicht einmal ein Säugetier gewesen, und er sah noch immer so aus. Aber er bewegte sich wie ein Insekt. Er war völlig mißgebildet und verformt, die Teile seines Körpers hingen wie riesige Greifzangen an ihm und erlaubten es ihm offenbar, frei in jede Richtung zu schwingen. Er war glatthaarig und sehnig und noch viel bizarrer als das Wolfswesen, das ihnen aus Grimpen Ward heraus gefolgt war.

Der Wisteron blieb stehen und wandte sich um.

Wren stockte der Atem, und sie hielt ihn mit erschreckender Entschlossenheit an. Der Wisteron hing freischwebend vor dem Grau, ein riesiger, angsteinflößender Schatten. Dann schwang er sich plötzlich davon. Er schwang an ihr vorbei wie das Versprechen ihres eigenen Todes, eine Andeutung nur, die sie neckte und leise Drohungen flüsterte. Jedoch sah er sie nicht und wurde nicht langsamer. An diesem Nachmittag war er auf andere Opfer aus.

Und dann war er fort.

Nach einiger Zeit verließen sie ihr Versteck, um weiterzuziehen. Sie waren aufgewühlt und verschreckt und setzten eigentlich nur deshalb ihren Weg fort, weil es sein mußte, wenn sie den In Ju jemals hinter sich lassen wollten. Dennoch hatten sie dieses Ziel noch nicht erreicht, als die Dunkelheit hereinbrach. Daher verbrachten sie die Nacht im Sumpf. Stresa fand eine große Höhle im Stamm eines toten Banyan, und die Fahrenden krochen auf Drängen des Stachelkaters widerwillig hinein. Sie hätten auf eine derartige Enge gern verzichtet, aber es war besser, als draußen im Freien zu schlafen, wo sich die Wesen des Sumpfes an sie heranschleichen konnten. Auf jeden Fall war es in dem Baumstamm trocken, und die Kälte der Nacht war weniger durchdringend. Die beiden Fahrenden hüllten sich in ihre schweren Umhänge und saßen vor der Öffnung. Sie starrten hinaus in die undurchdringliche Dunkelheit, rochen Fäulnis und Schimmel und Feuchtigkeit und beobachteten, wie die Schatten vorbeihuschten, die ständig gegenwärtig waren.

»Was ist das nur, was sich da draußen bewegt?« fragte Wren Stresa schließlich. Sie konnte ihre Neugier nicht länger bezähmen. Sie hatten gerade ihre Mahlzeit beendet. Der Stachelkater schien fast alles verschlingen zu können – Käse, Brot und getrocknetes Fleisch, das sie mit sich trugen, genauso wie die Maden und Insekten, die er für sich selbst aufstöberte. Im Moment saß er dicht neben der Öffnung des Banyan und kaute auf einer Wurzel.

Er schaute alarmiert auf. »Da draußen?« wiederholte er. Die Worte kamen so heiser hervor, daß Wren sie kaum verstehen konnte. »Grrrssst. Nicht viel, wirklich. Einige häßliche, kleine Lebewesen, die unter anderen Umständen nicht wagen würden, ihr Gesicht zu zeigen. Jetzt schleichen sie herum – hhhrrgg –, weil alle wirklich gefährlichen Wesen – außer dem wwwssst Wisteron – vor Arborlon sind und darauf warten, daß der Keel weiter seine Macht verliert.«

»Erzähl mir vom Keel«, drängte sie. Ihre Finger übersetzten die Worte des Stachelkaters für Garth.

Stresa legte die Wurzel beiseite. Das Schnurren war wieder in seiner rauhen Stimme hörbar. »Der Keel ist die Mauer, die die Stadt umgibt. Sie wurde aus Magie gemacht, und die Magie hält die Dämonen fern. Hggghhhh. Aber die Magie wird schwächer, und die Dämonen werden stärker. Selbst die Elfen scheinen nicht in der Lage zu sein, etwas dagegen zu unternehmen.« Der Stachelkater machte eine Pause. »Wie hast du von den Dämonen erfahren? Hssttt. Wie ist dein Name doch gleich? Grrllwren? Wren? Wer hat euch von Morrowindl erzählt?«

Wren lehnte sich an den Stamm des Banyan zurück. »Das ist eine lange Geschichte, Stresa. Ein Flugreiter hat uns hergebracht. Er war derjenige, der uns vor den Dämonen gewarnt hat. Allerdings hat er sie Monster genannt. Weißt du etwas über Flugreiter?«

»Ssttpfft! Die Elfen mit den Riesenvögeln – ja, ich weiß. Sie pflegten hierher zu kommen. Jetzt nicht mehr. Wenn sie jetzt landen, warten die Dämonen. Sie ziehen sie herab und töten sie. Fffftt – das geht ganz schnell. Das wäre auch mit euch geschehen, wenn sie nicht alle vor Arborlon wären – oder zumindest die meisten. Der Wisteron kümmert sich allerdings nicht um solche Dinge.«

Arborlon war die Heimat der Elfen gewesen, dachte Wren, als sie noch im Westland gelebt hatten. Es verschwand, als sie damals verschwanden. Hatten sie es auf Morrowindl neu erbaut? Was hatten sie mit dem Ellcrys gemacht? Hatten sie ihn mitgenommen? Oder war er ein weiteres Mal abgestorben wie zu Zeiten Will Ohmsfords? Gab es darum die Dämonen auf Morrowindl?

»Wie weit sind wir von der Stadt entfernt?« fragte sie und drängte damit ihre Grübeleien beiseite.

»Es ist noch ein langer Weg«, erklärte Stresa. »Der In Ju geht in eine Bergwand über, die Blackledge genannt wird und sich quer durch das südliche Ende der Insel zieht. Dahinter liegt ein Tal, durch das der Rowen fließt. Rrwwwn. Jenseits des Tales liegt Arborlon hoch oben auf einer Klippe unterhalb des Kraters des Killeshan. Wollt ihr etwa dorthin gelangen?«

Wren nickte.

»Ppffahh. Warum, um alles in der Welt?«

»Um die Elfen zu finden«, antwortete Wren. »Ich habe einen Auftrag. Ich soll ihnen eine Botschaft überbringen.«

Stresa schüttelte den Kopf und richtete seine Stacheln einige Zentimeter auf. »Ich hoffe nur, daß die Botschaft wichtig ist. Ich kann nicht verstehen, wie du es jemals schaffen willst, sie zu überbringen, während die Dämonen rund um die Stadt lauern – wenn es die Stadt überhaupt noch gibt. Ssstt.«

»Wir werden einen Weg finden.« Wren wollte das Thema wechseln. »Du hast vorhin erzählt, daß die Elfen dich erschaffen haben, Stresa. Wie auch die Dämonen. Aber du hast nicht erklärt, wie.«

Der Stachelkater warf ihr einen ungeduldigen Blick zu. »Durch Magie natürlich«, knirschte er. »Hrrrwwll! Mit Elfenmagie kannst du fast alles tun. Ich war einer der ersten, lange bevor sie sich für die Dämonen oder einen der anderen entschieden haben. Das war vor fast fünfzig Jahren. Stachelkater leben lange. Sspppttt. Sie haben mich geschaffen, um die Höfe zu bewachen und Aasfresser und Ähnliches fernzuhalten. Ich war sehr gut darin. Wir alle waren das. Pffft. Wir konnten fern vom Land leben, brauchten sehr wenig Pflege und konnten wochenlang draußen bleiben. Aber dann kamen die Dämonen und töteten die meisten von uns, und die Höfe wurden nutzlos und verschwanden, und das war's. Wir waren uns selbst überlassen – grrrsssst –, was nicht so schlimm war, weil wir zu dem Zeitpunkt schon ziemlich daran gewöhnt waren. Wir konnten allein überleben. Tatsächlich war es besser so. Ich würde es hassen, in dieser Stadt eingeschlossen zu sein – hssstt –, eingeschlossen von Dämonen.« Der Stachelkater knurrte leise. »Ich hasse es, überhaupt daran zu denken.«

Wren versuchte noch immer herauszufinden, was die Elfen taten, wenn sie die Magie jetzt wieder benutzten. Woher war die Magie gekommen? Sie hatten sie nicht zur Verfügung gehabt, als sie im Westland lebten. Sie hatten sie nicht mehr gehabt seit der Zeit der Feen und im Westland nur ihre Heilkräfte besessen. Die wahre Magie war jahrelang verloren gewesen. Jetzt hatten sie sie irgendwie zurückbekommen. Und so viel davon, wie es schien, daß sie Dämonen schaffen konnten. Oder hatten sie sie damit herbeigerufen? Eine unheilvolle Wahl, wenn es überhaupt eine gab. Was konnte die Elfen dazu bewogen haben, so etwas zu tun?

Sie fragte sich plötzlich, was ihre Eltern mit alldem zu tun hatten. Waren sie beteiligt am Gebrauch der Magie? Wenn es so war, warum hatten sie dann die Elfensteine ihr gegeben – die mächtigste Magie überhaupt?

»Wenn die Elfen ... diese Dämonen mit ihrer Magie erschaffen haben, warum können sie sie denn jetzt nicht vernichten?« fragte sie, denn sie war noch immer neugierig darauf, woher diese sogenannten Dämonen gekommen waren und ob es überhaupt richtige Dämonen waren. »Warum können sie ihre Magie nicht dazu benutzen, sich selbst zu befreien?«

Stresa schüttelte den Kopf und nahm die Wurzel wieder auf. »Ich habe keine Ahnung. Niemand hat es mir bisher erklärt. Ich gehe niemals in die Stadt. Ich habe seit Jahren mit keinem Elf gesprochen. Du hast Elfenzüge, aber dein Freund ist etwas völlig anderes.«

»Er ist ein Mensch«, sagte sie.

»Ssspttt. Wenn du es sagst. Ich habe noch nie jemanden wie ihn gesehen. Woher kommt er?«

Wren erkannte auf einmal, daß Stresa wahrscheinlich nicht wußte, daß es dort draußen noch andere Lebewesen als Elfen und Flugreiter gab und andere Orte als die Inseln.

»Wir kommen beide aus dem Westland, das Teil der Vier Länder ist. Und von dort kamen all die Elfen vor Jahren hierher. Es gibt eine Menge verschiedener Leute dort. Garth und ich sind nur eine Art davon.«

Stresa betrachtete sie nachdenklich. Sein stacheliger Körper zog sich zusammen, als er seine Beine zusammenkniff. »Wenn du die Elfen gefunden – grrrrrr – und deine Botschaft überbracht hast, was wirst du dann tun? Wirst du dahin zurückgehen, woher du gekommen bist?«

Wren nickte.

»Das Westland, hast du es genannt. Ist das so etwas wie – grrrrrr – Morrowindl?«

»Nein, Stresa. Obwohl es auch dort gefährliche Dinge gibt. Dennoch ist das Westland überhaupt nicht wie Morrowindl.« Aber im selben Moment, in dem sie diesen Satz beendete, dachte sie: *Immerhin nicht ganz, aber wie lange noch, wenn die Schattenwesen an Macht gewinnen?*

Der Stachelkater kaute einen Moment auf der Wurzel und bemerkte dann: »Pffft. Ich glaube nicht, daß du allein nach Arborlon gelangen kannst.« Seine seltsamen, blauen Augen sahen Wren unverwandt an.

»Nein?« erwiderte sie.

»Pft, pft. Ich sehe nicht, wie. Du hast keine Vorstellung davon, wie du den Blackledge bewältigen kannst. Was auch immer geschieht, du mußt den – grrrrrr – Harrow und die Draculs meiden. Unten im Tal sind die Zurückgekehrten. Das sind die schlimmsten Dämonen. Es gibt auch Dutzende anderer. Ssspht. Wenn sie dich erst einmal entdecken...«

Der stachelige Körper sträubte sich bedeutungsvoll und glättete sich wieder. Wren wollte auch nach den Draculs und den Zurückgekehrten fragen. Statt dessen sah sie Garth an, um seine Meinung zu erfahren. Garth zuckte nur die Achseln, um auszudrücken, daß es ihm egal war. Er war daran gewöhnt, seinen eigenen Weg zu finden.

»Nun, was schlägst du vor? Was sollen wir tun?« fragte sie den Stachelkater.

Die Augen zwinkerten. Das Schnurren drang wieder aus der Kehle des merkwürdigen Wesens. »Ich würde einen Handel vorschlagen. Ich werde dich zur Stadt führen. Und wenn du an den Dämonen vorbei gelangst, deine Botschaft überbringst und wieder herauskommst, werde ich dich zurückführen. Dafür nimmst du mich mit dir, wenn du die Insel verläßt.«

Wren runzelte die Stirn. »Ins Westland? Willst du Morrowindl verlassen?«

Der Stachelkater nickte. »Sppppttt. Es gefällt mir hier nicht mehr sonderlich. Daraus kann mir wirklich niemand einen Vorwurf machen. Ich habe lange Zeit durch Tricks und Erfahrung und Instinkt überlebt, aber hauptsächlich auch durch Glück. Heute hat mein Glück ein Ende gefunden. Wenn ihr nicht zufällig vorbeigekommen wäret, wäre ich jetzt tot. Ich habe dieses Leben satt. Ich möchte wieder so leben wie früher. Vielleicht kann ich das dort, wo ihr lebt.«

Vielleicht, dachte Wren. Vielleicht auch nicht.

Sie sah Garth an. Die Finger des großen Mannes bewegten sich schnell. *Wir wissen nichts über dieses Wesen. Sei vorsichtig bei deiner Entscheidung.*

Wren nickte. Typisch Garth. Er irrte sich natürlich – denn eines wußten sie, der Stachelkater hatte sie so gewiß vor dem Wisteron gerettet, wie sie ihn gerettet hatten. Und vielleicht würde er sich als nützlich erweisen, wenn er mitreiste, besonders da er die Gefahren von Morrowindl weitaus besser kannte als sie. Daß sie ihn mitnahmen, wenn sie die Insel verließen, war ein ziemlich kleiner Beitrag zu diesem Handel.

Es sei denn, Garths Vorbehalte würden sich als richtig erweisen und der Stachelkater spielte nur sein Spiel mit ihnen.

Vertraue niemandem, hatte die Addershag sie gewarnt.

Sie zögerte einen Moment und überdachte die Angelegenheit. Dann tat sie die Warnung mit einem Achselzucken ab. »Ich gehe auf den Handel ein«, verkündete sie abrupt. »Ich denke, es ist eine gute Idee.«

Der Stachelkater spreizte mit Schwung seine Stacheln. »Grrrrrr. Ich habe mir schon gedacht, daß du darauf eingehen würdest«, sagte er und gähnte. Dann streckte er sich in voller Länge aus und legte seinen Kopf bequem auf seine Pfoten. »Berühre mich bloß nicht, wenn ich schlafe«, riet er. »Wenn du es tust, wirst du mit einem Gesicht voller Stacheln enden. Es wäre schlimm für mich, wenn unsere Partnerschaft auf diese Weise enden würde. Phffft.«

Noch bevor Wren diese Warnung an Garth weitergegeben hatte, waren Stresas Augen bereits geschlossen, und der Stachelkater war eingeschlafen.

Wren übernahm die Frühwache und schlief dann tief und fest bis zur Dämmerung. Sie erwachte durch Geräusche, die Stresa verursachte – das Rascheln der Stacheln, das Kratzen von Klauen auf Holz. Sie erhob sich verwirrt und mit trockenen und wunden Augen. Sie fühlte sich schwach und elend, aber sie ignorierte ihr Unwohlsein, während Garth ihr zu trinken gab und etwas Brot anbot. Ihr Nahrungsvorrat nahm rapide ab, wie sie wußte. Vieles davon war einfach schlecht geworden. Sie würden sich bald Nahrung beschaffen müssen. Sie hoffte, daß Stresa trotz seiner eigenartigen Ernährungsgewohnheiten ihnen bei der Auswahl dessen, was genießbar war, vielleicht helfen konnte. Sie kaute auf einem Bissen Brot und spuckte es dann wieder aus. Es schmeckte schimmelig.

Stresa watschelte nach draußen, und die Fahrenden folgten ihm, indem sie aus dem hohlen Baumstamm krochen und mit verkrampften und schmerzenden Muskeln langsam auf die Füße kamen. Der Tag begann mit verschwommen grauem Nebel, der durch die Baumwipfel sickerte und kaum imstande war, die darunter liegende Dunkelheit zu durchdringen. Vog wirbelte durch den Dschungel wie Suppe, die in einem Kochtopf umgerührt wird, aber die Luft am Boden war still und leblos. Unbekannte Wesen bewegten sich durch das übelriechende Wasser des Sumpfes und der Senkgruben und auf dem toten Holz entlang, das darüber führte, ein träger Wechsel von Umrissen und Formen vor der Dunkelheit. Geräusche erklangen gedämpft aus den Schatten und hingen herausfordernd wartend in der Luft.

Sie begannen ihren Weg durch das Halbdunkel, Stresa voran, eine watschelnde, rollende Masse von Stacheln. Sie kamen in den Morgenstunden langsam, aber stetig voran, wobei der Vog sie bei jeder Bewegung einhüllte. Er war wie ein farbloser, feuchter Überzug und roch nach Tod. Das Licht erhellte sich von Grau zu Silber, blieb aber schwach und unbestimmt, während es über die Umrisse der Bäume waberte. Fäden des Netzes des Wisteron waren um Zweige und Weinranken gewunden, und überall warteten Fallen darauf, zuzuschnappen. Das Monster selbst erschien nicht, aber man konnte seine Gegenwart in der Stille fühlen, die über allem lag.

Wrens Unbehagen steigerte sich, während der Tag voranschritt. Sie fühlte sich jetzt sehr unwohl und begann zu schwitzen. Manchmal konnte sie nicht mehr klar sehen. Sie wußte, daß ein Fieber sie quälte, aber sie sagte sich, es werde wohl vergehen. Sie ging weiter und sagte nichts.

Der Dschungel lichtete sich erst kurz nach Mittag. Der Boden wurde wieder fest, der Sumpf versank in der Erde, und das

Gewölbe der Bäume öffnete sich. Licht drang tapfer hier und dort durch plötzliche Risse in der Vogwand. Die Stille wich einem unergründlichen Summen und Knacken. Stresa murmelte etwas, aber Wren konnte nicht verstehen, was es war. Sie konnte ihre Gedanken schon seit einiger Zeit nicht mehr auf irgend etwas konzentrieren, und ihr Blick war so umwölkt, daß sogar der Stachelkater und Garth für sie nur noch Schatten waren. In dem Bewußtsein, daß jemand zu ihr sprach, blieb sie stehen und wandte sich um, um herauszufinden, wer es war. Und dann brach sie zusammen.

Sie erinnerte sich später kaum an das, was danach geschah. Sie wurde kurze Zeit getragen und war sich dieser Bewegung kaum bewußt, denn sie war von einer Fühllosigkeit befallen, die sie zu ersticken drohte. Das Fieber brannte durch ihren Körper, und sie wußte noch, daß sie es nicht einfach so abschütteln konnte. Sie schlief ein, wachte wieder auf, um zu erkennen, daß sie in Dekken eingehüllt dalag, und schlief sofort wieder ein. Sie wachte davon auf, daß sie um sich schlug. Garth hielt sie fest und flößte ihr etwas Bitteres und Dickflüssiges ein. Sie würgte es heraus und mußte erneut davon trinken. Sie hörte Stresa etwas von Wasser sagen, spürte ein kühles Tuch auf ihrer Stirn und schlief erneut ein.

Dieses Mal träumte sie. Tiger Ty war da, stand neben Stresa, und beide schauten gemeinsam auf sie herab, der rauhe und schroffe Flugreiter und der scharfäugige Stachelkater. Sie sprachen mit ähnlichen Stimmen, beide rauh und kehlig, und kommentierten, was sie sahen. Sie sprachen von Dingen, die sie zunächst nicht verstand, und dann schließlich von ihr. Sie besaß die Magie, sagten sie zueinander. Es war klar, daß sie sie besaß. Dennoch weigerte sie sich, das anzuerkennen, und verbarg diese Gabe wie einen Makel, wobei sie vorgab, es gebe sie nicht und sie brauche sie nicht. Närrisch, sagten sie. Die Magie sei alles, was sie habe. Die Magie sei das einzige, dem sie vertrauen könne.

Sie erwachte widerwillig. Ihr Körper war wieder kühl, und das Fieber war gewichen. Sie war schwach und so durstig, als sei alle

Flüssigkeit aus ihrem Körper fortgeschwemmt worden. Sie schob die Decken zur Seite, in die sie eingewickelt gewesen war, und versuchte aufzustehen. Aber Garth war sofort da und drückte sie wieder hinunter. Er hielt ihr einen Becher an die Lippen. Sie trank ein paar Schlucke – das war alles, was sie zustande bringen konnte – und legte sich zurück. Ihre Augen fielen wieder zu.

Als sie das nächste Mal erwachte, war es dunkel. Sie fühlte sich jetzt stärker. Ihre Sicht war ungetrübt und ihr Empfinden für alles, was um sie herum geschah, klar und sicher. Lebhaft richtete sie sich auf einen Ellenbogen auf und stellte fest, daß Garth ihr in die Augen sah. Er saß mit gekreuzten Beinen neben ihr. Sein dunkles, bärtiges Gesicht war zerknittert und überanstrengt von mangelndem Schlaf. Sie sah an ihm vorbei zu Stresa hinüber, der zu einer Kugel zusammengerollt dalag, und schaute dann wieder zu Garth.

Geht es dir besser? signalisierte er.

»Ja«, antwortete sie. »Das Fieber ist vorbei.«

Er nickte. *Du hast fast zwei Tage lang geschlafen.*

»So lange? Das habe ich nicht gemerkt. Wo sind wir?«

Am Fuße des Blackledge. Er gestikulierte in der Dunkelheit. *Wir haben den In Ju verlassen, nachdem du zusammengebrochen warst, und haben hier unser Lager errichtet. Der Stachelkater erkannte, welche Krankheit dich befallen hatte, und fand eine Wurzel, die sie heilen konnte. Ich glaube, daß du ohne seine Hilfe vielleicht gestorben wärest.*

Sie grinste schwach. »Ich habe dir gesagt, daß es eine gute Idee sein könnte, ihn mitzunehmen.«

Schlaf weiter. Es sind noch ein paar Stunden bis zur Dämmerung. Wenn es dir dann gut genug geht, werden wir weiterziehen.

Sie legte sich gehorsam zurück und dachte daran, daß Garth die ganze Zeit, in der sie krank gewesen war, allein Wache gehalten haben mußte und daß Stresa sich sicherlich nicht darum gekümmert hatte, da er wohlig im Schutz seines eigenen Panzers steckte. Ein Gefühl der Dankbarkeit erfüllte sie. Garth war immer für sie da. Sie beschloß, daß ihr riesiger Freund den Schlaf, den er brauchte, bekommen sollte, wenn die Nacht erneut hereinbrach.

Sie schlief gut und wachte erholt auf. Jetzt war sie begierig, ihre Reise wieder aufzunehmen. Sie wechselte die Kleidung, obwohl nichts, was sie bei sich trug, jetzt noch sauber war, wusch sich und frühstückte. Auf Garths Drängen hin nahm sie sich einige Augenblicke Zeit, um ihre Muskeln zu trainieren und um ihre Kräfte zu prüfen für das, was vor ihnen lag. Stresa schaute zu, abwechselnd neugierig und unbeteiligt. Sie unterbrach ihre Übungen einen Moment, um dem Stachelkater für seine Hilfe bei der Bekämpfung des Fiebers zu danken. Er behauptete, nicht zu wissen, wovon sie sprach. Die Wurzel, die er für sie besorgt habe, habe ihr lediglich zu Schlaf verholfen. Was sie gerettet habe, sei ihre Elfenmagie, knurrte er, breitete seine Stacheln aus und walzte davon, um Nahrung zu suchen.

Sie brauchten diesen ganzen Tag und den größten Teil des nächsten, um den Blackledge zu erklimmen, und sie hätten ohne Stresa noch viel länger gebraucht – wenn sie es jemals wirklich geschafft hätten. Der Blackledge war eine turmhohe Mauer aus Felsgestein, die sich um den Südhang des Killeshan zog. Sie lag auf halber Höhe des Hanges und schien sich gebildet zu haben, als ein Teil des Vulkans abgesprengt worden und dann mehrere tausend Fuß tief in den Dschungel gestürzt war. Die Bruchstelle der Klippe, die einst glatt gewesen sein mußte, war über die Jahre abgetragen, ausgehöhlt und uneben geworden und dicht mit Gestrüpp und Weinranken bewachsen. Es gab nur wenige Stellen, an denen man den Blackledge überwinden konnte, und Stresa kannte sie alle. Der Stachelkater wählte einen Abschnitt der Klippe, an dem sich die Felswand geteilt hatte und sich ein Riß aufgetan hatte, der nur knapp tausend Fuß über dem Dschungelboden lag. In dem Riß gab es einen Paß, der hinüber ins Tal verlief. Dort würden sie die Elfen jenseits des Rowen finden, verkündete Stresa.

Entschlossen führte er sie hinauf.

Der Aufstieg war hart. Sie kamen nur langsam voran, und der Weg schien endlos. Es gab keine Pässe oder Pfade. Es gab tatsächlich sehr wenige Stellen, die überhaupt irgendeine Art von Trittfläche boten, wobei auch davon keine mehr als ein kurzes Aufsetzen erlaubte. Das Lavagestein war messerscharf unter ihren Händen und Füßen und konnte ohne Vorwarnung abbröckeln. Die Fahrenden trugen schwere Handschuhe und Umhänge, um ihre Haut zu schützen und vor Spinnenbissen und Skorpionstichen sicher zu sein. Der Vog rollte die Vorderseite des Felsens hinab, als sei er vom Rand herabgegossen worden, dicht und übelriechend durch Schwefel und Ruß. Fast alles, was auf dem Felsen wuchs, war dornig und zäh und mußte beseitigt werden. Jeder Zentimeter des Aufstiegs war ein Kampf, der alle ihre Kräfte forderte. Wren hatte sich ausgeruht gefühlt, als sie den Aufstieg begonnen hatten. Es war noch nicht einmal Mittag, als sie bereits wieder erschöpft war. Selbst Garths unglaubliche Zähigkeit war schnell verbraucht.

Stresa hatte diese Probleme nicht. Der Stachelkater war unermüdlich und watschelte die Vorderseite der Klippe mit langsamem, aber stetigem Schritt hinauf. Seine mächtigen Klauen fanden ausreichenden Halt, bohrten sich in den Fels und zogen den wuchtigen Körper voran. Spinnen und Skorpione schienen Stresa nicht zu stören. Wenn sie nahe genug herankamen, fraß er sie einfach auf. Er führte sie, wobei er die Punkte suchte, die für seine menschlichen Begleiter am leichtesten zu bewältigen sein würden, und hielt oft an, um zu warten, bis sie ihn erreicht hatten. Er machte einen kleinen Umweg, um einen Zweig zu ihnen zu bringen, der mit süßen, roten Beeren beladen war, die sie schnell und dankbar aßen. Als die Nacht hereinbrach und sie noch immer nur die Hälfte des Hanges erklommen hatten, fand er sogar einen Sims, auf dem sie die Nacht verbringen konnten. Er überzeugte sich zunächst davon, daß nichts sie hier bedrohen konnte, und bot dann zu ihrem größten Erstaunen an, die Wache zu übernehmen, während sie schliefen. Garth hatte die vergangenen zwei Nächte damit verbracht, die fiebernde Wren zu bewachen, und war zu erschöpft, jetzt noch zu diskutieren. Das Mädchen schlief die erste Hälfte der Nacht und löste den Stachelkater dann mehrere Stunden vor Tagesanbruch ab. Sie mußte dabei feststellen, daß Stresa ein Gespräch dem Schlaf in jedem Fall vorzog. Er wollte etwas über die Vier Länder wissen. Er wollte von den Lebewesen hören, die darin lebten. Er erzählte Wren auch noch mehr über Morrowindl. Es war ein Bericht über den qualvollen Kampf ums Überleben in einer Welt, in der alles ständig auf der Jagd war oder gejagt wurde, wo es keine sicheren Zufluchtsorte gab und wo das Leben normalerweise kurz und hart war.

»Grrrrrr. Zu Anfang war es nicht so«, grollte er leise. »Bis die Elfen die Dämonen schufen. Erst dann hat sich alles zum Schlechten gewandt. Phhhfft. Einfältige Elfen. Sie haben sich ihr eigenes Gefängnis geschaffen.«

Er klang so verbittert, daß Wren beschloß, der Sache nicht weiter nachzugehen. Sie war sich noch immer nicht sicher, ob der Stachelkater genau wußte, worüber er sprach. Die Elfen waren immer Heiler und Fürsorgende gewesen – niemals Schöpfer von Monstern. Es fiel ihr schwer, zu glauben, daß sie ein Paradies in einen Sumpf verwandelt haben könnten. Sie dachte nach wie vor, daß an dieser Geschichte mehr sein mußte als das, was Stresa wußte. Sie wollte ihr Urteil zurückhalten, bis sie alles erfahren hatte.

Bei Tagesanbruch setzten sie den Aufstieg fort, zogen sich die Felsen hinauf, klammerten sich an die Vorderseite der Klippe und spähten durch den wirbelnden Nebel hinauf. Es regnete mehrere Male, und ihre Kleidung wurde durchweicht. Die Hitze nahm ab, als sie höher kamen, aber die Feuchtigkeit blieb. Wren war noch immer schwach von dem Sumpffieber, und sie brauchte all ihre Kraft und Konzentration, um weiterhin einen Fuß vor den anderen setzen und die Hand für ein weiteres Hochziehen ausstrecken zu können. Garth half ihr, wenn er konnte, aber es war selten genug Platz, daß er das konnte, und meist waren sie gezwungen, den Aufstieg hintereinander durchzuführen.

Manchmal sahen sie Höhlen in den Klippen, dunkle Öffnungen, die ihnen schweigend und leer entgegengähnten. Stresa wich ihnen bewußt aus. Als Wren danach fragte, was darin sei, zischte der Stachelkater und erklärte mit ziemlicher Bestimmtheit, daß er das nicht wissen wolle.

Der frühe Nachmittag brachte sie schließlich auf den Grund des Risses und den dahinter liegenden Durchgang. Sie standen von Schmerzen geplagt und erschöpft wieder auf flachem, festem Untergrund und schauten zurück über das Südende der Insel bis zu dem Punkt, an dem sie wie ein ausgerollter, nebliger Teppich aus grünem Dschungel und schwarzen Lavafelsen an die azurblaue Fläche des Meeres grenzte. Der Blackledge erhob sich an allen Seiten über ihnen. Er erstreckte sich zerklüftet und neblig als ungebrochene Mauer in die Ferne, bis er am Horizont verschwand. Seevögel kreisten am Himmel. Sonnenlicht brach kurz durch einen Spalt in den Wolken, blendend in seiner Intensität, und verlieh den stumpfen Farben des Landes unter ihnen Stärke und Glanz. Wren und Garth blinzelten gegen sein Strahlen an und erfreuten sich an der Wärme auf ihren Gesichtern. Dann verblaßte es und verschwand so schnell wieder, wie es gekommen war. Kälte und Feuchtigkeit kehrten zurück, und die Farben der Insel wurden wieder stumpf.

Sie wandten sich zu dem Schatten des Risses um und begannen, auf die Öffnung des engen Durchganges zuzuklettern. Schließlich gelangten sie hinein. Die Felsenklippe erhob sich rund um sie herum, und der Wind blies von den Höhen Killeshans in rauhen, schnellen Stößen herunter wie das Geräusch von etwas Atmendem. Es war kalt in dem Durchgang, und die Fahrenden wickelten sich fest in ihre Umhänge. Regen fiel in plötzlichen Wolkenbrüchen und hörte wieder auf, und der Vog ergoß sich in undurchdringlichen Wellen die Felsen hinab.

Die Dämmerung war schon hereingebrochen, als sie das Ende des Risses erreichten. Sie standen am Rande eines Tales, das sich bis zur letzten Erhebung des Killeshan erstreckte. Es war ein Kessel voller Grün, der in der Ferne von einem Waldstreifen begrenzt wurde. Die Bäume reichten bis zu den kahlen Lavafelsen der hohen Hänge dahinter. Das Tal war breit und neblig, und es war unmöglich, zu erkennen, was darin lag. Weit im Osten konnte man das schwache Schimmern eines Wasserlaufes ausmachen, der sich durch den Dunst und zwischen akazienbestandenen Hügeln hindurchschlängelte. Jenseits des Flusses ragten Bergkämme auf, die von schwarzen Strömen narbiger Felsen gesäumt waren. Über der Talfläche lag Stille.

Sie schlugen ihr Lager im Schutze des Durchgangs unter einem Überhang auf, der dem Tal gegenüber lag. Die Nacht brach schnell herein, und da der Himmel so vollständig ihrem Blick entzogen war, verwandelte sich die Welt um sie herum in beängstigendes Schwarz. Die Stille der Dämmerung machte bald einem Wirrwarr rauher Töne Platz – dem unterbrochenen, kaum wahrnehmbaren Rumpeln des Killeshan, dem Zischen von Dampf aus Rissen in der Erde, aus denen die Hitze des Vulkaninneren hervorbrach, dem Grunzen und Grollen jagender Lebewesen, dem plötzlichen Schreien, wenn etwas starb, und wilden Flüstern, wenn etwas anderes floh. Stresa rollte sich zu einer Kugel zusammen, lag mit dem Kopf zur Dunkelheit hin und konnte in dieser Nacht nicht so schnell einschlafen. Wren und Garth saßen nahe bei ihm. Sie fühlten sich ängstlich und unbehaglich und fragten sich, was wohl vor ihnen lag. Sie waren ihrem Ziel jetzt nahe, die Fahrende konnte das spüren. Die Elfen waren nicht mehr weit. Sie würden sie bald finden. Manchmal glaubte Wren, durch die Schwärze und den Dunst das Leuchten von Feuern wie blinzelnde Augen in der Nacht erkennen zu können. Die Feuer waren weit entfernt. Sie glommen wohl jenseits des Tales hoch oben auf den Hängen kaum unterhalb der Baumgrenze. Sie wirkten einsam und verloren, und sie fragte sich, ob sie sich nicht täuschte. Wie weit waren die Elfen bei ihrem Auszug aus den Vier Ländern gekommen? Vielleicht zu weit? So weit, daß sie nicht zurückkommen konnten?

All ihre Fragen blieben unbeantwortet und schließlich schlief sie ein.

Bei Tagesanbruch brachen sie erneut auf. Morrowindl war zu einer lebhaften, umwölkten Welt aus Schatten und Klängen geworden. Das Tal fiel unter ihnen steil ab, und ihr Weg kam ihnen vor, als stiegen sie in eine Grube hinab. Der Pfad war felsig und rutschig von der Feuchtigkeit, und das Grün, das ihnen in dem unbestimmten Licht des vorangegangenen Abends so beherrschend erschienen war, entpuppte sich jetzt als bloße Flecken von Moos und Gras, das inmitten großer Flächen kahlen Felsgesteins kauerte. Rauchfäden, die von dem Gestank des Schwefels umsäumt waren, erhoben sich himmelwärts, um sich mit dem Vog zu vermischen, und stellenweise brannte sich intensive Hitze durch die Sohlen ihrer Stiefel und versengte die Haut ihrer Gesichter. Stresa ging langsam voran. Er wählte seinen Weg sorgfältig und watschelte zwischen den Felsen und ihren Inseln aus Grün hin und her. Mehrere Male blieb er stehen und änderte die Richtung wieder, um einen völlig anderen Weg zu wählen. Wren konnte nicht sagen, was der Stachelkater sah. Für sie war alles unsichtbar. Sie fühlte sich einmal mehr all ihrer Fähigkeiten beraubt, eine Fremde in einer feindlichen, verschlossenen Welt. Sie versuchte, sich zu entspannen. Vor ihr bewegte sich Stresas wuchtiger Körper mit jeder Bewegung rollend vorwärts und seine dolchähnlichen Stacheln hoben und senkten sich im gleichen Rhythmus. Hinter ihr schlich Garth, als sei er auf der Jagd. Sein dunkles Gesicht war angespannt, undurchdringlich, hart. Wie sehr sie sich ähnelten, dachte sie überrascht.

Sie waren von einer kleinen Erhebung in ein Wäldchen aus Gestrüpp herabgestiegen, als das Wesen sie plötzlich angriff. Es schnellte sich mit einem Schrei aus dem Nebel hervor, ein Scheusal mit gesträubtem Fell, mit Klauen und gefletschten Zähnen, das in verzweifelter Raserei um sich schlug. Es hatte Beine und einen Körper und einen Kopf – mehr konnten sie im ersten Augenblick nicht erkennen. Es schoß an Stresa vorbei und griff Wren an, die kaum noch ihre Arme heben konnte, bevor es sie erreicht hatte. Instinktiv rollte sie sich zur Seite, nahm das Gewicht des Wesens mit sich und schleuderte es dann fort. Es schlug und biß, aber ihre schweren Handschuhe und ihr Umhang schützten sie. Sie sah seine gelben, irren Augen, und sie spürte seinen übelriechenden Atem. Nachdem sie es abgeschüttelt hatte, wankte sie auf die Füße und sah aus den Augenwinkeln, wie sich das Wesen zurückwälzte.

Dann war Garth da und sein kurzes Schwert durchschnitt die Luft. Ein Glitzern von Eisen, und der Arm des Wesens war fort. Es fiel hin, schrie und biß in die Erde. Garth trat eilig hinzu, trennte seinen Kopf ab, und es wurde still.

Wren stand da und zitterte. Sie war noch immer unsicher, was das Wesen war. Ein Dämon? Etwas anderes? Sie schaute hinab auf die blutige, formlose Hülle. Es war alles so schnell gegangen.

»Phffft! Horcht!« zischte Stresa scharf. »Es kommen noch mehr! Sssttffft. Hier entlang! Beeilt euch!«

Er watschelte schnell davon. Wren und Garth folgten eilig und tauchten hinter ihm in die Dämmerung ein.

Sie konnten bereits die Geräusche der Verfolger hören.

8

Die Jagd begann. Sie war erst langsam und gewann an Schnelligkeit, als sie sich hinunter ins Tal zog. Wren, Garth und der Stachelkater waren zunächst allein. Es wurde nach ihnen gesucht, aber man fand sie nicht, und ihre Verfolger waren nicht mehr als vereinzeltes Lärmen, das noch weit entfernt und nur undeutlich hörbar war. Die drei eilten schnell vorwärts. Sie blieben vorsichtig und waren ohne Panik oder Angst. Die Landschaft kam Wren und Garth vor, als träumten sie. Zeitweise war sie öde und leer, wo schwarzes Lavagestein den Bewuchs unter seinem gleißenden, felsigen Teppich begraben hatte, dann wieder üppig, wo sich Gruppen von Akazien und dichtes Gras in kleinen Inseln in die Ödnis vorkämpften, um zurückzugewinnen, was sie eingenommen hatte. Vog hing über allem wie ein weites, lose gewebtes Leichentuch. Er wirbelte umher und verlagerte sich und beschwor die Illusion herauf, daß alles, was er berührte, lebendig sei. Über ihnen, an einzelnen kleinen Stellen durch den Dunst sichtbar, hing der eisengraue, sonnenlose Himmel.

Stresa wählte einen überwucherten, umständlichen Weg, der sie zuerst in eine Richtung führte und dann wieder in eine andere, wobei sein dicht mit Stacheln versehener Körper rollte und schwankte, so daß es ständig schien, als würde er gleich umkippen. Er bevorzugte weder die offene Fläche des Lavagesteins noch den baldachinartigen Schutz des mit Gestrüpp bewachsenen Waldes, sondern wechselte scheinbar planlos von einem zum anderen, und es war unmöglich, festzustellen, ob er seinen Weg intuitiv oder aus Erfahrung wählte. Wren konnte sein schweres Atmen hören. Er drang als ein Grollen aus seiner Kehle und wurde zu einem Zischen, wenn ihm etwas begegnete, das er nicht mochte. Einmal oder zweimal schaute er zu ihnen zurück, als wolle er sich vergewissern, daß sie noch immer da waren. Er sprach nicht, und auch sie blieben stumm.

Es war Zufall, daß sie entdeckt wurden. Sie waren zu einer Fläche offenen Felsgesteins gekommen, und dort lag das Wesen auf der Lauer. Es erhob sich fast unmittelbar vor ihnen, aus der Erde, wo es sich eingegraben hatte. Zischend und schreiend schoß es wie ein Vogel auf Beinen mit einem großen, gebogenen Schnabel und Klauen an den Flügelspitzen auf sie zu. Die Krallen schwangen herab, um Stresa zu zerreißen, aber der Rücken des Stachelkaters krümmte und wand sich sofort, und ein Schauer messerscharfer Stacheln flog dem Angreifer entgegen. Das Wesen schrie vor Schmerz auf und taumelte zurück, wobei es an seinem Gesicht zerrte.

»Sssttt! Schnell!« zischte der Stachelkater und eilte davon.

Sie flohen hastig, und die Schreie ihres Angreifers hinter ihnen wurden leiser. Aber jetzt waren weitere Wesen alarmiert und begannen näher zu kommen. Die Geräusche erhoben sich rund um sie herum. Ein Knurren und Grollen und Schnüffeln drang durch den Dunst und aus den Schatten heraus. Garth zog sein kurzes Schwert. Sie glitten eine flache Senke hinab, als etwas aus dem Gestrüpp hervorschnellte. Wren duckte sich, als das Wesen vorbeiflog, und sah das Glitzern von Garths Klinge. Das Wesen fiel zur Seite und war still. Sie kletterten von der Senke auf eine weitere Fläche aus Lavagestein und eilten dann zu einer Baumgruppe hinüber. Eine Schar kleiner, vierbeiniger Wesen, die an Eber erinnerten, stürzte aus einem Versteck und griff sie an. Stresa kauerte sich zusammen und zitterte, und ein Schauer von Stacheln flog gegen die Angreifer. Schreie erfüllten die Luft, und die Wesen rissen mit ihren klauenbesetzten Vorderfüßen die Erde auf. Stresa raste an ihnen vorbei und richtete seine Stacheln auf wie Eisenspitzen. Eines oder zwei der Wesen unternahm einen schwachen Versuch, sich zu erheben, aber Garth schoß bereits wieder.

Endlich befanden sie sich zwischen den Bäumen, bahnten sich ihren Weg durch feuchtes Gras und Weinranken und fühlten die nassen Schößlinge des Bewuchses auf ihren Gesichtern und Armen. *Gib uns noch ein paar Minuten mehr*, dachte Wren gerade, als ein schlangenähnlicher Körper aus den Bäumen fiel, sich um Garth wand und ihn hochzog. Sie wirbelte mit gezogenem Schwert herum und erhaschte einen letzten Blick auf den großen Mann, während er außer Sicht gezogen wurde, halb getragen, halb gezogen und kräftig um sich schlug, um freizukommen.

»Garth!« schrie sie auf.

Sie wollte sofort hinter ihm her laufen, hatte aber kaum ein Dutzend Schritte gemacht, als Stresa von hinten in sie hineinraste, ihr die Beine fortriß und sie zu Boden stieß. Heiser fauchte er: »Runter, Mädchen! Ssstt. Bleib liegen!«

Sie hörte ein zischendes Geräusch wie von Dutzenden von Schlangen, dann ein Reißen, als Laub über ihnen zerschnitten wurde. Stresa schob sich vor, bis er neben ihr war.

»Das war dumm!« fauchte er rauh. »Sieh nur! Phffttt! Siehst du, was dich beinahe erwischt hätte?«

Wren schaute hin. Sie sah einen seltsam geformten Busch, der genauso mit Stacheln besetzt war wie der Stachelkater und dessen Nadeln in alle Richtungen abstanden. Als sie ungläubig hinsah, schlossen sich wieder Blätter über den Nadeln, um sie zu verbergen, und der Busch sah wieder völlig harmlos aus.

»Hssssst! Das ist ein Pfeilschütze!« keuchte Stresa. »Er ist giftig! Berühre ihn, verletze ihn auf irgendeine Weise, und er läßt seine Nadeln fliegen! Du bist tot, wenn sie dich durchbohren!«

Der Stachelkater beobachtete sie einen Moment lang mit seinen glänzenden Augen, kroch dann nach rechts und eilte davon. Wren folgte. Sie konnte Garth nicht mehr sehen oder hören. Wut und Enttäuschung erfüllten sie, und bittere Erregung machte sich in ihr breit. Wo war er? Was hatte man ihm angetan? Sie mußte ihn finden! Sie mußte...

Dann ging Stresa weiter, und sie folgte ihm. Sie schlugen sich durch dichtes Buschwerk, durchforschten den Nebel und lauschten. Und plötzlich konnte sie wieder Kampfgeräusche hören, und vor ihnen flammte Bewegung auf. Stresa polterte mit gesträubten Stacheln vorwärts. Wren war nur einen Schritt hinter ihm. Sie hörten einen Schmerzensschrei und Umsichschlagen. Garth wurde einen Augenblick sichtbar und verschwand dann wieder.

»Garth!« rief Wren und rannte unbesonnen vorwärts.

Der große Fahrende lag ausgestreckt auf dem Boden, als sie ihn erreichte, zerkratzt und voller blauer Flecke, aber ansonsten unverletzt. Was auch immer es gewesen war, das ihn geschnappt hatte, das Wesen war durch den Kampf offensichtlich ermüdet worden. Garth erlaubte dem Mädchen eine kurze Umarmung, befreite sich dann sanft und stolperte wieder auf die Füße.

Stresa trieb sie sofort vorwärts, zurück durch die Bäume, über den unsicheren Untergrund und hinaus auf das Lavagestein. Eine Ansammlung von Schatten glitt über sie hin und verschwand leise und formlos wieder. Verfolgungsgeräusche erhoben sich um sie herum. Sie klangen hart und fordernd. Sie eilten über eine Ebene zu einem Berggrat, der in eine Vertiefung wirbelnden

Nebels abfiel. Stresa führte sie schnell daran vorbei und einen Abhang hinunter zu einem Flußbett, das fast ausgetrocknet war.

Ein neuer Schrecken polterte aus dem Nebel, ein Wesen, das annähernd menschenähnlich war, aber eine Vielzahl von Gliedern hatte und ein Gesicht, das nur aus Kiefer und Zähnen zu bestehen schien. Stresa rollte sich zu einer Kugel zusammen. Seine Stacheln standen in alle Richtungen ab, und das Monster schlingerte vorbei, ohne langsamer zu werden. Wren schwang abwehrend ihr Schwert, sprang zur Seite und entging nur knapp dem Griff begieriger Finger. Garth stand ungerührt da, ließ das Wesen auf sich zukommen und schlug dann so schnell auf es ein, daß Wren die Bewegung der Klinge kaum wahrnahm. Blut floß aus der Bestie, aber es wurde kaum langsamer. Grunzend griff es nach Garth. Der riesige Fahrende sprang zurück und zur Seite und stürmte dann erneut auf das Wesen los. Wren griff aus dem Hintergrund an, aber ein monströser Arm schwang herum und fegte sie davon. Sie hielt ihr Schwert umklammert und wollte sich erheben. Das Wesen stand jedoch fast über ihr. Garth glitt eilig neben sie, riß sie hoch und zog sie fort. Sie rannten weiter und flohen den glitzernden schwarzen Fels entlang, dessen Kante sich direkt neben ihren Füßen befand. Garth verlangsamte seinen Schritt, ohne jedoch anzuhalten, und sprang mit ihr hinunter. Ihre Füße berührten kaum den Boden, als sie schon weiterliefen. Sie sahen Stresa vor sich, der irgendwie wieder die Führung übernommen hatte. Und sie hörten das Grollen und Schnüffeln des Wesens hinter ihnen.

Dann explodierte etwas in den Schatten zu ihrer Linken und traf Wren. Ein Schmerz rann ihren Arm entlang, und sie sah, daß Blut ihren Ärmel durchtränkte. Zähne und Klauen rissen an ihr. Sie schrie und stieß fort, was auch immer an ihr hing. Es war zu nahe, als daß sie ihr Schwert benutzen konnte. Garth kam aus dem Nichts, packte ihren Angreifer mit bloßen Händen und zog ihn von ihr fort. Sie sah sein ekelerregendes, verzerrtes Gesicht und den verkrümmten Körper, während er fiel. Mit einem Schrei warf sie sich mit ihrem Schwert auf das Wesen, und es flog davon.

»Grrrlll!« Stresa war neben ihnen. »Wir müssen uns verstekken! Sssttt! Es sind zu viele!«

Hinter ihnen, zu nahe, um lange zu überlegen, gab das sie verfolgende Monster einen triumphierenden Schrei von sich. Sie flohen vor ihm zurück in den Nebel, durch das Gewirr von Schatten und Halblicht. Sie stolperten immer wieder und hangelten sich an den Felsen vorwärts. Wren blutete stark. Sie konnte auch an Garth Blut erkennen, war aber nicht sicher, ob es sein eigenes oder ihres war. Ihr Mund war trocken, und ihre Brust brannte, als sie nach Luft schnappte. Ihre Kräfte begannen nachzulassen.

Sie gelangten auf eine Erhebung, und plötzlich stürzte Stresa, der sie noch immer führte, vor ihnen aus ihrem Blickfeld. Als sie zu der Stelle eilten, wo er gefallen war, sahen sie ihn am Fuße eines kleinen Abhangs seltsam ausgestreckt liegen.

»Hier! Ein Versteck!« rief er plötzlich aus und spuckte und zischte, während er wieder auf die Füße kam.

Sie krochen die begehbare Seite des Abhanges hinunter – die andere war ein Geröllhaufen – und sahen, was er entdeckt hatte. Unter einem Überhang war ein Spalt im Felsgestein, der in die Dunkelheit führte.

»Sssstttfff! Hinein, schnell. Geht, es ist ziemlich sicher!« drängte der Stachelkater. Als sie nicht sofort reagierten, kam er bedrohlich auf sie zu. »Versteckt euch! Ich werde das Wesen ablenken und zu euch zurückkommen! Grrrrrr! Geht jetzt!«

Er wirbelte herum und verschwand. Garth zögerte nur einen Moment und tauchte dann in den Spalt ein. Wren war nur einen Schritt hinter ihm. Sie tasteten unbeholfen umher, als die Dunkelheit sie umschloß, und versuchten einen Weg zu finden. Der Spalt öffnete sich eine Strecke weit in das Lavagestein und öffnete sich dann hinunter in die Erde. Als sie weit genug hineingelangt waren, so daß sie das Licht von außen kaum noch erkennen konnten, kauerten sie sich zusammen, um abzuwarten.

Sekunden später hörten sie ihren Verfolger. Das Wesen näherte sich mit unverminderter Geschwindigkeit und sauste vorbei. Die Geräusche wurden leiser.

Wren griff nach Garth und drückte seinen Arm. Ihre Augen begannen sich anzupassen, und sie konnte ihn jetzt in der Dunkelheit schemenhaft ausmachen. Sie steckte ihr kurzes Schwert in die Scheide, zog ihre Lederjacke aus und schob den Ärmel ihrer Tunika zurück. Sie konnte die dunklen Streifen der Klauenspuren an ihrem Arm erkennen. Sie behandelte die Wunden mit einer Heilsalbe und verband sie mit dem letzten sauberen Tuch, das sie bei sich trug. Das Stechen ließ nach einiger Zeit nach und verwandelte sich in einen dumpfen, klopfenden Schmerz. Sie setzte sich erschöpft zurück und lauschte auf das Geräusch ihres eigenen Atems, der sich in der Stille mit dem von Garth verband.

Die Zeit verstrich. Stresa kehrte nicht zurück. Wren ließ ihre Augen zufallen und ihre Gedanken wandern. Wie weit waren sie jetzt vom Fluß entfernt? fragte sie sich. Der Rowen lag zwischen ihnen und Arborlon, und wenn sie ihn erst einmal überquert hatten, würden sie bald bei den Elfen sein. Sie überlegte einen Moment, was das bedeutete. Sie hatte sich bisher kaum die Zeit genommen, einfach nur über die Tatsache nachzudenken, daß die Elfen überhaupt existierten und daß sie nicht nur ein Gerücht oder eine Legende, sondern real und lebendig waren und daß sie sie, allen Umständen zum Trotz, gefunden hatte. Oder zumindest fast gefunden hatte.

Noch ein Tag, höchstens zwei…

Sie öffnete ihre Augen wieder, und im selben Augenblick sah sie das Wesen.

Zuerst dachte sie, daß sie sich geirrt hätte und daß ihr die Schatten einen Streich gespielt hätten. Aber es war hell genug, daß sie dem vertrauen konnte, was sie sah. Es kauerte mehrere Fuß hinter Garth bewegungslos auf einem Felssims. Es war klein, kaum ein Dutzend Zoll groß, schätzte sie, obwohl sie da nicht sicher sein konnte, solange es so am Boden kauerte. Es hatte große, runde Augen, die unbeweglich schauten, und große Ohren, die von einem kleinen Kopf mit einem Fuchsgesicht abstanden. Es hatte einen dürren Körper und sah auf den ersten Blick fast spinnenähnlich aus – so sehr, daß Wren erst den

Wunsch zu einer heftigen Reaktion unterdrücken mußte, da es sie an die Begegnung mit dem Wisteron erinnerte. Aber dieses Wesen sah klein und hilflos aus, und es hatte kleine Hände und Füße wie ein Mensch. Es sah sie an, und sie erwiderte den Blick. Sie wußte instinktiv, daß das seltsame Wesen diesen Spalt genau wie sie als Versteck gewählt hatte. Es saß wie erstarrt an seinem Platz, um nicht gesehen zu werden, aber jetzt war es entdeckt worden und versuchte zu entscheiden, was es tun sollte.

Wren lächelte und verhielt sich ruhig. Das Wesen beobachtete sie, und seine Augen suchten umher. Schließlich machte Wren Garth aufmerksam, hob langsam die Hände und erklärte ihm, was vor sich ging. Sie bat ihn, sich neben sie zu setzen. Das tat er, und sie saßen zusammen da und betrachteten das Wesen. Nach einer Weile griff Wren in ihr Bündel und zog etwas Essen hervor. Sie nahm einen Bissen Käse und gab Garth den Rest. Der große Mann aß ihn auf. Die Zunge des Wesens fuhr heraus.

»Hallo, Kleiner«, sagte Wren sanft. »Hast du Hunger?«

Die Zunge erschien erneut.

»Kannst du sprechen?«

Keine Antwort. Wren beugte sich mit einem Stück Käse in der Hand vor. Das Wesen bewegte sich nicht. Sie näherte sich etwas mehr. Das Wesen blieb reglos. Sie zögerte und war sich nicht sicher, was sie als nächstes tun sollte. Als sich das Wesen noch immer nicht bewegte, streckte sie vorsichtig die Hand aus und warf den Käse auf den Sims.

Blitzschnell schoß die Hand des Wesens vor und fing den Käse noch halb in der Luft ab. Nachdem es seine Beute herangezogen hatte, schnüffelte es daran und schluckte den Brocken dann hinunter.

»Du bist tatsächlich hungrig, nicht wahr?« flüsterte Wren.

Am Eingang ihres Versteckes war ein Scharren zu hören. Das Wesen auf dem Felsen verschwand sofort in den Schatten. Wren und Garth wandten sich mit gezogenen Schwertern um.

»Grrrrrrrr«, murrte Stresa, als er grummelnd langsam in ihr Blickfeld kam. »Der Dämon wollte die Jagd nicht aufgeben.

Phffft. Es hat doch länger gedauert, ihn loszuwerden, als ich gedacht hatte.« Er schüttelte seine Stacheln, bis sie rasselten.

»Geht es dir gut?« fragte Wren.

Der Stachelkater sträubte sich. »Natürlich geht es mir gut. Oder sehe ich nicht danach aus? Sssttt! Ich bin außer Atem, das ist alles.«

Wren schaute verstohlen zu dem Sims hinüber. Das seltsame Wesen war wieder da und beobachtete sie.

»Kannst du mir sagen, was das ist?« fragte sie und deutete mit dem Kopf auf das Wesen.

Stresa spähte in die Dunkelheit und schnaubte dann. »Sssfftt. Das ist nur ein Baumschreier! Völlig harmlos.«

»Er sieht erschreckt aus.«

Der Stachelkater blinzelte. »Baumschreier erschrecken vor allem. Das ist es, was sie am Leben erhält. Das und ihre Schnelligkeit. Sie sind die schnellsten Wesen auf Morrowindl. Und auch klug. Sie sind klug genug, sich nicht fangen zu lassen. Du kannst sicher sein, daß es noch einen zweiten Weg aus diesem Spalt heraus gibt, sonst wäre dieser überhaupt nicht hier. Rrrwwlll. Schau dir seinen Blick an. Er scheint sich für dich zu interessieren.«

Wren sah das kleine Wesen weiterhin an. »Haben die Elfen auch die Baumschreier geschaffen?«

Stresa setzte sich mit eingezogenen Pfoten bequem zurecht. »Die Baumschreier waren schon immer hier. Aber wie alles andere hat die Magie sie verändert. Siehst du die Hände und Füße? Das waren einmal Pfoten. Sie können sich auch verständigen. Schau.«

Er machte ein leises, zirpendes Geräusch. Der Baumschreier reckte den Kopf empor. Stresa versuchte es erneut. Dieses Mal antwortete der Baumschreier mit einem sanften, leisen Quieken.

Stresa zuckte die Achseln. »Er hat Hunger.« Der Stachelkater verlor das Interesse, und sein klobiger Kopf senkte sich auf die Vorderpfoten. »Wir werden bis zum Mittag rasten und dann weiterziehen. Die Dämonen schlafen, wenn es draußen heiß ist. Das ist für uns die günstigste Zeit, wieder hinauszugehen.«

Seine Augen schlossen sich, und sein Atem wurde tiefer. Garth sah Wren an und lehnte sich ebenfalls bequem zurück, als er eine glatte Stelle zwischen den rauhen Kanten des Lavagesteins gefunden hatte. Wren wollte jedoch nicht schlafen. Sie wartete ein wenig, griff dann in ihr Bündel und holte noch ein Stück Käse hervor. Sie knabberte daran, wobei der Baumschreier sie beobachtete, und tastete sich dann vorsichtig über den Boden des Spalts, bis sie in die Nähe des Baumschreiers gelangt war. Als sie nur noch eine Armeslänge entfernt war, brach sie ein Stück Käse ab und hielt es ihm hin. Das kleine Wesen nahm es eifrig entgegen und aß es.

Kurz darauf hatte es sich in ihrem Schoß zusammengerollt. Es war noch immer da, als sie schließlich einschlief.

Sie fühlte die Hand von Garth fest und sicher auf ihrer Schulter und wachte wieder auf. Sie blinzelte und schaute sich um. Der Baumschreier saß wieder auf seinem Sims und beobachtete sie. Garth signalisierte ihr, daß es Zeit für ihren Aufbruch sei. Sie erhob sich vorsichtig in der Beengtheit des Spalts und nahm ihr Bündel auf. Stresa wartete mit gesträubten Stacheln am Eingang und schnüffelte in die Luft. Es war jetzt heiß in ihrem Schutzraum, die Luft war ruhig und dicht.

Sie schaute sich kurz nach dem Baumschreier um. »Auf Wiedersehen, kleiner Kerl«, rief sie leise.

Dann traten sie aus der Dunkelheit heraus in das neblige Licht. Der Mittag war gekommen und gegangen, während sie geschlafen hatten. Der Vog, der das Tal bedeckte, schien dichter als zuvor, er roch stark nach Schwefel, und er schmeckte sandig nach Asche und Schlick. Vom Kern des Killeshan stieg Hitze aus dem porösen Fels auf und hing hartnäckig und unbeweglich in der Luft, gefangen in der windlosen Weite des Tales. Der Nebel reflektierte das diffuse Sonnenlicht so grell, daß Wren gegen seinen Glanz anblinzeln mußte. Schattige Gruppen von Akazien erhoben sich vor dem Nebel, und Bänder schwarzen Lavagesteins verschwanden in anderen Welten.

Stresa führte sie vorwärts, wobei er den Weg durch die Düsterkeit des Vog sehr vorsichtig wählte, im Zickzack von einer Stelle zur nächsten lief und dabei in die Luft schnüffelte. Der Tag war beunruhigend ruhig vorbeigegangen. Wren lauschte mißtrauisch, denn sie erinnerte sich daran, daß Stresa gesagt hatte, die Dämonen würden jetzt ruhen. Dennoch mißtraute sie dieser Information. Sie arbeiteten sich an dicht mit Weinranken und Gräsern bewachsenen Bauminseln vorbei, tiefer in die Mulde des Tales vor, mit Gestrüpp bestandene Hügelketten und Abhänge hinab und endlose Streifen öden, verkrusteten Lavagesteins entlang, die sich wie schwarze Bänder durch den Nebel zogen.

Der Nachmittag schritt schnell voran. Im Nebel um sie herum bewegte sich nichts. Es waren Wesen dort draußen, das wußte Wren, denn sie konnte ihre Gegenwart spüren. Es waren Wesen wie jenes, das sie am Morgen fast erwischt hätte. Und noch schlimmere. Aber Stresa schien zu wissen, wo sie waren, und war sicher, ihnen ausweichen zu können. Er führte seine Gruppe vorwärts und war sich seiner Wahl des Weges durch das verräterische Labyrinth offenbar sehr sicher. Alles verlagerte und veränderte sich ständig, während sie gingen, und das Gefühl, daß nichts beständig sei und ganz Morrowindl in kontinuierlichem Fluß begriffen sei, beschlich sie. Die Insel schien auseinanderzubrechen und sich dann um sie herum neu zu bilden – eine unwirkliche Landschaft, die alles sein konnte, was sie wollte, und nicht an die Naturgesetze gebunden war, die normalerweise herrschten. Wren fühlte sich zunehmend bedrückt, als sie weitergingen, denn sie war an das verläßliche Terrain von Ebenen, Bergen und Wäldern gewöhnt, an Land, das nicht von Wasser umgeben war und nicht nur die Oberfläche von etwas bildete, das sich auf eine Laune hin öffnen und alles verschlingen konnte, was darauf lebte. Killeshans Atem dampfte durch die Risse im Lavagestein in kleinen Eruptionen, die nach brennendem Gestein und Gasen rochen und kleine Partikel in der Luft zurückließen. Und doch wuchsen inmitten des Lavagesteins und des Unkrauts vereinzelt Gruppen blühender Büsche, die gegen die Hitze und die Asche um ihr Überleben kämpften. Diese Insel, dachte Wren für sich, war einst sicher sehr schön, aber es war schwer, sich das jetzt vorzustellen.

Es wurde spät, bis sie schließlich den Rowen erreichten. Das Licht verblaßte bereits, und es begann zu dunkeln. Die Wesen im Nebel rührten sich bereits wieder. Ihr Poltern und Grollen zwang die drei Gefährten, noch aufmerksamer zu werden als bisher. Sie kamen an einer Stelle an den Fluß, wo der jenseitige Hang von einer Nebelwand verborgen war und das Ufer steil zu einem Wasserlauf abfiel, der trübe und rauh war, unter Schlick und kleinen Partikeln erstickte und so dicht umwölkt war, daß nichts von dem zu sehen war, was sich unter seiner Oberfläche verbarg.

Stresa blieb am Ufer stehen, schaute unsicher nach rechts und links und schnüffelte in die Luft.

Wren kniete sich neben den Stachelkater. »Wie kommen wir da hinüber?« fragte sie.

»Wo er ganz schmal ist«, antwortete Stresa mit einem Knurren. »Sssppt. Das Problem ist, daß ich nicht sicher bin, wo das ist. Ich bin diesen Weg lange Zeit nicht mehr gegangen.«

Wren schaute zu Garth zurück, der sie still beobachtete. Das Licht verblaßte jetzt schnell, und das Geräusch der erwachenden Dämonen wurde immer lauter. Die Luft blieb ruhig und dicht, während die Hitze zu feuchter Schwüle abkühlte.

»Rrrwwll. Flußabwärts, denke ich«, überlegte Stresa, aber er klang nicht allzu sicher.

Plötzlich sah Wren eine Bewegung im Nebel hinter ihnen und warf sich zur Seite. Garth riß sein kurzes Schwert heraus. Eine kleine Gestalt trippelte zögernd in ihr Blickfeld, und Wren kam überrascht auf die Füße. Es war der Baumschreier. Er ging um Garth herum, kam auf sie zu und ergriff zaghaft ihren Arm.

»Was machst du denn hier, Kleiner?« murmelte sie und strich über seinen pelzigen Kopf.

Der Baumschreier kletterte auf ihre Schulter hinauf und piepste leise zu Stresa hinab.

Der Stachelkater knurrte. »Er sagt, daß der – crrrwwwll –

Übergang flußaufwärts ist, nicht weit von hier. Phfffft. Er sagt, daß er uns den Weg zeigen wird.«

Wren runzelte zweifelnd die Stirn. »Weiß er denn, wonach wir suchen?«

»Sssstt. Es scheint so.« Stresa richtete ängstlich seine Stacheln auf. »Ich mag es nicht, so ungeschützt herumzustehen. Das ist eine Chance. Laßt uns tun, was er sagt. Vielleicht weiß er etwas.«

Wren nickte. Sie begannen flußaufwärts zu gehen, wobei sie der gezackten Linie des Ufers des Rowen folgten. Stresa watschelte voran, und Wren trug den Baumschreier, der sich besitzergreifend an sie klammerte. Er war ihnen wohl den ganzen Weg von jenem Spalt im Lavagestein ab gefolgt, dachte sie. Anscheinend wollte er nicht zurückgelassen werden. Vielleicht hatten ihn die kleinen Freundlichkeiten, die sie ihm erwiesen hatte, für sie eingenommen. Sie streichelte den dünnen Körper gedankenverloren und fragte sich, wieviel Freundlichkeit den harmlosen Wesen auf Morrowindl wohl jemals begegnete.

Nur Augenblicke später blieb Stresa abrupt stehen und drängte sie zurück in den Schutz mehrerer Felsen. Etwas Großes und Mißgestaltetes kam auf seinem Weg zum Fluß an ihnen vorbei. Es war nicht mehr als ein Schatten im Nebel. Geduldig warteten sie. Als sich die Dämmerung vertiefte, nahm die Lautstärke von Husten und Grunzen noch zu. Und als sie schließlich weitergingen, war sogar ihr Atmen zu einem Flüstern geworden.

Schließlich zweigte das Ufer von ihrem Klippenweg ab und wandte sich abwärts und den rasch dahinfließenden Wassern des Flusses zu, die die wirbelnde Oberfläche in zerklüftete Stromschnellen verwandelten. Der Nebel hob sich so weit, daß eine kleine Brücke aus Felsen sichtbar wurde. Sie überquerten sie schnell, knapp über das Wasser geduckt, und verließen sich auf den Schutz des Nebels rundherum. Als sie sicher auf dem gegenüberliegenden Ufer angekommen waren, schnatterte der Baumschreier erneut auf Stresa ein.

»Geht nach links, sagt er«, übersetzte der Stachelkater, wobei die Worte ein tiefes Grollen aus seiner Kehle begleiteten.

Sie taten, wie ihnen der Baumschreier geheißen hatte, und stolperten im Vog vorwärts. Der letzte Rest des Tageslichts verblaßte, und die Dunkelheit senkte sich um sie herum. Das einzige Licht kam von weither. Es war ein seltsames weißes Glühen vor ihnen, das schwach durch den Nebel schimmerte. Sie waren gezwungen, jetzt langsam zu gehen, sich ihren Weg durch die Dunkelheit zu ertasten, immer wieder stehenzubleiben und zu lauschen und dann zu überlegen, wo wohl der sicherste Weg entlangführte. Die Dämonen schienen vor ihnen zu sein – und Wren hätte wetten mögen, daß da viele zwischen ihnen und ihrem Ziel lauerten.

Sie erfuhr nur zu bald, daß sie richtig vermutet hatte. Die kleine Gesellschaft erklomm einen Hang aus Lavagestein, der dicht mit vertrocknetem Gestrüpp bewachsen war, als sich der Nebel plötzlich lichtete. Sofort warfen sie sich flach auf den Boden. In den Schatten eng aneinander gekauert, starrten sie hinaus auf das, was vor ihnen lag.

Arborlon stand auf einem Hügel weniger als eine Meile vor ihnen. Es war selbst die Quelle des seltsamen Leuchtens, das aus einer massiven Mauer strömte, die die Stadt umgab, und in stetigem Rhythmus schwach durch den Nebel und die Wolken drang. Überall pirschten sich die Dämonen an, Schatten, die in den Vog und den Nebel hinein- und wieder herausschlüpften, gesichtslose, gestaltlose Geister, die nur manchmal sekundenlang im Schein der Feuer sichtbar wurden, die in Rissen in der Erde brannten, wo Fontänen geschmolzenener Lava durchgebrochen waren. Dampfsäulen erfüllten die Luft mit Asche und Hitze und verwandelten die verkohlte Erde in ein geisterhaftes Fegefeuer. Das Grollen der Dämonen verschwand in dem Rumpeln, das tief aus der Erde heraufstieg, wo der geschmolzene Kern des Vulkans umherwirbelte und aufwärts stieß. In der Ferne dampfte der Krater Killeshans hoch über der Stadt und den Geistern, die sie belagerten. Er ragte zerklüftet und bedrohlich empor: ein Feuermonster, das auf einen Leckerbissen wartete.

Wrens Augen wandten sich entsetzt von der belagerten Stadt

ab und der zerstörten Landschaft zu. Es war nicht zu glauben, daß die Elfen es ertragen konnten, in einer Welt wie dieser gefangen zu sein. Sie fühlte sich selbst leer werden vor Angst und Abscheu. Wie hatte das geschehen können? Die Elfen waren Heiler, vom Moment ihrer Geburt an dazu bestimmt, Leben zu erneuern und das Land und seine Lebewesen zu bewahren. Warum war das hier nicht geschehen? Arborlon war innerhalb seiner Mauern eine Insel. Sein Volk war sicher irgendwie noch beschützt, irgendwie noch immer in der Lage, sich selbst zu erhalten, während die Welt um es herum zu einem Alptraum geworden war.

Sie beugte sich zu Stresa hinunter. »Wie lange ist dies alles schon so, wie es jetzt ist?«

Der Stachelkater fauchte. »Phffft! Seit Jahren. Die Elfen sind schon so lange dort eingeschlossen, wie wir uns erinnern können, und verbergen sich dort hinter ihrer Magie. Sssttfff! Siehst du das Licht, das von der Mauer aufsteigt, die sie abschirmt? Mmsstt. Das ist ihr Schutz!«

Der Baumschreier piepste leise und brachte sie so dazu, sich zu ihm umzudrehen. Stresa knurrte. »Grrrrrr. Der Schreier sagt, daß das Licht schwächer wird und die Magie nachläßt. Es dauert nicht mehr lange, bis sie endgültig versagt.«

Wren schaute erneut hinüber. Es war ein Alptraum. Es bleibt nicht viel Zeit, wiederholte sie zu sich selbst. Das Licht verdunkelte sich. Da waren Schatten, daran konnte kein Zweifel bestehen. Sie spürte ein plötzliches Gefühl der Nutzlosigkeit. Wo blieb der Sinn ihrer Suche, fragte sie sich traurig. Sie war nach Morrowindl gekommen, um die Elfen zu finden und sie in die Welt der Menschen zurückzubringen – das hatte ihr Allanon am Hadeshorn aufgetragen. Aber wie konnten die Elfen jemals von hier zurückkehren? Sicherlich hätten sie das schon vor langer Zeit getan, wenn es überhaupt möglich war. Sie waren jedoch hiergeblieben. Ringsum eingekreist. Sie atmete tief ein. Warum nur hatte Allanon sie hierher geschickt? Was sollte sie bloß tun?

Eine tiefe Traurigkeit erfüllte sie. Was nur, wenn die Elfen verloren waren? Die Elfen waren alles, was aus der Welt der Feen übriggeblieben war, von dem ersten Volk und von der Magie, die Leben gespendet hatte, als das Leben begann. Sie hatten so viel getan, um die Vier Länder entstehen zu lassen, nachdem die Großen Kriege beendet und die alten Methoden verloren waren. Alle Kinder von Shannara waren aus Elfenblut geboren. Und sie hatten alle Kämpfe gewonnen, die geführt worden waren, um die Rassen zu erhalten. Es schien unmöglich, daß dies alles aus den Schriftrollen der Geschichte getilgt und in die Legende verwiesen werden könnte, daß außer den Geschichten nichts von den Elfen übrigbleiben würde.

Mythen und Legenden, überlegte sie, *so wie es jetzt ist.*

Sie dachte wieder an das Versprechen, das sie sich selbst gegeben hatte, daß sie die Wahrheit über ihre Eltern erfahren und herausfinden wollte, wer sie gewesen waren und warum sie sie zurückgelassen hatten. Und was war mit den Elfensteinen? Sie hatte geschworen, daß sie herausfinden würde, warum man sie ihr gegeben hatte. Ihre Finger hoben sich, um über die Umrisse des Lederbeutels an ihrem Hals zu fahren. Sie hatte nicht mehr an die Elfensteine gedacht, seitdem sie die Besteigung des Blackledge in Angriff genommen hatten. Sie hatte nicht einmal daran gedacht, die Magie zu gebrauchen, als sie bedroht worden waren. Sie schüttelte den Kopf. Aber warum sollte sie das auch? Es war doch zu sehen, was die Magie den Elfen gebracht hatte.

Sie spürte Garths Hand auf ihrer Schulter und sah den fragenden Blick in seinen Augen. Offenbar fragte er sich, was sie tun wollte. Sie stellte fest, daß sie sich dasselbe fragte.

Geh nach Hause, flüsterte eine Stimme in ihrem Inneren. *Gib diesen Wahnsinn auf.*

Einerseits stimmte sie dem zu. Es war Wahnsinn, und außer einfältiger Neugier und sturer Beharrlichkeit hatte sie keinen Grund, hier zu sein. Wie wenig ihr doch ihre Fähigkeiten und ihre Ausbildung in dieser Sache helfen konnten. Sie hatte Glück gehabt, daß sie so weit gekommen war. Sie hatte sogar Glück, noch am Leben zu sein.

Aber nun war sie trotz allem hier. Und die Antworten auf alle ihre Fragen lagen direkt jenseits des Lichts.

»Stresa«, flüsterte sie, »gibt es eine Möglichkeit, in die Stadt zu gelangen?«

Die Augen des Stachelkaters leuchteten im Dunkeln. »Grrrrrr, Wren von den Elfen. Du bist also tatsächlich entschlossen, dort hinunterzugehen?« Als sie nicht antwortete, sagte er: »In einer Senke, die – grrrrrr – in der Nähe jener Stelle dort liegt, wo die Dämonen kauern, gibt es verborgene Tunnel. Sssssttttfff. Die Tunnel führen in die Stadt. Die Elfen benutzen sie, um sich davonzuschleichen – jedenfalls taten sie es einst. Auf diese Weise haben sie auch uns hinausgelassen, damit wir für sie Wache halten. Phffft. Vielleicht ist noch immer einer in Gebrauch, was denkst du?«

»Kannst du ihn finden?« fragte sie leise.

Der Stachelkater blinzelte.

»Zeigst du ihn mir?«

»Hsssttt. Wirst du dich an dein Versprechen erinnern, mich mit dir zu nehmen, wenn dies alles vorbei ist?«

»Das werde ich.«

»Sehr gut.« Das Katzengesicht verzog sich. »Also die Tunnel. Wer von uns geht? Ssttff.«

»Garth, du und ich.«

Der Baumschreier piepste sofort.

Stresa schnurrte. »Das dachte ich mir. Der Schreier will auch mitgehen. Grrrrr. Warum nicht? Er ist doch nur ein Schreier.«

Wren zögerte. Sie spürte, wie sich die Finger des Baumschreiers fest um ihren Arm schlossen. Der Schreier piepste noch einmal.

»Sssttt.« Stresa schien zu lachen. »Ich soll dir sagen, daß er Faun heißt. Er hat beschlossen, dich zu adoptieren.«

»Faun.« Wren wiederholte den Namen und lächelte schwach. »Ist das dein Name, Kleiner?« Die runden Augen waren auf sie gerichtet und seine großen Ohren nach vorn gestellt. Es schien seltsam, daß der Baumschreier überhaupt einen Namen hatte.

»Also, du willst mich adoptieren, ja? Und hingehen, wo ich hingehe?« Sie schüttelte traurig den Kopf. »Es ist schließlich dein Land. Und wahrscheinlich könnte ich dich nicht davon abhalten mitzugehen, selbst wenn ich es wollte.«

Sie sah Garth an, um sich zu vergewissern, daß er bereit war. Das rauhe Gesicht war ruhig, und die dunklen Augen leuchteten unergründlich. Sie schaute ein letztes Mal auf den Wahnsinn unter ihr, schob dann Angst und Zweifel beiseite und sagte sich mit so viel Überzeugung, wie sie aufbringen konnte, daß sie eine Fahrende sei und sicher alles überleben würde.

Ihre Finger strichen kurz über die harte Oberfläche der Elfensteine.

Wenn es nötig wird...

Sie schob den Gedanken beiseite. »Führ uns hinein, Stresa«, flüsterte sie. »Und sorge für unsere Sicherheit.«

Die Stachelkater zog es vor, nicht zu antworten.

9

Wren Ohmsford konnte sich nicht daran erinnern, daß sie jemals große Angst vor irgend etwas gehabt hätte. Das lag einfach nicht in ihrer Natur. Sogar als sie klein und die Welt für sie noch neu und fremd war und eigentlich alles darin entweder größer oder stärker oder schneller oder böser war als sie, hatte sie niemals Angst gehabt. Egal, wie groß die Gefahr auch war oder welche Widrigkeiten es gab, sie hatte immer darauf vertraut, daß sie schon irgendwie einen Weg finden würde, sich zu schützen. Dieses Vertrauen war ihr angeboren. Es war eine Mischung aus einer Entschlossenheit, die einem eisernen Willen entsprang, und Selbstsicherheit, die ihr das ganze Leben lang eine besondere Art innerer Stärke verliehen hatte. Als sie größer wurde und besonders nachdem sie zu den Fahrenden gekommen war und mit Garth trainiert hatte, hatte sie sich so viel

Können und Erfahrung angeeignet, wie notwendig war, um sicher zu sein, daß ihr Vertrauen niemals fehl am Platze war und sie niemals ihre Fähigkeiten überschätzte.

All das hatte sich geändert, seit sie mit der Suche nach den Elfen begonnen hatte. Zweimal hatte sie seitdem unerwartet bemerkt, daß sie ängstlich war. Das erste Mal in jener ersten Nacht am Signalfeuer, als sich das Schattenwesen, das ihnen durch das ganze Westland gefolgt war, schließlich gezeigt hatte und sie zu ihrem Entsetzen feststellen mußte, daß es ihr überlegen war. All ihr Training und all ihr Können hatten ihr nichts genützt. Sie hätte wissen müssen, daß es so kommen würde. Schließlich hatte Par sie gewarnt, als er so genau über sein Zusammentreffen mit den dunklen Wesen berichtete. Aber aus irgendeinem Grunde hatte sie gedacht, daß es bei ihr anders sein würde – oder vielleicht hatte sie ganz einfach überhaupt nicht darüber nachgedacht, wie es bei ihr sein würde. Wie dem auch sei, dort war sie ohne Garth gewesen, den sie für stärker und schneller als jeden anderen gehalten hatte, von Angesicht zu Angesicht mit etwas, das von keinem noch so großen Vertrauen und keiner der von ihr erworbenen Fertigkeiten überwunden werden konnte, seien sie auch noch so groß.

Sie wäre in jener Nacht gestorben, hätte sie nicht die Magie der Elfensteine anrufen können. Die Magie allein hatte sie beide retten können.

Als sie jetzt mit ihren Begleitern durch die Dunkelheit und den Vog von Morrowindl schritt, als sie langsam in eine alptraumhafte Welt voller Schatten und Monster hineinkrochen, stellte sie wieder fest, daß sie Angst hatte. Sie versuchte, dieses Gefühl durch Vernunft loszuwerden, sie versuchte, Gründe dagegen zu finden. Nichts half. Sie kannte die Wahrheit, denn diese Wahrheit war dieselbe wie in jener Nacht auf Wing Hove, als sie dem Schattenwesen begegnete. Vertrauen, Können, Erfahrung und Garths beschützende Gegenwart, die doch so gewaltig war, boten ihr hier wenig Beruhigung. Morrowindl war ein Hexenkessel unvorstellbarer Magie und nicht durch Vernunft geleitetes

Übel, und sie besaß eine einzige Waffe, die sich wahrscheinlich als nützlich dagegen erweisen würde: die Elfensteine. Einzig Magie hielt die Elfen in den Mauern von Arborlon am Leben. Magie, wie fehlgeleitet sie auch sein mochte, hatte offensichtlich das Übel heraufbeschworen, das sie belagerte. Magie hatte die Insel und die Wesen, die auf ihr lebten, für immer verändert. Es gab für Wren keinen Grund für die Annahme, daß sie auf Morrowindl sehr lange überleben könnte, ohne selbst die Magie zu gebrauchen.

Aber der Gedanke, von der Magie Gebrauch zu machen, machte ihr genauso angst wie die Monster, gegen die die Magie sie beschützen sollte. Wie verrückt das war! Als Fahrende hatte sie ihr ganzes Leben damit verbracht, zu lernen, daß sie sich auf ihr eigenes Können und ihre Ausbildung verlassen mußte, und zu glauben, daß es nichts gab, was sie nicht besiegen könnte. Das hatten Garth und das Leben als Fahrende sie gelehrt, aber wichtiger war das, wovon sie bisher überzeugt gewesen war: Die Welt und die Dinge darin werden von einem Netz von Verhaltensvorschriften regiert. Lerne diese Vorschriften, und du kannst allem widerstehen. Zeichen zu lesen, Gebräuche zu verstehen, die Schwächen und Stärken eines anderen zu kennen, seine Sinne dazu zu gebrauchen, zu entdecken, was es überall gab – das alles waren die Grundsätze, die einen am Leben erhielten. Aber Magie? Was war Magie? Sie war unsichtbar, eine Macht jenseits der Naturgesetze, eine Unbekannte, die dem Verstehen trotzte. Sie war eine Macht ohne erkennbare Grenzen. Wie konnte man auf so etwas vertrauen? Die Geschichte ihrer Familie, der Ohmsfords, legte schon vor zehn Generationen nahe, daß man es nicht konnte. Was hatte die Magie Will und Brin und Jair nicht angetan! Welche Sicherheit gab es, wenn sie gezwungen war, sich auf etwas so Unvorhersagbares zu verlassen? Was würde es für sie bedeuten, wenn sie die Magie einsetzte? Es stimmte, daß sie bei ihrem Kampf mit dem Schattenwesen ziemlich leicht herbeizurufen gewesen war. Sie war so weich aus den Steinen geflossen und fast ohne Anstrengung erschienen, und als sie zuschlug, hatte sie sie nur mit einem Gedanken gelenkt. Sie hatte dabei auch nicht das Gefühl gehabt, daß es falsch sei, sie zu gebrauchen – tatsächlich war es so, als habe die Macht nur darauf gewartet, angerufen zu werden. Es war gewesen, als gehöre sie zu ihr.

Sie erschauerte bei der Erkenntnis, was dies bedeutete. Sie hatte die Elfensteine offenbar bekommen, weil klar war, daß sie sie eines Tages brauchen würde. Ihre Macht war für sie bestimmt.

Sie nahm alle ihre Entschlossenheit zusammen, um sich gegen diese Gedanken zur Wehr zu setzen.

Sie wollte sie nicht. Sie wollte die Magie nicht. Sie wollte, daß ihr Leben so blieb, wie es war, und nicht unwiderruflich geändert würde. Denn das würde geschehen, wenn sie sich auf eine Macht einließ, die ihr Verständnis und, wie sie glaubte, auch ihr Bedürfnis danach überstieg.

Außer natürlich jetzt, hier auf den Hängen von Killeshan, umgeben von Dämonen. Sie waren Wesen, die aus Magie und böser Absicht entstanden waren. Sie war einer Landschaft des Feuers und des Dunstes ausgesetzt, wo sie in Sekunden verloren sein konnte, es sei denn...

Sie brach diesen Gedanken ab und weigerte sich, ihn fortzuführen. Statt dessen konzentrierte sie sich auf Stresas stacheligen Körper. Der Stachelkater grub sich vor ihr seinen Weg durch die Dämmerung. Schatten wehten überall umher, als sich der Vog verlagerte und neu bildete, sie umhüllte und sich vor Inseln von Dschungel, Gestrüpp und nacktem Lavagestein abhob. Es war, als seien sie die Substanz einer ständig neu verschwimmenden Welt, die sich nicht entscheiden konnte, was sie sein wollte. Ein Grollen erklang irgendwoher. Es war körper- und richtungslos, tief und drohend, während es lauter wurde und wieder verklang. Sie kauerte sich im Dunst zusammen, und eine innere Stimme schrie ihr wild zu, sie solle verschwinden und sich in den Felsen verbergen, sie solle unsichtbar werden und irgend etwas tun, um zu entkommen. Sie ignorierte die Stimme und schaute statt dessen zu Garth zurück und sah, daß er beruhigend nahe war. Im nächsten Moment dachte sie, daß es keinen Unterschied machte, daß seine Gegenwart nicht genügte, daß nichts genügte.

Stresa fror. Irgend etwas jagte in den Schatten vor ihnen davon. Sie hörten Krallen, die auf Fels treffen. Sie warteten. Faun hing erwartungsvoll auf ihrer Schulter, den Kopf vorgestreckt, die Ohren aufgerichtet, und lauschte. Seine sanften, braunen Augen sahen sie kurz an und wandten sich dann ab.

Welche Mondphase haben wir gerade, fragte sie sich plötzlich. Wie lange war es her, daß Tiger Ty sie zurückgelassen hatte? Sie stellte fest, daß sie es nicht wußte.

Stresa ging wieder weiter. Sie erreichten die Kuppe eines Hügels, auf der nur verkümmertes, blattloses Gestrüpp wuchs, und stiegen dann im Winkel in eine Senke hinab. Dunst sammelte sich auf dem felsigen Boden, durch den sie sich unsicher ihren Weg bahnten. Stresas Stacheln schimmerten feucht, und die Luft wurde kalt. Es war Licht zu sehen, aber sie konnten nicht sagen, woher es kam. Wren hörte ein krachendes Geräusch, als breche etwas auseinander, dann ein Zischen wie von eingeschlossenem Dampf und eingeschlossenen Gasen, die entweichen. Ein Schrei erklang und verschwand. Das Grollen verstummte und begann dann erneut. Wren zwang sich, langsam zu atmen. So vieles geschah, und sie konnte nichts davon sehen. Die Geräusche kamen von überall und ließen sich nicht genau ausmachen und zuordnen. Es gab keine Zeichen, keine Spuren, nur eine endlose Landschaft aus Felsen und Feuer und den Vog.

Faun schnatterte auf einmal leise und drängend.

Im selben Moment blieb Stresa plötzlich stehen. Die Stacheln des Stachelkaters entfalteten sich, und seine wuchtige Gestalt kauerte sich nieder. Wren ging in die Hocke, griff nach ihrem kurzen Schwert. Sie fuhr zusammen, als Garth gegen sie prallte. Da war etwas Dunkles im Nebel vor ihnen. Stresa wich zurück. Er wandte sich halb um und sah sich nach einem anderen Weg um. Aber die Senke war schmal, und es blieb kein Platz zum Ausweichen. Er wich mit ausgebreiteten Stacheln zurück.

Das dunkle Bild verschmolz und begann eine Form anzunehmen. Ein Wesen auf zwei Beinen kam auf sie zu. Garth scherte so lautlos wie ein Schatten zu einer Seite aus. Wren löste ihr Schwert aus der Scheide und hielt den Atem an.

Die Gestalt trat aus dem Nebel hervor und wurde langsamer. Es war ein Mann, der in eng anliegende, erdfarbene Kleidung gehüllt war. Die Kleidung war zerknittert und zerschlissen, mit Asche und Ruß beschmutzt und hatte keine Metallösen oder Schnallen. Seine weichen Lederstiefel, die direkt über dem Knöchel endeten, waren abgetragen, und ihre oberen Ränder waren einmal umgeschlagen. Der Mann selbst war ein Spiegelbild seiner Kleidung. Er war mittelgroß, wirkte aber eher größer, weil er so kantig war. Er hatte ein schmales, runzeliges und bartloses Gesicht mit einer Hakennase, und sein dunkles Haar war fast völlig unter einer seltsamen Kappe verborgen, die an eine Zipfelmütze erinnerte. Alles in allem sah er so aus wie etwas, das hoffnungslos zerknittert und fadenscheinig geworden ist, weil es so lange zusammengefaltet und weggelegt worden war.

Er schien nicht überrascht zu sein, sie zu sehen. Und er schien auch keine Angst zu haben. Er sagte nichts, sondern legte einen Finger an seine Lippen, sah kurz über seine Schulter und deutete dann zurück auf den Weg, den sie gekommen waren.

Eine Minute lang rührten sie sich nicht, weil sie noch nicht sicher waren, was sie tun sollten. Dann erkannte Wren, was sie zuvor übersehen hatte. Unter der Kappe und dem zerzausten Haar waren spitze Ohren und schräge Augenbrauen zu sehen.

Der Mann war ein Elf.

Nach all dieser Zeit, dachte sie. *Nach so vielen Mühen.* Erleichterung durchflutete sie und gleichzeitig eine Fremdheit, die sie selbst nicht verstehen konnte. Es schien irgendwie seltsam, schließlich einem Ziel gegenüberzustehen, das zu finden sie sich so sehr bemüht hatte. Sie stand da, schaute und war gefangen in ihren Gefühlen.

Er machte erneut eine Geste, diesmal ein wenig eindringlicher als zuvor. Er war älter, als es ihnen zunächst vorgekommen war, und so verwittert, daß Wren unmöglich sagen konnte, inwieweit sein betagtes Aussehen natürlich entstanden war und was davon auf einem harten Leben beruhte.

Als sie schließlich wieder zu sich selbst fand, suchte sie Garths Aufmerksamkeit. Sie bedeutete ihm, zu tun, um was der Elf sie gebeten hatte. Sie erhob sich und begann den Weg zurückzugehen, den sie gekommen waren, und die anderen folgten. Der Elf ging scheinbar mühelos ein Dutzend Schritte den Weg entlang an ihnen vorbei und bedeutete ihnen zu folgen. Er führte sie erneut in die Senke und wieder heraus, über eine Fläche mit Lavagestein und schließlich in ein Wäldchen von verkümmerten Bäumen. Dort kauerte er sich mit ihnen in einem Kreis zusammen.

Er beugte sich nahe zu ihnen heran und richtete seine scharfen, grauen Augen auf Wren. »Wer bist du?« flüsterte er.

»Wren Ohmsford«, flüsterte sie zurück. »Dies sind meine Freunde – Garth, Stresa und Faun.« Sie stellte sie alle reihum vor.

Der Elf schien belustigt zu sein. »Solch seltsame Gesellschaft. Wie bist du hierher gekommen, Wren?«

Er hatte eine freundliche Stimme, die genauso zerknittert und zerschlissen war wie der Rest und so behaglich wie alte Schuhe.

»Ein Flugreiter namens Tiger Ty brachte Garth und mich vom Festland hierher. Wir sind gekommen, um die Elfen zu finden.« Sie machte eine Pause. »Und du siehst so aus, als seist du einer.«

Die Linien auf seinem Gesicht vertieften sich bei seinem Lächeln. »Es gibt keine Elfen. Jeder weiß das.« Die Bemerkung amüsierte ihn. »Aber wenn man mich drängte, würde ich vermutlich zugeben, einer zu sein. Ich bin Aurin Striate. Jedermann nennt mich die Eule. Vielleicht könnt ihr euch vorstellen, warum?«

»Du jagst bei Nacht?«

»Ich kann im Dunkeln sehen. Darum bin ich hier draußen, wo sich niemand anderer hinwagt. Jenseits der Mauern der Stadt. Durch mich hat die Königin hier Augen.«

Wren blinzelte. »Die Königin?«

Die Eule überging diese Frage mit einem Kopfschütteln. »Du bist den ganzen Weg hierher gekommen, um die Elfen zu finden,

Wren Ohmsford? Wozu? Warum solltest du wissen wollen, was aus uns geworden ist?« Als er lächelte, sahen sie Lachfalten um seine Augen. »Du hast großes Glück, daß ich dich gefunden habe. Du hast auch Glück, daß du überhaupt noch lebst. Oder vielleicht auch nicht. Du hast selbst etwas von einem Elfen, wie ich sehe.« Das Lächeln verblaßte. »Ist es möglich...?«

Er brach zweifelnd ab. Da war etwas in seinen Augen, das Wren nicht verstehen konnte. Unglaube, Hoffnung, was war es? Sie wollte etwas sagen, aber er bedeutete ihr, sie solle ruhig bleiben. »Wren, ich werde dich in die Stadt bringen, aber deine Freunde werden hier warten müssen. Genauer gesagt hinten beim Fluß, wo es ein wenig sicherer ist.«

»Nein«, sagte Wren sofort. »Meine Freunde kommen mit.«

»Das können sie nicht«, erklärte die Eule, und seine Stimme blieb geduldig und freundlich. »Es ist mir nur erlaubt, Elfen in die Stadt zu bringen. Ich würde es anders machen, wenn ich könnte, aber das Gesetz darf nicht gebrochen werden.«

»Phfffft. Ich kann am –grrrrr – Fluß warten«, knurrte Stresa. »Ich für mein Teil habe getan, was ich versprochen habe.«

Wren ging nicht auf ihn ein. Sie hielt ihren Blick fest auf die Eule gerichtet. »Es ist nicht sicher hier draußen«, erklärte sie hartnäckig.

»Es ist nirgendwo sicher«, erwiderte der andere traurig. »Stresa und Faun sind es gewohnt, auf sich selbst aufzupassen. Und dein Freund Garth scheint auch robust zu sein. Einen Tag oder zwei, Wren – nicht länger. Bis dahin hast du das Konzil vielleicht überredet, sie hineinzulassen. Oder du kannst wieder zu ihnen zurückkehren.«

Wren wußte nicht, über welche Art Konzil er sprach, aber unabhängig davon, was wegen Stresa und Faun entschieden wurde, würde sie Garth nicht zurücklassen. Der Stachelkater und der Baumschreier konnten vielleicht allein überleben, aber für Garth war diese Insel genauso fremd und gefährlich wie für sie, und sie würde ihn nicht im Stich lassen.

»Es muß eine andere...« begann sie.

Und plötzlich war da ein Schrei, und eine Woge vielbeiniger Wesen schwärmte aus dem Nebel heran. Wren hatte kaum Zeit, aufzuschauen, als sie schon über ihr waren. Sie erhaschte einen Blick auf Faun, der in der Nacht verschwand, und auf Stresas stacheligen Körper, der sich bog. Garth war aufgesprungen, um sie zu verteidigen. Auf einmal flog sie durch die Luft. Sie konnte ihr Schwert jedoch rechtzeitig herausreißen, um den nächstbesten Angreifer zu erwischen. Blut floß, und das Wesen taumelte davon. Überall waren gebeugte, schwarze Körper, die umhersprangen und an ihnen allen zerrten und zogen. Stresas Stacheln durchbohrten einen der Angreifer und jagten ihn schreiend davon. Garth schlug einen weiteren zurück und trat kämpfend an Wrens Seite. Sie stand Rücken an Rücken mit ihm und kämpfte, während die Wesen sie angriffen. Sie konnte sie nicht deutlich sehen, sondern nur kurze Blicke auf ihre mißgebildeten Körper und die funkelnden Augen werfen. Sie suchte die Eule, aber er war nirgends zu sehen.

Dann sah sie ihn plötzlich. Er war wie ein Schatten, als er sich von der Erde erhob. Dabei schlug er zwei der Angreifer zurück, bevor sie erkannten, was geschah. Im nächsten Moment war er wieder fort, dann wieder an einer anderen Stelle. Er hatte jetzt ein Paar langer Messer in Händen, obwohl Wren sich nicht daran erinnern konnte, zuvor irgendwelche Waffen an ihm gesehen zu haben. Der Elf war wie Rauch, als er unter die Angreifer glitt, und war schon wieder fort, bevor man ihn richtig sehen konnte.

Garth drängte vorwärts, und seine gewaltigen Arme stießen die Angreifer beiseite. Die Dämonen hielten ihm kurzzeitig stand, fielen dann zurück und sprangen fort, um sich neu zu formieren. Geheul erhob sich aus der Dunkelheit um sie herum.

Aurin Straite erschien unvermittelt neben Wren. Seine Worte kamen barsch und drängend. »Schnell. Hier entlang, ihr alle. Wir werden uns später Gedanken über das Konzil machen.«

Er führte sie über die Fläche aus Lavagestein zurück in die Senke. Die Geräusche der Verfolger erklangen von überall her. Sie rannten tief gebückt über Geröll und Spalten das Felsenbekken entlang. Die Eule führte sie. Es schien ihnen bei jeder Biegung, als ob er in die Nacht verschwinden würde.

Sie waren erst ein kurzes Stück gelaufen, als sich etwas Kleines und Pelziges auf Wrens Schulter schwang. Sie keuchte, warf sich ausweichend zur Seite und richtete sich erst wieder auf, als sie erkannte, daß Faun zurückgekehrt war. Der Baumschreier verbarg sich an ihrer Schulter und schnatterte leise.

Sekunden später holten die Dämonen sie ein und drangen ein weiteres Mal aus der Dunkelheit auf sie ein. Sie schossen an Stresa vorbei, der sich sofort zu einer Kugel zusammenrollte und seine Stacheln in alle Richtungen streckte, und stürzten sich auf die Menschen. Garth nahm dem Angriff die Spitze, indem er die Wesen eines nach dem anderen zurückschlug. Wren kämpfte schnell und wenig neben ihm und bewegte die Klinge des kurzen Schwertes ruckartig nach rechts und links.

Behütet mit ihrem Lederbeutel, begannen an ihrer Brust die Elfensteine zu brennen.

Erneut zogen sich die Angreifer zurück, aber dieses Mal nicht so weit und nicht so bereitwillig. Die Nacht und der Nebel verwandelten sie zu Schatten, aber ihr Geheul war nahe und gierig, als sie darauf warteten, daß sich noch andere zu ihnen gesellten. Der Elf und die Gefährten drängten sich zusammen. Sie rangen nach Atem, und ihre Waffen glänzten feucht.

»Wir müssen weiterlaufen«, drängte die Eule. »Es ist jetzt nicht mehr weit.«

Nicht weit von ihnen rollte sich Stresa zischend auf. »Sssssttffft! Lauft, wenn ihr müßt, aber mir reicht es jetzt! Phffffft!« Er wandte seinen Katzenkopf Wren zu. »Ich werde – grrrrrr – auf deine Rückkehr warten, Wren. Ich werde am Fluß sein. Vergiß dein Versprechen nicht!«

Dann war er plötzlich fort. Er glitt in die Dunkelheit und wurde zu einem der Schatten um sie herum.

Die Eule winkte, und Wren und Garth fingen wieder an zu rennen, wobei sie noch immer dem Verlauf der Senke folgten. Rings um sie herum waren schnelle und verstohlene Bewegungen im Nebel zu erkennen. Dampfsäulen strömten durch Risse in der Lava aus der Erde hervor, und der Gestank von Schwefel erfüllte die Luft. Ein Felsrutsch blockierte ihren Weg, und sie krochen eilig daran vorbei. Vor ihnen glühte Arborlon hinter seiner Schutzmauer. Sie sahen das Schimmern von Gebäuden und Türmen inmitten eines Waldes. In der Helligkeit vom Licht der Magie der Stadt und dem Feuer des Vulkans war zu erkennen, daß Killeshans Hang mit Inseln von Gestrüpp und Bäumen gesprenkelt war, die irgendwie der ursprünglichen Verwüstung entgangen und jetzt zu langsamem Ersticken durch die Hitze verurteilt waren. Vog hing wie ein gezackter Vorhang über der Landschaft, und die Monster, die sich darin verbargen, glitten durch seinen Aschedunst wie Bohrwürmer durch die Erde.

Vor ihnen lag eine weitere Landsenke, eine Fortführung der Senke, der sie bisher gefolgt waren. Die Eule trieb sie darauf zu, als die Dämonen erneut angriffen. Sie warfen sich dieses Mal von beiden Seiten auf die kleine Gruppe und tauchten aus der Dämmerung auf, als seien sie der Erde entstiegen. Die Eule wurde zu Boden geworfen, und Wren versank unter einem Hagel von Klauen und Zähnen. Nur Garth blieb stehen. Die Dämonen drangen von allen Seiten auf ihn ein, hängten sich an ihn, zogen an ihm und versuchten, ihn zu Fall zu bringen. Wren trat heftig um sich und kämpfte sich frei. Faun war bereits verschwunden. Schnell wie ein Gedanke war er in die Nacht zurückgetaucht. Wrens Schwert schlug blind zu, schnitt in irgend etwas, hielt kurz inne und riß sich wieder los. Sie rappelte sich auf, wurde jedoch wieder zurückgedrängt und gegen den Fels geschmettert. Sie konnte spüren, daß hinten an ihrem Kopf und Nacken klaffende Wunden aufplatzten. Der Schmerz trieb ihr die Tränen in die Augen. Sie rollte sich herum, kam wieder auf die Füße und fand sich von Dämonen umzingelt. Die Nacht und der Nebel hatten die Eule verschluckt. Garth lag am Boden, und die Dämonen bildeten auf ihm eine sich windende Masse schwarzer Beine. Sie schrie und kämpfte darum, zu ihm zu gelangen, aber Krallenhände zogen rauh an ihr und hielten sie zurück.

Die Elfensteine brannten an ihrer Brust wie Feuer.

Von dem Gewicht ihrer Angreifer niedergedrückt, begann sie zu fallen. Sie wußte instinktiv, daß sie dieses Mal nicht wieder hochkommen würde und daß dies das Ende für sie alle sein würde.

Sie konnte sich selbst irgendwo tief innen lautlos schreien hören.

Die Vernunft floh vor ihrem Lebenswillen, und ihre Angst wich der Wut. Überall um sie herum waren Körper, Klauen und reißende Zähne. Übelriechender Atem kroch über ihre Haut. Ihre Finger versenkten sich in ihrer Tunika, und sie riß die Steine heraus.

Die flackerten sofort in einem Ausbruch von Licht und Feuer lebhaft auf. Der Lederbeutel löste sich auf. Die Magie explodierte zwischen den Fingern der Fahrenden hindurch, als sei sie zu ungeduldig und zu bereitwillig, als daß sie darauf warten könnte, daß sich die Hand öffnete. Sie fuhr durch die Luft wie ein Messerregen, schnitt die schwarzen Wesen auseinander und verwandelte sie in Staub, bevor ihre Schreie noch ganz verklungen waren. Wren war sofort wieder frei. Sie richtete sich taumelnd auf, streckte die Elfensteine vor, und Feuer und Licht drängten jetzt aus ihr heraus und vereinten sich mit der Magie, bis kein Unterschied mehr erkennbar war. Sie warf den Kopf zurück, als die Magie durch sie hindurchfuhr – hart, herausfordernd und heiter. Sie veränderte sich und ihre Ängste, was als Folge des Gebrauchs der Magie aus ihr werden würde, zerstreuten sich und waren vorbei. Es war unwichtig, wer oder was sie gewesen war oder wie sie ihr Leben gelebt hatte. Die Magie war alles. Die Magie war alles, was zählte.

Sie lenkte die Kraft der Magie auf die Masse der Körper auf Garth, und dort schlug sie ein. Sie lösten sich in Sekundenschnelle auf. Einige widerstanden der Wucht des Angriffs einige Augenblicke länger als die anderen, jene nämlich, die größer und fester waren, aber schließlich starben sie alle. Garth erhob sich blutüberströmt. Seine Kleider hingen in Fetzen, und sein dunkles, bärtiges Gesicht war aschfahl. Worauf starrte er nur, fragte sie sich vage. Sie wunderte sich über seinen Gesichtsausdruck, als sie die Macht der Steine einsetzte, um die Landschaft leerzufegen. Die Eule tauchte wieder aus dem Dunst auf, und auch auf seinem ledrigen Gesicht wurde Ehrfurcht sichtbar. Und Angst. Sie hatten beide so große Angst...

Plötzlich verstand sie es. Sie schloß erschreckt ihre Finger, und die Magie war fort. Die Heiterkeit und das Feuer verließen sie, fielen im Handumdrehen von ihr ab, und es war, als hätte man sie nackt ausgezogen und hingestellt, damit jedermann sie sehen könnte. Müdigkeit durchflutete sie und sie fühlte sich beschämt. Die Magie hatte sie gefangen und hatte sie für sich eingenommen. Sie hatte ihren Vorsatz, ihrem Zauber zu widerstehen, zerstört und all ihre Versprechen begraben, daß sie sie nicht zulassen würde und daß sie nicht eine weitere Ohmsford werden würde, die sie beanspruchte.

Aber sie hatte ihre Macht nun doch gebraucht. Hatte sie sie nicht am Leben erhalten – sie alle am Leben erhalten? Hatte sie sie nicht gewollt, sie nicht sogar genossen? Was sonst hätte sie tun können?

Garth war neben ihr, hatte sie an den Schultern gefaßt und hielt sie aufrecht. Seine dunklen Augen hatte er intensiv in ihre eigenen versenkt. Sie bestätigte mit einem vagen Nicken, daß sie sich seiner Gegenwart bewußt war und daß es ihr gutging. Aber das stimmte natürlich nicht. Die Eule war auch da und sagte: »Wren, du bist diejenige, auf die sie gewartet hat, diejenige, die versprochen war. Du bist wirklich willkommen. Komm jetzt schnell, bevor sich die dunklen Wesen wieder formieren und erneut angreifen. Beeile dich!«

Sie schwieg und folgte ihm gehorsam. Ihr Körper war ein fremdes Ding, das sie vorwärts trug, wobei sie ihn von irgendwo außerhalb beobachtete. Hitze und Erschöpfung quälten sie, aber sie fühlte sich wie losgelöst davon. Sie sah die Landschaft in den Nebel zurücksinken, durch den jetzt eine seltsame Schar von Schatten schwebte. Bäume erhoben sich blattlos und kahl in

Gruppen himmelwärts wie brüchige Stiele, die bald zerfallen würden. Vor ihnen lag die Stadt der Elfen, glitzernd wie etwas, das hinter einem regenüberströmten Fenster gefangen ist. Sie ähnelte einem juwelenbesetzten Schatz, der vor Versprechen und Hoffnung schimmerte.

Eine Lüge. Dieser Gedanke traf sie plötzlich. Er war widersinnig, und doch war sie von der Intensität des Gedankens überrascht. *Alles ist Lüge.*

Endlich hatte die Eule sie durch ein Gewirr von Gestrüpp und einen engen Hohlweg hinuntergeführt, in dem die Schatten so dicht lagen, daß es so gut wie unmöglich war, etwas zu erkennen. Er kauerte sich auf den Boden, machte sich an einem Haufen von Felsbrocken zu schaffen und öffnete eine Falltür. Schnell kletterten sie hinein. Die Luft war heiß und stickig. Der Elf faßte nach oben, zog die Falltür wieder an ihren Platz und sicherte sie. Die Dunkelheit hielt nur einen Moment an, und dann war durch den Tunnel, der vor ihnen lag, ein Schimmer des seltsamen Lichts der Stadt zu sehen. Die Eule führte sie hindurch. Er bewegte sich wortlos, mager und schattenhaft vor dem schwachen Schimmern der Helligkeit. Wren spürte, daß das Gefühl der Losgelöstheit allmählich nachließ. Sie war wieder in sich selbst. Sie war zurückgekehrt zu dem, wer und was sie war. Sie wußte, was geschehen war und was sie getan hatte, aber sie wollte sich nicht erlauben, darüber nachzudenken. Es gab nichts zu tun, als vorwärts zu gehen und die Reise zu vollenden, die sie sich selbst auferlegt hatte. Die Stadt lag vor ihnen – Arborlon. Und die Elfen, die sie endlich gefunden hatte. Das war es, worauf sie sich konzentrieren mußte.

Sie bemerkte plötzlich, daß Faun nicht zu ihr zurückgekommen war. Der Baumschreier war noch immer draußen, in diese glühende Wirrnis geflohen... Sie schloß einen Moment die Augen. Auch der Stachelkater war dort. Er war ebenfalls aus eigenem Willen gegangen. Sie fürchtete um die beiden. Aber sie konnte nichts tun.

Unendlich lange, wie ihr schien, bahnten sie sich ihren Weg

den Tunnel hinab. Sie schritten tief gebückt durch den engen Durchgang, ohne zu sprechen. Das Licht wurde heller, je weiter sie gingen, bis es in den Felsen so hell leuchtete wie Tageslicht. Die Welt außerhalb blieb immer mehr zurück, bis der Vog, die Hitze, die Asche und der Gestank verschwunden waren. Plötzlich gab es auch keinen Fels mehr. Er hatte sich abrupt in schwarze und fruchtbare Erde verwandelt, die an die Wälder des Westlandes, an ihre Heimat, erinnerte. Sie atmete tief den Geruch ein und fragte sich, wie das sein konnte. Sie sagte sich dann, daß die Magie das erhalten hatte.

Der Tunnel endete an einer Reihe von Felsstufen, die zu einer schweren, eisenbeschlagenen Tür in einer Felswand hinaufführten. Als sie die Tür erreichten, wandte sich die Eule plötzlich um und sah sie an.

»Wren«, sagte er sanft, »hör mir zu.« Die grauen Augen leuchteten intensiv. »Ich weiß, ich bin für dich ein Fremder, und du hast keinen besonderen Grund, auf irgend etwas zu hören, was ich sage. Aber du solltest dich zumindest dieses eine Mal auf mich verlassen. Erst wenn du mit der Königin sprichst, und nur wenn du mit ihr allein bist, solltest du enthüllen, daß du die Elfensteine besitzt. Erzähle es vorher niemandem. Hast du verstanden?«

Wren nickte langsam. »Warum verlangst du das von mir, Aurin Striate?«

Die Eule lächelte traurig, und die Falten in seinem alten Gesicht vertieften sich. »Obwohl ich wünschte, es wäre anders, Wren, wird nicht jeder deine Ankunft willkommen heißen.«

Dann wandte er sich um und klopfte fest gegen die Tür. Er wartete und klopfte erneut – dreimal und dann zweimal, dreimal und dann zweimal. Wren lauschte. Es war Bewegung auf der anderen Seite spürbar. Schwere Schlösser wurden gelöst und öffneten sich.

Langsam schwang die Tür auf, und sie traten hindurch.

10

ICH BIN NACH HAUSE GEKOMMEN.

Das war Wrens erster Gedanke – lebendig, verwirrend und unerwartet.

Sie war jetzt innerhalb der Mauern der Stadt und stand in einer Nische im Schatten der Festungsmauern. Arborlon breitete sich vor ihr aus, und es war, als sei sie ins Westland zurückgekehrt, denn es gab Eichen und Ulmen, grüne Büsche und Gras und Erde, die an allen Ecken nach Wachstum und dem Wechsel der Jahreszeiten, nach Flüssen und Teichen und Leben roch. Eine Eule rief leise, und in der Nähe war Flügelschlag zu hören, als ein kleinerer Vogel von seinem versteckten Sitzplatz aufflog. Einige andere sangen. Es gab schreiende Ziegenmelker! Glühwürmchen leuchteten aus einer Gruppe von Schierlingen heraus, und Grillen zirpten. Sie konnte das sanfte Rauschen eines Flusses hören, dessen Wasser über Felsen sprang. Sie konnte das Flüstern eines freundlichen Nachtwindes auf ihrer Wange spüren. Die Luft roch sauber. Sie war frei von dem Gestank des Schwefels.

Und da war die Stadt selbst. Sie schmiegte sich in das Grün. Es gab da Gruppen von Häusern und Geschäften, Straßen und Wege unten und erhöhte Pfade oben, hölzerne Brücken, die über das Gewirr von Flüssen führten, Lampen, die Fenster beleuchteten und zur Begrüßung flackerten, und Menschen – einige wenige, die sich noch nicht zur Ruhe begeben hatten –, die spazierengingen. Vielleicht um ihre Unruhe zu besänftigen oder um den Himmel zu bewundern. Denn es war wieder ein Himmel zu sehen. Er war klar und wolkenlos, strahlend vor Sternen und mit einem Dreiviertelmond, der so weiß war wie frischer Schnee. Unter seinem Gewölbe schimmerte alles ein wenig, da die Magie von den Mauern ausströmte. Das Schimmern war jedoch nicht so unangenehm, wie es Wren von außerhalb erschienen war, und die Mauern wurden trotz ihrer Höhe und Dicke davon so weich gezeichnet, daß sie fast vergänglich schienen.

Wrens Augen irrten von einem Punkt zum anderen. Sie sah in gut gepflegten Höfen angelegte Blumengärten, Hecken, die Spazierwege säumten, und Straßenlampen aus sorgfältig verarbeitetem Eisen. Es gab Pferde, Kühe, Hühner und alle Arten von Tieren in Gehegen und Scheunen. Es gab Hunde, die sich in den Eingängen zum Schlafen zusammengerollt hatten, und Katzen auf Fensterbänken. Es gab über Eingängen farbige Flaggen und Schirme. Markisen hingen über Schaufenstern und Marktkarren. Die Häuser und Geschäfte waren weiß und sauber, umgeben von frisch gestrichenen Zäunen in unzähligen Farben. Sie konnte natürlich nicht alles sehen, sondern nur den Teil der Stadt, der in der Nähe lag. Und doch konnte kein Zweifel daran bestehen, wo sie war oder welche Gefühle in ihr hervorgerufen wurden.

Zu Hause.

Aber genauso schnell, wie sie voller Freude Vertrautheit und das Gefühl der Zugehörigkeit gespürt hatte, verschwand beides auch wieder. Wie konnte sie sich an einem Ort heimisch fühlen, an dem sie nie zuvor gewesen war, den sie nie zuvor gesehen hatte und über dessen Existenz sie sich bis zu diesem Augenblick nicht sicher gewesen war?

Die Vision wurde schwächer und schien in die Schatten der Nacht zurückzuweichen, als wollte sie sich verbergen. Sie sah, was sie zuvor übersehen hatte – oder was sie in ihrer Aufregung nicht hatte sehen wollen. Die Mauern wimmelten von Elfen in Kampfkleidung mit Waffen in der Hand, und ihre Verteidigungslinien erstreckten sich über die Festungsmauern. Ein Angriff wurde gerade zurückgeschlagen. Der Kampf vollzog sich seltsam ruhig, als habe der Schein der Magie die Geräusche irgendwie gedämpft. Männer fielen. Einige erhoben sich wieder, und einige verschwanden. Auch die Schatten, die angriffen, erlitten Verluste. Einige wurden von dem Licht verbrannt, daß die Funken sprühten und zischten, wie es vielleicht ein verlöschendes Feuer getan hätte, andere wurden von den Verteidigern zurückgeschlagen. Wren blinzelte. Innerhalb ihrer Mauern erschien ihr die Stadt der Elfen auf einmal weniger strahlend und ein wenig heruntergekommen. Die Häuser und Geschäfte waren ein wenig dunkler und auch weniger gut gepflegt, als sie zuerst gedacht hatte, die Bäume und Büsche waren nicht so üppig und die Blumen blasser. Die Luft, die sie atmete, war alles in allem doch nicht so rein – da war ein Hauch von Schwefel und Asche. Hinter der Stadt ragte Killeshan dunkel und drohend auf, und sein Krater glühte blutrot vor dem Nachthimmel.

Sie wurde sich plötzlich der Elfensteine bewußt, die sie noch immer fest umklammert hielt. Ohne auf sie hinabzusehen, ließ sie sie in ihre Tasche gleiten.

»Hier entlang, Wren«, sagte Aurin Striate.

Es gab Wachen an der Tür, durch die sie hereingekommen waren, junge Männer mit harten Gesichtern, entschieden elfischen Zügen und Augen, die müde und alt wirkten. Wren schaute sie an, als sie vorbeiging, und fröstelte. Es war die Art, wie sie sie anschauten. Garth trat dicht neben sie und verdeckte so deren Sicht.

Die Eule führte sie unter den Festungsmauern heraus und über eine ansteigende Rampe über einen Graben, der die Stadt innerhalb ihrer Mauern umschloß. Wren schaute zurück und blinzelte gegen das Licht. Es war kein Wasser in dem Graben. Es schien keinen Sinn zu ergeben, daß man ihn ausgehoben hatte. Er war jedoch eindeutig als eine Art Verteidigungsanlage für die Stadt gedacht. An Dutzenden von Stellen war er von Rampen überspannt, die zu den Mauern führten. Wren sah Garth fragend an, aber der große Mann schüttelte den Kopf.

Ein Weg wurde vor ihnen zwischen den Bäumen sichtbar, der sich ins Zentrum der Stadt wand. Sie begannen, ihn hinabzugehen, waren aber nur ein kurzes Stück weit gekommen, als ein großer Trupp Soldaten vorbeieilte. Er wurde von einem Mann mit so sonnengebleichtem Haar geführt, daß es fast weiß wirkte. Die Eule zog Wren und Garth in die Schatten, und der Mann ging vorbei, ohne sie zu sehen.

»Phaeton«, sagte die Eule und schaute ihm nach. »Der Gesalbte der Königin auf dem Schlachtfeld, ihr Erretter vor den dunklen Wesen.« Er sagte es ironisch und lächelte nicht. »Der schlimmste Alptraum eines Elfenjägers.«

Sie gingen schweigend weiter und wandten sich bald von dem Weg ab, um verschiedenen Seitenstraßen zu folgen, die sie durch Reihen von verdunkelten Geschäften und Hütten führten. Wren sah sich neugierig um. Sie beobachtete, überlegte und nahm alles in sich auf. Vieles war so, wie sie sich vorgestellt hatte, daß es sein würde, denn Arborlon war abgesehen von seiner Größe nicht viel anders als ein Dorf des Südlandes wie Shady Vale – abgesehen natürlich auch von der andauernden Gegenwart der Schutzmauer, die noch immer als ein Schimmer in der Ferne zu spüren war, eine Erinnerung an den Kampf, der dort geführt wurde. Als das Schimmern nach einer Weile ganz hinter einer Wand aus Bäumen verschwand, war es unmöglich, sich die Stadt so vorzustellen, wie sie vor den Dämonen, vor dem Beginn der Belagerung einmal gewesen sein mußte. Es mußte damals wundervoll gewesen sein, hier zu leben, dachte Wren. Die Stadt war bewaldet und abgeschieden, wie es über dem Rill Song gewesen war. Sie war aus ihren Westlandanfängen in dieses Inselparadies wiedergeboren, ihre Bewohner sollten die Chance haben, ein neues Leben zu beginnen. Sie sollten von der Bedrohung der Unterdrückung durch die Föderation frei sein. Damals war sie ohne Dämonen, Killeshan schlief, und Morrowindl lag im Frieden – ein Traum, wenn man es sich so vorstellte.

Erinnert sich wohl noch jemand an diesen Traum? fragte sie sich.

Die Eule führte sie durch einen Hain mit Eschen und Weiden, in dem die Stille wie ein Umhang lag, der sie angenehm umhüllte. Sie erreichten einen Eisenzaun mit Eisenspitzen und geschärften Zinken, der sich zwanzig Fuß hoch in die Luft erhob, und wandten sich an ihm entlang nach links. Jenseits einer Sperrschranke erstreckte sich von Bäumen beschatteter Grund bis hin zu einem weitläufigen Gebäude mit Türmen, das nur der Palast der Elfenherrscher sein konnte. Zu Zeiten ihrer Vorfahren waren das die Elessedils gewesen, erinnerte sich Wren. Aber wer war es jetzt?

Sie gingen an dem Zaun entlang bis zu einer Stelle, wo die Schatten so tief waren, daß man kaum etwas sehen konnte. Dort hielt die Eule inne und beugte sich hinunter. Wren hörte das Schaben eines Schlüssels in einem Schloß, und ein Tor in dem Zaun schwang auf. Sie gingen hinein, warteten, bis die Eule das Tor wieder verschlossen hatte, und liefen dann über den Rasen auf den Palast zu. Niemand erschien, um sie anzusprechen. Niemand war zu sehen. Es gab Wachen, das wußte Wren. Es mußten einfach welche da sein. Sie erreichten die Ecke des Gebäudes und blieben stehen.

Geschmeidig wie eine Katze löste sich eine Gestalt aus den Schatten. Die Eule wandte sich ihr zu und wartete. Die Gestalt kam auf sie zu. Es wurden auch Worte gewechselt, aber zu leise, als daß Wren sie hätte verstehen können. Die Gestalt verschwand wieder. Die Eule winkte, und sie schlüpften durch eine Gruppe von Fichten in eine Nische. Eine Tür war bereits halb geöffnet. Sie traten durch sie hindurch ins Licht.

Sie standen in einer Eingangshalle mit gewölbter Decke und holzgeschnitzten Oberbalken, die glänzend poliert waren. Gepolsterte Bänke waren an den Wänden aufgestellt. Öllampen umrahmten geschwungene Flügeltüren zu einem verdunkelten Gang, die aufgeschoben worden waren. Von irgendwoher vom Ende des Ganges, tief aus dem Innern des Palastes konnte Wren Bewegung und den entfernten Klang von Stimmen hören. Wren und Garth folgten dem Beispiel der Eule und setzten sich auf die Bänke. In dem Licht konnte Wren zum ersten Mal sehen, wie mitgenommen sie aussah. Ihre Kleidung war zerrissen, schmutzig und blutbeschmiert. Garth sah noch schlimmer aus. Ein Ärmel seiner Tunika war vollständig abgerissen, und der andere hing in Fetzen hinab. Seine kräftigen Arme waren von Kratz- und Brandspuren übersät. Sein bärtiges Gesicht war angeschwollen. Er sah, daß sie ihn betrachtete, und zuckte wegwerfend die Achseln.

Eine Gestalt näherte sich, löste sich lautlos aus dem Gang und trat langsam ins Licht. Es war ein Elf von mittlerer Größe und

Gestalt, der einfach aussah und einfach gekleidet war. Er hatte einen steten, durchdringenden Blick. Sein hageres, sonnengebräuntes Gesicht war glattrasiert, und sein braunes Haar trug er schulterlang. Er war nicht viel älter als Wren, aber seine Augen verrieten, daß er weitaus mehr gesehen und erlitten hatte als sie. Er kam auf die Eule zu und nahm wortlos dessen Hand.

»Triss«, grüßte ihn Aurin Striate und wandte sich dann seinen Begleitern zu. »Dies sind Wren Ohmsford und ihr Begleiter Garth. Sie sind aus dem Westland zu uns gekommen.«

Der Elf ergriff nacheinander ihre Hände und sagte nichts. Seine Blicke aus dunklen Augen versanken einen Augenblick in Wrens, und sie war überrascht, wie offen sein Blick war. Als wäre diesen Augen unmöglich, jemals etwas geheimzuhalten.

»Triss ist der Hauptmann der Leibgarde«, erklärte die Eule. Wren nickte. Niemand sagte ein Wort. Sie standen einen Moment verlegen da. Wren fiel ein, daß die Leibgarde für die Sicherheit der Elfenherrscher verantwortlich war, und sie fragte sich, warum Triss keinerlei Waffen trug. Und sie fragte sich im nächsten Moment, warum er überhaupt da war. Dann bewegte sich am anderen Ende des dunklen Ganges wieder etwas, und sie alle wandten sich dorthin um.

Zwei Frauen traten aus den Schatten. Die auffallendere der beiden war klein und schlank, hatte flammend rotes Haar, hell durchscheinende Haut und große grüne Augen, die in ihrem seltsam dreieckigen Gesicht auffielen. Aber es war die andere Frau, die größere der beiden, die Wrens Aufmerksamkeit sofort auf sich zog, so daß sie aufsprang, ohne daß ihr überhaupt bewußt wurde, daß sie aufgestanden war, und die sie schnell und erschreckt atmen ließ. Ihre Augen trafen sich, und die Frau verlangsamte ihren Schritt, während ein seltsamer Ausdruck ihr Gesicht zu überziehen begann. Sie hatte lange, schlanke Beine und trug ein Kleid, das bis zum Boden reichte und um ihre schmale Taille zusammengehalten wurde. Ihre Elfenzüge waren fein gemeißelt, mit hohen Wangenknochen und einem breiten, dünnen Mund. Ihre Augen waren sehr blau, und sie hatte flachsfarbenes Haar, das sich auf die Schultern hinabringelte und vom Schlaf zerzaust war. Ihre Gesichtshaut war glatt, wodurch sie ein jugendliches, beinahe altersloses Aussehen bekam.

Wren sah die Frau ungläubig blinzelnd an. Die Farbe der Augen stimmte nicht, und der Haarschnitt war anders, und sie war größer, und ein Dutzend kleiner Merkmale waren anders, aber die Ähnlichkeit war dennoch unverkennbar.

Wren sah sich selbst, wie sie wohl in dreißig Jahren aussehen würde.

Ein Lächeln erschien ohne Vorwarnung auf dem Gesicht der Frau, ganz plötzlich, strahlend und überströmend. »Eowen, sieh nur, wie sehr sie Alleyne gleicht!« rief sie der rothaarigen Frau zu. »Oh, du hattest recht!«

Sie trat langsam vor, streckte die Hand aus, um Wrens Hände in ihre eigenen zu nehmen, und vergaß alle anderen. »Wie ist dein Name, Kind?«

Wren sah sie verwirrt an. Es schien irgendwie, als sollte die Frau das eigentlich wissen. »Wren Ohmsford«, antwortete sie.

»Wren«, hauchte die andere. Das Lächeln verstärkte sich noch, und Wren bemerkte, daß auch sie selbst lächelte. »Willkommen, Wren. Wir haben lange Zeit darauf gewartet, daß du nach Hause kommst.«

Wren blinzelte. Was hatte sie gesagt? Sie sah sich hastig um. Garth war zur Statue geworden, die Eule und Triss wirkten teilnahmslos, und die rothaarige Frau sah angespannt und ängstlich aus. Sie fühlte sich plötzlich im Stich gelassen. Das Licht der Öllampen flackerte unruhig, und die Schatten krochen näher.

»Ich bin Ellenroh Elessedil«, sagte die Frau, und ihre Hände drückten Wren fester, »die Königin von Arborlon und den Westlandelfen. Kind, ich weiß kaum, was ich dir sagen soll, selbst jetzt, nachdem ich dich so sehnlich erwartet habe.« Sie seufzte. »Aber was sage ich? Deine Wunden müssen gewaschen und behandelt werden und die deines Freundes ebenfalls. Ihr müßt etwas zu essen bekommen. Und dann können wir die ganze Nacht reden, wenn es sein muß. Aurin Striate.« Sie wandte sich der Eule zu. »Ich bin wieder einmal in Eurer Schuld. Ich danke Euch mit meinem ganzen Herzen. Dadurch, daß Ihr Wren sicher in die Stadt gebracht habt, gebt Ihr mir neue Hoffnung. Bitte bleibt über Nacht.«

»Ich werde bleiben, Mylady«, erwiderte die Eule sanft.

»Triss, achte darauf, daß dein Freund entsprechend versorgt wird. Und auch Wrens Begleiter.« Sie sah ihn an. »Wie lautet Euer Name?«

»Garth«, antwortete Wren sofort. Sie war plötzlich erschreckt durch die Plötzlichkeit, mit der alles geschah. »Er kann nicht sprechen.« Sie straffte sich kampfbereit. »Garth bleibt bei mir.«

Das Geräusch von Stiefeln in der Halle erregte erneut die Aufmerksamkeit von ihnen allen. Ein weiterer Elf erschien, ein ziemlich großer Mann mit dunklen Haaren, eckigem Gesicht, der genauso bereitwillig und mühelos lächelte wie die Königin. Er betrat selbstsicher und kontrolliert im Sturmschritt den Raum. »Was ist hier los? Können wir nicht ein paar Stunden Schlaf ohne neue Krise genießen? Aha, Aurin Striate ist hergekommen, wie ich sehe, direkt aus dem Feuer. Gut gemacht, Eule. Und Triss ist auch hier?«

Er hielt erst jetzt inne und bemerkte Wren. Einen Augenblick lang spiegelte sich Unglauben in seinem Gesicht. Der verging und sein Blick schweifte zur Königin. »Sie ist doch noch zurückgekehrt, nicht wahr?« Sein Blick kehrte zu Wren zurück. »Und genauso hübsch wie ihre Mutter.«

Wren errötete. Sie war sich bewußt, daß sie davon aus der Fassung gebracht war, konnte sich aber nicht helfen. Das Lächeln des Elfs verstärkte sich und machte sie noch nervöser. Er trat schnell zu ihr und legte schützend den Arm um sie. »Nein, nein, bitte, es ist wahr. Du bist vollkommen deine Mutter.« Er drückte sie freundschaftlich. »Wenn auch ein wenig staubig und zerrissen.«

Sein Lächeln nahm sie ein und wärmte sie. Sie fühlte sich augenblicklich erleichtert. Es war, als gäbe es niemand sonst in dem Raum. »Es war eine ziemlich harte Reise vom Strand hier herauf«, brachte sie mühsam heraus und wurde mit seinem schnellen Lachen belohnt.

»In der Tat hart. Nur sehr wenige andere hätten das geschafft. Ich bin Gavilan Elessedil«, belehrte er sie, »der Neffe der Königin und dein Cousin.« Er unterbrach sich, als er ihren verwirrten Blick sah. »Ach, du weißt noch gar nichts davon, nicht wahr?«

»Gavilan, geh und leg dich schlafen«, unterbrach ihn Ellenroh und lächelte ihn an. »Später ist noch Zeit genug, daß du dich vorstellst. Wren und ich haben jetzt etwas zu besprechen, nur wir beide.«

»Was, ohne mich?« Gavilan sah gekränkt aus. »Ich dachte doch, daß du mich einbeziehen wolltest, Tante Ell. Wer stand Wrens Mutter denn näher als ich?«

Die Königin schaute ihn mit festem Blick an. »Ich.« Sie wandte sich erneut Wren zu, schob Gavilan beiseite und stellte sich neben das Mädchen. Ihre Arme legten sich um Wrens Schultern. »Diese Nacht sollte dir und mir allein vorbehalten bleiben, Wren. Garth wird auf dich warten, bis wir fertig sind. Ich möchte gern, daß zuerst wir miteinander sprechen. Nur wir beide.«

Wren zögerte. Sie erinnerte sich an die Worte der Eule, sie solle nichts von den Elfensteinen sagen, einzig und allein der Königin gegenüber. Sie schaute zu ihm hinüber, aber er sah fort. Die rothaarige Frau indessen sah Gavilan unverwandt mit undurchdringlichem Gesicht an.

Garth weckte ihre Aufmerksamkeit, indem er ihr ein Zeichen machte. *Tu, um was sie dich bittet.*

Noch immer antwortete Wren nicht. Sie war nahe dran, die Wahrheit über ihre Mutter und über ihre Vergangenheit zu erfahren. Sie war dabei, die Antworten zu entdecken, um derentwillen sie gekommen war. Und plötzlich wollte sie nicht allein sein, wenn es soweit war.

Jedermann wartete. Garth machte erneut Zeichen. *Tu es.* Der harte, unnachgiebige Garth, der Hüter von Geheimnissen!

Wren zwang sich zu einem Lächeln. »Wir werden alleine miteinander sprechen«, sagte sie.

Sie verließen die Eingangshalle, gingen den Gang hinab und eine gewundene Treppe ins zweite Stockwerk des Palastes hinauf. Garth blieb mit Aurin Straite und Triss zurück. Er war offensichtlich unbeeindruckt davon, daß er nicht mit ihr gehen konnte, und zufrieden mit ihrer Trennung, obwohl er wußte, daß es Wren ganz eindeutig nicht so ging. Sie sah, daß Gavilan ihr nachstarrte, sah ihn lächeln und winken und dann in einem anderen Gang verschwinden. Er war ein Kobold, der zu anderen amüsanten Spielen zurückkehrte. Sie mochte ihn instinktiv, genauso wie sie die Eule instinktiv gemocht hatte, aber nicht auf die gleiche Art. Sie war sich noch nicht ganz sicher, worin der Unterschied bestand, denn sie war gegenwärtig noch zu verwirrt von allem, was geschah, als daß sie in der Lage gewesen wäre, ihre Gedanken und Gefühle zu ordnen. Sie mochte ihn, weil er ihr ein gutes Gefühl vermittelte, und das war im Augenblick eigentlich genug.

Trotz der Ermahnung der Königin an die anderen, daß sie mit Wren alleine sprechen wollte, ging ihnen die rothaarige Frau nach. Ihr Gesicht leuchtete geisterhaft weiß aus den Schatten. Wren schaute ein- oder zweimal zu ihr zurück, zu dem seltsam eindringlichen, entfernten Gesicht, zu den großen, grünen Augen, die in anderen Welten verloren schienen, zu dem Flattern schlanker Hände vor einem schlichten, weichen Kleid. Ellenroh schien nicht zu bemerken, daß die andere da war, sondern hastete durch die dunklen Korridore des Palastes auf ihr Ziel zu und verzichtete auf Licht jeglicher Art, außer das des Mondes, das in silbernen Strahlen durch die hohen Glasfenster fiel. Sie gingen einen Gang hinunter, bogen in einen weiteren ein, noch immer im zweiten Stockwerk, und näherten sich schließlich einem Paar Flügeltüren am Ende des Ganges. Wren wich bei einer leisen Bewegung in der Dunkelheit zur Seite aus – bei einer Bewegung, die jemand anders hatte verbergen wollen, die ihr aber nicht entgangen war. Sie verlangsamte bewußt ihren Schritt und wartete, daß ihre Augen sich anpaßten. Ein Elf stand tief in den Schatten an der Wand. Er stand jetzt reglos und aufmerksam.

»Das ist nur Cort«, sagte die Königin leise. »Er gehört zur Leibgarde.« Ihre Hand strich über Wrens Wange. »Du hast unsere Elfenaugen, Kind.«

Die Türen führten in das Schlafzimmer der Königin, einen großen Raum mit einer gewölbten Decke, vergitterten Fenstern, einem Bett mit einem Baldachin, dessen Bettlaken noch zerwühlt waren, mit Stühlen und Sofas und Tischen in kleinen Gruppen, einem Schreibpult und einer Tür, die in einen Waschraum führte.

»Setz dich hier hin, Wren«, dirigierte die Königin sie und führte sie zu einer kleinen Couch. »Eowen wird deine Wunden auswaschen und verbinden.«

Sie schaute zu der rothaarigen Frau hinüber, die bereits Wasser aus einem Krug in ein Becken goß und einige saubere Tücher zusammensuchte. Eine Minute später war sie zurück und kniete sich neben Wren. Ihre Hände waren überraschend kräftig, als sie die Kleidung des Mädchens abstreifte und Wren zu waschen begann. Sie arbeitete schweigend, während die Königin zuschaute. Schließlich beendete sie die Behandlung, indem sie Verbände anlegte, wo es nötig war und ihr ein leichtes Nachtgewand reichte, das Wren dankbar annahm – zum ersten Mal nach Wochen konnte sie in saubere Kleidung schlüpfen, und sie genoß es. Die rothaarige Frau durchquerte den Raum und kam mit einem Becher mit etwas Warmem und Stärkendem zurück. Wren schnupperte versuchsweise daran, entdeckte Spuren von Ale und Tee und noch etwas anderem und trank es mit Behagen.

Ellenroh Elessedil machte es sich neben ihr auf der Couch bequem und nahm ihre Hand. »Nun werden wir miteinander reden, Wren. Hast du Hunger? Möchtest du zuerst etwas essen?« Wren schüttelte den Kopf. Sie war zu müde zum Essen und zu begierig darauf, zu erfahren, was die Königin ihr zu sagen hatte. »Gut, denn.« Die Königin seufzte. »Wo sollen wir beginnen?«

Wren bemerkte plötzlich, daß die rothaarige Frau sich ihnen näherte und sich ihnen gegenüber niederließ. Sie schaute die Frau unsicher an – Eowen hatte die Königin sie genannt. Sie hatte angenommen, daß Eowen die persönliche Dienerin der Königin sei und mitgenommen wurde, damit sie sich um ihr Wohlergehen kümmerte, und daß sie dann entlassen würde wie die anderen. Aber die Königin hatte sie nicht entlassen. Sie schien sich tatsächlich kaum ihrer Anwesenheit bewußt zu sein, und Eowen schien nicht anzunehmen, daß man von ihr erwartete, daß auch sie ginge. Je mehr Wren darüber nachdachte, desto weniger schien Eowen einfach eine Dienerin zu sein. Es war etwas an der Art, wie sie sich verhielt, an der Art, wie sie darauf reagierte, was die Königin sagte und tat. Sie entsprach recht schnell einer Bitte um Hilfe, aber sie zeigte gegenüber Ellenroh Elessedil nicht die Ehrerbietung, die die anderen ihr erwiesen.

Die Königin sah Wrens Blick und lächelte. »Ich fürchte, ich bin mir selbst wieder einmal vorausgeeilt. Und habe es auch versäumt, mich angemessen zu verhalten. Dies ist Eowen Cerise, Wren. Sie ist meine engste Freundin und Beraterin. Tatsächlich verdanke ich ihr, daß du hier bist.«

Wren runzelte leicht die Stirn. »Ich verstehe nicht, was Ihr meint. Ich bin hier, weil ich die Elfen suche. Dazu kam es, weil der Druide Allanon mich gebeten hat, die Suche zu übernehmen. Was hat Eowen damit zu tun?«

»Allanon«, flüsterte die Elfenkönigin und war einen Moment lang beunruhigt. »Selbst im Tode wacht er über uns.« Sie ließ verwirrt Wrens Hand los. »Wren, laß mich dich zuerst etwas fragen. Wie hast du es geschafft, uns zu finden? Kannst du uns etwas von deiner Reise nach Morrowindl und Arborlon erzählen?«

Wren war begierig darauf, etwas über ihre Mutter zu erfahren, aber hier hatte sie nicht zu bestimmen. Sie zügelte ihre Ungeduld und erfüllte der Königin ihre Bitte. Sie erzählte ihr von den Träumen, die Allanon gesandt hatte, von dem Erscheinen von Cogline und der daran anschließenden Reise zum Hadeshorn, von den Aufgaben, die der Druide den Ohmsfords aufgetragen hatte, von ihrer Rückkehr mit Garth ins Westland und ihrer Suche nach einem Hinweis auf den Verbleib der Elfen, von der Ankunft in Grimpen Ward und ihrem Gespräch mit der Addershag, von ihrer Reise zu den Ruinen von Wing Hove, von der Ankunft von Tiger Ty mit Spirit, vom Flug nach Morrowindl und ihrem Marsch über die Insel. Sie ließ nur zwei Dinge aus – sie erwähnte weder das Schattenwesen, das ihnen gefolgt war, noch die Tatsache, daß sie die Elfensteine besaß. Die Eule hatte ihre Warnung, nichts von den Elfensteinen zu erzählen, bis sie mit der Königin ganz allein war, sehr dringend gemacht. Wenn sie nichts von den Elfensteinen sagte, durfte sie auch das Schattenwesen nicht erwähnen.

Sie beendete ihren Bericht und wartete, daß die Königin etwas dazu sagte. Ellenroh Elessedil betrachtete sie einen Moment lang ernsthaft und lächelte dann. »Du bist ein vorsichtiges Mädchen, Wren, und das mußt du in dieser Welt auch sein. Deine Geschichte sagt mir genau so viel, wie sie sollte – und nicht mehr.« Sie beugte sich vor. Ihr markantes Gesicht war jetzt von einer Mischung aus Gefühlen gezeichnet, die für Wren zu kompliziert waren, als daß sie sie hätte einordnen können. »Ich werde dir jetzt im Gegenzug auch etwas erzählen, und wenn ich geendet habe, wird es keine Geheimnisse mehr zwischen uns geben.«

Sie nahm Wrens Hand erneut in ihre eigenen. »Deine Mutter hieß Alleyne, wie Gavilan dir bereits gesagt hat. Sie war meine Tochter.«

Wren saß regungslos da. Ihre Hände waren fest mit denen der Königin verschränkt, und Überraschung und Staunen durchfuhren sie, während sie überlegte, was sie sagen sollte.

»Sie war meine Tochter, Wren, und das macht dich zu meiner Enkelin. Aber da ist noch etwas. Ich gab Alleyne drei bemalte Steine in einem Lederbeutel, die sie wiederum dir geben sollte. Hast du sie bei dir?«

Wren zögerte. Sie fühlte sich überrumpelt und wußte nicht, was man von ihr an Taten oder Worten erwartete. Aber sie konnte nicht lügen. »Ja«, gab sie zu.

Die blauen Augen der Königin waren durchdringend, als sie Wrens Gesicht forschend betrachteten, und ein schwaches Lächeln lag auf ihren Lippen. »Und du hast inzwischen die

Wahrheit über sie herausgefunden, nicht wahr? Du mußt sie kennen, sonst wärest du niemals lebend hier angekommen.«

Wren zwang sich, eine ausdruckslose Miene aufzusetzen. »Ja«, erwiderte sie ruhig.

Ellenroh tätschelte ihre Hände und ließ sie dann los. »Eowen weiß von den Elfensteinen, Kind. Und auch ein paar andere, die mir vor vielen Jahren zur Seite gestanden haben – Aurin Striate zum Beispiel. Er hat dich gewarnt, etwas zu sagen, nicht wahr? Das macht nichts. Nur wenige wissen von den Elfensteinen, und niemand von ihnen hat erlebt, wie sie benutzt wurden – noch nicht einmal ich. Du allein hast diese Erfahrung gemacht, Wren, und ich glaube nicht, daß du sonderlich erfreut bist, sie zu besitzen, nicht wahr?«

Wren schüttelte langsam den Kopf. Sie war überrascht, wie scharfsichtig die Königin war und wie groß ihr Einblick in die Gefühle war, die Wren sorgfältig verborgen hatte halten wollen. Kam das daher, daß sie einer Familie angehörten und sich deswegen sehr ähnlich waren, war ihre Verwandtschaft etwa ein Band, das jedem von ihnen ein Fenster in das Herz des anderen öffnete? Konnte Wren umgekehrt, wenn sie wollte, wahrnehmen, was Ellenroh fühlte?

Familie. Sie flüsterte das Wort im Geiste. *Die Familie, die ich gesucht habe. Ist es möglich? Bin ich wirklich die Enkelin dieser Königin, bin ich selbst eine Elessedil?*

»Erzähle mir alles übrige von deiner Reise nach Arborlon«, sagte die Königin weich, »und ich werde dir erzählen, was du so dringend wissen willst. Laß dich durch Eowen nicht stören. Eowen weiß bereits alles, was wichtig ist.«

Also berichtete Wren den Rest von dem, was ihr auf ihrer Reise begegnet war, von dem Wolfswesen, das ein Schattenwesen gewesen war, und von der Entdeckung der Wahrheit der bemalten Steine, die ihre Mutter ihr als Kind gegeben hatte. Als sie geendet hatte, als sie ihnen alles erzählt hatte, legte sie schutzsuchend ihre Arme um sich, denn sie fröstelte bei ihren eigenen Worten und den Erinnerungen, die sie hervorriefen. Schließlich erhob sie sich impulsiv und ging zu der Stelle, wo ihre abgelegten Kleider lagen. Sie durchsuchte die zerrissenen Kleidungsstücke hastig und fand die Elfensteine, die noch immer dort steckten, wo sie sie nach Betreten der Stadt verborgen hatte. Sie trug sie zur Königin und hielt sie vor sie hin. »Hier«, bot sie an, »nehmt sie.«

Aber Ellenroh Elessedil schüttelte den Kopf. »Nein, Wren.« Sie schloß Wrens Finger über den Elfensteinen und führte ihre Hand zu einer Tasche ihres Nachtgewandes. »Du mußt sie für mich aufbewahren«, flüsterte sie.

Zum ersten Mal sprach Eowen Cerise. »Du warst sehr tapfer, Wren.« Ihre Stimme war tief und zwingend. »Die meisten wären nicht in der Lage gewesen, solche Hindernisse zu überwinden. Du bist in der Tat das Kind deiner Mutter.«

»Ich sehe so vieles von Alleyne in ihr«, stimmte die Königin Eowen zu, und ihre Augen schweiften einen Moment in die Ferne. Dann straffte sie sich und richtete ihren Blick erneut auf Wren. »Und du bist tatsächlich tapfer gewesen. Allanon hat recht daran getan, dich auszuwählen. Aber es war vorherbestimmt, daß du kommst. Daher vermute ich, daß er lediglich Eowens Verheißung erfüllt hat.«

Sie sah die Verwirrung in Wrens Augen und lächelte. »Ich weiß, Kind. Ich spreche in Rätseln. Du hast große Geduld mit mir bewiesen, und das war nicht leicht für dich. Du möchtest von deiner Mutter hören und erfahren, warum du hier bist. Nun gut.«

Das Lächeln wurde weicher. »Drei Generationen, bevor ich selbst geboren wurde, beschlossen mehrere Mitglieder der Ohmsfordfamilie, direkte Abkommen von Jair Ohmsford, nach Arborlon auszuwandern. Die Elfen lebten damals ja noch im Westland. Ihre Entscheidung wurde durch den Übergriff der Föderation auf Südlanddörfer wie Shady Vale und den Beginn der Hexenjagd gegen die Magie beeinflußt, jedenfalls sehe ich das so. Es gab drei dieser Ohmsfords, und sie brachten die Elfensteine mit sich. Einer starb kinderlos. Zwei heirateten, aber als die Elfen auszuwandern beschlossen, zog nur einer von ihnen mit ihnen. Der andere, so sagte man mir, ein Mann, kehrte mit seiner Frau nach Shady Vale zurück. Das also waren Par und Coll, Ohmsfords Großeltern. Die Ohmsford, die übrigblieb, war eine Frau, und sie behielt die Elfensteine bei sich.«

Ellenroh hielt inne. »Wie du weißt, wurden die Elfensteine ganz am Anfang von Elfenmagie geformt und konnten nur von jenen benutzt werden, die Elfenblut besaßen. Das Elfenblut war aber in den Jahren seit dem Tode von Brin und Jair bei den Ohmsfords kaum noch spürbar, so daß die Steine keinen besonderen Nutzen für die Ohmsfords besaßen, die sie in ihrer Obhut hatten. Daher beschlossen sie irgendwann und in beiderseitigem Einverständnis, daß die Steine denjenigen wieder zurückgegeben werden sollten, die sie gestaltet hatten – oder deren Nachkommen, wie ich eher vermute. Als also die drei, die aus Shady Vale gekommen waren, heirateten und ihr neues Leben begannen, war es für sie nur natürlich, daß sie beschlossen, daß die Elfensteine, die eine Pflegschaft der Ohmsfordfamilie seit den Tagen ihres Vorfahren Shea waren, bei den Elfen bleiben sollten, egal was aus ihnen selbst wurde.«

»Auf jeden Fall verschwanden die Elfensteine zusammen mit den Elfen, und ich sollte wohl auch darüber ein oder zwei Worte verlieren.« Sie schüttelte bei der Erinnerung den Kopf. »Unsere Leute waren schon seit Jahren immer weiter in die Westlandwälder zurückgewichen. Sie waren von den anderen Rassen immer mehr isoliert worden, als sich die Föderation immer mehr nach Norden ausbreitete. Einiges davon geschah durch ihr eigenes Dazutun, aber es war auch in gleichem Maße das Ergebnis der Auffassung, daß die Elfen anders seien und daß es nicht gut sei, anders zu sein. Das Koalitionskonzil der Föderation hatte diese Meinung gefördert, und sie hatte sich ausgebreitet. Die Elfen waren immerhin die Nachkommen der Feen und nicht wirklich Menschen. Die Elfen wußten mit der Magie umzugehen, die die Welt seit der Zusammenkunft des Ersten Konzils in Paranor gestaltet hatte, und niemand hatte jemals der Magie oder denen, die sie benutzten, sonderlich getraut. Als die Wesen, die du

Schattenwesen nennst – wobei es damals noch keinen Namen für sie gab –, auftauchten, war die Föderation schnell bereit, die Schuld dafür, daß das Land zu kränkeln begann, den Elfen zuzuschreiben. Immerhin war dort die Magie entstanden, und war es nicht die Magie, die all diese Probleme verursacht hatte? Wenn nicht, warum waren dann die Elfen und ihre Heimat nicht auch davon betroffen? Es summierte sich alles immer mehr, wie solche Dinge das nun einmal tun, bis unsere Leute schließlich genug hatten. Die Entscheidung war einfach. Es gab nur die Alternative, sich der Föderation entgegenzustellen, was bedeutet hätte, ihnen den Krieg zu gewähren, den sie so bewußt suchten, oder einen Weg zu finden, dem allen völlig auszuweichen. Krieg war keine erstrebenswerte Perspektive. Die Elfen hätten dem stärksten Heer der Vier Länder vollkommen allein gegenübergestanden. Callahorn war bereits vereinnahmt und das Freicorps aufgelöst worden, die Trolle waren als Stamm so schwer einzuschätzen wie eh und je, und die Zwerge zögerten, sich auf sie einzulassen.

Also beschlossen die Elfen einfach, das alles hinter sich zu lassen, in ein neues Gebiet auszuwandern, sich neu anzusiedeln und die Föderation auflaufen zu lassen. Diese Entscheidung dafür fiel nicht so schnell. Viele wollten bleiben und kämpfen, genauso viele hielten es für besser, erst einmal abzuwarten. Immerhin war es ihre Heimat, die sie verlassen sollten, der Geburtsort aller Elfen nach den verheerenden Umwälzungen der Großen Kriege. Aber nach langen Auseinandersetzungen stimmten alle zu, daß es am besten sei, zu gehen. Die Elfen hatten schon mehrfach einen ähnlichen Aufbruch überlebt. Sie hatten immer wieder eine neue Heimat gefunden. Sie hatten die Kunst, scheinbar zu verschwinden, perfektioniert, während sie tatsächlich immer noch da waren.«

Sie seufzte. »Das war vor langer Zeit, Wren, und ich war nicht dabei. Ich kann nicht mit Sicherheit sagen, was ihre Gründe waren. Der Aufbruch fand statt. Er begann als ein langsames Zusammenziehen von Elfen aus allen Winkeln des Westlandes, so daß viele Dörfer einfach aufhörten zu existieren. In der Zwischenzeit hatten die Flugreiter diese Insel gefunden, die den Bedürfnissen der Elfen vollkommen entsprach. Morrowindl. Als beschlossen war, daß sie hierher ziehen würden, setzten sie den Zeitpunkt fest und verschwanden einfach.«

Sie schien zu überlegen, ob sie weitere Erklärungen abgeben sollte, schüttelte dann aber den Kopf. »Genug davon, wie wir hierher gekommen sind. Wie ich bereits gesagt habe, blieb eine der Ohmsfords bei ihnen. Zwei Generationen vergingen, in denen Kinder geboren wurden, und dann heiratete meine Mutter den König der Elessedils, und die Ohmsford- und Elessedilfamilien verschmolzen. Erst wurde ich geboren und später mein Bruder Asheron. Mein Bruder sollte König werden, aber er wurde von den Dämonen getötet – er war einer der ersten, die sterben mußten. Statt dessen wurde ich dann Königin. Ich heiratete, und deine Mutter wurde geboren, Alleyne, mein einziges Kind. Schließlich töteten die Dämonen auch meinen Mann. Alleyne war alles, was mir geblieben war.«

»Meine Mutter«, echote Wren. »Wie war sie?«

Die Königin lächelte erneut. »Sie war außergewöhnlich. Sie war klug, eigenwillig und hübsch. Sie glaubte alles tun zu können – ein Teil von ihr wollte das zumindest versuchen.« Sie verschränkte die Hände ineinander, und das Lächeln verschwand. »Sie traf einen Flugreiter und erwählte ihn zum Mann. Ich hielt das für keine gute Idee – die Himmelselfen hatten sich niemals richtig mit uns verbunden –, aber was ich dachte, spielte natürlich keine so große Rolle. Das war vor ungefähr zwanzig Jahren, und es war eine gefährliche Zeit. Die Dämonen waren überall, und ihre Macht nahm zu. Wir waren gezwungen, uns in die Stadt zurückzuziehen. Der Kontakt zur Außenwelt wurde schwierig.«

»Kurz nachdem sie geheiratet hatte, wurde Alleyne mit dir schwanger. Zu jener Zeit erzählte mir Eowen von ihrer Vision.« Sie sah die andere Frau an, die mit großen und unermeßlich tiefen grünen Augen gleichmütig beobachtend dasaß. »Eowen ist eine

Seherin, Wren, vielleicht die beste, die es jemals gab. Sie war meine Spielgefährtin und Vertraute, als ich ein Kind war. Wenig später erfuhr sie, daß sie die Macht hatte. Sie ist seitdem immer bei mir geblieben, hat mich beraten und geführt. Ich habe dir gesagt, daß ich es ihr verdanke, daß du hier bist. Als Alleyne schwanger wurde, warnte mich Eowen, daß meine Tochter Morrowindl vor deiner Geburt verlassen müßte, sonst würdet ihr beide sterben müssen. Sie hatte es in einer Vision erfahren. Sie erzählte mir auch, daß Alleyne niemals zurückkehren könnte, aber daß du es eines Tages tun müßtest und dein Kommen die Elfen retten würde.«

Sie atmete tief ein. »Ich verstehe dich. Damals fühlte ich mich, wie du dich jetzt fühlen mußt. Wie kann das wahr sein? Ich wollte nicht, daß Alleyne ging. Aber ich wußte, daß die Visionen von Eowen niemals falsch waren. Also rief ich Alleyne zu mir und ließ Eowen wiederholen, was sie mir erzählt hatte. Alleyne zögerte nicht, obwohl ich wußte, daß sie es nur widerstrebend tat. Sie erklärte, sie würde gehen und dafür sorgen, daß das Baby in Sicherheit war. Sie sprach nicht von sich selbst. So war deine Mutter nun mal. Ich besaß die Elfensteine noch immer. Sie waren durch die Verbindung meiner Eltern an mich weitergegeben worden. Ich gab sie Alleyne, damit sie sie beschützten. Zuvor hatte ich sie jedoch ein wenig mit meiner eigenen Magie verändert, um sicherzustellen, daß sie nicht sofort erkannt würden oder einen Wert zu haben schienen.

Alleyne sollte mit ihrem Mann ins Westland zurückkehren. Sie sollte von dort nach Shady Vale reisen und den Kontakt mit den Nachkommen der Ohmsfords wiederherstellen, die zurückgegangen waren, als die Elfen nach Morrowindl gezogen waren. Ich habe niemals erfahren, ob sie es tat. Sie verschwand fast drei Jahre lang aus meinem Leben. Eowen konnte mir nur sagen, daß ihr beide in Sicherheit wart.

Vor jetzt kaum mehr als fünfzehn Jahren beschloß Alleyne jedoch, hierher zurückzukehren. Ich weiß nicht, was diese Entscheidung ausgelöst hat, ich weiß nur, daß sie kam. Sie gab dir den Lederbeutel mit den Elfensteinen, ließ dich in der Obhut der Ohmsfords in Shady Vale und flog mit ihrem Mann zu uns zurück.«

Sie schüttelte langsam den Kopf, als sei der Gedanke an die Rückkehr ihrer Tochter sogar jetzt noch unfaßbar. »Zu dem Zeitpunkt hatten die Dämonen Morrowindl bereits überschwemmt. Die Stadt war alles, was uns geblieben war. Der Keel war damals zwar schon von unserer Magie geformt worden, um uns zu schützen, aber da draußen waren die Dämonen überall. Flugreiter kamen immer seltener herein. Der Rock, auf dem Alleyne und ihr Mann kamen, stieß durch den Vog herab und wurde von einer Art Geschoß getroffen. Er landete in der Nähe der Stadttore. Die Dämonen...«

Sie hielt inne und konnte nicht mehr fortfahren. Tränen glänzten in ihren Augen. »Wir konnten sie nicht retten«, schloß sie.

Wren spürte eine große Leere in sich. In Gedanken sah sie ihre Mutter sterben. Impulsiv beugte sie sich vor und legte die Arme um ihre Großmutter und drückte sie. Sie war die letzte ihrer Familie, das einzige Band, das sie noch mit ihrer Mutter und ihrem Vater verband. Sie spürte, wie sich der Kopf der Königin auf ihre Schulter senkte und die schlanken Arme auch sie umarmten. Sie saßen lange Zeit schweigend da und hielten sich einfach gegenseitig fest, ohne etwas zu sagen. Wren versuchte, im Geiste ein Bild vom Gesicht ihrer Mutter heraufzubeschwören, aber es gelang ihr nicht. Alles, was sie jetzt sehen konnte, war das Gesicht ihrer Großmutter. Sie war sich der Tatsache bewußt, daß ihr eigener Verlust, wie schwer auch immer er war, niemals an den der Königin heranreichte.

Schließlich lösten sie sich voneinander, und die Königin lächelte erneut strahlend und allumfassend. »Ich bin so froh, daß du gekommen bist, Wren«, wiederholte sie. »Ich habe so lange darauf gewartet, dich kennenzulernen.«

»Großmutter«, sagte Wren, und das Wort klang seltsam, als sie es aussprach. »Ich verstehe aber immer noch nicht, warum ich gesandt wurde. Allanon hat mir gesagt, daß ich die Elfen finden sollte, weil die Länder nicht gesunden könnten, wenn sie nicht zurückkehrten. Und jetzt sagst du mir, daß Eowen vorhergesagt hat, mein Kommen würde die Elfen retten. Welchen Unterschied macht meine Anwesenheit denn hier? Sicherlich wäret ihr schon vor langer Zeit zurückgekehrt, wenn ihr es gekonnt hättet.«

Das Lächeln verschwand langsam. »Es ist ein wenig komplizierter, fürchte ich.«

»Wie kann es komplizierter sein? Könnt ihr denn nicht fortgehen, wenn ihr es wollt?«

»Ja, Kind, wir könnten fortgehen.«

»Aber warum tut ihr es dann nicht? Was hält euch? Bleibt ihr, weil ihr bleiben müßt? Sind diese Dämonen aus dem Schrecklichen gekommen? Hat der Ellcrys erneut versagt?«

»Nein, dem Ellcrys geht es gut.« Sie hielt zögernd inne.

»Wo sind diese Dämonen denn dann hergekommen?«

Das glatte Gesicht der Königin verhärtete sich kaum merklich. »Wir sind nicht sicher, Wren.«

Sie log. Wren wußte es instinktiv. Sie hörte es an der Stimme ihrer Großmutter und sah es, als Eowen plötzlich ihre grünen Augen niederschlug. Entsetzt, verletzt und auch ärgerlich starrte sie die Königin ungläubig an. *Keine Geheimnisse mehr zwischen uns?* dachte sie und wiederholte die Worte der Königin. *Was verheimlichst du mir?*

Ellenroh Elessedil schien die Qual ihrer Enkelin nicht zu bemerken. Sie streckte erneut die Arme aus und umarmte sie warm. Obwohl sie eigentlich das Bedürfnis hatte, stieß Wren sie nicht von sich, denn sie dachte, daß es einen Grund für diese Heimlichkeit geben mußte und daß er beizeiten erklärt werden würde. Und sie dachte auch, daß sie von zu weither gekommen war, um die Wahrheit über ihre Familie zu erfahren, daß sie jetzt nicht aufgeben konnte, nur weil sich ein Teil davon nur langsam herauskristallisierte. Sie schob ihre Gefühle beiseite. Sie war eine Fahrende, und Garth hatte sie gut ausgebildet. Sie konnte geduldig sein. Sie konnte warten.

»Zeit genug, auch morgen noch darüber zu sprechen, Kind«, flüsterte ihr die Königin ins Ohr. »Du brauchst jetzt Schlaf. Und ich brauche Zeit zum Nachdenken.«

Sie zog sich zurück. Ihr Lächeln war jetzt so traurig, daß es Wren fast die Tränen in die Augen trieb. »Eowen wird dir dein Zimmer zeigen. Dein Freund Garth wird nebenan schlafen. Ruh dich aus, Kind. Wir haben lange Zeit darauf gewartet, uns zu finden, und wir brauchen das Kennenlernen nicht zu übereilen.«

Sie stand auf und zog Wren mit sich. Neben ihnen erhob sich auch Eowen Cerise. Die Königin umarmte ihre Enkelin noch einmal. Wren umarmte auch sie und unterdrückte die Zweifel, die in ihr aufkamen. Sie war jetzt müde. Ihre Augenlider wurden schwer, und ihre Kräfte versiegten. Sie fühlte sich arm und getröstet und brauchte Ruhe.

»Ich bin froh, daß ich hier bin, Großmutter«, sagte sie leise und meinte es auch so.

Aber ich werde die Wahrheit erfahren, fügte sie im stillen hinzu. *Ich werde alles erfahren.*

Sie ließ sich von Eowen Cerise aus dem Schlafzimmer und in einen dunklen Gang führen.

11

Als Wren am nächsten Morgen erwachte, fand sie sich in einem Raum mit weiß getünchten Wänden wieder. Die baumwollene Bettwäsche war an den Kanten mit winzigen Blümchen verziert und gewebte Wandteppiche aus hell pastellfarbenen Fäden schimmerten in einem Strom strahlenden Lichts, der durch einen Spalt der Spitzenvorhänge floß, die in reichen Falten vor den bodentiefen Fenstern hingen.

Sonnenlicht, wunderte sie sich, in einem Land, in dem jenseits der Stadtmauern und der Macht der Elfenmagie nur Dunkelheit herrschte.

Sie lehnte sich verschlafen und entspannt zurück und ließ sich Zeit, ihre Gedanken zu sammeln. Sie hatte in der Nacht zuvor nicht viel von dem Raum gesehen. Es war dunkel gewesen, und Eowen hatte sie nur mit Hilfe eines Kerzenlichts hierher geführt. Sie war in das weiche Bett gefallen und fast augenblicklich eingeschlafen.

Sie schloß für einen Moment die Augen und versuchte das, was sie sah, mit ihren Erinnerungen in Zusammenhang zu bringen, diese traumähnliche, durchscheinende Gegenwart in Zusammenhang zu bringen mit der rauhen, gefährlichen Vergangenheit. War das alles real gewesen – die Suche nach dem Aufenthaltsort der Elfen, die Flucht nach Morrowindl, ihr Marsch durch den In Ju, das Besteigen des Blackledge, ihr Durchkämpfen zum Rowen und dann nach Arborlon? So, wie sie jetzt von Sonnenlicht und weichen Laken umhüllt dalag, fiel es ihr schwer, das alles zu glauben. Ihre Erinnerung an das, was jenseits der Stadtmauern lag – die Dunkelheit und das Feuer und der Dunst, die Monster, die von überall her herandrängten und nur die Zerstörung kannten – das alles schien verschwommen und weit entfernt zu sein.

Sie öffnete heftig blinzelnd die Augen und zwang sich, diese Erinnerungen herbeizurufen. Die Ereignisse erschienen vor ihrem inneren Auge wieder lebhaft und grell. Sie sah Garth, wie er am Rande der Klippen über der Blauen Spalte mit ihr zusammen gegen das Schattenwesen gekämpft hatte. Sie rief sich wieder in Erinnerung, wie es in jener ersten Nacht am Strand gewesen war, als Tiger Ty und Spirit sie verlassen hatten. Sie dachte an Stresa und Faun, zwang sich dazu, sich daran zu erinnern, wie sie aussahen, wie sie sprachen und handelten, und daran, was sie auf sich genommen hatten, um ihr zu helfen, durch diese schreckliche Welt zu reisen. Sie waren Freunde und hatten ihr geholfen. Und sie waren zurückgelassen worden.

Die Gedanken an den Stachelkater und den Baumschreier waren es, die sie schließlich aufschreckten. Sie setzte sich auf und sah sich in Ruhe um. Sie war hier in Arborlon, versicherte sie sich selbst, im Palast der Elfenkönigin, im Heim von Ellenroh Elessedil, die ihre Großmutter war. Sie atmete tief ein. Sie konzentrierte sich auf den Gedanken und kämpfte darum, ihn Realität werden zu lassen. Es war natürlich die Realität – und doch schien es ihr gleichzeitig nicht so zu sein. Es war alles zu neu, vermutete sie. Sie war gekommen, um die Wahrheit über ihre Eltern herauszufinden. Sie hatte nicht ahnen können, daß die Wahrheit so erschreckend sein würde.

Sie erinnerte sich daran, was sie zu sich selbst gesagt hatte, als Cogline sie das erste Mal auf ihre Träume angesprochen hatte: Wenn sie sich einverstanden erklärte, zum Hadeshorn zu reisen, um mit Allanon zu sprechen, würde sie etwas lernen, das ihr Leben grundlegend verändern könnte.

Sie hatte sich nicht vorstellen können, wie sehr.

Es faszinierte und erschreckte sie gleichzeitig. Da war so vieles geschehen, das sie schließlich nach Morrowindl und zu den Elfen brachte, und nun sah sie sich einer Welt und einem Volk gegenüber, das sie weder wirklich kannte noch wirklich verstand. Sie hatte letzte Nacht feststellen müssen, wie schwierig sich die Dinge vielleicht erweisen würden. Wenn sogar ihre eigene Großmutter beschlossen hatte, sie zu belügen, wieviel Vertrauen konnte sie dann den anderen entgegenbringen? Es schmerzte sie noch immer, daß ihr Geheimnisse vorenthalten wurden. Sie war zu einem bestimmten Zweck zu den Elfen gesandt worden, aber sie wußte noch immer nicht, was es war. Ellenroh teilte ihn ihr nicht mit, falls sie ihn überhaupt kannte – zumindest jetzt noch nicht. Und sie sagte auch nichts über die Dämonen. Ihre einzige Erklärung war, daß sie nicht durch das Schreckliche gekommen seien und der Ellcrys nicht versagt habe. Aber sie mußten von irgendwoher gekommen sein, und die Königin wußte, woher, dessen war sich Wren sicher. Sie wußte vieles, was sie nicht preisgab.

Geheimnisse – da war dieses Wort wieder.

Geheimnisse.

Sie ließ ihre Grübeleien mit einem Kopfschütteln auf sich

beruhen. Die Königin war ihre Großmutter, die letzte aus ihrer Familie, und sie hatte ihrer Mutter das Leben geschenkt. Sie war eine vollkommene, schöne, verantwortungsbewußte und liebevolle Frau. Wren schüttelte den Kopf. Sie konnte sich nicht dazu durchringen, schlecht von Ellenroh Elessedil zu denken. Sie konnte sie nicht vor sich selbst herabsetzen. Sie war vielleicht zu ähnlich – in ihrem Aussehen, ihren Gefühlen und in Worten und Gedanken und Taten. Sie hatte es letzte Nacht selbst bemerkt. Sie hatte es bei ihrem Gespräch, durch die Blicke, die sie gewechselt hatten, gespürt und durch die Art, wie sie aufeinander reagiert hatten.

Sie seufzte. Am besten tat sie, was sie sich vorgenommen hatte, nämlich abzuwarten und dann weiterzusehen.

Nach einiger Zeit erhob sie sich und ging zu der Tür, die in den angrenzenden Raum führte. Beinahe im selben Augenblick öffnete sich die Tür, und Garth war da. Er trug kein Hemd. Seine muskulösen Arme und sein Körper waren verbunden, und sein dunkles, bärtiges Gesicht war mit Schnitten und Prellungen übersät. Aber trotz der beeindruckenden Anzahl von Verletzungen wirkte der große Fahrende ausgeruht und einsatzbereit. Als sie ihn hereinwinkte, griff er nach einer Tunika und zog sie hastig über. Die Kleidung, die man ihm gegeben hatte, war ihm zu klein und ließ ihn außergewöhnlich groß aussehen. Sie verbarg ein Lächeln, als sie sich auf einer Bank in der Nähe des Fensters mit den Spitzenvorhängen niederließen, denn sie war einfach glücklich, ihn wiederzusehen, und gewann Trost aus seiner vertrauten Gegenwart.

Was hast du erfahren, signalisierte er.

Jetzt ließ sie ihn ihr Lächeln sehen. Guter, alter, verläßlicher Garth – immer genau zum richtigen Zeitpunkt. Sie wiederholte das Gespräch, das sie in der vorangegangenen Nacht mit der Königin geführt hatte, und berichtete, was ihr von der Geschichte der Elessedils und der Ohmsfords und von ihrer Mutter und ihrem Vater erzählt worden war. Sie verschwieg ihren Verdacht, daß Ellenroh die Wahrheit über die Dämonen verschleierte. Sie wollte dies zunächst für sich behalten, weil sie hoffte, daß sich ihre Großmutter nach einiger Zeit vielleicht noch entschließen würde, sich ihr anzuvertrauen.

Dennoch war ihr Garths Meinung über die Königin wichtig. »Ist dir an meiner Großmutter etwas aufgefallen, was ich nicht bemerkt habe?« fragte sie ihn, und ihre Hände übersetzten ihre Worte.

Garth lächelte leicht bei der Vorstellung, daß ihr etwas entgangen sein könnte. Seine Antwort kam schnell. *Sie hat Angst.*

»Angst?« Das war Wren tatsächlich entgangen. »Was, glaubst du, ängstigt sie denn?«

Das ist schwer zu sagen. Etwas, wovon sie weiß und wir nicht, vermute ich. Sie ist sehr vorsichtig mit dem, was sie sagt und wie sie es sagt. Das hast du ja auch bemerkt.

Er hielt inne. *Sie hat vielleicht Angst um dich, Wren.*

»Weil meine Mutter getötet wurde, als sie hierher zurückkam und mir diese Gefahr jetzt ebenfalls droht? Aber es war mir vorherbestimmt, zurückzukehren. Was hältst du überhaupt von dieser Vision? Wie soll ich denn die Elfen retten, Garth? Erscheint dir das nicht seltsam? Schließlich war das einzige, was wir erreicht haben, lange genug am Leben zu bleiben, um in die Stadt zu gelangen. Ich kann nicht verstehen, welchen Unterschied meine Anwesenheit hier eigentlich macht.«

Garth zuckte die Achseln. *Halte deine Augen und Ohren offen, Fahrende. So erfährst du mehr.*

Er lächelte, und Wren lächelte zurück.

Dann ließ er sie allein, damit sie sich anziehen konnte. Als er die Tür, die ihre Räume trennte, zuzog, sah sie einen Moment gedankenverloren hinter ihm her. Plötzlich fiel ihr auf, daß es große Widersprüche zwischen der Geschichte ihrer Großmutter über ihre Eltern und dem gab, was Garth über sie erzählt hatte. Allerdings stammte Garths Version aus zweiter Hand, während die der Königin vollständig auf Ereignissen beruhte, die vor dem Weggehen ihrer Mutter von Arborlon stattgefunden hatten, so daß Widersprüche vielleicht zu erwarten waren. Dennoch hatte keiner von beiden etwas zu dem gesagt, was ihm an der Geschichte des anderen als offensichtlich falsch aufgefallen sein mußte. Garth hatte niemals die Flugreiter erwähnt, und die Königin hatte niemals von den Fahrenden gesprochen. Keiner von beiden hatte etwas darüber gesagt, warum ihre Eltern nicht zuerst nach Shady Vale und zu den Ohmsfords gereist, sondern statt dessen ins Westland gezogen waren.

Sie fragte sich, ob sie mit Garth darüber sprechen sollte. Aber als sie daran dachte, wie wichtig ihre anderen Sorgen waren, fragte sie sich auch, ob dies wirklich nötig sei.

Sie fand die Kleidungsstücke, die für sie zurechtgelegt worden waren und die besser paßten als die von Garth – eine Hose, eine Tunika, Strümpfe, einen Gürtel und ein Paar sorgfältig gearbeiteter, knöchelhoher Stiefel. Sie zog die Kleider an und ging dabei im Geiste immer wieder die Enthüllungen der vergangenen Nacht durch und dachte über alles nach, was sie erfahren hatte. Die Königin schien sich der Bedeutung von Wrens Ankunft in Arborlon sicher zu sein. Zumindest war sie sich im stillen sicher, daß sich Eowens Vision als richtig erweisen würde. Auch Aurin Striate hatte erwähnt, daß sie auf sie gewartet hätten. Und doch hatte niemand gesagt, warum das so war, obwohl es scheinbar jeder wußte. In dem Traum hatte es keinerlei Hinweis darauf gegeben, was Wrens Anwesenheit denn eigentlich bewirken sollte. Vielleicht war eine weitere Vision notwendig, um das zu erfahren.

Sie grinste über ihre eigene Respektlosigkeit. Doch als sie ihre Stiefel anzog, verschwand das Grinsen abrupt aus ihrem Gesicht.

Was, wenn die Bedeutung ihrer Rückkehr darauf beruhte, daß sie die Elfensteine bei sich trug? Was, wenn man von ihr erwartete, daß sie die Steine als Waffe gegen die Dämonen einsetzte?

Ihr wurde kalt bei dem Gedanken, denn sie erinnerte sich an die beiden Male, wo sie gezwungen gewesen war, sie gegen ihren Willen zu gebrauchen, und sie erinnerte sich auch an das Gefühl der Macht, als die Magie wie flüssiges Feuer durch sie hindurchfloß, das gleichzeitig brannte und anregte. Sie war sich der berauschenden Wirkung der Magie bewußt, der Bindung, die sich jedesmal aufbaute, wenn sie im Spiel war, und wie sie ein Teil ihrer selbst zu sein schien. Sie hatte sich wiederholt gesagt, daß sie sie nicht benutzen wollte, fand sich dann aber doch dazu gezwungen. Oder auch überzeugt. Sie schüttelte den Kopf. Wie sie es nannte, war unwichtig, denn das Ergebnis war dasselbe. Jedes Mal, wenn sie die Magie benutzte, entfernte sie sich ein wenig mehr zu jemandem, den sie nicht kannte. Sie verlor die Macht über sich selbst, indem sie die Macht der Magie benutzte.

Sie stieß ihre Füße in die Stiefel und stand auf. Wahrscheinlich irrte sie sich. Es konnten nicht die Elfensteine sein, die wichtig waren. Warum hätte Ellenroh sie sonst nicht einfach hierbehalten, anstatt sie Alleyne zu geben? Wenn die Steine wirklich etwas ändern konnten, warum waren sie dann nicht schon vor langer Zeit gegen die Dämonen benutzt worden?

Sie zögerte, griff dann nach ihrem Nachthemd und zog die Elfensteine aus der Tasche, in die sie sie in der vorigen Nacht versenkt hatte. Sie lagen glitzernd in ihrer Hand. Ihre Magie schlief, war harmlos und unsichtbar. Sie betrachtete sie intensiv, wunderte sich erneut über die Umstände, die sie in ihre Obhut gegeben hatten, und wünschte sich, daß sich Ellenroh letzte Nacht einverstanden erklärt hätte, sie zurückzunehmen.

Dann schob sie die bedrückenden Gedanken über die Elfensteine beiseite und versenkte die lästigen Talismane tief in die Tasche ihrer Tunika. Nachdem sie schließlich noch ein langes Messer in ihren Gürtel geschoben hatte, richtete sie sich zuversichtlich auf und verließ den Raum.

Ein Elfenjäger war vor ihrer Tür postiert worden, und nachdem er Garth gerufen hatte, begleitete der Wachposten sie die Treppe hinunter in den Eßraum und zum Frühstück. Sie aßen allein an einem langen, polierten Eichentisch, der mit weißem Leinen gedeckt und mit Blumen geschmückt war und in einem höhlenartigen Raum mit einer gewölbten Decke und bemalten Glasfenstern stand, die das Sonnenlicht in allen Regenbogenfarben filterten. Ein Dienstmädchen wartete bereits auf sie, wodurch die bescheidene Wren sich jedoch äußerst unbehaglich fühlte. Sie aß schweigend wie Garth ihr gegenüber und fragte sich, was man wohl von ihr erwartete, wenn sie ihr Frühstück beendet hatte.

Von der Königin war nichts zu sehen.

Trotzdem erschien die Eule, als sie die Mahlzeit kaum beendet hatten. Aurin Striate sah auch jetzt so hager und blaß aus wie schon in den Schatten und der Dunkelheit der Lavafelder außerhalb. Sein kantiger Körper wirkte schlaksig und unkoordiniert, und wenn er sich bewegte, war es nicht so, wie es sollte. Er trug frische Kleidung, und seine Zipfelmütze war verschwunden, aber er schaffte es noch immer, irgendwie zerknittert und zerzaust auszusehen – das schien bei ihm normal zu sein. Er trat an den Eßtisch heran, setzte sich und lehnte sich bequem vor.

»Du siehst bedeutend besser aus als letzte Nacht«, wagte er sich mit halbherzigem Lächeln vor. »Saubere Kleidung und ein Bad machen dich wirklich zu einem hübschen Mädchen, Wren. Du hast dich gut erholt, nicht wahr?«

Sie lächelte zurück. Sie mochte die Eule. »Gut genug, danke. Und danke auch noch mal dafür, daß du uns sicher hereingebracht hast. Ohne dich hätten wir es nicht geschafft.«

Die Eule schürzte die Lippen, warf Garth einen bedeutungsvollen Blick zu und zuckte die Achseln. »Vielleicht ist es so. Aber wir wissen beide, daß du diejenige warst, die uns wirklich gerettet hat.« Er hielt inne, verkniff es sich, die Elfensteine zu erwähnen, und lehnte sich in seinem Stuhl zurück. Seine alternden Elfenzüge verzogen sich wie bei einem Kobold. »Willst du dich ein wenig umschauen, wenn du fertig bist? Ein bißchen von dem sehen, was es dort draußen gibt? Deine Großmutter hat mich dir für einige Zeit zugeteilt.«

Wenige Minuten später verließen sie das Palastgelände durch die Vordertore und gingen hinunter in die Stadt. Der Palast lag tief in den beschützenden Wäldern auf einem Hügel im Zentrum von Arborlon, und die Hütten und Geschäfte der Stadt umschlossen ihn. Bei Tage war die Stadt sehr lebendig. Die Elfen waren eifrig bei der Arbeit, und in den Straßen herrschte geschäftiges Treiben. Als die drei sich ihren Weg durch die Menge bahnten, wurden von allen Seiten Blicke auf sie geworfen – nicht auf die Eule oder auf Wren, sondern auf Garth, der viel größer war als die Elfen und eindeutig nicht zu ihnen gehörte. Garth schien es, wie es für ihn typisch war, gar nicht zu bemerken. Wren reckte ihren Hals, um alles zu sehen. Sonnenlicht beleuchtete das Grün der Bäume und des Grases und die Farben der Gebäude und Blumen, die die Gehwege säumten. Es war, als würden der Dunst und das Feuer außerhalb der Mauern nicht existieren. Es lag eine Spur von Asche und Schwefel in der Luft, und der Schatten von Killeshan war ein dunkler Fleck vor dem östlichen Himmel, wo die Stadt an die Berge stieß, aber die Magie hielt die Welt hier drinnen geborgen und geschützt. Die Elfen gingen ihren Geschäften nach, als gäbe es keinerlei Bedrohung und als sei das Morrowindl außerhalb der Stadt dasselbe wie innerhalb.

Nach einiger Zeit traten sie aus dem Schutz des Waldes heraus und konnten jetzt auch die äußere Mauer erkennen. Bei Tageslicht sah sie ganz anders aus. Das Glühen der Magie war zu einem schwachen Schimmern verblaßt, das die Welt jenseits davon mit sanften, verschwommenen, ihres Glanzes beraubten, durchscheinenden Farben belegte. Morrowindl war mit seinen Bergen, Killeshans Krater, dem Gemisch aus Lavagestein und verkümmerten Wäldern, den Rissen in der Erde mit ihren Geysiren aus Asche und Dampf fast bis zur Unsichtbarkeit in Nebel gehüllt. Elfenkrieger patrouillierten auf den Festungsmauern, obwohl jetzt keine Kämpfe stattfanden, da die Dämonen davongeschlichen waren, um sich bis zum Einbruch der Nacht auszuruhen. Die Welt außerhalb der Mauer war düster und leer geworden, und nur die Stimmen und die Bewegungen der Menschen hier drinnen waren zu hören.

Als sie sich dem nächstgelegenen Brückenkopf näherten, wandte sich Wren an die Eule und fragte: »Wofür ist der Graben an der Innenseite der Mauer gedacht?«

Die Eule sah sie an und dann wieder von ihr fort. »Er trennt die Stadt vom Keel. Weißt du etwas über den Keel?«

Er zeigte auf die Mauer. Wren erinnerte sich jetzt an den Namen. Stresa hatte ihn zuvor genannt, als er gesagt hatte, daß die Elfen in Schwierigkeiten gerieten, weil seine Magie nachlasse.

»Er stammt aus der Magie der Zeit von Ellenrohs Vater, als die Dämonen erstmals zum Leben erweckt wurden. Er beschützt uns vor ihnen und hält die Stadt in dem Zustand, in dem sie schon immer war. Alles ist genauso, wie es war, als Arborlon vor mehr als hundert Jahren nach Morrowindl gebracht wurde.«

Wren grübelte noch immer darüber nach, was Stresa über die schwächer werdende Magie gesagt hatte. Sie wollte Aurin Striate fragen, ob das wahr sei, als sie erkannte, was er gerade gesagt hatte.

»Eule, hast du gesagt: als Arborlon nach Morrowindl gebracht wurde? Du meinst doch: als es gebaut wurde, nicht wahr?«

»Ich meine, was ich gesagt habe.«

»Daß die Gebäude hierher gebracht worden sind? Oder redest du vom Ellcrys? Der Ellcrys ist doch hier, nicht wahr, innerhalb der Stadt?«

»Dort hinten.« Er deutete vage in eine Richtung, und sein zerfurchtes Gesicht war umwölkt. »Hinter dem Palast.«

»Also willst du sagen...«

Die Eule unterbrach sie. »Die Stadt, Wren. Die ganze Stadt und alle Elfen, die darin leben. Das meine ich.«

Wren sah ihn an. »Aber... Sie wurde neu aufgebaut, meinst du, aus Holz, das die Elfen hierher überführt haben...«

Die Eule schüttelte den Kopf. »Wren, hat dir niemand vom Loden erzählt? Hat die Königin dir denn nicht erzählt, wie die Elfen nach Morrowindl gekommen sind?«

Er trat jetzt nahe an sie heran, und seine scharfen Augen fixierten sie. Sie zögerte und erklärte schließlich: »Sie sagte, es sei beschlossen worden, aus dem Westland auszuwandern, weil die Föderation...«

»Nein«, unterbrach er sie wieder. »Das meine ich nicht.«

Er wandte seinen Blick einen Moment ab, nahm sie dann am Arm und führte sie zu einem Steinpfeiler am Fuße der Brücke.

Dort konnten sie sich hinsetzen. Garth folgte ihnen. Sein dunkles Gesicht war ausdruckslos, als er sich ihnen gegenüber niederließ, so daß er sehen konnte, was sie sagten.

»Ich habe nicht gedacht, daß ich dir das alles erzählen müßte, Mädchen«, begann die Eule, als sie es sich bequem gemacht hatten. »Andere könnten das wirklich besser. Aber es gibt nicht vieles, worüber wir reden können, wenn ich dir das nicht erklärte. Und außerdem hast du ein Recht, es zu wissen, wenn du Ellenroh Elessedils Enkelin bist und diejenige, auf die sie gewartet hat, die aus Eowen Cerises Vision.«

Er verschränkte seine kantigen Arme. »Aber du wirst es nicht glauben. Ich bin mir nicht einmal sicher, ob ich selbst es glaube.«

Wren lächelte und fühlte sich ein wenig unbehaglich bei dieser Einleitung. »Erzähle es mir trotzdem, Eule.«

Aurin Striate nickte. »Hier ist also das, was man mir erzählt hat – nicht das, was ich unbedingt selber weiß. Die Elfen erlangten vor mehr als hundert Jahren einen Teil ihrer Elfenmagie wieder. Das war vor Morrowindl, als sie noch im Westland lebten. Ich weiß nicht, wie sie es geschafft haben. Es interessiert mich eigentlich auch nicht. Man sollte jedoch wissen, daß sie, als sie sich entschlossen auszuwandern, vermutlich alles, was an Magie noch vorhanden war, in einen Elfenstein namens Loden fließen ließen. Den Loden hat es, glaube ich, schon immer gegeben. Er war verborgen und wurde bis zu der Zeit, wo er gebraucht würde, geheimgehalten. Diese Zeit kam Hunderte von Jahren nicht – während der ganzen Zeit nicht, die seit den Großen Kriegen vergangen war. Die Elessedils hatten ihn wohl verborgen gehalten, oder sie fanden ihn wieder oder so ähnlich, und als die Entscheidung fiel, auszuwandern, nahmen sie ihn in Gebrauch.«

Die Eule atmete tief durch und preßte die Lippen zusammen. »Dieser Elfenstein zieht wie sie alle seine Kraft aus dem Benutzer, wie man mir sagte. Außer daß es in diesem Falle keinen einzelnen Benutzer gab, sondern eine ganze Rasse. Alle Kraft des Elfenvolkes strömte in den Loden, um seine Magie herbeizurufen.« Er räusperte sich. »Als es vollbracht war, wurde ganz

Arborlon hochgehoben wie... wie eine Schaufel Erde, zusammengeschrumpft zu nichts und in dem Stein versiegelt. Das meinte ich, als ich sagte, Arborlon sei nach Morrowindl gebracht worden. Es wurde zusammen mit den meisten seiner Einwohner im Loden eingeschlossen und von nur wenigen Verantwortlichen auf diese Insel gebracht. Als erst einmal ein Platz für die Stadt gefunden war, wurde der Vorgang umgekehrt und Arborlon wiederhergestellt. Männer, Frauen, Kinder, Hunde, Katzen, Vögel, Häuser und Geschäfte, Bäume, Blumen, Gras – alles. Auch der Ellcrys. Alles.«

Er lehnte sich zurück, und seine scharfen Augen verengten sich. »Was sagst du nun dazu?«

Wren war bestürzt. »Ich nehme an, daß du recht hast, Eule. Aber ich kann es nicht. Ich kann nicht verstehen, daß die Elfen so schnell etwas wiederentdecken konnten, was Tausende von Jahren verloren gewesen war. Woher kam es? Sie hatten zu Zeiten von Brin und Jair Ohmsford überhaupt keine Magie – nur ihre Heilkräfte!«

Die Eule zuckte die Achseln. »Ich behaupte nicht, daß ich weiß, wie sie irgend etwas davon tun konnten, Wren. Das alles geschah lange vor meiner Zeit. Die Königin könnte es wissen – aber sie spricht mir gegenüber niemals davon. Ich weiß nur, was man mir erzählt hat, und ich bin nicht sicher, ob ich es glauben soll. Die Stadt und ihre Bewohner wurden im Loden hierher gebracht. So wird es erzählt. Und so entstand auch der Keel. Er wurde tatsächlich in Handarbeit aus Stein erbaut, aber die Magie, die ihn beschützt, kam aus dem Loden. Damals war ich ein Junge, aber ich erinnere mich noch daran, wie der alte König den Ruhkstab gebrauchte. Der Ruhkstab birgt den Loden und leitet die Magie.«

»Hast du das gesehen?« fragte Wren zweifelnd.

»Ich habe den Stab und seinen Stein viele Male gesehen«, antwortete die Eule. »Aber ich habe nur ein einziges Mal gesehen, daß sie gebraucht wurden.«

»Was ist mit den Dämonen?« fuhr Wren fort, denn sie wollte

mehr erfahren und einen Sinn in dem allen finden, was sie hörte. »Was ist mit ihnen? Könnten der Loden und der Ruhkstab nicht gegen sie benutzt werden?«

Das Gesicht der Eule verdunkelte sich, und sein Gesichtsausdruck veränderte sich so schnell, daß Wren überrascht war. »Nein«, antwortete er ruhig. »Die Magie ist gegen die Dämonen wirkungslos.«

»Aber warum ist das so?« drängte sie. »Die Magie der Elfensteine, die ich bei mir trage, kann sie zerstören. Warum kann die Magie des Loden das nicht?«

Er schüttelte den Kopf. »Es ist eine andere Art Magie, denke ich.«

Er klang nicht allzu überzeugt. Schnell hakte Wren nach: »Kannst du mir erzählen, wo die Dämonen herkamen, Eule?«

Aurin Striate sah aus, als fühle er sich unbehaglich. »Warum fragst du mich, Wren Elessedil?«

»Ohmsford«, verbesserte sie ihn sofort.

»Das glaube ich nicht.«

Es herrschte angespanntes Schweigen, während sie sich ansahen und ihre Blicke sich trafen. »Sie kamen auch aus dieser Magie, nicht wahr?« fragte Wren schließlich, denn sie wollte nicht aufgeben.

Der scharfe Blick der Eule blieb ruhig. »Frage die Königin, Wren. Sprich mit ihr.«

Er erhob sich abrupt. »Nachdem du nun weißt, wie die Stadt hierher gekommen ist, zumindest der Legende nach, laß uns unseren Rundgang beenden. Es gibt drei Gruppen von Toren im Keel, eine Hauptgruppe und zwei kleinere. Schau dort hinüber...«

Er marschierte los, redete und erklärte, was sie sahen, und führte die Unterhaltung von Fragen fort, die anscheinend niemand beantworten wollte. Wren hörte halbherzig zu, denn seine Erklärung, wie die Elfen nach Morrowindl gekommen waren, interessierte sie mehr. Es erforderte so ungeheure Magie, eine ganze Stadt aufzunehmen, sie auf die Größe eines Elfensteins zu reduzieren und sie für eine Reise über ein Meer darin zu versiegeln! Sie konnte es sich noch immer nicht vorstellen. Elfenmagie, die aus der Feenzeit wiedergewonnen worden war, aus einer Zeit, an die man sich kaum erinnern konnte – es war unglaublich. All diese Macht und doch keine Möglichkeit, sich von den Dämonen zu befreien, keine Möglichkeit, sie zu zerstören! Ihr Mund verschloß sich gegen ein Dutzend von Einwänden. Sie wußte wirklich nicht, was sie glauben sollte.

Sie verbrachten den Morgen und den frühen Nachmittag damit, durch die Stadt zu spazieren. Sie kletterten auf die Festungsmauern und schauten über das jenseitige Land, das dumpf und verschleiert, bar jeder Bewegung dalag, außer dort, wo der Dampf von Killeshan hervorbrach und der Vog umherwirbelte. Sie sahen Phaeton wieder, der von der Stadt zum Keel hinüberging, ohne sie zu bemerken. Sein markantes Gesicht unter dem sonnengebleichten Haar war rauh und voller Narben. Die Eule beobachtete ihn mit steinernem Gesicht und wandte sich gerade um, um ihren Spaziergang fortzusetzen, als Wren ihn bat, ihr von Phaeton zu erzählen. Der Feldkommandant der Königin, antwortete Aurin Striate, sei befehlsmäßig nur noch Barsimmon Oridio untergeben und sei bestrebt, dessen Nachfolger zu werden.

»Warum magst du ihn nicht?« fragte Wren direkt.

Die Eule hob eine Augenbraue. »Das ist schwer zu erklären. Es gibt einen grundlegenden Unterschied zwischen uns, denke ich. Ich verbringe den größten Teil der Zeit außerhalb der Mauern, streife auf der Suche nach Dämonen umher und beobachte, wo sie sind und was sie vorhaben. Ich lebe meistenteils nicht anders als sie, und wenn man das tut, lernt man sie kennen. Ich kenne die Arten und ihre Gewohnheiten und weiß mehr über sie als sonst jemand. Aber Phaeton denkt ganz anders. Für ihn sind die Dämonen einfach Feinde, die zerstört werden müssen. Er möchte mit der Elfenarmee ausschwärmen und sie auslöschen. Er bearbeitet Barsimmon Oridio und die Königin seit Monaten, ihn das tun zu lassen. Seine Männer lieben ihn und denken, er habe recht. Sie wollen einfach glauben, er wüßte etwas, was sie nicht verstehen. Wir sind hier seit fast zehn Jahren hinter dem Keel eingeschlossen. Das Leben geht weiter, und man kann nichts beurteilen, wenn man nur schaut oder nur mit Leuten spricht, die alle im Herzen krank sind. Sie erinnern sich daran, wie sie früher gelebt haben, und so wollen sie wieder leben.«

Wren überlegte kurz, ob sie das Thema, wie die Dämonen dorthin gekommen waren und warum sie nicht einfach wieder zurückgeschickt werden konnten, noch einmal anschneiden sollte, entschied sich aber dagegen. Statt dessen sagte sie: »Ich vermute, du denkst, daß es dort draußen keinerlei Hoffnung auf einen Sieg des Heeres gibt.«

Die Eule sah sie mit starrem Blick an. »Du warst mit mir dort draußen, Wren – und das ist mehr, als Phaeton von sich sagen kann. Du bist vom Strand zu uns herauf gereist. Du hast den Dämonen immer wieder gegenübergestanden. Meinst du nicht auch, daß sie anders sind als wir? Es gibt hundert verschiedene Arten, und jede von ihnen ist auf andere Weise gefährlich. Einige kann man mit einer Eisenklinge töten und andere nicht. Unten am Rowen entlang gibt es die Zurückgekehrten, die nur aus Zähnen und Klauen und Muskeln zu bestehen scheinen. Es sind Tiere. Oben auf dem Blackledge gibt es die Draculs – das sind Geister, die dir das Leben aussaugen. Doch sie sind wie Rauch, sind nichts, was man bekämpfen kann, nichts, in das man ein Schwert stoßen kann. Und das sind nur zwei Arten, Wren.« Er schüttelte den Kopf. »Nein, ich glaube nicht, daß wir dort draußen siegen könnten. Ich glaube, wir haben schon Glück, wenn wir hier drinnen überleben können.«

Sie gingen ein Stück weiter. Dann sagte Wren: »Der Stachelkater hat mir erzählt, daß die Magie, die die Stadt jetzt noch schützt, allmählich schwächer wird.«

Sie formulierte es als Feststellung, nicht als Frage, und wartete auf eine Antwort. Lange Zeit reagierte die Eule nicht, sondern hielt den Kopf geneigt und die Augen auf den Boden vor ihnen gerichtet.

Schließlich schaute er einen kurzen Moment lang zu ihr hinüber und sagte: »Der Stachelkater hat recht.«

Sie stiegen wieder zur Stadt hinab, wanderten durch die Geschäfte und betrachteten aufmerksam die Karren auf dem Marktplatz. Sie begutachteten die Waren und beobachteten die Leute, die hier kauften und verkauften. Arborlon war eine Stadt, die bis auf einen einzigen Punkt jeder anderen Stadt vollkommen glich. Wren schaute in die Elfengesichter rundherum und fand ihr eigenes Aussehen in denen der anderen widergespiegelt. Es war das erste Mal, daß sie diese Erfahrung machte, und sie freute sich darüber und über den Gedanken, daß sie seit mehr als hundert Jahren der erste Mensch war, der das konnte. Die Elfen lebten, die Elfen existierten. Es war eine wunderbare Entdeckung, und es begeisterte sie noch immer, daß sie diejenige gewesen war, die sie gemacht hatte.

Auf dem Marktplatz nahmen sie eine kurze Mahlzeit ein – ein dünn gebackenes Brot, das um getrocknetes Fleisch und Gemüse gewickelt war, ein Stück frisches birnenähnliches Obst und einen Becher Ale – und schlenderten dann weiter. Die Eule führte sie hinter dem Palast in die Gärten des Lebens. Sie spazierten schweigend die Wege entlang, verloren sich im Wohlgeruch der Blumenbeete und in den Düften von Hunderten farbenprächtiger Blüten, die inmitten der Pflanzen und Büsche und Bäume verstreut wuchsen. Sie kamen zu einem weiß gekleideten Auserwählten, einem der Hüter des Ellcrys, der ihnen zunickte und vorbeiging. Wren stellte fest, daß sie an Par Ohmsfords Geschichte vom Elfenmädchen Amberle, der berühmtesten Auserwählten von allen, dachte. Sie kletterten auf die Spitze des Hügels, auf dem die Gärten angelegt waren, und standen vor dem Ellcrys. Die scharlachroten Blätter und silbernen Zweige des Baumes zitterten im Sonnenlicht und waren so außergewöhnlich, daß sie ihnen unwirklich vorkamen. Wren verspürte das Bedürfnis, den Baum zu berühren, ihm etwas zuzuflüstern und ihm vielleicht zu sagen, daß sie wußte und verstand, wen und was er überdauert hatte. Sie tat es jedoch nicht. Sie stand einfach da. Der Ellcrys sprach niemals zu jemandem, doch er wußte bereits, wie sie sich fühlte. Also sah sie ihn einfach an und dachte, wie furchtbar es wäre, wenn der Keel vollständig versagen würde und die Dämonen die Elfen und ihre Stadt überrennen könnten. Der Ellcrys würde natürlich zerstört werden, und wenn dies geschah, würden all die Monster, die im Schrecklichen gefangen waren, die Wesen aus der Feenzeit, die all die Jahre ausgeschlossen gewesen waren, erneut in die Welt der Sterblichen entlassen werden. Dann würde Allanons Vision von der zukünftigen Welt wahr werden. Es war ein düsterer Gedanke.

Schließlich gingen sie zurück zum Palast, um sich bis zum Abendessen auszuruhen. Die Eule verließ sie hinter dem Haupteingang und sagte, er habe sich um Geschäfte zu kümmern. Mehr erwähnte er nicht.

»Ich weiß, daß du mehr Fragen stellen möchtest, als du verarbeiten kannst, Wren«, sagte er beim Fortgehen, und ein hageres Gesicht legte sich in ernste Falten. »Versuche, geduldig zu sein. Die Antworten werden nur zu bald kommen, fürchte ich.« Er ging den Weg zurück und aus den Toren hinaus. Wren stand neben Garth, schaute hinter ihm her und sagte nichts. Der große Fahrende wandte sich nach einem Moment zu ihr um und signalisierte etwas. Er war wieder hungrig und wollte in den Speisesaal gehen, um etwas zu essen aufzutreiben. Wren nickte abwesend. Sie dachte noch immer über die Elfen und ihre Magie nach, und dabei fiel ihr auch ein, daß die Eule nie ihre Frage beantwortet hatte, warum innerhalb des Keels ein Graben war. Garth verschwand den Gang hinunter, und seine Schritte hallten in der Stille wider. Kurz darauf wandte sie sich um und ging zu ihrem Zimmer. Sie war nicht sicher, ob sie etwas anderes tun wollte, als über alles nachzudenken, wenn sie erst einmal dort war, aber vielleicht war das ja genug. Sie stieg die Haupttreppe hinauf, lauschte gedankenverloren in die Stille und wollte gerade einen Gang hinuntergehen, als Gavilan Elessedil vor ihr auftauchte.

»Na, hallo, Cousine Wren«, begrüßte er sie strahlend. Er trug ein gelb und blau über kreuz schraffiertes Gewand mit einem silbernen Kettengürtel. »Du hast dir die Stadt angesehen, habe ich gehört. Wie geht es dir heute?«

»Danke, gut«, antwortete Wren und blieb stehen, als er sie erreichte.

Er griff nach ihrer Hand, hob sie an seine Lippen und küßte sie sanft. »Also erzähle. Bist du denn nun froh, daß du gekommen bist, oder wünschst du dir, du wärest zu Hause geblieben?«

Wren lächelte und errötete, obwohl sie sich vorgenommen hatte, daß ihr das nicht geschehen sollte. »Ein wenig von beidem, denke ich.« Sie entzog ihm ihre Hand.

Gavilans Augen zwinkerten. »Das klingt so, wie es sein sollte. Ein bißchen sauer und ein bißchen süß. Du bist einen langen Weg gegangen, um uns zu finden, nicht wahr? Es muß eine sehr dringliche Suche gewesen sein, Wren. Hast du hier erfahren, was du herausfinden wolltest?«

»Einen Teil davon.«

Das hübsche Gesicht wurde ernst. »Deine Mutter Alleyne war jemand, den du sehr gemocht hättest. Ich weiß, daß die Königin dir von ihr erzählt hat, aber ich möchte dir auch etwas sagen. Sie hat mich in meiner Kindheit wie eine Schwester umsorgt. Wir standen uns sehr nahe. Sie war ein starkes und entschlossenes Mädchen, Wren – und das finde ich in dir wieder.«

Sie lächelte erneut. »Danke, Gavilan.«

»Es ist die Wahrheit.« Er stockte kurz. »Ich hoffe, du wirst an mich eher wie an einen Freund als wie an einen Cousin denken. Ich möchte dich wissen lassen, daß du gern zu mir kommen kannst, wenn du jemals etwas brauchen solltest oder etwas wissen willst. Ich werde glücklich sein, dir zu helfen, wenn ich kann.«

Wren zögerte. »Gavilan, könntest du meine Mutter für mich beschreiben? Könntest du mir sagen, wie sie aussah?«

Ihr Cousin zuckte die Achseln. »Das ist einfach. Alleyne war genauso klein wie du. Ihr Haar hatte die gleiche Farbe. Und ihre Stimme...« Er brach ab. »Schwer zu beschreiben. Sie war melodisch. Sie war intelligent, und sie lachte viel. Aber ich glaube, ich erinnere mich am besten an ihre Augen. Sie waren genau wie deine. Wenn sie dich ansah, hattest du das Gefühl, als gäbe es niemanden und nichts Wichtigeres auf der Welt.«

Wren dachte an den Traum, in dem sich ihre Mutter, die fast genauso ausgesehen hatte, wie Gavilan sie beschrieb, weit zu ihr hinübergebeugt und gesagt hatte: *Erinnere dich an mich. Erinnere dich an mich.* Jetzt schien es ihr kein Traum mehr zu sein. Sie spürte, daß es einmal, vor langer Zeit, so gewesen war.

»Wren?«

Sie merkte, daß sie vor sich hin starrte. Sie sah erneut Gavilan an und fragte sich plötzlich, ob sie ihn nach den Elfensteinen und nach den Dämonen fragen sollte. Er schien außerordentlich bereitwillig zu sein, mit ihr zu reden, und sie fühlte sich merkwürdig zu ihm hingezogen, was sie verwunderte. Aber sie kannte ihn noch nicht wirklich, und ihre Ausbildung als Fahrende machte sie vorsichtig.

»Dies sind schwierige Zeiten für Elfen«, sagte Gavilan plötzlich und beugte sich zu ihr. Wren sah, daß er seine Hände hob, um sie auf ihre Schultern zu legen. »Es gibt Geheimnisse der Magie, die...«

»Guten Tag, Wren«, begrüßte sie Eowen Cerise, die gerade die Treppe hochgeschritten kam. Gavilan wurde still. »Hat dir dein Spaziergang durch die Stadt gefallen?«

Wren wandte sich um und spürte, daß Gavilans Hand von ihr abglitt. »Ja. Die Eule war ein vorzüglicher Führer.«

Eowen kam näher, und ihre grünen Augen schweiften ab, um an Gavilan hängenzubleiben. »Wie gefällt dir deine Cousine, Gavilan?«

Der Elf lächelte. »Bezaubernd, willensstark – die Tochter ihrer Mutter.« Er sah Wren an. »Ich muß gehen. Ich habe vor dem Abendessen noch viel zu tun. Wir können uns dann unterhalten.«

Er nickte kurz und ging locker und zuversichtlich davon. Vielleicht ein wenig sorglos. Wren sah ihm nach und dachte, daß er mit seiner unbekümmerten Haltung eine Menge verbarg, daß aber das, was darunter lag, wahrscheinlich eher angenehm war.

Eowen begegnete ihrem Blick, als sie sich wieder umwandte. »Gavilan schafft es, daß wir uns alle immer wieder wie junge Mädchen fühlen.« Ihr flammend rotes Haar war mit einem Netz umhüllt, und sie trug jetzt ein anderes weites, blumenbesticktes Gewand. Ihr Lächeln war warm, aber ihre Augen schienen unverändert kühl und distanziert. »Ich glaube, wir lieben ihn alle.«

Wren errötete. »Ich kenne ihn noch nicht einmal.«

Eowen nickte. »Dann erzähl mir mal von deinem Spaziergang. Was hast du über die Stadt erfahren, Wren? Was hat Aurin Striate dir darüber erzählt?«

Sie gingen den Gang entlang auf Wrens Schlafzimmer zu und Wren erzählte Eowen, was die Eule gesagt hatte. Sie hoffte insgeheim, die Seherin würde im Gegenzug etwas ausplaudern. Aber Eowen hörte nur zu, nickte ermutigend und sagte nichts. Sie schien mit anderen Dingen beschäftigt zu sein, obwohl sie sehr genau darauf achtete, was Wren sagte, damit sie nicht den Faden verlor. Wren beendete ihren Bericht, als sie die Tür ihres Schlafraumes erreichten, und wandte sich um, so daß sie sich gegenüberstanden.

Ein Lächeln erschien auf Eowens ernstem Gesicht. »Du hast schon viel erfahren für jemanden, der noch keinen ganzen Tag in der Stadt ist, Wren.«

Nicht annähernd so viel, wie ich gern erfahren würde, dachte Wren. »Eowen, warum will mir niemand erzählen, wo die Dämonen hergekommen sind?« fragte sie und schlug alle Vorsicht in den Wind.

Das Lächeln verschwand und wurde von fast greifbarer Traurigkeit verdrängt. »Die Elfen denken nicht gern über die Dämonen nach, und noch weniger mögen sie über sie sprechen«, sagte sie. »Die Dämonen kamen aus der Magie, Wren – aus Mißverständnissen und Mißbrauch. Sie sind eine Angst und eine Schande und ein Versprechen.« Sie hielt inne, als sie die Enttäuschung und Niedergeschlagenheit in Wrens Augen sah, und griff nach ihren Händen. »Die Königin hat es mir verboten, Wren«, flüsterte sie. »Und vielleicht hat sie recht. Aber ich verspreche dir soviel: Eines Tages werde ich dir alles erzählen, wenn du es dann immer noch willst. Und zwar bald.«

Wren erwiderte ihren Blick, sah die Ehrlichkeit, die sich in Eowens Augen widerspiegelte und nickte. »Ich werde dich daran erinnern, Eowen. Aber es wäre mir lieber, wenn sich meine Großmutter entschließen könnte, es mir als erste zu erzählen.«

»Ja, Wren. Das wäre mir auch lieber.« Eowen zögerte. »Wir sind seit langer Zeit zusammen, sie und ich. In der Kinderzeit, zur Zeit unserer ersten Liebe, mit unseren Ehemännern und unseren Kindern. Sie alle sind fort. Alleynes Tod traf uns beide am härtesten. Ich habe deiner Großmutter das niemals erzählt – obwohl ich glaube, daß sie es vermutet hat –, aber ich habe in meiner Vision bereits gesehen, daß Alleyne versuchen würde, nach Arborlon zurückzukehren, und wir unfähig sein würden, sie davon abzuhalten. Eine Seherin ist gesegnet und verflucht mit dem, was sie sieht. Ich weiß, was geschehen wird. Und ich kann nichts tun, um es zu ändern.«

Wren nickte verständnisvoll. »Das ist Magie, Eowen. Wie die der Elfensteine. Ich wünschte, ich könnte davon befreit werden. Ich mißtraue dem, was sie mit mir machen. Ist das bei dir anders?«

Eowen festigte ihren Griff. Ihre grünen Augen blieben auf Wrens Gesicht geheftet. »Wir alle bekommen unser Schicksal von etwas zugewiesen, das wir weder verstehen noch kontrollieren können, und es bindet uns an unsere Zukunft so sicher wie jede Magie.«

Sie ließ Wrens Hand los und trat zurück. »Während wir uns hier unterhalten, entscheidet die Königin über das Schicksal der Elfen, Wren. Deine Ankunft hat alles beschleunigt. Du wolltest wissen, welchen Unterschied deine Anwesenheit hier schon macht? Heute abend, denke ich, wirst du es wissen.«

Wren fuhr auf, als sie es plötzlich erkannte. »Du hattest eine Vision, nicht wahr, Eowen? Du hast gesehen, was sein wird.«

Die Seherin hob ihre Hände, als wüßte sie nicht, ob sie die Unterstellung abwehren oder sie eingestehen sollte. »Immer, Kind«, flüsterte sie. »Immer.« Ihr Gesichtsausdruck war gequält. »Die Visionen hören niemals auf.«

Dann wandte sie sich um, ging den Gang hinunter und verschwand wieder. Wren stand da und schaute hinter ihr her, wie sie auch hinter der Eule hergeschaut hatte. Sie waren Propheten, die auf eine unsichere Zukunft zugingen, selbst Visionen dessen, was den Elfen vorherbestimmt war.

Das Abendessen an diesem Abend war eine langwierige, quälende Angelegenheit mit langen Perioden des Schweigens. Wren und Garth waren in der Dämmerung gerufen worden und zu Eowen und der Eule hinuntergegangen, die bereits warteten. Gavilan hatte sich einige Minuten später zu ihnen gesellt. Jetzt saßen sie nahe beieinander an einem Ende des langen Eichentisches. Eine eindrucksvolle Auswahl an Speisen war vor ihnen aufgebaut, Bedienstete standen zu ihrer Verfügung, und der Speisesaal war gegen die hereinbrechende Nacht hell erleuchtet. Sie sprachen wenig, und wenn sie sprachen, taten sie sich schwer damit, nicht auf jene Gebiete abzuschweifen, deren Untergrund sich schon früher als trügerisch erwiesen hatte. Sogar Gavilan, der letztlich den größten Teil der Unterhaltung bestritt, wählte seine Themen sehr sorgfältig. Wren hätte nicht sagen können, ob ihr Cousin durch die Gegenwart von Eowen und der Eule eingeschüchtert war oder ob ihn etwas anderes störte. Er war genau so fröhlich und heiter wie zuvor, aber ihm fehlte jegliches wahre Interesse an der Mahlzeit, und er schien mit seinen Gedanken woanders zu sein. Wenn sie sprachen, so drehte sich ihr Gespräch überwiegend um Wrens Kindheit bei den Fahrenden und Gavilans Erinnerungen an Alleyne. Die Mahlzeit verstrich nur langsam, und es machte sich unübersehbar ein Gefühl der Erleichterung breit, als sie schließlich beendet war.

Obwohl alle nach ihr Ausschau gehalten hatten, war Ellenroh Elessedil nicht erschienen.

Die fünf erhoben sich und wollten ihrer Wege gehen, als ein eifriger Bote in den Raum platzte und hektisch einige Worte mit der Eule wechselte.

Der entließ den Mann mit einem Stirnrunzeln und wandte sich dann an die anderen. »Die Dämonen haben einen Angriff gegen die Nordmauer geführt. Offensichtlich ist es ihnen gelungen, dort durchzubrechen.«

Nun strebten sie schnell auseinander. Eowen, um die Königin zu suchen, Gavilan, um sich zu bewaffnen, die Eule, Wren und Garth, um selber herauszufinden, was vor sich ging. Die Eule führte sie eilig durch die Vordertore aus dem Palast und in die Stadt hinunter. Wren sah den Boden unter ihren Füßen vorbeifliegen, während sie lief. Die Dämmerung war zu Abenddunkel geworden, und das Licht des Keel flackerte wild durch die Wand aus Bäumen. Sie liefen eine Reihe von Nebenstraßen hinab, durch die Elfen in verschiedene Richtungen rannten und schrien und Warnrufe riefen, während die ganze Stadt aufgrund der Nachricht über den Angriff in Alarmbereitschaft geriet. Die Eule umging die Elfenansammlungen, die sich bereits bildeten, und führte sie am Stadtkern entlang, dann eilte er ostwärts an dessen Rückseite vorbei, bis sich die Bäume teilten und der Keel vor ihnen aufragte. Die Mauer war dicht von Elfenkriegern besetzt, und Hunderte kamen über die Brücken, um sich ihnen anzuschließen. Sie alle eilten auf eine Stelle in dem Glühen zu, an der der Lichtschein beinahe ganz verblaßt war und eine massive Ansammlung von Kriegern in fast völliger Dunkelheit kämpfte.

Wren und ihre Begleiter gingen weiter, bis sie weniger als zweihundert Meter von der Mauer entfernt waren. Dort mußten sie anhalten, da eine Reihe Krieger vor ihnen vorwärts drängte.

Wren packte entsetzt Garths Arm. Wo der Keel gebrochen war, schien die Magie vollständig versagt zu haben, und die Steine der Mauer waren in Schutt verwandelt worden. Hunderte von dunklen, gesichtslosen Körpern zwängten sich in die Lücke und kämpften sich hindurch, während die Elfen auf sie einschlugen, um sie hinauszudrängen. Der Kampf war chaotisch. Körper drehten und wanden sich im Todeskampf, wenn sie von jenen zerschmettert wurden, die nachdrängten. Rufe und Schreie erfüllten die Luft, und die Geräusche des Kampfes zwischen Elfen und Dämonen wurden in dieser Nacht durch nichts gedämpft. Schwerter schlugen aufeinander und Klauen schlugen zu, und die Toten und Verwundeten lagen überall um die Bruchstelle in der Mauer herum. Eine Weile schienen die Dämonen überlegen zu sein, denn ihre Zahl war so groß, daß jene, die in der vordersten Reihe standen, tatsächlich innerhalb der Stadt waren. Aber die Elfen führten wilde Gegenangriffe und trieben sie wieder zurück. Hin und her wogte der Kampf durch die Bruchstelle, und keine Seite konnte einen Vorteil erringen.

Auf einmal erscholl der Ruf: »Phaeton, Phaeton«, und der weißblonde Kopf des Elfenanführers erschien an der Spitze eines weiteren Trupps von Kriegern. Den Schwertarm hoch erhoben, führte er einen Angriff gegen die Mauer an. Die Dämonen wurden zurückgedrängt. Sie schrien und heulten, als die Elfen in sie hineinschlugen. Phaeton stand bei dem Angriff in erster Reihe. Er blieb auf wundersame Weise unversehrt, während seine Männer um ihn herum fielen. Die Elfen auf den Festungsmauern schlossen sich dem Gegenangriff an, und schlugen von oben zu, so daß Speere und Pfeile hinabregneten. Der Lichtschein des Keels wurde heller und schloß sich kurzzeitig über der Lücke in der beschädigten Mauer wieder.

Darauf führten die Dämonen noch einen weiteren Angriff. Es waren ungeheuer viele, die bei jedem Vorstoß durch die Mauerlücke krochen. Die Elfen hielten kurze Zeit stand und begannen dann erneut zurückzufallen. Phaeton sprang mit erhobenem Schwert vor sie. Die Fronten änderten sich wenig, als die Kämpfenden auf jeder Seite jetzt versuchten, die Kontrolle zu erlangen. Wren beobachtete erschrocken, daß das Gemetzel sich ausweitete, daß überall Tote und Sterbende und Verletzte lagen und der Kampf so heftig wurde, daß niemand zu ihnen gelangen konnte. Ein kleiner Trupp von Elfen hatte sich um Wren und ihre Begleiter herum gesammelt. Es waren alte Leute, Frauen und Kinder, die alle nicht als Krieger im Elfenheer waren. Eine neugierige Stille schwebte über ihnen, während sie zusahen. Ihre Stimmen zum Schweigen gebracht durch das, was sie sahen.

Aber was ist, wenn die Dämonen durchbrechen? fragte sich Wren plötzlich. *Niemand wird eine Chance haben. Dieses Volk kann nirgendwo hinlaufen. Alle werden getötet werden.*

Sie schaute wild um sich. Wo war nur die Königin?

Und plötzlich war sie da, umringt von einem Dutzend Mitgliedern ihrer Leibgarde. Die Menge teilte sich vor ihr. Wren sah Triss, der mit hartem, grimmigem Gesicht seine Elfenjäger anführte. Die Königin trat direkt und aufrecht in ihre Mitte. Sie schien unberührt von dem Tumult, der um sie herum tobte. Ihr glattes Gesicht war ruhig, und sie hielt die Augen nach vorn gerichtet. Dann ging sie am Rande der Menge entlang auf die nächstgelegene Brücke zu, die den Graben überspannte. In ihrer Hand trug sie den Ruhkstab, an dessen Spitze der Loden weiß und heiß schimmerte.

Was wird sie tun? fragte sich Wren und hatte plötzlich Angst um sie.

Die Königin ging zur Mitte der Brücke, wo sie sich über das Wasser des Grabens beugte, und blieb dort stehen, wo sie von allen gesehen werden konnte. Rufe erschollen, und die Krieger an der Mauer begannen, ihren Namen zu rufen und sich damit Mut zu machen. Die Elfen, die mit Phaeton an der Bruchstelle kämpften, verstärkten ihre Bemühungen. Sie sammelten alle Kraft für einen Gegenangriff und drängten vorwärts. Wieder wurden die Dämonen zurückgeschlagen. Das Klirren und Schaben eiserner Waffen erklang und gleichzeitig die Schreie der Sterbenden.

Dann ging Phaeton plötzlich zu Boden. Es war unmöglich zu erkennen, was geschehen war, denn in einem Moment war er da, führte seine Leute an, und im nächsten Moment war er fort. Die Elfen schrien auf und drängten vorwärts, um ihn zu beschützen. Die Dämonen gaben widerwillig den Weg frei. Sie wurden von dem Ansturm zurückgeschlagen. Der Kampf verlagerte sich erneut in die Bruchstelle und dieses Mal auch darüber hinaus, als die Dämonen an der anderen Seite hinunter und durch das Licht zurückgestoßen wurden. Wieder ballte sich die Magie, die den Keel beschützte, zusammen, und ihre Linien begannen sich miteinander zu verweben.

Doch dann griffen die Dämonen ein drittes Mal an. Die Elfen waren erschöpft und wichen zurück.

Ellenroh Elessedil erhob den Ruhkstab und wies damit auf die Bruchstelle. Der Loden flackerte sofort auf. Warnrufe erschollen, und die Elfen drängten durch die Bruchstelle zurück. Licht trat explosionsartig aus dem Loden hervor und schoß auf den Keel zu, während die Magie des Elfensteins Kraft sammelte. Sie erreichte die Mauer, als sich die letzten Elfenkrieger gerade hindurchwarfen. Gesteinsbrocken wurden Stück für Stück hochgehoben, schleifend und kratzend bei jeder Bewegung, und die Mauer begann sich selbst wieder aufzubauen. Die Dämonen wurden in einem Wirbelwind gefangen und begraben. Steine legten sich aufeinander, und Mörtel füllte die Lücken. Die Magie arbeitete und führte sie, und die Macht des Loden dehnte sich aus. Wren hielt ungläubig den Atem an. Die Mauer wuchs, schloß das schwarze Loch, das in sie geschlagen worden war, und bildete sich neu, bis sie wieder vollständig war.

Innerhalb von Sekunden hatte die Magie ihr Werk vollendet, und die Dämonen waren erneut ausgeschlossen.

Die Königin stand bewegungslos mitten auf der Brücke, während weitere Trupps von Elfenkriegern an ihr vorbeieilten, um die Festungsmauern zu bemannen. Sie wartete, bis der Bote, den sie ausgesandt hatte, vom Schlachtfeld zurückkehrte. Der Bote kniete sich kurz hin und erhob sich dann wieder, um zu berichten. Wren beobachtete, wie die Königin kurz nickte, sich umwandte und über die Brücke zurückkam. Die Leibgarde bahnte ihr erneut den Weg, aber dieses Mal kam sie direkt auf Wren zu, nachdem sie es irgendwie geschafft hatte, sie in der Menge ausfindig zu machen. Die Fahrende erschrak vor dem, was sie auf dem Gesicht ihrer Großmutter erkannte.

Ellenroh Elessedil fegte zu ihr heran. Ihre Gewänder flatterten um sie wie ein Banner, das aus dem Ruhkstab geflossen war, den sie an ihren Körper gepreßt hielt und auf dem der Loden noch immer in bösem, weißem Licht glühte.

»Aurin Striate«, rief die Königin, als sie sie erreicht hatte, und ihre Augen hefteten sich flüchtig auf die Eule. »Geht voraus, wenn Ihr wollt. Ruft Bar und Eton aus ihren Räumen herbei – wenn sie noch dort sind. Sagt ihnen...« Ihr Atem schien in ihrer Kehle steckenzubleiben, und ihre Hand faßte den Ruhkstab fester. »Sagt ihnen, daß Phaeton bei dem Angriff umgekommen ist, daß es ein Unfall war und daß er durch den Pfeil eines seiner eigenen Bogenschützen getötet wurde. Sagt ihnen, daß ich sofort ein Treffen in den Räumen des Hohen Konzils wünsche. Geht jetzt, schnell.«

Die Eule verschmolz mit der Menge und war fort. Die Königin wandte sich Wren zu. Sie hob einen Arm, um ihn um die schmalen Schultern des Mädchens zu legen, mit der anderen deutete sie mit dem Stab in Richtung Stadt. Sie gingen los. Garth einen Schritt hinter ihnen und die Leibgarde überall um sie herum.

»Wren«, flüsterte die Elfenkönigin und beugte sich nahe zu ihr herüber. »Dies ist für uns der Anfang vom Ende. Wir werden jetzt entscheiden, ob es eine Rettung für uns gibt. Bleib nahe bei mir, ja? Sei Augen und Ohren und ein zuverlässiger rechter Arm für mich. Darum bist du zu mir gekommen.«

Ohne weitere Worte preßte sie Wren an sich und eilte weiter.

12

Die Räume des Hohen Konzils der Elfen lagen nicht weit vom Palast inmitten eines uralten Hains aus weißen Eichen. Das Gebäude bestand aus Fachwerk mit Mauern aus Stein. Der Raum des Konzils selbst, der den größten Teil des Gebäudes einnahm, war ein höhlenartiger, achteckiger

Raum. Seine Decke wurde von Balken gestützt, die sich von den Mauern wie ein beschützender Stern zu einem Mittelpunkt erhoben. Schwere Holztüren öffneten sich an einer Wand, die einem dreistufigen Podium gegenüberlagen, auf dem der Thron der Elfenkönige und -königinnen stand. Flankiert wurde der Thron von Standarten und den Standern mit den persönlichen Insignien der regierenden Häuser. Vor den restlichen Wänden standen zu beiden Seiten Reihen von Bänken. Es gab auch eine Galerie für Zuschauer und Teilnehmer öffentlicher Treffen. In der Mitte des Raumes wurde ein weiter Bereich des Fußbodens von einem runden Tisch mit einundzwanzig Stühlen eingenommen. Wenn das Hohe Konzil tagte, saßen seine Mitglieder an diesem Tisch, und der König oder die Königin führte den Vorsitz.

Ellenroh Elessedil betrat schwungvoll den Raum. Ihre Gewänder rauschten hinter ihr her, und sie hielt den Ruhkstab vor sich. Wren, Garth, Triss und eine Handvoll Mitglieder der Leibgarde folgten ihr. Gavilan Elessedil saß bereits am Tisch des Konzils und erhob sich eiligst, als die Königin erschien. Er trug einen Kettenpanzer, und sein Breitschwert hing an der Rückenlehne seines Stuhls. Die Königin ging zu ihm hinüber, umarmte ihn herzlich und trat an den Kopf des Tisches.

»Wren«, sagte sie. »Setz dich neben mich.«

Wren tat, wie ihr geheißen. Garth schlenderte zu einer Wand des Raumes und machte es sich auf der Galerie bequem. Die Türen des Raumes schlossen sich wieder, und zwei Mitglieder der Leibgarde stellten sich zu beiden Seiten des Eingangs in Positur. Triss trat zum Tisch und setzte sich neben Gavilan. Sein hageres, hartes Gesicht wirkte merkwürdig abwesend. Gavilan richtete sich auf seinem Stuhl auf, lächelte Wren unbehaglich zu, glättete nervös seine Tunikaärmel und schaute fort. Ellenroh faltete die Hände vor sich und schwieg. Es war deutlich, daß sie auf jemanden warteten. Wer auch immer das sein mochte, er sollte noch kommen. Wren überschaute den Raum und spähte in dunkle Ecken, die das Lampenlicht nicht erreichte. Poliertes Holz schimmerte schwach in der Dunkelheit hinter Garth.

Durch die Flammen der Lampe entstanden Bilder und tanzten am Rande des Lichts. Hinter ihr hingen die Stander schlaff und unbeweglich herab, ihre Insignien in schweren Falten verborgen. Der Raum war ruhig, und nur das sanfte Schaben von Stiefeln und das Rascheln von Kleidern störten die Stille.

Dann sah sie Eowen, die in den Schatten fast unsichtbar weit hinten auf der Galerie gegenüber von Garth saß.

Wrens Augen richteten sich sofort auf die Königin, aber Ellenroh ließ sich nicht anmerken, daß sie wußte, daß die Seherin da war. Ihr Blick war auf die Türen des Konzilraumes gerichtet. Wren schaute noch einmal kurz hinüber zu Eowen und starrte dann wieder in die Schatten. Sie konnte die Spannung in der Luft spüren. Jeder, der in diesem Raum saß, wußte, daß etwas geschehen würde, aber nur die Königin wußte, was es war. Wren atmete tief durch. Für diesen Augenblick, hatte die Königin gesagt, war sie nach Arborlon gekommen.

Sei Augen und Ohren und ein zuverlässiger rechter Arm für mich.

Warum?

Die Türen zum Konzilraum öffneten sich, und Aurin Striate betrat den Raum zusammen mit zwei anderen Männern. Der eine war alt und korpulent, mit ergrauendem Haar und Bart und langsamen, schwerfälligen Bewegungen, die vermuten ließen, daß er kein Mann war, der sich von irgend etwas aufhalten lassen würde. Der zweite war von durchschnittlicher Größe und glatt rasiert. Seine Augen waren fast verdeckt, aber wachsam, und seine Bewegungen anmutig und leicht. Er lächelte, als er eintrat, während der erste die Stirn runzelte.

»Barsimmon Oridio«, begrüßte die Königin den ersten, »Eton Shart. Danke, daß Ihr gekommen seid. Aurin Striate, bitte bleib.«

Die drei Männer setzten sich. Ihre Augen waren auf die Königin gerichtet. Alle sahen sie jetzt an und warteten.

»Cort, Dal«, sprach sie die Wachen an der Tür an. »Bitte wartet draußen.«

Die Elfenjäger schlüpften durch die Tür und waren fort. Die Türen schlossen sich sanft.

»Meine Freunde.« Ellenroh Elessedil saß aufrecht auf ihrem Stuhl, und ihre Stimme durchschnitt die Stille mühelos, während sie sprach. »Wir dürfen uns nichts mehr vormachen. Wir dürfen uns nicht mehr selbst täuschen. Wir dürfen uns nicht belügen. Was wir mehr als zehn Jahre lang verzweifelt abzuwenden versucht haben, hat uns jetzt getroffen.«

»Hoheit«, begann Barsimmon Oridio, aber sie brachte ihn mit einem Blick zum Schweigen.

»Heute nacht haben die Dämonen den Keel durchbrochen. Die Magie wird nun schon seit Monaten schwächer – wahrscheinlich schon seit Jahren –, und die Wesen dort draußen haben seine Kraft für sich selbst gestohlen. Heute nacht hatte sich das Gleichgewicht ausreichend verlagert, um es ihnen zu ermöglichen, einen Durchbruch zu schaffen. Unsere Jäger haben tapfer gekämpft, dies zu verhindern, und alles getan, was in ihrer Macht stand, um den Angriff zurückzuschlagen. Es ist ihnen nicht gelungen. Phaeton wurde getötet. Schließlich war ich gezwungen, den Ruhkstab zu benutzen. Wenn ich dies nicht getan hätte, wäre die Stadt gefallen.«

»Hoheit, so ist das nicht!« Barsimmon Oridio konnte nicht länger ruhig bleiben. »Das Heer hätte sich erneut gesammelt. Es hätte obsiegt. Phaeton hat sich zuviel zugetraut, sonst wäre er noch am Leben!«

»Er hat sich zuviel zugetraut, um uns zu retten!« Ellenrohs Gesicht war wie versteinert. »Sprecht nicht abfällig von ihm, Kommandant. Ich verbiete es Euch.« Das Stirnrunzeln des großen Mannes vertiefte sich. »Bar!« Die Königin sprach freundlich mit ihm, und die Wärme in ihrer Stimme war offenkundig. »Ich war dort. Ich habe gesehen, wie es geschehen ist.«

Sie wartete, bis sich seine wilden Augen senkten, und wandte ihren Blick dann wieder dem gesamten Tisch zu. »Der Keel wird uns nicht sehr viel länger beschützen. Ich habe den Ruhkstab gebraucht, um seine Kraft zu stärken, aber das kann ich nicht wieder tun, weil wir es dann riskieren würden, dessen Macht ganz zu verlieren. Und das, meine Freunde, kann ich nicht zulassen. Ich habe Euch daher zusammengerufen, um Euch zu sagen, daß ich mich für einen anderen Weg entschieden habe.«

Sie wandte sich zu Wren um. »Dies ist meine Enkelin Wren, das Kind von Alleyne. Sie wurde aus der Alten Welt zu uns gesandt, wie Eowen Cerise es vorausgesehen hat. Sie kommt, so verspricht es die Vorhersage, um die Elfen zu retten. Ich habe viele Jahre lang auf ihre Ankunft gewartet, aber nicht wirklich geglaubt, daß sie kommen würde oder daß sie, wenn sie kommen würde, etwas für uns tun könnte. Ich wollte in Wahrheit gar nicht, daß sie kommt, weil ich Angst hatte, daß ich sie verlieren würde, wie ich Alleyne verloren habe.«

Sie streckte die Hand aus und berührte mit ihren Fingern sanft Wrens Wange. »Ich habe noch immer Angst. Aber Wren ist trotz meiner Ängste hier. Sie hat die große Weite der Blauen Spalte überquert und den Schrecken der Dämonen getrotzt und sitzt jetzt hier bei uns. Ich kann nicht länger daran zweifeln, daß es ihr bestimmt ist, uns zu retten, genau wie Eowen es vorausgesagt hat.« Sie hielt inne. »Wren kann dies im Moment weder glauben noch verstehen.« Ellenrohs Augen leuchteten warm, als sie Wrens Blick begegneten. »Sie hatte ihre eigenen Gründe, nach Arborlon zu kommen. Der Schatten Allanons hat sie berufen und sie gesandt, uns zu finden. Die Vier Länder sind offenbar von eigenen Dämonen belagert, von Kreaturen, die dort Schattenwesen genannt werden. Wir werden gebraucht, wie der Schatten Allanons beteuert, wenn die Vier Länder gerettet werden sollen.«

»Was in den Vier Ländern geschieht, ist nicht unser Problem, Hoheit«, erinnerte Eton Shart ruhig.

Sie wandte sich um und sah ihn an. »Ja, Erster Minister, das ist genau das, was wir mehr als hundert Jahre lang erklärt haben, nicht wahr? Aber was ist, wenn wir uns irren? Was, wenn unser Problem mit ihrem zusammenhängt? Was, wenn die Schicksale aller, anders als wir geglaubt haben, miteinander verbunden sind und das Überleben davon abhängt, ob wir einen gemeinschaftlichen Bund schließen? Wren, erzähle den Versammelten, wie es dazu kam, daß du mich schließlich gefunden hast. Erzähle ihnen, was dir von dem Schatten des Druiden und von dem alten Mann aufgetragen wurde. Erzähle ihnen auch von den Elfensteinen. Das ist jetzt in Ordnung. Es ist an der Zeit, daß sie es erfahren.«

Also erzählte Wren einmal mehr die Geschichte, wie sie und Garth nach Arborlon gekommen waren, wobei sie mit ihren Träumen begann und mit ihrer Entdeckung, wer sie war, endete. Sie sprach nur zögernd von den Elfensteinen, da sie noch immer unsicher war, ob sie von ihrer Existenz erzählen sollte. Aber die Königin nickte ihr ermutigend zu, als sie ansetzte, und so ließ sie nichts aus. Als sie geendet hatte, herrschte Schweigen. Diejenigen, die um den Tisch saßen, tauschten unsichere Blicke aus. Gavilan sah sie an, als sähe er sie zum ersten Mal.

»Versteht Ihr jetzt, warum ich es für unmöglich halte, noch länger zu leugnen, was jenseits von Morrowindl geschieht?« fragte die Königin leise.

»Hoheit, ich glaube, wir verstehen Euch«, sagte die Eule, »aber jetzt sollten wir uns anhören, was Ihr zu tun vorschlagt.«

Ellenroh nickte. »Ja, Aurin Striate, das solltet Ihr.« Wieder breitete sich Schweigen im Raume aus. »Es bleibt uns hier auf Morrowindl nichts mehr zu tun übrig«, sagte sie dann. »Daher ist es an der Zeit, zu gehen und in die Alte Welt zurückzukehren. Wir sollten wieder ein Teil von ihr werden. Die Tage, wo wir verschwunden waren und in der Abgeschiedenheit lebten, sind vorbei. Es ist an der Zeit, den Loden wieder zu gebrauchen.«

Gavilan stand ruckartig auf. »Tante Ell, nein! Wir können doch nicht einfach aufgeben! Woher sollen wir wissen, ob der Loden nach all dieser Zeit überhaupt noch wirkt? Er ist nur eine Legende! Und was ist mit der Magie des Keel? Wenn wir fortgehen, ist sie verloren! Das können wir doch nicht tun!«

Wren hörte Barsimmon Oridio zustimmend murmeln.

»Gavilan!« Ellenroh war wütend. »Wir sind in der Beratung. Ihr werdet mich angemessen ansprechen!«

Gavilan errötete. »Ich entschuldige mich, Hoheit.«

»Nun setzt Euch wieder hin!« bellte die Königin. Gavilan setzte sich. »Es scheint mir, daß wir unsere gegenwärtige Lage unserer Unentschlossenheit verdanken. Wir haben es zu lange versäumt zu handeln. Wir haben dem Schicksal erlaubt, die Wahl für uns zu treffen. Wir haben sogar noch um die Magie gekämpft, als es für uns alle längst offensichtlich war, daß wir uns nicht mehr auf sie verlassen konnten.«

»Hoheit!« Ein bleicher Eton Shart beruhigte sich jedoch schleunigst wieder.

»Ja, ich weiß«, erwiderte Ellenroh. Sie sah Wren nicht direkt an, aber in ihren Augen war ein plötzliches Aufflackern zu sehen, das dem Mädchen sagte, die Warnung sei ihretwegen erfolgt.

»Hoheit, Ihr fordert also, daß wir die Magie vollständig aufgeben sollen?«

Die Königin nickte kurz. »Sie erfüllt doch nicht länger ihren Zweck, oder etwa nicht, Erster Minister?«

»Aber wie der junge Gavilan sagt, können wir doch nicht wissen, ob der Loden das vollbringen wird, was wir von ihm erwarten.«

»Wenn er versagt, haben wir nichts verloren. Außer vielleicht jegliche Möglichkeit zur Flucht.«

»Aber Flucht, Eure Hoheit, ist doch nicht notwendigerweise die Antwort, nach der wir suchen. Vielleicht Hilfe aus einer anderen Quelle...«

»Eton.« Die Königin unterbrach ihn. »Denkt doch erst einmal darüber nach, was Ihr da vorschlagt. Welche andere Möglichkeit gibt es denn? Schlagt Ihr etwa vor, noch mehr Magie anzurufen? Sollen wir die Magie, die wir zur Verfügung haben, vielleicht auf andere Weise nutzen und sie zu weiteren Schrecknissen umwandeln? Oder sollen wir bei jenen Menschen Hilfe suchen, die wir vor Jahren der Föderation überlassen haben?«

»Wir haben das Heer, Hoheit«, erklärte Barsimmon Oridio eifrig.

»Ja, Bar, das stimmt. Für den Moment. Aber wir können jene

Leben nicht zurückholen, die wir verloren haben. Diese Magie fehlt uns. Jeder neue Angriff nimmt uns weitere Jäger. Die Dämonen materialisieren sich aus der Luft, wie es scheint. Wenn wir bleiben, werden wir bald kein Heer mehr haben.«

Sie schüttelte langsam den Kopf und lächelte ironisch. »Ich weiß, was ich verlange. Wenn wir Arborlon und die Elfen wieder in die Welt der Menschen, in die Vier Länder mit ihren verschiedenen Rassen verlagern, wird die Magie verloren sein. Wir werden sein, wie wir in den alten Zeiten waren. Aber vielleicht ist das genug. Vielleicht soll es so sein.«

Alle, die um den Tisch saßen, betrachteten sie schweigend. Ihre Gesichter spiegelten eine Mischung aus Unwillen, Zweifel und Verwunderung.

»Ich verstehe nicht viel von der Magie«, sagte Wren schließlich, die einfach nicht mehr nur dasitzen konnte, während sich immer mehr Fragen in ihr auftürmten. »Was meint Ihr eigentlich, wenn Ihr sagt, daß die Magie verloren sein wird, wenn Ihr Morrowindl verlaßt?«

Ellenroh wandte sich ihr zu und sah sie an. »Ich vergesse immer wieder, Wren, daß du im Elfenwissen noch nicht sehr versiert bist und die Ursprünge der Magie noch nicht richtig kennst. Ich werde versuchen, es dir vereinfacht zu erklären. Wenn ich den Loden anrufe, wie ich es beabsichtige, werden Arborlon und die Elfen für die Rückreise ins Westland in dem Elfenstein versammelt werden. Wenn dies geschieht, wird die Magie, die die Stadt jetzt schützt, nutzlos. Die einzige Magie, die dann noch bleibt, ist die, die dem Loden innewohnt und die beschützt, was in ihm getragen wird. Wenn Arborlon wiederhergestellt ist, wird auch diese Magie nutzlos. Der Loden hat, wie du siehst, nur einen Zweck, und wenn er einmal für diesen Zweck gebraucht wurde, läßt seine Magie nach.«

Wren schüttelte verwirrt den Kopf. »Aber wie läßt sich dann erklären, daß der Loden den Keel wiederhergestellt hat, nachdem die Dämonen durchgebrochen waren? Was ist damit?«

»Das ist wahr. Ich habe mir einen kleinen Teil der gleichen

Magie, die erforderlich ist, um die Stadt und ihre Einwohner zu transportieren, zunutze gemacht. Kurz gesagt, ich habe ihm ein wenig Macht gestohlen. Wenn man diese Macht gebraucht, um den Keel zu unterstützen, zehrt man also auf, was für den vorrangigen Gebrauch des Elfensteins notwendig ist.« Ellenroh hielt inne. »Wren, du weißt also jetzt, daß die Elfen einen Teil der Magie, die sie einst in der Feenzeit zur Verfügung hatten, wiedererlangt haben. Das gelang ihnen, nachdem sie entdeckt hatten, daß die Magie ihren Ursprung in der Erde und ihren Elementen hat. Kurz bevor wir nach Morrowindl kamen, lange vor meiner Zeit, wurde die Entscheidung getroffen, daß die Elfen versuchen sollten, sie zurückzugewinnen.« Sie hielt inne. »Dieser Versuch war nicht allzu erfolgreich. Schließlich wurde er vollständig aufgegeben. Was an Magie übriggeblieben war, wurde in den Bau des Keel eingebracht. Aber die Magie existiert nur so lange, wie sie gebraucht wird. Wenn die Stadt erst einmal fort ist, wird auch die Magie nicht mehr gebraucht. Wenn es soweit ist, verschwindet sie.«

»Und sie kann wirklich nicht wiederhergestellt werden, wenn Ihr erst einmal wieder im Westland seid?«

Ellenrohs Gesicht versteinerte. »Nein, Wren. Niemals wieder.«

»Ihr nehmt an...« begann Gavilan.

»Niemals«, schnappte Ellenroh, und Gavilan wurde still.

»Hoheit.« Eton Shart zog sanft ihre Aufmerksamkeit auf sich. »Selbst wenn wir tun würden, was Ihr vorschlagt, und die Macht des Loden anrufen würden, welche Chance hätten wir überhaupt, ins Westland zurückzukehren? Die Dämonen sind überall um uns herum. Wie Ihr bereits sagtet, hatten wir Mühe, uns innerhalb der Mauern der Stadt zu behaupten. Was geschieht, wenn diese Mauern fort sind? Würde allein unser Heer genügen, uns an den Strand zu bringen? Und was geschieht dann mit uns? Wir haben dann weder Boote noch einen Führer.«

»Das Heer kann den Strand nicht lange halten, Hoheit«, wandte auch Barsimmon Oridio ein.

»Nein, Bar, das kann es nicht«, sagte die Königin. »Aber ich möchte auch nicht vorschlagen, das Heer einzusetzen. Ich glaube, die beste Möglichkeit ist es, Morrowindl so zu verlassen, wie wir hergekommen sind – indem nur eine Handvoll von uns den Loden trägt, während die anderen sicher in ihm eingeschlossen sind.«

Es herrschte verblüfftes Schweigen.

»Eine Handvoll, Hoheit?« Barsimmon Oridio war entsetzt. »Sie hätten keine Chance!«

»Nun, diese Einschätzung muß nicht unbedingt stimmen«, sann Aurin Striate leise.

Die Königin lächelte. »Nein, Aurin, das muß sie nicht. Immerhin ist meine Enkelin ein Beweis dafür. Sie kam durch die Reihen der Dämonen einzig und allein mit der Hilfe ihres Freundes Garth. Der Punkt bei diesem Vorhaben ist, daß ein kleiner Trupp eine weitaus größere Chance hat, zum Strand durchzukommen, als ein ganzes Heer. Ein kleiner Trupp kann schnell und ohne gesehen zu werden, vorwärts gehen. Es ist sicher eine gefährliche Reise, aber sie ist machbar. Bezüglich dessen, was geschehen könnte, wenn diese Gesellschaft erst den Strand erreicht hat, so hat Wren bereits gewisse Vereinbarungen für uns getroffen. Der Flugreiter Tiger Ty wird mit seinem Rock da sein und kann zumindest einen von uns und den Loden in Sicherheit bringen. Weitere Flugreiter könnten die anderen in ihre Obhut nehmen. Ich habe dies sorgfältig durchdacht, und ich glaube, daß es eine Antwort auf unser Problem ist. Ich glaube sogar, meine Freunde, daß es die einzig mögliche Antwort ist.«

Gavilan schüttelte den Kopf. Er war jetzt ruhig, und sein hübsches Gesicht blieb gelassen. »Hoheit, ich weiß, wie verzweifelt die Lage geworden ist. Aber wenn dieses Wagnis, das ihr da vorschlagt, mißlingt, wird das Elfenvolk verloren sein. Wenn die Mitglieder des Trupps, der den Loden mit sich führt, getötet werden, kann die Macht des Elfensteines nie wieder angerufen werden, und die Stadt und ihre Einwohner werden darin gefangen sein. Ich glaube nicht, daß wir dieses Risiko eingehen sollten.«

»Nein, Gavilan?« fragte die Königin sanft.

»Ein vertretbares Risiko wäre es, noch mehr Magie der Erde herbeizurufen«, erwiderte er. Seine Hände hoben sich, um ihren Protest abzuwehren. »Ich kenne die Gefahren. Aber dieses Mal könnten wir damit Erfolg haben. Dieses Mal könnte die Magie stark genug sein, um uns innerhalb des Keels Sicherheit zu verschaffen und die dunklen Wesen ausgeschlossen zu halten.«

»Für wie lange, Gavilan? Für ein Jahr? Oder zwei? Soll unser Volk denn noch länger in der Stadt eingeschlossen bleiben?«

»Besser, als wenn es ausgelöscht würde. Ein Jahr könnte uns die Zeit verschaffen, die wir brauchen, um einen Weg zu finden, die Erdmagie zu kontrollieren. Es muß einen Weg geben, Hoheit. Wir müssen ihn nur entdecken.«

Die Königin schüttelte traurig den Kopf. »Das haben wir uns mehr als hundert Jahre lang gesagt. Und bis jetzt hat niemand die Antwort gefunden. Schaut doch, was wir uns selbst angetan haben. Haben wir denn nichts gelernt?«

Wren verstand nicht ganz, was gesagt wurde, aber sie verstand genug, um zu erkennen, daß die Elfen irgendwo auf ihrem Weg auf Probleme mit der Magie, die sie angerufen hatten, gestoßen waren. Ellenroh hatte entschieden, daß sie zukünftig nichts mehr damit zu tun haben sollten. Gavilan beharrte darauf, daß sie weiterhin versuchen müßten, sie zu beherrschen. Ohne daß es gesagt worden wäre, wußte Wren, daß die Dämonen der Kernpunkt des Streits waren.

»Eule.« Die Königin sprach plötzlich Aurin Striate an. »Was haltet Ihr von meinem Plan?«

Die Eule zuckte die Achseln. »Ich denke, er ist durchführbar, Hoheit. Ich habe Jahre außerhalb der Stadtmauern verbracht. Ich weiß, daß es für einen einzelnen Mann möglich ist, sich dort zu bewegen, ohne von den Dämonen entdeckt zu werden, sogar unter ihnen zu reisen. Ich glaube, eine Handvoll Männer könnte das gleiche tun. Wie Ihr bereits sagtet, kamen Wren und Garth vom Strand herauf. Ich denke, sie können genausogut auch wieder hinuntergehen.«

»Wollt Ihr damit sagen, daß Ihr den Loden diesem Mädchen und ihrem Freund anvertrauen wollt?« stieß Barsimmon Oridio ungläubig hervor.

»Eine gute Wahl, denkt Ihr nicht?« erwiderte Ellenroh ruhig. Sie schaute Wren an, die fand, daß sie der letzte Mensch sei, den die Königin in Erwägung ziehen sollte. »Aber wir müßten sie natürlich erst fragen«, fuhr Ellenroh fort, als könne sie ihre Gedanken lesen. »Auf jeden Fall glaube ich, daß mehr als zwei Menschen gebraucht werden.«

»Und wie viele?« fragte der Elfenkommandant.

»Ja, wie viele?« echote Eton Shart.

Die Königin lächelte, und Wren wußte, was sie dachte. Sie ließ sie den Vorschlag erst einmal überdenken, anstatt einfach dagegen zu argumentieren. Sie hatten noch keineswegs zugestimmt, aber sie erwogen zumindest die wesentlichen Punkte.

»Neun«, sagte die Königin. »Die Glückszahl der Elfen. Außerdem genug, um sicherzugehen, daß die Angelegenheit erfolgreich erledigt wird.«

»Wer würde gehen?« fragte Barsimmon Oridio ruhig.

»Ihr nicht, Bar«, antwortete die Königin. »Ihr auch nicht, Eton. Dies ist eine Reise für junge Männer. Ich möchte, daß Ihr bei der Stadt und bei unserem Volk bleibt. Dies wird für alle sehr neu sein. Der Loden ist schließlich nur eine Geschichte. Jemand muß in meiner Abwesenheit für Ordnung sorgen, und Ihr seid am besten dafür geeignet.«

»Dann wollt Ihr also eine Teilnehmerin der Reise sein?« fragte Eton Shart. »Dieser Reise für junge Männer?«

»Schaut nicht so vorwurfsvoll, Erster Minister«, neckte ihn Ellenroh. »Natürlich muß ich mitgehen. Der Ruhkstab ist mir anvertraut worden, und mir obliegt es, die Macht des Loden anzurufen. Um auf den Punkt zu kommen: Ich bin die Königin. Mir obliegt es, dafür zu sorgen, daß mein Volk und meine Stadt sichere ins Westland zurückgebracht werden. Außerdem habe ich diesen Plan geschmiedet. Ich kann wohl kaum für ihn eintreten, um es dann jemand anderem zu überlassen, ihn auszuführen.«

»Hoheit, ich glaube nicht...« begann Aurin Striate zweifelnd.

»Eule, bitte sagt das nicht.« Ellenrohs Stirnrunzeln ließ die anderen schweigen. »Ich bin sicher, daß ich Wort für Wort jeden Einwand wiederholen kann, den Ihr gerade machen wolltet, also macht Euch nicht die Mühe. Wenn Ihr es für nötig haltet, könnt Ihr mir Eure Bedenken mitteilen, während wir fortziehen, denn ich erwarte auch von Euch, daß Ihr die Reise mitmacht.«

»Ich möchte es gar nicht anders haben.« Das hagere Gesicht der Eule war von Zweifeln umwölkt.

»Es gibt niemanden, der eher dazu in der Lage wäre, außerhalb der Mauern zu überleben, als Ihr, Aurin Striate. Ihr werdet für uns dort draußen Augen und Ohren sein, mein Freund.«

Die Eule nickte wortlos ihre Zustimmung.

Ellenroh sah sich um. »Triss, ich werde Euch und Cort und Dal brauchen, um den Loden und damit alle anderen zu beschützen. Das macht fünf. Eowen wird mitgehen. Wir werden ihre Visionen vielleicht brauchen, wenn wir überleben wollen. Gavilan.« Sie sah ihren Neffen voller Hoffnung an. »Ich möchte, daß auch du mitgehst.«

Gavilan Elessedil überraschte alle mit einem strahlenden Lächeln. »Das würde ich auch gern, Hoheit.«

Ellenroh strahlte. »Du kannst mich nach heute abend wieder ›Tante Ell‹ nennen, Gavilan.«

Schließlich wandte sie sich an Wren. »Und du, Kind? Wirst auch du uns begleiten? Du und dein Freund Garth? Wir brauchen deine Hilfe. Du hast diese Reise vom Strand herauf gemacht, und du hast sie überlebt. Du kennst dich dort draußen ein wenig aus, und dieses Wissen ist wertvoll. Und du bist diejenige, der der Flugreiter versprochen hat, daß er zurückkommt. Fordere ich zuviel?«

Wren blieb einen Moment still. Sie machte sich nicht die Mühe, zu Garth hinüberzusehen. Sie wußte, daß er mitmachen würde, was auch immer sie beschloß. Sie wußte auch, daß sie nicht den ganzen Weg nach Arborlon gekommen war, um sich jetzt auszuschließen, und daß Allanon sie nicht hierher geschickt hatte, damit sie sich versteckte, und daß man ihr die Elfensteine nicht anvertraut hatte, damit sie jeglichen Gebrauch vermied. Die Realität war hart und fordernd. Sie war nicht nur als Bote gesandt worden und sollte nicht nur etwas darüber erfahren, wer sie war und woher sie gekommen war. Ihren Anteil an dieser Angelegenheit – ob es ihr gefiel oder nicht – hatte sie bisher kaum erfüllt.

»Garth und ich gehen mit«, erklärte sie.

Sie dachte, daß ihre Großmutter sich daraufhin herüberbeugen und sie umarmen würde, aber die Königin blieb aufrecht auf ihrem Stuhl sitzen und lächelte statt dessen nur. Was Wren in ihren Augen sah, war jedoch mehr wert als eine Umarmung.

»Sind wir uns also wirklich einig, daß wir es tun wollen?« fragte Eton Shart plötzlich vom anderen Ende des Tisches herüber.

Im Raum wurde es still, als sich Ellenroh Elessedil erhob. Sie stand vor ihnen. Stolz und Zuversicht spiegelten sich in ihren feingeschnittenen Zügen, in der Art, wie sie sich hielt und in dem Glanz ihrer Augen. Wren fand ihre Großmutter in diesem Moment wunderschön, wie die Locken ihres flachsfarbenen Haares auf ihre Schultern fielen, wie ihre Gewänder ihre Füße umspielten und wie die Linien ihres Gesichts und ihres Körpers im Wechselspiel von Schatten und Licht glatt und weich wirkten.

»Das sind wir, Eton«, erwiderte sie sanft. »Ich habe Euch hierhergebeten, damit Ihr hört, was ich beschlossen habe. Wenn ich Euch nicht überzeugen würde, sagte ich mir, würde ich nicht weitermachen. Aber ich glaube, ich hätte in jedem Fall weitergemacht – nicht aus Arroganz, nicht aus einem Gefühl der Sicherheit heraus bezüglich meiner eigenen Vision davon, was sein muß, sondern aus Liebe zu meinem Volk und aus der Angst heraus, daß der Fehler bei mir läge, wenn wir alle verloren wären. Wir haben eine Chance, uns zu retten. Eowen hat in ihrer Vision vorausgesehen, daß es so sein würde. Wren hat mit ihrem Kommen gezeigt, daß es jetzt soweit ist. Alles, was wir sind und jemals sein werden, ist in Gefahr, egal, welche Wahl wir treffen.

Aber mir wäre es lieber, wir würden das Risiko darin suchen, etwas zu tun, als darin, nichts zu tun. Die Elfen werden überleben, meine Freunde. Ich bin mir dessen sicher. Das gelingt den Elfen immer.«

Sie schaute einen nach dem anderen mit strahlendem Lächeln an. »Steht Ihr in dieser Angelegenheit hinter mir?«

Darauf erhoben sie sich, einer nach dem anderen, Aurin Striate als erster, Triss, Gavilan, Eton Shart und Barsimmon Oridio nach kurzem Zögern und mit offensichtlichen Zweifeln. Wren stand als letzte auf. Sie war so gefangen in dem, was sie erlebte, daß sie einen Moment lang vergessen hatte, daß sie Teil davon war.

Die Königin nickte. »Ich könnte mir keine besseren Freunde wünschen. Ich liebe Euch alle.« Sie ergriff den Ruhkstab, der vor ihr lag. »Wir werden nicht mehr zögern. Ein Tag muß genügen, um unser Volk einzuweisen, uns selbst vorzubereiten und uns zu rüsten für das, was vor uns liegt. Geht jetzt schlafen. Bald kommt ein neuer Tag.«

Damit wandte sie sich von ihnen ab und verließ den Raum. Schweigend schauten sie ihr nach.

Wren stand vor den Türen des Hohen Konzils, schaute abwesend auf einen Ausschnitt des hellen, sternenerfüllten Himmels und dachte gerade, daß sie sich kaum mehr an ihr Leben vor Beginn ihrer Suche nach den Elfen erinnern konnte, als Gavilan auf sie zukam. Die anderen waren bereits gegangen, alle außer Garth, der in einiger Entfernung an einem Baum lehnte und auf die Stadt hinausschaute. In der Hoffnung, mit ihr sprechen zu können, hatte Wren Eowen gesucht, aber die Seherin war verschwunden. Jetzt wandte sie sich um, als Gavilan näher kam. Sie hatte vor, statt dessen mit ihm zu sprechen und ihm die Fragen zu stellen, auf die sie immer noch eine Antwort bekommen wollte.

Das bereitwillige Lächeln erschien sofort. »Kleine Wren«, grüßte er sie ironisch und ein wenig nachdenklich. »Siehst du auch unsere Zukunft, wie Eowen Cerise sie sieht?«

Sie schüttelte den Kopf. »Ich bin auch nicht sicher, daß ich sie gerade jetzt sehen will.«

»Hmmm, ja, vielleicht hast du recht. Sie wird kaum so weich und zärtlich sein wie diese Nacht, nicht wahr?« Er verschränkte lässig seine Arme und schaute ihr in die Augen. »Was werden wir sehen, wenn wir erst einmal außerhalb dieser Mauern sind? Kannst du mir das sagen? Ich bin noch nie dort draußen gewesen, weißt du.«

Wren schürzte die Lippen. »Dämonen. Vog, Feuer, Asche und Lavagestein, bis man die Klippen erreicht, dann Sumpf und Dschungel und danach vor allem wieder Vog. Gavilan, du hättest besser nicht zustimmen sollen, daß du mitkommst.«

Er lachte. »Aber du? Nein, Wren, ich möchte als richtiger Mann sterben, der weiß, was geschehen ist, und sich nicht hinter dem magischen Schild des Loden danach fragen muß. Wenn es überhaupt funktioniert. Das frage ich mich nämlich. Niemand weiß es genau, nicht einmal die Königin. Vielleicht wird sie ihn anrufen, und es wird gar nichts geschehen.«

»Das glaubst du doch nicht wirklich, nicht wahr?«

»Nein. Die Magie funktioniert für Ellenroh immer. Zumindest fast immer.« Seine Hände fielen erschöpft herab.

»Erzählt mir von der Magie, Gavilan«, bat sie impulsiv. »Was ist mit der Magie, die nicht funktioniert? Warum will niemand darüber reden?«

Gavilan schob die Hände in die Taschen seines Umhangs und schien dabei in sich zusammenzukriechen. »Weißt du, Wren, wie es für die Elfen sein wird, wenn Tante Ell die Magie des Loden anruft? Keiner von uns hat damals schon gelebt, als Arborlon aus dem Westland gebracht wurde. Keiner von uns hat jemals die Vier Länder gesehen. Nur wenige erinnern sich noch daran, wie es war, als Morrowindl sicher und frei von Dämonen war. Die Stadt ist alles, was die Elfen kennen. Stell dir vor, wie es für sie sein wird, wenn sie von der Insel fort ins Westland zurückgebracht werden. Stell dir vor, was sie empfinden werden. Alles wird sie ängstigen.«

»Vielleicht nicht«, wagte sie zu sagen.

Er schien sie nicht zu hören. »Wir werden alles verlieren, was uns lieb ist, wenn das geschieht. Die Magie hat uns unser ganzes Leben lang zur Verfügung gestanden. Sie reinigt die Luft, schützt uns vor dem Wetter, hält unsere Felder fruchtbar, nährt die Pflanzen und Tiere des Waldes und versorgt uns mit Wasser. Alles. Was wird, wenn diese Dinge verloren sind?«

Auf einmal erkannte sie die Wahrheit. Er hatte Angst. Er konnte sich ein Leben jenseits des Keels nicht vorstellen, er hatte keine Vorstellung von einer Welt ohne Dämonen, wo die Natur alles das herbeischaffte, wofür sich die Elfen jetzt der Magie bedienten.

»Gavilan, es wird alles gut werden«, sagte sie ruhig. »Alles, was dich jetzt erfreut, war auch schon vorher da. Die Magie versorgt euch nur mit dem, was ohnehin wieder da sein wird, wenn das Gleichgewicht der Natur wiederhergestellt ist. Ellenroh hat recht. Die Elfen werden nicht überleben, wenn sie auf Morrowindl bleiben. Früher oder später wird der Keel versagen. Und umgekehrt kann es sein, daß die Vier Länder nicht ohne die Elfen überleben können. Vielleicht ist das Schicksal der Rassen irgendwie miteinander verbunden, genau wie Ellenroh es vermutet. Vielleicht sah Allanon das, als er mich aussandte, damit ich euch finde.«

Seine Blicke trafen die ihren. Die Angst war fort, aber er war trotzdem immer noch angespannt und beunruhigt. »Ich verstehe die Magie, Wren. Tante Ell denkt, sie sei zu gefährlich und nicht vorhersagbar. Aber ich verstehe sie, und ich glaube, ich könnte eine Möglichkeit finden, sie zu beherrschen.«

»Kannst du mir nicht erzählen, warum sie sie fürchtet?« drängte Wren. »Was veranlaßt sie dazu, zu denken, sie sei gefährlich?«

Gavilan zögerte, und einen Moment lang schien er antworten zu wollen. Dann schüttelte er den Kopf. »Nein, Wren. Ich kann es dir nicht sagen. Ich habe geschworen, es nicht zu tun. Du bist ein Elf, aber... Es ist besser, wenn du es niemals herausfindest.

Er hob die Hände, als wolle er die Angelegenheit enttäuscht und ungeduldig beiseite schieben. Dann wechselte seine Stimmung abrupt, und er wirkte plötzlich heiter. »Frage mich etwas anderes, und ich werde antworten. Frage mich alles.«

Wren verschränkte ärgerlich die Arme. »Ich möchte dich nichts anderes fragen. Nur das möchte ich wissen.«

Die dunklen Augen tanzten. Er amüsierte sich. Er trat so nahe an sie heran, daß sie sich fast berührten. »Du bist Alleynes Kind, Wren. Ich gestehe es ein. Fest entschlossen bis zuletzt.«

»Dann erzähle es mir.«

»Du gibst nicht auf, nicht wahr?«

»Gavilan.«

»Du bist so sehr darauf aus, eine Antwort zu erhalten, daß du nicht einmal siehst, was direkt vor deinem Gesicht geschieht.«

Sie zögerte verwirrt.

»Sieh mich an«, sagte er.

Ihre Blicke trafen sich. Sie sahen einander schweigend an und maßen sich auf eine Art, die bloße Worte überstieg. Wren konnte die Wärme seines Atems spüren und sehen, wie seine Brust sich hob und senkte.

»Erzähle es mir«, wiederholte sie eigensinnig.

Sie spürte, wie seine Hände sich auf ihre Arme legten. Sein Griff war leicht, aber fest. Dann näherte sich sein Gesicht dem ihren, und er küßte sie.

»Nein«, flüsterte er mit einem schnellen, unsicheren Lächeln und verschwand in der Nacht.

13

Bis zum Mittag des folgenden Tages erfuhr jedermann in Arborlon von Ellenroh Elessedils Entscheidung, die Macht des Loden anzurufen, um die Elfen und ihre Heimatstadt ins Westland zurückzubringen. Die Königin hatte die Nachricht beim ersten Morgengrauen verbreiten lassen, indem sie ausgewählte Boten in jeden Winkel ihres bedrängten Königreiches sandte – Barsimmon Oridio zu den Offizieren und Soldaten des Heeres, Triss zu den Elfenjägern der Leibgarde, Eton Shart zu den restlichen Mitgliedern des Hohen Konzils und von dort zu den Angehörigen des Hofstaates, die in den Verwaltungsbüros der Regierung dienten, und Gavilan zum Marktbezirk, um die Führer des Handels und der Bauerngemeinschaften zu versammeln. Zu dieser Stunde war Wren längst aufgewacht. Sie hatte sich angezogen und gefrühstückt und war in die Stadt gegangen, in der von nichts anderem gesprochen wurde.

Sie fand die Reaktion der Elfen bemerkenswert. Es gab keine Panik, kein Gefühl der Verzweiflung und keine Drohungen oder Anklagen gegen die Königin wegen ihrer Entscheidung. Natürlich war Unsicherheit zu spüren und ein gesundes Maß an Zweifeln. Keiner der Elfen hatte schon gelebt, als Arborlon aus dem Westland fortgetragen worden war, und obwohl alle die Geschichte der Auswanderung nach Morrowindl gehört hatten, hatten nur wenige wirklich daran gedacht, erneut auszuwandern. Selbst als die Stadt von Dämonen umringt wurde und das Leben sich im Vergleich zu den Zeiten von Ellenrohs Vater drastisch verändert hatte, hatten ihre Sorgen um die Zukunft sie nie die Möglichkeit überdenken lassen, die Magie des Loden erneut einzusetzen. Daher sprachen die Leute von dem Gedanken, fortzugehen, wie von etwas völlig Neuem, von einem neuen Argument, und bei den Unterhaltungen, die Wren mitbekam, wurde größtenteils gesagt, daß es sicher so sein mußte, wenn Ellenroh Elessedil es für das beste hielt. Hier wurde dem Vertrauen, das die Elfen ihrer Königin entgegenbrachten, Tribut gezollt, indem sie ihren Vorschlag so bereitwillig annahmen – besonders, wo er so weitgehend war wie dieser.

»Es wird schön sein, wieder aus der Stadt hinausgehen zu können«, sagte mehr als einer. »Wir haben schon zu lange hinter Mauern gelebt.«

»Wir werden die Straßen bereisen können und die Welt

sehen«, stimmten andere zu. »Ich liebe mein Zuhause, aber ich vermisse auch, was jenseits liegt.«

Mehr als einmal wurde ein Leben ohne die beständige Bedrohung durch die Dämonen erwähnt, eine Welt, in der die dunklen Wesen nur noch eine Erinnerung sein würden und die Jungen aufwachsen könnten, ohne akzeptieren zu müssen, daß sie nur durch den Keel überleben konnten und daß es für sie niemals irgendeine Art von Leben jenseits des Keels geben konnte. Einige drückten Besorgnis darüber aus, wie die Magie funktionieren würde und ob sie überhaupt funktionieren würde, aber die meisten schienen mit der Versicherung der Königin zufrieden zu sein, daß das Leben in der Stadt während der Reise weitergehen würde wie immer, daß die Magie sie beschützen und gegen alles, was auch immer außerhalb geschehen würde, abschirmen würde. Sie gingen davon aus, daß es wie bisher sein würde, außer daß anstelle des Keels eine Dunkelheit herrschen würde, die niemand würde durchdringen können, bis die Magie des Loden erneut angerufen würde.

Auf dem Marktplatz traf Wren Aurin Striate. Die Eule war bereits seit der Dämmerung auf den Beinen und stellte zusammen, was die Neunergruppe auf ihrer Reise über die Hänge des Killeshan zum Strand hinab benötigen würde. Seine Aufgabe wurde vor allem durch die Entschlossenheit der Königin erschwert, nur das mitzunehmen, was sie auf ihren Rücken tragen konnten, weil List und Schnelligkeit ihnen am ehesten ermöglichen würden, den Dämonen auszuweichen.

»Soweit ich es verstehe, funktioniert die Magie folgendermaßen«, erklärte er, während sie zum Palast zurückgingen. »Sie hüllt uns ein und trägt uns davon, wenn sie angerufen wird. Wenn sie erst einmal an ihrem Platz ist, schützt sie gegen das Eindringen von außen wie eine Schale. Gleichzeitig bringt sie uns – die Stadt und alles – an einen anderen Ort und hält uns dort, bis der Zauber entlassen wird. Dabei gibt es so etwas wie ein Aussetzen der Zeit. Dadurch spüren wir auch nichts von dem, was während der Reise geschieht. Wir verspüren keine Bewegung.«

»Also geht alles einfach so weiter wie zuvor?« fragte Wren und versuchte sich vorzustellen, wie das wohl sein würde.

»Weitgehend. Es gibt weder Tag noch Nacht, nur eine Düsterkeit, als wäre der Himmel bewölkt, sagte mir die Königin. Es gibt Luft und Wasser und alles andere, was man zum Überleben braucht. Alles wird sorgfältig in diese Art Kokon eingehüllt sein.«

»Und was geschieht, wenn ihr erst dort ankommt, wo ihr hinwollt?«

»Die Königin entläßt den Zauber, und die Stadt ist wiederhergestellt.«

Wrens Augen suchten die der Eule. »Vorausgesetzt natürlich, daß das, was man Ellenroh über die Magie erzählt hat, tatsächlich wahr ist.«

Die Eule seufzte. »So jung und schon so skeptisch.« Er schüttelte den Kopf. »Wenn das nicht wahr ist, Wren, welche Rolle spielt das denn schon? Sind wir nicht auf Morrowindl hoffnungslos gefangen? Einige könnten sich vielleicht retten, indem sie an den dunklen Wesen vorbeischlüpfen, aber die meisten würden umkommen. Wir müssen einfach glauben, daß die Magie uns rettet, Mädchen, denn die Magie ist alles, was wir haben.«

Sie verließ ihn, als sie sich den Palasttoren näherten, und ließ ihn allein weitergehen. Er hatte müde Augen und zog die Schultern nach vorn, und sein dünner, verzerrter Schatten auf dem Boden war ein Spiegel seiner selbst. Sie mochte Aurin Striate. Wie in alter Kleidung, die zur zweiten Haut geworden ist, fühlte sie sich in seiner Nähe angenehm entspannt. Sie traute ihm. Wenn jemand ihnen bei dieser Reise, die da vor ihnen lag, wirklich beistehen konnte, dann war das die Eule.

Sie wandte sich vom Palast ab und schlenderte gedankenverloren auf die Gärten des Lebens zu. Sie hatte nicht nach Garth geschaut, als sie aufgestanden war, sondern war aus ihrem Raum geschlüpft, um die Königin aufzusuchen. Aber Ellenroh war erneut nirgendwo zu finden gewesen, und so hatte sie beschlossen, allein in die Stadt zu gehen. Jetzt, wo ihr Spaziergang beendet war, stellte sie fest, daß sie noch immer allein sein wollte. Sie ließ ihre Gedanken schweifen, während sie die einsamen Gärten betrat, und stieg den leichten Abhang zum Ellcrys hinauf. Von dem Moment an, in dem sie aufgewacht war, wurden ihre Gedanken an diesem Morgen hartnäckig von Gavilan Elessedil angezogen. Sie blieb kurz stehen und sah ihn vor sich. Als sie die Augen schloß, konnte sie spüren, wie er sie küßte. Sie atmete tief ein und langsam wieder aus. Sie war in ihrem Leben erst ein- oder zweimal geküßt worden, denn sie hatte immer zu viel mit ihrer Ausbildung zu tun gehabt und war zu sehr allein, unnahbar und mit anderen Dingen befaßt gewesen, um sich um junge Männer zu kümmern. Es war keine Zeit gewesen für eine Beziehung zu irgend jemand. Sie hatte kein Interesse daran gehabt. Warum war das so? fragte sie sich plötzlich. Aber sie wußte, daß sie genausogut hätte fragen können, warum der Himmel blau war, wie danach, warum sie so geworden war.

Sie öffnete die Augen wieder und ging weiter.

Als sie zum Ellcrys kam, betrachtete sie ihn eine Weile, bevor sie sich in seinen Schatten setzte. Gavilan Elessedil. Sie mochte ihn. Vielleicht zu sehr. Es schien instinktiv so zu sein, und sie mißtraute der plötzlichen Stärke ihrer Gefühle. Sie kannte ihn kaum und dachte bereits mehr an ihn, als sie sollte. Er hatte sie geküßt, und es hatte ihr gefallen. Dennoch ärgerte es sie, daß er verschwieg, was er über die Magie und die Dämonen wußte. Es gab da eine Wahrheit, die er nicht mit ihr teilen wollte, ein Geheimnis, das so viele Elfen verbargen – nicht nur Ellenroh, Eowen und die Eule. Aber Gavilans Verschlossenheit beunruhigte sie mehr, weil er angeblich als Freund zu ihr gekommen war. Er hatte versprochen, ihr alle Fragen zu beantworten, die sie stellen würde, er hatte sie geküßt, und sie hatte es zugelassen, und trotzdem hatte er sein Wort nicht gehalten. Sie glühte innerlich wegen dieses Verrats und bemerkte dennoch, daß sie bemüht war, ihm zu vergeben. Sie suchte Entschuldigungen für ihn zu finden und ihm eine Chance zu geben, es ihr dann zu sagen, wenn er es für richtig hielt.

Aber war es mit Gavilan denn anders, als es mit ihrer Großmutter gewesen war, fragte sie sich plötzlich. Waren nicht bei beiden die gleichen Gedanken in ihr hochgekommen?

Vielleicht waren ihre Gefühle für beide nicht sehr unterschiedlich.

Der Gedanke beunruhigte sie stärker, als sie zugeben wollte, und sie schob ihn hastig beiseite.

Es war still innerhalb der Gärten, in denen man zwischen Bäumen und Blumenbeeten allein sein konnte und unter dem lieblichen Schutz des Ellcrys Kühle und Zurückgezogenheit genießen konnte. Sie ließ ihre Augen über die Decke aus Farben schweifen, als die die Gärten angelegt waren, und beobachtete, daß die Erde wie mit Pinselstrichen überzogen wirkte, einige kurz und breit, andere dünn und gebogen, und daß es Ränder aus Helligkeit gab, die im Licht schimmerten. Über ihr schien die Sonne aus einem wolkenlosen, blauen Himmel herab. Die Luft war warm und duftete süß. Sie sog sie langsam tief in sich hinein und war sich währenddessen bewußt, daß dies am selben Abend alles vorbei sein würde und daß sie einmal mehr in das wilde Dunkel von Morrowindl hinausgestoßen werden würde, wenn der Loden angerufen wurde. Sie hatte für eine Weile den Schrecken vergessen können, der jenseits des Keels lag, hatte ihre Erinnerung an den Schwefelgestank, an die dampfenden Risse in der Kruste aus Lavagestein, an die Hitze aus der Glut von Killeshan, wie sie der Erde entstieg, die Dunkelheit und den Vog und das Keuchen und Knurren der Dämonen auf der Jagd verdrängen können. Sie zitterte und preßte die Arme an ihren Körper. Sie wollte nicht wieder dort hinaus gehen. Sie spürte, daß es wartete wie ein geduldig zusammengekauertes Lebewesen. Entschlossen, sie zu bekommen, sicher, daß sie kommen würde.

Sie schloß die Augen wieder, wartete darauf, daß die negativen Gefühle abflauten und sammelte nach und nach wieder all ihre Entschlossenheit. Sie beruhigte sich, indem sie sich sagte, daß sie nicht allein sein werde, daß andere bei ihr sein würden, daß sie sich alle gegenseitig beschützen würden, und daß die Reise von den Bergen herab schnell vorbei sein werde und daß sie dann sicher sein würden. Sie war doch unbeschadet nach Arborlon heraufgestiegen. Sicherlich würde sie auch wieder hinabsteigen können.

Und doch blieben ihre Zweifel und flüsterten bohrend Warnungen, in denen die Warnung der Addershag von Grimpen Ward widerhallte: *Hüte dich, Elfenmädchen. Ich sehe Gefahren auf dich zukommen, harte Zeiten und Verrat und Böses jenseits aller Vorstellungen.*

Traue niemandem.

Aber wenn sie dem Rat der Addershag folgte, wenn sie sich auf sich selbst verließ und niemand anderem Beachtung schenkte, würde sie ohnmächtig sein. Sie würde von allen anderen abgeschnitten sein. Würde sie das überleben können? Sie glaubte es nicht.

Wieviel von ihrer Zukunft hatte die Addershag überhaupt gesehen, fragte sie sich grimmig. Wieviel hatte sie gar nicht entdecken können?

Sie erhob sich, schaute ein letztes Mal auf den Ellcrys und wandte sich ab. Langsam stieg sie die Gärten des Lebens hinab und nahm dabei schwache Erinnerungen an ihren Trost und ihre Ruhe mit, um sie für eine Zeit wegzustecken, wo sie sie brauchen würde. Für dic Zeit, wo Dunkelheit sie umgeben und sie allein sein würde. Sie wollte glauben, daß das nicht eintrat. Sie hoffte, daß sich die Addershag geirrt hatte.

Aber sie wußte, daß sie sich dessen nicht sicher sein konnte.

Garth traf sie kurz darauf, und sie blieb den Rest des Tages mit ihm zusammen. Sie sprachen ausführlich über das, was vor ihnen lag, listeten die Gefahren auf, denen sie bereits begegnet waren, und überlegten gemeinsam, was sie brauchen würden, um ihre Reise zurück durch den Wahnsinn, der dort draußen lag, zu überstehen. Garth schien entspannt und zuversichtlich, aber das schien er eigentlich immer zu sein. Sie vereinbarten, daß sie nahe beieinander bleiben würden, was auch immer geschehen mochte.

Sie sah Gavilan nur einmal und nur für einen Moment. Es war am Spätnachmittag, und er verließ den Palast zu einem weiteren Botengang, als sie über den Rasen kam. Er lächelte ihr zu und winkte, als sei alles, wie es sein sollte, als sei die ganze Welt noch im Gleichgewicht. Trotz ihrer Verwirrung über seine sorglose Art lächelte sie und winkte zurück. Sie hätte gern mit ihm gesprochen, wenn es möglich gewesen wäre, aber Garth war da und auch mehrere Begleiter von Gavilan, und es gab keine Gelegenheit. Er tauchte danach nicht wieder auf, obwohl sie eifrig nach ihm Ausschau hielt. Als die Dämmerung hereinbrach, war sie wieder allein in ihrem Raum, schaute aus den Fenstern auf das ersterbende Licht, dachte, daß sie etwas tun sollte. Ein Gefühl, als sei sie gefangen, machte sich in ihr breit, und sie fragte sich, ob sie darum kämpfen sollte, davon freizukommen. Garth hatte sich wieder in den angrenzenden Raum zurückgezogen. Sie wollte gerade zu ihm gehen, als sich die Tür öffnete und die Königin erschien.

»Großmutter«, begrüßte sie sie und konnte die Erleichterung in ihrer Stimme nicht völlig verbergen.

Ellenroh eilte wortlos durch den Raum, nahm sie in die Arme und drückte sie an sich. »Wren«, flüsterte sie, und ihre Arme legten sich fester um das Mädchen, als hätte sie Angst, Wren könne fliehen.

Schließlich trat sie zurück, lächelte, nachdem zuvor noch ein Schatten von Traurigkeit ihr Gesicht überzogen hatte, nahm dann Wrens Hand und führte sie zum Bett, wo sie sich setzten. »Ich habe dich den ganzen Tag beschämend vernachlässigt. Bitte entschuldige das. Es schien, als sei mir jedes Mal, wenn ich mich umwandte, etwas anderes eingefallen, das zuerst getan werden mußte. Es waren zwar nur kleine Aufgaben, die ich vergessen hatte, sie mußten aber noch vor heute abend erledigt werden.« Sie hielt inne. »Wren, es tut mir leid, daß ich dich in diese Angelegenheit hineingezogen habe. Die Probleme, die wir uns selbst geschaffen haben, sollten nicht auch deine werden. Aber es hilft nichts. Ich brauche dich, Kind. Vergibst du mir?«

Wren schüttelte verwirrt den Kopf. »Es gibt nichts zu vergeben, Großmutter. Als ich mich entschloß, Allanons Botschaft zu euch zu bringen, beschloß ich auch, mich darauf einzulassen. Ich wußte, daß ich mit euch kommen würde, wenn ihr dieser Botschaft folgen würdet. Ich habe noch nie anders darüber gedacht.«

»Wren, du gibst mir soviel Hoffnung! Ich wünschte, Alleyne wäre hier und könnte dich sehen. Sie würde stolz sein. Du hast ihre Kraft und ihre Entschlossenheit.« Die glatten Brauen zogen sich zusammen. »Ich vermisse sie so sehr. Es ist Jahre her, daß sie fortgegangen ist, und noch immer scheint es mir, als sei es nur für einen Moment. Manchmal ertappe ich mich auch jetzt noch dabei, daß ich nach ihr Ausschau halte.«

»Großmutter«, sagte Wren ruhig und wartete, bis sie sie ansah. »Erzähle mir von der Magie. Was ist es, worüber du Bescheid weißt und Gavilan und Eowen und die Eule und jeder andere auch, nur ich nicht? Warum ängstigt es jedermann so?«

Einen Moment lang antwortete Ellenroh Elessedil nicht. Ihre Augen wurden hart, und ihr Körper versteifte sich. Wren konnte in diesem Augenblick die eiserne Entschlossenheit erkennen, auf die ihre Großmutter immer dann zurückgriff, wenn sie sie brauchte, eine Entschlossenheit, die das jugendliche Gesicht und die schlanke Gestalt Lügen strafte. Schweigen breitete sich zwischen ihnen aus. Wren hielt ihrem Blick stand. Sie wollte nicht wegsehen, denn sie wollte die Geheimnisse zwischen ihnen unbedingt beenden.

Das Lächeln der Königin kam unerwartet und bitter. »Wie gesagt, du bist wie Alleyne.« Sie ließ Wrens Hände los. Es schien, als habe sie Angst, es könne eine Schranke zwischen ihnen errichtet werden. »Es gibt einige Dinge, die ich dir gern erzählen würde, die ich dir aber nicht erzählen kann, Wren. Jedenfalls jetzt noch nicht. Ich habe meine Gründe, und du wirst es akzeptieren müssen. Aber ich kann dir versichern, daß es gute Gründe sind. Also werde ich dir nur erzählen, was ich dir heute erzählen kann, und dabei muß es bleiben.«

Sie seufzte und verdrängte die Bitterkeit aus ihrem Lächeln.

»Die Magie ist unberechenbar, Wren. So war es am Anfang, und so ist es bis heute geblieben. Aus Erzählungen über das Schwert von Shannara und die Elfensteine weißt du selbst, daß die Magie nicht immer gleich bleibt, daß sie nicht immer tut, was man von ihr erwartet, daß sie sich auf überraschende Weise offenbaren kann und sich nach längerer Zeit und häufigerem Gebrauch entfaltet. Dies ist eine Wahrheit, die uns scheinbar immer wieder entgeht und die immer wieder neu gelernt werden muß. Als die Elfen nach Morrowindl kamen, beschlossen sie, die Magie neu zu erschließen, die alte Art wieder zu entdecken und sich selbst nach dem Bild der Vorväter zu formen. Das Problem war natürlich, daß es das Vorbild schon lange nicht mehr gab und niemand die Entwürfe aufbewahrt hatte. Die Rückgewinnung der Magie wurde dann jedoch leichter erreicht, als sie erwartet hatten. Sie dann auch zu beherrschen, als man sie erst einmal bei der Hand hatte, war jedoch wieder etwas anderes. Viele Versuche wurden unternommen, und viele davon schlugen fehl. Jenen Versuchen verdanken die Dämonen ihre Existenz. Es geschah ohne Absicht, und es war ein Unglück, aber es ist trotzdem eine Tatsache. Als sie erst einmal da waren, konnten sie nicht wieder fortgeschickt werden. Sie gediehen und vermehrten sich und überlebten alle Versuche, sie wieder zu zerstören.«

Sie schüttelte den Kopf, als sehe sie diese Versuche vor ihren Augen vorbeiziehen. »Du willst mich fragen, warum man sie nicht wieder dahin zurückschicken kann, von wo auch immer sie gekommen sind, nicht wahr? Aber die Magie funktioniert nicht so. Sie erlaubt keine so einfache Lösung. Gavilan und einige andere glauben, daß weitere Experimente mit der Magie bessere Ergebnisse bringen könnten und daß uns Versuche und Irrtümer zufällig einen Weg weisen könnten, die Wesen zu besiegen. Ich halte das für falsch. Ich verstehe die Magie, Wren, denn ich habe sie benutzt, und ich kenne ihre Macht. Ich habe Angst vor dem, was sie bewerkstelligen kann. Es gibt tatsächlich keine Grenzen. Sie macht uns zu nichts anderem als sterblichen Wesen. Ihr fehlen die Schranken, die uns unser Menschsein auferlegt. Sie ist großartiger als wir. Sie wird überleben, wenn wir alle längst tot sind. Ich habe kein Vertrauen in sie, abgesehen von dem Teil, der aus Erfahrung bekannt ist und den die Notwendigkeit erfordert. Ich glaube, daß wir neuen Schrecken in unser Leben lassen, wenn wir sie weiter erproben, wenn wir weiterhin glauben, daß sie die Lösung für all unsere Probleme in sich birgt. Dann werden wir eines Tages vielleicht wünschen, daß wir es nur mit den Dämonen zu tun haben.«

»Was ist mit den Elfensteinen?« fragte Wren ruhig.

Ellenroh nickte, lächelte und schaute fort. »Ja, Kind, was ist mit den Elfensteinen? Was ist mit ihrer Magie? Wir wissen, was sie tun können, wir haben es ja bereits erfahren. Wenn das Elfenblut fehlschlägt, wenn es nicht stark genug ist, wie es bei Will Ohmsford war, schafft die Magie unerwartete Ergebnisse. Der Wunschgesang. Er ist gut und schlecht, beides.« Ihr Blick kehrte zurück. »Aber die Magie der Elfensteine ist bekannt, und sie ist eingeschlossen. Niemand glaubt oder vermutet, daß sie für einen anderen Zweck mißbraucht werden könnte. Dasselbe gilt für den Loden. Wir wissen einiges über diese magischen Kräfte und werden sie einsetzen, weil wir das tun müssen, wenn wir überleben wollen. Aber noch viel größere Magie wartet darauf, erst noch entdeckt zu werden, Kind. Magie, die unter der Erde lebt, die in der Luft zu finden ist und die nach Erkennen schreit. Das ist die Magie, die Gavilan heranziehen möchte. Es ist die gleiche Magie, die ein Druide namens Brona vor mehr als tausend Jahren nutzbar zu machen versuchte – die gleiche Magie, die ihn dazu trieb, Herr aller Zauberer zu werden, und die ihn dann zerstörte.«

Wren verstand die Angst ihrer Großmutter vor der Magie. Sie sah die Gefahren, wie sie sie sah, und konnte die Gefühle, die die Beschwörung der Magie bei ihr hervorrief – die der Elfensteine und des Loden – nachempfinden wie niemand sonst. Sie kannte die Macht, die überwältigen konnte, die zerstören und jemanden besitzen konnte, bis er verloren war.

»Du hast gesagt, daß die Elfen wieder zu der Lebensweise zurückkehren sollen, die sie bevorzugt haben, bevor sie die

Magie zurückgewannen«, sagte sie und dachte dabei an die vergangene Nacht, als Ellenroh das Hohe Konzil einberufen hatte. »Ist das so einfach? Werden nicht einige unter den Elfen das alles wiederhaben wollen und es vielleicht auf andere Weise finden?«

»Nein.« Ellenrohs Augen wurden plötzlich starr. »Nicht noch einmal. Niemals wieder.«

Sie verschwieg etwas. Wren spürte es sofort – und spürte auch, daß Ellenroh darüber nicht reden wollte. »Und was ist mit der Magie, die du bereits beschworen hast, die Magie, die die Stadt beschützt?«

»Sie wird verschwinden, wenn wir erst einmal fortziehen – alle Magie außer der, die benötigt wird, um den Gebrauch des Loden zu sichern und die Elfen und Arborlon ins Westland zurückzubringen. Alle außer dieser.«

»Und die Elfensteine?«

Die Königin lächelte. »Es gibt nichts Absolutes, Wren. Die Elfensteine sind schon lange Zeit in unserem Besitz.«

»Ich könnte sie wegwerfen, wenn wir erst einmal in Sicherheit sind.«

»Ja, Kind, das kannst du tun, falls du dich dazu entschließt.«

Wren spürte, daß da noch etwas zwischen ihnen war, aber es blieb unausgesprochen, und sie konnte seine Bedeutung nicht erkennen. »Wird die Magie des Loden wirklich das tun, was du glaubst, Großmutter? Wird sie die Elfen sicher von Morrowindl fortbringen?«

Auf dem glatten Gesicht der Königin erschien ganz kurz ein Schatten von Zweifel und mehr, ja sogar Hoffnungslosigkeit. »Oh, die Magie ist da. Das ist sicher. Ich habe sie gespürt, als ich den Stab gebrauchte. Ich habe ihre Geheimnisse kennengelernt, und ich weiß, daß sie vorhanden ist.« Ihr Gesicht erhellte sich abrupt. »Aber wir sind es, Wren, wir müssen sie fortbringen. Wir sind es, die dafür sorgen müssen, daß alle, die durch den Zauber des Loden versammelt werden, daß unser Volk der Welt wieder zurückgegeben wird, daß allen eine neue Chance im Leben gegeben wird. Die Magie allein ist nicht genug. Sie ist niemals genug.

Unser Leben, und besonders das Leben all derjenigen, die von uns abhängig sind, liegt für immer in unserer Verantwortung. Die Magie ist nur ein Werkzeug. Verstehst du das?«

Wren nickte schwermütig. »Ich werde alles tun, was ich kann, um zu helfen«, sagte sie weich. »Aber ich sage dir auch, daß ich wünschte, die Magie wäre tot und gestorben, alle Magie, jedes kleine bißchen, alles, von den Schattenwesen über die Dämonen bis hin zum Loden und den Elfensteinen. Ich möchte das alles vernichtet sehen.«

Die Königin erhob sich. »Und wenn sie vernichtet wären, Wren, was würde dann an ihre Stelle treten? Würden die Wissenschaften der Alten Welt wiederbelebt werden? Oder eine noch größere Macht? Irgend etwas würde es sein, weißt du. Es wird immer etwas geben.«

Sie streckte die Hand aus und zog Wren mit sich hoch. »Rufe jetzt Garth, wir wollen zusammen essen. Und lächele. Was auch immer sich aus dem allen ergeben wird, wir haben einander gefunden. Ich bin sehr froh, daß du hier bist.«

Sie umarmte Wren noch einmal und drückte sie. Wren erwiderte die Umarmung und sagte: »Ich bin auch froh, Großmutter.«

Alle Mitglieder des inneren Kreises des Hohen Konzils nahmen an diesem Abend am Abendessen teil – Eton Shart, Barsimmon Oridio, Aurin Striate, Triss, Gavilan und die Königin, außerdem Wren, Garth und Eowen Cerise. Sie alle waren dabeigewesen, als die Entscheidung fiel, die Macht des Loden zu beschwören und Morrowindl aufzugeben. Sogar Cort und Dal waren da und hielten in den Gängen außerhalb des Raumes Wache. Sie hinderten jeden am Eintreten, sogar die Diener, nachdem erst einmal das Essen auf dem Tisch stand. So blieben sie ungestört und konnten die Aufgaben für den nächsten Tag besprechen. Ein lebhaftes Gespräch war im Gange, und die Diskussion über Ausrüstung, Vorräte und vorgeschlagene Routen bestimmten die Unterhaltung. Nachdem sie sich mit der Eule beraten hatte, hatte Ellenroh entschieden, daß die beste Zeit für einen Fluchtversuch unmittelbar vor Tagesanbruch sei, wenn die Dämonen vom Umherstreifen in der Nacht träge waren und nach Schlaf verlangten und sie für ihre Reise das Licht eines ganzen Tages vor sich hatten. Die Nacht war die gefährlichste Zeit dort draußen, weil die Dämonen immer dann auf Jagd gingen. Die Neuner-Gruppe würde etwas mehr als eine Woche Zeit benötigen, um den Strand zu erreichen, wenn alles reibungslos lief. Daran wollte zwar niemand wirklich glauben, aber zumindest behielten sie ihre Zweifel für sich.

Gavilan saß Wren schräg gegenüber und lächelte sie häufig an. Sie war sich seiner Aufmerksamkeit bewußt und erkannte sie höflich an, richtete aber ihre Worte und ihre Aufmerksamkeit auf ihre Großmutter und die Eule und auf Garth. Sie aß etwas, konnte sich hinterher jedoch nicht mehr erinnern, was es war, hörte den Gesprächen der anderen zu und schaute häufig zu Gavilan hinüber, als würde das Geheimnis seiner Anziehungskraft auf irgendeine Weise enthüllt, wenn sie ihn beobachtete. Verwirrt dachte sie darüber nach, was die Königin ihr zuvor erzählt hatte.

Oder, besser gesagt, sie grübelte, was sie ihr nicht erzählt hatte.

Die Enthüllungen der Königin waren alles in allem ein wenig dürftig gewesen. Es war ja schön und gut, daß sie gesagt hatte, daß die Magie zurückgewonnen war, aber woher war sie zurückgewonnen worden? Es war schön und gut, daß sie eingestand, daß dabei auf irgendeine Weise die Dämonen freigelassen worden waren, die sie jetzt belagerten, aber was war mit der Magie, die sie befreit hatte? Und woher befreit hatte? Wren hatte noch immer nicht erfahren, wie es bei dem Gebrauch der Magie zu Mißverständnissen gekommen war oder warum keinerlei Magie verfügbar war, die das rückgängig machen könnte. Was ihre Großmutter ihr gegeben hatte, war wie eine Skizze ohne Schattierungen oder Farben oder Hintergrund irgendeiner Art. Es genügte ihr nicht annähernd.

Und doch hatte Ellenroh darauf bestanden, daß es so sein sollte.

Wren saß da, und ihre Gedanken summten in ihr wie Mücken. Die Gespräche erhoben sich hitzig um sie herum, während sich die Gesichter hierhin und dorthin wandten. Das Licht draußen wurde schwächer, als sich die Dunkelheit herabsenkte, und die Zeit machte sich mit leisen Schritten davon. Es war ein Rückzug von der Vergangenheit und eine verstohlene Annäherung an eine Zukunft, die sie alle für immer verändern konnte. Sie fühlte sich von dem allen rundherum losgelöst, als wäre sie völlig unerwartet auf diesem Platz am Tisch abgesetzt worden, ein ungeladener Gast, der das Leben rundherum belauschte. Sogar Garths vertraute Gegenwart konnte sie nicht trösten. Daher sprach sie auch mit ihm kaum.

Als das Abendessen beendet war, ging sie sofort in ihren Raum, um sich schlafen zu legen, zog sich aus, schlüpfte unter die Bettdecke und lag dann wartend in der Dunkelheit. Sie wartete darauf, daß sich alles wieder rückverwandelte. Doch nichts dergleichen geschah. Ihr Atem verlangsamte und ihre Gedanken zerstreuten sich, und schließlich schlief sie ein.

Allerdings war sie schon wieder wach und angezogen, als das Klopfen an der Tür erklang, das sie wecken sollte. Gavilan stand davor. Er trug eine graubraune Jagdkleidung mit vielen Waffen. Sie vermißte das vertraute Grinsen an ihm. Auf einmal sah er wie jemand völlig anderes aus.

»Ich dachte, du würdest vielleicht gern mit mir zur Mauer hinuntergehen«, sagte er einfach.

Ihr Lächeln, mit dem sie ihm antwortete, brachte auch eine Spur des seinen zurück. »Das würde ich gern«, stimmte sie zu.

Mit Garth im Schlepptau verließen sie den Palast und gingen durch die dunklen, verlassenen Straßen der Stadt. Wren hatte gedacht, die Menschen würden wach und aufmerksam sein und beobachten wollen, was geschehen würde, wenn die Magie des Loden beschworen würde. Aber die Häuser der Elfen waren dunkel und ruhig, und jene Elfen, die beobachteten, taten dies aus den Schatten heraus. Vielleicht hatte Ellenroh ihnen gar nicht gesagt, wann die Verwandlung stattfinden würde, überlegte sie. Sie bemerkte, daß ihnen jemand folgte und schaute zurück. Ein Dutzend Schritte hinter ihnen entdeckte sie Cort. Triss hatte ihn wohl geschickt, um sicherzugehen, daß sie den Versammlungsort rechtzeitig erreichten. Triss ging wohl mit der Königin dorthin. Oder mit Eowen Cerise oder mit Aurin Striate. Vielleicht hatte das auch Dal übernommen. Sie alle scharten sich unten am Keel an jener Tür zusammen, die in die jenseitige Trostlosigkeit hinausführte, in die rauhe und karge Leere, die sie durchqueren mußten, um zu überleben.

Sie gelangten ohne Zwischenfall dorthin. Die Dunkelheit war noch ungebrochen, das Licht der Dämmerung noch unter dem Horizont verborgen. Alle waren versammelt – die Königin, Eowen, die Eule, Triss, Dal und jetzt sie vier. Nur neun, dachte Wren. Plötzlich wurde sie sich der Tatsache bewußt, wie wenige sie waren und daß das Schicksal von vielen von ihnen abhing. Sie tauschten Umarmungen und verstohlene Worte der Ermutigung aus und waren nicht mehr als eine Handvoll Schatten, die geflüsterte Worte in die Nacht schickten. Sie alle trugen Jagdkleidung, die bequem und robust war, die Schutz bot vor dem Wetter und vielleicht auch ein wenig gegen die Gefahren, die sie draußen erwarteten. Sie alle trugen Waffen, außer Eowen und der Königin. Ellenroh trug den Ruhkstab, dessen dunkles Holz schwach schimmerte. Auch in der fast vollständigen Schwärze blinkte und schimmerte der Loden noch in unzähligen Farben. Auf dem Keel lag die Magie als beständiges Glühen, das die Festungsmauern erhellte und himmelwärts strebte. Elfenjäger patrouillierten in Sechsergruppen an den Mauern, und weitere Wachen waren auf ihren Türmen postiert. Das Grollen und Zischen von außerhalb drang nur selten aus der Ferne zu ihnen, als seien die Wesen, die es verursachten, uninteressiert und wollten eher schlafen.

»Wir werden ihnen eine Überraschung bereiten, bevor diese Nacht vorüber ist, nicht wahr?« flüsterte Gavilan Wren ins Ohr. Ein zögerndes Lächeln lag auf seinem Gesicht.

»Wenn wirklich sie diejenigen sind, die am Ende überrascht sein werden«, flüsterte sie zurück.

Sie sah Aurin Striate an der Tür, die in die Tunnel hinunterführte, und trat neben ihn. Seine zerknitterte Gestalt bewegte sich in der Dunkelheit. Er sah sie an und nickte ihr zu.

»Augen und Ohren geschärft, Wren?«

»Ich glaube schon.«

»Die Elfensteine bereit?«

Sie preßte die Lippen zusammen. Die Elfensteine lagen in einem neuen Lederbeutel, der um ihren Hals hing – sie konnte ihr Gewicht auf ihrer Brust ruhen spüren. Es war ihr bis jetzt gelungen, nicht an sie zu denken. »Denkt Ihr denn, ich werde sie brauchen?«

Er zuckte die Achseln. »Du hast sie das letzte Mal doch auch gebraucht.«

Sie war einen Augenblick ruhig und überdachte, was da auf sie zukam. Irgendwie hatte sie geglaubt, sie könne Morrowindl entkommen, ohne die Magie erneut beschwören zu müssen.

»Es scheint dort draußen ruhig zu sein«, sann sie hoffnungsvoll.

Er nickte. Seine schlanke Gestalt lehnte gegen die Mauer. »Sie werden uns nicht erwarten. Wir werden unsere Chance bekommen.«

Sie rückte neben ihn, so daß sich ihre Schultern berührten. »Wie groß wird die Chance sein, Eule?«

Er lachte tonlos. »Welchen Unterschied macht das schon? Es ist unsere einzige Chance!«

Barsimmon Oridio tauchte aus der Dunkelheit auf. Er ging direkt zur Königin, sprach ein paar Minuten lang gedämpft mit ihr und verschwand dann wieder. Er wirkte abgezehrt und erschöpft, aber sein Schritt zeigte Entschlossenheit.

»Wie lange geht Ihr schon dort hinaus?« fragte Wren die Eule plötzlich, ohne ihn dabei anzusehen. »Zu denen da hinaus.«

Er zögerte. Er wußte, was sie meinte. Sie konnte spüren, daß er sie prüfend ansah. »Ich weiß es nicht mehr.«

»Was ich wohl am meisten wissen will, ist, was Euch dazu gebracht hat, daß Ihr es überhaupt getan habt. Ich kann mich kaum dazu überwinden, auch nur dieses eine Mal dort hinauszugehen, weil ich weiß, was dort draußen ist.« Sie schluckte, als sie dieses Geständnis machte. »Ich glaube, ich kann es tun, weil es die einzige Möglichkeit ist und weil ich es nicht wieder tun muß. Aber Ihr hattet jedes Mal die Wahl. Bis auf heute. Ihr müßt mehr als einmal gründlich darüber nachgedacht haben. Ihr wart nicht gezwungen, dort hinauszugehen.«

»Wren.« Sie wandte sich ihm zu, als er ihren Namen nannte, und sah ihn an. »Laß mich dir etwas sagen, was du noch nicht gelernt hast. Du wirst es erst lernen, wenn du länger gelebt hast. Wenn du älter wirst, merkst du, daß dich das Leben langsam ermüdet. Es spielt keine Rolle, wer du bist oder was du tust, es geschieht einfach. Erfahrung, Zeit, Ereignisse – sie alle sind gegen dich verschworen, um deine Energie zu stehlen, dein Vertrauen zu zersetzen, dich dazu zu bringen, die Fragen über Dinge zu stellen, an die du keinen zweiten Gedanken verschwendet hast, als du jung warst. Es geschieht allmählich. Es ist ein Abbröckeln, daß du zuerst nicht einmal bemerkst, und dann ist es eines Tages da. Du wachst auf, und du hast ganz einfach das Feuer nicht mehr.«

Er lächelte schwach. »Dann mußt du dich entscheiden. Du kannst entweder deinem Gefühl nachgeben und einfach sagen ›In Ordnung, genug ist genug‹, und dann bist du damit durch, oder du kannst es bekämpfen. Du kannst akzeptieren, daß du jeden Tag, den du lebst, dagegen angehen mußt. Dann mußt du zu dir selbst sagen, daß es dir egal ist, was du fühlst, daß es egal ist, was mit dir geschieht, denn früher oder später geschieht es ohnehin. Dann wirst du tun, was du tun mußt, weil du sonst besiegt werden wirst und das Leben keinen wahren Sinn mehr hat. Wenn du soweit bist, kleine Wren, wenn du die Ermüdung und die Zersetzung akzeptieren kannst, dann kannst du alles. Wie ich es geschafft habe, nachts immer wieder hinauszugehen? Ich habe mir einfach gesagt, es sei nicht so wichtig und die Menschen hier drinnen seien wichtiger. Weißt du was? Es ist in Wirklichkeit gar nicht so schwer. Du mußt nur an der Angst vorbeikommen.«

Sie dachte einen Moment darüber nach und nickte dann. »Ich finde, bei Euch klingt es viel leichter, als es ist.«

Die Eule stieß sich von der Mauer ab. »Ist das so?« fragte er. Dann lächelte er erneut und ging davon.

Wren schlenderte zurück zu Garth. Der große Fahrende deutete auf die Festungsmauern des Keels. Von seiner Höhe kamen verstohlene, leise Gestalten herab. Elfenjäger, die sich aus dem Licht lösten und in die Schatten hinabstiegen. Wren schaute ostwärts und sah die erste schwache Färbung der Dämmerung vor der Dunkelheit.

»Es ist Zeit«, sagte Ellenroh plötzlich und drängte sie zur Mauer.

Sie bewegten sich schnell. Aurin Striate führte sie. Sie zogen die Tür auf, die hinunter in die Tunnel führte, und blieben dann am Eingang stehen, um zur Königin zurückzusehen. Ellenroh war von der Mauer zu einem Brückenkopf hinübergegangen und kurz vor seinem Aufgang stehengeblieben. Dort steckte sie das untere Ende des Ruhkstabes fest in die Erde. Von irgendwoher aus Arborlon läutete eine Glocke. Sie war ein Signal, und jene wenigen Elfenjäger, die auf dem Keel geblieben waren, glitten jetzt schnell davon. Innerhalb von Sekunden lag die Mauer verlassen da.

Ellenroh Elessedil schaute zurück zu den acht, die auf dem Sprung waren, und wandte sich dann der Stadt zu. Ihre Hände umklammerten den polierten Schaft des Ruhk, und sie senkte den Kopf.

Sofort begann der Loden zu glühen. Seine Helligkeit wuchs rasch zu einem weißen Feuer an, das ausströmte, bis die Königin darin eingehüllt war. Das Licht breitete sich ständig weiter aus, erhob sich vor der Dunkelheit und erfüllte den Raum innerhalb der Mauern, bis ganz Arborlon hell wie der Tag erleuchtet war. Wren versuchte zu sehen, was geschah, aber die Intensität des Lichts wuchs so sehr, daß es sie blendete und sie zwang, sich abzuwenden. Das weiße Feuer floß zu den Befestigungen des Keels und begann sich zu verdichten. Wren konnte mehr spüren, daß es geschah, als daß sie es sah, denn sie hielt ihre Augen gegen den Glanz geschlossen. Außerhalb des Keels begannen die Dämonen zu schreien. Ein Windstoß kam aus dem Nichts und wuchs zu einem Heulen an. Wren fiel auf die Knie. Sie spürte, daß Garth seine starken Arme um ihre Schultern legte und hörte Gavilans Stimme, der ihr etwas zurief. Bilder formten sich in ihrem Geist. Sie wurden durch Ellenrohs Beschwörung hervorgerufen. Es waren wilde und außergewöhnliche Visionen einer Welt im Chaos. Die Magie bewegte sich an ihr vorbei wie ein Vorbeistreichen flüsternder und singender Finger.

Alles endete in einem Schrei. Es war ein Geräusch, das von keiner menschlichen Stimme herrühren konnte. Und dann eilte das Licht davon. Es schnellte zurück in die Dunkelheit, zog sich zurück, als sei es in einen Wasserstrahl hinabgezogen worden. Wrens Augen hoben sich ruckartig. Sie folgten der Bewegung und versuchten, etwas zu erkennen. Sie war gerade schnell genug, um einen letzten Rest des Lichts zu erhaschen, wie es in der strahlenden Kugel des Loden verschwand. Sie blinzelte, und es war fort.

Auch die Stadt Arborlon war fort – die Menschen, die Gebäude, die Straßen und Wege, die Gärten und Rasen, die Bäume. Alles, was zwischen den Mauern des Keels gewesen war, war verschwunden. Es war nichts übriggeblieben als ein flacher Krater in der Erde – als habe eine Riesenhand Arborlon einfach aufgehoben und es verschwinden lassen.

Ellenroh Elessedil stand allein am Rande dessen, was einst der Graben gewesen und jetzt der Rand eines Kraters war, lehnte sich schwer auf den Ruhkstab, und ihre Energie verließ sie. Über ihr stand der Loden wie ein vielfarbiges Feuer. Die Königin rührte sich und versuchte sich zu bewegen, aber es mißlang, und sie stolperte und fiel auf die Knie. Triss eilte zu ihr, hob sie hoch, als sei sie ein müdes Kind, und eilte wieder zurück. Im selben Augenblick erkannte Wren, daß die Magie, die den Keel geschützt hatte, auch versiegt war, genau wie ihre Großmutter es vorhergesagt hatte. Der Glanz war völlig verschwunden. Der Himmel über ihnen war in einen Dunst aus Vog gehüllt, und der Sonnenaufgang zeigte sich als ein trübes Hellerwerden des Himmels im Osten, das kaum die Schwärze der Nacht durchdrang. Wren atmete ein und bemerkte, daß der Schwefelgestank zurückgekehrt war. Alles, was zum Schutze Arborlons dagewesen war, war verschwunden.

Die Stille des Augenblicks machte einem Durcheinander von Dämonengeheul und Schreien Platz, als die Wesen erkannten, was geschehen war. Das Geräusch von Körpern erhob sich, die auf die Mauern zukrochen, und von Klauen, die von allen Seiten näher kamen.

Triss hatte sie erreicht. Er hielt die Königin und den Ruhkstab krampfhaft mit seinen Armen.

»Hinein, schnell!« rief die Eule und eilte voraus.

Sie wollten nichts lieber, als ihm zu folgen, und so verschwand der Rest der kleinen Gesellschaft, die mit der sicheren Übergabe Arborlons und seiner Elfen betraut war, durch die geöffnete Tür hinunter in die Dunkelheit.

14

In einer Welt aus Licht und Schatten, in der Wahrheiten die schillernde Unbeständigkeit eines Daseins hatten, das der Gegenständlichkeit enthoben und in die Transparenz überführt ist, in die Nichtexistenz und den Dunst, sah Walker Boh das Unmögliche von Angesicht zu Angesicht.

»Ich habe lange Zeit gewartet, Walker, und gehofft, daß du kommen würdest«, flüsterte der Geist, der vor ihm stand.

Cogline! Doch der war jetzt schon seit Wochen tot, getötet von den Schattenwesen am Hearthstone, vernichtet von Rimmer Dall – zusammen mit Rumor. Walker hatte gesehen, wie es passiert war. Fast unheilbar krank von dem Gift des Asphinx, hatte er hilflos in seinem Schlafraum gekauert, als der alte Mann und die Moorkatze ihren letzten Kampf ausfochten. Er hatte alles angesehen: den letzten Ansturm der aus der dunklen Magie entstandenen Monster, das Feuer der Magie des alten Mannes, das zur Vergeltung aufloderte, und die Explosion, die in ihrer Reichweite jedermann verschlungen hatte. Cogline und Rumor waren zusammen mit Dutzenden ihrer Angreifer in der Feuersbrunst verschwunden. Niemand hatte überlebt, außer Rimmer Dall und einer Handvoll anderer, die hinausgeschleudert worden waren.

Und dennoch waren Cogline und die Katze hier. Als Schatten aus dem Totenreich waren sie irgendwie nach Paranor hineingekommen.

Allerdings hielt Walker Boh sie für genauso real wie sich selbst, eine Reflektion seiner selbst in dieser Welt des Zwielichts, in die der Schwarze Elfenstein ihn gesandt hatte. Sie waren geistergleich und doch lebendig, obwohl sie es nicht hätten sein sollen. Es sei denn, er wäre auch tot und statt dessen alles eine Spiegelung von ihnen. Die Widersprüche überwältigten ihn. Sein Atem wurde knapp, und er konnte nicht sprechen. Wer lebte und wer nicht?

»Walker.« Der alte Mann nannte ihn bei seinem Namen, und dieser Klang brachte ihn von der Klippe zurück, auf der er schwebte.

Cogline näherte sich langsam und vorsichtig. Er schien die Angst und die Verwirrung zu erkennen, die seine Anwesenheit in seinem Schüler ausgelöst hatte. Er sprach leise mit Rumor, und die Moorkatze setzte sich gehorsam und heftete ihre glänzenden Augen hell und interessiert auf Walker. Coglines Körper war unter dem Wust abgetragener Kleider genauso zerbrechlich und steif wie eh und je, und das graue, diesige Licht fiel in schmalen Streifen durch ihn hindurch. Walker wich zurück, als der alte Mann die Hand ausstreckte, um ihn an der Schulter zu berühren. Skelettartige Finger krochen abwärts, um seinen Arm zu ergreifen.

Der Griff war warm und fest.

»Ich lebe, Walker. Und Rumor auch. Wir leben beide«, flüsterte er. »Die Magie hat uns gerettet.«

Walker Boh war einen Augenblick lang still. Er starrte verständnislos in die Augen des anderen und suchte nach etwas, was den Worten des anderen eine Bedeutung geben könnte. Er lebte? Wie konnte das sein? Schließlich nickte er, denn er mußte irgendwie reagieren, um sich von der Angst und der Verwirrung zu lösen, und fragte zögernd: »Wie bist du hierher gekommen?«

»Komm und setz dich zu mir«, erwiderte der andere.

Er führte Walker zu einer Steinbank an der Wand. Sie schimmerten beide so seltsam wie ein undeutliches Relief vor den Schatten, eingehüllt in Nebel und Dunkelheit. Innerhalb des Keeps wurden die Geräusche gedämpft, als werde ein unwillkommener Gast gezwungen, leise aufzutreten, um nicht die Aufmerksamkeit auf sich zu ziehen. Walker sah sich um. Noch immer ungläubig, suchte er das Labyrinth der Wege, das vor und hinter ihnen verschwand. Er erhaschte kurze Blicke auf Steinmauern und Brüstungen und Türme, die sich rund um ihn herum erhoben. Sie waren genauso bar allen Lebens wie Gräber in der Erde. Er setzte sich neben den alten Mann und spürte, wie sich Rumor dabei an ihm rieb.

»Was ist mit uns geschehen?« fragte er. Und ein gewisses Maß seiner Festigkeit kehrte zurück, seine Entschlossenheit, die Wahrheit herauszufinden, drängte die Unsicherheit zurück. »Sieh uns an. Wir sind wie Geister.«

»Wir befinden uns in einer Welt der Halbexistenz, Walker«, erwiderte Cogline sanft. »Wir befinden uns irgendwo zwischen der Welt der Sterblichen und der Welt der Toten. Paranor liegt jetzt hier. Es wurde durch die Magie des Schwarzen Elfensteins aus der Nichtexistenz zurückgebracht. Du hast es gefunden, nicht wahr? Du hast es wiederbeschafft, wo auch immer es verborgen war, und du hast es hierher gebracht. Du hast es benutzt, als du wußtest, daß du es tun mußtest, und hast uns zurückgebracht.«

»Warte, antworte noch nicht.« Er unterbrach Walker, als der versuchte zu sprechen. »Ich eile mir selbst voraus. Du mußt erst einmal wissen, was mit mir geschehen ist. Dann werden wir von dir sprechen. Rumor und ich haben ein eigenes Abenteuer erlebt, das uns hierher geführt hat. Folgendes ist geschehen, Walker: Vor einigen Wochen, als ich mit dem Schatten Allanons sprach, wurde ich gewarnt, daß meine Zeit in der Welt der Sterblichen fast vorüber sei und daß der Tod zu mir kommen würde, wenn ich das nächste Mal das Gesicht Rimmer Dalls erblicken würde. Wenn dies geschähe, sollte ich die Geschichte der Druiden bei mir behalten und sie nicht aus der Hand geben. Mehr wurde mir nicht gesagt. Als der Erste Sucher und seine Schattenwesen am Hearthstone auftauchten, erinnerte ich mich an Allanons Worte. Es gelang mir, sie lange genug zurückzuhalten, um das Buch aus seinem Versteck zu holen. Ich stand mit dem Buch an meine Brust gepreßt auf der Veranda der Hütte, und Rumor drängte sich gegen mich, als mich die Schattenwesen erreichten, um mich zu zerreißen.

Du dachtest, es wäre meine Magie gewesen, die mich einhüllte. Doch so war es nicht. Als sich die Schattenwesen um mich zusammenzogen, kam eine in der Druidengeschichte enthaltene Magie zu meiner Verteidigung hervor. Sie ließ ein weißes Feuer frei, das alles um sich herum verschlang und alles zerstörte, was nicht Teil von mir war, außer Rumor, der mich beschützen wollte. Sie fügte uns keinen Schaden zu, sondern fing uns statt dessen auf und trug uns in Windeseile davon. Wir wurden bewußtlos und verfielen in einen Schlaf, der tiefer war als alles, was ich je kennengelernt habe. Als wir wieder erwachten, waren wir hier, innerhalb von Paranor, innerhalb des Keeps des Druiden.«

Er rückte näher heran. »Ich weiß nicht sicher, was geschehen ist, als die Magie ausgelöst wurde, Walker, aber ich kann es vermuten. Die Druiden würden ihr Werk niemals ungeschützt lassen. Nichts von dem, was sie erschaffen haben, würden sie jemals jenen überlassen, denen das Recht und die richtige Absicht fehlen. So war es, da bin ich sicher. Ich weiß es aus ihren Geschichten. Die Magie, die sie beschützte, funktionierte so, daß jede Bedrohung ihre Rückkehr zum Gewölbe innerhalb des Keeps nach sich zog, der sie all die Jahre beschützt hatte. Das war es, was mit der Geschichte geschehen war, die ich festhielt. Ich habe in die Gewölbe geschaut und die Geschichte wieder unter den anderen gefunden, sicher zurückgekehrt. Allanon muß gewußt haben, daß dies geschehen würde – und muß gewußt haben, daß jeder, der die Geschichte besaß, auch fortgetragen werden würde – zurück nach Paranor, zurück in das Heiligtum der Druiden.«

»Aber nicht«, beendete er seine Überlegungen, »zurück in die Welt der Sterblichen.«

»Weil der Keep vor dreihundert Jahren woanders hin gesandt worden war«, murmelte Walker, der jetzt zu verstehen begann.

»Ja, Walker, weil der Keep von Allanon aus den Vier Ländern fortgesandt worden war und fortbleiben würde, bis die Druiden ihn wieder zurückbrächten. Also wurde ihm das Buch zurückgegeben, und Rumor und ich wurden mit ihm gesandt.« Er hielt inne. »Es scheint, daß die Druiden mit mir noch nicht fertig sind.«

»Du bist hier also gefangen?« fragte Walker leise.

Das Lächeln des anderen war starr. »Das befürchte ich. Ich verfügte nicht über die Magie, uns zu befreien. Wir sind jetzt Teil von Paranor, genau wie die Geschichten es sind, lebendig und wohlauf, aber Geister in einem Geisterschloß, gefangen in irgendeiner Übergangszeit und an einem Übergangsort, bis eine stärkere Magie als die meine uns befreit. Und darum habe ich auf dich gewartet.« Die knochigen Finger legten sich fester um Walkers Arm. »Erzähle es mir jetzt. Hast du den Schwarzen Elfenstein mitgebracht? Kannst du ihn mir zeigen?«

Walker Boh erinnerte sich plötzlich daran, daß er den Stein noch immer besaß, den Talisman, der so fest in seiner Hand verschlossen lag, daß sich seine Ränder in die Haut seiner Handfläche eingegraben hatten. Er streckte zögernd seinc Hand aus, und seine Finger öffneten sich langsam nacheinander. Er war vorsichtig, denn er hatte Angst, daß die Magie ihn überwältigen könnte. Der Schwarze Elfenstein schimmerte dunkel in der Höhlung seiner Handfläche, aber die Magie lag im Schlummer, und das Nichtlicht war darin versiegelt.

Cogline spähte lange Zeit schweigend auf den Stein hinab, ohne mehr zu versuchen, und sein schmales, faltiges Gesicht spiegelte Verwunderung und Unschlüssigkeit wider. Dann schaute er wieder auf und sagte: »Wie hast du ihn gefunden, Walker? Was ist geschehen, nachdem Rumor und ich fortgetragen worden waren?«

Walker erzählte ihm dann von der Ankunft von Quickening, der Tochter des Königs vom Silberfluß, und wie sie seinen Arm geheilt hatte. Er erzählte alles, was auf der Reise nach Norden, nach Eldwist, geschehen war, von der Anstrengung Quickenings und ihrer Begleiter, in dem Land aus Stein zu überleben. Er erzählte von der Suche Uhl Belks, von den Treffen mit dem Kratzer und dem Malmschlund und zuletzt von der Zerstörung der Stadt und jener, die sie hatten erhalten wollen.

»Ich kam allein hierher«, schloß er, und sein Blick schweifte in weite Ferne, als die Erinnerungen an das, was ihm widerfahren war, wieder auftauchten. »Ich wußte, was von mir erwartet wurde. Ich habe akzeptiert, daß die Verpflichtung, die Allanon Brin Ohmsford auferlegt hatte, für mich gedacht gewesen war.« Er schaute zur Seite. »Du hast mir immer gesagt, daß ich zuerst akzeptieren müßte, um verstehen zu können, und ich vermute, ich habe getan, was du mir geraten hast. Und was Allanon mir aufgetragen hat. Ich habe den Schwarzen Elfenstein benutzt und den Keep der Druiden zurückgebracht. Aber sieh mich an, Cogline. Ich erscheine wie du, als Geist. Wenn die Magie erreicht hat, was beabsichtigt war, warum dann...«

»Denk nach, Walker«, unterbrach der andere ihn schnell. Mit einem gequälten Blick in seinen uralten Augen fragte er: »Welche Aufgabe hat Allanon dir gestellt? Wiederhole sie für mich.«

Walker atmete tief ein. Sein bleiches Gesicht wirkte besorgt. »Paranor und die Druiden zurückzubringen.«

»Ja, Paranor und die Druiden – beide. Du erkennst, was das bedeutet, nicht wahr? Du verstehst es doch?«

Walkers Brauen zogen sich vor Enttäuschung und Widerwillen zusammen. »Ja, alter Mann.« Er atmete hastig. »Ich muß ein Druide werden, wenn Paranor wiederhergestellt werden soll. Ich habe das akzeptiert, obwohl es so sein sollte, wie ich es wünsche, und nicht, wie ein Schatten es haben will, der seit dreihundert Jahren tot ist.« Seine Worte sprudelten jetzt ärgerlich und hastig hervor. »Ich werde nicht sein, wie sie waren, jene alten Männer, die...«

»Walker!« Coglines Verärgerung war genauso heftig wie die seine, und Walker wurde sofort ruhig. »Höre mir zu. Verkünde nicht, was du tun wirst und wie du sein wirst, bis du verstehst, was von dir verlangt wird. Dies ist nicht einfach eine Sache des Akzeptierens und Ausführens einer Aufgabe. Das war es niemals. Das Akzeptieren dessen, wer du bist und was du tun mußt, ist nur der erste vieler Schritte, die deine Reise erfordert. Ja, du hast den Schwarzen Elfenstein wiederbeschafft und seine Magie beschworen. Ja, du hast Einlaß in das verschwundene Paranor erlangt. Aber das ist nur der Anfang von dem, was notwendig ist.«

Walker sah ihn an. »Was meinst du? Was gibt es noch?«

»Vieles, fürchte ich«, flüsterte der andere. Ein trauriges Lächeln stahl sich über die faltigen Züge, die aussahen wie zerknittertes Holz, das sich mit den Jahren spaltet. »Du bist doch ganz ähnlich nach Paranor gekommen wie Rumor und ich. Die Magie hat dich hierher gebracht. Aber die Magie verschafft dir zu ihren eigenen Bedingungen Einlaß. Wir sind durch ihre Einwilligung hier, lebendig unter den von ihr bestimmten Bedingungen. Du hast bereits bemerkt, wie du erscheinst – fast als ein Geist, der Substanz und Leben hat. Aber du hast nicht genug von beidem, um wie andere Sterbliche zu sein. Das sollte dir etwas sagen, Walker. Sieh dich um. Paranor scheint genauso zu sein – hier und doch nicht hier, undeutlich in seiner Form, noch nicht vollständig erstanden.«

Die dünnen Lippen preßten sich zusammen. »Verstehst du? Wir sind keine von uns – Rumor, du und ich, Paranor. Wir sind noch nicht in die Welt der Menschen zurückgekehrt. Wir sind noch immer in einem Dasein irgendwo zwischen Sein und Nichtsein gefangen, und wir warten. Wir warten darauf, Walker, daß uns die Magie völlig wiederherstellt. Weil sie das noch nicht getan hat, obwohl du den Schwarzen Elfenstein gebraucht hast. Und in den Keep eingetreten bist. Sie hat es noch nicht getan, weil sie noch nicht beherrscht wird.«

Er streckte die Hand aus, schloß Walkers Finger wieder sanft über dem Schwarzen Elfenstein und setzte sich dann langsam zurück. Vor den Schatten erinnerte er an ein zerbrechliches Reisigbündel.

»Um Paranor wieder für die Welt der Menschen zurückzugewinnen, müssen die Druiden wiederkommen. Genauer gesagt, ein Druide, Walker. Du. Aber es reicht nicht, zu akzeptieren, was das bedeutet. Das ist noch nicht genug dafür, daß du ein Druide wirst. Du mußt mehr sein, wenn die Magie die deine werden soll, wenn sie dir gehören soll. Du mußt werden, was dir aufgetragen wurde. Du mußt dich verwandeln.«

»Mich verwandeln?« Walker war entsetzt. »Es scheint so, als hätte ich das bereits getan! Welche weitere Verwandlung ist nötig? Muß ich völlig verschwinden? Nein, antworte mir nicht. Laß mich das alles einen Moment selbst entwirren. Ich trage das Vermächtnis Allanons, ich bin im Besitz des Schwarzen Elfensteins, und doch muß ich noch mehr tun, wenn etwas davon eine Bedeutung haben soll. Mich verwandeln, sagst du? Wie?«

Cogline schüttelte den Kopf. »Das weiß ich nicht. Ich weiß, daß du, wenn du es nicht tust, kein Druide werden wirst und Paranor nicht für die Welt der Menschen zurückgewonnen werden wird.«

»Bin ich etwa hier gefangen, wenn es mir mißlingt?« fragte Walker aufgebracht.

»Nein. Du kannst gehen, wann immer du willst. Der Schwarze Elfenstein wird dafür sorgen.«

Ein unsicherer Moment ärgerlichen Schweigens entstand, während sich die beiden Männer gegenüberstanden. Sie waren undeutliche Schatten, die auf einer Steinbank unter den Schatten der Schloßmauern saßen. »Und du?« fragte Walker schließlich. »Und Rumor? Könnt ihr mit mir fortgehen?«

Cogline lächelte schwach. »Wir haben unser Leben teuer bezahlt, Walker. Wir sind an die Magie der Druidengeschichten gebunden. Wir sind unwiderruflich gebunden und müssen bei ihnen bleiben. Wenn sie nicht wieder für die Welt der Menschen gewonnen werden, können auch wir nicht wieder zurückgebracht werden.«

»Schatten.« Walker stieß das Wort aus wie einen Fluch. Er fühlte, wie sich das Gewicht von Paranors Steinen um ihn herum legte. »Also kann ich meine eigene Freiheit erlangen, aber nicht deine. Ich kann gehen, aber du mußt bleiben.« Sein Lächeln war hart. »Das würde ich natürlich niemals tun. Nicht, nachdem du dein eigenes Leben aufgegeben hast, damit ich meines behalten konnte. Das wußtest du, nicht wahr? Du wußtest es von Anfang an. Und Allanon wußte es sicher auch. Ich bin also auf jeden Fall gefangen, nicht wahr? Ich spekuliere darüber, wer ich sein und was ich tun werde, und wie ich mein eigenes Schicksal unter Kontrolle bringen kann, aber meine Worte sind bedeutungslos.«

»Walker, du bist nicht an uns gebunden«, warf Cogline schnell ein. »Rumor und ich haben darum gekämpft, dich zu retten, weil wir es wollten.«

»Du hast gekämpft, weil es nötig war, wenn ich Allanons Aufgabe ausführen sollte, Cogline. Es gibt keinen Ausweg, solange ich lebe. Wenn ich mich weigere, sie jetzt auszuführen, oder wenn es mir mißlingt, dann wird alles, was vorher war, umsonst gewesen sein!« Er kämpfte um seine Selbstkontrolle, als seine Stimme zu einem Schreien zu werden drohte. »Sieh nur, was man mir antut!«

Cogline wartete einen Moment und sagte dann leise: »Ist es wirklich so schlimm, Walker? Bist du so sehr mißbraucht worden?«

Es entstand eine Pause. Walker sah ihn an. »Weil ich nichts dazu zu sagen habe, was aus mir werden soll? Weil es mir bestimmt ist, etwas zu tun, was ich verachte? Weil ich in einer Weise handeln muß, in der ich sonst niemals handeln würde? Alter Mann, du erstaunst mich.«

»Aber nicht genug, um dich zu einer Antwort zu reizen?«

Walker schüttelte angewidert den Kopf. »Antworten sind sinnlos. Jede Antwort, die ich jetzt gebe, würde später nur auf mich zurückfallen. Ich habe das Gefühl, als würde ich in dieser Angelegenheit von meinen eigenen Gedanken betrogen. Es ist besser, mit dem umzugehen, was da ist, als mit dem, was sein wird, nicht wahr?« Er seufzte. Die Kälte des Gesteins drang in ihn, doch er spürte das jetzt zum ersten Mal. »Ich bin hier genauso gefangen wie du«, flüsterte er.

Cogline lehnte sich gegen die Schloßmauer zurück, und es sah einen Moment so aus, als werde er in sie hinein verschwinden. »Dann fliehe, Walker«, sagte er ruhig. »Nicht indem du vor deinem Schicksal davonläufst, sondern indem du es willkommen heißt. Du hast von Anfang an darauf bestanden, daß du dir nicht erlauben würdest, von den Druiden benutzt zu werden. Glaubst du, ich dächte anders darüber? Wir sind beide Opfer von Umständen, die vor dreihundert Jahren in Gang gesetzt wurden. Für uns beide würde nichts von dem gelten, wenn wir die Wahl hätten. Aber wir haben keine Wahl. Und es hat keinen Sinn, auf das zu schimpfen, was uns angetan wurde. Also, Walker, tu etwas, um die Dinge zu deinem Vorteil zu verändern. Tu das, was dir vorherbestimmt ist, werde, was du werden mußt, und dann handele so, wie du es für richtig hältst.«

Walker lächelte ironisch. »Also möchtest du, daß ich mich verwandele. Wie soll ich das tun, Cogline? Das mußt du mir noch sagen.«

»Fang mit den Druidengeschichten an. Alle Geheimnisse der Magie sollen darin enthalten sein.« Die Hand des alten Mannes umklammerte impulsiv seinen Arm. »Gehe hinauf in den Keep, nimm die Geschichten aus ihrem Gewölbe, eine nach der anderen, und sieh selbst, was sie dich lehren können. Die Antworten, die du brauchst, müssen darin liegen. Zumindest ist das etwas, mit dem du beginnen kannst.«

»Ja«, stimmte Walker zu, wobei er innerlich über die Möglichkeit nachgrübelte, daß Cogline recht haben könnte, daß er das, was er suchte, nicht erringen könnte, wenn er sein Schicksal verleugnete, sondern nur dadurch, daß er es zu seinem eigenen Nutzen umwandelte. »Ja, das ist ein Anfang.«

Darauf erhob er sich und Cogline mit ihm. Walker stand dem alten Mann einen Moment lang schweigend gegenüber, dann streckte er seinen gesunden Arm aus und umarmte ihn sanft. »Es tut mir leid, was dir angetan wurde«, flüsterte er. »Ich meinte wirklich, was ich damals am Hearthstone gesagt habe, bevor Rimmer Dall auftauchte – daß es mein Fehler war, dir die Schuld daran zu geben, was geschehen ist, und daß ich dankbar bin für alles, was du getan hast, um mir zu helfen. Wir werden einen Weg finden, um uns zu befreien, Cogline. Das verspreche ich dir.«

Dann trat er zurück, und das Lächeln, mit dem Cogline ihm antwortete, war wie ein blitzender Sonnenstrahl, der durch die Dunkelheit bricht.

Also ging Walker Boh in den Keep hinauf. Er vertraute sich der Führung Coglines und Rumors an, und sie waren jetzt drei Geister auf der Jagd in einer Übergangswelt. Das Schloß der Druiden war dunkel und düster und schimmerte wie ein Bild, das sich auf der Oberfläche eines Teiches spiegelt, wo es den Schatten preisgegeben ist. Das Gestein der Mauern und Böden und Türme war kalt und leblos, und die Gänge, die sich wie Tunnel unter der Erde wanden, waren düster und feucht. Hier und dort lagen Knochen in den Gängen verstreut, die Teppiche und Wandbehänge schmückten. Es waren die Überreste jener Gnome, die gestorben waren, als Allanon die Magie beschworen hatte, die den Keep vor dreihundert Jahren aus den Vier Ländern fortgesandt hatte. Berge von Staub sprachen vom Ende der dort gefangenen Mord Wraiths, und alles, was von ihnen übriggeblieben war, war ein Flüstern der Erinnerung, das die Mauern eingeschlossen hielten.

Durchgänge kamen und gingen, Treppen, die gerade verliefen oder sich wanden, ein Labyrinth von Gängen, die sich tief ins Gestein gruben. Die Stille war allgegenwärtig. Sie war dicht und tief wie Spätherbstblätter im Wald, verwurzelt in den Schloßmauern und unerbittlich. Sie forderten sie nicht heraus, sondern gingen schweigend durch diesen Vorhang und besannen sich statt dessen auf das, was vor ihnen lag, und auf den Weg, dem sie hin zu jenem Weg folgten, der wartete. Türen und leere Räume kamen und zogen vorbei, starr und wenig einladend im Schmuck der Dunkelheit. Fenster öffneten sich ins Grau, in einen seltsamen Dunst, der alles Jenseitige umschattete, so daß der Keep eine Insel zu sein schien. Walker suchte nach Spuren des Waldlandes, das den leeren Hügel, auf dem Paranor gestanden hatte, umschlossen hatte, aber die Bäume waren verschwunden. Oder er war verschwunden, verbesserte er sich – aus den Vier Ländern ins Nichts gekommen. Die Farbe war aus den Teppichen und Wandbehängen und Gemälden, aus dem Gestein selbst und sogar aus dem Himmel gewichen. Es gab nur jene Dunkelheit, eine Art von Grau, das jeglicher Aufhellung trotzte und leer und tot war.

Und doch war da noch etwas. Da war die Magie, die Paranor eingeschlossen hielt. Sie war überall spürbar, einmal unsichtbar und plötzlich enthüllt, eine Art wirbelnden, grünlichen Nebels. Sie schwebte in den Schatten und am Rande ihres Gesichtskreises entlang, böse und entschlossen, das Zischen ihres Daseins der geflüsterte Wunsch zu töten. Sie konnte sie nicht berühren, weil sie durch eine andere Art Magie beschützt und mit dem Keep eins waren. Aber sie konnte sie beobachten. Sie konnte necken und spotten und drohen. Sie wartete mit dem Versprechen dessen, was geschehen würde, wenn ihr Schutz wegfiele.

Es war seltsam, daß ihre Anwesenheit so offensichtlich war, Walker Boh spürte das sofort. Es war, als sei die Magie ein Lebewesen, ein Wachhund, der den Keep nach Beute durchstreifte, nach Eindringlingen suchte und sie jagte, um sie zu vernichten. Ihre Gegenwart erinnerte ihn an den Kratzer in Eldwist, einen Kriecher, der den Besitz seines Herrn sauberhielt und alles Leben daraus verbannte. Die Natur des Kratzers war Magie, fremd, aber sie vermittelte das gleiche Gefühl. Sie war ein Feind, das spürte Walker, dem man irgendwann gegenübertreten müßte.

Hinter den Bücherregalen in der Druidenbibliothek, wo das Gewölbe verborgen war, fanden sie die Geschichten. Reihen massiver, ledergebundener Bücher standen dort in den Mauern des Keeps. Die Magie, die sie einst vor sterblichen Augen verborgen hatten, war mit dem Auszug des Keep aus der Welt der Menschen verblaßt. Walker betrachtete die Bücher eine Zeitlang, dachte nach, suchte sich dann wahllos eines aus, setzte sich und begann zu lesen. Cogline und Rumor leisteten ihm schweigend und unaufdringlich Gesellschaft. Die Zeit verging, aber das Licht veränderte sich nie. In Paranor gab es keinen Tag und keine Nacht. Es gab keine Vergangenheit und keine Zukunft. Es gab nur das Hier und Jetzt.

Walker wußte nicht, wie lange er gelesen hatte. Er wurde nicht müde und hatte auch nicht das Bedürfnis zu schlafen. Er aß nicht und trank nicht, dann er war weder hungrig noch durstig. Cogline erklärte ihm irgendwann, daß in der Welt, in die Paranor gesandt worden war, sterbliche Bedürfnisse keine Bedeutung hatten. Sie waren so sehr Geister, wie sie zwei Menschen und eine Moorkatze waren. Walker fragte nichts. Es war nicht notwendig.

Er las stundenlang oder tagelang oder sogar wochenlang, er wußte es nicht. Er las zuerst, ohne zu verstehen, und sah nur die Wörter vor seinen Augen vorbeifließen. Es war eine Erzählung, die so entfernt und einer anderen Welt zugehörig war wie das Leben, daß er vor den Träumen von Allanon gekannt hatte. Er las von den Druiden und ihren Studien, von der Welt, die sie nach der Verheerung durch die Großen Kriege zu errichten versucht hatten, von dem Ersten Konzil in Paranor und dem Zusammentreffen der Rassen nach dem Untergang. Was sollte es für ihn bedeuten? fragte er sich. Welchen Unterschied machte irgend etwas davon jetzt?

Er beendete ein Buch und begann ein neues, und wieder ein weiteres. Er arbeitete sich so beständig durch die Bände hindurch, immer auf der Suche nach etwas, das ihm sagen würde, was er wissen mußte. Es gab Aufzählungen von Zaubersprüchen und Beschwörungsformeln. Er erfuhr von Zauberkräften, die in geringem Maße wirksam waren, von Heilungen durch Berührung und Gedankenkraft, von der Hilfe für Lebewesen und von der Arbeit, die nötig war, um das Land wieder zu einer Einheit zu machen. Er las das alles, und es sagte ihm nichts. Wie sollte er sich von dem, was er war, denn so umgestalten, wie von ihm erwartet wurde, fragte er sich immer wieder. Wo stand, was er tun sollte? Die Seiten wurden umgeblättert, die Wörter liefen weiter an ihm vorbei, und Antworten blieben verborgen.

Er beendete seine Lektüre nicht in einer Sitzung, obwohl er von den Beschränkungen seiner sterblichen Bedürfnisse frei war und nicht schlief oder aß oder trank. Er ging von Zeit zu Zeit hinaus, um auf und ab zu wandern, um an andere Dinge zu denken und seinen Geist von allem freizumachen, was die Geschichten erzählten. Manchmal war Cogline der Schatten, der ihn begleitete, und manchmal war es Rumor. Sie hätten wieder am Hearthstone sein und seine Wege entlanggehen können. Es war, als würden sie sich gegenseitig Gesellschaft leisten, während sie erneut in der Abgeschiedenheit des Tales lebten. Aber Hearthstone war vorbei, zerstört von den Schattenwesen, und Paranor war dunkel und leblos, und ihre Wünsche mochten noch so stark sein, sie konnten dennoch nicht wiederbringen, was zuvor verloren worden war. Es gab keinen Rückweg in die Vergangenheit, dachte Walker mehr als einmal bei sich. Alles, was einmal gewesen war, war jetzt verloren.

Nach einiger Zeit begann er zu verzweifeln. Er hatte die Druidengeschichten fast zu Ende gelesen und noch immer nichts entdeckt. Er hatte alles darüber erfahren, wer und was die Druiden waren, über ihre Lehren und ihren Glauben und darüber, wie sie gelebt hatten und was sie erreichen wollten. Doch nichts von allem sagte ihm etwas darüber, wie sie ihr Können erworben hatten. Es gab keinen Hinweis auf die Herkunft von Allanon, darauf, wie er gelernt hatte, ein Druide zu sein, wer ihn unterrichtet hatte oder worum seine Lehren gekreist waren. Die Bücher verwiesen nirgendwo auf die Beschwörungsformel, die den Keep eingeschlossen hatte, oder darauf, was nötig sein würde, um den Zauber umzukehren.

»Ich kann es nicht finden, Cogline«, gestand Walker Boh schließlich ein. Er war hoffnungslos enttäuscht, als der letzte der Bände aufgeschlagen auf seinem Schoß lag. »Ich habe alles gelesen, und nichts davon hat geholfen. Ist es möglich, daß einige Bände fehlen? Was kann man denn sonst noch versuchen?«

Aber Cogline schüttelte den Kopf. Wenn die Antworten je in geschriebener Form existiert hatten, würden sie hier zu finden sein. Es gab keine weiteren Bücher und keine anderen Quellen des Wissens. Alles war in den Geschichten enthalten. Alle Studien der Druiden begannen und endeten dort.

Walker ging dann eine Weile allein hinaus und schritt erregt die Gänge ab. Er fühlte sich verraten und betrogen und sah in sich ein Opfer von Druidenlaunen und Druidenselbstgefälligkeit. Er dachte verbittert an all das, was ihm aufgrund dessen angetan worden war, wer er war, an all das, was zu ertragen er gezwungen gewesen war. Sein Heim war zerstört worden. Er hatte einen Arm verloren und war nur knapp mit dem Leben davongekommen. Er war angelogen und wiederholt hereingelegt worden. Er war gezwungen worden, sich verantwortlich zu fühlen für das Schicksal einer ganzen Welt. Selbstmitleid durchströmte ihn, doch dann kniff er tadelnd den Mund zusammen. Genug, schalt er sich selbst. Er lebte, nicht wahr? Andere hatten nicht soviel Glück gehabt. Er wurde noch immer von Quickenings Gesicht verfolgt. Er konnte nicht vergessen, wie sie ausgesehen hatte, als er sie fallengelassen hatte. *Vergiß mich nicht*, hatte sie Morgan Leah angefleht, aber sie hatte dabei auch zu ihm gesprochen. *Vergiß mich nicht* – als könnte jemand, der sie gekannt hatte, sie jemals vergessen.

Gedankenverloren wandte er sich einem Gang zu, der ins Zentrum des Keep und zum Eingang der schwarzen Quelle führte, die die Magie erweckt hatte, die Paranor einschloß. Sein Geist war noch immer bei Quickening, und er rief sich einmal mehr die Vision ihres Schicksals in Erinnerung, die der Grimpond ihm gezeigt hatte. Bitterkeit wallte in ihm auf. Die Vision war natürlich richtig gewesen. Die Visionen des Grimpond waren immer richtig. Zuerst der Verlust seines Armes, dann der Verlust von Quickening, dann...

Er blieb plötzlich stehen, zur Unbeweglichkeit erschreckt wie eine Statue, die leer in den Raum in der Mitte eines höhlenartigen Durchgangs starrte. *Er hatte es vergessen. Es gab noch eine dritte Vision.* Er atmete tief durch und stellte sie sich im Geiste vor. Er stand in einer leeren, leblosen Schloßfestung, in Erwartung eines Todes, dem er nicht entkommen konnte, unaufhörlich verfolgt...

Er hielt inne, schaute sich um und atmete scharf aus. *Dieses Schloß?* Er schloß die Augen und versuchte, sich zu erinnern. Ja, es war vielleicht Paranor.

Er spürte, daß sich sein Puls beschleunigte. In der Vision hatte er das Bedürfnis verspürt zu laufen, aber jetzt konnte er es nicht. Er stand wie festgefroren, als sich der Tod näherte. Eine dunkel gekleidete Gestalt stand hinter ihm, hielt ihn fest und verhinderte seine Flucht.

Allanon.

Er spürte, wie ihn die Stille erdrückte, und fragte sich, was aus seiner dritten Vision geworden war. Wann sollte sie eintreffen? Sollte es hier geschehen?

Und plötzlich wußte er es. Die Gewißheit dieses Wissens erschreckte ihn, aber er zweifelte nicht daran. Die Vision würde Wahrheit werden, genau wie die anderen Wahrheit geworden waren, und sie würde hier Wahrheit werden. Paranor war das

Schloß, und der Tod, der sich an ihn heranschlich, war die dunkle Magie, die herbeigerufen worden war, um den Keep einzuschließen. Allanon stand tatsächlich hinter ihm und hielt ihn fest – nicht physisch, aber auf noch stärkere Weise.

Aber da war noch mehr, irgend etwas, das er noch nicht erkannt hatte. Es war ihm nicht vorherbestimmt, jetzt zu sterben. Das war offensichtlich die Meinung der Vision des Grimpond, wie der Grimpond wollte, was Walker denken sollte. Die Visionen waren immer irreführend. Die Bilder waren verschlüsselt und ließen mehr als eine Deutung zu. Man mußte damit spielen wie mit den Teilen eines Puzzles, um herauszufinden, wie sie zusammenpaßten.

Walkers Augen durchstreiften die dunklen Schatten, die rund um ihn herum lauerten. Was, wenn er eine Möglichkeit finden könnte, die Verschlagenheit des Grimpond zu seinem eigenen Nutzen umzukehren, fragte er sich plötzlich. Was, wenn er dieses Mal die Vorhersage des rachsüchtigen Geistes vor ihrem Wahrwerden enträtseln könnte? Vielleicht würde ihm ja das Enträtseln der Vision den Schlüssel zum Verständnis seines Schicksals innerhalb des Druidenkeep in die Hand geben. Doch das wagte er kaum zu hoffen.

Ein Feuer begann sich in ihm auszubreiten – eine brennende Entschlossenheit. Er hatte die Antworten, die er brauchte, noch nicht, aber er hatte etwas genauso Gutes. Er hatte eine Möglichkeit, herauszubekommen, wie sie lauteten.

Er dachte zurück an seinen Eintritt nach Paranor, an sein Treffen mit Cogline und Rumor. Die fehlenden Teile waren da. Irgendwo. Er verfolgte noch einmal alles zurück, was er in den Druidengeschichten gelesen hatte, sah Wörter auf den Seiten noch einmal, fühlte das Gewicht der Bücher erneut und die Struktur ihrer Einbände. Etwas war dort, etwas, das ihm entgangen war. Er schloß die Augen und versuchte, es sich vorzustellen. Er verfolgte noch einmal alles, was geschehen war, erzählte es sich selbst im Geiste, die ganze Abfolge der Geschehnisse. Er suchte es, während er allein in diesem Raum stand, eingehüllt in

Schatten und Stille, und spürte, daß die Konturen seiner Verwirrung zu verschwinden begannen. Er hörte Geräusche, die neu und willkommen waren und ihm etwas zuzuflüstern begannen. Er ging tiefer in sich und streckte sich nach den dunkleren Stellen aus, an denen Geheimnisse verborgen lagen. Seine Magie erhob sich, um ihn willkommen zu heißen. Er konnte alles erkennen, wenn er hart und lange genug danach suchte, sagte er sich. Er tauchte in den ruhigsten, stillsten Teil seines Selbst und ließ alles andere von sich abfallen.

Was hatte er übersehen?

Wer auch immer den Grund und das Recht haben wird, sollte es zu seinem angemessenen Ende führen.

Seine Augen öffneten sich schlagartig. Seine Hand strich langsam und tastend an seinem Körper aufwärts. Seine Finger fanden, was sie gesucht hatten, sorgfältig verborgen in seiner Kleidung, und sie schlossen sich fest darum.

Der Schwarze Elfenstein.

Er umfaßte den Talisman schützend, während sein Geist überschwemmt wurde von neuen Möglichkeiten. Dann eilte er davon.

Die Verfolgten von Shannara

Ins Deutsche übertragen
von Karin König

MORROWINDL
BLAUE SPALTE
KILLESHAN
ARBORLON
EDEN'S MURK
DER HARROW
ROWEN
BLACKLEDGE
IN JU
VIER LÄNDER
INSEL DER FLUGREITER

GEBIET von KERHALT
NORDLAND
SCHÄDELBERG
KENSROWE GEBIRGE
KIERLAK-WÜSTE
MESSERGEBIRGE
SARANDANON
EBENE von STRELEHEIM
INNISBORE
ARBORLON
PARANOR
TAL von RHENN
WESTLAND
KEEP DES DRUIDEN
ROCK SPUR GEBIRGE
PYKON
MERMIDON
DRACHENZÄHNE
GRIMPEN WARD
KENNON PASS
KERN
WILDERUN
HOLLOWS
CALLAHORN
VARFLEET
TYRSIS
IRRYBIS GEBIRGE
TIRFING
REGENBOGENSEE
BLAUE SPALTE
MYRIANSEE
WALD VON DULN
WING HOVE
LEAH
SHADY VALE
SÜDLAND
TIEFLAND VON CLETE

Malgsumpf
Charnal Gebirge
Morrowindl
Blaue Spalte
Killeshan
Arborlon
Lethe
Oberer Anar
Jannisson Pass
Ostland
Ebene von Rabb
Rabb
Altmoor
Darklin Reach
Maelmord
Himmelsbrunnen
Grimpond See
Storlock
Jadepass
Hearth Stone
Graumark
Wolfsktaag Gebirge
Rooker-Station
Dunn Fee Aran
Noose Pass
Rabenhorn Gebirge
Silberfluss
Culhaven
Cillidellan See
Nebelsumpf
Wald von Anar
Wedge
Capaal
Unterer Anar
Tiefland von Battlemound

1

Wren Ohmsford und ihre Begleiter kauerten sich schweigend in die Dunkelheit der Tunnel unterhalb des Keel, während die Eule irgendwo vor ihnen leise hantierte. Er schlug einen Feuerstein gegen Fels, um mit einem Funken die pechumkleidete Fackel entzünden zu können, die auf seinem Knie lag. Die Magie, die den Tunnel erleuchtet hatte, als Wren in die Stadt kam, war verschwunden, sie war jetzt mit Arborlon und den Elfen im Loden eingeschlossen. Triss war der letzte gewesen, der in den Tunnel gekommen war, nachdem er Ellenroh von der Brücke heruntergetragen hatte. Er hatte die Tür fest hinter ihnen geschlossen und sie so von dem Wahnsinn, der draußen tobte, ausgeschlossen, gleichzeitig waren sie aber auch der Hitze des Gestanks von Killeshans Feuern ausgeliefert.

Ein Funke glomm in der Dunkelheit vor ihnen, und eine lohfarbene Flamme wurde flackernd lebendig und warf ringsum Schatten. Ihre Köpfe wandten sich der Stelle zu, von wo sich die Eule von den Knien erhob.

»Beeilt euch«, flüsterte er ihnen mit rauher und drängender Stimme zu. »Die dunklen Wesen werden nicht lange brauchen, bis sie diese Tür gefunden haben.«

Sie hasteten geduckt hinter ihm her, Eowen, Dal, Gavilan, Wren, Garth und Triss, der Ellenroh trug. Cort bildete den Schluß. Mit der Beharrlichkeit von Maulwürfen, die sich in die Erde hinabgraben, folgten ihnen in der Ferne das Heulen und die Schreie der Dämonen. Schweiß perlte auf Wrens Haut, denn die Hitze des Tunnels war intensiv und nahm ihr den Atem. Sie rieb sich die Augen, blinzelte die klebrige Feuchtigkeit fort und bemühte sich, Schritt zu halten. Ihre Gedanken schweiften ab, während sie sich vorwärts arbeitete. Sie sah wieder Ellenroh vor sich, wie sie in der Mitte des Brückenkopfes gestanden, die Magie des Loden angerufen und damit das Licht hervorgebracht hatte, das ganz Arborlon aufgenommen und in die schimmernden Tiefen des Steins getragen hatte. Wren hatte sehen können, wie die Stadt verschwunden war, davongetragen, als sei sie nie gewesen – Gebäude, Menschen, Tiere, Bäume, Gras, alles. Jetzt hatte sie die Verantwortung für Arborlon. Es war ihre Aufgabe, es zu beschützen, geborgen in einer Magie, die nur so stark war wie die neun Männer und Frauen, denen sie überantwortet worden war.

Wren schob sich an herabhängenden Wurzeln und Spinnweben vorbei, und die Ungeheuerlichkeit der Aufgabe lastete auf ihr wie ein Gewicht. Sie fühlte sich sehr allein, und sie war nicht die stärkste, wie sie wußte. Doch irgendwie konnte sie sich des Gefühls nicht erwehren, daß die Verantwortung letztendlich allein bei ihr lag und daß sie zu der Aufgabe Allanons gehörte, derentwegen sie auf der Suche nach den Elfen hierhergekommen war.

Sie schüttelte das Gefühl ab und stolperte in ihrem eifrigen Bemühen, Schritt zu halten, gegen Gavilan.

Auf einmal erbebte die Erde.

Der kleine Trupp hielt inne. Alle senkten schutzsuchend ihre Köpfe, als ein Sandschauer von der Decke des Tunnels herabbröckelte. Der Boden erschauerte erneut, das Beben steigerte sich immer mehr und erschütterte die Erde, als habe ein Riese die Insel mit beiden Händen ergriffen und kämpfe darum, sie herauszuheben.

»Was geht da vor?« hörte Wren Gavilan fragen. Sie ließ sich auf die Knie nieder, um nicht umgeworfen zu werden, und spürte, wie Garth beruhigend seine Hand auf ihre Schulter legte.

»Lauft weiter!« rief die Eule. »Beeilt euch!«

Nun rannten sie, tief gebückt gegen eine Staubwolke, die durch die Luft wirbelte. Das Beben hielt an. Es war ein Rumpeln aus der Erde, ein Geräusch, das an- und abschwoll, ein Erschauern, das sie gegen die Wände des Tunnels warf und sie um ihr Gleichgewicht kämpfen ließ. Die Sekunden flogen vorbei und flohen scheinbar genauso schnell wie sie selbst vor dem Entsetzen, das ihnen folgte. Ein Tunnel brach hinter ihnen zusammen und überschüttete sie mit Erde. Sie konnten ein Bersten von Fels hören, ein Auseinanderbrechen des Lavagesteins, als gebe die Erdkruste nach. Es gab einen schweren Schlag, als ein Felsblock durch eine Spalte fiel und auf den Tunnelboden aufschlug.

»Eule, bring uns hier raus!« schrie Gavilan wild auf.

Schließlich arbeiteten sie sich wieder ins Freie, krochen durch eine Öffnung in der Erde aus dem Tunnel und erkletterten sich ihren Weg in das schwache Morgenlicht. Hinter ihnen brach der Gang vollständig zusammen. Er stürzte ein, und durch den Luftstoß wurde Sand durch die Öffnung, durch die sie gerade eben entkommen waren, emporgeschleudert. Das Beben rollte noch immer über die Höhen von Morrowindl, kräuselte seine Oberfläche und ließ den Fels knirschen und auseinanderbrechen. Wren richtete sich wie die anderen mühsam auf. Sie stand im Schutze einer Gruppe absterbender Akazien, während sie dorthin zurückschaute, woher sie gekommen waren.

Der Keel wimmelte von Dämonen. Ihre schwarzen Körper waren überall zu sehen, und sie versuchten offenbar immer noch, die verhaßte Schranke zu erklimmen. Die Magie war fort, aber die Beben waren an ihre Stelle getreten und erwiesen sich als noch größeres Hindernis. Dämonen flogen von den Höhen und kreischten, während sie fielen. Sie wurden heruntergeschüttelt wie Blätter von einem Herbstbaum im Sturmwind. Der Keel bekam Risse und teilte sich, als der Berghang unter ihm bebte, Felsbrocken stürzten hinab, und er drohte ganz zusammenzubrechen. Feuer schossen aus der Erde dahinter, und der Krater an der Stelle, wo Arborlon durch die Magie herausgehoben worden war, wurde zu einem Kessel aus Hitze und Flammen. Dampf zischte und schoß in Geysiren hervor. Hoch auf Killeshans Hängen wurde die Erdschicht von geschmolzenem Felsgestein durchbrochen, das hervorzusprudeln begann.

»Killeshan erwacht«, sagte Eowen leise, und alle wandten sich um. »Das Verschwinden von Arborlon hat das Gleichgewicht der Dinge auf Morrowindl gestört. Es ist eine Lücke in die magischen Kräfte gerissen worden. Der Riß reicht bis ganz in den Kern der Insel hinein. Der Vulkan schläft nicht mehr, er bewegt sich. Die Feuer in ihm werden immer wilder brennen, und die Gase und die Hitze werden sich weiter aufbauen, bis sie nicht länger gehalten werden können.«

»Wie lange noch«, keuchte die Eule.

Eowen schüttelte den Kopf. »Auf den höher gelegenen Hängen sind es Stunden, weiter unten Tage.« Ihre Augen schimmerten. »Es ist der Anfang vom Ende.«

Einen Augenblick herrschte unsicheres Schweigen.

»Für die Dämonen vielleicht, aber nicht für uns.« Das war Ellenroh Elessedil. Sie war wieder wohlauf und hatte sich von der Anstrengung, die Magie des Loden anzurufen, erholt. Sie befreite sich aus Triss' stützendem Griff, trat zwischen ihnen hindurch und bedeutete ihnen, ihr zu folgen, bis sie sich schließlich umwandte und alle ansah. Sie wirkte ruhig und sicher und angstfrei. »Wir dürfen jetzt nicht zögern«, ermahnte sie sie. »Wir werden schnell und leise hinunter zu den Ufern der Blauen Spalte gehen, die Insel verlassen und dorthin zurückkehren, wo wir hingehören. Bleibt zusammen, haltet die Augen offen. Eule, bring uns hier heraus.«

Aurin Striate wandte sich sofort um, und die anderen folgten ihm. Niemand stellte eine Frage – Ellenroh Elessedils Gegenwart war stark genug. Wren schaute einmal zurück und sah, wie ihre Großmutter Eowen einholte, die in eine Art Trance abgeglitten zu sein schien, ihre Arme um die Seherin legte und sie sanft führte. Hinter ihnen hüllte der Schein des Vulkanfeuers den Keel und die Dämonen in die Farbe von Blut. Es schien, als sei alles in Rot versunken.

Der kleine Trupp war nicht mehr als Schatten vor dem diesigen Licht, als sie sich von den Hängen des Killeshan durch das zerklüftete Durcheinander von Lavagestein, totem Holz und Gestrüpp bewegten. Alle Geräusche waren jetzt hinter ihnen, wo die Dämonen sich einem Feind näherten, dessen Verschwinden ihnen erst allmählich bewußt wurde. Vor ihnen erklang nur das stete Rauschen des Rowen, dessen graue Wasser auf das Meer zuwirbelten. Die Beben jagten hinter ihnen her, Schauder, die die Flächen mit Lavagestein kräuselten und die Bäume und Sträucher schüttelten. Aber ihre Wucht ließ nach, je weiter die Neun kamen. Vog hing in der Luft vor ihnen, dämpfte die Helligkeit des morgendlichen Dunstes und ließ die Umrisse des Landes verschwimmen. Wrens Atem beruhigte sich, und ihr Körper kühlte ab. Sie fühlte sich nicht mehr gefangen, wie es in dem Tunnel gewesen war, und die Intensität der Hitze hatte abgenommen. Sie begann sich zu entspannen, fühlte, wie sie mit dem Land verschmolz, und fing an, ihre Sinne auszustrecken wie unsichtbare Fühler, um aufzuspüren, was verborgen war.

Dennoch entdeckte sie die Dämonen, die auf sie lauerten, vor ihrem Angriff nicht. Es waren mehr als ein Dutzend, ziemlich klein und knorrig, gekrümmt wie totes Holz, die Gestrüpp und Zweige zerrissen, als sie sich erhoben, um sich auf sie zu stürzen. Eowen ging zu Boden, und die Eule verschwand in einem

Gewirr aus Gliedern. Die anderen rückten zusammen, schlugen auf ihre Angreifer mit allem, was gerade zur Hand war, ein und scharten sich beschützend um Eowen. Die Elfenjäger kämpften mit grimmiger Wildheit und vernichteten die Dämonen, als seien sie nur Schatten. Der Kampf war vorbei, fast bevor er begonnen hatte. Eines der schwarzen Wesen entkam, der Rest lag bewegungslos auf der Erde.

Die Eule tauchte hinter einer Bodenwelle auf, ein Ärmel zerrissen, das schmale Gesicht zerkratzt. Er winkte ihnen wortlos, wandte sich von dem Weg ab, dem sie gefolgt waren, und führte sie schnell von der Spitze eines Hügels hinab zu einer engen Wasserrinne, die sich in den Vog hinein schlängelte. Sie waren jetzt sehr wachsam, bereiteten sich auf weitere Angriffe vor und machten sich bewußt, daß die Dämonen überall sein würden, da sie sicher nicht alle zum Keel gegangen waren. Der Himmel über ihnen verwandelte sich zu einem eigenartigen Gelb, als die Sonne hochstieg und vergeblich darum kämpfte, den Vog zu durchdringen. Wren schlich mit langen Messern in beiden Händen voran, während ihre Augen die Schatten vorsichtig auf jedes Zeichen von Bewegung durchstreiften.

Sie näherten sich dem Rowen, als Aurin Striate sie plötzlich anhalten ließ. Er kauerte sich nieder, machte ihnen ein Zeichen, das gleiche zu tun, wandte sich dann um und bedeutete ihnen zu bleiben, wo sie waren, und verschwand voraus in den Dunst. Er war kaum fünf Minuten fort gewesen, als er schon wieder erschien. Er schüttelte warnend den Kopf und bedeutete ihnen, sich nach links zu wenden. Tief gebückt glitten sie an einer Reihe von Felsen entlang, einer Bodenwelle, die sie zum Rowen hin abschirmte. Mehr als eine Meile weit arbeiteten sie sich parallel zum Fluß vor und bewegten sich dann vorsichtig auf eine Erhebung hoch. Wren spähte hinaus auf die träge, graue Oberfläche des Flusses, die leer und weit vor ihr lag und sich in die Ferne erstreckte.

Nichts rührte sich.

Die Eule schloß sich ihnen wieder an. Sein ledriges Gesicht war faltig. »Die seichten Stellen sind von Wesen belagert, mit denen wir lieber nichts zu tun haben sollten. Wir werden ihn statt dessen hier überqueren. Er ist zu breit, als daß wir hinüberschwimmen könnten. Wir müssen übersetzen. Wir müssen ein Floß bauen, das groß genug ist, um uns hinüberzutragen – das wird schon gehen.«

Er nahm die Elfenjäger mit, Holz zu holen, und ließ Gavilan und Garth bei den Frauen. Ellenroh kam zu Wren herüber, umarmte sie kurz und lächelte sie aufmunternd an. Alles war gut, sagte sie, aber ihre Stirn zeigte Sorgenfalten. Sie ging leise wieder fort.

»Fühl die Erde mit deinen Händen, Wren«, flüsterte Eowen plötzlich und kauerte sich neben sie. Wren griff hinab und ließ das Erschauern in ihren Körper aufsteigen. »Die Magie fällt überall um uns herum auseinander – alles, was die Elfen zu errichten gedachten. Das Gefüge unserer Anmaßung und unserer Angst beginnt zu zerfallen.« Das rostfarbene Haar fiel wild über ihre grünen Augen, die in die Ferne schauten, und Eowen sah aus wie jemand, der aus einem Alptraum erwacht. »Sie wird es dir irgendwann erzählen müssen, Wren. Sie wird es dich wissen lassen müssen.«

Dann war auch sie fort und ging hinüber zur Königin. Wren war nicht ganz sicher, wovon sie gesprochen hatte, nahm aber an, daß sie Ellenroh gemeint hatte und jenes Geheimnis, das, wie sie wußte, noch immer unenthüllt war.

Der Vog wirbelte um sie herum, verdeckte den Rowen, schlängelte sich durch die Risse und Spalten im Land und veränderte die Umrisse von allem, woran er vorbeikam. Cort und Dal kehrten zurück. Sie zogen dicke tote Äste hinter sich her und verschwanden dann wieder. Die Eule glitt durch die Dämmerung auf den Fluß zu, hager und gebückt, als sei er auf der Jagd. Alle Bewegungen waren unwirklich, als seien sie eine verblassende Erinnerung, die Dinge vorspiegeln konnte, die nicht vorhanden waren.

Ein plötzlicher Erdstoß erschütterte den Boden unter ihren Füßen und brachte sie dazu, gegen ihren Willen nach Luft zu ringen und die Arme schnell auszustrecken, um das Gleichgewicht wiederzugewinnen. Die Wasser des Rowen schienen aufgewühlt zu sein. Sie sammelten all ihre Kraft in einer Welle, die auf das Ufer aufprallte und dann davonrollte.

Garth berührte sie an der Schulter. *Die Insel schüttelt sich auseinander.*

Sie nickte und dachte an Eowens Worte, daß die drohende Umwälzung das Ergebnis der zerbrechenden Magie sei. Sie hatte geglaubt, die Seherin habe sich ausschließlich auf Ellenrohs Gebrauch des Loden bezogen, aber jetzt schien es ihr, als ob die Seherin noch von etwas anderem gesprochen habe. Aus dem, was sie Wren gerade erzählt hatte, konnte man auch schließen, daß das Zerbrechen der Magie mehr umfaßte als nur das Fortnehmen von Arborlon und daß die Elfen zu irgendeinem Zeitpunkt in der Vergangenheit beabsichtigt hatten, mehr zu erreichen, daß sie dabei versagten und das, was jetzt geschah, ein direktes Ergebnis davon war.

Sie verbarg dies Wissen sorgfältig für eine Zeit, wo sie Gebrauch davon machen könnte.

Garth ging hinunter, um den Elfenjägern zu helfen, die begonnen hatten, die Stämme für das Floß zusammenzubinden. Gavilan sprach leise mit Ellenroh, in deren Augen sich ruheloser

Unwille widerspiegelte. Wren beobachtete ihn einen Augenblick eindringlich und maß das, was sie jetzt sah, an dem, was sie zuvor gesehen hatte. Die überdeutliche Anspannung und die sorglose Gleichgültigkeit, das waren zwei Bilder in scharfem Kontrast. Sie fand Gavilan faszinierend, eine Mischung aus Möglichkeiten und Verlockungen. Sie mochte ihn und wollte ihn in ihrer Nähe haben. Aber es war noch etwas in ihm verborgen, etwas, was sie verwirrte, und das sie noch herausfinden mußte.

»Nur noch ein paar Minuten«, informierte die Eule sie, strich wie ein Schatten an ihr vorbei und verschmolz wieder mit dem Nebel.

Als sie aufstand, schoß plötzlich etwas Kleines und Schnelles aus der Erde heraus und warf sich auf sie. Sie taumelte zurück, schlug verzweifelt um sich und erkannte dann, daß das Wesen, das sich da an sie klammerte, Faun war. Sie mußte gegen ihren Willen lachen und umarmte den Baumschreier fest.

»Faun«, sagte sie zärtlich und drückte das seltsame kleine Wesen an sich. »Ich dachte, dir wäre etwas Furchtbares zugestoßen. Aber es geht dir gut, nicht wahr? Ja, mein Kleiner, es geht dir einfach gut.«

Sie wurde sich bewußt, daß Ellenroh und Gavilan verwirrt zu ihr herüberschauten, und sie sprang schnell wieder auf die Füße, winkte ihnen beruhigend zu und lächelte gegen ihren Willen.

»Grrrrr! Hast du dein Versprechen vergessen?«

Sie wandte sich abrupt um und sah Stresa, der mit aufgerichteten Stacheln aus der Dämmerung zu ihr heraufschaute.

Sie kniete sich schnell nieder. »Also geht es dir auch gut, Freund Stachelkater. Ich habe mir Sorgen um euch beide gemacht. Ich konnte nicht hinauskommen, um zu sehen, ob ihr in Sicherheit wart, aber ich habe es gehofft. Habt ihr euch wiedergefunden, nachdem ich fort war?«

»Ja, Wren von den Elfen«, antwortete der Stachelkater. Seine Worte klangen kühl und überlegt. »Pfffft. Der Schreier kam in der Dämmerung zurückgehetzt, das Fell ganz zerzaust und zerrissen. Er fand mich unten am Fluß, wo ich arbeitete. Also – jetzt dein Versprechen. Du erinnerst dich an dein Versprechen, nicht wahr?«

Wren nickte ernst. »Ich erinnere mich daran, Stresa. Wenn ich die Stadt verlassen würde, wollte ich euch mit ins Westland nehmen. Ich werde dieses Versprechen halten. Hast du befürchtet, ich würde es nicht tun?«

»Hssst, pffft!« Der Stachelkater glättete seine Stacheln. »Ich habe gehofft, daß du jemand bist, dessen Wort etwas bedeutet. Nicht wie…« Er brach ab.

»Großmutter«, rief Wren der Königin zu, und Ellenroh kam zu ihr herüber. Das lockige Haar wehte über ihr Gesicht wie ein Schleier. »Großmutter, dies sind meine Freunde, Stresa und Faun. Sie haben Garth und mir geholfen, den Weg zur Stadt zu finden.«

»Dann sind sie auch meine Freunde«, erklärte Ellenroh.

»Hoheit«, erwiderte Stresa steif und nicht allzu entzückt, wie es schien.

»Was ist das?« Gavilan trat zu ihnen, und Belustigung tanzte in seinen Augen. »Ein Stachel? Ich dachte, sie wären alle fort.«

»Es gibt noch ein paar von uns – ssstt –, was allerdings nicht Euch zu verdanken ist«, verkündete Stresa kalt.

»Du bist ein dreister Kerl, nicht wahr?« Gavilan konnte seine Mißbilligung nicht ganz verbergen.

»Großmutter«, sagte Wren schnell und setzte dem Wortwechsel damit ein Ende, »ich habe Stresa versprochen, ich würde ihn mitnehmen, wenn wir die Insel verlassen. Ich muß dieses Versprechen halten. Und Faun muß auch mitkommen.« Sie drückte den pelzigen Baumschreier, der bisher nicht einmal von ihrer Schulter aufgeschaut hatte, sondern sich noch immer an sie preßte und wie eine zweite Haut an ihr klebte.

Ellenroh sah skeptisch drein, als bedeute es Schwierigkeiten, wenn sie die Wesen mit sich nahmen, Schwierigkeiten, die Wren nicht verstehen konnte. »Ich weiß nicht«, antwortete sie leise. Der Wind pfiff an ihr vorbei und sammelte in der Dämmerung Kraft. Sie schaute fort zu den Elfenjägern, die inzwischen damit beschäftigt waren, Rucksäcke und Proviant auf das Floß zu laden, und sagte dann: »Aber wenn du dein Versprechen gegeben hast...«

»Tante Ell!« rief Gavilan ärgerlich.

Die Königin fixierte ihn mit eisigem Blick. »Sei ruhig, Gavilan.«

»Aber du kennst die Regeln...«

»Sei ruhig!«

Der Ärger war in Gavilans Gesicht greifbar. Er vermied es, die Königin oder Wren anzusehen, sondern wandte seinen Blick statt dessen Stresa zu. »Das ist ein Fehler. Du solltest das am besten wissen, Stachel. Erinnerst du dich daran, wer dich geschaffen hat? Erinnerst du dich daran, warum?«

»Gavilan!« Die Königin war leichenblaß. Die Elfenjäger standen abrupt von ihrer Arbeit auf und schauten zu ihr herüber. Die Eule erschien erneut aus dem Nebel. Eowen stellte sich neben die Königin.

Gavilan blieb noch einen Moment lang stehen, fuhr dann herum und schritt zum Floß hinab. Einen Augenblick lang bewegte sich niemand sonst, sie waren wie Statuen im Nebel. Dann sagte Ellenroh, ohne sich an irgend jemand direkt zu wenden, mit kleiner und verlorener Stimme: »Es tut mir leid.«

Auch sie ging fort, und Eowen folgte ihr auf dem Fuße, mit so viel Betroffenheit auf ihren jugendlichen Zügen, daß Wren nicht zu folgen wagte.

Statt dessen sah sie Stresa an. Das Lachen des Stachelkaters klang verbittert. »Sie will nicht, daß wir die Insel verlassen. Fffft. Keiner von ihnen will das.«

»Stresa, was geht hier vor?« fragte Wren, jetzt selbst ärgerlich und bestürzt über die Feindseligkeit, die Stresas Erscheinen hervorgerufen hatte.

»Grrrrr, Wren Ohmsford. Weißt du es nicht? Hssst. Du weißt es nicht, nicht wahr? Ellenroh Elessedil ist deine Großmutter, und du weißt es nicht. Wie seltsam!«

»Komm, Wren«, sagte die Eule und huschte einmal mehr an ihr vorbei, wobei er sie leicht an der Schulter berührte. »Wir sollten gehen. Beeilt euch jetzt.«

Die Elfenjäger schoben das Floß ans Ufer des Flusses, und die anderen eilten hinterher. »Sag es mir!« drängte sie Stresa.

»Eine Fahrt den – grrr – Rowen hinab ist nicht meine Vorstellung von einem guten Zeitvertreib«, sagte der Stachelkater und überhörte ihre Bitte. »Ich möchte genau in der Mitte sitzen, falls dir das genehm ist. Hsssttt. Das heißt, auch wenn es dir nicht genehm ist.«

Eine weitere Woge von Erschütterungen ließ die Insel erbeben, und in dem Dunst hinter ihnen brach aus dem Killeshan ein Schauer karmesinroten Feuers hervor. Asche und Rauch schossen empor, und ein Poltern ertönte aus den Tiefen der Erde.

Sie riefen jetzt alle nach Wren, und sie rannte zu ihnen, Stresa einen Schritt voraus, Faun um ihren Hals gewunden. Sie war wütend, weil niemand sich ihr anvertrauen wollte, weil in ihrer Gegenwart Informationen über etwas zurückgehalten wurden, über das sie bewußt im unklaren gelassen wurde. Sie haßte es, so behandelt zu werden. Es war offensichtlich, daß niemand ihr jemals etwas über die Elfen und Morrowindl erzählen würde, es sei denn, sie betrieb diese Angelegenheit mit Nachdruck.

Sie erreichte das Floß, als es gerade auf den Rowen hinausgeschoben wurde, begegnete Gavilans offen feindlichem Blick mit der gleichen Feindseligkeit und rückte bewußt näher an Garth heran. Die Elfenjäger standen bereits bis zu den Knien im Wasser und stabilisierten das Floß. Stresa sprang an Bord, ohne dazu aufgefordert worden zu sein, und machte sich mitten zwischen den Rucksäcken und dem Proviant breit, genauso, wie er es angedroht hatte. Niemand machte Einwände, niemand sagte etwas. Eowen und die Königin wurden von Triss zu ihren Plätzen geführt, wobei die Königin den Ruhkstab fest in beiden Händen hielt. Wren und Garth folgten. Gemeinsam schoben alle das Floß vom Ufer frei, dann beugten sie sich vor, damit die Stämme das Gewicht ihrer Oberkörper tragen konnten, und ihre Hände griffen nach den Seilen, die zu genau diesem Zweck befestigt worden waren.

Augenblicklich nahm die Strömung sie auf und begann sie fortzutragen. Diejenigen, die dem Ufer am nächsten waren, versuchten dabei, das Floß mit den Füßen von Sandbänken, Felsen und Baumwurzeln abzustoßen, die sie sonst vielleicht behindert hätten. Der Killeshan rumorte weiter, Feuer und Asche wurden ausgespien, und der Vulkan zeigte polternd sein Mißvergnügen. Der Himmel wurde von einer neuen Schicht aus Vog verdunkelt, und noch mehr Wolken bewegten sich vor dem Licht. Das Floß schwamm hinaus in die Mitte des Stromes, schaukelte mit der Bewegung des Wassers und nahm an Geschwindigkeit zu. Die Eule rief ihnen Anweisungen zu, und sie versuchten ohne Erfolg, das Floß auf das jenseitige Ufer zuzusteuern. Geysire brachen durch das Lavagestein der Küstenlinie hinter ihnen und ließen die Felsenhaut des hochgelegenen Landes bersten, wobei sie

Dampf und Gas himmelwärts stießen. Der Rowen erzitterte unter der Macht der Erdstöße und begann sich aufzulehnen. Das Wasser wurde unruhig, und kleine Strudel bildeten sich überall. Schutt wirbelte vorbei und wurde auf den Wellenkämmen getragen. Das Floß wurde geschlagen und gestoßen, und während sie sich an ihm festklammerten, waren sie gezwungen, all ihre Kraft aufzuwenden, nur um oben zu bleiben.

»Zieht eure Beine ein!« rief die Eule warnend. »Haltet euch fest!«

Sie trieben flußabwärts. Das Ufer flog als verschwommener Eindruck von gezackten Bäumen, zerklüfteten Lavafeldern, Nebel und Dunst vorbei. Der Vulkan verschwand hinter ihnen. Durch eine Biegung des Flusses und die Ausläufer des Tales, in das sie kamen, wurde er ihrer Sicht entzogen. Wren spürte, daß alles mögliche in sie hineinstach und sie stieß, gegen sie schlug, wieder fortwirbelte und vorbeipeitschte, als würde es von einem unsichtbaren Seil hin- und herbewegt. Ihre Hände und Finger begannen durch das anstrengende Festhalten an den Seilen zu schmerzen, und ihr Körper war durch das eisige Bergwasser zur Gefühllosigkeit gefroren. Das Rauschen des Flusses übertönte das Brüllen des Vulkans, aber sie konnte ihn noch immer unter sich erbeben fühlen. Es war, als ob er aufwachte, im Fieber hochschreckte und in Krämpfen auseinanderbrach. Klippen tauchten vor ihnen auf, die sich wie unpassierbare Mauern erhoben. Doch gleich darauf befanden sie sich zwischen ihnen, denn der Fels hatte sich auf wundersame Weise geteilt, um den Rowen durch einen Engpaß hindurchstürzen zu lassen. Ein paar Minuten lang waren die Stromschnellen so stark, daß es schien, als würden sie auf den Felsen zerschellen. Doch dann kamen sie wieder frei, die Stromrinne verbreiterte sich erneut, und die Klippen wichen in die Ferne zurück. Sie wirbelten durch eine Ansammlung von breiten, unförmigen Felsen und landeten in einem See, der sich in den grünen Dunst eines Dschungels erstreckte.

Der Fluß wurde langsamer und beruhigte sich. Das Floß hörte auf umherzuwirbeln und begann gemächlich auf die Mitte des Sees zuzutreiben. Nebel hing dick über dessen schimmernder Oberfläche, schloß das Ufer auf beiden Seiten von der Sicht aus und verwandelte es in eine tiefe, grüne Oase der Stille. Von irgendwo in der Ferne erklang Killeshans ärgerliches Rumpeln.

In der Mitte des Floßes hob Stresa zögernd seinen Kopf und schaute sich um. Die scharfen Augen des Stachelkaters bewegten sich schnell und suchten Wren: »Sssffft! Wir müssen von hier fort!« drängte er. »Dies ist kein guter – sssfff – Aufenthaltsort! Dort drüben ist Eden's Murk!«

»Worüber beschwerst du dich, Stachel?« grolle Gavilan gereizt.

Ellenroh veränderte ihren Griff um den Ruhkstab, der auf dem Floß lag. »Eule, weißt du, wo wir sind?«

Aurin Striate schüttelte den Kopf. »Aber wenn der Stachelkater sagt, es sei hier unsicher...«

Das Wasser hinter ihm brach donnernd auf, und ein riesiger, krustenbedeckter Kopf erhob sich. Vor ihren Augen stieg er langsam, fast träge, in den Nebel, ausgependelt auf einem dicken, sich schlängelnden Körper mit Schuppen und Höckern, die sich im Zwielicht wellenartig bewegten und bogen. Ranken hingen aus seinem Maul wie Fühler, die sich drehten, um Nahrung zu finden. Seine Zähne wurden entblößt, als sich sein grünliches Maul öffnete, sie waren gebogen und standen in Zweierreihen. Das Wesen wand sich, bis es kaum fünfzig Fuß entfernt turmhoch über ihnen aufragte, und dann zischte es wie eine Schlange, die getreten wurde.

»Eine Schlange!« schrie Eowen leise auf.

Die Elfenjäger waren bereits in Bewegung, wechselten hastig ihre Positionen, so daß sie zwischen dem Monster und ihren Schützlingen aufgereiht waren. Mit gezogenen Waffen begannen sie, das Floß auf das gegenüberliegende Ufer zuzubewegen. Es war ein nutzloses Unterfangen. Die Schlange schwamm ihnen lautlos nach und mußte sich kaum anstrengen, um sie einzuholen, wobei sie ihren Kopf mit weit geöffnetem Maul drohend eintauchte. Wren half neben Garth das Floß voranzubringen, aber das Flußufer schien noch weit entfernt. In der Mitte des Floßes standen Stresas Stacheln in alle Richtungen ab, und sein Kopf war verschwunden.

Die Schlange traf sie mit ihrem Schwanz, als sie noch hundertfünfzig Meter vom Ufer entfernt waren, schwang ihn von unten zu ihnen hinauf, hob das Floß und die neun, die sich daran festklammerten, vollständig aus dem Wasser und wirbelte sie durch die Luft. Sie flogen eine kurze Strecke und landeten wieder mit einem Aufprall, der ihnen den Atem aus dem Körper preßte. Ihre Griffe lockerten sich, und Menschen und Gepäck stürzten hinab. Eowen schlug hart auf, ging unter und wurde von Garth wieder an die Oberfläche gezogen. Durch die Wucht des Aufpralls hatte das Floß begonnen, auseinanderzufallen, die Stricke lösten sich, und die Stämme teilten sich. Die Eule schrie ihnen zu, sie sollten um sich treten, und das taten sie, wild und voller Panik, denn sie konnten nichts anderes tun.

Die Schlange griff erneut an und glitt mit einem Schnauben aus dem Rowen, das alles ringsum mit Wasser besprühte. Ihr Schrei brach als tiefes, ansteigendes Husten hervor, ihr Körper bog sich und richtete sich riesig und monströs vor ihnen auf. Wren und Garth wurden von dem Floß gerissen, als die Bestie zuschlug, und rissen Ellenroh und Faun mit sich. Wren sah Gavilan tauchen und beobachtete, wie die anderen zerstreut wurden. Dann schlug die Schlange erneut zu, und alles verschwand in einer Explosion aus Wasser. Das Floß fiel auseinander und wurde zu Feuerholz zerschlagen. Wren ging unter, wobei sich Faun verzweifelt an sie klammerte. Sie kam wieder an die Oberfläche und rang nach Luft. Köpfe bewegten sich im Wasser auf und ab, und die Wellen, die durch den Angriff erzeugt worden waren, gingen über sie hinweg. Der Kopf der Schlange ragte erneut in den Dunst, aber dieses Mal bekamen Triss und Cort ihn unter Kontrolle, indem sie mit ihren Schwertern wild zustießen und -schlugen. Schuppen flogen, und dunkles Blut floß, und das Monster schrie zornig auf. In dem Versuch, seine Angreifer abzuschütteln, schlug es wild um sich, und dann tauchte es. Als es unterging, versenkte Triss sein Schwert in dem schuppigen Kopf und riß sich dann los. Cort griff noch immer an, sein jugendliches Gesicht war voller grimmiger Entschlossenheit.

Der Körper der Schlange zuckte und ließ alles auseinanderstieben, sogar verstreute Stämme des zerschmetterten Flosses wirbelten umher.

Einer davon flog auf Wren zu und streifte sie seitlich am Kopf. Sie sah aus den Augenwinkeln, wie die Schlange abtauchte, wie Garth Eowen auf das Ufer zu zog, wie Ellenroh und die Eule sich an anderen verstreuten Teilen des Flosses festklammerten, und dann wurde alles schwarz um sie.

Sie trieb dahin, empfindungslos, losgelöst, bis in die Seele erstarrt. Sie hätte sagen können, daß sie sank, aber sie schien nicht in der Lage zu sein, etwas dagegen zu tun. Sie hielt den Atem an, als sich das Wasser um sie schloß, atmete dann wieder aus, als sie ihn nicht länger halten konnte, und spürte, wie das Wasser in sie hereinströmte. Sie schrie lautlos auf, ihrer Stimme nicht mächtig. Sie konnte das Gewicht der Elfensteine um ihren Hals spüren. Sie konnte spüren, wie sie zu brennen begannen.

Dann wurde sie von etwas ergriffen, das zu ziehen begann, etwas, das sich zuerst an ihrer Tunika festklammerte und dann an ihrem Körper hinabglitt. Zuerst eine Hand, dann ein Arm – es waren die Griffe eines anderen Menschen. Langsam begann sie wieder aufzusteigen.

Sie kam an die Oberfläche, spuckend und würgend und nach Luft ringend, und hustete das Wasser aus ihren Lungen heraus. Ihr Retter war hinter ihr und zog sie in Sicherheit. Sie legte sich geschwächt zurück und wehrte sich nicht, noch immer wie betäubt von dem Schlag und der Erkenntnis, daß sie fast ertrunken wäre. Sie blinzelte das Wasser aus ihren Augen fort und schaute über den Rowen zurück. Er breitete sich als unruhiges, silbriges Schimmern aus, jetzt leer bis auf die Trümmer, und die Schlange war verschwunden. Sie konnte Stimmen rufen hören – die von Eowen, die der Eule und eine oder zwei andere. Sie hörte, daß ihr eigener Name gerufen wurde. Faun klammerte sich nicht mehr an ihr fest. Was war mit Faun geschehen?

Dann kam auf beiden Seiten das Ufer in Sicht, ihr Retter hörte auf zu schwimmen und stand auf, wobei er sie mit hochzog und sie umdrehte. Es war Gavilan.

»Geht es dir gut, Wren?« fragte er atemlos und erschöpft von der Anstrengung, sie zu schleppen. »Schau mich an.«

Das tat sie, und der Ärger, den sie ihm gegenüber zuvor empfunden hatte, verblaßte, als sie sein Gesicht sah. Sorge und eine Spur Angst spiegelten sich dort wider.

Sie ergriff seine Hand. »Es ist in Ordnung. Alles ist gut.«

Sie atmete die willkommene Luft tief ein. »Danke, Gavilan.«

Er sah überraschend verlegen aus. »Ich habe zwar gesagt, ich sei hier, um dir zu helfen, wenn du Hilfe brauchst, aber ich hatte nicht erwartet, daß du so bald auf mein Angebot zurückkommen würdest.«

Er half ihr, zu der Stelle zu gelangen, wo Ellenroh darauf wartete, sie in ihre Arme zu nehmen. Sie drückte Wren besorgt und flüsterte etwas kaum Hörbares, Worte, die man nicht hören mußte, um sie zu verstehen. Garth war auch da und die Eule, durchnäßt und in bemitleidenswertem Zustand, aber unverletzt. Sie sah, daß der größte Teil ihres Proviantes am Ufer aufgehäuft lag, durchweicht, aber gerettet. Eowen saß zerzaust und erschöpft unter einem Baum und wurde von Dal umsorgt.

»Faun!« rief sie und hörte sofort ein Schnattern. Sie schaute über den Rowen und sah mehrere Dutzend Meter weit entfernt den Baumschreier, wie er sich an ein Stück Holz klammerte. Sie eilte zurück ins Wasser, bis sie fast bis zum Hals darinnen stand, und erst dann gab ihr pelziger Begleiter seine Fahrt auf, schwamm schnell auf sie zu und kletterte auf ihre Schulter, während sie ihn ans Ufer zog. »Nun, nun, Kleiner, du bist jetzt auch in Sicherheit, nicht wahr?«

Kurz darauf stolperte Triss auf den Strand. Eine Seite seines sonnengebräunten Gesichts war bis auf den Knochen zerkratzt, und seine Kleidung war zerfetzt und blutig. Er blieb nur lange genug sitzen, daß die Eule ihn untersuchen konnte, erhob sich dann wieder und ging mit den anderen zurück zum Fluß hinab. Eng beieinander stehend schauten sie über das leere Wasser.

Von Cort oder Stresa war keine Spur zu entdecken.

»Ich habe den Stachel nicht mehr gesehen, seit die Schlange zum letzten Mal auf das Floß eingeschlagen hat«, sagte Gavilan leise, fast entschuldigend. »Es tut mir leid, Wren. Wirklich.«

Sie nickte schweigend. Sie fühlte sich unfähig zu sprechen, denn der Schmerz war zu groß, und stand steif und wie betäubt da, während sie weiter vergeblich nach dem Stachelkater Ausschau hielt.

Zweimal habe ich ihn jetzt verlassen, dachte sie.

Triss bückte sich, um die Riemen an dem Schwert zu befestigen, das er dem Stapel mit den geretteten Sachen entnommen hatte. »Cort ist mit der Schlange untergegangen. Ich glaube nicht, daß er sich noch hat befreien können.«

Wren hörte ihn kaum, denn ihre Gedanken waren finster und brütend. *Ich hätte nach ihm sehen sollen, als das Floß sank. Ich hätte versuchen müssen, ihm zu helfen.*

Aber sie wußte, obwohl sie anders dachte, daß sie nichts hätte tun können.

»Wir müssen weitergehen«, sagte die Eule leise. »Hier können wir nicht bleiben.«

Als wollte er diese Worte bekräftigen, polterte der Killeshan in der Ferne, und der Dunst wirbelte als Antwort träge umher. Sie zögerten noch einen Moment und warteten schweigend und unbeweglich am Ufer, während das Wasser aus ihrer Kleidung tropfte. Dann wandten sie sich langsam einer nach dem anderen ab. Sie hoben ihre Rucksäcke und die anderen Dinge auf und gingen in Richtung der Bäume davon, wobei sie überprüften, ob ihre Waffen griffbereit waren.

Hinter ihnen streckte sich der Rowen wie ein silbergraues Leichentuch aus.

2

Die Gefährten hatten sich erst knapp hundert Meter vom Ufer des Rowen entfernt, als immer weniger Bäume zu sehen waren und der Alptraum begann. Ein riesiger Sumpf breitete sich vor ihnen aus, eine weite Fläche von Morast, der dicht mit Riedgras und Unkraut bewachsen und nur selten von Gruppen uralter Akazien und Zedern durchzogen war. Die Zweige der Bäume waren fest ineinander verflochten, als versuchten sie verzweifelt, nicht in den Schlamm hinabgezogen zu werden. Viele waren bereits halb zerfallen, und ihr Wurzelsystem war zerfressen. Ihre Stämme waren gebeugt, so daß sie an verwundete Giganten erinnerten. Durch das Gewirr sterbender Bäume und verkümmerten Gestrüpps hindurch breitete sich der Morast aus, so weit das Auge reichte, ein weiter und undurchdringlicher Sumpf, der in Dunst und Schweigen gehüllt war.

Auf ein Zeichen der Eule blieben sie zögernd stehen. Und dann standen sie da, schauten zweifelnd in alle Richtungen und versuchten, auch nur das kleinste Anzeichen eines Pfades zu entdecken. Aber es war keines zu finden. Der Sumpf war ein umwölkter, verbotener Irrgarten.

»Eden's Murk«, sagte die Eule tonlos, »welch entsetzliche Düsternis!«

Die Auswahl an Wegen, die die Gefährten einschlagen konnten, war begrenzt. Sie konnten den Weg zum Rowen zurückgehen und sich dann flußaufwärts oder -abwärts wenden, bis sich ein besserer Weg zeigen würde, oder sie konnten sich durch den Sumpf arbeiten. In jedem Falle würden sie schließlich den Blackledge erklimmen müssen, weil sie zu weit flußabwärts geraten waren, als daß sie wieder zu dem Tal und den Pässen gelangen konnten, die ihnen einen leichten Aufstieg ermöglicht hätten. Es war keine Zeit mehr, den ganzen Weg zurückzugehen. Die Dämonen waren jetzt sicher schon überall. Die Eule befürchtete, daß sie vielleicht bereits den Fluß absuchten. Er riet, daß sie sich durch den Sumpf schlagen sollten. Die Reise würde entsetzlich werden, aber die Dämonen waren wohl nicht so klug, sie dort zu suchen. Ein Tag, höchstens zwei, und sie würden die Berge erreicht haben.

Nach einer kurzen Diskussion stimmten die anderen diesem Vorschlag zu. Keiner von ihnen, außer Wren und Garth, war in den letzten zehn Jahren außerhalb der Stadt gewesen – und die Fahrende und ihr Beschützer hatten das Land auch nur einmal durchquert und wußten nur wenig davon, wie man seine Gefahren überlebte. Die Eule hatte jahrelang dort draußen gelebt. Niemand wagte es, ihm zu widersprechen.

Und so begann der Zug durch Eden's Murk. Die Eule führte sie an, dann kamen Triss, Ellenroh, Eowen, Gavilan, Wren, Garth und Dal. Sie gingen in einer Reihe und hielten sich hinter Aurin Striate, während er mühsam versuchte, eine Strecke festen Untergrundes durch den Sumpf zu finden. Manchmal gelang es ihm, denn da waren immer wieder Flächen, über denen sich der Sumpf noch nicht vollständig geschlossen hatte. Aber oft waren sie auch gezwungen, in das schmierige Wasser und den Schlamm zu treten, während sie sich an hohem Gras und Gestrüpp entlangschlängelten und sich dann mit ihren Händen festhielten, um nicht das Gleichgewicht zu verlieren. Dabei spürten sie, wie die Sumpferde eifrig sog und sie hineinzuziehen versuchte. Sie gingen langsam und vorsichtig durch die Dämmerung, von der Eule gewarnt, dicht am Vordermann zu bleiben, und spähten besorgt in den Dunst, wann immer das Wasser blubberte und der Schlamm hervorbrach.

Eden's Murk war trotz der Hülle des Schweigens, die darüber lag, ein Zufluchtsort für unzählige Lebewesen. Die meisten waren niemals zu sehen und kaum zu hören. Geflügelte Lebewesen flogen wie Schatten durch den Dunst, lautlos auf ihrem Vorbeiflug, schnell und verstohlen. Schillernde Insekten summten bedrohlich. Einige waren so groß wie eine Kinderhand. Wesen, die vielleicht Ratten waren oder Spitzmäuse, jagten durch die wenigen Bäume und kletterten, wenn sie entdeckt wurden, katzengleich außer Sicht. Es gab hier draußen auch noch andere Lebewesen, und einige von ihnen waren offenbar groß und schwer. Sie platschten und grollten durch die Stille und blieben in der Dämmerung, während sie die tieferen Gewässer nach Beute durchsuchten. Niemand sah diese Jäger jemals, obwohl sie aufmerksam Ausschau hielten.

Der Tag schritt voran. Er war wie ein langsames, lähmendes Kriechen in Richtung Dunkelheit. Die Gefährten hielten einmal an, um zusammengekauert auf einem Stamm, der halb vom Sumpf überschwemmt war, etwas zu essen. Sie kehrten einander die Rücken zu, während ihre Augen den Schirm aus Vog absuchten. Die Luft wurde abwechselnd heiß und kalt, als sei Eden's Murk ein Bauwerk mit verschiedenen Räumen und als seien unsichtbare Wände überall um sie herum. Das Wasser des Sumpfs war wie die Luft kühl oder lauwarm, an manchen Stellen tief und an anderen flach. Es umgab sie eine Mischung aus Farben und Gerüchen, von denen keiner angenehm war, und das alles zog und zerrte an dem Leben oberhalb des Sumpfs. Immer wieder erbebte die Erde und erinnerte sie daran, daß irgendwo hinter ihnen der Killeshan weiterhin drohte, daß sich in seinem Kern weiterhin Gase und Hitze bildeten, Lava aus seinem Schlund schoß und brennend die Hänge hinabrann. Wren stellte es sich vor, während sie sich mit den anderen mühsam vorarbeitete – die Luft stickig durch den Vog, das Land ein Teppich aus Feuer, alles eingehüllt von dichten Wolken aus Dampf und Asche. Der Keel war sicher schon fort. Was war mit den Dämonen? fragte sie sich. Waren wohl auch sie geflohen, oder waren sie zu geistlos, um die Lava zu fürchten? Wenn sie geflohen waren, wohin waren sie dann wohl gegangen?

Aber sie kannte die Antwort auf ihre letzte Frage. Es gab nur einen Ort, wohin sie alle gehen konnten.

Sie werden über den Rowen getrieben werden, signalisierte Garth grimmig, als sie ihn nach seiner Meinung fragte. Kurze Zeit gingen sie zusammen über eine Fläche, wo der Sumpf noch auf mehr als Armeslänge zurückgehalten wurde. *Sie werden sich zu den Klippen zurückziehen, genau wie wir es getan haben. Wenn wir zu langsam vorankommen, werden sie überall um uns herum sein, bevor wir uns befreien können.*

Vielleicht kommen sie nicht so weit flußabwärts, überlegte sie voller Hoffnung, während ihre Finger schnell die Zeichen bildeten. *Vielleicht halten sie sich an das Tal, weil das leichter ist.*

Garth machte sich nicht die Mühe, ihr zu antworten. Er brauchte es nicht. Sie wußte genauso gut wie er, daß sie, wenn sie sich beim Abstieg vom Blackledge an das Tal hielten, die tiefer gelegenen Teile der Insel schneller als sie selbst erreichen und am Strand auf sie warten würden.

Sie dachte oft an Stresa und versuchte sich zu erinnern, wann sie den Stachelkater nach dem Angriff der Schlange das letzte Mal gesehen hatte. Sie versuchte sich an etwas zu erinnern, das ihr auch nur die kleinste Hoffnung bringen würde, daß er entkommen war. Aber sie konnte nichts finden. Einen Moment lang war er noch dagewesen, zusammengekauert zwischen dem Gepäck, und im nächsten Moment war er fort gewesen, zusammen mit allen anderen. Sie trauerte um ihn und kam nicht darüber hinweg, denn sie hing mehr an ihm, als sie sich hätte erlauben sollen. Sie hielt Faun ganz fest und wunderte sich über sich selbst, denn sie fühlte sich auf seltsame Weise fortgezogen von dem, was sie einst gewesen war. Sie fühlte sich vielem gegenüber fremd, war nicht mehr so selbstsicher, so vertrauensvoll in ihr Können und ihre Ausbildung, so sicher, daß sie zuerst und immer eine Fahrende war und nichts anderes zählte.

Häufiger, als sie zugeben mochte, glitten ihre Finger verstohlen unter ihre Tunika, um die Elfensteine zu berühren. Eden's Murk war riesig und unerbittlich. Sie spürte, wie ihr Mut und ihre Kraft zermürbt wurden. Die Elfensteine gaben ihr Sicherheit. Die Elfenmagie bedeutete Macht. Sie haßte sich selbst, daß sie so empfand, daß sie es nötig hatte, sich darauf zu verlassen. Ein einziger Tag außerhalb von Arborlon, und sie hatte zu verzweifeln begonnen. Und sie war nicht allein. Sie konnte das Unbehagen in den Augen der anderen erkennen, sogar in Garths. Morrowindl tat den Lebewesen etwas an, das den Verstand überstieg und das Denken unter einem Berg von Angst und Zweifeln begrub. Es war in der Luft, in der Erde, um sie herum, es war wie ein Wahnsinn, der heimtückische Warnungen flüsterte und mit gleichgültiger Mißachtung Leben stahl. Sie versuchte erneut, sich die Insel vorzustellen, wie sie einst gewesen war, und es gelang ihr wieder nicht. Sie konnte nicht hinter das sehen, was sie war, was sie geworden war.

Zu was die Elfen und ihre Magie sie gemacht hatten.

Und sie dachte einmal mehr an die Geheimnisse, die vor ihr verborgen gehalten wurden – von Ellenroh, von der Eule, von Gavilan, von ihnen allen. Stresa hatte es gewußt. Stresa hätte es ihr gesagt. Jetzt mußte jemand anderer das tun.

Sie berührte Eowen einmal an der Schulter und fragte flüsternd: »Kannst du irgend etwas von dem sehen, was mit uns geschehen wird? Kannst du die Gabe des Sehens anwenden?«

Aber die blasse Frau mit den smaragdgrünen Augen lächelte nur traurig und erwiderte: »Nein, Wren, das Sehen ist von der Magie verhangen, die durch den Kern der Insel läuft. Arborlon hat mir die Sicherheit gegeben, meine Gabe zu nutzen. Hier ist nur Wahnsinn. Vielleicht, wenn ich hinter die Klippen gelangen kann, wo die Sonne hell ist und der Geruch der See... uns erreicht...« Sie brach ab.

Dann sank die Dunkelheit langsam in grauen Schleiern herab, die allmählich das Licht ausschlossen. Sie waren seit dem späten Vormittag gewandert, und es war noch immer nichts vom Blackledge zu sehen. Es gab keinen Hinweis darauf, daß der Sumpf enden würde. Die Eule begann nach einem Platz Ausschau zu halten, wo sie die Nacht verbringen konnten. Immer wieder hielt er sie dazu an, besonders vorsichtig zu sein, jetzt, wo die Schatten das Land überzogen und ihre Augen trogen. Die Stille des Tages wich allmählich den anschwellenden Nachtgeräuschen, einem scharf abgegrenzten und deutlichen Gemisch von Tönen, das aus den dunkleren Flecken aufstieg und durch die Dämmerung hallte. Nach und nach begann das Blattwerk rundum silbern phosphoreszierend zu schimmern, und Fluginsekten glommen und verglühten, während sie durch die Düsternis schweiften.

Gegen die zunehmende Dunkelheit gebeugt schritt Aurin Striates magere Gestalt beständig voran. Wren sah Ellenroh kurz an Triss vorbeigleiten und sich vorbeugen. Offenbar sagte sie etwas zu der Eule. Die Gefährten gingen über einen Flecken, auf dem das Unkraut hüfthoch wuchs, und das schwächer werdende Licht schimmerte von der Oberfläche des Sumpfs zu ihrer Linken träge zurück.

Plötzlich schoß das Wasser in die Höhe, als etwas Großes an die Oberfläche kam, um arglose Beute zu fangen. Mit einem Schnappen schlossen sich die Kiefer dann wieder, als es wieder außer Sicht tauchte. Alle sprangen zur Seite. Für einen Augenblick waren sie aufgewühlt. Wren sah, wie sich die Eule halb abwandte und mit den Händen warnende Zeichen gab. Sie sah noch etwas anderes, etwas, das in der Dämmerung vor ihnen halb verborgen lag. Da war eine blitzartige Bewegung.

Einen Augenblick später hörte sie einen bekannten, zischenden Laut.

Garth konnte ihn zwar nicht gehört haben, aber irgend etwas warnte ihn vor der Gefahr, und er warf sich auf Wren und Eowen und zog sie zu Boden. Hinter ihnen ließ sich Dal instinktiv fallen. Vor ihnen hüllte die Eule Ellenroh Elessedil ein und schob sie auf Triss und Gavilan zu. Es gab ein reißendes Geräusch, als ein Stachelhagel durch die Gräser und das Laub schnitt. Wren hörte ein überraschtes Grunzen. Dann lagen sie alle tief in den Gräsern flach auf der Erde und atmeten schwer in der plötzlichen Stille.

Ein Pfeilschütze!

Der Name kratzte wie rauhe Borke auf bloßer Haut, als sie ihn im Geiste ausrief. Sie erinnerte sich daran, daß einer von ihnen sie auf ihrem Weg in die Stadt beinahe getötet hätte. Garths Arm lockerte sich um ihre Taille, und sie machte ihm schnell ein Zeichen, als sein hartes, bärtiges Gesicht neben dem ihren auftauchte.

Vor ihnen hörte sie ihre Großmutter schluchzen.

Verzweiflung packte sie, so daß sie alles andere vergaß. Sie kroch durch das hohe Gras vorwärts, und die anderen krochen hastig hinter ihr her. Sie kam an Galivan vorbei, der immer noch herauszufinden versuchte, was vor sich ging, und holte Triss ein, als der Hauptmann der Leibgarde die Königin gerade erreichte.

Ellenroh lag halb über die Eule gebeugt, wiegte ihn in ihrer Armbeuge und streichelte sein verschwitztes Gesicht. Er sah aus wie eine Vogelscheuche, von der nur die Lumpen übriggeblieben sind. Seine Augen waren geöffnet und sahen sie an, und sein Mund versuchte verzweifelt zu schlucken.

Dutzende vergifteter Nadeln des Pfeilschützen stachen aus seinem Körper hervor. Die Eule hatte die ganze Wucht des Angriffs der Pflanze auf sich genommen.

»Aurin«, flüsterte die Königin, und seine Augen wandten sich eiligst ihr zu. »Es ist in Ordnung. Wir sind alle hier.«

Ihre Augen hoben sich, sie suchte Wrens Blick, und beide schauten einander in hilflosem Unglauben an.

»Eule.« Wren sprach sanft, streckte ihre Hand aus und berührte sein Gesicht.

Aurin Striates Atem beschleunigte sich immer mehr. »Ich kann nichts... spüren«, keuchte er.

Dann hörte er auf zu atmen. Die Eule war tot.

Wren schlief nicht in dieser Nacht. Sie war sich nicht sicher, ob überhaupt irgendeiner von ihnen es konnte, aber sie hielt sich abseits von den anderen, so daß sie es nicht wirklich sehen konnte. Sie saß allein am Fuße einer verwilderten Zeder, die mit Moos und Weinranken überwuchert war, und schaute hinaus auf den Sumpf. Faun lag zusammengerollt in ihrem Schoß. Sie befanden sich weniger als hundert Meter von der Stelle entfernt, an der der Angriff stattgefunden hatte, und hatten sich gegen den Vog und die Nacht zusammengekauert. Sie waren umgeben von den Geräuschen von Wesen, die sie nicht sehen konnten, aber auch zu erschüttert durch das, was passiert war, um sich Gedanken über das Weitergehen oder den Morgen zu machen.

Sie sah noch immer das Gesicht der Eule, wie er im Sterben lag.

Es war nur ein Zufall gewesen, das wußte sie, einfach Pech. Es war nichts, was sie hätten vorhersehen können, und sie hätten auch nichts tun können, um es zu verhindern. Sie war bisher erst einem einzigen Pfeilschützen begegnet, jenem anderen, auch auf Morrowindl. War es wahrscheinlich gewesen, daß sie gerade hier einem weiteren begegneten? Was machte es aus, daß er von allen dann Aurin Striate erwischt hatte?

Es war unvorhersehbar gewesen. Und gerade das quälte sie.

Wäre alles anders gekommen, wenn Stresa dagewesen wäre und aufgepaßt hätte? Immer wieder fragte sie sich das.

Es gab keinen festen Untergrund, in dem sie die Eule hätten begraben können, nichts als Sumpfland, aus dem ihn die Bestien aus Eden's Murk ausgraben würden, um ihn zu fressen, so daß sie schließlich eine Stelle mit Treibsand gesucht hatten, wo sie ihn dorthin versinken ließen, wo er niemals angerührt werden konnte.

Dann hatten sie zu Abend gegessen, was sie essen konnten. Sie hatten dabei kaum etwas gesagt, denn sie waren nicht einmal fähig, darüber nachzudenken, was der Verlust der Eule für sie bedeutete. Sie hatten gegessen, hatten mehr als nur ein wenig Ale getrunken und sich dann in der Dunkelheit zerstreut. Die Elfenjäger stellten eine Wache auf, Triss bis Mitternacht, Dal bis zum Morgengrauen, und Stille senkte sich herab.

Nur ein Zufall, wiederholte sie traurig.

Sie hatte so viele gute Erinnerungen an die Eule, obwohl sie ihn nur kurze Zeit gekannt hatte, und sie hielt sich daran fest wie an einem Schild gegen ihren Kummer. Die Eule war freundlich zu ihr gewesen. Er war auch ehrlich gewesen – so ehrlich, wie er sein konnte, ohne das Vertrauen der Königin zu hintergehen. Was er mit ihr teilen konnte, hatte er geteilt. Er hatte ihr noch an diesem Morgen gesagt, daß er in der Lage gewesen war, jahrelang außerhalb der Mauern Arborlons zu überleben, weil er die Unvermeidbarkeit seines Todes akzeptiert hatte und sich dadurch gegen die Angst davor stark gemacht hatte. Es sei wichtig, so zu leben, hatte er ihr gesagt: Wenn du immer Angst um dich selbst hast, kannst du nicht handeln, und dann verliert das Leben seinen Zweck. Das mußt du dir immer wieder sagen, wenn du glaubst, daß du keine große Bedeutung hast.

Aber die Eule hatte mehr als nur große Bedeutung gehabt. So allein mit ihren Gedanken, da die anderen entweder schliefen oder vorgaben zu schlafen, erlaubte sie sich jetzt, sich einzugestehen, wie groß die Bedeutung wirklich war, die er gehabt hatte. Sie erinnerte sich daran, daß Ellenroh wie ein kleines Mädchen in ihren Armen geweint hatte, als Aurin Striate gestorben war, ohne sich ihres Kummers zu schämen. Sie hatte den Verlust eines Menschen beklagt, der sehr viel mehr gewesen war als nur ein treuer Gefolgsmann des Thrones, mehr als ein lebenslanger Begleiter und mehr als nur ein Freund. Sie hatte die Tiefe des Gefühls, das ihre Großmutter für die Eule gehegt hatte, vorher nicht erkannt, und es machte auch sie traurig. Gavilan war zunächst einmal völlig sprachlos gewesen, hatte Ellenrohs Hände genommen und sie wortlos festgehalten. Er hatte Wren impulsiv umarmt, als sie es am nötigsten brauchte, und hatte nichts mehr getan, als einfach da zu sein. Garth und die Elfenjäger hatten steinerne Gesichter gezeigt, aber ihre Augen hatten verraten, was hinter ihren Masken vorging. Sie würden Aurin Striate alle vermissen.

Was sie mit ihm verloren hatten, würde beim ersten Tageslicht ersichtlich werden und würde weit über jeden gefühlsmäßigen Verlust hinausreichen. Denn die Eule war der einzige von ihnen gewesen, der gewußt hatte, wie man die Gefahren Morrowindls außerhalb der Mauern Arborlons überleben konnte. Ohne ihn hatten sie niemanden, der sie führen konnte. Sie würden sich auf ihre eigenen Instinkte und auf ihre Ausbildung verlassen müssen, wenn sie sich und alles, was im Loden eingeschlossen war, in Sicherheit bringen wollten. Das bedeutete, daß sie einen Weg finden mußten, sich aus Eden's Murk zu befreien, den Blackledge zu überwinden, den In Ju zu durchqueren und den Strand rechtzeitig genug zu erreichen, um Tiger Ty zu treffen. Sie würden dies alles hinter sich bringen müssen, ohne daß einer von ihnen den Weg kannte, den sie nehmen mußten, oder die Gefahren, auf die sie achten mußten.

Je mehr Wren darüber nachdachte, desto aussichtsloser schien alles. Außer Garth und ihr selbst hatte keiner der anderen irgendeine Erfahrung, wie man in der Wildnis überleben konnte – und dies war auch für die Fahrenden unbekanntes Gebiet. Es war ein Land, das sie erst einmal, und da schon mit Hilfe, durchquert hatten, ein Land, das von Fallen und Gefahren wimmelte, denen sie nie zuvor begegnet waren. Würden sie beide den anderen überhaupt eine Hilfe sein können? Welche Chance hatten sie ohne die Eule?

Ihre Grübelei ließ sie leer und verbittert zurück. So viel hing davon ab, ob sie überlebten oder starben, und jetzt war alles durch einen Zufall in Frage gestellt.

Garth schlief dicht neben ihr, ein dunkler Schatten auf der Erde, im Schlummer so ruhig wie der Tod. Er verwirrte sie in diesen Tagen – eigentlich schon, seit sie auf Morrowindl angekommen waren. Es war nichts, was sie leicht hätte erklären können, aber es war trotzdem da. Garth, der immer voller Geheimnisse gewesen war, wurde zunehmend verschlossen und zog sich schrittweise aus seiner Beziehung zu ihr zurück – es war, als spüre er, daß sie ihn nicht mehr brauchte und daß seine Aufgabe als Lehrer und ihre als Schülerin beendet waren. Es wurde nicht bei etwas Bestimmtem, was er tat, sichtbar. Oder in der Art, in der er sich verhielt. Es war eher eine allgemeine Haltung, die verriet, daß er sich in kleinen, unauffälligen Schritten zurückzog. Er war noch immer für sie da, in allen Situationen, die zählten. Er beschützte sie wie immer, paßte auf und beriet sie. Und doch entfernte er sich gleichzeitig, wobei sie einen Abstand und eine Einsamkeit erfuhr, die sie niemals zuvor erfahren hatte und die sie beunruhigte. Sie war stark genug, um auf eigenen Füßen zu stehen, das wußte sie. Das hatte sie schon seit mehreren Jahren getan. Es war einfach so, daß sie, wenn es um Garth ging, bisher nie gedacht hatte, daß sie jemals die Notwendigkeit sehen würde, sich von ihm zu trennen.

Vielleicht machte der Verlust der Eule ihr dies viel eindringlicher bewußt, als es sonst der Fall gewesen wäre. Sie wußte es nicht. Es war gerade jetzt schwer, klar zu denken, und doch wußte sie, daß sie das mußte. Gefühle würden nur ablenken und verwirren und würden sich am Ende sogar als tödlich erweisen. Bis sie Morrowindl verlassen hatten und sicher zurück im Westland waren, durfte kaum Zeit für Sehnsüchte und Bedürfnisse verschwendet werden, für Was-wenns und Was-wäre-wenns oder für Gedanken daran, was einmal war und niemals wieder sein konnte. Sie spürte, daß ihre Kehle eng wurde und Tränen in ihre Augen traten. Sogar mit dem schlafenden Faun auf ihrem Schoß, Garth nur ein Flüstern entfernt, in der Nähe ihrer Großmutter, die sie wiedergefunden und die ihr ihre Identität enthüllt hatte, fühlte sie sich unglaublich allein.

Irgendwann nach Mitternacht, als Triss die Wache an Dal abgegeben hatte, setzte sich Gavilan zu ihr. Er sprach nicht, sondern wickelte nur seine Decke, die er herübergebracht hatte, um sie und setzte sich neben sie. Sie spürte die Wärme seines Körpers durch die Feuchtigkeit und die Kälte der Sumpfnacht, und es tröstete sie. Nach einiger Zeit lehnte sie sich gegen ihn, denn sie brauchte die Berührung. Schließlich nahm er sie in die Arme, barg sie an seiner Brust und hielt sie bis zum Morgen umfangen.

Mit dem ersten Licht nahmen sie ihre Wanderung durch Eden's Murk wieder auf. Garth, der im Überleben Erfahrenste unter ihnen, führte sie nun an. Wren hatte ihn als Führer vorgeschlagen, und Ellenroh hatte schnell zugestimmt. Niemand reichte als Fährtensucher an Garth heran, und das Können eines Fährtensuchers würde notwendig sein, um sie aus dem Sumpf zu befreien.

Aber selbst Garth konnte das Geheimnis von Eden's Murk nicht lösen. Vog hing über allem, schloß den Himmel aus und hüllte alles so dicht ein, daß über fünfzig Fuß hinaus nichts sichtbar war. Das Licht war grau und schwach, drang nur verschwommen durch den Nebel und wurde von der Feuchtigkeit reflektiert und verstreut, so daß es von überallher zu kommen schien. Es gab nichts, woran man sich hätte orientieren können, nicht einmal die Flechten und das Moos, die in dem Sumpf wuchsen und wie Flüchtlinge gegen die hereinbrechende Nacht zusammengedrängt zu sein schienen, genauso verwirrt und verloren wie die Gefährten, die ihre Hilfe suchten. Garth setzte einen Kurs fest und blieb dabei, aber für Wren war es kein Geheimnis, daß die Zeichen, die er brauchte, nicht zu finden waren. Sie zogen weiter, ohne zu wissen, in welche Richtung sie gingen, ohne in der Lage zu sein, ihre Fortschritte zu registrieren. Garth behielt seine Gedanken für sich, aber Wren konnte die Wahrheit in seinen Augen lesen.

Sie gingen beständig, aber langsam voran. Teilweise, weil der Sumpf kaum passierbar war, und teilweise, weil Ellenroh Elessedil krank war. Die Königin hatte während der Nacht Fieber bekommen, und es war mit solcher Geschwindigkeit durch ihren Körper gezogen, daß sie von Kopfschmerzen und Benommenheit innerhalb von Stunden in Schüttelfrost und Husten verfallen war. Um die Mittagszeit, als der kleine Trupp für eine schnelle Mahlzeit anhielt, hatten ihre Kräfte schon sehr nachgelassen. Sie konnte noch immer gehen, aber nicht ohne Hilfe. Triss und Dal teilten sich die Aufgabe, sie zu stützen, die Arme sicher um ihre Taille gelegt, um sie auf dem Weg aufrecht zu halten. Eowen und Wren untersuchten sie beide auf Verletzungen, denn sie dachten, sie sei vielleicht von den Dornen des Pfeilschützen getroffen und vergiftet worden. Aber sie fanden nichts. Es gab keine Erklärung für die Krankheit der Königin, und während sie ihr so gut halfen, wie sie konnten, wußte niemand, welches Mittel ihr helfen würde.

»Ich fühle mich seltsam«, gestand sie Wren ein, und ihre bleichen Züge glänzten vor Schweiß. Sie saßen eingehüllt in große Umhänge zusammen auf einem Baumstamm und aßen ein wenig Käse und Brot. »Es ging mir gut, als ich mich zum Schlafen hinlegte. Irgendwann während der Nacht wachte ich dann auf und fühlte mich... seltsam.« Sie lachte trocken. »Ich weiß nicht, wie ich es sonst beschreiben soll. Ich fühle mich einfach nicht richtig.«

»Du wirst dich wieder besser fühlen, wenn du erst einmal eine weitere Nacht geschlafen hast«, versicherte ihr Wren. »Wir sind alle erschöpft.«

Aber bei Ellenroh war mehr als nur reine Erschöpfung im Spiel, und ihr Zustand verschlechterte sich noch, als der Tag voranschritt. Bei Einbruch der Nacht war sie so oft gestürzt, daß die Elfenjäger sie nun einfach trugen. Die Gefährten hatten den Nachmittag damit verbracht, sich auf frostigem Schwemmland mühsam voranzukämpfen, in einer Kältezone, die irgendwie in das weite Gebiet der vulkanischen Hitze des Sumpfes geraten und dort eingeschlossen worden war, wobei sie Wurzeln in die Düsternis hinabsandte und Wasser und Luft in Eis verwandelte. Ellenroh, die vorher bereits sehr entkräftet war, wurde immer schwächer. Das wenige an Kraft, das ihr geblieben war, schien schnell zu verrinnen. Als sie schließlich für die Nacht Rast machten, war sie bewußtlos.

Wren beobachtete, wie Eowen ihr erschöpftes Gesicht kühlte, während Gavilan und die Elfenjäger das Lager errichteten. Garth war neben ihr. Sein dunkles Gesicht zeigte keine Regung, aber seinc Augen waren von Zweifeln umwölkt. Als sie seinem Blick offen begegnete, schüttelte er kaum merklich den Kopf. Seine Finger gestikulierten. *Ich kann die Zeichen nicht lesen. Ich kann sie nicht einmal finden.*

Das war ein bitteres Eingeständnis. Garth war ein stolzer Mann, der eine Niederlage nicht leicht zugab. Sie schaute ihm in die Augen und berührte ihn leicht, als sie ihm antwortete. *Du wirst einen Weg finden,* signalisierte sie.

Sie aßen wieder, hauptsächlich, weil es notwendig war. Sie hockten zusammengekauert auf einem kleinen Flecken feuchter Erde, der trockener war als alles um sie herum. Ellenroh schlief, eingehüllt in zwei Decken, wurde von Kälte und Fieber geschüttelt, murmelte von Zeit zu Zeit etwas und warf sich in ihren Träumen hin und her. Wren wunderte sich über die Willenskraft ihrer Großmutter. Während sie gegen ihre Krankheit ankämpfte, hatte sie ihren Griff um den Ruhkstab nicht ein einziges Mal gelockert. Sie preßte ihn noch immer an sich, als könne sie die Stadt und die Menschen, die in der Magie des Loden eingeschlossen waren, mit ihrem Körper beschützen. Gavilan hatte mehr als einmal angeboten, sie von ihrer Aufgabe, den Stab zu tragen, zu befreien, aber sie hatte sich standhaft geweigert, ihn aufzugeben. Es war eine Last, die sie auf sich genommen hatte, und niemand würde sie überzeugen können, sie abzulegen. Wren dachte darüber nach, was es ihre Großmutter gekostet haben mußte, so stark zu werden – den Verlust ihrer Eltern, ihres Mannes, ihrer Tochter, ihrer Freunde. Mit dem Auftauchen der Dämonen und der Aufgabe der Stadt Arborlon war ihr ganzes Leben umgeworfen worden. Alles, an das sie sich aus ihrer Kindheit auf Morrowindl erinnerte, war fort. Nichts blieb von den Versprechen der Zukunft, außer der Möglichkeit, daß die Elfen und ihre Stadt, durch ihren Entschluß und ihr Vertrauen, vielleicht in einer besseren Welt wiedererstehen würden.

In einer Welt der Unterdrückung durch die Föderation und der Angst vor den Schattenwesen, in einer Welt, in der der Gebrauch der Magie, wie in Morrowindl, irgendwie mißlungen war.

Wrens Lächeln kam zögernd und blieb bitter und ironisch.

Sie erkannte plötzlich die Ähnlichkeiten zwischen den beiden, der Insel und dem Festland, Morrowindl und den Vier Ländern. Sie waren verschieden und doch an derselben Art von Wahnsinn erkrankt. Beide Welten wurden von Kreaturen geplagt, die sich von Zerstörung nährten. Beide waren von einer Krankheit befallen, die die Erde und ihre Lebewesen falsch werden ließ. Was war Morrowindl anderes als die Vier Länder, nur in einem fortgeschrittenen Stadium des Verfalls? Sie fragte sich plötzlich, ob die beiden irgendwie miteinander verbunden waren, ob die Dämonen und die Schattenwesen irgendeinen gemeinsamen Ursprung hatten. Sie machte sich erneut Gedanken über das Geheimnis, was vor Jahren auf Morrowindl geschehen war und was die Elfen ihr vorenthielten.

Und sie fragte sich erneut: *Was tue ich hier? Warum hat Allanon mich gesandt, die Elfen zurück in die Vier Länder zu bringen? Was können sie tun, was einen Unterschied ausmachen wird, und wie sollen wir jemals entdecken, was das genau ist?*

Sie beendete ihre Mahlzeit und setzte sich eine Weile zu ihrer Großmutter, wobei sie deren Gesicht im schwächer werdenden Licht betrachtete und versuchte, in den gramzerfurchten Zügen irgendeinen neuen Hinweis auf ihre Mutter zu finden, auf die Vision aus jenem lange vergangenen, fernen Traum, in dem ihre Mutter sie gebeten hatte: *Erinnere dich an mich. Erinnere dich an mich.* Solch eine zerbrechliche Angelegenheit war ihre Erinnerung, und sie war alles, was sie von beiden Eltern hatte, alles, was ihr von ihrer Kindheit geblieben war. Als sie so dasaß, den Kopf ihrer Großmutter in ihren Schoß gebettet, wollte sie eigentlich

Garth bitten, ihr etwas mehr über das zu erzählen, was gewesen war, obwohl sie jetzt nicht mehr wirklich erwartete, daß es noch mehr zu erzählen gab. Sie wußte nur, daß sie sich leer und einsam fühlte und etwas brauchte, woran sie sich festhalten konnte. Aber Garth hielt Wache und war zu weit weg, als daß sie ihn hätte herbeirufen können, ohne die anderen zu stören. Innerlich war er auch zu fern, um wahren Trost spenden zu können. Statt dessen berührte sie wie schon so oft die Elfensteine in ihrem Lederbeutel, ließ die Fingerspitzen über ihre harte, glatte Oberfläche gleiten und rollte die Steine müßig unter dem Stoff ihrer Tunika hin und her. Sie waren das Vermächtnis ihrer Mutter an sie und das, worauf ihre Großmutter vertraute. Und trotz ihrer Zweifel darüber, welche Rolle sie in ihrem Leben einnehmen sollten, konnte sie sie nicht aufgeben. Nicht hier, nicht jetzt, nicht bis sie von dem Alptraum befreit war, in den sie so bereitwillig hineingereist war.

Ich habe dies erwählt, flüsterte sie sich selbst zu, und die Worte klangen verbittert und hart. *Ich bin hierher gekommen, weil ich es wollte.*

Um die Wahrheit zu erfahren, zu entdecken, wer und was sie war, um die Vergangenheit und die Zukunft ein für allemal zusammenzubringen.

Und was weiß ich jetzt von alledem? Was habe ich erfahren?

Eowen kam und setzte sich neben sie, und sie erkannte, wie müde sie geworden war. Sie übergab ihre Großmutter der rothaarigen Seherin und kroch leise fort zu ihrem eigenen Lager. Eingehüllt in ihre Decken lag sie da und starrte hinaus in die undurchdringliche Nacht, in den Sumpf, der wie ein Irrgarten war und der sie alle verschlingen und sich nicht darum scheren würde, was er getan hatte. Sie sah in diese Welt, die mit einer Decke der Gleichgültigkeit, der Hinterlist und so zahlreicher

Gefahren, wie es Schatten um sie herum gab, des plötzlichen Todes und der verspottenden Geister dessen, was gewesen sein könnte, bedeckt war. Sie bemerkte, daß sie an die Jahre dachte, in denen sie von Garth ausgebildet worden war, an das, was er sie gelehrt hatte, an das, was sie gelernt hatte. Sie würde all das brauchen, wenn sie überleben wollte, das wußte sie. Sie würde alles an Kraft, Erfahrung, Können und Entschlossenheit brauchen, was sie aufbringen konnte, und sie würde mehr als nur ein wenig Glück brauchen.

Und noch mehr.

Ihre Finger strichen erneut über die Elfensteine und glitten dann ab, als hätte sie sich verbrannt. Sie konnte ihre Macht anrufen und ihr Befehle erteilen, wann immer sie es wollte. Zweimal hatte sie sie jetzt angerufen, um sie zu retten. Beide Male hatte sie dies entweder aus Unwissenheit oder aus Verzweiflung getan. Aber wenn sie erneut Gebrauch von ihnen machen würde, das spürte sie, wenn sie sie ein drittes Mal handhaben würde, jetzt, wo sie wußte, daß die Magie da war, und verstand, was es bedeutete, sie anzuwenden, riskierte sie, alles aufzugeben und jemand vollkommen anderer zu werden. Nichts würde für sie jemals wieder dasselbe sein, warnte sie sich. Nichts.

Und dennoch. Als sie sich vorstellte, daß ihr Kraft, Erfahrung, Übung und Entschlossenheit nicht mehr zu Hilfe kommen würden, wo sie das Fehlen jeglichen Glücks beklagen mußte, schien es, als ob die Macht der Steine alles sei, was ihr geblieben war.

Sie vergrub ihren Kopf in den Decken und schlief in einem Gespinst von Zweifeln ein.

3

Wren träumte, und ihre Träume handelten von dem Kommen und Gehen der Ohmsfords. Es war ein bruchstückhafter Wust von Bildern wie in einem Kaleidoskop, die explosionsartig aus ihrer Erinnerung hervorbrachen. Sie überrollten sie wie eine Lawine und rissen sie fort, als stürze und taumele sie auf einer Rutschpartie ohne Ende. Als Zuschauerin ohne Mitspracherecht beobachtete sie, wie die Geschichte ihrer Vorfahren stückweise in kurzen Zeitblitzen Gestalt annahm. Ereignisse wurden vor ihr ausgerollt, die sie niemals gesehen, sondern von denen sie nur gehört hatte, die Legenden der Vergangenheit, die in den Erzählungen von Par und Coll Ohmsford weitergetragen wurden.

Und dann erwachte sie auf einmal und setzte sich kerzengerade auf. Sie war mit einer beängstigenden Plötzlichkeit aus ihrem Schlaf geschreckt. Faun, der sich an ihrem Hals zusammengerollt hatte, sprang eilig fort. Sie schaute in die Dunkelheit und lauschte auf den Klang des Herzschlages in ihrer Kehle und auf ihren heftigen Atem. Rund um sie herum schliefen ihre Gefährten. Bis auf denjenigen, der gerade Wache hielt: ein verschwommener, gesichtsloser Umriß am Rande ihres Lagers.

Was war das? dachte sie erregt. *Was habe ich gesehen?*

Denn etwas in ihren Träumen hatte sie geweckt, etwas so Erregendes, so Unerwartetes, daß an Schlaf nicht mehr zu denken war.

Was?

Die Erinnerung kam erschreckend und plötzlich. Ihre Hand flog sofort zu dem Lederbeutel hinauf, der in ihrer Tunika verborgen war.

Die Elfensteine!

In ihren Träumen von den Vorfahren der Ohmsfords hatte sie auch einen Blick auf Shea und Flick werfen können. Es war ein kurzes Bild aus vielen gewesen, eine Geschichte unter all jenen, die über die Suche nach dem Schwert von Shannara erzählt wurden. In diesem Bild hatten sich die Brüder zu Beginn ihrer Reise nach Culhaven mit Menion Leah in den Ebenen von Clete verirrt. Kein noch so großes Können, nicht einmal ihre Kenntnis des Waldes schien ihnen helfen zu können, und sie wären dort vielleicht gestorben, wenn Shea nicht in seiner Verzweiflung entdeckt hätte, daß er die Fähigkeit besaß, die Macht der Elfensteine, die ihm von dem Druiden Allanon übergeben worden waren, anzurufen – die Macht jener Elfensteine, die nun sie mit sich trug. In dem Bild, das von ihren Träumen aus einer Schatzkammer von Erzählungen, an die sie sich kaum erinnern konnte, hervorgeholt worden war, entdeckte sie eine Wahrheit, die sie vergessen hatte – daß die Magie mehr konnte als nur beschützen. Sie konnte auch suchen. Sie konnte ihrem Besitzer einen Weg aus dem dunkelsten Labyrinth weisen, sie konnte den Verlorenen helfen, wiedergefunden zu werden.

Sie biß sich hart auf die Lippe, um nicht laut aufzuseufzen. Natürlich hatte sie es einst gewußt – sie alle hatten es gewußt, alle Ohmsfordkinder. Par hatte ihr die Geschichte vorgesungen, als sie klein war. Aber das war schon so lange her.

Die Elfensteine.

Sie saß frierend und bestürzt über ihre überraschende Entdekkung unter dem Schutz ihrer Decken. Sie hatte die ganze Zeit über die Macht besessen, sie aus Eden's Murk herauszuführen. Die Elfensteine würden ihnen den Weg deutlich zeigen, wenn sie sich entschied, die Magie anzurufen. Hatte sie das wirklich vergessen, fragte sie sich ungläubig. Oder hatte sie die Wahrheit einfach nicht wahrhaben wollen, fest entschlossen, nicht auf die Magie zu vertrauen, um nicht von ihrer Macht vernichtet zu werden?

Und was sollte sie jetzt tun?

Einen Moment lang tat sie nichts, so gelähmt war sie von den Ängsten und Zweifeln, die der Gebrauch der Elfensteine in ihr hervorrief. Sie konnte nur dasitzen, ihre Decken wie einen Schild um sich ziehen und im Geiste die Möglichkeiten erwägen, die sich plötzlich vor ihr ausbreiteten. Sie bemühte sich, deren Sinn zu erkennen.

Dann stand sie plötzlich auf und schob ihre Decken und auch ihre Ängste beiseite, während sie sich katzengleich dorthin bewegte, wo ihre Großmutter schlief. Ellenroh Elessedils Atem ging flach und schnell, und ihre Hände und ihr Gesicht waren kalt. Ihr Haar ringelte sich feucht um ihr Gesicht, und ihre Haut lag straff über ihren Knochen. Sie lag auf dem Rücken unter den Decken, die sie umschlossen wie ein Leichentuch.

Sie wird sterben, erkannte Wren entsetzt.

Weiter über Entscheidungsmöglichkeiten zu grübeln wurde augenblicklich sinnlos, und sie wußte, was sie tun mußte. Sie kroch dorthin, wo Garth schlief, zögerte und kroch dann weiter, an Triss vorbei zu Gavilan.

Sie berührte ihn leicht an der Schulter, seine Augen öffneten sich, und sein Blick flackerte. »Wach auf«, flüsterte sie ihm zu und versuchte, ihre Stimme ruhig zu halten. *Erzähle es ihm zuerst,* dachte sie, denn sie erinnerte sich an seine Herzlichkeit in der vergangenen Nacht. *Er wird dir helfen.* »Gavilan, wach auf. Wir kommen hier heraus. Jetzt.«

»Wren, warte, was willst du...?« begann er, aber es war nutzlos, denn Wren war bereits fortgeeilt, um die anderen zu wecken. Sie war jetzt bestrebt, keine Verzögerungen hinzunehmen, sie war so besorgt und erregt, daß sie die Angst übersah, die in seinen Augen irrlichterte. »Wren!« rief er, stand auf, und sofort wurden alle wach. Sie versteifte sich, während sie beobachtete, wie Triss und Eowen sich langsam erhoben, Dal von seinem Wachposten am Rande des Lagers zu ihnen kam und Garth vor den Schatten aufragte. Die Königin rührte sich nicht.

»Was meinst du denn, das du tun wirst?« fragte Gavilan hitzig. Sie empfand seine Worte wie eine Ohrfeige. Es lag Ärger und Anklage darin. »Was meinst du damit, daß wir hier herauskommen werden? Wer hat dir das Recht gegeben, zu entscheiden, was wir tun werden?«

Ihre Begleiter sammelten sich um die beiden, wie sie sich jetzt von Angesicht zu Angesicht gegenüberstanden. Gavilans Gesicht war gerötet, und seine Augen schimmerten vor Mißtrauen. Wren hielt seinem Blick jedoch stand und schaute so entschlossen drein, daß ihr Gegenüber erst darüber nachdenken mußte, was er als nächstes sagen wollte.

»Sieh sie dir an, Gavilan«, bat Wren, ergriff seinen Arm und drehte ihn zu Ellenroh um. Warum konnte er nicht verstehen? Warum machte er es so schwierig? »Wenn wir noch länger hierbleiben, werden wir sie verlieren. Wir haben keine Wahl mehr. Wenn wir eine andere Chance hätten, wäre ich die erste, die davon Gebrauch machen würde, das verspreche ich dir.«

Es herrschte bestürztes Schweigen. Eowen wandte sich der Königin zu und kniete sich besorgt neben sie. »Wren hat recht«, flüsterte sie. »Die Königin ist sehr krank.«

Wren hielt ihre Augen fest auf Gavilan gerichtet und versuchte, in seinem Gesicht zu lesen. Sie wollte ihn verstehen lassen. »Wir müssen sie hier herausbringen.«

Triss drängte sich eilig vor. Seine hageren Züge waren von Sorge gezeichnet. »Weißt du denn eine Möglichkeit?« fragte er.

»Ja«, antwortete Wren. Sie schaute schnell zum Hauptmann der Leibgarde hinüber und dann wieder zurück zu Gavilan. »Ich habe keine Zeit, darüber zu streiten. Ich habe keine Zeit, es zu erklären. Du mußt mir vertrauen. Du mußt.«

Gavilan war nicht zu überzeugen. »Du verlangst zuviel. Was ist, wenn du dich irrst? Wenn wir sie fortbringen und sie stirbt...«

Aber Triss sammelte bereits ihre Ausrüstung ein und bedeutete Dal, ihm zu helfen. »Die Wahl ist für uns getroffen worden«, erklärte er ruhig. »Die Königin hat keine Chance, wenn wir sie nicht schnell aus diesem Sumpf fortbringen. Tu, was du kannst, Wren.«

Sie sammelten zusammen, was von ihren Vorräten und ihrer Ausrüstung übriggeblieben war, und bauten aus Decken und Pfählen eine provisorische Trage für die Königin. Als sie fertig waren, wandten sie sich erwartungsvoll zu Wren um. Sie stand ihnen gegenüber, als sei sie verurteilt, und dachte, daß sie jetzt keine Wahl hatte, daß sie ihre Ängste und Zweifel, ihre Entschlüsse, die Versprechen, die sie sich selbst wegen der Magie und der Elfensteine gegeben hatte, vergessen und tun mußte, was sie konnte, um das Leben ihrer Großmutter zu retten.

Sie griff in ihre Tunika und zog den Lederbeutel hervor. Hastig löste sie die Zugschnüre, und die Elfensteine fielen mit hartem, blauem Glitzern in ihre Hand.

Sie fühlte sich klein und verletzlich, als sie zum Rande des Lagers ging, einen Moment lang dort stehenblieb und in die Schatten und den Nebel hinausschaute. Faun versuchte, ihr Bein heraufzuklettern, aber sie griff sanft hinab und scheuchte den Baumschreier fort. Vog wirbelte überall umher, und ein scheußlicher Gestank nach Schwefel und Asche hing an ihren Kleidern. Ein Gemisch aus Dunst und Dampf stieg aus den übelriechenden

Wassern des Sumpfes auf. Sie stand am Rande ihres Lebens, das spürte sie. Sie war dorthin gebracht worden durch Umstände und das Schicksal, und was auch immer als nächstes geschah, sie würde niemals wieder dieselbe sein. Sie sehnte sich nach dem, was einmal gewesen war, nach dem, was hätte sein können, nach einem Ausweg, auf den sie nicht länger hoffen konnte.

In der Angst, daß sie ihre Meinung vielleicht ändern könnte, wenn sie noch länger darüber nachdachte, hielt sie die Elfensteine vor sich und zwang ihnen mit ihrem Willen Leben auf. Nichts geschah.

Oh, Schatten!

Sie versuchte es noch einmal, konzentrierte sich und zwang sich, die Worte im Geiste sorgfältig zu formulieren. Sie versicherte sich der richtigen Reihenfolge und stellte sich die Macht vor, die darinnen lag, die sich rühren und ausbrechen sollte. Sie dachte verzweifelt daran, daß sie das Elfenblut hatte. Sie hatte die Macht doch schon zuvor angerufen...

Und dann, plötzlich, flackerte das blaue Feuer auf, brach aus den Steinen hervor. Es verschmolz, strahlend und phantastisch, mit ihrer Hand und erhellte den Sumpf, als sei das Tageslicht schließlich in das Labyrinth durchgedrungen. Ihre Gefährten wandten sich ab, kauerten sich vorsorglich zusammen und bedeckten ihre Augen. Wren stand aufrecht und spürte die Macht der Steine, suchend, forschend und fragend, ob sie zu ihr gehörte, durch sich hindurchfließen. Eine angenehme, verlokkende Wärme hüllte sie ein. Dann schoß das Licht nach rechts davon, drang durch den Nebel und den Dunst und die verdorrenden Bäume und das Gestrüpp und die Weinranken und schoß Hunderte von Metern über die leeren Wasser. Es reichte weiter, als das Auge eigentlich hätte sehen können, und blieb dann an einer Felswand hängen, die sich in die Nacht hob. Blackledge!

So schnell wie es gekommen war, war das Licht auch wieder fort. Die Macht der Elfensteine erstarb und kehrte dorthin zurück, woher sie gekommen war. Wren schloß ihre Finger über den Steinen, die sie gleichzeitig ausgelaugt und angeregt hatten. Die Magie hatte sie gleichzeitig gereinigt und gestärkt, aber auch geschwächt. Obwohl es ihr Entschluß gewesen war, schwankte sie jetzt, als sie die Talismane in ihren Beutel zurückgleiten ließ. Die anderen richteten sich unsicher auf, und ihre Augen suchten die ihren.

»Dort«, sagte sie ruhig und deutete in die Richtung, die das Licht genommen hatte.

Einen Augenblick lang sprach niemand. Wrens Geist war gefangen von dem, was sie erlebt hatte. Das Hindurchfließen der Magie war noch immer in ihrem Körper spürbar, und sie kämpfte mit der Schuld, die sie auf einmal empfand, weil sie ihren Schwur gebrochen hatte. Aber sie hatte keine Wahl gehabt, erinnerte sie sich schnell. Sie hatte nur getan, was notwendig war. Sie konnte ihre Großmutter nicht sterben lassen. Es war nur dieses eine Mal, es mußte nicht wieder geschehen. Dieses eine Mal, weil es um das Leben ihrer Großmutter ging, und ihre Großmutter war alles, was ihr geblieben war...

Ihre Grübeleien verflogen unter Eowens sanfter Stimme. »Beeile dich, Wren«, drängte sie, »solange noch Zeit ist.«

Sie brachen sofort auf, und Wren führte sie an, bis Garth sie einholte und sie ihm bedeuten konnte, er solle vorangehen. Sie war jetzt zufrieden, jemand anderen diese Aufgabe übernehmen zu lassen. Faun kehrte aus der Dunkelheit zurück, und sie hob das kleine Wesen auf und setzte es auf ihre Schulter. Dal und Triss trugen die Trage mit der Königin, und Wren ging langsamer, um neben sie zu gelangen. Sie griff hinab und nahm die Hand ihrer Großmutter in ihre eigene, hielt sie einen Moment und drückte sie dann sanft. Sie bekam keine Antwort. Sie legte die Hand behutsam zurück auf ihren Platz und ging wieder nach vorn. Eowen kam an ihr vorbei. Ihr weißes Gesicht wirkte in den Schatten verloren und ängstlich, und das rote Haar leuchtete vor der Nacht. Eowen wußte, wie krank Ellenroh war. Hatte sie in ihren Visionen vorhergesehen, was der Königin zustoßen würde? Wren schüttelte den Kopf. Sie weigerte sich, diese Möglichkeit in Erwägung zu ziehen. Sie ging eine Weile allein weiter, bis Gavilan neben ihr auftauchte.

»Es tut mir leid, Wren«, sagte er zögernd mit weicher Stimme. »Ich hätte wissen sollen, daß du nicht ohne Grund so handeln würdest. Ich hätte mehr Vertrauen in dein Urteil haben sollen.« Er wartete auf ihre Antwort, und als keine kam, sagte er: »Es ist dieser Sumpf, der mein Denken umwölkt. Ich kann mich offenbar nicht so konzentrieren, wie ich es eigentlich sollte...« Er brach ab.

Sie seufzte lautlos. »Es ist in Ordnung. Niemand kann an diesem Ort klar denken.« Sie war bemüht, Entschuldigungen für ihn zu finden. »Die Insel scheint den Wahnsinn hervorzubringen. Ich habe auf meinem Weg hierher Fieber bekommen und war eine Weile lang nicht bei mir. Vielleicht hält auch dich ein Hauch dieses Fiebers gefangen.«

Er nickte verwirrt, als hätte er nicht zugehört. »Zumindest erkennst du die Wahrheit jetzt. Die Magie hat Morrowindl und seine Dämonen geschaffen, und die Magie wird es sein, die uns vor ihnen retten wird. Deine Elfensteine und der Ruhkstab. Warte ab. Du wirst es nur zu bald verstehen.«

Und er fiel wieder zurück und verschwand so plötzlich, daß es Wren einmal mehr nicht gelang, jene Fragen zu stellen, die ihr durch seine Bemerkungen ins Gedächtnis zurückgerufen worden waren – Fragen danach, wie die Dämonen geschaffen worden waren, was die Magie getan hatte und wie alles so weit hatte kommen können. Sie wandte sich halbwegs um, um ihm zu folgen, entschied sich aber dann, ihn gehen zu lassen. Sie war jetzt zu müde, um Fragen zu stellen, und zu erschöpft, um die Antworten zu hören, selbst wenn er sie geben würde – was er wahrscheinlich nicht tun würde. Sie drängte ihre Enttäuschung zurück und zwang sich weiterzugehen.

Sie brauchten die ganze Nacht, um aus Eden's Murk herauszufinden. Noch zweimal war Wren gezwungen, die Macht der Elfensteine anzurufen. Beide Male wurde sie von sich widersprechenden Wünschen gequält. Sie wollte sowohl ihrem Fluß ausweichen als auch ihn willkommen heißen und spürte die Magie durch sich hindurchrinnen wie ein Elixier. Das blaue Licht verbrannte die Dunkelheit, drang durch den Nebel und zeigte ihnen den Weg zum Blackledge. Bei Morgengrauen hatten sie sich aus dem Irrgarten befreit und standen endlich wieder auf festem Untergrund. Vor ihnen erhob sich der Blackledge in den Nebel, eine aufragende Masse zerklüfteten Gesteins, das aus dem Dschungel himmelwärts ragte. Sie suchten sich eine Lichtung am Fuße der Felsen und stellten die Trage mit Ellenroh vorsichtig in deren Mitte. Eowen wusch das Gesicht der Königin und ihre Hände und gab ihr Wasser zu trinken.

Ellenroh regte sich, und ihre Augen öffneten sich zaghaft. Sie betrachtete die Gesichter um sich herum, schaute hinab auf den Ruhkstab, den sie noch immer mit ihren Händen umklammert hielt, und sagte: »Helft mir, mich aufzusetzen.«

Eowen stützte sie sanft und gab ihr den Becher. Ellenroh trank ihn langsam leer. Immer wieder hielt sie inne, um Atem zu holen. In ihrer Brust rasselte es, und ihr Gesicht war vom Fieber gerötet.

»Wren«, sagte sie sanft, »du hast die Elfensteine benutzt.«

Wren kniete sich verwundert neben sie, und auch die anderen kamen näher. »Wie kannst du das wissen?«

Ellenroh Elessedil lächelte. »Es ist in deinen Augen. Die Magie hinterläßt immer ihre Spuren. Ich sollte es wissen.«

»Ich hätte sie besser schon etwas früher benutzt, Großmutter, aber ich hatte vergessen, was sie bewirken können. Es tut mir leid.«

»Kind, du mußt dich nicht entschuldigen.« Die blauen Augen waren freundlich und warm. »Ich habe dich so sehr geliebt, Wren – sogar bevor du zu mir gekommen bist, die ganze Zeit, seit ich von Eowen wußte, daß du geboren worden warst.«

»Du mußt schlafen, Ellenroh«, flüsterte die Seherin.

Die Königin schloß einen Moment ihre Augen und schüttelte dann den Kopf. »Nein, Eowen. Ich muß mit dir sprechen. Mit euch allen.«

Ihre Augen öffneten sich. Sie sah erschöpft aus und schien weit entfernt. »Ich werde sterben«, flüsterte sie. »Nein, sagt nichts. Hört mich zu Ende an.« Sie sah sie fest an. »Es tut mir leid, Wren, daß ich nicht länger bei dir sein kann. Ich wünschte, ich könnte es. Unsere gemeinsame Zeit war zu kurz. Eowen, für dich ist es am härtesten. Du bist mein ganzes Leben lang meine Freundin gewesen, und wenn ich es könnte, würde ich bleiben, damit es dir gutgeht. Ich weiß, was mein Tod bedeutet. Gavilan, Triss, Dal – ihr habt für mich getan, was ihr konntet. Aber meine Zeit ist gekommen. Das Fieber ist stärker als ich, und als ich versucht habe, mich davon zu befreien, stellte ich fest, daß ich es nicht konnte. Aurin Striate wartet auf mich, und ich werde zu ihm gehen.«

Wren schüttelte bedächtig und ärgerlich den Kopf. »Nein, Großmutter, sag das nicht, nicht so!«

Die sanfte Hand ergriff die ihre. »Wir können uns nicht vor

der Wahrheit verstecken, Wren. Du solltest das von allen hier am besten wissen. Ich bin bis auf die Knochen geschwächt. Das Fieber hat mich innerlich zerrissen, und es ist fast nichts übriggeblieben, was mich zusammenhält. Selbst die Magie könnte mich jetzt nicht retten, fürchte ich – und niemand von uns besitzt eine Magie, die überhaupt helfen könnte. Sei stark, Wren. Erinnere dich an unsere gemeinsame Herkunft. Erinnere dich, wie ähnlich wir uns sind – verbunden durch Alleyne.«

»Großmutter!« rief Wren.

»Einen Zaubertrank«, flüsterte Gavilan drängend. »Es muß eine Medizin geben, die wir dir geben können. Sag es uns!«

»Nichts.« Die Augen der Königin wanderten von Gesicht zu Gesicht und wandten sich dann auf der Suche nach etwas, das nicht da war, wieder ab. Sie hustete und versteifte sich einen Moment. »Bin ich noch immer eure Königin?« fragte sie.

Sie murmelten bestätigend, sie alle, und ihre Stimmen schwankten dabei. »Dann erteile ich euch einen letzten Befehl. Wenn ihr mich liebt und wenn ihr euch um die Zukunft des Elfenvolkes sorgt, werdet ihr ihn nicht in Frage stellen. Sagt, daß ihr gehorchen werdet.«

Das taten sie, aber gleichzeitig tauschten sie verstohlene Blicke aus und fragten sich, was sie wohl noch hören würden.

»Wren.« Ellenroh wartete, bis sich ihre Enkelin zu ihr begeben hatte, so daß sie sie deutlich sehen konnte. »Dies gehört jetzt dir. Nimm ihn.«

Sie hielt den Ruhkstab mit dem Loden vor sich. Wren sah sie ungläubig an. Sie war unfähig, sich zu bewegen. »Nimm ihn!« sagte die Königin, und dieses Mal tat Wren, wie ihr geheißen. »Nun hör mir zu. Ich vertraue die Magie deiner Obhut an, Kind. Bring den Stab mit seinem Stein von Morrowindl fort und trage ihn zurück ins Westland. Hole die Elfen und ihre Stadt wieder zurück. Gib unserem Volk sein Leben wieder. Tu, was du tun mußt, um dein Versprechen dem Schatten des Druiden gegenüber zu halten, aber erinnere dich auch an das Versprechen, das du mir gegeben hast. Sorge dafür, daß die Elfen wieder zu sich finden. Gib ihnen eine Chance, neu zu beginnen.«

Wren konnte nichts sagen. Sie war wie betäubt von dem, was vor sich ging. Sie kämpfte darum, das anzunehmen, was sie hörte. Sie spürte, wie das Gewicht des Ruhkstabes sich in ihren Händen einrichtete, sie spürte die Glätte seines Griffs, kühl und glatt. *Nein*, dachte sie. *Nein, ich will das nicht!*

»Gavilan. Triss. Dal.« Die Königin flüsterte ihre Namen, denn ihre Stimme wurde schwächer. »Sorgt für ihren Schutz. Helft ihr, damit ihr gelingt, was sie aufgetragen bekam. Eowen, gebrauche deine Gabe, um sie vor den Dämonen zu schützen. Garth...«

Sie schien etwas zu dem großen Mann sagen zu wollen, brach aber plötzlich ab, als sei sie auf etwas gestoßen, das sie nicht aussprechen konnte. Wren schaute verwirrt zu ihrem Freund zurück, aber das dunkle Gesicht war wie aus Stein gemeißelt.

»Großmutter, ich sollte nicht diejenige sein, die dies trägt«, wandte Wren zögernd ein, aber die Hand der anderen ergriff sie fest und tadelnd.

»Du bist diejenige, Wren. Du warst immer diejenige. Alleyne war meine Tochter und wäre nach mir Königin geworden, aber die Umstände haben uns gewaltsam getrennt und sie mir genommen. Sie hat dich zurückgelassen, damit du ihren Platz einnimmst. Vergiß niemals, wer du bist, Kind. Du bist eine Elessedil. Du bist als eine geboren und erzogen worden, ob du es nun annehmen willst oder nicht. Wenn ich tot bin, sollst du die Königin der Elfen sein.«

Wren war entsetzt. *Das darf nicht geschehen*, sagte sie sich wieder und wieder. *Ich bin nicht, was du denkst! Ich bin eine Fahrende und nicht mehr! Das ist nicht richtig!*

Aber Ellenroh sprach erneut und verlangte ihre Aufmerksamkeit. »Laß dir Zeit, Wren. Es wird alles so kommen, wie es kommen soll. Im Moment mußt du dich nur darum kümmern, den Stab und seinen Stein sicher zu bewahren. Du mußt nur vor dem Ende deinen Weg von dieser Insel finden. Alles übrige wird sich von selbst finden.«

»Nein, Großmutter«, schrie Wren gequält auf. »Ich werde den Stab für dich aufbewahren, bis es dir wieder gutgeht. Nur bis dahin und keinen Moment länger. Du wirst nicht sterben. Großmutter, du darfst es nicht!«

Die Königin atmete tief und langsam ein. »Laß mich nun ausruhen, bitte. Ich möchte mich hinlegen, Eowen.«

Die Seherin tat, wie ihr geheißen. Ihre grünen Augen waren ängstlich und einsam, als ihre Blicke das Gesicht der Königin suchten. Einen Augenblick lang blieben sie alle regungslos stehen und schauten schweigend auf Ellenroh. Dann traten Triss und Dal zurück, um ihre Ausrüstung in Ordnung zu bringen und Wachen aufzustellen, wobei sie beim Fortgehen miteinander flüsterten. Gavilan ging fort und murmelte vor sich hin, und auch Garth glitt außer Sicht. Wren blieb zurück und starrte den Ruhkstab an, der nun in ihren Händen lag.

»Ich glaube nicht, ich sollte...« begann sie und konnte den Satz doch nicht beenden. Ihre Augen hoben sich, um Eowens Blick zu finden, aber die rothaarige Seherin wandte sich ab. Wren war jetzt mit ihrer Großmutter allein. Sie streckte die Hand aus und berührte deren Arm. Sie spürte die Hitze des Fiebers, das in ihr brannte. Ihre Großmutter schlief, ohne sie wahrzunehmen. *Wie konnte es sein, daß sie starb? Wie konnte das sein? Es war unmöglich!* Sie spürte erneut Tränen aufsteigen und dachte daran, wie lange es gedauert hatte, bis sie ihre Großmutter gefunden hatte, die letzte ihrer Familie, und wieviel sie durchgemacht hatte und wie wenig Zeit ihnen bisher gegeben war.

Stirb nicht, betete sie innerlich. *Bitte.*

Sie spürte ein Kratzen an ihren Beinen, schaute hinab und entdeckte Faun, der mit großen Augen unruhig zu ihr hinaufspähte. Sie ließ Ellenrohs Hand so lange los, bis sie das kleine Wesen in ihre Arme gehoben hatte, zerwühlte sein Fell und wartete, daß es sich an ihre Schulter schmiegte. Der Ruhkstab lag im Gleichgewicht auf ihrem Schoß, wie eine in das graue Licht gezeichnete Linie zwischen ihr selbst und der dahinsiechenden Königin.

»Nicht ich«, sagte sie weich zu ihrer Großmutter. »Ich sollte es nicht sein.«

Dann erhob sie sich, nahm den Baumschreier und den Stab mit sich und wandte sich um, um Garth zu suchen. Der große Fahrende ruhte ein Dutzend Schritte entfernt an der Klippenwand. Er richtete sich auf, als sie auf ihn zukam. Der harte Blick, mit dem sie ihn ansah, ließ ihn blinzeln.

»Sage mir jetzt die Wahrheit«, flüsterte sie und machte ein paar kurze Zeichen. »Was ist zwischen dir und meiner Großmutter?«

Sein Blick blieb ungerührt. *Nichts.*

»Aber wie sie dich angesehen hat, Garth – sie wollte etwas sagen und hatte Angst!«

Du warst ein Kind, als ihre Tochter dich meiner Obhut übergab. Sie wollte sichergehen, ob ich es nicht vergessen habe. Das wollte sie mir sagen. Aber sie hat gesehen, daß es nicht nötig war.

Wren sah ihn noch einen Augenblick lang regungslos an. Vielleicht, dachte sie düster. Aber es gibt hier so viele Geheimnisse…

Vertraue niemandem, hatte die Addershag sie gewarnt.

Aber an diesen Rat konnte sie sich nicht halten. Sie konnte nicht so sein.

Sie wandte ihren Blick ab und ging davon, noch immer wie betäubt von dem Wirbelsturm der Ereignisse, der sie umgab, betäubt auch davon, wie sie vorwärts getrieben wurde, ohne irgendeine Kontrolle über das zu haben, was geschah. Sie schaute erneut zu ihrer Großmutter hinüber und fühlte sich wie zerrissen von der Angst, sie zu verlieren, und zur gleichen Zeit war sie ärgerlich über die Verantwortung, die sie übernehmen sollte. Wren Ohmsford, Königin der Elfen? Es war lachhaft. Es war ihr gleichgültig, wer sie war oder welcher Familie sie entstammte, ihr ganzes Leben wurde dadurch bestimmt, daß sie sich als Fahrende sah. Sie konnte sich das alles nicht einfach fortwünschen, all die Jahre ihrer Kindheit vergessen, außer dem, was in diesen letzten paar Wochen geschehen war. Als sei die Bitte ihrer Großmutter ein Mandat, das sie nicht ablehnen konnte. Wie konnte ihre Großmutter sagen, daß sie als eine Elessedil erzogen worden war? Warum wollten die Elfen sie überhaupt als Königin? Trotz ihres Geburtsrechts war sie nicht wirklich eine von ihnen.

Fast unbewußt ging sie zu Gavilan hinüber, der an einem moosigen Baumstumpf lehnte, und kauerte sich neben ihn.

»Was soll ich bloß damit tun?« fragte sie fast ärgerlich und schob ihm den Ruhkstab entgegen.

Er zuckte die Achseln. Seine Augen sahen leer in die Ferne. »Das, worum man dich gebeten hat, vermute ich.«

»Aber es ist nicht meiner! Er gehört mir nicht! Er hätte mir nicht zuerst gegeben werden dürfen!«

Seine Stimme klang verbittert. »Zufällig bin ich darin deiner Meinung. Aber was wir beide wollen, zählt nicht viel, nicht wahr?«

»Das stimmt nicht. Ellenroh hätte das niemals getan, wenn sie nicht so krank wäre. Wenn es ihr besser geht.« Sie brach ab, als er demonstrativ fortsah. »Wenn es ihr besser geht«, fuhr sie fort und stieß jedes Wort hervor wie eine Beschwörung, »wird sie erkennen, daß dies alles ein Irrtum war.«

Er sah sie jetzt wieder an. »Es wird ihr nicht besser gehen.«

»Sag das nicht, Gavilan. Nicht.«

»Wäre es dir lieber, ich würde lügen?«

Wren sah ihn an. Sie war unfähig zu sprechen.

Gavilans Gesicht war hart. »Also gut, in Ordnung. Ich sehe, daß du nichts von alledem geplant hast, daß die Elfen nicht dein Volk sind, daß nichts von diesem allen wirklich etwas mit dir zu tun hat. Alles, was du wolltest, war, Ellenroh zu finden und deine Botschaft zu überbringen. Du willst nicht Königin der Elfen werden? Das ist mehr als in Ordnung. Du mußt es nicht! Gib mir den Stab!«

Eine lange, leere Stille entstand, während sie einander ansahen.

»Das Elessedilblut fließt auch durch meinen Körper«, erklärte er hitzig. »Dies ist mein Volk, und Arborlon ist meine Stadt. Was notwendig ist, kann ich tun. Ich habe die Dinge besser im Griff als du. Und ich habe keine Angst, die Magie zu gebrauchen.«

Plötzlich verstand Wren, was vor sich ging. Gavilan hatte erwartet, daß ihm der Ruhkstab übergeben würde. Er hatte von Ellenroh erwartet, daß sie ihn als Nachfolger benennen würde. Wenn Wren nicht erschienen wäre, hätte sie das wahrscheinlich auch getan. Wrens Ankunft in Arborlon hatte für Gavilan tatsächlich sehr viel geändert. Sie empfand flüchtig einen Stich des Erschreckens, der aber sofort der Vorsicht Platz machte. Sie erinnerte sich daran, wie Gavilan und Ellenroh wegen des Loden gestritten hatten. Gavilan war dafür gewesen, die Magie zu gebrauchen, um die Dinge wieder in das zurückzuverwandeln, was sie einst gewesen waren, um die Dinge wieder geradezurücken. Ellenroh hatte geglaubt, es sei an der Zeit, die Magie aufzugeben, ins Westland zurückzukehren und so zu leben, wie die

Elfen einst gelebt hatten. Dieser Streit hatte Ellenrohs Entscheidung sicher beeinflußt, so daß sie den Stab an Wren übergeben hatte.

Gavilan schien ihre Unsicherheit zu spüren. »Denk darüber nach, Wren. Wenn die Königin stirbt, muß ihre Last nicht die deine werden. Ohne deine Rückkehr wäre es niemals so gekommen.« Er verschränkte abwehrend die Arme. »Auf jeden Fall ist es deine Entscheidung. Wenn du es willst, werde ich helfen. Das habe ich dir gesagt, als wir uns das erste Mal trafen, und das Angebot gilt noch immer. Ich tue, was immer ich tun kann.«

Sie wußte nicht, was sie sagen sollte. »Danke, Gavilan«, brachte sie schließlich hervor.

Dann verließ sie ihn. Sie fühlte sich angesichts seines Vorschlages jetzt entschieden unbehaglich. So sehr sie sich auch wünschte, von der Verantwortung, die der Stab mit sich brachte, befreit zu werden, so unsicher war sie auch, ob sie sie Gavilan übergeben sollte. Die Magie war eine Sache des Vertrauens. Sie sollte nicht zu schnell preisgegeben werden, vor allem deswegen nicht, weil die Folgen ihres Gebrauchs so gravierend waren. Ellenroh hätte den Stab Gavilan geben können, aber sie hatte beschlossen, es nicht zu tun. Wren war nicht bereit, das Urteil der Königin in Frage zu stellen, ohne über Gavilans Vorschlag erst noch einmal nachzudenken.

Aber sie sorgte sich auch um Gavilan. Sie verließ sich auf seine Freundschaft und Unterstützung. Das machte alles noch komplizierter. Sie verstand seine Enttäuschung, und sie wußte, daß er recht hatte, wenn er sagte, daß die Elfen sein Volk seien und Arborlon seine Stadt und das sie dagegen eine Außenstehende sei. Sie glaubte, daß Gavilan das Beste wollte, genauso sehr wie sie.

Eine rauhe, verzweifelte Entschlossenheit setzte sich in ihr fest. *Nichts davon ist wichtig, weil Großmutter sich erholen wird, weil sie sich erholen muß, sie wird nicht sterben, sie wird es nicht!* Sie wiederholte die Worte wie eine Litanei in ihrem Geist immer und immer wieder. Ihr Atem kam abgehackt und klang ärgerlich, und ihre Hände zitterten.

Sie schüttelte den Kopf und kämpfte gegen die Tränen an.

Schließlich setzte sie sich wieder neben ihre Großmutter. Gefühllos vor Kummer schaute sie in das erschöpfte Gesicht. *Bitte, werde gesund. Du mußt gesund werden.*

Schwäche schlich sich an sie heran wie ein Dieb und ließ sie ausgelaugt zurück.

Sie behielten ihr Lager an der Klippenwand diesen ganzen Tag bei, ließen Ellenroh schlafen und hofften, daß ihre Kräfte zurückkehren würden. Während Wren und Eowen im Wechsel bei der Königin saßen, hielten die Männer Wache. Die Zeit verging, und Wren sah sie mit einer Schnelligkeit entrinnen, die beängstigend war. Sie hatten Arborlon vor drei Tagen verlassen, aber es kam ihr vor wie Wochen. Überall um sie herum war die Welt auf Morrowindl grau und verhangen, wie ein Landschaftsausschnitt in Schatten und Halblichts. Unter ihnen war in dem Rumpeln der Erde Killeshans Mißvergnügen zu spüren. Fortwährend fragte sie sich, wieviel Zeit ihnen wohl noch blieb. Wieviel Zeit, bevor der Vulkan explodierte und die Insel auseinanderbrach? Wieviel Zeit, bevor die Dämonen sie fanden? Wieviel Zeit, bevor Tiger Ty und Spirit beschließen würden, daß es keinen Sinn hatte, noch länger zu suchen, da sie wohl unwiederbringlich verloren waren?

Sie wusch Ellenrohs Gesicht, flüsterte und sang ihr etwas vor und versuchte so, das Fieber zu vertreiben. Sie suchte nach irgendeinem kleinen Hinweis darauf, daß es ihrer Großmutter besser ging und die Krankheit vergehen würde. Sie blieb von den anderen fern, außer von Eowen, und selbst dann, wenn sie der Seherin nahe war, sprach sie wenig. Ihr Geist war jedoch ruhelos und mit bösen Ahnungen erfüllt, denen sie nicht Ausdruck verleihen konnte. Der Ruhkstab war eine ständige Erinnerung daran, wieviel auf dem Spiel stand. Gedanken an die Elfen quälten sie. Sie konnte ihre Gesichter sehen, ihre Stimmen hören und sich vorstellen, was sie in ihrer Gefangenschaft und Machtlosigkeit denken mußten. Es erschreckte sie, so unlösbar mit ihnen verbunden zu sein. Sie konnte das Gefühl nicht abschütteln, daß sie alles war, was sie hatten, daß sie sich auf sie allein verlassen mußten und niemand anders aus ihrer Gruppe wichtig war. Das Leben der Elfen war ihr angetragen, und selbst wenn sie vielleicht wünschte, daß es anders wäre, konnte sie diese Tatsache doch nicht ohne weiteres beiseite schieben.

Die Nacht brach herein, und Ellenrohs Zustand wurde schlechter.

Wren saß an einem einsamen Fleck und weinte ohne Ende. Sie fühlte sich leer durch die Verluste, die plötzlich von allen Seiten auf sie einzustürzen schienen. Einst hätte sie sich gesagt, daß nichts davon wichtig sei – daß das Fehlen von Eltern und einer Familie und damit einer Geschichte und eines Lebens jenseits dessen, das sie lebte, daß das alles keine Bedeutung hätte. Die Tatsache, daß sie nach Morrowindl gekommen und auf Arborlon und die Elfen gestoßen war, hatte das alles für immer geändert. Was einst so wenig Bedeutung gehabt hatte, war auf unerklärliche Weise das Wichtigste geworden. Selbst wenn sie überleben sollte, würde sie niemals wieder dieselbe sein. Die Erkenntnis dessen, was ihr angetan worden war, ließ sie wie betäubt zurück. Sie hatte sich niemals einsamer gefühlt.

Dann schlief sie eine Weile. Sie war zu erschöpft, um länger wach zu bleiben, und ihre Gefühle waren weit entfernt und stumpf. Sie erwachte dann wieder von Garths Hand auf ihrer Schulter. Voller Angst, weswegen er wohl gekommen war, stand sie sofort auf, aber er schüttelte schnell den Kopf. Er sagte nichts und machte nur eine Handbewegung.

Nicht mehr als sechs Fuß von ihr entfernt stand eine große, stachelige Gestalt und sah sie wie aus glühenden Katzenaugen an. Faun tanzte vor ihr herum und schnatterte wild.

Wren starrte den Stachelkater an. »Stresa?« flüsterte sie ungläubig. Sie sprang eilig auf, warf ihre Decke zur Seite, und ihre Stimme zitterte. »Stresa, bist du es wirklich?«

»Von den Toten auferstanden – grrrrr – Wren von den Elfen«, brummte der Kater sanft.

Wren hätte ihn umarmt, wenn es ihr möglich gewesen wäre, aber statt dessen stöhnte sie vor Erleichterung auf und lachte. »Du lebst! Ich kann es nicht glauben!« Sie klatschte in die Hände. »Oh, ich bin so froh, dich zu sehen! Ich hatte geglaubt, daß du tot wärest! Was ist mit dir geschehen? Wie bist du entkommen?«

Der Stachelkater trat mehrere Schritte vor und setzte sich, ohne auf Faun zu achten, der weiterhin aufgeregt umhersprang. »Die – sssfft – Schlange hat mich knapp verfehlt, als sie das Floß zerbrach. Ich wurde unter die Oberfläche gezogen und von der Strömung den ganzen Weg über den Rowen – hsstttt – zurückgezogen. Phhhffft. Es dauerte sehr lange, bis ich einen anderen Übergang fand. Und da wart ihr bereits in Eden's Murk verschwunden.«

Faun kam ihm zu nahe, und die Stacheln stellten sich drohend auf. »Dummer Schreier. Hsssttt!«

»Wie hast du uns gefunden?« drängte Wren. Garth saß jetzt neben ihr, und sie formte ihre Worte gleichzeitig mit den Händen.

»Ha! Sssffft! Nicht leicht, das kann ich dir sagen. Ich habe natürlich eure Spur aufgenommen – hsssstt –, aber ihr habt häufig die Richtung gewechselt, seit ihr hineingegangen seid. Habt euch bestimmt verirrt, vermute ich. Ich wundere mich, daß ihr die Klippen überhaupt gefunden habt.«

Sie atmete tief ein. »Ich habe die Magie angewendet.«

Der Stachelkater zischte leise.

»Ich mußte es tun. Die Königin ist sehr krank.«

»Sssffft. Also gehört der Ruhkstab jetzt dir?«

Sie schüttelte hastig den Kopf. »Nur solange, bis es Ellenroh besser geht. Nur bis dann.«

Stresa sagte nichts, und nur seine gelben Augen glühten.

»Ich bin froh, daß du zurück bist«, wiederholte sie.

Er gähnte desinteressiert. »Phffft. Genug geredet für heute abend. Es ist Zeit, ein wenig – grrrr – zu schlafen.« Er machte eine gemächliche Wendung und schlenderte davon, um einen Schlafplatz zu finden. Wer ihn sah, mußte denken, es sei nichts Ungewöhnliches geschehen und diese Nacht sei genau wie jede andere. Wren sah ihm einen Moment lang nach und tauschte dann einen langen Blick mit Garth. Der hochgewachsene Fahrende schüttelte den Kopf und ging fort.

Wren zog sich ihre Decke wieder um die Schultern und barg Faun in ihren Armen. Und dann fiel ihr auf, daß sie lächelte.

4

Ellenroh Elessedil starb, als der Morgen anbrach. Wren war bei ihr, als sie noch einmal zu sich kam. Die Dunkelheit begann sich gerade zu lichten, und ein hellvioletter Farbton wurde im Dunst sichtbar, als sich die Augen der Königin öffneten. Sie schaute zu Wren auf. Ihr Blick war ruhig und fest, und sie schien jenseits des ängstlichen Gesichts ihrer Enkelin irgend etwas zu sehen. Wren nahm ihre Hand und hielt sie mit wilder Entschlossenheit fest, und für einen kleinen Augenblick erschien ein ganz schwaches Lächeln auf Ellenrohs Gesicht. Dann atmete sie einmal durch, schloß die Augen und war von ihnen gegangen.

Wren fand es seltsam, daß sie nicht weinen konnte. Es schien, als habe sie keine Tränen mehr übrig. Es war, als seien sie verbraucht worden, als sie Angst gehabt hatte, daß das Unmögliche passieren könnte, und als sei jetzt, wo es passiert war, nichts mehr übrig, was sie geben konnte. Ausgelaugt von ihren Gefühlen, blieb sie in ihrem Kummer um ihren Verlust auch eigenartig ungeschützt zurück, und da sie niemanden hatte, an den sie sich gerne gewandt hätte, und nirgendwohin fliehen konnte, nahm sie Zuflucht darein, sich für die Verantwortung zu rüsten, die ihre Großmutter ihr übertragen hatte.

Es war gut, daß sie dies tat. Es schien, als wisse niemand sonst, was zu tun sei. Eowen war untröstlich. Sie war eine gebeugte, zerbrechliche Gestalt, wie sie dort neben der Frau kauerte, die ihre engste Freundin gewesen war. Rotes Haar fiel ihr über Gesicht und Schultern, ihr Körper bebte, und sie konnte nicht einmal sprechen. Triss und Dal standen hilflos und wie betäubt daneben. Selbst Gavilan konnte anscheinend nicht die Kraft aufbringen, die Dinge in die Hand zu nehmen, wie er es vielleicht zuvor getan hätte. Sein hübsches Gesicht wirkte betroffen, als er auf die Gestalt der Königin hinabsah. Zuviel war geschehen, das das Vertrauen der anderen in sich selbst zerstört hatte, das jeglichen Glauben daran erschüttert hatte, daß sie ihre Aufgabe, das Elfenvolk zu retten, zu Ende bringen könnten. Aurin Striate und die Königin waren beide von ihnen gegangen – die beiden Menschen, die zu verlieren sie sich am wenigsten leisten konnten.

Gefangen in den Sümpfen von Eden's Murk auf der falschen Seite des Blackledge, wurden sie von einer ständig wachsenden Vorahnung kommenden Unheils gepackt, die sich selbst zu erfüllen drohte.

Aber Wren entdeckte an diesem Morgen in sich selbst eine Kraft, die sie vorher nicht gekannt hatte. Etwas von dem, wer und was sie einst gewesen war, von der Fahrenden, als die sie erzogen worden war, vom Elessedil- und Shannarablut, das sie von Geburt an besaß, fing in ihr Feuer und zwang sie, nicht zu verzweifeln.

Sie erhob sich von der Seite der Königin und trat vor die anderen. Den Ruhkstab hielt sie mit beiden Händen vor sich wie eine Standarte, als eine Erinnerung daran, was sie verpflichtete.

»Sie ist tot«, sagte Wren leise, und alle sahen sie an. »Wir müssen sie jetzt verlassen. Wir müssen weiterziehen, denn das haben wir geschworen, und das ist es auch, was sie wollen würde. Wir sind gefordert, etwas zu tun, was zunehmend schwieriger wird, etwas, wovon wir alle wünschten, nicht darum gebeten worden zu sein. Aber es hat keinen Sinn, unsere Verpflichtung jetzt in Frage zu stellen. Wir sind daran gebunden. Ich behaupte nicht, daß ich die Frau sein könnte, die meine Großmutter war, aber ich werde mein Bestes versuchen. Dieser Stab gehört in eine andere Welt, und wir werden alles tun, was wir können, um ihn dorthin zu bringen.«

Sie wandte sich von der Königin fort. »Ich habe meine Großmutter nur kurze Zeit gekannt, aber ich habe sie so geliebt, wie ich meine Mutter geliebt hätte, wenn ich die Möglichkeit gehabt hätte, sie kennenzulernen. Sie war alles, was ich von meiner Familie hatte. Sie war die Beste, die sie für uns alle sein konnte. Sie verdient es, durch uns weiterzuleben. Ich möchte sie nicht enttäuschen. Werdet ihr mir helfen?«

»Hoheit, danach müßt Ihr nicht fragen«, antwortete Triss sofort. »Sie hat Euch den Ruhkstab übergeben, und solange Ihr lebt, ist die Leibgarde darauf eingeschworen, Euch zu beschützen und zu gehorchen.«

Wren nickte. »Danke, Triss. Und was ist mit dir, Gavilan?«

Die blauen Augen senkten sich. »Du befiehlst, Wren.«

Sie schaute zu Eowen, die nur nickte, da sie noch immer in ihrem Kummer verloren war.

»Tragt die Königin zurück nach Eden's Murk«, wies Wren Triss und Dal an. »Sucht eine Stelle mit Treibsand und gebt sie der Insel zurück, damit sie ihre Ruhe findet.« Ihre Worte kämpften sich deutlich, rauh und scharf ihren Weg. »Nehmt sie mit.«

Sie trugen die Königin der Elfen in den Sumpf, fanden hundert Fuß weit entfernt eine geeignete Stelle und ließen sie hinab. Sie verschwand schnell. Jetzt war sie für immer gegangen.

Schweigend kehrten sie zurück. Eowen weinte leise. Die Männer waren stumme Geister, die von den Schatten und dem Dunst silbern und grau angehaucht wurden.

Als sie den Fuß des Blackledge erreichten, sammelte Wren sie alle um sich. »Ich denke folgendes: Wir haben schon wieder jemanden aus unserem Kreis verloren und sind kaum von Killeshans Hängen fortgekommen. Die Zeit rennt uns davon. Wenn wir uns nicht beeilen, wird keiner von uns von der Insel entkommen. Garth und ich wissen ein wenig über das Überleben in der Wildnis, aber wir sind hier auf Morrowindl fast genauso verloren wie ihr anderen. Es gibt nur einen unter uns, der eine Chance hat, den Weg zu finden.«

Sie wandte sich um und sah Stresa an. Der Stachelkater blinzelte.

»Du hast uns sicher hineingebracht«, sagte sie ruhig. »Kannst du uns auch wieder hinausbringen?«

Stresa musterte sie lange Zeit mit einem seltsamen Blick.

»Grrrr, Wren von den Elfen, Trägerin des Ruhkstabes, mit dir werde ich es wagen, obwohl ich keinen besonderen Grund habe, den Elfen zu helfen. Aber du hast mir den Übergang in die größere Welt versprochen, und ich verlasse mich auf dein Versprechen. Ja, ich werde euch führen.«

»Kennst du den Weg, Stachel«, fragte Gavilan wachsam, »oder spielst du nur mit uns?«

Wren schaute ihn scharf an, aber Stresa sagte nur: »Sstsst. Ihr kommt mit und findet es heraus, nicht wahr?« Dann wandte er sich an Wren. »Dies ist kein Gebiet, durch das ich oft gereist bin. Hier ist der Blackledge unpassierbar. Hssstt. Wir werden – grrrr – eine Weile nach Süden ziehen müssen, um einen Paß zu finden, der uns hinüber bringt. Kommt.«

Sie sammelten die Reste ihrer Ausrüstung ein, schulterten sie und zogen entschlossen los. Sie wanderten durch die Morgendämmerung in die Hitze und den Vog, an der Linie der Klippen und der Grenze von Eden's Murk entlang. Um die Mittagszeit machten sie Rast, um auszuruhen und etwas zu essen. Es war eine Versammlung von hartgesichtigen, schweigenden Männern und Frauen, deren Augen verstohlen und unbehaglich unaufhörlich den Sumpf absuchten. Die Erde war heute ruhig, und der Vulkan ruhte. Aber tief aus dem Innern des Sumpfes erklangen die Geräusche jagender Wesen, entfernte Schreie und ein Heulen, das Aufspritzen von Wasser, das Grunzen von Körpern, die im Kampf ineinander verschlungen waren. Die Geräusche folgten ihnen, während sie sich mühsam weiter voranschleppten, und waren eine unheilvolle Warnung, daß rund um sie herum ein Netz zugezogen wurde.

Am frühen Nachmittag hatten sie den Zugang gefunden, den Stresa im Sinn gehabt hatte, einen steilen, gewundenen Pfad, der in den Felsen verschwand wie die Zunge einer Schlange in ihrem Maul. Sie begannen schnell ihren Aufstieg, da sie eine gewisse Entfernung zwischen sich und die sie verfolgenden Geräusche bringen wollten. Die Hoffnung, daß sie den Gipfel vor Einbruch der Nacht erreichen würden, trieb sie voran.

Das gelang ihnen jedoch nicht. Die Dunkelheit umfing sie irgendwo in der Mitte des Weges, und Stresa ließ sie auf einem schmalen Sims innehalten, der teilweise im Schutz eines Überhanges lag. Von dort hätten sie ein weites Gebiet von Eden's Murk überschauen können, wenn nicht der Vog gewesen wäre, der alles wie mit einem unendlich großen Leichentuch schmutzigen Graus bedeckte.

Das Abendessen nahmen sie schnell und teilnahmslos ein, dann stellten sie eine Wache auf und richteten sich für die Nacht ein. Das Zusammenspiel von Dunkelheit und Nebel war so vollständig, daß selbst auf kurze Entfernung nichts zu sehen war, wodurch der beklemmende Eindruck entstand, die ganze Insel sei direkt neben ihnen verschwunden, und sie hingen nun in der Luft. Geräusche erhoben sich dunkel und drohend aus dem Nebel, ein schrilles Konzert von Stimmen, die sowohl körperlos als auch richtungslos waren. Sie lauschten schweigend darauf und spürten ringsum, daß sie verfolgt wurden.

Wren versuchte an andere Dinge zu denken. Sie zog ihre Decke fest um sich und zitterte trotz der Hitze, die der Sumpf abgab. Ihre Gedanken waren wirr und irrten umher, und in ihr wuchs das Gefühl, daß sie von allem, was real war, losgelöst waren. Sie war der Sicherheit beraubt, wer und was sie war, und mit einem nur vagen Eindruck dessen zurückgelassen worden, was sie vielleicht sein würde – und das war etwas, das jenseits ihres Verstehens und ihrer Kontrolle lag. Ihr Leben war aus seiner sicheren Bahn geworfen worden und auf einer leeren Fläche gelandet, um wie ein Blatt im Wind hingeweht zu werden, wohin der Zufall es trieb. Der Schatten Allanons und ihre Großmutter hatten ihr Verantwortung auferlegt, doch sie wußte von allem nicht genug, um zu wissen, wie sie diese Aufgaben erfüllen sollte. Sie erinnerte sich daran, wie sie vor vielen Wochen Coglines Aufforderung, zuerst zum Hadeshorn zu gehen, angenommen hatte. Sie hatte geglaubt, etwas über sich selbst erfahren zu können, wenn sie dorthin ginge, und die Wahrheit entdecken zu können. Wie seltsam dieser Gedanke ihr jetzt schien. Wer sie war und was sie tun sollte, schien sich genauso schnell zu ändern wie Tag und Nacht. Die Wahrheit war wie ein schwer bestimmbares Stück Stoff, das sich nicht fassen lassen würde, sondern sich ständig weigerte, offenbart zu werden. Es flatterte jedesmal, wenn sie sich ihm näherte, zerfasert, verschlissen und abgenutzt, ein diffuses Schimmern von Farbe und Licht. Dennoch war sie entschlossen, den Fäden zu folgen, die in seinem Sog hängengeblieben waren, dünne Reste des Glanzes, der eines Tages zu dem Wandteppich führen würde, aus dem sie sich gelöst hatten.

Finde die Elfen, und bringe sie zurück in die Welt der Menschen.

Sie würde es versuchen.

Rette mein Volk, und gib ihm eine neue Chance zu leben.

Ja, auch diesmal, sie würde es versuchen.

Und während sie es versuchte, würde sie für sich vielleicht einen Weg finden zu überleben.

Sie döste eine Weile, mit dem Rücken gegen die Klippenwand gelehnt, die Beine an die Brust hinaufgezogen und die Arme schützend über die polierte Vollkommenheit des Ruhkstabes geschlungen. Faun schlief zu ihren Füßen in den Falten ihrer Decke, und Stresa lag als gestaltloser Ball zusammengerollt in den Schatten einer Felsennische. Sie bemerkte Bewegung ringsum, während die Zeit voranschritt. Sie überlegte sogar, die nächste Wache zu übernehmen, ließ den Gedanken aber wieder fallen. Sie hatte in den letzten zwei Nächten wenig geschlafen und mußte ihre Kräfte zurückgewinnen. Es war noch Zeit genug, in einer anderen Nacht die Wache zu übernehmen. Sie legte ihre Wange auf ihre Knie und verlor sich in der Dunkelheit hinter ihren Augenlidern.

Später in der Nacht – sie war sich nicht sicher, wann genau es war – wurde sie von dem rauhen Kratzen eines Stiefels auf Fels geweckt, als sich jemand näherte. Sie hob leicht den Kopf und spähte unter dem Schutz ihrer Decke hervor. Die Nacht war schwarz und dick von Vog verhangen. Der Dunst kroch den Berghang hinab und setzte sich auf dem Sims ab wie eine Schlange auf der Jagd. Eine Gestalt tauchte aus der Dämmerung auf und kauerte sich mit schnellen und verstohlenen Bewegungen in ihrer Nähe wieder hin.

Wrens Hand griff langsam nach dem Griff ihres Messers.

»Wren«, flüsterte die Gestalt ruhig ihren Namen.

Es war Eowen. Wren hob den Kopf, als sie sie erkannte, und beobachtete, wie die andere vorwärts kroch und sich vor ihr niederließ. Eowen war in ihren Kapuzenumhang gehüllt, ihr rotes Haar hing wirr herab, ihr Gesicht war gerötet, ihre Augen weit geöffnet, und sie schaute, als habe sie gerade etwas Erschreckendes gesehen. Ihre Lippen zitterten, als sie zu sprechen begann, und dann fing sie an zu weinen. Wren streckte die Hand nach ihr aus und zog sie zu sich heran. Sie war überrascht über die Verwundbarkeit der anderen und darüber, wie deren Kräfte nachließen, was bis zum Tode der Königin noch nie sichtbar geworden war.

Eowen versteifte sich, wischte sich über die Augen und atmete tief die Nachtluft ein. Sie bemühte sich, ihre Fassung wiederzufinden. »Ich kann anscheinend nicht aufhören«, flüsterte sie. »Jedes Mal, wenn ich an sie denke, jedes Mal, wenn ich mich erinnere, beginne ich mich erneut zu grämen.«

»Sie hat dich sehr geliebt«, besänftigte Wren sie. Sie versuchte, Eowen etwas Trost zu spenden, und erinnerte sich dabei an ihre eigene Liebe.

Die Seherin nickte, senkte kurz die Augen und schaute dann wieder auf. »Ich bin gekommen, um dir die Wahrheit über die Elfen zu erzählen, Wren.«

Wren blieb still, sagte nichts, sondern wartete nur ab. Sie spürte, wie sich in ihr ein kalter, bodenloser Abgrund öffnete.

Eowen schaute zurück in die neblige Nacht, in das Nichts, das sie umgab, und seufzte. »Ich hatte vor langer Zeit einmal eine Vision, in der ich mich mit Ellenroh sah. Sie war lebendig und kraftvoll und strahlte vor einem blassen Hintergrund, der wie die Dämmerung im Winter wirkte. Ich war ihr Schatten, mit ihr verknüpft und an sie gebunden. Was auch immer sie tat, ich tat es auch – ich bewegte mich wie sie, sprach, wenn sie sprach, spürte ihr Glück und ihre Qual. Wir waren zu einer Einheit verschmolzen. Aber dann begann sie zu verblassen und zu verschwinden. Ihre Farbe begann zu verwischen, und ihre Umrisse begannen zu zerfließen. Sie verschwand – doch ich blieb. Ich war noch immer ein Schatten, der jetzt allein war und nach einem Körper suchte, an den ich mich würde binden können. Dann tauchtest du auf – ich kannte dich da noch nicht, aber ich wußte, wer du warst, Alleynes Tochter, Ellenrohs Enkelin. Du sahst mich an, und ich näherte mich dir. Während ich das tat, wurde die Luft um mich herum düster und drohend. Ein Nebel fiel über meine Augen, und ich konnte nur Rot sehen, einen leuchtenden, scharlachroten Dunst. Ich fror bis auf die Knochen, und es war kein Leben mehr in mir.«

Sie schüttelte langsam den Kopf. »Dann war die Vision vorbei, aber ich nahm ihre Bedeutung mit hinüber. Die Königin würde sterben, und wenn das geschah, würde auch ich sterben. Du würdest da sein, um es zu bezeugen – vielleicht auch, um daran teilzuhaben.«

»Eowen.« Wren sprach den Namen der Seherin sanft und erschreckt aus.

Die Seherin wandte sich schnell um, und ihre grünen Augen umwölkten sich. »Ich habe keine Angst, Wren. Die Gabe einer Seherin ist sowohl ein Geschenk als auch ein Fluch, aber immer die Richtschnur ihres Lebens. Ich habe gelernt, weder zu fürchten noch zu verleugnen, was sich mir zeigt, sondern es nur zu akzeptieren. Ich akzeptiere jetzt, daß meine Zeit in dieser Welt fast vorbei ist, aber ich will nicht sterben, ohne dir die Wahrheit gesagt zu haben, die du so verzweifelt wissen willst.«

Sie zog den Umhang fester um sich. »Die Königin konnte es nicht tun, weißt du. Sie konnte sich nicht dazu überwinden. Sie wollte sprechen. Sie hätte es vielleicht noch rechtzeitig getan. Aber es war das Entsetzen ihres Lebens, daß die Magie der Elfen soviel Unheil angerichtet und so sehr verletzt hat. Ich war Ellenroh mein ganzes Leben lang treu ergeben, aber ich bin jetzt durch ihren Tod dieser Treue entbunden – zumindest was das betrifft. Du mußt es wissen, Wren. Du mußt es wissen, und dann mußt du es beurteilen, wie du willst, denn du bist tatsächlich die Tochter deiner Mutter und dazu bestimmt, die Königin der Elfen zu sein. Das Elessedilblut spricht deutlich aus dir, und während du noch daran zweifelst, daß es so sein könnte, möchte ich dir versichern, daß es so ist. Ich habe es in meinen Visionen gesehen. Du bist die Hoffnung aller Elfen, jetzt und in Zukunft. Du bist gekommen, um sie zu retten, wenn es ihr Schicksal ist, gerettet zu werden. Und nachdem ich gesehen habe, daß du den Ruhkstab und den Loden angenommen hast, und weil ich weiß, daß die Elfensteine dich beschützen werden, sehe ich, daß dir nun nur noch alles erzählt werden muß, was vor dir verborgen wurde – das Geheimnis der Wiedergeburt der Elfenmagie und die Gründe für die Verseuchung von Morrowindl.«

Wren schüttelte schnell den Kopf. »Eowen, ich habe mich noch nicht wirklich entschieden…«, begann sie.

»Entscheidungen werden meist für uns getroffen, Wren Elessedil«, unterbrach Eowen sie. »Ich weiß das besser als du. Ich weiß das besser, als die Königin es je wußte, glaube ich. Sie war ein guter Mensch, Wren. Sie tat ihr Bestes, und du darfst ihr wegen dem, was ich dir jetzt erzählen werde, keinerlei Vorwürfe machen. Du mußt über das nachdenken, was ich sage. Wenn du das tust, wirst du erkennen, daß Ellenroh von Anfang an gefangen war und daß all ihre Entscheidungen, die sie scheinbar aus eigenem Willen getroffen hat, tatsächlich für sie getroffen wurden. Wenn sie die Wahrheit vor dir geheimhielt, dann war das so, weil sie dich so sehr liebte. Sie konnte den Gedanken nicht ertragen, daß sie dich verlieren könnte. Du warst alles, was ihr geblieben war.«

Das blasse Gesicht leuchtete im Dunst wie das eines Geistes. Ihre Stimme hatte sich wieder zu einem Flüstern gesenkt.

»Ja, Eowen«, erwiderte Wren weich. »Sie war ja auch alles, was mir geblieben war.«

Die schlanken Hände der Seherin streckten sich aus, um Wren zu berühren. Ihre Haut war so kalt wie Eis. Wren fröstelte gegen ihren Willen. »Dann höre gut zu, was ich sage, Tochter von Alleyne, wiedergefundenes Elfenkind. Höre sehr gut zu!«

Smaragdgrüne Augen glitzerten wie gefrorene Blätter bei Sonnenaufgang. »Als die Elfen das erste Mal nach Morrowindl kamen, war die Insel rein und unverdorben. Es war ein Paradies jenseits von allem, was sie sich je vorgestellt hatten, ganz sauber und neu und sicher. Die Elfen dachten daran, was sie zurückgelassen hatten – eine Welt, die bereits zu verderben begann, die überall kränkelte, wo die Schattenwesen ans Tageslicht geklettert waren und sich nährten, die niedergedrückt wurde durch das Gewicht der Föderation und bedroht war durch den Vormarsch der Heere, die nur Gehorsam kannten und niemals Fragen stellten. Es war eine alte Geschichte, Wren, und die Elfen hatten sie bereits endlose Generationen lang erduldet. Sie wollten davon nichts mehr wissen, sie wollten, daß es vorbei wäre.

Und so begannen sie zu beraten, wie sie ihre neu entdeckte Welt behüten und sich schützen könnten. Die Föderation würde eines Tages vielleicht beschließen, sich sogar über die Grenzen der Vier Länder hinaus auszudehnen. Die Schattenwesen würden dies sicherlich tun. Sie erkannten, daß nur die Magie sie beschützen konnte. Aber die Magie, auf die sie jetzt bauten, kam nicht aus dem Druidenwissen oder den Lehren der neuen Welt, sondern aus der wiederentdeckten Macht ihrer Anfänge. Magie wie diese war unermeßlich und ungezähmt und für diese Generation noch im Anfangsstadium. Aber sie vergaßen die Lektionen der Druiden, des Herrn der Zauberer und seiner Schädelträger, und all jener, die ihr schon zuvor zum Opfer gefallen waren. Sie wollten nicht weichen, so etwas müssen sie sich gesagt haben. Sie wollten klüger sein, vorsichtiger und geschickter, wenn sie sie anwandten.«

Eowen atmete noch einmal tief durch, und ihre Hände entließen Wrens, um das Gewirr von Haaren zurückzuschieben. »Einige hatten... Erfahrungen im Umgang mit der Magie. Sie schufen lebende Wesen, Wren – neue Arten, die ihren Bedürfnissen dienen konnten. Sie hatten eine Möglichkeit gefunden, die Substanz der Wesen aus der Natur herauszuziehen, und konnten sie unter Zuhilfenahme der Magie nähren, so daß sie, als sie wuchs, eine Abart des Wesens wurde, nach dessen Bild sie geformt worden war. Sie konnten von Hunden Hunde machen und von Katzen Katzen, nur daß sie größer, stärker, schneller und klüger waren. Aber das war erst der Anfang. Sie fanden schnell heraus, daß sie Lebensformen miteinander verbinden und so Tiere erschaffen konnten, die die wünschenswertesten Züge zweier Rassen aufwiesen. So entstanden die Stachelkatzen und Dutzende anderer Spezies in den ersten Experimenten mit dem neuen Gebrauch der Magie, Tiere, die denken und sprechen konnten wie Menschen, Tiere, die sich Nahrung suchen, jagen und gegen Feinde Wache stehen konnten, während die Elfen in Sicherheit blieben.

Anfangs war alles in Ordnung, wie es schien. Die Tiere gediehen und dienten den Elfen, wie es vorgesehen war, und alles war gut. Aber im Laufe der Zeit begannen einige derjenigen, die die Macht ausübten, neue Ideen für den Gebrauch der Magie zu entwickeln. Sie hatten einmal Erfolg gehabt, argumentierten sie. Warum sollte das nicht wieder möglich sein? Wenn Tiere aus der Magie gebildet werden konnten, warum dann nicht etwas noch höher Entwickeltes? Warum sollten sie sich nicht selbst verdoppeln? Vielleicht konnten sie ja ein Heer von Menschen bilden, das im Falle eines Angriffs an ihrer Stelle kämpfen würde, während sie hinter den Mauern Arborlons in Sicherheit blieben?«

Eowen schüttelte langsam den Kopf, und ihre feinen Züge verzerrten sich, als sie an irgend etwas Entsetzliches dachte. »Daraufhin gestalteten sie die Dämonen – oder die Wesen, die dann zu Dämonen wurden. Sie nahmen Teile von sich selbst, Fleisch und Blut zunächst, aber dann auch Erinnerungen und Gefühle und alle unsichtbaren Teile ihres Seins, und sie gaben ihnen Leben. Diese neuen Elfen – denn es waren damals noch Elfen – sollten die Soldaten und Jäger und Wächter des Königreichs sein. Sie wußten nicht mehr und hatten keine anderen Bedürfnisse oder Wünsche, als zu dienen. Sie schienen ideal zu sein. Diejenigen, die sie gemacht hatten, sandten sie aus, damit sie an den Küsten der Insel Wachtposten einrichteten. Sie waren nicht auf fremde Hilfe angewiesen. Man mußte sich keine Sorgen um sie machen.«

Ihre Stimme senkte sich zu einem Flüstern. »Eine Zeitlang gerieten sie fast in Vergessenheit, wie man mir erzählt hat – als hätte ihre Existenz keine weiteren Auswirkungen.«

Wieder ergriff sie Wrens Hände. »Doch dann begannen die Veränderungen. Nach und nach veränderten sich die Elfen, ihre äußere Erscheinung und auch ihre Persönlichkeit. Es geschah weit entfernt von der Stadt und außerhalb der Sicht und des Bewußtseins der Menschen, und so war niemand da, der es hätte aufhalten oder davor warnen können. Einige der ersten Tiere, die durch die Magie geschaffen worden waren, wie die Stachelkatzen, kamen zu den Elfen und erzählten ihnen, was geschah, aber niemand hörte auf sie. Sie waren immerhin nur Tiere, trotz ihrer Fähigkeiten, und ihre Warnungen wurden in den Wind geschlagen.

Die neuen Elfen, die sich langsam in Dämonen zu verwandeln begannen, fingen an, ihre Posten zu verlassen, sich in die Dschungel zurückzuziehen und alles zu jagen und zu töten, was ihnen über den Weg lief. Die Stachelkatzen und andere waren die ersten Opfer. Die Elfen von Arborlon sollten die nächsten sein. Es wurden Anstrengungen unternommen, dem Treiben dieser Monster ein Ende zu machen, aber die Anstrengungen waren zaghaft und halbherzig, denn die Elfen erkannten immer noch nicht, daß die Probleme nicht nur durch einige wenige, sondern durch alle ihre Schöpfungen entstanden waren. Erst allmählich wurde ihnen bewußt, wie falsch sie die Wirkung der Magie beurteilt hatten, und die Situation geriet außer Kontrolle.

Damals war Ellenroh schon Königin. Ihr Vater hatte dem Keel die Magie des Loden eingegeben, um einen Schild zu schaffen, hinter dem sich die Elfen verbergen konnten, und sie schienen tatsächlich ziemlich sicher zu sein. Aber Ellenroh hatte ihre Zweifel. Sie war entschlossen, den Dämonen ein Ende zu bereiten, und sandte ihre Elfenjäger in die Dschungel, damit sie sie aufstöberten. Aber die Magie hatte zu gut gewirkt, und die Dämonen waren zu stark. Immer wieder drängten sie die Elfen zurück. Der Krieg ging jahrelang weiter. Es war ein furchtbarer, endloser Kampf um die Herrschaft über die Insel, der Morrowindl verwüstete und das Leben hier zu einem unvorstellbaren Alptraum werden ließ.«

Die Hände verkrampften sich. »Schließlich, als Ellenroh durch die Unlenksamkeit der Magie und die Wildheit der Dämonen alle anderen Möglichkeiten genommen worden waren, rief sie die letzten der Elfen in die Stadt. Das war vor zehn Jahren. Es war das Ende jeglichen Kontaktes mit der Außenwelt.«

»Aber warum konnte dieselbe Magie, die diese Wesen entstehen ließ, nicht auch gebraucht werden, um sie zu vernichten?« fragte Wren.

»Oh, Wren, dafür war es viel zu spät.« Eowen wiegte sich, als tröste sie ein Kind. »Die Magie war fort!« Ihre Augen hatten einen entfernten, entstellten Ausdruck. »Alle Magie hat einen Ursprung. Mit der Elfenmagie ist es nicht anders. Das meiste davon kommt aus der Erde und ist ein Geflecht des Lebens, das hier ansässig ist. Die Insel war der Ursprung der Magie, die benutzt wurde, um die Dämonen und vor ihnen die anderen zu erschaffen – ihre Erde, ihre Luft, ihr Wasser, die Elemente ihres Lebens. Aber die Magie ist wertvoll und existiert nicht unbegrenzt. Die Zeit ergänzt, was gebraucht wird, aber nur langsam. Was die Elfen nicht erkannten, war, daß die Dämonen die Magie selbst nötig hatten, als sie sich veränderten. Sie waren daraus erschaffen, und allmählich wurde klar, daß sie sie benötigten, um zu überleben. Sie begannen sie daher systematisch aus der Erde und den Wesen, die darauf lebten, zu saugen, und töteten alles, um davon zu leben. Sie verschlangen die Magie schneller, als sie sich regenerieren konnte. Die Insel begann sich zu verändern, zu verfallen, zu kränkeln und zu sterben. Es war, als könne sie sich nicht mehr vor den Wesen schützen, die sie zerstörten, sowohl Dämonen als auch Elfen. Als die Elfen die Wahrheit erkannten, war nicht mehr genug Magie übriggeblieben, um etwas zu ändern. Es gab schon zu viele Dämonen, als daß man sie hätte vernichten können. Alles jenseits der Stadt war ihnen überlassen. Morrowindl überlebte, wenn auch nur knapp, aber es war zerrüttet und verwandelt, war entweder Ödland oder fleischfressender Dschungel, so daß fast alles, was darauf lebte, so schnell und sicher getötet wurde wie durch die Dämonen. Die Natur war nicht mehr im Gleichgewicht. Killeshan erwachte und kochte in seinem Kessel. Und schließlich begann sich die Magie der Insel fast vollständig zu erschöpfen, und das zwang die Dämonen dazu, Arborlon zu belagern. Der Geruch der Magie des Keel war für sie unwiderstehlich. Er zog sie an, wie ein Magnet Eisen anzieht, und sie entschlossen sich, sich davon zu ernähren.«

Wren erblaßte. »Und jetzt werden sie auch uns angreifen, nicht wahr? Wir haben die Magie des Keel und alle Magie Arborlons und der Elfen im Loden aufbewahrt, und sie werden sie aufspüren.«

»Ja, Wren, das müssen sie.« Eowens Stimme war ein Hauch. »Aber das ist noch nicht das Schlimmste, was ich dir sagen muß. Da ist noch mehr. Hör mir zu. Es ist schlimm genug, daß die Elfen die Monster erschaffen haben, die sie dann vernichten wollten, daß sie Morrowindl über die Möglichkeit einer Rettung hinaus zerrüttet haben, daß sie sich vielleicht sogar selbst als Volk vernichtet haben. Ellenroh konnte es kaum ertragen, daran zu denken: an die Rolle, die sie selbst bei dem Verlust der Magie der Insel gespielt hat, oder an ihr eigenes Versagen, die Dinge wieder zurechtzurücken. Aber was sie vernichtet hat, war die Erkenntnis, warum die Elfen hauptsächlich nach Morrowindl gekommen waren. Ja, es geschah, um der Föderation und den Schattenwesen und allem, was sie verkörperten, zu entkommen und sich von dem Wahnsinn zu befreien und in einer neuen Welt neu zu beginnen. Aber, Wren, die Elfen waren es, die die alte Welt ruiniert haben!«

Wren sah sie ungläubig an. »Die Elfen? Wie denn? Was sagst du da, Eowen?«

Eowens Hände entließen ihre eigenen und legten sich entschlossen zusammen, so daß die Knöchel weiß hervortraten. »Nachdem die Dämonen faktisch alles auf Morrowindl beansprucht hatten, nachdem klar war, daß die Insel verloren war und das Elfenvolk zu Gefangenen seiner eigenen Torheit geworden war, hat die Königin jene aufgespürt und zu sich bestellt, die noch immer mit der Macht zu spielen versuchten, einfältige Männer und Frauen, die anscheinend nicht aus ihren Fehlern lernen konnten und beharrlich glaubten, die Magie könne beherrscht werden. Unter ihnen waren jene, die die Dämonen geschaffen hatten. Sie ließ sie von den Mauern der Stadt hinabwerfen. Sie tat dies nicht aufgrund dessen, was sie getan hatten, sondern aufgrund dessen, was sie außerdem versucht hatten. Sie hatten versucht, die Magie auf andere Weise zu gebrauchen, auf eine Weise, die fast dreihundert Jahre vorher nach Allanons Tod zur Zeit des Verschwindens der Druiden aus den Vier Ländern angewendet worden war.«

Sie atmete tief ein. »Nicht alle, die die alten Methoden zurückgewinnen wollten, kamen mit uns nach Morrowindl. Nicht alle Elfen verließen die Vier Länder. Eine Handvoll jener Machthaber der Magie blieben zurück, verleugnet von ihrem Volk und von den Elessedilherrschern verstoßen.« Eowens Stimme senkte sich, bis sie fast unhörbar war. »Diese Handvoll, Wren, schuf Monster einer anderen Art.«

Es entstand eine lange, furchtbare Stille, während sich die Seherin und die Fahrende in der Dämmerung ansahen. Die Kälte in Wrens Bauch begann in ihre Glieder zu kriechen. »Schatten!« flüsterte sie entsetzt und erkannte jetzt die Wahrheit, eine Wahrheit, die die ganze Zeit vor jenen verborgenen gehalten worden war, die von Allanons Schatten zum Hadeshorn gerufen worden waren. »Du meinst also, daß die Elfen die Schattenwesen erschaffen haben?«

»Nein, Wren.« Eowens Stimme drohte zu ersticken, als sie sich bemühte, zum Ende zu kommen. »Die Elfen haben die Schattenwesen nicht *erschaffen.* Die Elfen *sind* die Schattenwesen.«

Wren stockte der Atem. Es gab da einen Knoten, der sie zu ersticken drohte. Sie erinnerte sich des Schattenwesens am Wing Hove, an den, der sie so lange verfolgt hatte, an den, der sie schließlich getötet hätte, wenn nicht die Elfensteine gewesen wären. Sie versuchte, sich dieses Wesen als Elf vorzustellen, aber es gelang ihr nicht.

»Elfen, Wren.« Eowens wispernde Stimme verlangte erneut ihre Aufmerksamkeit. »Mein Volk. Ellenrohs. Dein eigenes. Nur einige wenige, weißt du, aber dennoch Elfen. Jetzt gibt es auch andere, vermute ich, aber am Anfang waren es nur Elfen. Sie versuchten, etwas Besseres zu sein, glaube ich, sie wollten wohl mehr sein. Aber alles ging schief, und sie wurden..., was sie sind.

Selbst dann noch weigerten sie sich, etwas zu ändern und Hilfe zu suchen. Ellenroh wußte das. Alle Elfen wußten das, zumindest früher einmal. Darum gingen sie, darum ließen sie ihre Heimat im Stich und flohen. Sie waren entsetzt über das, was ihre Brüder getan hatten. Sie waren entsetzt darüber, daß die Magie so mißbraucht worden war. Denn es war irregeleitete und unbeständige Magie, und was sie schufen, war nicht immer das, was sie wollten.«

Eowen lächelte bitter. »Verstehst du jetzt, warum die Königin dir die Wahrheit nicht offenbaren konnte? Verstehst du, welche Last sie trug? Sie war eine Elessedil, und ihre Vorfahren hatten das alles zugelassen! Sie hatte bei dem Mißbrauch der Magie selbst geholfen, obwohl es ihr nur darum ging, ihr Volk zu retten. Sie konnte es dir nicht sagen. Ich ertrage es kaum, es jetzt tun zu müssen! Ich frage mich auch jetzt noch, ob ich einen Fehler begangen habe...«

»Eowen!« Wren ergriff die Hände der Seherin und wollte sie gar nicht wieder loslassen. »Es war richtig, daß du es mir gesagt hast. Großmutter hätte das gleich zu Anfang tun sollen. Es ist eine furchtbare, widerliche Sache. Aber...«

Sie brach hilflos ab, und ihre Augen hefteten sich an die der Seherin. *Vertraue niemandem*, hatte die Addershag sie gewarnt. Jetzt verstand sie, warum. Die Geheimnisse von dreihundert Jahren lagen ausgebreitet vor ihr, und erst angesichts des Todes war sie in sie eingeweiht worden.

Eowen stand auf und befreite ihre Hände. »Ich habe dir heute nacht genug von der Wahrheit erzählt«, flüsterte sie. »Ich wünschte, es wäre nicht nötig gewesen.«

»Nein, Eowen...«

»Sei lieb, Wren Elessedil. Vergib der Königin. Und mir. Und den Elfen, wenn du kannst. Erinnere dich der Wichtigkeit der

Verantwortung, die dir übertragen wurde. Bringe den Loden zurück in die Vier Länder. Laß die Elfen neu beginnen. Laß sie helfen, die Dinge wieder zurechtzurücken.«

Sie wandte sich um, ignorierte Wrens geflüsterte Bitte, sie solle doch bleiben, und eilte davon.

Wren blieb danach bis zur Dämmerung wach, beobachtete, wie der Nebel vor der Leere umherwirbelte, und sah hinaus in die undurchdringliche Nacht. Sie lauschte auf die Bewegungen der Wachen, auf das Atmen der Schlafenden, auf das leere Flüstern ihrer Gedanken, während sie mit der Wahrheit rangen, die Eowen ihr hinterlassen hatte.

Die Schattenwesen sind Elfen.

Die Worte wiederholten sich wie das warnende Zischen einer Schlange. Sie war die einzige, die es wußte, die einzige, die die anderen warnen konnte. Aber sie mußte erst von Morrowindl fortkommen. Sie mußte überleben.

Die Nacht schien sich um sie herum zu verdichten. Sie hatte die Wahrheit haben wollen. Jetzt hatte sie sie. Es war ein bitterer, verdrehter Triumph, und der Preis dafür, daß sie ihn errungen hatte, mußte noch festgelegt werden.

Oh, Großmutter!

Ihre Hände ergriffen den Ruhkstab, und Enttäuschung, Ärger und Traurigkeit breiteten sich in ihr aus. Sie hatte ihr Geburtsrecht gefunden, ihre Identität entdeckt, die Geschichte ihres Lebens kennengelernt, und jetzt wünschte sie, das alles würde für immer verschwinden. Es war abscheulich und verdorben und an allen Ecken von Verrat und Wahnsinn gezeichnet. Sie haßte es.

Und dann, als die Düsternis ihrer Stimmung einen Punkt erreicht hatte, wo sie vollständig zu sein schien, wo es schien, als ob nichts Schlimmeres mehr passieren könnte, flüsterte ihr ein Gedanke etwas zu, das noch schwärzer war.

Die Schattenwesen sind Elfen – und du bringst das gesamte Elfenvolk zurück in die Vier Länder.

Warum?

Die Frage hing wie eine Anklage in der Stille ihres Bewußtseins.

5

Wren kämpfte noch immer mit ihren zwiespältigen Gefühlen darüber, was ihre Großmutter ihr aufgetragen hatte, als der Rest des Trupps bei Sonnenaufgang erwachte.

Einerseits hingen Tausende von Leben davon ab, daß sie den Loden und den Ruhkstab sicher von der Insel Morrowindl ins Westland zurückbrachte. Das gesamte Elfenvolk, alle außer den Flugreitern, die auf den Inseln in der Nähe der Küste lebten und sich der Auswanderung der Landelfen nach Morrowindl nicht angeschlossen hatten, war von der Magie aufgehoben und im Loden eingeschlossen worden und sollte dort bleiben, bis Wren – oder auch jemand anderes, falls sie wie Ellenroh sterben sollte – alle wieder befreite. Wenn ihr dies mißlang, würden die Elfen vernichtet sein, die älteste aller Rassen, die letzten des Feenvolkes, eine ganze Geschichte von der Zeit der Erschaffung der Welt an wäre verloren.

Andererseits wäre das vielleicht das beste.

Sie erschauerte jedes Mal, wenn sie Eowens Worte wiederholte: *Die Schattenwesen sind Elfen.* Die Elfen hatten sich, mit ihrer Magie und mit ihren hartnäckigen Versuchen, die Vergangenheit zurückzubringen, in Monster verwandelt. Sie hatten die Dämonen erschaffen. Sie hatten Morrowindl verwüstet und die Zerstörung der Vier Länder ausgelöst. Eigentlich jede Gefahr, die drohte, konnte bis zu ihnen zurückverfolgt werden. Es wäre vielleicht besser, wenn sie ganz zu existieren aufhörten, dachte Wren unter dem Eindruck der vollen Wahrheit.

Sie glaubte nicht, daß ihre Sorgen übertrieben waren. Wenn die Elfen erst einmal dem Westland wiedergegeben waren, konnte nichts sie daran hindern, erneut die Magie zu gebrauchen und trotz allem wieder anzurufen, so daß sie auf irgendeine neue fürchterliche und zerstörerische Art verwendet werden würde. Nichts deutete darauf hin, daß Ellenroh sich wirklich aller derer entledigt hatte, die mit ihrer Macht zu spielen versuchten, und daß nicht der eine oder andere überlebt hatte. Es würde für diese wenigen sicher leicht sein, wieder mit Experimenten zu beginnen und neue Arten von Monstern zu erschaffen, neue Schrecken, die Wren sich nicht einmal vorzustellen wagte. Hatten die Elfen nicht bereits bewiesen, daß sie zu allem fähig waren?

Wie die Druiden, dachte sie traurig. Sie waren Opfer eines irregeleiteten Verlangens nach Wissen, eines unverständigen Vertrauens in die eigenen Kräfte, eines einfältigen Glaubens, daß sie etwas beherrschen könnten, was seiner reinen Natur nach wirklich unzuverlässig war.

Wie hatten sie es so weit kommen lassen können, die Angehörigen eines Volkes mit so langer Erfahrung im Umgang mit der Magie, eines Feenvolks, das aus der Verwüstung der alten Welt durch Erfahrungen in die neue Welt gebracht worden war, aus denen sie hätten lernen müssen? Sie hatten doch sicherlich irgendeine vage Ahnung von den Gefahren gehabt, denen sie begegnen würden, wenn sie anfingen, die Natur nach ihrem eigenen Bild umzuformen, das einer krankhaften Phantasie entsprungen war. Sicherlich hatten sie erkannt, daß etwas falsch war. Und doch hatte der Lauf der Zeit die Elfen genauso menschlich wie die anderen Rassen werden lassen, sie von Feenwesen in Sterbliche verwandelt und ihre Wahrnehmungen und ihr Wissen verändert. Warum sollten sie nicht wie jeder andere auch Fehler machen können – wie jeder andere sie auch tatsächlich schon gemacht hatte, von den Druiden bis hin zu den Menschen?

Die Elfen. Sie war ja auch eine von ihnen, und, noch schlimmer, sie war eine Elessedil. Wie sehr sie es sich auch anders wünschen mochte, sie würde an der Schuld daran zugrunde gehen, was deren falsche Einschätzungen hervorgebracht hatten, und an den Gewissensbissen, was ihre Torheit gekostet hatte. Ein Land, ein Volk, unzählige Leben, die Gesundheit und der Frieden einer Welt – sie hatten die Ereignisse in Bewegung gesetzt, die das alles zerstören würden. Ihr Volk. Sie konnte vielleicht dagegenhalten, daß sie selbst eine Fahrende war und daß sie nichts mit den Elfen gemein hatte, außer ihrer Blutlinie und ihrem Aussehen, aber das Argument schien hohl und schwach. Verantwortung begann und endete nicht mit persönlichen Bedürfnissen – soviel hatte Garth sie gelehrt. Sie war ein Teil von allem um sie herum, und nicht nur das Überleben, sondern auch ihr Platz im Leben hing unmittelbar davon ab, ob sie diese Wahrheit akzeptierte. Sie konnte nicht vor allem Unangenehmen in der Welt zurückweichen. Sie würde aber auch ihren Schmerz nie vergessen können. Es hatte einmal eine Zeit gegeben, in der die Elfen die ersten unter den Heilern gewesen waren und in der es ihre Aufgabe gewesen war, das Land als Einheit zu bewahren und auch anderen die Weisheit, dies zu tun, nahezubringen. Was war mit diesem Auftrag geschehen? fragte sie sich. Wieso waren die Elfen so fehlgeleitet worden?

Sie aß, ohne zu schmecken, was sie aß, und sie sprach wenig und war in ihre Gedanken eingesponnen. Eowen saß ihr mit gesenkten Blicken gegenüber. Garth und die anderen Männer gingen an ihnen vorbei, ohne sie zu sehen, da sie sich auf den Weg vor ihnen konzentrieren. Stresa war bereits fort, erkundete die Gegend, um sich des Weges zu versichern. Faun lag wie ein Fellball auf ihrem Schoß.

Was soll ich tun? fragte sie sich selbst verzweifelt. *Welche Wahl habe ich?*

Sie setzten den Aufstieg auf den Blackledge fort, und noch immer konnte sie sich nicht auf eine Antwort festlegen. Der Tag war dunkel und neblig wie alle anderen zuvor, die Sonne wurde vom Vog ferngehalten, und die Luft war erfüllt von Hitze und Asche und dem schwachen Geruch des Schwefels. Geräusche erhoben sich hinter ihnen aus den Sümpfen von Eden's Murk, eine wahllose Ansammlung von Schreien und Rufen, Lautfetzen, die weit entfernt aus dem Nebel stiegen. Unter ihnen jagten Wesen nach Nahrung und kämpften darum, einen weiteren Tag zu überleben. Über ihnen war lediglich Schweigen, als gäbe es vor ihnen nur noch Wolken. Der Pfad war steil und gewunden, und er führte sie häufig im Kreis. Es war ein Gewirr von Simsen, Gefällen und Engpässen wie ein Irrgarten. Manchmal gingen schnell und wild Schauer über sie hinweg, wobei der Regen die Erde und den Fels rutschig werden ließ, bis er dann wieder von der Hitze verdrängt wurde.

Die Zeit verging, und Wrens Gedanken schweiften ab. Sie entdeckte, daß sie den Verlust von Erfahrungen fürchtete, an die sie zuvor keinen Gedanken verschwendet hatte. Sie war noch jung, kaum eine Frau, und die Möglichkeit, daß sie vielleicht niemals einen Mann oder Kinder haben könnte und vielleicht immer allein sein würde, traf sie schwer. Sie sah sich Gesichtern und

Stimmen und kleinen Szenen aus einem imaginären Leben gegenüber, wo es diese Dinge gab, und ohne Grund und Sinn trauerte sie, als hätte sie sie verloren. Es war die Entdeckung, wer und was sie war, die diese Gefühle auslöste, sagte sie sich schließlich. Es war die Verpflichtung, die ihr auferlegt worden war, die Verantwortung, die sie trug, die sie mit diesem Gefühl der Einsamkeit und des Alleinseins umgab. Für sie gab es nichts, als von Morrowindl zu fliehen, das Schickal des Elfenvolkes zu beschließen und mit den Schrecken, von denen sie jetzt wußte, zu Rande zu kommen. Nichts in ihrem Leben schien mehr einfach, und die normale Hoffnung auf eine Zukunft mit einem Ehemann und Kindern war so weit entfernt wie die Heimat, die sie zurückgelassen hatte.

Sie zwang sich jedoch, die Möglichkeit zu überdenken – vielleicht wurde dieser Gedanke auch durch das Bedürfnis hervorgerufen, irgendeinen Sinn in dem allem zu finden, was über sie gekommen war –, daß ihr von Allanons Schatten, von Ellenroh und genauso durch die Vorsehung vielleicht auch aufgetragen war, für ihr Volk sowohl Mutter als auch Frau zu sein, es als ihre Familie anzunehmen, es zu behüten, zu leiten und zu schützen und sein Leben zu überwachen, solange ihr eigenes währte. Ihr Geist wurde leicht, und ihr Empfinden den Dingen gegenüber immer klarer, denn sie hatte jetzt drei Tage lang kaum geschlafen, und ihre physische und psychische Kraft war erschöpft. Sie war nicht sie selbst, konnte sie argumentieren, und doch hatte sie sich in Wahrheit vielleicht gefunden. Es war Sinn in allem, und auch hierin mußte Sinn sein. Sie war ihrem Volk zurückgegeben worden, ihr war die Verantwortung darüber übertragen worden, ob es leben oder sterben sollte, und sie war zu seiner Königin gemacht worden. Sie hatte die Magie der Elfensteine entdeckt und Kontrolle über ihre Macht erlangt. Ihr war etwas erzählt worden, was niemand sonst wußte – die Wahrheit über die Herkunft der Schattenwesen. Warum? Sie zuckte im Geiste die Achseln. Warum nicht, wenn es keinen Unterschied machte? Nicht so sehr, was die Schattenwesen betraf, obwohl sie die Probleme und Lösungen nicht losgelöst betrachten konnte, wie schon Allanon angedeutet hatte, als er den Kindern von Shannara ihre Aufgaben übertragen hatte. Nicht so sehr, was die Zukunft der Rassen betraf, denn das war ein zu vielschichtiges Unterfangen für einen Menschen und mußte daher durch die Anstrengungen vieler und die Launen des Glücks entschieden werden. Aber wenn sie an die Elfen dachte, ihre Zukunft als Volk, an das Zurechtrücken von soviel Falschem und das Korrigieren so vieler Fehler – darin konnte sie vielleicht den Sinn ihres Lebens finden.

Es war ein ernüchternder Gedanke, und sie erwog diese Möglichkeit, während sie den Blackledge hinaufstieg. Sie war in sich selbst versunken, während sie auch darüber nachdachte, was ein Unterfangen solcher Bedeutung für Anforderungen an sie stellen würde. Sie war stark genug, das fühlte sie. Es gab nur wenig, was sie nicht vollbringen konnte, wenn sie sich erst einmal dafür entschieden hatte. Sie war entschlossen und hatte einen Sinn für Recht und Unrecht, der ihr auch bisher gute Dienste geleistet hatte. Sie war sich der Tatsache bewußt, daß sie eine Schuld einzulösen hatte – ihrer Mutter gegenüber, die alles geopfert hatte, damit ihr Kind eine Chance hätte, sicher aufzuwachsen, ihrer Großmutter gegenüber, die ihr die Zukunft einer Stadt und ihrer Menschen überantwortet hatte, und denen gegenüber, die bereits ihr Leben gegeben hatten, um ihres zu retten, und auch denen gegenüber, die bereit waren, dies noch zu tun, und die an sie glaubten.

Aber selbst das war in sich selbst nicht genug, um sie zu überzeugen. Da mußte noch mehr sein, das wußte sie – etwas, das ihre Erwartungen und ihr Verantwortungsbewußtsein überstieg, etwas noch Fundamentaleres. Es gab einfach keine Alternative. Tief in ihrem Innern war sie sich längst bewußt, daß Völkermord verabscheuungswürdig war und daß sie eine andere Lösung für dieses Dilemma der Zukunft der Elfen und ihrer Magie finden mußte. Aber wenn sie weiterlebten, wenn es ihr gelang, sie ins Westland zurückzubringen, was würde dann aus ihnen werden, wenn sie fortgehen sollte? Wer würde sie in dem bevorstehenden Kampf führen? Wer würde sie leiten und beraten? Konnte sie das alles dem Zufall oder auch dem Diktat des Hohen Konzils überlassen? Die Bedrängnis des Elfenvolkes war groß, und sie fühlte, daß sie sie nicht ignorieren konnte, selbst wenn das ihr eigenes Leben vollständig verändern würde.

Dennoch blieb sie unsicher. Sie fühlte sich von dem Konflikt hin und her gerissen, und focht einen inneren Kampf zwischen verschiedenen Möglichkeiten aus, die sich nicht einfach in richtig oder falsch einteilen ließen. Sie wußte auch, daß die Entscheidung vielleicht gar nicht von ihr getroffen werden würde, denn obwohl Ellenroh ihr die Führung übergeben hatte, mußten die Elfen sie erst einmal akzeptieren. Sie konnten sie ja auch ablehnen. Und warum sollten sie sich überhaupt entscheiden, ihr zu folgen, fragte sie sich. Einer Fahrenden, einer Außenstehenden, einem jungen Mädchen, das kaum erwachsen war – ihr fehlte noch vieles.

Ihre Gedanken zerstreuten sich wie Papierfetzen, die vom Wind verweht werden, und die Besorgnis um die Zukunft wurde von aktuellen Notwendigkeiten verdrängt. Sie schaute über die Felsen und das Gestrüpp auf den Schirm aus Vog und die dunklen, gebeugten Gestalten jener, die mit ihr reisten. Im Moment war es wichtiger zu wissen, wie sie überleben konnten.

Erst gegen Mittag ließ Stresa den Zug haltmachen. Wren drängte sich an Garth vorbei, um zu sehen, was passiert war. Der Stachelkater stand am Eingang einer Höhle, die sich vor ihnen in den Fels grub. Zu ihrer Rechten führte der Pfad, dem sie folgten, scharf einen Hang auf der Vorderseite der Klippe hinauf und verschwand in dem Gestrüpp, das den Berg bedeckte.

»Schau, Wren von den Elfen«, sagte der Stachelkater sanft, und seine hellen Augen fixierten sie. »Hier müssen wir uns entscheiden. Pffffft! Der Pfad windet sich hinauf zum Gipfel, aber er ist von hier aus langsam und schwierig zu begehen – ssspppt – und überhaupt nicht übersichtlich. Der Tunnel öffnet sich zu einer Reihe von Lavaröhren, die vor Jahren vom – pffft – Feuer des Vulkans gebildet worden sind. Ich habe sie schon früher erkundet. Auch sie führen zum Gipfel.«

Wren kniete sich hin. »Was schlägst du vor?«

»Grrrr. Auf beiden Wegen lauern Gefahren.«

»Überall lauern Gefahren.« Ihr entging sein Zögern. Um sie herum wirbelte und drehte sich der Nebel vor dem dichten Bewuchs der Insel, als suche er seinen eigenen Weg. »Wir verlassen uns auf deine Führung, Stresa«, erinnerte sie ihn. »Wähle du den Weg.«

Der Stachelkater drückte mit einem Zischen sein Mißvergnügen aus. »Dann die Tunnel. Pffffft!« Sein großer Körper schwang herum und wandte sich dann wieder ihnen zu. Die Stacheln hoben und senkten sich. »Wir brauchen Licht.«

Während Triss sich auf die Suche nach einem passenden Fakkelholz machte, durchsuchte der Rest der Gesellschaft die Rucksäcke und Taschen nach Stoffetzen und Zunder. Gavilan und Eowen hatten von beidem etwas. Sie legten es vorsichtig in den Tunneleingang und setzten sich hin, um etwas zu essen, während sie auf Triss' Rückkehr warteten.

»Hast du geschlafen?« fragte Eowen weich und setzte sich neben Wren. Sie hielt ihren Blick entschlossen abgewandt.

»Nein«, antwortete Wren wahrheitsgemäß. »Ich konnte es nicht.«

»Ich auch nicht. Es war genauso schwer, die Worte auszusprechen, wie sie zu hören.«

»Das weiß ich.«

Das rote Haar schimmerte feucht, als sich Eowens blasses Gesicht Wren zuwandte. »Ich hatte eine Vision – die erste, seit wir Arborlon verlassen haben.«

Wren wandte sich um, begegnete dem Blick der Seherin und erschrak über das, was sie dort sah. »Erzähle es mir.«

Eowen schüttelte den Kopf, wenn die Bewegung auch kaum wahrnehmbar war. »Nur weil es nötig ist, dich zu warnen«, flüsterte sie. Sie beugte sich vor, so daß nur Wren sie hören konnte. »In meiner Vision standest du allein auf einem Hügel. Es war deutlich, daß du auf Morrowindl warst. Du hieltest den Ruhkstab und die Elfensteine, aber du konntest sie nicht gebrauchen. Die anderen, jene hier, mich selbst eingeschlossen, waren nicht mehr als schwarze Schatten auf der Erde. Etwas näherte sich dir, riesig und gefährlich, aber du hattest keine Angst – es war, als würdest du es willkommen heißen. Vielleicht erkanntest du nicht, daß es dich bedrohte. Da war ein Schimmern glänzenden Silbers, und du eiltest, um es zu umarmen.«

Sie hielt inne, und ihr Atem schien zu stocken. »Das solltest du nicht tun, Wren. Wenn das geschieht, dann erinnere dich daran.«

Wren nickte und fühlte sich innerlich wie betäubt und leer. »Ich werde mich daran erinnern.«

»Es tut mir leid«, flüsterte Eowen. Sie zögerte einen Moment, wie ein gejagtes Tier, das keinen Ausweg sieht, erhob sich dann und ging schnell davon. *Arme Eowen*, dachte Wren. Sie sah der

Seherin einen Moment lang nachdenklich nach. Dann winkte sie Garth herbei. Der große Mann kam sofort. Seine fragenden Augen verrieten, daß er ihre Besorgnis bereits erkannte. Sie änderte ihre Haltung, so daß nur er sie sehen konnte.

Eowen hatte eine Vision ihres eigenen Todes, signalisierte sie und machte sich dieses Mal nicht die Mühe, die Worte auch auszusprechen. Garth zeigte keinerlei Reaktion. *Gib acht auf sie, ja? Willst du für ihre Sicherheit sorgen?*

Garths Finger gestikulierten. *Ich mag nicht, was ich in ihren Augen sehe.*

Wren seufzte und nickte dann. *Ich auch nicht. Tu einfach dein Bestes.*

Triss kehrte schon bald zurück und brachte zwei große Stücke trockenes Holz mit, die er irgendwo auf den regengetränkten Hängen hatte bergen können. Er schaute über die Schulter, als er sich näherte. »Auf den Hängen unter uns bewegt sich etwas«, informierte er sie und reichte eines der Holzstücke Dal. »Es klettert etwas auf uns zu.«

Zum ersten Mal, seit sie aus dem Sumpf entkommen waren, hielten sie Eile für geboten. Bisher hatten sie die Wesen, die sie jagten, fast vergessen können. Wren dachte an die Magie des Loden und fragte sich sofort, ob die Dämonen sie tatsächlich riechen konnten, ob der Geruch der wiedergewonnenen Magie des Keel stark genug war, sie anzuziehen, selbst wenn sie gerade nicht gebraucht wurde.

Sie banden die Stoffetzen um das Holz und benutzten den Zunder, um sie zu entzünden. Als die Flammen aufloderten, eilten sie in die Tunnel vor ihnen. Stresa führte sie, ein Nachtwesen, das sich in der Dunkelheit wohl fühlte, wobei sich sein plumper Körper weich in die Dunkelheit vorauswälzte. Triss folgte mit einer Fackel dicht hinter ihm, während Dal am Ende des Trupps mit der anderen folgte. Zwischen ihnen gingen Wren, Gavilan, Eowen und Garth. Die Luft in der Lavaröhre war kühl und abgestanden, und Wasser tropfte von der Decke. An manchen Stellen wand sich ein schmaler Wasserlauf über den gemaserten Boden. Es gab keine Vorsprünge und keine Hindernisse. Der Durchfluß der rot-heißen Lava hatte vor Jahren alles ausgebrannt. Während sie auf Triss warteten, hatte ihr Stresa erklärt, wie der Druck der Hitze und der Gase des Vulkankerns Öffnungen in die Erde trieben und Tunnel durch den unterirdischen Fels bis an die Oberfläche brachen, wobei die Lava den Weg freibrannte. Diese Röhren konnten sich über Meilen erstrecken und wanden sich wie die Gänge von Riesenbohrwürmern. Manchmal brach die Lava eine Öffnung durch die Oberfläche von Morrowindl, wodurch dann der Druck gesenkt wurde und es ihr möglich wurde, ungehindert ins Meer zu fließen. Als der Vulkan abkühlte, gab die Lava den Weg frei, und nur die Röhren, die sie gegraben hatte, blieben zurück. Diejenige, der sie nun folgten, war Teil eines Gewirrs von Gängen, die sich vom höchsten Punkt bis zur Basis über Meilen hinweg durch den Blackledge gruben.

»Wenn ich uns nicht in die Irre führe, werden wir bei Einbruch der Nacht oben auf dem – grrrrr – Kamm herauskommen«, hatte der Stachelkater versprochen.

Wren hatte ihn fragen wollen, woher er von den Tunneln wußte, beschloß dann jedoch, daß das Wissen des Stachelkaters wahrscheinlich von den Elfen stammte und daß es ihn nur ärgerlich machen würde, wenn er darüber sprechen sollte. Auf jeden Fall schien er zu wissen, wohin er ging. Die Nase vorgestreckt, drängte er am Rande des Fackellichts vorwärts, als versuche er, sie in seinem Kielwasser voranzuziehen. Er zögerte nicht ein einziges Mal, selbst wenn er auf abzweigende Durchgänge traf und gezwungen war, sich zu entscheiden. Sie drehten und wanden sich durch den kühlen Fels voran, mußten beständig klettern und sich selbst und ihr Gepäck durch die Dunkelheit schleppen. Immer wieder mußten sie die Wassertropfen wegwischen, die mit kalten, stechenden Spritzern auf ihren Gesichtern und ihren Händen landeten. Der Schritt ihrer Stiefel hallte in der tiefen Stille hohl wider, und ihren Atem hörten sie als ein rauhes Zischen. Sie lauschten aufmerksam, ob sie Verfolger hatten, hörten aber nichts.

An einer Stelle waren sie gezwungen, einen ziemlich steilen Abhang zu einer Öffnung hinabzusteigen, wo sich zwei Wege kreuzten und wo die Lava sich aus einem hohlen Kern innerhalb des Berges hervorgedrängt und ein gähnendes Loch hinterlassen hatte, das sich dunkel unter ihnen öffnete. Weiter vorn befand sich eine Höhle, wo sich die Lava eine Zeitlang gesammelt und dabei eine Reihe von Durchgängen geschaffen hatte, die sich kreuz und quer durch den Berg schlängelten. Stresa wußte jeden Augenblick, was zu tun war, welchem Tunnel sie folgen mußten und wo der Durchgang lag, der sie in Sicherheit bringen würde.

Die Stunden verrannen, und ihr Marsch nahm kein Ende. Wren ließ Faun auf ihrer Schulter reiten. Die hellen Augen des Baumschreiers schossen nach links und nach rechts, und seine Stimme drang als leises Murmeln an ihr Ohr. Sie hörte eine Zeitlang auf, nachzudenken, und konzentrierte sich statt dessen darauf, einen Fuß vor den anderen zu setzen, die Bewegung der Schatten im Fackellicht zu beobachten. Diese und ein Dutzend andere irdische, sinnlose Ablenkungen halfen ihr, ihrem erschöpften Geist und ihren Empfindungen die notwendige Ruhe zu verschaffen.

Als die Nacht hereinbrach, kamen sie schließlich aus den Tunneln heraus, traten aus der rauchigen Schwärze mitten in ein Wäldchen aus zierlichen Eschen und Gestrüpp, das an der Vorderseite der Klippe wuchs. Vor ihnen erstreckte sich ein Sims in den Nebel. Hinter ihnen ragte der Berg zu einer zerklüfteten, leeren Kammlinie hinauf. Der Himmel über ihnen war düster und bewölkt, und ein leichter Regen fiel herab.

Sie gingen von den Tunneln fort zu einem Akazienwäldchen am Rande des Blackledge und richteten sich dort für die Nacht ein. Sie breiteten ihre Ausrüstung aus und nahmen eine eilige Mahlzeit ein, und dann wickelten sie sich in ihre Umhänge und Decken und bereiteten sich auf den Schlaf vor. Es war kalt auf dem Berg, und der Wind blies in scharfen Böen über sie hinweg. Weit entfernt konnte Wren das Rumpeln des Killeshan hören und das rote Glühen seines Feuers durch den Dunst schimmern sehen. Die Erde hatte erneut zu beben begonnen, es war eine langsame, beklemmende Erschütterung, die Felsgestein und Erde löste, so daß sie herabfielen, und die Bäume schwanken und die Blätter wie erschreckte Kinder flüstern ließ.

Wren lehnte sich gegen eine abgestorbene Akazie zurück, deren entblößte Wurzeln sich auf dem Felsgestein kaum mehr festhielten. Für kurze Zeit lag der Ruhkstab vergessen auf ihrem Schoß. Faun verbarg sich, solange das Beben anhielt, an ihrer Schulter, und verschwand dann schutzsuchend unter ihrer Decke. Sie beobachtete, wie die schlanke, kräftige Gestalt von Dal, der die erste Wache übernahm, an ihr vorbeiglitt. Ihre Augen waren schwer, während sie hinaus in die Dunkelheit schaute, aber sie stellte fest, daß sie noch nicht bereit war zu schlafen. Sie mußte erst noch eine Weile nachdenken. Kurz darauf tauchte plötzlich Gavilan hastig aus der Dunkelheit auf.

»Tut mir leid«, entschuldigte er sich eilig. »Kann ich mich eine Weile zu dir setzen?«

Sie nickte schweigend, und er setzte sich neben sie. Er hatte seine eigene Decke lose um die Schulter gelegt, und sein Haar war zerzaust und feucht. Sein hübsches Gesicht war von Müdigkeit gezeichnet, aber dennoch erschien ein Hauch des vertrauten Lächelns.

»Wie fühlst du dich?«

»Es geht mir gut«, antwortete sie.

»Du siehst sehr müde aus.«

Sie lächelte.

»Ich wünschte, wir hätten es gewußt«, murmelte er.

Sie schaute zu ihm hinüber. »Was gewußt?«

»Alles. Irgendwas! Etwas, das uns besser auf das vorbereitet hätte, was wir durchmachen.« Seine Stimme klang für sie seltsam, fast als sei er wahnsinnig. »Es ist fast, als würde man ohne Karte auf einem Ozean ausgesetzt und bekäme gesagt, man solle in Sicherheit steuern, aber gleichzeitig davon absehen, den Rest Trinkwasser zu gebrauchen, den man glücklicherweise dabei hat.«

»Was meinst du?«

Er wandte sich ihr zu. »Denk darüber nach, Wren. Wir besitzen sowohl den Loden als auch die Elfensteine – genug Magie, um fast alles zu vollbringen. Und dennoch haben wir anscheinend Angst, diese Magie anzurufen, fast als würden wir davon zurückgehalten, es zu tun. Aber das werden wir doch nicht, oder? Ich meine, was sollte uns daran hindern? Denk daran, wieviel besser die Dinge wurden, als du die Elfensteine benutztest, um einen Weg aus Eden's Murk heraus zu finden. Wir sollten diese Magie bei jedem Schritt unseres Weges benutzen! Wenn wir das getan hätten, könnten wir jetzt vielleicht schon am Strand sein.«

»So geht es nicht, Gavilan. Sie kann nicht alles.«

Aber er hörte nicht zu. »Noch schlimmer ist es, wie wir die Magie mißachten, die im Loden enthalten ist. Ja, sie wird gebraucht, um die Elfen und Arborlon auf der Reise zurück ins Westland zu behüten. Aber ist dazu die ganze Magie nötig? Ich glaube das keinen Augenblick!« Er ließ seine Hand kurzzeitig auf dem Ruhkstab ruhen. Seine Worte wurden plötzlich inbrünstig. »Warum sollen wir die Magie nicht gegen die Wesen gebrauchen, die uns jagen? Warum sollen wir uns nicht einfach einen Weg mitten durch sie hindurch brennen? Oder noch besser, warum sollen wir nicht etwas erschaffen, das dort hinausgehen und sie zerstören kann!«

Wren sah ihn an und konnte nicht glauben, was sie hörte. »Gavilan«, sagte sie ruhig. »Ich weiß alles über die Dämonen. Eowen hat es mir gesagt.«

Er zuckte die Achseln. »Es war an der Zeit, nehme ich an. Es lag an Ellenroh, daß es dir niemand vorher gesagt hat.«

»Wie auch immer«, fuhr sie fort, senkte ihre Stimme und verlieh ihr Festigkeit, »wie kannst du nur vorschlagen, die Magie dazu zu benutzen, etwas anderes zu erschaffen?«

Sein Gesicht verhärtete sich. »Warum? Weil etwas schiefgegangen ist, als sie früher benutzt wurde? Weil jene, die sie gebraucht haben, nicht die Fähigkeit oder die Kraft oder das Gefühl dafür hatten, sie angemessen zu benutzen?«

Sie schüttelte schweigend den Kopf.

»Wren! Die Magie muß benutzt werden! Sie muß es! Dafür vor allem ist sie gedacht! Wenn wir keinen Gebrauch davon machen, wird jemand anderes es tun, und was dann? Das ist kein Spiel. Soviel weißt auch du. Es gibt Wesen dort draußen, die so gefährlich sind, daß...«

»Wesen, die die Elfen geschaffen haben!« sagte sie ärgerlich.

»Ja. Durch einen Fehler, das gebe ich zu! Aber andere hätten sie geschaffen, wenn wir es nicht getan hätten!«

»Das kannst du nicht wissen!«

»Das ist doch gleichgültig. Die Tatsache, daß wir sie aus gutem Grund geschaffen haben, bleibt! Wir haben viel gelernt! Die Schöpfung liegt in der Seele dessen, der die Macht ausübt! Es ist lediglich die Intensität des Wunsches und die richtige Steuerung der Bedürfnisse, die noch notwendig ist! Dieses Mal können wir es richtig machen!«

Er brach ab und wartete auf ihre Antwort. Sie sahen einander schweigend an. Dann atmete Wren tief durch und griff hinab, um seine Hand von dem Stab zu nehmen. »Ich glaube nicht, daß du noch mehr sagen solltest.«

Sein Lächeln war bitter und ironisch. »Es gab eine Situation, da warst du ärgerlich, weil ich nicht genug gesagt hatte.«

»Gavilan«, flüsterte sie.

»Glaubst du, daß dies alles einfach verschwindet, wenn wir nicht darüber reden, daß sich alles irgendwie von selbst klären wird?«

Sie schüttelte langsam und traurig den Kopf.

Er beugte sich zu ihr, und seine Hände schlossen sich fest um ihre. Sie versuchte nicht, sie fortzuziehen, denn sie war gleichzeitig fasziniert und abgestoßen von dem, was sie in seinen Augen sah. Sie spürte, daß in ihr Kummer hochstieg. »Hör mir zu, Wren«, sagte er und schüttelte den Kopf über etwas, das sie offenbar nicht wahrnahm. »Es gibt eine besondere Bindung zwischen uns. Ich habe das vom ersten Moment an gespürt, als ich dich sah. In jener Nacht bereits, als du nach Arborlon kamst und dich noch fragtest, warum du gesandt worden warst. Ich wußte es. Ich wußte es schon damals, aber es war zu früh, darüber zu sprechen. Du bist Alleynes Tochter und hast das Elessedilblut. Du hast Mut und Stärke. Du hast bereits mehr getan, als irgend jemand je von dir hätte verlangen können.

Aber, Wren, nichts davon ist wirklich dein Problem. Die Elfen sind nicht dein Volk, und Arborlon ist nicht deine Stadt. Ich weiß das. Ich weiß, wie fremd dir alles sein muß. Ellenroh hat allerdings nie verstanden, daß man niemanden bitten kann, Verantwortung für Dinge zu übernehmen, wenn der oder die Betreffende mit dieser Verantwortung nicht aufgewachsen ist. Sie hat nie verstanden, daß sie jemanden niemals genauso zurückhaben kann, wie er früher war, wenn sie ihn erst einmal fortgesandt hat. So hat sie Alleyne verloren! Nun, sieh. Sie hat dir den Ruhkstab und den Loden übergeben, die Elfen und Arborlon, die ganze Zukunft eines Volkes, und dir befohlen, Königin zu sein. Aber du willst in Wirklichkeit doch gar nichts davon, nicht wahr?«

»Das wollte ich nicht«, gab sie zu. »Früher.«

Ihm entging ihr Zögern. »Dann gib es auf! Mach Schluß damit! Laß mich den Stab und den Stein nehmen und sie gebrauchen, wie sie gebraucht werden sollten – um gegen die Monster zu kämpfen, die uns verfolgen, um diejenigen zu zerstören, die Morrowindl in diesen Alptraum verwandelt haben!«

»Welche Monster?« fragte sie sanft.

»Was?«

»Welche Monster? Die Dämonen oder die Elfen? Welche meinst du?«

Er sah sie verständnislos an, und sie fühlte, wie sich ihr Herz zusammenkrampfte. Seine Augen waren klar und ärgerlich, und sein Gesicht war angespannt. Er schien so überzeugt. »Die Elfen«, flüsterte sie, »sind diejenigen, die Morrowindl zerstört haben.«

»Nein«, antwortete er sofort und ohne zu zögern.

»Sie haben die Dämonen geschaffen, Gavilan.«

Er schüttelte heftig den Kopf. »Alte Männer haben sie in einer anderen Zeit geschaffen. Ein Fehler wie dieser wird sicher nicht wieder passieren. Ich würde es nicht zulassen. Die Magie kann besser angewandt werden, Wren. Du weißt, daß das wahr ist. Haben die Ohmsfords nicht immer einen Weg gefunden? Haben nicht auch die Druiden das getan? Laß es mich versuchen! Ich kann diesen Wesen gegenübertreten, ich kann tun, was notwendig ist! Du willst den Stab nicht, das hast du selbst gesagt! Gib ihn mir!«

Sie schüttelte den Kopf. »Ich kann nicht.«

Gavilan versteifte sich, und seine Hände zogen sich zurück. »Warum nicht, Wren? Sag mir, warum nicht.«

Sie konnte es ihm natürlich nicht sagen. Sie konnte die Worte nicht finden, und selbst wenn sie die Worte hätte finden können, wäre sie nicht in der Lage gewesen, sie auszusprechen.

»Ich habe ein Versprechen gegeben«, sagte sie statt dessen und wünschte, daß er die Angelegenheit ruhen lassen würde, daß er seine Forderung aufgeben und erkennen würde, wie falsch es von ihm war, darum zu bitten.

»Du hast es versprochen?« keuchte er. »Wem?«

»Der Königin«, beharrte sie stur.

»Der Königin? Schatten, Wren, was sind die schon wert? Die Königin ist tot!«

Und da schlug sie ihn und traf ihn hart ins Gesicht. Es war ein Schlag, der seinen Kopf zurückfliegen ließ. Er blieb einen Moment abgewandt und richtete sich dann auf. »Du kannst mich ruhig noch einmal schlagen, wenn du dich danach besser fühlst.«

»Ich fühle mich furchtbar«, flüsterte sie, wand sich innerlich und wurde zu Eis. »Aber das hättest du nicht sagen dürfen.«

Er betrachtete sie einen Moment verbittert, und sie verspürte den Wunsch, ihn so wiederzubekommen, wie er gewesen war, als sie noch in Arborlon waren, als er charmant und freundlich gewesen war, ein Freund, den sie brauchte und der sie vor dem Hohen Konzil geküßt und sich um sie gesorgt hatte.

Sein hübsches Gesicht war angespannt vor Entschlossenheit. »Du mußt mich die Magie des Loden benutzen lassen, Wren.«

Sie schüttelte fest den Kopf. »Nein.«

Er drängte aggressiv vorwärts, fast als wolle er sie angreifen. »Wenn du es nicht tust, werden wir nicht überleben. Wir können es nicht. Du hast nicht das…«

»Nicht, Gavilan«, warf sie ein, und ihre Hand legte sich schnell auf seine Lippen. »Sag es nicht! Sag nichts mehr!«

Die plötzliche Geste ließ sie beide einen Moment innehalten, und der Wind, der in einer plötzlichen Böe vorbeiblies, ließ Wren erzittern. Langsam nahm sie ihre Hand fort. »Geh schlafen«, drängte sie und kämpfte um Festigkeit in ihrer Stimme. »Du bist müde.«

Er lehnte sich leicht zurück. Es war nur eine kleine Bewegung, eine, die ihn nur Zentimeter von ihr entfernte – und doch konnte sie das Zerreißen des Bandes zwischen ihnen genauso deutlich spüren, als wären es Seile, die mit einem Messer durchschnitten werden.

»Ich werde gehen«, sagte er ruhig, aber mit unüberhörbarem Ärger in der Stimme. Er erhob sich und schaute zu ihr hinab. »Ich war dein Freund. Ich wäre es noch immer, wenn du mich lassen würdest.«

»Ich weiß«, sagte sie.

Er blieb einen Moment, wo er war, als sei er unentschlossen, was er als nächstes tun sollte, ob er bleiben oder gehen sollte, ob er sprechen oder schweigen sollte. Er schaute durch die Dunkelheit zurück in den Dunst. »Hier werde ich nicht sterben«, flüsterte er.

Dann wandte er sich um und ging davon. Wren blieb sitzen, wo sie war, und sah ihm nach, bis er nicht mehr zu sehen war. Tränen traten in ihre Augen, aber sie wischte sie schnell fort.

Gavilan hatte sie verletzt, und das machte sie wütend. Er brachte sie dazu, alles anzuzweifeln, was sie beschlossen hatte, und sich zu fragen, ob sie überhaupt wußte, was sie tat. Er brachte sie dazu, sich dumm zu fühlen und selbstsüchtig und naiv. Sie wünschte, sie wäre niemals losgegangen, um mit dem Schatten Allanons zu sprechen, niemals nach Morrowindl gekommen und hätte niemals die Elfen und ihre Stadt und den Schrecken ihrer Existenz entdeckt – sie wünschte, daß nichts davon jemals geschehen wäre.

Sie wünschte, sie hätte niemals ihre Großmutter getroffen.

Nein! wies sie sich scharf zurecht. *Wünsche dir das niemals wieder!*

Aber tief in ihrem Inneren tat sie es doch.

6

Der Tag, der heraufzog, wurde nur verstohlen sichtbar und wurde von den Schatten der schwindenden Nacht grau umhüllt, als er auf der Suche nach dem Morgen unsicher aus dem Gestern herauskroch. Die Gefährten standen auf und begrüßten ihn mit müden Augen. Verzagt spürten sie das Verrinnen der Zeit und damit ihrer Chancen wie einen Kettenpanzer, der sie hinabzuziehen drohte. Sie schulterten ihre Umhänge und Rucksäcke und Waffen und brachen erneut auf, eingehüllt in das Schweigen ihrer Gedanken, die grimmigen Gesichter der drohenden Mauer aus Angst und Zweifeln entgegengereckt.

Wenn ich doch nur eine Nacht schlafen könnte, dachte Wren, während sie versuchte, ihre Müdigkeit fortzublinzeln. *Nur eine.*

In der letzten Nacht hatte sie nur wenig Erholung gehabt, denn sie war wieder ruhelos gewesen, als sie in der Stille wach lag, umlagert von Dämonen aller Formen und Arten, von Dämonen, die die Gesichter jener trugen, die ihr am nächsten gestanden hatten oder standen, von Freunden und Familie, von den Schwindlern in ihrem Leben. Sie flüsterten ihr Worte zu, neckten und foppten sie und warnten sie vor Geheimnissen, die sie nicht kennen konnte. Sie ließen sie Spuren verfolgen und Lasten tragen, und dann verschwanden sie von ihrer Seite wie der Morgennebel.

Ihre Hände umklammerten den Ruhkstab, auf den sie sich stützte, während sie kletterte. *Vertraue niemandem*, zischte die Addershag erneut aus ihrer Erinnerung.

Der Aufstieg war kurz, denn sie waren am Tag zuvor auf ihrem Weg aus den Lavatunneln nahe am Gipfel herausgekommen, der Grat war bereits in Sichtweite. Sie erreichten ihn daher jetzt schnell, indem sie die letzte Strecke des zerstörten Pfades hinaufkletterten. Schließlich standen sie oben auf der Bergwand und hielten inne, um zurück in den Nebel zu schauen, der das Land, das sie durchquert hatten, einhüllte – es war, als erwarteten sie etwas zu sehen, was dort auf sie wartete. Aber es war nichts zu erkennen, alles war von Wolken und Nebel bedeckt, eine Welt und ein Leben, die in der Vergangenheit verschwunden waren. Sie konnten es im Geiste noch immer sehen und es sich vorstellen, als sei es in die Luft vor ihnen gezeichnet. Sie konnten sich erinnern, was es sie gekostet hatte, hindurchzugelangen, was es ihnen abverlangt hatte und wie wenig es zurückgegeben hatte. Sie betrachteten es noch einen Augenblick und wandten sich dann schnell ab.

Dann gingen sie durch schmale Durchgänge zwischen den Felsen hindurch, die von Bäumen durchsetzt waren, die sich wie Finger vom Blackledge erhoben, bis alles abrupt in einem zerklüfteten Gewirr von Schluchten und Graten endete, die sich teilten und sich in sich selbst zurückfalteten, große Furchen in der Haut des Landes. Ein Lavafluß aus dem Schlund Killeshans hatte diesen Weg vor einigen Jahren passiert und den Gipfel freigefegt. Alles war verbrannt, bis auf eine Ansammlung silbriger Baumstämme, die kahl und skelettartig hervorstanden, einige in seltsamen Winkeln umgestürzt, andere in unseliger Verzweiflung gegeneinander gestützt. Gestrüpp wuchs in verkümmerten Flecken aus der Lava heraus, und Moosteppiche verdunkelten die schattige Seite rauher Spalten.

Stresa führte sie an den Rand dieser abstoßenden Welt und blieb auf einer kleinen Anhöhe stehen, wo er seine Stacheln vorsichtig aufstellte. Die Gefährten schauten freudlos auf das, was vor ihnen lag, lauschten und hörten nichts, schauten und sahen nichts und spürten die Gegenwart des Todes an jeder Ecke. Verwüstung breitete sich vor ihnen aus, eine weite und leere Landschaft, die in graues Schweigen gehüllt war.

Auf Wrens Schulter setzte sich Faun steif auf und beugte sich mit gespitzten Ohren vor. Sie konnte spüren, wie der Baumschreier zitterte.

»Was für ein Ort ist das hier?« fragte Gavilan.

Ein schweres Rumpeln erreichte sie für einen Augenblick und ließ sie nordwärts schauen, dorthin, wo die Masse Killeshans dunkel aufragte und ihnen so nahe erschien wie bei ihrem Auszug aus Arborlon. Das Rumpeln nahm ab und erstarb.

Stresa wandte sich langsam um. »Dies ist der Harrow«, sagte er. »Hssttt! Hier leben die Drakuls.«

Das war eine Art Dämonen – oder Schattenwesen –, wie sich Wren erinnerte. Stresa hatte sie bereits erwähnt. Sie seien gefährlich, hatte er zu verstehen gegeben.

»Drakuls«, wiederholte Gavilan mit Besorgnis in der Stimme.

Der Killeshan rumpelte erneut und diesmal eindringlicher als zuvor. Es war eine unnötige Erinnerung an seine Gegenwart, an den Groll, den er gegen sie hegte, weil sie die Magie fortgenommen hatten und das Gleichgewicht der Dinge unterbrochen hatten. Morrowindl erschauerte zur Antwort.

»Erzähle mir von den Drakuls«, wies Wren den Stachelkater ruhig an.

Stresas Augen fixierten sie. »Es sind Dämonen, wie die anderen. Phfffft! Sie schlafen bei Tageslicht und kommen nachts zur Nahrungsaufnahme hervor. Sie entziehen den Wesen, die sie fangen, das Leben – das Blut, die Körperflüssigkeiten. Sie verwandeln – hsssst – einige in Wesen wie sie selbst.« Die stumpfe Nase verzog sich. »Sie jagen wie Geister, nehmen aber Gestalt an, um Nahrung aufzunehmen. Als Geister können sie auch nicht verletzt werden.« Er spie angewidert aus.

»Wir werden darum herumgehen«, verkündete Triss sofort.

Stresa spie erneut aus, als wolle der Geschmack nicht vergehen. »Darum herum! Phhhhh! Es gibt kein Darum-herum! Im Norden verläuft der Harrow Meilen auf Meilen zum Killeshan zurück – zurück zu dem Tal und den Dämonen, die uns verfolgen. Grrrrr. Im Süden erstreckt sich der Harrow bis zu den Klippen. Die Drakuls jagen auch an ihren Ausläufern. Auf jeden Fall würden wir niemals – hrrrrr – darum herum gelangen, bevor die Nacht hereinbricht, aber das müßten wir schaffen, wenn wir überleben wollen. Ihn bei Tageslicht zu durchqueren, ist unsere einzige Chance.«

»Während die Drakuls schlafen?« fragte Wren sofort.

»Ja, Wren von den Elfen«, grollte der Stachelkater sanft. »Während sie schlafen. Und selbst dann – hsssttt – wird es nicht ganz sicher sein. Die Drakuls sind selbst dann noch da – als Stimmen aus der Luft, als Gesichter aus dem Nebel, als Empfindungen und Ahnungen und Ängste und Zweifel. Phfffft. Sie werden versuchen, uns abzulenken und zu locken und uns innerhalb des Harrow festzuhalten, bis die Nacht hereinbricht.«

Wren schaute hinaus in die verwüstete Landschaft und in den Dunst, der vom Himmel bis zur Erde reichte. *Erneut gefangen*, dachte sie, *die ganze Insel ist eine Falle.*

»Es steht uns kein anderer Weg offen?«

Stresa antwortete nicht – er brauchte es nicht.

»Und auf der anderen Seite des Harrow?«

»Der In Ju. Und dahinter die Strände.«

Triss war neben sie getreten. Sein hageres Gesicht war angespannt. »Aurin Striate hat oft von den Drakuls gesprochen«, erzählte er ruhig und sah sie eindringlich an. »Er sagte, es gäbe keinen Schutz gegen sie.«

»Aber sie schlafen jetzt«, erwiderte sie genauso ruhig.

Seine grauen Augen wandten sich ab. »Ist das wirklich so?«

Ein erneutes Rumpeln erschütterte tief und drohend die Insel. Es war wie ein Riese, der sich erhebt, der ärgerlich erwacht. Sein Donner rollte, während sich die Beben steigerten. Risse bildeten sich im Boden um sie herum, und Felsgestein und Sand fielen in die Leere. Dampf und Asche wurden aus Killeshans Schlund ausgestoßen, schossen in turmhohen Geysiren himmelwärts und regneten in einem Bogen nieder und verschwanden im Dunst. Feuer bahnte sich unheilvoll seinen Weg vom Rand des Vulkans herab, nur ein Tröpfeln, kaum sichtbar in den Nebeln.

Garth suchte Wrens Aufmerksamkeit durch eine einfache Bewegung seiner Schulter. Seine Finger gestikulierten. *Beeile dich, Wren. Die Insel fängt an, sich auseinanderzuschütteln.*

Sie sah sie nacheinander an – Garth, so rätselhaft und ungerührt wie immer, der beständige Triss, der jetzt ihr Beschützer war, nachdem er diese Aufgabe angenommen hatte. Dal voller

Unruhe, während er hinaus in den Nebel schaute – sie hatte ihn noch niemals sprechen hören, Eowen, ein weißer Schatten vor dem Grau, die aussah, als würde sie darin verschwinden, und Gavilan, widerstrebend, unberechenbar, gehetzt, für sie verloren.

»Wie lange werden wir brauchen, um hindurchzukommen?« fragte sie Stresa. Faun kletterte von ihrer Schulter und lief fort.

»Einen halben Tag, vielleicht ein wenig mehr«, gab der Stachelkater an.

»Ein Leben lang, wenn du dich irrst, Stachel«, sagte Gavilan düster.

»Dann werden wir uns beeilen müssen«, erklärte Wren und rief Faun zurück auf ihre Schulter. Sie hielt den Ruhkstab vor sich, um ihre Gedanken zu sammeln. »Wir haben keine Wahl. Laßt uns gehen. Bleibt dicht beieinander. Seid vorsichtig.«

Sie gingen zielstrebig über die Ebenen, wanden sich hinunter in den Irrgarten der Landsenken und durch das Gewirr von Baumhüllen. Mit aufmerksamen Augen durchforsteten sie das verwüstete Land um sie herum. Stresa führte sie, so schnell er konnte, aber die Reise ging dennoch langsam voran, denn das Gebiet war zerklüftet und zerstört, von Windungen und Kurven durchsetzt, die ein schnelles Vorwärtskommen ohne Umwege verhinderten. Der Harrow verschluckte sie innerhalb von Augenblicken und schloß sich fast magisch um sie herum, bis in keiner Richtung mehr etwas zu sehen war. Nebel wirbelte und wand sich im Luftstrom, Dampf stieg aus Rissen in der Erde, die sich ihren Weg bis zum Kern von Killeshan gruben, und Vog schwebte vom Schlund des Vulkans herab. Nichts bewegte sich in dem Land. Überall um sie herum war es still und leer. Schatten umspielten sie, schwarze Linien, die von skelettartigen Bäumen auf den Boden projiziert wurden, eherne Blenden vor dem Licht.

Und die ganze Zeit über rumpelte die Erde unter ihnen unheilvoll, und das Gefühl von etwas Gefährlichem regte sich in ihnen.

Schon in der ersten Stunde begannen Stimmen zu erklingen. Sie erhoben sich aus dem Nichts wie ein Flüstern in der Luft, das von überallher hätte kommen können. Die Rufe forderten sie heraus, und für jeden von ihnen hatten die Worte eine andere Bedeutung. Zuerst schaute jeder den anderen an und dachte, daß alle es gehört haben müßten und daß die Stimmen unmißverständlich seien. Sie fragten ängstlich und angespannt: *Hast du das gehört? Hast du gehört?* Aber natürlich hatte niemand es gehört – nur derjenige, der persönlich angerufen worden war, absichtlich, angezogen von einer Art Spiegel des Selbst, von einer Spiegelung von Verstand und Gefühl.

Die Bilder kamen ganz nahe, Gesichter aus der Luft, Gestalten, die sich schnell bildeten und genauso schnell wieder in den wabernden Dunst verschwanden, Visionen von Wesen, die jedem von ihnen seltsam erschienen – die Personifizierungen von Sehnsüchten, Bedürfnissen und Hoffnungen. Für Wren nahmen sie die Gestalt ihrer Eltern an. Für Triss und Eowen waren sie die Königin. Für die anderen waren sie etwas anderes. Die Bilder machten sich am Rand ihres Bewußtseins breit und kämpften darum, die Barrieren zu durchbrechen, die sie errichtet hatten, um sie in Schach zu halten. Sie versuchten, die Gefährten von ihrem Weg abzubringen und in die Irre zu führen.

So ging es unaufhörlich weiter. Die Stimmen waren niemals laut, die Bilder niemals klar und die Erfahrung auch nicht unangenehm, nicht bedrohlich, nicht einmal real – eine fehlerhafte Erinnerung an etwas, was niemals gewesen war. Stresa, der mit der Gefahr vertraut war, brachte sie dazu, daß sie miteinander sprachen, um den Angriff abzuwehren – denn es gab keinen Zweifel darüber, was es war. Die Drakuls pirschten sich, da sie die Beute ahnten, der sie nach dem Erwachen folgen wollten, sogar im Schlaf an sie heran, und versuchten, sie zögern zu lassen oder sie zurückzuhalten, sie vom Weg ab in die Irre zu führen, damit sie beim Einbruch der Nacht noch innerhalb des Harrow waren.

Die Zeit verstrich langsam, so behutsam und gleichmäßig wie der Dunst, durch den sie gingen, so freudlos wie die Landschaft, die sich vor ihnen erstreckte. Die Einschnitte in der Landschaft vertieften sich, und an manchen Stellen bildeten die leblosen Bäume Barrieren, die sie nicht überwinden konnten, sondern umgehen mußten. Wren sprach ständig mit den anderen, während sie sich mühsam vorwärts schleppte, sich an den Stimmen vorbeidrängte, sich durch die Gesichter hindurchwarf und sich bemühte, sie alle zusammen und in Bewegung zu halten. Die Mittagszeit näherte sich, und der Tag wurde dunkler. Schwere Regenwolken verdichteten sich über ihnen, es begann zu tröpfeln und dann zu regnen. Der Wind frischte auf, und der Regen peitschte in Strömen auf sie ein. Er fegte als Vorhang über sie hinweg und nahm wieder ab bis zu einem Nieseln, um den Kreislauf dann wieder zu beginnen. Das hielt eine Weile an und war dann vorbei. Die Hitze der Erde kehrte zurück, und der Nebel begann sich zu verdichten. Er schloß sich um sie herum, und bald war über ein Dutzend Fuß hinaus nichts mehr sichtbar. Sie blieben dicht beieinander, so nah, daß sie übereinander stolperten und ineinander stießen, als seien sie blind, denn sie mußten sich ihren Weg durch die Dunkelheit erspüren.

»Stresa! Wie weit noch?« rief Wren durch das Schrillen der Stimmen, die um ihre Ohren wirbelten.

»Sppt! Jetzt ist es nicht mehr weit«, kam Stresas Antwort. »Es ist direkt vor uns.«

Sie stiegen in eine besonders tiefe Schlucht hinab, die aussah, als habe ein gezacktes Messer die Oberfläche des Lavagesteins durchschnitten. Sie war voller Schatten und waberndem Dunst. Wren wußte, daß es gefährlich war, und hätte die anderen beinahe zurückgerufen, doch sie sah auch, daß dies der direkte Weg nach draußen war, daß es der einzige Weg war, den sie nehmen konnten. Sie stieg in die Dunkelheit hinab und hielt den Ruhkstab vor sich wie einen Schild. Faun schnatterte wild auf ihrer Schulter. Das war ein weiteres Geräusch, das sich mit den anderen, den unsichtbaren Stimmen vermischte, die dröhnten und tobten und sie immer mehr dahin trieben, daß sie das Bedürfnis hatte, laut zu schreien. Sie sah Triss vor sich und Stresa als schwachen, dunklen Fleck dahinter. Sie hörte Schritte hinter sich, jemanden, der folgte, die anderen...

Und dann ergriffen sie plötzlich Hände, erschreckend und so hart wie Eisen. Sie kamen aus dem Nichts, wurden auf einmal im Nebel sichtbar, schlossen sich um ihre Beine und Knöchel und rissen sie vom Weg fort. Sie schrie entsetzt auf und schlug mit dem Ende des Ruhkstabes nach unten. Weißes Feuer brach aus der Erde hervor und loderte in alle Richtungen, und die Magie des Elfensteins reagierte. Es erschreckte und bestürzte sie, daß die Magie so leicht hervorkommen konnte. Sie hörte die Rufe der anderen, ihre Warnschreie. Wren wirbelte wild herum, und die Hände, die sich an sie geklammert hatten, fielen ab. Etwas bewegte sich im Nebel – Dutzende, gesichtslos und gestaltlos und Wesen. Die Drakuls waren aus irgendeinem Grunde wach, erkannte sie. Obwohl sie es nicht sein sollten. Vielleicht war es hier in diesem Einschnitt verhangen und düster genug, um als Nacht zu gelten. Sie warnte die anderen, rief sie zu sich und führte sie auf den fernen Abhang der Schlucht zu. Die Gestalten wirbelten überall um sie herum, griffen nach ihnen und suchten sie zu berühren. Es waren Nichtwesen, und doch waren sie irgendwie real. Sie sah des Lebens beraubte Gesichter, die blasse Abbildungen waren ihres eigenen, leere und blinde Augen, Zähne, die wie die Fänge von Tieren aussahen, eingesunkene Wangen und Schläfen und Körper, die zu nichts dahingesiecht waren. Sie kämpfte sich durch sie hindurch, denn sie schienen es alle auf sie abgesehen zu haben, als würden sie von ihr angezogen, als sei sie diejenige, die ihnen am wichtigsten war. Es war die Magie, erkannte sie. Wie bei allen Schattenwesen war es die Magie, die sie zuerst anzog.

Drakulgeister materialisierten sich vor ihr, und Garth ging entschlossen voran und schlug mit dem Kurzschwert zu. Die Bilder lösten sich auf, blieben aber unversehrt und bildeten sich rasch neu. Wren wirbelte herum, als sie den Grund der Schlucht erreichten. *Einer, zwei…* Sie zählte hastig. Sie waren noch sechs. Stresa kletterte bereits weiter, und sie wandte sich um und folgte ihm. Sie stiegen hastig den jenseitigen Abhang hinauf und bahnten sich ihren Weg über regenglattes Lavagestein und an Gestrüpp und umgestürzten Bäumen vorbei. Die Bilder folgten ihnen, die Stimmen der aus dem Schlaf emporgestiegenen Phantome, der untoten Monster, die sie verfolgten. Wren schlug sie mit Zorn und Abscheu zurück, mit heftigen Bewegungen, wobei ihr bewußt war, daß Faun an ihrem Hals hing, als sei er ein Teil von ihr geworden. Sie spürte die Hitze des Ruhkstabes in ihren Händen, dessen Magie erneut ausbrechen wollte. Es war Magie, die alles tun konnte, dachte sie düster, die alles erschaffen konnte – sogar Monster wie diese. Sie schrak bei dieser Vorstellung innerlich zurück. Der Schrecken einer Wahrheit, von der sie wünschte, daß sie niemals gewesen wäre, ergriff sie, einer Wahrheit, von der sie fürchtete, sie würde sich erheben und sie verfolgen, wenn sie ihr Versprechen, die Elfen zu retten, halten sollte.

Die sechs stolperten über den Rand der Schlucht und begannen zu rennen. Die Dunkelheit war dicht und verschob sich vor ihnen wie Schichten von Gaze, aber sie verlangsamten ihren Schritt nicht, sondern jagten achtlos weiter und riefen einander ermutigende Worte zu, während sie sich gegen ihre Verfolger zur Wehr setzten. Die Drakuls zischten und fauchten wie Katzen, und die Bosheit ihrer Gedanken war ein Feuer, das in ihnen brannte. Und doch waren es jetzt nur Stimmen und Bilder, die nicht real waren, denn die Drakuls konnten die Dunkelheit ihres Versteckes am Tag niemals verlassen, um sich in den Harrow zu wagen. Langsam schwanden die Trugbilder, flossen zurück wie die im Gezeitenstrom zurückweichenden Wasser eines weiten Ozeans. Die kleine Gruppe begann den Schritt zu verlangsamen. Sie atmeten schwer in der plötzlichen Stille, und ihre Stiefel knirschten, als sie abrupt stehenblieben.

Wren schaute zurück in den Nebel. Es war nichts zu sehen außer dem Nebel und den schwachen Schatten des verkümmerten Landes und der dahinter liegenden Baumskelette, alles war leer und starr. Faun hob vorsichtig den Kopf. Stresa walzte keuchend mit heraushängender Zunge herüber, um sich zu ihnen zu gesellen. Der Stachelkater fauchte. »Hsssttt! Einfältige Geister!«

Wren nickte. Die Hitze des Ruhkstabes in ihren Händen ließ nach und erstarb. Sie spürte, wie ihr eigener Körper in der Luft abkühlte. Erleichterung breitete sich in ihr aus.

Doch dann drängte Garth plötzlich vorwärts, erschreckt von etwas, das ihr entgangen war, angespannt und aufmerksam, während er den Nebel absuchte. Wren folgte seinem Blick. Sie wurde ängstlich, ohne jedoch schon zu wissen, warum. Sie sah, wie sich die anderen unbehaglich anschauten.

Ihr Herz machte einen Satz. *Was war falsch?*

Dann sah sie es. Sie waren nur fünf. Eowen fehlte.

Zuerst hielt sie es für unmöglich und dachte, sie müßte sich irren. Sie hatte alle sechs gezählt, als sie aus der Schlucht herausgeklettert waren. Eowen war bei ihnen gewesen, sie hatte ihr Gesicht erkannt...

Sie hielt inne. Eowen. Sie sah die rothaarige Seherin im Geiste vor sich, wie sie ihnen folgte – zu blaß, zu vergänglich. Fast als sei sie nicht wirklich da – was sie ja auch nicht war. Wren spürte ein flaues Gefühl in ihrer Magengrube, einen Schmerz, der sie zu verschlingen drohte. Sie hatte nichts weiter als ein Bild gesehen, ein ausgeklügelteres und berechneteres als die anderen, ein Bild, das gestaltet worden war, um sie alle glauben zu machen, sie seien zusammen, obwohl sie es tatsächlich nicht mehr waren.

Die Drakuls hatten Eowen in ihrer Gewalt.

Garth machte ihr eilig Zeichen. *Ich habe auf sie aufgepaßt, wie ich es versprochen hatte. Sie war direkt hinter uns, als wir aus der Schlucht kletterten. Wie konnte ich sie verlieren?*

»Du hast sie nicht verloren«, erwiderte Wren sofort. Sie spürte eine seltsame Ruhe über sich kommen, als habe sie resigniert. Sie akzeptierte die Unvermeidlichkeit des Zufalls und des Schicksals. »Es ist in Ordnung, Garth«, flüsterte sie.

Sie spürte, wie sich der Boden unter ihr öffnete und ein Loch sich auftat, in das sie wahrscheinlich fallen würde. Sie wartete, daß das Gefühl vorbeiging und daß sie wieder Standfestigkeit erlangte. Sie wußte, was sie tun mußte. Was auch immer geschehen würde, sie konnte Eowen nicht aufgeben. Um sie zu retten, würde sie in den Harrow zurückgehen müssen, zurück unter die Drakuls. Sie konnte natürlich die anderen schicken, sie würden gehen, wenn sie sie bat. Aber das würde sie niemals tun – sie konnte es niemals auch nur in Erwägung ziehen. Denn das Wissen eines Spurenlesers, die Erfahrung eines Fahrenden, die Ausbildung eines Elfenjägers – alles das war gegen die Drakuls nutzlos. Nur eines war etwas anderes.

Sie machte ein paar unsichere Schritte und blieb dann stehen. Ihr Verstand rief ihr zu, es sich noch einmal zu überlegen. Sie bemerkte, daß die anderen nacheinander nach vorn kamen und zu ihr traten, wobei ihre Augen ihren eigenen folgten, als sie in die Dunkelheit des Harrow hinausspähte.

»Nein!« warnte Stresa. »Phffft! Es wird bereits dunkel!«

Sie beachtete ihn nicht und wandte sich statt dessen an Gavilan. Schweigend taxierte sie ihn und streckte dann den Ruhkstab aus. »Es ist an der Zeit, daß du dich wieder als mein Freund erweist, Gavilan«, sagte sie ruhig. »Nimm den Stab. Bewahre ihn bis zu meiner Rückkehr für mich auf. Hüte ihn.«

Gavilan sah sie ungläubig an und griff dann vorsichtig nach dem Talisman. Seine Hände schlossen sich darüber, legten sich fest darum und zogen ihn fort. Sie erlaubte ihren Augen nicht, den seinen zu begegnen, denn sie hatte Angst davor, was sie dort finden könnte. Er war der einzige, der von ihrer Familie übriggeblieben war. Sie mußte ihm vertrauen.

Triss und Dal hatten ihre Rucksäcke abgelegt und überprüften ihre Waffengürtel. Garth hatte bereits sein Kurzschwert gezogen.

»Nein«, belehrte sie die drei. »Ich gehe allein zurück.«

Sie widersprachen mit schnellen und drängenden Worten, aber sie unterbrach sie sofort. »Nein!« wiederholte sie. Sie sah sie an. »Ich bin die einzige, die eine Chance hat, Eowen zu finden und wieder hier herauszubringen. Ich.« Sie griff in ihre Tunika und zog den Beutel mit den Elfensteinen hervor. »Die Magie, sie zu finden und mich zu beschützen – nichts weniger ist hier nötig. Wenn ihr mit mir kommt, muß ich mich auch um euren Schutz sorgen. Diese Wesen können von euren Waffen nicht verletzt werden, und zumindest dieses eine Mal könnt ihr mir nicht helfen.«

Sie legte Triss eine Hand auf den Arm, sanft, aber auch fest. »Du hast die Aufgabe, mich zu beschützen, das weiß ich. Aber ich befehle dir, statt dessen auf den Loden aufzupassen – bei Gavilan zu bleiben, zusammen mit Dal, um dafür zu sorgen, daß die Elfen in Sicherheit sind, was immer auch geschieht.«

Die harten, grauen Augen von Triss verengten sich. »Ich bitte Euch, dies nicht zu tun, Hoheit. Die Leibgarde dient zuerst der Königin.«

»Und die Königin, wenn es das ist, was ich in Wahrheit bin, meint, daß du ihr am besten dienst, indem du hierbleibst. Ich befehle es, Triss.«

Garth signalisierte ärgerlich. *Tu mit ihnen, was du willst. Aber es hat keinen Sinn, wenn ich zurückbleibe. Ich komme mit dir.*

Sie schüttelte den Kopf, und ihre Finger bewegten sich, während sie sprach. »Nein, Garth. Wenn ich umkomme, werden sie dich brauchen, um sicher zum Strand und zu Tiger Ty zu kommen. Sie werden deine Erfahrung brauchen. Ich liebe dich, Garth, aber du kannst mir hierbei nicht helfen. Du mußt bei den anderen bleiben.«

Der große Mann sah sie an, als hätte sie ihn geschlagen.

»Dies ist der Zeitpunkt, von dem wir immer wußten, daß er kommen würde«, belehrte sie ihn ruhig und bestimmt, »der Zeitpunkt, auf den du mich so lange vorbereitet hast. Es ist jetzt zu spät für weitere Lektionen. Ich muß mich auf das verlassen, was ich weiß.«

Sie nahm Faun von ihrer Schulter und setzte ihn neben Stresa auf den Boden. »Bleib hier, Kleiner«, befahl sie und trat fort.

»Grrrrr! Wren von den Elfen, nimmt mich mit!« grollte Stresa, und seine Stacheln rasselten. »Ich kann für dich die Spuren lesen – besser als jeder der anderen!«

Sie schüttelte erneut den Kopf. »Die Elfensteine können den

Spuren noch besser folgen. Garth wird euch sicher ins Westland führen, Stresa, falls ich nicht zurückkommen sollte. Er weiß von meinem Versprechen dir gegenüber.«

Sie legte ihren Rucksack ab und ließ ihre Waffen fallen – bis auf das lange Messer an ihrer Taille. Die vier Männer, der Stachelkater und der Baumschreier sahen schweigend zu. Vorsichtig schüttelte sie die Elfensteine aus ihrem Beutel und ließ sie in ihre geöffnete Hand fallen. Dann schlossen sich ihre Finger um sie.

Schließlich wandte sie sich um, bevor sie es sich anders überlegen konnte, und schritt in den Nebel.

Sie ging einige Zeit entschlossen geradeaus und konzentrierte sich nur darauf, einen Fuß vor den anderen zu setzen, Distanz zwischen sich und denen aufzubauen, die sie beschützen wollten. Sie überquerte das bloßliegende Lavagestein und fühlte sich wie ein einsamer Jäger, der innerlich erkaltet war von der Intensität seiner Entschlossenheit. Eowen sprach aus der Erinnerung zu ihr und erzählte ihr von der Vision, die sie vor so langer Zeit gehabt hatte, der Vision ihres eigenen Todes. *Nein*, schwor sich Wren schweigend. *Nicht jetzt, nicht, solange ich noch atme.*

Die Drakuls begannen ihr zuzuflüstern, sie zu bedrängen und sie zu sich zu rufen. In ihr kämpfte die Wut gegen die Angst an. *Ich werde zu euch kommen, in Ordnung – aber nicht so, wie ihr es euch gedacht habt!*

Sie trat durch eine Reihe silbriger Baumstämme, hölzerne Pfähle, die kahl und starr dastanden. Sie waren wie ein Tor in die Unterwelt der Toten. Sie sah Gesichter erscheinen, unheimliche und leere Totenköpfe im Nebel. Sie hob die Elfensteine hoch, hielt sie vor sich und rief ihre Macht an. Die Magie kam sofort, gehorchte ihrem Willen, loderte mit blauem Feuer lebendig auf und schoß hinaus in den Nebel. Sie führte sie nach links, auf einer

Fläche entlang, auf der nichts wuchs, wo nichts von dem, was hier einst gewesen war, überlebt hatte. Vor ihr, weit entfernt, konnte sie eine Ansammlung weißer Gestalten sehen, sich bewegender Gestalten, die sich umwandten, als wollten sie sie begrüßen. Stimmen erschollen, Schreie und Flüstern, Rufe des Todes.

Das blaue Feuer erlosch, und sie ging blind weiter.

Wren, hörte sie Eowen rufen.

Sie verdrängte das Gefühl der Dringlichkeit und zwang sich, sich vorsichtig zu bewegen und alles um sie herum zu beobachten, die Bewegungen der Schatten und des Nebels und jeden Hinweis erwachenden Lebens. Stresa hatte recht gehabt. Es wurde jetzt dunkel, der Nachmittag ging in die Nacht über, und das Licht begann zu verblassen. Sie wußte, daß sie Eowen nicht vor Einbruch der Nacht erreichen konnte. Das war es, was die Drakuls beabsichtigten. Das war es, was sie die ganze Zeit geplant hatten. Eowens Magie zog sie zwar an, wie ihre eigene – aber es war die ihre, die sie wollten, diejenige, die die mächtigste war, diejenige, die sie am besten nähren würde. Eowen war ein Köder für die Falle, in der sie gefangen werden sollte.

Sie schloß kurze Zeit die Augen, als sie sich dessen bewußt wurde. Sie hätte es die ganze Zeit wissen müssen.

Die Stimmen wurden lauter, und eindringlicher, und sie sah die Gestalten am Rande ihres Gesichtskreises schwach und ätherisch im Nebel Form annehmen. Eine Schlucht öffnete sich vor ihr – war es diejenige, in der sie Eowen verloren hatten? Sie wußte es nicht und kümmerte sich nicht darum. Sie stieg beherzt hinein, folgte der Führung der Magie und spürte, wie ihr Feuer sie jetzt mit seiner Hitze erfüllte, entzündet in der Schmiede ihrer Seele. Sie wußte nicht, wieviel Zeit vergangen war – eine Stunde, mehr? Sie hatte ihr Zeitgefühl verloren, den Sinn für alles außer dem, was zu tun sie gekommen war. Königin der Elfen, Beschützerin des Ruhkstabes und des Loden, Besitzerin der Druidenmagie und leibliche Nachfahrin der Elessedils und Ohmsfords gleichermaßen – sie war alles dies, und sie war nichts davon, sondern statt dessen aus mehr gemacht, aus etwas Undefinierbarem.

Nichts, sagte sie sich, konnte ihr je entgegentreten.

Die Dunkelheit schloß sich um sie herum, als sie den Grund der Schlucht erreichte und sich das schwache Licht über ihr im Nebel und den Schatten verlor. Die Drakuls traten jetzt offen auf. Skelettartige Gestalten kamen langsam in Sicht, unheimlich und bar allen Lebens. Sie zögerten noch, denn sie hatten Angst vor der Magie, doch sie waren gleichzeitig begierig darauf. Sie sahen sie mit hungrigen Augen an, und trachteten danach, sie zu ihrem Eigentum zu machen. Sie spürte die Elfensteine warnend in ihrer Handfläche brennen, aber noch immer rief sie deren Magie nicht an. Sie ging beherzt weiter, eine Lebende zwischen den Toten.

Wren, hörte sie Eowen erneut rufen.

Eine Mauer aus bleichen Körpern blockierte ihr den Weg. Sie waren irgendwie menschlich, jedenfalls so geformt, aber doch gewundene, bleiche Imitationen dessen, was sie im Leben gewesen waren. Sie wandten sich um und traten ihr entgegen, waren jetzt keine Erscheinungen mehr, die schimmerten und sich im nächsten Windstoß aufzulösen drohten, sondern Wesen, die die Gegenständlichkeit des Lebens angenommen hatten.

»Eowen!« schrie sie auf.

Einer nach dem anderen traten die Drakuls beiseite, und da sah sie Eowen. So weißhäutig wie sie bis auf ihr feuerrotes Haar und die smaragdgrünen Augen, lag sie in ihren Armen verborgen. Ihre Augen glitzerten lebendig vor Schrecken, als sie Wrens suchten. Ihr Mund war geöffnet, als wolle sie atmen – oder schreien.

Die Münder der Drakuls hatten sich an ihrem Körper festgesaugt, und sie nährten sich von ihr.

Einen Augenblick lang konnte Wren sich nicht bewegen. Sie war wie gelähmt von dem Anblick, gefangen in Spinnweben der Unentschlossenheit.

Auf einmal fuhr Eowens Kopf hoch, ihre Lippen teilten sich mit einem Knurren und enthüllten schimmernde Fänge.

Wren schrie bestürzt auf, und die Drakuls griffen sie an. Sie hob die Elfensteine mit der Schnelligkeit eines Gedankens hoch, rief zornig und entsetzt ihre Macht hervor und richtete das Feuer der Magie gegen alles, was in Sichtweite war. Es fegte durch ihre Angreifer wie eine Sense und verbrannte sie zu Asche. Diejenigen, die bereits feste Gestalt angenommen hatten, diejenigen, die sich nährten, waren ausgelöscht. Und Eowen mit ihnen. Die anderen, die noch Geister waren, verschwanden. Flammen verschlangen alles. Wren lenkte das Feuer in alle Richtungen und fühlte die Magie heiß und rauh durch sich hindurchrinnen. Sie schrie frohlockend auf, als das Feuer die Schlucht von einem Ende bis zum anderen verbrannte. Sie überließ sich seiner Hitze – alles nur, um das Bild von Eowen zu verdrängen. Sie umarmte sie, wie sie einen Liebhaber umarmt hätte. Zeit und Ort verschwanden in dem Ansturm der Empfindungen. Sie begann die Kontrolle über sich zu verlieren.

Dann, kaum einen Moment bevor sie vollständig in der Macht aufgegangen wäre, erkannte sie, was geschah, erinnerte sich daran, wer sie war, und unternahm einen letzten, verzweifelten Versuch, sich wieder zu fangen. Wild schloß sie die Finger über den Steinen. Das Feuer leckte weiter hindurch. Ihre Hand krampfte sich zusammen, und ihr Körper zuckte. Sie krümmte sich unter der Anstrengung vor Schmerz und fiel auf die Knie. Schließlich fuhr die Magie in sie zurück, bestürmte sie noch einmal mit dem Versprechen ihrer Unüberwindlichkeit und war fort.

Sie kauerte sich im Nebel zusammen und kämpfte darum, wieder Herr ihrer selbst zu werden. Im Geiste sah sie wieder ein Bild von den Drakuls und Eowen, wie sie in den Flammen verschwanden, verschlungen von der Magie der Elfensteine.

Macht! Solche Macht! Wie sehr es sie verlangte, sie zurückzubekommen!

Scham durchfuhr sie, und dann folgte Verzweiflung.

Sie hob erschöpft ihren Blick, doch sie wußte bereits, was sie vorfinden würde, denn sie war sich jetzt völlig dessen bewußt, was sie getan hatte. Vor ihr erstreckte sich die leere Schlucht. Rauch und Asche hingen in der Luft. Ihre Kehle zog sich zusammen, als sie zu atmen versuchte. Sie hatte keine Wahl gehabt, das wußte sie – aber dieses Wissen half ihr nicht. Eowen war eine von ihnen gewesen, sie war vor Wrens Augen getötet worden, ihre eigene Prophezeiung hatte sich erfüllt. Obwohl Wren es versucht hatte, hatte sie an dieser Vision der Seherin nichts ändern können. Eowen hatte ihr einmal erzählt, daß ihr Leben um ihre Visionen herum aufgebaut worden sei und daß sie diese schließlich akzeptiert hätte – selbst die, die ihren Tod vorhersagte.

Wren spürte Tränen in ihre Augen treten und die Wangen hinablaufen.

Oh, Eowen!

7

In der Südwache flog die Zeit davon wie eine Wolke über den blauen Sommerhimmel, und Coll Ohmsford konnte nur hilflos zusehen, wie sie verging. Seine Gefangenschaft hielt unverändert an, sein Leben eine quälende Aufeinanderfolge von Langeweile und Anspannung. Er konnte seine Gedanken schweifen lassen, doch das führte zu nichts. Er träumte von der Vergangenheit, von dem Leben, das er im Vale genossen hatte, und von der Welt, die außerhalb der schwarzen Mauern seiner Beschränkung lag, aber seine Träume waren mit der Zeit zerfallen und verblaßt. Niemand kam zu ihm. Er begann zu akzeptieren, daß es auch nie jemand tun würde.

Er verbrachte seine Zeit im Übungshof und kämpfte mit Ulfkingroh, dem gedrungenen, narbenübersäten, wortkargen Burschen, dessen Obhut Rimmer Dall ihn übergeben hatte. Ulfkingroh war so hart wie Stahl, und er bearbeitete Coll, bis er dachte, er würde sterben. Mit gepolsterten Keulen, schweren Stäben, stumpfen Schwertern und bloßen Händen übten und trainierten sie wie Kämpfer vor einer Schlacht. Manchmal den ganzen Tag und häufig so hart, daß sie schwitzten und der Staub, den sie im Hof aufwirbelten, in schwarzen Streifen von ihren Körpern rann. Ulfkingroh war natürlich ein Schattenwesen – aber er schien keines zu sein. Er schien ein normaler Mensch zu sein, wenn auch härter und finsterer. Manchmal hatte Coll ihn fast gern. Er sprach wenig und war zufrieden damit, sein Können an den Waffen für sich sprechen zu lassen. Er war ein geschickter und erfahrener Kämpfer, und es machte ihn stolz, daß er das, was er konnte, an Coll weitergeben konnte. Und der machte seinerseits das Beste aus der Situation, indem er Nutzen aus der einzigen Ablenkung zog, die ihm erlaubt war, und von dem, was der andere ihn zu lehren bereit war, lernte, was er konnte. Daher tat er so, als bedeute jeder Kampf etwas, und hielt sich für die Zeit bereit, wenn das wirklich der Fall sein würde.

Denn früher oder später, das versprach er sich selbst wieder und wieder, würde er seine Chance zur Flucht bekommen.

Er dachte ständig daran. Er dachte an kaum etwas anderes.

Wenn niemand wußte, daß er dort war, wenn niemand kam, um ihn zu retten, dann war es eindeutig seine Sache, sich selbst zu befreien. Coll war in der Art aller Bewohner des Vale erfinderisch und vertraute darauf, daß er schon einen Weg finden würde. Und er war geduldig, ja Geduld war vielleicht seine wichtigste Eigenschaft. Er wurde bewacht, wann immer er aus seiner Zelle herauskam, wann immer er in den dunklen Gängen des Monolithen zu dem Übungshof hinabschritt und wann immer er wieder hinaufstieg. Es war ihm gestattet, im Übungskampf mit Ulfkingroh so lange zu bleiben, wie er wollte, und es war ihm auch erlaubt, soviel Zeit mit dem rauhen Burschen zu verbringen, daß er ihn in ein Gespräch verwickeln konnte. Aber er wurde immer bewacht. Er konnte sich keinen Fehler leisten.

Dennoch bezweifelte er nie, daß er einen Weg finden würde.

Er sah Rimmer Dall nur zweimal, nachdem der Sucher ihn in seiner Zelle besucht hatte. Jedesmal hatte er sich ferngehalten und nur einen unerwarteten, kurzen Blick auf ihn geworfen und war dann wieder verschwunden. Jedes Mal waren die kalten Augen alles, woran er sich hinterher erinnern konnte. Coll hielt zuerst überall Ausschau nach ihm, bis er erkannte, daß das zu einer Art Besessenheit wurde und er damit aufhören mußte. Aber er hörte niemals auf, daran zu denken, was der große Mann ihm gesagt hatte, daran, daß Par auch ein Schattenwesen war und daß die Magie ihn verschlingen würde, wenn er die Wahrheit seiner Identität nicht akzeptierte, und daß er in seinem Wahnsinn eine Gefahr für seinen Bruder sei. Coll glaubte nicht, was Rimmer Dall ihm erzählt hatte – und doch konnte er sich auch nicht dazu bringen, es vollständig zu leugnen. Die Wahrheit, so sagte er sich, lag irgendwo dazwischen, in dieser grauen Zone zwischen Vermutungen und Lügen. Aber die Wahrheit war schwer zu erkennen, und hier drinnen würde er sie nie erfahren. Rimmer

Dall hatte seine eigenen Gründe für das, was er tat, und er würde sie Coll nie verraten. Was auch immer es war, was auch immer die Realität der Schattenwesen und ihrer Magie war, Coll war überzeugt davon, daß er seinen Bruder finden mußte.

Also trainierte er am Tage im Übungshof, lag bei Nacht wach und erwog alle Möglichkeiten und verdrängte dabei die ganze Zeit den quälenden Gedanken, daß vielleicht nichts so eintreten würde. Als er eines Tages wieder einmal mit Ulfkingroh trainierte, mehrere Wochen nachdem er aus seiner Zelle freigelassen worden war, erblickte er Rimmer Dall, wie er einen Weg zwischen zwei Nischen hinabging. Zuerst sah es so aus, als sei ein Teil von ihm abgeschnitten. Dann erkannte er, daß der Erste Sucher etwas über seinen Arm gelegt hatte – etwas, das zunächst wie nichts erschien, weil es so schwarz war, daß es an einen Teil einer Neumondnacht erinnerte. Coll verhielt seinen Schritt, trat dann zurück und beobachtete. Ulfkingroh knurrte verärgert und schaute dann über seine Schulter zurück, um zu sehen, was ihn abgelenkt hatte.

»Huh!« grunzte er, als er sah, wohin Coll schaute. »Da ist nichts, was dich etwas angeht. Nimm die Hände hoch.«

»Was trägt er da?« drängte Coll.

Ulfkingroh stieß seinen Stab auf den Boden und lehnte sich mit demonstrativer Geduld darauf. »Einen Umhang. Er wird Spiegeltuch genannt. Siehst du, wie schwarz er ist? Siehst du, wie er das Licht fortnimmt, genau wie ein Fleck schwarzer Tinte? Schattenwesenmagie, kleiner Bursche.« Das rauhe Gesicht verzog sich unter dem Anflug eines Lächelns. »Weißt du, was er tut?« Coll schüttelte den Kopf. »Du weißt es nicht? Gut! Du sollst es ja auch nicht wissen! Jetzt nimm die Hände hoch!«

Sie fuhren mit dem Training fort, und Coll, der keineswegs ein kleiner Bursche und jeden Zoll so groß und stark wie Ulfkingroh war, nahm gewissermaßen Rache, indem er den anderen so hart schlug, daß der hinfiel und einige Minuten lang wie betäubt war.

In dieser Nacht lag Coll wach, weil er über das Spiegeltuch nachdachte und sich fragte, wozu es dienen mochte. Es war das erste greifbare Stück von Schattenwesenmagie, das er je gesehen hatte. Es gab natürlich noch andere Arten der Magie, aber die wurden vor ihm verborgen. Das Größte und Wichtigste war etwas, das tief im Inneren des Turmes eingesperrt war, das brummte und klopfte und manchmal fast so klang, als würde es schreien, etwas Riesiges und sehr Erschreckendes. Er stellte sich darunter immer einen Drachen vor, den die Schattenwesen hatten anketten können, aber er wußte, daß es so einfach nicht sein konnte. Was auch immer es war, es war weit beeindruckender und schrecklicher als das. Es gab auch noch andere Wesen, die hinter den Türen eingeschlossen waren, die ihm verboten waren. Andere waren in den Katakomben verborgen, die er niemals betreten konnte. Er konnte ihre Gegenwart spüren, ihr Vorbeistreichen an seiner Haut, ihr Flüstern in seinem Geist. Alles Magie, Beschwörungen der Schattenwesen und Zauber, dunkle und böse Dinge.

Oder auch nicht, wenn man Rimmer Dall glauben sollte. Aber er glaubte dem Ersten Sucher natürlich nicht. Er hatte ihm niemals geglaubt.

Dennoch wunderte er sich.

Zwei Tage später erschien der Erste Sucher aus den Schatten einer Tür, als er gerade im Hof eine Pause machte und der Schweiß noch immer wie Öl auf seinem Körper glänzte, und kam direkt auf ihn zu. Über einem Arm trug er das Spiegeltuch wie eine Falte gestohlener Nacht. Ulfkingroh sprang sofort auf, aber Rimmer Dall entließ ihn mit einem Winken seiner behandschuhten Hand und bedeutete Coll, er solle ihm folgen. Sie gingen vom

Licht zurück in die kühleren Schatten, heraus aus der Mittagssonne, fort von ihrem Glanz. Coll zwinkerte und blinzelte, während sich seine Augen darauf einstellten. Das Gesicht des anderen bestand in dem schwachen, grauen Licht ganz aus Runzeln und Flächen, die Haut war tot und kalt, aber die scharfen Augen waren durchdringend.

»Du trainierst hart, Coll Ohmsford«, sagte er mit seiner charakteristischen, flüsternden Stimme. »Ulfkingroh verliert jeden Tag mehr an Boden gegen dich.«

Coll nickte wortlos und wartete darauf, daß der andere ihm mitteilen würde, was er eigentlich hatte sagen wollen.

»Es geht um den Umhang«, sagte Rimmer Dall wie als Antwort. »Es ist an der Zeit, daß du erfährst, wozu er dient.«

Coll konnte seine Überraschung nicht verbergen. »Warum?«

Der andere schaute fort, als überlege er die Antwort. Die behandschuhte Hand hob sich und fiel wieder herab wie eine schwarze Sense. »Ich habe dir erzählt, daß dein Bruder in Gefahr sei und du daher auch in Gefahr seist, und das alles wegen der Magie und wegen dem, was sie vermag. Ich hatte geplant, dich dafür zu benutzen, deinen Bruder zu mir zu locken. Ich ließ es bekannt werden, daß du hier bist. Aber dein Bruder bleibt in Tyrsis und will nicht zu dir kommen.«

Er hielt inne und wartete auf Colls Reaktion. Colls Gesicht war eine ausdruckslose Maske.

»Die Magie, die er in sich birgt«, flüsterte der Erste Sucher, »die Magie, die im Wunschgesang verborgen liegt, beginnt ihn zu verschlingen. Er hat es vielleicht noch gar nicht bemerkt. Er versteht es vielleicht nicht. Du hast diese Magie in ihm gespürt, nicht wahr? Du weißt, daß sie da ist?«

Er zuckte die Achseln. »Ich hatte vorgehabt, mit ihm zu reden, falls ich ihn finden würde. Ich glaube jetzt, daß er sich vielleicht weigern wird, mir zuzuhören. Ich hatte gehofft, daß es die Dinge voranbringen würde, daß ich dich in der Südwache habe. Anscheinend war das nicht der Fall.«

Coll atmete tief ein. »Ihr wart ein Narr, wenn Ihr glaubtet, Par würde herkommen. Und ein noch größerer Narr, wenn Ihr dachtet, Ihr könntet mich dazu benutzen, ihn zu fangen.«

Rimmer Dall schüttelte den Kopf. »Du glaubst mir noch immer nicht, nicht wahr? Ich will dich beschützen, nicht benutzen. Ich will deinen Bruder retten, solange noch Zeit dazu ist. Er ist ein Schattenwesen, Coll. Er ist wie ich, und seine Magie ist eine Gabe, die ihn entweder retten oder zerstören kann.«

Eine Gabe. Par hatte dieses Wort oft gebraucht, dachte Coll betrübt. »Dann laßt mich zu ihm gehen. Gebt mich frei.«

Der große Mann verzog die Mundwinkel und lächelte. »Das habe ich auch vor. Aber nicht, bevor ich deinem Bruder noch einmal gegenübergetreten bin. Ich denke, das Spiegeltuch wird es mir ermöglichen. Das ist die Magie der Schattenwesen – eine sehr mächtige Magie. Es hat lange Zeit gedauert, bis ich sie zu benutzen verstand. Wer auch immer den Umhang trägt, erscheint denjenigen, denen er begegnet, als jemand, den sie kennen und dem sie vertrauen. Er verbirgt, wer sie in Wahrheit sind. Er verbirgt ihre Identität. Ich werde ihn tragen, wenn ich mich auf die Suche nach deinem Bruder begebe.« Er hielt inne. »Du könntest mir dabei helfen. Du könntest mir sagen, wo ich ihn vielleicht finden kann, wo er deiner Meinung nach sein könnte. Ich weiß, daß er in Tyrsis ist. Aber ich weiß nicht, wo genau. Wirst du mir helfen?«

Coll war skeptisch. Wie konnte Rimmer Dall auch nur daran denken, ihn so etwas zu fragen? Aber der große Mann schien sich seiner selbst so sicher, als habe er mit allem recht, als kenne er die Wahrheit weit besser als Coll.

Coll schüttelte den Kopf. »Ich weiß nicht, wo Par ist.«

Eine langen Augenblick lang reagierte Rimmer Dall überhaupt nicht, sondern stand nur da und sah Coll an. Mit harten Augen fixierte er ihn aufmerksam, als wäre die Lüge auf seinem Gesicht abzulesen.

»Ich werde ein anderes Mal erneut fragen«, sagte er schließlich. Die schweren Stiefel schabten über den Fels des Gehweges. »Kehre zu deinem Training zurück. Ich werde ihn selbst finden, auf die eine oder andere Weise. Wenn es soweit ist, werde ich dich freilassen.«

Er wandte sich ab und ging davon. Coll sah ihm nach. Er beobachtete jedoch nicht den Mann, sondern betrachtete den Umhang, den er trug, und dachte: *Wenn ich nur fünf Sekunden lang diesen Umhang bekommen könnte...*

Er dachte noch immer darüber nach, als er am nächsten Tag erwachte. Ein Umhang, der die Identität des Trägers vor denjenigen verbergen konnte, denen er begegnete, der ihn als jemanden erscheinen ließ, dem sie vertrauen konnten – hier war vielleicht ein Weg, der ihn aus der Südwache herausführen könnte. Rimmer Dall stellte sich das Spiegeltuch vielleicht als ein Versteck vor, das es ihm erlauben würde, Par eine Falle zu stellen, aber Coll hatte eine weit bessere Idee für den Gebrauch der Magie. Wenn er in den Besitz des Umhanges gelangen und ihn anlegen könnte... Seine Erregung über seine Idee erlaubte es ihm nicht, den Gedanken zu beenden. Er überlegte, wie er es wohl schaffen könnte, und sein Verstand arbeitete, während er sich anzog, die Länge seiner Zelle durchschritt und auf sein Frühstück wartete.

Dann kam ihm einen Moment lang in den Sinn, daß es außerordentlich leichtsinnig von Rimmer Dall gewesen war, ihm die Magie zu zeigen, wo die Schattenwesen doch so bemüht waren, derartiges zu verbergen. Aber andererseits war der Erste Sucher ja wohl erpicht auf seine Hilfe, Par auszumachen, und der Umhang war nutzlos, wenn sie Par nicht fanden. Wahrscheinlich hatte Dall gehofft, Coll einfach überreden zu können, indem er ihn wissen ließ, daß er solche Magie besaß.

Doch dann wurde dieser Gedanke plötzlich von einem anderen verdrängt. Was, wenn der Umhang ein Trick war? Wie konnte er sichergehen, daß das Spiegeltuch auch tat, was von ihm gefordert wurde? Welchen Beweis hatte er? Er schreckte auf, als sein metallener Essensnapf durch den Türschlitz am Fußboden glitt. Er starrte einen Moment lang hilflos vor sich hin und zögerte. Warum sollte der Erste Sucher jedoch lügen? Was konnte er damit gewinnen?

Die Fragen quälten und überwältigten ihn schließlich, und er schob sie beiseite, um sein Frühstück zu sich zu nehmen. Als er das beendet hatte, ging er hinunter in den Übungshof, um mit Ulfkingroh zu trainieren. Er mußte erneut mit Rimmer Dall sprechen und mehr über den Umhang und seine Magie herausfinden. Aber er konnte es sich nicht leisten, allzu interessiert zu wirken. Er konnte nicht zulassen, daß der Erste Sucher sein wahres Motiv erriet. Das bedeutete, daß er warten mußte, bis Rimmer Dall zu ihm kam.

Aber der Erste Sucher erschien weder an diesem noch am nächsten Tag, und erst drei Tage später, als Coll bei Einsetzen der Dämmerung erschöpft zurück in seine Zelle schlich, materialisierte er sich aus den Schatten und schloß sich ihm an.

»Hast du noch einmal darüber nachgedacht, ob du mir nicht helfen willst, deinen Bruder zu finden?« fragte er beiläufig, und sein Gesicht versenkte sich in die Kapuze seines schwarzen Umhanges.

»Ein wenig«, räumte Coll ein.

»Die Zeit vergeht schnell, Bewohner des Vale.«

Coll zuckte angelegentlich die Achseln. »Es bereitet mir Mühe, alles zu glauben, was Ihr mir erzählt. Ein Gefangener wird selten aufgefordert, seinem Gefängniswärter zu vertrauen.«

»Nein?« Coll konnte das düstere Lächeln des anderen fast spüren. »Ich hätte gedacht, es wäre genau umgekehrt.«

Sie gingen ein paar Schritte schweigend nebeneinander, und Colls Gesicht brannte vor Wut. Er wollte den anderen herausfordern, wo er ihn so nahe hatte. Sie waren allein in diesen dunklen Gängen, nur sie beide. Er unterdrückte die Versuchung, denn er wußte, wie dumm es wäre, dieser jetzt nachzugeben.

»Ich glaube, Par würde die Magie des Spiegeltuches durchschauen«, sagte er schließlich.

Dall schaute ihn an. »Wie?«

Coll atmete tief ein. »Seine eigene Magie würde ihn warnen.«

»Du glaubst also, es würde mir nicht gelingen, nahe genug an ihn heranzukommen, um auch nur mit ihm sprechen zu können?« Die flüsternde Stimme war heiser und leise.

»Das frage ich mich«, erwiderte Coll.

Dall blieb stehen und wandte sich ihm zu. »Wie wäre es, wenn ich die Magie an dir ausprobieren würde? Dann könntest du dir dein eigenes Urteil bilden.«

Coll runzelte die Stirn und verbarg die freudige Erregung, die plötzlich in ihm aufwallte. »Ich weiß nicht. Es hat vielleicht nichts zu bedeuten, wenn sie an mir funktioniert.«

Die behandschuhte Hand hob sich, eine hagere Schwärze, die das Licht aus der Luft stahl. »Warum läßt du es mich nicht versuchen? Was kann schon passieren?«

Sie gingen den Gang hinab und ein Dutzend Treppenfluchten hinauf, bis sie nur wenige Stockwerke unterhalb der Zelle waren, in der Coll gefangengehalten wurde. An einer Tür mit einem Wolfskopf und roten Buchstaben, die Coll nicht entziffern konnte, zog Rimmer Dall einen Schlüssel hervor, steckte ihn in ein schweres Schloß und stieß die Tür auf. Innen gab es ein einziges Fenster, durch das ein schmales Band Sonnenlicht auf einen hohen, hölzernen Kabinettschrank fiel. Rimmer Dall ging zu dem Schrank, öffnete die Doppeltüren und nahm das Spiegeltuch heraus.

»Sieh einen Moment von mir fort«, befahl er.

Coll wandte den Kopf ab und wartete.

»Coll«, erklang eine Stimme.

Er wandte sich wieder um. Dort stand sein Vater Jaralan, groß und gebeugt, in seiner geliebten Lederschürze, die er für seine Holzarbeiten benutzte. Coll blinzelte ungläubig und sagte sich, daß das nicht sein Vater sei, daß es Rimmer Dall sei, und doch war es sein Vater, den er sah.

Dann machte sein Vater eine Bewegung, um die Schürze auszuziehen, und die verwandelte sich sofort in das Spiegeltuch, und dann stand wieder Rimmer Dall vor ihm.

»Wen hast du gesehen?« fragte der Erste Sucher sanft.

Coll zögerte mit seiner Antwort. Er schüttelte den Kopf. »Ich glaube immer noch, daß Par Euch erkennen wird.«

Rimmer Dall betrachtete ihn einen Moment. Sein großes, grobknochiges Gesicht war flach und leer und die seltsamen Augen so hart wie Stein. »Ich möchte, daß du über etwas nachdenkst«, sagte er schließlich. »Erinnerst du dich an jene bemitleidenswerten Wesen in der Grube in Tyrsis, die durch die Gefangenschaft bei der Föderation verrückt wurden und dann von ihrer Magie verschlungen wurden? Das ist es, was deinem Bruder droht. Es geschieht vielleicht nicht heute oder morgen oder nächste Woche oder auch nächsten Monat, irgendwann aber wird es geschehen. Und wenn es erst einmal geschieht, wird es keine Hilfe mehr für ihn geben.«

Coll kämpfte darum, daß seine Angst nicht in seinen Augen sichtbar wurde.

»Ich möchte, daß du auch über noch etwas anderes nachdenkst: Alle Schattenwesen haben die Macht, einzudringen und zu vernichten. Sie können die Körper anderer Wesen bewohnen und ihre Identität annehmen, so lange es nötig ist.« Er hielt inne. »Ich könnte du werden, Coll Ohmsford. Ich könnte so leicht wie eine Messerklinge unter deine Haut schlüpfen und dich besitzen.« Rimmers rauhes Flüstern war ein Zischen vor der Stille. »Aber das möchte ich nicht tun, weil ich dich nicht verletzen will. Ich habe die Wahrheit gesagt, als ich dir erzählte, daß ich deinem Bruder helfen will. Du mußt für dich selbst entscheiden, ob du mir glaubst oder nicht, aber denke erst einmal über das nach, was ich dir gerade gesagt habe.«

Er wandte sich um, legte das Spiegeltuch in den Schrank zurück und schloß die Tür. Ob er ärgerlich oder enttäuscht oder etwas anderes war, war schwer zu sagen, aber sein Schritt war entschlossen, als er Coll aus dem Raum führte und die Tür hinter ihnen zuzog. Coll lauschte auf das Einschnappen des Schlosses, aber er hörte es nicht. Rimmer Dall entfernte sich bereits, so daß Coll ihm schnell folgte. Der Erste Sucher führte ihn zu einer Treppe und deutete hinauf.

»Dein Quartier liegt dort oben. Denke sorgfältig nach«, warnte er, »denn du spielst durch dein Zögern mit zwei Leben.«

Coll wandte sich wortlos um und sah die Treppe hinauf. Als er ein Dutzend Schritte später über seine Schulter zurückschaute, war Rimmer Dall verschwunden.

Es gab noch immer Licht, wenn auch nur schwach, als er wieder den Gang entlang zu den Treppen ging und dann durch die Schatten hinab zum Übungshof. Er hatte dort seine Tunika vergessen. Er brauchte sie natürlich nicht, aber sie lieferte ihm den Vorwand, den er brauchte, um herauszufinden, ob die Tür zu dem Raum, in dem sich das Spiegeltuch befand, unverschlossen geblieben war.

Sein Atem klang in der Stille hastig und rauh, als er hinunterlief. Es war eine verwegene Sache, die er vorhatte, aber seine Verzweiflung war zu groß geworden. Wenn er nicht bald freikam, würde Par etwas Schlimmes zustoßen. Daß er davon überzeugt war, basierte zwar hauptsächlich auf Vermutung und Angst, seine Befürchtungen waren dadurch aber nicht weniger real. Er wußte, daß er nicht so klar denken konnte, wie er es sollte. Wenn er das getan hätte, hätte er sicher niemals erwogen, dieses Risiko auf sich zu nehmen. Aber wenn das Schloß nicht wieder eingerastet war, wenn der Raum noch immer offen und das Spiegeltuch noch immer in seinem Schrank war und wartete...

Schritte erklangen irgendwo unter ihm, und er erstarrte an der Treppenwand. Die Schritte wurden einen Augenblick lauter und verklangen dann. Coll wischte seine Hände an seiner Hose ab und versuchte nachzudenken. In welchem Stockwerk war es? Vier, hatte er gezählt, nicht wahr? Er ging weiter, betrat den vierten Treppenabsatz nach unten, preßte seinen Körper gegen den Stein und spähte um die Ecke.

Der Gang vor ihm war leer.

Er atmete tief durch, um sich zu beruhigen, und trat aus seinem Versteck. Er schlich schnell und leise durch den Gang und warf dabei ängstliche Blicke vor und hinter sich. Die Schattenwesen beobachteten ihn ständig. Ständig. Aber jetzt waren keine da, wie es schien, keine, die er sehen konnte. Er ging weiter. Er überprüfte im Vorbeigehen jede Tür. Ein Wolfskopf mit roten Buchstaben darunter – wo war er?

Wenn er gefangen war...

Dann war die Tür vor ihm, die er suchte, die Wolfsaugen schauten in seine eigenen. Er ging schnell darauf zu, legte sein Ohr daran und lauschte. Stille. Vorsichtig streckte er die Hand aus und drehte den Knauf.

Die Tür gab nach und öffnete sich. Coll ging hindurch.

Der Raum war leer bis auf den hölzernen Schrank, einen großen, geheimnisvollen Kasten, der an der entgegengesetzten Wand lehnte. Er konnte sein Glück kaum fassen. Schnell ging er zu ihm hinüber, öffnete ihn und griff hinein. Seine Hände schlossen sich um das Spiegeltuch. Vorsichtig nahm er es heraus und hob es in das graue Licht. Der Stoff war weich und dicht, der Umhang so leicht wie Staub. Seine Schwärze war beunruhigend, sie wirkte, als könne sie einen vollständig verschlingen. Er hielt den Umhang einen Moment vor sich, betrachtete ihn und erwog ein letztes Mal, ob das, was er vorhatte, wirklich ratsam war.

Dann warf er den Umhang schnell um seine Schultern, daß er ihn einhüllte. Er konnte ihn kaum spüren, da war nichts anderes als der Schatten, den er im verblassenden Tageslicht warf. Er band die Kordel um seinen Hals fest und zog die Kapuze über seinen Kopf. Er wartete hoffnungsvoll. Nichts schien anders geworden zu sein. Alles war gleich. Er wünschte plötzlich, er hätte einen Spiegel, um sich betrachten zu können, aber es war keiner da.

Nachdem er den Schrank hinter sich geschlossen hatte, durchquerte er den Raum und trat hinaus auf den Gang.

Er hatte nur wenige Schritte getan, als ein Schattenwesen auf der Treppe auftauchte.

Coll spürte sein Herz sinken. Er hatte keine Waffen, einfach nichts, um sich zu schützen, und keine Zeit und keinen Platz, um sich zu verbergen. Er ging weiter auf seinen Entdecker zu, da er einfach nicht wußte, was er sonst tun könnte.

Das Schattenwesen ging an ihm vorbei, ohne innezuhalten. Ein kurzes Nicken, ein kaum wahrnehmbares Anheben des dunklen Gesichts, und der andere war vorbei und ging weiter, als sei nichts geschehen.

Coll empfand ein Aufwallen freudiger Erregung und Erleichterung. Das Schattenwesen hatte ihn nicht erkannt! Er konnte es kaum glauben. Aber jetzt war keine Zeit, dieses Glück zu genießen. Wenn er der Südwache und Rimmer Dall jemals entkommen wollte, dann mußte es jetzt sein.

Er durchquerte die Gänge und stieg die Treppen in dem Monolithen hinab, mied hell erleuchtete Orte zugunsten dunklerer. Er kannte nur einen Weg, war dabei aber entschlossen, so wenig wie möglich aufzufallen, Umhang hin oder her. Seine Hände umklammerten schutzsuchend die dunklen Falten, und seine Augen suchten die Schatten ab, als der Tag in die Dämmerung überging. Er erreichte ungehindert den Übungshof. Waffen und Rüstungen standen in Gestellen und hingen auf Pflöcken, alles Metall daran schimmerte dumpf. Ulfkingroh war nirgends zu sehen. Coll nahm einige lange Messer und stopfte sie sich unter seinen Umhang. Er ging am Rande des offenen Geländes zu den Türen, die in die äußeren Höfe führten. Zwei Schattenwesen erschienen und gingen genau wie das andere zuvor gleichmütig an ihm vorbei. Coll spürte, wie sich seine Muskeln unter seiner Anspannung strafften, aber sein Vertrauen in das Spiegeltuch wuchs.

Er überlegte einen Augenblick, ob er in das Innere der Südwache hinabsteigen sollte, um herauszufinden, was die Schattenwesen dort verbargen. Aber er sagte sich, daß das Risiko zu groß war. Es war besser, so schnell wie möglich hier herauszukommen. Was auch immer geschah, er mußte freikommen.

Er eilte durch die Schatten des Zwielichts die Gänge entlang, die zu den äußeren Höfen führten. Er erreichte sie ohne Probleme, durchquerte sie und stand vor einer Außentür, bevor er es richtig bemerkte. Er schaute sich hastig um. Niemand war zu sehen.

Er drückte die Klinke hinunter, stieß die Tür auf und trat hinaus.

Er stand in einer Nische, die ihn vor der hereinbrechenden Nacht schützte. Vor ihm erstreckte sich silbrig schimmernd der Regenbogensee. Die Wälder, die ihn umgaben, waren eine dunkle, unregelmäßige Masse, die von Leben brummte und summte und den Geruch von Blättern, Erde und Gräsern süß in die Sommerluft sandte.

Coll Ohmsford atmete tief ein und lächelte. Er war frei. Er hätte lieber gewartet, bis es vollständig dunkel war, aber er konnte keine Verzögerung riskieren. Es würde nicht lange dauern, daß er vermißt wurde. Tief in das Riedgras geduckt, lief er aus den Schatten der Mauer unter die Bäume.

Vom Fenster eines verdunkelten Raumes aus, dreißig Fuß über ihm, beobachtete Rimmer Dall seinen Aufbruch.

Es hatte für Coll Ohmsford niemals eine Frage gegeben, wohin er gehen sollte. Er bahnte sich seinen Weg zwischen den Bäumen hindurch, die die Südwache vom Mermidon trennten, wählte eine ruhige Stelle ungefähr eine Meile stromaufwärts, durchschwamm den Fluß und zog dann in Richtung Tyrsis zu seinem Bruder. Er wußte zwar nicht, wie er Par finden sollte, wenn er die Stadt erst einmal erreicht hatte, aber darüber wollte er sich später Gedanken machen. Seine dringlichste Sorge war, daß die Schattenwesen bereits nach ihm suchten. Sie tauchten gleich nach seiner Flucht überall auf, schwarze Schatten, die wie Geister auf der Jagd leise und gespenstisch durch die Nacht schlichen. Aber wenn sie ihn sahen – und er war sicher, daß sie ihn gesehen haben mußten –, verbarg ihn das Spiegeltuch vor ihnen. Sie zogen an ihm vorbei, ohne innezuhalten und ohne Interesse zu zeigen, und verschwanden wieder, wie sie gekommen waren.

Aber es waren so viele!

Es war seltsam genug, daß der Umhang ihm ein erhöhtes Empfinden verlieh, wer und wo sie waren. Er konnte ihre Gegenwart spüren, bevor er sie sah, konnte sagen, aus welcher Richtung sie sich näherten, und im voraus erkennen, wie viele es waren. Er versuchte nicht, sich vor ihnen zu verbergen, denn wenn die Magie des Umhangs versagte, würden sie ihn sofort entdecken. Statt dessen versuchte er wie ein normaler Reisender zu wirken, hielt sich an das offene Grasland und an Wege, wenn er welche fand, schritt leicht und ungezwungen aus und versuchte, nicht verdächtig zu wirken.

Irgendwie gelang ihm das. Obwohl die Schattenwesen überall um ihn herum waren und ihn offensichtlich suchten, konnten sie anscheinend nicht herausbekommen, wo er war.

In der Dämmerung schlief er ein paar Stunden und nahm dann seine Reise bei Tagesanbruch wieder auf. Er dachte mehr als einmal daran, den Umhang abzulegen, aber die Nähe so vieler dunkler Wesen hielt ihn davon ab. Er sagte sich, daß es besser sei, kein Risiko einzugehen. Immerhin würde er, solange er ihn trug, nicht entdeckt werden.

Er begegnete auf seinem Weg auch anderen Reisenden. Niemand schien sich für den Mann zu interessieren, den sie in ihm sahen. Einige wenige grüßten ihn. Die meisten gingen einfach an ihm vorbei.

Er fragte sich, als was er ihnen erschien. Er erschien ihnen wohl kaum als jemand, den sie wiedererkannten, sonst hätten sie etwas gesagt. Sie mußten in ihm einen normalen Reisenden gesehen haben. Daher fragte er sich, warum Rimmer Dall in dem Umhang wie sein Vater ausgesehen hatte. Und er fragte sich auch, warum die Magie bei ihm anders wirkte.

Der erste Tag verging schnell, und er errichtete sein Lager unter einigen Eschen in Sichtweite des Runne. Die Sonne versank in einem rotgoldenen Farbfleck hinter den Westlandwäldern, und die warme Nachtluft war vom Geruch der Wildblumen des Graslandes durchdrungen. Er schürte ein Feuer und aß wilde Früchte und Gemüse. Er hatte ein Verlangen nach Fleisch, aber er wußte nicht, wie er welches fangen konnte. Die Sterne kamen hervor, und die Nachtgeräusche erstarben.

Wieder erschienen die Schattenwesen und suchten ihn. Manchmal kamen sie nahe heran – und daher zögerte er auch jetzt, den Umhang abzulegen. Er tat es lange genug, um sich zu waschen, wobei er darauf achtete, hinter den Bäumen verborgen zu bleiben, und zog ihn dann schnell wieder an. Er empfand es inzwischen bequemer, ihn zu tragen, weniger einengend und weniger ungewohnt. Tatsächlich begann er das Gefühl, unsichtbar zu sein, das der Mantel ihm verlieh, zu mögen.

Er zog beim ersten Tageslicht weiter, zog über das Grasland und den dunklen Rändern der Drachenzähne entgegen, die den blauen Horizont im Norden durchbrachen. An diesen Bergen lag Tyrsis, und dort war Par. Die Hitze dieses neuen Tages schien zuzunehmen, und er fühlte sich unwohl in dem Licht. Vielleicht sollte er in Zukunft nachts weiterziehen, beschloß er. Die Dunkelheit erschien ihm irgendwie weniger bedrohlich. Er suchte gegen Mittag Schutz im Schatten einiger Felsen und verbarg sich dort. Seine Gedanken wanderten und berührten viele Dinge, die jedoch gleich wieder vergessen waren, nachdem sie aus der Erinnerung aufgetaucht waren. Er kauerte sich hin, senkte seinen kapuzenbedeckten Kopf zwischen die Knie und schlief ein.

Bei Einbruch der Nacht verließ er sein Versteck. Er erjagte ein Kaninchen, indem er es in der Dunkelheit aufspürte und in seinen Bau trieb, als sei er eine Katze. Er grub mit seinen Händen nach dem Tier, tötete es und trug es zurück zu seinem Versteck in den Felsen. Dort aß er es, bevor es über dem kleinen Feuer zu Ende gebraten war. Danach saß er da, betrachtete die Knochen und fragte sich, welch ein Wesen es gewesen sein mochte.

Die Sterne und der Mond wurden an dem dunkel verhangenen Himmel immer heller. Irgendwo in der Ferne schrie eine Eule. Coll Ohmsford achtete nicht mehr auf Schattenwesen, die ihn jagen mochten. Irgendwie war es nicht mehr wichtig.

Als sich das Nachtdunkel vollständig ausgebreitet hatte, erhob er sich, trat das Feuer aus und kroch wie ein Tier aus seinem Versteck. Die Stadt war zwar noch weit entfernt, kam aber doch näher. Er konnte sie im Wind riechen.

In ihm war eine Wut, die er sich nicht erklären konnte. Da war ein Hunger. Irgendwie, obwohl er noch nicht sagen konnte wie, war er mit Par verbunden.

Schnell ging er nordwärts auf die Berge zu. Im Mondlicht schimmerten seine Augen blutrot.

8

Die Nacht brach herein.

Wren Ohmsford ging durch die zunehmende Dämmerung zurück durch den Harrow. Sie fühlte nichts. Schatten von den Gerippen der zerstörten Bäume und den wabernden Nebeln lagen auf dem Lavagestein. Das Tageslicht war im Westen nur noch als ungewisse Helligkeit sichtbar, wie der sanfte Schimmer einer Kerze vor der Dunkelheit. Um sie herum erstreckte sich schweigend und leblos der Harrow. Er war ein Spiegel ihrer selbst. Die Magie der Elfensteine hatte sie gereinigt. Eowens Tod hatte sie hart gemacht.

Wer bin ich? fragte sie sich.

Sie wählte ihren Weg, ohne wirklich darüber nachzudenken, und bewegte sich in die Richtung, aus der sie gekommen war, weil das der einzige Weg war, den sie kannte. Sie schaute einfach nur geradeaus, ohne etwas wahrzunehmen, und sie lauschte, ohne wirklich zu hören.

Wer bin ich?

Ihr ganzes Leben lang hatte sie die Antwort auf diese Frage gekannt. Das war ihre einzige Sicherheit gewesen. Sie war eine Fahrende gewesen, frei von den Beschränkungen einer persönlichen Geschichte, von den Banden und Verpflichtungen einer Familie und von der Notwendigkeit, nach den Erwartungen anderer und nicht den eigenen zu leben. Sie hatte Garth gehabt, und der hatte sie gelehrt, was sie wissen mußte, aber sie hatte mit sich tun können, was sie wollte. Die Zukunft hatte sich faszinierend vor ihr ausgebreitet wie ein blankes Stück Schiefer, auf das ihr Leben mit den Worten, die sie erwählte, geschrieben werden konnte.

Jetzt war diese Sicherheit dahin, so sicher verschwunden wie die falschen Auffassungen ihrer Jugend davon, wer und was sie sein würde. Sie würde nie wieder sein, wie sie gewesen war oder sich selbst verstanden hatte. Niemals. Sie hatte alles verloren. Und was hatte sie gewonnen? Sie lachte beinahe. Sie war ein Nichts geworden. Seht sie euch nur an, sie konnte jedermann sein. Sie konnte sich nicht einmal ihres Namens sicher sein. Sie war nicht nur eine Ohmsford, sondern auch eine Elessedil. Was man auch wählte – es würde passen. Sie war ein Elf und ein

Mensch. Sie war das Kind mehrerer Familien, einer, die sie geboren hatte, und zweier weiterer, die sie aufgezogen hatten.

Wer bin ich?

Sie war ein Wesen der Magie, Erbin der Elfensteine, Wächterin des Ruhkstabes und des Loden. Sie trug dies alles. Es waren Verpflichtungen, die ihr auferlegt worden waren, Verantwortlichkeiten, die sie hatte übernehmen sollen. Die Magie gehörte ihr, und sie haßte schon allein den Gedanken daran. Sie hatte niemals darum gebeten, sie mit Sicherheit niemals gewollt und konnte sie anscheinend doch nicht loswerden. Die Magie war ein Schatten in ihr, ein dunkles Spiegelbild ihrer selbst, das auf Kommando zu ihrer Verfügung stand, und sie gewinnen wollte, indem es ihr Gefühle vermittelte, wie nichts sonst es konnte, und gleichzeitig ihre Vernunft und ihren Verstand stahl. Es drohte sie vollständig einzunehmen. Die Magie tötete sogar für sie – Feinde natürlich, aber auch Freunde. *Eowen. Hatte die Magie nicht Eowen getötet?* Wren kämpfte gegen ihre Verzweiflung an. Die Magie brachte Zerstörung – was in Ordnung war, weil sie das ja von ihr erwartete, aber gleichzeitig war das alles falsch, weil es wahllos geschah, und selbst wenn sie die richtige Wahl traf, beraubte sie sie ein wenig mehr solcher Fähigkeiten wie Mitgefühl, Empfindsamkeit, Reue und Liebe, jener Weichheit, die das Harte ausglich. Sie wütete wie ein Feuer unter der Vielfalt ihrer Möglichkeiten und ließ sie mit wenigem zurück.

Sie erkannte, daß sie auch jetzt keine Wahlmöglichkeit hatte.

Wind war aufgekommen, zuerst leicht und unregelmäßig, aber inzwischen heftig und rauh, als er über die Ebenen blies, die Skelette der Bäume erzittern und die Schluchten summen und klagen ließ. Er blies über ihre Schultern und drängte sie so zur Seite, wie es einem gedankenverlorenen Fremden in einer Menschenmenge ergehen mochte. Sie senkte abwehrend den Kopf gegen diese weitere Belastung, die sie erdulden mußte, gegen dies neue Hindernis. Das Licht im Westen war verschwunden, und sie war in Dunkelheit gehüllt. Es war nicht mehr sehr weit, sagte sie sich matt. Die anderen warteten genau vor ihr am Rande des Harrow.

Genau vor ihr.

Sie lachte. Was machte es schon aus, ob sie da waren oder nicht? Was machte denn überhaupt noch etwas aus? Ihr Leben würde mit ihr tun, was es wollte, genauso wie das schon die ganze Zeit gewesen war, seit sie auf die Suche nach sich selbst gegangen war. Nein, verbesserte sie sich, schon länger. Vielleicht schon immer. Sie lachte noch einmal auf. Die Suche nach sich selbst, ihrer Familie, den Elfen, der Wahrheit – was für eine Dummheit! Sie konnte den spöttischen Klang ihrer eigenen Stimme hören, während sich ihre Gedanken jagten.

Einer Stimme, die im Wind widerhallte.

Was macht es? flüsterte sie.

Welchen Unterschied?

Ihre Gedanken wandten sich ungebeten Eowen zu, die so sanft und freundlich gewesen war und trotz ihrer seherischen Gabe verdammt, von ihrem Schicksal verschlungen zu werden. Was hatte es Eowen genützt, ihre Zukunft zu kennen? Was würde es irgend jemandem von ihnen nützen? Was nützte es in der Tat, auch nur zu versuchen, auf sie Einfluß nehmen zu wollen? Alles sinnlos, wütete sie, weil sie letztendlich doch mit dir machen würde, was sie wollte. Sie wird dich zu dem machen, was sie will, dich hinführen, wohin sie will, und dort nach ihrem eigenen Dafürhalten zurücklassen.

Rund um sie herum heulte der Wind. *Laß los!*

Sie hörte es, nickte verstehend und begann zu weinen. Die Worte liebkosten sie wie die Hände einer Mutter, und sie hieß jede Berührung willkommen. Alles schien zu vergehen. Sie ging

– wohin? Sie blieb nicht stehen, hielt nicht inne, um danach zu fragen, sondern ging einfach weiter, weil die Bewegung half, sie von dem Schmerz und der Qual fortzubringen. Sie hatte etwas zu tun – was? Sie schüttelte den Kopf, konnte es nicht bestimmen und wischte mit dem Handrücken ihre Tränen fort. Mit der Hand, die die Elfensteine festhielt.

Sie schaute verwundert auf sie hinab und entdeckte überrascht, daß die Steine noch immer da waren. Die Magie pulsierte in ihrer Faust, in den Fingern, die fest darum geschlossen waren, und ihr blaues Glühen drang durch die Ritzen und ergoß sich in die Dunkelheit. Warum tat sie das? Sie sah bestürzt hin und wurde von dem unbestimmten Gedanken gequält, daß etwas falsch war. Warum brannte es so?

Laß los, flüsterte die Windstimme.

Das will ich! schrie sie in der Stille ihres Bewußtseins.

Sie verlangsamte ihren Schritt und schaute von dem Weg auf, dem ihre Füße gefolgt waren, von der Leere des Bodens. Der Harrow hatte ein anderes Aussehen bekommen, ringsum war Helligkeit und Wärme. Gesichter waren überall um sie herum, seltsam lebendig vor dem Dunst und voller Verständnis für ihre Bedürfnisse. Die Gesichter waren vertraut, da waren Freunde und Mitglieder ihrer Familie, all jene, die sie geliebt und unterstützt hatten, Lebende und Tote, alle wurden sie aus ihrer Vorstellung lebendig. Sie war überrascht, als sie auftauchten, aber auch erfreut. Sie sprach mit ihnen zögernd und neugierig ein oder zwei Worte. Sie schauten in ihre Richtung und antworteten mit einem Flüstern.

Laß los.

Laß los.

Die Worte klangen in ihrem Geist nach wie ein Schimmer von Hoffnung. Sie verlangsamte ihren Schritt und blieb schließlich stehen. Sie wußte nicht mehr, wo sie war, und kümmerte sich auch nicht mehr darum. Sie war so müde. Ihr Leben war durcheinandergeraten. Sie konnte nicht einmal mehr tun, als hätte sie irgendeine Kontrolle darüber. Es ritt sie wie ein Reiter ein Pferd, aber ohne Pause oder Rast ziellos und endlos in die Nacht.

Laß los.

Sie blinzelte und lächelte dann. Verstehen durchflutete sie. Natürlich. So einfach war es. Laß die Magie los. Laß los, und die Erschöpfung und die Verwirrung und das Gefühl des Verlustes, das alles wird vorbei sein. Sie mußte nur loslassen, dann würde sie eine Chance haben, erneut zu beginnen, ihr Leben wieder in Besitz zu nehmen und zurückzukehren zu dem, wer und was sie gewesen war. Warum hatte sie das nicht eher erkannt?

Etwas zupfte warnend an ihr, ein Teil ihres Innersten, der durch die Stimme des Windes überdeckt worden war. Neugierig versuchte sie, es sich zurückzurufen, aber federleichte Berührungen auf ihrer Haut lenkten sie ab. Die Elfensteine brannten auf der Innenfläche ihrer Hand, aber sie achtete nicht darauf. Die Berührungen wurden eindringlicher und fordernder. Sie hob den Blick, um ihren Ursprung zu entdecken. Die Gesichter waren jetzt überall um sie herum, kreisten am Rande der Dunkelheit und des Nebels und nahmen Gestalt an. Sie kannte sie doch! Warum konnte sie sich bloß nicht erinnern?

Laß los.

Zur Antwort streckte sie die Hand aus, die die Elfensteine umklammert hielt. Sie war sich dieser Bewegung kaum bewußt, doch eine Spur blauen Lichts drang durch die Ritzen ihrer Finger und vertrieb die Dunkelheit. Sofort waren die Gesichter fort. Sie blinzelte verwirrt. Was tat sie? Warum war sie stehengeblieben? Sie schaute sich erschreckt um, sah die Dunkelheit und den Nebel des Harrow und erkannte, daß sie sich darin verirrt hatte.

Die Drakuls waren da und beobachteten sie. Sie konnte ihre Gegenwart spüren. Sie schluckte gegen ihre Angst an. Was hatte sie eben gedacht?

Sie ging weiter und versuchte herauszufinden, was geschehen war. Sie war sich schwach der Tatsache bewußt, daß sie eine Zeitlang den Bezug zu allem verloren hatte und ziellos umhergelaufen sein mußte. Sie erinnerte sich an Bruchstücke ihrer Gedanken. Sie waren wie Fragmente von Träumen beim Aufwachen. Sie hatte gerade etwas tun wollen, dachte sie besorgt. Aber was?

Die Minuten verstrichen. Weit voraus, hörte sie verloren im Heulen des Windes ihren Namen rufen. Es war dort, drang einen Augenblick lang zu ihr herüber und war dann fort. Sie bewegte sich darauf zu und fragte sich, ob sie noch immer in die richtige Richtung lief. Wenn sie dies nicht bald entscheiden konnte, würde sie die Elfensteine benutzen müssen. Schon der Gedanke daran quälte sie.

Sie wollte sie nie wieder benutzen. Alles, was sie vor ihrem inneren Auge sehen konnte, war, wie das Feuer über das Monster hereingebrochen war, das einst Eowen gewesen war, und es zu Asche verwandelt hatte.

Wieder begann sie zu weinen, und wieder hielt sie schnell inne. Das hatte überhaupt keinen Sinn. Bäume ohne Laub und vom Feuer kahlgefressenes Lavagestein breiteten sich vor ihr aus. Der Harrow war eine endlose, unveränderliche Weite und schien sich in die Ewigkeit zu erstrecken. Sie war verloren, glaubte sie, denn sie war irgendwie verwirrt. Sie blieb stehen und sah sich ermattet um. Erschöpfung durchflutete sie, und sie schloß gequält und verzweifelt die Augen.

Der Wind flüsterte. *Laß los.*

Ja, erwiderte sie still, *das will ich.*

Der Zauber dieser Worte legte sich um sie wie ein wärmender

Umhang, hüllte sie ein und hielt sie fest. Sie widerstand nur einen Moment und überließ sich ihm dann. Als sie die Augen öffnete, waren da wieder die schwarzen Gesichter, umkreisten sie in einem Kreis schwachen Lichts und näherten sich mit federleichten Berührungen. Sie sah, daß sie sich am Rande einer Schlucht befand – der Ort kam ihr bekannt vor. Wieder begann alles zu verblassen. Sie vergaß, daß sie versuchen wollte, dem Harrow zu entkommen, daß die Gesichter um sie herum etwas anderes waren, als was sie zu sein schienen. Der Dunst des Nebels kroch in ihr Bewußtsein und setzte sich dort dicht und undurchdringlich fest. Ihre Gedanken, die wie gefroren waren, schmolzen und rannen wie flüssig durch ihren Körper. Sie konnte ihre Kälte spüren. Sie war müde und war das alles so leid.

Laß los.

Ihre Hand, die die Elfensteine umklammert hielt, senkte sich, und die Gesichter um sie herum begannen Gestalt und Maß anzunehmen. Lippen berührten ihre Kehle.

Laß los.

Sie ließ ihre Augen wieder zufallen. Ihre Finger begannen sich zu öffnen. Es wäre alles so leicht. Sie mußte nur die Elfensteine fallen lassen, dann würde sie der Kette der Magie für immer entkommen.

»Hoheit!«

Der Ruf war ein gequältes Schreien, doch einen Moment lang bedeutete es nichts. Dann öffneten sich ihre Augen ruckartig, und ihr Körper spannte sich an. Der seltsame Schlaf, der sie fast überwältigt hätte, schwebte in ihrer Nähe wie ein dringliches, geflüstertes Versprechen. Durch seinen Nebel sah sie jenseits seiner Dunkelheit zwei Gestalten am Rande des Lichts kauern. Sie hielten Schwerter in den Händen, deren Metall schwach schimmerte.

»Phffft! Bewege dich nicht, Wren von den Elfen!« hörte sie einen weiteren Warnruf. Stresa.

»Bleibt, wo Ihr seid, Hoheit«, warnte der andere voller Panik. Triss.

Der Hauptmann der Leibgarde kam langsam vorwärts. Er hielt seine Waffe vor sich, die von Feuer glühte. Sie erkannte jetzt sein Gesicht, es war mager und hart und von Entschlossenheit erfüllt. Hinter ihm stand Garth, eine größere Gestalt, dunkler und rätselhaft. Vor den beiden kam der Stachelkater mit hochgestellten Stacheln.

Sie fühlte einen Eisklumpen in ihrem Magen. Was taten die beiden hier? Was war geschehen, daß sie hier waren? Sie spürte, wie eine Woge der Angst sie traf, ein Gefühl, daß etwas geschehen war und sie es nicht einmal bemerkt hatte.

Sie kämpfte gegen die Mattigkeit an, gegen den Wunsch nach Ruhe und das Flüstern des Windes und zwang sich dazu, ihre Umgebung wiederzuerkennen. Die Kälte verwandelte sich zu Eis. Das Licht, das sie umgab, strömte von den Wesen aus, die sie umgaben. Überall um sie herum waren Drakuls. Sie waren so nahe, daß sie ihren Atem spüren konnte – oder es zumindest glaubte. Sie konnte ihre toten Augen sehen, ihre unheimlichen, fast formlosen Gesichter und ihre elfenbeinfarbenen Fänge. Dutzende von ihnen waren da, drängten sich um sie und ließen nur an der Stelle, wo Triss und Garth und Stresa sich zu nähern versuchten, Platz frei wie ein Fenster in die Dunkelheit des Harrow. Ihre Hände und Finger klammerten sich an sie und hielten sie fest, wie gefesselt durch ihre Gier nach Nahrung. Sie hatten sie zu sich gelockt und sie fast bis zum Schlaf eingelullt. So hatten sie es sicher auch mit Eowen gemacht. Nachdem sie von Phantomen zu Wesen mit Substanz geworden waren, wollten sie sich nähren.

Einen Augenblick lang schwebte Wren zwischen Sein und

Nichtsein, zwischen Leben und Tod. Sie konnte spüren, wie sie zwischen zwei Möglichkeiten, beide sehr unterschiedlich und beide zwingend, hin und her gerissen wurde. Die eine würde sie aus allem, was sie einlullen wollte, herausbrechen, aus diesen tödlichen Banden, die sie hielten, würde sie dazu bringen, sich in Abscheu und Zorn zu erheben und um ihr Leben zu kämpfen, denn das war, was ihr Instinkt ihr befahl. Die andere Möglichkeit war, daß sie tat, was die Windstimme ihr zugeflüstert hatte, daß sie einfach losließ, weil das der einzige Weg war, sich von der Magie zu befreien. Die Zeit gefror. Sie wog die Möglichkeiten ab, als sei sie nicht davon betroffen, und doch war es eine Entscheidung, die ihr ganzes Dasein, die Vergangenheit, die Gegenwart und die Zukunft in den Mittelpunkt rückte. Sie konnte ihre Retter näher kommen sehen, und deren Gesten waren unmißverständlich. Sie konnte auch die Drakuls kaum merkbar näher kommen spüren. Nichts davon schien wichtig zu sein. Beides war eine entfernte Realität, die sich wie in Zeitlupe bewegte und sich im Handumdrehen ändern konnte.

Auf einmal waren Fänge an ihrer Kehle – ein Flüstern von Hunger und Gier.

Drakuls.

Schattenwesen.

Elfen.

Welche Vielfalt des Schreckens – und nur sie wußte es.

Wenn ich Morrowindl nicht entkommen und in die Vier Länder gelangen kann, wer sonst wird es dann jemals erfahren?

»Hoheit!« Triss rief sie sanft, seine Stimme bettelte verzweifelt, ärgerlich und verloren.

Sie trat von dem Abgrund zurück und atmete tief durch. Sie konnte spüren, wie die Kraft in ihren Körper zurückkehrte, wie sie sich von der Benommenheit freimachte. Aber sie würde zu langsam sein. Sie streckte sich leicht, fast unmerklich und versuchte festzustellen, ob sie sich bewegen konnte. Sie prüfte die Grenzen ihrer Freiheit. Sie hatte keine, denn die Hände an ihr hielten sie so fest, als sollte sie an die Erde gefesselt werden.

Eine Chance also blieb nur. Eine einzige Hoffnung. Ihr Geist konzentrierte sich entschlossen und drängend nach tief drinnen. Ihre Finger öffneten sich.

Jetzt.

Blaues Feuer schoß in die Nacht, riß ihren Körper hoch und hüllte ihn in Flammen. Die Fänge um sie verschwanden, die Hände fielen ab, die Drakuls schrien entsetzt, und sie war frei. Sie stand in einem Feuerzylinder, die Hitze der Magie fuhr über sie hinweg und hüllte sie ein, während sie darauf wartete, daß der Schmerz begann, und zu wissen glaubte, wie es sich anfühlen würde, zu Asche verbrannt zu werden. *Besser das, als eine von ihnen zu werden.* Dieser Gedanke schoß ihr durch den Kopf, löschte alles Denken an ihre kleinlichen Bedürfnisse aus und wurde zur Gewißheit, die sie nie wieder in Frage stellen würde. *Laß es nur schnell geschehen!*

Das Feuer türmte sich über ihr auf, erhob sich vor der Dunkelheit und verbrannte den Vorhang aus Vog. Die Drakuls warfen sich in die Flammen. Sie versuchten verzweifelt, sie zu erreichen, wie kopflose Nachtfalter. Sie starben in plötzlichen Ausbrüchen von Licht und verbrannten gedankenschnell zu Asche. Wren beobachtete, wie sie auf sie zukamen, nach ihr griffen, im Feuer eingeschlossen wurden und verschwanden. Ihre Augen öffneten sich plötzlich und suchten die Elfensteine. Sie fand sie in der Höhlung ihrer geöffneten Hand. Sie waren weiß vor Magie und so strahlend wie kleine Sonnen.

Und dennoch brannte sie nicht. Das Feuer wütete um sie herum, verschlang ihre Angreifer und ließ sie unversehrt.

Oh, ja!

Und dann machte sich Erleichterung in ihr breit, das Gefühl der Macht, das die Magie ihr stets verlieh. Sie fühlte sich unbesiegbar und unzerstörbar. Das Feuer konnte sie nicht verletzen, es würde das nie tun – und sie mußte das gewußt haben. Sie warf ihre Hände hoch, hob das Feuer in einem Bogen von sich fort in den Kreis von Drakuls um sie herum. Sie wurden eingeschlossen und schrien verzweifelt, als sie verschlungen wurden.

Für dich, Eowen! Sie sah sie sterben und empfand nichts außer der Freude, die der Gebrauch der Magie ihr brachte, wobei auch die Drakuls unwichtig wurden, genauso bedeutungslos wie Staub. Sie umarmte die Macht der Magie und ließ sich von ihr über alle Vernunft hinaus tragen, über alles Denken hinaus.

Gebrauche sie, sagte sie sich. *Nichts anderes zählt.*

Einen Augenblick lang war sie vollständig verloren. Vergessen waren Triss und Garth und die Notwendigkeit, Morrowindl zu entkommen und in die Vier Länder zurückzukehren, vergessen alle Wahrheiten, die sie erfahren und weiterzugeben geplant hatte, vergessen die Geschichte dessen, wer und was sie war, und die Leben, die ihr anvertraut worden waren. Alles. Vergessen war jeglicher Zweck jenseits des Gebrauchs der Elfensteine.

Doch dann machte sich ein kleiner Bereich ihres Bewußtseins wieder bemerkbar, ein Flüstern gesunden Verstandes, das an der Mischung aus Angst und Erschöpfung und Verzweiflung vorbeigelangt war, die ihre Entschlossenheit in Wahnsinn zu verwandeln drohte. Sie sah Triss und Garth und Stresa, die die angreifenden Drakuls Rücken an Rücken bekämpften, während sich der Kreis schloß. Sie hörte sie nach ihr rufen und hörte die Stimme in sich selbst, die als Antwort widerhallte. Sie spürte, daß die Insel des Selbst, auf die sie sich zurückgezogen hatte, im Feuer zu versinken drohte.

Ihre Hand mit den Elfensteinen senkte sich, und der Flammensturm erstarb zu einem Flackern von Licht, das sich um ihre Hand wand. Es war erneut unter Kontrolle gebracht. Sie sah wieder die Dunkelheit und den Nebel, die zerklüfteten Hänge der Schlucht, und das rauhe, schwarze Lavagestein. Sie roch die Nacht und die Asche, das Feuer und die Hitze. Sie fuhr zu den Drakuls herum und zischte sie an, wie eine Schlange es getan hätte. Sie schreckten ängstlich zurück. Sie ging auf ihre Freunde zu, und die Angreifer, die die drei umringten, wichen zurück. Sie trug den Tod in ihrer Hand, die sichere Vernichtung für jene Wesen, die nur zu gut verstanden, was Vernichtung bedeutete. Sie schimmerten um sie herum und verloren an Substanz. Sie trat furchtlos in ihre Mitte und wendete das Licht ihrer Magie hierhin und dorthin, drohend, herausfordernd, bebend vor tödlichem Versprechen. Die Drakuls wehrten sich nicht. Im selben Augenblick schwanden sie dahin und waren fort.

Sie trat an jenen Platz, wo Garth und Triss sich hingekauert hatten, die Waffen in der Hand und Unsicherheit in ihren Augen. Sie blieb vor Stresa stehen, der zu ihr hinaufschaute, als sei sie ein Wesen jenseits allen Begreifens. Sie schloß ihre Finger fest um die Elfensteine, und das Feuer erlosch.

»Helft mir aus der Schlucht heraus«, flüsterte sie. Sie war so erschöpft, daß sie zusammenzubrechen drohte, obwohl sie wußte, daß das nicht geschehen durfte, denn sie erkannte, daß die Drakuls sie noch immer beobachteten.

Triss legte sofort den Arm um sie. »Hoheit, wir dachten, Ihr wäret verloren«, sagte er und lenkte sie sanft in die richtige Richtung.

»Das war ich auch«, antwortete sie mit festem Lächeln.

Langsam, Schritt für Schritt, begannen sie den Aufstieg, während ihre Augen die Inselnacht absuchten.

Sie brauchten bis Mitternacht, um aus dem Harrow herauszukommen. Die Drakuls hatten Wren tief in ihr Versteck gelockt, weit weg von dem Weg, dem sie hatte folgen wollen, und hatten sie, nachdem sie Eowen entdeckt hatte, so vollständig verwirrt, daß sie schließlich in der falschen Richtung über die Ebenen gewandert war. Stresa war es gelungen, sie aufzuspüren, aber es war nicht leicht gewesen. Entgegen ihrem Befehl hatten sie bei Einbruch der Nacht begonnen, sie zu suchen. Sie hatte zwar gesagt, daß sie es nicht tun sollten, aber sie hatten sich Sorgen gemacht, weil sie schon so lange fort war, und hatten beschlossen, sich zu vergewissern, daß sie in Sicherheit war. Auch auf die Gefahr hin, ihr eigenes Leben zu verlieren. Sie wußten, daß sie keinen wirksamen Schutz gegen die Drakuls hatten, aber das war nicht mehr wichtig. Sowohl Garth als auch Triss waren fest entschlossen, die Suche aufzunehmen. Dal ließen sie zurück, damit er Gavilan und den Ruhkstab bewachte. Stresa war mitgekommen, weil niemand sonst Wrens Spur im Dunkeln hätte finden können. Sie hätten sie vielleicht überhaupt nicht gefunden, wenn die Drakuls nicht so mit ihrer Jagd beschäftigt gewesen wären. Schon eine Handvoll der Geister hätte genügt, den Rettungsversuch zu vereiteln. Aber Wren, die Besitzerin der Magie der Elfensteine, war für die Drakuls solch eine Verlockung, daß sie sich alle voller Gier nach Nahrung an der Jagd beteiligt hatten. Schattenwesen bis zum Ende. Stresa war es schließlich gelungen, sie aufzuspüren. Sie hatten sie, wie es schien, gerade noch rechtzeitig gefunden.

Wren berichtete ihnen dann von Eowens Schicksal und wie die Drakuls sie zerstört und zu einer ihresgleichen gemacht hatten. Sie beschrieb den Tod der Seherin, ohne ihn zu beschönigen. Es war, als würde sie selbst die Worte hören, mit denen sie ihrem Kummer Ausdruck verlieh. Es kam ihr vor, als spreche sie aus irgendeinem Hohlraum in sich, eingehüllt in einen Nebel der Leere und Erschöpfung. Sie war so müde. Und dennoch wollte sie ihren Schritt nicht verlangsamen. Sie wollte nicht ausruhen. Sie lehnte alle Hilfe ab, als sie erst einmal aus der Schlucht heraus waren. Sie ging selbst, weil sie nicht getragen werden wollte, denn das wäre ein weiteres Zeichen von Schwäche gewesen, und sie hatte für eine Nacht genug Schwäche gezeigt. Sie war erschreckt über das, was ihr widerfahren war, entsetzt darüber, wie leicht sie von der Windstimme irregeführt worden war, wie nahe sie dem Tod gewesen war und wie willig sie gewesen war, ihn zuzulassen – Wren Elessedil, auch Königin der Elfen genannt, die das Vertrauen eines ganzen Volkes besaß, Erbin von so viel Magie. Sie konnte sich noch daran erinnern, wie verführerisch die Windstimme es ihr ausgemalt hatte, ihr Leben aufzugeben. Sie war so bereit gewesen, den Frieden willkommen zu heißen, den sie erwartet hatte. Ihr ganzes Leben lang war sie angesichts des Todes stark gewesen und hatte niemals der Möglichkeit Raum gegeben, daß er sie finden könnte. Sie war immer sicher gewesen, daß sie bis zum letzten Atemzug kämpfen würde. Was im Harrow geschehen war, hatte ihre Zuversicht stärker erschüttert, als sie es zugeben mochte. Es war ihr nicht gelungen, zu widerstehen, obwohl sie sich immer geschworen hatte, daß sie genau dies tun würde. Sie hatte Erschöpfung und Verzweiflung so gründlich in sich arbeiten lassen, daß sie sie ausgehöhlt hatten und sie beinahe zerfallen wäre. Sie erkannte, wie die Magie sie hin und her gezogen hatte, zuerst in die eine Richtung, dann in die andere, in die der Drakuls, in ihre eigene. Genauso wie Eowen eine Gefangene ihrer Visionen gewesen war, war Wren eine Gefangene der Elfenmagie geworden. Sie haßte sich dafür. Sie verachtete diejenige, zu der sie geworden war.

Ich bin nichts von dem, was ich zu sein geglaubt hatte, dachte sie verzweifelt. *Ich bin eine Lüge.*

Sie redete, um sich von diesen Gedanken freizumachen, sprach davon, was sie gesehen hatte, als sie den Harrow durchwandert hatte, und davon, wie die Windstimme der Drakuls sie eingeschläfert hatte. Sie erzählte auch, wie Eowen – so empfindsam für Visionen und Bilder – umgarnt worden sein mußte. Manchmal schweifte sie ab, denn der Klang ihrer Stimme half ihr, sich von düsteren Gedanken abzulenken, er hielt sie wach und in Bewegung. Sie dachte an die Toten von dieser Altptraumreise, besonders an Ellenroh und Eowen. Sie wurde von ihrem Verlust überwältigt, vom Gefühl der Hilflosigkeit zerstört, weil sie sie nicht hatte retten können. Sie fühlte Schuld, weil sie der Aufgabe, die die beiden ihr hinterlassen hatten, nicht gewachsen gewesen war. Sie umklammerte die Elfensteine in ihrer Hand und fühlte sich außerstande, sie wegzustecken, so sehr fürchtete sie, daß die Drakuls wiederkommen könnten. Sie taten es nicht. Nicht einmal die Windstimme flüsterte jetzt noch in der Dunkelheit. Sie war in die Erde zurückgeglitten und hatte sie allein gelassen. Sie starrte hinaus in die Dunkelheit und empfand sie als eine Widerspiegelung der Leere in sich selbst. Die Welt war ein Ort geworden, den sie nicht mehr verstand. Sie konnte nicht einmal entscheiden, was das größere Übel war – die Monster oder die Erschaffer der Monster. Schattenwesen oder Elfen – wer sollte die Verantwortung tragen? Wo war das Gleichgewicht dem Leben gegenüber, das sich auf gelernten Lektionen und gewonnener Erfahrung gründete? Wo war das Gefühl, daß der Wahnsinn vergehen würde und daß ein Sinn hinter allem, was geschah, offenbart werden würde? Sie wußte keine Antworten. Die Magie hatte sie alle in ihren Strudel gezogen und würde sie fallenlassen, wo sie es für richtig hielt.

Diese Nacht schlug ihr größere Wunden, als sie für möglich gehalten hätte. Sie entkamen dem Harrow mit erschöpften und tauben Knochen. Sie waren erleichtert, ihm entflohen zu sein, und erpicht darauf, bald weiterzugehen. Sie wollten bis zur Dämmerung ausruhen und dann weiterziehen. Der größere Teil des Blackledge lag jetzt hinter ihnen, verborgen in den Schatten von Killeshans Vog. Vor ihnen, zwischen ihnen und dem Strand, war nur der In Ju. Sie würden den Dschungel schnell durchquert haben, in zwei Tagen, wenn sie sich beeilten, und in zwei weiteren würden sie die Ufer der Blauen Spalte erreichen. Schnell jetzt, drängten sie sich im stillen. Schnell, um freizukommen.

Sie erreichten die Stelle, an der sie ihre Begleiter zurückgelassen hatten, eine Lichtung mit einem Haufen von Lavabrocken im Schatten eines Gestrüpps aus dürrem Wein und verdorrten Sträuchern. Faun huschte durch die Dunkelheit. Er kam aus einiger Entfernung aus einem Versteck, schnatterte wild, sprang auf Wrens Schulter und kauerte sich dort hin, als gäbe es keinen anderen Zufluchtsort. Wren streichelte ihn beruhigend. Der Baumschreier zitterte vor Angst.

Dann fanden sie Dal. Er lag ausgestreckt am anderen Ende der Lichtung, ein lebloses Gewirr von Armen und Beinen mit tief gespaltenem Schädel. Triss beugte sich hinab und drehte den Elfenjäger um. Wie betäubt sah er dann wieder auf. Dals Waffen steckten noch immer in den Scheiden.

Wren wandte sich verzweifelt ab. Eine düstere Gewißheit hatte bereits von ihr Besitz ergriffen. Sie mußte nicht weitersuchen, um zu wissen, daß Gavilan Elessedil und der Ruhkstab verschwunden waren.

9

Par Ohmsford kauerte in den Schatten der Häuser. Der Umhang, der ihn schützte, war so dunkel wie die Nacht um ihn herum. Er lauschte auf die Klänge von Tyrsis, während sich die Stadt unter ihrer Decke von Sommerhitze ruhelos regte, und wartete auf den Morgen. Die Luft war ruhig und von schweren, süßen und schwülen Gerüchen der Stadt erfüllt. Par atmete sie widerwillig ein und spähte erschöpft aus seinem Versteck zu den Teichen aus Licht, die von den Straßenlaternen gebildet wurden. Er achtete auf Wesen, die nicht dorthin gehörten, die krochen und jagten, die unaufhörlich etwas suchten.

Die Föderation.

Die Schattenwesen.

Sie waren beide dort draußen, Jäger, die niemals zu schlafen schienen und sich weigerten, jemals aufzugeben. Fast eine Woche lang waren Damson und er jetzt vor ihnen davongelaufen, die ganze Zeit über, seit sie das unterirdische Versteck des Mole hinter sich gelassen und durch die Abwasserkanäle der Stadt ihren Weg zurück zu den Straßen genommen hatten. Eine Woche. Er wußte kaum, wie sie vergangen war, denn seine Erinnerung lag in Scherben und zeigte ihm nur ein Gewirr von Gebäuden und Räumen, von Kammern und Schleichwegen und ein Versteck nach dem anderen. Sie hatten nirgends mehr als ein paar Stunden rasten können, wurden immer irgendwie entdeckt, gerade wenn sie sich in Sicherheit geglaubt hatten, und gezwungen, weiterzulaufen und vor den dunklen Wesen zu fliehen, die sich ihrer bemächtigen wollten.

Wie konnte es sein, fragte sich Par mindestens zum tausendsten Male, daß sie immer so schnell gefunden wurden?

Zuerst hatte er es dem Glück seiner Feinde zugeschrieben. Aber Glück würde nicht so weit reichen, und die Regelmäßigkeit, mit der sie entdeckt wurden, hatte bald jegliche Möglichkeit ausgeschlossen, daß es nur Zufall war. Dann hatte er gedacht, daß es vielleicht seine Magie sei, die irgendwie von Rimmer Dall aufgespürt worden war – denn es waren die Sucher, die am häufigsten kamen. Manchmal erschienen sie in der Aufmachung der Föderation, aber häufiger noch als die Monster, die sie waren, dunkle Schatten mit Umhängen und Kapuzen, Alpträume auch im Wachsein. Aber er hatte seine Magie nicht mehr benutzt, seit sie den Abwasserkanälen entstiegen waren, und wenn er sie nicht benutzt hatte, wie konnten sie dann aufgespürt werden?

»Sie sind in die Bewegung eingedrungen«, hatte Damson vor wenigen Stunden erklärt, bevor sie ihn verlassen hatte, um erneut nach einem Versteck zu suchen, das ihre Verfolger nicht kannten. Ihr Mund war verkniffen gewesen, und sie hatte bleich ausgesehen. »Oder sie haben einen von uns gefangen und ihm alle unsere Geheimnisse entlockt. Es gibt keine andere Erklärung.«

Aber selbst sie hatte zugeben müssen, daß außer Padishar Creel niemand sonst all die Verstecke kannte, die sie benutzten. Niemand sonst konnte sie verraten haben.

Was umgekehrt auf die beunruhigende Möglichkeit hinwies, daß trotz all ihrer Hoffnung auf das Gegenteil der Niedergang des Jut der Föderation jenen Fang eingebracht hatte, auf den sie so erpicht gewesen war.

Par ließ seinen Kopf an den rauhen, harten Stein zurücksinken, um sich auszuruhen. Einen Augenblick lang schloß er verzweifelt die Augen. Coll war tot. Padishar und Morgan waren vermißt, genauso Wren und Walker Boh. Steff und Teel. Die Gesellschaft. Sogar der Mole – sie hatten nichts mehr von ihm gehört, seit sie seinen unterirdischen Räumen entflohen waren.

Es gab kein Zeichen von ihm, nichts, das ihnen verraten hätte, was geschehen war. Es war zum Verrücktwerden. Alle jene, mit denen er vor Wochen aufgebrochen war, waren verschwunden – sein Bruder, sein Cousin, sein Onkel und seine Freunde. Manchmal erschien es ihm, als wenn jeder, mit dem er in Berührung kam, verdammt sei, von der Erde zu verschwinden, von irgendeiner unterirdischen Dunkelheit verschlungen zu werden, um niemals wieder an die Oberfläche zu kommen.

Sogar Damson...

Nein. Seine Augen öffneten sich plötzlich, und Wut spiegelte sich im Schein der Lampen. *Nicht Damson. Er würde sie nicht verlieren. Es würde nicht wieder geschehen.*

Aber wie lange konnten sie noch so weiter machen? Wie lange noch, bevor ihre Feinde sie schließlich überwältigten?

Er bemerkte eine plötzliche Bewegung an der Ecke der Mauer vor ihm, wo diese abbog und der Straße westwärts auf den Fels zu folgte. Damson tauchte auf. Sie hastete geduckt heran und kam atemlos und mit gerötetem Gesicht zu ihm in die Schatten.

»Zwei andere sichere Verstecke sind entdeckt worden«, sagte sie. »Bevor ich sie sah, konnte ich schon den Gestank der Wesen riechen, die auf uns warteten.« Ihr langes rotes Haar, das mit einem Stoffband über ihrer Stirn zurückgebunden war, war zerzaust und klebte feucht an ihrem Gesicht und ihrem Hals. Ihr Lächeln kam unerwartet. »Aber ich habe eines gefunden, das sie übersehen haben.«

Sie streckte die Hand aus und streichelte seine Wange. »Du siehst so müde aus, Par. Heute nacht wirst du gut schlafen. Dieser Ort – endlich ist er mir wieder eingefallen. Ein Keller unter einer alten Getreidemühle, die einmal etwas anderes war, was ich aber vergessen habe. Das Versteck ist seit mehr als einem Jahr nicht mehr benutzt worden – von niemandem. Einmal haben

Padishar und ich...« Sie hielt inne, die Erinnerung war zu schmerzhaft und daher brach sie ab – zu quälend, sagten ihre Augen, zuviel kommt wieder hoch. »Das werden sie nicht kennen. Komm mit. Wir werden es noch einmal versuchen.«

Sie eilten in die Nacht davon, ein doppelter Schatten, der im Handumdrehen auftauchte und wieder verschwand. Par spürte das Gewicht des Schwertes von Shannara glatt und hart auf seinem Rücken, und das erinnerte ihn an die Farce, die seine Suche geworden war, und an die Verwirrung, die ihn quälte. War dies tatsächlich der uralte Zauber, den zu finden er ausgesandt worden war, oder war es ein Trick von Rimmer Dall, der ihn in den Untergang trieb? Wenn es das Schwert war, warum hatte er seine Macht dann nicht gebrauchen können, als er dem Ersten Sucher gegenübergestanden hatte? Wenn es aber nur eine Kopie war, was war dann aus dem richtigen Schwert geworden?

Aber diese Fragen brachten wie immer keine Antworten, und wie schon so oft schob er sie schnell beiseite. Daß sie überlebten, war alles, was im Moment zählte, die Vernichtung der schwarzen Wesen und, noch wichtiger, ein Entkommen aus der Stadt. Ihre Flucht hatte ihn an die Bewegung von Ratten in einem Labyrinth erinnert. Sie waren gefangen hinter Mauern, aus denen sie nicht entkommen konnten. Alle Versuche, aus Tyrsis herauszukommen, um das offene Land dahinter zu erreichen, waren vereitelt worden. Die Tore wurden sorgfältig beobachtet, alle Ausgänge waren bewacht, und Damson war in der Abgeschiedenheit des Mole nicht in der Lage gewesen, sich in den Tunneln unterhalb der Stadt zurechtzufinden. Sie allein boten einen Fluchtweg. Also blieb ihnen nichts anderes übrig, als weiterzulaufen und sich zu verbergen, von einem Versteck zum nächsten zu hasten und auf eine Gelegenheit zu warten, hervorzukommen, oder darauf, daß sich ihnen eine Möglichkeit zu ihrer Befreiung bot.

Sie gingen eine Seitenstraße mit Lichtsprenkeln hinab, die durch Fensterläden vor den hochliegenden Fenstern einer Hofmauer drangen, und hörten Gelächter und das Klingen von Trinkgläsern aus einem Bierhaus. Feucht und stinkend lag Müll auf der Straße. Tyrsis trug in diesem Viertel sein billigstes Parfum, und der Geruch ihres Körpers war üppig und schamlos, wo die Armen und Obdachlosen von den Besitzern verjagt worden waren. Die einst so stolze Dame war jetzt verbraucht und angeschlagen, ein willfähriges Ding im Besitz der Föderation, eine Beute des Krieges, der vorbei gewesen war, bevor er begonnen hatte.

Damson hielt inne, beobachtete aufmerksam den leeren Raum einer beleuchteten Kreuzung, lauschte einen Augenblick auf Geräusche, die nicht dahin gehörten, und führte ihn dann schnell hinüber. Sie gingen eine andere Seitenstraße hinunter, die so still und muffig war wie eine ungeöffnete Kammer, dann durch einen Durchgang und in einen Weg, der wieder zu einer Straße führte. Par dachte erneut an das Schwert von Shannara und fragte sich, wie er wohl herausfinden konnte, ob es das richtige war, und welcher Prüfung er es unterziehen mußte, um die Wahrheit zu erfahren.

»Hier«, flüsterte Damson und drängte ihn abrupt durch ein Loch, das in eine uralte Bretterwand gebrochen war.

Sie standen in einem scheunenähnlichen, düsteren Raum. Die Dachbalken über ihnen waren in dem schwachen Licht der anderen Gebäude, das durch Risse in den zerborstenen, morschen Brettern der Wände sickerte, kaum sichtbar. Maschinen kauerten auf dem Boden wie sprungbereite Tiere, und Reihen von Verschlägen gähnten ihnen leer und schwarz entgegen. Damson führte ihn durch den Raum, wobei ihre Stiefel in der tiefen Stille auf dem Stein und dem Stroh raschelten. Nahe der Rückwand blieb sie dann stehen, griff hinab, packte einen Eisenring, der in den Boden eingelassen war, und zog eine Falltür auf. Ein Lichtschimmer beleuchtete Stufen, die in die Dunkelheit hinabführten.

»Du zuerst«, befahl sie und bedeutete ihm, er solle hinabsteigen. »Nur hinein, und dann bleib stehen.«

Er tat, wie ihm geheißen, lauschte auf den Klang ihrer Schritte, als sie ihm folgte, dann auf das Geräusch der Falltür hinter ihnen. Sie standen einen Moment horchend da, dann schob sie sich vorsichtig an ihm vorbei und tastete in der Dunkelheit lautlos umher. Ein Funke wurde geschlagen, eine Flamme erschien, und das Pech einer Fackel fing Feuer und begann zu brennen. Schwaches und verschwommenes Licht erfüllte den Raum, in dem sie standen, und machte einen niedrigen, mit alten eisenbeschlagenen Fässern und Lattenverschlägen gefüllten Keller sichtbar. Sie bedeutete ihm, er solle ihr folgen, und dann gingen sie durch das Durcheinander weiter. Der Keller zog sich weit dahin und endete dann an einem Durchgang. Damson bückte sich in die Dunkelheit, hielt die Fackel vor sich und ging dann hindurch. Der Durchgang führte sie hinab zu einem Raum, der früher wohl ein Schlafraum gewesen war. Ein altes Bett war an eine Wand gestellt, ein Tisch und Stühle an eine andere. Ein zweiter Durchgang führte auf der anderen Seite aus dem Raum hinaus in die Dunkelheit. Wo das Fackellicht endete, konnte Par gerade noch den Anfang einer uralten Treppe ausmachen.

»Hier sollten wir heute nacht sicher sein, vielleicht auch länger«, erklärte sie ihm. Als sie sich jetzt umwandte, beleuchtete das Licht ihre Züge, so daß er das helle Leuchten ihrer grünen Augen, die Weichheit ihres Lächelns sehen konnte. »Das ist nicht viel, nicht wahr?«

»Wenn es sicher ist, ist es das Größte«, erwiderte er und lächelte zurück. »Wohin führt die Treppe?«

»Zurück zur Straße. Aber die Tür ist von außen verschlossen. Wir müßten sie aufbrechen, wenn wir auf diesem Wege fliehen wollen und nicht den Kellereingang benutzen können. Dennoch ist es auch zumindest ein gewisser Schutz vor dem Gefangenwerden. Denn niemand wird auf den Gedanken kommen, dort nachzusehen, wo ein altes und verrostetes Schloß noch an seinem Platz hängt.«

Er nickte und nahm ihr die Fackel aus der Hand. Einen Moment schaute er sich um, dann trug er sie zu einer alten Halterung und steckte sie an ihren Platz. »Da hängt sie«, erklärte er, nahm das Schwert von Shannara ab und lehnte es gegen das Bett. Seine Augen verweilten einen Augenblick auf dem Zeichen auf seinem Heft, der hochgehaltenen Hand mit einer brennenden Fackel. Dann wandte er sich ab. »Gibt es in dem Schrank etwas zu essen?«

Sie lachte. »Wohl kaum.« Impulsiv trat sie zu ihm, legte ihre Arme um ihn, hielt ihn einen Moment umfangen und küßte dann seine Wange. »Par Ohmsford.« Ihre Stimme war weich, als sie seinen Namen aussprach.

Er umarmte sie, streichelte ihr Haar und spürte ihre Wärme durch sich hindurchrinnen. »Ich weiß«, flüsterte er.

»Es wird alles gut werden für dich und mich.«

Er nickte schweigend, denn er war überzeugt, daß es so sein würde, daß es so sein mußte.

»Ich habe ein wenig frischen Käse und Brot in meinem Rucksack«, sagte sie und entzog sich ihm. »Und etwas Ale. Gut genug für Flüchtlinge wie uns.«

Sie aßen schweigend und lauschten auf die dumpfen Geräusche des Eisens, das in die Mauern des Gebäudes eingelassen war und jetzt abkühlte. Ihre Spannung nahm zu, als die Nacht tiefer wurde. Ein- oder zweimal hörten sie so entfernt, daß die Worte nicht zu unterscheiden waren, Stimmen von der Straße. Sie wurden durch die mit einem Vorhängeschloß gesicherte Tür und über die uralte Treppe hinabgetragen. Als sie ihre Mahlzeit beendet hatten, packten sie sorgfältig ein, was übriggeblieben war, löschten die Fackel und wickelten sich in ihre Decken. Dicht nebeneinander legten sie sich auf das schmale Bett und schliefen dort schnell ein.

Bei Tagesanbruch fielen schmale Lichtstreifen kühl und verschwommen durch Risse und Spalten, und die Geräusche der Stadt wurden laut und bestimmt, als die Menschen sich für die Geschäfte eines neuen Tages zu rüsten begannen. Par wachte das erste Mal seit einer Woche erfrischt auf und wünschte sich, er hätte Wasser, um sich zu waschen. Dennoch war er einfach dankbar dafür, daß er endlich einmal seine Müdigkeit abgeschüttelt hatte. Damson hatte strahlende Augen und sah wunderschön aus, zerzaust und gleichzeitig vollkommen, und Par hatte das Gefühl, als müsse das Schlimmste nun hinter ihnen liegen.

»Das Wichtigste ist, daß wir einen Weg aus der Stadt heraus finden«, erklärte Damson zwischen zwei Bissen ihres Frühstücks. Sie saß ihm gegenüber an dem kleinen Tisch, und ihre Miene drückte Entschlossenheit aus. »Wir können so nicht weitermachen.«

»Ich wünschte, wir könnten etwas über den Mole in Erfahrung bringen.«

Sie nickte, und ihre Augen mieden seinen Blick. »Ich habe mich darum bemüht, als ich draußen war.« Sie schüttelte den Kopf. »Der Mole ist erfinderisch. Er lebt schon zu lange.«

Aber nicht, wenn die Schattenwesen ihn jagen, hätte Par fast gesagt, überlegte es sich dann aber anders. Damson dachte sicher ohnehin das gleiche. »Was mache ich heute?«

Sie schaute ihn an. »Dasselbe wie immer. Du bleibst, wo du

bist. Sie wissen nur von dir. Sie wissen noch immer nichts von mir.«

»Das hoffst du.«

Sie seufzte. »Das hoffe ich. Aber wie dem auch sei, ich muß einen Weg für uns finden, an den Mauern vorbeizukommen und aus Tyrsis heraus, damit wir herausfinden können, was mit Padishar und den anderen geschehen ist.«

Er verschränkte seine Arme über der Brust und lehnte sich zurück. »Ich fühle mich so nutzlos, wenn ich hier herumsitze.«

»Manchmal ist es aber das beste, Par.«

»Ich lasse dich nicht gern allein hinausgehen.«

Sie lächelte. »Und ich lasse dich nicht gern allein hier. Aber so müssen wir es im Moment halten. Wir müssen klug sein.«

Sie zog ihren Straßenumhang an, ihr Magiergewand, denn sie trat noch immer regelmäßig auf dem Marktplatz auf, um Tricks für die Kinder vorzuführen. So hielt sie den Anschein aufrecht, daß alles genauso sei wie immer. Ein heller Lichtpfeil drang in die Dämmerung der Gänge, durch die sie gekommen waren, und mit einem Winken verschwand sie darin und war fort.

Er verbrachte ruhelos den Rest des Vormittags und durchstreifte die engen Grenzen seines Versteckes. Einmal kletterte er die Treppe hinauf, die zur Straße führte, überprüfte das Schloß, das die schwere Holztür sicherte, und stellte fest, daß es sicher war. Er wanderte zurück durch die Tunnel, die vom Keller der Getreidemühle abzweigten, und fand heraus, daß jeder von ihnen an einem Vorratsplatz oder einem Behälter endete und alle lang, leer und verlassen waren. Als die Mittagszeit kam, stellte er sich ein Essen aus den Resten der gestrigen Mahlzeit zusammen, die in Damsons Rucksack versteckt waren, streckte sich dann auf dem Bett zu einem kurzen Schlummer aus und fiel sofort in einen tiefen Schlaf.

Als er schließlich erwachte, war das Licht silbrig geworden, und der Tag ging schnell in die Dunkelheit über. Er lag einen Moment verschlafen blinzelnd da und erkannte dann, daß Damson noch nicht zurückgekehrt war. Sie war seit fast zehn Stunden fort. Voller Besorgnis erhob er sich schnell und überlegte, daß sie schon lange hätte zurück sein sollen. Es war möglich, daß sie schon einmal hereingekommen und wieder gegangen war, aber das war unwahrscheinlich. Sie hätte ihn sicherlich geweckt. Oder er wäre von selbst aufgewacht. Er runzelte düster die Stirn, wandte sich unbehaglich um, versuchte die Steifheit seiner Gliedes loszuwerden und fragte sich, was er tun sollte.

Da er trotz seiner Besorgnis hungrig war, entschloß er sich, etwas zu essen, und verschlang die letzten Reste von Käse und Brot. Es war noch ein wenig Ale in dem verschlossenen Schlauch, aber das schmeckte schal und warm.

Wo war Damson?

Par Ohmsford hatte die Risiken von Anfang an gekannt, all die Gefahren, denen Damson Rhee jedes Mal gegenübertrat, wenn sie ihn verließ und in die Stadt hinausging. Wenn der Mole gefangen wurde, würden sie ihn zum Sprechen bringen. Wenn die sicheren Verstecke gefährdet waren, dann war sie es vielleicht auch. Wenn Padishar gefangen worden war, würde nichts mehr geheim bleiben. Er kannte die Risiken, er hatte sich selbst gesagt, daß er sie akzeptieren würde. Aber jetzt, wo er zum ersten Mal seit ihrer Flucht aus den Abwasserkanälen daran denken mußte, daß vielleicht das Schlimmste passiert war, stellte er fest, daß er überhaupt nicht darauf vorbereitet war. Er stellte fest, daß er Angst hatte.

Damson. Wenn ihr etwas zugestoßen war...

Ein schlurfendes Geräusch erregte seine Aufmerksamkeit, und er riß sich aus seinen Grübeleien. Er stand auf, wirbelte dann herum und suchte nach der Quelle des Geräusches. Es war hinter ihm, oben auf der Treppe an der Tür, die von der Straße herunter führte. Jemand spielte an dem Schloß herum.

Zuerst dachte er, es müsse Damson sein, die aus irgendeinem Grunde gezwungen war, durch die Hintertür zu kommen. Aber Damson hatte keinen Schlüssel. Und das Geräusch, das er hörte, war das eines Schlüssels, der im Schloß gedreht wurde. Das ungeschickte Herumtasten hörte nicht auf, sondern endete mit einem harten Stoß, als das Schloß nachgab.

Par griff hinunter nach dem Schwert von Shannara und hängte es sich schnell über seinen Rücken. Wer auch immer dort oben war, es war nicht Damson. Er riß den Rucksack hoch, um jegliche Spuren seines Hierseins zu verbergen. Aber seine Stiefelabdrücke waren überall, das Bett war zerwühlt, und kleine Krümel Nahrung beschmutzten den Tisch. Wer auch immer dort oben war, er hatte jetzt das Schloß aus seiner Falle gehoben und öffnete gerade die Tür.

Tageslicht flutete durch die Öffnung, ein schräger Pfeil fahlen Graus. Par zog sich hastig aus dem kleinen Raum in den Tunnel zurück. Die Fackel ließ er zurück. Er brauchte sie nicht mehr, um seinen Weg zu finden. Seine Erkundungsgänge vom Morgen hatten bei ihm einen deutlichen Eindruck zurückgelassen, wohin er gehen mußte. Stiefel tappten leise auf den hölzernen Stufen, doch sie waren zu schwer und rauh, um zu Damson zu gehören.

Er schlich lautlos und gebeugt den Tunnel hinunter. Wer auch immer hereingekommen war, würde wissen, daß er dagewesen war, aber er würde nicht erkennen können, wann das gewesen war. Sie würden auf seine Rückkehr warten, um ihn unvorbereitet zu überraschen. Oder Damson. Aber wenn er irgendwo in der Nähe des Eingangs in der alten Mühle auf Damson warten konnte, dann würde er sie warnen können, bevor sie hereinkam.

Damson würde niemals durch den Hintereingang mit dem aufgesprungenen Schloß kommen. Seine Gedanken überschlugen sich und trieben ihn leise und schnell durch die Dunkelheit vorwärts. Alles, was er zu tun hatte, war, der Entdeckung zu entgehen, durch den Keller zurück zur Tür und hinaus auf die Straße zu gelangen.

Er konnte die Schritte des Eindringlings nicht mehr hören. Gut. Jener Unbekannte war stehengeblieben, um den Raum zu betrachten, fragte sich jetzt sicher, wer wohl dort gewesen war, wie viele dort gewesen waren und warum sie gekommen waren. Noch mehr Zeit für Par, jetzt zu fliehen, eine noch größere Chance für ihn, zu entkommen.

Aber als er den Keller erreichte, bewegte er sich zu schnell auf die Treppe nach oben zu, stieß an eine leere, hölzerne Kiste, stolperte und fiel. Das verrottete Holz krachte und zersplitterte unter ihm, und das Geräusch hallte laut durch die Stille.

Als er sich wild und atemlos wieder aufrappelte, konnte er die Schritte des Eindringlings auf sich zukommen hören.

Er stürzte auf die Treppe zu. Jetzt machte er sich nicht mehr die Mühe, seine Flucht geheimzuhalten. Die Schritte beschleunigten sich. Kein Schattenwesen, dachte er – das würde lautlos auftauchen. Also die Föderation. Aber nur einer? Warum nur einer?

Er erreichte die Treppe und stolperte hinauf. Über ihm wurde als schwache Silhouette die Falltür sichtbar. Er fragte sich plötzlich, ob dort oben vielleicht schon andere warteten, ob er in eine Falle getrieben wurde. Sollte er lieber bleiben, wo er war, und dem einen gegenübertreten, als zuzulassen, daß er den anderen zugetrieben wurde? Aber das waren alles nur Spekulationen, und abgesehen davon war keine Zeit mehr, sich zu entscheiden. Er hatte die Falltür bereits erreicht.

Er drückte von unten dagegen. Die Falltür bewegte sich nicht.

Pfeile verblassenden Tageslichts bahnten sich ihren Weg durch Ritzen in den schweren Holzbrettern, tanzten über sein schweißüberströmtes Gesicht und nahmen ihm kurzzeitig die Sicht. Er senkte den Kopf und drückte ein zweites Mal nach oben. Die Tür saß fest an ihrem Platz. Er blinzelte an dem Licht vorbei und versuchte herauszufinden, was geschehen war.

Etwas Großes und Unförmiges war da oben auf der Falltür.

Verzweifelt warf er sich gegen das Hindernis, aber es bewegte sich nicht von der Stelle. Er stieg die Stufen wieder hinab und warf einen schnellen Blick über seine Schulter. Sein Herz schlug so laut in seinen Ohren, daß er kaum die gedämpfte Stimme hören konnte, die seinen Namen rief.

»Par? Par Ohmsford?«

Es war ein Mann, jemand, den er offenbar kennen mußte, aber er war nicht sicher. Die Stimme klang bekannt und fremd zugleich. Der Sprecher befand sich noch immer irgendwo in der Dunkelheit der Tunnel. Der Getreidemühlenkeller erstreckte sich niedrig und eng zu der dunklen Öffnung hin, Staubteilchen tanzten in der dämmrigen Luft wie ein Nebel und verwandelten alles in Schatten. Par schaute erneut zu der Falltür hinauf und dann zurück zum Keller.

Er war gefangen.

Er preßte seine Lippen fest zusammen. Schweiß rann von der Anstrengung und der Angst seinen Körper hinab, und seine Haut zog sich zusammen.

Wer war dort hinten?

Wer war es, der seinen Namen kannte?

Er dachte wieder an Damson und fragte sich, wo sie war, was aus ihr geworden und ob sie in Sicherheit war. Wenn sie gefangengenommen worden war, dann war er der einzige, mit dem sie noch rechnen konnte. Er konnte sich nicht fangen lassen, denn dann wäre niemand mehr da, der ihr helfen konnte. Oder ihm. Damson. Er sah ihr flammend rotes Haar vor sich, den besonderen Zug um ihren Mund, wenn sie ihn anlächelte, und das Strahlen ihrer grünen Augen. Er konnte ihre Stimme und ihr Lachen hören. Er konnte spüren, wie sie ihn berührte. Er erinnerte sich daran, wie sie darum gekämpft hatte, sein Leben zu retten und ihn dem Wahnsinn zu entreißen, der sich nach Colls Tod seiner bemächtigen wollte.

Die Gefühle, die ihn in diesem Augenblick überwältigten, waren so intensiv, daß er sie fast hinausgeschrien hätte.

Zorn und Entschlossenheit traten an die Stelle seiner Angst. Er griff hinter sich und begann das Schwert von Shannara herauszuziehen, ließ es dann aber wieder in seine Scheide zurückgleiten. Das Schwert war für andere Dinge gedacht. Er würde seine Magie gebrauchen, obwohl sie ihn jetzt ängstigte wie ein alter Freund, der plötzlich fremd und unvertraut geworden ist. Die Magie war unzuverlässig, phantastisch und gefährlich.

Und völlig nutzlos, wie er plötzlich erkannte, wenn sein Gegner ein Mensch war.

Seine Gedanken zerstreuten sich und ließen ihn ohne Hoffnung zurück. Er griff ein zweites Mal hinter sich und zog das Schwert heraus. Es war immerhin seine einzige Waffe.

Ein Schatten erschien am Eingang des Tunnels, und Atem wurde in der plötzlichen Stille leise hörbar. Dort erschien eine verhüllte Gestalt dunkel und ohne bestimmte Züge im schwächer werdenden Licht. Anscheinend war es ein Mann, größer als Par und auch breiter.

Der Mann trat aus der Dunkelheit heraus und richtete sich auf. Er ging weiter und blieb dann plötzlich stehen, sah Par auf der Kellertreppe, mit der Waffe in der Hand. Das lange Messer in seiner eigenen Hand schimmerte dumpf. Einen Moment lang standen sie einander gegenüber, ohne sich zu bewegen, und versuchten, den anderen zu erkennen.

Dann hob der Eindringling langsam die Hände und streifte die Kapuze seines staubigen, schwarzen Umhangs zurück.

10

Triss richtete sich auf. Seine Bewegungen waren auf einmal schwerfällig und steif. Sie sahen einander schweigend an, der Hauptmann der Leibgarde, Wren und Garth, ohne ihre Gesichter im Dunkel voller Vog erkennen zu können. Sie standen wie Statuen um die zusammengekrümmte Gestalt von Dal herum, als seien sie als Wachtposten um ihn herum aufgestellt worden und eingefroren in der Zeit. Sie waren die einzigen, die von jenen neun übriggeblieben waren, die aus Killeshans Schatten aufgebrochen waren, um Arborlon und die Elfen aus ihrem vulkanischen Grab wieder in ein Leben in den Wäldern des Westlandes zurückzubringen. Drei, machte sich Wren in ihrer Seelenqual deutlich, denn Gavilan war für so sicher verloren, wie sie sich ihrer eigenen Schuld bewußt war.

Wie hatte sie so dumm sein können?

Triss bewegte sich plötzlich und warf die imaginären Fesseln ab. Er machte ein paar Schritte und beugte sich hinab, um den Boden zu untersuchen. Dann richtete er sich wieder auf und schüttelte den Kopf. »Wer könnte das getan haben? Es muß Spuren geben...« Er schleppte sich davon.

Wren und Garth tauschten einen Blick. Triss wußte es offenbar noch immer nicht. »Es war Gavilan«, sagte sie leise.

»Gavilan?« Der Hauptmann der Leibgarde wandte sich um. Er sah sie offen an.

»Gavilan Elessedil«, wiederholte sie. Sie gebrauchte seinen vollen Namen in der Hoffnung, daß dadurch für sie real werden würde, was geschehen war. Faun zitterte auf ihrer Schulter noch immer. »Er hat Dal getötet und den Ruhkstab mitgenommen.«

Triss rührte sich nicht. »Nein«, sagte er sofort. »Eure Hoheit, das kann nicht passiert sein. Ihr irrt Euch. Gavilan ist ein Elf, und kein Elf würde einem anderen Schaden zufügen. Und außerdem ist er ein Prinz von Elessedilblut! Er ist darauf eingeschworen, seinem Volk zu dienen!«

Wren schüttelte verzweifelt den Kopf. Sie hätte damit rechnen müssen. Sie hätte es in seinen Augen erkennen müssen, in seiner Stimme und an seinem veränderten Verhalten. Und sie hatte sich einfach geweigert, es zu erkennen. »Stresa«, rief sie.

Der Stachelkater tauchte aus der Dunkelheit auf. Seine Stacheln waren herausfordernd aufgerichtet. »Hssssst! Ich habe dich vor ihm gewarnt!«

»Danke, daß du mich daran erinnerst. Erzähle mir einfach, was die Zeichen sagen. Deine Augen sind die schärfsten, deine Nase kann es besser beurteilen. Lies sie bitte für mich.«

Ihre Worte klangen sanft und schmerzerfüllt. Der Stachelkater erkannte es und ging leise fort. Sie beobachteten, wie er die Lichtung zu umkreisen begann, überall schnüffelte und jede Spur kritisch prüfte, wie er dabei häufig innehielt und dann weiterging.

»Das hätte er niemals tun können«, murmelte Triss erneut, und seine Stimme klang hart vor Unglauben. Wren antwortete nicht. Sie schaute ins Nichts. Der Harrow war eine graue Wand hinter ihnen, der In Ju ein schwarzes Loch vor ihnen und der Killeshan ein entferntes Rumpeln. Morrowindl krümmte sich über ihnen wie ein Tier über einem Knochen.

Dann kam Stresa zurück. »Niemand – phffft – außer uns hat in den letzten Stunden den Platz hier überquert, auf dem wir stehen. Ssssst. Unsere Spuren führen aus dem Harrow heraus und wieder hinein und erneut heraus – dort drüben. Nur unsere – nicht die von Monstern, nicht die von Eindringlingen, nichts dergleichen.« Er hielt inne. »Und dort«, er deutete in die entgegengesetzte Richtung, »dort gibt es ein neueres Spurenmuster. Es führt von hier fort, westwärts auf den In Ju zu. Es ist sein Geruch. Es tut mir leid, Wren Elessedil.«

Sie nickte. Ihr eigener letzter Rest Hoffnung schwand dahin. Sie schaute Triss an.

»Warum?« fragte er mit erschütterndem, resigniertem Flüstern.

Weil er Angst hatte, dachte sie. Weil er ein Wesen war, das Ordnung und Wohlbefinden, Mauern und sichere Zufluchtsorte brauchte, und dies hier war alles zuviel für ihn, es hatte ihn überwältigt. Weil er sie alle für tot gehalten hatte und befürchtet hatte, daß auch er sterben müßte, wenn er nicht fortlief. Oder weil er gierig und verzweifelt gewesen war und die Macht des Ruhkstabes und dessen Magie für sich selbst haben wollte.

»Ich weiß es nicht«, sagte sie erschöpft.

»Aber Dal...?«

»Welchen Unterschied macht das?« unterbrach sie ihn ärgerlicher, als sie hätte sein sollen, und bedauerte ihre Schroffheit sofort. Sie atmete tief ein. »Wichtig ist, daß er den Ruhkstab und den Loden mitgenommen hat und wir sie zurückbekommen müssen. Wir müssen ihn finden, und zwar schnell.«

Sie wandte sich um. »Stresa?«

»Nein«, sagte der Stachelkater sofort. »Dieses Mal nicht. Hssssst. Es ist zu gefährlich, der Spur bei Nacht zu folgen. Bleibt bis zum Tagesanbruch hier.«

Sie schüttelte entschieden den Kopf. »Soviel Zeit haben wir nicht.«

»Grrrrr. Wren Elessedil. Wir sollten lieber erst später auf die Suche gehen, wenn wir überleben wollen!« Stresas rauhe Stimme wurde zu einem Grollen. »Nur ein Narr würde es wagen, nachts vom Blackledge in den In Ju hinabzusteigen.«

Wren spürte Zorn in sich aufsteigen. Sie mochte gerade jetzt nicht herausgefordert werden. Sie konnte es nicht zulassen. »Ich habe die Elfensteine, Stresa!« fauchte sie. »Die Elfenmagie wird uns beschützen!«

»Die Elfenmagie? Ich dachte – hsssst – du bist wild entschlossen, sie nicht zu gebrauchen.«

Stresas Worte waren blanker Hohn. »Phffft. Ich weiß, daß du dich um ihn sorgst, aber...«

»Stresa!« schrie sie.

»...die Magie wird dich nicht vor etwas beschützen, was du nicht sehen kannst«, beendete der Stachelkater seinen Satz ruhig und gelassen. »Sssttppp! Wir müssen bis zum Morgen warten.«

Die Stille war undurchdringlich. Wren konnte sich innerlich schreien hören. Sie schaute auf, als Garth zu ihr kam. *Der Stachelkater hat recht. Erinnere dich an das, was du gelernt hast, Wren. Erinnere dich daran, wer du bist.*

Woran sie sich im Moment nur erinnern konnte, war der Ausdruck in Gavilan Elessedils Augen, als sie ihm den Ruhkstab gegeben hatte. Sie sah Garth an. Was sie in seinen Augen sah, dämpfte ihren Zorn. Widerwillig nickte sie. »Wir werden bis zum Morgen warten.«

Sie hielt dann auch Wache, während die anderen schliefen. Ihre Erschöpfung war vergessen, begraben unter ihrem Zorn und ihrer Verzweiflung wegen Gavilan. Sie konnte nicht schlafen, solange sie so unruhig, ihr Geist verwirrt und ihre Gefühle in

Unordnung waren. Sie saß allein, den Rücken gegen einen Felsen gelehnt, während die Männer in einiger Entfernung zusammengerollt schliefen und Stresa sich an den Rand der Lichtung gekauert hatte. Vielleicht schlief auch er, vielleicht auch nicht. Sie starrte in die Dunkelheit, streichelte Faun wie abwesend und quälte sich mit Gedanken, die dunkler waren als die Nacht.

Gavilan. Er war so freundlich gewesen, und sie hatte es so angenehm empfunden, mit ihm zusammen zu sein. Sie hatte ihn gemocht – vielleicht mehr als nur gemocht. Sie hatte sich Hoffnungen für sie beide gemacht, die sie sich selbst auch jetzt noch nicht einzugestehen wagte. Er hatte versprochen, ein Freund für sie zu sein, auf sie aufzupassen und ihr alle Fragen zu beantworten, so gut er konnte. Er wollte für sie dasein, wenn sie ihn brauchte. Er hatte so vieles versprochen. Vielleicht hätte er diese Versprechen halten können, wenn sie nicht gezwungen gewesen wären, den Schutz des Keel zu verlassen. Denn sie hatte sich nicht geirrt, als sie sich gesagt hatte, daß Gavilan schwach war. Er war nicht stark genug für das, was jenseits der Sicherheit der Mauern von Arborlon lag. Die Veränderungen an ihm waren sofort sichtbar geworden. Sein Charme hatte sich in Besorgnis gewandelt, dann in Schroffheit und schließlich in Angst. Er hatte die einzige Welt verloren, die er jemals gekannt hatte, und war nackt und ungeschützt Erfahrungen wie in einem Alptraum ausgesetzt worden. Gavilan war so tapfer gewesen, wie es ihm möglich gewesen war, aber alles, was er gekannt und worauf er sich verlassen hatte, war ihm genommen worden. Als die Königin starb und der Stab Wren anvertraut wurde, war das einfach zuviel für ihn gewesen. Er hatte sich immer selbstverständlich für den Nachfolger der Königin gehalten und geglaubt, mit der Macht der Elfensteine alles erreichen zu können. Er hatte sich darauf festgelegt und hatte an nichts anderes mehr gedacht. Er war davon überzeugt gewesen, daß er die Elfen retten würde, daß es ihm bestimmt war, dies zu tun, und daß die Magie ihm die Mittel dazu geben würde.

Laß mich den Stab nehmen, konnte sie ihn noch immer bitten hören.

Und sie hatte ihm diesen Stab gegeben. Das war dumm gewesen.

Tränen traten in ihre Augen. Er war wahrscheinlich in Panik geraten, dachte sie. Er war wahrscheinlich davon überzeugt gewesen, daß sie tot sei, daß sie alle tot seien. Und daß er allein sei. Er hatte wahrscheinlich versucht, fortzukommen. Der Elfenjäger hatte dabei seine Angst unterschätzt, seinen Wahnsinn. Er hatte sicher auch die Laute der Drakuls gehört, ihr Flüstern und ihre Lockungen. Das alles hatte ihn sicher erdrückt. Und dann hatte er Dal getötet, weil…

Nein! Sie weinte und konnte nicht aufhören. Sie ließ es zu, weil sie wütend war, daß sie versucht hatte, Entschuldigungen für ihn zu finden. Aber es schmerzte sie so sehr, sich die Wahrheit eingestehen zu müssen, die harte und unabweisliche Wahrheit – daß er schwach gewesen war, daß er gierig gewesen war, daß er berechnend gewesen war, anstatt logisch zu denken, und daß er einen Mann getötet hatte, der ihn hatte beschützen sollen. Dumm! Solch ein Wahnsinn! Aber die Dummheit und der Wahnsinn waren überall, überall um sie herum, ein so großes und undurchdringliches Labyrinth wie Eden's Murk. Morrowindl nährte das alles, förderte beides, und für jedes gab es nur ein begrenztes Maß an Geduld. Wenn das erst einmal überschritten war, versuchte man, dem Wahnsinn ein Ende zu setzen. Gavilan hatte dieses Maß überschritten. Er konnte sich vielleicht nicht mehr selbst helfen und war jetzt fort, im Nebel verschwunden. Selbst wenn sie ihn fanden, was würde von ihm übrig sein?

Sie biß sich ins Handgelenk, damit sie den Schmerz spürte. Sie mußten ihn natürlich finden – auch wenn er nicht mehr wichtig war. Sie mußten wieder in den Besitz des Ruhkstabes und des Loden gelangen, oder alles, was sie durchgemacht hatten, um von Morrowindl fortzukommen, und alle Leben, die dafür gegeben worden waren – das ihrer Großmutter, das der Eule, Eowens und jene der Elfenjäger – wären umsonst geopfert worden. Dieser Gedanke brannte in ihr. Sie durfte das nicht zulassen. Sie wollte nicht zulassen, daß ihr Opfer vergebens war. Sie hatte es ihrer Großmutter versprochen. Sie hatte es sich selbst versprochen. Es war der Grund dafür, daß sie hergekommen war – sie wollte die Elfen ins Westland zurückbringen und mithelfen, einen Weg zu finden, die Schattenwesen zu vernichten. Das war Allanons Auftrag – und jetzt ihre Aufgabe, wie sie sich in dunkler Wut eingestand. Finde dich, und das hatte sie getan. Entdecke die Wahrheit, und das hatte sie getan. Zuviel von beidem, aber sie hatte es getan. Ihr Leben war jetzt offenbart, Vergangenheit, Gegenwart und Zukunft, und wie sie sich dabei auch fühlte, sie würde es sich nicht ohne ihre Zustimmung nehmen lassen.

Es ist mir gleich, was dazu noch nötig ist, schwor sie. *Es ist mir gleich!*

Sie war eingenickt, als Triss sie an der Schulter berührte und wieder weckte. »Hoheit«, flüsterte er sanft. »Legt Euch hin. Schlaft jetzt.«

Sie blinzelte und nahm die Decke entgegen, die er um ihre Schultern legte. »In einer Minute«, erwiderte sie. »Setz dich zuerst zu mir.«

Das tat er. Triss war ein schweigsamer Gefährte, sein hageres, braunes Gesicht war seltsam ruhig, und seine Blicke waren weit entfernt. Sie erinnerte sich an seinen Gesichtsausdruck, als sie ihm von Gavilans Verrat berichtet hatte. *Verrat, war es das nicht?*

Dieser Ausdruck war jetzt fort, im Schlaf weggewischt oder überwunden. Er hatte einen Weg gefunden, um damit zu Rande zu kommen. Triss, der letzte von denen, die aus Arborlons altem Leben hervorgekommen waren – wie allein mußte er sich fühlen.

Er schaute zu ihr herüber, und es schien, als könne er ihre Gedanken lesen. »Ich bin seit fast acht Jahren Hauptmann der Leibgarde«, setzte er kurz darauf an. »Eine lange Zeit, Hoheit. Ich habe Eure Großmutter, die Königin, geliebt. Ich hätte alles für sie getan.« Er schüttelte den Kopf. »Ich habe mein ganzes Leben im Dienste der Elessedils und des Elfenthrones verbracht. Ich habe Gavilan schon als Kind gekannt. Wir sind zusammen aufgewachsen. Ich wuchs mit ihm ins Mannesalter hinein. Früher habe ich mit ihm gespielt. Meine Familie und seine warten noch immer im Loden, unsere Freunde, zumindest sie noch...« Er atmete tief ein, er suchte nach Worten und versuchte es zu verstehen. »Ich kannte ihn. Er hätte Dal niemals getötet, es sei denn... Könnte es sein, daß etwas geschehen ist, was ihn verändert hat? Könnte einer der Dämonen ihm etwas angetan haben?«

An diese Möglichkeit hatte sie noch nicht gedacht. Es hätte tatsächlich so gewesen sein können. Es hatte ausreichend Gelegenheit dazu gegeben. Oder vielleicht etwas anderes, ein Gift zum Beispiel oder eine Krankheit wie jene, die Ellenroh getötet hatte? Aber tief im Herzen wußte sie, daß es nichts davon gewesen war, daß einfach sein Geist erschöpft und seine Entschlossenheit zerbrochen war.

»Es hätte auch ein Dämon sein können«, log sie trotzdem.

Das verhärtete Gesicht neben ihr hob sich. »Er war ein guter Mann«, sagte er leise. »Er machte sich Gedanken über die Menschen und half ihnen. Er liebte die Königin. Sie hätte ihn vielleicht sogar eines Tages zum König ernannt.«

»Wenn ich nicht gewesen wäre.«

Er wandte sich verlegen ab. »Das hätte ich nicht sagen sollen. Ihr seid die Königin.« Dann wandte er sich wieder ihr zu. »Eure Großmutter hätte den Ruhkstab nicht Euch gegeben, wenn sie es nicht für besser gehalten hätte. Sie hätte ihn statt dessen Gavilan gegeben. Vielleicht hatte sie an ihm schon etwas bemerkt, was wir andern nicht bemerkt haben. Ihr habt die Kraft, die das Elfenvolk braucht.«

Sie sah ihn an. »Ich wollte nichts davon, Triss. Nichts davon.«

Er nickte und lächelte vage. »Nein. Warum solltet Ihr auch?«

»Ich wollte nur herausfinden, wer ich bin.«

Sie sah ein Aufflackern der Verzweiflung in seinen dunklen Augen. »Ich behaupte nicht, daß ich verstehe, was Euch zu uns geführt hat«, sagte er. »Ich weiß nur, daß Ihr hier seid und daß Ihr die Königin der Elfen seid.« Er hielt seinen Blick fest auf sie gerichtet. »Laßt uns nicht im Stich«, sagte er leise und drängend. »Verlaßt uns nicht. Wir brauchen Euch.«

Sie wunderte sich über die Intensität seiner Bitte. Sie legte eine Hand beruhigend auf seinen Arm. »Mach dir keine Sorgen, Triss. Ich verspreche, daß ich nicht davonlaufe. Niemals.«

Dann verließ sie ihn und ging zu der Stelle hinüber, wo Garth schlief. Sie kuschelte sich eng an ihren großen Freund, denn sie brauchte in dieser Nacht sowohl seine Wärme als auch seinen Körper als Trost. Sie wünschte, sich in die Vergangenheit zurückziehen zu können, diesen Schutz und diese Sicherheit wiederzufinden, die sie ihr einst geboten hatte, und wiederzuerlangen, was unwiederbringlich verloren war. Doch nun richtete sie sich mit dem ein, was vorhanden war, und sank schließlich in Schlaf.

Beim Morgengrauen erwachte sie. Sie war jetzt ausgeruhter, als es ihr zustand. Das Licht schimmerte schwach und grau durch den Dunst, und die Welt um sie herum wirkte still und leer und roch nach Verwesung. Das Rumpeln vom Killeshan klang entfernt und schwach, und doch war es jetzt auch zum ersten Mal, seit sie ihre Reise begonnen hatten, ununterbrochen da, eine langsame Folge von Zuckungen, die Größeres ankündigten. Wren wußte, daß die Zeit verrann – schneller jetzt, unwiderbringlich mit jeder Stunde. Das Feuer des Vulkans erhob sich im Kern der Insel zu einer letzten Feuersbrunst, und wenn sie ausbrach, würde alles vernichtet werden.

Sie brachen sofort auf. Stresa ging voran, Garth folgte einen Schritt hinter ihm, und Wren mit Faun und Triss bildeten den Schluß. Wren war jetzt ruhiger. Sie überlegte sich, daß Gavilan nirgends hingehen konnte. Er konnte auf der Suche nach Tiger Ty und Spirit zum Strand laufen, aber wie groß war seine Chance schon, seinen Weg durch den In Ju zu finden? Er war kein Spurenleser und hatte keine Erfahrung im Überleben in der Wildnis. Er war bereits halb wahnsinnig vor Angst und Verzweiflung gewesen. Wie weit war er wohl gekommen? Er lief wahrscheinlich im Kreis, und sie würden ihn schnell finden.

Und doch lauerte in ihrem Unterbewußtsein das Hirngespinst, daß es ihm irgendwie gelingen könnte, aus dem Dschungel heraus und den Weg hinunter zum Strand zu finden. Daß er Tiger Ty davon überzeugen könnte, daß alle anderen tot seien, und er selbst den Ruhkstab sicher fortbringen müsse. Und dann würden sie auf Morrowindl zurückgelassen. Dieser Gedanke verlieh ihr ungeahnten Zorn, vor allem, wenn sie die Möglichkeit in Erwägung zog, daß Gavilan gar nicht wirklich glaubte, daß sie tot seien, sondern beschlossen hatte, eigenmächtig zu handeln, weil er von der Richtigkeit seiner Beweggründe und der Unvermeidbarkeit seine Machtübernahme überzeugt war.

Doch diesen Gedanken vermochte sie nicht weiter zu verfolgen, daher schob sie ihn rasch beiseite.

Der Blackledge begann hinter dem Harrow abrupt abzufallen, aber er war hier nicht so steil wie an jener Stelle, wo Garth und sie hinaufgestiegen waren. Seine Hänge waren zwar schroff und dicht bewachsen, aber es war nicht schwer für sie, einen Weg hinab zu finden. Sie stiegen schnell hinunter, wobei Stresa darauf achtete, ob Gavilans Geruch noch vor ihnen war, während sie weitergingen. Gebrochene Zweige und zerknitterte Blätter zeigten deutlich, wo der Elfenprinz entlanggegangen war. Wren hätte die Spur allein verfolgen können, so offensichtlich war sie. Ab und zu entdeckten sie Stellen, wo der Mann auf seiner Flucht gestürzt war. Offensichtlich war er ohne besondere Rücksicht auf seine Sicherheit nur bestrebt gewesen, rasch zu entkommen. Er muß außer sich sein, dachte Wren traurig. Er hat große Angst.

Gegen Mittag erreichten sie den Rand des In Ju und legten eine Pause ein, um etwas zu essen. Stresa war auf mürrische Art zuversichtlich. Sie lägen nur wenige Stunden hinter Gavilan zurück, bedeutete er ihnen. Der Elfenprinz schwanke jetzt bereits sehr stark und sei eindeutig erschöpft. Sie würden ihn vor Einbruch der Nacht einholen, es sei denn, es geschähe etwas, was die Dinge ändern würde.

Stresas Voraussage war prophetisch – aber nicht so, wie sie es erhofft hatten. Kurz nachdem sie die Verfolgung von Gavilan, der offenbar viele nutzlose Versuche gemacht hatte, dem In Ju auszuweichen, wieder aufgenommen hatten, begann es zu regnen. Die Luft war während ihres Abstiegs vom Berg immer heißer geworden, eine Schwüle, die sich langsam aufgebaut hatte und nicht wieder gewichen war. Da der Regen anhielt, wurde die Schwüle zu einer Feuchtigkeit, die die Luft erfüllte, zu dichtem Dunst, der sich wie nasse Seide auf ihre Haut legte und über ihre Lederkleidung perlte. Nach einiger Zeit verwandelte sich die Feuchtigkeit in Nebel, dann in ein Tröpfeln und schließlich in einen Wolkenbruch, der mit grimmiger Entschlossenheit über sie hinwegfegte. Er nahm ihnen die Sicht und zwang sie, unter einem riesigen Banyanbaum Schutz zu suchen. Der Regen rauschte schnell herunter und nahm Gavilans Geruch mit sich. Stresa suchte sehr gründlich, aber alle Spuren waren fort.

Garth untersuchte das feuchte, grüne Gewirr des Dschungels. Er machte Wren ein Zeichen. *Seine Spuren sind noch immer offenkundig. Ich kann ihn aufspüren.*

Sie ließ Garth vorangehen und Stresa einen halben Schritt hinter ihm folgen, wobei der erste nach Zeichen dafür suchte, welchen Weg ihre Jagdbeute genommen hatte, und der letztere auf Pfeilschützen und andere Gefahren achtete. *Jagdbeute*, dachte Wren und wiederholte die Worte. Nichts anderes stellte Gavilan jetzt für sie da. Sie verspürte gegen ihren Willen Mitleid mit ihm. Sie dachte, daß er besser in der Stadt geblieben wäre, und überlegte, daß sie mehr für seine Sicherheit hätte sorgen sollen, denn sie wünschte sich noch immer, was niemals sein konnte.

Sie kamen jetzt langsamer voran. Gavilan hatte seine Versuche, den In Ju zu umgehen, offensichtlich aufgegeben, denn seine Spur führte sie geradewegs hinein. Die Zeichen, die sie fanden – abgebrochene Zweige, zertretene Pflanzen und manchmal ein Fußabdruck –, vermittelten den Eindruck, als habe er jeden Versuch, sich im Verborgenen zu bewegen, aufgegeben und versuche lediglich, den Strand auf dem kürzesten Weg zu erreichen. Schnelligkeit der Vorsicht vorzuziehen, war eine schlechte Wahl, dachte Wren bei sich. Sie verfolgten seine Spur beständig, ohne jede Schwierigkeit, und Wren erwartete bei jeder Biegung, auf ihn zu stoßen, so daß die Jagd beendet und das Unvermeidliche bestätigt wäre. Aber auf irgendeine Weise blieb er vor ihnen, umging die Fallgruben, die überall verstreut lagen, die sumpfigen Stellen und Senkgruben, die Pfeilschützen, die Wesen, die auf den Unbedachten lauerten, und alle Fallen und Monster, die durch Elfenmagie entstanden waren, die er in seiner Einfalt zu benutzen gedachte. Wren konnte sich nur darüber wundern, wie er es schaffte, hier zu überleben. Er hätte schon mehr als ein Dutzend Male tot sein müssen. Ein Schritt in die falsche Richtung, und es hätte sein Ende bedeutet. Sie stellte fest, daß sie wünschte, es würde passieren, daß er diesen einen Fehler begehen würde, und der Wahnsinn zu Ende wäre. Sie verabscheute es, daß sie ihn wie ein Tier jagen, hinter ihm herhetzen mußten, als sei er eine Beute. Sie wollte, daß es aufhörte.

Gleichzeitig fürchtete sie das, was notwendig war, damit es vorbei war.

Als sie in Sichtweite der Netze des Wisteron kamen, verlor sie alle Hoffnung. *Nicht so*, hörte sie sich innerlich jenes Schicksal beschwören, das für solche Dinge verantwortlich war. *Gewähre ihm ein schnelles Ende.* Überall waren Stolperleinen gespannt, die von Bäumen herabführten, sich an Weinranken entlangschwangen und in tödliche Netze gewebt waren. Stresa übernahm jetzt wieder die Führung, um sie an den Schlingen vorbeizulotsen. Er blieb oft stehen, um zu lauschen, in die Luft zu schnüffeln und die Sicherheit des Geländes vor ihnen zu überprüfen. Der Dschungel verdichtete sich zu einem Labyrinth grüner Farne und dunkler Baumstämme, die einander auf vielfältige Art kreuzten. Schatten bewegten sich langsam und schwerfällig um sie herum, aber ihre Stimmen klangen gierig und hungrig. Der Nachmittag ging in den Abend über, und es wurde dunkel. Weit entfernt und verborgen hinter dem Berg, den sie hinabgestiegen waren, rumpelte der Killeshan. Sein Zittern erschütterte die Insel, und der grüne Dunst des Dschungels vibrierte mit dem Echo. Explosionen begannen hörbar zu werden, zunächst noch gedämpft, doch dann wurden sie lauter. Die Bäume erzitterten unter dem Widerhall, und Dampf stieg mit einem Zischen der Entlastung in Geysiren aus den Teichen des Sumpfes. Als sich das Licht verdunkelte, konnte Wren durch den Dunst des Vogs und des Nebels sehen, wie sich der Himmel über dem Killeshan rötete.

Es hat angefangen, dachte sie, als Garths besorgter Blick dem ihren begegnete.

Sie fragte sich, wieviel Zeit ihnen noch blieb. Selbst wenn sie den Stab zurückbekamen, würde es noch immer zwei Tage dauern, bis sie den Strand erreichten. Würde Tiger Ty dort auf sie warten? Was hatte er versprochen, wie oft er kommen würde? Einmal pro Woche, so war es doch? Was, wenn eine ganze Woche vergehen mußte, bevor er zurückkehren würde? Würde er den Schein des Vulkans bemerken und die Gefahr spüren, die ihnen drohte?

Oder hatte er seine Wache schon lange aufgegeben, weil er überzeugt davon war, daß ihre Mission fehlgeschlagen war, daß sie umgekommen waren wie all die anderen und daß es keinen Sinn hatte, weiterzusuchen?

Sie schüttelte belehrend gegen sich selbst den Kopf. Nein, nicht Tiger Ty. Sie hielt ihn für zuverlässig. Er würde nicht aufgeben, sagte sie sich. Nicht, solange es noch Hoffnung gab.

»Phffft! Wir müssen bald anhalten«, warnte Stresa. »Hssst. Und einen Unterschlupf finden, bevor es dunkel wird und der Wisteron auf die Jagd geht!«

»Laß uns noch ein wenig weitergehen«, schlug Wren vor. Sie wollte die Hoffnung nicht aufgeben.

Sie gingen weiter, aber Gavilan Elessedil war nicht zu finden. Seine unregelmäßige Spur zog sich vor ihnen dahin, wand sich voraus in den In Ju – eine Reihe geknickter und abgebrochener Stengel und Blätter, die in den Schatten verschwand.

Schließlich gaben sie es auf. Stresa fand in dem hohlen Stumpf eines Banyan, der vom Alter und der Erosion gefällt worden war, einen Unterschlupf für sie, einem massiven Stamm mit Gängen in seinem Wurzelstock und einem engen Spalt weiter oben. Sie verbarrikadierten den größeren Gang und setzten sich zum Wachehalten vor den kleineren. Nichts, wie klein es auch war, konnte an sie herankommen. Es war dunkel und eng in ihrem hölzernen Versteck und so trocken wie in Wintererde. Die Nacht senkte sich herab, und sie lauschten dem Erwachen der Dschungeljäger, dem rauhen Brüllen, den Geräuschen langsamen Vorbeiziehens und den Klagen der Beuteopfer, die gefangen und getötet wurden. Sie kauerten sich Rücken an Rücken vor das schwache Licht. Sie hielten abwechselnd Wache, dösend, weil sie zu müde waren, um wach zu bleiben, aber auch zu ängstlich, richtig zu schlafen. Faun lag so still wie der Tod in Wrens Armen geborgen. Sie streichelte das kleine Wesen zärtlich und fragte sich, wie es in einer solchen Welt hatte überleben können. Sie dachte daran, wie sehr sie Morrowindl haßte. Es war ein Dieb, der ihr alles genommen hatte – die Leben ihrer Großmutter und ihrer Freunde, die Unschuld, die sie den Elfen und ihrer Geschichte gegenüber empfunden hatte, die Liebe und Zuneigung für Gavilan, die sie in sich entdeckt hatte, und das Vertrauen in ihre Willenskraft, die sie für unverlierbar gehalten hatte. Deren Verlust war es, was sie am meisten beunruhigte, der Verlust ihres Vertrauens darauf, wer und was sie war, und der Sicherheit, ihr eigenes Schicksal bestimmen zu können. So vieles war verloren, und Morrowindl, dieses frühere Paradies, das in einen Alptraum der Schattenwesen verwandelt worden war, hatte ihr dies alles genommen. Sie versuchte, sich das Leben jenseits der Insel vorzustellen, aber es gelang ihr nicht. Sie konnte nicht weiter denken als bis zu einer Flucht von der Insel, denn ihr

Entkommen war noch immer ungewiß, ihr Schicksal hing noch in der Schwebe. Sie erinnerte sich daran, daß sie einst gedacht hatte, die Reise zu Allanon und das Gespräch mit ihm könnten der Anfang eines großen Abenteuers sein. Die Erinnerung daran schmeckte schal.

Sie schlief eine Zeitlang, träumte von dunklen und furchtbaren Wesen und wachte erhitzt und schwitzend wieder auf. Als sie Wache hielt, bemerkte sie, daß ihre Gedanken immer wieder zu Gavilan abschweiften, zu kleinen Erinnerungen an ihn – die Art, wie er sie berührt hatte, das Gefühl seines Mundes auf dem ihren und das Wunder, das er in ihr durch nicht mehr erweckt hatte als durch eine beiläufige Bemerkung oder einen Blick, mit dem er sie streifte. Sie lächelte bei der Erinnerung. Es hatte so vieles an ihm gegeben, was sie gemocht hatte, daß sein Verlust sie schmerzte. Sie wünschte, sie könnte ihn wieder zurückbringen und erneut in den Menschen verwandeln, der er gewesen war. Sie wünschte sogar, sie wüßte einen Weg, die Magie das tun zu lassen, was die Natur nicht tun konnte – die Vergangenheit zu ändern. Es waren sinnlose Gedanken, und sie quälten sie gnadenlos. Gavilan war für sie verloren. Er war dem Wahnsinn Morrowindls zum Opfer gefallen. Er hatte Dal getötet und den Ruhkstab gestohlen. Er hatte sich in etwas Ungeheuerliches verwandelt. Gavilan Elessedil, den Mann, zu dem sie sich so hingezogen gefühlt hatte und um den sie sich so gesorgt hatte, gab es nicht mehr.

Bei Tagesanbruch erhoben sie sich und setzten ihren Weg fort. Sie mußten sich nicht um ein Frühstück kümmern, weil sie nichts mehr zu essen hatten. Ihre Vorräte waren erschöpft, wo sie nicht ohnehin verloren oder zurückgelassen worden waren. Es gab noch ein wenig Wasser, aber nicht mehr, als für einen Tag ausreichend war. Im In Ju würden sie auch nichts finden, was sie ernähren konnte. Ein weiterer Grund, schnell voranzukommen.

Ihre Suche war an diesem Tag vorbei, bevor sie noch richtig begonnen hatte. Nach weniger als einer Stunde endete Gavilans Spur plötzlich. Sie erreichten den Kamm einer Schlucht, verlangsamten auf Stresas warnendes Zischen hin ihren Schritt und blieben stehen. Unter ihnen, inmitten eines Durcheinanders kleiner Pflanzen und fast völlig niedergetretener Gräser, sahen sie Spuren von etwas, das ein verzweifelter Kampf gewesen sein mußte. Außerdem fanden sie Fetzen eines Netzes des Wisteron.

Stresa eilte in die Schlucht hinab, schnüffelte vorsichtig umher und kletterte wieder heraus. Seine dunklen, leuchtenden Augen fixierten Wren. »Hsssst. Er hat ihn, Wren Elessedil.«

Sie schloß die Augen vor den schrecklichen Bildern, die die Worte des Stachelkaters in ihr hervorriefen. »Wie lange schon?«

»Ssspppt. Nicht lange. Vielleicht sechs Stunden. Ungefähr seit Mitternacht, würde ich vermuten. Das Netz umschlang den Elfenprinzen und hielt ihn gefangen, bis der Wisteron kam. Grrrrr. Die Bestie hat ihn dann davongetragen.«

»Wohin, Stresa?«

Der andere stellte die Ohren auf. »Er hat ein Versteck, vermute ich. Er bewohnt den tiefer gelegenen Teil einer Mulde mitten im In Ju.«

Sie spürte von neuem Müdigkeit durch sich hindurchfließen. Natürlich, ein Lager – es mußte eines geben. »Irgendein Hinweis auf den Ruhkstab?«

Der Stachelkater schüttelte den Kopf. »Auch er ist fort.«

Wenn Gavilan ihn also nicht zurückgelassen hatte – was er niemals tun würde –, so war er noch immer bei ihm. Sie erschauerte trotz ihrer Entschlossenheit. Sie erinnerte sich an ihre kurze Begegnung mit dem Wisteron auf ihrem Weg zur Stadt. Sie erinnerte sich, welche Empfindungen allein schon sein Vorbeigehen in ihr ausgelöst hatte.

Armer, dummer Gavilan. Es gab jetzt keine Hoffnung mehr für ihn.

Sie schaute die anderen an, einen nach dem anderen. »Wir müssen den Ruhkstab zurückbekommen. Wir können nicht ohne ihn fortgehen.«

»Nein, Hoheit, das können wir nicht«, sagte Triss mit undurchdringlichem Blick.

Garth stand da, und seine großen Hände hingen schlaff an seiner Seite hinab.

Stresa schüttelte seine Stacheln, und sein spitzes Gesicht hob sich dem ihren entgegen. »Grrrrr, Wren von den Elfen, ich habe auch nichts anderes von dir erwartet. Hsssst. Aber du wirst die – phffft – Elfenmagie benutzen müssen, wenn wir überleben sollen. Die wirst du gegen den Wisteron brauchen.«

»Ich weiß«, flüsterte sie und spürte, wie der letzte Rest ihres alten Lebens von ihr abglitt.

»Chhttt. Nicht, daß es einen Unterschied machen würde. Phffftt. Der Wisteron ist...«

»Stresa«, unterbrach sie ihn sanft. »Du mußt nicht mitkommen.«

Die Stille des Augenblicks hing wie ein Schirm vor dem Dschungel. Der Stachelkater seufzte und nickte. »Phffft. Wir sind zusammen bis hierher gegangen, nicht wahr. Keine überflüssigen Worte mehr. Ich werde euch hineinbringen.«

11

In der langen, tiefen Stille der unendlichen Nacht von Paranor, in der Vergessenheit seines grauen, unveränderlichen Zwielichts, saß Walker Boh und schaute in den Raum. Seine Hand auf dem Tisch vor ihm war zur Faust geschlossen, und seine Finger waren wie Eisenbänder um den Schwarzen Elfenstein verkrampft. Es gab nichts mehr zu tun – keine anderen Möglichkeiten zu erwägen, keine weitere Auswahl zu treffen. Er hatte alles soweit durchdacht, daß es ihm möglich schien, und alles, was blieb, war, auszuprobieren, ob es richtig oder falsch war.

»Vielleicht solltest du dir ein wenig mehr Zeit lassen«, schlug Cogline leise vor.

Der alte Mann saß ihm gegenüber, ein zerbrechlicher, skelettartiger Geist, der fast durchsichtig schien, wenn er vor dem Licht stand. Und das immer mehr, dachte Walker verzweifelt. Weißes, dünnes Haar hing wie Staubfäden von seinem runzligen Gesicht und seinem Kopf herab, die Kleider flatterten wie Wäsche auf der Leine um ihn herum, und seine Augen flackerten mit dumpfem Glitzern in den dunklen Höhlen. Cogline verblaßte, verschwand in die Vergangenheit und kehrte mit Paranor zu dem Ort zurück, von dem es hergerufen worden war. Denn Paranor würde nicht in der Welt der Menschen bleiben, es sei denn, ein Druide würde sich darum kümmern, und Walker Boh, der durch die Zeit und das Schicksal erwählt worden war, die dunkle Kleidung auszufüllen, mußte sie erst noch anziehen.

Seine Augen schweiften zu Rumor. Die Moorkatze kauerte an der gegenüberliegenden Wand des Studierzimmers, in dem sie saßen. Sein schwarzer Körper war so schwach und ätherisch wie der des alten Mannes. Er schaute an sich selbst hinab, und sah, daß auch er verblaßte, wenn auch nicht so schnell. Auf jeden Fall hatte er keine Wahl. Er konnte fortgehen, wenn er es wollte, sofern er es wollte. Cogline nicht und Rumor auch nicht, denn sie waren bis in alle Ewigkeit an den Keep gebunden, wenn Walker keinen Weg fand, ihn in die Welt der Menschen zurückzubringen.

Seltsamerweise glaubte er diesen Weg gefunden zu haben. Aber seine Entdeckung erschreckte ihn so, daß er nicht sicher war, ob er es tun wollte.

Cogline rührte sich, und es klang wie das Rasseln trockener Knochen. »Es könnte nicht schaden, die Bücher ein weiteres Mal zu lesen«, drängte er.

Walker lächelte spöttisch. »Wenn ich sie ein weiteres Mal lese, ist anschließend überhaupt nichts mehr von dir übrig. Oder von Rumor oder dem Keep oder vielleicht auch von mir nicht. Paranor verschwindet, alter Mann. Wir können es nicht leugnen. Und außerdem ist nichts zu lesen übrig, nichts zu entdecken übrig, was ich nicht schon weiß.«

»Und du bist immer noch sicher, daß du recht hast, Walker?«

Sicher? Walker war sich über nichts sicher, außer über die Tatsache, daß er ganz entschieden nicht sicher war. Der Schwarze Elfenstein war ein tödliches Puzzle. Stellte er falsche Vermutungen darüber an, wie er wirkt, dann würde er wie der Steinkönig enden, gefangen von seiner eigenen Magie, zerstört von dem, dem man am meisten vertraut hat. Uhl Belk hatte geglaubt, die Magie des Steines zu beherrschen, und es hatte ihn alles gekostet.

»Ich stelle Vermutungen an«, erwiderte er. »Nicht mehr.«

Er öffnete seine Hand und ließ den Elfenstein ans Licht kommen. Er lag da in der Mulde seiner Handfläche mit glatter Oberfläche, scharfkantig, trüb und undurchdringlich, Macht in sich selbst, Macht jenseits von allem, dem er je begegnet war. Er dachte daran, wie es sich angefühlt hatte, den Stein zu gebrauchen, als er den Keep zurückgebracht und erwartet hatte, daß es nun vorbei sei, daß die Rückkehr aus der Vergessenheit, in die Allanon ihn gesandt hatte, alles sei, was gefordert war. Er erinnerte sich des Aufbrandens der Macht, als sie ihn zum Keep begleitet hatte, an das Ineinanderfließen von Fleisch und Blut mit Stein und Mörtel, die Umgestaltung seines Körpers, so daß er genauso sehr Geist wie Mensch war. Er hatte ihn so verwandelt, daß er Paranor hatte betreten können, um zu entdecken, was ihm noch zu tun blieb.

Eine Metamorphose des Seins.

Dort war er Cogline und Rumor begegnet und hatte ihre Geschichte gehört, wie sie den Angriff der Schattenwesen überlebt hatten, indem sie in den beschützenden Schild der Magie der Druidengeschichten eingeschlossen und nach Paranor gebracht worden waren. Obwohl Walker Paranor aus dem vergessenen Ort, an den Allanon es gesandt hatte, herausgebracht hatte, würde er es nicht vollständig zurückbringen können, solange er nicht einen Weg gefunden hatte, seine Verwandlung zu vollenden und der Druide zu werden, der er, wie es vorbestimmt war, sein mußte. Bis dahin war Paranor ein Gefängnis, das nur er verlassen konnte – ein Gefängnis, das sich schnell in den Raum zurückziehen würde, aus dem es gekommen war.

»Ich stelle nur Vermutungen an«, wiederholte er mehr zu sich selbst.

Er hatte die Druidengeschichten immer wieder gelesen, da er dort zu finden hoffte, was er tun mußte, aber er hatte nichts entdeckt. Nirgends bezogen sich die Geschichten darauf, wie man ein Druide wurde. In seiner Verzweiflung hatte er geglaubt, daß der Ursprung für ihn verloren sei, bis er sich plötzlich der Visionen des Grimpond erinnert hatte, von denen zwei bereits wahr geworden waren und von denen die dritte, wie er erkannte, hier wahr werden würde.

Er sah den alten Mann an. »Ich stehe inmitten einer schloßähnlichen Festung, die grau und leblos ist. Ich werde von einem Tod belauert, dem ich nicht entkommen kann. Er jagt mich unaufhörlich. Ich weiß, daß ich vor ihm davonlaufen muß, aber ich kann es nicht. Ich lasse ihn herankommen, und er greift nach mir. Kälte setzt sich in mir fest, und ich kann spüren, wie mein Leben endet. Hinter mir steht ein dunkler Schatten, der mich festhält und meine Flucht verhindert. Der Schatten ist Allanon.«

Diese Worte waren inzwischen zu einer vertrauten Litanei geworden. Cogline nickte geduldig. »Deine Vision, wie du sagtest. Die dritte und letzte.«

»Denn zwei sind bereits wahr geworden, aber keine so, wie ich es angenommen hatte. Der Grimpond spielt gern Spiele. Aber dieses Mal werde ich dieses Spielen zu meinem Vorteil nutzen. Ich kenne die Einzelheiten der Vision. Ich weiß, daß es hier, innerhalb des Keep, geschehen wird. Ich brauche nur die Bedeutung zu enträtseln, um die Wahrheit von der Lüge zu trennen.«

»Aber wenn du falsch vermutet hast...«

Walker Boh schüttelte abwehrend den Kopf. »Das habe ich nicht.«

Sie beschritten bekannten Grund. Walker hatte dem alten Mann bereits alles erzählt, war es mit ihm durchgegangen, da er schnell die Fehler entdecken würde, die ihm entgangen waren. Er faßte es in Worte, um zu wissen, wie es klang.

Der Schwarze Elfenstein war der Schlüssel zu allem.

Er wiederholte aus dem Gedächtnis diesen einzigen, gesonderten Abschnitt, der in den Geschichten der Druiden niedergeschrieben war:

Einmal verbannt, soll Paranor für den Rest der Zeit für die Welt der Menschen verloren bleiben, eingeschlossen und unsichtbar in seiner Versiegelung. Nur eine Magie hat die Macht es zurückzubringen – der einzigartige Elfenstein, von schwarzer Farbe, der von dem Feenvolk der alten Welt in der Art und Gestalt aller Elfensteine eingesetzt wurde, der aber dennoch in einem einzigen Stein die erforderlichen Eigenschaften von Herz, Geist und Körper verbindet. Wer auch immer die Notwendigkeit spürt und das Recht dazu hat, mag ihn zu seinem Endzweck führen.

Er hatte bisher angenommen, daß der Schwarze Elfenstein dazu gedacht sei, Paranor in seinen gegenwärtigen Zustand des Halbseins zu versetzen und ihm dann Einlaß zu gewähren. Aber die Worte jener Mitteilung erklärten nicht, welches Ausmaß der Gebrauch des Elfensteines haben würde. Nur die eine Magie, hieß es dort, habe die Macht, Paranor wiederherzustellen. Diese Magie allein. Der Schwarze Elfenstein. Es wurde nirgends eine andere Magie erwähnt. Es gab auf all den vielen Seiten der Druidengeschichten keinen weiteren Hinweis darauf, wie Paranor in die Welt der Menschen zurückgebracht werden würde.

Also mußte er annehmen, daß der Schwarze Elfenstein das alles allein bewirkte, daß er aber nicht nur einmal, sondern zwei- oder sogar dreimal benutzt werden mußte, bevor der Wiederherstellungsprozeß beendet war.

Aber wozu mußte er benutzt werden, was sollte er tun?

Die Antwort schien offensichtlich. Die Magie, die Allanon vor dreihundert Jahren hatte in den Keep einfließen lassen, war wie ein Wachhund, der freigelassen worden war, um zwei Dinge zu tun – die Feinde des Keep zu zerstören und Paranor in die Vergessenheit zu senden und dort festzuhalten, bis es auf angemessene Art wieder herbeigerufen werden würde. Die Magie war ein

Wesen. Man konnte sie in den Mauern des Schlosses spüren, man konnte ihre Bewegungen in seinem Innern hören. Sie beobachtete und belauschte sie. Sie atmete. Sie war da und wartete. Wenn der Keep für die Vier Länder wiederhergestellt werden sollte, mußte die Magie, die Allanon freigesetzt hatte, wieder eingeschlossen werden. Mit gutem Grund war anzunehmen, daß nur eine andere Form von Magie dies bewerkstelligen könnte. Und die einzige verfügbare Magie, die einzige Magie, die in den Druidengeschichten zusammen mit Paranor erwähnt wurde, war der Schwarze Elfenstein.

So weit, so gut. Druidenmagie, um Druidenmagie unwirksam zu machen. Das ergab einen Sinn. Es war wohl die Macht des Schwarzen Elfensteins, daß er andere Magien überwinden konnte. Von nur einer Magie war in dem Text die Rede. Walker mußte sie natürlich anwenden. Er hatte es bereits einmal getan und bewiesen, daß er es konnte. *Wer auch immer die Veranlassung und das Recht dazu haben sollte.* Er selbst. Benutze den Schwarzen Elfenstein gegen den Wachhund Magie und sperre ihn ein. Benutze den Schwarzen Elfenstein den ganzen Weg über gegen den Wachhund.

Aber es fehlte noch immer etwas. Es gab keine Erklärung, wie der Schwarze Elfenstein wirkte. Es war unendlich viel komplizierter, als einfach die Magie aufzurufen und sie loszulassen. Der Schwarze Elfenstein machte andere Magien unwirksam, indem er sie in sich aufnahm – und in seinen Besitzer. Walker Boh war bereits verwandelt worden, als er den Elfenstein benutzt hatte, um Paranor zurückzubringen und Einlaß zu erlangen. Er war von einem gesunden Menschen in ein unstoffliches Wesen verwandelt worden. Welche weiteren Schäden würde er erleiden, wenn er den Elfenstein gegen den Wachhund Magie einsetzte? Welche weitere Verwandlung würde er durchmachen?

Und dann erkannte er plötzlich zwei Dinge.

Erstens, daß er noch immer kein Druide war und auch keiner werden würde, bis er sein Recht dazu begründet hatte – daß dieses Recht nicht aus seinen Studien erwachsen würde oder aus dem Lernen oder aus einer Weisheit, die er durch das Lesen der Druidengeschichten aufnahm, und daß es nicht vorherbestimmt war, nicht schon vor dreihundert Jahren festgesetzt worden war, sondern daß es erst in dem Moment geschehen würde, in dem er einen Weg fände, den Wachhund des Keep zu bezwingen und Paranor vollständig in die Welt der Menschen zurückzubringen, denn das war die Prüfung, der Allanon ihn unterzog.

Zweitens erkannte er, daß die dritte Vision, die der Grimpond ihm gezeigt hatte, diese Vision von Paranor, in der er mit einem Tod konfrontiert werden würde, dem er nicht entkommen konnte, weil er vom Geiste Allanons festgehalten wurde, ein kurzer Ausblick auf diesen Augenblick war.

Seine Argumente waren überzeugend. Die Druiden hätten sich nicht die Mühe gemacht, einen Ablauf so vollständig wie diesen aufzuzeichnen, wenn es eine bessere Möglichkeit gegeben hätte. Nur Walker Boh konnte den Schwarzen Elfenstein benutzen. Nur er hatte das Recht dazu. Irgendwie, auf irgendeine Weise, würde dessen Gebrauch die erforderliche Umwandlung auslösen. Wenn es notwendig war, etwas darüber zu wissen, dann würde Walker sicher erkennen, was erforderlich war. So vieles an der Druidenmagie basierte darauf, daß man sie einfach akzeptierte – der Gebrauch der Elfensteine, das Schwert von Shannara, sogar der Wunschgesang. Es war nur logisch, daß es hier genauso sein würde.

Und die Vision des Grimpond untermauerte seine Überlegungen noch. Es würde eine Auseinandersetzung geben, wie sie beschrieben worden war. Wenn man die Vision wörtlich nahm, sagte sie vorher, daß eine solche Konfrontation den Tod von Walker zur Folge haben würde, weil Allanon ihn, indem er ihn hierher gesandt hatte, gebunden hatte, so daß er sterben mußte und alles, was er für eine Flucht erproben mochte, nutzlos sein würde. Aber das war sicher zu stark vereinfacht. Und es ergab keinen Sinn. Warum sollte Allanon ihn den ganzen, weiten Weg in den Tod geschickt haben? Es mußte noch eine andere Erklärung geben, eine andere Bedeutung. Er zog eine andere vor, die besagte, daß ein Leben endete und ein anderes begann, eines, das ihn ein für allemal als Druide ausweisen würde.

Cogline war da nicht so sicher. Walker hatte schon die beiden anderen Visionen des Grimpond falsch gedeutet. Warum war er so überzeugt davon, daß er hier nicht auch etwas Falsches vermutete? Die Visionen waren niemals, was sie zu sein schienen, sie waren irrige und verdrehte Bruchstücke von Halbwahrheiten, die zwischen Lügen verborgen lagen. Er ging ein entsetzliches Risiko ein. Die erste Vision hatte ihn seinen Arm gekostet, die zweite Quickening. Sollte ihn die dritte nichts kosten? Es schien logischer, daß er davon ausging, daß die Vision ihm mehrere Interpretationen erlaubte, die unter den entsprechenden Umständen wahr werden könnten, darunter auch jene mit Walkers Tod. Mehr noch störte Cogline, daß Walker keine klare Vorstellung davon hatte, wie der Gebrauch des Schwarzen Elfensteins seine Umwandlung bewirken sollte, wie er den Wachhund der Druiden bezwingen sollte, wie Paranor selbst vollständig zum Leben erweckt werden sollte – wie überhaupt irgend etwas davon funktionieren sollte. Es würde nicht so einfach sein, wie es bei Walker klang. Nichts, was mit dem Gebrauch der Elfenmagie zusammenhing, war jemals einfach gewesen. Es würde Schmerz damit verbunden sein, ungeheure Anstrengung und die sehr reale Möglichkeit eines Fehlschlags.

So hatten sie ihre Argumente ausgetauscht, hin und her, länger, als Walker eigentlich vorgesehen hatte, bis sie jetzt, Stunden später, zu müde waren, um noch etwas anderes zu tun, als eine letzte Runde oberflächlicher Belehrungen auszutauschen. Walkers Meinung stand fest, und sie beide wußten das. Er würde seine Theorie ausprobieren, um das, was Allanon in Paranor freigelassen hatte, zu suchen, und er würde die Magie des Schwarzen Elfensteins benutzen, um es wieder einzusperren. Er würde die Wahrheit über den Schwarzen Elfenstein entdecken und auch der letzten der verhaßten Visionen des Grimpond ein Ende setzen.

Wenn er sich nur dazu bringen konnte, von diesem Tisch aufzustehen, den Zauber aufzunehmen und weiterzumachen.

Obwohl er bemüht gewesen war, seine Gefühle mit schroffen Blicken und zuversichtlichen Worten vor Cogline zu verbergen, hielt das Entsetzen ihn gefangen. Soviel Unsicherheit, so viele Vermutungen. Er zwang seine Finger, sich wieder über dem Schwarzen Elfenstein zu schließen, so hart zuzupacken, daß er den Schmerz spüren konnte.

»Ich werde mit dir gehen«, bot Cogline an. »Und Rumor auch.«

»Nein.«

»Wir können dir vielleicht auf irgendeine Weise helfen.«

»Nein«, wiederholte Walker. Er schaute auf und schüttelte langsam den Kopf. »Nicht, daß ich dich nicht gern dabei hätte. Aber dies ist nichts, wobei du mir helfen könntest, keiner von euch beiden. Es ist nichts, bei dem mir irgend jemand helfen könnte.«

Er konnte einen Schmerz spüren, wo sein fehlender Arm sein sollte. Es war, als sei er irgendwie da, ohne daß er ihn sehen konnte. Er bewegte sich unbehaglich und versuchte, seine Muskeln zu entspannen, die sich verspannt und verkrampft hatten, während er mit dem alten Mann zusammen gesessen und diskutiert hatte. Die Bewegung gab ihm Auftrieb, und er zwang sich, sich zu erheben. Cogline tat es ihm nach. Sie sahen einander in dem Halblicht an, in der verblassenden Transparenz des Keep.

»Walker.« Der alte Mann nannte ihn ruhig bei seinem Namen. »Die Druiden haben uns beide zu ihren Geschöpfen gemacht. Wir sind in alle Richtungen gezogen und gedreht worden und gezwungen worden, Dinge zu tun, die wir nicht tun wollten. Wir sind in Angelegenheiten hineingezogen worden, um die wir uns lieber nicht gekümmert hätten. Ich würde es mir nicht erlauben, jetzt den Wert ihres Vorgehens zu diskutieren. Wir sind beide jenseits des Punktes angelangt, wo das wichtig sein könnte.«

Er beugte sich vor. »Aber ich möchte dir eines sagen und dich bitten, dich daran zu erinnern, daß sie ihre Paladine weise gewählt haben.« Sein Lächeln wirkte erschöpft und traurig. »Viel Glück für dich.«

Walker kam um den Tisch herum, legte seinen gesunden Arm um den alten Mann und drückte ihn fest. Er hielt ihn einen Moment lang umfangen, ließ ihn dann los und trat zurück.

»Ich danke dir«, flüsterte er.

Es gab nichts mehr zu sagen. Er atmete tief ein, ging hinüber, um Rumor zwischen seinen aufgestellten Ohren zu kraulen, schaute in seine leuchtenden Augen, wandte sich dann um und ging durch die Tür hinaus.

Mit vorsichtigen Schritten schlich er durch die weiten, leeren Gänge, als könnten die Mauern ihn kommen hören und könnten sein Vorhaben erahnen. Er näherte sich dem Mittelpunkt des Keep. Schatten wanden sich in farblosen Windungen um ihn herum wie ein geheimnisvolles Tuch, das seine Gedanken bedeckte. Er suchte Zuflucht in der Verborgenheit seines Geistes und zog seine Entschlossenheit und Willenskraft als schützende Schichten um sich, wobei er von tief innen die Festigkeit heraufbeschwor, die ihm eine Chance zum Überleben gewähren würde.

Denn die Wahrheit bei seinem Vorhaben war, daß er keine richtige Vorstellung davon hatte, was geschehen würde, wenn er dem Wachhund der Druiden gegenübertreten und die Magie des Schwarzen Elfensteins anrufen würde, um ihn zu überwältigen. Cogline hatte recht. Es würde schmerzvoll werden, und der Prozeß würde Fragen aufwerfen und schwieriger werden, als er sich jetzt eingestehen mochte. Er würde kämpfen müssen, und er würde vielleicht nicht als Sieger daraus hervorgehen. Er wünschte, er hätte eine genaue Vorstellung davon, was ihn erwartete. Aber es hatte keinen Sinn, sich etwas zu wünschen, was niemals sein konnte, was niemals gewesen war. Die Wege der Druiden waren schon immer im verborgenen geblieben.

Er wandte sich dem Hauptgang zu und steuerte den Türen entgegen, die sich in den Keep öffneten – und dem Schacht zu, in dem der Wachhund schlummerte. Oder vielleicht ruhte er nur, denn es schien ihm, als sei die Magie erwacht und beobachte ihn, als folge sie ihm mit den Augen, während er durch das Schloß schritt. Es war, als begleite sie ihn in dem Auf und Ab des Lichts, das sich ständig veränderte, als gebe es einen Hinweis auf ihre unsichtbare Gegenwart. Allanons Schatten war auch da. Er spürte ihn als Spannung in seinem Rücken, als ein Verkrampfen seiner Schultermuskeln, wo die großen Hände zupackten. Er wurde beinahe festgehalten, dachte er bei sich. Er wurde auf diese Auseinandersetzung zugetrieben wie ein Stück totes Holz, das auf den Kämmen eines reißenden Flusses dahingetragen wird, und er konnte nicht ausweichen.

Sprich zu mir, Allanon, bat er im stillen. *Sage mir, was ich tun soll.*

Doch er bekam keine Antwort.

Die Türen leerer Räume und die dunklen Tunnel weiterer Gänge und Flure kamen und gingen. Er spürte erneut den Schmerz in seinem fehlenden Arm und wünschte, seine Glieder wären wieder vollständig, wenn auch nur für den Augenblick der bevorstehenden Auseinandersetzung. Er umklammerte den Schwarzen Elfenstein fest mit seiner gesunden Hand und spürte dessen glatte Flächen und scharfe Kanten beruhigend an seiner Haut. Er konnte die Macht darin anrufen, aber er konnte nicht vorhersehen, was sie tun würde. *Dich vernichten*, dieser Gedanke kam ungebeten. Er atmete langsam und tief durch, um sich zu beruhigen. Er versuchte sich an den Abschnitt der Druidengeschichten zu erinnern, der von dem Gebrauch der Elfensteine handelte, aber sein Gedächtnis narrte ihn plötzlich. Er versuchte sich daran zu erinnern, was er auf den vielen Seiten in all jenen Büchern gelesen hatte, aber er konnte es nicht. Alles schmolz in ihm davon, verloren in dem Ansturm von Angst und Zweifeln, der gierig und drohend durch ihn hindurch brauste. Laß es nicht zu, ermahnte er sich. Erinnere dich daran, wer du bist, was dir versprochen wurde und was du dir über das Kommende gesagt hast.

Die Worte waren wie totes Laub, das in einem Sturm herumgewirbelt wurde.

Über ihm öffnete sich eine breite Nische in das Gestein der Mauern, gewölbt und so tief und schattig, daß sie schwarz wie die Nacht war. Und dort sah er ein Paar hoher Eisentüren, die geschlossen waren.

Der Eingang zum Schacht des Druidenkeep.

Walker Boh ging auf die Türen zu und blieb stehen. Überall um sich herum konnte er ein Flüstern von Stimmen, ihr Spotten und Necken in der Art des Grimpond hören, mit dem sie ihm sagten, er solle zurückgehen, während andere ihn drängten, doch weiterzugehen. Es war ein verwirrender Strudel sich widersprechender Ratschläge. Erinnerungen rührten sich irgendwo in ihm – aber es waren nicht seine eigenen. Er konnte ihre Bewegungen an seinem Rückgrat spüren wie ausgestreckte Finger, die sich ineinander verschlangen und sich anspannten. Vor sich konnte er Spuren eines grünen Lichts durch die Risse und Einschnitte des Türrahmens dringen sehen. Und dahinter konnte er Bewegung spüren.

In diesem Augenblick wäre er beinahe davongestürzt. Wäre er noch in der Lage gewesen, es zu tun, dann hätte er den Schwarzen Elfenstein zu Boden geworfen und wäre um sein Leben gerannt. Er hätte all seine Entschlossenheit und seine Pläne hinter sich gelassen. Seine Angst war unübersehbar. Sie war so deutlich, daß es schien, als könne er die Hand ausstrecken und sie berühren. Sie war nicht so, wie er es erwartet hatte. Seine Angst regte sich nicht wegen der drohenden Auseinandersetzung, wegen des Versprechens jener Vision oder auch wegen der Furcht vorm Sterben. Sie regte sich wegen etwas, das jenseits von alledem lag, wegen etwas so Unbestimmbarem, daß er es nicht definieren konnte, obwohl er gleichzeitig sicher war, daß es da war.

Doch Allanons Schatten hielt ihn fest. Genau wie in der Vision gab es da einen Plan des Schicksals und der Zeit und der Einflüsse aus Jahrhunderten, und alles hatte sich verbunden, um sicherzugehen, daß Walker Boh den Zweck erfüllte, den die Druiden für ihn vorhergesehen hatten.

Er streckte seine geschlossene Faust vor und betrachtete seine Hand, als gehöre sie einem anderen Menschen. Und dann beobachtete er sie, wie sie gegen die Eisentüren stieß.

Geräuschlos öffneten sie sich.

Walker trat hindurch. Sein Körper war wie betäubt und sein Kopf leicht und angefüllt mit kleinen, entsetzten Warnschreien. *Tu es nicht*, flüsterten sie. *Tu es nicht.*

Er blieb atemlos stehen. Er stand auf einem schmalen Felsenband innerhalb des Schachtes des Keep. Stufen wanden sich wie eine Schlange mit stachelbewehrtem Rücken die Wand des Turmes entlang aufwärts. Schwaches graues Licht sickerte durch Einschnitte im Gestein und zerstreute die Schatten. Unterhalb jener Stelle, wo er stand, war nichts als Leere – ein tiefer, gähnender Abgrund, aus dem das hohle Echo der Eisentüren aufstieg, als sie hinter ihm zuschlugen. Er lauschte auf den Herzschlag in seinen Ohren. Er lauschte auf die Stille ringsum.

Doch dann rührte sich etwas in dem Abgrund, und schnell und ärgerlich entwich Atem aus den Lungen eines Riesen. Grünliches Licht flackerte auf und wurde wieder schwächer, verwandelte sich zu Nebel und begann träge umherzuwirbeln.

Walker Boh spürte, wie sich die Öde des Keep um ihn herum niederließ. Er spürte sie wie ein monströses Gewicht, dem er nicht entkommen konnte. Tonnen von Gestein umringten ihn, und die Dunkelheit dort drinnen war wie ein Leichentuch. Der Nebel hob sich, eine dunkle und uralte Magie, und der Wachhund des Druiden erhob sich auch und kam hervor, um nach dem Rechten zu sehen. Er kam mit heftigen Bewegungen auf ihn zu, wand sich am Gestein entlang und fraß sich durch die Dunkelheit. Er war wie ein Sumpf, der ihn verschlingen würde, ohne Spuren zu hinterlassen.

Noch immer wäre er am liebsten fortgelaufen, wenn er nicht gewußt hätte, daß es zu spät war und daß er etwas begonnen hatte, was er beenden mußte, daß die Zeit und die Ereignisse ihn schließlich eingeholt hatten, und daß er hier ganz allein das Rätsel seines Lebens, wie es die Druiden gestellt hatten, endlich lösen mußte. Er zwang sich dazu, an den Rand des Podests zu treten. Dieser Schritt seines schwachen Fleisches war ein Tropfen Wasser gegen den Ozean der Macht unter ihm. Von dort zischte es zu ihm herauf, als sehe es ihn, und er hörte ein Flüstern des Wiedererkennens. Es schien sich zu sammeln und seine Bewegung zu festigen.

Walker hob die Hand mit dem Schwarzen Elfenstein.

Warte.

Die Stimme erhob sich aus dem Nebel. Walker fror. Die Stimme gehörte dem Grimpond.

Kennst du mich?

Der Grimpond? Wie konnte es der Grimpond sein? Walker blinzelte schnell. Der Nebel hatte begonnen, in seiner Mitte Gestalt anzunehmen. Es gab da eine Spirale wirbelnden Grüns, die sich hinauf ins Licht bohrte und sich beharrlich durch die Schatten hob, bis sie auf gleicher Höhe mit ihm war und dort in Luft und Stille hing.

Schau.

Er erkannte in ihr eine menschliche Gestalt, mit einem langen Umhang, die eine Kapuze aufgezogen hatte und gesichtslos blieb. Auch Arme und Hände wuchsen ihr und streckten sich aus, um Walker zu umschlingen. Finger wanden und bogen sich.

Wer bin ich?

Ein Gesicht erschien. Schatten und Licht verschoben sich im Nebel. Walker fühlte sich, als sei seine Seele herausgerissen worden.

Das Gesicht, das er sah, war sein eigenes.

In der Abgeschiedenheit des Gewölbes, das die Druidengeschichten beherbergte, sprang Cogline auf. Etwas geschah. Irgend etwas. Er konnte es in der Luft spüren, denn da war eine

Vibration, die die Schatten bewegte. Sein runzliges Gesicht spannte sich konzentriert an, und die alten Augen durchforschten den Raum. Die Stille war ungebrochen, weit und unveränderlich, die Zeit war außer Kraft gesetzt, und dennoch...

Ihm gegenüber im Raum fuhr Rumors Kopf hoch, und die Moorkatze stieß ein tiefes, leises, ärgerliches Grollen aus. Er setzte sich auf, wandte sich erst in die eine Richtung, dann in die andere, als suche er einen Feind, der sich unsichtbar gemacht hatte. Auch er spürte also etwas. Coglines Augen schossen nach rechts und nach links. Auf dem Tisch vor ihm begannen die Seiten des Buches, das dort aufgeschlagen lag, zu erzittern.

Es fängt an, dachte der alte Mann.

Er zog mit einer unbewußten Bewegung seine Kleidung enger um sich und überdachte alles, was ihn an diesen Ort und in diese Zeit gebracht hatte, alles, was bisher geschehen war. Wie hoch war wohl der Preis nach so vielen Jahren, fragte er sich. Aber der Preis war nicht seine Angelegenheit, sondern die von Walker Boh.

Ich muß tun, was in meiner Macht steht, beschloß er.

Er versenkte sich tief in sich selbst. Das war eine jener wenigen Fähigkeiten, die ihm aus seiner Vergangenheit als Druide geblieben waren. Er zog sich in sich selbst zurück, bis er frei genug war, um zu gehen. Er konnte auf diese Weise kurze Entfernungen zurücklegen und in kleine Welten schauen. Er eilte in seinem Bewußtsein durch die Gänge des Schlosses und sah und hörte alles. Er eilte durch die Dunkelheit und das graue Halblicht zum Turm des Keep.

Dort fand er Walker Boh Angesicht in Angesicht mit der Unsterblichkeit und dem Tod in Unentschlossenheit erstarrt. Er erkannte, was vor sich ging.

Seine Stimme war überraschend ruhig.

Walker. Benutze den Stein.

Walker Boh hörte die Stimme des alten Mannes als Flüstern in seinem Geist, und er spürte, daß sein Körper reagierte. Sein Arm streckte sich aus, und er spannte sich an.

Das Wesen vor ihm lachte. *Erkennst du mich noch immer nicht?*

Er tat es – und tat es nicht. Da waren viele Wesen gleichzeitig, von denen er einige erkannte und einige nicht. Die Stimme jedoch – darüber konnte kein Zweifel bestehen. Es war die des Grimpond, die spottete und ihn quälte und seinen Namen rief.

Du hast deine dritte Vision gefunden, nicht wahr, Dunkler Onkel?

Walker war entsetzt. Wie konnte das geschehen? Wie konnte der Grimpond sowohl jenes Wesen sein, das er bezwingen wollte, und auch der Avatar, der in Darklin Reach gefangengehalten wurde? Wie konnte er an zwei Orten zugleich sein? Das ergab keinen Sinn! Die Druiden hatten den Grimpond geschaffen. Die Magie, die sie benutzten, war unterschiedlich und oft sogar entgegengesetzt. Aber die Stimme, die Bewegung und die Art, wie sich das Wesen anfühlte...

Der Schatten vor ihm wurde größer und näherte sich ihm.

Ich bin dein Tod, Walker Boh. Bist du bereit, mich zu umarmen?

Und plötzlich erinnerte sich Walker wieder der Vision genauso klar wie in dem Moment, als sie ihm das erste Mal erschienen war – er spürte den Schatten von Allanon hinter sich, der ihn festhielt, und den dunklen Schatten vor sich, das Versprechen des Todes, und das Schloß der Druiden ringsum.

Warum fliehst du nicht? Fliehe vor mir!

Das war alles, was er tun konnte, um nicht zu schreien. Er

tastete sich von ihm fort und erflehte Hilfe von überallher. Coglines Stimme war fort, begraben in schwarzer Angst. Bruchstücke seiner Entschlossenheit und seiner Pläne lagen verstreut um ihn herum. Walker Boh verfiel, während er noch lebendig war.

Ein kleiner Teil von ihm gab jedoch nicht auf, sondern klammerte sich an die Erinnerung daran, was ihn hierher geführt hatte, wurde gehalten von dem Versprechen, das er sich selbst gegeben hatte: daß er nicht freiwillig oder aus Unwissenheit sterben werde. Coglines Gesicht war noch immer da, mit Augen voller Erregung und Lippen, die sich in dem Versuch zu sprechen bewegten. Walker wandte sich nach innen und suchte das einzige, was ihn über die Jahre hinweg aufrecht gehalten hatte, nach dem Kern des Zorns, der aufbrannte, wenn er daran dachte, was die Druiden ihm angetan hatten. Er schürte ihn, bis er glühte. Er goß ihn in sein Gesicht, so daß er dort verbrannte. Er atmete ihn ein, bis die Angst aufgeben mußte, bis dort nur noch Zorn war.

Und dann geschah etwas Seltsames. Die Stimme des Wesens vor ihm veränderte sich. Die Stimme wurde zu seiner eigenen, die wild und verzweifelt aufschrie.

Fliehe, Walker Boh!

Die Stimme kam nicht mehr aus dem Nebel. Sie kam aus ihm selbst! Er rief seinen eigenen Namen und drängte sich selbst zur Flucht!

Was ging hier vor?

Und plötzlich verstand er es. Er hörte nicht dem Wesen vor ihm, sondern sich selbst zu. Es war seine eigene Stimme, die er die ganze Zeit gehört hatte, ein Trick seines Bewußtseins, ein Trick des Grimpond, wie er wütend erkannte. Der Geist hatte ihm zusammen mit dieser dritten Vision einen Hinweis auf seinen Tod eingepflanzt, eine Stimme, die ihn davon überzeugen sollte, und eine Gewißheit, daß es der Grimpond selbst war, der in anderer Form hervorgekommen war, um ihn anzuführen. Rache an den Nachkommen von Brin Ohmsford – das war es, das hatte der Grimpond von Anfang an vorgehabt. Wenn Walker dieser Stimme zuhörte, in seiner Entschlossenheit schwankend wurde und sich von dem Zweck seines Kommens abwandte...

Nein!

Seine Finger öffneten sich, und der Schwarze Elfenstein entflammte zum Leben.

Das Nichtlicht schoß vorwärts und breitete sich wie Tinte über dem schattigen Schacht aus, um den Nebel zu umarmen. *Keine Spiele mehr!* Walkers Schrei war ein begeisterter, leiser Ruf in seinem Geist. Der Grimpond – heimtückisch und verschlagen wie er war – hatte ihn fast zerstört. *Niemals wieder. Niemals*...

Dann geschah alles gleichzeitig.

Nichtlicht und Nebel verknüpften sich und verbanden sich miteinander. Der Nebel flutete zurück durch die Tunnel der Dunkelheit der Magie. Er war wieder eine grünliche, pulsierende Wildheit. Walker hatte nur einen Augenblick Zeit, wieder zu Atem zu kommen und sich zu fragen, was falsch gelaufen war. Er konnte sich nur kurz fragen, ob er vielleicht nach alledem doch darin gefehlt hatte, den Grimpond zu überlisten – und dann griff ihn die Druidenmagie an. Sie explodierte in ihm, und er schrie in hilflosem Erschrecken auf. Der Schmerz war unbeschreiblich. Er war ein feuriges Erglühen und fühlte sich so an, als sei ein anderes Wesen in ihn eingetreten, als sei es von der Magie aus der Verborgenheit des Nebels herausgenommen und in ihn hineingetragen. Es verbarg sich in Knochen und Muskeln und Fleisch und Blut, bis Walker es nicht mehr ertragen konnte. Es weitete sich aus und wütete, bis er glaubte, er werde auseinandergerissen. Dann änderte sich das Gefühl und entzündete eine neue Art von

Schmerz. Erinnerungen durchfluteten ihn in breitem Strom und scheinbar endlos. Mit den Erinnerungen kamen auch die Gefühle, die sie begleitet hatten, Empfindungen voller Entsetzen und Angst und Zweifel und Bedauern, und ein Dutzend anderer Gefühle, die wie eine unaufhaltsame Sturzflut durch Walker Boh hindurchstürzten. Er taumelte zurück und versuchte zu widerstehen und sie abzuschütteln. Seine Hand kämpfte darum, den Schwarzen Elfenstein zu umschließen. Er versuchte, diesen Angriff abzuwehren, aber sein Körper wollte ihm nicht mehr gehorchen. Er wurde von den Magien ergriffen – sowohl von jener des Elfensteins, als auch von der des Nebels –, und sie hielten ihn fest.

Wie Allanon und der Geist des Todes in der dritten Vision!

Schatten! Hatte der Grimpond doch noch recht behalten?

Er sah andere Orte und Zeiten, sah die Gesichter von Männern und Frauen und Kindern, die er nicht kannte, wurde Zeuge von Ereignissen, die hervorsickerten und wieder verblaßten, und vor allem spürte er immer wieder beharrlich die Empfindungen jenes Wesens durch sich hindurchströmen. Walkers Gefühl dafür, wo er war, verschwand. Er ging in dem Bewußtsein jenes Eindringlings auf. Ein Mann? Ja, ein Mann, wie er erkannte, ein Mann, der unzählige Leben gelebt hatte, Jahrhunderte, weit länger als jeder normale Sterbliche, jemand, der so anders...

Die Bilder änderten sich abrupt. Er sah dunkle Gestalten in schwarzen Roben, die hinter Schloßmauern verborgen waren, in Räume eingeschlossen, die das Licht kaum erreichte, über uralte Lehrbücher gebeugt, schreibend, lesend, diskutierend...

Druiden!

Und dann erkannte er die Wahrheit. Es war ein unangenehmes, erschreckendes Wiedererkennen, das wie mit einer Klinge durch seinen Wahnsinn schnitt.

Das Wesen, das der Nebel in ihn hineingetragen hatte, war Allanon – seine Erinnerungen, seine Erfahrungen, seine Gefühle und seine Gedanken, alles außer Fleisch und Blut, denn das hatte er bei seinem Tode verloren.

Wie hatte Allanon dies ermöglicht, fragte sich Walker ungläubig und kämpfte gegen den Ansturm der Erinnerungen an und gegen die erstickende Decke der Gedanken des anderen. Aber er kannte die Antwort darauf bereits. Die Samen hierfür waren bereits vor dreihundert Jahren gesät worden. Warum aber? Und auch diese Antwort kam rasch, ein rotes Aufflackern der Gewißheit. Auf diese Weise sollte das Druidenwissen an ihn weitergegeben werden. Alles, was Allanon gewußt und empfunden hatte, war in dem Nebel aufgehoben worden, sein Wissen war dreihundert Jahre lang sicher gelagert worden und hatte auf seinen Nachfolger gewartet.

Aber da war noch mehr. Walker spürte es. Auch auf diese Weise sollte er geprüft werden. Auch auf diese Weise sollte entschieden werden, ob er ein Druide wurde.

Seine Grübelei hörte auf, als die Bilder weiterhin durch ihn hindurchrauschten, inzwischen als das erkennbar, was sie waren, die gesamte Druidenerfahrung, alles, was Allanon von seinen Vorgängern zusammengetragen hatte, eine Zusammenfassung all seiner Studien, der Erfahrungen seines gesamten Lebens. Wie Fußabdrücke auf weicher Erde gruben sie sich in Walkers Bewußtsein ein. Ihre Berührung war feurig und rauh, wie ein Stück Kohle, das auf seine Haut gelegt wurde. Die Wörter und Eindrücke und Empfindungen überrollten ihn wie eine Lawine.

Es kam zu viel, zu schnell. *Ich will das nicht*! schrie er entsetzt, aber immer mehr drang auf ihn ein, unaufhörlich, entschlossen – Allanons Selbst wurde auf Walker übertragen. Er kämpfte dagegen an, indem er in dem Gewirr von Bildern nach etwas Festem tastete. Aber das schwarze Licht des Elfensteins war wie ein Trichter, der sich nicht verschließen ließ, den es in jenen grünlichen Nebel zog, um ihn zu verschlingen und in seinen Körper überzuleiten. Stimmen stammelten einzelne Worte, Gesichter wurden sichtbar, Szenen veränderten sich, und die Zeit eilte davon. All das war eine Mischung der Eindrücke aus all den Jahren, in denen Allanon gelebt und dafür gekämpft hatte, die Rassen zu beschützen und sicherzustellen, daß das Druidenwissen nicht verlorenging, daß die Hoffnungen und Sehnsüchte, denen sich das Erste Konzil vor Jahrhunderten gestellt hatte, weitergetragen und bewahrt wurden. Walker Boh wurde in das alles eingeweiht und erfuhr, was es Allanon und all jenen, deren Leben er berührt hatte, bedeutet hatte, und erlebte die Wucht des Lebens von fast zehn Jahrhunderten selbst.

Dann hörten die Bilder plötzlich auf, die Stimmen, die Gesichter und die Szenen aus dieser Zeit – alles, was ihn bestürmt hatte. Sie verschwanden blitzartig, und er stand wieder allein innerhalb des Keep, eine einsame Gestalt, die gegen die Mauer aus Felsblöcken gesunken war.

Er war noch immer am Leben.

Er stand unsicher auf, schaute an sich hinab und vergewisserte sich, daß er heil war. In sich verspürte er eine Rauheit wie bei sonnenverbrannter Haut, die Spuren jener Übertragung all jenen Druidenwissens, was Allanon hinterlassen hatte. Sein Geist war davon durchdrungen, und sein Bewußtsein war erfüllt. Und dennoch hatte er nur bruchstückhafte Kontrolle über jenes Wissen, als könne es nicht zum Tragen kommen, als könne er sich nicht darauf berufen. Etwas war falsch. Walker konnte offensichtlich nicht feststellen, was es war.

Vor ihm pulsierte der Schwarze Elfenstein. Das Nichtlicht formte eine Brücke, die sich in die Schatten wölbte, und die noch immer mit dem verbunden war, was von dem Nebel übriggebliebenen war – eine aufgewühlte, schäumende Masse bösen, grünen Lichts, das zischte und sprühte und sich zusammenzog wie eine Katze auf dem Sprung.

Walker richtete sich schwach und unsicher auf und hatte bereits wieder Angst, weil er spürte, daß noch mehr geschehen würde und daß das Schlimmste ihm noch bevorstand. Seine Gedanken rasten. Was konnte er tun, um sich darauf vorzubereiten? Es war nicht genug Zeit...

Der Nebel stürzte sich in das Nichtlicht. Es kam auf Walker zu und umgab ihn im Handumdrehen. Er konnte seinen Ärger sehen, seine Wut hören und seinen Zorn spüren. Es drang durch sein neues Wissen schmerzhaft zu ihm durch. Walker schrie und krümmte sich. Sein Körper zuckte und veränderte sich unter seiner Kleidung. Er konnte spüren, wie seine Knochen sich verdrehten. Er schloß die Augen und erstarrte. Der Nebel war in ihm, wand sich, setzte sich fest und nährte sich.

Er wurde von Entsetzen geschüttelt.

Sein ganzes Leben lang hatte Walker darum gekämpft, dem zu entkommen, was die Druiden für ihn vorgesehen hatten. Er war entschlossen gewesen, seinen eigenen Kurs zu planen. Doch damit war er schließlich gescheitert. Also hatte er sich auf die Suche nach dem Schwarzen Elfenstein und dann nach Paranor begeben. Er hatte gewußt, daß es, wenn er sie finden würde, nötig sein würde, daß er der nächste Druide wurde. Er hatte sein Schicksal einerseits akzeptiert, sich gleichzeitig jedoch auch versprochen, eine eigene Persönlichkeit zu bleiben, egal was ihm bestimmt war. Während er jetzt von dem Zorn dessen, der im Nebel verborgen gewesen war, zerstört wurde, schrumpften im Handumdrehen alle übriggebliebenen Hoffnungen auf ein geringes Maß an Selbstbestimmung zusammen, und Walker Boh blieb statt dessen mit dem dunkelsten Teil von Allanons Seele zurück. Es war das grausame Selbst des Druiden, ein Gemisch all jener Situationen, in denen er aus Vernunft und durch die Umstände gezwungen gewesen war, zu tun, was er verabscheute, ein Gemisch all jener Situationen, in denen er gefordert gewesen war, Leben und Zuversicht und Hoffnung und Vertrauen zu verbrauchen, und all jener Jahre des Hartwerdens und des Beschwichtigens von Geist und Seele, bis beide so sorgfältig geschmiedet und unzerstörbar waren wie das härteste Metall. Die Grenzen von Allanons Dasein waren auf ihn übertragen worden, ferne Grenzen, an die zu reisen er gezwungen gewesen war. Es enthüllte, wie groß die Verantwortung war, die mit der Macht einherging. Es umriß, welches Verständnis die Erfahrung verlieh. Es war hart und rauh und furchtbar, eine Aufhäufung von zehn normalen Lebensspannen, und es überschwemmte Walker wie Wasserfluten die Mauer eines Dammes.

Er wand sich in die Dunkelheit hinunter, hörte sich selbst aufschreien, hörte auch das Gelächter des Grimpond – ob eingebildet oder real, das konnte er nicht sagen. Seine Gedanken zerstreuten sich, als sein Geist verfiel, seine Hoffnungen und sein Glauben. Er konnte nichts tun, denn die Kraft der Magie war zu mächtig. Er ergab sich ihr, dieser gewaltigen Macht, und wartete auf den Tod.

Und doch hing er noch am Leben. Er stellte fest, daß der Strom finsterer Enthüllungen, durch die seine Belastbarkeit auf eine Art geprüft worden war, die er nicht für möglich gehalten hatte, trotz allem versagt und ihn nicht zerstört hatte. Er konnte nicht denken, denn das bereitete ihm zu große Schmerzen. Er versuchte gar nicht erst zu sehen, denn er fühlte sich verloren in einer bodenlosen Grube. Zu hören nützte ihm nichts, denn das Echo seines Schreies erzitterte überall um ihn herum. Er schien in sich selbst zu zerfließen und nur noch um Atemluft und sein Überleben kämpfen zu können. Diese Prüfung hatte er erwartet – das Druidenritual des Übergangs. Es warf ihn in Bewußtlosigkeit, erfüllte ihn mit Schmerz und ließ ihn zerbrochen in sich zurück. Alles wurde fortgeschwemmt, sein Glauben und seine Intelligenz, alles, was ihn so lange am Leben gehalten hatte. Konnte er diesen Verlust überleben? Und was würde er sein, wenn ihm das gelang?

Er durchschwamm Wellen der Seelenqual, die in ihm selbst und der Kraft der dunklen Magie verborgen war und ihn an den Rand seiner Belastbarkeit trieb, bis kurz vors Ertrinken. Er spürte, daß sein Leben im nächsten Augenblick verloren sein könnte, und erkannte, daß ihm der Maßstab dafür, wer und was er war und sein konnte, genommen wurde. Er war nicht sicher, ob es ihn überhaupt noch berührte. Er trieb hilflos dahin.

Hilflos.

Jemals wieder zu sein, der zu sein er gemeint hatte. Jene Versprechen zu erfüllen, die er sich selbst gegeben hatte. Wieder Kontrolle über sein Leben zu haben. Zu bestimmen, ob er leben oder sterben würde.

Hilflos.

Walker Boh.

Er war sich dessen, was er tat, kaum bewußt, war losgelöst von bewußtem Denken und wurde statt dessen getrieben von Empfindungen, die zu ursprünglich waren, als daß er sie erkannt hätte; so kämpfte er sich aus seiner Benommenheit frei und brach durch die Wellen der Seelenqual hervor, durch das Nichtlicht und die dunkle Magie, durch Zeit und Raum. Er war jetzt ein heller Fleck feurigen Zorns.

Er spürte, wie in ihm das Gleichgewicht sich wieder verschob und das Gewicht zwischen Leben und Tod sich neigte.

Und als er schließlich die Oberfläche des schwarzen Ozeans durchbrach, der ihn hatte begraben wollen, war das einzige Geräusch, das er wahrnahm, ein nicht enden wollender Schrei, der aus seinen Lungen hervorbrach.

12

Es war spät am Morgen. Die letzten drei Mitglieder jener Neunergruppe quälten sich vorsichtig durch das Gewirr des In Ju. Sie folgten der massigen, stacheligen Gestalt von Stresa, dem Stachelkater, der sich beständig tiefer in die Dunkelheit grub.

Wren atmete die übelriechende, feuchte Luft ein und lauschte in die Stille.

In der Ferne, weit weg von der Stelle, an der sie sich jetzt befanden, war das Rumpeln des Killeshan allgegenwärtig und umschloß tief und unheilvoll Erde und Himmel. Erschütterungen schlängelten sich durch Morrowindl und warnten vor dem Ausbruch, der sich stetig aufbaute. Aber im Dschungel selbst war alles ruhig. Ein Schirm von Feuchtigkeit hüllte den In Ju vom Boden her ein, tränkte Bäume und Gestrüpp, Weinranken und Gräser, und legte über sie eine Decke, die alle Geräusche dämpfte und alle Bewegungen verbarg. Der Dschungel war ein Gewölbe betäubenden Grüns, ein Wirrwarr von Wänden, die zahllose Räume bildeten, von Gängen, die ihn wie ein Labyrinth durchzogen und sich durch die Wildnis wanden, die sie zu erstikken drohte. Zweige verflochten sich über ihnen und bildeten eine Decke, die das Licht ausschloß und den Boden aus Sumpf und Treibsand und Schlamm überspannte. Insekten summten unsichtbar umher, und unbekannte Wesen schrien im Nebel auf. Aber nichts rührte sich. Nichts schien lebendig.

Die Netze des Wisteron waren jetzt überall. Sie bildeten ein riesiges Netzwerk, das die Bäume bedeckte wie Gazestreifen. Tote Wesen hingen in den Netzen und Hüllen von Lebewesen, deren Leben ausgesaugt worden war, die Überreste der Nahrung des Monsters. Es waren jedoch nur kleine Lebewesen. Der Wisteron nahm seine größere Beute mit in sein Lager.

Das nicht weit entfernt irgendwo vor ihnen lag.

Wren beobachtete die Schatten um sich herum. Da nichts ringsum sich bewegte, war sie noch ängstlicher geworden, als sie es schon vorher in der Stille gewesen war. Sie durchquerte einen toten Ort, eine Ödnis, in die keine Lebewesen gehörten, eine Unterwelt, die sie auf eigene Gefahr durchquerte. Sie dachte noch immer, sie würde irgendwo einen Farbfleck entdecken oder ein Kräuseln des Wassers oder einen Schimmer von Blättern und Gräsern. Aber der In Ju hätte in Eis gekleidet sein können, so erstarrt wirkte er. Sie befanden sich jetzt tief im Gebiet des Wisteron, und hierhin wagte sich nichts.

Nichts außer ihnen.

Sie hielt die Elfensteine, die sie von dem Lederbeutel befreit hatte, fest in ihrer Hand. Sie hielt sie zum Gebrauch bereit, denn sie wußte, daß das nötig sein würde. Sie machte sich keine Illusionen darüber, was von ihr verlangt werden würde. Sie hegte keine falschen Hoffnungen, daß sie den Gebrauch der Elfensteine vielleicht vermeiden könnte, weil ihre Fähigkeiten als Fahrende ausreichen könnten, sie zu retten. Sie dachte nicht darüber nach, ob es weise war, die Magie anzuwenden, obwohl sie wußte, wie sie auf sie wirkte. Daß sie sich hatte entscheiden können, war lange vorbei. Der Wisteron war ein Monster, das nur von den Elfensteinen überwältigt werden konnte. Sie mußte die Magie anwenden, weil dies die einzige Waffe war, über die sie verfügen konnte und die ihr in dem bevorstehenden Kampf nützen würde. Wenn sie sich erlaubte zu zögern, wenn sie erneut ihrer eigenen Unentschlossenheit zum Opfer fiele, würden sie alle sterben.

Sie schluckte gegen die Trockenheit in ihrer Kehle an. Seltsam, daß ihr Hals so trocken war, wo sie doch überall sonst so feucht war. Sogar ihre Handflächen schwitzten. Was war alles geschehen, seit sie mit Garth den Tirfing durchwandert hatte. Das schien ihr jetzt ein anderes Leben gewesen zu sein, frei von Sorge und Verantwortung, Herr ihrer selbst und nur dem Diktat der Zeit unterworfen.

Sie fragte sich, ob sie das Westland jemals wiedersehen würde.

Vor ihnen verdichtete sich die Dunkelheit zu Nestern tiefer Schatten, die Höhlen ähnlich sahen. Nebel kräuselte sich hervor und wand sich wie eine Schlange durch die Zweige der Bäume und die Weinranken. Netze umhüllten die hochgelegenen Zweige und füllten die Lücken dazwischen – dicke, beinahe durchsichtige Stränge, die vor Feuchtigkeit schimmerten. Stresa verlangsamte seinen Schritt und sah zu ihnen zurück. Er sagte nichts. Er mußte auch nichts sagen. Wren war sich bewußt, daß Garth und Triss ruhig und abwartend neben ihr standen. Sie nickte Stresa zu und bedeutete ihm weiterzugehen.

Sie dachte plötzlich an ihre Großmutter und fragte sich, was Ellenroh empfinden würde, wenn sie bei ihnen wäre, und überlegte, wie sie wohl gehandelt hätte. Sie konnte ihr Gesicht vor sich sehen, die leidenschaftlichen, blauen Augen als Kontrast zu ihrem gütigen Lächeln, die beeindruckende Ruhe, die alle Zweifel und alle Angst beiseite fegte. Ellenroh Elessedil, Königin der Elfen. Ihre Großmutter hatte anscheinend immer die Kontrolle über alles behalten. Aber selbst das hatte nicht ausgereicht, sie zu retten. Worauf konnte sie dann aber vertrauen, fragte Wren sich düster. Auf die Magie natürlich. Aber die Magie war nur so stark wie derjenige, der sie anwandte, und Wren hätte gerade jetzt die unbezwingbare Stärke ihrer Großmutter der eigenen bei weitem vorgezogen. Ihr fehlten Ellenrohs Selbstvertrauen und deren Sicherheit. Sogar jetzt, wo sie entschlossen war, den Ruhkstab und den Loden zurückzuholen, das Elfenvolk sicher ins Westland zu bringen und ihren Treueschwur zu erfüllen, spürte sie, daß sie eher aus Fleisch und Blut war als aus Eisen. Sie konnte versagen. Sie konnte sterben. Entsetzen lauerte am Rande derartiger Gedanken und ließ sich nicht vertreiben.

Triss stieß von hinten gegen sie und drängte sie vorwärts. Er flüsterte eine hastige Entschuldigung und fiel wieder zurück. Wren lauschte auf das Dröhnen ihres Blutes, ein Pochen in ihren Ohren und ihrer Brust, eine Mahnung, wie kurz die Spanne zwischen Leben und Tod sein konnte.

Sie war sich ihrer selbst immer so sicher gewesen...

Etwas huschte auf dem Boden vor ihnen davon, ein Aufblitzen dunkler Bewegung vor dem Grün. Stresas Stacheln hoben sich, aber er verlangsamte trotzdem nicht seinen Schritt. Der Wald öffnete sich in einen See von Sumpfgras zu einem Hain uralter Akazien, die sich schwer aneinander lehnten. Der Boden unter ihnen war ausgewaschen und dem Sumpf gewichen. Die Gefährten folgten dem Stacheltier nach links an einer kleinen Erhebung vorbei. Die Bewegung kam schnell und plötzlich wieder, dieses Mal mehr als ein Wesen. Wren versuchte ihm mit Blicken zu folgen. Irgendein Insekt, entschied sie, lang und schmal, mit vielen Beinen.

Stresa fand einen Flecken fester Erde, der breiter war als sein Körper, und wandte sich zu ihnen um.

»Phfffft. Habt ihr sie gesehen?« flüsterte er rauh. Sie nickte. »Aasfresser! Orps werden sie genannt. Hsssst! Sie fressen alles.

Ha, alles! Sie leben von dem, was der Wisteron übrig läßt. Ihr werdet noch viel mehr von ihnen zu sehen bekommen, bevor wir unser Ziel erreichen. Habt keine Angst, wenn ihr sie seht.«

»Wie weit ist es noch?« flüsterte Wren zurück und beugte sich weit zu ihm hinunter.

Der Stachelkater legte den Kopf schief. »Es ist genau vor uns«, grollte er. »Kannst du die toten Wesen nicht riechen?«

»Und was ist dort hinten?«

»Ssssttt! Wie soll ich das wissen, Wren von den Elfen? Ich lebe noch!«

Sie ignorierte seinen Blick. »Wir werden nachsehen. Wenn wir verhandeln können, werden wir verhandeln. Wenn nicht, werden wir uns zurückziehen und entscheiden, was zu tun ist.«

Sie sah abwechselnd Garth und Triss an, um sicherzugehen, daß sie sie verstanden, und richtete sich dann auf. Faun hing an ihr wie eine zweite Haut. Sie würde den Baumschreier absetzen, bevor sie weiterging.

Sie schlichen durch die Gräser und die verdorrenden Bäume hinüber. Die Orps erschienen jetzt von überallher und stoben bei ihrem Auftauchen davon. Sie sahen aus wie riesige Silberfische, wenn sie schnell und lautlos unter die Erde oder das Holz verschwanden. Wren versuchte, sie nicht zu beachten, aber das war schwierig. Die Wasseroberfläche des Sumpfs blubberte und spuckte um sie herum. Es war das erste Geräusch, das sie seit einiger Zeit hörten. Der Killeshan machte sich auf immer größere Entfernung bemerkbar. Als sie das Gras verließen und zwischen die Bäume traten, legte sich die Dunkelheit in Schichten um sie herum. Es wurde wieder still, die Luft war leer und tot. Wren atmete langsam und tief, und ihre Hand schloß sich fester um die Elfensteine.

Dann gingen sie durch den Akazienhain über eine sumpfige

Senke zu einer Ansammlung riesiger Nadelbäume, deren Zweige sich in enger Umarmung verflochten hatten. Fäden von Netzen hingen überall, und als sie sich dem jenseitigen Rand der Senke näherten, entdeckte Wren am Rande der Bäume verstreute Knochen. Orps schossen an ihnen vorbei, flogen über die Oberfläche der Kuhlen ringsum und verschwanden im Laubwerk vor ihnen.

Stresa war so langsam geworden, daß sie jetzt fast krochen.

Sie erreichten den Rand des Morastes, krochen durch eine Öffnung zwischen den Bäumen hindurch und erstarrten.

Unter den Bäumen lag eine tiefe Schlucht, eine Felseninsel, die im Sumpf zu schweben schien. Die Nadelbäume erhoben sich von dem Untergrund zu einem Gewirr dunkler Stämme, das aussah, als sei es mit Hunderten von Netzen zusammengebunden worden. Tote Wesen hingen in den Netzen, und Knochen bedeckten den Grund der Schlucht. Orps krochen über alles hinweg wie ein schimmernder Teppich aus Bewegung. Das Licht über der Schlucht war grau und diffus. Es wurde vom Vog und dem Nebel zu schwachen Schatten gefiltert. Der Geruch von Tod hing über allem, er wurde von den Felsen und den Bäumen und dem Dunst darüber festgehalten. Es war ruhig im Lager des Wisteron. Außer den Orps bewegte sich nichts.

Wren spürte, wie sich Garths Hand auf ihre Schulter legte. Sie schaute hinüber und sah, daß er auf etwas zeigte.

Gavilan Elessedil hing ausgebreitet in einem Netz ihnen gegenüber. Seine blauen Augen waren leblos und starr, sein Mund in stummem Schrei geöffnet. Er war ausgeweidet, sein Rumpf war von der Brust zum Bauch aufgeschlitzt worden. In der leeren Höhlung schimmerten schwach seine Rippen. All seine Körperflüssigkeit war abgesaugt worden. Übriggeblieben war kaum mehr als eine Hülle, das groteske, erschreckende Zerrbild eines Menschen.

Wren hatte in ihrem kurzen Leben schon viel vom Tod gesehen, aber hierauf war sie nicht vorbereitet. *Schau nicht hin*, sagte sie sich wild. *Behalte ihn nicht so in Erinnerung!* Aber sie schaute hin und wußte dabei, daß sie dies Bild nie vergessen würde.

Garth berührte sie ein zweites Mal und deutete hinunter in die Schlucht. Sie spähte hinab, konnte zuerst nichts erkennen, und erblickte schließlich den Ruhkstab. Er lag genau unter dem, was von Gavilan übriggeblieben war, er ruhte dort auf einem Teppich alter Knochen. Orps krochen unbekümmert über ihn hinweg. Der Loden war noch immer an seiner Spitze befestigt.

Wren nickte als Antwort und fragte sich sofort, wie sie den magischen Stab erreichen konnten. Ihr Blick schweifte umher und suchte noch nach etwas anderem.

Wo war der Wisteron?

Dann sah sie ihn. Er hing hoch oben in den Zweigen der Bäume am Rande der Schlucht in einem seiner eigenen Netze bewegungslos im Dunst. Er war zu einem riesigen Ball zusammengerollt, hatte seine Beine unter sich geschlagen und sah merkwürdigerweise aus wie eine schmutzige Wolke. Er war mit stacheligem Haar bedeckt und kaum von dem Dunst ringsum zu unterscheiden. Er schien zu schlafen.

Wren kämpfte gegen den Ansturm von Angst an, den sein Anblick bei ihr hervorrief. Sie schaute schnell zu den anderen hinüber. Sie alle beobachteten ihn. Plötzlich bewegte sich der Wisteron – ein Aufrichten seines überraschend hageren Körpers, ein Strecken mehrerer Beine, Klauen blitzten auf, und ein schreckliches, insektenartiges Gesicht mit einem seltsamen, saugenden Rachen wurde sichtbar. Dann rollte er sich wieder zusammen und wurde ruhig.

In Wrens Hand begannen die Elfensteine zu brennen.

Sie richtete einen letzten verzweifelten Blick auf Gavilan, gab dann den anderen Zeichen und trat unter den Bäumen hervor. Wortlos verfolgten sie ihre Spuren zurück durch die Senke, bis sie den Schutz der Akazien erreicht hatten, wo sie sich eng zusammenkauerten.

Wren suchte ihre Augen. »Wie können wir an den Stab herankommen?« fragte sie leise. Das Bild von Gavilan war in ihr Bewußtsein eingebrannt, und sie konnte kaum an etwas anderes denken.

Garth hob die Hände und signalisierte: *Einer von uns wird in die Schlucht hinabsteigen müssen.*

»Aber der Wisteron wird es hören. Diese Knochen klingen sicher wie Eierschalen, wenn man darauf tritt.« Sie setzte Faun neben sich. Seine dunklen Augen schauten instinktiv hinauf in die ihren.

»Könnten wir jemanden hinunterlassen?« fragte Triss.

»Phffft! Nicht ohne Geräusche und Bewegungen«, sagte Stresa barsch. »Der Wisteron schläft – ssstttt – nicht. Er tut nur so. Er wird es mitbekommen!«

»Wir könnten warten, bis er endlich schläft«, fuhr Triss fort. »Oder warten, bis er auf die Jagd geht, bis er sein Lager verläßt, um seine Netze zu überprüfen.«

»Mir ist nicht bekannt, daß wir genug Zeit dafür hätten...« begann Wren.

»Hssstt! Es spielt keine Rolle, ob wir genug Zeit haben oder nicht!« unterbrach Stresa sie hitzig. »Wenn er fortgeht, um zu jagen oder seine Netze zu überprüfen, wird ihm unser Geruch auffallen! Er wird wissen, daß wir hier sind!«

»Beruhige dich«, besänftigte Wren ihn. Sie beobachtete, wie das stachelige Wesen mit gefurchtem Katzengesicht einen Schritt zurücktrat.

»Es muß einen Weg geben«, flüsterte Triss. »Alles, was wir

brauchen, sind eine oder zwei Minuten, um dort hinein und wieder heraus zu steigen. Vielleicht gelingt es, wenn wir ihn ablenken.«

»Vielleicht«, stimmte Wren zu und versuchte erfolglos, etwas Derartiges zu ersinnen.

Faun schnatterte leise auf Stresa ein, der ihm gereizt antwortete. »Ja, Schreier, der Stab! Was glaubst du? Phffft! Jetzt sei ruhig, damit ich nachdenken kann!«

Benutze die Elfensteine, signalisierte Garth plötzlich.

Wren atmete tief ein. »Als Ablenkung?« Sie waren wieder an dem Punkt angelangt, zu dem sie kommen mußten. Sie hatte es die ganze Zeit gewußt. »In Ordnung. Aber ich möchte nicht, daß wir uns trennen. Wir würden uns niemals wiederfinden.«

Aber Garth schüttelte den Kopf. *Nicht als Ablenkung. Als Waffe.*

Sie sah ihn an.

Töte ihn, bevor er uns töten kann. Ein schneller Streich.

Triss sah die Unsicherheit in ihren Augen. »Was schlägt Garth vor?« fragte er.

Ein schneller Streich. Garth hatte natürlich recht. Sie würden den Ruhkstab nicht ohne Kampf zurückbekommen. Es war lächerlich, etwas anderes zu denken. Warum sollte man dann nicht den Vorteil eines Überraschungsangriffs ausnutzen und einen Streich auf den Wisteron ausführen, bevor er einen Streich auf sie ausführen konnte? Sie könnte ihn töten oder zumindest kampfunfähig machen, bevor er eine Chance hatte, sie zu verletzen.

Wren atmete tief ein. Sie konnte es natürlich tun, wenn sie es mußte. Sie war deswegen auch bereits zu einem Entschluß gekommen. Doch sie war sich absolut nicht sicher, ob die Magie der Elfensteine ausreichen würde, etwas so Großes und Räuberisches wie den Wisteron zu überwältigen. Die Magie hatte unmittelbar mit ihr zu tun. Wenn ihr die notwendige Kraft fehlte, wenn sich der Wisteron als zu stark erwies, wären sie alle zum Tode verurteilt.

Andererseits, welche andere Möglichkeit gab es denn? Es gab keine bessere Chance, den Stab zu bekommen.

Sie streckte abwesend die Hand aus, um Faun zu streicheln, und konnte ihn nicht finden. »Faun?« Ihre Augen lösten sich von Garths Blick, doch ihre Gedanken waren noch immer mit dem vorrangigen Problem beschäftigt. Orps schossen davon, als sie sich bewegte. Wasser sammelte sich in den Kuhlen, die ihre Stiefel hinterlassen hatten.

Aus dem Schutz der Bäume, zwischen denen sie knieten, über die morastige Senke hinweg sah sie den Baumschreier in die Schlucht hinabsteigen.

Faun!

Auch Stresa entdeckte ihn. Der Stachelkater fuhr herum, und seine Stacheln ragten in die Höhe. »Dummer – sssttt – Schreier! Er hat dich gehört, Wren von den Elfen! Er fragte, was du vorhast. Ich habe nicht aufgepaßt – phffft –, aber...«

»Der Stab?« Wren sprang auf, Entsetzen umwölkte ihre Augen. »Du meinst, er will den Stab holen?«

Sie lief sofort los und rannte von den Bäumen über die Senke. Sie bewegte sich so leise wie sie konnte. Sie hatte vergessen, daß Faun sich mit ihnen verständigen konnte. Es war lange her, daß der Baumschreier es versucht hatte. Ihre Brust wurde ihr eng. Sie wußte, wie treu ergeben ihr das kleine Wesen war. Er würde alles für sie tun.

Er war gerade dabei, es zu beweisen.

Faun! Nein!

Sie atmete keuchend. Sie wollte schreien, um den Baumschreier zurückzurufen. Aber sie konnte es nicht. Ein Schrei würde den Wisteron aufwecken. Sie erreichte den jenseitigen Rand der Senke, Orps rasten in alle Richtungen davon wie dunkle Blitze vor der Feuchtigkeit. Sie konnte Garth und Triss hinter sich hören, auch ihr Atem klang rauh. Stresa war jetzt wieder irgendwie vor sie gelangt. Der Stachelkater war wieder einmal schneller, als sie erwartet hatte. Er tauchte bereits zwischen den Bäumen hindurch. Sie folgte ihm und kroch eilig hinterher. Ihr Atem stockte ihr in der Kehle, als sie herauskam.

Faun befand sich an einer Seite der Schlucht auf halbem Weg nach unten. Leicht und lautlos glitt er über die Felsen. Fäden der Netze lagen ihm im Weg, aber Faun umging sie mühelos. Über ihm hing der Wisteron fest zusammengerollt bewegungslos in seinem Netz. Auch die Überreste von Gavilan hingen dort, aber Wren sah diesmal nicht hin. Statt dessen konzentrierte sie ihre Aufmerksamkeit auf Faun und verfolgte angstvoll den Abstieg des Baumschreiers. Sie war sich bewußt, daß Stresa sich ein Dutzend Fuß entfernt flach an den Rand der Felsen preßte. Garth und Triss hatten sich zu ihr gesellt und waren auf beiden Seiten nahe an sie herangerückt. Triss umfaßte sie beschützend und wollte sie zurückziehen. Sie riß ihren Arm ärgerlich los. Ihre Hand mit den Elfensteinen hob sich.

Faun erreichte den Grund der Schlucht und durchquerte sie eilig. Wie eine Feder tanzte der Schreier über den Teppich trokkener Knochen. Er wählte seinen Weg sorgfältig und trippelte wie eine Katze. Dabei kam er lautlos vorwärts, genauso unauffällig wie die Orps, die sich wegen seines Kommens aufregten. Über ihnen döste der Wisteron weiter und bemerkte nichts. Der graue Dunst des Vog zog in dichten Vorhängen zwischen ihnen hindurch und verbarg den Baumschreier in seinen Falten. *Schatten, warum habe ich ihn nicht festgehalten*? Wrens Blut pulsierte in ihren Ohren und registrierte jede einzelne Sekunde. Faun verschwand im Vog und wurde dann wieder sichtbar. Er eilte jetzt mit dem Stab den ganzen Weg zurück.

Er ist zu schwer, dachte Wren entsetzt. *Er wird ihn nicht bergen können.*

Aber irgendwie gelang es Faun doch. Er hob den Stab über die Schichten menschlicher Überreste hinaus, über die Gerüste einstigen Lebens. Er barg ihn in seinen winzigen Händen, obwohl der Stab dreimal länger war als der Schreier, und begann seinen Weg zurück, wobei er den Stab als Stütze benutzte. Wren richtete sich atemlos auf die Knie auf.

Triss stieß sie drängend, um ihr etwas zu zeigen. Der Wisteron hatte sich in seinem Netz bewegt und streckte die Beine aus. Er erwachte. Wren wollte aufstehen, aber Garth zog sie hastig zurück. Der Wisteron rollte sich wieder zusammen und zog die Beine wieder ein. Faun kam jetzt wieder auf sie zu, das winzige Gesicht angestrengt und seinen sehnigen Körper angespannt. Dann erreichte Faun den diesseitigen Rand der Schlucht und hielt inne.

Wren erstarrte. *Faun weiß nicht, wie er herausklettern soll!*

Und dann begann der Killeshan plötzlich zu husten und spie Feuer. Er war Meilen entfernt, so weit von ihnen fort, daß das Geräusch kaum mehr als ein Murmeln in der Stille war. Aber die Erschütterung rief ein Beben tief in der Erde hervor, Wellen, die sich vom Schmelzkern des Berges aus fortsetzten wie Ringe, die von einem Stein ausgehen, der ins Wasser geworfen wurde. Diese Erschütterungen legten den weiten Weg zum In Ju und zum Lager des Wisteron zurück und zogen weitere Bewegungen nach sich. Die Beben nahmen an Kraft zu, sie wurden begleitet von Hitze, und die Hitze brach in einer Dampffontäne aus der morastigen Senke hinter Wren hervor.

Sofort war der Wisteron wach. Seine Arme ließ er um sein Netz geklammert, der Kopf drehte sich auf einem dicken, knochenlosen Stiel, während seine schwarzen, spiegelnden Augen die Umgebung absuchten. Faun, der auf die Erschütterungen und den Ausbruch nicht vorbereitet gewesen war und gerade die Wand der Schlucht emporschoß, verlor seinen Halt und fiel wieder zurück. Knochen klapperten, als der Ruhkstab hinabfiel. Das Zischen des Wisteron war so laut wie das des Geysirs. Er wob sich mit rasender Geschwindigkeit ein Gewebe und glitt abwärts, halb Spinne, halb Affe und doch in allem ein Monster.

Aber Garth war schneller. Er stieg mit der Schnelligkeit eines Schattens, der bei Nacht von einer vorüberziehenden Wolke herabfällt, über den Rand der Schlucht hinab. Geschwind wie das Licht sprang er den felsigen Vorsprung hinab und ließ sich dann die letzten Dutzend Fuß hinabfallen, ohne abzubremsen. Er landete in einem Gewirr zerbrochener Knochen, streckte die Hand nach dem Ruhkstab aus und riß ihn an sich. Faun kletterte bereits in die Sicherheit seines breiten Rückens. Garth wirbelte herum, um wieder hinaufzusteigen, doch der Schatten des Wisteron senkte sich über ihn, und das Ungeheuer wob sein Netz weiter nach, um ihn zu erdrücken.

Wren sprang auf. Ihre Hand öffnete sich, ihr Arm stieß nach vorne, und sie rief die Macht der Elfensteine an. Schnell wie ein Gedanke reagierten sie und schlugen mit einem gewaltigen Strahl zu. Der traf den Wisteron noch beim Abstieg, bohrte sich in ihn hinein wie eine wuchtige Faust. Wren spürte bei diesem Schlag alle Kraft aus sich herausfließen. In ihrer Entschlossenheit Garth zu retten, hielt sie nichts zurück. Heitere Erleichterung durchströmte sie augenblicklich wieder und war dann fort. Sie stöhnte entsetzt auf und drohte zusammenzubrechen, so daß Triss sie um die Taille faßte. Stresa schrie ihnen zu, sie sollten laufen.

Garth stemmte sich über den Rand der Schlucht hoch. Sein Gesicht war schweißüberströmt und grimmig und er trug den Ruhkstab in einer Hand und Faun in der anderen. Der Baumschreier floh zitternd zu Wren. Auf Händen und Knien krochen sie in panischer Angst durch die Bäume zurück, erhoben sich, um durch die morastige Senke zu rennen.

Wren warf einen wilden Blick über die Schulter zurück.

Wo war der Wisteron?

Gleich darauf erschien er. Er kam nicht zwischen den Bäumen hindurch, wie sie es erwartet hatte, sondern von oben. Er kam durch die Wipfel, drängte sich als graue Wolke in ihr Blickfeld und fiel auf sie wie ein Stein. Triss warf sich auf Wren und stieß sie beiseite, denn sonst wäre sie zerschmettert worden. Stresa verwandelte sich in einen Stachelball und wurde fortgestoßen. Der Wisteron zischte. Einer seiner Klauenfüße war mit den Stacheln des Stachelkaters gespickt. Und dann landete er geduckt. Garth ließ den Stab fallen und wandte sich ihm mit gezogenem Breitschwert zu. Mit beiden Händen schlug der große Fahrende auf das Gesicht des Wisteron ein, verfehlte es aber, da sich die Bestie zurückzog. Gleich darauf spie das Monster Garth an. Sein Speichel war wie ein dampfender Schaum, der wie Feuer durch die Luft brannte. »Gift!« schrie Stresa von einer Stelle aus, wo sein Ruf wie aus einem tiefen Brunnen zu kommen schien. Garth fiel zu Boden und blieb flach auf dem schlammigen Untergrund liegen.

Im selben Augenblick griff der Wisteron an.

Wren kam mit ausgestreckten Armen wieder auf die Füße. Die Elfensteine flackerten, und die Magie antwortete. Feuer erhob sich gegen den Wisteron und stieß ihn in einer Rauch- und Dampfwolke fort. Mit einem triumphierenden Schrei folgte sie ihm, als er davontaumelte, ein roter Dunst hing vor ihren Augen, und die Macht der Magie brauste wieder durch sie hindurch. Sie konnte nicht denken, sie konnte nur reagieren. Alle Magie sammelte sie in sich und griff dann an. Das Feuer traf den Wisteron wieder und wieder, schlug ihn und verbrannte ihn. Das Monster zischte und schrie, kroch davon und kämpfte um einen Halt. Aus den Augenwinkeln sah Wren, wie Garth taumelnd wieder hochkam. Mit einer Hand ergriff er den herabfallenden Ruhkstab, mit der anderen das Breitschwert. Über und über war er mit Schlamm bedeckt. Wren sah ihn und vergaß ihn dann wieder. Die Magie war ein Schleier, der sie einhüllte und forttrug. Die Magie war eine Kraft, die sie mit Staunen und Aufregung und weißer Glut erfüllte. Sie war unbesiegbar, sie war die Größte!

Aber dann verließen ihre Kräfte sie plötzlich wieder, sie fühlte sich ausgelaugt, und das Feuer in ihrer Hand erstarb. Sie schloß schützend ihre Finger um die Steine und fiel auf ein Knie. Garth und Triss waren sofort beide bei ihr, zogen sie fort, stützten sie, als sei sie ein Kind, und rannten mit ihr zurück durch die Senke. Faun kam aus dem Nichts, kletterte ihr Bein hinauf und verbarg sich an ihrer Schulter. Stresa stieß noch immer Warnrufe aus, doch seine Worte waren unverständlich, da seine Stimme von irgendwo hinter ihnen aus einem Gewirr welker Pflanzen kam.

Dann schoß der Wisteron aus dem Dunst heraus, verbrannt und rauchend und den sehnigen Körper ausgestreckt wie bei einem Wolf auf der Flucht. Er drang auf sie ein, und sie wurden alle zu Boden geschleudert. Wren richtete sich im Schatten des Monsters taumelnd auf Hände und Knie auf. Sie war halb betäubt und noch immer schwach und hatte Schlamm in den Augen und im Mund. Ihre Beschützer kämpften verzweifelt darum, sie zu retten. Garth stand breitbeinig über ihr und schwang das Breitschwert in tödlichem Bogen. Teile des Wisteron flogen umher, als er den großen Fahrenden zurückdrängte. Dann griff Triss an, schlug wild um sich und schnitt eines der Beine des Monsters unter ihm heraus, wobei das Knirschen der Knochen zu hören war. Rufe und Schreie erfüllten die übelriechende Luft.

Aber der Wisteron war der größte und stärkste aller Dämonen von Morrowindl, das gewaltigste aller Schattenwesen, die durch den fehlerhaften Gebrauch der Elfenmagie entstanden waren. Er konnte sich mit ihnen allen messen. Er wehrte sich mit einem Schlag seines Schwanzes gegen Triss und stieß ihn dreißig Fuß weit fort, wo er zusammengekrümmt liegenblieb. Als Garth ein schneller Streich auf den Kopf des Wisteron mißlang, schlitzte die Bestie seine Kleidung und Haut mit einer schwarzen Klaue auf und stieß das Breitschwert fort. Garth hatte sofort sein Kurzschwert zur Hand, aber ein zweiter Stoß ließ ihn zurücktaumeln, wobei er über Wren stolperte und hilflos auf dem Rücken landete.

Ohne Faun wären sie verloren gewesen. In panischer Angst um Wren, die jetzt ungeschützt vor dem Wisteron lag, warf sich der Baumschreier in das Gesicht des Monsters, ein schreiender Fellball, dessen winzige Hände an der Bestie zogen und rissen. Der Wisteron war überrascht und benommen von dem Angriff, wich instinktiv aus und zog sich zurück. Er griff nach dem Baumschreier, um diesen unbedeutenden Angreifer zu zerquetschen, aber Faun war zu schnell und kletterte bereits über seinen gefurchten Rücken hinab. Der Wisteron fuhr erzürnt herum und versuchte ihn zu fangen.

Steh auf! befahl Wren sich und kämpfte um festen Stand. Die Elfensteine lagen weißglühend in ihrer geschlossenen Hand.

Dann war Garth zerrissen und blutend wieder zurück, und das Breitschwert schimmerte vor dem Licht. Ein schwerer Schlag warf den Wisteron auf zwei Beine zurück. Ein zweiter trennte ihm fast einen Arm ab. Die Bestie zischte und wand sich und rollte sich zusammen wie eine Schlange. Faun sprang herab und schoß davon. Garth schwang das Breitschwert in tödlichem Bogen, die Klinge senkte sich herab, stieß zu und zerschnitt die Luft.

Wren taumelte auf die Füße. Die weiße Glut der Elfensteine übertrug sich von ihrer Hand auf ihre Brust und drang dann tief in ihr Herz.

Vor ihr lag der Ruhkstab. Er war Garth aus der Hand gefallen.

Der Wisteron fuhr plötzlich herum und spie einen Strom flüssigen Giftes auf Garth. Dieses Mal war der große Mann nicht schnell genug, die Bestie traf ihn an der Brust, und es brannte wie Säure. Er fiel schmerzgequält in den Schlamm und rollte umher, um sich davon zu befreien.

Der Wisteron war sofort über ihm. Eines seiner Glieder mit Klauen nagelte ihn auf den Boden, und er begann zuzudrücken.

Beide Hände um die Elfensteine gewölbt, rief Wren das Feuer ein letztes Mal hervor. Es brach mit solcher Macht aus ihr heraus, daß es sie zurückstieß wie der Schlag einer Faust. Der Wisteron wurde direkt getroffen, wie totes Holz hochgerissen und hilflos fortgeschleudert. Feuer hüllte ihn ein und umgab ihn mit einem wütenden Inferno. Wren drängte vorwärts. Die weiße Glut der Magie spiegelte sich jetzt auch in ihren Augen. Noch immer kämpfte der Wisteron darum, wieder freizukommen, kämpfte darum, das Mädchen zu erreichen. Zwischen ihnen erhob sich Garth auf Hände und Knie. Blutüberströmt hielt er die zerbrochene Klinge seines Breitschwerts mit einer Hand umklammert. Für Wren verlangsamte sich alle Bewegung ringsum wie in einem Traum, der nur in ihrem Bewußtsein stattfand. Triss war ein vager Umriß, der aus dem Nebel herausstolperte, Stresa eine Stimme ohne Körper, Faun eine Erinnerung und die Welt ein wabernder, unendlicher Dunst. Garths dunkle Augen schauten aus seiner zerrissenen, zerbrochenen Gestalt zu ihr herauf. Zu ihren Füßen lag der Ruhkstab mit dem Loden, die letzte Hoffnung des Elfenvolkes, ihr schützender Behälter, ihre Chance zum Leben. Sie tat das alles achselzuckend ab und verbarg sich in der Macht der Elfensteine, in der Magie ihres Blutes, formte und lenkte sie und erkannte diesen dunklen Ort als ihre letzte Chance zu überleben.

Vor ihr kam der Wisteron schwankend wieder auf die Füße. *Hilf mir*! schrie sie in der Stille ihres Bewußtseins auf.

Dann lenkte sie das Feuer auf den Morast, auf dem der Wisteron stand, und schmolz ihn zu einer trüben Lache, zu einem Sumpf, der so flüssig und nachgiebig war wie Treibsand. Der Wisteron machte eine Bewegung nach vorn und versank bis zu den Knien. Der Schlamm bildete Blasen, spuckte wie bei einem Ausbruch Killeshans und saugte an dem Wesen, das darin zappelte. Der Wisteron zischte und spie und kämpfte darum, wieder freizukommen. Aber sein Gewicht war zu groß und zog ihn hinab. Seine Beine konnten keinen Halt mehr finden. Die Elfensteine brannten um ihn herum, durchweichten den Schlamm tiefer und tiefer und hoben unter ihm eine bodenlose Grube aus. Der Wisteron schlug in Panik um sich, sank aber unaufhörlich weiter hinab. Er schrie, und dieser Klang ließ die Luft zu Stille gefrieren.

Dann schloß sich der Schlamm über ihm, die aufgewühlte Oberfläche glühte orange und gelb vom Feuer, und er war fort.

13

Wrens Finger schlossen sich über den Elfensteinen, aber ihr war, als gehörten sie jemand anderem. Das Feuer flackerte zur Antwort noch einmal auf und erstarb dann. Sie stand einen Moment lang erstarrt auf ihrem Platz, ohne die Kraft zu irgendeiner Bewegung aufbringen zu können – mit leichtem Geist, schwebend, einen halben Schritt außerhalb der Zeit. Die Magie spuckte und zischte in ihr und schlug leicht gegen ihre Arme und Beine, so daß sie keuchte und zitterte. Sie hatte Mühe zu atmen, ihre Brust war zusammengepreßt, und ihre Kehle war trocken und rauh.

Vor ihr sanken die Flammen, die die Oberfläche der schlammigen Ebene versengt hatten, zu kleinen blauen Zungen zusammen und erstarben im Dampf. Garth kauerte noch immer auf Händen und Knien, den Kopf gesenkt, und seine Brust hob und senkte sich schwer. Überall um sie herum war der In Ju hohl und still.

Dann schoß Faun aus dem Nichts heran, kletterte ihren Arm hinauf und rieb sich an ihrem Nacken und ihrer Schulter, wobei er leise quiekte. Sie schloß die Augen, genoß sein warmes Fell, erinnerte sich daran, wie das kleine Wesen sie gerettet hatte, und dachte, was für ein Wunder es war, daß sie alle noch lebten.

Schließlich bewegte sie sich, zwang sich, einen Schritt nach dem anderen zu machen. Sie wurde getrieben von ihrer Angst um Garth und von dem Anblick des vielen Blutes. Sie schob die letzten Spuren der heiteren Gelassenheit, die die Magie in ihr zurückgelassen hatte, beiseite und tastete sich an der Versuchung vorbei, die Macht erneut schmecken zu wollen. Schließlich ließ sie die Elfensteine in ihre Tasche gleiten und kniete sich schnell neben ihren Freund. Garth hob den Kopf, um sie anzusehen. Sein Gesicht war so schlammverschmiert, daß man ihn kaum erkannte, aber seine dunklen Augen schauten sie strahlend und sicher an.

»Garth«, flüsterte sie.

Er war auf der linken Seite von der Schulter bis zu den Rippen aufgeschlitzt worden, und seine Brust war von dem Gift schwarz verbrannt. Festgebackener Schlamm hatte den Blutfluß eingedämmt, aber die Wunden mußten gesäubert werden, damit sie sich nicht infizieren konnten.

Sie setzte Faun sanft ab, legte dann ihre Arme um Garth und versuchte ihm aufzuhelfen. Sie konnte ihn jedoch kaum bewegen.

»Wartet«, rief eine Stimme. »Ich helfe euch.«

Es war Triss, der aus dem Nebel herausgestolpert kam und kaum besser aussah als Garth. Er war mit Schlamm und Sumpfwasser bespritzt. Sein linker Arm hing lahm herab, und eine Seite seines Gesichts war blutüberströmt. Sein Kurzschwert hielt er noch immer in seiner rechten Hand. Der Hauptmann der Leibgarde schien sich seiner Verletzungen überhaupt nicht bewußt zu sein. Er legte sich Garths Arm um die Schultern und hob den großen Mann mit Schwung hoch. Wren stützte ihn auf der anderen Seite, und so überquerten sie die morastige Senke und gelangten zurück zu den uralten Akazien.

Auch Stresa kam langsam aus seinem Versteck hervor, seine Stacheln standen noch immer in alle Richtungen ab. »Hier entlang! Phffft! Hier hinein! In den Schatten!«

Sie trugen Garth zu einem Flecken trockener Erde neben einigen Baumwurzeln und legten ihn dort nieder. Wren schnitt schnell seine Tunika auf. Sie hatte nur noch wenig frisches Wasser übrig, verbrauchte aber fast alles, um seine Wunden zu reinigen. Den Rest gab sie Triss für sein Gesicht. Sie nahm einen Nähfaden und eine Nadel, um die klaffende Wunde zu schließen, und verband den großen Mann mit Stoffstreifen, die sie von ihrer Zusatzkleidung abriß. Garth betrachtete schweigend und regungslos ihr Werk, als versuche er, sich ihr Gesicht einzuprägen. Sie signalisierte ihm ein- oder zweimal etwas, aber er nickte nur und antwortete nicht. Ihr gefiel nicht, was sie sah.

Dann behandelte sie auch Triss. Die Wunde in seinem Gesicht war nur oberflächlich, aber sein linker Arm war gebrochen. Sie richtete ihn ein, schnitt aus totem Holz eine Schiene und band sie mit seinem Gürtel fest. Er zuckte ein- oder zweimal zusammen, während sie ihn versorgte, aber er schrie nicht auf. Als sie fertig war, dankte er ihr ernst und verlegen, und sie lächelte ihn an.

Erst dann erinnerte sie sich an den Ruhkstab, der noch immer irgendwo dort draußen im Schlamm lag. Hastig eilte sie zurück, verließ den Schutz der alten Bäume und durchquerte die Senke erneut. Als sie sich näherte, schossen Orps davon, wie blitzende Funken silbrigen Lichts. Die Luft war leer und ruhig, aber das Rumpeln des Killeshan echote bedrohlich von jenseits der Nebelwand, und die Erde erzitterte als Antwort. Sie fand den Ruhkstab dort, wo er hinuntergefallen war, und hob ihn auf. Der Loden funkelte wie eine Ansammlung kleiner Sterne. So viel war dafür gegeben worden, dachte sie, für das Elfenvolk, das darin gefangen war. Sie fühlte einen finsteren Moment lang tiefes Bedauern und einen plötzlichen Drang, ihn fortzuwerfen und so tief in den Schlamm zu versenken wie den Wisteron. Die Elfen, die mit ihrer Magie soviel Schaden angerichtet hatten, die mit ihrem Ehrgeiz die Schattenwesen erschaffen hatten und die Vier Länder aus Gründen im Stich gelassen hatten, für die sie selbst verantwortlich waren, sollten besser verschwinden. Aber sie hatte ihre Entscheidung wegen der Elfen schon getroffen. Und außerdem wußte sie, daß es nicht der Fehler dieser Elfen gewesen war, nicht dieser Generation, und daß es ohnehin falsch wäre, ein ganzes Volk für die Taten einiger weniger zur Verantwortung zu ziehen. Allanon hatte wohl damit gerechnet, daß sie so denken würde. Er mußte vorhergesehen haben, daß sie die Wahrheit entdecken und selbst über die Weisheit seiner Aufgabe befinden würde. *Finde die Elfen, und bringe sie in die Vier Länder zurück.* Sie hatte sich viele Male gefragt, warum sie das tun sollte. Allmählich glaubte sie zu verstehen. Wer wäre besser in der Lage, das wieder geradezurücken, was falsch gemacht worden war, als die Elfen? Wer wäre besser dazu geeignet, den Kampf gegen die Schattenwesen zu führen?

Sie schleppte sich durch die Senke zurück. Empfindungslosigkeit setzte sich in ihr fest, und die letzten Spuren der heiteren Entspanntheit, die die Magie in ihr bewirkt hatte, verblaßten. Sie war müde und traurig und fühlte sich seltsam verloren. Aber sie wußte, daß sie diesen Gefühlen nicht nachgeben durfte. Sie hatte den Ruhkstab zurückbekommen, und die Reise zum Strand und die Suche nach Tiger Ty lagen noch vor ihr. Und es gab noch immer Dämonen.

Stresa wartete am Rande des Wäldchens auf sie. Seine rauhe Stimme flüsterte warnend. »Hsstt. Dein großer Freund ist schwer verletzt, Wren von den Elfen. Sei gewarnt. Das Gift ist eine schlimme Sache. Phffft. Vielleicht kann er nicht mit uns kommen.«

Mit hastigen Bewegungen rauschte sie verwirrt an dem Stachelkater vorbei. »Er wird es schaffen«, fuhr sie ihn an.

Mit Triss' Hilfe hob sie Garth erneut hoch, und dann brachen sie auf. Mittag war schon vorbei, und das Licht drang schwach und dunstig durch den Schirm aus Vog, die Hitze bedeckte sie mit schwüler Feuchtigkeit. Stresa ging voraus und bahnte sich verbissen seinen Weg durch das Labyrinth des Dschungels, wobei er einen Pfad wählte, der es den Menschen, die ihm folgten, möglich machte, mit Garth hindurchzugelangen. Der In Ju schien wie ausgestorben. Es war, als habe der Tod des Wisteron auch alles andere getötet, was darin gelebt hatte. Aber die Stille war wohl eher eine Antwort auf das Beben der Erde, dachte Wren. Die Lebewesen auf Morrowindl spürten, daß nichts so war wie bisher, und zumindest im Augenblick hatten sie ihre normalen Aktivitäten eingestellt und sich verborgen. Sie warteten ab, was geschehen würde.

Sie beobachtete Garths Gesicht, während sie weitergingen, sah die Anspannung in seinen Augen, die Maske des Schmerzes, die seine Züge straffte. Er sah sie nicht an, sondern hielt seinen Blick bewußt auf den Weg vor ihnen geheftet. Er hielt sich nur durch seine große Entschlossenheit aufrecht.

Als sie schließlich aus dem In Ju heraustraten und in die bewaldete Hügelgegend kamen, war es bereits dämmerig. Sie fanden eine Lichtung mit einer Quelle, und dort reinigte sie erneut die Wunden ihres großen Freundes. Sie hatten nichts zu essen, denn alle ihre Vorräte waren verbraucht oder verloren gegangen, und sie waren sich nicht sicher, welche der Wurzeln und Früchte der Insel ungefährlich waren. Sie mußten sich mit Quellwasser begnügen. Triss fand genug trockenes Holz, um ein Feuer zu entfachen, aber es begann gleich darauf zu regnen, und innerhalb von Sekunden war alles um sie herum durchweicht. Sie drängten zurück in den Schutz eines Koabaums mit breiten Zweigen, wo sie sich Schulter an Schulter für die hereinbrechende Dunkelheit rüsteten. Nach einiger Zeit begab sich Stresa hinaus zu einer Stelle, wo er Wache halten konnte. Er murmelte dabei etwas, daß er der einzige sei, der noch zu dieser Arbeit tauge. Wren diskutierte nicht über diesen Punkt, denn sie war fast geneigt, ihm zuzustimmen. Das Licht verblaßte beständig, wandelte sich von Silber zu Grau und dann zu Schwarz. Der Wald veränderte sich und war plötzlich voller Bewegung, als das Bedürfnis nach Nahrung seine Bewohner zur Jagd hinaustrieb. Aber keines der Wesen, die vorbeizogen, machte Anstalten, sich ihrem Versteck zu nähern. Nebel sickerte in trägen Rinnsalen durch die Bäume und Gräser. Wasser troff langsam von den Blättern. Faun entwand sich Wrens Armen und kuschelte sich an ihre Schulter.

Um Mitternacht brach der Killeshan aus. Feuer schoß in einem Schauer aus Funken und brennenden Trümmern empor, und Asche und Rauch wurden ausgespien. Dabei wurde ein erschreckendes Brüllen laut, das die nächtliche Stille erschütterte und jedermann ruckartig aufweckte. Die anfängliche Explosion verwandelte sich schnell in eine Reihe von Erschütterungen, die sich auf einander aufbauten, bis die ganze Insel erbebte. Sogar für sie, die so weit von dem Vulkan entfernt waren, wurde der Ausbruch erkennbar. Sie sahen ein tiefrotes Glühen vor der Dunkelheit, das sich himmelwärts hob und dort zu hängen schien. Ganz in der Nähe öffneten sich kleine Risse in der Erde, und zischend stieg Dampf in Geysiren empor. In den Schatten um sie herum rannten die Geschöpfe der Insel wild umher, flohen ohne Richtung und Sinn voller Entsetzen über die Stärke der Erschütterungen, voller Angst vor den Geräuschen und dem glühenden Rot. Die Freunde drängten sich um den Koabaum zusammen und bekämpften den Drang, den Geschöpfen des Waldes zu folgen. Aber Flucht würde in solcher Dunkelheit gefährlich sein, das wußte Wren, und Stresa erinnerte sie außerdem daran, daß sie bis zum Tagesanbruch verborgen bleiben mußten.

Die Erschütterungen setzten sich, eine nach der anderen, die ganze Nacht lang fort wie donnernde Hustenanfälle und heftige Krämpfe. Sie drohten Morrowindl von einem Ende zum anderen aufzureißen. Feuer brannten auf den Höhen des Killeshan, als die Lavaströme ihren Abstieg zum Meer begannen. Klippen rutschten mit dem Getöse brechenden Gesteins ab, und Lawinen gingen nieder und rissen ganze Berghänge los. Riesige Bäume zerbrachen wie totes Holz und stürzten zu Boden.

Wren schloß die Augen und versuchte vergeblich zu schlafen.

Als die Dämmerung nahte, erhob sich Stresa, um das Gelände um sie herum zu erkunden, und Triss übernahm von ihm die Wache. Wren blieb mit Garth allein. Der große Mann schlief unruhig, sein Gesicht war schweißgebadet, und sein Körper wurde von Krämpfen geschüttelt. Er hatte hohes Fieber, und die Hitze seines Körpers war deutlich spürbar. Während sie ihn beobachtete, wie er mit seinem kranken Körper kämpfte, dachte sie an all das, was sie zusammen durchgemacht hatten. Sie hatte sich schon zuvor Sorgen um ihn gemacht, aber niemals so große Sorgen wie jetzt. Zum Teil wurde dies Gefühl durch das Bewußtsein ihrer Hilflosigkeit vergrößert. Morrowindl war ihr fremd, und ihr Wissen darüber war zu gering. Sie mußte immer wieder daran denken, daß es noch mehr geben müßte, was sie für ihren großen Freund tun konnte, wenn sie nur wüßte, was das war. Sie wurde daran erinnert, daß Ellenroh von einem ähnlichen Fieber erfaßt worden war, einem Fieber, das niemand von ihnen kannte. Sie hatte ihre Großmutter verloren. Sie wollte nicht auch noch ihren besten Freund verlieren. Sie versicherte sich wieder und wieder, daß Garth stark war. Er konnte alles überstehen, das hatte er immer getan.

Es wurde hell, und sie hatte gerade ihre Augen ein wenig gegen ihre Müdigkeit und Verzweiflung geschlossen, als der große Mann sie damit überraschte, daß er sie sanft am Arm berührte. Als sie den Kopf hob, um ihn anzusehen, begann er ihr Zeichen zu machen.

Ich möchte, daß du etwas für mich tust.

Sie nickte, und ihre Finger wiederholten ihre Worte. »Was?«

Es wird schwer für dich sein, aber es ist notwendig.

Sie versuchte ihm in die Augen zu sehen, aber sie konnte es nicht. Er war zu tief in den Schatten verborgen.

Ich möchte, daß du mir vergibst.

»Was soll ich dir vergeben?«

Ich habe dich bezüglich einer Sache belogen. Ich habe wiederholt gelogen. Die ganze Zeit über, seitdem ich dich kannte.

Verwirrt, ängstlich und bis auf die Knochen erschöpft, schüttelte sie den Kopf. »Worüber hast du mich belogen?«

Sein Blick schwankte nicht. *Über deine Eltern. Über deine Mutter und deinen Vater. Ich habe sie gekannt. Ich wußte, wer sie waren und woher sie kamen. Ich wußte alles.*

Sie sah ihn an, war jedoch noch unfähig, zu glauben, was sie hörte.

Hör mir zu. Deine Mutter verstand die Bedeutung von Eowens Prophezeiungen weit besser als die Königin. Eine Prophezeiung besagte, daß du von Morrowindl fortgebracht werden müßtest, um zu überleben, sie besagte aber auch, daß du eines Tages zurückkehren würdest, um die Elfen zu retten. Deine Mutter hat das richtig eingeschätzt. Welche Rettung auch immer du deinem Volk bringen würdest, sie würde auf irgendeine Weise eine Konfrontation mit dem Bösen, das sie geschaffen hatten, mit sich bringen. Ich wußte das damals noch nicht, ich habe es aber seither vermutet. Ich wußte nur, daß deine Mutter entschlossen war, dich dazu erziehen zu lassen, stark genug zu werden, um jeder Gefahr zu trotzen, jedem Gegner, jeder Prüfung, die von dir gefordert würde. Darum hat sie dich meiner Obhut übergeben.

Wren war wie betäubt. »Dir? Direkt dir?«

Garth bewegte sich. Er richtete sich halb auf und gab seinen Händen somit mehr Bewegungsspielraum. Er stöhnte unter der Anstrengung. Wren konnte Blut durch die Verbände über seinen Wunden sickern sehen.

Sie kam mit ihrem Mann zu den Fahrenden. Die Flugreiter hatten sie geschickt. Sie kam zu uns, weil man ihr gesagt hatte, wir seien das stärkste der freien Völker und wir würden unsere Kinder von Geburt an darauf vorbereiten zu überleben, weil das Überleben der schwerste Teil im Leben jedes Fahrenden ist. Wir waren schon immer ein Außenseitervolk und hatten es als solches immer für nötig befunden, stärker zu sein als jeder andere. Also kamen deine Mutter und dein Vater zu uns, zu meiner Familie, einem Stamm mit ein paar hundert Mitgliedern, die auf den Ebenen unterhalb des Myrian lebten. Sie fragten, ob es unter uns jemanden gäbe, dem man die Ausbildung ihrer Tochter anvertrauen könne. Sie wollten, daß sie wie eine Fahrende erzogen würde, daß sie, sobald sie alt genug sei, lernen sollte, wie man in einer Welt überleben kann, in der jeder und alles ein potentieller Feind ist. Ich wurde ihnen empfohlen. Wir sprachen miteinander, deine Eltern und ich, und dann übernahm ich diese Aufgabe.

Er hustete. Es war ein tiefes, qualvolles Geräusch, das aus den Tiefen seiner Brust drang. Sein Kopf senkte sich kurze Zeit, während er nach Atem rang.

»Garth«, flüsterte sie erschrocken. »Erzähle mir später davon, wenn du dich ausgeruht hast.«

Er schüttelte den Kopf. *Nein. Ich will das jetzt zu Ende bringen. Ich habe es schon zu lange mit mir herumgetragen.*

»Aber du kannst kaum atmen, du kannst kaum ...«

Ich bin stärker, als du glaubst. Seine Hand umschloß kurz die ihre und ließ sie dann wieder los. *Hast du Angst, ich könnte sterben?*

Sie schluckte gegen ihre Tränen an. »Ja.«

Erschreckt dich das so? Nach allem, was ich dir beigebracht habe?

»Ja.«

Er blinzelte und sah sie aus seinen dunklen Augen mit einem seltsamen Blick an. *Dann werde ich nicht sterben, bis du dazu bereit bist, daß ich es tue.*

Sie nickte schweigend, ohne zu verstehen, was er damit meinte, hütete sich vor dem Blick und war nur besorgt, daß er leben möge, welchen Handel auch immer das erfordern mochte.

Dann atmete er mit lautem Rasseln wieder aus. *Gut. Dann zu deiner Mutter. Sie war genauso, wie man es dir erzählt hat – stark, freundlich, entschlossen, und sie liebte dich sehr. Aber sie hatte den Entschluß gefaßt, zu ihrem Volk zurückzukehren. Sie hatte diesen Entschluß schon gefaßt, bevor sie Morrowindl verließ, glaube ich. Dein Vater nahm es hin. Ich kenne den Grund für ihre Entscheidung nicht. Ich weiß nur, daß deine Mutter auf vielfältige Weise an ihre eigene Mutter und an ihr Volk gebunden war und daß dein Vater sie verzweifelt liebte. Auf jeden Fall stimmte man darin überein, daß du zu den Ohmsfords in Shady Vale gesandt werden solltest, bis du fünf Jahre alt wärest – das Anfangsalter für die Ausbildung eines Kindes der Fahrenden. Dann solltest du wieder zu mir gebracht werden. Man sollte dir sagen, daß deine Mutter eine Fahrende gewesen sei und dein Vater ein Ohmsford und daß deine Vorfahren Elfen gewesen seien. Mehr sollten wir dir nicht erzählen.*

Wren schüttelte ungläubig den Kopf. »Warum, Garth? Warum sollte das alles vor mir geheimgehalten werden?«

Weil deine Mutter verstanden hatte, daß es sehr gefährlich geworden wäre, die Zukunft entgegen einer Prophezeiung zu beeinflussen. Sie hätte versuchen können, dich in Sicherheit zu bringen und dich daran zu hindern, nach Morrowindl zurückzukehren. Sie hätte bei dir bleiben und dir berichten können, was vorausgesagt worden war. Aber welchen Schaden hätte sie angerichtet, wenn sie so gehandelt hätte? Sie wußte genug über Prophezeiungen, um die Bedrohung zu erkennen. Es war besser, so glaubte sie, daß du zur Frau aufwachsen konntest, ohne die Einzelheiten dessen zu kennen, was Eowen vorausgesagt hatte. Sie glaubte, daß du deine Bestimmung selbst herausfinden solltest, wie auch immer sie aussehen würde. Es wurde mir überlassen, dich darauf vorzubereiten.

»Also hast du alles gewußt? Alles? Du wußtest auch von den Elfensteinen?«

Nein. Nicht von den Elfensteinen. Genau wie du glaubte ich, es seien bemalte Steine. Es wurde mir nur gesagt, ich solle sicherstellen, daß du wüßtest, wo sie hergekommen waren und daß sie dein Erbe von deinen Eltern waren. Ich sollte dafür sorgen, daß du sie niemals verlierst. Ich vermute, deine Mutter war davon überzeugt, daß sich die Macht der Elfensteine genau wie deine Bestimmung beizeiten offenbaren würde.

»Aber du wußtest alles andere und das die ganze Zeit über, während ich aufwuchs? Und auch später, als ich zum Hadeshorn ging, als ich auf die Suche nach den Elfen geschickt wurde?«

Ich wußte es.

»Und hast es mir nicht gesagt?« Eine Spur Verärgerung schwang jetzt zum ersten Mal in ihrer Stimme mit. Die Wirkung dessen, was er ihr erzählte, begann langsam einzusetzen. »Niemals ein Wort, nicht einmal, als ich gefragt habe?«

Ich konnte es nicht.

»Was meinst du damit, du konntest es nicht?« Wren war erregt. »Warum?«

Weil ich es deiner Mutter versprochen hatte. Ich mußte ihr

Verschwiegenheit geloben. Du solltest nichts von deinem wahren Erbe erfahren, nichts von den Elessedils, nichts von Arborlon oder Morrowindl, nichts von der Prophezeiung. Du solltest es selbst entdecken oder auch nicht, wie das Schicksal es bestimmen würde. Ich sollte dir auf keinen Fall helfen. Ich sollte mit dir gehen, wenn es Zeit dazu sein würde und ich es wollte. Ich sollte dich so gut beschützen, wie ich kann. Aber ich sollte dir nichts sagen.

»Niemals?«

Der Atem des großen Mannes rasselte in seiner Brust, und seine Finger zögerten. *Ich habe einen Eid geschworen. Ich habe geschworen, dir nichts zu sagen, bis sich die Prophezeiung erfüllt hätte, wenn sie das denn jemals tun würde – ich durfte nichts sagen, bis du nach Arborlon zurückgekommen warst, bis du die Wahrheit selbst entdeckt hattest, bis du getan hattest, was auch immer das Schicksal von dir zu tun verlangte, um deinem Volk zu helfen. Das habe ich versprochen.*

Wren hockte sich wieder auf ihre Fersen, und Verzweiflung durchströmte sie. *Vertraue niemandem,* hatte die Addershag sie gewarnt. *Niemandem.* Sie hatte geglaubt, die Reichweite dieser Worte zu kennen. Sie hatte geglaubt, sie würde sie verstehen.

Aber dies…

»Oh, Garth«, flüsterte sie verzweifelt. »Ich habe dir vertraut!«

Du hast dadurch nichts verloren, Wren.

»Habe ich das nicht?«

Sie sahen einander schweigend und bewegungslos an. Alles, was Wren widerfahren war, seit Cogline vor so vielen Wochen das erste Mal zu ihr gekommen war, schien sich zu sammeln und sich auf ihre Schultern zu setzen wie ein ungeheures Gewicht. So viele schmerzliche Fluchten, so viele Tode, so vieles, was sie verloren hatte – sie spürte es alles, alles schien ihr auf einmal zusammengekommen zu sein in dieser Wahrheit, die aus dem Verborgenen kam und furchtbar und unerwartet war.

Wenn du das alles gewußt hättest, bevor du hierher kamst, hätte es vielleicht alles geändert. Deine Mutter wußte das. Dein Vater auch. Vielleicht hätte ich es dir erklärt, wenn ich gekonnt hätte, aber mein Versprechen hat mich gebunden. Der Umriß des großen Mannes bewegte sich, und seine scharfkantigen Züge waren jetzt im Licht. *Sage mir, wenn du kannst, daß ich es anders hätte handhaben sollen. Sage mir, Wren, daß ich mein Versprechen hätte brechen sollen.*

Ihr Mund bildete eine zusammengepreßte, verbitterte Linie. »Das hättest du tun sollen.«

Er hielt ihren Blick fest, und seine dunklen Augen waren stumpf und ausdruckslos.

»Nein«, gab sie schließlich mit Tränen in den Augen zu. »Das hättest du nicht.« Sie schaute fort, und ihr Blick war leer und verloren. »Aber das ändert nichts. Alle haben mich belogen. Alle. Sogar du. Die Addershag hatte recht, Garth, und das tut weh. Es waren zu viele Lügen, zu viele Geheimnisse, und ich hatte an nichts davon Anteil.«

Sie weinte leise mit gesenktem Kopf vor sich hin. »Irgend jemand hätte mir vertrauen sollen. Mein ganzes Leben ist verändert worden, und ich hatte nichts dazu zu sagen. Sieh doch, was damit geschehen ist!«

Seine große Hand streichelte über die ihre. *Denk nach, Wren. Du hast immer wählen können. Niemand hat das für dich getan, niemand hat dir den Weg gezeigt. Wenn du die Wahrheit gekannt hättest, wenn du die Erwartungen an dich erkannt hättest, wäre es dann dasselbe gewesen? Hättest du in solch einem Fall sagen können, daß die Wahl deine eigene gewesen ist?*

Sie schaute ihn zögernd an.

Wäre es besser gewesen, wenn du gewußt hättest, daß du Ellenroh Elessedils Enkelin bist, daß die Elfensteine, die du für bemalte Steine hieltest, echt waren, daß man, wenn du erwachsen wärest, eines Tages von dir erwarten würde, nach Morrowindl zu reisen und dort aufgrund einer Prophezeiung, die vor deiner Geburt gemacht wurde, die Elfen zu retten? Was wäre dann mit deiner Entscheidungsfreiheit gewesen? Wie hättest du dich dann entwickelt? Was wäre aus dir geworden?

Sie atmete tief ein. »Ich weiß es nicht. Aber vielleicht hätte ich doch die Möglichkeit haben sollen, das herauszufinden.«

Das Licht wurde jetzt heller, als die Dämmerung von irgendwo jenseits des Leichentuchs aus Nebel und der Bäume hereinbrach. Faun hob den Kopf aus Wrens Schoß, wo er bewegungslos gelegen hatte. Triss war vom Rande der Dunkelheit zurückgekommen. Er stand da und betrachtete sie schweigend. Die Nachtgeräusche waren verklungen, und die hektischen Bewegungen hatten aufgehört. In der Ferne hörte man unverändert die Geräusche vom Ausbruch des Killeshan. Er grollte beständig, und das Lärmen hielt bedrohlich an. Die Erde schüttelte sich leicht, und das Feuer der Lava erhob sich in grauem Rauch und Asche himmelwärts.

Garth bewegte sich, und seine Hände formten Worte. *Wren*, seufzte er. *Ich habe getan, um was ich gebeten worden war und was ich versprochen hatte. Ich habe mein Bestes getan. Ich wünschte, es wäre nie nötig gewesen, dich zu täuschen. Ich wünschte, ich wäre in der Lage gewesen, dir die Chance zu gewähren, die du dir erbeten hast.*

Sie sah ihn lange Zeit an und nickte schließlich. »Ich weiß.«

Sein starkes, dunkles Gesicht war vor Konzentration angespannt. *Sei deiner Mutter und deinem Vater nicht böse. Sie haben getan, was sie für richtig hielten.*

Sie nickte erneut. Sie konnte jetzt nicht sprechen.

Du mußt einen Weg finden, uns allen zu vergeben.

Sie schluckte hart. »Ich wünschte... ich wünschte, es würde nicht so weh tun.«

Wren, sieh mich an.

Das tat sie. Widerwillig und vorsichtig.

Wir sind noch nicht fertig. Es gibt noch etwas.

Sie spürte, wie ein Frösteln sich in ihrer Magengrube festsetzte. Da war ein Schmerz wegen etwas, das man spürt, aber noch nicht vollständig erkennt. Sie sah Stresa seitlich unter den Bäumen auftauchen. Erschöpft und feucht schleppte er sich schwer dahin. Er verlangsamte seinen Schritt, als er sich ihnen näherte, und wußte offenbar, daß da etwas im Gange war, eine Konfrontation vielleicht, eine Enthüllung, ein Geheimnis.

»Stresa«, begrüßte Wren ihn schnell, weil sie vermeiden wollte, noch mehr von Garth hören zu müssen.

Der Stachelkater schwang sein plumpes Katzengesicht von einem Menschen zum anderen. »Wir können jetzt gehen«, sagte er. »Wir sollten das auch wirklich tun. Der Berg bröckelt ab. Früher oder später wird es auch hierher gelangen.«

»Wir müssen uns beeilen«, stimmte Wren ihm zu und erhob sich. Sie nahm den Ruhkstab auf und schaute dann besorgt auf ihren verletzten Freund hinab. »Garth?«

Wir müssen zuerst noch ein wenig allein miteinander reden.

Ihre Kehle verengte sich erneut. »Warum?«

Bitte die anderen, ein kurzes Stück vorauszugehen und auf uns zu warten. Erkläre ihnen, daß es nicht lange dauern wird.

Sie zögerte und sah dann Stresa und Triss an. »Ich brauche einen Moment mit Garth allein. Wartet weiter vorn auf uns. Bitte.«

Sie sahen sie wortlos an und nickten dann widerwillig, zuerst

Triss, dessen hageres Gesicht ausdruckslos blieb, und dann Stresa mit hellsichtigem Mißtrauen.

»Nehmt Faun mit«, setzte sie noch schnell hinzu, nahm den Baumschreier von seinem Ausguck auf ihrer Schulter herab und setzte ihn sanft auf den Boden.

Stresa fauchte das kleine Wesen an, so daß es unter die Bäume floh. Er sah sie mit traurigen, wissenden Augen an. »Rufe uns – grrrrr –, Wren von den Elfen, wenn du uns brauchst.«

Als sie gegangen waren und das Geräusch ihrer Schritte verklungen war, sah Wren Garth erneut an. Den Stab hielt sie dabei fest in beiden Händen. »Was willst du mir noch sagen?«

Der große Mann winkte sie zu sich. *Hab keine Angst. Hier. Setz dich neben mich. Hör mir einen Moment zu, und unterbrich mich nicht.*

Sie tat, wie ihr geheißen, kniete sich nahe genug neben ihn, daß ihr Bein seinen Körper berührte. Sie konnte die Hitze seines Fiebers spüren. Nebel und schwaches Licht ließen ihn zu einem gräulichen Schatten werden, die Welt um sie herum war verschwommen und träge vor Hitze.

Sie legte den Ruhkstab neben sich ab, und Garth begann mit seinen großen Händen mit ihr zu sprechen.

Irgend etwas geschieht mit mir. Innerlich. Es ist das Gift des Wisteron, denke ich. Es kriecht durch mich hindurch wie ein Lebewesen, ein Feuer, das verbrennt und schwächt. Ich kann spüren, wie es umherschleicht und mich verändert. Es ist ein böses Gefühl.

»Ich werde deine Wunden erneut auswaschen und neu verbinden.«

Nein, Wren. Was jetzt geschieht, liegt jenseits davon, jenseits von allem, was du tun könntest. Das Gift ist längst in meinem Kreislauf, überall in mir.

Sie atmete hastig und besorgt. »Wenn du zu schwach bist, werden wir dich tragen.«

Zuerst war ich schwach, aber die Schwäche vergeht. Ich werde jetzt wieder kräftiger. Aber die Kraft ist nicht meine eigene.

Sie sah ihn an, verstand ihn nicht wirklich, war aber gleichzeitig doch erschreckt. Sie schüttelte den Kopf. »Was sagst du da?«

Er sah sie mit grimmiger Entschlossenheit an, seine dunklen Augen glänzten hart, sein Gesicht zeigte Kanten und Flächen, als sei es in Stein gemeißelt. *Der Wisteron war ein Schattenwesen. Wie die Drakuls. Erinnerst du dich an Eowen?*

Sie erschauerte, schrak zurück und versuchte aufzustehen. Er ergriff sie, hielt sie fest und sah sie unverwandt an. *Sieh mich an.*

Sie versuchte es und konnte es doch nicht. Sie sah ihn und sah ihn gleichzeitig nicht. Sie war sich seines Gesichts bewußt, konnte aber nicht die Farben und Schattierungen, die darinnen lagen, erkennen, als wenn dies bedeutet hätte, die gefürchtete Wahrheit offenzulegen. »Laß mich los!«

Dann brach alles in ihr zusammen, und sie begann zu weinen. Sie weinte lautlos, und nur das Heben und Senken ihrer Schultern verriet sie. Sie schloß die Augen vor dem Ansturm der Gefühle in ihr, vor dem Entsetzen der Welt um sie herum, vor dem furchtbaren Preis, der offenbar schon wieder von ihr gefordert wurde. Sie sah Garth vor sich, wie sie ihn immer vor sich sah – das dunkle Vertrauen und die Kraft, die von seinem Gesicht ausstrahlte, das Lächeln, das er ausschließlich ihr schenkte, seine Weisheit, seine Freundschaft und seine Liebe.

»Ich kann dich nicht verlieren«, flüsterte sie und machte sich nicht mehr die Mühe, ihm Zeichen zu machen. Ihre Worte waren nur ein Murmeln. »Ich kann es nicht!«

Seine Hände ließen sie los, und sie öffnete die Augen. *Sieh mich an.*

Sie atmete tief ein und tat es.

Schau mir in die Augen.

Sie tat es. Sie sah hinab in die Seele ihres ältesten und vertrautesten Freundes. Ein böses, rotes Glühen leuchtete ihr entgegen.

Es beginnt bereits, signalisierte er.

Sie schüttelte in wilder Abwehr den Kopf.

Ich kann es nicht zulassen, Wren. Aber ich kann es nicht allein tun. Nicht das und dabei wirklich sicher sein. Du wirst mir helfen müssen, jetzt loszulassen.

»Nein.«

Seine Hand glitt zu seinem Gürtel hinab und zog das lange Messer hervor, und dessen rasiermesserscharfe Klinge glitzerte im Halblicht. Sie erschauerte und wich zurück, aber er ergriff ihr Handgelenk und zwang den Griff des Messers in ihre Hand.

Seine Hände machten beständig schnelle Zeichen. *Es bleibt uns keine Zeit mehr. Was wir gehabt haben, war gut. Ich bedaure keinen Augenblick davon. Ich bin stolz auf dich, Wren. Du bist meine Kraft, meine Weisheit, mein Können, meine Erfahrung, mein Leben, alles, was ich bin, das Beste von mir. Und dennoch bist du eine eigenständige Persönlichkeit, in jeder Beziehung anders. Du bist, was du sein solltest – eine Fahrende, die zur Königin der Elfen wurde. Ich kann dir nichts mehr geben. Das ist ein guter Zeitpunkt, sich zu verabschieden.*

Wren konnte nicht atmen. Sie konnte nicht klar sehen. »Das kannst du nicht von mir verlangen! Das kannst du nicht!«

Ich muß es. Es ist niemand sonst da. Bei niemandem sonst könnte ich mich darauf verlassen, daß er es richtig macht.

»Nein!« Sie ließ das Messer fallen, als hätte sie sich die Haut verbrannt. »Ich wäre lieber selbst tot!« sagte sie schluchzend.

Er griff nach dem Messer und legte es behutsam erneut in ihre Hand. Sie schüttelte wieder und wieder den Kopf und lehnte ab, was er von ihr verlangte. Er berührte sie und zog ihren Blick erneut auf sich. Er zitterte jetzt, vielleicht wegen der Kälte, aber vielleicht auch wegen mehr. Das rote Glühen war jetzt viel deutlicher, viel stärker.

Ich entgleite, Wren. Ich werde aus mir selbst heraus gestohlen. Du mußt dich beeilen. Tu es schnell. Laß mich nicht zu einem... Er konnte den Satz nicht beenden, und selbst seine großen, starken Hände zitterten jetzt. *Du kannst es tun. Wir haben es oft genug geübt. Ich kann mir selbst nicht vertrauen. Ich könnte...*

Wrens Muskeln waren so angespannt, daß sie sich kaum bewegen konnte. Sie schaute über ihre Schulter zurück, dachte daran, Stresa oder Triss zurückzurufen. Sie suchte verzweifelt nach irgend jemandem. Aber es gab niemanden, der ihr helfen konnte. Es blieb nichts, was irgend jemand anders tun konnte.

Sie wandte sich rasch wieder um. »Es gibt doch sicher ein Gegenmittel?« Ihre Worte verrieten ihre Panik. »Ich werde Stresa fragen! Er wird es wissen! Ich werde ihn zurückholen!«

Garths große Hände unterbrachen sie. *Stresa kennt die Wahrheit bereits. Du hast es selbst in seinen Augen gesehen. Es gibt nichts, was er tun kann. Es gab niemals etwas. Laß es sein. Hilf mir. Nimm das Messer und gebrauche es.*

»Nein!«

Du mußt.

»Nein!«

Seine Hand fuhr plötzlich hoch, als wolle er sie schlagen, und sie reagierte instinktiv, indem sie abblockte, die Hand mit dem Messer hob und erstarrte. Die Schneide war noch Zentimeter von seiner Brust entfernt. Ihre Blicke verbanden sich. Einen Moment lang wurde alles in Wren fortgeschwemmt, außer der furchtbaren Erkenntnis, was sie zu tun hatte. Die Wahrheit lähmte sie. Sie atmete ein und hielt die Luft an.

Schnell, Wren... Sie bewegte sich nicht. Er nahm ihre Hand und senkte sie langsam, bis die Messerklinge an seiner Tunika, an seiner Brust ruhte. *Tu es.*

Ihr Kopf bewegte sich langsam von einer Seite zur anderen, beständig von einer Seite zur anderen, eine kaum wahrnehmbare Bewegung.

Wren, hilf mir.

Sie schaute auf ihn hinab, sah tief in seine Augen und sah das rote Glühen, das ihn überwältigte, vor dem in ihm anwachsendes Entsetzen aufstieg. Sie erinnerte sich daran, wie sie als Kind neben ihm gestanden hatte, als sie das erste Mal zu den Fahrenden gekommen war und kaum bis an sein Knie gereicht hatte. Sie erinnerte sich an die Zeit, als sie zehn Jahre alt war, gertenschlank und zäh wie Leder, und wie sie gerannt war, um ihn im Wald zu fangen. Sie erinnerte sich an immer neue, endlose Spiele, die alle ihrer Ausbildung dienten.

Sie spürte seinen Atem auf ihrem Gesicht. Sie spürte seine Nähe und dachte daran, wieviel Trost diese ihr in ihrer Kindheit gebracht hatte.

»Garth«, flüsterte sie verzweifelt und spürte, wie sich seine großen Hände hoben und sich über ihre legten.

Dann stieß sie das lange Messer hinein.

14

Wren flüchtete. Sie rannte von der Lichtung unter die Bäume, taub vor Kummer, halb blind vor Tränen, den Ruhkstab mit beiden Händen fest vor sich haltend wie einen Schild. Sie lief durch die Schatten und das Halblicht des frühen Morgens auf der Insel, beachtete weder das entfernte Rumpeln des Killeshan noch das Erzittern, mit dem Morrowindl antwortete. Sie war verloren für alles. Es gab nichts als die Notwendigkeit, der Zeit und dem Ort von Garths Tod zu entkommen, obwohl sie wußte, daß sie der Erinnerung daran niemals entkommen könnte. Sie zog mit unbesonnener Blindheit an Gestrüpp und Zweigen vorbei, rannte durch hohe Gräser und Dornensträucher und an Erdwällen vorbei, die mit Lavagestein überzogen waren, sie stolperte über totes Holz und verstreute Trümmer. Sie spürte nichts davon. Es war nicht ihr Körper, der flüchtete, es war ihr Geist.

Garth!

Sie rief ihn immer wieder und jagte ihren Erinnerungen an ihn hinterher, als könnte sie ihn wieder zum Leben erwecken, wenn sie nur eine davon eingefangen hätte. Sie sah ihn geisterhaft und trügerisch davoneilen. Bruchstücke von ihm erschienen und verblaßten wieder in der Luft vor ihr, verschwommene und ferne Bilder von vergangenen Zeiten. Sie sah sich selbst hinter ihm herjagen, wie sie es so oft getan hatten, wenn sie Jäger und Beute gespielt hatten, wenn sie die Lektionen des Überlebens erarbeitet hatten. Sie sah sich selbst an jenem letzten Tag im Tirfing, bevor Cogline erschienen war und sich alles für immer verändert hatte. Damals war sie die Ufer des Myrian entlanggegangen und hatte nach Zeichen gesucht. Sie sah, wie er sich aus den Bäumen herabgeschwungen hatte, groß, lautlos und schnell. Sie spürte wieder, wie er sie ergriff, spürte sich davongleiten, spürte ihr langes Messer sich erheben und herabsinken. Sie hörte sich lachen. *Du bist tot, Garth*.

Und jetzt war er es wirklich.

Irgendwie – sie wußte später nie, wie das geschah – stolperte sie über die anderen Überlebenden des kleinen Trupps, Triss, den letzten der Elfen, den letzten außer ihr, und Stresa und Faun. Sie taumelte in sie hinein, wandte sich ärgerlich ab, als seien sie ein Hindernis, und lief weiter. Sie folgten ihr natürlich, rannten, um sie einzuholen, riefen sie drängend und fragten, was nicht stimmte, was passiert sei, wo Garth bleibe.

Fort, sagte sie und schüttelte den Kopf. Er käme nicht mit.

Aber es sei in Ordnung. Es sei so das beste.

Er sei jetzt in Sicherheit.

Noch im Lauf hörte sie Triss erneut fragen: *Was stimmt nicht?* Und Stresa antwortete: *Hsssttt, kannst du es nicht sehen?* Worte wurden verstohlen geflüstert, Beobachtungen untereinander ausgetauscht, aber sie erfaßte ihre Bedeutung nicht und machte sich gar nicht erst die Mühe. Faun sprang vom Weg auf ihren Arm und hängte sich besitzergreifend an sie, aber sie schüttelte den Baumschreier schroff ab. Sie wollte nicht angefaßt werden. Sie konnte es kaum ertragen, in ihrer eigenen Haut zu stecken.

Sie rannte unter den Bäumen weiter.

»Hoheit!« hörte sie Triss hinter sich rufen.

Später stolperte sie einen Lavahang hinauf, krallte und grub sich in den scharfen Fels und spürte, wie er in ihre Hände und Knie einschnitt. Ihr Atem drang schwer keuchend aus ihrer Kehle, und sie hustete und erstickte fast an Worten, die nicht kommen wollten. Der Ruhkstab fiel ihr aus den Händen, und sie ließ ihn zurück. Sie schloß alles aus und ließ hinter sich, wer und was sie war. Sie empfand nur noch Widerwillen bei dem Gedanken daran, wollte nur noch fliehen, entkommen und laufen, bis sie nirgends mehr hingehen könnte.

Als sie schließlich zusammenbrach und erschöpft flach auf dem Hang liegen blieb, war es Triss, der als erster bei ihr war, der sie in die Arme nahm, als sei sie ein Kind, der sie mit Worten und kleinen Berührungen beruhigte und ihr den Trost gab, den sie brauchte. Er half ihr auf die Füße, wandte sie um und brachte sie den Hang wieder hinunter zum Wald. Den Ruhkstab hielt er in einem Arm und mit dem anderen stützte er sie, und so führte er sie durch die Morgenstunden wie ein Schäfer ein verirrtes Lamm. Er forderte nichts von ihr, außer, daß sie einen Fuß vor den anderen setzte und mit ihm weiterging. Stresa übernahm die Führung, an seine wuchtige Gestalt konnte sie sich halten. Sie wußte, daß sie sich auf ihn konzentrieren sollte, auf dies sich ständig verändernde Objekt, auf das sie sich jetzt zubewegte. Erst einen Fuß, dann den anderen, immer wieder. Faun machte einen weiteren Versuch, ihr Bein hinauf und auf ihren Arm zu klettern, und dieses Mal hieß sie ihn willkommen, drückte den Baumschreier an sich und genoß die Wärme und Weichheit der kleinen Kreatur.

So wanderten sie den ganzen Tag, Gefährten auf einer Reise, die Worte überflüssig machte. Bei den wenigen Malen, wo sie anhielten, um sich auszuruhen, nahm Wren das Wasser, das Triss ihr zu trinken gab, und die Früchte, die er ihr in die Hand legte, an, ohne zu fragen, woher sie kamen oder ob es sicher sei, sie zu essen. Das Tageslicht verdunkelte sich, als sich Wolken von Horizont zu Horizont zusammenballten, als der Vog sich darunter verdichtete. Der Killeshan wütete hinter ihnen. Feuer und Asche und Rauch wurden in langen Geysiren himmelwärts gespien, ohne daß sie noch auf Hindernisse gestoßen wären. Der Geruch von Schwefel lag schwer in der Luft, und die Insel schüttelte und wiegte sich. Als die Dunkelheit schließlich herabsank, war der Rand der Berge in einen blutroten Kranz gehüllt, der bei jedem Ausbruch erneut aufflammte und Feuerranken bis auf die fernen Hänge hinabsandte, von wo die Lava zum Meer floß. Geröll knirschte und wurde zerrieben, während es von dem geschmolzenen Felsgestein fortgetragen wurde, und Bäume loderten mit jäh prasselnder Verzweiflung auf. Der Wind erstarb vollständig, Dunst setzte sich über allem fest, und die Insel wurde zu einem Käfig, den Feuer umschloß und dessen Bewohner in erschreckter, ängstlicher Verwirrung gegeneinander prallten.

Stresa brachte sie in dieser Nacht inmitten eines Hains aus zähen, fast unbelaubten Eisenbäumen in einer Felsspalte unter, die von drei Seiten geschützt war. Sie kauerten sich in der Dunkelheit mit den Rücken an die Wand und beobachteten, wie der Feuersturm immer heftiger wurde. Sie waren noch immer einen Tag vom Strand entfernt, einen Tag von einem möglichen Treffen mit Tiger Ty entfernt, und der Untergang der Insel stand unmittelbar bevor. Wren fand soweit zu sich selbst zurück, daß sie die Gefahr erkannte, in der sie sich befanden. Während sie an einem Becher Wasser nippte, den Triss ihr gegeben hatte, und auf den Klang seiner Stimme lauschte, während er leise weitersprach, um ihr Sicherheit zu vermitteln, erinnerte sie sich an das, was sie zu tun hatte, und daran, daß nur Tiger Ty allein ihr dabei helfen konnte.

»Triss«, sagte sie schließlich überraschend und sah ihn zum ersten Mal wieder an und nannte seinen Namen. Daß sie ihn erkannte, ließ ihn erleichtert lächeln.

Kurz danach erschienen die Dämonen, die Schattenwesen von Morrowindl. Es waren die ersten, die dem Feuerfluß des Killeshan entkommen waren, die von den Hügeln hinab zum Strand geflüchtet, verloren und verwirrt waren und alles töten wollten, was ihnen in den Weg kam. Sie stolperten aus der feurigen Dämmerung, ein Trupp abgerissener mißgebildeter Horrorgestalten, und griffen ohne jedes Zögern an, ihrem Instinkt und ihrem eigenen, seltsamen Wahnsinn folgend. Stresa hörte sie kommen, denn seine scharfen Ohren nahmen das Geräusch ihrer Gegenwart wahr, und er warnte die anderen Sekunden vor dem

Angriff. Triss begegnete dem Ansturm mit gezogenem Schwert, widerstand ihm und schlug sie beinahe zurück. Er war den Wesen fast ebenbürtig, auch mit nur einem intakten Arm. Aber die Dämonen waren jenseits von Angst und Vernunft, aus ihrem Hochland vertrieben von etwas, das sie nicht verstanden. Diese Menschen waren für sie keine große Bedrohung. Sie sammelten sich daher und griffen erneut an. Sie waren entschlossen, sich an allem zu rächen, was erreichbar war.

Aber jetzt trat ihnen Wren gegenüber, die von ihrem eigenen Wahnsinn getrieben wurde und ihnen jetzt kalt und berechnend die Magie der Elfensteine entgegensandte, um sie zu zerschneiden wie mit Rasierklingen. Zu spät erkannten sie die Gefahr. Die Magie fing sie ein, und sie verschwanden im Aufflammen von Feuer und plötzlichen Schreien. In Sekundenschnelle blieb nichts weiter von ihnen übrig als Rauch und Asche.

Die ganze Nacht über folgten ihnen andere nach, kleine Gruppen, die im rasenden Ansturm aus der Dunkelheit hervorschossen und einem schnellen und sicheren Tod entgegengingen. Wren vernichtete sie ohne Gefühle und ohne Bedauern und setzte dann den Wald um sie herum in Brand, bis er genauso entflammte wie die Abhänge unter den Lavaflüssen. Als der Morgen herannahte, war die Erde um ihr Versteck fünfzig Fuß im Umkreis schwarz und verraucht, ein Leichenhaus mit jenseits allen Erkennens geschwärzten Körpern, ein Friedhof, auf dem nur sie überlebt hatten. Es gab keinen Schlaf, keine Ruhepause und nur wenig Aufschub zwischen den Angriffen. Die Morgendämmerung fand sie, wie sie hohläugig vor sich hin starrten, hagere, mitgenommene Gestalten vor dem aufsteigenden Licht. Triss war an einem halben Dutzend Stellen verwundet, seine Kleidung hing in Fetzen an ihm hinunter, und alle seine Waffen außer seinem Kurzschwert waren verloren oder zerbrochen worden. Wrens Gesicht war grau vor Asche, und ihre Hände zitterten nach diesen Anwendungen der Macht der Elfensteine. Stresas Stacheln fächerten sich in alle Richtungen auf, und es schien, als würde er sie niemals wieder anlegen können. Faun kauerte zusammengedrückt neben Wren.

Mit einem silbrigen Sonnenaufgang kroch aus dem Osten Licht durch den Dunst aus Feuer und Rauch. Erst jetzt erzählte Wren ihnen, was geschehen war, denn sie hatte schließlich das Bedürfnis, es zu erzählen, um sich von der einsamen Last, die sie trug, zu befreien, von dem bitteren Wissen, das allein das ihre war. Sie erzählte ruhig und leise, in der Stille, die auf den letzten Angriff gefolgt war. Sie weinte erneut und dachte, sie könnte vielleicht niemals wieder aufhören. Aber dieses Mal bewirkten die Tränen Reinigung, als würden sie schließlich einen Teil des Schmerzes fortspülen. Sie hörten ihr schweigend zu, der Hauptmann der Leibgarde, der Stachelkater und der Baumschreier, dicht um sie versammelt, so daß ihnen nichts entging, nicht einmal Faun, der ihre Worte vielleicht verstanden hatte oder auch nicht und sich an ihre Schulter schmiegte. Die Worte flossen leicht aus ihr heraus, der Damm aus Verzweiflung und Beschämung gab nach, und eine Art Frieden senkte sich über sie.

»Grrrrr, Wren, es war notwendig«, belehrte Stresa sie ernst, als sie geendet hatte.

»Du wußtest es, nicht wahr?« fragte sie als Antwort.

»Hsssttt. Ja. Ich erkannte, was das Gift anrichten würde. Aber ich konnte es dir nicht sagen, Wren von den Elfen, weil du mir nicht geglaubt hättest. Es mußte von ihm kommen.«

Und damit hatte der Stachelkater recht, obwohl es jetzt nicht mehr wirklich wichtig war. Sie sprachen noch ein wenig länger miteinander, während das Licht langsam durch die Dämmerung sickerte und die Welt um sie herum erhellte. Es war eine Welt aus schwarzen Trümmern, aus denen sich der Rauch noch immer in dünnen Spiralen himmelwärts ringelte und in der die Erde noch immer unter dem Zorn von Killeshan erzitterte.

»Er hat sein Leben für Euch gegeben, Hoheit«, begann Triss ernst. »Er stand über Euch, als der Wisteron Euch überwältigen wollte, und kämpfte um Eure Sicherheit. Niemand von uns hätte so gut reagieren können. Wir haben es versucht, aber nur Garth hatte die Kraft. Behaltet das von ihm in Eurer Erinnerung.«

Aber sie konnte noch immer spüren, wie sie auf den Griff des langen Messers gedrückt hatte, als es in sein Herz glitt, konnte noch immer spüren, wie seine Hände sich über ihre legten, fast als habe er ihr alle Verantwortung abnehmen wollen. Sie würde sie immer dort spüren, dachte sie. Sie würde immer sehen, was in seinen Augen gewesen war.

Sie brachen kurz danach wieder auf, überquerten das verkohlte Schlachtfeld der Nacht, das bald von der frischen, grünen Landschaft des Tages vor ihnen abgelöst wurde, zogen auf das letzte Stück Land zu, das sie vom Strand trennte. Die Erschütterungen unter ihren Füßen setzten sich noch immer stetig fort, und die Feuer der Lavaflüsse brannten sich näher heran und strömten von der Bergflanke über ihnen. Verschiedenartige Wesen flohen um sie herum in alle Richtungen, und sogar die Dämonen hielten auf ihrer Flucht nicht mehr inne, um anzugreifen. Alle rannten, um der brennenden Hitze zu entkommen, vom Zorn des Killeshan zu den Ufern der Blauen Spalte getrieben. Morrowindl verwandelte sich langsam in einen Feuerkessel und fraß sich selbst vom Zentrum nach außen hin auf. Risse brachen überall auf, breite Spalten, die sich in die Schwärze öffneten und zischten und Dampf und Hitze ausspien. Die Welt, die einst nach dem Gebrauch der Elfenmagie aufgeblüht war, verging zu Staub, und in wenigen Tagen würden nur noch die Felsen und die

Asche der Toten übrig sein. Eine neue Welt entfaltete sich um die Freunde, während sie flohen, und wenn sie erst fertig gestaltet war, würde nichts mehr von der alten darin erkennbar sein.

Sie stiegen hinab zu den Wiesen mit hohen Gräsern, zu den letzten Feldern mit altem Bewuchs, die an die Küste grenzten. Die Gräser hatten bereits begonnen, sich zu kräuseln und im Rauch abzusterben. Sie waren voller Dampf und Gase, die das Leben aus ihnen heraussengten Ausgetrocknetes, lebloses Gestrüpp brach unter ihren Stiefeln. Feuer brannten in heißen Flecken überall um sie herum, und zu ihrer Rechten, jenseits einer tiefen Schlucht, bahnte sich ein dünnes Band rotglühenden Feuers unaufhörlich seinen Weg über einen Teppich von Wildblumen auf einen Hain mit Akazien zu, die in hilfloser, erstarrter Vorahnung warteten. Wolken von schwarzem Ruß wälzten sich von den Höhen des In Ju herab, wo der Dschungel langsam bis zum Wasser zu brennen begann, während der Sumpf darunter beinahe kochte. Fels und Asche regneten in Schauern von irgendwo jenseits ihres Sichtfeldes herab wie Hagel aus den Wolken. Die Ausbrüche des Vulkans schleuderten sie stetig heraus. Der Wind drehte sich, und die Sicht nahm ab. Es war Mittag, und der Himmel war so rauh und grau und dunstig wie im herbstlichen Zwielicht.

Wrens Kopf fühlte sich leicht und leer an, als sei er ein Teil der Luft, die sie atmete. Ihre Knochen hingen lose in ihrem Körper, und das Feuer der Magie der Elfensteine flackerte und funkelte noch immer wie abkühlende Kohlestücke. Sie suchte das Land um sich herum ab und konnte sich offenbar auf nichts konzentrieren. Alles trieb dahin wie Wolken.

»Stresa, wie weit noch?« fragte sie.

»Ein Stück noch«, grollte der Stachelkater, ohne sich umzudrehen. »Phffft. Lauf weiter, Wren von den Elfen.«

Das tat sie, und sie merkte, daß ihre Kräfte nachließen, und sie fragte sich abwesend, ob dies nach dem häufigen Gebrauch der Magie so war oder nur durch Erschöpfung. Sie spürte, daß Triss sich ihr näherte und einen Arm um ihre Schultern legte.

»Lehnt Euch an mich«, flüsterte er und nahm ihr Gewicht auf sich.

Die Wiesen zogen wie die Sonne auf ihrer Wanderung nach Westen vorbei, und sie erreichten den alten Pflanzengürtel. Er war bereits zum Süden hin entzündet, die oberen Zweige brannten, und Rauch türmte sich auf. Sie eilten schnell hindurch, glitten und rutschten dabei über Moos und Blätter, über totes Holz und loses Gestein. Die Bäume standen still und verlassen da oder ragten in tiefhängende Wolken und Dunst wie Säulen hinein. Knurren und Fauchen stieg aus dem Dunst, entfernt, aber dennoch ringsum spürbar.

Der Zug ging weiter. Einmal bewegte sich etwas Riesiges in den abgelegenen Schatten neben ihnen, und Stresa wälzte sich ihm mit aufgestellten Stacheln entgegen. Aber nichts zeigte sich, und sie gingen kurz darauf weiter. Das Geräusch von Wasser, das auf Felsen aufprallte, erklang vor ihnen, das Steigen und Fallen des Meeres. Wren bemerkte, daß sie lächelte. Den Ruhkstab hielt sie fest an ihre Brust gepreßt. Es gab noch immer eine Chance für sie, dachte sie erschöpft. Es bestand noch immer Hoffnung, daß sie entkommen konnten.

Als dann schließlich das Tageslicht hinter ihnen verblaßte und der Sonnenuntergang vor ihnen in Silber- und Rottönen erstrahlte, traten sie aus den Bäumen heraus und fanden sich auf einem hohen Felsen wieder, von dem aus sie über die weiten Wasser der Blauen Spalte sehen konnten. Rauch und Asche bewölkten die Luft vor ihnen, aber hinter ihrem Schirm flammte der Horizont von Farben.

Die Freunde taumelten vorwärts und blieben dann stehen. Der Fels fiel zu einer zerklüfteten Küstenlinie hin steil ab. Es gab keine Strände und keine Spur von Tiger Ty.

Wren lehnte sich schwer auf den Stab und suchte den Himmel ab. Er erstreckte sich weit und leer vor ihnen.

»Tiger Ty!« flüsterte sie verzweifelt.

Triss ließ sie los, trat vor und suchte den Fels ab. »Dort unten«, signalisierte er kurz darauf und deutete nach Norden. »Dort ist ein Strand, auf den wir gelangen können.«

Aber Stresa schüttelte bereits seinen grauen Kopf. »Sssttt! Wir müßten durch die Wälder zurückgehen, zurück durch den Rauch und die Wesen, die er verbirgt. Keine kluge Idee bei der bevorstehenden Dunkelheit. Phfffft!«

Wren sah hilflos zu, wie die Sonne am Rande des Meeres herabsank und zu verschwinden begann. Innerhalb von Minuten würde es dunkel sein. Sie dachte daran, daß sie so weit gekommen waren, und flüsterte: »Nein.« Aber so leise, daß nur sie es hören konnte.

Sie legte den Stab ab und ließ die Elfensteine in ihre Hand gleiten. Sie hielt sie vor sich und ließ die weiße Magie von einem Ende zum anderen über den Himmel schießen. Es war ein Aufflackern der Helligkeit vor dem grauen Zwielicht. Das Licht schimmerte wie Feuer und verschwand. Sie standen da und schauten ihm nach und beobachteten, wie die Dunkelheit sich näherte. Sie beobachteten, wie die Sonne den Himmel mit Farben bemalte, während sie außer Sicht sank.

Hinter ihnen begannen sich die Jäger zu sammeln, die Dämonen, die von den Höhen herabgekommen waren, und die schwarzen Wesen, die sie verfolgt hatten oder von der Magie angezogen wurden. Ihre Schatten drängten sich an den Rand des Zwielichts, sie knurrten und fauchten und kamen ständig näher.

Wren und ihre Begleiter waren auf dem Fels gefangen und drängten sich auf einer Klippe zusammen, die zum Meer hin steil abfiel. Wren spürte das Rasseln ihrer Knochen, ihres Atems, und ihre nachlassende Kraft. Sie hatte zuviel erwartet, als sie angenommen hatte, Tiger Ty würde nach all dieser Zeit für sie da sein. Sie hatte zuviel erhofft. Und doch weigerte sie sich, die einzige Hoffnung aufzugeben, die ihnen geblieben war. Sie würde einmal mehr die Magie benutzen, wenn es notwendig war. Einmal mehr, maßvoll. Denn es war in jedem Fall nicht mehr genug übrig, um sie eine weitere Nacht am Leben zu erhalten. Es war nicht mehr genug Kraft in ihr, um sie zu benutzen, aber es war in niemandem von ihnen genug Kraft, als daß es wichtig wäre.

Triss trat den Schatten in den Bäumen entgegen. Er stand da, hager und hart, mit seinem gebrochenen Arm, der steif herabhing, den Schwertarm gebeugt und bereit. »Haltet euch hinter mir«, befahl er.

Die Sekunden vergingen schnell. Die Farben am westlichen Himmel verblaßten zu Grau. Zwielicht vertiefte sich zu einem blassen Ascheschatten.

»Dort!« warnte Stresa.

Etwas schwang sich aus der Dunkelheit heran, eine kompakte Gestalt stieß auf Triss herunter und warf ihn zu Boden. Eine weitere rauschte hinter ihr heran, und Stresa überschüttete sie mit Stacheln. Wren schwang die Elfensteine hoch, sandte die Magie vor und verbrannte die nächststehenden Wesen. Sie schrien und zogen sich hastig zurück. Triss lag bewußtlos auf der Erde.

Wren fiel erschöpft auf die Knie.

»Sssttt. Steh auf!« grollte Stresa verzweifelt.

Eine Handvoll mißgestalteter Figuren löste sich erneut aus der Dunkelheit und drängte auf sie zu.

»Steh auf!«

Auf einmal zerriß ein Schrei die nahe Stille, ein Laut wie der Aufschrei menschlichen Lebens, und ein riesiger Schatten strich über den Felsen. Klauen streiften die Umrisse der Bäume und zerstreuten die Angreifer in die Dunkelheit. Wren schaute ungläubig hinauf. Sprachlos. *Hatte sie gesehen…?* Der Schatten kam zurück, schwarze Schwingen zuckten messergleich über den Himmel, und ein weiterer Schrei brach hervor.

»Spirit!« schrie Wren, als sie ihn erkannte.

Der Rock kam wieder zurück und sank auf den Rand des Felsens, wo er sich mit wildem Flügelschlag niederließ. Eine kleine, drahtige Gestalt sprang herab, wild brüllend und schreiend.

»Ho, hier entlang, schnell jetzt! Ihr Schreck wird nicht lange anhalten!«

Tiger Ty!

Und als Wren Triss auf die Füße zog und vorwärts taumelte, auf den kleinen Mann zu, fand sie Tiger Ty so vor, wie sie ihn all die Wochen in Erinnerung gehabt hatte, runzlig und unter seiner braunen Haut lächelnd, eine Vogelscheuche aus Knochen und Leder, mit offenen rauhen Händen und mit flinken, hellen Augen. Er sah sie an und ihre Begleiter und den Ruhkstab, den sie trug, und er lachte.

»Wren Elessedil«, begrüßte er sie. »Ihr seid so gut wie Euer Wort, Mädchen! Aus dem Tod zurückgekommen, um mich zu treffen, zurückgekommen, um mir ins Gesicht zu spucken, um mir zu beweisen, daß Ihr es trotz allem schaffen konntet! Schatten, Ihr müßt hart wie Eisen sein!«

Sie war zu glücklich, ihn zu sehen, als daß sie widersprochen hätte.

Er drängte sie, schnell auf Spirit hinaufzusteigen – aber erst nachdem er Stresa einen scharfen Blick zugeworfen und dem Stachelkater eine gezielte Warnung hatte zukommen lassen, daß er seine Stacheln am besten bei sich behalten sollte. Während er etwas über Wrens Wahl ihrer Reisegefährten murmelte, schlang er der Stachelkatze einen Lederüberwurf um und hob ihn hoch. Obwohl Stresa ruhig und nachgiebig blieb, schossen seine Blicke doch ärgerlich umher. Wren band Faun auf ihren Rücken, bestieg Spirit, zog den halb bewußtlosen Triss hinauf und setzte ihn vor sich, wo sie ihn an seinem Platz festhalten konnte. Da sie die Hände voll hatte, stieß sie den Ruhkstab neben ihre Beine in Spirits Harnisch. Sie arbeiteten geschwind, Tiger Ty und sie, angetrieben durch das Knurren und Fauchen, das sich aus der Dunkelheit der Bäume erhob, getrieben von der Angst vor den Wesen, die sich dort verborgen hielten. Zweimal schossen schwarze Gestalten aus den Schatten, als wollten sie angreifen, aber jedes Mal schickte der ärgerliche Schrei von Spirit sie wieder davon.

Es schien, als würden sie ewig brauchen, aber schließlich waren sie bereit. Mit einem schnellen letzten Blick auf die Riemen des Harnischs sprang Tiger Ty auf den Rock.

»Hoch jetzt, alter Vogel«, schrie er drängend.

Mit einem letzten Schrei breitete Spirit seine großen Schwingen aus und erhob sich in die Luft. Eine Handvoll Dämonen brach aus der Deckung hervor. Sie rasten in dem letzten verzweifelten Versuch heran, sie zu fangen, und warfen sich auf den Fels. Einige erwischten noch Federn des Rock und zogen den großen Vogel hinab. Aber Spirit schüttelte sich, wand sich und schlug wild mit seinen Klauen um sich, und die Angreifer fielen in die Dunkelheit zurück. Als der Rock über die Blaue Spalte dahinglitt und aufzusteigen begann, schaute Wren ein letztes Mal zurück. Morrowindl war ein glühender Schmelztiegel vor der Nacht, ganz Nebel und Dampf und Asche, und Killeshans Krater spie

Ströme geschmolzenen Felsgesteins aus. Flüsse aus Feuer, die zum Meer strömten.

Sie schloß die Augen und schaute nicht mehr zurück.

Sie war sich niemals sicher, wie lange sie in dieser Nacht geflogen waren. Es konnten Stunden oder auch nur Minuten gewesen sein. Sie klammerte sich an Triss und die Haltegurte, während sie darum kämpfte, wach zu bleiben. Ihre Erschöpfung reichte bis zum Punkt der Gefühllosigkeit. Faun hatte seine Arme warm und pelzig um ihren Hals gelegt, und sie konnte den ängstlichen Atem des Baumschreiers an ihrem Hals spüren. Irgendwo hinter ihr ritt schweigend Stresa. Sie hörte Tiger Ty ein- oder zweimal etwas zu ihr zurückrufen, aber seine Worte gingen im Wind verloren, und sie machte sich nicht die Mühe, eine Antwort zu versuchen. Eine Vision von Morrowindl in diesen letzten Minuten schwamm geisterhaft an ihren Augen vorbei, ein harter unnachgiebiger Alptraum, der niemals dem Schlaf weichen würde.

Als sie landeten, wieviel Zeit auch immer bis dahin vergangen sein mochte, war es noch immer Nacht, aber der Himmel um sie herum war klar und strahlend. Spirit ließ sich auf einem schmalen Atoll nieder, das grün bewachsen war. Der süße Geruch von Blumen wehte in der Luft. Wren atmete die Düfte dankbar ein, als sie von Rocks breitem Rücken glitt und automatisch die Hände nach Triss und dann nach Stresa ausstreckte. Stell dir das vor, dachte sie benommen – ein Mond und Sterne, eine Nacht, die von ihrem Licht erhellt wird, kein Nebel oder Dunst, kein Feuer.

»Hier entlang, hier hinüber, Mädchen«, riet Tiger Ty ihr freundlich und nahm sie am Arm.

Er führte sie zu einem Flecken weichen Grases, wo sie sich hinlegte und sofort einschlief.

Die Sonne glühte rot vor dem Horizont, als sie wieder

erwachte. Sie war eine scharlachrote Kugel, die aus den karmesinroten Wassern des Meeres in einen Himmel aufstieg, der schwarz war von Gewitterwolken. Der Sturm und sein Feuer schienen auf einen einzigen Flecken der Erde und des Himmels konzentriert zu sein. Sie erhob sich auf den Ellenbogen und spähte zu dem seltsamen Phänomen hoch, wobei sie sich fragte, wie das sein konnte.

Doch dann flüsterte Tiger Ty, der an ihrer Seite Wache hielt: »Schlaft weiter, Fräulein Wren. Es ist noch immer Nacht. Das dort draußen ist Morrowindl. Es steht ganz in Flammen und brennt von innen nach außen aus. Der Killeshan hat alles zerstört. Es wird bald nichts mehr übrig sein, vermute ich.«

Sie schlief weiter, und als sie erneut erwachte, war es Mittag, die Sonne stand hoch in einer wolkenlosen, blauen Weite über ihr, die Luft war warm und wohlriechend, und die Gesänge der Vögel waren ein strahlendes Trillern vor dem Rauschen des Meeres an den Felsen. Faun schnatterte irgendwo in der Nähe. Sie erhob sich, um nach ihm zu sehen, und fand den Baumschreier auf einem Felsen, wo er an einer Weinranke zog, so daß er ihre Blätter anknabbern konnte. Triss schlief noch, und Stresa war nirgends zu sehen. Spirit saß draußen am Rand der Klippe, und seine wilden Augen starrten hinaus auf das leere Wasser.

Tiger Ty erschien hinter dem Vogel und schlenderte herüber. Er gab ihr einen Beutel mit Obst und Brot und winkte sie von dem schlafenden Triss fort. Sie erhob sich, und sie gingen und setzten sich in den Schatten einer Palme.

»Seid Ihr jetzt ausgeruht?« fragte er, und sie nickte. »Eßt ein wenig davon. Ihr müßt fast verhungert sein. Ihr seht aus, als hättet Ihr seit Tagen nichts gegessen.«

Sie aß dankbar und nahm auch den Alekrug entgegen, den er ihr anbot, und trank, bis sie dachte, sie würde platzen. Faun wandte sich um und beobachtete sie mit hellen, neugierigen Augen.

»Ihr scheint ein paar neue Freunde aufgesammelt zu haben«, erklärte Tiger Ty, als sie fertig war. »Ich kenne den Elf und den Stachelkater dem Namen nach, aber wie heißt dieser?«

»Sein Name ist Faun. Er ist ein Baumschreier.« Wrens Blick begegnete dem seinen. »Danke, daß Ihr uns nicht im Stich gelassen habt, Tiger Ty. Ich habe mit Euch gerechnet.«

»Ha!« schnaubte er. »Als wenn ich die Chance verpassen würde, herauszufinden, wie alles ausgegangen ist. Aber ich gebe zu, ich hatte meine Zweifel, Mädchen. Ich dachte, Eure Torheit hätte Euch vielleicht das Leben gekostet. Sieht so aus, als wäre es fast so gewesen.«

Sie nickte. »Fast.«

»Nachdem der Vulkan ausgebrochen war, kam ich jeden Tag zurück, um nach Euch zu schauen. Ich sah ihn schon aus zwanzig Meilen Entfernung explodieren. Ich sagte mir, es müsse etwas damit zu tun haben, daß Ihr mir damit ein Zeichen geben wolltet! Und das habt Ihr auch getan, nicht wahr?« Er grinste, und sein Gesicht legte sich dabei in Falten wie altes Leder. »Wie dem auch sei, wir kreisten einmal am Tag über der Insel, Spirit und ich, und suchten nach Euch. Ich hatte gerade die Runde der letzten Nacht beendet, als ich Euer Licht sah. Sonst wäre ich vielleicht schon zurückgeflogen. Wie habt Ihr das überhaupt geschafft?« Er schürzte die Lippen und zuckte dann die Achseln. »Nein, wartet, sagt es mir nicht. Das war die Magie der Landelfen, wenn ich mich nicht irre. Es ist besser, wenn ich es nicht weiß.«

Er hielt inne. »Auf jeden Fall bin ich sehr froh, daß Ihr in Sicherheit seid.«

Sie lächelte zustimmend, und sie saßen einen Moment schweigend da, den Blick auf den Boden geheftet. Vögel, die sich vom

Fischfang ernährten, schossen vorbei und tauchten in das offene Wasser wie weiße Pfeile, die Flügel zurückgelegt und die langen Hälse ausgestreckt. Faun kam von seinem Ausguck herunter, um an Wrens Arm heraufzuklettern und sich an ihrer Schulter zu verbergen.

»Ich vermute, Euer großer Freund hat es nicht geschafft«, sagte Tiger Ty schließlich.

Garth. Der Schmerz der Erinnerung trieb ihr die Tränen in die Augen. Sie schüttelte den Kopf. »Nein. Das hat er nicht.«

»Das tut mir leid. Ich glaube, Ihr werdet seinen Verlust noch lange Zeit empfinden, nicht wahr?« Die klugen Augen wandten sich ab. »Einige Arten von Schmerz heilen nicht so leicht.«

Sie sagte nichts. Sie dachte an ihre Großmutter und an Eowen, an die Eule und Gavilan Elessedil, an Cort und Dal, die alle in dem Kampf darum verloren gingen, Morrowindl zu verlassen, alle ein Teil des Schmerzes, den sie mit sich trug. Sie schaute hinaus über das Wasser in der Ferne und suchte den Horizont. Sie fand schließlich, was sie gesucht hatte, einen dunklen Fleck vor dem Horizont, wo Morrowindl langsam zu Asche und Felsgestein verbrannte.

»Und was ist mit den Elfen?« fragte Tiger Ty. »Ihr habt sie vermutlich gefunden, wenn man von der Tatsache ausgeht, daß einer von ihnen mit Euch gekommen ist.«

Sie schaute wieder zu ihm zurück, von der Frage überrascht, denn sie hatte einen Moment lang vergessen, daß er nicht bei ihr gewesen war. »Ja, ich habe sie gefunden.«

»Und Arborlon?«

»Auch Arborlon, Tiger Ty.«

Er sah sie einen Augenblick lang an und schüttelte dann den Kopf. »Sie wollten nicht zuhören, nicht wahr? Sie wollten nicht gehen.« Er verkündete dies als Tatsache und mit unverhüllter

Bitterkeit in der Stimme. »Jetzt sind sie alle fort und verloren. Sie alle. Törichtes Volk.«

Töricht, in der Tat, dachte sie. Aber nicht verloren. Noch nicht. Sie versuchte, Tiger Ty vom Loden zu erzählen, versuchte, die richtigen Worte zu finden, aber sie konnte es nicht. Es war zu hart, gerade jetzt davon zu sprechen. Sie war noch zu nahe an dem Alptraum, den sie zurückgelassen hatte, und quälte sich noch immer durch die rauhen Empfindungen, die auch der kleinste Gedanke daran hervorrief. Wann immer sie die Erinnerungen wieder hervorholte, fühlte sie sich, als würde ihr die Haut vom Körper gezogen. Sie fühlte sich, als würde ein Feuer sie versengen und bis auf die Knochen brennen. Die Elfen, Opfer ihres eigenen mißgeleiteten Glaubens an die Macht der Magie – wieviel dieses Glaubens war ihr hinterlassen worden? Sie erschauerte bei dem Gedanken. Wahrheiten mußten erwogen und ermessen, Motive überprüft und Leben geradegerückt werden. Nicht das mindeste davon war ihre Aufgabe.

»Tiger Ty«, sagte sie leise. »Die Elfen sind hier, mit mir. Ich trage sie...« Sie zögerte, als er sie erwartungsvoll ansah. »Ich trage sie in meinem Herzen.« Vor Verwirrung zogen seine Brauen sich zusammen. Er senkte den Blick und suchte ihre leeren Hände. »Das Problem ist, zu entscheiden, ob sie hierher gehören.«

Er schüttelte den Kopf und runzelte die Stirn. »Was Ihr da sagt, ergibt keinen Sinn. Nicht für mich.«

Sie lächelte. »Nur für mich. Habt eine Weile Geduld mit mir. Keine Fragen mehr. Aber wenn wir unser Ziel erreicht haben, werden wir zusammen herausfinden, ob die Lektionen von Morrowindl die Elfen etwas gelehrt haben.«

Dann erwachte Triss, räkelte sich träge aus dem Schlaf, und sie standen auf, um sich um ihn zu kümmern. Währenddessen ergriffen Wrens Gedanken die Flucht. Sie bemerkte, daß sie wie ein geübter Jongleur die Erfordernisse der Gegenwart gegen die Bedürfnisse der Vergangenheit, die Leben der Elfen gegen die Gefahren ihrer Magie, den Glauben, den sie verloren hatte, gegen die gefundenen Wahrheiten abwog. Diese Überlegungen wog sie schweigend ab. In vollständiger Konzentration bewegte sie sich zwischen ihren Begleitern, als sei sie bei ihnen, obwohl sie in Wirklichkeit wieder auf Morrowindl war, das Entsetzen seiner von der Magie in Gang gesetzten Veränderung beobachtete, die dunklen Geheimnisse der Elfenvergangenheit entdeckte, die einzelnen Teile der furchtbaren, erschreckenden Tage ihres Kampfes darum wieder hervorrief und die Aufgaben, die sie hatte erfüllen müssen. Die Zeit gefror, und während sie unbeweglich vor ihr stand wie eine Statue der frostigen, stillen Selbstprüfung, konnte sie das letzte der zerfetzten Kleidungsstücke, die ihr altes Leben gewesen waren, ablegen, jene Unschuld des Seins, die Cogline und Allanon und ihrer Reise in ihre Vergangenheit vorausgegangen war, und schließlich auch die Hülle anziehen, wer und was sie schon immer hätte werden sollen, wie sie jetzt erkannte.

Auf Wiedersehen. Wren, die du warst.

Faun rührte sich an ihrer Schulter und bat um Aufmerksamkeit. Sie gab das wenige, was sie noch zu geben hatte.

Eine Stunde später schwangen sich der Stachelkater, der Baumschreier, der Hauptmann der Leibgarde, der Flugreiter und das Mädchen, das zur Königin der Elfen geworden war, auf Spirits Rücken ostwärts den Vier Ländern zu.

15

Sie brauchten den Rest des Tages, um das Festland zu erreichen. Die Sonne war ein schwacher Silberschmelz am westlichen Horizont, als die Küstenlinie schließlich sichtbar wurde, eine gezackte, schwarze Wand vor der hereinbrechenden Nacht. Die Dunkelheit war herabgesunken, und der Mond und die Sterne erschienen, als sie auf den Fels hinabsanken, der dem verlassenen Wing Hove vorgelagert war. Ihre Körper waren verkrampft und müde, und ihre Augen waren schwer. Die Sommergerüche von Blättern und Erde wehten aus dem Wald hinter ihnen heran, als sie sich zum Schlafen niederlegten.

»Phffttt! Ich könnte dieses Land lieben lernen, Wren von den Elfen«, sagte Stresa zu ihr, bevor sie einschlief.

Beim Morgengrauen flogen sie wieder hinaus und nördlich an der Küstenlinie entlang. Tiger Ty ritt eng an Spirits glatten Hals gepreßt, die Augen nach vorn gerichtet, und sprach mit niemandem. Er hatte Wren mit langem, rauhem Blick angesehen, als sie ihm gesagt hatte, wo sie hinwollte, und er hatte seitdem nicht mehr in ihre Richtung geschaut. Sie ritten auf den Luftströmen westlich über den Irrybis und Rock Spur und in den Sarandanon. Das Land schimmerte unter ihnen – grüne Wälder, schwarze Erde, azurblaue Seen, silberne Flüsse und regenbogenfarbene Wildblumenfelder. Die Welt unter ihnen erschien makellos und wie gemeißelt. Von dieser Höhe herab war die Krankheit nicht sichtbar, die das Land mit den Schattenwesen befallen hatte. Die Stunden vergingen langsam und träge, und waren für die Freunde erfüllt mit Erinnerungen. An solchen perfekten Tagen war ein Schmerz im Herzen spürbar, eine Sehnsucht danach, daß sie für immer andauern sollten. Sie quälte allein das Wissen, daß das Morgen anders sein würde, daß im Leben nur wenige Versprechen gehalten wurden.

Sie landeten am Mittag auf einer Wiese am Südrand des Sarandanon und aßen Obst und Käse und tranken Ziegenmilch, die Tiger Ty besorgt hatte. Vögel huschten durch die Bäume, und kleine Tiere huschten von Zweigen und verbargen sich in Erdlöcher. Faun beobachtete alles, als sähe der Schreier es zum ersten Mal. Stresa schnüffelte in die Luft, sein Katzengesicht verzog sich und legte sich in Falten. Triss hatte sich weit genug erholt, um jetzt allein sitzen und stehen zu können, obwohl er noch immer bandagiert und geschient war und sein kräftiges Gesicht von Narben und Verbrennungen gezeichnet blieb. Er lächelte Wren oft an, aber seine Augen blieben traurig und abwesend. Tiger Ty blieb weiterhin für sich. Wren wußte, daß er über ihre Pläne nachgrübelte und daß er sie danach fragen wollte, sich aber auch gleichzeitig dagegen sträubte. Sie lächelte über den wunderlichen Mann.

Als sie ihre Mahlzeit beendet hatten, setzten sie ihre Reise fort. Sie flogen das Tal hinab auf den Rill Song zu. Am frühen Nachmittag folgten sie in langsamem, stetigem Gleitflug dem Flußlauf in nördlicher Richtung dem Sonnenuntergang entgegen.

Die Dämmerung sank bereits herab, als sie den Carolan erreichten. Die Felswand richtete sich als scharfer Umriß vor dem östlichen Ufer des Flusses zu einem riesigen, leeren Felsen auf, der aus einer schützenden Wand aus aufragenden Hartholzbäumen und Klippen, die noch höher aufragten, hervorstieß. Der Fels bestand aus rohem Gestein, auf dem nur vereinzelte Flecken struppigen Grases wuchsen.

Auf dem Carolan war Arborlon entstanden. Von hier war die Stadt vor mehr als hundert Jahren fortgetragen worden.

Tiger Ty lenkte Spirit hinab, und der riesige Rock ließ sich weich in der Mitte des Felsens nieder. Die Reiter stiegen einer nach dem anderen ab. Wren und Tiger Ty waren Seite an Seite schweigend damit beschäftigt, Stresa auszuwickeln und ihn auf den Boden zu setzen. Sie standen einen Moment dicht beieinander und schauten über die leere Ebene auf die Dunkelheit des Waldes im Osten und den Felsabhang im Westen. Das Land dahinter war verschwommen von Schatten, und der Himmel war schwach purpurfarben und golden getönt.

»Sssstt! Was für ein Ort ist das?« fragte Stresa unbehaglich und schaute über den verwüsteten Felsen.

»Die Heimat«, antwortete Wren wie aus weiter Ferne, irgendwo tief in sich selbst verloren.

»Die Heimat! Sssffft!« Der Stachelkater war entsetzt.

»Und was tun wir hier, wenn die Frage erlaubt ist?« fragte Tiger Ty bissig, denn er konnte sich nicht länger zurückhalten.

»Worum Allanons Schatten mich gebeten hat«, sagte sie.

Sie griff zu Spirits Geschirr hinauf und zog den Ruhkstab hervor. Das Walnußheft war beschädigt und verschmutzt und die einst glänzende Oberfläche stumpf und abgewetzt. In seiner Halterung schimmerte der Loden im verblassenden Licht mit dumpfer, schwacher Beständigkeit.

Sie hielt den Stab mit dem schweren Ende nach unten über die Erde und umfaßte ihn mit beiden Händen. Ihre Blicke richtete sie fest auf den Stein, und ihre Gedanken reisten wieder zurück nach Morrowindl, zu den langen, endlosen Tagen des Nebels und der Dunkelheit, zu den Dämonen, den Monstern und Fallgruben und all dem Schrecken, der aus der Elfenmagie entstanden war. Die Inselwelt erhob sich aus der Erinnerung und nahm sie mit sich, ein wilder, verdammter Geliebter, der für jedermann zu gefährlich war, um ihn zu halten. Die Gesichter der Toten zogen an ihr vorbei – Ellenroh Elessedil, der die Sorge für die

Elfen übertragen worden war und die sie wiederum ihr übergeben hatte, Eowen, die zu vieles von dem gesehen hatte, was sein würde, Aurin Striate, der ihr Freund gewesen war, und Gavilan Elessedil, der es hätte sein können, Cort und Dal, ihre Beschützer, und Garth, der für sie all das auf einmal gewesen war. Sie grüßte sie still und ehrfurchtsvoll und versprach ihnen allen, daß ein gewisses Maß von dem, was gegeben worden war, zurückgegeben werden würde, daß sie die an sie weitergegebene Verantwortung übernehmen und nie vergessen würde, was es gekostet hatte, die Elfen in Sicherheit zu bringen.

Sie schloß die Augen und sperrte damit die Vergangenheit aus, öffnete sie wieder und sah in die Gesichter derer, die um sie versammelt waren. Ihr Lächeln war einen Augenblick lang das ihrer Großmutter. »Triss, Stresa, Tiger Ty und du, kleiner Faun – ihr seid jetzt meine besten Freunde, und ich möchte euch bitten, bei mir zu bleiben, wenn ihr könnt, mit mir zu leben, so lange ihr es könnt. Ich werde euch nicht festhalten – nicht einmal dich, Triss. Ich beanspruche euch in keiner Weise. Ich möchte, daß ihr euch frei entscheidet.«

Niemand sagte etwas. Unsicherheit schimmerte in ihren Augen und verriet ihre Verwirrung. Faun kam zu ihr und zog ängstlich an ihrem Bein.

»Nein, Kleiner«, sagte sie. Sie winkte den anderen. »Geht mit mir.«

Sie gingen über den Carolan – das Mädchen, der Elf, der Flugreiter, sein Rock und die zwei Geschöpfe von Morrowindl – und ihre Schatten folgten ihnen im Staub. Vogelgesang erhob sich aus den Bäumen und dem Felsgestein, als die Dunkelheit herniedersank, und der Gesang des Rill schäumte beständig unter ihnen.

Als sie den Rand der Klippe erreichten, wandte Wren sich um, trat dann mehrere Schritte zur Seite, so daß sie die anderen hinter sich ließ. Sie stand wieder mit Blickrichtung auf den gegenüberliegenden Fels und den Wald und schaute zurück in die Nacht, die sie umschloß. Über den Bäumen kamen Sterne hervor, helle Punkte vor der tiefer werdenden Dunkelheit. Wrens Hände legten sich fester um den Ruhkstab. Sie hatte diesen Moment seit Tagen erwartet, und jetzt, wo es soweit war, stellte sie fest, daß sie weder ängstlich noch aufgeregt, sondern lediglich erschöpft war. Einst hatte sie sich gefragt, ob sie in der Lage sein würde, die Magie des Loden anzurufen, wenn es an der Zeit wäre – wie sie sich entscheiden würde, wie sie sich fühlen würde. Sie hatte sich dies ohne Grund gefragt, dachte sie. Sie verspürte jetzt kein Zögern. Vielleicht hatte sie das schon immer gewußt. Oder vielleicht hatten sich alle Fragen im Laufe der Zeit von selbst gelöst. Es war auf jeden Fall nicht wichtig. Sie war im Frieden mit sich selbst. Sie wußte sogar, wie die Magie wirkte, obwohl ihre Großmutter es ihr nie erklärt hatte. Weil es nicht notwendig gewesen war? Weil es instinktiv geschah? Wren war sich nicht sicher. Es war genug, daß die Magie von ihr angerufen werden konnte und daß sie sich entschieden hatte, dies auch zu tun.

Sie atmete die warme Luft ein, als sauge sie das verblassende Licht auf. Sie lauschte auf den Klang ihres Herzens.

Dann stieß sie den Ruhkstab in die Erde, drehte ihn in ihren Händen und versenkte ihn in den Boden. Erdenmagie, hatte Eowen ihr gesagt. Alle Elfenmagie war Erdenmagie, ihre Macht wurde aus den Elementen in ihr gezogen. Was von dort kam, mußte notwendigerweise auch wieder an sie zurückgegeben werden.

Ihr Blick konzentrierte sich auf die schimmernden Facetten des Loden. Die Welt um sie herum wurde ruhig und still.

Ihre Hände lockerten den Griff um den Stab, ihre Finger lagen federleicht auf dem knorrigen, polierten Holz wie die Liebkosung einer Liebenden. Sie mußte sie nur anrufen, wie sie wußte. Es nur denken, nicht mehr. Es nur wollen. Einfach ihren Geist ihrer Existenz öffnen, ihrem Leben jenseits der Beschränkungen des Steins. Erwäge es nicht, stelle es nicht in Frage. Rufe sie an. Bring sie zurück. Bitte um sie.

Ja.

Ich tue es.

Der Loden flammte hell auf wie eine Quelle weißen Lichts, das aus der Dunkelheit hervorsprang wie Feuer und sich dann mit blendender Helligkeit aufbaute. Wren fühlte den Ruhkstab in ihren Händen erzittern und heiß werden. Sie festigte ihren Griff darum, ihre Augen blinzelten gegen die Helligkeit an und senkten sich dann in die Schatten. Das Licht erhob sich und begann sich auszubreiten. Umrisse und Bewegung waren darin zu sehen. Und plötzlich kam Wind auf, ein Wind, der aus dem Nichts zu kommen schien, der über den Fels peitschte, das Licht mit sich riß und es über die kahle Ebene zu den Bäumen und Felsen trug und wieder zurück und es von einem Ende zum anderen verbreitete. Der Wind brüllte, und doch fehlte es ihm an Kraft und Wirkung, während er vorbeirauschte, ganz Klang und Helligkeit, während er das Licht verschlang.

Wren versuchte zu ihren Begleitern zurückzuschauen, um sich zu versichern, daß sie in Sicherheit waren, daß die Magie ihnen keinen Schaden zugefügt hatte, aber sie konnte ihren Kopf anscheinend nicht drehen. Ihre Hände waren jetzt fest um den Ruhkstab geklammert, und sie wurde damit verbunden, in seine Wirkung verstrickt, ihm allein übergeben.

Das Licht füllte die Felsenebene jetzt vollständig aus, baute sich auf sich selbst auf, erhob sich, bis die Bäume und die Klippen, die sie umgeben hatten, gänzlich verschwunden waren, bis der Himmel sich darunter gemischt hatte und alles silbern angehaucht war. Es gab ein Geräusch, wie ein Aufreißen der Erde und der Felsen, und dann ließ sich etwas Schweres nieder. Durch ihre Lider konnte sie die Umrisse im Licht groß werden und Gestalt als Gebäude und Bäume, Straßen und Wege annehmen sehen. Wiesen und Parks erschienen. Arborlon entstand erneut. Sie beobachtete, wie es sich materialisierte, als sehe sie es verschwommen und unbestimmt von einem regennassen Fenster aus. In seiner Mitte stand der Ellcrys, wie ein silbern und scharlachrot glühender Bogen im Nebel. Sie spürte, wie ihre Kraft nachließ, wie die Macht der Magie sie zu ihrem eigenen Gebrauch von ihr nahm, und sie bemerkte, daß es sie Mühe kostete, aufrecht stehen zu bleiben. Weißes Licht wirbelte umher und drehte sich wie Wolken vor einem Sturm. Es nahm an Kraft zu, bis es schien, als müsse es mit brüllendem Donner über allem explodieren.

Dann begann es zu verblassen und in die Dunkelheit zurückzusickern wie Wasser in den Sand.

Es war vorbei. Wren wußte es. Sie konnte Arborlon im Dunst erkennen, konnte die Leute ausmachen, die in Gruppen am Rande der Helligkeit standen und zu erkennen versuchten, was außerhalb lag. Sie hatte getan, um was ihre Großmutter sie gebeten hatte, um was Allanon sie gebeten hatte, und hatte all das ausgeführt, womit sie von anderen beauftragt worden war – aber noch nicht das, was sie sich selbst aufgetragen hatte. Denn es würde niemals genug sein, die Elfen und ihre Stadt einfach dem Westland zurückzugeben. Es würde niemals genug sein, sie den Vier Ländern zurückzugeben, ein Volk, das aus dem selbstauferlegten Exil zurückgekehrt war. Nicht nach der Zeit auf Morrowindl. Nicht, solange sie die Wahrheit über die Schattenwesen kannte. Nicht, solange sie mit dem Entsetzen der Möglichkeit lebte, daß die Magie erneut mißbraucht werden könnte. Die

Leben der Elfen waren ihr unter anderen Bedingungen anvertraut worden, doch sie würde sie ihnen zu ihren eigenen Bedingungen zurückgeben.

Sie legte ihre Hände fest um den Ruhkstab und sandte, was von seiner Magie geblieben war, hoch hinauf in das Licht, so daß sie sich in die Erde brannte, alles, was davon übriggeblieben war, alles, was jemals sein konnte. Sie leitete die Magie in einen letzten Zornesausbruch, der ein Feuerprasseln explodierend durch die schimmernde Luft sandte. Sie schoß hinaus wie ein Blitz. Es hörte nicht auf. Wren gab alles, leerte den Stab und den Stein, leitete die Macht fort wie totes Holz in einem Feuer, bis die Reste davon schließlich ein letztes Mal aufflackerten und erstarben.

Die Dunkelheit kehrte zurück. Dunst hing kurze Zeit in der Nachtluft, verteilte sich zu Staubteilchen und begann sich niederzulassen. Sie folgte den Wirbeln mit dem Blick, sah jetzt Gras unter ihren Füßen, wo vorher kein Gras gewesen war, roch die Düfte der Bäume und Blumen, von Essen auf dem Feuer, von Holz und Eisen und von Leben. Sie schaute an der dunklen Linie des Ruhkstabes vorbei zur Stadt, zu Arborlon, das zurückgekehrt war, zu erleuchteten Gebäuden, Straßen und Alleen, die sich in der Länge und der Breite ausstreckten wie dunkle Bänder.

Und ihr Volk, die Elfen, stand vor ihr, Tausende von ihnen waren am Rande der Stadt versammelt und schauten mit großen Augen und wunderten sich. Elfenjäger standen mit gezogenen Waffen in vorderster Front. Sie stand ihnen gegenüber, sah ihre Augen, die auf sie gerichtet waren, sah auf den Stab in ihrer Hand. Sie war sich des ungläubigen Gemurmels von Tiger Ty bewußt, war sich bewußt, daß Triss herankam und sich neben sie stellte, war sich der Gegenwart von Stresa und Faun bewußt. Sie konnte ihre Hitze an ihrem Rücken spüren, kleine Berührungen, die auf ihrer Haut züngelten.

Barsimmon Oridio und Eton Shart lösten sich aus der Menge und kamen langsam auf sie zu. Als sie bis auf ein Dutzend Schritte herangekommen waren, blieben sie stehen. Keiner von beiden schien sprechen zu können.

Wren nahm das schwere Gewicht von dem Ruhkstab und richtete sich auf. Zum ersten Mal schaute sie zum Loden hinauf. Die schimmernden Facetten waren in Dunkelheit getaucht. Die Magie war in die Erde zurückgeflossen. Der Loden hatte sich in einen gewöhnlichen Stein verwandelt.

Sie hielt den Ruhkstab nahe an ihr Gesicht und sah, daß er verkohlt war, brüchig und tot. Nachdem sie ihn fest in beide Hände genommen hatte, führte sie ihn hinunter über ihr Knie, zerbrach ihn und warf die Überreste zu Boden.

»Die Elfen sind zu Hause«, sagte sie zu den beiden, die mit offenem Mund vor ihr standen, »und wir werden niemals wieder fortgehen.«

Triss trat hinter sie, sein Körper noch immer geschient und bandagiert, aber seine Augen waren von Stolz und Entschlossenheit erfüllt. Er trat an eine Stelle, an der er von allen gesehen werden konnte, trat nahe zu dem Hauptmann der Leibgarde und dem Ersten Minister und rief: »Leibwache!«

Sie erschienen sofort, Dutzende von ihnen, und versammelten sich aufgereiht vor ihrem Hauptmann. Ein Murmeln erhob sich aus der Menge. Eine Ahnung.

Dann wandte Triss sich nach Wren um, fiel langsam auf ein Knie und legte seine rechte Hand als Ehrenbezeigung über sein Herz. Hinter ihm flackerten die Laternen der Stadt wie Glühwürmchen in der Dunkelheit. »Wren Elessedil, Königin der Elfen!« verkündete er. »Die Leibgarde steht zu Eurer Verfügung!«

Seine Elfenjäger folgten seinem Beispiel wie ein Mann, knieten nieder und wiederholten seine Worte in einem wirren Gemurmel. Einige Elfen in der Menge taten es ihnen gleich. Es wurden immer mehr. Eton Shart kniete sich hin und dann nach einem Moment des Zögerns auch Barsimmon Oridio. Ob sie es aus Erkenntnis der Wahrheit oder einfach als Antwort auf Triss taten, sollte Wren niemals erfahren. Sie stand regungslos da, während sie vor ihr knieten: Das ganze Elfenvolk, die Aufgabe, die Ellenroh ihr übertragen hatte, ihr wiedergefundenes Volk.

Tränen standen in ihren Augen, als sie vortrat, um sie zu begrüßen.

Der Keep des Druiden erschauerte ein letztes Mal wie ein massiver Steinriese, der sich im Schlaf bewegt. Dann wurde er still.

Cogline wartete gegen den schweren Lesetisch gelehnt, die Augen geschlossen, den Kopf gebeugt, und vergewisserte sich, daß seine Kraft zurückgekehrt war. Er stand einmal mehr innerhalb des Gewölbes, das die Druidengeschichten umschloß. Hier hatte er nach seiner Suche nach Walker Boh wieder zu sich selbst gefunden, nachdem er seinen Körper auf die alte Druidenart verlassen hatte. Er hatte Walker gefunden und ihn gewarnt, hatte aber nicht bleiben können – er war jetzt zu schwach, zu alt, ein Gewirr aus Knochen voller Steifheit und Schmerz. Es hatte ihn all seine Kraft gekostet, nur so viel zu tun, wie er getan hatte.

Er wartete, und die Erschütterungen kehrten nicht wieder.

Schließlich stieß er sich hoch, löste seinen Griff um den Tisch, öffnete seine Augen und sah sich aufmerksam um. Das erste, was er sah, war er selbst – seine Hände und Arme, dann seinen Körper. Er sah sich ganz – und er war wieder vollständig er selbst. Er hielt den Atem an, rieb versuchsweise seine Hände gegeneinander und berührte sich, um sich zu vergewissern, daß das, was er sah, real war. Die Transparenz war fort, er bestand wieder aus

Fleisch und Blut. Rumor drängte sich gegen ihn. Sein großer Kopf stieß so hart gegen seinen vogelscheuchenartigen Körper, daß er den alten Mann umzuwerfen drohte. Die Moorkatze war auch wieder sie selbst, nicht mehr nur schwache Linien und Schatten, nicht mehr gespensterhaft.

Und der Raum war verändert. Seine Steinmauern waren hart und deutlich, seine Farben scharf abgegrenzt, und seine Umrisse und Oberflächen wurden von Materie und Licht gebildet.

Cogline atmete tief und langsam durch. Walker hatte es erreicht. Er hatte Paranor in die Welt der Menschen zurückgebracht.

Cogline ging aus dem kleinen Raum durch das Studierzimmer und weiter zu den Gängen des Keep. Rumor trottete hinter ihm her. Sonnenlicht erfüllte die Gänge und strömte durch die hochgelegenen Fenster. Staubteilchen tanzten in dem Glühen. Der alte Mann erhaschte einen Blick auf weiße Wolken an einem blauen Himmel. Der Geruch von Bäumen und Gräsern wehte durch die Sommerluft.

Zurück.

Lebend.

Er begann nach Walker zu suchen und ging durch die Gänge des Keep. Seine Schritte schabten leise auf dem Gestein. Vor sich konnte er das schwache Rauschen von etwas hören, das sich aus dem Innern des Schlosses erhob, ein leise polterndes Geräusch, ein Aufbrausen wie… Und dann wußte er es. Es war das Feuer, das den Keep vom Kern der Erde her unterhielt, Feuer, das all diese Zeit kalt und tot gewesen war und jetzt mit der Rückkehr von Paranor wieder zum Leben erwachte.

Er wandte sich dem Gang zu, der zu dem Schacht unter dem Keep führte.

In den Schatten vor ihm bewegte sich etwas.

Cogline verlangsamte seinen Schritt und blieb stehen. Rumor kauerte sich nieder und knurrte. Eine Gestalt materialisierte sich aus der Dunkelheit und trat aus einer Nische hervor, die das Sonnenlicht nicht erreichen konnte. Sie war ganz schwarz und ohne bestimmte Züge. Die Gestalt näherte sich, das Licht ließ sie deutlicher werden, und ein Mann in einer Kutte mit einer Kapuze trat groß und dünn vor die Dunkelheit und bewegte sich langsam, aber zielbewußt auf ihn zu.

»Walker?« fragte Cogline.

Der andere antwortete nicht. Als er nur noch kaum ein Dutzend Fuß von ihm entfernt war, blieb er stehen. Rumors Knurren war nur noch ein schwerer Atem. Der Arm des Mannes hob sich, und er zog die Kapuze zurück.

»Sage mir, was du siehst«, sagte Walker Boh.

Cogline sah ihn an. Es war Walker, und doch war er es auch wieder nicht. Seine Züge waren dieselben, aber er war irgendwie größer, und sogar mit seiner weißen Haut schien er so schwarz wie nasse Asche, sein Gesichtsausdruck so dunkel, daß es schien, als würde er jegliches herannahende Licht aufsaugen. Sein Körper machte sogar unter der Kleidung den Eindruck, als sei er gepanzert. Sein linker Arm fehlte noch immer. Seine rechte Hand hielt den Schwarzen Elfenstein.

»Sage es mir«, bat Walker ihn erneut.

Cogline schaute in seine Augen. Sie waren eben und hart und ohne Tiefe, und er hatte das Gefühl, als schauten sie direkt durch ihn hindurch.

»Ich sehe Allanon«, antwortete der alte Mann weich.

Ein Schaudern durchlief Walker Boh und verging wieder. »Er ist jetzt ein Teil von mir, Cogline. Das war es, was er zur Bewachung des Keep zurückgelassen hat, als er ihn aus den Vier Ländern fort sandte. Das war es, was mich in dem Nebel erwartete.

Sie waren alle da, alle Druiden – Galaphile, Bremen, Allanon, alle. So haben sie ihr Wissen weitergegeben, einer an den anderen – es ist eine Art Verbindung des Geistes mit dem Fleisch. Bremen trug alles in sich, als er der letzte Druide wurde. Er gab es an Allanon weiter, der es dann wiederum an mich weitergab.«

Seine Augen strahlten, und es brannten Feuer darin, die Cogline sich nicht erklären konnte. »An mich!« schrie Walker Boh plötzlich auf. »Ihre Lehren, ihr Wissen, ihre Geschichte, ihren Wahnsinn – all das, dem ich so lange Zeit mißtraut und das ich umgangen habe! Er hat das alles an mich weitergegeben!«

Er zitterte, und Cogline hatte plötzlich Angst. Dieser Mann, den er so gut gekannt hatte, sein Schüler, zeitweise sein Freund, war jetzt jemand anderer, ein Mann, der so endgültig ein anderer war, wie der Tag sich zur Nacht wandelt.

Walkers Hand schloß sich über dem Schwarzen Elfenstein, als er ihn vor sich ausstreckte. »Es ist vollbracht, alter Mann, und es kann nicht ungeschehen gemacht werden. Allanon hat seine Druiden und seinen Keep jetzt wieder in der Welt der Menschen. Er hat die Aufgabe, die er mir gestellt hat, erfüllt bekommen. Und er hat seine Seele in mich versenkt!« Seine Hand senkte sich, als würde sie von einem Gewicht zu Boden gedrückt. »Er will, daß die Druiden in mir weiterleben. Brin Ohmsfords Vermächtnis. Er gab mir die Macht, sein Wissen, sein Verständnis, seine Geschichte. Er gab mir sogar sein Gesicht. Du siehst mich an, und du siehst ihn.«

Ein verträumter Blick trat in seine dunklen Augen. »Aber ich habe meine eigene Kraft, eine Kraft, die ich dadurch gewonnen habe, daß ich die Riten jenes Übergangs, den er für mich festgesetzt hat, überlebt habe. Ich habe das Entsetzen überwunden, zu erkennen, was es bedeutet, ein Druide zu werden. Ich bin nicht vollständig verändert worden, auch in diesem Punkt nicht.«

Er sah Cogline hart an, trat dann auf ihn zu und legte seinen Arm um die dünnen Schultern. »Du und ich, Cogline«, flüsterte er. »Die Vergangenheit und die Zukunft, wir sind alles, was von den Druiden übriggeblieben ist. Es wird interessant sein zu sehen, ob wir etwas bewirken können.«

Er wandte den alten Mann langsam um, und zusammen begannen sie den Gang zurückzugehen. Rumor schaute einen Moment hinter ihnen her, beschnüffelte den Boden, wo Walker Boh entlanggegangen war, als versuche er, seinen Geruch auszumachen, und trottete dann vorsichtig hinterher.